“博学而笃志，切问而近思。”

（《论语》）

博晓古今，可立一家之说；

学贯中西，或成经国之才。

国家重点学科“比较文学与世界文学”研究项目成果

第二版获2011年上海普通高校优秀教材一等奖

复旦博学·外国文学系列

外国文学作品选

Selected Works in World Literature

（第三版）

郑克鲁 编选

复旦大学出版社

内容提要

《外国文学作品选》（第三版）系国家重点学科“比较文学与世界文学”研究系列丛书之一，也是郑克鲁教授主编的《外国文学史》（全国统编教材）相配套的作品选。为弥补已有选本只节录名著片段的不足，本教材以完整的作品入选，使读者可以看到作品的全貌。全书分为上下两编，共收入诗歌一百一十九首，小说和散文六十六篇，皆为外国文学史上的名家名篇的名译，旨在使读者浸润其中，体悟优秀外国文学作品的永恒之美，感性地把握外国文学史的发展脉络。

本书可用作高等院校中文系本、专科外国文学教材，也可供广大文学爱好者参考、欣赏和收藏。

前　言

郑克鲁

一部外国文学史上下几千年,包括一百多个国家,优秀作品何止千万。不少国家都出过经典丛书,雄心勃勃地要将经典作品汇集在一起。苏联有过一套二百种的丛书,我国也编纂了一种三套丛书,在1980年代以后大约增至三百种。但是,何谓经典作品?不同的选家,有不同的眼光,无论如何很难在一个不大的范围内做到尽善尽美。就读者而言,谁又有那么多的时间读完这二三百种作品呢?须知不少大作品长达一百万字以上。萨特的《厌恶》描写到一个自学者,他是在图书馆按字母顺序来读书的。这种读书方法不用说既迂腐又愚蠢,断然学不到系统的知识。一般读者恐怕连第一个字母的书都看不完。萨特的描写显然带有幽默意味。

有没有可能编一本不算太厚的书,把外国优秀作家的作品熔于一炉呢?首先教学需要这样做。给大学生规定二三百种作品当作书目来阅读,显然是不现实也是不妥当的。为配合教学,先是有周煦良主编的《外国文学作品选》一套四册应需而生。这套作品选使用了很长一段时间。由于是在1961年编选的,它缺乏20世纪的作品,所以1980年代以来又陆续出了十来套《外国文学作品选》。应该说,后来出版的作品选,在作品上有所增加,但编选思想与第一套作品选是大同小异的,即基本上采取节选的方法:每部名著只选一小段。毫无疑问,这种砍头去尾的方法难以让读者窥见作品全貌。因而后来有的作品选详尽地写出名著的提要,企图弥补节选的弊病。可是,提要毕竟代替不了原作,而且,原本生动多姿的作品却变得干巴巴的,提要写得不好还会味同嚼蜡;读者欣赏的不是作家的作品,而是编选者的文字。

也许我们可以换个思路来编一本《外国文学作品选》。好比一本世界地图集,倘若每个国家占一至两页,就编成二三百页。但也可以在一大张纸上印上东西两半球,世界各国尽收眼底。以小见大是行之有效的。大作家的代表作往往是鸿篇巨制,但他们的短篇作品仍然可以体现他们的风格,甚至他们描写的主要题材。

《唐璜》厚厚两大册,固然是拜伦的代表作,但他的一些短诗就不能反映他的思想和艺术特点吗?歌德的代表作是诗体剧《浮士德》,但是他的一些短诗更脍炙人口,流传极广。巴尔扎克写过几十部小说,《戈布塞克》不是也能体现他的思想和风格吗?托尔斯泰的三部长篇《战争与和平》《安娜·卡列尼娜》《复活》都是不相上下的杰作,你总不能都选入吧?《伊凡·伊里奇的死》写于《复活》之前,反映了他后期的思想,其代表性是不容置疑的。这是一个中篇杰作,历来受到重视,为什么不能作为托尔斯泰压缩了的代表作来看待呢?既然大作家都以中短篇来代替长篇入选,其他作家大体上也完全可以这样做。

以完整的作品选入,是一个基本原则。本书就按这个原则编选。这样做的优点是,读者能看到作品的全貌,看完以后能得到一个完整的概念,欣赏到的是华章妙文。换句话说,我们可以大量选用中短篇的名篇。但这不是一本短篇选,也不是一本中篇选,而是中短篇的合选本,另外,还要加上中短篇幅的名诗。有的长篇中的片段能够独立成篇,也是可以收入的,例如《唐璜》中的《哀希腊》,《堂吉诃德》中的斗风车,《新爱洛依丝》中的《离别》和《游湖》,向来都可以单独抽出来,新编的作品选应该兼顾收入。这确是一本名副其实的《外国文学作品选》,把外国大作家的精华荟萃于一册之中,既可供大学生阅读,又可以供广大文学爱好者阅读,兼具独立的收藏价值,何乐而不为呢?仅仅由于考虑到大学生的需要,不要篇幅太大,使学生负担过重,因而有的作家作品只得割爱,也许这是美中不足吧。

这本《外国文学作品选》与编选者主编的《外国文学史》(全国统编教材)配套,但所选作家作品稍有出入。文学史中重点讲述的作家在作品选中未能入选的,一是剧本,二是史诗,三是没有合适的中短篇作品。为了弥补这个缺陷,暂且以同流派的作家来代替。另外,作品选适当考虑到散文。同样出于篇幅的考虑,一个作家选了诗歌,就不再选小说,如普希金、莱蒙托夫、雨果。这部作品选基本上按作家的生年或作品发表的年代先后编排顺序,同一国的作家集中在一起。唯小说与散文部分20世纪先按现实主义文学编排,现代主义文学殿后。诗歌共收一百一十九首,小说和散文共收六十六篇,包容九十多位作家的佳作。编选者提供了约占全书五分之一篇幅的译文,其余译文均精选自国内权威出版社出版、出自名家之手且历经考验的权威译本;对这些译者和出版社的辛勤劳动和大力支持,在本书出版之际表示诚挚的感谢。我相信,这本以新思路编纂的作品选一定能得到读者的欢迎。

目　　录

上编　诗歌部分

19世纪以前

19 世纪

下编　小说和散文部分

19 世纪以前

20 世纪

上编

诗歌部分

19世纪以前

萨福

萨福(约前630—约前570),古希腊女诗人。生于累斯博斯岛的米提利尼,出身贵族家庭,曾逃亡到西西里。在故乡建立一所学校,教授少女诗歌、音乐、舞蹈。传说她爱上美男子法翁,因绝望而投海自杀。她的作品有情歌、婚歌、挽歌、哀歌、颂神歌等,但流传至今的只有少量残篇。柏拉图称她为"第十个文艺女神"。她主要描写爱情的痛苦、嫉妒、失恋,感情真挚,风格朴实。

《一个少女》以苹果和风信子的色彩喻指少女,自然优美,写出少女的哀怨。《给所爱》直抒胸臆,描写爱情引起的感官变化,真切动人。《谢谢你,亲爱的》以反衬的笔法描绘爱情的强烈,颇有特点。

一个少女

好比苹果蜜甜的,高高转红在树杪,
向了天转红——奇怪,摘果的拿她忘掉——
不,是没有摘,到今天才有人去拾到。

好比野生的风信子茂盛在山岭上,
在牧人们往来的脚下她受损受伤,
一直到紫色的花儿在泥土里灭亡。

(朱湘　译)

给所爱

他就像天神一样快乐逍遥①,
他能够一双眼睛盯着你瞧,
他能够坐着听你絮语叨叨,

---

① 诗中的"你"是一位新娘,而此行中的"他"是筵席上坐在新娘旁边的新郎。

　　好比音乐。

听见你笑声，我的心儿就会跳，
跳动得就像恐怖在心里滋扰；
只要看你一眼，我立刻失掉
　　言语的能力；
舌头变得不灵；噬人的热情
像火焰一样烧遍了我的全身；
我眼前一片漆黑；耳朵里雷鸣；
　　头脑轰轰。

我周身淌着冷汗；一阵阵微颤
　　透过我的四肢；我的容颜
比冬天草儿还白；眼睛里只看见
　　死和发疯。

（周煦良　译）

谢谢你，亲爱的

谢谢你，亲爱的
你曾经来过，你
再来吧，我需要
你。你啊，使

爱的火焰在我
胸中燃烧——真该
诅咒你！诅咒你

每当你离我而去
那难耐的时辰
仿佛无穷无尽

（罗洛　译）

维吉尔

维吉尔(公元前70—前19),古罗马诗人,生于意大利的安得斯村,平民出身,受过良好教育。公元前44年回乡从事农业。作品有《牧歌》《农事诗》、史诗《埃涅阿斯纪》等。他在模仿古希腊诗歌的基础上,反映当时的乡村生活,颂扬奥古斯都的政绩。他的诗有政治倾向性,语言凝练。

《牧歌》第八首描写失恋的痛苦,反复咏唱"开始吧,我的笛子,和我作迈那鲁的歌",表达感情的执着。而以"停止吧,我的笛子"结句,悲哀之情跃然纸上。

《牧歌》第八首:达蒙的迈那鲁悲歌①

当那凉夜的阴影刚刚要从天空消亡,
当柔软的草上的朝露最为牲口所欣赏,
达蒙就倚在平滑的橄榄枝上开始歌唱:

　　启明星啊,请你升起,并带来吉日良辰;
　　我爱上了妮莎,但她欺骗我,对我不贞,
　　我将作悲歌,天神虽不为我的盟誓做主,
　　我这将死的人却要最后一刻向你们申诉。
　　开始吧,我的笛子,和我作迈那鲁的歌。
　　迈那鲁山经常有萧萧幽薮和密语的松林,
　　它也经常听到牧人们在相思中的怨吟,
　　和山神的歌,它首先不愿意叫芦管无声。
　　开始吧,我的笛子,和我作迈那鲁的歌。
　　妮莎嫁了莫勃苏,世上有各样古怪的婚配,
　　只要时间长了就连狻猊也会和母马成对,
　　胆小的鹿也会跑去跟猎犬在一处喝水。
　　开始吧,我的笛子,和我作迈那鲁的歌。
　　莫勃苏呀,你要结婚了,你去砍些新柴,

① 选自《牧歌》第八首,这是一个失恋的牧人的悲歌;他爱上了牧女妮莎,但妮莎嫁了另一个牧人莫勃苏。迈那鲁:阿卡狄地方的山名。

新郎撒些果子吧，黄昏星为你已出了山外。
开始吧，我的笛子，和我作迈那鲁的歌。
啊，好一双配偶呀，你看不起旁人，
我的笛子和羊群都叫你看了不高兴，
你讨厌我的粗眉毛和我的连腮胡子，
你也不相信天神会管世上女人的事。
开始吧，我的笛子，和我作迈那鲁的歌
我初见你时，你年纪还小，正同着你母亲
在我园里采带露的苹果(我是你们的带路人)，
那时候我的年龄比十二岁还差一点，
刚刚能够从地上攀到那柔软的枝干；
一看到你，我就完了，我就陷入了苦难。
开始吧，我的笛子，和我作迈那鲁的歌。
现在我认识了爱神，他在坚实的岩石间长成，
在特马洛山或洛多贝山或靠近远方加拉蛮人①，
他不是我们族类，也不是血肉所生。
开始吧，我的笛子，和我作迈那鲁的歌。
残酷的爱神曾使一位母亲的手沾染
自己儿女的血②；这位母亲是很凶残，
但母亲的残忍是否超过造化小儿的狡猾？
小儿是狡猾，你这位母亲也是太可怕。
开始吧，我的笛子，和我作迈那鲁的歌。
让狼自动从羊群逃开，让坚实的榉树生长
金色的苹果，让水仙花在青藿上开放，
让那柽柳的皮上也流下来浓厚的松脂，
让枭鸟比得上鸣雁，让提屠鲁③和奥尔菲④相比，
成为山林间的奥尔菲，或阿里翁⑤在海豚里。
开始吧，我的笛子，和我作迈那鲁的歌。
让大海淹没一切吧，山林呀，永别了。

---

① 特马洛山、洛多贝山和靠近远方加拉蛮人的地方都指边鄙荒凉地带；前两山在希腊，后一种族在非洲。

② “母亲的手沾染自己儿女的血”是指著名的美狄亚故事，她爱上了伊阿宋，但后来被遗弃，她由于嫉妒和出于报复杀了自己的儿女。

③ 提屠鲁：一牧人名字。

④ 奥尔菲：希腊神话中的歌手，他的音乐能使猛兽俯首，顽石点头。

⑤ 阿里翁：据传是古希腊的著名歌手，一次海上遇盗，他唱着歌跳进海里，海豚听了他的歌深为感动，就把他救回岸边。

我将从山顶的多风的悬崖投入波涛，
这将死的人的最后献礼让她收好。
停止吧，我的笛子，停止唱迈那鲁的歌。

（杨宪益　译）

《万叶集》

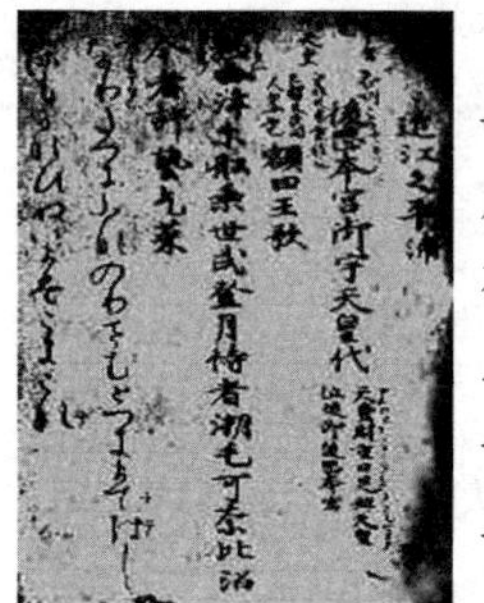

《万叶集》是日本最早的抒情诗集，收入4世纪至8世纪的诗歌四千五百首，共二十卷，分为杂歌、相闻、挽歌等。杂歌写四季风物、行幸游宴、狩猎旅行等；相闻是情歌和亲友间的唱和；挽歌有悼诗、忆念之作等。歌体分为长歌、短歌和旋头歌。作者有天皇、皇后、大臣、贵妇、僧侣以及下层人民。受汉诗影响，有五言和七言体，重要诗人有天智天皇、额田女王、柿本人麿、大伴旅人、山上忆良。

《天皇登香具山望国之时御制歌》气势恢宏，满怀对国土的热爱之情。《山部宿祢赤人望不尽山歌一首》歌颂神山——富士山的巍峨和美景。《橘歌一首》既歌颂橘树，又描绘少女，颇有唐诗韵味。《别妻歌》以重叠词句表现与妻子离别时的激荡心情，有民歌风味。

天皇登香具山望国之时御制歌

大和有群山，群山固不少，
天之香具山，登临众山小，
一登香具山，全国资远眺，
平原满炊烟，海上多鸥鸟，
美哉大和国，国土真窈窕。

山部宿祢赤人望不尽山[①]歌一首

天地初分时，即有富士山，
神山在骏河，高贵不可攀，
翘首望天空，丽日为遮颜，
月夜月光照，月亦隐山间，

① 不尽山：即富士山的另一音译。

白云不敢行，常降雪而还，
传语后世人，勿忘富士山。

橘歌一首

皇神祖神名，威严敢出口，
祖神大时代，遣田道间守，
遣去常世国，渡海急奔走，
四时香果树，八枝持回有，
栽多国为狭，结实多传后，
春来树生枝，枝枝相生偶，
五月杜鹃鸣，初花折在手，
持赠少女群，持赠诸好友，
藏入衣袖中，好香彻肤肘，
花朵一时谢，果实一时熟，
串实如串珠，手中看玩久，
秋来时雨零，山树叶红透，
红叶散飘飞，橘实却如斗，
红橘照光辉，愈望愈人诱，
冬来霜雪多，橘叶不枯朽，
常绿叶如磐，繁华如春柳，
自从神代来，橘树尊为首，
四时香果树，此名真不苟。

（以上杨烈　译）

别妻歌

石见海啊，津农岸，
人说这儿没海湾，
人说这儿没浅滩。
好吧，就算它没海湾，
好吧，就算它没浅滩，
行行来到津农岸。
早风推浪去，
晚风推浪还。
青青海藻波中摇，

波来波去乱石间。
妹子柔情浑似藻，
摇曳不离我身边。
我今独上路，
遗妹守孤单，
一路行来八十弯，
千遍万遍回头看。
山儿步步高，
路儿步步远。
妹子憔悴夏草枯，
呆呆伫立在门前。
青山啊，你苦苦遮我目，
快快倒下变平川！

（刘振瀛　译）

萨迪

萨迪（1208—1292），波斯诗人，生于设拉子，出身教士家庭。幼年即成孤儿，在巴格达学习文学和神学。由于蒙古大军的入侵，他流浪的足迹遍布北非和中亚。代表作《蔷薇园》（1258）表达对百姓的热爱和同情，对暴君的深恶痛绝。诗歌富有哲理，语言凝练。

《论青春与爱情》第四首描写对挚友的离情别意。第八首描写一个偶遇的美女。第九首描写对亡友的思念。它们写出了爱的深沉和爱的渴求。除第八首外，写的都是同性间的感情，但诗人却用异性爱的意象来表达，在于强调友谊的深厚和真诚。深沉而又不疯狂，正是东方人的特点。

《蔷薇园》：论青春与爱情

四

我青春时的朋友！请不要将我责备；
　我对你的爱情，钢刀也不能斩断。
你的美貌若给别人眼福，我将心碎，

你的容颜若是不为别人所见，
我的心才能宁静平安。

八

每天早晨若能对着这样的脸儿凝视，
那将是何等的快乐幸运！
谁在夜晚被醇酒醉死，
未到天明便会清醒，
可是若为爱情所醉，末日才是黎明。

九

死亡绊住了你的双脚，像是一丛荆棘！
我希望命运的利剑也将我的生命取走；
使我不要在人群中感到你已失去。
我把我的脸贴在你的坟头。
可叹啊，还有一抔黄土留在你的身后。
在他没有长眠以前，
应把蔷薇和素馨放在他身旁；
如今时间销毁了他脸上的蔷薇，
只有荆棘在他的身边生长。

（水建馥　译）

哈菲兹

哈菲兹（1320—1389），波斯诗人，生于设拉子，出身没落商人家庭。幼年丧父，勤奋好学，曾在宫廷供职。他擅长抒情诗，《哈菲兹诗集》约八千余行，追求自由和理想，针砭黑暗现实，歌颂爱情和幸福。诗歌巧用隐喻、典故、双关语，委婉含蓄。

《像蜡烛一样》以蜡烛的意象比喻思念之苦，淋漓尽致地写出受创伤的心灵。诗人不写情人的容颜，却集中写离愁别绪。结句“像蜡烛一样”一唱三叹，回肠荡气。

像蜡烛一样

我是如此忠于对你的爱情，
给恋人带来光亮，像蜡烛一样。

我给狂恋者和放荡者带来曙光，
在沉沉的黑夜里，像蜡烛一样。

我日日夜夜难以成眠，
我的两眼充满着忧伤。
与你分离使我痛苦成疾，
我挥洒热泪，像蜡烛一样。

像痛苦的剪刀剪断线绳，
我把我忍耐的情丝剪断。
在对你的爱情的烈火中，
我将焚毁，像蜡烛一样。

假如我鲜红的血泪，
不是这样地滚滚流淌；
我隐藏在心头的秘密，
岂能公诸世人，像蜡烛一样。

我这颗备受创伤的心灵，
在水火之中仍把你冥想。
我悲声切切，泪如雨下，
凄凉之情呵，像蜡烛一样。

在这与情人相离的黑夜里，
让冥蛾信使飞向我的身旁！
不要让我由于对你的思念。
把世界焚毁，像蜡烛一样。

假如没有你的美容装点世界，
白昼会像黑夜那样暗淡无光。
我心头燃烧着的对你的爱情，
也会渐渐熄灭，像蜡烛一样。

我那期待和忍耐的大山，
会突然崩裂，因为过度悲伤。
我只有在爱情的水中溶解，

在火中熔化，像蜡烛一样。

我的生命仅如短暂的晨光，
与你相会是我唯一的期望。
亲爱的人呵，露出你的容颜吧！
让我把生命奉献，像蜡烛一样。

情人呵，赏给我一个夜晚吧，
让我与你欢聚一堂。
让我的茅舍披上朝霞，
慰我这痛苦的心，像蜡烛一样。

哈菲兹呵，爱情的火，
熊熊燃烧在你的心上。
那汹涌的泪水要到何时
把这火焰扑灭，像蜡烛一样！

（邢秉顺　译）

但丁

但丁（1265—1321），意大利诗人，生于佛罗伦萨，出身贵族。幼年丧母，勤奋自修。《新生》为悼念贝娅德丽丝而作。他卷入党派斗争，属于白党。1302 年黑党夺权，但丁被流放，在近二十年中周游各地，写出《飨宴》《论俗语》和《神曲》（1307—1321）。后者批判宗教神学、僧侣的腐败、统治者的专横残暴、市民的贪图私利、高利贷者的重利盘剥，同时歌颂现世生活。全诗一万四千余行，分为《地狱》《净界》《天堂》三部分，想象丰富而奇特，善用民间诗歌。《神曲》促进了意大利语言的统一，是一部里程碑式的作品。

《贝亚德丽丝的魅力》着意眼睛和嘴唇对诗人的感受，揭示意中人风姿、情感和道德的三重魅力。《地狱篇》描写罪人在地狱忍受惩罚的情景。地狱分九层，刑罚严酷。第五章描写在第二圈荒淫的女皇色迷娜、克里娥彼特拉等在地狱里受冷风吹打。第三十二章描写最后一圈阴魂浸在冰水中，影射黑白两党的争斗。

贝亚德丽丝的魅力

她是多么高雅，多么纯洁，
我的姑娘，当她向人们施礼，
每个人都惶乱无神地垂下眼帘，
嘴唇颤颤栗栗，羞赧地沉寂。

她淡妆素裹，翩然远去，
带走了声声惊奇，
啊，她恍若上界的一位天使，
降临人间，把奇迹向我们显示。

瞻仰她的风姿，飘飘欲仙，
甜蜜穿过眼睛，流淌进了心底，
幸福的水柱岂能在局外人的心湖升起。

她的口唇里一个灵魂游动，
温柔亲切，又充溢着爱意，
它对我的心说："渴求吧，你！"

（吕同六　译）

《神曲》：
地狱篇

第五章

[第二圈，地狱正式开始；门口坐着判官冥罗司[①]。这里都是犯淫欲罪的灵魂；他们的惩罚是在极端黑暗中不断受罡风鞭挞。诗人首先碰见的是历史上许多有名人物，使他不胜怅惘怜悯，就在这时他忽然注意到两个紧紧挨在一起的灵魂，在风中显得很轻。诗人发现这两个灵魂是法郎赛斯加和她的情人保罗，几乎说不出话来；在听完两人的痛苦的故事之后，诗人就跌倒在地，如同死去一样。]

我于是从第一圈降到第二圈；这里地面较狭，痛苦更多，使人凄然欲泣。

门口坐着狰狞的判官冥罗司，张着大嘴在笑，他判决犯人，把他们打发到受刑地

① 冥罗司：又译弥诺斯，希腊神话中克里特岛之王及立法者，传说他死后为冥间判官，但丁在这里把他写成有尾的怪物。

点。一个倒霉的灵魂来到他面前,就把自己的罪孽一一招供出来;那判官看清犯人应到地狱圈数,就用尾巴绕自己身子几圈。他面前总站着一大群犯人,轮流受审,承认罪孽,尽旁人听着,最后一一被旋风卷了下去。

冥罗司看见我以后,就停止判刑,对我说:“你也到这个苦恼地方来么！你怎样进来的？你得了谁的允许？你不要以为地狱门很大,可以随便闯进来呀!”我的引导人①答道:“你叫嚷些什么？你不要阻止他注定的去路;这是为所欲为者的命令,不必多问。”

这时我开始听见哀号之声,接着传来一片悲叹。我到了一块没有光线的地方,好比大海被狂风冲击着,在那里怒号。地狱的风暴永不停息地赶着那些幽灵,旋转着他们,鞭挞着他们,折磨着他们。当他们撞上那片废墟时,他们又是叫,又是哭,并诅咒神的权力。我知道这种刑罚是加于荒淫之人的,他们都是使理性屈从肉欲。好比冬日天空里被冷风所吹的乌鸦一样,那些罪恶的灵魂东飘一阵,西浮一阵,上上下下,不要说没有停止的可能,连减轻痛苦的希望也没有。他们又像天空排成长阵的秋雁,哀哀长鸣,刺人心骨。因此我说:“老师,这些被黑风鞭挞的是些什么人呢?”

他答道:“你要知道的这些人,其中第一个是一位女皇,拥有广土众民;她因荒淫无度而怕人指摘,便把她的淫行说成是法律。她名叫色迷娜,继她的丈夫尼诺做亚西利亚的皇帝。另一个是因恋爱而自杀的,为了新欢而背弃了死去的旧情人西果;下面一个是荒淫的克里娥彼特拉。”②他一个一个指给我看,那个招致频年战祸的海伦③,为恋爱而战斗到死的亚开纳④,还有帕里斯和特里斯坦⑤,我都看见了;此外还有千百个为恋爱而丧失生命的幽灵。当我的老师历述这些古代后妃和勇士之后,我忽然心生恻隐,为之嘘唏不已。

稍后我说:“诗人呀,我愿意和这两个紧挨在一起的灵魂说几句话,他们在风中显得很轻呢。”⑥他对我说:“你等他们靠近我们的时候,用爱神的名义请他们停留一下;他们就会来。”不一刻,风把他们吹向我们这里,我高声叫道:“困倦的灵魂呀！假使没有人阻止你们,请来和我们谈谈。”那两个灵魂好比鸽子听见人召唤,鼓翼归巢一样,离开狄多⑦的队伍,通过险恶的风波向我们飞来;我的呼唤由于带有感情,竟而生效。

那女的灵魂向我们说:“仁慈的生人呀！你穿过这样阴暗的空气来访问曾经血污地面的人:如果宇宙的主宰是我们的朋友,我们将祈求他给你安宁,因为你对我们的不幸有怜悯之心！趁现在风浪平静的时刻,我们将听你说话,并回答你的询问。我生长

---

① 引导人:指诗人维吉尔,下面提到的“诗人”“老师”也是指他。

② 克里娥彼特拉:又译克里奥佩特拉,埃及女王,为恺撒及安东尼的情人。

③ 海伦:斯巴达王妻,被特洛伊王子帕里斯所诱而引起特洛伊战争。

④ 亚开纳:本为助斯巴达之英雄,帕里斯许以妹,诱亚开纳至特洛伊成婚而杀之。

⑤ 特里斯坦:为圆桌故事中骑士,因与舅母伊索尔德恋爱被杀。

⑥ 此二人,女为法郎赛斯加,男为保罗。法郎赛斯加嫁保罗之兄吉昂齐奥多,而与保罗私恋,其夫知悉,遂将二人杀死。一说保罗为美男子,而其兄则貌颇不扬,以保罗代行婚礼,法郎赛斯加事后始知被欺。

⑦ 狄多:迦太基女王,因爱恋伊尼斯不遂而自杀。

在大海之滨，那里波河汇合群流而入海。爱情很快地燃起了他温柔的心，使他迷恋于我的美丽肉体，因而使我丧失了肉体，至今言之伤心！爱情决不放过那被爱的人，它使我那样热烈地欢喜他，你看，甚至现在他也不离开我！爱情使我们同归一死，那个毁灭我们生命的人，让该隐环①等着他。”

我听了这些被伤害的灵魂谈话之后，把头低下来，后来还是诗人对我说：“你想些什么？”我答道：“唉！是什么甜蜜的情意，什么热烈的相思，使他们碰上这样悲惨的遭遇呢？”于是我又转向这两个灵魂说：“法郎赛斯加，你受的苦使我悲痛怜惜，连眼泪都要流出来了。但是我还要问你：当初你们都在长吁短叹时，怎样会知道对方隐秘的衷情呢？”

她于是答道：“当困顿之际，回忆往日的欢乐，真使人不胜伤情。这是你的老师所熟知的。不过假使你愿意知道我们的爱苗从何而起，我将含泪奉告。有一天我们为了消闲，共同读着兰斯洛特②的恋爱故事。我们只有两个人，相互无猜。有好几次读着书时使我们目光碰在一起，脸色变得雪白；只在一刹那间就决定了我们的命运。当我们读到那微笑的嘴唇被他的情人热烈吻着时，我这个永远不离开我的人儿突然颤颤抖抖地亲了我的嘴唇：这本书和它的作者倒成了我们的撮合。从那天起，我们再不读那本书了。”

这个灵魂在泣诉时，那一个灵魂也哀哀地哭；我被他们感动得晕了过去，像断了气一样跌倒在地。

第三十二章

[地狱第九圈也是最后一圈，即冰冻圈，处宇宙最下层，离光热之源亦最远。此圈共分四个同心环，第一环或最外环为该隐环。从《旧约》弑弟之该隐得名，凡杀害至亲骨肉的皆在此受苦。第二环为昂得诺环，以特洛伊卖国贼昂得诺为名，凡出卖祖国之人皆囚于此。但丁在这两环碰见不少自己的本国人；他从加米切红口中获悉第一环的许多人，从薄伽口中获悉第二环的许多人。他特别厌恶薄伽，由于薄伽的卖国行为使无数的盖尔非党人被杀，使佛罗伦萨家家户户都戴了孝。]

当我们到达黑暗的井底，站在比巨人脚下还要低的地方，我仍在仰望上面的高墙。我听见一个声音说：“你走路当心些呀！不要拿脚后跟踏痛你可怜弟兄的脑袋！”我掉转头来，看见我前面脚下是一个湖，冻得哪里像湖水，看去简直是玻璃一样。就是奥地利的多瑙河，或者遥远的顿河，在严冬也没有像这里的冰结得这样厚：因为，即使当伯尼山或比塔巴那山落在上面，也不会使它破裂。那些苦恼的阴魂都浸在冰里，一直没到他们羞愧的面颊；他们的脸色发青，他们的牙齿像鹳鸟一样战栗作声，这种景象就像农妇梦见自己拾麦穗时，一些青蛙身子没在水里，只露出嘴来，咯咯地叫着。他们的头低着，从他们的嘴能看出他们的寒冷，从他们的眼睛能看出他们的忧伤。

---

① 该隐环：属地狱第九圈。该隐杀弟亚伯，事见《创世记》。

② 兰斯洛特：为圆桌故事中骑士，爱恋亚述王之妻桂内维尔。

我向四周巡视一会，就看见自己脚下，有两个罪人紧紧挤在一起，连头发都分不出来。我说："告诉我，你们两个胸膛抵着胸膛的，你们叫什么名字？"于是他们仰起头来向着我，我看见他们濡湿的眼睛里涌出泪水，但立即冻结，把眼皮又封起来；就是铁箍的木片也箍得没有这样紧。于是那两个罪人发怒了，像两只山羊额角抵着额角，互不相让。

另外一个阴魂的耳朵已经冻落了，他脸儿并没有抬起来，说道："你为什么老是瞧着我们呢？假使你要知道这两个是谁，那皮藏索河流域便是他们的国土，亚伯多便是他们的父亲呀。他二人本是同根生，你便找遍该隐环也找不出一个比他们更活该冻结在这里的灵魂：那个被亚都王一下刺穿胸膛和影子的[①]及不上他们；福加[②]却也及不上；这个脑袋挡着我视线的家伙，他的名字叫马先禄尼[③]，你若是多斯哥人，准熟悉他，但是他也赶不上他们。要是你不再要我多讲，请记住我是加米切红，我在等我的亲人加林诺来此，用他的滔天罪行洗刷我呢。"[④]

随后我看见千百张面孔，一个个冻成青面獠牙的样子：我不禁打了几个寒战，事后只要想起这个冰湖，仍觉不寒而栗。

我们向着重物所归的中心走，在永恒的阴暗里打着战；是意志，是命运，是偶然在驱着我们，我也不知道。我走在许多头颅之间，脚下猛然踢到一张脸，踢得很重。那阴魂[⑤]哭了起来，叫道："你为什么糟蹋我？假使你不是又来替蒙塔卑底报仇，又为什么要蹂躏我？"

我说："老师，你在这里等我一下，让我弄清楚这个阴魂是谁；随后你叫我走多快都随你。"我的老师站住脚，我便对那个还在痛骂的灵魂说："你是谁，这样骂人家？"

他答道："那么你是谁，这样走过昂得诺环，踢别人的面孔；你的脚踢得这样重，莫非你是活人吗？"我说："我本来活着；假使你要扬名，现在是极好的机会，因为我可以把你的名字记下，再传到人间。"他对我说："正和我的希望相反，滚吧，不要再麻烦我了，你就不知道在这冰湖上怎样讨人家欢喜。"

于是我一把抓着他后脑袋上的头发，对他说："你非说出你的名字不可，否则不要想你的脑袋上留一根毛！"他答道："你就是拔得精光，我也不告诉你我是谁；就是你践踏我一千下，我也不肯仰起面孔来给你看见。"

这时我已经把他的头发绕到手上，而且拔去了一簇；他像猪一样叫喊着，但仍旧低着头。那时另一个阴魂叫道："你有什么苦痛，薄伽，你的牙齿撞得还不够响么，何必还要叫喊？什么魔鬼找上你了？"

---

① 此处指亚都王之子莫德里克，欲篡王位，事泄，王以矛刺之，时有日光，故矛贯其胸及影。

② 福加：比斯多亚人，曾杀其堂弟，又云杀父，而引起黑白二党的相互残杀。

③ 马先禄尼：佛罗伦萨人，曾杀侄谋产。

④ 加米切红曾杀其亲族；加林诺为白党，曾以城堡让黑党，罪较加米切红更大；但加林诺这时还活着，所以说加米切红在等他。

⑤ 阴魂：指薄伽，本属奇伯林党，但助盖尔非党作战，于蒙塔卑底之战吃紧之际，忽斩盖尔非党执旗者之手，致该党大败。

我说："现在，该死的卖国贼！我用不着你告诉我了。我要把你的真情实况带往人间，使你永远遗臭。"他说："滚吧！你高兴怎样说，就怎样说；但是你走出这儿地狱的时候，可不要漏掉这个饶舌的。他在这里哭泣法国人给他的银子呢。你可以这样说：'他是段爱那[①]，我看见他和一班罪人冻饿在冰里。如若有人问起还有别的灵魂没有，那么在你旁边的是贝彩利，是佛罗伦萨人割断他的脖子的。再过去恐怕就是沙稼尼；还有加尼龙，还有泰巴台罗，是他趁人家睡着的时候把法恩察的城门打开的。"

我们离开他，再向前走，看见两个灵魂冻结在一个洞里，身体靠得非常之紧，一个的头做了另一个的风帽，上面那个的牙齿咬紧下面一个的后脑和颈骨，好像饿鬼嚼着面包。从前帝台何怒咬麦那利巴的太阳穴[②]时，和他咬这后脑和颈骨，也没有两样。

我说："你呀！看你这副恶毒的样子，说明你对这个被咬的人的仇恨；你说这是为了什么。只要你说得有理，那么我知道你的名字和他的罪状之后，只要我三寸之舌不枯，就可以到人世去给你申诉。"

（王维克　译）

彼特拉克

彼特拉克（1304—1374），意大利抒情诗人，生于阿雷佐，出身望族。自幼跟父亲流亡法国，曾攻读法律，热心研究古籍。代表作是《歌集》，抒发对萝拉的爱情，共有三百多首十四行诗。他继承普罗旺斯骑士诗歌和意大利"温柔的新体"诗派爱情诗的传统，大胆歌唱爱情，反映出人文主义者蔑视中世纪道德，热爱生活的新世界观。其作音韵典雅，寓情于景。

《爱情的金箭射中了我的心房》以美好的时光和地方与爱情的产生联系起来，爱情的感受是叹息、眼泪和渴望。《究竟什么是爱情的滋味？》再次描写这种夹杂着痛苦与甜蜜的感受，将心境比作暴风雨中的破船。《我的心迷乱了》角度新颖，诗人以为自然景物洞悉自己的心灵，以此描写陷入恋爱的特殊状态。

爱神的金箭射中了我的心房

美好的年，美好的月，美好的时辰，
美好的季节，美好的瞬间，美好的时光，

---

① 段爱那：将要谧售与法国人，使高卢人得入布格里亚。
② 七将围攻忒拜之役，帝台何与麦那利巴互斗，二人皆重伤，麦那利巴先死，帝台何捧其头咬之以泄愤。

在这美丽的地方，在这宜人的村庄，
一和她的目光相遇，我只好束手就擒。

爱神的金箭射中了我的心房，
它深深地扎进了我的心里，
我尝到了这第一次爱情的滋味，
落进了痛苦却又甜蜜的情网。

一个动听的声音从我心房
不停地呼唤着夫人的芳名，
又是叹息，又是眼泪，又是渴望；

我用最美好的感情把她颂扬，
只是为了她，不为任何别的人，
我写下了这样美好的诗章。

究竟什么是爱情的滋味?

如果这就是爱情，天哪，究竟什么是它的滋味?
如果这不是爱情，那么，我的感受又算什么?
如果它是善良的，为什么这样残酷地折磨我?
如果它是凶狠的，这折磨怎么又夹杂着甜蜜?

如果是自寻烦恼，我何必怨天尤人，暗自哭泣?
如果不是心甘情愿，伤心悲恸又为了什么?
啊，你生命与死亡，啊啊，你痛苦与欢乐，
为什么你们同一时间都驻扎在我的心里?

如果我是心甘情愿，就不必忧伤、苦闷。
我如今好像在撑着一条破旧不堪的船，
在暴风雨中失去了船舵，毫无办法；

盛暑中我冷得发抖，严寒里我心中如焚，
我想知道这是怎么回事，又难准确地判断，
我究竟在追求什么，连自己也无法回答。

（以上李国庆、王兴仁　译）

我的心迷乱了

我的心迷乱了，颤颤悠悠，
在荒芜的田野上踽踽独行，
当我瞥见地上一个脚印
我惶遽不安了，仓皇逃窜。

我寻觅不到一个避风的港口
销声匿迹，躲避四周窥测的目光，
因为失去欢乐的脸上，悲悲戚戚
却清晰可见爱的火焰的跳动。

而今我晓得，每一座山峰，每一片树林，
每一湾溪水，每一株青草，
都洞察我枉自遮掩的心灵奥秘。

我从此不再踏上这般荒凉、这般崎岖的道路，
可是爱情已然永远消逝，
再也不会来到我的身旁，窃窃私语。

（吕同六 译）

龙沙

皮埃尔·德·龙沙（1524—1585），法国诗人，生于旺多姆，出身贵族，曾为王太子侍从，因生病半聋而转向写诗。他是七星诗社的领袖，作品有《颂歌集》（1550）、《爱情集》（1552—1556）、《致爱伦娜十四行诗》（1578）等。他擅长爱情诗，也写过史诗和时事诗。他的爱情诗大胆吐露爱情，体现了人文主义思想，形式上突破了以往爱情诗的窠臼，既用民歌体，又写十四行诗。

《待你到垂暮之年……》同样呼吁对爱情采取积极态度，但通过回忆去衬托晚年景象，加强说服力，立意新颖。歌唱之中有劝告，平静的语调带感伤。语言平淡朴素，与淡淡的哀愁配合。这首诗采用十二音节的亚历山大体，为七星诗体所倡导，后来成为法国的主要诗体之一。

待你到垂暮之年……①

待你到垂暮之年，夜晚，烛光下，
坐在炉火之旁，边绕纱边纺线，
你吟诵我的诗，发出感慨万千：
当年我多美，龙沙赞美过我啊。

那时候你不用女仆传语递话，
她干活儿累得半睡半醒之间，
听到我的名字仍然安稳睡眠，
即使用动听词句赞颂你也罢。

我将长眠地下，成为无骸幽灵，
在爱神木的树荫下歇息安定；
你则是一个蛰居家中的老妪，

怀念我的爱情，悔恨你的倨傲。
信我的话，要生活，别等待明朝；
就在今天把生命的玫瑰摘去。

（郑克鲁　译）

莎士比亚

威廉·莎士比亚（1564—1616），英国戏剧家、诗人，父为商人。1585 年到伦敦谋生，在剧院工作。他的作品有三十多个剧本、一百五十多首十四行诗和两首长诗，尤以《理查三世》（1592）、《罗密欧与朱丽叶》（1594）、《威尼斯商人》（1596）、《哈姆雷特》（1601）、《奥赛罗》（1604）、《李尔王》（1605）、《麦克白》（1605）等剧本最为著名。他的历史剧再现了英国三百多年来的历史面貌，喜剧和悲剧体现了他的人文主义思想，描写了时代的动荡和社会的灾难。他的戏剧情节多线索，人物性格变化而复杂，语言生动多彩。

---

① 相传，爱伦娜·德·舒尔热尔是法兰西王后凯瑟琳·德·美第奇的陪伴贵妇，她的未婚夫在内战中战死（1570），王后请龙沙写诗安慰她，龙沙逐渐爱上了这个姑娘，写出《致爱伦娜十四行诗》。此诗为其中第二卷第四十三首。

莎士比亚的十四行诗歌颂友谊和爱情，富于哲理，结构与韵律不同于意大利十四行诗，发展了四四四二的分节形式。第十八首带有哲理，以夏为喻，说明美借诗而永存。第六十六首最为著名，诗人以厌世口吻，鞭挞和揭露社会的各种丑恶现象，堪与哈姆雷特愤世嫉俗的独白媲美。第七十三首以黄叶、傍晚、火光三种逐渐递增的、象征死亡的意象烘托死之将至；结尾点题，吁请意中人珍惜爱，含蓄委婉。第九十一首罗列门第、财富、打扮、鹰犬，认为都比不上爱；有了爱，就可以笑傲全世界，句句掷地有声。

《十四行诗》

十八

我怎么能够把你来比作夏天？
你不独比它可爱也比它温婉：
狂风把五月宠爱的嫩蕊作践，
夏天出赁的期限又未免太短：
天上的眼睛有时照得太酷烈，
它那炳耀的金颜又常遭掩蔽：
被机缘或无常的天道所摧折，
没有芳艳不终于凋残或销毁。
但是你的长夏永远不会凋落，
也不会损失你这皎洁的红芳，
或死神夸口你在他影里漂泊，
当你在不朽的诗里与时同长。
　　只要一天有人类，或人有眼睛，
　　这诗将长存，并且赐给你生命。

六十六

厌了这一切，我向安息的死疾呼，
比方，眼见天才注定做叫花子，
无聊的草包打扮得衣冠楚楚，
纯洁的信义不幸而被人背弃，
金冠可耻地戴在行尸的头上，
处女的贞操遭受暴徒的玷辱，
严肃的正义被人非法地诟让，
壮士被当权的跛子弄得残缺，
愚蠢摆起博士架子驾驭才能，
艺术被官府统治得结舌钳口，
淳朴的真诚被人瞎称为愚笨，

囚徒"善"不得不把统帅"恶"伺候:
厌了这一切,我要离开人寰,
但,我一死,我的爱人便孤单。

七十三

在我身上你或许会看见秋天,
当黄叶,或尽脱,或只三三两两
挂在瑟缩的枯枝上索索抖颤——
荒废的歌坛,那里百鸟曾合唱。
在我身上你或许会看见暮霭,
它在日落后向西方徐徐消退:
黑夜,死的化身,渐渐把它赶开,
严静的安息笼住纷纭的万类。
在我身上你或许会看见余烬,
它在青春的寒灰里奄奄一息,
在惨淡灵床上早晚总要断魂,
给那滋养过它的烈焰所销毁。
看见了这些,你的爱就会加强,
因为他转瞬要辞你溘然长往。

九十一

有人夸耀门第,有人夸耀技巧,
有人夸耀财富,有人夸耀体力;
有人夸耀新妆,丑怪尽管时髦;
有人夸耀鹰犬,有人夸耀骏骥;
每种嗜好都各饶特殊的趣味,
每一种都各自以为其乐无穷:
可是这些癖好都不合我口胃——
我把它们融入更大的乐趣中。
你的爱对我比门第还要豪华,
比财富还要丰饶,比艳妆光彩,
它的乐趣远胜过鹰犬和骏马;
有了你,我便可以笑傲全世界:
只有这点可怜:你随时可罢免
我这一切,使我成为无比的可怜。

(以上梁宗岱 译)

弥尔顿

约翰·弥尔顿(1608—1674),英国诗人,生于清教徒家庭,毕业于剑桥大学,参加反国王反国教的斗争。因积劳成疾,双目失明。王朝复辟后,备受迫害。重要作品有《失乐园》(1667)、《复乐园》(1671)、《力士参孙》(1671)。诗歌取材于《圣经》,颂扬有反抗精神的人物。采用抑扬格五音步无韵诗体,气势恢宏,富于激情,流转自如。

《夏娃的爱情》选自《失乐园》,全诗只有一个句子。以大自然的美衬托夏娃爱情的美好,并写出夏娃的温柔形象。《梦亡妻》悼念第二个妻子凯瑟琳,她死于产褥热。诗人与她结婚时已失明,但在诗中诗人复明了,看到她像圣母一样纯洁。诗句缠绵缱绻,凄婉动人。

《失乐园》:
夏娃的爱情[①]

跟你谈心,我把时光全忘了;
忘了季节,和季节的变化;一切欢乐
也想不起了;清晨的气息最甜——
多甜啊,一会儿,添上早起的鸟儿
第一阵啭鸣;东方,太阳初升,
给美好的河山染一层金光,又染红了
露珠闪闪的花草、树木和果实
那光景多可爱;柔柔的阵雨下过后,
肥沃的大地散发出泥土香;多美啊——
那黄昏,温存,让人感恩[②],降临了;
于是黑夜静悄悄地来了,夜鸟来了,
一轮明月升起了,带着她的侍从——
一颗颗宝石似的星星;可是,不论那
清晨的气息,一会儿又添上小鸟儿
第一阵啭鸣;还是朝阳初升,

① 选自《失乐园》第四卷。
② 意谓“日入而息”时,为富有成果的一天劳动向上帝表示感谢。

照临美好的河山，照耀着花草、果实——
露珠闪闪；还是阵雨过后的泥土香；
那黄昏，温存，让人感恩；静悄悄黑夜，
她的夜鸟；以及月光下的散步，
或是那闪烁的星光，如果没有了你，
不会是甜的、是美的。

（方平　译）

梦亡妻

我仿佛看见我最近死去的爱妻，
　　被送回人间，像赫克里斯当初
　　从死亡手里抢救的亚尔塞斯蒂[1]，
　　苍白无力，又还给她的丈夫。
她好像古时洗身礼拯救的妇女，
　　已洗涤干净原来产褥的血污；
　　她穿着她心地那样纯净的白衣，
　　正如我相信我会无拘无束
有一天在天堂里面遇见她那样。
　　她虽然蒙着面纱，我好像看见
　　她全身透出亲热，淑善，和温纯，
比任何人脸上显露的都叫人喜欢。
　　但她正俯身要和我拥抱时，我醒了，
　　人空了，白天带来了黑夜漫漫。

（殷宝书　译）

① 亚尔塞斯蒂：埃达米塔斯的妻子，为免去丈夫的死，她愿意替他死。她刚死，就赶上赫克里斯来营救；他与死神决斗，并把亚尔塞斯蒂夺回人间。

布莱克

威廉·布莱克(1757—1827),英国诗人,出身商人家庭。他曾跟随雕刻师学艺七年,以刻制版画为生。作品有《天真之歌》(1789)、《经验之歌》(1794)等,描写充满温柔仁爱的理想世界,不满于社会黑暗。善用民歌体和无韵体,爱用神秘的象征手法,开浪漫主义先声。

《啊,向阳花》预言人类社会的更新,热烈追求理想社会。向阳花就是理想社会的人类精神的象征。诗人将青春也拟人化。第一节诗明快,第二节诗深奥,有神秘色彩。《苍蝇》中的小飞虫喻指没有理想、没有生命活力的寄生虫;他们没有思想,虽生犹死,容易被抹去。《老虎》讴歌了老虎的形体、力量,它象征法国大革命,人民是塑造老虎的工匠。

啊,向阳花

向阳花啊！你等得累了吧,
你计数着太阳的步伐;
你渴望甜蜜的,黄金的住处,
作为一生旅途的归宿。

青春在那里怀着热望而消亡,
苍白的圣女在雪里素裹红妆,
从他们的坟墓中急起追往
我的向阳花所向往的地方。

(朱维之　译)

苍　蝇

小苍蝇,
你夏天的游戏
给我的手
无心地抹去。

我岂不像你

是一只苍蝇？
你岂不像我
是一个人？

因为我跳舞，
又饮又唱，
直到一只盲手
抹掉我的翅膀。

如果思想是生命
呼吸和力量，
思想的缺乏，
便等于死亡；

那么我就是
一只快活的苍蝇，
无论是死
无论是生。

（梁宗岱　译）

老　虎

老虎！老虎！火一样辉煌，
烧穿了黑夜的森林和草莽，
甚么样非凡的手和眼睛
能塑造你一身惊人的匀称？

甚么样遥远的海底、天边
烧出了做你眼睛的火焰？
跨甚么翅膀胆敢去凌空？
凭甚么铁掌抓一把火种？

甚么样工夫，甚么样胳膊，
拗得成你五脏六腑的筋络？
等到你的心一开始蹦跳，
甚么样惊心动魄的手、脚？

甚么样铁链？甚么样铁锤？
甚么样熔炉里炼你的脑髓？
甚么样铁砧？甚么样猛劲
一下子掐住了骇人的雷霆？

到临了，星星扔下了金枪，
千万滴银泪洒遍了穹苍，
完工了再看看，他可会笑笑？
不就是造羊的把你也造了？

老虎！老虎！火一样辉煌，
烧穿了黑夜的森林和草莽，
甚么样非凡的手和眼睛
敢塑造你一身惊人的匀称？

（卞之琳　译）

彭斯

罗伯特·彭斯(1759—1796)，英国诗人，生于苏格兰西南部的园丁家庭，曾任税务员，因劳累过度而早逝。作品有《英格兰方言诗集》(1786)等。另外还整理、收集了三百七十多首古歌曲。他的诗歌揭露和嘲笑贵族豪绅的贪婪残暴，歌颂农民的纯朴勤劳，富有民歌风味，清新欢快。

《我的爱人像朵红红的玫瑰》是对民歌的改写，继承了民歌的某些比喻和反复咏唱的特色，写出纯朴忠贞的爱情。节奏轻快，语言朴实。《大好年华》号召人民反抗压迫者，争取实现自由和人人平等的社会，既尖锐泼辣，又明快豪放。《天风来自四面八方》描写对新婚妻子的真挚爱情，从自然力和地域想到爱人，以自然景物比喻爱人，逐层深入，又有变化。

我的爱人像朵红红的玫瑰

呵，我的爱人像朵红红的玫瑰
　　六月里迎风初开；
呵，我的爱人像支甜甜的曲子，
　　奏得合拍又和谐。

我的好姑娘，多么美丽的人儿！
请看我，多么深挚的爱情！
亲爱的，我永远爱你，
纵使大海干涸水流尽。

纵使大海干涸水流尽，
太阳将岩石烧作灰尘，
亲爱的，我永远爱你，
只要我一息犹存。

珍重吧，我唯一的爱人，
珍重吧，让我们暂时别离，
但我定要回来，
哪怕千里万里！

大 好 年 华①

我们为什么要把大好年华
消磨在别人的压迫之下？
起来！到了战斗的时候，
清算过去的一切冤仇！
谁说帝王永远无过？
杀人的行为就大错特错！
既然他们的权力来自我们，
当政的理该是大众人民！
从此爱国的志士一齐怒吼：
“要不死就得自由！”

骄横的牧师和主教，
我们送他们上天去修道！
给贵族们准备好雪亮的大铡刀，
让爵士们用自己的绶带去上吊！
这些恶棍长期把我们摧残，

① 这首诗题名不一，有用首句作题的，也有称为《革命歌》或《革命抒情曲》的。

他们的工具是贪赃的法官。
一切效劳暴君的走狗
逃不出人民复仇的巨手!
今天是他们的,但是明天
我们人人都歌唱自由!

然后我们将黄金时代来恢复,
人人都变成兄弟手足,
永远生活得快乐和谐,
共同享用地球的资财。
年轻人都有道德和智慧,
同伴之间充满了热爱。
未来的岁月还将证明:
善良本是人的天性。
那时让我们团团来敬酒,
祝贺胜利的和平与自由!

天风来自四面八方

天风来自四面八方,
　　其中我最爱西方,
西方有个好姑娘,
　　她是我心所向往!
那儿树林深,水流长,
　　还有不断的山冈,
但是我日夜的狂想,
　　只想我的琴姑娘。
鲜花滴露开眼前——
　　我看见她美丽的甜脸;
小鸟鸣啭在枝头——
　　我听见她迷人的歌喉;
只要是天生的好花,
　　不管长在泉旁林间哪一家,
只要是小鸟会歌唱,
　　都叫我想到我的琴姑娘!

(以上王佐良　译)

拉封丹

让·德·拉封丹(1621—1695),法国诗人,父亲是小官吏。攻读过法律,做过咨询律师。因不善理财,家境败落。又因得罪朝廷,从巴黎出逃至利摩日。主要作品是《寓言诗》(1668—1694)。1684 年当选为学士院院士。他的寓言大半取材于古希腊和东方寓言,但却反映了 17 世纪下半叶的法国社会,揭露和抨击封建王朝。寓言诗写成小小的话剧,对话生动,韵律千变万化,语言丰富,富有抒情色彩。

《知了和蚂蚁》抨击好逸恶劳思想,别致之处在于有幽默感:昆虫像人一样说话;知了以挖苦口吻去对待蝉。《死神和樵夫》描绘了农夫的悲惨处境,但诗人得出的结论是生之宝贵。《患瘟疫的野兽》是封建王朝的一幅缩影:狮王是臣民的主宰,大小猛兽也触犯不得,只有小民遭殃。各种角色均有性格特点,写成一幕小悲剧。

知了和蚂蚁

知了整个夏天
都在唱歌消闲,
北风终于来到,
她可样样缺少,
没有一点苍蝇,
小虫更不见影。
她找邻居蚂蚁,
前去叫饿喊饥,
恳求蚂蚁宽容,
借给几粒麦种,
捱到春天来临:
“动物一言为定,
明年秋收以前,
连本带利还清。”
蚂蚁不爱出借,
多少算是欠缺。
她对借债者说:
“热天你没干活?”

"请您不要见怪，
逢人唱个痛快。"
"唱歌？真是舒服：
何不现在跳舞！"

死神和樵夫

一个穷樵夫，全身被枝叶盖住，
不堪柴捆重压和岁月的磨难，
呻吟叹息，弯腰曲背，举步维艰，
费力地走回被烟熏黑的茅屋。
他终于心酸难熬和筋疲力尽，
放下了柴禾，寻思自己的不幸。
自从来到人间，他可享过快乐？
比他更穷的人，世上可曾有过？
往往没有面包，从来没有休息，
他的妻子，他的儿女，捐税兵痞，
　　债主徭役，各种重压，
完整地构成一幅穷人的图画。
他呼唤死神。她来了，毫不耽搁。
　　问樵夫要她怎么干，
　　他说道："请你帮助我
再背起这捆柴，你千万别迟延。"

死亡能将一切治愈；
但原来状况别改变：
宁可受苦，不愿死去。
这就是人们的箴言。

患瘟疫的野兽

一种传播恐惧的病，
这是上天气愤难平，
创造出来以惩罚人间的罪愆，
瘟疫（既然必须说出这个名字）

有朝一日能将阿刻戎[①]河充实，
　　如今向野兽们宣战。
野兽没有死光，但都受到打击：
　　看不到谁忙于寻食，
要把岌岌可危的生命维持住；
　　菜肴全激不起渴慕；
　　狼和狐狸也不窥伺
　　温良和无辜的猎物；
　　斑鸠纷纷四散逃逸：
　　不再求爱，欢乐全无。
狮子开会说道："亲爱的朋友们，
　　我想，因我们罪孽深，
　　上天降下这场大难。
　　我们当中谁最有罪，
但愿自我牺牲，将天怒来消退；
也许他将能使大家病愈体安。
历史告诉我们，这种不幸临门，
　　便要作这样的献身。
我们不要自我吹嘘；要毫不留情
　　察看我们自己良心。
至于我，为了满足贪婪的胃口，
　　吞噬过绵羊许多头。
　　得罪过我？绝没冲撞；
有时候我甚而至于要去生吞
　　牧羊人。
如果需要，我就献身：但是我想，
人人都像我这样来认罪才好；
因为应这样希望：办事须公正，
　　罪最大的要作牺牲。"
"陛下，"狐狸说，"你当国王过于厚道；
你的一丝不苟显得过于温情。
至于说到吃羊，这种蠢货贱民，
难道这是犯了罪吗？不，不，王上，
您大嚼他们是给他们赏了光；

① 即冥河，阴魂从此进入冥界。

　　至于牧羊人，可以说
　　他遭灾是自作自受。
因为这些家伙自以为对群兽
　　能够绝对支配掌握。”
狐狸这样开脱，奉承者齐欢呼。
　　大家不敢过于深入
追究老虎、熊和其他凶猛权贵
　　最不可饶恕的犯罪。
直至普通猎犬；所有好斗动物，
按每一个说法，都是小小圣徒。
轮到驴子，他说：“我记得有一趟
　　从修士的草地经过，
肚饿草嫩，机会难得，另外我想，
　　也有魔鬼在唆使我，
我啃了舌头那么大一片青草。
我绝没这权利，既然必须直说。”
听到这话，大家高喊快审笨伯。
一只狼，有点学问，论证很高妙，
认为当祭品应是这可恶的牲畜，
灾祸全来自这长疥疮的秃驴。
他的小过失被判处该上绞刑。
吃别人的青草！多可恨的罪行！
　　别人终于让他看清：
只有死才能与他的重罪相抵。

根据你有权势还是可怜小民，
法庭判决使你清白或变黑漆。

（以上郑克鲁　译）

歌德

约翰·沃尔夫冈·歌德(1749—1832),德国诗人、小说家,生于法兰克福。1765年,他离开法兰克福到莱比锡学习法学,1775年至1786年在魏玛参政,后到意大利。1788年又回魏玛当剧院监督,兼管矿业。除了文学创作,他还从事自然科学研究。小说有《少年维特之烦恼》(1774)、《威廉·麦斯特》(1796—1829),诗歌有《西东合集》(1819)和大量抒情诗;他最主要的作品是《浮士德》,写了六十年,逝世前才完成。歌德的创作既富有抒情意味,又充满哲理思想。他竭力探索人生意义和实现社会理想的道路。作品宏富,体裁多样,既有精致的小诗,又有结构宏大的巨著。

《维特与绿蒂》是《少年维特之烦恼》的卷首诗,表达了作者的创作意图。《流浪者之夜歌》是歌德最著名的一首诗,似平淡无奇,但浑然天成,音调和谐。诗人从山顶俯视,由远而近,由外而内,在万籁俱寂中身心得到休息。《欢会和别离》描写诗人与情人弗丽德里克·布里翁幽会的情景。夜色催动着诗人的热情,在幸福中感到离别的怅惘,热烈纯真充溢字里行间。《尽管你隐身藏形》以自然界一切美好事物和美的姿态比喻爱人,新奇而贴切,受到东方诗歌影响。这首诗采用波斯、阿拉伯的咖塞尔诗体,即偶行诗押同字的韵,以此写爱人的化身,如行云流水,生动活泼。《迷娘的歌》选自《浮士德》,在迷娘的歌曲中最为脍炙人口,诗人采用与情人对话的形式,理想的景色与理想的爱情相一致。《葛丽卿的居室》也选自《浮士德》,是一首情歌,女主角被认为是歌德的第一个情人葛丽卿。

维特与绿蒂

　　青年男子谁个不善钟情?
　　妙龄女人谁个不善怀春?
这是人性中的至洁至纯,
为什么从此中有惨痛飞迸[1]?

可爱的读者哟,你哭他,你爱他,

---

① 指维特与绿蒂的爱情悲剧,维特终以手枪自杀。

请从非毁之前救起他的声名[1]；
请看，他出穴的精灵在向你耳语：
做个堂堂的男子，不要步我后尘[2]！

（郭沫若　译）

流浪者之夜歌

一切的峰顶
沉静，
一切的树尖
全不见
丝儿风影。
小鸟们在林间无声。
等着吧：俄顷
你也要安静。

（梁宗岱　译）

欢会和别离[3]

我的心在跳，赶快上马！
想到就做到，毫不踌躇；
黄昏已摇得大地睡下，
群山全都挂起了夜幕。
橡树已经披上了雾衣，
仿佛岿然屹立的巨人，
黑暗从灌木林中窥视，
张着无数黑色的眼睛。

月亮出现在云峰之上，
透过了雾纱凄然观照，
晚风鼓起轻捷的翅膀，

① 《少年维特之烦恼》一书发表后，曾遭到封建卫道者的攻击，视为“淫书”“有害无益”。意大利米兰教会曾将此书收买后全部销毁；还有人“狗尾续貂”，重写一本《少年维特之欢乐》，矛头所向都是主人公维特。另外，当时一般读者对维特的思想意义也缺乏正确的理解。

② 维特的自杀虽是对现实的一种抗议，但毕竟是消极的。

③ 约作于 1771 年 3 月。此时歌德常由斯特拉斯堡去塞森海姆村，与牧师之女弗丽德里克·布里翁会晤。

在我的耳边发出哀号；
黑夜创造出无数妖魔，
我的心情却非常振奋：
我的血管里好像着火！
我的心房里烈焰腾腾！
见到你，你甜蜜的眼光
就灌给我柔和的欢喜；
我的心完全在你身旁，
我一呼一吸都是为你。
玫瑰色的艳丽的春光
烘托在你花容的四周，
你对我的柔情——啊，上苍！
我虽巴望，却无福消受！

可是，随着熹微的晨曦，
离愁已充满我的心中：
你的亲吻含多少欢喜！
你的眼睛含多少苦痛！
我走了，你低垂着眼皮，
又目送着我，噙着泪珠；
不过，被人爱，多么福气！
而有所爱，又多么幸福。

尽管你隐身藏形[①]

尽管你隐身藏形，千变万化，
最亲爱的人，我会马上认出你；
尽管你脸上蒙着魔术的面纱，
无所不在者，我会马上认出你。

从那柏树的纯洁、蓬勃的朝气，
发育健美者，我会马上认出你；

① 作于1815年3月16日。为《西东诗集》中《苏来卡之书》组诗中的名篇。苏来卡在波斯语中意为可爱的爱人，歌德用这个名字影射玛丽安涅·封·维勒玛，一名舞蹈演员，为歌德之友、银行家约翰·雅克·封·维勒玛的养女，才貌双全，后为他的妻子。歌德于1814年跟她相识，当时她三十岁，歌德六十五岁，歌德对她大为钟情。

在那运河的清洁、生动的水里，
最迷人的人，我清楚地认出你。

看到喷泉的水线直涌而上，
最好动的人，我多高兴认出你！
看到那白云苍狗，变幻无常，
最好变的人，我从那儿认出你。

看到牧野的绿茵，像一幅花巾，
灿如繁星者，你真美，我认出你；
看到四面攀缘的千臂常春藤，
紧紧拥抱者，我在那里认出你。

每逢山头映照晨曦的红光，
立刻，使人开颜者，我就迎接你；
那时我上空现出清澄的穹苍，
使人开心者，于时我就呼吸你。

我由内外感官获得的认识，
教化一切者，认识都要通过你；
每逢我称道安拉的一百个名字[①]，
每个圣名的应声都是应着你。

（以上钱春绮　译）

迷娘的歌

那柠檬正开的南乡，你可知道？
金黄的橙子，在绿叶的阴中光耀，
柔软的微风，吹落自苍空昊昊，
长春松静，月挂枝高，
那多情的南国，你可知道？
我的亲爱的情人，你去也，我亦愿去南方，与你终老！

---

① 伊斯兰教的真主安拉有九十九个美名，九十九种德性。穆斯林的念珠有九十九颗珠子，即相当于真主的九十九个美名。本诗中对于爱人的各种称呼，如最亲爱的人（Allerliebste）、无所不在者（Allgegenwärtige）等，即是模仿伊斯兰教徒对真主的各种称呼，如 der Allheilende（治疗一切者）、der Allerbarmende（怜悯一切者）、der Allerrettende（拯救一切者）。

你可知道，那柱上的屋梁，那南方的楼阁？
金光灿烂的华堂，光彩耀人的幽屋，
大理白石的人儿，立在那边瞧我，
“可怜的女孩儿呀！你可是受了他人的欺辱？”
你可知道，那南方的楼阁？
我的恩人，你去也，我亦愿去南方，与你同宿！

你可知道，那云里的高山，山中的曲径？
山间的驴子在云雾的中间前进，
深渊里，有蛟龙的族类，在那里潜隐，
险峻的危岩，岩上的飞泉千仞，
你可知道那云里的高山，山中的曲径？
我的爸爸，我愿一路的与你驰骋！

（郁达夫　译）

《浮士德》：葛丽卿的居室

（葛丽卿独坐纺车旁边）

葛丽卿

我坐卧不宁，
我心儿烦闷；
再也不得安静，
永远也不能[1]。

当我离开了他，
好比葬身坟墓。
这整个世界呀，
只是叫我厌恶。

我可怜的头儿，
快要变成疯癫，
我可怜的心情，
已经粉碎零乱。

---

① 明白的语言，真挚的情感，至今读之，犹觉青春热力喷射而出，反嫌织锦回文为矫揉造作。

我坐卧不宁，
我心儿烦闷；
再也不得安静，
永远也不能。

只是为了寻他，
我才眺望窗外，
只是为了接他，
我才走出屋外。

他英武的步伐，
他高贵的姿态，
他口角的微笑，
他眼中的神采。

他口若悬河，
说来娓娓动听，
难忘他的握手，
咽，更难忘他的接吻！

我坐卧不安，
我心儿烦闷，
再也不得安静，
永远也不能。

我的胸脯吃紧，
急欲将他追寻：
唉，若是找着了他，
赶快将他抱定。

让我和他接吻，
千遍万遍不停，
只要和他接吻，
纵死我也甘心①！

（董问樵　译）

① 葛丽卿已深深陷入情网不能自拔了。

席勒

弗里德里希·席勒(1759—1805),德国诗人、戏剧家,生于马尔巴赫,父亲是军官。席勒十三岁进军事学校,后当军医。1787年任耶拿大学历史教授,法国大革命后转入研究康德哲学和美学。剧作有《阴谋与爱情》(1783)、《华伦斯坦》(1801)、《威廉·退尔》(1803)。主要诗作有《欢乐颂》《手套》等。他的作品揭露了封建制度的腐朽黑暗,歌颂了反抗精神,表达了市民阶级的理想。

《异国的姑娘》(1796)中的她是完美理想的象征,也可理解为写诗人与妻子夏绿蒂,甚至是好友克尔纳和他的妻子明娜的爱情。全诗格调清新,节奏明快。《恋歌》仿民歌,写姑娘悼念逝去的情人,凄怆哀婉,感情动人。

异国的姑娘[①]

在山谷中,到初春时光,
听到第一只云雀飞啼,
就有个美丽神奇的姑娘,
来到贫苦的牧人那里。

她并非在这山谷中出生[②],
谁也不知道,她来自哪里;
一旦这姑娘告别众人,
她的踪影就很快消逝。

她一来到,就使人欣慰,
大家都感到衷心欢喜,
可是有一种崇高和尊贵,
使人们无从跟她亲昵。

她带来鲜果,带来鲜花,

① 诗歌的拟人化。舒伯特曾为本诗谱曲。
② 她是完美的理想之邦的产物。

那是别处地方的出产，
生长在另一种阳光之下，
更加优良的大自然里面。

她对每个人都有奉赠，
给这位赠果，给那位送花；
不论少年和拄杖的老人，
谁都携带了礼物回家。

任何宾客都受她欢迎；
特别是一对情侣走近她，
她就要赠送最好的礼品，
给他们送上最美丽的花。

（钱春绮　译）

恋　　歌①

森林萧萧，云迢迢，
姑娘在碧岸逍遥，
水波拍岸高复高，
姑娘歌声彻暗宵，
眼儿被泪打湿了。

心儿已死，世已空，
世间无复可心忡。
圣母召儿归九重，
侬已领略人间宠，
侬生已遇志诚种。

（郭沫若　译）

① 《华伦斯坦》中特克拉公主怀恋麦克司之歌。

诺瓦利斯

诺瓦利斯(1772—1801),德国诗人,出身贵族家庭。1790 年在耶拿大学学习法学,1796 年任盐务官,次年进修科学技术,因肺病而早逝。他是德国早期浪漫派的代表。

《夜之赞歌》是对未婚妻的悼亡诗。第三首是全诗的核心,写诗人在未婚妻的墓前感伤,无限悲哀。夜的降临、恋人之死、诗人的病、幸福的梦境融合在一起,既神秘又神圣。诗人与大自然合而为一。夜隐藏了世界,把诗人驱进了自身,夜的感觉和自我感觉紧密融合。

《夜之赞歌》[①]第三首

从前,当我流着辛酸的眼泪——当我沉浸于痛苦之中,失去了希望,我孤单单地站在枯干的丘冢之旁,丘冢把我的生命的形姿埋在狭窄的黑暗的地室里,从没有一个孤独者像我那样孤独,我被说不出的忧心所逼,颓然无力,只剩下深感不幸的沉思——那时我是怎样仓皇四顾,寻求救星,进也不能,退也不能——对飞逝消失的生命寄以无限的憧憬——那时,从遥远的碧空,从我往日的幸福的高处降临了黄昏的恐怖——突然切断了诞生的纽带、光的锁链——尘世的壮丽消逝,我的忧伤也随之而去。哀愁汇合在一起流入一个新的不可测知的世界——你,夜之灵感,天国的瞌睡降临到我的头上。四周的地面慢慢地高起——在地面上漂着我的解放了的新生的灵气。丘冢化为云烟,透过云烟,我看到我的恋人净化的容貌——她的眼睛里栖息着永恒——我握住她的手,眼泪流成割不断的闪光的飘带。千年的韶光坠入远方,像暴风雨一样——我吊住她的脖子,流下对新生感到喜悦的眼泪。这是在你、黑夜中的最初之梦。梦过去了,可是留下它的光辉,对夜空和它的太阳、恋人的永远不可动摇的信仰。

(钱春绮　译)

① 诗人的未婚妻索菲死于 1797 年 3 月 19 日,年仅十六岁。在她死后第五十六天,诗人在她的坟墓前凭吊,感慨万千,写下了《夜之赞歌》。初稿有六首,除本首以外,其他均为分行的诗体。后来于 1800 年在《雅典娜神殿》上发表时改为散文体。文字上也有些改动。

19世纪

华兹华斯

威廉·华兹华斯(1770—1850),英国浪漫派诗人,生于英格兰西北部湖泊地区,父亲是律师。在剑桥大学读书,1790年和1791年到过法国。与柯勒律治和骚塞相识后,形成湖畔派。作品有《抒情歌谣集》(1798,合作)、《序曲》(1799)、《露西》(1799)、《远游》(1814)等。他提出了新的诗歌主张。他的诗歌描绘大自然的美和力量,也表现农民的生活,语言纯朴有力,感情真切,韵律灵活。

《露西》组诗刻画了一个幽居在深谷的平民女性。她是大自然的女儿,没有受到工业文明的污染,是古老黄金时代英国的象征。但她又是活生生的理想,她的夭折使诗人不胜悲哀,诗人认为她与树木山石一起永存。《致杜鹃》歌颂自然,赞美童年。杜鹃啭鸣引起诗人的联想和回忆,感情抒发自然优美。《咏水仙》描写水仙如何消弭诗人的愁云,滋润他的心田,这是大自然的恩赐。这首诗表达了诗人舍弃物质追求、要求返璞归真的思想。

露西组诗

我曾体验过奇异的激情

我曾体验过奇异的激情:
我要诉说我的一次经历,
但这只讲给恋爱的人听,
　对他们我不想有所隐蔽。

那时我那位最心爱的姑娘,
像六月的玫瑰一样秀丽,
一天晚上我趁着皎洁的月光,
　骑马向她的村舍走去。

我抬头凝望天上的明月,
月光普照着辽阔的草地;

那些路径对我是多么亲切，
　我的马跑得越来越急。

而当我纵马驰近那果园；
当我登上山冈遥望天际，
我见月亮正向西天沉落，
　向露西的小屋渐渐偏移。

我仿佛置身于甜蜜的梦境，
心中赞美着仁慈的上帝！
同时我目不转睛地望着
　渐沉的明月越来越低。

我继续策马向前奔驰；
向前奔驰，马不停蹄：
突然我见那一轮皓月
　从她屋顶上掉了下去。

充满柔情而又荒诞的念头，
有时会侵入恋爱者的心里！
"哦，天呵！"我失声喊道，
　"露西可别也突然死去！"

她住在人迹罕至的乡间

她住在人迹罕至的乡间，
　就在那鸽溪[①]旁边，
既无人为她唱赞美的歌，
　也很少受人爱怜。

她好比一朵空谷幽兰，
　苔石斑驳半露半掩；
又好比一颗孤独的星，
　在夜空中闪着光焰。

---

① 鸽溪是英国德比郡境内一条风光秀丽的河流。

她生前默默无闻，也不知
　她几时离开了人间；
呵！她如今已睡在墓中，
　这对我是怎样的变迁！

致杜鹃

啊，欢乐的客人，我听见了
听见了你的歌声，我真欢欣。
啊，杜鹃，我该称你做鸟儿呢，
还只称你为飘荡的声音？

当我躺在草场上，
听到你那重叠的声音，
似乎从这山传过那山，
一会儿远，一会儿近。
对着充满阳光和鲜花的山谷
你细语频频，
你向我倾诉着
一个梦幻中的事情。

十二分地欢迎你，春天的宠儿，
对于我你不是鸟儿，
你只是一个看不见的东西，
一个声音，一个谜。

这声音，我听过，
那时我还是学童，
这声音，曾使我到处寻觅，
在林中，在天空。

为了找你，我到处游荡，
穿过树林和草场：
你仍是一个憧憬，一种爱恋，
引人悬念，却无法看见。

我却能听见你的歌声，
我能躺在草地上倾听，
我听着，直到那黄金的时光，
重新回到我的身旁。

啊，幸福的鸟儿，
我们漫游的大地上
似乎再现缥缈的仙境
那正是你向往的地方。

（邵劈西　译）

咏　水　仙

我好似一朵孤独的流云，
　高高地飘游在山谷之上，
突然我看见一大片鲜花，
　是金色的水仙遍地开放，
它们开在湖畔，开在树下，
它们随风嬉舞，随风波荡。

它们密集如银河的星星，
　像群星在闪烁一片晶莹，
它们沿着海湾向前伸展，
　通往远方仿佛无穷无尽；
一眼看去就有千朵万朵，
万花摇首舞得多么高兴。

粼粼湖波也在近旁欢跳，
　却不如这水仙舞得轻俏；
诗人遇见这快乐的旅伴，
　又怎能不感到欣喜雀跃；
我久久凝视——却未领悟
这景象所给我的精神至宝。

后来我多少次郁郁独卧，
　感到百无聊赖心灵空漠；

这景象便在脑海中闪现，
　多少次安慰过我的寂寞；
我的心又随水仙跳起舞来，
我的心又重新充满了欢乐。

（顾子欣　译）

拜伦

乔治·戈登·拜伦(1788—1824)，英国浪漫派诗人，出身贵族家庭，天生跛足，异常敏感，为人豪爽；曾就读于剑桥大学，二十岁前后到欧洲游历，1808年任上议院议员，积极参加政治斗争。在诽谤之下，1816年离国到日内瓦。1819年参加烧炭党人的活动，拟写传单、宣言，提供金钱和武器。1821年迁居意大利。1823年投笔从戎，率领远征军赴希腊，支援反抗土耳其的民族独立战争，后因积劳成疾而去世。重要作品有《恰尔德·哈罗德游记》(1812)、《唐璜》(1818—1823)。他创造了拜伦式英雄，他们狂放不羁，傲世独立，离群索居。后期他擅长八行体，像散文般流畅自如。

《雅典的少女》是诗人与意中人特瑞莎临别前的赠言，感情真诚、炽热。少女的形体美写得很有特点，从而写出了诗人的心理归依。《〈制压破坏机器法案〉制定者颂》是首讽刺诗，以反语道出统治者的卑劣和毫无人性。《她走在美的光彩中》得自霍顿夫人的启发，将她的形体、仪容、风度、服饰和心灵的美联成一体，放在明暗对照的色彩中去显示，写法独具一格。《哀希腊》选自《唐璜》，诗人慨叹希腊饱受异族压迫，抚今思昔，哀其不幸，怒其不争；风格悲壮、深沉，用典繁多，起伏跌宕。

雅典的少女①

你是我的生命，我爱你。

一

雅典的少女呵，在我们分别前，
把我的心，把我的心交还！
或者，既然它已经和我脱离，
留着它吧，把其余的也拿去！
请听一句我别前的誓语，

① 这首诗曾被谱成六七种乐曲，是拜伦短诗中流传颇广的一首。拜伦旅居雅典时，住在一个名叫色欧杜拉·马珂里寡妇的家里，她有三个女儿，长女特瑞莎即“雅典的少女”。

你是我的生命,我爱你。

二

我要凭那松开的鬈发,
每阵爱琴海的风都追逐着它,
我要凭那长睫毛的眼睛,
睫毛直吻着你颊上的桃红,
我要凭那野鹿似的眼睛誓语,
你是我的生命,我爱你。

三

还有我久欲一尝的红唇,
还有那轻盈紧束的腰身,
我要凭这些定情的鲜花①,
它们胜过一切言语的表达,
我要说,凭爱情的一串悲喜,
你是我的生命,我爱你。

四

雅典的少女呵,我们分了手;
想着我吧,当你孤独的时候。
虽然我向着伊斯坦堡②驰奔,
雅典却抓住我的心和灵魂:
我能够不爱你吗?不会的!
你是我的生命,我爱你。

《制压破坏机器法案》制定者颂③

一

哦,E 勋爵办法高明!R 男爵想得更妙!

---

① 在希腊,少女以赠物传达心中的话,如送情人一块煤渣,即表示"我为你燃烧了";如送以发丝束起的鲜花,则表示"你带我走吧"。

② 伊斯坦堡:即君士坦丁堡。

③ 这首诗匿名发表在 1812 年 3 月 2 日《晨报》上,正值英国政府力图镇压工人运动——即路德分子"破坏机器"运动——的时候。拜伦除了在国会发表演说攻击政府的措施外,同时将他的愤怒的控诉写在这首诗中。这首诗不但真实地反映了当时英国生活的重要阶级矛盾,而且在诗的形式上,也和拜伦后期的现实主义作品的明确性和纯朴性相接近。它被认为是英国文学史上第一篇反映资本主义生产方式及资产阶级剥削制度惨无人道的杰作。但值得提起的是,这首诗一直为英国资产阶级的学者所忽略和歧视。1880 年以前一直未被列入拜伦全集中;就是现在,在一般通行的拜伦诗集中也不能见到这首诗,由此可见它的爆炸力量以及它是怎样为英美资产阶级所憎恨了。

有了你们这种议会,不列颠一定兴隆;
还有郝克斯倍里、哈罗比帮你们治理,
他们的药方是先杀人然后再纠正
那些恶徒;唔,织工都变得非常刁难,
要求什么救济,为了慈善的缘故——
那就将他们成堆绞死在工厂外吧,
这样一来,岂不立刻制止了“错误”[①]。

二

坏蛋们走投无路,也许就去抢劫,
那些贱种一定没有什么东西吃——
因此,假如谁打碎纱轴就被绞死,
那将节省下政府的钱粮和肉食:
制造人总比制造机器更容易——
长筒袜子也比人命更为值钱,
舍伍德的一列绞架使景色增光:
我们的商业,我们的自由前途无限!

三

近卫兵团,志愿军人,首都警察厅,
国法都动员起来,缉捕可怜的织工,
还有二十二团步兵,几十艘军船,
两三名法庭的文官帮助上绞刑;
有些勋爵,确实,愿意把法官唤来
听听他们的意见;但是现在不必了,
因为利物浦不甘于这样的让步;
所以,如今他们不经法官就被干掉!

四

很多人一定已经感觉惊诧了:
在饥荒遍野、穷人呻吟的时候,
为什么人命还不值一双袜子,
而捣毁机器竟至折断了骨头?
如果事情是这样发展,我相信,
(谁不愿意存着这样一个希望?)
那些蠢材的颈项一定先被打断,
假如人家要援救,却把绞绳给送上。

---

① E勋爵认为诺丁汉地方的暴动起于一种“错误”。

她走在美的光彩中

一

她走在美的光彩中,像夜晚
　　皎洁无云而且繁星满天①。
明与暗的最美妙的色泽
　　在她的仪容和秋夜里呈现,
仿佛是晨露映出的阳光,
　　但比那光亮柔和而幽暗②。

二

增加或减少一份色泽
　　就会损害这难言的美③,
美波动在她乌黑的发上
　　或者散布淡淡的光辉
在那脸庞,恬静的思绪
　　指明它的来处纯洁而珍贵④。

三

呵,那额际,那鲜艳的面颊,
　　如此温和,平静,而又脉脉含情,
那迷人的微笑,那明眸的顾盼,
　　都在说明一个善良的生命:
她的头脑安于世间的一切,
　　她的心流溢着真纯的爱情!

(以上梁真　译)

《唐璜》:
哀希腊

希腊群岛啊,希腊群岛!
　从前有火热的萨福唱情歌,

---

① “夜晚”“繁星”,形容黑色丧服上闪亮的金箔。

② 译者原注:这两行参照了马尔夏克的俄译,与原文字面有出入。

③ 这同我国宋玉赋中所写“著粉则太白,施朱则太赤”意思相近。

④ 来处,指肉身。

从前长文治武功的花草，
　涌出过狄洛斯，跳出过阿波罗！
夏天来镀金，还长久灿烂——
除了太阳，什么都落了山！

开俄斯、岱奥斯①两路诗才，
　英雄的竖琴，情人的琵琶，
埋名在近处却扬名四海：
　只有他们的出生地不回答，
让名声远播，在西方响遍，
远过了你们祖宗的"极乐天"②。

千山万山朝着马拉松，
　马拉松朝着大海的洪流；
独自在那里默想了一点钟，
　我心想希腊还可以自由；
我既然脚踏着波斯人坟地，
就不能设想我是个奴隶。

俯瞰萨拉密斯③海岛的石崖，
　曾经有一位国王来坐下；
成千条战船，人山人海，
　排开在下面；——全都属于他！
天刚亮，他还数不清呢——
太阳刚落山，他们的踪影呢？

他们呢？你呢，祖国的灵魂？
　如今啊，在你无声的国土上，
英雄的歌曲唱不出调门——
　英雄的胸脯停止了跳荡！
难道你一向非凡的诗琴

---

① 开俄斯：爱琴海中的一个大岛，传说是荷马的诞生地。岱奥斯：小亚细亚海岸上的希腊城市，传说是抒情诗人阿那克里翁的诞生地。

② 照字面译是"极乐岛"，但"极乐天"意更相近。古希腊人相信灵魂所去的极乐世界远在西方。

③ 萨拉密斯：又译萨拉米，这一海岛离雅典不远，入侵的波斯舰队与希腊海军在附近进行决战，结果大败。波斯王赛尔克塞斯当时曾在岸边石崖上亲自观战。

非落到我这种手里不行?

在戴了枷锁的民族里坚持,
　博不到名声,也大有意义,
只要能感到志士的羞耻,
　歌唱中,烧红了我的脸皮;
为什么诗人留这里受罪?
给希腊人一点羞,给希腊一滴泪。

难道我们该只哭悼往日?
　只脸红吗?——我们的祖先是流血。
大地啊!请把斯巴达勇士[①]
　从你的怀抱里送回来一些!
勇士三百里我们只要三,
来把守一次新火门山峡!

什么,还是不响?都不响?
　啊!不;死人的声音
听来像遥远的瀑布一样,
　回答说:“只要有一个活魂灵
起来,我们就来,就来!”
只是活人却闷声发呆。

白费,白费:把调门换一换;
　倒满一大杯萨摩斯[②]美酒!
战争让土耳其蛮子去管[③],
　热血让开俄斯[④]葡萄去流!
听啊!一听到下流的号召,
每一个勇敢的醉鬼都叫好!

---

① 波斯王塞尔克塞斯入侵大军,进至火门山峡的时候,斯巴达王率三百勇士死守峡口,抵住了敌人,终因奸人引导波斯军间道包抄,全部壮烈牺牲。

② 萨摩斯:爱琴海中的一个主要海岛,在暴君朴利开提斯统治时代,武力与文化都盛极一时。

③ 拜伦作此诗时,希腊正在土耳其奴役下。

④ 开俄斯也以产酒出名。

你们仍然有庇里克舞蹈[1]；
　只是不见了庇里克骑阵？
这样两课中，为什么忘掉
　高贵而威武堂堂的一门？
你们有卡德谟斯[2]带来的字母——
难道他想教奴隶来读书？

倒满一大碗萨摩斯美酒！
　我们想这些事，毫无意思！
阿纳开雍[3]是酒助仙喉；
　他侍候——可侍候朴利开提斯[4]——
一个暴君；我们的主人
那时候却至少是本国出身。

蔻尔索尼斯的那位暴君[5]
　对自由是最为勇敢的好朋友，
密尔介提斯[6]是他的大名！
　噢！但愿今天我们有
同样的暴君，同样的强豪！
他那种铁链一定扎得牢[7]。

倒满一大碗萨摩斯美酒！
　苏里[8]的山石上，巴加[9]的海岸上，
还活着一支种族的遗留，
　倒还像斯巴达母亲的儿郎；
那里也许是播下了种子，

---

① 庇里克舞蹈：一种模拟战斗的舞蹈。古希腊骑阵出名，马其顿骑阵尤为特出，武功煊赫的庇鲁斯曾两度在马其顿称王，“庇里克”这个形容词来源应是庇鲁斯。

② 传说卡德谟斯把字母从腓尼基介绍到希腊。

③④ 阿纳开雍：又译阿那克里翁，其诗都是歌唱醇酒妇人。他到萨摩斯居住，备受当时的统治者朴利开提斯优待。

⑤⑥ 蔻尔索尼斯：即现在达达尼尔海峡加里波利半岛。密尔介提斯曾经在那里统治过。他后来回到雅典，波斯大军压境的时候，他为雅典十将之一，坚持一战，终在马拉松率队大败波斯军。

⑦ 意思说他倒至少有魄力驱使大家团结御侮。

⑧⑨ 苏里：希腊与阿尔巴尼亚间的险要山区，巴加是那里的海港。那里居住的这族人民在拜伦后来参加的反土耳其斗争中起了重大作用。

海勾勒[①]血统会认作后嗣。

争自由别信任西方各国——
　他们的国土讲买进卖出；
希望有勇气，只能靠托
　本国的刀枪，本国的队伍：
土耳其武力，拉丁族腐败，
可别叫折断了你们的盾牌。

倒满一大碗萨摩斯美酒！
　树荫里跳舞着我们的女娃，
一对对闪耀着黑黑的明眸；
　看个个少女都容光焕发，
想起来热泪就烫我的眼皮：
这样的乳房都得喂奴隶！

让我登苏纽姆[②]大理石悬崖，
　那里就只有海浪与我
听得见我们展开了对白；
　让我去歌唱而死亡，像天鹅：
奴隶国不能是我的家乡——
摔掉那一杯萨摩斯佳酿！

（卞之琳　译）

① 海勾勒：又译赫丘利，是希腊传说中最著名的英雄。海勾勒血统指斯巴达种族。
② 苏纽姆：雅典半岛极南角的海神。

雪莱

波西·彼希·雪莱(1792—1822),英国浪漫派诗人,生于霍舍姆附近的乡绅家庭。1804年入伊顿公学,1810年入牛津大学,因婚姻被父亲逐出家门,两年后妻子却投河自尽,社会的责难和迫害变本加厉袭来。1818年,雪莱和续妻离开英国,到了意大利,因覆舟遇难。重要作品有《伊斯兰的起义》(1817)、《解放了的普罗米修斯》(1819)、《钦契》(1819)等。雪莱颂扬被压迫者,憧憬社会平等。他的诗歌激情澎湃,形象生动,语言清新。

《致云雀》表达了诗人的愿望和抱负;云雀是理想化的诗人,它是欢乐的精灵,它的冲天飞翔和美妙歌声,它的无拘无束,体现了诗人的特点。每节诗四短一长,像云雀在几声短促的鸣声之后再拖长一鸣。《西风颂》同样具有象征意义,这不羁的精灵在送旧迎新,诗人预言人类美好的未来——"春天"为期不远了。全诗气势磅礴,回肠荡气,令人感奋。

致　云　雀[1]

你好啊,欢乐的精灵!
　你似乎从不是飞禽,
　从天堂或天堂的邻近,
　　以酣畅淋漓的乐音,
不事雕琢的艺术,倾吐你的衷心。

向上,再向高处飞翔,
　从地面你一跃而上,
像一片烈火的轻云[2]
　掠过蔚蓝的天心,

① 云雀:黄褐色小鸟,构巢于地面,清晨升入高空,入夜而还,有边飞边鸣的习性。《致云雀》是雪莱抒情诗中的珍品。云雀曾经是19世纪英国诗人经常吟咏的题材。比雪莱年长二十二岁已经名噪于时的前辈诗人华兹华斯也有过类似的作品,读到雪莱的这首诗而自叹弗如。雪莱在这首诗里以他特有的艺术构思,生动地描绘云雀的同时,也以饱满的激情写出了他自己的精神境界、美学理想和艺术抱负。语言简洁、明快、准确而富于音乐性。

② "像一片烈火的轻云",不是写云雀的形貌,而是按照"火向上以求日"的意思写它上升的运动态势(据《爱丁堡评论》1871年4月号)。

永远歌唱着飞翔，飞翔着歌唱。

地平线下的太阳①，
　　放射出金色的电光，
　暗空里霞蔚云蒸，
　　你沐浴着明光飞行，
似不具形体的喜悦②刚开始迅疾的远征。

　淡淡的紫色黎明③
　　在你航程周围消融，
　像昼空里的星星，
　　虽然不见形影，
却可以听得清你那欢乐的强音——

　那犀利无比的乐音，
　　似银色星光的利箭，
　它那强烈的明灯，
　　在晨曦中暗淡，
直到难以分辨，却能感觉到就在空间。

　整个大地和大气，
　　响彻你婉转的歌喉，
　仿佛在荒凉的黑夜，
　　你一片孤云背后，
明月射出光芒，清辉洋溢宇宙。

　我们不知，你是什么，
　　什么和你最为相似？
　从霓虹似的彩霞
　　也降不下这样美的雨，
能和当你出现时降下的乐曲甘霖相比。

---

① 原文 Sunken Sun，为沉落的太阳，对于前一天为落日，对于新的一天则是尚未从地平线下升起的太阳。

② 有人认为原文此处的 Unbodied 本来应该是 embodied（据《爱丁堡评论》1871 年 4 月号）。据此，则此行可译为“似具有形体的喜悦”或“似有形的喜悦”。

③ 原文 even，译者同意郭沫若的理解：实为 twilight，为白昼与黑夜之间的过渡，由于云雀鸣于昼而不鸣于夜，故译为黎明。

像一位诗人，隐身
　在思想的明辉之中，
吟诵着即兴的诗韵，
　直到普天下的同情
都被未曾留意过的希望和忧虑唤醒①；

像一位高贵的少女，
　居住在深宫的楼台，
在寂寞难言的须臾，
　排遣她为爱所苦的情怀，
甜美有如爱情的歌曲溢出闺阁之外②；

像一只金色的萤火虫，
　在凝露的深山幽谷，
不显露它的行踪，
　把晶莹的流光传播，
在遮断我们视线的芳草鲜花丛中；

像一朵让自己的绿叶
　荫蔽着的玫瑰，
遭受到热风的摧残，
　直到它的芳菲
以过浓的香甜使鲁莽的飞贼沉醉；

晶莹闪烁的草地，
　春霖洒落的声息，
雨后苏醒的花蕾，

---

① 对这一节的理解，可参看雪莱为长诗《阿多尼》所写前言（按上节段落）。他说他的为人，畏避闻达；他所以写诗，是为了唤起和传达人与人之间的同情。而雪莱的同情首先是对于人类争取从奴役、压迫、贫困和愚昧中解放出来的事业的同情。在《赞智力的美》一诗中，他宣称他“热爱全人类”，其实“全”也不全，因为他反对人类中的暴君、教士及其奴仆。这里，他认为，诗人应该以值得关注而未被留意过的希望和忧虑去唤醒全人类的同情。

② 其实这一节所写的岂止是思春的少女，也完全有理由认为是雪莱的自况。他爱一切美好的事物，美好的事业，他爱“全人类”，但是他的爱在当时甚至不被自己的同胞所理解，而使他感到寂寞和为爱所苦。诗，是他的爱不由自主的流露。

称得上明朗、欢悦、
清新的一切,都不及你的音乐。

飞禽或是精灵,有什么
甜美的思绪在你心头?
我从没有听到过
爱情或是醇酒的颂歌
能够迸涌出这种神圣的极乐音流。

赞婚的合唱也罢,
凯旋的欢歌也罢,
和你的乐声相比,
不过是空洞的浮夸,
人们可以觉察,其中总有着贫乏。

什么样的物象或事件,
是你欢乐乐曲的源泉?
什么田野、波涛、山峦?
什么空中陆上的形态?
是你对同类的爱,还是对痛苦的绝缘①?

有你明澈强烈的欢快,
倦怠永不会出现,
烦恼的阴影从来
近不得你的身边,
你爱,却从不知晓过分充满爱的悲哀②。

是醒来或是睡去③,
你对死的理解一定比
我们凡人梦想到的

① 在以上三节中,雪莱认为没有高尚、优美的思想和情操,就不可能创造出美的艺术。因此,赞婚的合唱、凯旋的欢歌,总有着某种贫乏。而对同类的爱和对痛苦的绝缘,却是他所珍视的品质。所谓对痛苦的绝缘,是指遇挫折而不气馁,处逆境而泰然,胸怀坦荡,超然于痛苦之外。

② 雪莱的悲哀常常来源于对正义的事业、对受苦的人类、对他自己所确认的真理爱得太深、太真、太强烈,而对世俗所不理解。

③ 这是指对死的理解,绝不是指云雀的精神状态。有人认为死是从如梦的人生醒来,有人认为死是长眠。

更加深刻真切,否则
你的乐曲音流,怎能像液态的水晶涌泻[1]?

我们瞻前顾后,为了
不存在的事物自扰,
我们最真挚的笑,
也交织着某种苦恼,
我们最美的音乐是最能倾诉哀思的曲调。

可是,即使我们能摈弃
憎恨、傲慢和恐惧,
即使我们生来不会
抛洒一滴眼泪,
我也不知,怎能接近于你的欢愉。

比一切欢乐的音律
更加甜蜜美妙,
比一切书中的宝库
更加丰盛富饶,
这就是鄙弃尘土[2]的你啊,你的艺术技巧。

教给我一半,你的心
必定熟知的欢欣,
和谐、炽热的激情
就会流出我的双唇,
全世界就会像此刻的我——侧耳倾听。

(江枫 译)

---

① 凡人认为死亡是最大的痛苦。雪莱认为,只有参透了生死的真谛,才能超然于痛苦之外,摆脱庸俗的恐惧和忧虑,上升到崇高的精神境界。

② 鄙弃尘土:在这里语义双关,既描写云雀从地面一跃而起,升上高空,又表达了诗人对当时流行的诗歌理论、评论以及一般的庸俗、反动的政治、社会观念所持的鄙弃态度。

西 风 颂

一

呵，狂野的西风，你把秋气猛吹，
不露脸便将落叶一扫而空，
犹如法师赶走了群鬼，

赶走那黄绿红黑紫的一群，
那些染上了瘟疫的魔怪——
呵，你让种子长翅腾空，

又落在冰冷的土壤里深埋，
像尸体躺在坟墓，但一朝
你那青色的东风妹妹回来，

为沉睡的大地吹响银号，
驱使羊群般的蓓蕾把大气猛喝，
就吹出遍野嫩色，处处香飘。

狂野的精灵！你吹遍了大地山河，
破坏者，保护者，听吧——听我的歌！

二

你激荡长空，乱云飞坠
如落叶；你摇撼天和海，
不许它们像老树缠在一堆；

你把雨和电赶了下来，
只见蓝空上你骋驰之处
忽有万丈金发披开，

像是酒神的女祭司勃然大怒，
愣把她的长发遮住了半个天，
将暴风雨的来临宣布。

你唱着挽歌送别残年，

今夜这天空宛如圆形的大墓，
罩住了混浊的云雾一片，

却挡不住电火和冰雹的突破，
更有黑雨倾盆而下！呵，听我的歌！

三

你惊扰了地中海的夏日梦，
它在清澈的碧水里静躺，
听着波浪的催眠曲，睡意正浓，

朦胧里它看见南国港外石岛旁，
烈日下古老的宫殿和楼台
把影子投在海水里晃荡，

它们的墙上长满花朵和藓苔，
那香气光想想也叫人醉倒！
你的来临叫大西洋也惊骇，

它忙把海水劈成两半，为你开道，
海底下有琼枝玉树安卧，
尽管深潜万丈，一听你的怒号

就闻声而变色，只见一个个
战栗，畏缩——呵，听我的歌！

四

如果我能是一片落叶随你飘腾，
如果我能是一朵流云伴你飞行，
或是一个浪头在你的威力下翻滚，

如果我能有你的锐势和冲劲，
即使比不上你那不羁的奔放，
但只要能拾回我当年的童心，

我就能陪着你遨游天上，
那时候追上你未必是梦呓，
又何至沦落到这等颓丧，

祈求你来救我之急！
呵，卷走我吧，像卷落叶，波浪，流云！
我跌在人生的刺树上，我血流遍体！

岁月沉重如铁链，压着的灵魂
原本同你一样，高傲，飘逸，不驯。

五

让我做你的竖琴吧，就同森林一般，
纵然我们都叶落纷纷，又有何妨！
我们身上的秋色斑斓，

好给你那狂飙曲添上深沉的回响，
甜美而带苍凉。给我你迅猛的劲头！
豪迈的精灵，化成我吧，借你的锋芒，

把我的腐朽思想扫出宇宙，
扫走了枯叶好把新生来激发；
凭着我这诗韵做符咒，

犹如从未灭的炉头吹出火花，
把我的话散布在人群之中！
对那沉睡的大地，拿我的嘴当喇叭。

吹响一个预言！呵，西风，
如果冬天已到，难道春天还用久等？

（王佐良　译）

济慈

约翰·济慈(1795—1821),英国浪漫派诗人,父亲是客栈马厩主管。济慈十五岁成为孤儿,只得跟医生当学徒。1820年肺病恶化,到意大利疗养,在罗马去世。他擅长抒情诗,对大自然有独特感受。

《哦,孤独》将孤独人格化,巧妙地引向自然美景的描绘,节奏欢快,清新活泼。《秋颂》同样采用拟人化手法,金秋催熟果实和庄稼,写得形象、喜人,一派生机,诗人对色彩、声音和香味十分敏感。

哦,孤独

哦,孤独!假若我和你必须
　同住,可别在这层叠的一片
　灰色建筑里,让我们爬上山,
到大自然的观测台①去,从那里——
山谷、晶亮的河,锦簇的草坡,
　看来只是一拃;让我守着你
　在枝叶荫蔽下,看跳纵的鹿麋
把指顶花盅里的蜜蜂惊吓。
不过,虽然我和你赏玩
　这些景色,我的心灵更乐于
　和纯洁的心灵(她的言语
是优美情思的表象)亲切会谈;
　因为我相信,人的至高乐趣
是一对心灵避入你的港湾。

秋　颂

一

雾气洋溢、果实圆熟的秋,
　你和成熟的太阳成为友伴;
你们密谋用累累的珠球

① 指山峰高处。

缀满茅屋檐下的葡萄藤蔓；
使屋前的老树背负着苹果，
让熟味透进果实的心中[1]，
使葫芦胀大，鼓起了榛子壳，
好塞进甜核；又为了蜜蜂
一次一次开放过迟的花朵，
使它们以为日子将永远暖和，
因为夏季早填满它们的粘巢[2]。

二

谁不经常看见你伴着谷仓？
在田野里也可以把你找到，
你有时随意坐在打麦场上，
让发丝随着簸谷的风轻飘；
有时候，为罂粟花香所沉迷，
你倒卧在收割一半的田垄，
让镰刀歇在下一畦的花旁；
或者，像拾穗人越过小溪，
你昂首背着谷袋，投下倒影[3]，
或者就在榨果架下坐几点钟，
你耐心瞧着徐徐滴下的酒浆。

三

呵，春日的歌哪里去了？但不要
想这些吧，你也有你的音乐——
当波状的云把将逝的一天映照，
以胭红抹上残梗散碎的田野，
这时呵，河柳下的一群小飞虫
就同奏哀音，它们忽而飞高，
忽而下落，随着微风的起灭；
篱下的蟋蟀在歌唱；在园中
红胸的知更鸟就群起呼哨；
而群羊在山圈里高声咩叫；
丛飞的燕子在天空呢喃不歇。

（以上查良铮　译）

---

① 意思是果实已经熟透了。

② 粘巢：即蜂房。这句是说夏季采蜜已很充足。以上第一节写农家周围果实满枝、鲜花不败的秋景。

③ 这里诗人把秋拟人化，仿佛一位长发老农，在田野、谷场、小溪到处投下身影。

伊·勃朗宁

伊丽莎白·巴蕾特·勃朗宁(1806—1861),英国女诗人。十五岁因骑马跌伤椎骨致残,过着凄凉、孤独的生活。因写诗获得罗伯特·勃朗宁的喜爱,两人相爱,双双到意大利定居。代表作是《葡萄牙十四行诗》(1850),抒发了对爱情的追求和向往,喜悦和忧虑,委婉缠绵。

第六首描写女诗人产生爱情时的感受,她想让爱人走开,但他的身影又徘徊心头,已驱之不去。这种细腻的感觉被女诗人表达了出来。第七首把爱情当作自己的新生,她感激给了她新生命的爱人,耳畔总是回响着他的名字。第十首描写爱情如何使女诗人升华、脱胎换骨,成了一尊金身。女诗人对爱情的赞颂给人纯洁、崇高的感受。

《葡萄牙十四行诗》

六

舍下我,走吧。可是我觉得,从此
我将会始终徘徊在你的身影里。
在那孤独的生命的边缘,今后再不能
把握住自己的心灵,或是坦然地
把这手伸向日光,像从前那样,
而能约束自己不感到你的手指
抚摸过我掌心。劫运叫天悬地殊
把我们隔离,却留下你那颗心,
在我的心房搏动着双重的声响。
正像是酒,总尝得出原来的葡萄,
我的起居和梦寐里,都有你的份。
当我向上帝祈祷,为着我自个儿,
他却听得了一个名字,那是你的;
又在我眼里,看见有两个人的眼泪。

七

全世界的面目,我想,忽然改变了,
自从我第一次在心灵上听到了你——

轻轻的步子，在向我走近，穿过了
我和死亡的边缘：那幽微的间隙。
我站在那里，只道这一回该倒下了，
却不料被爱救起，还教给一曲
生命的新歌。上帝赐给我洗礼的
那一杯苦酒，我甘愿喝下，赞美它
甜蜜——甜蜜的，如果有你在我身边。
天国和人间，将追随你的存在
而更换名称；而这曲歌，这支笛，
昨日让人爱，今天还有人想听，
那歌唱的天使知道，只因为
一声声都有你的名字在荡漾。

十

不过，只要是爱，是爱，可就是美，
就值得你接受。你知道，爱就是火，
火总是光明的，不问着火的是庙堂
或者柴堆——那栋梁还是荆榛在烧，
火焰里跳出来同样的光辉。当我
不由得倾吐出："我爱你！"在你的眼里，
那荣耀的瞬息，我成了一尊金身，
感觉到有一道新吐的皓光从我天庭
投向你脸上。是爱，就无所谓卑下，
即使是最微贱的在爱：那微贱的生命
献爱给上帝，宽宏的上帝受了它，
又回赐给它爱。我那迸发的热情
就像道光，通过我这陋质，展现了
爱的大手笔怎样给造物润色。

（以上方平　译）

雨果

维克多·雨果(1802—1885),法国浪漫派诗人、小说家、戏剧家,父亲是拿破仑麾下的将军。1827 年发表《〈克伦威尔〉序》,成为浪漫主义运动的领袖。1840 年代参加政治活动,1851 年因反对路易·波拿巴,被迫离开法国,过了十九年的流亡生活。1870 年回国后,适值普法战争,他捐款铸造大炮。他的重要诗集有《东方集》(1829)、《秋叶集》(1831)、《惩罚集》(1853)、《静观集》(1856)、《历代传说》(1859—1883);剧本有《欧那尼》(1830)、《吕意·布拉斯》(1838);小说有《巴黎圣母院》(1831)、《悲惨世界》(1862)、《九三年》(1874)。雨果创作力旺盛,既有批判封建社会的力作,又有描写人民起义的杰作,充满了人道主义精神。他的想象力丰富,风格雄浑,语言多姿多彩。

《我既把嘴唇……》表达对朱丽叶·德鲁埃的爱情,反龙沙的诗意,指出爱情之花永不枯萎。《明天,天一亮……》是回忆大女儿之作,她和新婚丈夫双双淹死在塞纳河河口。诗人虚构扫墓情景,写出父女的深情厚爱;自然景色和诗人伛偻的形体衬托出深切的哀伤。《啊,回忆!……》也是悼念女儿的诗篇,通过三个细节(游戏悄无声息,有意咳嗽让女儿上楼,她要父亲讲故事),表现她的懂事和体恤,形象生动。《皇袍》是首讽刺诗,从皇袍上的蜜蜂引发联想,认为勤劳的蜜蜂与卑劣的拿破仑三世是不相容的,蜜蜂本该飞起来去蜇他;全诗抨击犀利,鞭挞有力。

我既把嘴唇……

我既把嘴唇贴在你满溢酒杯,
我既把苍白额头靠在你手上;
我既有时呼吸到柔和的氛围,
那是你心灵藏在暗中的芬芳;

我既能听到你对我柔声相告,
话语里展现了你那神秘的心;
我既见你啜泣,我既见你微笑,
嘴唇对着嘴唇,眼睛对着眼睛;

我既看到我欣喜的头上闪耀
你那颗星,唉,深藏不露的光华;

我既看到落入我生命的波涛
是一瓣脱离你生命的玫瑰花；

我现在可以对似水年华开口：
“流逝吧！永远流逝！我不再衰老！
把那些全都枯萎的花儿带走；
我心中有朵花,谁也不能摘掉！

我斟满这只供我畅饮的酒杯，
你的翅膀[①]触到,不会溅到琼浆。
我心灵这火胜过你心中残灰！
我心里的爱情胜过你的遗忘！”

明天,天一亮……

明天,天一亮,当原野曙光初照，
我就动身上路,深知你在焦盼，
我将穿过森林,我要行经山坳，
再也不能与你这样远离久散。

我全神贯注于思念,匆匆行走，
景色视而不见,声音听而不闻，
孤独,不为人知,弓着背,抱着手，
白日如同黑夜,忧伤得要断魂。

我不看夕阳西下的万道金光，
也不看直下阿佛勒港[②]的远帆，
待我来到你的墓前,我会献上
一束绿冬青和开花的欧石南。

啊,回忆！……

啊,回忆！春天！曙光！

---

① 指时间的翅膀。
② 阿佛勒港:位于塞纳河右岸,在勒阿佛尔港和维尔吉埃之间。

柔辉令人忧郁、兴奋!
——当她还是个小姑娘,
她妹妹也年幼天真[1]……——

你可知道,从蒙利雍
到圣勒的山冈上面,
有座平台[2]斜在半空,
在暗林与蓝天之间?

我们曾住那里。——心啊,
快进入这迷人往昔!——
早上,我常常听见她
在我窗下悄悄嬉戏。

她奔跑踩踏着朝露,
悄无声息,怕惊醒我;
我呢,也不打开窗户,
担心把她惊飞快躲。

弟弟嬉笑……——黎明清新!
歌声来自阴凉绿廊,
全家和大自然共鸣,
孩子们与飞鸟同唱!

我咳几声,她变大胆,
小步上楼,进我房间,
一本正经地对我讲:
我让弟妹待在下面。

不管我愉快或忧郁,
不管她梳没梳好头,
我赞赏她。她是仙女,

① 诗人所回忆的年代约在1840年至1842年之间,当时诗人的大女儿莱奥波蒂娜已十六至十八岁,但雨果显然把她的年龄缩小了,她的妹妹生于1830年,两个弟弟分别生于1826年和1828年。

② 雨果一家消夏时住在圣普里,有“平台”之称,下文的暗林指蒙莫朗西森林。

我眼中的柔美星宿!

我们整天充满乐趣。
游戏迷人!谈笑欢欣!
晚上,因为她是长女,
她对我说:“来吧,父亲,

“我们给你搬来椅子,
给我们讲个故事吧!”
这时我见这些天使
目光闪出欣喜光华。

于是不惜渲染杀戮,
我杜撰阴森的故事,
故事中的那些人物
取自天花板的影子。

这四颗可爱的脑袋,
因愚蠢的可怕巨人
被睿智的侏儒打败,
似同龄孩子笑出声。

像阿里奥斯托、荷马[①],
我一气呵成一首诗;
孩子母亲听我拉呱,
见他们笑,陷入沉思。

外祖父[②]在暗处看书,
不时朝他们瞧几眼,
而我从昏暗的窗户
隐约瞥见一角青天!

① 阿里奥斯托(1474—1533):意大利诗人,代表作为《疯狂的罗兰》;荷马:古希腊诗人,被认为是《奥德修纪》和《伊利昂纪》的作者。

② 指雨果的岳父富歇。

皇　袍

啊！你们劳动多快活，
你们不求别的收获，
除了天空气息——芬芳，
十二月来临[1]就逃逸，
你们窃取花的香汁，
给人们酿造成蜜糖，

饮露水的圣洁女郎，
你们酷似那新嫁娘，
光顾山坡的百合花，
啊，鲜红花冠的伴侣，
蜜蜂，作为光芒之女，
从皇袍上飞起来吧！

女战士，向这人猛冲！
啁，慷慨仗义的女工，
你们是道德，是责任，
金黄翅膀，火红箭镞，
纷纷扑向这个独夫！
对他说："如何看我们？

"该死的！我们是蜜蜂！
山间木屋、葡萄丛中，
门楣上装点着蜂房；
清晨我们飞上蓝天，
停在玫瑰张开嘴边，
停在柏拉图的唇上[2]。

"从污泥来，回到污泥。
提拜尔就在山洞里[3]，

---

① 影射1851年12月拿破仑三世发动政变。
② 据传柏拉图幼年卧于摇篮中，蜜蜂飞来，将蜜送到他的唇上。
③ 提拜尔（公元前42—公元37）：罗马暴君，六十九岁时被迫逃到卡普里，但仍通过他的大臣进行统治。

查理九世在阳台中①。
你的红袍应当绣出
鹰峰上面乌鸦满布②,
而不是依梅特群峰!”③

你们一起向他叮刺,
让发抖的凡夫羞耻,
把这邪恶骗子刺瞎,
你们向他狠狠猛扑,
就让蜜蜂把他驱逐,
因为人们都惧怕他!

(以上郑克鲁 译)

鲍狄埃

欧仁·鲍狄埃(1816—1887),法国无产阶级诗人,生于巴黎,出身工人家庭,靠自学成才。参加1848年“二月革命”,6月又走上街垒。巴黎公社期间任公社委员,参加“流血周”的战斗。公社失败后流亡英国、美国,1880年回国。重要诗集有《工场之歌》(1848)、《革命歌集》(1887)。他的诗歌充满革命战斗精神,犀利批判社会不平等和黑暗腐败。

《国际歌》以通俗和形象的语言,阐明了无产阶级斗争的理由和目标,体现了《共产党宣言》中论述的马克思主义。它不仅是对巴黎公社失败的反思,而且是对工人斗争事业的概括。但语言并不概念化,而是形象化。

---

① 传说查理九世(1550—1574)想目睹屠杀新教徒(圣巴托罗缪之夜),甚至在卢浮宫的阳台向新教徒开枪。
② 鹰峰:在巴黎郊外,上筑绞刑台,引来乌鸦啄食尸体。
③ 依梅特:希腊山名,以产蜜闻名。

国 际 歌[①]

这是最后的斗争，
团结起来，到明天，
英特纳雄耐尔[②]
就一定要实现。

起来，饥寒交迫的奴隶！
起来，全世界受苦的人！
真理的火山正在轰鸣，
最后的岩浆喷射翻滚。
旧世界打个落花流水，
奴隶们起来，起来！
世界就要根本改变面貌，
一无所有者要做天下的主人！

从来就没有什么救世主，
也没有上帝、恺撒和护民官，
劳动者，起来自己救自己！
我们要创建人类的共同幸福。
为了叫盗贼交还赃物，
为了让思想冲破牢笼，
快把那炉火烧得通红，
趁热打铁才能成功！

政府在压迫，法律在欺骗，
捐税吮吸不幸者的血汗；
富人不承担任何义务，
穷人的权利是一句空谈。
被桎梏的“平等”受尽熬煎，

---

① 这首诗写于“五月流血周”以后。1888 年由法国工人作曲家彼埃尔 · 狄盖特谱曲，广为流传，成为全世界无产阶级的歌。除叠句外，世界各国一般都选唱其中的第一、二、五段歌词。这三段歌词通用的汉语译文，为适应曲谱需要，有的诗句与原意有一定出入。为了让读者了解原诗的面貌，本诗译者在尊重通用译文的基础上，按原文对有些诗句作了修改。

② “英特纳雄耐尔”是马克思恩格斯创建的国际工人协会的简称“国际”的音译，诗中指国际共产主义的理想。

它要改变现存的法律：
“讲平等，有权利就应有义务，
尽了义务就应享受权利。”

矿山和铁路大王的显赫声势，
遮不住他们丑恶的本质，
除了掠夺我们的劳动
他们哪里做过什么事？
这帮家伙的钱柜里，
熔入了我们的劳动果实。
人民勒令他们交出来，
不过是讨还应有的产值。

国王们花言巧语骗我们，
让我们讲和，向暴君开战。
我们要教军队停火，
枪托朝上，把队伍解散。
那帮屠夫如果一意孤行，
硬逼我们成为英雄好汉，
他们就知道我们的子弹，
专门对付自己的长官。

工人、农民们，我们伟大的党
代表劳动群众；
大地属于全体人民，
哪能容得寄生虫。
可恨那些乌鸦秃鹫，
吃掉了我们多少血肉。
一旦把他们消灭干净。
鲜红的太阳永放光芒！

这是最后的斗争，
团结起来，到明天，
英特纳雄耐尔
就一定要实现。

（张英伦　译）

波德莱尔

夏尔·波德莱尔(1821—1867),法国诗人,生于巴黎。大学时过着放纵的生活,1841年旅行到留尼汪岛。挥霍掉父亲的遗产后,只得卖文为生。1848年一度热衷于革命。《恶之花》(1857)是一部具有里程碑意义的诗集,为后世各种流派开辟了道路。他的重要作品还有散文诗集《巴黎的忧郁》(1869)和一些评论集。他把城市风光,特别是丑恶的一面写进了诗歌中,并表达了小资产阶级青年的苦闷。他提出并运用通感和象征手法,成为现代派的先驱。

《信天翁》中的巨大海鸟象征诗人,它或他本该叱咤风云,如今却无所作为,受到嘲弄。象征物不俗,诗意也就高雅而深邃。《通感》阐述了波德莱尔诗艺的要点,他认为自然界一切相通,物质与精神相通,不同感觉相通。《忧郁之四》描写的忧郁是《恶之花》的主旋律。锅盖、牢狱、蝙蝠、雨水、蜘蛛、大钟、柩车、希望、烦恼等九个意象,含义丰富,哲理深沉,并加以拟人化和寓意化。忧郁这种抽象的情绪变得具体可感。《起舞的蛇》赞颂情人,既描写她柔软如蛇的动态美和像颤悠的船的静态美,又写出她的性格。用词大胆,但不流于香艳。《黄昏的和声》也是一首情诗,不过写得很含蓄。这首诗像幽怨的小夜曲,强调自己的心在忍受折磨。形式上采用了马来诗体,即每节诗的第二、第四行在下节诗的第一、第三行重复,由此产生优美而使人惆怅的效果。

信　天　翁[①]

船上水手时常为了消遣好玩,
捕捉信天翁,这种巨大的海鸟[②],
真是一些懒洋洋的航海旅伴,
在滑过苦渊[③]的航船后面缠绕。

水手刚把信天翁放在甲板上,
这些蓝天之王,笨拙而又羞惭,

---

① 这首诗的构思约于1859年,它与诗人1841年在留尼汪岛的海面上所见的一幕相连。波德莱尔不以浪漫派的雄鹰或巴那斯派孤独骄矜的大兀鹰去象征诗人,而以落在甲板上的信天翁去写诗人的痛苦。

② 信天翁张开翅膀可超过三米半。

③ 大海的婉转说法。

可怜巴巴地把巨大的白翅膀
像双桨一样拖在它们的身畔。

这有翼的旅客,多么呆笨憔悴!
刚才那么美,如今丑陋又可笑!
一个水手用短烟斗激怒鸟嘴,
另一个,瘸腿模仿会飞的跛脚!

诗人恰好跟这云天之王相同,
它出没于风暴中,嘲笑弓箭手;
一旦流落在地上,在嘲弄声中,
它巨人的翅膀却妨碍它行走。

通　感[①]

自然是座庙宇,有生命的柱子,
有时候发出含含糊糊的话语:
人从这象征的森林穿越过去,
森林观察人,投以亲切的注视。

仿佛从远处传来的悠长回音,
混合成幽暗而深邃的统一体,
如同黑夜,又像光明,广袤无际。
香味、颜色和声音在交相呼应。

有的香味嫩如孩子肌肤那样,
柔和像双簧管,翠绿好似草原,
——其余的,腐蚀,丰富和得意洋洋,

具有无限事物那种扩散力量,
龙涎香、麝香、安息香、乳香一般,
在歌唱着头脑和感官的热狂。

① 这首诗是表达波德莱尔诗歌理论的重要作品,具有纲领性的意义。诗人认为色、香、味、声音能够相通,这就是象征手法。这首十四行诗是亚历山大体,押韵方式为:abba,cddc,efe,fgg。

忧郁之四

低垂沉重的天幕像锅盖压在
忍受长久烦闷、呻吟的精神上，
它容纳地平线的整个儿圆盖，
向我们倾泻比夜更悲的黑光；

大地变成了一座潮湿的牢狱，
希望在那里像一只蝙蝠飞翔，
用胆怯的翅膀向着墙壁拍去，
又把头向腐烂的天花板乱撞；

雨水拖着那长而又长的水珠，
宛如一座大监狱的护条那样，
有一大群无声的卑污的蜘蛛，
在我们的脑壳深处张开蛛网，

这时大钟突然疯狂暴跳起来，
向天空投以一阵可怕的吼叫，
如同无家可归的游荡的鬼怪，
开始顽固而执拗地呻吟哀号。

——长列柩车没有鼓乐作为前导，
从我的心灵缓慢地经过；希望
战败而哭泣，残忍专制的烦恼
把黑旗插在我低垂的脑壳上。

起舞的蛇[①]

懒散的宝贝，我多爱瞧
　　你苗条身材，
如同一幅颤悠悠的布料，
　　皮肤在泛彩！

① 这是赞颂情人“黑维纳斯”让娜·迪瓦尔组诗中的一首。

你具有刺激人、芬芳
　　浓密的长发，
像香喷喷的激荡海洋
　　蓝、棕色浪花，

好似随着晨风的轻扬
　　苏醒的航船，
我沉思的心灵要驶向
　　遥远的彼岸。

你的眼睛丝毫不显示
　　温柔或悲切，
这是一对冰冷的首饰，
　　混合金和铁。

看到你走路东摆西侧，
　　洒脱的美人，
可以说一条起舞的蛇
　　在棒端缠身。

你那懒洋洋、不堪重负、
　　孩子般的头，
带着幼象那种软乎乎，
　　不停地晃悠，

你的身子俯下和躺倒，
　　像灵敏的船，
左摇右晃，斜对着浪涛，
　　将桅桁前探。

仿佛融化的轰鸣冰川
　　使河水涌浪，
当你的口水竟然涨满，
　　齐牙齿边上，

我像喝到波希米亚酒。
液态的苍天，
严厉得意，将星星来丢，
洒满我心田。

黄昏的和声①

时候已到，每朵花在枝上微颤，
宛如一只香炉那样喷云吐雾，
声音和芳香在暮霭之中旋舞，
忧郁的华尔兹，使人倦的昏眩！

宛如一只香炉那样喷云吐雾；
小提琴像受折磨的心在抖颤；
忧郁的华尔兹，使人倦的昏眩！
天空像临时祭坛美丽而愁苦。

小提琴像受折磨的心在抖颤，
温柔的心憎恨黑茫茫的虚无！
天空像临时祭坛美丽而愁苦；
太阳在自己凝固的血中消散。

温柔的心憎恨黑茫茫的虚无，
将辉煌的昔日残余搜集齐全！
太阳在自己凝固的血中消散……
像圣体发光，你形象使我眩目！

（以上郑克鲁　译）

① 这是诗人赞美萨巴蒂埃夫人组诗中的一首，全诗只有两韵，能产生优美而使人惆怅的效果。

马拉美

斯泰凡·马拉美(1842—1898),法国象征派诗人,生于巴黎。1861 年到英国学英文,长期从事英语教学,先后在图尔农、贝藏松、阿维荣、巴黎任教。从 1880 年开始,每星期二他在寓所中接待朋友和弟子,主要由他发表文学见解,确立象征派领袖的地位。他多作短诗,长诗《一个农牧神的下午》和《希罗蒂亚德之歌》都花了十余年工夫,但只完成片段。他的诗歌多半意义朦胧,具有多层次的象征性。

《海风》表面在写诗人想离开书斋,到烟波浩渺、海鸟翱翔的大海去,探寻异国风光。但似乎也在写诗人绞尽脑汁,仍然写不出一个字来,说明写作的艰难。《纯洁的,轻快的……》描写天鹅冻结在湖上的情景,一说马拉美不满于自己写作不丰,二说阐明了他的创作的否定逻辑,三说天鹅象征“存在的解放梦想”。这首诗讲求音韵美,全诗围绕 i 这个元音押韵,具有和谐的音乐性。

海　风

唉,肉体真愁闷!各种书我都读遍。
逃走!逃到那边!我感到鸟儿沉湎
在陌生的烟波和天穹之间翩跹!
无论什么,哪怕映在眼中的古园,
都留不住这颗浸在海里的心,
夜啊!连我的灯照在白色所严禁[①],
空无一字的纸上那空虚的光,
和奶孩子的少妇也帮不了忙。
我要启程!摇晃着桅樯的航船,
快起锚去寻找异国的大自然!

受着无情的希望折磨的忧思重叠,
依然相信手帕挥动那崇高的离别!
说不定招引暴风雨的桅杆,
正是被风吹得倒向遇难的船帆,

---

① 指诗人在白纸上感到动不了笔。

不见桅杆，也没肥沃小岛停泊……
我的心啊，请听水手们在唱歌。

纯洁的、轻快的……①

纯洁的、轻快的、美丽的今天
是否将扇动狂热的翅膀去划破
这被遗忘的坚硬湖面，未曾飞翔过②，
在浓霜下的透明冰鹅③常光顾湖边！

一只属于往昔④的天鹅记起当年
华贵的姿态，如今无望加以摆脱，
因为当烦恼在不育的寒冬⑤放光闪烁，
它未曾歌唱过生活的空间⑥。

天鹅的颈将震落白色的垂危，
是天空把这强加给否认它的鸟类，
天鹅却不能震落对压身泥土的恐惧⑦。

这幽灵纯净的光辉给它规定在此，
天鹅一动不动，在蔑视的寒梦中睡去，
而在徒劳的流放中才有这种蔑视。

（以上郑克鲁　译）

---

① 这首诗发表于1885年，又名《天鹅》，因为它写的是一只天鹅冻结在湖上的情景。押韵方式为abba，abba，ccd，ede。

② 指写不出诗。

③ 天鹅被压在冰下，与冰冻结在一起，看去像透明的一般。

④ 指不能飞翔。

⑤ 冬天被诗人视作不育的季节，而烦恼则是创作之季。

⑥ 指蓝天。

⑦ 意指天鹅虽能摆脱冰抬起头来，但不能飞翔。

魏尔伦

保尔·魏尔伦(1844—1896),法国诗人,象征派先驱,生于梅兹,父亲是军官。1862 年进法学院,1864 年在保险公司工作,后在巴黎市政厅当抄写员。巴黎公社期间任新闻处主任。1871 年至 1873 年,与兰波旅居伦敦和布鲁塞尔,但最后因开枪击伤兰波而入狱两年。出狱后以教书为生,因酗酒而早逝。他的重要诗集有《忧郁诗章》(1866)、《佳节集》(1869)、《美好的歌》(1870)、《无言的情歌》(1874)、《明智集》(1880)。他擅长抒情诗,注重音乐性。

《感伤的对话》是一对旧日情侣的幽灵在公园一隅的对话,幽深而神秘,阴冷而怨怼,风格诡奇、沉郁。《泪洒在我的心头》表白与妻子分手后的痛苦,雨和泪都是悲哀的代名词,雨的凄清是人的感情产物。这首诗大量运用叠韵、谐韵、同字韵,增强音乐性。《天空在屋顶上面》写于监狱中,表达出一颗受伤的心灵的深深悔恨。诗人以监外欢悦的生活和牢房幽闭的生活相对照,感情真挚,意境深远。

感伤的对话

古老的公园凛冽而冷落,
两个身影刚刚一掠而过。

他们眼睛无光,嘴唇疲沓,
几乎听不清他们的说话。

古老的公园寒冷而偏僻,
两个幽灵刚刚提起往昔。

“你还记得我们过去欢情?”
“为什么你要我缅怀旧境?”

“听到我名字就心跳扑扑?
你总在我梦中见我灵魂?”“不。”

“啊！难以形容的幸福日子，
我们嘴唇贴在一起！”“可不是。”

“天空多蓝，希望多么灿烂！”
“希望破灭，已向冥空消散。”

他们就在野燕麦地漫步，
只有夜听见他们的吐露。

泪洒在我的心头①

雨轻轻洒落在城里
——阿尔蒂尔·兰波

泪洒在我的心头，
仿佛雨落在城里。
是什么样的悲愁
潜入到我的心头？

啊，这雨声多凄清，
敲打地面和屋顶！
对于烦恼的心灵，
雨之歌多么凄清！

泪落得无缘无故，
在这沮丧的心上。
什么！彼此心不负？
这悲哀无缘无故。

这是最深的悲愤，
因为我一无所知，
没有爱也没有恨，
我的心多么悲愤。

① 这首诗原为六音节诗，押韵方式为：abaa。

天空在屋顶上面[①]

天空在屋顶上面，
　　多蓝多静！
棕榈在屋顶上面，
　　摇曳不定。

钟在可见的天空
　　悠悠长鸣。
鸟在可见的树丛
　　低回呻吟。

上帝，上帝，这生活
　　简单宁谧。
这喧嚣声多安乐，
　　来自城市。

——你在这儿做什么，
　　不停哭泣，
讲吧，你做了什么，
　　在青春期？

（以上郑克鲁　译）

---

① 这首诗写于1873年9月布鲁塞尔的小卡尔默罗会监狱中，由八音节诗与四音节诗交叉组合而成，隔行押韵，而且一、三行是同字韵，这首诗曾多次被谱成乐曲。

兰波

阿尔蒂尔·兰波(1854—1891),法国诗人,象征派先驱,生于沙勒维尔,由母亲抚养长大。1870年至1871年,他三度离家出走,1871年至1873年与魏尔伦交往,1873年至1875年四处流浪,1876年参加荷兰外籍军团赴爪哇服役,1881年去亚丁港,然后又在埃塞俄比亚经商达十年之久,最后病逝于马赛。兰波提出"通灵人"和"语言炼金术"的主张,在诗歌创作上有不少创新。

《元音字母》将视觉与听觉、嗅觉连通起来,将元音字母赋予色彩和各种形象的象征,它们之间没有任何联系,是任意的类比。《醉船》的意象是人的异化的写照,醉船要摆脱庸俗丑恶的现实,航向自由的天地,但它最后还是碰了壁,在新世界中找不到理想和归宿。这个新世界实际上仍然是现实的变形,像噩梦一样,从四面八方向醉船袭来。诗中的象征手法是语言炼金术的运用,意象奇特。

元音字母

A黑,E白,I红,U绿,O蓝:元音们,
有一天我要说出你们隐秘的本意:
A,闪光苍蝇毛茸茸的黑紧身衣,
它们绕着恶臭发出嗡嗡叫声,

又是幽暗海湾;E,蒸汽和帐篷的朴实,
高傲冰川的长矛,白衣国王,伞形花在轻振;
I是紫红,咯出的血,美丽的嘴唇
在愤怒或忏悔的迷醉中露出笑意;

U是周期,碧海神圣的振幅,
牲口满布的牧场的安详,炼金术
在勤奋饱满的额角皱纹中刻下的安详;

O,崇高的喇叭,充满古怪尖音,
又是星体和天使穿越的宁静:

——噢，奥美加[1]，是她的双眼的紫光！

醉　　船[2]

正当我从无情之河顺流而下[3]，
我感到纤夫已不再引导航向：
叫嚷的红种人把他们捉来打靶，
将他们剥光，钉在五彩桩子上。

我对所有船员好坏全不在意，
我载运着佛兰德斯小麦或英国棉花。
当喧闹声随同纤夫一起消失，
无情之河让我随意漂泊天涯。

我流浪了一冬，任凭浪涛狂扑，
比孩子玩得着迷的脑瓜还要耳聋！
一个个半岛挣断了缆绳束缚，
还没经历过更得意洋洋的乱哄哄。

风暴使我在大海上醒来兴冲冲。
我在浪涛上跳舞，比塞子还轻，
海浪俗称海难者永恒的摇动工，
我十夜没留恋信号灯的傻眼睛！

绿水灌进了我的冷杉木船体，
清甜赛过孩子爱吃的酸苹果，
洗掉我的蓝酒迹和呕吐污迹，
把舵和四爪锚冲得七零八落。

从此，我沉浸在大海的诗篇里，
海洋泡满了星星，一片乳白，
我吞噬蓝天绿水；一具凝想的尸体

---

① 奥美加：希腊文最后一个字母 Ω。
② 这首诗写于 1871 年下半年，诗人将自己化为一条醉船，让它经历最异想天开的航程。原诗为亚历山大体，隔行押韵。
③ 我即醉船，这是船在讲话。

时而向苍白而欢快的吃水线漂来；

爱情愁苦的橙红色霉斑在发酵，
比酒精更强烈，比竖琴声更广，
突然使海水的湛蓝、灿烂日照，
产生的狂热和缓慢节奏染色增光！

我熟知在闪电中裂开的天穹、
龙卷风、狂浪、海流：我熟知傍晚、
黎明，它像一大群鸽子那样升空，
我有时见过人们以为见到的奇观！

我见过被神秘的恐怖沾黑的夕阳，
闪耀着长长的紫色的凝晖，
也见过把百叶窗的颤动滚向远方
像古代惨剧的演员一样的潮水！

我梦见在耀眼白雪中的绿色夜晚，
梦见吻缓慢地升上大海的眼睛，
梦见闻所未闻的树液循环
和会唱歌的磷黄色与蓝色的苏醒！

我曾一连几个月把长浪追逐，
它冲击礁石，如同歇斯底里的牛圈，
无法设想玛利亚①发亮的双足
能制伏患哮喘的大洋的嘴脸！

你知道，我撞上了奇异的佛罗里达州，
那里的鲜花具有人皮豹的眼睛！
彩虹像海平面下的马笼头，
把海蓝色的群马套得很紧！

我见过似捕鱼篓的巨大沼泽发酵，
海中怪兽在灯芯草中腐烂！

①　可能指“大海圣母马利亚”海滩。

风平浪静中大水倾落咆哮，
远景像瀑布般注入深渊！

我见过冰川、银白太阳、珠色浪、
火炭天空、棕色海湾下可怕的搁浅！
那儿被臭虫吞噬的巨蛇带着异香，
从盘曲歪扭的树上坠落在地面！

我本想给孩子们看看碧波的鲷鱼，
有的鱼金光灿灿，有的鱼会歌唱，
——花的泡沫摇晃着我从锚地离去，
难以形容的清风不时为我添上翅膀。

大海对两极和全球的拍溅已疲乏，
受尽磨难，它的呜咽轻轻将我摇曳，
它向我升起有黄色吸盘的暗影之花，
我就像一个跪下的女子留在原地……

我像座浮岛，摇荡着满船纷争
和黄眼珠、唧喳叫的鸟雀粪便。
我在航行，而穿过我易断的缆绳，
淹死者倒退着下去睡眠！……

我是沉没的小海湾头发下的船，
被飓风掷到飞鸟不到的太空里，
护岸舰和汉萨同盟[1]都望洋兴叹，
无法把我迷醉于水的骨架救起；

自由自在，冒着烟，裹着升起的紫雾，
我穿破像堵墙的淡红色的天，
这堵墙上太阳苔藓、蓝天鼻涕满布，
对优秀诗人这不啻是美味盛宴，

我奔跑，沾上放电月牙形物体的污点，

① 中世纪欧洲沿海城市同盟。

我这疯木板，由马头鱼尾黑怪兽护送，
这时七月用棍棒把青天
打落在炽热的漏斗之中；

我在颤抖，感到五十法里处的震动，
发情的巨兽和险恶的旋涡在哀吼，
作为静止蓝天永恒的纺纱工，
我留恋有古老护墙的欧洲！

我见过恒星群岛！有的岛上，
说谵语的天穹向航行者开启：
你是否在这无底黑夜安睡和流亡，
百万金鸟，啊，未来的活力[1]？

真的，我哭得太多！黎明令人愁闷，
凡是月亮都残酷，凡是太阳都悲哀，
苦涩的爱情使我胀满醉人的昏沉，
啊，愿我的龙骨断裂！愿我葬身大海！

我所向往的欧洲之水，只是黑而冷
一水坑，在散发芬芳的傍晚，
一个蹲下的孩子，充满忧愁，放进水坑
一只像五月蝴蝶般脆弱的小船。

波浪啊，我浸透了你的颓丧萎靡，
再不能在运棉货船后面跟紧，
既不能穿越骄傲的各色国籍旗，
也不能在趸船可怕的眼睛下划行。

（以上郑克鲁　译）

---

① 百万金鸟：指征服力和创造力，也有人认为是指电。

海涅

亨利希·海涅(1797—1856),德国诗人,生于杜塞尔多夫的犹太商人家庭。1819年他在波恩大学学习法律,1821年至1830年至德国各地、波兰、英国、意大利旅行。法国1830年革命爆发后,他来到巴黎。1843年认识马克思,受到影响。晚年瘫痪,在巴黎逝世。重要作品有《哈尔茨山游记》(1824)、《歌集》(1827)、《德国——一个冬天的童话》(1844)、《罗曼采罗》(1851)。海涅批判德国乃至欧洲的社会现实,具有革命民主主义思想。作品讽刺辛辣,譬喻机智,喜爱民间传说。

《西里西亚的纺织工人》塑造了自觉埋葬旧制度的掘墓人形象,他们的仇恨体现在要为旧制度织尸布的愿望上。《颂歌》以掷地有声的语言写出斗士的决心,剑与火焰是斗士形象的化身。《决死的哨兵》是一首言志诗,充满了革命豪情。诗人把自己看作一个日夜警醒的哨兵,号召人们前赴后继。《罗累莱》将民间传说写成一曲悲歌,而又带上追求爱情的色彩;历史的演变把这首诗变成德国美好的和平生活的象征。

西里西亚的纺织工人[①]

忧郁的眼里没有眼泪,
他们坐在织机旁,咬牙切齿:
“德意志,我们在织你的尸布,
我们织进去三重的诅咒——
　　我们织,我们织!

“一重诅咒给那个上帝,
饥寒交迫时我们向他求祈;
我们希望和期待都是徒然,
他对我们只是愚弄和欺骗——
　　我们织,我们织!

“一重诅咒给阔人们的国王,

---

① 1844年,西里西亚地方的纺织工人不堪剥削的压迫,进行反抗,是德国早期工人运动中的大事件。海涅的诗就是为声援这次运动而写的。

我们的苦难不能感动他的心肠，
他榨取我们最后的一个钱币，
还把我们像狗一样枪毙——
　　我们织，我们织！

“一重诅咒给虚假的祖国，
这里只繁荣着耻辱和罪恶，
这里花朵未开就遭到摧折，
腐尸和粪土养着蛆虫生活——
　　我们织，我们织！

“梭子在飞，织机在响，
我们织布，日夜匆忙——
老德意志，我们在织你的尸布，
我们织进去三重的诅咒，
　　我们织，我们织！”

颂　歌

我是剑，我是火焰。

黑暗里我照耀着你们，
战斗开始时，
我奋勇当先
走在队伍的最前列。

我周围倒着
我的战友的尸体，
可是我们得到了胜利。
我们得到了胜利，
可是周围倒着
我的战友的尸体。
在欢呼胜利的凯歌里
响着追悼会严肃的歌声。
但我们没有时间欢乐，
也没有时间哀悼。

喇叭重新吹起，
又开始新的战斗。

我是剑，我是火焰。

决死的哨兵[①]

在自由战争的最前哨，
三十年来我忠实地坚持。
我战斗，并不希望胜利，
我知道，绝不会健康地回到家里。

我日夜警醒着——我不能睡眠，
像是在一群战友的帐篷里——
（这些好人的鼾声把我搅醒，
每逢我有一些儿睡意。）

在那些夜里我常常感到无聊，
也感到恐惧——（只有傻子才毫无恐惧）——
为了驱除恐惧，我于是哼出来
一首讽刺诗泼辣的韵律。

是的，我警醒地立着，枪在怀里，
附近出现一个可疑的坏蛋，
我射得准，向他丑恶的肚皮
打进一颗热的、滚热的子弹。

这中间当然也能够发生，
这样一个坏蛋——啊，我不能否认——
会同样地射得很准，
伤口裂开——我的鲜血流尽。

一个岗哨空了！——伤口裂开——
一个人倒下了，别人跟着上来——

① 原诗题为法语，意思是站在最危险的岗位的哨兵，这样的哨兵往往是九死一生。

我的心摧毁了，武器没有摧毁，
我倒下了，并没有失败。

罗　累　莱[1]

不知道什么缘故，
我是这样的悲哀；
一个古代的童话，
我总是不能忘怀。
天色晚，空气清冷，
莱茵河静静地流；
落日的光辉
照耀着山头。

那最美丽的少女
坐在上边，神采焕发，
金黄的首饰闪烁，
她梳理金黄的头发。

她用金黄的梳子梳，
还唱着一支歌曲；
这歌曲的声调，
有迷人的魔力。

小船里的船夫
感到狂想的痛苦；
他不看水里的暗礁，
却只是仰望高处。

我知道，最后波浪
吞没了船夫和小船；
罗累莱用她的歌唱
造下了这场灾难。

（以上冯至　译）

---

① 罗累莱（Lorelei）：传说中的一个魔女，她坐在莱茵河畔一座巉岩顶上，用歌声引诱河上的船夫。

普希金

亚历山大·谢尔盖耶维奇·普希金(1799—1837),俄国诗人、小说家、戏剧家,生于莫斯科,出身贵族家庭。1817 年到外交部供职,1820 年流放南俄,又因触犯上司,被革职回原籍。1825 年返回莫斯科,但他不愿与沙皇合作。1831 年重回外交部。1837 年在决斗中去世。重要作品有《茨冈》(1824)、《叶甫盖尼·奥涅金》(1823—1831)、《别尔金小说集》(1830)、《上尉的女儿》(1836)。普希金被称为俄国文学之父。他广泛而深刻地反映了农奴制的俄国社会,语言清新、准确、流畅,对俄罗斯的民族语言起过重大作用。

《致凯恩》是普希金最著名的爱情诗,诗人把回忆爱情与回顾坎坷的生平融合起来,情感热烈、真切。《致西伯利亚的囚徒》写出诗人对十二月党人的崇高敬意和深厚感情。《"纪念碑"》是对一生的总结,胸襟宽广,豪迈有力,信心坚定,思路别致。《达吉雅娜给奥涅金的信》选自《叶甫盖尼·奥涅金》,能独立成篇。它表达了一个少女写信向人求爱的复杂心情,也展示了她坦率纯真的性格,对爱情的信念和高尚的道德品质。这封信提供了心理分析的典范。

致凯恩

我记得那美妙的一瞬:
在我的面前出现了你,
有如昙花一现的幻影,
有如纯洁之美的天仙。

在那无望的忧愁的折磨中,
在那喧闹的浮华生活的困扰中,
我的耳边长久地响着你温柔的声音,
我还在睡梦中见到你可爱的倩影。

许多年代过去了。暴风骤雨般的激变
驱散了往日的梦想,
于是我忘却了你温柔的声音,
还有你那天仙似的倩影。

在穷乡僻壤，在囚禁的阴暗生活中，
我的日子就那样静静地消逝，
没有倾心的人，没有诗的灵感，
没有眼泪，没有生命，也没有爱情。

如今心灵已开始苏醒：
这时在我的面前又重新出现了你，
有如昙花一现的幻影。
有如纯洁之美的天仙。

我的心在狂喜中跳跃，
心中的一切又重新苏醒，
有了倾心的人，有了诗的灵感，
有了生命，有了眼泪，也有了爱情。

致西伯利亚的囚徒

在西伯利亚矿坑的深处，
望你们坚持着高傲的忍耐的榜样，
你们的悲壮的工作和思想的崇高志向，
决不会就那样徒然消亡。

灾难的忠实的姊妹——希望，
正在阴暗的地底潜藏，
她会唤起你们的勇气和欢乐，
大家期望的时辰不久将会临降。

爱情和友谊会穿过阴暗的牢门
来到你们的身旁，
正像我的自由的歌声
会传进你们苦役的洞窟一样。

沉重的枷锁会掉下，
阴暗的牢狱就会覆亡，
自由会在门口欢欣迎接你们，
弟兄们会把利剑送到你们手上。

（以上戈宝权　译）

“纪　念　碑”

Exegi monumentum[1]

我为自己树起了一座天然的纪念碑，
人民的道路通向那里，再也不会荒芜，
他抬起了自己不屈的头，
　　高过亚历山大的纪念石柱[2]。

不，我不会完全死去——我的心灵
通过珍秘的琴声将超越我的骨灰、避免腐朽，——
我将永享荣誉，即使在这月光下的世界
　　哪怕还只有一个诗人居留。

我的名字将传遍伟大的俄罗斯，
她那各族的语言将把我呼唤：
高傲的斯拉夫、芬兰，至今野蛮的通古斯，
　　还有卡尔梅克，草原的伙伴。

我之所以久久地为人民所喜爱，
是因为我用诗歌激起了他们善良的感情，
是因为我在这残酷的时代歌颂过自由，
　　并且为倒下的人们[3]祈求宽容。

啊，诗神，永远听从上帝的意旨吧，
既不要怕凌辱，也不希求桂冠，
赞誉和诽谤，都可以漠不关心，
　　更不要和愚蠢的人们争辩。

（魏荒弩　译）

---

① 拉丁语，古罗马诗人贺拉斯的诗句：“我竖起一个纪念碑。”

② 亚历山大一世的纪念柱建立在彼得堡的皇宫广场上，1834 年 11 月，在此纪念柱揭幕的前几天，普希金为了避免参加典礼，特地离开了彼得堡。

③ “倒下的人们”暗指十二月党人。

《叶甫盖尼·奥涅金》：达吉雅娜给奥涅金的信

我在给您写信——难道还不够？
我还能再说一些什么话？
现在，我知道，您完全有理由
用轻蔑来对我加以惩罚。
可是您，对我这不幸的命运
如果还保有点滴的爱怜，
我求您别把我抛在一边。
最初我并不想对您明讲；
请相信：那样您就永没可能
知道我是多么地难以为情，
如果说我还可能有个希望
在村里见到您，哪怕很少见，
哪怕一礼拜只见您一次面，
只要能让我听听您的声音，
跟您讲句话，然后专心去想，
想啊、想，直到下次再跟您遇上，
日日夜夜只惦着这一桩事情。
可是人家说，您不愿跟人交往；
这穷乡僻壤到处都惹您厌烦，
而我们……没什么可夸耀的地方，
只是对您真心实意地喜欢。

　　为什么您要来拜访我们？
在这个人所遗忘的荒村，
如果我不知道有您这个人，
我就不会尝到这绞心的苦痛。
我幼稚的心灵的一时激动
会渐渐平息（也说不定？），
我会找到个称心的伴侣，
会成为一个忠实的贤妻，
也会成为一个善良的母亲。

别人！……不，我的这颗心
世界上谁也不能拿去！
我是你的——这是命中注定，
这是老天爷他的旨意……
我之所以还需要活着：
就为了保证能和你相见；
我知道，上帝把你派来给我，
做保护人，直到坟墓的边缘……
你的身影曾经到我的梦中显露，
我虽然没看清你，已感到你的可亲，
你奇妙的目光让我心神不宁，
你的声音早响彻我灵魂深处……
不呵，这不是一场梦幻！
你刚一进门，我马上看出，
我全身燃烧，全身麻木，
心里暗暗说：这就是他，看！
不是吗？我听见过你的声音：
可是你在悄悄地跟我倾谈，
当我在周济那些穷人，
或者当我在祈求神灵
宽慰我激动的心的熬煎？
在眼前这个短短的一瞬，
不就是你吗？亲爱的幻影，
在透明的暗夜里闪闪发光，
轻轻地贴近了我的枕边？
不是你吗，带着抚慰的爱怜
悄悄地对我在显示希望？
你是什么？是保护我的天神，
还是一个来诱惑我的奸人？
你应该解除我的疑难。
也许，这一切全是泡影，
全是幼稚的心灵的欺骗！
命定的完全是另一回事情……
然而，就算它是这样！
我也从此把命运向你托付，
我站在你面前，泪珠挂在脸上，

我恳求得到你的保护……
你想想，我在家里孤孤零零，
没有一个了解我的人，
整日里头脑昏昏沉沉，
我只有默默地了此一生。
我等你：请用唯一的你的眼
把我心头的希望复活，
或是把这场沉重的噩梦捅破，
唉，用我应该受到的责难！

写完了！我真怕重读一遍……
我木然地感到羞惭和惧怕……
但是您高贵的品格是我的靠山，
我大胆地把我自己托付给它……

（王智量　译）

莱蒙托夫

米哈依尔·尤里耶维奇·莱蒙托夫（1814—1841），俄国诗人，生于莫斯科，父亲是退休军官。他从小生活在外祖母的庄园里，1830年入莫斯科大学，1832年入彼得堡近卫军士官学校。1837年遭到逮捕，放逐到高加索，1840年因与法国公使之子决斗再次被捕和放逐，次年在决斗中去世。重要作品有《童僧》（1839）、《当代英雄》（1840）、《恶魔》（1829—1844）。他向往自由，憎恨现实，歌颂叛逆精神，创造愤世嫉俗、苦闷彷徨的多余人形象。

《乞丐》既是情诗，又是哲理抒情诗，将情人与乞丐类比，构思巧妙；诗人的愤慨义正词严。《帆》是物化了情思的咏物诗，孤帆喻指诗人被逐至彼得堡以后的孤独苦闷；三节诗三个镜头，雾海孤帆、怒海风帆和晴海怪帆，完整地写出诗人的心态。《云》以云自况命运多艰，第一节描绘云的形态，第二节对云设问，第三节替云作答，层次分明，情景交融。

乞 丐

在那圣洁的修道院门前，
有一个乞讨施舍的穷汉，
他瘦骨嶙峋，气息奄奄，
受尽了饥渴，备尝苦难。

他只不过乞求一块面包，
却露出无比痛苦的眼神，
但有人竟拾起一块石头，
放在他那伸出的掌心。

我也似这样祈求你的爱，
满怀惆怅，泪流满面；
我的那些美好的情感，
像这样永远为你所骗！

帆[①]

在大海上蓝色的烟雾里
有一叶孤帆在闪着白光！……
它到这遥远的地方寻求什么？
它又把什么撇在了故乡？……

波浪在翻滚，海风在呼啸，
桅杆弯曲着在嘎吱作响……
唉！它不是在寻求幸福，
也不是逃避幸福而远航！

上面的太阳是一片金光灿烂，
下面的碧波比蓝天还要湛清……
而它，在焦躁地祈求风暴，
仿佛在风暴里才会有安静！

---

① 这是莱蒙托夫在彼得堡所写诗篇之一，反映了1830年代俄国进步知识分子的心情和处境。

云①

天上的行云啊,永恒的漂泊者!
你们这被放逐的囚徒,同我一样,
行经湛绿的草原,串珠般的山脉,
从可爱的北国奔向遥远的南方。

是谁在驱逐你们:是命运的裁决?
是隐秘的嫉妒?还是公然的仇恨?
是朋友对你们进行恶毒的诽谤?
还是罪行一直在苦恼着你们?

不,贫瘠的田野使你们厌恶……
你们既缺乏热情,也不知痛苦,
你们是永远冷漠、永远自由的,
你们没有祖国,也不会被放逐。

（以上魏荒弩　译）

裴多菲

山陀尔·裴多菲(1823—1849),匈牙利诗人,父亲是屠夫。他当过兵,加入流浪剧团,走遍匈牙利。1844 年当编辑,1849 年参加革命军,被沙皇的哥萨克骑兵刺死。重要诗作有《雅诺什勇士》(1844)、《民族之歌》(1848)、《使徒》(1848)。他的诗歌号召人们摆脱奥地利的统治,废除封建制度,激情澎湃。

《谷子成熟了……》是一首爱情诗,以成熟的谷子为喻,让爱人快来收割,比喻新鲜而贴切。《自由,爱情》是首言志诗,感情高尚,志向高远,铿锵有力,如雷霆万钧,令人难忘。《我愿意是急流》是又一首情诗,采用博喻手法,诗人以急流、荒林、草屋、云朵自比,而以小鱼、小鸟、常春藤、炉火、夕阳比喻爱人,冷落的形象和欢快的形象相对照,具有浓郁的民歌风格。

① 此为诗人第二次流放高加索行前所作。在送行会上,诗人站在卡拉姆辛窗前,望着夏园和涅瓦河上空的行云,有感于朋友们的挚爱而赋此诗。

谷子成熟了……

谷子成熟了，
天天都很热，
到了明天早晨，
我就去收割。
我的爱也成熟了，
很热的是我的心；
但愿你，亲爱的，
就是收割的人！

（孙用　译）

自由，爱情

生命诚宝贵，
爱情价更高；
若为自由故，
二者皆可抛！

（殷夫　译）

我愿意是急流

我愿意是急流，
山里的小河，
在崎岖的路上，
岩石上经过……
只要我的爱人
是一条小鱼，
在我的浪花中
快乐地游来游去。

我愿意是荒林，
在河流的两岸，
对一阵阵的狂风，

勇敢地作战……
只要我的爱人
是一只小鸟，
在我的稠密的
树枝间做窠，鸣叫。

我愿意是废墟，
在峻峭的山岩上，
这静默的毁灭
并不使我懊丧……
只要我的爱人
是青青的常春藤，
沿着我荒凉的额，
亲密地攀援上升。

我愿意是草屋，
在深深的山谷底，
草屋的顶上，
饱受风雨的打击……
只要我的爱人
是可爱的火焰，
在我的炉子里，
愉快地缓缓闪现。

我愿意是云朵，
是灰色的破旗，
在广漠的空中，
懒懒地飘来荡去，
只要我的爱人
是珊瑚似的夕阳，
傍着我苍白的脸，
显出鲜艳的辉煌。

（孙用　译）

惠特曼

沃特·惠特曼(1819—1892),美国诗人,生于长岛,父亲从事建筑。他十一岁就当仆役,后当排字工人。1846 年当《长岛鹰报》编辑。1862 年到华盛顿当护士,护理伤兵。1871 年瘫痪。代表作是《草叶集》(1855—1892)。他崇尚平等,歌唱自我,热爱人民。采用自由体,气势恢宏,汪洋恣肆,奔放不羁。

《啊,船长! 我的船长!》悼念林肯遇刺。以船长比喻这位主张废奴的总统,再恰当不过。全诗写得雄健、悲壮、优美。每节诗后四句的倒楼梯式起到引人注目的效果,结句重复令人震动。《不只热火在燃烧和消耗》描写爱的激情像热火、像海潮,诗人拿微风吹进绒球、云朵播雨来比较,肯定前者,否定后者。气势雄健有力,胸怀宽广博大。

啊,船长! 我的船长!

啊,船长! 我的船长! 我们可怕的航程已终了,
船只度过了每一个难关,我们寻求的奖品已得到,
港口就在眼前,钟声已经听见,人们在狂热地呼喊,
眼睛在望着稳稳驶进的船只,船儿既坚定又勇敢,
　　但是心啊! 心啊! 心啊!
　　　啊,鲜红的血在流滴,
　　　　我的船长躺卧在甲板上,
　　　　　人已倒下,已完全停止了呼吸。

啊,船长! 我的船长! 请起来倾听钟声的敲撞!
请起来——旗帜在为你招展——号角在为你吹响,
为了你,才有花束和飘着缎带的花圈——为了你人群
　才挤满了海岸,
为了你,汹涌的人群才呼唤,殷切的脸才朝着你看;
　　在这里,啊,船长! 亲爱的父亲!
　　　请把你的头枕靠着这只手臂!
　　　　在甲板这地方真像是一场梦,
　　　　　你已倒下,已完全停止了呼吸。

我的船长没有回答，他的嘴唇惨白而僵冷，
我的父亲感不到我的臂膀，他已没有了脉搏和意志的
　反应，
船只已安全地抛下了锚，旅程已宣告完成。
胜利的船只已达到目的，已走完了可怕的航程；
　　欢呼吧，啊海岸，敲撞吧，啊钟声！
　　　但是我每一举步都怀着悲凄，
　　　　漫步在我船长躺卧的甲板上，
　　　　　人已倒下，已完全停止了呼吸。

（赵萝蕤　译）

不只热火在燃烧和消耗

不只热火在燃烧和消耗，
不只海水在急忙地涨潮退潮，
不只甜美干燥的和风，仲夏的和风，在轻轻搬运各样种子的白色绒球，
飘送着，优美地飞扬着，落在它们可到的处所；
不只这样，不只这些啊，还有我的火焰也同样为了我所钟情的他的爱情而燃
　烧，消耗，
还有我呀，也同样在急忙地涨潮退潮；
潮水不是急急忙忙在寻找什么而永不休停吗？啊，我也那样，
啊，不只绒球或芳香，也不只高处播雨的云朵，被运送着穿过大气，
我的灵魂也同样被运送着穿过大气，
爱哟，被飘向四面八方，为了友谊，为了你。

（李野光　译）

20世纪

叶芝

威廉·勃特勒·叶芝(1865—1939),爱尔兰诗人,生于都柏林,父亲是画家。1891年他和诗友建立“诗人俱乐部”和“爱尔兰文学会”。1898年到巴黎,受法国象征派影响。1904年与友人一起创办艾比剧院。获1923年诺贝尔文学奖。作品多为抒情诗。

《茵纳斯弗利岛》描写诗人寻找理想,摆脱现代商业文明。茵纳斯弗利岛是爱尔兰民间传说中的美丽湖心小岛,叶芝把它描绘成鸟语花香的世外桃源。《当你老了》是回忆毛特·岗的一首情诗,可同龙沙的《待你到垂暮之年……》对照来读。《基督重临》表达了叶芝的历史观:他认为人类历史像盘旋而下的楼梯,循环交替;西方文明已经走到了尽头,将由粗野强暴的文明所代替。他用旋体这一意象来表示。在他笔下,世界将充满混乱,象征两千年文明的斯芬克司在动摇。风格转向粗犷、阴沉。

茵纳斯弗利岛

我就要动身走了,去茵纳斯弗利岛,
搭起一个小屋子,筑起泥巴房;
支起九行芸豆架,一排蜜蜂巢,
独个儿住着,荫凉下听蜂群歌唱。

我就会得到安宁,它徐徐下降,
从朝雾落到蟋蟀歌唱的地方;
午夜的一片闪亮,正午是一片紫光,
傍晚到处飞舞着红雀的翅膀。

我就要动身走了,因为我听到
那水声日日夜夜拍打着湖滨;
不管我站在车行道或灰暗的人行道,
都在我心灵的深处听见这声音。

当你老了

当你老了，头白了，睡思昏沉，
炉火旁打盹，请取下这部诗歌，
慢慢读，回想你过去眼神的柔和，
回想它们昔日浓重的阴影；

多少人爱你青春欢畅的时辰，
爱慕你的美丽，假意或真心，
只有一个人爱你那朝圣者的灵魂，
爱你衰老了的脸上痛苦的皱纹；

垂下头来，在红光闪耀的炉子旁，
凄然地轻轻诉说那爱情的消逝，
在头顶的山上它缓缓踱着步子，
在一群星星中间隐藏着脸庞。

基督重临[①]

在向外扩张的旋体上旋转呀旋转[②]，
猎鹰再也听不见主人的呼唤[③]，
一切都四散了，再也保不住中心，
世界上到处弥漫着一片混乱，
血色迷糊的潮流奔腾汹涌，
到处把纯真的礼仪[④]淹没其中，
优秀的人们信心尽失，
坏蛋们则充满了炽烈的狂热。

---

① 作于1920年。根据基督教传说，基督将在世界末日重临人间主持审判。叶芝认为古希腊罗马传下来的西方文明今天已接近毁灭时期，二百年内即将出现一种粗野狂暴的反文明，作为走向另一种贵族文明的过渡。本诗表现了叶芝这种历史循环的错误理论。艺术上已从唯美主义转入后期象征主义，用复杂而有质感的形象表达抽象的哲理。

② 叶芝在《幻景》一书中认为人类历史是由正旋体（代表道德、空间、客观）和反旋体（代表美感、时间、主观）两个圆锥体渗透构成的，这里所谓“旋体”即指历史。

③ 猎鹰喻人类，主人喻基督。

④ 叶芝经常把“纯真的礼仪”作为贵族文化的表征之一。

无疑神的启示就要显灵，
无疑基督就将重临。
基督重临！这几个字还未出口，
刺眼的是从大记忆来的巨兽[①]：
荒漠中，人首狮身的形体，
如太阳漠然而无情地相觑，
慢慢挪动腿，它的四周一圈圈，
沙漠上愤怒的鸟群阴影飞旋。
黑暗又下降了，如今我明白
二十个世纪的沉沉昏睡，
在转动的摇篮里做起了恼人的噩梦，
何种狂兽，终于等到了时辰，
懒洋洋地倒向圣地来投生？

（以上袁可嘉　译）

艾略特

托马斯·史登斯·艾略特（1888—1965），英国象征派诗人，生于美国的圣路易市，父亲是企业家。1906年他进入哈佛大学，1910年到巴黎大学进修，1914年又到德国进修。他先在英国小学教书，1917年至1925年在银行供职，曾任《自我主义者》助理编辑。1921年到瑞士治病，1927年加入英国国籍，获1948年诺贝尔文学奖。重要作品有《荒原》（1922）、《四个四重奏》（1943）。他的作品揭示了第一次世界大战后欧洲社会现状和人的精神面貌，象征手法丰富，广泛应用典故，框架结构有神话色彩。

《窗前晨景》展现了两幅景象，奇特的是诗人会感到女仆的灵魂会发芽，扭曲的脸会向他抛来，微笑从屋顶那边消失。这些意象带有灰暗色彩，表现诗人对资本主义城市文明的失望。《空心人》是现代西方人灵魂空虚的写照，他们没有思想，像稻草人一样。诗中的老鼠、地窖、碎玻璃等意象，在于写出一个荒凉、死寂的世界：主体和客体都是空虚的，无意义的。

---

① 叶芝认为宇宙间存在一个“大记忆”，世代相传，它是一个神秘的汇集一切知识经验的大海。巨兽（即诗末所谓狂兽）指即将到来的粗野狂暴的“反文明”。

窗前晨景

地下室厨房里，她们正把早餐盘子洗得乒乓响，
沿着众人践踏的街道边沿，
我感到女仆们潮湿的灵魂
在地下室前的大门口沮丧地发芽。

一阵阵棕色波浪般的雾从街的尽头
向我抛上一张张扭曲的脸，
又从一位穿着泥污的裙子的行人的脸上
撕下一个空洞的微笑，微笑逗留在半空，
然后沿着屋顶一线消失了。

（裘小龙　译）

空　心　人

库尔兹先生——他死了①
给老盖伊一文钱吧②

一

我们是空心人
我们是填塞起来的人
靠在一起
脑袋瓜装一包草。唉！
当我们窃窃私语
我们干涩的嗓音
平静而无意义
像风吹干草
或是干燥的地窖里
耗子在碎玻璃上跑
有形无式，有影无色，
瘫痪的力量，不动的姿势；

---

① 库尔兹是康拉德的著名中篇小说《黑暗的心》之主人公，他在小说结尾时死去。
② 盖伊指英国历史上著名的火药爆炸案主角盖伊·福克斯，英国有风俗每年该日焚烧盖伊·福克斯纸像，而孩子们假装乞讨，喊着这句话。

那些眼光直朝前地
跨进死亡的另一个国土的人
万一记得我们——也不像迷路的
狂暴的灵魂，而仅仅
是空心人
填塞起来的人。

二

在梦中，在死亡的梦幻之国
我不敢遇见的眼睛
并没有出现
在那里，眼睛只是
破碎的圆柱上的阳光
在那里，是摇曳的树
而嗓音混合在
风的歌声中
比渐渐暗淡的星
更加遥远，更加庄严。

让我别再走近
死神的梦幻之国
让我也穿起
这些特意的伪装
老鼠外套，乌鸦皮，交叉的棍子
在田野里
跟风一样行动
不能再走近——

三

这是死去的土地
这是仙人掌的土地
在这里竖立着
石头雕像，在渐渐暗淡的
星光之中，他们接受
死人手臂的哀求。

就像这样
在死亡的另一个国土

独自醒来时
正值我们
因柔情而战栗
而嘴唇准备
吻祈祷书也吻碎石。

四

眼睛不在这里
这星星死亡的山谷
这空虚的山谷
我们失去了的天国的破牙床
眼睛不在这里

在这最后一个相会地点
我们摸到一齐
一言不发
会集在这涨水的河流岸边

一无所见,除非
眼睛重新出现
好像永恒的星辰
好像死亡的晦暝之国里
那复瓣的玫瑰
那是空心人的
唯一希冀

五

在这里我们围绕着多刺的梨
多刺的梨多刺的梨
在这里我们围绕着多刺的梨
在大清早五点①。

就在思想
和现实之间
就在行动

---

① “多刺的梨”指仙人掌,荒漠中唯一的植物。这段诗是戏仿一首儿歌:“我们围着桑树跳舞,在冰冷的早上。”

和动作之间
落下了影子
　　　因为天国属于你

就在概念
和创造之间
就在情绪
和反应之间
落下了影子
　　　生命可真长

就在愿望
和痉挛之间
就在潜力
和存在之间
就在本质
和后果之间
落下了影子
　　　因为天国属于你

因为是你的
生命是
因为是你的这

世界正如此告终
世界正如此告终
世界正如此告终
没有一声轰隆[①],只剩一声唏嘘。

（赵毅衡　译）

① 暗指火药爆炸案,意思是现代人无此魄力。

瓦莱里

保尔·瓦莱里(1871—1945),法国象征派诗人,生于赛特,父亲是海关官员。他曾在蒙佩利埃大学学法律。1894年定居巴黎,从1895年开始,在国防部当了五年文稿起草人。1900年进入哈瓦那通讯社当秘书。1923年获骑士级勋章,1924年任笔会主席,1937年在法兰西学院开诗学课,1938年获荣誉团军官大勋章。重要作品有《旧诗集》(1920)、《幻美集》(1922)。他的诗歌富有哲理,注意内心体验和潜意识的挖掘,意象色彩鲜明。

《石榴》中的石榴是智能的象征,它的构造如同人的大脑,思想的孕育有如石榴颗粒的成熟,思想射出火花,好像石榴迸出果汁。《海滨墓园》是对人生的思索,展示生与死之间、变化与凝固不动之间的分裂,我与非我作为生命与虚无的冲突,天空和海洋、黑暗和光明的冲突。屋顶象征大海,白鸽象征白帆,中午象征完美存在,生活给瓦莱里提供了生动的意象。

石　榴

坚硬的石榴饱绽开,
是经不住结子过度,
我似见大智的头颅,
因发现太多爆裂开来!

啊,迸裂的石榴成串,
你们傲然地膨胀,
在你们催逼下阳光
使宝石隔墙哔剥声不断,

似赤金的干燥表皮,
不堪忍受内力推挤,
迸出玉液像红宝石晶莹,

这条光闪闪的裂口,
使人想到我的心灵
那内中的隐秘结构。

海滨墓园[①]

这平静屋顶,白鸽在漫步[②],
它在松树与坟墓间起伏;
公正的“中午”[③]用火焰织出
大海[④],大海总在周而复始!
多好的报酬啊,经过沉思,
对天神的宁静长久注目!

何种纯粹劳动闪光灼灼,
把细沫的无数钻石消磨,
似乎可以想象多么宁谧!
太阳在深渊上歇息沉落,
作为永恒事业纯粹成果,
“时间”在闪耀,“梦想”即感知。

稳定的宝库[⑤],米涅瓦[⑥]神殿,
宁静的堆积,矜持得明显,
严峻的海水,深沉的“眼睛”,
守护酣睡,在火焰面纱下[⑦],
我的沉默啊!……心灵的大厦,
又是千瓦黄金阁楼,“屋顶”!

叹息所概括的“时间”宝殿,
我登上,习惯这纯粹顶点[⑧],
环顾四周,大海一望无际;
如同给天神的最高供物,

---

① 海滨墓园确实存在于瓦莱里的故乡,面对地中海。这首长诗蕴含着诗人对童年时代和家乡的回忆,同时又从大自然的不朽和人生的变易中得出肯定现时,面向未来的结论。原诗为十音节诗。

② 屋顶指大海,白鸽指白帆。

③ 中午象征完美存在,因为中午的太阳把白天分为两半。

④ 海面阳光闪耀,看似火焰织出。

⑤ 象征心灵中沉睡着财富。

⑥ 罗马神话的智慧女神。

⑦ 闪烁的大海像一只眼睛,它的闪光隐藏着神秘力量。

⑧ 在这顶点,时间是一声叹息,它虽是一刹那,却概括了永恒。观赏者以为这是永恒状态。

平静的闪光向大洋深处
放射着至高无上的藐视①。

如同果实在享受中融汇，
如同它把消失变成美味，
在它的形体消去的嘴巴，
我正汲取我未来的烟云②，
而青天对我枯竭的灵魂
歌唱海岸变成声声喧哗③。

美而真的天，看我在变幻④！
经过如许骄矜，如许闲散——
虽然离奇，但能蓄锐养精，
我沉湎在这灿烂的空间，
我的身影掠过死人墓前，
使我对它抖动终于适应。

灵魂在夏至火把照射时，
我顶得住你——有无情武器
装备的光芒出色的公正！
我使你像原先那样纯粹；
审察自己吧！……但折射光辉
会留下半边黑影的阴森⑤。

啊，对我来说，并为我所愿：
靠近一颗心，在诗的源泉，
在空无和纯粹结果之间⑥，
我等待内心崇高的回声，
这蓄水池苦涩、响亮、阴沉，

① 神圣的宁静藐视大洋和心灵的骚动。一至四节写迷醉的观赏：同“天神的宁静”对话的幻觉。
② 诗人预先品尝“未来”：正当他的躯体化为灰烬时，他的灵魂也会化成轻烟。
③ 海岸原是不变的，变成喧哗意谓生物是变化的，生命是短暂的。
④ 美与真表示绝对，与变化的人相对。
⑤ 人力图成为纯粹精神，未获成功，在认识和意识上存在阴影。
⑥ 诗人想面对自己的意识之光，在创作中抓住从未确定事物（空无）到创造（纯粹结果）的过程。

在心灵发出未来的幽咽①。

你可知道,枝叶的假女犯
吞噬着细瘦铁栅的海湾②,
刺激我闭上双目的奥秘③,
谁把我拉向懒散的结束,
谁把我引到埋骨的坟墓?
闪光在想我逝去的亲戚。

封闭、圣洁、充满无形火焰,
献给了光芒的一块海边,
这地方我喜欢,火炬④君临,
由金光、石头、暗色树交织,
多少大理石对亡灵战栗⑤,
忠实大海枕我坟墓安寝!

赶走偶像崇拜者,闪毛狗⑥!
带着牧人的微笑,孤寂忧愁,
我长期放牧神秘的绵羊:
那像白羊群的宁静坟地,
赶开那谨小慎微的鸽子,
好奇的天使,虚幻的梦想⑦!

未来降临此地,十分懒散,
蝉声像在摩擦干燥一般。
一切燃烧、衰竭、融于空气,
转化为难以描述的精粹……
生活广阔,为消失所陶醉,

① 热烈等待之后是失望:对自我的内心认识总是被置于未来。第五至第八节写意识到人在变化,转瞬即逝,并不完美。

② 指大海要透过树枝和墓园铁栅才能看见。

③ 诗人将深海的奥秘同意识的奥秘沟通起来,这里,奥秘一词与大海、海湾是同位语。

④ 柏树在阳光下好似火炬。

⑤ 由于空气晒热,大理石看来像在抖动。

⑥ 由上句"忠实大海"引出的意象。

⑦ 西方人墓地上常雕刻有守护天使和保护圣灵的鸽子。梦想指永生的唯灵论说教,瓦莱里对此加以摈斥。

愁苦多甜蜜，精神多明智[①]。

隐藏的死者已各得其所，
受土地烤炙，神秘已萎缩，
“正午”当空，“正午”纹丝不动，
在孤芳自赏，在顾影自怜……
完整的头颅，完美的王冠[②]，
我在你里面暗暗地变动。

你只有我替你承担恐怖！
我的悔恨、怀疑，我的约束，
就是你巨大宝石的缺陷……
在大理石重压下的夜晚，
树根下模模糊糊一大团，
已经慢慢站在你的一边[③]。

他们已融成厚厚的虚无，
红黏土汲取了白色枯骨，
生的才赋转到花卉里头！
死者的惯用词句、个人技艺、
独特的感情，如今在哪里？
蛆虫在涌泪的地方转悠。

被搔痒姑娘的尖声叫喊，
明眸皓齿，湿漉漉的眼睑，
喜爱玩火的迷人的酥胸，
在相逢的嘴唇闪耀的血，
最后的恩惠，用手来堵截，
一切要归尘土，再起作用！

而你，伟大心灵，可要梦想，
它不再具有碧波和金光

---

① 意指明智的诗人不像别的诗人感受到愁苦，而是甜蜜地迎接自然法则。

② 王冠是神圣完美的物质象征，由此至下一节，写人弥补完美的缺陷。

③ 与不稳定的活人不同，死尸在消融其中的土地里又找到了物质的稳定性，它们站到了与虚无混同的不变物一边。

在此给肉眼造成的幻彩①？
心灵化烟云，你还能歌咏？
一切逍遁！我的生存有漏孔，
神圣的焦急也不复存在②！

瘦削的、披金黑衣的永生，
戴桂冠去安慰人，多凶狠，
把死亡变作母亲的怀抱，
美好的诺言，虔诚的诡计！
谁个不了解，谁个不摈弃
这空脑壳和这永恒浪笑③！

深埋的祖先，空空的头颅，
身上有多少铲土的重负，
化成了泥，不辨我们走过，
真正吃人的实在的蛆虫，
不在你们长眠的石板中，
它靠生命活着，不离开我④！

爱情嘛，许是对自我憎厌？
它隐秘的牙离我如眼前，
用什么名字叫它都适宜！
管它呢！它看、想、接触、盼望！
它爱我肉体，竟到我床上，
我活着因为有这生命体⑤！

泽农！伊利亚无情的泽农！
你用这支飞箭穿透我胸，
箭在颤动、飞行，却又停息！
箭响使我生，箭到我丧命！
太阳啊！……心灵多么像龟影，

---

① 在柏拉图看来，具有无限灵感的伟大心灵无法离开表面的范围，达到纯粹理想，瓦莱里作了反驳。
② 意谓让心灵对永生的焦急盼望漏走。
③ 第九至十八节写永生只是幻想。
④ 此句的蛆虫指折磨活人的良知。
⑤ 生命体指意识，这一节描述的是意识。

迅跑的阿喀琉斯却静止①!

不,不!……起来!在连接的时代
我的身体,砸碎沉思形态!
我的胸膛,畅饮新生的风!
从大海发出的新鲜气息
使我神往……啊,咸味的伟力!
让我们到碧波弄潮畅泳!

是的!本性爱发狂的大洋,
身穿豹皮的短披风,上镶
阳光的千百种神奇形象,
绝对的海蛇被蓝肉陶醉,
咬住你闪闪发光的长尾,
喧嚣阵阵,却同寂静一样②,

起风了!……要敢冒生活之苦!
广大气浪开与合我的书,
浪涛敢从巉岩迸溅洒淋!
飞走吧,目眩神迷的篇章!
波浪,用欢快的海水荡漾
三角帆啄食的平静屋顶!

(以上郑克鲁　译)

---

① 泽农(通译“芝诺”,公元前约499—前约436):希腊诡辩哲学家,他否定运动和生命,认为在弓与箭靶之间,由于每一个间隙分为无限,箭是不动的;他还认为阿喀琉斯赶不上乌龟。瓦莱里虽反驳了这种诡辩,却又担心心灵达不到目的。

② “绝对的海蛇”原意为“汹涌的水波”;咬住自己尾巴的蛇象征结束和周而复始;喧嚣继续,同寂静继续彼此相同。这一节写大洋的运动。

阿波利奈尔

吉约姆·阿波利奈尔(1880—1918),法国诗人,母亲是波兰贵族,父亲是意大利军官,他是他们俩的私生子。他从小跟母亲在法国南方生活,1899 年来到巴黎,1901 年在德国当家庭教师,1902 年回到巴黎,创办杂志。1915 年入伍任少尉,并入了法国籍,不久头部受伤,又因得了流感,在停战前夕去世。重要作品有《醇酒集》(1913)、《图像诗》(1918)。他注意到科学技术的发展而出现了新的艺术形式,主张运用新的艺术手段,他的"新精神"是将传统与创新相统一。

《米拉波桥》体现了他的主张。这首诗借用了中世纪的"织布歌"的形式,表达自己失恋的痛苦,具有民歌的音乐节奏美与韵律和谐美,叠句一唱三叹,更增强了感情的烈度。塞纳河成了诗人的知己,流水同诗人的感觉和思考紧密结合,象征着生活和爱情不可逆转的运动。

米拉波桥[①]

米拉波桥下塞纳河流过
我该缅怀
我们的爱情么
痛苦之后来的总是欢乐

黑夜降临钟声传来
时光消逝伊人不在

我们两手相执两面相对
两臂相交
好似桥拱下垂
永恒目光像恹恹的流水

---

① 这是阿波利奈尔最著名的诗。塞纳河成了诗人倾诉的对象。爱情失意的诗人(1908 至 1912 年,他与玛丽·洛朗散交往,最后恋爱破裂)在河中看到自己命运的形象,对塞纳河的凝望导致对自身命运的思索。原诗无标点,排列呈楼梯式。每节一、三、四句押韵。重复的两句诗受到织布歌《盖叶特和奥莉娥》复调的影响。

黑夜降临钟声传来
时光消逝伊人不在

爱情消逝像这流水一般
爱情消逝
像生活般缓慢
又似希望一样无法阻拦

黑夜降临钟声传来
时光消逝伊人不在

但见光阴荏苒岁月蹉跎
逝去韶光
爱情再难复活
米拉波桥下塞纳河流过

黑夜降临钟声传来
时光消逝伊人不在

（郑克鲁　译）

艾吕雅

保尔·艾吕雅(1895—1952),法国超现实主义诗人,生于巴黎,父亲是会计。十六岁患肺病,二十岁入伍,1917 年中毒气弹。先受达达主义影响,1922 年与布勒东、阿拉贡等开创超现实主义,至 1938 年与之决裂。第二次世界大战时应征入伍,在后勤部门服务。法军溃退时,加入法国共产党的抵抗运动,1942 年参加法国共产党。重要诗集有《痛苦之都》(1926)、《诗与真》(1942)。他擅长爱情诗,而以反法西斯的诗篇最为有名。语言平易,明净流畅,格调清新。

《自由》是一份诗体传单,通过抵抗运动成员散发到敌占区的法国人手里。这首诗由几十个意象组成,大半意象是具体的,也有虚幻和抽象的(如童年的回声、死亡的台阶)。意象的纷至沓来是超现实主义的手法。自由二字出现在末尾,起到振聋发聩的作用。

自　由

在我的练习本上
在我课桌和树上
在沙上在白雪上
我写上你的名字

在所有念过的书
在所有洁白篇页
石血纸或灰烬上
我写上你的名字

在金色的画像上
在战士的武器上
在国王的冠冕上
我写上你的名字

在丛林和沙漠上
在鸟巢染料木上
在我童年回音上
我写上你的名字

在黑夜的奇迹上
在白天的白面包
和订婚的四季上
我写上你的名字

在我所见蓝天上
在阳光发霉池塘
和月光荡漾湖面
我写上你的名字

在田野在地平线
在飞鸟的翅膀上
在暗影的磨坊上

我写上你的名字

在晨光熹微之上
在大海在舟楫上
在发狂的大山上
我写上你的名字

在云彩的泡沫上
在雷雨的汗水上
在密而暗的雨上
我写上你的名字

在闪光的形体上
在颜色的大钟上
在大自然真理上
我写上你的名字

在有生气的小径
在平展展的大道
在拥挤的广场上
我写上你的名字

在燃亮的灯泡上
在熄灭的灯泡上
在我聚集的屋里
我写上你的名字

在镜子和我房间
一切为二的水果
和我的空壳床上
我写上你的名字

在我温顺的馋狗
在它耸起的双耳
在它笨拙的爪上
我写上你的名字

在我房门的跳板
在家常的器物上
在祝福过的大火
我写下你的名字

在献身的肉体上
在我朋友的额上
在每只伸出的手
我写上你的名字

在惊讶的玻璃上
在亲切的嘴唇上
在远离静寂之上
我写上你的名字

在被毁的藏身处
在我倒塌的灯塔
在我烦恼的墙上
我写上你的名字

在无欲的分离上
在不掩饰的孤独
在死亡的台阶上
我写上你的名字

在恢复的健康上
在消除的危险上
在无记忆的希望
我写上你的名字

因一个词的力量
我重新开始生活
我生来就认识你
要把你称作

自由。

（郑克鲁　译）

阿赫玛托娃

安娜·安德烈耶夫娜·阿赫玛托娃(1889—1966),苏联女诗人,原名戈连科,生于敖德萨,父亲是工程师。十六岁前住在皇村,在彼得堡女子高等学校学法律。1910年与古米廖夫结婚后,到国外旅行,两人在1918年离婚。第二次世界大战时她移居塔什干。战后曾受批判,五十年代后期恢复名誉。重要作品有诗集《黄昏》(1912)、《念珠》(1914)、《群飞的白鸟》(1917)、《车前草》(1921),以及叙事长诗《安魂曲》(1935—1940)、《没有主人公的叙事诗》(1940—1962)等。善于表现细腻的感情,借景写情尤为独到。

《最后一次相见》描写一个女子逃离负心人时的激动。秋的意象表明人与自然同命相连。烛影、黄光是爱情终结的标志和象征。这首小诗有情节,却无头无尾,注重的是感情和内心冲突。《夏花园》描绘的花园象征理想境界,笼罩在光芒和神秘的气氛中,从中透露出女诗人悲凉、孤独和惆怅的心境。

最后一次相见

心变得那么冰凉,
脚步却迈得匆忙。
我竟把左手的手套
套在了右手上。

我只记得迈了三步,
实际上跨下了许多梯级!
秋在枫树间悄声低语:
“跟我一起死去!

命运欺骗了我,
它沮丧、乖戾、多变!”
我回答说:“亲爱的,亲爱的!
我亦如此,让我们一起归天……”

这是最后一次相见。
我睥睨你那晦暗的楼房,

只见卧室的烛影，
闪烁着冷漠的黄光。

（王守仁 译）

夏 花 园[①]

我要去赏玫瑰，到那唯一的花园，
那里有世界上最精最美的栏杆，

花园里的雕像记得我是个窈窕淑女，
而我记得它们一个个站在涅瓦水里[②]。

菩提树庄重雄伟，树下雅静芳香，
我仿佛听见船的桅樯嘎吱作响。

天鹅和往昔一样在世纪里穿行，
它默默欣赏自己那美丽的倒影。

这里留下了千千万万个足迹，
敌人的，朋友的，朋友的，敌人的。

从花岗岩饰瓶[③]到宫殿门口，
浩浩荡荡的影子望不到尽头。

我的白夜在那儿悄悄细语，
诉说某人的爱情，崇高而秘密。

万物闪烁着贝壳和玉石的光芒，
光源神奇地隐蔽着，不知来自何方。

（乌兰汗 译）

---

① 彼得格勒市内的一座公园，建于18世纪，除了满园花草树木之外，它还以秀挺的铁栏杆、大理石雕像及喷泉等闻名。

② 1924年彼得格勒发生过一次水灾。

③ 花园中的装饰品，用花岗石雕成，摆在林荫路两旁或花坛中间。

叶赛宁

谢尔盖·亚历山德罗维奇·叶赛宁(1895—1925),苏联诗人,生于叶赛宁村,父亲是农民。1909年进入教会师范学校,1912年到莫斯科,当过店员和校对员,在沙尼亚夫斯基人民大学就读。1916年入伍,次年离开。1921年与邓肯结婚,到国外旅行,至1924年分居,次年与托尔斯泰的孙女结婚,后因抑郁症自杀。主要作品有《扫墓日》(1916)、《俄罗斯与革命》(1925)、《苏维埃俄罗斯》(1925)、《安娜·斯涅金娜》(1925)。他的诗反映社会生活的变化和农村现实。

《狗之歌》是一幕小小的悲剧,写的是一条母狗失去七只小狗的悲哀。母狗的舐犊情深,把月牙当小狗的幻觉,写得真切感人。

狗之歌

早上,在黑麦杆搭的狗窝里,
破草席上闪着金光:
母狗生下了一窝狗崽——
七条小狗,茸毛棕黄。

她不停地亲吻着子女,
直到黄昏还在给它们舔洗,
在她温暖的肚皮底下
雪花儿融成了水滴。

晚上,雄鸡蹲上了
暖和的炉台,
愁眉不展的主人走来
把七条小狗装进了麻袋。

母狗在起伏的雪地上奔跑,
追踪主人的足迹。
她来到尚未冰封的水面,
凝视着泛起的涟漪。

她舔着两肋的汗水，
踉跄地返回家来，
茅屋上空的弯月，
她以为是自己的一只狗崽。

仰望着朦胧的夜空，
她发出了哀伤的吠声，
淡淡的月牙儿溜走了，
躲到山冈背后的田野之中。

于是她沉默了，仿佛挨了石头，
仿佛听到奚落的话语，
滴滴泪水流了出来，
宛如颗颗金星落进了雪地。

（王守仁　译）

马雅可夫斯基

弗拉基米尔·弗拉基米洛维奇·马雅可夫斯基（1893—1930），苏联诗人，生于巴格达吉，父亲是职员。学生时期参加俄国社会民主工党（布）地下活动，几次被捕。1911 年考入莫斯科绘画雕刻建筑学校。1919 年参加“罗斯塔之窗”的工作，以诗和画的形式同反动派作斗争。后在莫斯科自杀。重要作品有《穿裤子的云》（1914—1915）、《列宁》（1924）、《好！》（1927）。他从未来派诗人发展为歌颂十月革命的诗人，成功地运用了楼梯式诗歌。

《开会迷》是首讽刺诗，对官僚主义者的刻画入木三分。诗人以荒诞、夸张的手法描写半截子的人、一天开二十个会的开会迷。这首诗至今仍有现实意义。

开　会　迷

当黑夜刚刚向黎明交班，
这种景象每天司空见惯：
有的到某部，

有的到某委，
有的到文教，
有的到政宣，
人流滚滚奔赴机关。

刚刚走进大楼内，
劈头盖脸文件一大堆。
匆匆挑出五十来份，
（份份都是特急件！）
干部们分头去开会。

我找上了门：
“今天总该接见了吧？
我来了多少趟，已经数不清！”
“伊凡·凡内奇同志开会去了，
研究戏剧处和饲马局的合并。”

爬了整整一百部楼梯，
使我觉得连活着都乏味！
但答复仍然是：
“让你一小时后再来，
现在正在开会，
议题是省合作总社
打算买一瓶墨水。”

过了一小时再去——
既找不到男秘书，
也找不到女秘书，
剩下的只有空气！
二十二岁以下的人
统统在开共青团会议。

眼看天色快黑，
我又爬到七层楼上去：
“伊凡·凡内奇有没有回？”
“他正在出席

甲、乙、丙、丁、戊、己、庚、辛委员会。”

我大发雷霆，
像火山爆发，
我冲进会场，
一路上喷出野蛮的咒骂。
我看见：会议桌旁
坐着的全是半截子的人。
啊呀呀，见鬼啦！
还有半截子在哪呀？
“砍人了！
杀人了！”
我东奔西窜，大叫大喊，
被恐怖景象吓得精神错乱。
忽听得秘书向我解释，
他的语气极其平淡：
“他们同时要参加两个会。
一天之内
起码要赶二十个会议。
不得不采用分身法——
上半身在这里，
下半身在那里。”

我激动得一夜睡不安生。
到了早晨，
我抱着希望迎接新的黎明：
“啊，但愿能
再召开
一次会议，
专门讨论
把一切会议扫除干净！”

（飞白　译）

里尔克

莱纳·马利亚·里尔克(1875—1926),奥地利象征派诗人,生于布拉格,父亲是职员。1897 年与露·安德烈亚斯-莎乐美结识,1900 年移居沃尔普斯魏德,1902 年侨居巴黎,1905 年至 1906 年任罗丹秘书,随后他游历南欧、北欧、北非。第一次世界大战时迁往慕尼黑,被征入伍。1919 年至瑞士,直至去世。重要作品有《祈祷书》(1905)、《新诗集》(1907)、《杜伊诺哀歌》(1923)。他的诗歌对幸福与痛苦、生与死和世界的存在进行思索,意象奇特,有雕塑美。

《豹》既描写失去自由的猛兽无可奈何,无所作为,又象征着人对探索世界的迷惘和苦闷。《恋歌》将恋情的意象,比作小提琴的弓在两根弦上拉出同一种声调,但谁是演奏家呢? 意象独特而含蓄。《严重的时刻》蕴含着深邃的哲理,但写来深入浅出,耐人寻味。

豹

——在巴黎植物园

它的目光被那走不完的铁栏,
缠得这么疲倦,什么也不能收留。
它好像只有千条的铁栏杆,
千条的铁栏后便没有宇宙。

强韧的步履迈着柔软的步容,
步容在这极小的圈中旋转,
仿佛力之舞围绕着一个中心,
在中心一个伟大的意志昏眩。

只有时眼帘无声地撩起——
于是有一幅画像浸入,
浸过四肢紧张的静寂——
在心中化为乌有。

(冯至　译)

恋　歌

我将怎么样守护我的灵魂,让它
不被你的灵魂所接触? 我将怎么样
越过你而将它带向别的事物?
啊,我愿意欢乐地把它藏起,
让它在静谧的黑暗里——
在陌生而寂静的处所,当你深沉的灵魂
战栗又歌唱,它也不会震颤。
但一切触动我们的都使你同我成双,
就像那横过小提琴的弓
从两根弦上只拉出一种声响。
我俩是张在何种乐器上?
我俩是握在哪位伟大演奏家手中?
啊,最最甜蜜的歌。

严重的时刻

此刻有谁在世上某处哭,
无缘无故在世上哭,
在哭我。

此刻有谁夜间在某处笑,
无缘无故在夜间笑,
在笑我。

此刻有谁在世上某处走,
无缘无故在世上走,
走向我。

此刻有谁在世上某处死,
无缘无故在世上死,
望着我。

(以上陈敬容　译)

泰戈尔

罗宾德拉纳特·泰戈尔(1861—1941),印度诗人、小说家,生于加尔各答,父亲是哲学家和社会改革家。1878年到英国学习法律,1890年至1900年管理家产,定居船上。1901年投身教育事业,1905年参加民族独立运动。第一次世界大战期间走遍世界,1930年访问苏联,并支持中国人民的抗日斗争。获1913年诺贝尔文学奖。重要作品有《沉船》(1906)、《吉檀迦利》(1910)、《园丁集》(1913)、《新月集》(1913)、《飞鸟集》(1913)。诗人热爱人生,追求梵我同一,意境优美,蕴含哲理。

《园丁集》第九首描写少女赴约会时的微妙心理。第三十三首描写女子对爱人倾吐衷情,表达出复杂的感情。第五十二首罗列数种生活现象,引人深思,不同的读者会得出不同的哲理。

《园 丁 集》

九

当我在夜里独赴幽会的时候,鸟儿不叫,风儿不吹,街道两旁的房屋沉默地站立着。

是我自己的脚镯越走越响使我羞怯。

当我站在凉台上倾听他的足音,树叶不摇,河水静止像熟睡的哨兵膝上的刀剑。

是我自己的心在狂跳——我不知道怎样使它宁静。

当我爱来了,坐在我身旁,当我的身躯震颤,我的眼睫下垂,夜更深了,风吹灯灭,云片在繁星上曳过轻纱。

是我自己胸前的珍宝放出光明。我不知道怎样把它遮起。

三十三

我爱你,我的爱人。请饶恕我的爱。

像一只迷路的鸟,我被捉住了。

当我的心抖颤的时候,它丢了围纱,变成赤裸。用怜悯遮住它吧。爱人,请饶恕我的爱。

如果你不能爱我,爱人,请饶恕我的痛苦。

不要远远地斜视我。

我将偷偷地回到我的角落里去，在黑暗中坐地。
我将用双手掩起我赤裸的羞惭。
回过脸去吧，我的爱人，请饶恕我的痛苦。

如果你爱我，爱人，请饶恕我的欢乐。
当我的心被快乐的洪水卷走的时候，不要笑我的汹涌的退却。
当我坐在宝座上，用我暴虐的爱来统治你的时候，当我像女神一样向你施恩的时候，饶恕我的骄傲吧，爱人，也饶恕我的欢乐。

五十二

灯为什么熄了呢？
我用斗篷遮住它怕它被风吹灭，因此灯熄了。

花为什么谢了呢？
我的热恋的爱把它紧压在我的心上，因此花谢了。

泉为什么干了呢？
我盖起一道堤把它拦起给我使用，因此泉干了。

琴弦为什么断了呢？
我强弹一个它力不能胜的音节，因此琴弦断了。

（以上冰心　译）

纪伯伦

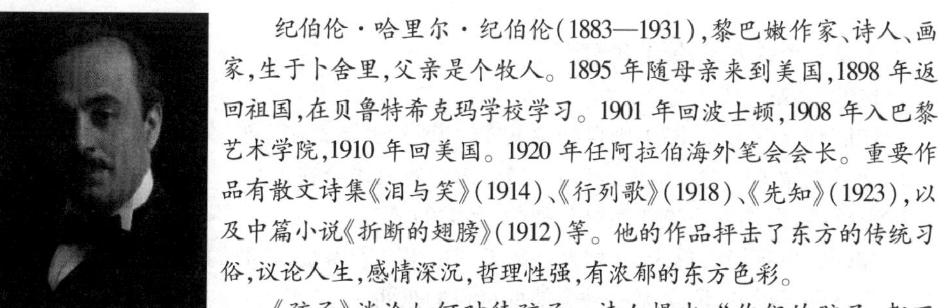

纪伯伦·哈里尔·纪伯伦（1883—1931），黎巴嫩作家、诗人、画家，生于卜舍里，父亲是个牧人。1895年随母亲来到美国，1898年返回祖国，在贝鲁特希克玛学校学习。1901年回波士顿，1908年入巴黎艺术学院，1910年回美国。1920年任阿拉伯海外笔会会长。重要作品有散文诗集《泪与笑》（1914）、《行列歌》（1918）、《先知》（1923），以及中篇小说《折断的翅膀》（1912）等。他的作品抨击了东方的传统习俗，议论人生，感情深沉，哲理性强，有浓郁的东方色彩。

《孩子》谈论如何对待孩子。诗人提出，“你们的孩子，都不是你们的孩子”，因为他们有自己的思想，自己的灵魂，不能让孩子像父母，他们是已经射出的生命箭矢。言之凿凿，道理显豁。《美》是诗人对生活中的美的实际感受，看来，他认为美存在于生活中，也存在于人的心中。《死》企图探索死的奥秘，诗人认为死与生是相连的，死是回到大地中去，因而死并不可怕。这种观点带有宗教色彩。

孩　子

于是一个怀中抱着孩子的妇人说，请给我们谈孩子。

他说：

你们的孩子，都不是你们的孩子。

乃是生命为自己所渴望的儿女。

他们是凭借你们而来，却不是从你们而来，

他们虽和你们同在，却不属于你们。

你们可以给他们以爱，却不可给他们以思想。

因为他们有自己的思想。

你们可以荫庇他们的身体，却不能荫庇他们的灵魂。

因为他们的灵魂，是住在明日的宅中，那是你们在梦中也不能想见的。

你们可以努力去模仿他们，却不能使他们来像你们。

因为生命是不倒行的，也不与昨日一同停留。

你们是弓，你们的孩子是从弦上发出的生命的箭矢。

那射者在无穷之中看定了目标，也用神力将你们引满，使他的箭矢迅速而遥远地射了出去。

让你们在射者手中的弯曲成为喜乐吧；

因为他爱那飞出的箭，也爱了那静止的弓。

美

于是一个诗人说，请给我们谈美。

他回答说：

你们到处追求美，除了她自己做了你的道路，引导着你之外，你如何能找到她呢？

除了她做了你的言语的编造者之外，你如何能谈论她呢？

冤抑的、受伤的人说："美是仁爱的，和柔的，

如同一位年轻的母亲，在她自己的光荣中半含着羞涩，在我们中间行走。"

热情的人说："不，美是一种全能的可畏的东西。

暴风似的，撼摇了上天下地。"

疲乏的、忧苦的人说："美是温柔的微语，在我们心灵中说话。

她的声音传达到我们的寂静中，如同微晕的光，在阴影的恐惧中颤动。"

烦躁的人却说："我们听见她在万山中叫号。

与她的呼声俱来的，有兽蹄之声，振翼之音，与狮子之吼。"

在夜里守城的人说："美要与晓暾从东方一同升起。"

在日中的时候，工人和旅客说："我们曾看见她凭倚在落日的窗户上俯视大地。"

在冬日，阻雪的人说："她要和春天一同来临，跳跃于山峰之上。"

在夏日的炎热里，刈者说："我们曾看见她和秋叶一同跳舞，我们也看见她在发中有一堆白雪。"

这些都是他们关于美的谈说。

实际上，你却不是谈她，只是谈着你那未曾满足的需要。

美不是一种需要，只是一种欢乐。

她不是干渴的口，也不是伸出的空虚的手，

却是发焰的心，陶醉的灵魂。

她不是你能看到的形象，能听到的歌声，

却是你虽闭目时也能看见的形象，虽掩耳时也能听见的歌声。

她不是犁痕下树皮中的液汁，也不是在兽爪间垂死的禽鸟。

却是一座永远开花的花园，一群永远飞翔的天使。

阿法利斯的民众呵，在生命揭露圣洁的面容的时候的美，就是生命。但你就是生命，你也是面纱。

美是永生揽镜自照。

但你就是永生，你也是镜子。

死

于是爱尔美开口了，说，现在我们愿意问"死"。

他说：

你愿知道死的奥秘。

但是除了在生命的心中寻求以外，你们怎能寻见呢？

那夜中张目的枭鸟，他的眼睛在白昼是盲瞎的，不能揭露光明的神秘。

假如你真要瞻望死的灵魂，你应当对生的肉体大大地开展你的心。

因为生和死是同一的，如同江河与海洋也是同一的。

在你的希望和愿欲的深处，隐藏着你对于来生的默识；

如同种子在雪下梦想，你们的心也在梦想着春天。信赖一切的梦境吧，因为在那里面隐藏着永生之门。

你们的怕死，只是像一个牧人，当他站在国王的座前，被御手恩抚时的战栗。

在战栗之下，牧人岂不因为他身上已有了国王的手迹而喜悦么？

可是，他岂不更注意到他自己的战栗么？

除了在风中裸立，在日下消融之外，死还是什么呢？

除了把呼吸从不停的潮汐中解放，使他上升，扩大，无碍地寻求上帝之外，“气绝”又是什么呢？

只在你们从沉默的河中啜饮时，才真能歌唱。

只在你们达到山巅时，你们才开始攀援。

只在大地索取你们的四肢时，你们才真正地跳舞。

（以上冰心　译）

聂鲁达

巴勃罗·聂鲁达(1904—1973)，智利诗人，生于帕拉尔，父亲是铁路工人。1921 年考入圣地亚哥教育学院学法文。1927 年任驻仰光领事，开始外交生涯，以后到过阿根廷、西班牙、法国，因反法西斯而被免职。1945 年任国会议员，加入智利共产党。1949 年流亡国外，1952 年回国，1957 年任智利作协主席，曾任驻法大使。重要作品有《二十首情诗和一支绝望的歌》(1924)、《西班牙在我心中》(1937)、《伐木者醒来吧》(1948)、《葡萄园和风》(1954)。获 1971 年诺贝尔文学奖。他吸收现代派的技巧，将抒情诗与政治诗熔于一炉。

《我喜欢你默默无言》选自《二十首情诗和一支绝望的歌》，诗人从无言说到嘴巴，又产生蝴蝶的意象，最后联想到星星。这首诗写出情人的复杂心理。《你得继续绚丽地如花怒放》选自《爱情十四行诗》，诗人以遗言的形式向情人表达他的愿望，曲折地展示他的爱情；构思独特，文辞美丽。

我喜欢你默默无言

我喜欢你默默无言，仿佛你不在。
你从远处听着我，我的声音及不到你。
好像眼睛从你的身上飞离，
好像一个吻把你的嘴巴锁闭。

如同一切事物都充满着我的心灵，
你也充满着我的心灵，从事物里显现。

梦中的蝴蝶啊,你就像我的心灵,
你就像那些忧郁的语言。

我喜欢你默默无言,仿佛在远处。
你好像在抱怨自己,呢喃着的蝴蝶啊,
你从远处听着我,我的声音达不到你:
让我跟你的沉默一起默默无言。

让我也跟你的沉默一起说几句话,
清晰如同一盏灯,单纯如同一个环。
你就像夜晚,沉默而密布繁星。
你的沉默就是星星,那么遥远而天真。
我喜欢你默默无言,仿佛你不在。
遥远的痛苦,仿佛你已经死去。
那么,一句话,一个笑,就已经足够。
我快乐,快乐为了什么,我不明确。

你得继续绚丽地如花怒放

我死时我要你的手按上我的眼睛:
我要光明,要你可爱的手中的
麦穗的清香再一次在我身上飘过,
让我感到改变了我命运的温柔。

我要你活着,在我沉睡了等待你时,
我要你的耳朵继续听着风声,
闻着我们一起爱过的海的芬芳,
继续踩着我们踩过的沙滩。

我要我所爱的人继续活着;
我爱过你,歌唱过你,超过一切其他,
因此,你得继续绚丽地如花怒放,

为了让你做到我的爱要求你的一切,
为了让我的影子在你的头发上漫步,
为了让人们懂得我歌唱的缘由。

(以上王央乐　译)

弗罗斯特

罗伯特·李·弗罗斯特(1874—1963),美国诗人,生于旧金山,父亲是新闻记者。十一岁跟随母亲到劳伦斯镇,1897 年进入哈佛大学,两年后移居新罕布什尔州,做过各种工作。1912 年到伦敦,出版诗集。1915 年回国。他曾四次获普利策诗歌奖。重要作品有《一个男孩的愿望》(1913)、《山间》(1916)、《新罕布什尔》(1923)、《西去的溪流》(1928)、《又一片牧场》(1936)、《林间空地》(1962)。他的诗歌散发出泥土气息,描绘农家生活的悲欢,像一幅幅素净的水彩画。

《爱情和一个疑问》选自《一个男孩的愿望》,构思十分奇特。诗人设想新郎是否应该邀请陌生人进门住宿。这是不是社会和国家的象征?喜事临门时能让人打扰吗?《雪暮驻马林边》选自《新罕布什尔》,似乎叙述旅行中的一幕,并无深意,但不少评论家认为寓意深奥,莫衷一是。这幅雪夜图确有归隐诗的意趣,语言平实,诗意浓郁。

爱情和一个疑问

暮霭中一个陌生人来到门前,
　　招呼着英俊的新郎。
握着一根浅绿色的手杖
　　他心力交瘁,满腹愁肠。
他用眼光胜过用嘴唇
　　要求借宿一晚,
转身瞧着远方的道路,
　　那儿没有闪光的窗,阴森昏暗。

新郎来到门廊
　　说道:“我们看看天色,
陌生人,你和我,
　　然后商量如何过夜。”
庭院中杂沓纷呈着忍冬叶,

忍冬的浆果已经发紫，
金风带来了秋天、冬天的肃杀；
“陌生人，但愿我自知。”
黄昏中新娘独坐室内
俯身面向炉火，
她的脸蛋被炽热的煤块烤得通红，

内心的思绪和情欲如烈焰灼灼。
新郎瞧着令人厌烦的道路，
看见的却是室内的她，
希望把她的心装入一个金盒
并用银针簪插。

给穷人一片面包，一点金钱，
为他们向上帝虔诚祈祷，
或者给富人以诅咒
新郎认为这全无关紧要。
他只想要知悉
是否一个人被请进门
在新房里暗藏灾祸，
破坏一对良侣的爱情。

（申奥　译）

雪暮驻马林边

这是谁的林子我想我知道。
不过他的房屋远在村那截；
他不会看见我停在这儿
望着他的林子灌满了雪。

我的小马一定觉得很奇怪
附近没有人家怎么就停歇，
停在林子和冰冻湖面之间
而且是一年最黑暗的一夜。

它摇了摇挽具上的铃
想问我是不是出了错。
另外唯一音响是轻风
和茸毛雪片席卷而过。

林子真可爱，黑暗而深邃。
但我有约在先不可悔，
还得走好几里才能睡，
还得走好几里才能睡。

（方平　译）

庞德

埃兹拉·庞德（1885—1972），美国诗人、文学评论家，生于海莱。1905年在汉密尔顿学院获文学士学位，1908年到伦敦，创办多种杂志。1920年至1924年旅居巴黎，1927年定居于意大利的拉派罗，因支持过墨索里尼而被拘留。重要作品有《神州集》（1915）、《休·赛尔温·莫伯利》（1920）、《诗章》（1916—1968）。他对意象派的创立起了重大作用。他能传达中国古诗的神韵。

《刘彻》是根据他人译文改写的一首中国古诗、汉武帝刘彻的《落叶哀蝉曲》。原诗为："罗袂兮无声，玉墀兮尘生。虚房冷而寂寞，落叶依于重扃。望彼美女兮，安得感余心之未宁？"庞德的诗多出最后一句，重扃也不是门槛，但这并不妨碍诗歌写出一种意境。《在一个地铁车站》是他的名作，地铁人群使诗人脑中产生一个奇特的意象。

刘　彻

绸裙的窸瑟再不复闻，
灰尘飘落在宫院里，
听不到脚步声，乱叶
飞旋着，静静地堆积，
她，我心中的欢乐，睡在下面。

一片潮湿的树叶粘在门槛上。

（赵毅衡　译）

在一个地铁车站

人群中这些面孔幽灵一般显现；
湿漉漉的黑色枝条上的许多花瓣。

（杜运燮 译）

金斯堡

艾伦·金斯堡（1926—1997），美国诗人，生于纽瓦克，父亲是教师。十七岁就读于哥伦比亚大学，1950年代成为“垮掉的一代”的领袖，发表《嚎叫及其他》（1956），此外还有《空镜》（1961）、《现实三明治》（1963）、《美国的陨落》（1974）、《精神气息：1972—1977》（1978）、《白色尸衣：1980—1985》（1986）、《诗选：1947—1995》（1996）等。他的作品触及社会政治问题，具有散文化倾向。

《加利福尼亚超级市场》描写的超级市场景象是物品的堆积，人们到那里去只是为了满足需要，而没有生活的乐趣。诗人感叹惠特曼所赞美的活力和创造性都消失了。他感慨今不如昔，要寻找昔日的美国。这首诗在形式上也有惠特曼的风格：采用长句自由体，罗列式的叙述。

加利福尼亚超级市场

今夜我多么想念你，华尔特·惠特曼，我走在人行道的树下，带着头痛的自我感觉，望着空中的圆月。

我又饿又累，我要购买形象，我走进霓虹水果超级市场，梦想着你列举过的事物。

何等的桃子！何等的半影！全家在夜里采买！满走廊全是丈夫！妻子全在鳄梨中！小孩都在番茄里！——而你，加西亚·洛尔迦，你在西瓜边上干什么？

我看见你，华尔特·惠特曼，你没孩子，孤独的老苦力，你手指戳着冰箱里的肉，眼睛瞟着食品柜伙计。

我听见你在问一个个问题：谁干掉了牛排？香蕉什么价？你是我的天使吗？

我跟着你，在闪闪发光的罐头货架之间走进走出，在想象中被店家雇的侦探紧跟着。

我们在孤独的幻想中穿过开敞的通道，尝着洋蓟，占有一切冰冻佳肴，但从不经过收款处。

我们上哪儿去，华尔特·惠特曼？还有一个小时就要关门，你的胡子今夜指向何方？

（我抚摩着你的书，梦想着我们在超级市场的冒险，觉得挺古怪。）

我们会不会整夜在空寂无人的街上流浪？树影叠着树影，屋子里灯都熄了，我们俩那么孤独。

我们会不会就这么闲逛着，梦见迷路的美国，梦见爱情，从路上蓝色的汽车边上走过，回到我们寂静的茅屋？

啊，亲爱的父亲，灰胡子，孤独的勇气教师，当卡龙[①]停止撑篙，而你跨上烟雾笼罩的河岸，凝视渡船在忘川的黑水上消失，那时，你曾有个什么样的美国？

（赵毅衡　译）

---

① 希腊神话中在忘川上摆渡运送亡灵去冥府者。

下编

小说和散文部分

19世纪以前

《伊索寓言》

伊索(约公元前6世纪),希腊传说中的寓言家,据说是萨摩斯岛雅德蒙家的奴隶,受到主人赏识,获得了自由。他游历了希腊,得到吕底亚国王的器重,派他出使德尔斐。他被控亵渎神灵,为当地居民所杀。近年有些学者认为他是非洲人。现今的《伊索寓言》的依据是14世纪拜占庭僧侣普拉努得斯收集的一百五十个寓言。这部寓言集大多是古代人生活智慧的概括和总结,还反映奴隶的处境、富人的贪婪、贵族和奴隶主的专横和残暴。它们出色地运用拟人化手法。《伊索寓言》是后世寓言的范本。

《狐狸和葡萄》讽刺奉行"精神胜利法"的人。《农夫和蛇》阐明恶人本性难移。《农夫和他的孩子们》赞扬勤劳。《农夫的孩子们》说明团结就是力量。《生金蛋的鸡》劝人不要贪得无厌。《乌龟和兔子》批判骄傲自满。文字简洁朴实,寓意深邃。

狐狸和葡萄

狐狸饥饿,看见架上挂着一串串的葡萄,想摘,又摘不到。临走时,自言自语地说:"还是酸的。"

同样,有些人能力小,办不成事,就推托时机未成熟。

农夫和蛇

一个农夫在冬天看见一条蛇冻僵了。他很可怜它,便拿来放在怀里。那蛇受了暖气,就苏醒了,等到回复了它的本性,便把它的恩人咬了一口,使他受了致命的伤。农夫临死的时候说道:"我怜惜恶人,应该受这个恶报!"

这故事是说,对恶人即使仁至义尽,他们的本性也是不会改变的。

农夫和他的孩子们

农夫临终时,想让他的孩子们懂得怎样种地,就把他们叫到跟前,说道:"孩子们,葡萄园里有个地方埋藏着财宝。"农夫死后,孩子们用犁头和鹤嘴锄把土地都翻了一遍。他们没有找到财宝,可是葡萄却给他们带来几倍的收成。

这故事是说,勤劳就是人们的财宝。

农夫的孩子们

有个农夫,他的孩子们时常争吵。农夫多次劝说,都说不通,心想须得用事实来说服他们才行,于是叫孩子们拿一捆树枝来。等他们把树枝拿来,农夫先是把整捆树枝给他们,叫他们折断。孩子们一个个费了很大力气,也折不断。接着,农夫把那捆树枝解开,给他们每人一根,他们都很容易就把树枝折断了。这时,农夫说:"孩子们,你们也是一样,团结起来,就是不可战胜的;可是,你们争吵不休,就容易被敌人击破。"

这故事是说,团结就是力量,起内讧,就容易被击败。

生金蛋的鸡

有人养着一只生金蛋的鸡,他以为鸡肚里有金块,就把它杀了,结果发现这只鸡和别的鸡完全一样。他妄想得到一大笔钱财,却连那小小的收入也失去了。

这故事是说,应当满足于现有的东西,不要贪得无厌。

乌龟和兔子

乌龟和兔子争论谁跑得快。他们约定了比赛的时间和地点,就出发了。兔子自恃天生腿快,对比赛毫不在意,竟躺在路边睡觉去了。乌龟知道自己走得慢,一直往前爬,毫不停歇。这样,乌龟从睡着的兔子身边爬过去,夺得了胜利的奖品。

这故事是说,奋发图强往往胜过恃才自满。

(以上罗念生、王焕文、陈洪文、冯文华　译)

《圣经》

《圣经》包括《旧约》和《新约》,其中《旧约》是犹太教和基督教共用的经书,这是希伯来古代文献和文学作品的总集,保存了公元前 12 世纪至前 2 世纪的各类文学作品。《旧约》分四个部分:律法书、历史书、诗文集、先知书。题材广泛,涉及宇宙万物和人类的起源、民族兼并战争、民族大迁徙、王国兴衰、宗教信仰、政治法律问题。体裁多样,包括诗歌、小说、戏剧、散文;富有哲理,既写实,又有浪漫想象。它成为西方文学艺术的武库和土壤,广泛传播后,推动了西方语言文学的形成和发展。

《亚当夏娃被逐出天堂》选自《创世记》,以神话形式表现人类的自我觉醒,人类从蒙昧时代迈向文明时代。《挪亚方舟》的神话源于巴比伦史诗《吉尔伽美什》的"洪水传说",它是人类对大洪水的恐惧回忆;但人类有办法战胜洪水。《出埃及记》是一则历史故事,叙述了摩西拯救民族、与法老斗争、率领希伯来人逃出埃及的故事。摩西是一个机智勇敢、意志坚强的民族英雄。故事充满神话幻想和奇迹,富有浪漫色彩。《雅歌》实是民间情歌,描写所罗门王和牧羊女的爱情经历,比喻生动,热烈奔放,明快舒展。

创　世　记

亚当夏娃被逐出天堂

创造天地的来历,在耶和华神造天地的日子,乃是这样:野地还没有草木,田间的菜蔬还没有长起来,因为耶和华神还没有降雨在地上,也没有人耕地,但有雾气从地上腾起,滋润遍地。耶和华神用地上的尘土造人,将生气吹在他鼻孔里,他就成了有灵的活人,名叫亚当。

耶和华神在东方的伊甸立了一个园子,把所造的人安置在那里。耶和华神使各样的树从地里长出来,可以悦人的眼目,其上的果子好作食物。园子当中又有生命树和分别善恶的树。有河从伊甸流出来滋润那园子,从那里分为四道:第一道名叫比逊,就是环绕哈腓拉全地的。在那里有金子,并且那地的金子是好的;在那里又有珍珠和红玛瑙。第二道河名叫基训,就是环绕古实全地的。第三道河名叫希底结,流在亚述的东边。第四道河就是伯拉河。

耶和华神将那人安置在伊甸园,使他修理看守。耶和华神吩咐他说:"园中各样树上的果子,你可以随意吃,只是分别善恶树上的果子,你不可吃,因为你吃的日子必定死。"

耶和华神说:"那人独居不好,我要为他造一个配偶帮助他。"耶和华神用土所造成的野地各样走兽和空中各样飞鸟,都被带到那人面前,看他叫什么。那人怎样叫各样的活物,那就是它的名字。那人便给一切牲畜和空中飞鸟、野地走兽都起了名,只是那人没有遇见配偶帮助他。耶和华神使他沉睡,他就睡了;于是取下他的一条肋骨,又把肉合起来。耶和华神就用那人身上所取的肋骨造成一个女人,领她到那人跟前。那人说:"这是我骨中的骨,肉中的肉,可以称她为女人,因为她是从男人身上取出来的。"因此,人要离开父母和妻子连合,二人成为一体。当时夫妻二人赤身露体并不羞耻。

耶和华神所造的,唯有蛇比田野一切的活物更狡猾。蛇对女人说:"神岂是真说不许你们吃园中所有树上的果子吗?"女人对蛇说:"园中树上的果子,我们可以吃;唯有园当中那棵树上的果子,神曾说:'你们不可吃,也不可摸,免得你们死。'"蛇对女人说:"你们不一定死,因为神知道,你们吃的日子眼睛就明亮了,你们便如神能知道善恶。”

于是，女人见那棵树的果子好作食物，也悦人的眼目，且是可喜爱的，能使人有智慧，就摘下果子来吃了；又给她丈夫，她丈夫也吃了。他们二人的眼睛就明亮了，才知道自己是赤身露体，便拿无花果树的叶子，为自己编作裙子。

天起了凉风，耶和华神在园中行走。那人和他妻子听见神的声音，就藏在园里的树木中，躲避耶和华神的面。耶和华神呼唤那人，对他说：“你在哪里？”他说：“我在园中听见你的声音，我就害怕，因为我赤身露体，我便藏了。”耶和华说：“谁告诉你赤身露体呢？莫非你吃了我吩咐你不可吃的那树上的果子吗？”那人说：“你所赐给我、与我同居的女人，她把那树上的果子给我，我就吃了。”耶和华神对女人说：“你作的是什么事呢？”女人说：“那蛇引诱我，我就吃了。”

耶和华神对蛇说：“你既作了这事，就必受咒诅，比一切的牲畜野兽更甚。你必用肚子行走，终身吃土。我又要叫你和女人彼此为仇；你的后裔和女人的后裔也彼此为仇。女人的后裔要伤你的头，你要伤他的脚跟。”又对女人说：“我必多多加增你怀胎的苦楚，你生产儿女必多受苦楚。你必恋慕你丈夫，你丈夫必管辖你。”又对亚当说：“你既听从妻子的话，吃了我所吩咐你不可吃的那树上的果子，地必为你的缘故受咒诅。你必终身劳苦，才能从地里得吃的。地必给你长出荆棘和蒺藜来，你也要吃田间的菜蔬。你必汗流满面才得糊口，直到你归了土；因为你是从土而出的。你本是尘土，仍要归于尘土。”亚当给他妻子起名叫夏娃，因为她是众生之母。耶和华神为亚当和他妻子用皮子做衣服给他们穿。

耶和华神说：“那人已经与我们相似，能知道善恶。现在恐怕他伸手又摘生命树的果子吃，就永远活着。”耶和华神便打发他出伊甸园去，耕种他所出自之土。于是把他赶出去了。又在伊甸园的东边安设基路伯，和四面转动发火焰的剑，要把守生命树的道路。

挪亚方舟

耶和华见人在地上罪恶很大，终日所思想的尽是恶，耶和华就后悔造人在地上，心中忧伤。耶和华说：“我要将所造的人和走兽，并昆虫，以及空中的飞鸟，都从地上除灭，因为我造他们后悔了。”唯有挪亚在耶和华眼前蒙恩。

挪亚的后代记在下面。挪亚是个义人，在当时的一代人中是个完全人。挪亚与神同行。挪亚生了三个儿子，就是闪、含、雅弗。世界在神面前败坏，地上充满了强暴。

神观看世界，见是败坏了；凡有血气的人，在地上都败坏了行为。神就对挪亚说：“凡有血气的人，他的尽头已经来到我面前，因为地上充满了他们的强暴，我要把他们和地一并毁灭。你要用歌斐木造一只方舟，分一间一间地造，里外抹上松香。方舟的造法乃是这样：要长三百肘，宽五十肘，高三十肘。方舟上边要留透光处，高一肘。方舟的门要开在旁边。方舟要分上、中、下三层。看哪，我要使洪水泛滥在地上，毁灭天下。凡地上有血肉、有气息的活物，无一不死。我却要与你立约。你同你的妻，与儿子、儿妇，都要进入方舟。凡有血肉的活物，每样两个，一公一母，你要带进方舟，好在你那里保全生命。飞鸟各从其类，牲畜各从其类，地上的昆虫各从其类，每样两个，要到你那里，好保全生命。你要拿各样食物积蓄起来，好作你和它们的食物。”挪亚就这样行。凡神所吩咐的，他都照样行了。

耶和华对挪亚说：“你和你的全家都要进入方舟，因为在这世代中，我见你在我面前是义人。凡洁净的畜类，你要带七公七母；不洁净的畜类，你要带一公一母；空中的飞鸟也要带七公七母，可以留种，活在全地上。因为再过七天，我要降雨在地上四十昼夜，把我所造的各种活物都从地上除灭。”挪亚就遵着耶和华所吩咐的行了。

当洪水泛滥在地上的时候，挪亚整六百岁。挪亚就同他的妻和儿子、儿妇，都进入方舟，躲避洪水。洁净的畜类和不洁净的畜类，飞鸟并地上一切的昆虫，都是一对一对地，有公有母，到挪亚那里进入方舟，正如神所吩咐挪亚的。过了那七天，洪水泛滥在地上。当挪亚六百岁，二月十七日那一天，大渊的泉源都裂开了，天上的窗户也敞开了。四十昼夜降大雨在地上。

正当那日，挪亚和他三个儿子闪、含、雅弗，并挪亚的妻子和三个儿妇，都进入方舟。他们和百兽，各从其类；一切牲畜，各从其类；爬在地上的昆虫，各从其类；一切禽鸟，各从其类，都进入方舟。凡有血肉、有气息的活物，都一对一对地到挪亚那里，进入方舟。凡有血肉进入方舟的，都是有公有母，正如神所吩咐挪亚的。耶和华就把他关在方舟里头。

洪水泛滥在地上四十天，水往上长，把方舟从地上漂起。水势浩大，在地上大大地往上涨，方舟在水面上漂来漂去。水势在地上极其浩大，天下的高山都淹没了。水势比山高过十五肘，山岭都淹没了。凡在地上有血肉的动物，就是飞鸟、牲畜、走兽，和爬在地上的昆虫，以及所有的人都死了；凡在旱地上、鼻孔有气息的生灵都死了；凡地上各类的活物，连人带牲畜、昆虫，以及空中的飞鸟，都从地上除灭了，只留下挪亚和那些与他同在方舟里的。水势浩大，在地上共一百五十天。

神记念挪亚和挪亚方舟里的一切走兽牲畜。神叫风吹地，水势渐落。渊源和天上的窗户都闭塞了，天上的大雨也止住了。水从地上渐退。过了一百五十天，水就渐消。七月十七日，方舟停在亚拉腊山上。水又渐消，到十月初一日，山顶都现出来了。

过了四十天，挪亚开了方舟的窗户，放出一只乌鸦去。那乌鸦飞来飞去，直到地上的水都干了。他又放出一只鸽子去，要看看水从地上退了没有。但遍地上都是水，鸽子找不着落脚之地，就回到方舟挪亚那里，挪亚伸手把鸽子接进方舟来。他又等了七天，再把鸽子从方舟放出去。到了晚上，鸽子回到他那里，嘴里叼着一个新拧下来的橄榄叶子，挪亚就知道地上的水退了。他又等了七天，放出鸽子去，鸽子就不再回来了。

到挪亚六百零一岁，正月初一日，地上的水都干了。挪亚撤去方舟的盖观看，便见地面上干了。到了二月二十七日，地就都干了。

神对挪亚说：“你和你的妻子、儿子、儿妇都可以出方舟。在你那里凡有血肉的活物，就是飞鸟、牲畜，和一切爬在地上的昆虫，都要带出来，叫它在地上多多滋生，大大兴旺。”于是挪亚和他的妻子、儿子、儿妇都出来了。一切走兽、昆虫、飞鸟，和地上所有的动物,各从其类,也都出了方舟。

挪亚为耶和华筑了一座坛,拿各类洁净的牲畜、飞鸟献在坛上为燔祭。耶和华闻那馨香之气,就心里说:“我不再因人的缘故咒诅地(人从小时心里怀着恶念),也不再按着我才行的,灭各种的活物了。地还存留的时候,稼穑、寒暑、冬夏、昼夜就永不停息了。”

出埃及记

有一个利未家的人,娶了一个利未女子为妻。那女人怀孕,生一个儿子,见他俊美,就藏了他三个月。后来不能再藏,就取了一个蒲草箱,抹上石漆和石油,将孩子放在里头,把箱子搁在河边的芦荻中,孩子的姐姐远远站着,要知道他究竟怎么样。法老的女儿来到河边洗澡,她的使女们在河边行走。她看见箱子在芦荻中,就打发一个婢女拿来。她打开箱子,看见那孩子。孩子哭了,她就可怜他,说:“这是希伯来人的一个孩子。”孩子的姐姐对法老的女儿说:“我去希伯来妇人中叫一个奶妈来,为你奶这孩子,可以不可以?”法老的女儿说:“可以。”童女就去叫了孩子的母亲来。法老的女儿对她说:“你把这孩子抱去,为我奶他,我必给你工价。”妇人就抱了孩子去奶他。孩子渐长,妇人把他带到法老的女儿那里,就作了她的儿子。她给孩子起名叫摩西,意思说:“因为把他从水里拉出来。”

后来摩西长大,他出去到他弟兄那里,看他们的重担,见一个埃及人打希伯来人的一个弟兄。他左右观看,见没有人,就把埃及人打死了,藏在沙土里。第二天他出去,见有两个希伯来人争斗,就对那欺负人的说:“你为什么打你同族的人呢?”那人说:“谁立你作我们的首领和审判官呢?难道你要杀我,像杀那埃及人吗?”摩西便惧怕,说:“这事必是被人知道了。”法老听见这事,就想杀摩西,但摩西躲避法老,逃往米甸地居住。

一日,他在井旁坐下,米甸的祭司有七个女儿,她们来打水,打满了槽,要饮父亲的群羊。有牧羊的人来把她们赶走了,摩西却起来帮助她们,又饮了她们的群羊。她们来到父亲流珥那里,他说:“今日你们为何来得这么快呢?”她们说:“有一个埃及人救我们脱离牧羊人的手,并且为他们打水饮了群羊。”他对女儿们说:“那个人在哪里?你们为什么撇下他呢?你们去请他来吃饭。”摩西甘心和那人同住;那人把她的女儿西坡拉给摩西为妻。西坡拉生了一个儿子,摩西给他起名叫革舜,意思说:“因我在外邦作了寄居的。”

过了多年,埃及王死了。以色列人因作苦工,就叹息哀求,他们的哀声达于神。神听见他们的哀声,就记念他与亚伯拉罕、以撒、雅各所立的约。神看顾以色列人,也知道他们的苦情。

摩西牧养他岳父米甸祭司叶忒罗的羊群。一日,领羊群往野外去,到了神的山,就是何烈山。耶和华的使者从荆棘里火焰中向摩西显现。摩西观看,不料,荆棘被火烧着,却没有烧毁。摩西说:“我要过去看这大异象,这荆棘为何没有烧坏呢?”耶和华神见他过去要看,就从荆棘里呼叫说:“摩西! 摩西!”他说:“我在这里。”神说:“不要近前来,当把你脚上的鞋脱下来,因为你所站之地是圣地。”又说:“我是你父亲的神,是亚伯拉罕的神,以撒的神,雅各的神。”摩西蒙上脸,因为怕看神。

耶和华说:“我的百姓在埃及所受的困苦,我实在看见了;他们因受督工的辖制所发的哀声,我也听见了。我原知道他们的痛苦。我下来是要救他们脱离埃及人的手,领他们出了那地,到美好宽阔流奶与蜜之地,就是到迦南人、赫人、亚摩利人、比利洗人、希未人、耶布斯人之地。现在以色列人的哀声达到我耳中,我也看见埃及人怎样欺压他们。故此,我要打发你去见法老,使你可以将我的百姓以色列人从埃及领出来。”摩西对神说:“我是什么人,竟能去见法老,将以色列人从埃及领出来呢?”神说:“我必与你同在;你将百姓从埃及领出来之后,你们必在这山上侍奉我,这就是我打发你去的证据。”

摩西对神说:“我到以色列人那里,对他们说:‘你们祖宗的神打发我到你们这里来。’他们若问我说:‘他叫什么名字?’我要对他们说什么呢?”

神对摩西说:“我是自有永有的。”又说:“你要对以色列人这样说:‘那自有的打发我到你们这里来。’”神又对摩西说:“你要对以色列人这样说:‘耶和华你们祖宗的神,就是亚伯拉罕的神,以撒的神,雅各的神,打发我到你们这里来。耶和华是我的名,直到永远;这也是我的纪念,直到万代。’你去招聚以色列的长老,对他们说:‘耶和华你们祖宗的神,就是亚伯拉罕的神,以撒的神,雅各的神,向我显现说:我实在眷顾了你们,我也看见埃及人怎样待你们。我也说:我将你们从埃及的困苦中领出来,往迦南人、赫人、亚摩利人、比利洗人、希未人、耶布斯人的地去,就是到流奶与蜜之地。’他们必听你的话。你和以色列的长老要去见埃及王,对他说:‘耶和华希伯来人的神遇见了我们,现在求你容我们往旷野去,走三天的路程,为要祭祀耶和华我们的神。’我知道虽用大能的手,埃及王也不容你们去。我必伸手在埃及中间施行我一切的奇事,攻击那地,然后他才容你们去。我必叫你们在埃及人眼前蒙恩,你们去的时候,就不至于空手而去。但各妇女必向她的邻居,并居住在她家里的女人要金器银器和衣裳,好给你们的儿女穿戴,这样你们就把埃及人的财物夺去了。”

摩西回答说:“他们必不信我,也不听我的话,必说:‘耶和华并没有向你显现!”耶和华对摩西说:“你手里是什么?”他说:“是杖。”耶和华说:“丢在地上。”他一丢下去,就变作蛇,摩西便跑开。耶和华对摩西说:“伸出手来拿住它的尾巴,它必在你手中仍变为杖。如此好叫他们信耶和华他们祖宗的神,就是亚伯拉罕的神,以撒的神,雅各的神,是向你显现了。”

耶和华又对他说:“把手放在怀里。”他就把手放在怀里,及至抽出来,不料,手长了大麻风,有雪那样白。耶和华说:“再把手放在怀里。”他就再把手放在怀里,及至从怀里抽出来,不料,手已经复原,与周身的肉一样。又说:“倘或他们不听你的话,也不信头一个神迹,他们必信第二个神迹。这两个神迹若都不信,也不听你的话,你就从河里取些水,倒在旱地上,你从河里取的水必在旱地上变作血。”

摩西对耶和华说:“主啊,我素日不是能言的人,就是从你对仆人说话以后,也是这样,我本是拙口笨舌的。”耶和华对他说:“谁造人的口呢?谁使人口哑、耳聋、目明、眼瞎呢?岂不是我耶和华吗?现在去吧!我必赐你口才,指教你所当说的话。”摩西说:“主啊,你愿意打发谁,就打发谁去吧!”耶和华向摩西发怒说:“不是有你的哥哥利未人亚伦吗?我知道他是能言的,现在他出来迎接你,他一见你,心里就欢喜。你要将当说的话传给他,我也要赐你和他口才,又要指教你们所当行的事。他要替你对百姓说话,你要以他当作口,他要以你当作神。你手里要拿这杖,好行神迹。”

于是摩西回到他岳父叶忒罗那里,对他说:“求你容我回去见我在埃及的弟兄,看他们还在不在。”叶忒罗对摩西说:“你可以平平安安地去吧!”耶和华在米甸对摩西说:“你要回埃及去,因为寻索你命的人都死了。”摩西就带着妻子和两个儿子,叫他们骑上驴,回埃及地去,摩西手里拿着神的杖。耶和华对摩西说:“你回到埃及的时候要留意,将我指示你的一切奇事,行在法老面前,但我要使他的心刚硬,他必不容百姓去。你要对法老说:‘耶和华这样说:以色列是我的儿子,我的长子。我对你说过,容我的儿子去,好侍奉我,你还是不肯容他去。看哪,我要杀你的长子。’”

摩西在路上住宿的地方,耶和华遇见他,想要杀他。西坡拉就拿一块火石,割下他儿子的阳皮,丢在摩西脚前,说:“你真是我的血郎了。”这样耶和华才放了他。西坡拉说:“你因割礼就是血郎了。”

耶和华对亚伦说:“你往旷野去迎接摩西。”他就去,在神的山遇见摩西,和他亲嘴。摩西将耶和华打发他所说的言语和嘱咐他所行的神迹,都告诉了亚伦。摩西、亚伦就去招聚以色列的众长老。亚伦将耶和华对摩西所说的一切话述说了一遍,又在百姓眼前行了那些神迹,百姓就信了。以色列人听见耶和华眷顾他们,鉴察他们的困苦,就低头下拜。

后来摩西、亚伦去对法老说:“耶和华以色列的神这样说:‘容我的百姓去,在旷野向我守节。’”法老说:“耶和华是谁,使我听他的话,容以色列人去呢?我不认识耶和华,也不容以色列人去。”他们说:“希伯来人的神遇见了我们,求你容我们往旷野去,走三天的路程,祭祀耶和华我们的神,免得他用瘟疫、刀兵攻击我们。”埃及王对他们说:“摩西、亚伦,你们为什么叫百姓旷工呢?你们去担你们的担子吧!”又说:“看哪,这地的以色列人如今众多,你们竟叫他们歇下担子!”当天,法老吩咐督工的和官长说:“你们不可照常把草给百姓作砖,叫他们自己去捡草,他们素常作砖的数目,你们仍旧向他们要,一点不可减少,因为他们是懒惰的,所以呼求说:‘容我们去祭祀我们的神。’你们要把更重的工夫加在这些人身上,叫他们劳碌,不听虚谎的言语。”

督工的和官长出来对百姓说:“法老这样说:‘我不给你们草。你们自己在哪里能找草,就往那里去找吧!但你们的工一点不可减少。’”于是百姓散在埃及遍地,捡碎秸当作草。督工的催着说:“你们一天当完一天的工,与先前有草一样。”法老督工的责打他所派以色列人的官长,说:“你们昨天,今天为什么没有照向来的数目作砖、完你们的工作呢?"

以色列人的官长就来哀求法老说:"为什么这样待你的仆人?督工的不把草给仆人,并且对我们说:'作砖吧!'看哪,你仆人挨了打,其实是你百姓的错。"但法老说:"你们是懒惰的!你们是懒惰的!所以说:'容我们去祭祀耶和华。'现在你们去工作吧!草是不给你们的,砖却要如数交纳。"以色列人的官长听说"你们每天作砖的工作一点不可减少",就知道是遭遇祸患了。他们离了法老出来,正遇见摩西、亚伦站在对面,就向他们说:"愿耶和华鉴察你们,施行判断,因你们使我们在法老和他臣仆面前有了臭名,把刀递在他们手中杀我们。"

摩西回到耶和华那里,说:"主啊,你为什么苦待这百姓呢?为什么打发我去呢?自从我去见法老,奉你的名说话,他就苦待这百姓,你一点也没有拯救他们。"

耶和华对摩西说:"现在你必看见我向法老所行的事,使他因我大能的手容以色列人去,且把他们赶出他的地。"

神晓谕摩西说:"我是耶和华。我从前向亚伯拉罕、以撒、雅各显现为全能的神,至于我名耶和华,他们未曾知道。我与他们坚定所立的约,要把他们寄居的迦南地赐给他们。我也听见以色列人被埃及人苦待的哀声,我也记念我的约。所以你要对以色列人说,我是耶和华。我要用伸出来的膀臂重重地刑罚埃及人,救赎你们脱离他们的重担,不作他们的苦工。我要以你们为我的百姓,我也要作你们的神,你们要知道我是耶和华你们的神,是救你们脱离埃及人之重担的。我起誓应许给亚伯拉罕、以撒、雅各的那地,我要把你们领进去,将那地赐给你们为业。我是耶和华。"摩西将这话告诉以色列人,只是他们因苦工愁烦,不肯听他的话。

耶和华晓谕摩西说:"你进去对埃及王法老说,要容以色列人出他的地。"摩西在耶和华面前说:"以色列人尚且不听我的话,法老怎肯听我这拙口笨舌的人呢?"耶和华吩咐摩西、亚伦往以色列人和埃及王法老那里去,把以色列人从埃及地领出来。

以色列人家长的名字记在下面:以色列长子流便的儿子是哈诺、法路、希斯仑、迦米,这是流便的各家。西缅的儿子是耶母利、雅悯、阿辖、雅斤、琐辖,和迦南女子的儿子扫罗,这是西缅的各家。利未众子的名字,按着他们的后代记在下面:就是革顺、哥辖、米拉利;利未一生的岁数是一百三十七岁。革顺的儿子按着家室,是立尼、示每。哥辖的儿子是暗兰、以斯哈、希伯伦、乌薛;哥辖一生的岁数是一百三十三岁。米拉利的儿子是抹利和母示。这是利未的家,都按着他们的后代。暗兰娶了他父亲的妹妹约基别为妻,她给他生了亚伦和摩西;暗兰一生的岁数是一百三十七岁。以斯哈的儿子是可拉、尼斐、细基利。乌薛的儿子是米沙利、以利撒反、西提利。亚伦娶了亚米拿达的女儿拿顺的妹妹以利沙巴为妻,她给他生了拿答、亚比户、以利亚撒、以他玛。可拉的儿子是亚惜、以利加拿、亚比亚撒;这是可拉的各家。亚伦的儿子以利亚撒,娶了普铁的一个女儿为妻,她给他生了非尼哈;这是利未人的家长,都按着他们的家。耶和华说:"将以色列人按着他们的军队从埃及地领出来。"这是对那亚伦、摩西说的。对埃及王法老说:"要将以色列人从埃及领出来的,就是这摩西、亚伦。"

当耶和华在埃及地对摩西说话的日子,他向摩西说:"我是耶和华,我对你说的一切话,你都要告诉埃及王法老。"摩西在耶和华面前说:"看哪,我是拙口笨舌的人,法老怎肯听我呢?"

耶和华对摩西说:"我使你在法老面前代替神,你的哥哥亚伦是替你说话的。凡我所吩咐你的,你都要说。你的哥哥亚伦要对法老说:容以色列人出他的地。我要使法老的心刚硬,也要在埃及地多行神迹奇事。但法老必不听你们,我要伸手重重地刑罚埃及,将我的军队以色列民从埃及地领出来。我伸手攻击埃及,将以色列人从他们中间领出来的时候,埃及人就要知道我是耶和华。"摩西、亚伦这样行,耶和华怎样吩咐他们,他们就照样行了。摩西、亚伦与法老说话的时候,摩西八十岁,亚伦八十三岁。

耶和华晓谕摩西、亚伦说:"法老若对你们说:'你们行件奇事吧!'你就吩咐亚伦说:'把杖丢在法老面前,使杖变作蛇。'"摩西、亚伦进去见法老,就照耶和华所吩咐的行,亚伦把杖丢在法老和臣仆面前,杖就变作蛇。于是,法老召了博士和术士来,他们是埃及行法术的,也用邪术照样而行。他们各人丢下自己的杖,杖就变作蛇,但亚伦的杖吞了他们的杖。

法老心里刚硬,不肯听从摩西、亚伦,正如耶和华所说的。

耶和华对摩西说:"法老心里固执,不肯容百姓去。明日早晨他出来往水边去,你要往河边迎接他,手里要拿着那变过蛇的杖,对他说:'耶和华希伯来人的神打发我来见你,说:容我的百姓去,好在旷野侍奉我。到如今你还是不听,耶和华这样说:'我要用我手里的杖击打河中的水,水就变作血,因此,你必知道我是耶和华。河里的鱼必死,河也要腥臭,埃及人就要厌恶吃这河里的水。'"耶和华晓谕摩西说:"你对亚伦说:'把你的杖伸在埃及所有的水以上,就是在他们的江、河、池、塘以上,叫水都变作血,在埃及遍地,无论在木器中、石器中,都必有血。"

摩西、亚伦就照耶和华所吩咐的行,亚伦在法老和臣仆眼前举杖击打河里的水,河里的水都变作血了。河里的鱼死了,河也腥臭了,埃及人就不能吃这河里的水,埃及遍地都有了血。埃及行法术的,也用邪术照样而行。法老心里刚硬,不肯听摩西、亚伦,正如耶和华所说的。法老转身进宫,也不把这事放在心上。埃及人都在河的两边挖地,要得水喝,因为他们不能喝这河里的水。耶和华击打河以后满了七天。

耶和华吩咐摩西说:"你进去见法老,对他说:'耶和华这样说:容我的百姓去,好侍奉我。你若不肯容他们去,我必使青蛙糟蹋你的四境。河里要滋生青蛙,这青蛙要上来进你的宫殿和你的卧房,上你的床榻,进你臣仆的房屋,上你百姓的身上,进你的炉灶和你的抟面盆,又要上你和你百姓并你众臣仆的身上。'"

耶和华晓谕摩西说:"你对亚伦说:'把你的杖伸在江、河、池以上,使青蛙到埃及地上来。'"亚伦便伸杖在埃及的诸水以上,青蛙就上来,遮满了埃及地。行法术的也用他们的邪术照样而行,叫青蛙上了埃及地。

法老召了摩西、亚伦来,说:"请你们求耶和华使这青蛙离开我和我的民,我就容百姓去祭祀耶和华。"摩西对法老说:"任凭你吧!我要何时为你和你的臣仆并你的百姓，祈求除灭青蛙离开你和你的宫殿，只留在河里呢？”他说：“明天。”摩西说：“可以照你的话吧！好叫你知道没有像耶和华我们神的。青蛙要离开你和你的宫殿，并你的臣仆与你的百姓，只留在河里。”于是摩西、亚伦离开法老出去。摩西为扰害法老的青蛙呼求耶和华。耶和华就照摩西的话行，凡在房里、院中、田间的青蛙都死了。众人把青蛙聚拢成堆，遍地就都腥臭。但法老见灾祸松缓，就硬着心不肯听他们，正如耶和华所说的。

耶和华吩咐摩西说：“你对亚伦说：‘伸出你的杖击打地上的尘土，使尘土在埃及遍地变作虱子。’”他们就这样行，亚伦伸杖击打地上的尘土，就在人身上和牲畜身上有了虱子，埃及遍地的尘土都变成虱子了。行法术的也用邪术要生出虱子来，却是不能。于是在人身上和牲畜身上都有了虱子。行法术的就对法老说：“这是神的手段。”法老心里刚硬，不肯听摩西、亚伦，正如耶和华所说的。

耶和华对摩西说：“你清早起来，法老来到水边，你站在他面前，对他说：‘耶和华这样说：容我的百姓去，好侍奉我。你若不容我的百姓去，我要叫成群的苍蝇到你和你臣仆并你百姓的身上，进你的房屋，并且埃及人的房屋和他们所住的地，都要满了成群的苍蝇。当那日，我必分别我百姓所住的歌珊地，使那里没有成群的苍蝇，好叫你知道我是天下的耶和华。我要将我的百姓和你的百姓分别出来；明天必有这神迹。’”耶和华就这样行，苍蝇成了大群，进入法老的宫殿和他臣仆的房屋；埃及遍地就因这成群的苍蝇败坏了。

法老召了摩西、亚伦来，说：“你们去，在这地祭祀你们的神吧！”摩西说：“这样行本不相宜，因为我们要把埃及人所厌恶的祭祀耶和华我们的神；若把埃及人所厌恶的，在他们眼前献为祭，他们岂不拿石头打死我们吗？我们要往旷野去，走三天的路程，照着耶和华我们神所要吩咐我们的祭祀他。”法老说：“我容你们去，在旷野祭祀耶和华你们的神，只是不要走得很远，求你们为我祈祷。”摩西说：“我要出去求耶和华，使成群的苍蝇明天离开法老和法老的臣仆并法老的百姓，法老却不可再行诡诈，不容百姓去祭祀耶和华。”于是摩西离开法老去求耶和华。耶和华就照摩西的话行，叫成群的苍蝇离开法老和他的臣仆并他的百姓，一只也没有留下。这一次法老又硬着心，不容百姓去。

耶和华吩咐摩西说：“你进去见法老，对他说：‘耶和华希伯来人的神这样说：容我的百姓去，好侍奉我。你若不肯容他们去，仍旧强留他们，耶和华的手加在你田间的牧畜上，就是在马、驴、骆驼、牛群、羊群上，必有重重的瘟疫。耶和华要分别以色列的牲畜和埃及的牲畜，凡属以色列人的，一样都不死。”耶和华就定了时候，说：“明天，耶和华必在此地行这事。”第二天，耶和华就行这事。埃及的牲畜几乎都死了，只是以色列人的牲畜一只都没有死。法老打发人去看，谁知，以色列人的牲畜连一只都没有死。法老的心却是固执，不容百姓去。

耶和华吩咐摩西、亚伦说：“你们取几捧炉灰，摩西要在法老面前向天扬起来。这灰要在埃及全地变作尘土，在人身上和牲畜身上，成了起泡的疮。”摩西、亚伦取了炉灰,站在法老面前。摩西向天扬起来,就在人身上和牲畜身上,成了起泡的疮。行法术的在摩西面前站立不住,因为在他们身上和一切埃及人身上都有这疮。耶和华使法老的心刚硬,不听他们,正如耶和华对摩西所说的。

耶和华对摩西说:"你清早起来,站在法老面前,对他说:'耶和华希伯来人的神这样说:容我的百姓去,好侍奉我。因为这一次我要叫一切的灾殃临到你和你臣仆并你百姓的身上,叫你知道在普天下没有像我的。我若伸手用瘟疫攻击你和你的百姓,你早就从地上除灭了。其实我叫你存立,是特要向你显我的大能,并使我的名传遍天下。你还向我的百姓自高,不容他们去吗？到明天约在这时候,我必叫重大的冰雹降下,自从埃及开国以来,没有这样的冰雹。现在你要打发人把你的牲畜和你田间一切所有的催进来,凡在田间不收回家的,无论是人是牲畜,冰雹必降在他们身上,他们就必死。'"法老的臣仆中惧怕耶和华这话的,便叫他的奴仆和牲畜跑进家来;但那不把耶和华这话放在心上的,就将他的奴仆和牲畜留在田里。

耶和华对摩西说:"你向天伸杖,使埃及遍地的人身上和牲畜身亡,并田间各样菜蔬上,都有冰雹。"摩西向天伸杖,耶和华就打雷、下雹,有火闪到地上,耶和华下雹在埃及地上。那时,雹与火掺杂,甚是厉害,自从埃及成国以来,遍地没有这样的。在埃及遍地,雹击打了田间所有的人和牲畜,并一切的菜蔬,又打坏田间一切的树木。唯独以色列人所住的歌珊地没有冰雹。

法老打发人召摩西、亚伦来,对他们说:"这一次我犯了罪了,耶和华是公义的,我和我的百姓是邪恶的。这雷轰和冰雹已经够了。请你们求耶和华,我就容你们去,不再留住你们。"摩西对他说:"我一出城,就要向耶和华举手祷告,雷必止住,也不再有冰雹,叫你知道全地都是属耶和华的。至于你和你的臣仆,我知道你们还是不惧怕耶和华神。"那时,麻和大麦被雹击打,因为大麦已经吐穗,麻也开了花。只是小麦和粗麦没有被击打,因为还没有长成。摩西离了法老出城,向耶和华举手祷告,雷和雹就止住,雨也不再浇在地上了。法老见雨和雹与雷止住,就越发犯罪,他和他的臣仆都硬着心。法老的心刚硬,不容以色列人去,正如耶和华借着摩西所说的。

耶和华对摩西说:"我进去见法老,我使他和他臣仆的心刚硬,为要在他们中间显我这些神迹,并要叫你将我向埃及人所作的事,和在他们中间所行的神迹,传于你儿子和你孙子的耳中,好叫你们知道我是耶和华。"摩西、亚伦就进去见法老,对他说:"耶和华希伯来人的神这样说:'你在我面前不肯自卑要到几时呢？容我的百姓去,好侍奉我。你若不肯容我的百姓去,明天我要使蝗虫进入你的境内,遮满地面,甚至看不见地,并且吃那冰雹所剩的和田间所长的一切树木。你的宫殿和你众臣仆的房屋,并一切埃及人的房屋,都要被蝗虫占满了。自从你祖宗和你祖宗的祖宗在世以来,直到今日,没有见过这样的灾。'"摩西就转身离开法老出去。法老的臣仆对法老说:"这人为我们的网罗,要到几时呢？容这些人去,侍奉耶和华他们的神吧！埃及已经败坏了,你还不知道吗?"于是摩西、亚伦被召回来见法老,法老对他们说:"你们去侍奉耶和华你们的神,但那要去的是谁呢?"摩西说:"我们要和我们老的少的、儿子女儿同去,且把羊群牛群一同带去,因为我们务要向耶和华守节。”法老对他们说:“我容你们和你们妇人孩子去的时候,耶和华与你们同在吧!你们要谨慎,因为有祸在你们眼前,不可都去,你们这壮年人去侍奉耶和华吧!因为这是你们所求的。”于是,把他们从法老面前撵出去。

耶和华对摩西说:“你向埃及地伸杖,使蝗虫到埃及地上来,吃地上一切的菜蔬,就是冰雹所剩的。”摩西就向埃及地伸杖,那一昼一夜,耶和华使东风刮在埃及地上。到了早晨,东风把蝗虫刮了来。蝗虫上来,落在埃及的四境,甚是厉害,以前没有这样的,以后也必没有。因为这蝗虫遮满地面,甚至地都黑暗了,又吃地上一切的菜蔬,和冰雹所剩树上的果子。埃及遍地,无论是树木、是田间的菜蔬,连一点青的也没有留下。于是法老急忙召了摩西、亚伦来,说:“我得罪耶和华你们的神,又得罪了你们。现在求你,只这一次,饶恕我的罪,求耶和华你们的神,使我脱离这一次的死亡。”摩西就离开法老去求耶和华。耶和华转了极大的西风,把蝗虫刮起,吹入红海,在埃及的四境连一只也没有留下,但耶和华使法老的心刚硬,不容以色列人去。

耶和华对摩西说:“你向天伸杖,使埃及地黑暗,这黑暗似乎摸得着。”摩西向天伸杖,埃及遍地就乌黑了三天。三天之久,人不能相见,谁也不敢起来离开本处,唯有以色列人家中都有亮光。法老就召摩西来,说:“你们去侍奉耶和华,只是你们的羊群牛群要留下,你们的妇人、孩子可以和你们同去。”摩西说:“你总要把祭物和燔祭牲交给我们,使我们可以祭祀耶和华我们的神。我们的牲畜也要带去,连一蹄也不留下,因为我们要从其中取出来,侍奉耶和华我们的神。我们未到那里,还不知道用什么侍奉耶和华。”但耶和华使法老的心刚硬,不肯容他们去。法老对摩西说:“你离开我去吧!你要小心,不要再见我的面,因为你见我面的那日,你就必死。”摩西说:“你说得好,我必不再见你的面了。”

耶和华对摩西说:“我再使一样的灾殃临到法老和埃及,然后他必容你们离开这地。他容你们去的时候,总要催逼你们都从这地出去。你要传于百姓的耳中,叫他们男女各人向邻居要金器银器。”耶和华叫百姓在埃及人眼前蒙恩,并且摩西在埃及地法老臣仆和百姓的眼中,看为极大。

摩西说:“耶和华过样说:‘约到半夜,我必出去巡行埃及遍地,凡在埃及地,从坐宝座的法老,直到磨子后的婢女,所有的长子,以及一切头生的牲畜,都必死。埃及遍地必有大哀号,从前没有这样的,后来也必没有。至于以色列中,无论是人是牧畜,连狗也不敢向他们摇舌,好叫你们知道耶和华是将埃及人和以色列人分别出来。’你这一切臣仆都要俯伏来见我,说:‘求你和跟从你的百姓都出去’,然后我要出去。”于是,摩西气愤愤地离开法老出去了。

耶和华对摩西说:“法老必不听你们,使我的奇事在埃及地多起来。”摩西、亚伦在法老面前行了这一切奇事,耶和华使法老的心刚硬,不容以色列人出离他的地。

耶和华在埃及地晓谕摩西、亚伦说:“你们要以本月为正月,为一年之首。你们吩咐以色列全会众说:本月初十日,各人要按着父家取羊羔,一家一只。若是一家的人太少,吃不了一只羊羔,本人就要和他隔壁的邻舍共取一只。你们预备羊羔,要按着人数和饭量计算。要无残疾、一岁的公羊羔,你们或从绵羊里取,或从山羊里取,都可以。要留到本月十四日,在黄昏的时候,以色列全会众把羊羔宰了。各家要取点血,涂在吃羊羔的房屋左右的门框上和门楣上。当夜要吃羊羔的肉,用火烤了,与无酵饼和苦菜同吃。不可吃生的,断不可吃水煮的,要带着头、腿、五脏,用火烤了吃。不可剩下一点留到早晨,若留到早晨,要用火烧了。你们吃羊羔当腰间束带,脚上穿鞋,手中拿杖,赶紧地吃,这是耶和华的逾越节。因为那夜我要巡行埃及地,把埃及地一切头生的,无论是人是牲畜,都击杀了,又要败坏埃及一切的神。我是耶和华。这血要在你们所住的房屋上作记号,我一见这血,就越过你们去,我击杀埃及地头生的时候,灾殃必不临到你们身上灭你们。你们要纪念这日,守为耶和华的节,作为你们世世代代永远的定例。

"你们要吃无酵饼七日。头一日要把酵从你们各家中除去,因为从头一日起,到第七日为止,凡吃有酵之饼的,必从以色列中剪除。头一日你们当有圣会,第七日也当有圣会,这两日之内,除了预备各人所要吃的以外,无论何工都不可作。你们要守无酵节,因为我正当这日把你们的军队从埃及地领出来;所以你们要守这日,作为世世代代永远的定例。从正月十四日晚上,直到二十一日晚上,你们要吃无酵饼。在你们各家中,七日之内不可有酵,因为凡吃有酵之物的,无论是寄居的,是本地的,必从以色列的会中剪除。有酵的物,你们都不可吃,在你们一切住处要吃无酵饼。"

于是,摩西召了以色列的众长老来,对他们说:"你们要按着家口取出羊羔,把这逾越节的羊羔宰了。拿一把牛膝草,蘸盆里的血,打在门楣上和左右的门框上。你们谁也不可出自己的房门,直到早晨。因为耶和华要巡行击杀埃及人,他看见血在门楣上和左右的门框上,就必越过那门,不容灭命的进你们的房屋,击杀你们。这例你们要守着,作为你们和你们子孙永远的定例。日后,你们到了耶和华按着所应许赐给你们的那地,就要守这礼。你们的儿女问你们说:'行这礼是什么意思?'你们就说:'这是献给耶和华逾越节的祭。当以色列人在埃及的时候,他击杀埃及人,越过以色列人的房屋,救了我们各家。'"于是,百姓低头下拜。耶和华怎样吩咐摩西、亚伦,以色列人就怎样行。

到了半夜,耶和华把埃及地所有的长子,就是从坐宝座的法老,直到被掳囚在监里之人的长子,以及一切头生的牲畜,尽都杀了。法老和一切臣仆,并埃及众人,夜间都起来了。在埃及有大哀号,无一家不死一个人的。夜间法老召了摩西、亚伦来,说:"起来!连你们带以色列人,从我民中出去,依你们所说的,去侍奉耶和华吧!也依你们所说的,连羊群牛群带着走吧!并要为我祝福。"埃及人催促百姓,打发他们快快出离那地,因为埃及人说:"我们都要死了。"百姓就拿着没有酵的生面,把抟面盆包在衣服中,扛在肩头上。以色列人照着摩西的话行,向埃及人要金器银器和衣裳。耶和华叫百姓在埃及人眼前蒙恩,以致埃及人给他们所要的,他们就把埃及人的财物夺去了。

以色列人从兰塞起行,往疏割去,除了妇人孩子,步行的男人约有六十万。又有许多闲杂人,并有羊群牛群,和他们一同上去。他们用埃及带出来的生面烤成无酵饼,这生面原没有发起,因为他们被催逼离开埃及不能耽延,也没有为自己预备什么食物。以色列人住在埃及共有四百三十年。正满了四百三十年的那一天,耶和华的军队都从埃及地出来了。这夜是耶和华的夜,因耶和华领他们出了埃及地,所以当向耶和华谨守,是以色列众人世世代代该谨守的。

耶和华对摩西、亚伦说:“逾越节的例是这样,外邦人都不可吃这羊羔。但各人用银子买的奴仆,即受了割礼,就可以吃。寄居的和雇工人都不可吃。应当在一个房子里吃,不可把一点肉从房子里带到外头去。羊羔的骨头一根也不可折断。以色列全会众都要守这礼。若有外人寄居在你们中间,愿向耶和华守逾越节,他所有的男子务要受割礼,然后才容他前来遵守,他也就像本地人一样,但未受割礼的,都不可吃这羊羔。本地人和寄居在你们中间的外人同归一例。”耶和华怎样吩咐摩西、亚伦,以色列众人就怎样行了。正当那日,耶和华将以色列人按着他们的军队,从埃及地领出来。

耶和华晓谕摩西说:“以色列中凡头生的,无论是人是牲畜,都是我的,要分别为圣归我。”

摩西对百姓说:“你们要纪念从埃及为奴之家出来的这日,因为耶和华用大能的手将你们从这地方领出来,有酵的饼都不可吃。亚笔月间的这日是你们出来的日子。将来耶和华领你进迦南人、赫人、亚摩利人、希未人、耶布斯人之地,就是他向你的祖宗起誓应许给你那流奶与蜜之地,那时你要在这月间守这礼。你要吃无酵饼七日,到第七日要向耶和华守节。这七日之久,要吃无酵饼,在你四境之内不可见有酵的饼,也不可见发酵的物。当那日,你要告诉你的儿子说:‘这是因耶和华在我出埃及的时候为我所行的事。’这要在你手上作记号,在你额上作纪念,使耶和华的律法常在你口中,因为耶和华曾用大能的手将你从埃及领回来。所以你每年要按着日期守这例。

“将来,耶和华照他向你和你祖宗所起的誓,将你领进迦南人之地,把这地赐给你。那时你要将一切头生的,并牲畜中头生的,归给耶和华;公的都要属耶和华。凡头生的驴,你要用羊羔代赎,若不代赎,就要打折它的颈项。凡你儿子中头生的都要赎出来。日后,你的儿子问你说:‘这是什么意思?’你就说:‘耶和华用大能的手将我们从埃及为奴之家领出来。那时法老几乎不容我们去,耶和华就把埃及地所有头生的,无论是人是牲畜,都杀了,因此我把一切头生的公牲畜献给耶和华为祭,但将头生的儿子都赎出来。这要在你手上作记号,在你额上作经文,因为耶和华用大能的手将我们从埃及领出来。’”

法老容百姓去的时候,非利士地的道路虽近,神却不领他们从那里走,因为神说:“恐怕百姓遇见打仗后悔,就回埃及去。”所以神领百姓绕道而行,走红海旷野的路。以色列人出埃及地,都带着兵器上去。摩西把约瑟的骸骨一同带去,因为约瑟曾叫以色列人严严地起誓,对他们说:“神必眷顾你们,你们要把我的骸骨从这里一同带上去。”他们从疏割起行,在旷野边的以倘安营。日间,耶和华在云柱中领他们的路;夜间,在火柱中光照他们,使他们日夜都可以行走。日间云柱,夜间火柱,总不离开百姓的面前。

耶和华晓谕摩西说:“你吩咐以色列人转回,安营在比哈希录前、密夺和海的中间,对着巴力洗分靠近海边安营。法老必说:‘以色列人在地中绕迷了,旷野把他们困住了。’我要使法老的心刚硬,他要追赶他们,我便在法老和他全军身上得荣耀,埃及人就知道我是耶和华。”于是,以色列人这样行了。有人告诉埃及王说:“百姓逃跑!”法老和他的臣仆就向百姓变心,说:“我们容以色列人去不再服侍我们,这作的是什么事呢?”法老就预备他的车辆,带领军兵同去,并带着六百辆特选的车和埃及所有的车,每辆都有车兵长。耶和华使埃及王法老的心刚硬,他就追赶以色列人,因为以色列人是昂然无惧地出埃及。埃及人追赶他们,法老一切的马匹、车辆、马兵与军兵,就在海边上靠近比哈希录对着巴力洗分,在他们安营的地方追上了。

法老临近的时候,以色列人举目看见埃及人赶来,就甚惧怕,向耶和华哀求。他们对摩西说:“难道在埃及没有坟地,你把我们带来死在旷野吗?你为什么这样待我们,将我们从埃及领出来呢?我们在埃及岂没有对你说过,不要搅扰我们,容我们服侍埃及人吗?因为服侍埃及人比死在旷野还好。”摩西对百姓说:“不要惧怕,只管站住!看耶和华今天向你们所要施行的救恩。因为你们今天所看见的埃及人,必永远不再看见了。耶和华必为你们争战,你们只管静默,不要作声。”

耶和华对摩西说:“你为什么向我哀求呢?你吩咐以色列人往前走。你举手向海伸杖,把水分开,以色列人要下海中走干地。我要使埃及人的心刚硬,他们就跟着下去,我要在法老和他的全军、车辆、马兵上得荣耀。我在法老和他的车辆、马兵上得到荣耀的时候,埃及人就知道我是耶和华了。”在以色列营前行走的神的使者,转到他们后边去;云柱也从他们前边转到他们后边立住。在埃及营和以色列营中间有云柱,一边黑暗,一边发光,终夜两下不得相近。

摩西向海伸杖,耶和华便用大东风,使海水一夜退去,水便分开,海就成了干地。以色列人下海中走干地,水在他们的左右作了墙垣。埃及人追赶他们,法老一切的马匹、车辆和马兵都跟着下到海中。到了晨更的时候,耶和华从云、火柱中向埃及的军兵观看,使埃及的军兵混乱了;又使他们的车轮脱落,难以行走,以致埃及人说:“我们从以色列人面前逃跑吧!因耶和华为他们攻击我们了。”

耶和华对摩西说:“你向海伸杖,叫水仍合在埃及人并他们的车辆、马兵身上。”摩西就向海伸杖,到了天一亮,海水仍旧复原。埃及人避水逃跑的时候,耶和华把他们推翻在海中,水就回流,淹没了车辆和马兵,那些跟着以色列人下海的法老的全军,连一个也没有剩下。以色列人却在海中走干地,水在他们的左右作了墙垣。当日,耶和华这样拯救以色列人脱离埃及人的手,以色列人看见埃及人的死尸都在海边了。以色列人看见耶和华向埃及人所行的大事,就敬畏耶和华,又信服他和他的仆人摩西。

雅　　歌

所罗门的歌,是歌中的雅歌。

愿他用口与我亲嘴,因你的爱情比酒更美。你的膏油馨香,你的名如同倒出来的香膏,所以众童女都爱你。愿你吸引我,我们就快跑跟随你。王带我进了内室,我们必因你欢喜快乐;我们要称赞你的爱情,胜似称赞美酒。她们爱你是理所当然的。

耶路撒冷的众女子啊,我虽然黑,却是秀美,如同基达的帐篷,好像所罗门的幔子。不要因日头把我晒黑了,就轻看我。我同母的弟兄向我发怒,他们使我看守葡萄园;我自己的葡萄园却没有看守。我心所爱的啊,求你告诉我,你在何处牧羊?晌午在何处使羊歇卧?我何必在你同伴的羊群旁边,好像蒙着脸的人呢?

你这女子中极美丽的,你若不知道,只管跟随羊群的脚踪去,把你的山羊羔牧放在牧人帐篷的旁边。我的佳偶,我将你比法老车上套的骏马。你的两腮因发辫而秀美;你的颈项因珠串而华丽。我们要为你编上金辫,镶上银钉。

王正坐席的时候,我的哪哒香膏发出香味。我以我的良人为一袋没药,常在我怀中;我以我的良人为一棵凤仙花,在隐基底葡萄园中。

我的佳偶,你甚美丽!你甚美丽!你的眼好像鸽子眼。

我的良人哪,你甚美丽可爱!我们以青草为床榻,以香柏树为房屋的栋梁,以松树为椽子。

我是沙仑的玫瑰花,是谷中的百合花。

我的佳偶在女子中,好像百合花在荆棘内。

我的良人在男子中,如同苹果树在树林中。我欢欢喜喜坐在他的荫下,尝他果子的滋味,觉得甘甜。他带我入宴席,以爱为旗在我以上。求你们给我葡萄干增补我力,给我苹果畅快我心,因我思爱成病。他的左手在我头下,他的右手将我抱住。

耶路撒冷的众女子啊,我指着羚羊或田野的母鹿嘱咐你们,不要惊动,不要叫醒我所亲爱的,等他自己情愿。

听啊,是我良人的声音;看哪,他蹿山越岭而来。我的良人好像羚羊,或像小鹿。他站在我们墙壁后,从窗户往里观看,从窗棂往里窥探。

我良人对我说:"我的佳偶,我的美人,起来,与我同去!因为冬天已往,雨水止住过去了。地上百花开放、百鸟鸣叫的时候已经来到,斑鸠的声音在我们境内也听见了,无花果树的果子渐渐成熟,葡萄树开花放香。我的佳偶,我的美人,起来,与我同去!我的鸽子啊,你在磐石穴中,在陡岩的隐秘处。求你容我得见你的面貌,得听你的声音;因为你的声音柔和,你的面貌秀美。"

要给我们擒拿狐狸,就是毁坏葡萄园的小狐狸,因为我们的葡萄正在开花。良人属我,我也属他;他在百合花中牧放群羊。我的良人哪,求你等到天起凉风、日影飞去的时候,你要转回,好像羚羊或像小鹿在比特山上。

我夜间躺卧在床上，寻找我心所爱的；我寻找他，却寻不见。我说：我要起来，旅行城中，在街市上，在宽阔处，寻找我心所爱的。我寻找他，却寻不见。城中巡逻看守的人遇见我，我问他们："你们看见我心所爱的没有？"我刚离开他们，就遇见我心所爱的。我拉住他，不容他走，领他入我母家，到怀我者的内室。

耶路撒冷的众女子啊，我指着羚羊或田野的母鹿嘱咐你们，不要惊动、不要叫醒我所亲爱的，等他自己情愿。

那从旷野上来、形状如烟柱，以没药和乳香并商人各样香粉薰的是谁呢？看哪，是所罗门的轿，四围有六十个勇士，都是以色列中的勇士；手都持刀，善于争战，腰间佩刀，防备夜间有惊慌。所罗门王用黎巴嫩木为自己制造一乘华轿。轿柱是用银作的，轿底是用金作的，坐垫是紫色的，其中所铺的乃耶路撒冷众女子的爱情。锡安的众女子啊，你们出去观看所罗门王，头戴冠冕，就是在他婚筵的日子、心中喜乐的时候，他母亲给他戴上的。

我的佳偶，你甚美丽！你甚美丽！你的眼在帕子内好像鸽子眼。你的头发如同山羊群卧在基列山旁。你的牙齿如新剪毛的一群母羊，洗净上来，个个都有双生，没有一只丧掉子的。你的唇好像一条朱红线，你的嘴也秀美。你的两太阳在帕子内如同一块石榴。你的颈项好像大卫建造收藏军器的高台，其上悬挂一千盾牌，都是勇士的藤牌。你的两乳好像百合花中吃草的一对小鹿，就是母鹿双生的。

我要往没药山和乳香冈去，直等到天起凉风，日影飞去的时候回来。

我的佳偶，你全然美丽，毫无瑕疵！我的新妇，求你与我一同离开黎巴嫩，与我一同离开黎巴嫩。从亚玛拿顶，从示尼珥与黑门顶，从有狮子的洞，从有豹子的山往下观看。我妹子，我新妇，你夺了我的心！你用眼一看，用你项上的一条金链，夺了我的心。我妹子，我新妇，你的爱情何其美！你的爱情比酒更美，你膏油的香气胜过一切香品。我新妇，你的嘴唇滴蜜，好像蜂房滴蜜；你的舌下有蜜有奶。你衣服的香气如黎巴嫩的香气。我妹子，我新妇，乃是关锁的园，禁闭的井，封闭的泉源。你园内所种的结了石榴，有佳美的果子，并凤仙花与哪哒树。有哪哒和番红花，菖蒲和桂树，并各样乳香木、没药、沉香，与一切上等的果品。你是园中的泉，活水的井，从黎巴嫩流下来的溪水。

北风啊，兴起！南风啊，吹来！吹在我的园内，使其中的香气发出来。愿我的良人进入自己园里，吃他佳美的果子。

我妹子，我新妇，我进了我的园中，采了我的没药和香料，吃了我的蜜房和蜂蜜，喝了我的酒和奶。我的朋友们，请吃！我所亲爱的，请喝！且多多地喝。

我身睡卧，我心却醒。这是我良人的声音，他敲门说："我的妹子，我的佳偶，我的鸽子，我的完全人，求你给我开门，因我的头满了露水，我的头发被夜露滴湿。"我回答说："我脱了衣裳，怎能再穿上呢？我洗了脚，怎能再玷污呢？"我的良人从门孔里伸进手来，我便因他动了心。我起来，要给我良人开门；我的两手滴下没药，我的指头有没药汁滴在门闩上。我给我的良人开了门，我的良人却已转身走了。他说话的时候，我神不守舍。我寻找他，竟寻不见；我呼叫他，他却不回答。城中巡逻看守的人遇见我，打了我，伤了我；看守城墙的人夺去我的披肩。耶路撒冷的众女子啊，我嘱咐你们，若遇见我的良人，要告诉他，我因思爱成病。

你这女子中极美丽的，你的良人比别人的良人有何强处？你的良人比别人的良人有何强处？你就这样嘱咐我们？

我的良人白而且红，超乎万人之上。他的头像至精的金子；他的头发厚密累垂，黑如乌鸦。他的眼如溪水旁的鸽子眼，用奶洗净，安得合式。他的两腮如香花畦，如香草台。他的嘴唇像百合花，且滴下没药汁。他的两手好像金管，镶嵌水苍玉。他的身体如同雕刻的象牙，周围镶嵌蓝宝石。他的腿好像白玉石柱，安在精金座上。他的形状如黎巴嫩，且佳美如香柏树。他的口极其甘甜，他全然可爱。耶路撒冷的众女子啊，这是我的良人，这是我的朋友。

你这女子中极美丽的，你的良人往何处去了？你的良人转向何处去了？我们好与你同去寻找他。

我的良人下入自己园中，到香花畦，在园内牧放群羊，采百合花。我属我的良人，我的良人也属我，他在百合花中牧放群羊。

我的佳偶啊，你美丽如得撒，秀美如耶路撒冷，威武如展开旌旗的军队。求你掉转眼目不看我，因你的眼目使我惊乱。你的头发如同山羊群，卧在基列山旁。你的牙齿如一群母羊，洗净上来，个个都有双生，没有一只丧掉子的。你的两太阳在帕子内如同一块石榴。有六十王后，八十妃嫔，并有无数的童女。我的鸽子，我的完全人，只有这一个，是她母亲独生的，是生养她者所宝爱的。众女子见了就称她有福；王后妃嫔见了也赞美她。

那向外观看如晨光发现，美丽如月亮，皎洁如日头，威武如展开旌旗军队的是谁呢？

我下入核桃园，要看谷中青绿的植物，要看葡萄发芽没有，石榴开花没有。不知不觉，我的心将我安置在我尊长的车中。

回来，回来，书拉密女！你回来，你回来，使我们得观看你！

你们为何要观看书拉密女，像观看玛哈念跳舞的呢？

王女啊，你的脚在鞋中何其美好！你的大腿圆润好像美玉，是巧匠的手作成的。你的肚脐如圆杯，不缺调和的酒。你的腰如一堆麦子，周围有百合花。你的两乳好像一对小鹿，就是母鹿双生的。你的颈项如象牙台；你的眼目像希实本巴特拉并门旁的水池；你的鼻子仿佛朝大马色的黎巴嫩塔；你的头在你身上好像迦密山，你头上的发是紫黑色。王的心因这下垂的发绺系住了。我所爱的，你何其美好！何其可悦！使人欢畅喜乐。你的身量好像棕树；你的两乳如同其上的果子，累累下垂。我说我要上这棕树，抓住枝子。你的两乳好像葡萄累累下垂；你鼻子的气味香如苹果；你的口如上好的酒。女子说：为我的良人下咽舒畅，流入睡觉人的嘴中。

我属我的良人，他也恋慕我。我的良人，来吧，你我可以往田间去，你我可以在村庄住宿。我们早晨起来往葡萄园去，看看葡萄发芽开花没有，石榴放蕊没有；我在那里要将我的爱情给你。风茄放香,在我们的门内有各样新陈佳美的果子;我的良人,这都是我为你存留的。

巴不得我像我的兄弟,像吃我母亲奶的兄弟!我在外头遇见你,就与你亲嘴,谁也不轻看我。我必引导你,领你进我母亲的家,我可以领受教训,也就使你喝石榴汁酿的香酒。他的左手必在我头下,他的右手必将我抱住。

耶路撒冷的众女子啊,我嘱咐你们,不要惊动,不要叫醒我所亲爱的,等他自己情愿。

那靠着良人从旷野上来的是谁呢?

我在苹果树下叫醒你,你母亲在那里为你劬劳,生养你的在那里为你劬劳。

求你将我放在心上如印记,带在你臂上如戳记;因为爱情如死之坚强,嫉恨如阴间之残忍。所发的电光,是火焰的电光,是耶和华的烈焰。爱情,众水不能熄灭,大水也不能淹没,若有人拿家中所有的财宝要换爱情,就全被藐视。

我们有一小妹,她的两乳尚未长成,人来提亲的日子,我们当为她怎样办理?

她若是墙,我们要在其上建筑银塔;她若是门,我们要用香柏木板围护她。

我是墙,我两乳像其上的楼。那时我在他眼中像是平安的人。所罗门在巴力哈们有一葡萄园,他将这葡萄园交给看守的人,为其中的果子,必交一千舍客勒银子。我自己的葡萄园在我面前;所罗门哪,一千舍客勒归你,二百舍客勒归看守果子的人。

你这住在园中的,同伴都要听你的声音,求你使我也得听见。

我的良人啊,求你快来,如羚羊或小鹿在香草山上。

《一千零一夜》

《一千零一夜》汇聚了 8 世纪到 16 世纪阿拉伯地区的民间故事,它在印度和波斯的民间故事的基础上发展起来,10 世纪至 11 世纪编写了阿拔斯王朝哈伦拉希德的故事,13 至 14 世纪在埃及编写了埃及生活的故事。其中有冒险故事、历史故事、爱情故事、宫廷奇闻、神话传说、神魔故事、寓言、童话,约有一百三十几个。它揭露统治者的残暴荒淫,歌颂人民的智慧、力量、美德、爱情和生活理想,反映商人的冒险和发财欲望。它具有东方情调和浪漫主义特色,采用框架结构和故事套故事的形式,刻画人物以善恶对比。

《渔翁的故事》描写渔翁以智慧和计谋战胜了魔鬼,显示了人的尊严和力量。故事有童话色彩,韵文与散文相结合,保留了说唱的形式。《辛伯达第二次航海旅行》颂扬了冒险精神,反映了当时商人在国际经商贸易中遇到的种种险情,同时将各种传说和奇闻融入其中。想象奇特,情节有趣。

渔翁的故事

从前有个上了年纪的渔翁,每天靠打鱼谋生,家里除老婆外,还有三个儿女,一家五口,全靠他打鱼供养,因此景况萧条,生活困难。他虽然以打鱼为业,可是每天照例只打四网,便心满意足,不肯多打。一天正午,他来到海滨,放下鱼笼,卷起袖口,跑到水中布置了一番,便把网撒在海里,等了一会,然后收网。当时他感到渔网很沉重,再使劲也收不起来;没奈何,只好回到岸上,打下一根木桩,把网绳系在桩上,然后脱了衣服,潜入海底,努力挣扎一阵,最后终于把渔网弄起来了。这时候,他欢天喜地地回到岸上,穿上衣服,然后仔细打量,只见网里睡着一匹死驴,渔网也给撕破了。他看见这种情景,感到很苦闷,叹道:“毫无办法,只盼伟大的安拉援助了。获得这样的衣食,真是奇怪的现象呀!”于是吟道:

黑夜里在死亡线上奔波的人呀,
你别过分辛勤;
因为衣食不是专靠劳力换来的。
难道你不曾看见,
在星辰交辉的海空下面,
渔夫直立在汹涌的海滨;
他涉到水里,
定睛凝视网头,
任波涛冲刷他的脸?
夜里他守着挂在铁钩上的大鱼,
愉快地酣睡一夜,
次日清晨,
大鱼却被通宵不受寒风侵袭的人买去。
主宰呀,
我赞美你!
你给这个人享受,
教那个人向隅;
你教这个人辛勤打鱼,
让那个人坐享其成。

渔翁吟罢,自怨自艾地说道:“再打一次吧,若是安拉愿意,我必然会得到报酬的。”随即吟道:

你若因窘迫而感到苦痛,
便该披上一件慈祥的忍耐衣服,
这才是宽敞的襟度。

千万别向人们诉苦，

因为这是向残忍者控诉仁德之主。

渔翁把东西整理一番，拧掉网上的水，带到水中，嘴里说道："凭着安拉的大名。"随即把网撒在海中，紧紧地拉着绳索，待网落在海底好一会，这才动手收网。这次仿佛比头次更重，他以为已经捕到大鱼，便系起网绳，脱掉衣服，潜入海底，费尽辛苦把网弄上来，摆在岸上一看，里面却是一个灌满泥沙的大瓮。这使他无限地苦恼绝望，就吟道：

暴怒的命运呀！

适可而止吧。

若是不肯止住，

那么请你温和一些。

我出来奔走营生，

发觉衣食的来源已经断绝。

许多粗鲁、愚昧之徒，

飞黄腾达、直上青云，

生活在金牛星座之间；

几许知书识礼的人物，

却埋名隐姓、一文不名，

辗转在沟渠里呻吟。

渔翁扔了大瓮，清洗渔网，拧掉水，祈祷一番，第三次涉进水中，撒下网，紧紧地拉着网绳，待网儿落入水中多时，这才动手收网；可是这次打起来的，却全是破骨片、碎玻璃和各式各样的贝壳，这使他愤恨到了极顶，忍不住伤心地哭泣起来，吟道：

这便是衣食，

它不受你约束，

也不让你有生存的地步。

学问不会给你衣服蔽身，

书法不能供你饮食果腹。

衣食是规划过的，

中间没有机会可图；

像大地一样：

其中有肥沃的良田，

此外便是不毛的瘠地。

命运抬举下流无耻之徒，

它的殃害却专向学者身上降落。

死神呀，

你来吧！

鹰隼沉沦，鸭子飞腾的时候，
人生应该受到诅咒。
我注定做贫困的学者，
迈步走向穷途末路，
这没有可以惊奇之处。
一只鸟儿翱翔、盘旋，
从东边飞到西头；
另一只没有移动脚步，
却享受丰衣足食的生活。

他仰头望着天空，说道："我主，每天我照例只打四网鱼，这您是知道的。今天我打过三网了，可是没有打到一条鱼儿。我主，最后这次求你把衣食赏赐给我吧。"于是他喊着安拉的大名，把网撒在海中，等它落到水底好一会，这才动手收取，可是再也拉不动，网儿好像和海底结在一起一样。他叹道："毫无办法，只盼安拉救援了。"于是吟道：

呸，你这个世道！
如果长此下去，
让我们老在灾难中叫苦、呻吟，
这就该受到诅咒。
在这样的时代里，
一个人纵然平安度过清晨，
夜里便得饮痛苦之杯。
过去当人们问
"世间谁最享福"的时候，
我自己总是被人指着回答：
"就是这个人。"

渔翁脱了衣服，潜到水里，努力奋斗一番，把渔网从海底弄出来，打开一看，发现里面有个胆形的黄铜瓶，瓶口用锡封着，锡上打着苏里曼·伊本·达伍德[1]的印章。渔翁望着胆瓶，喜笑颜开，说道："这个瓶儿拿到市上，可以卖它十个金币呢。"他抱着胆瓶摇了一摇，感到很沉重，里面似乎塞满了东西。他自言自语地说道："你瞧！这个瓶里到底装的是什么东西？我要打开看个清楚，然后再拿去卖。"他于是抽出插在身边的小刀，慢慢撬去瓶口上的锡块，然后把瓶放倒，按着摇了几摇，以便把里面的东西倾倒出来。可是当时却没有什么东西，因此渔翁感到十分惊奇。

息了一会，瓶中冒出一股青烟，飘飘荡荡地升到空中，继而弥漫在大地上，逐渐凝成一团，最后变为一个魔鬼，披头散发，巍峨高耸地站在渔翁面前；堡垒似的头颅，铁叉

① 即大卫的儿子所罗门。

似的手臂，桅杆似的脚杆，山洞似的大嘴，石头似的牙齿，喇叭似的鼻孔，灯笼似的眼睛，奇形怪状，非常凶恶丑陋。渔翁看见这个魔鬼的形状，全身发抖，磕着牙齿，吓得口干舌燥，呆呆地不知如何应付。一会儿，他听见魔鬼说道："安拉是唯一的主宰，苏里曼是他的使徒。安拉的使者呀！以后我不敢违背你的命令了，你别杀我吧。"

"你这个叛徒！你说苏里曼是安拉的使徒吗？"渔翁问。"苏里曼已经过世一千八百年了，我们这是在苏里曼之后的末尾时代呵。你的历史和情况如何？你钻在瓶里的原因是什么？告诉我吧。"

"安拉是唯一的主宰；渔翁，让我给你报个消息吧。"

"你打算给我报什么消息？"

"给你报个我马上要狠狠地杀死你的消息。"

"我把你从海里打捞出来，弄到陆地上，又把你从胆瓶中释放出来，救了你的生命，你为什么要杀我？我犯了什么应杀的罪过？"

"告诉我吧，你希望怎样死法？希望我用什么方法处你死刑？"

"我犯了什么罪过，你要给我这样的报答？"

"渔翁，你听一听我的故事，这就明白了。"

"说吧，简单明了地告诉我吧，我的灵魂沉到脚底下去了。"

"渔翁，你要知道，我是个邪辟异端的天神，无恶不作，曾与大圣苏里曼·伊本·达伍德作对，违背他的教化，因而触怒了他，所以他派宰相阿随福·伊本·白鲁海亚来讨伐，把我捉去给他发落。当时大圣苏里曼劝我皈依正道，服从他的教化。可是我不肯，于是他吩咐拿这个胆瓶来，把我禁锢在里面，用锡封了口，盖上印，然后命令众神把我抬到海滨，投进海里。

"我在海中过第一个世纪的时候，私下想着：'谁要是在这个世纪解救我，我必须报答他，使他终身荣华富贵。'一百年过去了，可是没有人来救我。到第二个世纪开始的时候，我说道：'谁要是在这个世纪解救我，我必须报答他，替他开发地下的宝藏。'可是没有人来救我。到第三个世纪开始的时候，我说道：'谁要是在这个世纪解救我，我必须报答他，满足他的三种愿望。'可是整整过了四百年，始终没有人来救我。这时候我非常生气，说道：'谁要是在这个时候来解救我，我要杀死他，不过让他有选择死法的余地。'渔翁，你现在解救了我，因此我才教你自己选择死的方法。"

"好奇怪呵！我却在这个日子来解救你！请你饶恕我吧。你不杀我，安拉会宽恕你。你不危害我，安拉会帮助你战胜你的仇人。"

"我非杀你不可；告诉我吧：你希望怎么死法？"

"我救了你的生命，请你就看这点情面，饶了我吧。"

"正因为你救了我，我这才要杀你呵。"

"魔爷，我好心对待你，你却以怨报德吗？这样说来，古人的话一定是正确的了：

我们对他们做了好事，

他们却用相反的行为对待我们。

指我自己的生命起誓，
这是娼妓们的行径。
对非其人而行善者，
他的结局就是土狼对保护者的报酬。"

"别多说啦！反正你是非死不可的。"

渔翁私下想道："他是个魔鬼，而我是堂堂的人类，安拉既然赋予我完备的理智，我就非用计谋来对付他不可。我的计谋和理智，必然会压倒他的诡计和妖气的。"于是他对魔鬼说道："你是决心要杀我吗？"

"不错。"

"凭着刻在大圣苏里曼戒指上的安拉的大名起誓，我来问你一件事，你必须对我说实话。"

魔鬼一听安拉的大名，惊惶失措，战栗不已，说道："是，你问就是，说简单些。"

"当初你是住在这个胆瓶里的；然而这个胆瓶，照道理说它既容纳不了你的一只手，更容纳不了你的一条腿，怎么能容纳你这样庞大的整个身体呀？"

"你不相信当初我是住在这个瓶里的吗？"

"我没有亲眼看见，这是绝对不能相信的。"

这时候魔鬼就摇身一变，成为青烟，逐渐缩成一缕，慢慢地钻进胆瓶。渔翁等到青烟全都进入瓶中，就迅速拾起盖印的锡封，把瓶口塞起来，然后大声说道："告诉我吧，魔鬼，你希望怎么死法？现在我决心把你投到海里，并且要在这里盖间房子住下，不让人们在这里打鱼。我要告诉人们，这里有个魔鬼，谁把他从海里打捞出来，就必须自己选择死亡的方法，被他杀害。"

魔鬼听了渔翁的话，又见自己的身体禁锢在瓶中，要脱身而出，却被苏里曼的印章挡住，无从恢复自由，这才知道自己受了渔翁的骗。他说道："渔翁，先前我是跟你开玩笑的。"

"肮脏下流无耻的魔鬼！你这是说谎呀。"渔翁于是把胆瓶挪近岸边，预备扔到海里去。

"不，我不敢说谎。"魔鬼表示谦和，尽说好话；继而问道："渔翁，你打算怎么处置我？"

"我要把你投到海中；如果说你在海里曾经住过一千八百年，那么这回我非叫你住到世界末日不可。我不是对你说过'你不杀我，安拉会宽恕你；你不危害我，安拉会帮助你战胜你的仇人'吗？你却不听我的劝告，非背信弃义不可。如今安拉教你落在我的手里，我就用不着跟你讲信义了。"

"放了我吧，让我好好地报答你。"

"该驱逐的妖魔，你这是在说谎欺骗我呵。先前你要是怜悯我，我现在自然会饶恕你，但是你口口声声要杀我，所以我才要把你闷在瓶中，投入大海。"

"渔翁，凭着安拉起誓，你别这样做吧。我固然作了孽，还求你饶恕我，别因为我的行为而责备我,因为你是善良的人类。古人说得好:‘以德报怨的人呀!作恶者的坏行为,尽够惩治他自己了。’如此说来,求你不要像艾玛迈对耳帖凯①那样对待我吧。”

“艾玛迈是怎样对待耳帖凯的?”

“我被禁锢在瓶里,不是叙谈的时候;求你放了我,我再告诉你吧。”

“你留着别说好啦。我非把你投在海里不可,教你一辈子没有出头的日子,因为当初我向你苦苦哀求,卑躬屈节地求你可怜我,你却一味要杀我。我没有犯过该死的罪孽,也不曾冒犯你,相反的,我对你行过好,把你释放出来,救了你的生命。你却不知好歹,以怨报德,因此我知道你的本质是坏透了的。你要知道:我不仅要把你投在海里,而且还要把你怎样对待我的事告诉世人,教他们提高警惕,以便他们打捞着你的时候,立刻把你投在海里,让你一辈子留在海中,遭受种种痛苦,直到世界末日。”

“渔翁,放了我吧,这正是你耀武扬威的好机会到了。我向你立誓,今后我绝不危害你,而且还要给你一件东西作为媒介,教你发财致富。”

渔翁接受了魔鬼的誓言,彼此约定:渔翁释放魔鬼,魔鬼不危害渔翁,而且要好生对待他。经魔鬼凭着安拉的大名发过誓,渔翁这才相信他,便打开了瓶口。这时候,一股青烟从瓶中冒了出来,飘飘荡荡地升到空中,逐渐汇集起来,变成一个狰狞的魔鬼,一脚把胆瓶踢到海里。

渔翁见魔鬼把胆瓶踢到了海中,认为自己是非受害不可了,暗自叹道:“这不是好现象呀!”继而他鼓着勇气,说道:“魔爷,安拉说过:‘你们应该践约,因为约言将来是要受审查的。’你与我有约在先,曾立誓不欺骗我。你要是不违约,安拉就不至于惩罚你。因为安拉对一切都关心、审慎,他缓期执行,可是他不推卸责任。”

魔鬼哈哈大笑一阵,随即拔脚向前走,说道:“渔翁,跟我来吧。”渔翁虽然跟在魔鬼后面,可是他却不相信自己能够脱险。他们一直向前,经过郊区,越过山岭,来到一处宽阔的山谷,便发现眼前有一个水清澈底的大湖。魔鬼涉到湖中,对渔翁说:“随我来吧。”待渔翁也涉到湖中,魔鬼这才站定,吩咐他张网打鱼。渔翁低头一看,只见白、红、蓝、黄等色的四种鱼儿在水中游着,不觉大吃一惊。他于是取下网,张开撒在湖中,一网打得四尾每种颜色各一尾。渔翁看着网中的鱼,感到十分高兴。魔鬼就对他说:“渔翁,你回去的时候,把鱼送到宫中,献给国王,他会把使你发财致富的东西赏赐你的。凭着安拉起誓,现在我没有别的方法报答你了,请原谅吧。我在海中待了一千八百年,今天才得看见天日。今后你每天只消来湖中打一网鱼就够了,不要贪心。现在我把你托付给安拉了。”魔鬼说罢,一顿足,地面裂开,他便陷了进去不见了。

渔翁带着四尾鱼回城,在归途中他老是想着他和魔鬼打交道的经过而感到惊奇。他回到家中,取个钵盂,装满水,把鱼养在钵里。鱼儿得水,活跃起来,在钵中游来游去。然后他依从魔鬼的吩咐,顶着钵盂,送鱼进宫。他到了宫中,把鱼献给国王。国王看了渔翁进贡的四尾鱼,非常惊奇,因为这种形状和品种的鱼,他生平还是头一次看

---

① 这个故事已失传。

见。他吩咐宰相:“把这几尾鱼交给女厨司去烹调。”原来宫中有个善于烹调的女奴,是三天前希腊国王当礼物送来服侍国王的,国王还不知道她的本领,因而送鱼给她煎制,以便试验她的技能。

宰相奉命把鱼带到厨房,交给女厨司,说道:“主上说,他老人家不伤心的时候是不掉眼泪的。今天有人把四尾鱼送来献给他,希望你用卓越的技巧烹饪出来,让我们高兴愉快地享受吧。”宰相吩咐以后,就匆匆回到国王面前。国王命令他赏渔翁四十个金币。宰相遵命赏赐了渔翁。渔翁得了赏钱,欣喜万分,踉跄奔到家中,快乐得一会儿坐下,一会儿站起,蹦蹦跳跳地以为自己是在梦中。然后他用赏钱给家人买了生活必需的各种东西,当天夜里,欣喜若狂地过了一夜。

宫中的那个女厨司奉了命令以后,即刻动手,把鱼剖洗干净,架上煎锅,然后把鱼放在锅中去煎。她刚煎了一面,再翻过来煎第二面的时候,厨房的墙壁突然裂开,里面出来一个窈窕美丽的妙龄女郎,身上披一条蓝绢混织的围巾,耳下垂着耳环,臂上戴着手镯,指上戴着珍贵的宝石戒指,手中握着一根藤杖。她把藤杖戳在煎锅里,说道:“鱼啊！你还坚守旧约吗?”女厨司眼看着这种情景,吓得昏了过去。在女郎第二次第三次重复了她的问话以后,煎锅里的鱼儿都抬起头来,清清楚楚地回答道:“是的,是的。”接着吟道:

你若反目,
我们也反目;
你若践约,
我们也践约;
你若舍弃誓约,
我们也奉陪着。

鱼儿吟罢,女郎就用藤杖掀翻煎锅,回进原来的地方,接着厨房的墙壁便合拢,恢复了原状。这时候,女厨司慢慢地苏醒过来,看见四尾鱼全都烧焦,枯如木炭,大吃一惊,叹道:“第一次上阵,还未交锋,枪杆可就先折断了!”她叹息着又昏了过去。这时候,宰相突然来到厨房,见女厨司昏迷不省人事,便用脚蹴了蹴她。女厨司苏醒过来,悲哀地哭泣着,把发生的事情详细地告诉宰相。宰相听了,感到惊奇,说道:“这真是一桩奇怪的事情!”于是立刻派人把渔翁唤来,大声喝道:“渔翁！把你上次拿来的那种鱼儿给我再拿四尾来。”

渔翁去到湖中,一网打了同样的四尾鱼,诚惶诚恐地送进宫去,献给宰相。宰相把鱼拿到厨房里,交给女厨司,说道:“你来当着我的面煎吧,让我亲眼看看这种事。”女厨司把鱼剖洗干净,架上煎锅,把鱼放在锅里。刚开始煎的时候,墙壁忽然裂开,那个女郎便出现在他们面前,她还是第一次的那种打扮,手中握着藤杖。她把藤杖戳在煎锅里,说道:“鱼啊！你还坚守旧约吗?”随着女郎的声音,锅里的鱼都抬起头来,吟道:

你若反目,
我们也反目;

你若践约，
我们也践约；
你若舍弃誓约，
我们也奉陪着。

女郎听罢，就用杖掀翻煎锅，走回原来的地方，墙壁便合拢，恢复了原状。宰相自言自语地说道："这桩事情不可隐瞒下去，必须报告给国王知道。"他于是匆忙去见国王，把亲眼看见的事情报告一番。国王听了，说道："我非亲眼看一看不可。"随即派人去唤渔翁，限三天的期限，命他照过去送来的那咱鱼儿再送四尾进宫。渔翁诚惶诚恐地往湖中去，打了四尾鱼，及时送到宫中。国王吩咐赏渔翁四百金币，这才转向宰相说道："来，你亲自在我面前煎鱼吧。""听明白了，遵命就是。"宰相回答着，即刻拿来煎锅，洗了鱼，放在锅中。他把煎锅架在火上，刚开始煎的时候，墙壁突然裂开，里面出来一个彪形黑奴，像一个牡牛，又像是翁定族①的遗民。他手中握着一根绿树枝，粗声粗气地问道："鱼啊！鱼啊！你坚守旧约吗？"随着黑奴的吼声，锅中的鱼都抬起头来，回道："是呀，是呀，我们是践约的。"随即吟道：

你若反目，
我们也反目；
你若践约，
我们也践约；
你若舍弃誓约，
我们也奉陪着。

黑奴走过去，举起树枝，掀翻煎锅，随即从原路归去。国王仔细打量，见鱼儿都被烧焦，变得枯如木炭，不禁骇然震惊。他说道："这样的事情不可缄默不问，这种鱼类必然有它特殊的情况。"于是他下令传渔翁进宫，问道："该死的渔翁，这种鱼你是从哪里打来的？"

"从城外山谷中的一个湖里打来的。"

"由这里去有多少路程？"国王瞪眼看着渔翁问。

"启禀主上，约莫半小时的路程。"

国王听了渔翁的话，感到惊奇。他急于要了解其中的情况，便传令部下，即刻整装出发。他于是率领人马，浩浩荡荡地开出城去，渔翁在前面领路。他们经过郊区，爬上山岭，一直来到广阔的山谷中。看见了那个水清彻底，四面被群山围绕，里面有红、白、黄、蓝色鱼的湖沼，人人都感到惊愕，因为这样的山色湖光是他们生平从未见过的。国王且惊且喜，站在湖旁，对左右的随从和兵士说："你们中间有谁见过这个湖沼吗？""没有，主上！我们生平从未见过。"人们齐声回答，接着国王又问那些年纪较大的人，他们也都说："我们有生以来还没有看见过这个地方的湖沼呢。"国王说道："凭着安拉

① 翁定族：古代阿拉伯民族的一支，以身材高大著称。

起誓,我要把湖和鱼的来历弄个清楚明白,才肯回城视事。”他于是吩咐部下,依山扎营,并对那位精明强干、博学多智、经验丰富的宰相说:“今天夜里我打算一个人静悄悄地躲在帐中,仔细推敲研究湖和鱼的来历。我命令你坐在帐外,凡是来见我的,无论公侯将相,或侍从仆役,一律不许进帐。告诉他们,就说国王欠安,不能接见,可千万别把我的意图告诉任何人。”

宰相听从命令,小心翼翼地守在帐外。国王就卸下朝服,佩上宝剑,悄然离开营帐,趁黑夜爬上高山,向前迈进。他一直跋涉到天明,继而冒着炎热的天气,不顾疲劳,继续走了一昼夜;次日又走了一昼夜,到天亮时,这才发现远方有一线黑影,他十分高兴,说道:“也许我能遇到一个可以把湖和鱼的来历告诉我的人吧。”他走近一看,原来是一座黑石建筑的宫殿,两扇大门,一闭一开。国王高高兴兴地站在门前,轻轻地敲门,却不见有人答应。他第二次第三次再敲,仍然没有人答应。他又猛烈地敲了一会,还是没有人答应。他想:“毫无疑问,这一定是一所空房。”他于是鼓起勇气,闯进大门,来到廊下,提起嗓子喊道:“屋里住的人啊!我是一个异乡人,路过这里。你们有什么食物,可以给我充饥吗?”他一连喊了三四遍,还是听不到有人答应。他这才鼓起更大的勇气,抖擞精神,由廊下一直闯到堂屋里。屋里居然不见人影,可是却布置得井然有序,一切陈设都是丝绸的,非常富丽;铺着闪光的地毯,挂着绣花的帷幕。一个宽敞的院子,被四间矗立的拱形大厅环抱着;院中有石凳和喷水池,池边蹲着四个红金狮子,口里喷出珍珠般的清泉。院中养着鸣禽,空中张着金网,防止群鸟飞遁。国王看了这种景象,却没有一个人来和他谈这旷野中的山岳、湖沼、有色的鱼和宫殿的来历,感到无限的惊奇而且苦闷。没奈何,他颓然在门前坐下,低头思考。这时候,他突然听到一声哀怨的悲叹,继而幽幽地吟道:

> 我隐藏起你那里见到的一切,
> 它却甘心暴露自己。
> 瞌睡从我眼边逝去,
> 换来了失眠。
> 时代哟!
> 你不必对我怜惜,
> 也别教我的灵魂再在困顿和危险之间苟延。
> 你们不是怜惜人群中的英俊,
> 因为他在情场中一败涂地,
> 变为卑劣、怯懦。
> 你们也不是爱慕人民中的富豪,
> 因为他已经一文不名,
> 穷无立锥之地。
> 我们原来望风而来趋附你们,
> 然而命运降临的时节,

眼睛随之而失明。
武士有什么办法呢,
当与敌人相逢,
弯弓欲射的时候,
弓弦已先断裂?
青年人被愁恨重重包围的时候,
教他从命运手中逃往哪里去躲避?

听了吟咏的声音,国王立刻站了起来,探头一看,见大厅门上挂着帘幕,他伸手掀起帘幕,发现一个青年坐在幕后一张一尺多高的床上。他是一个眉清目秀、满面红光、口舌伶俐、身段标致的青年,正是:

乌发粉面的标致青年,
白天黑夜在人前出现。
你们不可否认他腮上的黑痣,
因为每一朵秋牡丹都有一粒黑子呢。

国王见了青年,欣喜若狂,就向他问候。那个青年端坐着,身穿一件埃及式的金线绣花锦袍,头戴珍珠玉冠,只是眉目之间挂满愁云。他彬彬有礼地向国王回礼,接着说道:"我有痼疾,不能起身迎接你,请原谅我吧。"

"青年人!你别客气吧,现在我是你的客人了。为了一桩重要的事情我才到你这儿来,我要你把这里的湖沼、有色的鱼和这座宫殿的来历告诉我,并且使我明白,为什么你一个人住在这里?为什么你这样悲哀痛苦?"

青年人听了国王的话,眼泪簌簌地从腮上流下,忍不住伤感起来,吟道:

对睡梦沉沉的人说吧,
时代的主宰教多少人倒下去!
教多少人又站起来!
你若是酣睡未醒,
安拉的眼睛却一直是睁着的。
天空豁然晴朗了,
究竟是因为何人?
它霎时晦暝下去,
又是为了谁呢?

青年吟罢,感伤地叹了一口气,接着又吟道:

把一切托付给人类的主宰,
从此撇开愁恨,
按下追溯的念头。
已经逝了的事件,
别追问:"为什么这样演变?"

因为命运是一切演变的根源。

国王感到惊愕,问道:“青年人!你为什么伤心地哭泣?”

“我的情况如此,怎么能不伤心呢!”他撩起衣服,让国王看他的下身。

原来那青年的身体,从腰到脚这一截已经化为石头,只是从头到腰的一截还有知觉。国王看了青年的情况,忧心如焚,垂头丧气,长吁短叹一阵,然后说道:“青年人!你把一重新愁加在我的旧愁上啦!我原是为了打听有色的鱼的来历才到这儿来的,可是现在除了打听鱼的究竟之外,又要了解你的情况了。毫无办法,只盼伟大的安拉援助了。青年人,快快把你的情况告诉我吧。”

“你听着,我告诉你吧。”

“我的耳目早已准备好了,你说吧。”

“我自己和有色的鱼有着一段离奇古怪的遭遇,如果把它记录下来,对于后人倒是很好的训诫。”

“这是怎么一回事?”

……

辛伯达第二次航海旅行

你们要知道,弟兄们,像昨天我告诉你们的那样,我旅行归来,过着非常安逸、快乐的享福生活。可是有一天我突然起了一个出去旅行的念头,很想去海外游览各地的风土人情,并经营生意,赚一笔大钱回来过好日子。于是我拿出许多存款,收购适于外销的货物,包扎、捆绑起来,运往海滨。恰巧那儿停着一只新船,张着顶好的帆篷,旅客很多,船中的粮食也很充足,正准备开航。

我把行李、货物搬到船中,跟商人、旅客们一起出发。当时天气晴朗,航行也很顺利;继续不断地从一个海湾到一个港口,从一个岛屿到一个海国,每天一个地方,我们都上岸去经营,跟当地的商贩和官吏们打交道;大家买的买,卖的卖,交换的交换,不间断地经营着生意买卖。

有一天,我们路过一个异常美丽的岛,岛上有茂密的森林,丰富的野果,灿烂的花卉,歌唱的雀鸟,湍急的河渠,只是美中不足,那儿没有人烟。船长把船驶到岸边,商人和旅客都上岸去参观游览,大家赞美安拉创造宇宙的化工之妙。我身边带着食物,一个人找到林中一处清泉流泻的地方坐下,从从容容一面吃一面欣赏景物。那时天高气爽,凉风扑面,环境清幽,不知不觉我就在大自然的怀抱中睡熟了。

在这幽静而弥漫着芬芳气味的林荫下面,我一觉醒来,举目不见一个人影。原来商船已经带着商人和旅客们开走了,只剩下我一个人被扔在岛上。我转着头左右前后观望,不见一个人,也不见一个神影,内心恐怖到极点。我忧愁、苦恼、绝望,几乎吓破了胆囊。当时我孤单单一个人流落在荒岛上,没有食物可以充饥,身体疲惫不堪,彷徨、迷惘,生存的希望已经绝灭,不禁自言自语地叹道:“瓦罐不是每次都打不破的。头次虽然幸免,被人带出迷津,这回还想有人带我到有人烟的地方去,那是谈何容易的事呀!”

我忍不住伤心、流泪,陷入彷徨、迷惘的境地,埋怨自己的行为;尤其对于好生待在自己家中,吃好的、穿好的,有的是金银财帛,过快乐享福生活不愿,却偏要离乡别井,到海外来奔波,自找苦头的行为非常懊悔、痛恨。同时对于第一次航海旅行,遇到极大的危险,差一点牺牲了性命,这回却又离开巴格达,重过海洋生活的行径更是懊悔不及。我气得疯疯癫癫,茫然不知所措,慨然叹道:“我们是属于安拉的,我们都要归宿到安拉御前去。”

我惴惴不安,惶惶然不能安静地待在一个地方,于是漫无目的地、东张西望地走动。后来我爬到一棵大树上眺望,只见长空万里,海天相接,底下出现了森林、飞鸟和碛沙。我仔细观察一番,最后发现一个庞大的白色影子,于是急忙溜下树来,向那方向走去。我继续不停地走到那个地方,一看,原来是一幢巍峨高耸的白色圆顶建筑。我走过去,沿着周边绕了一个圈子,却不见它的大门。这座建筑那么光滑、圆润,致使我无法攀缘上去。我数着脚步,绕了一周,估计它的圆周,共长五十大步。当时已经是太阳西偏时候,我思索着急于要到屋里去栖息。就在这个时候,太阳突然不见了,大地一时黑暗起来,当时正是夏令时节,我以为是空中起了乌云,才会发生这样的现象。我感到惊奇、恐怖,抬头仔细观看,只见一只身躯庞大、翅膀宽长的大鸟,正在空中翱翔。原来是它的躯体遮住了阳光,才造成大地上的黑暗。这种景象,增加了我的惊奇、恐怖。

我恍然想起从前旅行的人对我讲过的一个故事:据说在某些海岛上,有一种身材庞大、被称为神鹰的野鸟,常常攫取大象喂养雏鸟。于是这就证明我所看见的那幢白色圆顶建筑,原来是个神鹰蛋,不禁惊佩安拉的造化之妙。这时候那只神鹰慢慢落了下来,两脚向后伸直,缩起翅膀,庞然孵在蛋上。

我赶快行动起来,解下缠头,双折起来,搓成一条索子,缚住自己的腰,再牢牢地把身体绑在神鹰腿上,私下想道:“这只神鹰也许会把我带到有人烟的地方去,那就比待在荒岛上好多了。”那天夜里,我一直清醒着,不敢睡熟,怕睡梦中神鹰突然起飞,提防不及。

次日清晨,神鹰站了起来,伸长脖子狂叫一声,展开翅膀,带着我一直飞向空中,越飞越高,我简直觉得已经接近天边了。继而它慢慢降下,最后落到一处高原地带。我怀着恐怖心情,急忙解开缠头,离开神鹰腿;自己虽然得救,可是心惊胆战,神志迷离,茫然不知所措。

神鹰从地上抓了什么东西,继续飞向空中,我仔细端详,原来它爪中抓的是一条又粗又长的大蛇,我望着感到十分惊恐。我走着一看,才知道自己已置身在极高的地带,脚下是深深的空谷,四面是高不见顶的悬崖,无法攀缘上去。我埋怨自己不该冒险,自言自语地叹道:“但愿我没有多此一举,仍然住在岛上;这个地方太荒凉,不像岛上有各种野果充饥,有河水解渴。我的命运不好,刚刚脱险,接着又落在更严重的灾难中。毫无办法,只望伟大的安拉拯救了。”

我鼓起勇气,振作精神,走到山谷里,发现那儿遍地都是人们用来给金属、瓷器钻孔用的性质最坚硬最名贵的钻石。同时那儿也是蟒蛇丛生盘踞的地方。那些蟒蛇像枣树一般粗大,大得可以一口吞下一只大象。它们白天都潜伏在洞中,不敢出来,怕神鹰飞来扑杀,只是夜间出现。我身临其境,懊丧不置,自言自语地叹道:“指着安拉起誓,我这是自速其死呀。”

太阳落山,黑夜降临的时候,我怕蟒蛇,忘了吃喝,哆嗦着徘徊谷中,寻找栖身的地方。继而发现附近有个山洞,入口比较狭小。我钻进洞去,推过旁边的一块大石堵住洞口,安然躲在洞中,自言自语地说道:“我躲进洞中来,这回生命可有保障了。待明天出去,再找生路吧。”可是我回头一看,只见一条大蛇孵着蛋卧在洞中,我这一惊非同小可,吓得全身发抖,像栽了一个跟头,茫然不知所措。没奈何,只好把自身交给命运,提心吊胆,整夜醒着,不敢睡觉。

好不容易熬了一夜,等到天亮,我推开洞口的大石,跑了出来,行在谷中。可是因为熬夜,兼之饥渴交迫,我只觉得头重脚轻,好像醉汉一般,走投无路,一颠一簸;正在徘徊观望的时候,突然间从空中落下一个被宰的牲畜。我仔细观看,不见一个人影,顿时感到十分惊奇。

我想起从前生意人和旅行家曾经对我讲过的一个传说:据说出产钻石的地方,都是极深的山谷,人们无法下去采集。钻石商人却想出办法,用宰了的羊,剥掉皮,丢到谷中,待沾满钻石的血淋淋的羊肉被山中庞大的兀鹰攫着飞向山顶,快要啄食的时候,他们便叫喊着奔去,赶走兀鹰,收拾沾在肉上的钻石,然后扔掉羊肉喂鹰,带走钻石。据说除了这个方法,商人们是无法获得钻石的。

我看见那只被宰的大羊,想起前人的传说,就赶紧行动起来,收集许多钻石,装在口袋、缠头、衣服、鞋子中,然后仰卧下去,拖羊盖在自己身上,用缠头把自己绑在羊身上。一会儿落下一只兀鹰,攫着被宰的羊飞腾起来,一直落到山顶,它正在啄食羊肉,忽然崖后发出叫喊和敲木板的声响,兀鹰闻声高飞远逃,我就赶快解掉缠头,从地上爬了起来,染得遍身血迹。接着那个出声叫喊的商人迅速赶到,见我站在羊前,吓得哆嗦着不敢开口说话。他翻着羊看看它身上没有什么,气得哭喊起来,说道:“多失望哪!毫无办法,只望安拉援救了。哪儿来的这个魔鬼?愿安拉帮我们驱逐它。”他垂头丧气,懊丧地拍着掌,叹道:“伤心哉!这是怎么一回事呀?”我走过去,站在他面前。他愕然问道:“你是谁?你为什么到这儿来?”

“你别害怕,我也是人类中的一个好人。我原是做生意买卖的,有着稀奇古怪的经历和遭遇;我到这个荒山深谷中来的原因,也是非常离奇、古怪的。你别怕,我这儿有许许多多钻石,我要把够满足你心愿的一个数量给你,使你心满意足。我身边的每颗钻石,比你能得到的更好。你可不必忧愁、失望。”

商人表示感激,祝福我,亲切地和我谈话。其他到山中杀羊取钻石的商人们,见我和他们的伙伴谈话,也都前来问候我、祝福我,邀我和他们住在一起。我对他们叙述了各种遭遇和流落到山谷中的始末,并且给那个商人许多钻石,作为他损失的抵偿。商人十分喜欢、快乐,祝福我,表示无上的感谢,说道:“指安拉起誓,这是安拉使你再生了。以往凡是到这儿来的人,没有一个能幸免的,这次你算是例外了。赞美安拉,是他保佑你,使你平安脱险的呀。”

我平安脱险,离开蟒蛇丛生的谷地,去到有人烟的地带,感到无限的欢欣、快慰。我跟商人们一起,安安逸逸地过了一夜。次日,随他们动身下山,隐约看见谷间的蟒蛇,感到不寒而栗。我们继续不停地跋涉,最后到达一处宽阔的原野,长满了高大的樟脑树,每棵树的树荫下,可以供一百个人乘凉。要取樟脑,只消在树干上凿个洞,液汁便从洞中流出,即是樟脑。液汁流尽,大树枯萎,便慢慢地变成木头。

那原野上的丛林中,有一种野兽叫犀牛。犀牛在树林中生活,跟我们家乡牧场上的黄牛、水牛一样;不过犀牛的身体比牛高大,头上长着独角,有十尺长。据旅行家说,犀牛能触死大象,把它顶在头上,毫不困难地漫山遍野乱跑。后来象身上的脂肪被阳光熔解,流到犀牛眼中,犀牛因而失明,不辨方向,躺在河边,无法行动,往往被神鹰攫去喂养雏鹰。此外,那儿还有野牛和其他各式各样的野兽,种类之多,指不胜屈。我从一个城市旅行到另一个城市,拿钻石调换货物,运到各地贩卖,赚了许多金钱。

我经过长期旅行,跑过许多城镇,最后漫游归来,先到巴士拉,逗留了几天,然后满载着钻石、金钱、货物,平安回到巴格达,和家人亲朋见面欢聚。我送礼物给他们,并广施博济,救济孤苦无告的穷苦人。我自己依然吃山珍海味,穿绫罗绸缎,住高楼大厦,广为交际,生活舒适安逸,享尽人间的幸福;过去的种种惊险,颠危的遭遇,全然忘得一干二净。消息传了出去,人们不辞跋涉,远道前来看我。我对他们叙述旅途中的见闻经历和遭遇;人们听了,谁都感到惊奇,都祝贺我脱险之喜。

航海家辛伯达讲了第二次航海旅行的经过,接着说道:“若是安拉愿意,明天再讲第三次航海旅行的经历给你们听。”于是他吩咐摆出筵席,招待亲友和脚夫辛伯达共进晚餐,并送他一百金币。

脚夫辛伯达对航海家辛伯达接济他的慷慨行为,怀着惊诧、感激的心情,带着钱回到自己家中,埋头替他祈祷、求福。

次日清晨,脚夫辛伯达做完晨祷,践约去到航海家辛伯达家中,向他请安、问好。航海家辛伯达迎接着请他坐在自己身边,等其余的亲友到齐,才摆出筵席欢宴他们。他让大家吃饱、喝足,一个个精神焕发、心情愉快的时候,便开始叙述第三次航海旅行的经历。

(以上纳训 译)

薄伽丘

乔万尼·薄伽丘(1313—1375),意大利小说家,人文主义的重要代表。他是佛罗伦萨一位商人和一个巴黎女子的私生子。早年在那不勒斯经商,后学法律。1339年在佛罗伦萨担任财政官员,还出使邻邦和法国。1350年认识意大利学者、诗人弗兰齐斯科·彼特拉克并结下深厚友谊。晚年做研究工作。《十日谈》(1348—1353)是他的代表作。他还写有传奇《菲洛柯洛》(1336)、《菲亚美达》(1343—1345),以及长诗《菲拉斯特拉托》(1338)、《苔塞伊达》(1340—1341)、《爱情的幻影》(1342—1343)等。《十日谈》揭露教会的黑暗、教士的无恶不作,抨击禁欲主义,赞美爱情,显示人的自我意识的觉醒,批判等级观念。善用尖锐泼辣的讽刺手法,采用框架结构(每天讲十个故事,十天讲一百个故事),开欧洲近代短篇小说的先河。

《菲亚美达的故事》选自《十日谈》第四天的第一个故事。唐克莱亲王反对女儿门户不当的爱情,居然把她的情人绞死,取出心脏,用金杯盛了他的心,派人端给她。可是绮思梦达矢志不移,以服毒自尽殉情。这曲爱情悲歌抨击了贵族的狠毒,歌颂了为爱情而献身的精神。叙述朴实无华,语言简洁。

《十日谈》:
菲亚美达的故事

我们的国王指定我们今天要讲悲惨的故事,他认为我们在这儿寻欢作乐,也该听听别人的痛苦,好叫讲的人和听的人都不由得涌起同情来。也许这几天来,我们的日子可过得真是快乐逍遥,因此他想用悲惨的故事来调节一下。不过不论他的用意何在,我是不能违背他的意旨的,所以我要讲这么一个不仅是悲苦而且是绝顶凄惨的故事,叫你们少不得掉下几滴苦泪来。

萨莱诺的亲王唐克莱本是一位仁慈宽大的王爷,可是到了晚年,他的双手却沾染了一对情侣的鲜血。他的膝下并无三男两女,只有一个独养的郡主,亲王对她真是百般疼爱,自古以来,父亲爱女儿也不过是这样罢了;谁想到,要是不养这个女儿,他的晚境或许倒会快乐些呢。那亲王既然这么疼爱郡主,所以也不管耽误了女儿的青春,竟一直舍不得把她出嫁;直到后来,再也藏不住了,这才把她嫁给了卡普亚公爵的儿子。不幸婚后不久,丈夫去世,她成了一个寡妇,重又回到好父亲那儿。

她正当青春年华,天性活泼,身段容貌,都长得十分俏丽,而且才思敏捷,只可惜做了一个女人。她住在父亲的宫里,养尊处优,过着豪华的生活;后来看见父亲这么爱她,根本不想把她再嫁,自己又不好意思开口,就私下打算找一个中意的男子做她的情人。

出入她父亲的宫廷里的,上下三等人都有,她留意观察了许多男人的举止行为,看见父亲跟前有一个年轻的侍从,名叫纪斯卡多,虽说出身微贱,但是人品高尚,气宇轩昂,确是比众人高出一等,她非常中意,竟暗中爱上了他,而且朝夕相见,越看越爱。那小伙子并非傻瓜,不久也就觉察了她的心意,也不由得动了情,整天只想念着她,把什么都抛在脑后了。

两人这样眉目传情,已非一日;郡主只想找个机会和他幽会,可又不敢把心事托付别人,结果给她想出一个极好的主意。她写了封短简,叫他第二天怎样来和她相会。又把这信藏在一根空心的竹竿里面,交给纪斯卡多,还开玩笑地说道:

"把这个拿去当个风箱吧,那么你的女仆今儿晚上可以用这个生火了。"

纪斯卡多接过竹竿,觉得郡主绝不会无缘无故给他这样东西,而且说出这样的话来。他回到自己房里,检查竹竿,看见中间有一条裂缝;劈开一看,原来里面藏着一封信。他急忙展读,明白了其中的究竟,这时候他真是成了世上最快乐的人儿;于是他就依着信里的话,做好准备,去和郡主幽会。

在亲王的宫室附近有一座山,山上有一个许多年代前开凿的石室,在山腰里,当时又另外凿了一条隧道,透着微光,直通那洞府。那石室久经废弃,所以那隧道的出口处,也荆棘杂草丛生,几乎把洞口都掩蔽了。在那石室里,有一道秘密的石级,直通宫室,石级和宫室之间,隔着一扇沉重的门,把门打开,就是郡主楼下的一间屋子。因为山洞久已废弃不用,大家早把这道石级忘了。可是什么也逃不过情人的眼睛,所以居然让那位多情的郡主记了起来。

她不愿让任何人知道她的秘密,便找了几样工具,亲自动手来打开这道门,经过好几天的努力,终于把门打开了。她就登上石级,直找到那山洞的出口处,她把隧道的地形、洞口离地大约多高等都写在信上,叫纪斯卡多设法从这隧道潜入她宫里来。

纪斯卡多立即预备了一条绳子,中间打了许多结,绕了许多圈,以便攀上爬下。第二天晚上,他穿了一件皮衣,免得叫荆棘刺伤,就独个儿偷偷来到山脚边,找到了那个洞口,把绳子的一端在一株坚固的树桩上系牢,自己就顺着绳索,降落到洞底,在那里静候郡主。

第二天,郡主假说要午睡,把侍女都打发出去,独自关在房里。于是她打开那扇暗门,沿着石级,走下山洞,果然找到了纪斯卡多,彼此都喜不自胜。郡主就把他领进自己的卧室,两人在房里逗留了大半天,真像神仙般快乐。分别时,两人约定,一切都要谨慎行事,不能让别人得知他们的私情。于是纪斯卡多回到山洞,郡主锁上暗门,去找她的侍女。等到天黑之后,纪斯卡多攀着绳子上升,从进来的洞口出去,回到自己的住所。自从发现了这条捷径以后,这对情人就时常幽会。

谁知命运之神却不甘心让这对情人长久浸沉在幸福里,竟借着一件意外的事故,把这一对情人满怀的欢乐化作断肠的悲痛。这厄运是这样降临的:

原来唐克莱常常独自一人来到女儿房中,跟她聊一会天,然后离去。有一天,他吃过早饭，又到他女儿绮思梦达的寝宫里去，看见女儿正带着她那许多宫女在花园里玩儿，他不愿打断她的兴致，就悄悄走进她的卧室，不曾让人看到或是听见。来到房中，他看见窗户紧闭、帐帷低垂，就在床脚边的一张软凳上坐了下来，头靠在床边，拉过帐子来遮掩了自己，好像有意要躲藏起来似的，不觉就这么睡熟了。

也是合该有事，绮思梦达偏偏约好纪斯卡多在这天幽会，所以她在花园里玩了一会，就让那些宫女继续玩去，自己悄悄溜到房中，把门关上了，却不知道房里还有别人，走去开了那扇暗门，把在隧道里等候着的纪斯卡多放进来。他们俩像平常一样、一同登上了床，寻欢作乐，正在得意忘形的当儿，不想唐克莱醒了。他听到声响，惊醒过来，看见女儿和纪斯卡多两个正在干着好事，气得他直想咆哮起来，可是再一转念，他自有办法对付他们，还是暂且隐忍一时，免得家丑外扬。

那一对情人像往常一样，温存了半天，直到不得不分手的时候，这才走下床来，全不知道唐克莱正躲在他们身边。纪斯卡多从洞里出去，她自己也走出了卧房。唐克莱也不顾自己年事已高，却从一个窗口跳到花园里去，趁着没有人看见，赶回宫去，几乎气得要死。

当天晚上，到了睡觉时分，纪斯卡多从洞底里爬上来，不想早有两个大汉，奉了唐克莱的命令守候在那里，将他一把抓住；他身上还裹着皮衣，就这么给悄悄押到唐克莱跟前。亲王一看见他，差一点儿掉下泪来，说道：

“纪斯卡多，我平时待你不薄，不想今日里却让我亲眼看见你色胆包天，竟敢败坏我女儿的名节！”

纪斯卡多一句话都没有，只是这样回答他：“爱情的力量不是你我所管束得了的。”

唐克莱下令把他严密看押起来；他当即给禁锢在宫中的一间幽室里。

第二天，唐克莱左思右想，该怎样发落他的女儿，吃过饭后，就像平日一样，来到女儿房中，把她叫了来。绮思梦达怎么也没想到已经出了岔子，唐克莱把门关上，单剩自己和女儿在房中，于是老泪纵横，对她说道：

“绮思梦达，我一向以为你端庄稳重，想不到竟会干出这种事来！要不是我亲眼看见，而是听别人告诉我，那么别说是你跟你丈夫以外的男人发生关系，就是说你存了这种欲念，我也绝对不会相信的。我已经到了风烛残年，再没有几年可活了，不想碰到这种丑事，叫我从此以后一想起来，就觉得心痛！

“即使你要做出这种无耻的事来，天哪，那也得挑一个身份相称的男人才好！多少王孙公子出入我的宫廷，你却偏偏看中了纪斯卡多——这是一个下贱的奴仆，可以说，从小就靠我们行好，把他收留在宫中，你这种行为真叫我心烦意乱，不知该把你怎样发落才好。至于纪斯卡多，昨天晚上他一爬出山洞，我就把他捉住、关了起来，我自有处置他的办法。对于你，天知道，我却一点主意都拿不定。一方面，我对你狠不起心来，天下做父亲的爱女儿，总没有像我那样爱你爱得深。另一方面，我想到你这么轻薄，又怎能不怒火直冒？如果看在父女的分上，那我只好饶了你；如果以事论事，我就顾不得骨肉之情，非要重重惩罚你不可。不过，在我还没拿定主意以前，我且先听听你自己有什么好说的。”

说到这里,他低下头去,号啕大哭起来,竟像一个挨了打的孩子一般。

绮思梦达听了父亲的话,知道不但他们的私情已经败露,而且纪斯卡多也已经给关了起来,她心里感到一阵说不出的悲痛,好几次都险些儿要像一般女儿那样大哭大叫起来。她知道她的纪斯卡多必死无疑,可是崇高的爱情战胜了那脆弱的感情,她凭着惊人的意志力,强自镇定,并且打定主意,宁可一死也决不说半句求饶的话。因此,她在父亲面前并不像一个因为犯了过错、受了责备而哭泣的女人,却是无所畏惧,眼无泪痕,面无愁容,坦坦荡荡地回答她父亲说:

"唐克莱,我不准备否认这回事,也不想向你讨饶;因为第一件事对我不会有半点好处,第二件事就是有好处我也不愿意干。我也不想请你看着父女的情分来开脱我,不,我只要把事情的真相讲出来,用充分的理由来为我的名誉辩护,接着就用行动来坚决响应我灵魂的伟大的号召。不错,我确是爱上了纪斯卡多,只要我还活着——只怕是活不长久了——我就始终如一地爱他。假如人死后还会爱,那我死了之后还要继续爱他。我坠入情网,与其说是由于女人的意志薄弱,倒不如说,由于你不想再给我找一个丈夫,同时也为了他本人可敬可爱。

"唐克莱,你既然自己是血肉之躯,你应该知道你养出来的女儿,她的心也是血肉做成的,并非铁石心肠。你现在年老力衰了,但是应该还记得那青春的规律,以及它对青年人具有多大的支配力量。虽说你的青春多半是消磨在战场上,你也总该知道饱暖安逸的生活对于一个老头儿会有什么影响,别说对于一个青年人了。

"我是你生养的,是个血肉之躯,在这世界上又没度过多少年头,还很年轻,那么怎怪得我春情荡漾呢?况且我已结过婚,尝到过其中的滋味,这种欲念就格外迫切了。我按捺不住这片青春烈火,我年轻,又是个女人,我情不自禁,私下爱上了一个男人。我凭着热情冲动,做出这事来,但是我也曾费尽心机,免得你我蒙受耻辱。多情的爱神和好心的命运,指点了我一条外人不知道的秘密的通路,好让我如愿以偿。这回事,不管是你自己发现的也罢,还是别人报告你的也罢,我决不否认。

"有些女人只要随便找到一个男人,就满足了,我可不是那样;我是经过了一番观察和考虑,才在许多男人中间选中了纪斯卡多,有心去挑逗他的;而我们俩凭着小心行事,确实享受了不少欢乐。你方才把我痛骂了一顿,听你的口气,我缔结了一段私情,罪过还轻;只是千不该万不该去跟一个低三下四的男人发生关系,倒好像我要是找一个王孙公子来做情夫,那你就不会生我的气了。这完全是没有道理的世俗成见。你不该责备我,要埋怨,只能去埋怨那命运之神,为什么他老是让那些庸俗无能之辈窃居着显赫尊荣的高位,把那些人间英杰反而埋没在草莽里。

"可是我们暂且不提这些,先来谈一谈一个根本的道理。你应该知道,我们人类的血肉之躯都是用同样的物质造成的,我们的灵魂都是天生赐给的,具备着同等的机能,同样的效用,同样的德性。我们人类本是天生一律平等的,只有品德才是区分人类的标准,那发挥大才大德的才当得起一个'贵';否则就只能算是'贱'。这条最基本的法律虽然被世俗的谬见所掩蔽了,可并不是就此给抹杀掉,它还是在人们的天性和举止中间显露出来；所以凡是有品德的人就证明了自己的高贵，如果这样的人被人说是卑贱，那么这不是他的错，而是这样看待他的人的错。

“请你看看满朝的贵人，打量一下他们的品德、他们的举止、他们的行为吧；然后再看看纪斯卡多又是怎么样。只要你不存偏见，下一个判断，那么你准会承认，最高贵的是他，而你那班朝贵都只是些鄙夫而已。说到他的品德、他的才能，我不信任别人的判断，只信任你的话和我自己的眼光。谁曾像你那样几次三番赞美他，把他当作一个英才？真的，你这许多赞美不是没有理由的。要是我没有看错人，我敢说：你赞美他的话他句句都当之无愧，你以为把他赞美够了，可是他比你所赞美的还要胜三分呢。要是我把他看错了，那么我是上了你的当。

“现在你还要说我结识了一个低三下四的人吗？如果你这么说，那就是违心之论。你不妨说，他是个穷人，可是这种话只会给你自己带来羞耻，因为你有了人才不知道提拔，把他埋没在仆人的队伍里。贫穷不会磨灭一个人的高贵的品质，不，反而是富贵叫人丧失了志气。多少帝王，多少公侯将相，都是白手起家的，而现在有许多村夫牧人，从前都是豪富巨族呢。

“那么，你要怎样处置我，用不到再这样踌躇不决了。如果你决心要下毒手——要在你风烛残年干出你年轻的时候从来没干过的事，那么你尽管用残酷的手段对付我吧，我决不向你乞怜求饶，因为如果这算得是罪恶，那我就是罪魁祸首。我还要告诉你，如果你怎样处置了纪斯卡多，或者准备怎样处置他，却不肯用同样的方法来处置我，那我也会自己动手来处置我自己的。

“现在，你可以去了，跟那些娘儿们一块儿去哭吧！哭够之后，就狠起心肠一刀子把我们俩一起杀了吧——要是你认为我们非死不可的话。”

亲王这才知道他的女儿有一颗伟大的灵魂；不过还是不相信她的意志真会像她的言词那样坚决。他走出了郡主的寝宫，决心不用暴力对待她，却打算惩罚她的情人来打击她的热情，叫她死了那颗心。当天晚上，他命令看守纪斯卡多的那两个禁卫，私下把他绞死，挖出心脏，拿来给他。那两个禁卫果然按照他的命令执行了。

第二天，亲王叫人拿出一只精致的大金杯，把纪斯卡多的心脏盛在里面，又吩咐自己的心腹仆人把金杯送给郡主，同时叫他传言道：“你的父王因为你用他最心爱的东西来安慰他，所以现在他也把你最心爱的东西送来慰问你。”①

再说绮思梦达，等父亲走后，矢志不移，便叫人去采了那恶草毒根，煎成毒汁，准备一旦她的疑虑成为事实，就随时要用到它。那侍从送来了亲王的礼物，还把亲王的话传述了一遍。她面不改色，接过金杯，揭开一看，里面盛着一颗心脏，就懂得了亲王为什么要说这一番话，同时也明白了这必然是纪斯卡多的心脏无疑；于是她回过头来对那仆人说：

---

① 从里格译本。麦克威廉译本作：“你的父王送这个来安慰你失去了最心爱的东西，正像你曾经安慰他失去了最心爱的东西。”

"只有拿黄金做坟墓,才算不委屈了这颗心脏,我父亲这件事做得真得体!"

说着,她举起金杯,凑向唇边,吻着那颗心脏,说着:"我父亲对我的慈爱,一向无微不至,如今我生命的最后一刻里,对我越发慈爱了。为了这么尊贵的礼物,我要最后一次向他表示感谢!"

于是她紧拿着金杯,低下头去,注视着那心脏,说道:"唉,你是我的安乐窝,我一切的幸福全都栖息在你身上。最可诅咒的是那个人的狠心的行为——是他叫我现在用这双肉眼注视着你!只要我能够用我那精神上的眼睛时时刻刻注视你,我就满足了。你已经走完了你的路程,已经尽了命运指派给你的任务,你已经到了每个人迟早都要来到的终点。你已经解脱了尘世的劳役和苦恼,你的仇敌把你葬在一个跟你身份相称的金杯里,你的葬礼,除了还缺少你生前所爱的人儿的眼泪外,可说什么都齐全了。现在,你连这也不会欠缺了,天主感化了我那狠毒的父亲,指使他把你送给我。我本来准备面不改色,从容死去,不掉一滴泪;现在我要为你痛哭一场,哭过之后,我的灵魂立即就要飞去跟你曾经守护的灵魂结合在一起。只有你的灵魂使我乐于跟从、倾心追随,一同到那不可知的冥域里去。我相信你的灵魂还在这里徘徊,凭吊着我们的从前的乐园①;那么,我相信依然爱着我的灵魂呀,为我深深地爱着的灵魂呀,你等一下我吧!"

说完,她就低下头去,凑到金杯上,泪如雨下,可绝不像娘儿们那样哭哭啼啼,她一面眼泪流个不停,一面只顾跟那颗心脏亲吻,也不知亲了多少回,吻了多少遍,总是没完没结,真把旁边的人看得呆住了。侍候她的女伴不知道这是谁的心脏,又不明白她说这些话是什么意思,可是都被她深深感动了,陪她伤心掉泪,再三问她伤心的原因,可是任凭怎样问,怎样慰劝,她总是不肯说,她们只得极力安慰她一番。后来郡主觉得哀悼够了,就抬起头来,揩干了眼泪,说道:

"最可爱的心儿呀,我对你已经尽了我的本分,现在只剩下最后的一步了,那就是:让我的灵魂来和你的灵魂结个伴儿吧!"

说完,她叫人取出那昨日备下的盛毒液的瓶子来,只见她拿起瓶子就往金杯里倒去,把毒液全倾注在那颗给泪水洗刷过的心脏上;于是她毫无畏惧地举起金杯,送到嘴边,把毒汁一饮而尽。饮罢,她手里依然拿着金杯,登上绣榻,睡得十分端正安详,把情人的心脏按在自己的心上,一言不发,静待死神的降临。

侍候她的女伴,这时虽然还不知道她已经服毒,但是听她的说话、看她的行为有些反常,就急忙派人去把种种情形向唐克莱报告。他恐怕发生什么变故,急匆匆地赶到女儿房中,正好这时候她在床上睡了下来。他想用好话来安慰她,可是已经迟了,这时候她已经命在顷刻了,他不觉失声痛哭起来;谁知郡主却向他说道:

"唐克莱,我看你何必浪费这许多眼泪呢,等碰到比我更糟心的事,再哭不迟呀;我用不到你来哭,因为我不需要你的眼泪。除了你,有谁达到了目的反而哭泣的呢。如果你从前对我的那一片慈爱,还没完全泯灭,请你给我最后的一个恩典——那就是说,

① 指纪斯卡多的心脏。

虽然你反对我跟纪斯卡多做一对不出面的夫妻,但是请你把我和他的遗体(不管你把他的遗体扔在什么地方)公开合葬在一处吧。”

亲王听得她这么说,心如刀割,一时竟不能作答。年轻的郡主觉得她的大限已到,紧握着那心脏、贴在自己的心头。说道:

“天主保佑你,我要去了。”

说罢,她闭上眼睛,随即完全失去知觉,摆脱了这苦恼的人生。

这就是纪斯卡多和绮思梦达这一对苦命的情人的结局。唐克莱哭也无用,悔也太迟,于是把他们二人很隆重地合葬在一处,全萨莱诺的百姓听到他们的事迹,无不感到悲恸。

（方平　王科一　译）

塞万提斯

米盖尔·堂·塞万提斯·萨阿维德拉(1547—1616),西班牙小说家,生于马德里附近,父亲是外科医生。1570年入伍,1571年在海战中失去左手,但仍服役。1575年被海盗劫持,在阿尔及尔过了五年奴隶生活,四次逃跑未成,1580年被赎回,为生活奔波,数度入狱。他的代表作是《堂吉诃德》(1605—1615)。他还有一部《训诫小说集》。《堂吉诃德》犀利地嘲讽没落的骑士制度,广泛地反映了16、17世纪之交西班牙的社会生活,包括农民的困苦、贵族的淫逸、官吏的腐败。小说塑造了堂吉诃德和桑丘·潘沙两个不朽的典型。文字活泼风趣。

《堂吉诃德》第一部第八章描写主人公和风车搏斗的情节脍炙人口。在他眼里,处处有敌人,他要仗义行侠。作者意在嘲弄骑士小说的英雄总是创造丰功伟绩的俗套,让主人公出尽丑态。这个故事富有哲理意义:主观主义的行动总是要碰壁的。然而堂吉诃德的真诚却透出一丝可爱。

《堂吉诃德》:
第一部

第八章

骇人的风车奇险;堂吉诃德的英雄身手,以及其他值得大书特书的事情。

这时候,他们远远望见郊野里有三四十架风车。堂吉诃德一见就对他的侍从说:

“运道的安排,比咱们要求的还好。你瞧,桑丘·潘沙朋友,那边出现了三十多个大得出奇的巨人。我打算去跟他们交手，把他们一个个杀死，咱们得了胜利品，可以发财。这是正义的战争，消灭地球上这种坏东西是为上帝立大功。”

桑丘·潘沙道：“什么巨人呀？”

他主人说：“那些长胳膊的，你没看见吗？好些巨人的胳膊差不多二哩瓦①长呢。”

桑丘说：“您仔细瞧瞧，那不是巨人，是风车，上面胳膊似的东西是风车的翅膀，给风吹动了就能推转石磨。”

堂吉诃德道：“你真是外行，不懂冒险。他们确是货真价实的巨人。你要是害怕，就走开些，做你的祷告去，等我一人来和他们大伙儿拼命。”

他一面说，一面踢着坐骑冲出去。他的侍从桑丘大喊说，他前去冲杀的明明是风车，不是巨人；他满不理会，横着念头那是巨人，既没听见桑丘叫喊，跑近了也没看清是什么东西，只顾往前冲，嘴里嚷道：

“你们这伙没胆量的下流东西！不要跑！前来跟你们厮杀的只是个单枪匹马的骑士！”

这时微微刮起一阵风，转动了那些庞大的翅翼。堂吉诃德见了说：

“即使你们挥舞的胳膊比巨人布利亚瑞欧②的还多，我也要和你们见个高下！”

他说罢一片虔诚向他那位杜尔西内娅小姐祷告一番，求她在这个紧要关头保佑自己，然后把盾牌遮稳身体，托定长枪飞马向第一架风车冲杀上去。他一枪刺中了风车的翅膀；翅膀在风里转得正猛，把长枪迸作几段，一股劲把堂吉诃德连人带马直扫出去；堂吉诃德滚翻在地，狼狈不堪。桑丘·潘沙趱驴来救，跑近一看，他已经不能动弹，驽骍难得把他摔得太厉害了。

桑丘说：“天啊！我不是跟您说了吗，仔细着点儿，那不过是风车。除非自己的脑袋里有风车打转儿，谁还不知道这是风车呢？”

堂吉诃德答道：“甭说了，桑丘朋友，打仗有胜败最拿不稳。看来把我的书连带书房一起抢走的弗瑞斯冬法师对我冤仇很深，一定是他把巨人变成风车，来剥夺我胜利的光荣。可是到头来，他的邪法毕竟敌不过我这把剑的锋芒。”

桑丘说：“这就要瞧老天爷怎么安排了。”

桑丘扶起堂吉诃德：他重又骑上几乎跌歪了肩膀的驽骍难得。他们谈论着方才的险遇，顺着往拉比塞峡口的大道前去，因为据堂吉诃德说，那地方来往人多③，必定会碰到许多形形色色的奇事。可是他折断了长枪心上老大不痛快，和他的侍从计议说：

“我记得在书上读到一位西班牙骑士名叫狄艾果·贝瑞斯·台·巴尔咖斯，他一次打仗把剑斫断了，就从橡树上劈下一根粗壮的树枝，凭那根树枝，那一天干下许多了不起的事。打闷不知多少摩尔人，因此得到了个绰号，叫作‘大棍子’。后来他本人和子孙都称为‘大棍子’巴尔咖斯。我跟你讲这番话有个计较：我一路上见到橡树，料想

---

① 一哩瓦合 6.4 公里。

② 希腊神话里和神道作战的巨人，有一百条手臂。

③ 因为在马德里到塞维利亚的大道上。

他那根树枝有多粗多壮,照样也折它一枝。我要凭这根树枝大显身手,你亲眼看见了种种说来也不可信的奇事,才会知道跟了我多么运气。”

桑丘说:“这都听老天爷安排吧。您说的我全相信;可是您把身子挪正中些,您好像闪到一边去了,准是摔得身上疼呢。”

堂吉诃德说:“是啊,我吃了痛没作声,因为游侠骑士受了伤,尽管肠子从伤口掉出来,也行不得哼痛。”①

桑丘说:“要那样的话,我就没什么说的了。不过天晓得,我宁愿您有痛就哼。我自己呢,说老实话,我要有一丁丁点儿疼就得哼哼,除非游侠骑士的侍从也得遵守这个规矩,不许哼痛。”

堂吉诃德瞧他侍从这么傻,忍不住笑了。他声明说:不论桑丘喜欢怎么哼、或什么时候哼,不论他是忍不住要哼、或不哼也可,反正他尽管哼好了,因为他还没读到什么游侠骑士的规则不准侍从哼痛。桑丘提醒主人说,该是吃饭的时候了。他东家说这会子还不想吃。桑丘什么时候想吃就可以吃。桑丘得了这个准许,就在驴背上尽量坐舒服了。把褡裢袋里的东西取出来,慢慢儿跟在主人后面一边走一边吃,还频频抱起酒袋来喝酒,喝得津津有味,玛拉咖最享口福的酒馆主人见了都会羡慕②。他这样喝着酒一路走去,早把东家许他的愿抛在九霄云外,觉得四出冒险尽管担惊受怕,也不是什么苦差,倒是很舒坦的。

长话短说,他们当夜在树林里过了一宿。堂吉诃德折了一根可充枪柄的枯枝,换去断柄把枪头挪上。他曾经读到骑士们在穷林荒野里过夜,想念自己的意中人,好几夜都不睡觉。他要学样,当晚彻夜没睡,只顾想念他的意中人杜尔西内娅。桑丘·潘沙却另是一样。他肚子填得满满的,又没喝什么提神醒睡的饮料,倒头一觉。直睡到天大亮。阳光照射到他脸上,鸟声嘈杂,欢迎又一天来临,他都不理会,要不是东家叫唤,他还沉睡不醒呢。他起身去抚摸一下酒袋,觉得比昨晚越发萎瘪了,不免心上烦恼,因为照他看来,在他们这条路上,无法立刻弥补这项亏空,堂吉诃德还是不肯开斋,上文已经说过,他决计靠甜蜜的相思来滋养自己。他们又走上前往拉比赛峡口的道路;约莫下午三点,山峡已经在望。

堂吉诃德望见山峡,就说:“桑丘·潘沙兄弟啊,这时的险境和奇事多得应接不暇,可是你记着,尽管瞧我遭了天大的危险,也不可以拔剑卫护我。如果我对手是下等人,你可以帮忙;如果对手是骑士,按骑士道的规则,你怎么也不可以帮我,那是违法的。你要帮打,得封授了骑士的称号才行。”

桑丘答道:“先生,我全都听您的,决没有错儿。我生来性情和平,最不爱争吵。当然,我如果保卫自己身体,就讲究不了这些规则。天论天定的规则,人定的规则,总容许动手自卫。”

---

① 骑士规则第九条:“骑士不论受到什么伤,不得哼痛。”

② 玛拉咖的酒是著名的。

堂吉诃德说："这话我完全同意。不过你如果要帮我跟骑士打架，那你得捺下火气，不能使性。"

桑丘答道："我一定听命，把您这条戒律当礼拜日的安息诫一样认真遵守。"

他们正说着话，路上来了两个圣贝尼多教会的修士。他们好像骑着两匹骆驼似的，因为那两头骡子简直有骆驼那么高大。两人都戴着面罩①，撑着阳伞。随后来一辆马车，有四五骑人马和两个步行的骡夫跟从。原来车上是一位到塞维利亚去的比斯盖贵夫人；她丈夫得了美洲的一个很体面的官职要去上任，正在塞维利亚等待出发。两个修士虽然和她同路，并不是一伙。可是堂吉诃德一看见他们，就对自己的侍从说：

"要是我料得不错，咱们碰上破天荒的奇遇了。前面这几个黑魆魆的家伙想必是魔术家——没什么说的，一定是魔术家；他们用这辆车劫走一位公主。我得尽力去除暴惩凶。"

桑丘说："这就比风车的事更糟糕了。您瞧啊，先生，那些人是圣贝尼多教会的修士，那辆马车准是过往客人的。您小心，我跟您说，您干事要多多小心，别上了魔鬼的当。"

堂吉诃德说："我早跟你说过，桑丘，你不懂冒险的事。我刚才的话是千真万确的，你这会儿瞧吧。"

他说罢往前几步，迎着两个修士的当路站定，等他们走近，估计能听见他答话了，就高声喊道：

"你们这起妖魔鬼怪！快把你们车上抢走的几位贵公主留下！要不，就叫你们当场送命；干了坏事，得受惩罚！"

两个修士带住骡子，对堂吉诃德的那副模样和那套话都很惊讶；他们回答说：

"绅士先生，我们不是妖魔，也并非鬼怪。我们俩是赶路的圣贝尼多会修士。这辆车是不是劫走了公主，我们也不知道。"

堂吉诃德喝道："我不吃这套花言巧语！我看破你们是撒谎的混蛋！"

他不等人家答话，踢动驽骍难得，斜绰着长枪，向前面一个修士直冲上去。他来势非常凶猛，那修士要不是自己滚下骡子，准被撞下地去，不跌死也得身受重伤。第二个修士看见伙伴遭殃，忙踢着他那匹高大的好骡子落荒而走，跑得比风还快。

桑丘瞧修士倒在地下，就迅速下驴，抢到他身边，动手去剥他的衣服。恰好修士的两个骡夫跑来，问他为什么脱人家衣服。桑丘说，这衣服是他东家堂吉诃德打了胜仗赢来的战利品，按理是他份里的。两个骡夫不懂得说笑话，也不懂得什么战利品、什么打仗，他们瞧堂吉诃德已经走远，正和车上的人说话呢，就冲上去推倒桑丘，把他的胡子拔得一根不剩，又踢了他一顿，撇下他直挺挺地躺在地下，气都没了，人也晕过去了。跌倒的修士心惊胆战，面无人色，急忙上骡，踢着骡子向同伴那里跑；逃走的修士正在老远等着，看这番袭击怎么下场。他们不等事情结束，马上就走了，一面只顾在胸前画十字；即使背后有魔鬼追赶，也不必画那么多十字。

上文已经说了，堂吉诃德正在和车上那位夫人谈话呢。他说：

---

① 西班牙人旅行用的面罩，上面安着护眼的玻璃，防尘土入目，也防太阳晒脸。

“美丽的夫人啊,您可以随意行动了,我凭这条铁臂,已经把抢劫您的强盗打得威风扫地。您不用打听谁救了您;我省您的事,自己报名吧。我是个冒险的游侠骑士,名叫堂吉诃德·台·拉·曼却;我倾倒的美人是绝世无双的堂娜杜尔西内娅·台尔·托波索。您受了恩不用别的报酬,只需回到托波索去代我拜见那位小姐,把我救您的事告诉她。”

有个随车伴送的侍从是比斯盖人,听了堂吉诃德的话,瞧他不让车辆前行,却要他们马上回托波索去,就冲到他面前,一把扭住他的长枪跟他理论,一口话既算不得西班牙语,更算不得比斯盖语,似通非通地说:

“走哇!骑士倒霉的!我凭上帝创造我的起誓:不让车走啊你,我比斯盖人杀死你是真!好比你身在此地一样是真![1]”

这话堂吉诃德全听得懂。他很镇静地答道:

“你呀,不是个骑士;你要是个骑士,这样糊涂放肆,我早就惩罚了你,你这奴才!”

比斯盖人道:

“我不是绅士[2]? 对上帝发誓:你很撒谎!好比我很基督徒一样!如果你长枪放下,拔出来剑,马上可以你瞧瞧,你是把水送到猫儿旁边去呢[3]!陆地上比斯盖人,海上也绅士!哪里都绅士[4]!你道个不字。哼,撒谎你就是!”

堂吉诃德答道:“阿格拉黑斯说的:‘你这会儿瞧吧。’”[5]

他把长枪往地下一扔,拔出剑,挎着盾牌,直取那比斯盖人,一心要结果他的性命。比斯盖人因为自己的坐骑是雇来的劣骡子,靠不住;他想要下地,可是瞧堂吉诃德这般来势,什么也顾不及,只有拔剑的工夫,幸亏正在马车旁边,就从车上抢了个垫子,权当盾牌使用,两人就像不共戴天的冤家那样打起来。旁人想劝解,可是不行,比斯盖人用他那种支离破碎的话向大家声明:他们要是不让他把这一仗打到底,他就亲手把女主人杀掉,把所有阻挡他的人都杀掉。车上那位太太看到这种情况,又惊又怕,忙叫车夫把车赶远些,就在那边遥遥观看这场恶战。当时比斯盖人伸手越过堂吉诃德的盾牌,在他肩上狠狠地劈了一剑;要不是他身披铠甲,腰以上早劈做两半了。这一剑好不凶猛,堂吉诃德觉得分量不轻,大喊道:

“啊!我心上的主子、美人的典范杜尔西内娅!你的骑士为了不负你的十全十美,招得大难临头了!请你快来帮忙呀!”

他说着话,一手握剑,一手用盾牌护严身子,直向比斯盖人冲去。说时迟,那时快,

---

① 关于比斯盖人这句话的意义,注释家众说纷纭,这里是根据马林(Francisco Rodriguez Marin)注本的解释翻译的。

② 原文双关,又指骑士,又指绅士。堂吉诃德指的是骑士,比斯盖人指的是绅士。

③ 西班牙谚语“送猫儿下水”,指一桩非常难办的事,因为猫儿是不肯下水的。比斯盖人恼怒中把成语说颠倒了。

④ 西班牙人只要是比斯盖世家子弟,就是贵族。

⑤ 阿格拉黑斯是《阿马狄斯·台·咖乌拉》里的人物,每当他拔剑在手,总说:“你这会儿瞧吧。”这句话变成了成语。

他一股猛劲，要一剑劈去立见输赢。

比斯盖人瞧堂吉诃德这股冲劲，看出对手的勇猛，决计照样跟他拼一拼；可是坐下的骡子已经疲乏不堪，况且天生也不是干这种玩意儿的，所以一步也挪移不动，左旋右转都不听使唤，他只好把坐垫护严身子，站定了等候。上文说过，堂吉诃德举剑直取这机警的比斯盖人，一心要把他劈做两半；比斯盖人也举着剑，把坐垫挡着身子迎候；旁人不知道这两把恶狠狠的剑下会生出什么事来，惴惴不安地等待着；车上那位太太和几个侍女只顾向西班牙所有的神像和礼拜堂千遍万遍地许愿，求上帝保佑这侍从和她们自己逃脱当前这场大难。可是偏偏在这个紧要关头，作者把一场厮杀半中间截断了，推说堂吉诃德生平事迹的记载只有这么一点。当然，这部故事的第二位作者绝不信这样一部奇书会被人遗忘，也不信拉·曼却的文人对这位著名骑士的文献会漠不关心，让它散失。因此他并不死心，还想找到这部趣史的结局。靠天保佑，他居然找到了。如要知道怎么找到的，请看本书第二卷①。

（杨绛　译）

蒙田

米歇尔·埃康·德·蒙田（1533—1592），法国思想家、散文作家，生于多尔多涅，出身贵族。在波尔多学哲学，在图鲁兹学法律。从1554年至1570年当法官，1571年至1580年隐居田园，读书、思考和写作《随笔集》（1580—1592）。1581年至1585年任波尔多市长。《随笔集》是对16世纪各种知识的总结，主张民族和解，发扬个性，让儿童充分发展。题材多样，文字朴实，比喻生动。蒙田是欧洲第一位散文大家。

《自画像之一之二》勾画出真实的我，不怕自惭形秽，这是个性解放的一种表白。《我谴责教育上的一切体罚》体现了作者的教育思想：让儿童自由发展。这是人文主义思想的一个重要方面。

《随 笔 集》

自画像之一

本人身材矮小粗壮，面部丰满而不臃肿。性情嘛，半开朗半忧郁，合乎多血质②与

① 一般骑士小说往往在故事的紧要关头截住，叫读者等“下回分解”。塞万提斯故意模仿这种手法。他原先把第一部分作四卷，但后来改变了这种分法。

② 古代生物学用语，属多血质的人可有忧郁症。

激动之间。

“双腿、前胸，满布浓毛，”①

身子结实，体魄强壮，虽则年事相当，但极少受疾病之苦。也许这是我暂时的情况，因为我正步入衰老之年，四十大寿早已过去了……

“年岁渐长、体魄日衰，
盛年不再，暮境即来。”②

今后的我，将不是完全的人，再不复是原来的我。我一天天消逝，已再不属于自己。

“岁月之流，渐次将我们的一切带走。”③

我的身体状况与精神状态，二者十分相称。我并不活跃好动，但精力充沛、持久。我能吃苦耐劳，但只有我主动去接受劳苦生涯的时候是如此，只有我乐于去这样做的时候是如此。

“乐然后不知艰辛。”④

否则，倘若我不能被某种乐趣所吸引，倘若不是纯粹出于我个人的意愿，而是受别的什么支配，我就会一事无成。因为我是这样的人：除了健康和生命能令我担忧之外，我是什么都不想去操心的，而且我也不愿意以身心之苦去换取任何东西。

“如果竟以此为代价，
我宁愿不要那
奔流入海的塔古斯河
夹带而下的全部金沙。”⑤

因为我性爱悠闲，而且十分喜欢无拘无束，我是有心要这样做的。

自画像之二

我尽量密切观察自己，眼睛不停地盯在自己身上，就像一个没有什么身外事的人那样。

“不管北国谁家君主施威，
不问底里达特王因何失势。”⑥

我发现自己的懦弱和虚荣心，好不容易才敢于直说出来。

我立足虚浮不稳，觉得会随时摇晃，失去平衡。我的目光无定，自感空腹、饭后都不一样。当我身强体壮或是风光明媚的时候，我便和颜悦色、喜气扬眉。但如果我的脚趾长了鸡眼，我就会愁眉苦脸，对人不予理会。

---

① 古罗马诗人马提雅尔(约40—103/104)的诗句。
② 古罗马诗人、思想家卢克莱修(约前99—约前55)的诗句。
③ 古罗马诗人贺拉斯(前65—前8)的诗句。
④ 贺拉斯的诗句。
⑤ 古罗马诗人尤维纳利斯(约60—约140)的诗句。
⑥ 贺拉斯诗句。

同一匹马的步伐,有时我觉得沉重,有时则觉得轻快。同一段路,这一回我觉得很短,另一回我又觉得很长。同一样事物,有时觉得有趣,有时则感到乏味。某个时候我什么都能够做,换另一个时候我什么都做不了。今天我认为那是乐趣,明天也可能变成为烦恼。

千种易变无常的行为,万般反复不定的思绪,集于我一人之身。我既郁郁寡欢又暴跳如雷。有时是愁肠百结,不能自已,有时却满怀欢畅。某一时候我捧起书本,读到某些段落,会觉得美妙之极,激起内心的波澜;换个时间再读这些段落,不管我如何反复翻阅,如何琢磨,我总觉得晦涩难懂,兴味索然。

即便就我自己所写的东西来说吧,我也有许多时候体会不出原先的想法。我不知道自己想说的是什么。我打算修改一下,加进一点新的意思,往往弄得更糟,以致失掉了原来较丰富的含义。

我不断前进,复又折回,反反复复。我的思想总不能笔直前行,它飘忽无定,东游西窜。

> "宛如大海上一叶扁舟,
> 在狂怒的风暴中漂流。"①

任何人只要像我那样观察自己,在谈及本人的时候,都会说出差不多类似的话来的。

我谴责教育上的一切体罚

在培育娇嫩心灵方面,我谴责一切体罚。塑造心灵为的是荣誉与自由。强迫与压制有着说不出的奴性味儿。我想,凭理性、智慧、灵巧都做不到的事情,借武力也不会取得更大的效果。人家就是这样培养我的。大家说:我小时候只挨过两次皮鞭,而且都打得非常轻。我对自己的孩子也坚持这样做。不过他们都很小就死去,只有莱奥诺尔,我唯一的女儿幸免于夭折。她长到六岁多,无论引导她或惩罚她的过失(母亲宽容孩子的过失是很自然的),也顶多是训斥一下,而且语气都很轻。我知道我的方法是正确的,合乎自然的。就是女儿令我大失所望的时候,也不能指责我的方法,而一定另有原因。倘若我有儿子,我会更加慎重对待,因为男孩子不像女孩子那样生来要侍候他人,男子的地位要自由得多。我多想自己的儿子心中充满自由和独立的精神啊。皮鞭的教育只会使心灵更加怯懦,或越发促其坚持邪恶。我看不出有其他效果。

我们想得到孩子的爱吗?我们不愿意孩子有巴不得我们死掉的想法吧?(孩子有这种可怕的心愿是不正当的,不可原谅的。)那么,我们就应当尽自己的可能让孩子们生活得愉快、合理。

已故的蒙吕克元帅先生,有一个儿子死于马德拉岛②。那是个英武过人的贵公子,曾经是希望的所在。蒙吕克对我说,他从未和儿子有过思想交流,失去了赏识和理

---

① 古罗马诗人卡图卢斯(约前84—约前54)的诗句。

② 葡属海岛。

解儿子的机会,再也无法向他表达自己深沉的爱和对他的人品的尊重。这都是由于蒙吕克硬要摆出做父亲的威严的脾性造成的。后来他感到多么难受、多么痛心啊!这是他一生中最大的憾事了。他说道:

"这可怜的孩子,只知道我性情苛刻、蔑视一切。他肯定以为我不会爱他,也不知道正确估计他的人品。其实我内心深处对他保持着一份特殊的感情,我一直隐藏着这份感情,究竟为了谁啊?应该充分领略这份感情并对此表示感激的人不正是他吗?我过去为了保持无用的假面具,竭力自我克制,自己折磨自己。我失掉了与他相处的乐趣,也失掉了他的爱。他对我的感情是相当冷淡的,因为他从我这里得到的只是粗暴的对待,他在我这里体验的只是专横的手段。"

我觉得这番懊悔的话说得很好,句句在理。

(以上黄建华　译)

培根

弗朗西斯·培根(1561—1626),英国散文家,生于伦敦,出身贵族,父亲是掌玺大臣。他于1616年也担任掌玺大臣,次年任大法官。1621年受到宫廷阴谋的牵累,脱离政治生涯,潜心著述。重要作品有《随笔》(1597)、《新工具》(1620)。他曾提出"知识就是力量"的名言。他的散文带有哲理,说理透辟,见解独到,文辞隽永。他是欧洲最早的散文大家之一。

《谈读书》论读书的功用,比喻确切。《谈美》从道德角度论述美,主张内在美,要有修养。《谈高位》指责位高权重者办事延宕、贪赃枉法、粗暴伤人、圆滑势利。他的随笔力求提供生活准则。

谈　读　书

读书足以怡情,足以傅彩,足以长才。其怡情也,最见于独处幽居之时;其傅彩也,最见于高谈阔论之中;其长才也,最见于处世判事之际。练达之士虽能分别处理细事或一一判别枝节,然纵观统筹、全局策划,则舍好学深思者莫属。读书费时过多易惰,文采藻饰太盛则矫,全凭条文断事乃学究故态。读书补天然之不足,经验又补读书之不足,盖天生才干犹如自然花草,读书然后知如何修剪移接;而书中所示,如不以经验范之,则又大而无当。有一技之长者鄙读书,无知者羡读书,唯明智之士用读书,然书并不以用处告人,用书之智不在书中,而在书外,全凭观察得之。读书时不可存心诘难作者,不可尽信书上所言,亦不可只为寻章摘句,而应推敲细思。书有可浅尝者,有可吞食者,少数则须咀嚼消化。换言之,有只须读其部分者,有只须大体涉猎者,少数则须全读,读时须全神贯注,孜孜不倦。书亦可请人代读,取其所作摘要,但只限题材较次或价值不高者,否则书经提炼犹如水经蒸馏,淡而无味矣。

读书使人充实,讨论使人机智,笔记使人准确。因此不常做笔记者须记忆特强,不常讨论者须天生聪颖,不常读书者须欺世有术,始能无知而显有知。读史使人明智,读诗使人灵秀,数学使人周密,科学使人深刻,伦理学使人庄重,逻辑修辞之学使人善辩:凡有所学,皆成性格。人之才智但有滞碍,无不可读适当之书使之顺畅,一如身体百病,皆可借相宜之运动除之。滚球利睾肾,射箭利胸肺,慢步利肠胃,骑术利头脑,诸如此类。如智力不集中,可令读数学,盖演题须全神贯注,稍有分散即须重演;如不能辨异,可令读经院哲学,盖是辈皆吹毛求疵之人;如不善求同,不善以一物阐证另一物,可令读律师之案卷。如此头脑中凡有缺陷,皆有特药可医。

谈　美

德行犹如宝石,朴素最美;其于人也,则有德者但须形体悦目,不必面貌俊秀,与其貌美,不若气度恢宏。人不尽知:绝色无大德也;一如自然劳碌终日,但求无过,而无力制成上品。因此美男子有才而无壮志,重行而不重德。但亦不尽然。罗马大帝奥古斯都与泰特思,法王菲利浦,英王爱德华四世,古雅典之亚西拜提斯,波斯之伊斯迈帝,皆有宏图壮志而又为当时最美之人也。美不在颜色艳丽而在面目端正,又不尽在面目端正而在举止文雅合度。美之极致,非图画所能表,乍见所能识。举凡最美之人,其部位比例,必有异于常人之处。阿贝尔与丢勒皆画家也,其画人像也,一则按照几何学之比例,一则集众脸形之长于一身,二者谁更不智,实难断言,窃以为此等画像除画家本人外,恐无人喜爱也。余不否认画像之美可以超绝尘寰,但此美必为神笔,而非可依规矩得之者,乐师之谱成名曲亦莫不皆然。人面如逐部细察,往往一无是处,观其整体则光彩夺目。美之要素既在于举止,则年长美过年少亦无足怪。古人云:"美者秋日亦美。"年少而著美名,率由宽假,盖鉴其年事之少,而补其形体之不足也。美者犹如夏日蔬果,易腐难存;要之,年少而美者常无行,年长而美者不免面有惭色。虽然,但须托体得人,则德行因美而益彰,恶行见美而愈愧。

谈　高　位

居高位者乃三重之仆役:帝王或国家之臣,荣名之奴,事业之婢也。因此不论其人身、行动、时间,皆无自由可言。追逐权力,而失自由,有治人之权,而无律己之力,此种欲望诚可怪也。历尽艰难始登高位,含辛茹苦,唯得更大辛苦,有时事且卑劣,因此须做尽不光荣之事,方能达光荣之位。既登高位,立足难稳,稍一倾侧,即有倒地之虞,至少亦晦暗无光,言之可悲。古人云:"既已非当年之盛,又何必贪生?"殊不知人居高位,欲退不能,能退之际亦不愿退,甚至年老多病,理应隐居,亦不甘寂寞,犹如老迈商人仍长倚店门独坐,徒令人笑其老不死而已。显达之士率需借助他人观感,方信自己幸福,而无切身之感,从人之所见,世之所羡,乃人云亦云,认为幸福,其实心中往往不以为然,盖权贵虽最不勇于认过,却最多愁善感也。凡人一经显贵,待己亦成陌路,因事务纠缠,对本人身心健康,亦无暇顾及矣,诚如古人所言:“悲哉斯人之死也,举世皆知其为人,而独无自知之明!”

居高位,可以行善,亦便于作恶。作恶可咒,救之之道首在去作恶之心,次在除作恶之力;而行善之权,则为求高位者所应得,盖仅有善心,虽为上帝嘉许,而凡人视之,不过一场好梦耳,唯见之于行始有助于世,而行则非有权力高位不可,犹如作战必据险要也。

行动之目的在建功立业;休息之慰藉在自知功业有成。盖人既分享上帝所造之胜景,自亦应分享上帝所订之休息。圣经不云乎:“上帝回顾其手创万物,无不美好”;于是而有安息日。

执行职权之初,宜将最好先例置诸座右,有无数箴言,可资借镜。稍后应以己为例,严加审查,是否已不如初。前任失败之例,亦不可忽,非为揭人之短,显己之能,以其可作前车之鉴也。因此凡有兴革,不宜大事夸耀,亦不可耻笑古人,但须反求诸己,不独循陈规,而且创先例也。凡事须追本溯源,以见由盛及衰之道。然施政定策,则古今皆须征询:古者何事最好,今者何事最宜。

施政须力求正规,俾众知所遵循,然不可过严过死;本人如有越轨,必须善为解释。本位之职权不可让,管辖之界限则不必问,应在不动声色中操实权,忌在大庭广众间争名分。下级之权,亦应维护,与其事事干预,不如遥控总领,更见尊荣。凡有就分内之事进言献策者,应予欢迎,并加鼓励;报告实况之人,不得视为好事,加以驱逐,而应善为接待。

掌权之弊有四,曰:拖,贪,暴,圆。

拖者拖延也,为免此弊,应开门纳客,接见及时,办案快速,非不得已不可数事混杂。

贪者贪污也,为除此弊,既要束住本人及仆从之手不接,亦须束住来客之手不送,为此不仅应廉洁自持,且须以廉洁示人,尤须明白弃绝贿行。罪行固须免,嫌疑更应防。性情不定之人有明显之改变,而无明显之原因,最易涉贪污之嫌。因此意见与行动苟有更改,必须清楚说明,当众宣告,同时解释所以变化之理由,决不可暗中为之。如有仆从稔友为主人亲信,其受器重也别无正当理由,则世人往往疑为秘密贪污之捷径。

粗暴引起不满,其实完全可免。严厉仅产生畏惧,粗暴则造成仇恨。即使上官申斥,亦宜出之以严肃。而不应恶语伤人。

至于圆通,其害过于纳贿,因贿赂仅偶尔发生,如有求必应,看人行事,则积习难返矣。所罗门曾云:“对权贵另眼看待实非善事,盖此等人能为一两米而作恶也。”

旨哉古人之言:“一登高位,面目毕露。”或更见有德,或更显无行。罗马史家戴西特斯论罗马大帝盖巴曰:“如未登基,则人皆以为明主也”;其论维斯帕西安则曰:“成王霸之业而更有德,皇帝中无第二人矣。”以上一则指治国之才,一则指道德情操。尊荣而不易其操,反增其德,斯为忠诚仁厚之确征。夫尊荣者,道德之高位也:自然界中,万物不得其所，皆狂奔突撞，既达其位，则沉静自安；道德亦然，有志未酬则狂，当权问政则静。一切腾达，无不须循小梯盘旋而上。如朝有朋党，则在上升之际，不妨与一派结交；既登之后，则须稳立其中，不偏不倚。对于前任政绩，宜持论平允，多加体谅，否则，本人卸职后亦须清还欠债，无所逃也。如有同僚，应恭敬相处，宁可移樽就教，出人意料，不可人有所待，反而拒之。与人闲谈，或有客私访，不可过于矜持，或时刻不忘尊贵，宁可听人如是说："当其坐堂议政时，判若两人矣。"

（王佐良　译）

卢梭

让-雅克·卢梭（1712—1778），法国启蒙思想家、小说家，生于日内瓦，父亲是钟表匠。自幼丧母，寄人篱下，当过学徒，到处流浪，自学成才。1749 年获得第戎科学院的征文奖。1756 年至 1762 年隐居蒙莫朗西森林附近，1764 年避居瑞士，又受到驱逐，在休谟邀请下来到英国，一年后两人闹翻，1770 年定居巴黎。小说有《新爱洛依丝》（1761）、《爱弥儿》（1762）、《忏悔录》（1782—1789）。卢梭的思想在启蒙思想家中是最激进的。他从人类的原始状态和大自然出发，抨击社会的政治、教育、道德、宗教等方面，大胆地自我剖白，热烈地歌颂爱情和自然，对浪漫派产生重大影响。

《湖上泛舟》选自书信体小说《新爱洛依丝》。由圣普乐向友人叙述一次游湖的遭遇，描绘了日内瓦湖的景色。圣普乐和朱丽陶醉于初恋的欢乐中。他们两人的爱情倾诉体现了个性解放的要求。卢梭对阿尔卑斯山和日内瓦湖的出色描绘，是对大自然的歌颂，启迪了后世作家。

《新爱洛依丝》：
第十七封信，写给爱德华先生

〔湖上泛舟〕

先生，我想把我们最近经历的一次危险告诉您，幸亏我们虚惊一场，但如今还有点儿疲惫。这件事值得单独写一封信；看了信，您会领会促使我写信给您的原因。

您知道，德·沃尔玛夫人的家离湖[①]边不远，她爱在湖上泛舟。三天前，她的丈夫离家，我们无所事事，加之夜晚繁星满天，我们便计划第二天泛舟湖上。旭日初升我们便来到岸边；我们坐上了小船，带着渔网，准备捕鱼，有三个桨手，一个仆人，我们还带

---

① 即日内瓦湖。

了一些食品，要在船上进午餐。我带上一杆枪，准备打候鸟[1]；可是，她责备我打死鸟纯粹是糟蹋，而且唯一的乐趣只是令人难受。因此，我不时用诱鸟笛去召唤湖上各种好吃的鸟，作为消遣；我只向非常远的一只鹡鸰打了一枪，但没有命中。

我们在离岸五百步远的地方捕了一两个钟头的鱼。捕到不少鱼；但除了一条挨了一桨的鳟鱼以外，朱丽叫人把所有的鱼都扔回水里。她说："这些鱼在受罪；把它们放生吧：让我们也享受它们能逃脱危险的快乐。"仆人扔得慢吞吞的，勉为其难，啧有烦言；我不难看出，我们的仆人宁愿尝尝他们逮到的鱼，也不欣赏给鱼放生的理论。

我们随后划向浩淼的湖面；出于年轻男子的冲动——这种冲动到时候会治好的，我开始划起领头那支桨，向湖心前进，不久，我们便离岸边有一法里多[2]。在那里，我向朱丽讲解我们四周的壮丽天际的各个部分。我向她指点远处的罗讷河河口，湍急的河水在四分之一法里的地方停止奔流，仿佛担心用混浊的河水弄脏湖水蔚蓝色的晶莹。我向她指出山脉的凸角，山脉平行的同位角在分开这些凸角的空间形成一道河床，河水畅流其间。我让她离开我们这边的湖岸，兴致勃勃地让她欣赏沃镇一带瑰丽迷人的湖边，那儿，星罗棋布的城镇、难以计数的居民、处处花木装点、青翠欲滴的山坡，组成一幅令人悦目的图画；那边，处处精耕细作和丰饶的土地给农夫、牧民和葡萄农提供要靠他们辛劳才能得来的果实，贪婪的包税人根本吞噬不了这果实。然后，我向她指点在彼岸的沙布莱[3]，那是大自然同样宠幸的地方，却只呈现出一派贫穷的景象；我让她明显区分出两个政府对人民的富有、人口数量和幸福带来的不同作用。我对她说："土地就这样向精耕细作的幸运民族敞开自己富饶的胸怀，并不吝惜自己的财宝：它似乎在向自由的美好景象微笑并显得生气勃勃；它乐于养育人。相反，遍布半荒凉土地上的寒碜的破房子、灌木和荆棘，从远处就表明，统治那里的主人并不在，土地不情愿地向奴隶们提供他们享受不到的微薄的产品。"

正当我们兴高采烈，这样遥望邻近的湖岸时，刮起一阵东北风，将我们从斜里推向彼岸，风力很猛；我们想到要掉转船头返回时，阻力非常大，以致我们不牢固的小船再也无法克服这股阻力。不久，浪涛变得汹涌起伏；必须返回萨伏瓦的岸边，竭力在我们对面的梅伊里村靠岸，这几乎是这带湖岸唯一可以靠岸的地方，那里的沙滩是个合适的靠岸场所。但是已经改变方向的风加强了，使我们的船夫们的努力变得徒劳，狂风让我们沿着一片陡峭的悬崖往下走时偏离了方向，我们再也找不到存身的处所。

我们齐心协力划桨；几乎在同一时刻，我痛苦地看到朱丽一阵恶心，浑身无力，瘫倒在船上。幸好她惯于坐船，这种状态持续得并不久。但我们的努力随着危险而增长；烈日、疲劳和汗水使我们气喘吁吁，筋疲力尽：这时，朱丽重新恢复了全部勇气，用充满同情的友好表示，激励我们的勇气；她毫无例外地给我们每个人的脸擦汗；她担心大家会喝醉，将水倒进酒壶里，轮流给精疲力竭的人喝酒。不，炎热和激动使她的脸色越发泛出红光，任何时候都不如这一刻。您可爱的女友闪烁出这样强烈的光彩；最使

---

① 指日内瓦湖上的候鸟，并不好吃。——原注

② 怎么会这样？在克拉朗那一边，湖面最多有两法里宽。——原注

③ 在日内瓦湖南岸的地区。

她的魅力增色的是,从她动人的神态大家清楚地看到,她所有的关心不是来自对自身的担心,而是来自对我们的同情。一次撞击使我们都湿透了,刹那间两块船板裂开口子,她以为小船撞得粉碎;在这个温柔的母亲的呼喊中,我清晰地听到这几个字:“噢,我的孩子们!莫非要再也见不到你们吗?”我呢,我的想象总是比灾难走得更远,虽然我确实经历过危难状态,但我以为不时看到小船沉没,这个多么可怜的美人在浪涛中挣扎,死亡的苍白使她面孔的粉红褪了色。

末了,由于奋力划船,我们上溯到梅伊里,在离岸边十步远的地方搏斗了一个多小时,然后我们终于靠了岸。上岸时,所有疲惫都被忘却了。朱丽要感谢每个人对她作出的所有努力;由于在最危险时她只想到我们,上岸后她觉得大家只救了她一个人。

我们吃饭时胃口好得就像干了累活那样。鳟鱼烧好了。朱丽是酷爱鳟鱼的,却吃得很少;我明白,为了消除船夫们作出这番牺牲的遗憾心情,她并不关心我吃得很多。先生,您说过多少次,无论小事还是大事,这个多情的心灵总是会显露出来的。

饭后,湖水仍然汹涌,小船需要修理,我提议散一圈步。朱丽用风大和太阳毒来反对我,而且考虑到我疲倦了,我有自己的看法;我什么都适应。我对她说:“我从童年起就习惯于艰苦的锻炼;锻炼非但不会损害我的身体,反而使它变得更加结实,我这次远游使我变得更加强壮。至于太阳和风,您有草帽;我们可以到阴凉处和树林里;问题只在于要在悬崖中间攀登;您不喜欢平原,却乐于忍受疲乏。”她按我的意愿去做,我们的人吃饭时,我们就出发了。

您知道,自从我从瓦莱流亡归来后,在梅伊里待了十年,等待准许我回来。正是在那里,我度过非常忧愁而又非常美妙的日子,心中只牵挂着她,正是从那里我给她写了一封信,她看了非常感动。这个偏僻处所曾经是我在冰雪中的栖身之地,在那里我的心乐意同它在世上最珍爱的人进行内心对话,我总是想再看一看这个地方。在一个更加令人愉快的季节,带着我从前与她的画像一起住在那里的女子,去观看这个非常珍贵的地方,这个机会就是我要散步的秘密原因。能向她指点这样持久又这样不幸的激情建造的旧日的纪念场所,对我是一大乐事。

我们在曲折的凉爽的小路上走了一个小时,才到达那里;小路在树木和岩石之间难以觉察地上升,因而除了路途较长,倒没有什么不舒服的。在走近时,由于认出往日的标志,我几乎晕过去;但我克制住自己,隐藏住内心的骚乱,我们终于到达了。这个偏僻的地方构成一个荒野的、不见人迹的隐居地,但是有着各种各样的美,这种美只令敏感的心灵喜欢,而在别的心灵看来则是可怕的。一道融化的雪水形成的急流,在离我们二十步远的地方,奔腾着混浊的水,哗哗地卷着河泥、沙子和石块。在我们背后,一片无法接近的悬崖,将我们所处的空地与人们称之为“冷饮商”的阿尔卑斯山的这一部分分隔开来,因为不断扩大的、巨大的冰峰从世界之初起就覆盖着这条山脉①。黑森森的枞树林在右边阴惨惨地为我们遮阴。一大片橡树林坐落在左边急流之外;在我们脚下,湖泊在阿尔卑斯山的怀抱中形成的这一片广阔的水面,将我们与沃镇一带

---

① 这些大山非常高,太阳下山后半个小时,峰顶仍然被阳光照亮,在白色的山顶上,红光形成非常美丽的玫瑰色,老远就能看到。——原注

富饶的湖岸分隔开来，壮丽的汝拉山脉的峰顶俯瞰着这片景致。

在这些巨大而壮美的景物中间，我们所处的这小片地方展示着秀丽的乡间住地的魅力；几条小溪穿过岩石渗透出来，在绿树丛中形成水晶般的网状流淌着；几棵野果树向我们的头顶垂下它们的树冠；湿润而凉爽的土地长满青草和鲜花。这样美好的居住地在周围景物的映衬下，看来该是一对情人双双逃脱大自然的肆虐的安身处所。

我们到达这偏僻的居住地后，观赏了一会儿："什么！"我以泪汪汪的眼睛望着朱丽，对她说，"看到一个处处存在着您的地方，您的心难道竟一无所感，根本觉不到暗暗的激动吗？"于是，不等她回答，我就把她带往巉岩那边，向她指点，她名字的起首字母被刻在千百个地方，还有几句彼特拉克和塔索的诗，与我刻写时所处的状态有关。久别重逢，我感到这些东西的存在能有力地激发待在它们旁边时引起的强烈感情。我有点激动地对她说："噢，朱丽！你具有我的心所向往的永恒魅力！这就是从前对你来说世上最忠实的情人长吁短叹的地方。在这里，你可爱的形象给予他幸福。并准备着使他最终从你这里获得幸福。那时，这里既看不到这些果子，也看不到这些绿荫，绿树和鲜花根本没有覆盖这一块块地方，溪流也根本没有形成这样的分割；这些小鸟也根本没有发出啁啾之声；唯有贪婪的鹰、不祥的乌鸦和阿尔卑斯山可怕的老鹰的叫声回响在这些岩洞间；巨大的冰凌在每个悬崖垂挂而下，冰雪形成的花彩是这些树唯一的装饰品：这里的一切散发出冬天的严寒气息和白霜的可怕气氛；唯有我心中的热情使我能忍受这个地方，我在这里整日思念着你。这块石头我在上面坐过，为了遥望远处你幸福的家；在附近的一块上面我写下感动你的心的那封信；这些锋利的石块给我用作雕刻刀，刻写你的名字的起首字母；这里，我越过冰冷刺骨的急流，去捡回被一股旋风刮走的你的一封信；那里，我过来重阅并千百次亲吻你写给我的最后一封信；在这个悬崖边，我用贪婪而阴郁的目光测度悬崖的深度；最后，正是在这里，我在忧心忡忡地启程之前，过来为病得要死的你哭泣，发誓在你之后不再苟且偷生。被忠贞不渝地爱着的姑娘，噢，我为你而生，我真该同你一起重游旧地，缅怀我在那里为离别你而长吁短叹地度过的时光！……"我正要说下去；但朱丽看到我走近悬崖边缘，惊慌起来，抓住我的手，捏紧不放，一言不发，带着柔情凝视我，好不容易忍住一声叹息；然后，突然掉转目光，拖着我的手臂："我们走吧，我的朋友！"她用激动的声音对我说，"这里的空气对我不好。"我叹息着同她一起离去，不过没有回答她的话，我永远离开这个令人忧郁的偏僻处所，就像我要离开朱丽本人那样。

绕了几个圈子慢慢回到港口以后，我们分开了。她想单独待一会儿，而我继续漫无目的地溜达。我回来时，小船还没有修理好，湖水也没有风平浪静，我们忧郁地吃晚饭，垂下眼睛，神态若有所思，吃得很少，说话更少。晚饭后，我们坐在沙滩上，等待出发的时候到来。月亮不知不觉升上夜空，湖水平静了些，朱丽提议动身。我把手伸给她，帮她下船；我坐在她旁边，不再想松开她的手。我们噤若寒蝉。木桨均匀的有节奏的响声引起我的遐思。沙锥①相当快活的啁啾使我回想起往日的欢乐，非但不使我愉

① 日内瓦湖的沙锥绝不是法国人同名称呼的那种鸟。我们的沙锥更热烈、更生气勃勃的鸣啭，给夏夜的湖上带来一种使湖岸格外迷人的清凉和富有生命力的气息。——原注

快,反而使我忧郁。我逐渐感到折磨着我的愁绪在加剧。宁静的天宇、清新的空气、柔和的月光、我们周围水波闪烁出的银白光辉、最令人愉悦的感受的涌现,甚至这个妙人儿在眼前,什么都不能使我的心摆脱千百种痛苦的思索。

我开始回忆起从前在我们那令人如醉如痴的初恋期间,同她作过的一次类似的散步。那时充溢我心灵的各种美妙情感,重又汇集起来,反而使我心里难受;我们青年时代的所有大事、我们的学习、我们的交谈、我们的通信、我们的约会、我们的欢乐。

E tanta fede, e si dolce memorie,

E silungo costume![1]

这连续不断的一幕幕给我描画出过去的幸福;一切都翩然而至,增加我眼前的不幸,在我的回忆中占据位置。我在思忖:一切都完了;这些时光,这些幸福的时光一去不复返了;永远消失了。唉!不再返回了;而我们却活着,又待在一起,偏偏总是心连心!我觉得我会更加耐心地忍受她的死或她的分离,我不像远离她度过的所有时期那样痛苦。当我在远方悲叹时,重见她的希望使我的心轻松一些;我庆幸她只要出现一下便会消除我所有的痛苦;我至少在各种可能性中考虑一种状态,比我的状态痛苦稍减。但待在她身边,看到她,接触到她,跟她说话,爱她,崇拜她,几乎要占有她时,却感到我永远失去她;这就把我置于愤怒和癫狂的迸发之中,逐渐使我激动到绝望的田地。不久,我开始在脑海里反复思考不祥的计划,在我一想起就要颤抖的冲动中,我强烈地想把她推入波涛,与我一起葬身水底,结束我的生命和长期的折磨。这可怕的欲望最后变得非常强烈,我不得不突然松开她的手,走到船头。

在那里,我强烈的激动开始了另一个走向;一种更加温柔的感情逐渐渗入我的心灵,动情克服了绝望,我开始泪如泉涌;这种状态比起我摆脱的状态,并非没有某些乐趣;我痛哭了好久,轻松子许多。待我恢复过来,我回到朱丽身边,又捏住她的手。她拿着手帕;我感到手帕已经湿透。"啊!"我对她悄声说,"我看到我们的心不断息息相通!"——"不错,"她用变调的声音说,"但愿我们用这种口吻说话是最后一次。"于是我们又开始平静地谈话,划行了一小时之后,我们到达了,没有遇到别的事故。我们回到家里时,我借着亮光看到她双眼通红,而且肿胀得厉害:她大概不会感到我的双眼情况更好。经过这一天的疲劳,她非常需要休息;她抽身走了,我也去睡下。

我的朋友,这就是我平生感到最强烈的激动的一天中发生的事。我希望这样的激动将是一种骤变,使我完全恢复原来的我。另外,我要告诉您,这次遭遇比关于人的自由和美德的价值的一切议论,对我更有说服力。有多少人受到诱惑而无力抗拒,最后归于失败啊!对朱丽来说,我的眼睛看到这一点,我的心感到这一点,这一天,她进行了人类心灵所能承受的最大搏斗;而她战胜了。但我做了什么才离她这么远呢?噢,爱德华!你受到情人的吸引,同时战胜你的愿望和她的愿望时,你只有孤身一人吗?没有你,我也许完了。在这遇险的一天,上百次回忆起你的品德使我保持美德。

(郑克鲁 译)

---

[1] 拉丁文,大意为:"这多么纯洁的誓言,这甜蜜的回忆,这长期的亲密关系!"引自梅塔斯塔齐奥的剧本。

19世纪

司汤达

司汤达(1783—1842),原名亨利·贝尔,法国小说家,生于格勒诺布尔的一个资产阶级家庭。七岁丧母,跟随外祖父生活。中学毕业后当了少尉,来到意大利。1801 年住在巴黎攻读。1806 年重新入伍,作为军需官随着拿破仑的大军参加了进攻奥地利和俄国的战役。1814 年至 1821 年定居米兰,奥地利警察怀疑他是烧炭党人,迫使他离开。“七月革命”后任驻里雅斯特领事,后又改任西维达-维基雅的领事,直到逝世。小说有《红与黑》(1830)、《巴马修道院》(1839)、《吕西安·娄万》(未完)。作为 19 世纪现实主义的奠基人之一,司汤达深刻揭露了复辟时期和七月王朝的社会现实,其作品具有鲜明的政治性,善于塑造不满于现实,有强烈个性的人物形象。他擅长心理描写,开创了现实主义内倾性的方向,语言简洁流畅。

《瓦妮娜·瓦尼尼》由后人收入中短篇小说集《意大利遗事》,描写了一个异常任性、充满浪漫想象、受到新思潮影响的贵族少女形象。为了追求带有刺激意味的个人幸福,她可以不顾门第和财产,又可以不顾情人的政治理想,前去告密,甚至女扮男装,潜入治安大臣的卧室,为情人说情。她具有不同寻常的毅力,与《红与黑》的主人公于连属于同一类型。

瓦妮娜·瓦尼尼

这是一八二×年的一个春夜。罗马全城万人空巷:那位大名鼎鼎的银行家 B 公爵,在威尼斯广场他新落成的华厦里举行舞会。凡是意大利的艺术、巴黎和伦敦的奢华享受所能创造出来的金碧辉煌的物品,全都荟萃一堂,装潢着这幢美轮美奂的建筑。与会者济济一堂。金发、标致、端庄拘谨的英国贵妇淑女,早就渴望得到参加这次舞会的荣耀;她们蜂拥而至。罗马最漂亮的女子和她们争妍斗艳。有一个少女,目光明亮,头发乌黑,一望而知是个罗马人,由她父亲陪伴,走了进来;大家对她注目而视。她的一举一动都显示出一种古怪的倨傲。

前来赴会的外宾看到这个舞会的豪华场面,脸上无不显出惊叹的神态。他们说:“欧洲任何国王的盛会,也比不上这个舞会。”

那些国王没有一座罗马建筑风格的大厦:他们又只能邀请本国宫廷的贵妇;B 公

爵专请漂亮妇女。这一晚，他在宾客中喜气洋洋；男宾们显得目眩神迷。出类拔萃的妇女那么多，要决定谁最美丽就是个难题了。大家选择了好一会儿，委决不下；末了，瓦妮娜·瓦尼尼公主，那个头发墨黑、目光闪射出热情火花的少女，被宣布为舞会的女王。外宾和罗马的年轻男子马上离开其他客厅，纷纷涌到她所在的客厅里。

她的父亲堂阿斯德鲁巴尔·瓦尼尼亲王，要她先跟两三位德意志王公跳舞。随后，她接受了几个非常俊美、非常高贵的英国人的邀请；可是他们的刻板神态令她讨厌。那个年轻的堂黎维奥·萨韦利似乎对她一往情深，她却显出折磨他会得到更多乐趣的神情。他是罗马声名显赫的年轻人，再说他也是一位亲王；不过，倘若给他看一部小说，他读上二十页便会把书丢下，说看书使他头痛。这是瓦尼娜看不上眼的一点。

将近午夜时，一件新闻传遍舞会，相当轰动。一个关在圣昂日城堡里的年轻烧炭党人，当晚乔装改扮，越狱逃走，他胆大包天，来到最后一个警卫哨所时，用匕首袭击警卫；但他自己也受了伤，警卫循着他的血迹在大街小巷追捕他，人们希望把他捕获。

正当有人叙述这件趣闻时，堂黎维奥·萨韦利刚同瓦妮娜跳完舞，被她的妩媚和压倒群芳的姿色弄得神魂颠倒，爱得发狂，一面送她回原位，一面对她说：

"可是，请问，究竟谁能讨你的欢心呢？"

"那个刚越狱的年轻烧炭党人，"瓦妮娜回答他说，"这个人至少有所作为，不至于虚度一生。"

堂阿斯德鲁巴尔亲王走近他的女儿。他是一个富翁，二十年来没有同他的管家结过账，管家把自己的收入高利息借给东家。如果你在街上遇到这个富翁，你会把他当作一个年迈的戏子；你不会注意到他手上戴着五六只特大钻石的大戒指。他的两个儿子当了耶稣会教士，后来都发疯死掉。他把他们置诸脑后；但是，他的独养女瓦妮娜不想结婚，使他闷闷不乐。她已经十九岁，拒绝了好几家门第煊赫的亲事。她的理由是什么？和西拉[1]退位的理由一样：看不上罗马人。

舞会的第二天，瓦妮娜发现她的一向粗枝大叶、平生不肯费心揣上钥匙的父亲，却小心翼翼锁上一道小楼梯的门，这楼梯通到府里四楼的一套房间。这套房间的窗户面向一个点缀着橘树的平台。瓦妮娜到罗马城里拜访了几家；回家时府邸的大门正忙着张灯结彩，堵塞住了，马车从后院进来。瓦妮娜抬起眼睛，惊讶地看到，她父亲劳神费心地锁上的那套房间，有一扇窗子打开了。她打发走她的伴娘，登上府邸的顶楼，仔细寻找，终于找到一扇面临点缀着橘树的小平台、装有铁栅的小窗子。她刚才注意到的那扇打开的窗户离她不远。不用说，这个房间有人住；但住的是谁呢？第二天，瓦妮娜设法弄到了开向点缀着橘树的平台那扇小门的钥匙。

那扇窗还开着，她轻手轻脚靠近过去，躲在一扇百叶窗后面。房间靠里有一张床，床上有人。她的第一个动作是缩回来，但她瞥见一件女人的长裙搭在一张椅子上。她

① 西拉（前138—前78）：罗马的独裁者，多次征战获胜。公元前79年7月，他让出一切权力，退隐在居姆。退位理由众说纷纭。

仔细凝视这个躺在床上的人,看到这个人一头金黄的头发,样子非常年轻。她断定这是个女人。搭在椅子上的长裙血迹斑斑;放在桌子上的一双女鞋也沾上了血。陌生女人动了一下,瓦妮娜看出她受了伤。一大块染上血迹的布盖住她的胸脯;这块布只用几条带子系住;这样捆扎,不是出自外科医生之手。瓦妮娜注意到,每天四点左右,她的父亲便把自己关在房里,然后去看望那个陌生女人;他随即下楼,乘马车到维特莱希伯爵夫人家里去。他一出门,瓦妮娜便登上小平台,从那里她可以望见那个女人。她对这个遭逢不幸的年轻女人产生深切的同情;她想方设法猜度这个女人的遭遇。搭在椅子上的满是血迹的长裙,像是被匕首捅破了。瓦妮娜数得出有几个捅破的口子。有一天,她看清了这个陌生女人:她的蓝眼睛盯着天空,好像在祈祷。一忽儿,她美丽的眼睛泪水盈眶;年轻的公主好不容易才没对她说话。翌日,瓦妮娜在父亲到来之前,大着胆子躲在小平台上。她看见堂阿斯德鲁巴尔走进陌生女人的房里;他拎着一只小篮子,里面有吃的东西。亲王忧心忡忡,寡言少语。他说话声音很低,虽然落地窗开着,但瓦妮娜听不清他的话。他旋即走了。

瓦妮娜心里想:“这个可怜的女人准定有非常可怕的仇人,连我百事不管的父亲也不敢信赖任何人,宁愿不辞辛苦,每天爬一百二十级楼梯。”

有天傍晚,瓦妮娜悄悄地把脑袋伸到陌生女人的窗子前面,她遇上了那个女人的眼睛,一切全都暴露了。瓦妮娜跪了下来,大声说:

“我喜欢你,我对你是忠实可靠的。”

陌生女人示意叫她进去。

“请你原谅我,”瓦妮娜大声说,“我愚蠢的好奇心一定得罪了你!我对你起誓保守秘密,如果你不要我来,我就再也不来了。”

“谁看到你会不感到幸运呢?”陌生女人说。“你住在王府里吗?”

“那还用说,”瓦妮娜回答,“可见你不认识我:我是瓦妮娜,堂阿斯德鲁巴尔的女儿。”

陌生女人惊愕地瞧着她,脸涨得通红,然后说:

“请不要见怪,我希望你每天能来看我;不过我不想让亲王知道你来看我。”

瓦妮娜的心扑扑乱跳;她觉得陌生女人举止高雅。这个可怜的年轻女人不用说准是得罪了某个有权有势的人物;或许一时嫉妒,她杀死了自己的情人?在瓦妮娜看来,她的不幸不可能出于寻常的原因。陌生女人告诉她,自己肩膀上挨了一刀,一直捅到胸脯,疼痛难当,常常满口是血。

“你怎么不请外科医生!”瓦妮娜大声说。

陌生女人说:“你知道,在罗马,外科医生必须向警察厅一一报告他们诊治的所有伤病情况。亲王宁可亲自用你看到的这块布来包扎我的伤口。”

陌生女人风度优雅,对自己的遭遇没有一句黯然神伤的话;瓦妮娜发狂似的喜欢她。可是,有一件事使年轻公主深感诧异,这就是在这场无疑非常严肃的谈话中,陌生女人费了好大的劲儿才忍住突然想笑的欲望。

瓦妮娜对她说:“我很想知道你的名字。”

“人家管我叫克莱芒丁娜。”

“那么,亲爱的克莱芒丁娜,明天五点我再来看你。”

第二天,瓦妮娜看到她的新交情况严重。

“我想带一个外科医生来给你看病,”瓦妮娜抱吻她时这样说。

陌生女人默默不语,让她留下,拿起她的手吻遍了。沉默良久,“那我宁愿死掉,”陌生女人说,“难道我要连累我的恩人吗?”

瓦妮娜连忙说:“罗马总督萨韦利-卡唐扎拉大人的外科医生,是我家一个仆人的儿子;他对我们忠心耿耿,由于他这种地位,他谁也不怕。我父亲没有认识到他的忠诚可靠;我马上派人把他请来。”

“我不要外科医生,”陌生女人喊道,那种冲动使瓦妮娜吃惊不已,“来看我吧,如果天主要把我召去的话,我会幸福地死在你的怀里。”

次日,陌生女人病情更糟。

“如果你爱我,”瓦妮娜临走时说,“你就该让外科医生来看病。”

“医生一来,我的幸福就烟消云散了。”

“我马上派人去找外科医生,”瓦妮娜还是这样说。

陌生女人眼里噙满泪水。最后,她放下瓦妮娜的手,怀着从容赴难的神态说道:

“我要向你吐露实情。前天,我骗你说我叫克莱芒丁娜;其实我是一个遭到不幸的烧炭党人……”

瓦妮娜大吃一惊,往后一推椅子,随即站起身来。

烧炭党人继续说:“我感到,说出实情会使我失去令我留恋人世的唯一幸福;但是,欺骗你,我就不够光明磊落了。我叫彼埃特罗·米西列利,十九岁,我父亲是圣昂日洛-因-瓦多的一个蹩脚的外科医生,而我是烧炭党人。警方偷袭了我们的集会场所;我被戴上锁链,从洛马涅[①]押到罗马。我关在一个地牢里,日夜只有一盏油灯照明,过了十三个月。一个好心人一心要救我出去,让我男扮女装。正当我逃出监狱,经过最后一间警卫室时,有个警卫在诅咒烧炭党人;我掴了他一个耳光。我向你保证,这不是要徒劳地假充好汉,而纯粹是一时的心血来潮。惹祸以后,在罗马的大街小巷被追捕了一夜,又因被刺刀戳伤,已经精疲力竭,我逃到一家大门开着的人家的楼上;我听到卫兵跟随着我上楼,便跳到花园里;我跌在离一个正在散步的女人几步远的地方。”

“维特莱希伯爵夫人!我父亲的朋友,”瓦妮娜说。

“什么!她说给你听了吗?”米西列利大声说。“不管怎样,这位夫人救了我的命,她的名字永远不该讲出来。正当卫兵来到她家抓我的时候,你父亲让我躲到他的马车里,逃了出来。我觉得伤势不轻:几天来,肩膀上挨的一刺刀使我呼吸困难。我快要死了,而且我心如死灰,因为我再也见不到你了。”

---

① 意大利北部旧省名。

瓦妮娜倾听这番话时急不可耐;她快步走了出去:米西列利在她那双秀目中看不到丝毫怜悯,而是高傲的性格受到伤害的表情。

入夜,来了一个外科医生;只他一个人,米西列利懊丧之极;他担心再也见不到瓦妮娜。他接二连三地问外科医生,医生只是给他放血,一声不吭。随后几天,是一样的噤若寒蝉。彼埃特罗的眼睛不离开面临平台的窗户,瓦妮娜习惯从这里进来;他万念俱灰。有一次,将近子夜时分,他以为在平台的暗影中看到一个人:是瓦妮娜吗?

瓦妮娜每夜都来,脸颊贴在年轻烧炭党人那间屋的窗玻璃上。

她心里想:“要是我跟他说话,我就完了!不,我再也不该同他见面。”

主意既定,她不由得想起,在她糊里糊涂地把他当作女人的时候,对这个年轻人曾经情深意笃。经过这几天非常甜蜜的亲密相处之后,必须忘掉他才是!在头脑清醒的时刻,瓦妮娜对自己的主意变来变去感到害怕。自从米西列利说出真名实姓以后,她经常要想的每一样东西,都仿佛蒙上了一道纱幕,只在远处闪现。

一个星期还没有过去,瓦妮娜便脸色苍白、抖抖索索地同外科医生走进年轻烧炭党人的房间。她是来告诉他,一定要劝亲王派一个仆人来代替亲王照顾他。她待了不到十秒钟;但几天以后,她又出于恻隐之心同外科医生一起来了。有天傍晚,尽管米西列利大有好转,而且瓦妮娜再没有借口为他的生命担忧,她还是不顾一切地独自来了。米西列利看到她,真是大喜过望,但他想隐瞒自己的爱情;首先,他不想背离一个男子汉应有的体面。瓦妮娜进来时满脸绯红,生怕听到情话,但看到他接待她时只表现出高尚、忠诚却冷淡如水的友谊时,她又惶惑不安。她离开时他也没有竭力挽留她。

过了几天,她又来了,他还是同样的对待,同样作出敬重、忠诚、感激不尽的表示。瓦妮娜非但用不着费神去遏止年轻烧炭党人的热情,反而扪心自问,她是不是在单相思。这个少女向来盛气凌人,如今有苦难言地感到自己的痴情发展到何等田地。她佯装快乐,甚至有点冷淡,不常来了,但不能克制自己不再来看望年轻的病人。

米西列利纵然一往情深,可是想到自己出身低微、负有重任,便决计等到瓦妮娜一星期不来看他,才降格向她吐露爱情。年轻公主的自尊心在步步抗拒。末了,她想:“要是我去看他,那是为我自己着想,让我高兴,我决不会向他承认,他引起了我的兴趣。”她探望米西列利的时间很长,他对她说话就像有二十个人在场那样一本正经。有一天她整天诅咒他,决心要比往日待他更冷淡、更刻板,而到了晚上,她却对他说,她爱他。过后不久,她对他便百依百顺了。

瓦妮娜虽说神魂颠倒,但必须承认她非常幸福。米西列利不再去想他自以为应该保持的男子尊严了;他像一个初恋的十九岁意大利青年那样恋爱着。他对爱情慎重认真,竟然向这个心高气傲的年轻公主吐露了为了使她爱上他而使用的手腕。他很惊讶自己会得到过度的幸福。四个月一晃而过。一天,外科医生允许病人自由行动了。米西列利心想:“我该怎么办呢?在罗马的绝色美女家躲下去?那些卑劣的暴徒把我关了十三个月,不见天日,会以为我已经气馁了!意大利,要是你的孩子们为了这一丁点事而置你于不顾,你就实在太悲惨了!”

瓦妮娜并不怀疑,彼埃特罗的最大幸福是同她永远厮守在一起;他看来太快乐了;但是,波拿巴将军有一句话在这个年轻人的心灵里引起了痛苦的反响,影响他对妇女的全部行为。1796 年,正当波拿巴将军离开布里西亚[①]时,护送他到城门口的保安警察告诉他,布里西亚人比其他意大利人更酷爱自由。"是的,"他回答,"他们酷爱同他们的情妇谈自由。"

米西列利神态相当拘谨地冲着瓦妮娜说:

"天一黑,我就得出门。"

"千万要在天亮以前回到府里,我等着你。"

"天亮时我已离开罗马好几里地了。"

"好极了,"瓦妮娜冷冷地说,"你到哪里去?"

"到洛马涅,报仇去。"

"我很有钱,"瓦妮娜镇定自若地又说,"我希望你接受我送的武器和金钱。"

米西列利半晌泰然地凝视着她,然后扑到她的怀里,对她说:

"我的心肝,你使我忘掉一切,连我的责任也忘掉了。但你的心灵越高尚,你越应该了解我。"

瓦妮娜哭得很伤心,他答应要到后天才离开罗马。

"彼埃特罗,"第二天她对他说,"你常常对我说,一旦奥地利卷入一场远离我们的大规模战争,一个有名望的人物,比如一位能调度大笔钱财的罗马亲王,就能够为自由事业立下汗马功劳。"

"那是当然,"彼埃特罗惊讶莫名地说。

"唔,你有胆量;你所缺少的只是高贵的地位;我嫁给你,并且带给你二十万利佛尔的年息。由我负责去取得我父亲的同意。"

彼埃特罗扑倒在她脚下,瓦妮娜心花怒放。

他对她说:"我热烈地爱你,但我是祖国的仆人。意大利越是不幸,我就越应该对它忠心耿耿。要得到堂阿斯德鲁巴尔的同意,就得好几年扮演一个可怜的角色。瓦妮娜,我拒绝娶你。"

米西列利急于用这句话来约束自己。他的勇气快要告罄了。他大声说:

"我的不幸就是爱你胜过爱自己的生命,离开罗马对我来说是最难忍的酷刑。啊!意大利还没有从野蛮人手里解放出来呀!我能同你坐船到美洲生活,那是多么快活啊!"

瓦妮娜浑身冰凉。拒绝和她结婚使她的自尊心感到震惊;但不一会儿,她扑到米西列利的怀里,大声说:

"我觉得你从来没有这样可爱过,真的,我的乡下小外科大夫,我是永远属于你的。你就像我们古罗马人那样,是个伟人。"

对前景的千思百虑,出自理性的担忧,全无影无踪了;这是爱情臻于极点的一瞬

---

① 意大利北部城市。

间。等到能够讲理智时，瓦妮娜说：

"我会和你几乎同时到达洛马涅。我要让医生建议我到波雷塔洗温泉浴。我将待在我家靠近福尔利的圣尼科洛的别墅里……"

"我跟你就在那儿过一辈子！"米西列利喊道。

"从今以后，我命中注定要无所不为，"瓦妮娜叹了一口气，又说，"我将为你身败名裂，不过，管它呢……你会爱一个声名狼藉的姑娘吗？"

米西列利说："你不是我的妻子吗，而且是永远受到崇拜的妻子？我知道怎么爱你和保护你。"

瓦妮娜要到上流社会去走动一下。她一离开米西列利，他就开始觉得自己的行为粗俗不堪。

"祖国是什么？"他寻思，"祖国不就是这样一个人，我们受过他的恩，应该感恩图报，如果我们忘恩负义，他就非常不幸，可能诅咒我们。祖国与自由，就像我的外套，对我有用的一件东西，我要是没有从父亲那里继承过来，就确实应当买一件；说到底，我爱祖国与自由，因为这两者都对我有用。假使我不需要它们，它们对我就像八月里的一件外套那样，那么何必买下来，而且价钱又特别昂贵呢？瓦妮娜美若天仙！她的天性又这样古怪！小伙子们都要千方百计讨她的欢心，她会把我置于脑后。哪一个女人只有过一个情人？这些罗马亲王，作为公民，我鄙视他们，但他们有那么多胜过我的地方！他们一定非常温文尔雅！啊！我一走，她便会忘掉我，我要永远失去她。"

半夜，瓦妮娜来看他；他告诉她，他陷入了游移不决之中，因为他爱她，细细琢磨过祖国这个伟大的字眼。瓦妮娜心里美滋滋的，她心想：

"要是他必须在祖国与我之间作一抉择，我一定会得到偏爱。"

附近教堂的大钟敲响三点，最后分手的时候到了。彼埃特罗从女友的怀抱里挣脱出来。他已经走下那道小楼梯，这时瓦妮娜忍住眼泪，含笑对他说：

"如果一个可怜的乡下女人照料了你一场，你也不表示丝毫谢意吗？你不想酬谢她吗？前途吉凶莫测，你要在敌人中间跋涉：就算我是这个可怜的女人，给我三天时间，作为酬谢我的照料吧。"

米西列利留下了。三天之后，他离开了罗马。靠了一张从外国大使馆买来的护照，他回到了自己家里。家里人喜出望外，他们以为他已经死了。他的朋友们打算干掉一两个卡拉比尼埃（这是教皇治下的宪兵所用的名称），以此庆祝他归来。

米西列利说："不要毫无必要地杀死一个会使用武器的意大利人，我们的祖国不是一个岛国，像幸运的英吉利那样：我们缺少士兵去抵御欧洲各国国王的干涉。"

过了些日子，米西列利受到宪兵的紧紧追捕；他用瓦妮娜送给他的手枪打死了两个宪兵。当局悬赏捉拿他。

瓦妮娜没有在洛马涅出现：米西列利以为她忘了自己。他的虚荣心受到了打击，他开始反复想到他和他的情妇之间地位的悬殊。在怀念往日的幸福，柔情缱绻时，他真想回到罗马看看瓦妮娜在做些什么。这个疯狂的念头正要战胜他认为自己的责任所在时，一天黄昏，山上一座教堂古怪地敲响着晚祷的钟声，仿佛敲钟人走了神。这是烧炭党组织集会的一种信号，米西列利回到洛马涅之后便参与了烧炭党的活动。当天夜里，所有的烧炭党人在树林里的一间隐修教士住所聚会。两个隐修教士被鸦片麻醉得昏昏欲睡，一点也没有发觉他们的小屋派了什么用场。米西列利愁眉不展地来了，在会上他得知头领被捕，而他这个刚到二十岁的年轻人将被推选为领袖，这个组织有的成员已经五十多岁，从1815年缪拉[1]远征时就已参加密谋了。在接受这个意料不到的荣誉时，彼埃特罗感到他的心在怦然跳动。待到只有他一个人的时候，他决意不再思念那个把他忘掉的罗马姑娘，一心一意恪尽职守，把意大利从野蛮人手里解救出来[2]。

作为首领，他的手下人要送给他看关于当地的人员来往的报告；两天后，他从这份报告中看到瓦妮娜公主刚来到她家在圣尼科洛的别墅。看到这个名字，在他心里挑起的忐忑不安要超过快乐。他以为克制自己，当晚不飞到圣尼科洛别墅，就是对祖国忠心耿耿，其实这是徒劳的；想到他怠慢了瓦妮娜，便妨碍他出色地完成他的职责。第二天他见到了她，他像在罗马时那样爱她。她的父亲要给她完婚，延迟了她的行期。她带来两千金币。这出乎意料的接济，大大有利于提高米西列利走马上任后的声望。烧炭党人在科尔福定制了一批匕首；他们收买了负责搜捕烧炭党人的教皇特使的心腹秘书。这样，他们获得了给当局做密探的本堂神甫的名单。

就是在这时期，在多灾多难的意大利策划的最周密的谋反之一做完了组织工作。我就不在这里不合时宜地详述一番了。我只说一点：倘使这次密谋大功告成，大部分荣誉要归于米西列利。在他领导下，几千个起义者一见到信号便会行动起来，披坚执锐，等候上级首领到来。正当决定性的时刻临近时，就像常见的那样，由于一批首领被捕，密谋便流产了。

瓦妮娜一到洛马涅，就以为看出，对祖国的爱使她的情人忘掉还有别的爱。罗马姑娘的自尊心受到伤害，气愤难平。她白白地想控制自己；抑郁寡欢占据了她的心灵：她吃惊地发现自己在咒骂自由。有一天，她到福尔利来看米西列利，再也抑制不住痛苦，而她的傲气至今一直约束住不爆发出来。她对他说：

"说实话，你像做丈夫的那样爱我；我指望的可不是这样。"

她的眼泪随即流下脸颊；但这是由于羞愧自己降低身份，责备起人来了。米西列利面对她的眼泪，显出一副重任在身的样子。突然，瓦妮娜生出离开他回到罗马的想法。她觉得要惩罚自己的软弱，说出这种话来，对此是又喜又悲。沉默了片刻，她下了决心；如果她不离开他，她就会显得配不上米西列利。等他在自己身边找不到她，陷入痛苦和惊慌时，她才高兴呢。过了一会儿，想到她为这个人做了多少荒唐事，还不能得到他的爱情，又使她黯然神伤。于是她打破沉默，殚精竭虑要从他嘴里掏出一句情意

---

① 缪拉（1767—1815）：拿破仑的妹夫，那不勒斯国王，烧炭党就是为了反对他的统治而组织起来的。

② 这是佩特拉克在1350年说过的话，后来朱利乌斯二世、马基雅维里和阿尔菲耶里伯爵都重提过这个口号。——原注

绵绵的话来。他心不在焉地对她谈起一些非常动人的事；但他的声调不像谈起他的政治抱负时那样感情深厚，他悲切地大声说：

“啊！要是这一次谋划不能成功，再被政府破获，我就洗手不干了。”

瓦妮娜一动不动。一小时以来，她觉得她是最后一次同情人见面了。他所说的这句话像一道不祥的光，照亮了她的思路。她寻思：

“烧炭党人收了我几千金币。他们不会怀疑我对密谋的忠诚。”

瓦妮娜停止思索，对彼埃特罗说：

“你愿意到圣尼科洛别墅和我待上二十四小时吗？你们今晚的集会用不着你在场。明天上午，我们可以在圣尼科洛散步；这能使你的激动情绪平静下来，恢复镇静，在这种重大关头，你需要冷静。”

彼埃特罗同意了。

瓦妮娜离开他，去作旅行的准备，像往常那样锁上那个小房间，她就把他藏在里面。

她跑到她的一个女仆家里，这个女仆已经离开她，结了婚，在福尔利做小生意。在这个女人家里，她匆匆在屋子里找到的一本祷告书的空白边缘上，写下烧炭党人在当天夜里集会的准备地点。她的告密以这句话结尾：“这个秘密会议有十九个成员参加，这是他们的名字和地址。”这个名单很正确，除了米西列利的名字被遗漏以外。写完以后，她对自己信得过的那个女人说：

“把这本书交给教皇特使红衣主教；请他看一遍书上所写的话，然后让他把书还给你。这是十个金币；万一教皇特使泄漏了你的名字，你肯定性命难保；但你要是让教皇特使看一看我刚才写字的那一页，你就救了我的性命。”

一切都进行得非常顺利。教皇特使心惊胆战，以致根本不像一个显贵那样待人接物。他允许求见的民妇同他见面，不过她要戴上面具，缚住双手。老板娘就在这种打扮下被带到大人物面前，她看到他躲在一张铺着绿色台毯的大得出奇的桌子后面。

教皇特使看了祷告书上那一页，把书拿得离自己远远的，生怕有什么容易感染的毒素。他把书还给老板娘，也不派人跟踪她。瓦妮娜看到她以前的女仆回来后，离开她的情人还不到四十分钟，就又在米西列利面前出现了，一心以为今后他完全属于她了。她告诉他，城里乱哄哄一片；有人注意到宪兵巡逻队出现在他们从来不去的街道上。她还说：

“如果你肯相信我说的话，我们就立刻动身到圣尼科洛去。”

米西列利同意了。他俩步行走到年轻公主的马车停放的地方；她的伴娘是个守口如瓶的心腹，得到丰厚的报酬，坐在马车里，在离城半里的地方等候公主。

到了圣尼科洛别墅，瓦妮娜由于自己古怪的举动而惶恐不安，对她的情人加倍亲热。但是，同他谈情说爱时，她觉得是在做戏。昨天，在告密的时候，她没想到自己会后悔。她把情人搂在怀里时，心里想：

“有一句话有人可能会告诉他，这句话一说出口，他马上而且永远会对我恨之入骨。”

半夜里，瓦妮娜的一个仆人突然闯进她的房间。这是个烧炭党人，而她并没有觉察到。可见米西列利对她保守了一些秘密，甚至是这些小事。她一阵哆嗦。这个人来报告米西列利，在福尔利的十九个烧炭党人的家夜里受到包围，正当他们开完会回来时，全被抓住了。虽然他们突然被捕，有九个人还是逃脱掉。宪兵终于把其余十个押到城堡的监狱里。进监狱时，有一个投了井，井很深，他淹死了。瓦妮娜张皇失措；幸亏彼埃特罗没有注意到：他本来可以从她的眼睛里看出是她犯的罪。

仆人接下去说，眼下福尔利的卫戍部队密布在所有的街道上。兵士之间的距离近得可以互相交谈。居民只能在有军官的地方穿过马路。

这个人出去以后，彼埃特罗略微思索一下，他终于说：

“眼下无法可想。”

瓦妮娜面无人色；在情人注视之下，她瑟缩发抖。他问她：

“你有点不对劲？”

他随即想到别的事，不再看她。

将近中午，她鼓足勇气对他说：

“又破获了一个组织；我想，你可以过几天太平日子。”

“太平得很呢，”米西列利回答，微微一笑，这微笑使她浑身发抖。

她要对圣尼科洛的乡村本堂神甫作一次必不可少的拜访，这个神甫可能是耶稣会的密探。七点她回来吃晚饭时，发现隐藏她情人的那间小屋子空无一人。她气急败坏地满屋子找他，他渺无踪影。她垂头丧气回到那间小屋子里，这时她才看到一张条子，上面写着：

> “我去向教皇特使自首；我对我们的事业已经灰心绝望；老天爷在同我们作对。谁出卖了我们呢？看来是那个投井的混蛋。既然我的生命对可怜的意大利已一无用处，我不愿让我的同志们看到只有我一个人没有被捕，疑心是我出卖了他们。别了，如果你爱我，设法为我报仇吧。让那个出卖我们的恶棍身败名裂，把他干掉，哪怕他是我的父亲。”

瓦妮娜倒在一张椅子上，半死不活，痛不欲生。她说不出一句话；她的眼睛是干枯的，热情迸发。

最后她跪倒在地上，喊道：

“天主！接受我的誓愿吧；是的，我要惩罚那个出卖人的恶棍；但先要恢复彼埃特罗的自由。”

一小时以后，她已经在前往罗马的途中了。她的父亲早就催她回来。她离家期间，他把她许给了堂黎维奥·萨韦利亲王。瓦妮娜一到家，他就抖抖索索地把这门亲事告诉了她。他大为惊讶的是，他才说出口，她便同意了。当晚，在维特莱希伯爵夫人家里，她的父亲近乎正式地把堂黎维奥介绍给她；她同他谈得很投机。这是个风流倜傥的年轻人，拥有矫健的骏马；尽管大家承认他很机敏，但他的性格过于轻狂，当局对他丝毫不存疑心。瓦妮娜心想，先把他搞得神魂颠倒，然后让他成为自己得心应手的代理人。由于他是罗马总督兼治安大臣萨韦利-卡唐扎拉大人的侄子，她揣度密探不敢跟踪他。

一连几天，瓦妮娜对可爱的堂黎维奥柔情蜜意，然后，她向他表明，他永远做不了她的丈夫；据她看来，他太没有头脑。她对他说：

"你要不是一个孩子的话，你叔父的部下对你就不会保守秘密了。比方说，怎么处置最近在福尔利捕获的烧炭党人呢？"

过了两天，堂黎维奥来告诉她，在福尔利捕获的烧炭党人统统逃走了。她的乌黑的大眼睛盯住他，苦笑了一下，表示鄙夷不屑，整个晚上不屑于同他谈话。第三天，堂黎维奥面红耳赤地跑来向她承认，人家先头骗了他。他对她说：

"不过，我弄到了一把我叔父书房的钥匙；我从在那里找到的文件上看到，一个由红衣主教和最有声望的高级教士组成的圣职部（或委员会），在极端秘密中开了会，讨论的问题是在腊万纳[1]还是在罗马审判这些烧炭党人较为妥当。在福尔利抓获的九个烧炭党人，还有他们愚蠢地自首的头儿，名叫米西列利的，如今关押在圣莱奥城堡。"[2]

听到"愚蠢"这个词，瓦妮娜使劲拧了亲王一下。她对他说：

"我想亲眼看看公文，跟你一起到你叔父的书房去一次；你可能看错了。"

听见这话，堂黎维奥不寒而栗；瓦妮娜向他要求的几乎是办不到的事；但这个姑娘的古怪脾性反倒使他越发爱她。过不了几天，瓦妮娜女扮男装，穿一身萨韦利府仆役穿的瘦小漂亮的制服，终于在治安大臣最机密的文件堆里待了半个小时。当她发现"刑事犯彼埃特罗·米西列利"的每日报告时，她万分欣喜地哆嗦了一下。她的手拿着这份文件瑟瑟发抖。又看到这个名字，她差点儿要晕倒。走出罗马督府时，瓦妮娜允许堂黎维奥吻她一下。她对他说：

"我想考验一下你，你顺利通过了。"

听到这样一句话之后，年轻的亲王为了讨瓦妮娜的欢心，即使放火去烧梵蒂冈也做得出来。当晚，法国大使举行舞会；她跳了一个又一个舞，而且几乎都是同他跳的。堂黎维奥快乐得如醉如痴：要紧的是不容他思索。

"我父亲有时很古怪，"有一天瓦妮娜对他说，"今天上午他撵走了两个手下人，他们跑来向我哭诉。一个求我把他安插在你叔父罗马总督那里；另一个在法国人手下当过炮兵，想在圣昂日城堡任职。"

"这两个人我都雇用就是了，"年轻的亲王赶紧说。

"我要你办的是这个吗？"瓦妮娜高傲地顶了他一句。"我把这两个可怜的人的话一字一句向你重复一遍；他们理应得到他们要求的差事，而不是去干别的。"

没有比这更难办的事了。卡唐扎拉大人不是一个轻率鲁莽的人，他只用自己非常

---

① 意大利东部城市，濒临亚得里亚海。

② 城堡在洛马涅的里米尼附近。有名的卡格利奥斯特罗就死在这个城堡里，据说他是被扼死的。——原注

熟悉的人。在表面上充满赏心乐事的生活中，瓦妮娜悔恨万分，痛苦异常。事情进展缓慢，使她烦躁不安。她父亲的代理人给她弄到了钱。她是否要逃出父亲的家，跑到洛马涅，设法让她的情人越狱？不管这种想法多么荒唐，她还是打算马上实行，这时命运可怜起她来了。

堂黎维奥对她说：

"米西列利那一帮的十个烧炭党人要押解到罗马，不过，也可能判决以后在洛马涅执行。这是我叔父今天傍晚从教皇那里得到的消息。在罗马，只有你和我知道这个秘密。你满意了吧？"

瓦妮娜回答："你变成大人了，请送给我一幅你的肖像。"

米西列利要来到罗马的前一天，瓦妮娜找了个借口，到齐塔-卡斯泰拉纳去了。从洛马涅递解到罗马的烧炭党人，就在这个城市的监狱里过夜。早上米西列利从监狱里出来时，她见到了他：他单独被链子拴在一辆囚车上；她觉得他脸色刷白，但毫不颓丧。一个老妇人扔给他一束紫罗兰，米西列利微微一笑，向她道谢。

瓦妮娜见过她的情人以后，她的思路似乎全部更新了；她有了新的勇气。她的情人要关在圣昂日城堡，很久以前，她曾经为这个城堡的布道神甫卡里先生的高升出过力；她请这个善良的教士当了她的听忏悔神甫。在罗马，给总督的侄媳、一位公主当听忏悔神甫，这可不是微不足道的事。

对福尔利烧炭党人的审判时间不长。极端派由于未能阻止烧炭党人押到罗马，为了报复，设法让野心勃勃的高级教士组成审判委员会。委员会的主席是治安大臣。

镇压烧炭党人的法令是明白无误的：福尔利的烧炭党人不可能抱什么希望；但他们仍然机关算尽，要保全自己的生命。审判官不仅判处他们死刑，而且有几个人极力主张处以残酷的刑罚，把手剁下来等等。治安大臣已经官运亨通（因为治安大臣卸任之后，照例将升任红衣主教），绝不需要把手剁下来的刑罚：他将判决书呈交教皇，终于把死刑全部减为几年徒刑。只有彼埃特罗·米西列利例外。治安大臣看到这个年轻人是个危险的狂热分子，再说，他由于杀死上文提及的两个宪兵，早已判处死刑。治安大臣从教皇府邸回来后不久，瓦妮娜就知道了判决书和减刑的内容。

第二天，将近午夜，卡唐扎拉大人回府时，根本找不到他的随身侍从；治安大臣十分诧异，拉了好几次铃；最后出现了一个糊里糊涂的老仆人：大臣不耐烦了，决定自己脱衣服。他锁上了门；天气闷热：他脱下衣服，卷作一团，朝一张椅子扔去。他使了大力气，这件衣服越过椅子，打在平纹细布的窗帘上，显出了一个人形。大臣赶快扑到床上，抓住一支手枪。他回到窗前时，一个很年轻的男人，身穿他家的仆役制服，拿着手枪，走近了他。看到这种情形，大臣举起手枪瞄准；他就要开枪。年轻人笑着对他说：

"怎么！大人，你认不出瓦妮娜·瓦尼尼吗？"

"这样恶作剧是什么意思？"大臣怒气冲冲地反诘道。

"让我们冷静地谈谈吧，"姑娘说。"首先，你的手枪里面没有子弹。"

大臣十分吃惊，一看果真如此；于是他从背心口袋里抽出一把匕首①。

瓦妮娜带着又威严又可爱的神态说：

“我们坐下吧，大人。”

她安之若素地在一张长靠背椅上落座。

“就只有你一个人吧？”大臣问。

“绝对只有我一个人，我向你发誓！”瓦妮娜大声说。大臣很细心，要弄明白这一点：他在房间里转了一圈，处处察看一下；然后，他在一张椅子上坐下，离瓦妮娜有三步远。

瓦妮娜又温柔又沉静地说：“谋害一个稳重的人，也许换上一个头脑容易发热、足以毁掉自己也毁掉别人的懦弱家伙，这对我有什么好处呢？”

“你究竟要干什么，小姐？”大臣气呼呼地说。“这场恶作剧对我很不相宜，不应该延续下去了。”

“我要接下去讲的一件事，”瓦妮娜傲然地说，骤然忘了娇媚的神态，“对你要比对我更重要。有人希望烧炭党人米西列利能够活命。如果他被处决了，你不会比他多活一个星期。我跟这一切没有任何关系；你埋怨我胡闹，首先，我这样做是为了消遣取乐，其次是为了给我的一个女友帮忙。我本想，”瓦妮娜继续说，又恢复了大家闺秀的风度，“我本想给一个有头脑的人效劳，他不久就要做我的叔父，而且从表面情况看来，他将要使家业大大兴旺发达。”

大臣不再怒容满面：不用说，瓦妮娜的美貌有助于这样迅速改变。在罗马，尽人皆知，卡唐扎拉大人对漂亮女人很有鉴赏力，瓦妮娜扮作萨韦利府的跟班，丝袜绷紧，红上身，银丝饰带的天蓝色制服，握着手枪，这是非常迷人的。

“我未来的侄媳妇，”大臣笑着说，“你真会恶作剧，大概还没有胡闹完吧。”

瓦妮娜回答：“我希望，像你这样明智的人会给我保守秘密，特别不要让堂黎维奥知道，为了促使你这样做，我亲爱的叔父，要是你答应我保全我女友所保护的人的生命，我就给你一吻。”

罗马贵族妇女擅长用这种半开玩笑的口吻，去对待最严肃的大事；瓦妮娜就用这种口吻继续谈话，终于把这场以手枪威胁开始的会见改变了色彩，变成年轻的萨韦利王妃对她的叔父罗马总督的拜访。

隔了一会儿，卡唐扎拉大人傲然地摒弃了畏首畏尾的想法，开始对侄媳妇谈起救出米西列利一命他会遇到的种种困难。大臣一面商量，一面和瓦妮娜在房间里踱来踱去；他拿起一瓶放在壁炉上的柠檬水，倒满一只水晶玻璃杯。正当他要将杯子送到嘴

① 一个罗马高级教士无疑不能勇敢地指挥一个军，就像马莱（出身贵族，曾密谋反对拿破仑——译注）起事时，身为巴黎治安大臣的师长多次遇到的那样；但这位高级教士绝不会轻易地束手就擒。他对同僚的玩笑倒会非常恐惧。一个自知被人憎恨的罗马人要武装好自己才敢外出。以前有人认为没有必要分清巴黎和罗马的说话、行动方式之间其他几处小小的不同。还有人认为非但不要缩小这些不同，反而要大胆描写出来。当今人们描绘的罗马人不会再像法国人了。——原注

边时,瓦妮娜把杯子夺了过来,在手里拿了一会儿,然后好像一失手,让杯子掉到花园里。过了一会儿,大臣从糖果盒拿起一颗巧克力糖,瓦妮娜一把夺了过去,笑着对他说:

“可要小心,你屋里的东西全下了毒;因为有人要你的命。是我求情才获得宽恕我未来叔叔的生命,好让我绝不是两手空空地嫁到萨韦利家来。”

卡唐扎拉大人大惊失色,谢过他的侄媳妇,许诺米西列利获救大有希望。

“我们成交啦!”瓦妮娜大声说,“证据嘛,这就是谈成的报酬。”她一面说,一面抱吻他。

大臣领受了这报酬。他接着说:

“我亲爱的瓦妮娜,你应该知道我不喜欢流血。再说,我还年轻,虽说你也许觉得我很老;我能活到那一天,到时候今天流的血会变成我的污点。”

待卡唐扎拉大人把瓦妮娜送到花园小门口时,凌晨两点的钟声敲响了。

第三天,大臣觐见教皇,对他要做的事左右为难,这时教皇陛下对他说:

“我先要请你手下留情。这些福尔利的烧炭党人中间,有一个还是判了死刑;想起这事,我就夜不能寐:应当救这个人一命才是。”

大臣看到教皇已拿定主意,便提出许多异议,最后写了一道谕旨或 motu proprio①,教皇破例在上面签了字。

瓦妮娜事先想到,她的情人的死罪可能得到赦免,不过有人会企图毒死他。前一天,米西列利从她的听忏悔神甫卡里那里收到了几小包海上食用的硬饼干,并叮嘱他不要动用当局供应的食物。

后来,瓦妮娜获悉福尔利的烧炭党人要押解到圣莱奥城堡,便想在米西列利路过齐塔-卡斯泰拉纳时见到他;她在囚犯到达之前二十四小时就来到这个城里;她在那里见到卡里神甫,他比她先来好几天。他得到狱吏许可,米西列利可以半夜在监狱的小教堂听弥撒。还要更进一步:如果米西列利肯同意戴上脚镣手铐,狱吏还可以退到小教堂门口,这样可以始终看得见他看管的囚犯,而又听不见囚犯在说什么。

要决定瓦妮娜命运的日子终于到了。从早晨起,她就躲在监狱的小教堂里。谁能说得出在这漫长的一天激动着她的是什么想法呢?米西列利爱她爱到能饶恕她的程度吗?她告发了他的秘密组织,但也救了他的命。当理智在这受折磨的心灵里占据上风时,瓦妮娜希望他肯同意跟她一起离开意大利;如果她以前犯了罪,那也是由于爱得发狂的缘故。钟敲四点时,她远远听见石子路上宪兵的马蹄声。每一声都仿佛在她心里发出回响。不一会儿,她听出运载囚犯的两轮车的辚辚声。囚车在监狱前的小广场停下;她看见两个宪兵架起米西列利。他单独待在一辆囚车上,戴上了脚镣手铐,动都不能动。“至少他还活着,”她眼里噙满眼泪,这样寻思,“他们还没有把他毒死!”夜晚显得凄惨悲凉,祭坛的油灯高悬,狱吏又尽量省油,孤零零一盏灯照着这个阴森森的小

① 根据教规,这两个拉丁字(本意为“自动地”)表示教皇亲自颁发的指令。

教堂。几个中世纪的大贵族死在隔壁的监狱里，瓦妮娜的目光在他们的坟上扫来扫去。他们的塑像狰狞可怕。

一切响声早已消失，瓦妮娜沉浸在阴郁的思绪中。午夜的钟声响过不久，她相信听见一种像蝙蝠掠过那样轻微的响声。她想迈步，却半死不活倒在祭坛的栏杆上。就在这时，两个幽灵来到她身边，而她没有听见他们到来。这是狱吏和一身锁链、像裹在襁褓里的米西列利。狱吏点亮一盏提灯，搁在祭台的栏杆上，靠近瓦妮娜身边。然后他退到尽里的门边。狱吏一走开，瓦妮娜便扑到米西列利的脖子上。她把他搂在怀里，只感到他身上冰凉的有尖头的锁链。她想："谁给他戴上这些锁链？"她抱吻她的情人时，得不到丝毫快感。紧跟着的是另一种更揪心的痛苦；她一时之间以为米西列利知道了她所犯的罪，他待她多么冷冰冰啊。

"亲爱的朋友，"他临了对她说，"你对我怀有的爱情，我受之有愧；我徒劳地寻找我有什么地方会值得你爱我。听我的话，让我们回到更符合基督教的感情上来吧，忘掉使我们走入迷途的幻想吧；我不能属于你。我的事业灾难不断，说不定是由于我一直处在罪莫大焉的状态中。甚至只要听一听凡事须细细审察的劝告也就够了，为什么在福尔利那大难临头的夜晚，我没有同我的朋友们一起被捕呢？为什么在危险的时刻我不在岗位上呢？为什么我恰巧不在会引起严厉无情的怀疑呢？因为我另有一种并非热爱意大利的自由的激情。"

米西列利大为变样，引起瓦妮娜的惊讶，久久平息不下来。米西列利并没有明显消瘦，但他的模样有三十岁了。瓦妮娜把这种变化看成是他在监狱受到恶劣对待的结果，她泪如泉涌，对他说：

"啊！狱吏一再答应会宽待你的。"

事实是，在死亡逼近之际，和热爱意大利的自由能够调和的宗教原则，又统统在年轻的烧炭党人的心里重新出现。瓦妮娜逐渐看出，她在情人身上注意到的惊人变化，完全是精神的作用，绝不是身体受到恶劣待遇所致。她以为自己已痛苦到极点，但这痛苦又加了一层。

米西列利默默无言，瓦妮娜好像就要哭得憋闷过去一样。他有点儿感动了，又开口说：

"如果我在世上爱过什么的话，那就是你，瓦妮娜；天主保佑，我这辈子只有一个目的：我不是死在监狱，就是为争取意大利获得自由而死。"

又是一阵沉默；瓦妮娜显然无法说话：她想说而说不出来。米西列利又说：

"责任是无情的，我的朋友；可是，如果完成职责不吃一点儿苦，英雄主义又在哪里呢？请答应我，别再设法来见我了。"

他在紧紧缚住的锁链所能允许的活动范围内，动了一下手腕，把手指伸给瓦妮娜。

"如果你允许一个你敬重的人给你一个忠告，那么，你就明智地嫁给你父亲所选定的那个有才干的人。决不要向他吐露会自找麻烦的心里话；另一方面，千万不要再来看我；从今以后，让我们互相隔绝。你预支过一大笔款子，为祖国效劳；祖国一旦从暴君手里解放出来,这笔款子一定会用国家财产如数奉还。”

瓦妮娜瞠目结舌。彼埃特罗对她说话时,只有提到“祖国”的时候,眼睛才炯炯发光。

高傲的心理终于来给年轻的公主解围了,她身上带着一些金刚钻和小锉刀。她没有回答米西列利,把这些东西给了他。他对她说:

“从我的职责考虑,我接受了,因为我应当设法逃走;但是,当着你这些新的馈赠,我发誓永远不再见你。永别了,瓦妮娜;答应我永远不给我写信,永远不要想方设法见我;让我全身心献给祖国吧,我对你就算死了:永别了。”

“不,”瓦妮娜又急又气地说,“我要让你知道,我在对你的爱情支配下做了些什么。”

于是,从米西列利离开圣尼科洛别墅去向教皇特使自首以来,她所做的事都一五一十讲给他听。讲完以后,瓦妮娜又说:

“这都算不了什么:由于爱你,我还做了一件事。”

于是她把告密的事讲给他听。

“啊!魔鬼,”彼埃特罗义愤填膺地叫道,向她扑去,想用锁链打她。

要不是狱吏闻声赶来,她就要挨打了。狱吏揪住了米西列利。

“拿去,魔鬼,我根本不想受惠于你,”米西列利冲瓦妮娜说,在锁链所允许的活动范围内,把锉刀和金刚钻朝她掷去,他迅速走开了。

瓦妮娜惊呆了。她回到罗马;报纸报道,她刚同堂黎维奥·萨韦利亲王结了婚。

(郑克鲁 译)

梅里美

普罗斯佩·梅里美(1803—1870),法国小说家、戏剧家,生于巴黎,父亲是画家。他攻读法学,取得律师头衔后进入商业部。1822年认识司汤达,促使他走上现实主义道路。七月王朝时期,他先后在海军部、商业部和内政部任职,1833年担任历史纪念碑总监,1844年入学士院。第二帝国时期进入参议院,同皇后是密友。他的戏剧有《克拉拉·加齐尔戏剧集》(1825)、《雅克团》(1828),小说有《查理九世时代遗事》(1829)、《高龙巴》(1840)、《嘉尔曼》(1847)。后两部是中篇小说,塑造了敢作敢为、泼辣大胆、热爱自由的女性。他具有浪漫主义的特点:爱好奇特的事物和性格,追求异国情调;又具有现实主义的因素:着意搜集准确的材料和真实的细节,不懈地调查研究,了解民情时尚。

《伊尔的维纳斯铜像》是一篇有独特魅力的小说。作者赋予一尊青铜像以生命,它给人们带来的是不幸、晦气、死亡。维纳斯在罗马神话中是美神和爱神,梅里美是否把这两者结合起来,说明美是严肃认真的品性,它要求人对之绝对忠实(即对爱情忠实)呢?读者感受到的是一种阴森的、恐怖的,然而是艺术美的回味。

伊尔的维纳斯铜像

于是我说:“既然这尊塑像酷似真人,
那就但愿它对我们宽厚而又仁慈吧!”

(卢奇安①:《爱说谎的人》)

我从卡尼古山的最后一个山丘下来,虽然已经落日西沉,但我依然望得见平原上伊尔小城②鳞次栉比的房屋,我径直向这座小城走去。

一个卡塔卢尼亚③人从昨天起充当我的向导,我对他说:“你准定知道德·佩尔奥拉德先生住在哪里吧?”

“我当然知道罗!”他大声说。“我熟悉他的房子,就像熟悉我的房子一样;要不是天太黑,我会指给你看。那是伊尔最漂亮的房子。不错,德·佩尔奥拉德先生很有钱;而且他正在让儿子同比他更有钱的人家结亲呢。”

“这门亲事很快就要举办罗?”我问他。

“快了!说不定婚礼上的提琴手已经定好了。今天晚上,也许明天、后天,这我就说不准了!婚礼要在皮加里举行,因为少爷娶的是德·皮加里小姐。准定很隆重!”

我的朋友德·P先生推荐我去见德·佩尔奥拉德先生。他对我说过,德·佩尔奥拉德先生是一位博学多闻的考古学家,而且一贯殷勤好客。他会很乐意带我去看方圆十法里之内的所有古迹。于是我指望着他带我到伊尔的周围去参观,我知道这里拥有丰富的古代和中世纪的遗迹。这个婚礼我还是头一次听说,可要打乱我的全部计划了。

我心里想,我要叫人扫兴了。但是,人家等着我光临;德·P先生早已通知他们,我只得上门拜访。

我们已经来到平原上,我的向导对我说:“我们打赌吧,先生,我要是猜出你到德·佩尔奥拉德先生家去干什么,一支雪茄输赢,好吗?”

我递给他一支雪茄,回答说:“这并不难猜。天色不早,我们又在卡尼古山中走了六里地,当务之急是吃晚饭。”

“是的,不过明天呢?……噢,我敢打赌,你到伊尔是来看偶像的吧?我看见你把塞拉博纳的圣徒像一一临摹下来,就猜到这个了。”

---

① 卢奇安(约125—约192):古希腊讽刺散文作家,无神论者,他擅长喜剧性的讽刺对话,代表作为《冥间的对话》《梦》《伊卡罗麦尼波斯》等。

② 伊尔:法国东比利牛斯省的小城,全称为“泰特河上的伊尔”。

③ 卡塔卢尼亚:西班牙东北部几个省的全称。

“偶像！什么偶像？”这个字眼激起了我的好奇心。

“怎么！在佩皮尼昂，你没听说德·佩尔奥拉德先生怎样发现了一尊埋在土里的偶像吗？”

“你是说一尊焙烧的、泥塑的偶像么？”

“不对。货真价实是铜的，能卖大价钱呢。这铜像跟教堂的一口大钟一样重。我们是在很深的地底，一棵橄榄树下挖到的。”

“这么说，发现的时候你在场罗？”

“是的，先生。半个月以前，德·佩尔奥拉德先生吩咐我和让·科尔把去年冻坏的一棵老橄榄树连根挖掉，因为去年天气坏透了，这你是知道的。让·科尔使劲猛挖，干着干着，一镐下去，我听见砰的一声……就像敲在一口钟上。我就说，是什么玩意儿？我们继续挖呀挖，咦，露出了一只乌黑的手，活像从土里露出来的死人的手。我呀，我慌了手脚，赶紧去找老爷，对他说：‘老爷，橄榄树底下有死人！得请本堂神甫来。’他问我：‘什么死人？’他来了，一看见那只手，便嚷着说：‘文物！文物！’他简直像发现了稀世珍宝。他那个忙乎劲呀，又用镐，又用手，干的活差不多顶我们俩。”

“你们究竟发现了什么呢？”

“一尊高大的全身乌黑的女人铜像，先生，请不要见怪，光着大半个身子。德·佩尔奥拉德先生告诉我们，这是异教徒时代的一尊偶像……查理大帝[1]那个时代的吧！”

“我看这是……哪个毁掉的修道院里的一尊圣母铜像。”

“一尊圣母像！说得倒好！……如果是一尊圣母像，我早就认出来了。对你说吧，这是一个偶像：从它的神态可以清楚地看出来。它瞪着大白眼睛盯住你……简直可以说它在打量你。是的，你凝视它时要垂下目光。”

“白眼睛？一定是镶嵌在青铜里面的了。或许是古罗马时代的塑像。”

“古罗马时代！正是这个。德·佩尔奥拉德先生说，这是一个罗马女人。啊，我看你和他一样，准是一位学者。”

“这尊铜像保存得很好，完整无损吗？”

“噢！先生，样样不缺。比市政厅的路易-菲力普[2]彩色石膏胸像更好看，更完美。尽管这样，这尊偶像的脸孔我可是看不顺眼。一脸凶相……它也确实凶狠。”

“凶狠！这铜像对你们做过什么凶狠的事？”

“倒没有对我；你往下听就明白了。我们费了九牛二虎之力才把它竖起来，德·佩尔奥拉德先生是个体面的人，虽然他手无缚鸡之力，也来拉绳子！我们好不容易才把铜像立直。我捡了块瓦片想把它垫稳，这时，轰然一声，它仰面朝天整个儿倒了下去。我喊道：‘小心脚下！’可是喊晚了一点，让·科尔来不及把腿抽回来……”

“他受了伤？”

---

① 查理大帝（742—814）：法兰克王国加洛林王朝国王，后由罗马教皇加冕称帝。

② 路易-菲力普（1773—1850）：法国七月王朝时期的国王。

“他那条腿就像葡萄架支柱那样咔嚓一声折断了，真可怜哪！唉，我看到这种情形，我呀，我火冒三丈。我真想用镐头把这个偶像凿破几个窟窿，但德·佩尔奥拉德先生拦住了我。他给了让·科尔一些钱，这事发生半个月了，让·科尔仍然躺在床上，医生说他这条腿再也不会像另一条腿那样走路利索了。真可惜，他是我们当中跑得最快的人，除了少爷，他是最灵活的网球手。阿尔封斯·德·佩尔奥拉德先生很难过，因为只有科尔才能同他对打。他们把球打得穿梭往来，真是好看。啪！啪！球怎么也不着地。”

我们就这样边聊边走进了伊尔，随后我见到了德·佩尔奥拉德先生。这是一个小老头，精力还很充沛，精神矍铄，假发扑粉，鼻子殷红，快活开朗，幽默诙谐。在拆开德·P先生的信之前，他先请我坐到饭菜丰盛的桌前，并将我介绍给他的妻子和儿子，说我是著名的考古学家，一定能使鲁西荣[①]地区重见天日；由于学者们不感兴趣，这个地区被人遗忘了。

山中的清新空气比什么都有益身心，我一面开胃吃着，一面观察我的几位主人。我已经介绍过几句德·佩尔奥拉德先生；我还应当补充一点：他活跃好动。他说话，吃饭，站起来，跑到他的藏书室，给我拿来几本书，给我看版画，为我斟酒；从来没有歇上两分钟。他的妻子正像大多数过了四十岁的卡塔卢尼亚妇女，有点儿过于肥胖，在我看来，是个双料的外省女人，一心扑在家务上。虽说晚饭至少够六个人吃的，她还是跑到厨房，吩咐杀鸽子，炸玉米糕，开了不知多少罐蜜饯。转眼间桌上摆满了菜肴和酒瓶，即令我把送到我面前的菜每样只尝一口，我也肯定要被撑死。可是，我每次谢绝一样菜，他们总要道歉一次。他们担心我在伊尔过得不自在。外省的东西少得可怜，而巴黎人又这样爱挑剔！

阿尔封斯·德·佩尔奥拉德在他的父母来来去去忙个不停时，俨然是个古罗马雕刻着护界神胸像的界标，动也不动。他是一个魁梧的年轻人，二十六岁，眉清目秀，但缺乏表情。他的身材和健壮的体魄足以证明，当地流传的他是永不疲倦的网球手果真名副其实。今晚他衣着雅致，恰如最近一期《时装报》的图片式样。但我觉得他穿这身衣服很不自在：他身子挺直，像根木桩插在丝绒领子中，扭过头来要整个身子一起转动。双手晒得黑黑的，粗大，指甲很短，与他的服装形成古怪的对照。这是一双农夫的手，却从花花公子的袖管里伸出来。再说，虽然他因为我是巴黎人，十分好奇地从头到脚打量我，但整个晚上他只跟我说过一次话，就是问我，我的表链在哪儿买的。

“啊！亲爱的客人，”晚餐快要结束时，德·佩尔奥拉德先生对我说，“你在我家里就得听我的。我们山里的奇珍异宝你都看过了，我才放你走。你应该学会了解我们的鲁西荣地区，并给予公正的评价。你意料不到我们要给你看的东西，腓尼基的、卡尔特人的、古罗马的、阿拉伯的、拜占庭的古迹，你样样都能看到，从大到小，应有尽有。我带你走遍各处，连一块砖也不让你放过。”

---

① 鲁西荣：是个古文化地区，从公元前121年起就有罗马人定居，1659年划归法国，地域相当于东比利牛斯省。

一阵咳嗽使他不得不止住话头。我趁机对他说,他家要办喜事,我来打扰他,实在抱歉。如果他肯对我要游览的地方给我宝贵的指点,我就用不着他费心陪伴我……

"啊! 你是说这孩子的婚事,"他打断我的话,大声说,"小事一桩,后天举行。你同我们一起参加婚礼,都是自家人,因为新娘的一个姑母刚去世,她继承了姑母的遗产,正在服丧。因此既不纵情玩乐,也不举行舞会……实在可惜……要不然你可以看到我们卡塔卢尼亚女子跳舞……她们很漂亮,或许你看见了会想到学我儿子阿尔封斯。俗话说,一门姻缘牵几门……到星期六,小两口结了婚,我得空了,我们就四处转去。外省的婚礼一定会使你厌烦,请你多多包涵。巴黎人对节庆都腻味了……何况这个婚礼还没有舞会! 不过,你会看到一个新娘……一个新娘……你会赞不绝口的……可你是一个严肃的人,不会盯着看女人。我有更好的东西给你看。我要让你看一样东西! ……明天我要叫你大吃一惊。"

"天呀!"我对他说,"家里藏着宝,不为众人所知,这是很难的事。你准备叫我吃惊的东西,我相信我猜着了。如果是你那尊塑像,我的向导给我描述过了,他的话大大激起了我的好奇心,渴望着欣赏一番。"

"啊! 他对你谈过这尊偶像了,因为他们是这样称呼我那美丽的维纳斯的……不过我对你无可奉告。明天,在阳光下,你会看到它,那时你再告诉我,我认为这是一件杰作是否有道理。当然,你来得再巧没有! 塑像上有些铭文,我这个浅陋无知的可怜虫,自以为是地加以解释……而你是一位巴黎学者! ……你大约会耻笑我的解释……因为我写了一篇学术论文……就是现在同你谈话的我……我是个年迈的外省考古学家,想闻名遐迩……我要大量发行……要是你愿意看看我的论文,加以修改,我就能寄予希望……比如,我很想知道你怎样翻译底座上的铭文:CAVE[①]……不过现在我还什么都不想问你! 明天吧,明天吧! 今天只字不提这尊维纳斯了。"

他的妻子说:"佩尔奥拉德,你的偶像谈到这里为止,完全做得对。你早该看到,你妨碍这位先生吃饭了。得了,这位先生在巴黎见过许多比你那尊好看得多的塑像。杜伊勒里宫就有几十尊,而且也是青铜的。"

"这真是愚昧无知,外省十足的愚昧无知!"德·佩尔奥拉德先生打断她说。"居然把一件精美绝伦的文物跟库斯图[②]那些平淡无奇的塑像相比!

"我这位家庭主妇谈起神祇
是多么傲慢无礼![③]

"你知道我妻子要我把这铜像熔铸成我们教堂的一口钟吗? 她就可以主持寺钟命

---

① 意为小心提防。

② 库斯图为法国的雕刻家家族,最有名的是尼古拉(1658—1733)、他的弟弟纪尧姆一世(1667—1746)、他的侄子纪尧姆二世(1716—1777),他们的作品为王宫所收藏。

③ 佩尔奥拉德借用了莫里哀的两句诗,但作了一点改动:"这个无赖谈起神祇是多么傲慢无礼。"(《昂菲特里荣》第一幕第二场)

名典礼了。先生,这是米隆[1]的一件杰作啊!"

"杰作!杰作!这偶像才做出一桩了不得的杰作呢!压断了一个人的腿!"

"我的妻,你看到吗?"德·佩尔奥拉德将穿着花色条纹丝袜的右腿伸向她,用坚定的语气说。"如果我的维纳斯像压断了这条腿,我并不后悔。"

"天主啊!佩尔奥拉德,你怎么能这样说呢!幸亏那个壮工好多了……望着这尊闯下这桩祸事的铜像,我至今还是不能克制感情。可怜的让·科尔!"

"受到维纳斯的伤害[2],先生,"德·佩尔奥拉德哈哈大笑说,"受到维纳斯的伤害,混蛋才抱怨:

"Veneris nec praemia noris. [3]

"谁没有被维纳斯伤害过呢?"

阿尔封斯先生的拉丁文远不如法文,他会意地眨眨眼睛,瞧着仿佛在问我:"你呢,巴黎人,你懂吗?"

晚餐结束了。一小时以来我已经不再吃东西。我很疲惫,禁不住连连打呵欠。德·佩尔奥拉德太太头一个发现,表示该去睡觉了。于是他们又开始道歉,说是我的住房如何糟糕,我不如在巴黎那样舒适,外省条件太差!对鲁西荣人要宽宏大量。我徒劳地争辩说,在山里长途跋涉,一捆麦草就能让我睡个好觉,他们一再请我原谅,他们这些可怜的乡下人本想好好招待我,但是心有余而力不足。我终于在德·佩尔奥拉德先生的陪伴下,上楼来到给我准备的房间。楼梯的上面几级是木头的,通到走廊的中间,走廊上有几个房间。

主人对我说:"右边是我给未来的阿尔封斯太太安排的房间。你的房间在走廊尽头的另一侧。"他竭力摆出精明的神态,补充说:"需要把新婚夫妇隔开一边,你觉得这样做不错吧。你住在房子的这一头,他们住在另一头。"

我们走进一个家具齐全的房间,映入我眼帘的首先是一张床,七尺长,六尺宽,高得要用矮脚凳才能爬上去。主人指给我看拉铃的位置,亲自证实糖罐装满了,香水瓶按规矩放在梳妆台上,好几次问我还缺什么,然后祝我晚安,留下我一个人走了。

窗户都紧闭着。脱衣就寝之前,我打开一扇窗子呼吸夜晚的清新空气,长时间晚餐之后,这空气沁人心脾。前面的天际是卡尼古山,任何时候总是这样雄伟瑰丽,今晚在皎洁的月光照耀下,我觉得这是世界上最美的山。我伫立了好几分钟,眺望那层峰叠嶂的雄姿,我正要关窗,这时一低头我瞥见立在台座上的铜像,离房子四十米左右。铜像置于一道绿篱的角上,这道绿篱将一个小花园和一块十分平坦的四方地隔开,后来我得知,那是城里的网球场。这块地皮原是德·佩尔奥拉德的产业,在他的儿子再三要求下,他才让给了市镇。

---

① 米隆:公元前5世纪的希腊雕刻家。

② 这里一语双关:维纳斯是神话中的爱神,受到她的箭伤害,便会产生爱情。

③ 出自古罗马诗人维吉尔的《埃涅阿斯纪》第四章,意为:你不会知道维纳斯的馈赠。

处在我这个距离上,我很难看清铜像的神态;我只能估摸它的高度,我看有六尺左右。这时,城里两个顽童靠近篱笆穿过网球场,吹着鲁西荣地区的美妙曲调《熊熊燃烧的群山》。他们停下来观看铜像;其中一个甚至大声骂了几句。他说的是卡塔卢尼亚方言;我在鲁西荣地区待的时间很长,差不多能听懂他的话:

"你在这儿哪,婊子!(卡塔卢尼亚方言用的词更有分量。)你在这儿哪!是你把让·科尔的腿压断了!如果你属于我,我要打断你的脖子。"

"哼!拿什么去打断?"另一个孩子说。"这是青铜的,硬得很,艾蒂安想用锉刀去锉它,把锉刀也弄断了。这是异教徒时代的铜像;比什么都硬。"

"我手头有冷錾的话(看来这是个钳工艺徒),只要一会儿工夫我就把它的大白眼珠挖下来,就像把杏仁从杏核里取出来一样。里面的银子值不少钱呢。"

他们走了几步,离开铜像。

"我得向偶像道声晚安,"个子较高的那个艺徒突然停下说。

他弯下腰,大概是去捡一块石头。我看见他手臂一扬,扔出什么东西,旋即铜像当地清脆响了一声。与此同时,艺徒用手捂住脑袋,痛得叫了起来。他喊道:

"她把石头向我扔回来了!"

两个顽童飞奔而逃。很明显,石头是从金属上反弹回来,惩罚了这个调皮鬼对女神的侮辱。

我由衷地笑出声来,关上窗户。

"又一个旺达尔人[①]受到维纳斯的惩罚。但愿所有毁坏文物的人都这样被打破脑袋!"

我抱着这个仁慈的愿望,酣然入睡了。

待我醒来时,天已大亮。在我的床边,一侧站着身穿便服的德·佩尔奥拉德先生,另一侧站着他妻子派来的仆人,手里端着一杯巧克力。

"起来吧,巴黎人!京城里的人真是懒鬼!"我匆匆穿上衣服时,我的主人说道。"已经八点了,还躺在床上!六点钟我就起床了。我上楼来过三次,我踮着脚尖走近你的房门:没人似的,一点动静都没有。你这样的年纪,睡得太多会不好。你还没有看见过我的维纳斯呢。来吧,快给我喝掉这杯巴塞罗那巧克力……真正的走私货。这样的巧克力巴黎还没有。添点力气吧,等你站在我的维纳斯面前时,就再也拉不走你了。"

我在五分钟之内准备停当,就是说,马马虎虎刮了脸,衣扣没扣好,烫嘴烫舌地喝下巧克力。我下楼来到花园,走到一尊令人赞叹的铜像面前。

这确实是一尊维纳斯像,亭亭玉立,俏丽迷人。她上身是裸体,古人通常都是这样表现崇高的神祇;右手举到乳房上,手心向里,拇指、食指和中指伸开,其余二指微曲。另一只手挨近胯骨,提着遮盖下身的多褶的布。这尊塑像的姿态令人想起《猜拳者》

---

① 旺达尔人是古日耳曼民族,公元5世纪入侵西班牙、科西嘉岛、撒丁岛和北非,大肆掠夺,终于站不住脚跟。

的动作,不知为什么,人们把猜拳者称为热马尼居斯①,或许雕刻家想把女神表现为在玩猜拳游戏。

不管怎样,不可能看到比这尊维纳斯像更完美的躯体了;没有什么比它的轮廓更柔美、更给人快感的了;没有什么比它的遮身布更典雅、更高贵的了。我预料这是罗马帝国衰落时期②的作品;我看到的是雕塑艺术鼎盛时期的一件杰作。尤其使我惊异的,是形体那样优美逼真,简直令人以为是按真人浇铸而成,如果大自然能产生这样完美的模特儿的话。

铜像的长发绾到头顶,似乎当初是镀了金的。正如几乎所有的希腊塑像的头颅那样,铜像的头较小,略微前倾。至于脸部,我实在无法形容那种古怪表情,脸孔的类型与我记忆中的任何古代塑像都不相同。这完全不是希腊雕刻家平静而庄重的美,希腊雕刻家执着地赋予一切线条以一种庄严的静止。这尊塑像则完全相反,我惊异地观察到,艺术家刻意表现出狡黠,竟至达到凶狠的程度。所有表情都略微扭曲:双眼微睨,嘴角翘起,鼻翼微微鼓凸。蔑视、嘲讽、残忍,流露在这张美貌绝伦的脸上。说真的,你越是注视这尊令人叹为观止的塑像,你就越感到不舒服:这样的绝色之美竟然能与缺乏同情心结合在一起。

"这铜像即使有过模特儿,"我对德·佩尔奥拉德说,"我也不敢相信,上天曾经造出这样一个女人,我多么可怜她的那些情人啊!她准定让她的情人一个个绝望而死,以此为乐。她的神态含有凶狠的意味,可是我从来没见过这么美的东西。"

"这是全身心恋着她的捕获物的维纳斯!"德·佩尔奥拉德很满意我的热情态度,高声吟出这句诗来。

铜像那双用白银镶嵌的眼珠亮闪闪的,同年代久远使整座塑像蒙上的一层墨绿色铜锈恰成对比,也许增加了这种恶毒讥诮的表情。这双闪闪发亮的眼睛使人产生某种幻觉,以为铜像是真实存在,具有生命。我想起我的向导对我说过的话,这尊铜像能使注视它的人低眉垂首。情况几乎确实如此,我面对这尊铜像感到有点不自在,禁不住对自己气恼起来。

我的主人说:"我亲爱的考古同行,你已经全部仔细欣赏过一遍,如果你愿意,我们来进行一番科学讨论。你还压根没注意到这句铭文,对此你有什么见解?"

他指给我看铜像的台座,我看见上面有这几个字:

CAVE AMANTEM

"Quid dieis, doctissime?"③他搓着手问我。"看看我们对这句 cave amantem 是否所见略同!"

---

① 热马尼居斯(公元前15—公元19):罗马将军,奥古斯都皇帝的侄子,因屡建战功,获得热马尼居斯之名,意为热马尼克人。

② 指从西罗马帝国狄奥克莱蒂安上台(284 年)至火烧罗马(476 年)以及东罗马帝国朱斯蒂尼安一世之死(565 年)为止的一段历史。

③ "博学的人,你有什么见解?"

我回答:“可是,这有两种意思。可以翻译成:‘提防爱你的人,莫信你的情人。’不过,这样解释,我不知道 cave amantem 是不是一句纯正的拉丁语。看到这个女人恶魔般的神态,我宁可认为,艺术家是要让观者提防这种可怕的美。所以我想译成:‘倘若她爱上你,你可要小心提防。’”

德·佩尔奥拉德先生说:“唔,是的,这样理解也可以;不过,请你别见怪,我更喜欢第一种译法,但我要加以发挥。你知道维纳斯的情人吗?”

“有好几个呢。”

“是的;但第一个是伍尔卡努斯①。艺术家是不是想说:‘虽然你娉婷迷人,心高气傲,将来你的情人不就是个铁匠,一个丑陋不堪的瘸子?’先生,对那些轻佻女人,这是深刻的教诲!”

我不由自主笑了笑,这种解释我觉得未免太牵强附会了。

“拉丁文非常简练,是一种了不起的语言,”我想避免明确地反驳这位考古学家,便这样说,我后退几步,以便更好地观赏这尊铜像。

“等一下,同行!”德·佩尔奥拉德先生拉住我的臂膀说。“你还没有看全。另有一段铭文。请登上台座,看一看铜像的右臂。”他一边说一边帮我爬上去。

我毫不客气地攀住维纳斯铜像的脖子,我开始同她亲热起来。我甚至逼近脸去端详她,觉得她近看更加凶恶,更加漂亮。然后我发现她的臂上刻着几个似乎是古代草书的字。全靠圆框眼镜帮忙,我才拼读出下面几行字,我每读出一个字,德·佩尔奥拉德先生便重复一遍,用手势和声调表示赞同。我读出来的字是:

VENERI TVRBVL…

EVTYCHES MYRO

IMPERIO FECIT.②

在第一行的 TVRBVL 这个词后面,我觉得有几个字母模糊了;但 TVRBVL 清晰可见。

“这是什么意思了?”我的主人问我,他神采焕发,带着狡黠的微笑,因为他以为我不会轻而易举地解读 TVRBVL 这个词。

“有一个词我还解释不出,”我对他说,“其余几个词很容易懂。厄蒂金斯·米隆遵照维纳斯之命,向她作此奉献。”

“妙极了!可是,你怎么解释 TVRBVL?这是什么意思?”

“TVRBVL 把我难住了。我白白地寻找众所周知的、能帮助我作解释的、形容维纳斯的词。你认为 TVRBVLENTA 怎样?扰乱安宁的、使人不安的维纳斯……你发现我一直记着她的凶相吧。TVRBVLENTA,这对维纳斯绝对不是太坏的形容词,”我谦逊地加上一句,因为我对自己的解释也不很满意。

---

① 罗马的火神和炼铁业的保护神。

② 铜像上的铭文十分古奥,并不是拉丁文;这三行字的含义见下文。

“爱闹事的维纳斯！爱吵爱闹的维纳斯！啊！你以为我的维纳斯是酒馆里的维纳斯么？根本不是，先生；这是上流社会的维纳斯。我来给你解释 TVRBVL 这个词……你至少得答应我，在我的学术论文发表之前，决不要透露我的发现。你知道，因为我以这个发现为荣……对于我们这些可怜的外省人，你们总得留点麦穗给我们来捡呀。巴黎的学者先生们，你们是这样富有嘛！”

我始终攀附在台座上，我在高处向他庄严允诺，我决不会卑鄙无耻，剽窃他的发现。

“TVRBVL……先生，”他靠拢来，生怕第三者听到他的话，压低声音说，“应读作 TVRBVLNERE。”

“我越发不明白了。”

“听我说，离这儿一里地的山脚下，有一个村庄，名叫布尔泰内尔。这是我这个拉丁词 TVRBVLNERA 的误用。这种字母的颠倒运用是十分普遍的①。先生，布尔泰内尔曾经是一座罗马人的城市。我一直疑心是这样，但始终没有找到证据。现在，证据就在眼前。这尊维纳斯像就是布尔泰内尔城的土地神，我刚才指出了布尔泰内尔的字源，这个城市的名字证明了一件有趣得多的事，那就是，布尔泰内尔在成为罗马人的城市之前，曾是一座腓尼基人的城市！”

他停了一下，喘口气，对我的惊异感到自鸣得意。我竭力忍住想笑的强烈愿望。

“事实上，”他继续说，“TVRBVLNERA 是纯粹的腓尼基字，TVR 念作 TOUR…TOUR 和 SOUR 是同一个字，对不？SOUR 是腓尼基语的蒂尔②；我用不着对你解释这个词的意义了。BVL 就是 Baal③，Bâl，Bel，Bul，读音略有不同。至于 NERA，这使我感到有点为难。由于找不到相应的腓尼基语，我倾向于认为，这来自希腊文 υηρóS，意为潮湿的、沼泽的。这大约是个混成词。为了证实是这个希腊词，我会指给你看，布尔泰内尔的山泉怎样形成发臭的水塘。另外，词根 NERA 可能是后来为了对泰特里居斯④的妻子奈拉·皮韦苏维亚表示敬意才添上去的，她可能对图布尔城邦做过好事。”

他得意洋洋地吸了一撮鼻烟。

“不过，我们撇开腓尼基人不谈，还是回到铭文上来吧。我译成这样：米隆遵照布尔泰内尔的保护神维纳斯之命，将他的作品、这尊铜像奉献给女神。”

我避免去批评他的词源学，但我也想表现一下我的洞察力，我对他说：

“等一下，先生。米隆是奉献了什么，可是我绝不认为就是这尊铜像。”

“怎么！”他喊道。“米隆难道不是一个著名的古希腊雕刻家吗？才华会世代相传：大约是他的一个后代塑造了这尊铜像。这是确定无疑的。”

我反驳说：“但是，我看到手臂上有一个小孔。我认为是用来固定什么东西的，比

---

① 布尔泰内尔(Boulternere)与 TVRBVLNERA 所用的字母基本相同，只是字母排列不一样。

② 蒂尔是腓尼基人建立在岛上的城邦，现为黎巴嫩的苏尔，公元前七世纪曾为地中海东部的主要港口。

③ 腓尼基人的神祇。

④ 泰特里居斯是公元 3 世纪时的罗马暴君。

如说一只手镯,这个米隆以此献给维纳斯作为赎罪。米隆在爱情上遭到不幸。维纳斯对他有气:他为了平息她的怒气,奉献给她一只金手镯。请注意,fecit 常常用于 consecravit(奉献)这个意义。这是两个同义词。如果我手头有格吕泰或者奥雷利[1]的著作,我可以给你举出不止一个例子。一个恋人做梦见到维纳斯,以为她命他向她的铜像献出一只金手镯,这是自然而然的事。米隆便向女神献上一只手镯……后来,蛮族或者哪个渎神的小偷……"

"啊!你分明是在任意杜撰!"我的主人大声说,一面伸过手来扶我下地。"不,先生,这是米隆流派的一件作品。只要看看那做工,你就会心悦诚服了。"

由于我给自己定下一个信条,从不过分地跟固执己见的考古学家唱反调,我便信服地低下头,一面说:

"这是一件令人称赏不置的作品。"

"啊!我的天,"德·佩尔奥拉德先生喊道,"又是一起破坏文物的行为!大概有人向我的铜像扔了石头!"

他适才看到维纳斯铜像乳房上面一点有一道白痕。我也注意到右手指上有同样的痕迹,我推想,那是石头飞过来时擦上的,或者是石头击中铜像时碎裂的一小块反弹到手上。我把亲眼所见的侮辱行为和随之而来的惩罚说给主人听。他大笑不止,将那个艺徒比作狄俄墨得斯[2],希望那个艺徒也像希腊英雄那样,看到伙伴们都变成白鸟。

午餐的钟声打断了这场引经据典的谈话,同昨天一样,我不得不吃得撑肠拄肚。随后德·佩尔奥拉德先生的佃户来了;他跟他们见面时,他的儿子带我去看一辆敞篷四轮马车,这是他为未婚妻在图卢兹买来的,我表示赞赏,这是不用说的。然后我同他走进马厩,他留住我有半小时,向我夸耀他的马,叙述它们的世系,列举它们在省里赛马中获得的奖。最后,他从准备送给未婚妻的一匹灰色牝马,再把话题转到她的身上。他说:

"今天我们会见到她。我不知道你是否感到她很漂亮。你们这些巴黎人总爱挑剔;但在这里和佩皮尼昂,人人都觉得她很迷人。好就好在她非常有钱。她在普拉德的那个姑母把财产留给了她。噢!我就要成为无上幸福的人啦。"

看到一个年轻人对未婚妻的嫁妆比对她美丽的眼睛似乎更加动心,我非常反感。

"你对首饰很在行,"阿尔封斯先生继续说,"你觉得这件首饰怎样?这是我明天要送给她的结婚戒指。"

说着,他从小指的第一指节取下一枚很大的戒指,缀满钻石,戒指的形状做成双手紧握;我觉得这含义具有无限诗意。做工古老,但我认为重新整修过,以便镶上钻石。戒指内侧可以见到哥特体的几个字:Sempr'ab ti,意思是:永远相随。

"这只戒指很漂亮,"我对他说,"不过,添上钻石使它稍为失去原来的特点。"

---

① 格吕泰(1560—1627):荷兰的希腊、罗马语文学者;奥雷利(1787—1849):瑞士语言学家,对西塞罗、贺拉斯、塔西陀尤有研究。

② 狄俄墨得斯:希腊神话中的英雄,后因误伤维纳斯(即雅典娜),受女神迫害,晚年渡海至意大利,他的同伴在那里变成白鸟。

“噢！这样漂亮得多，”他含笑回答，“上面的钻石值到一千二百法郎呢。这是我母亲给我的。这枚祖传的戒指年代久远……属于骑士时代。我的祖母戴过它，而我祖母又是从她的祖母那里继承下来的。天知道这是什么时候打成的。”

我对他说：“眼下巴黎的习惯是送一枚普普通通的戒指，一般由两种不同的金属制成，例如黄金和白银。瞧，你这只手指上的另一枚戒指就非常合适。这一枚又是钻石，又是突起的两只手，大得无法戴上手套。”

“哦！阿尔封斯太太爱怎么处置都行。我相信她得到这枚戒指总是会非常高兴的。一千二百法郎戴在手指上，这是快意的事。这只小戒指，”他得意地瞧着手上戴着的那枚没有什么镶嵌的戒指，添上说，“这是有一年狂欢节的最后一天，在巴黎一个女人给我的。啊！两年前我在巴黎玩得多痛快啊！那里真是个纵情取乐的地方！……”他不胜怀念地慨叹一声。

这一天，我们要到皮加里女方父母家吃晚饭；我们坐上四轮敞篷马车，来到距伊尔大约一法里半的古堡。我作为新郎家的朋友受到介绍和接待。我就不谈晚餐和随之而来的谈话了，我很少参加谈话。阿尔封斯先生坐在未婚妻身旁，每隔一刻钟在她的耳畔说上一句话。她呢，她几乎一直低额颔首，每次她的未婚夫跟她说话时，她便羞涩地满脸绯红，但回答他却并不扭扭捏捏。

德·皮加里小姐十八岁，她苗条而纤弱的身段，同她健壮的未婚夫骨骼粗大的体型恰成对照。她不仅面目姣好，而且楚楚动人。我很赞赏她每句回答都非常自然；她神态和善，但并不排除略带一点狡黠色彩，这使我不由得想起我的主人的维纳斯铜像。我心里这样做着比较，一面寻思，应该说铜像的美略胜一筹，这是否大半由于那种母老虎的神情所致呢；因为意志力即使存在于邪恶的情感中，也总是在我们身上激起惊异和一种不由自主的赞叹。

离开皮加里时，我想：“一个这样可爱的姑娘偏偏有钱，她的嫁妆又使她受到一个与她不般配的男人追求，这真是令人遗憾！”

回伊尔的路上，我觉得应该同德·佩尔奥拉德太太不时说上几句话才算得体，但又不知道说什么好。

“你们在鲁西荣真是不信神信鬼呀！”我大声说。“夫人，你怎么挑个星期五举行婚礼呢！在巴黎，我们要更讲迷信；谁也不敢在这一天娶亲。”

“我的天主！别提了，”她对我说，“如果这取决于我的话，就会挑别的日子。但佩尔奥拉德愿意，而且非依他不可。这叫我忧虑不安。出了事怎么办？说到底，为什么人人都怕星期五？总该有道理嘛。”

“星期五！”她的丈夫大声说。“这是维纳斯的日子！也是举行婚礼的好日子！我亲爱的同行，你看出来了吧，我一心想着我的维纳斯铜像。说实话，正是由于这铜像，我才挑了星期五。明天，如果你愿意，举行婚礼之前，我们向她小小祭奠一下，供上两只斑尾林鸽，要是我知道哪儿能找到供香的话……”

“呸，佩尔奥拉德！”他妻子气愤到极点，打断说。“向一个偶像烧香！简直是可恶透顶！四邻八舍会怎样议论我们?”

德·佩尔奥拉德先生说:“你至少让我给她头上戴上一个玫瑰花和百合花编成的花冠吧:

Manibus date lilia plenis. ①

你也知道,先生,宪章只是一纸空文,我们并没有信仰自由!”

第二天的活动是这样安排的。所有人十点整都要准备停当,打扮完毕。喝完巧克力,坐车前往皮加里。在村公所举行世俗婚,然后在古堡小教堂举行宗教仪式。接着吃中饭。午饭后自由支配时间,直至下午七点。七点钟返回伊尔的德·佩尔奥拉德先生家中,两家人聚在一起共进晚餐。随后的事听其自然。由于不能跳舞,便打算吃个痛快。

早上从八点开始,我便坐在维纳斯铜像前,手执铅笔,有一二十次重新开始临摹铜像的头,却总也抓不住脸部表情。德·佩尔奥拉德先生在我周围踱来踱去,给我指点,对我唠叨着他的腓尼基文词源;后来他在铜像台座上摆上孟加拉玫瑰,用悲喜剧一般的语调求铜像保佑即将在他家里生活的新婚夫妇。九点左右,他回屋去更衣打扮,这时阿尔封斯露面了,他穿着紧裹身体的新礼服,戴着白手套,穿着漆皮鞋,镂花纽扣,礼服扣眼插着一朵玫瑰花。

“以后你给我妻子画张肖像吧?”他俯下身对着我的画,对我说。“她也很漂亮。”

这时,在上文提到的网球场上,开始了一场球赛,这场球立即吸引住了阿尔封斯先生。我画累了,而且因画不出这副恶魔般的面容而泄气,过了一会儿,我撇下画像,去看打球。打球的人当中,有几个是昨天刚到的西班牙赶骡人。他们是阿拉贡人和纳瓦拉人②,几乎个个都灵活敏捷。伊尔人虽然有阿尔封斯先生在场和指导,受到鼓舞,还是很快就被那些新来的网球好手打败了。围观的法国人十分惊愕。阿尔封斯看看表。才九点半。他的母亲还没有梳好头。他不再犹豫:他脱下礼服,借了一件上衣,要同西班牙人对垒。我微笑着看他更衣,有点吃惊。

他说:“一定要维护当地的荣誉。”

这时我发现他确实很英俊。他热情迸发。刚才他小心在意自己的衣着,如今衣着已不当一回事了。几分钟前,他说不定担心一扭头会把领带弄歪。现在他把卷发也好,皱褶烫得工工整整的襟饰也好,都置诸脑后。他的新娘呢?……说实话,如果必要,我想他会让人推迟婚礼。我看见他匆匆穿上一双运动鞋,挽起袖管,信心十足地率领战败的一方,仿佛恺撒在迪拉希乌姆③收拾残兵,重整旗鼓一样。我跃过篱笆,站在一棵朴树的树荫下,好舒服一些,以便好好观看对垒的双方。

阿尔封斯第一个球没有接住,使众人大失所望;这个球是一个阿拉贡人以惊人的

① 语出维吉尔的《埃涅阿斯纪》第六章,883 行,意为:“满把撒出百合花。”

② 阿拉贡在西班牙的东北地区,纳瓦拉是西班牙旧时的一个地区,在比利牛斯山和伊比利亚山之间。

③ 迪拉希乌姆即今日阿尔巴尼亚的都拉斯,当年恺撒打算在此包围庞培,反为庞培打败。

力量发出的,而且紧擦地面,确实难接;看样子,这个阿拉贡人是西班牙人的头号好手。

此人四十来岁,干瘦而矫健有力,身高六尺,他那橄榄色的皮肤颜色深得几乎好似维纳斯像的青铜一般。

阿尔封斯先生气得将球拍甩在地上。他大声说:

“都是这该死的戒指箍紧我的手指,弄得我接不住一个十拿九稳的球!”

他好不容易脱下钻戒:我走过去想接住戒指;但他抢先一步,跑到维纳斯铜像面前,将戒指套在铜像的无名指上,然后返回给伊尔人打头阵。

他脸色发白,但是冷静坚决。从这时起,他再没有失误过一次,西班牙人彻底败北。观众的热情蔚为壮观:有的欢呼雀跃,把帽子抛到空中;还有的跟他握手,说他为当地增光。即令他打退一次入侵,我也怀疑他会受到更热烈和更真诚的祝贺。战败一方垂头丧气,更增添了他胜利的光彩。

“我们改天再打,老兄,”他盛气凌人地对阿拉贡人说,“不过我让你们几分。”

我真希望阿尔封斯先生更谦虚一些,几乎要为他的对手受到侮辱而难过。

西班牙巨人深深感到侮辱。我看见他晒黑的脸泛白了。他咬紧牙关,阴郁地瞧着球拍;然后,他闷声闷气地说:Me lo pagaras①。

德·佩尔奥拉德先生的声音扰乱了他儿子得胜以后的欢乐情绪:我的主人不见儿子吩咐准备好那辆新马车,十分惊诧,看到他手里握着球拍,浑身是汗,就更加愕然了。阿尔封斯先生跑回屋去,洗手洗脸,重新穿上新礼服和漆皮鞋,五分钟后,我们便乘着马车,奔驰在通往皮加里的大路上。城里所有的网球手和许多观众跟随着我们,高兴得大喊大叫。驾车的几匹强壮的马刚能跑在这些不屈不挠的卡塔卢尼亚人前面。

我们来到了皮加里,婚礼队伍正要上村公所,这时,阿尔封斯先生拍拍脑门,低声对我说:

“真是疏忽大意!我忘了取回戒指!戒指还在维纳斯像的手指上,说不定会被哪个鬼家伙拿走!千万别告诉我母亲。也许她一点不会发觉。”

我对他说:“你可以派人去取来。”

“唉!我的跟班在伊尔,这儿的仆人我不太相信。值一千二百法郎的钻石啊!这会诱惑不止一个仆人。这里的人要是知道我这样粗心大意,会作何感想呢?他们会百般嘲弄我。他们会管我叫铜像的丈夫……但愿没人偷走戒指!幸亏偶像使那些浑小子害怕。他们不敢走到离她一臂远的地方。啊!没关系;我还有一枚戒指。”

世俗和宗教两个婚礼仪式举行过了,既讲究排场又有分寸;德·皮加里小姐得到的是一位巴黎制帽店老板娘的戒指,没疑心到她的未婚夫已献祭了给她的一件爱情信物。然后大家入席,又吃又喝,甚至唱歌,时间拖得很长。新娘周围爆发出一阵阵粗鄙的笑语声,我为她感到难受:但她比我预料的更为落落大方,她的窘迫既不笨拙,也不装腔作势。

---

① 西班牙语,意为“等我跟你算账”。

也许困境中才能见勇敢沉毅吧。

天主保佑,这顿午饭在下午四点结束了,男客到景色秀美的花园中散步,或者到古堡的草坪上观看身穿节日盛装的皮加里农妇跳舞。就这样我们消磨了几个钟头。女客们迫不及待围住新娘,她给她们看送给新娘的结婚礼物。然后她换了装,我注意到她的秀发上面戴了一顶软帽和一顶有羽饰的罩帽,因为女人们总是心急火燎,一有可能,便戴上她们做姑娘时风俗禁止她们佩戴的华丽装饰品。

等到大家准备动身到伊尔去时,已经将近八点。行前出现了一幕动人的情景。德·皮加里小姐有一位姨母,待她如同母亲,已到耄耋之年,十分虔诚,无法跟我们到城里。出发前她对外甥女开导一番,要外甥女尽为妻之道,十分感人,随之而来的是泪如泉涌和没完没了的拥抱。德·佩尔奥拉德先生将这个离别场面比作萨宾少女被劫[①]。我们终于上路了,一路上,人人都竭力为新娘排遣愁绪,想使她开颜一笑,但无济于事。

在伊尔,人们正等着我们开宴,多么丰盛的晚餐啊!上午那些粗鄙的捉弄已使我反感,席间针对新郎新娘的双关语和玩笑话更使我恶心。入席前,新郎有一会儿消失不见了;他脸色苍白,冷若冰霜。他不停地喝着科利乌尔[②]陈年葡萄酒,这酒几乎跟烧酒一样凶。我坐在他身旁,自觉有必要提醒他:

"当心!据说这酒……"

我不知对他说了些什么蠢话,竟然跟宾客同流合污了。

他碰了碰我的膝盖,悄声对我说:

"酒席散了以后……我想同你说两句话。"

他郑重其事的口吻使我吃了一惊。我细细端详他,发觉他的面容起了古怪的变化。我问他:

"你感到不舒服吗?"

"没有。"

他又喝起酒来。

在叫声和掌声中,一个刚才钻到桌子底下的十一岁的孩子,拿给参加婚礼的人看一条红白相间的漂亮丝带,这是他刚从新娘的脚踝上解下来的。这叫新娘的吊袜带,按照某些古老世家保存着的古风,吊袜带立即被剪成一块块,分给年轻人,他们装饰在自己上衣翻领的饰孔里。这时,新娘可要臊个大红脸……可是,使新娘手足无措的是,德·佩尔奥拉德先生要求大家安静,对新娘吟诵几句卡塔卢尼亚方言的诗句,据他说,这是即兴写成的。如果我理解正确,大意如下:

"朋友们,怎么回事?我饮下的美酒使我看重了?这儿有两个维纳斯……"

新郎惊恐不安地突然扭过头去,使得众人哄笑起来。

---

① 公元前8世纪,罗马人在欢庆中掳掠中部地区的萨宾族少女为妻,以此风俗吸引其他城邦。

② 科利乌尔是东比利牛斯省的市镇,盛产葡萄酒。

德·佩尔奥拉德先生继续说:“是的,在我的家里有两个维纳斯。一个像块菰,我在地底下找到的;另一个从天而降,刚把她的腰带分给我们。”

他说腰带,指的是吊袜带。

“我的孩子,在古罗马的维纳斯和卡塔卢尼亚的维纳斯当中,挑选你最喜欢的一个吧。傻小子选中了卡塔卢尼亚的维纳斯,好的一份属于他。罗马的维纳斯是乌黑的,卡塔卢尼亚的维纳斯是雪白的。罗马的那一位是冰冷的,卡塔卢尼亚的那位使所有走近她的人热情迸发。”

这个精彩结尾激起了一阵欢呼声、震耳欲聋的掌声和哄堂大笑,我都以为天花板快要掉到我们头上了。酒席上只有三张脸是严肃的,那就是一对新娘新郎和我的面孔。我头痛发胀:再说,不知为什么,婚礼总是使我黯然神伤。这场婚礼尤其使我有点恶心。

副镇长吟诵完最后几段诗句,应该说,这些诗句十分庸俗下流。然后大家到客厅去受用新娘退席的情趣,时近午夜,她就要进入洞房了。

阿尔封斯先生把我拉到一个窗洞前,眼睛望着别处,对我说:

“你要讥笑我的……我不知自己怎么回事……我中了邪了!真见鬼了!”

来到我脑际的第一个想法是,他自以为受到某种不幸的威胁,对此,蒙田和德·塞维涅夫人①说过:

“整个爱情王国充满了悲剧故事,”等等。

我心想,我还以为这一类惨祸只发生在思想活跃的人的身上。

我对他说:“亲爱的阿尔封斯先生,科利乌尔酒你喝得太多了。我已经提醒过你。”

“也许是的。但这件事要可怕得多。”

他的声音断断续续。我认为他酩酊大醉了。隔了一会儿,他又说:

“你知道我戒指的事吧?”

“怎么,有人取走了?”

“没有。”

“这样的话,你拿到手了?”

“没有……我……我无法从维纳斯这个鬼东西的手指上脱下来。”

“哦!你拔的时候使劲不够吧。”

“使劲了……可是维纳斯铜像……她握紧了手指。”

他惊恐地盯着我,倚在长插销上,不致跌倒。我对他说:

“真是无稽之谈!你把戒指套得太往里了。明天你用钳子把它拔出来。但小心不要损坏铜像。”

“我说不行。维纳斯铜像的手指往回缩,握了起来;她握紧了手,你明白我的意思吗?……看来她成了我的妻子,因为我把结婚戒指给了她……她再也不肯还给我。”

---

① 塞维涅夫人(1626—1696):法国书信作家,她的家书感情热烈、真挚,记录了当时发生的一些事件。

我蓦地感到不寒而栗,顿时浑身起了鸡皮疙瘩。随后,他深深叹了一口气,一股酒气向我扑来,我的紧张心情涣然冰释。

我想,这家伙肯定是完全醉了。

“先生,你是考古学家,”新郎用可怜巴巴的语气说,“你熟悉这类塑像……或许有什么发条,什么机关,我一无所知……你去看看怎么样?”

“好的,”我说,“你跟我一起去。”

“不,最好你单独去。”

我走出客厅。

晚餐时天气已经骤变,开始下起瓢泼大雨,我正要去要一把雨伞,转念一想,又止住了脚步。我寻思:“我去证实一个醉汉对我所说的话,岂不是一个大傻瓜!再者,也许他想给我来个恶作剧,好给这些老实巴交的外省人提供笑料;至少我会淋得浑身湿透,患上重感冒。”

我从门口朝水淋淋的塑像瞄了一眼,没有返回客厅,就上楼到自己房里去了。我躺在床上,但久久不能入睡。白天的情景一幕幕浮现在我的脑际。我想到这个如此美丽纯洁的少女要献身给一个粗暴的醉汉。我心想,门当户对的婚姻多么可憎可恶!镇长戴上三色肩带,本堂神甫佩上襟带,于是世上最正直的姑娘就献给了弥诺陶罗斯[①]!这样的时刻,两个情人愿以生命的代价来换取,而两个不相爱的人,他们能互相说些什么呢?一个女子倘若见过一次男人撒野,她还会爱他吗?最初的印象不可磨灭,我对此深信不疑,这位阿尔封斯先生实在也该令人憎恶……

我的内心独白已经大大压缩,其间,我听到宅子里人来人往,开门关门,马车离去的嘈杂声音;后来我似乎听到楼梯上有几个女人轻轻的脚步声,她们朝走廊另一端与我房间相反的方向走去。这大约是送新娘入洞房的人。然后她们又下楼去了。德·佩尔奥拉德太太的房门关上了。我心想,这个可怜的姑娘该多么心慌意乱和窘迫难熬啊!我辗转反侧,心里不是滋味。在举办婚礼的人家,一个单身汉总是扮演愚蠢的角色。

沉寂笼罩了一会儿,然后又被上楼的沉重脚步扰乱了。木头楼梯吱嘎作响。

“这人真是笨头笨脚!”我大声说。“我敢打赌,他要摔在楼梯上。”

一切又重归寂静。我拿起一本书,想改变一下思路。这是本省的一本统计学著作,里面附有德·佩尔奥拉德先生的一篇学术论文,论述普拉德专区的德落伊教古迹。看到第三页,我便昏然入睡了。

我睡得不踏实,醒来好几次。大约是清晨五点,我醒来已有二十多分钟,这时雄鸡报晓。天快亮了。就在这时我清晰地听到同样沉重的脚步和楼梯的吱嘎声,像我入睡前听到的一样。我惊诧莫名。我打着呵欠,竭力揣度出阿尔封斯先生为什么起得这样早。我想象不出会可能这样。我刚要合眼,这时奇怪的顿足声、一会儿又夹杂着铃声和咿咿呀呀的开门声,重新吸引了我的注意,随后我听到模糊不清的叫喊声。

---

① 希腊神话中牛首人身的怪物,被关在克里特岛的迷宫中,每九年给它献上七对童男童女,后被忒修斯所杀。

我跳下床来,心想:“莫非那个喝醉酒的家伙在什么地方放了把火!”

我赶快穿上衣服,来到走廊。从走廊的另一端发出喊叫和哀号,有个令人心碎的声音盖过其他声音:“我的儿啊!我的儿啊!”很明显,阿尔封斯先生出了事。我奔到新房:里面挤满了人。映入我眼帘的第一个景象,是年轻人半裸体横卧床上,床板压坏了。他面无血色,纹丝不动。他的母亲在他身旁又哭又叫。德·佩尔奥拉德先生手忙脚乱,用花露水给儿子擦太阳穴,有人把嗅盐放到阿尔封斯的鼻子下。唉!他的儿子已死去多时。在房间另一头的长靠背椅上,新娘正浑身可怕地抽搐着。她发出含混不清的喊叫,两个健壮的女仆费了好大的劲才把她按住。

我喊道:“天哪!究竟出了什么事?”

我走到床边,扶起不幸的年轻人的身体;身体已经僵硬冰凉。他的牙齿咬紧,面孔发黑,表明极度的恐怖痛苦。可见他是暴死,死时很惨。衣服上却没有一丝血迹。我解开他的衬衫,看到他的胸脯上有一条青痕,一直延伸到肋部和背上。简直可以说他被铁圈勒过。我的脚踩在地毯的一件硬东西上;我弯下腰,看见是那枚钻戒。

我把德·佩尔奥拉德先生和他的妻子拉回他们房里,然后我叫人把新娘抱到那里。我对他们说:

“你们还有一个女儿,应该好好照料她。”

我撇下他们三个走开了。

在我看来,毫无疑问,阿尔封斯先生是被谋害的,凶手们设法在夜里潜入洞房。但是,胸脯上形成环状的伤痕,却使我费解,因为木棒或铁棍不会打成这样的伤痕。骤然间,我想起听人说过,在巴伦西亚①,有的好汉被人收买,用装满细沙的长条皮口袋把人打死。我随即想起那个赶骡子的阿拉贡人和他的威胁;可是,我几乎不敢相信,对于一句小小的玩笑,他竟然会加以这样可怕的报复。

我在宅子里四处寻找撬门去锁的痕迹,却根本找不到。我下楼来到花园,想看看凶手们是否会从这一边进来;但我没有找到任何确实的迹象。再说,昨夜那场雨使地面泥泞不堪,不可能留下清晰的印痕。不过,我观察到一些脚印深深印在地上;脚印朝相反两个方向的都有,但在同一条直线上,从毗连网球场的篱笆一角开始,到屋门口为止。这可能是阿尔封斯先生去找套在铜像手指上的戒指时留下的脚印。在另一边,篱笆的那一带比别处稀疏一些,凶手们大概就从这儿穿过去。我在铜像前来回踱步,停下来半晌注视着铜像。这回,我要承认,凝望着她那含讥带讽的凶恶神情,不能不感到恐惧;我的脑海里充满我刚刚亲眼所见的可怕景象,我仿佛看见一个恶魔对这家人大祸临头拍手称快。

我回到自己房里,一直待到中午。然后我出来打听主人们的情况。他们平静了一点。德·皮加里小姐,我应该说阿尔封斯先生的寡妻,已经恢复了知觉。她甚至同佩皮尼昂的检察官谈了话,当时检察官正在伊尔巡视,他听取了她的证词。法官也要我

① 巴伦西亚:西班牙的东部海港。

提出证词。我对他讲了我所知道的情况,而且不隐瞒我对赶骡子的阿拉贡人的怀疑。他下令立即逮捕那个阿拉贡人。

我的证词作了笔录,我签了字以后,问检察官:“你从阿尔封斯太太那里获悉什么情况?”

“这个不幸的年轻女人已经疯了,”他惨然一笑,对我说,“疯了! 完全疯了。她是这样说的:

“她说,她放下床幔,躺了几分钟,这时,她的房门打开了,有人进来。阿尔封斯太太睡在靠墙那一边,面朝墙壁。她一动不动,深信这是她的丈夫。过了一会儿,床吱呀作响,仿佛载着重物。她恐惧万分,但不敢扭过头去。五分钟,也许十分钟这样过去了……她已无法意识时间长短。后来她无意之中动了动,或者是躺在床上的那个人动了一下,她觉得触到一样东西,像冰一样冷,这是她的说法。她浑身哆嗦,紧靠着墙那边,不久,房门第二次打开,有人进来,说道:‘晚安,亲爱的。’一忽儿,有人拉开床幔。她听到一下憋闷的喊声。躺在床上她身边的那个人坐了起来,好像朝前伸出双臂。于是她扭过头去……她说,她看到丈夫跪在床边,脑袋跟枕头一般高,被一个暗绿色的巨人使劲紧抱在怀里。她说,而且对我重复了多少次,这个可怜的女人,她说她认出了……你猜到了吧?那是维纳斯铜像,德·佩尔奥拉德先生的那尊塑像……自从这铜像在本地出现以来,人人都梦见她。我把不幸的疯女人叙述的事讲下去。看到这种情景,她昏了过去,说不定她早已丧失理智。她根本说不清自己昏过去多少时候。待她清醒过来,她又看见那鬼怪,或者像她一直说的,那尊铜像,一动不动,双腿和下身在床上,上身和双臂伸向前,怀里抱着她的丈夫,他已经毫不动弹了。一只雄鸡报晓了。于是铜像下了床,让死尸倒下,走了出去。阿尔封斯太太拉铃叫人,其余的情况你都知道了。”

那个西班牙人带来了;他很平静,十分镇定和机敏地为自己辩护。另外,他并不否认我听到的那句话,但他解释说,他没有别的意思,无非是说等第二天他休息过以后,会从赢过他的人那里赢回一局。我记得他还说:

“一个阿拉贡人受到侮辱,不会等到第二天才报仇雪耻。要是我认为阿尔封斯先生有意侮辱我,我会当场就往他的肚子戳一刀。”

拿他的鞋同花园里的脚印作了比较,他的鞋大了许多。

最后,他投宿的那家旅店的老板,肯定他整夜都在给一头生病的骡子按摩并喂它吃药。

此外,这个阿拉贡人相当有名望,在当地人人皆知,他每年都到这里来做生意。于是向他道了歉,放他走了。

我忘了说一个仆人的证词,他是最后一个看到阿尔封斯活着的人。当时阿尔封斯就要上楼到新房去。他叫住这个仆人,焦虑不安地问是否知道我在哪里。仆人回答,他根本没看见我。于是阿尔封斯先生叹了一口气,有一分多钟默不作声,然后他说:“得了! 大概他也去见鬼了!”

我问这个仆人,阿尔封斯先生跟他说话时,是否戴着他的钻戒。仆人迟疑着没有回答;最后他说,他认为没有,再说他也根本没有注意这个。

“他要是戴着这枚戒指，”他改口说，“我肯定会注意到，因为我一直以为他把戒指送给了阿尔封斯太太。”

在盘问这个仆人时，我感到一点迷信的恐怖，阿尔封斯太太的证词已使这种气氛弥漫整个宅子。检察官微笑着注视我，我也就不再坚持问下去。

阿尔封斯先生下葬后几小时，我打算离开伊尔。德·佩尔奥拉德先生的马车要把我送到佩皮尼昂。尽管可怜的老人身子虚弱，仍然想送我到花园门口。我们默默地穿过花园，他倚在我的手臂上，步履维艰。分手那一刻，我朝维纳斯铜像瞥了最后一眼。我预料到，虽然我的主人丝毫不感到铜像使他家里一部分人产生的恐怖和憎恨，他还是愿意处理掉这件会使他不断想起那场惨祸的东西。我想劝他把铜像放到博物馆里去。我游移不决，是否谈及这事，这时德·佩尔奥拉德情不自禁地转过头，朝我呆望的地方看去。他看到铜像，立刻泪流满面。我拥抱他，不敢对他说一句话，登上了马车。

自从我走后，我丝毫没听说有了什么新线索来弄清这场神秘的灾祸。

德·佩尔奥拉德先生在他儿子死后几个月就辞世了。他通过遗嘱把手稿留给了我，或许有一天我会把它们公之于世。我没有找到那篇关于维纳斯铜像上的铭文的学术论文。

附记：我的朋友德·P先生刚从佩皮尼昂写信给我，铜像已不存在了。德·佩尔奥拉德太太在丈夫死后，首先关心的是把铜像熔铸成一口钟，铜像以这种新形式为伊尔的教堂效劳。德·P先生还说，但是，似乎谁占有这青铜制品谁就倒霉。自从这口钟在伊尔震响以来，葡萄已经冻坏过两次。

（郑克鲁 译）

巴尔扎克

奥诺雷·德·巴尔扎克（1799—1850），法国小说家，出身于图尔的资产阶级家庭。1814年随家人来到巴黎，1816年至1819年攻读法律，在诉讼代理人和公证人事务所当见习生。从1819年起专事写作，但在1825年至1827年开办过印刷厂，导致债台高筑，拖累终身。他的《人间喜剧》（1829—1848）汇集了九十余部长中短篇小说，主要有《欧也妮·葛朗台》（1833）、《高老头》（1834）、《幻灭》（1837—1843）、《农民》（1844）、《贝姨》（1846）。《人间喜剧》反映了19世纪法国社会的变迁，尤其描写了资产阶级对贵族社会日甚一日的冲击，贵族在满身铜臭的暴发户的逼攻下逐渐灭亡或被腐化，以及金钱在社会中的主宰作用。他塑造了众多的典型，同一类型的人物能互不雷同。擅长性格化的对话，爱用夸张手法。让人物在多部小说中出现是他的独创。他把小说创作推进到一个新阶段,成为19世纪现实主义的奠基人之一。

《戈布塞克》也是巴尔扎克的重要作品,这篇小说塑造了一个吝啬鬼形象:他是金钱的化身,贪得无厌。他虽然还不懂得商品流通的价值,却洞悉商业情况和经济情报,有经营管理经验。他有时还保护和鼓励别人,作者并没有完全否定他。这个形象要比莫里哀笔下的阿巴贡来得复杂。故事采用人物口述的方式写成,显得非常紧凑。

戈布塞克

献给巴尔舒·德·庞赫恩男爵先生①

在旺多姆中学的所有同学中,我想,唯有我们俩在文坛上重逢。我们在本应只培育 De viris② 的年龄,就已经从事哲学研究了!我们久别重逢时,你正在潜心写作关于德国哲学的出色著作,当时我就在创作这部作品。因此,我们彼此都实现了自己的夙愿。毫无疑问,在这篇小说之前看到你的名字,你将会感到同笔者题赠给你一样的快乐。

你的中学老同学
德·巴尔扎克
1840年

1829年和1830年相交的那个冬天,有一晚,深夜一点钟,在德·格朗利厄子爵夫人的客厅里,还滞留着两个客人。一个俊美的年轻人听到挂钟敲响,便起身告辞。当马车声在院子里响起时,子爵夫人看到她哥哥和她家的一个好友已结束皮克牌牌戏,便走向她的女儿。她女儿站在客厅的壁炉前,似乎在端平一只无釉瓷的透明花纹灯罩,其实在倾听有篷双轮轻便马车的辚辚声,那模样使她母亲证实了自己的担心。

"卡米耶,如果你仍然像今晚这样,跟年轻的德·雷斯托伯爵继续眉来眼去,你就逼得我不再接待他了。听着,我的孩子,如果你相信我疼爱你的话,就让我指引你的生活道路吧。十七岁的年轻人还不会判断未来、过去和某些人情世故。我只要向你指出下面一点。德·雷斯托先生有一个几百万也能挥霍光的母亲,这个女人出身微贱,娘家姓高里奥,早就声名狼藉。她对父亲坏透了,真不配有一个这么好的儿子。年轻的伯爵很爱她,接济她,那份孝心值得大书特书;他对弟弟妹妹尤其照顾得无微不至。不管他的行为多么令人赞赏,"子爵夫人带着精明的神态补充说,"只要他的母亲在世,任何家庭都不会放心把一个年轻姑娘的前途和命运,托付给这个小雷斯托的。"

"我听到了几句话,不由得想干预您和德·格朗利厄小姐的私事,"子爵夫人家的好友大声地说。"我赢了,伯爵先生,"他跟对手说,"少陪了,我要去给您的外甥女救

① 巴尔舒·德·庞赫恩(1801—1855):巴尔扎克在旺多姆中学的同学,在攻占阿尔及尔时任参谋部上尉,复员后从事哲学研究,发表过《从莱布尼兹到黑格尔的德国哲学史》(1836)。

② 拉丁文,意为"体力"。

急呢。”

“诉讼代理人的耳朵真是名不虚传，”子爵夫人高声地说，“亲爱的德维尔，我同卡米耶悄声说话，您怎么能听得见呢？”

“从你们的眼神我看明白的，”德维尔回答，一面坐在壁炉角落的安乐椅上。

舅父走过来坐在外甥女旁边，德·格朗利厄夫人在女儿和德维尔之间的炉边矮椅上落座。

“子爵夫人，现在该由我给您讲一个故事，这故事会使您改变对埃内斯特·德·雷斯托伯爵的财产的看法。”

“讲故事！”卡米耶嚷道。“快讲吧，先生。”

德维尔向德·格朗利厄夫人递了个眼色，让她明白这个故事会使她兴味盎然的。就财产和门第古老而言，德·格朗利厄子爵夫人是圣日耳曼区最不同凡响的贵妇之一；一个巴黎的诉讼代理人能这样随便地跟她讲话，在她家里所作所为这样放肆，这种现象即使看来不合乎情理，但却很容易解释。德·格朗利厄夫人同王室一起返回法国，在巴黎安顿下来，起先单靠路易十八从国家元首年俸基金中拨出的补助生活，境况非常拮据。诉讼代理人凑巧在共和国当年拍卖格朗利厄公馆的手续上，发现了一些问题，认为公馆应该归还子爵夫人。他把这个案件承包下来办理，终于胜诉了。这次成功使他气足胆壮，他巧妙地寻找说不清是哪一个收容所的碴儿，最终把利斯内森林退还给子爵夫人。随后，他又出力收回奥尔良运河的股票，还有一些相当可观的不动产，是皇帝[①]赠给公共机关使用的。依仗年轻的诉讼代理人的能干，德·格朗利厄夫人的财产失而复得，赔偿法颁布时，又还给她巨额款项，她的年收入达到了六万法郎左右。这个诉讼代理人清廉正直，博学多才，谦逊谨慎，又有教养，于是成为子爵夫人家的好友。即使他给德·格朗利厄夫人帮了大忙，博得圣日耳曼区的豪门大户的敬重，成为他的主顾，但他并不利用这种青睐，就像有野心的人会加以利用那样。子爵夫人想叫他出盘他的职位，让他投身司法界，依靠她的保护，他会得到最快的擢升；他顶住了子爵夫人的建议。除了有时到格朗利厄公馆参加晚会以外，他到社交场所仅仅为了保持联络。他的才华通过对德·格朗利厄夫人的忠心耿耿，得到了显露，他觉得真是幸事，因为他本来危机四伏，他的事务所日见萎缩。德维尔并没有诉讼代理人那种心计。自从埃内斯特·德·雷斯托伯爵成为子爵夫人家的座上客，德维尔发现了卡米耶对这个年轻人的好感以来，诉讼代理人经常到德·格朗利厄夫人家走动，如同刚被接纳进入贵族区社交场的、昂丹大道的花花公子那样行动。几天前的一次舞会上，他待在卡米耶的身旁，指着年轻的伯爵对她说：“可惜这个小伙子没有两三百万的财产，是吗？”“这是不幸吗？我可不这样想，”她回答，“德·雷斯托先生才华卓著，得到深造，很受他的上司——大臣的器重。我不怀疑他会出类拔萃。这个小伙子一旦执掌大权，他要有多少财产就有多少。”“是的，不过，如果他已经很有钱呢？”“如果他很有钱，”卡米耶

① 指拿破仑。

红着脸回答，"这里的姑娘们都要争夺他了，"她指着跳四对舞的人群，又说。"那么，"诉讼代理人回答，"德·格朗利厄小姐就不再是他垂青的唯一姑娘了。因此您才脸红吧？您很中意他，是吗？喂，说呀。"卡米耶霍地站了起来。"她爱上他了，"德维尔心想。从这天起，卡米耶发觉诉讼代理人赞成她钟情于年轻的埃内斯特·德·雷斯托伯爵，便对他异乎寻常地关切。至今，虽然她不是不知道她的家庭多次受惠于德维尔，但她对他尊敬多于真正的友情，彬彬有礼多于真情；她的举止和语气总是使他感到，礼仪在他们之间设置了一段距离。感激是一笔债，但儿女们总是不肯照单接受。

"这次遭遇，"德维尔停了一会儿说，"使我想起我平生仅有的一段传奇般的经历。听到一个诉讼代理人对你们讲述他的生平艳史，你们就笑了！"他又说，"但我像大家一样，有过我的二十五岁，在这个年纪，我已经见过稀奇古怪的事。我首先应该对你们提到一个人，你们不可能认识他。这是一个放高利贷者。你们想象得出一张苍白的、灰不溜秋的脸吗？我希望法兰西学院允许我把它称为没有血色的圆脸，活像失去镀金层的银器。这个放高利贷者的头发仔细地梳得整齐平贴，呈灰白色。他的脸容像塔莱朗[①]一样冷漠无情，似乎用青铜铸成。他的小眼睛活脱脱像石貂的眼睛那样黄澄澄的，几乎没有眉毛，害怕光亮；但一顶旧鸭舌帽的帽檐挡住了亮光。他的尖鼻子顶端都是麻子，简直可以比作一只钻孔器。他有着炼金术士和伦勃朗[②]，或梅絮[③]笔下的小老头的薄嘴唇。这个人悄声说话，音调柔和，从来不发火。他的年纪倒是个问题：不知道他是未老先衰呢，还是爱惜身体，青春常驻。他房间里的一切，从办公桌的绿绒到床前的地毯，都磨损旧了，但很干净；这个房间酷似老姑娘冰冷而神圣的闺房。那些老姑娘整天擦拭家具。冬天，他的炉子里的柴火总是埋在一堆倾斜的灰里，只冒烟，没有火焰。从起床开始，直至晚上咳嗽发作，他的行动像时钟一样服从规律。可以说，这是一个模型人，靠睡眠上发条。一只鼠附在纸上爬行，您拨它一下，它便停下来装死；同样，在讲话时听到有马车经过，这个人便停下来不吱声，免得提高嗓门。他模仿丰特内尔[④]，节省精力，把人类情感都压抑在心里，因此，他的生命有如沙漏中的沙子一样，无声无息地流逝。有时，他的受害者大喊大叫，怒气冲天；不久便寂静无声，仿佛在厨房里，刚宰掉一只鸭子那样。将近傍晚，这个钞票人又变成普通人，他的金币银币化作人心。倘若他对自己一天的工作感到满意，他就搓搓手，从满脸皱纹中漾出一丝笑容。因为他的肌肉无声的颤动，流露出活像皮袜子[⑤]那种皮笑肉不笑的表情，无法用别的词儿来形容。此外，在他兴高采烈时，他在谈话中仍然用单音节的词，而且他的举止总是排斥别人的。这就是我在粗陶街凑巧住在一起的邻居，那时我还只是二等书记，刚念完第三年的法律。那幢房子没有院子，潮湿阴暗。套房只有从朝街一面取光。修道

① 塔莱朗(1754—1838)：法国政客，瘸腿，在第一帝国、复辟时期和七月王朝都任过要职，颇懂权术。

② 伦勃朗(1609—1669)：荷兰画家、雕塑家，擅长光线的强烈对比，为一代艺术巨匠。

③ 梅絮(1629—1667)：荷兰画家、受到伦勃朗影响，多作室内画，擅长家庭生活场面。

④ 丰特内尔(1657—1757)：法国哲学家、诗人，被认为是18世纪启蒙学者的先驱。

⑤ 皮袜子：美国小说家库柏(1789—1851)的小说(共五本)中的主人公纳蒂·邦波的绰号，因他用鹿皮护腿。

院的布局将这幢楼划分成一个个大小相等的房间，都通向一条长走廊，走廊由格子窗照亮；这种布局表明这幢房子昔日属于一座修道院。看到这阴沉沉的外貌，一个富贵人家子弟在踏进我邻居的屋里之前，他的快乐便烟消云散了：我的邻居和这幢房子十分相像，简直可以说如同牡蛎和它依附的岩石那样相似。就社交方面来说，他与之交往的人只有我；他来向我借个火，借书报，晚上允许我进入他的小房间，他心情愉快时，我们便闲聊。这些信赖的表示，是四年邻居和我循规蹈矩的结果；由于没有钱，我的行为跟他的酷似。他有亲朋好友吗？他富有还是贫穷呢？谁也回答不了这些问题。他的财产一定是存在银行的地窖里。他迈着像鹿一样的瘦腿，在巴黎东跑西颠，亲自去兑现期票。他的谨慎反倒使他破财。有一天，他偶尔身上带着金币；不知怎的，一个拿破仑双金币①从裤腰上的小钱袋滑落下来；一个跟着他上楼的房客捡起金币，递还给他。

"'这不是我的，'他回答，做了一个吃惊的手势。'怎么会是我的金币！如果我有钱，我还会像眼下这样过日子吗？'每天早上，他亲自在一只铁皮炉子上煮咖啡，炉子一直放在壁炉旁的幽暗角落里；一家烤肉店给他送来晚饭。我们的看门老女人在固定时间上楼给他打扫房间。另外，出于斯特恩②称为命中注定的奇怪原因，这个人名叫戈布塞克。后来我承办他的事务，才知道我们结识时他大约七十六岁。1740年左右，他生于安特卫普③郊外，母亲是犹太人，父亲是荷兰人，他叫作让-埃斯泰尔·范·戈布塞克。你们知道巴黎人多么关注一个叫荷兰美女④的女人的谋杀事件吗？当我偶尔对我以前的邻居谈起这件事的时候，他既不流露丝毫兴趣，也不表示一丁点儿惊讶，对我说：'她是我外甥的女儿。'他独一无二的继承人，他姐姐的孙女之死，只招来这么一句话。我问他，怎么这样古怪，他外甥的女儿用他的姓，他微笑着回答我：'在我们的家族里，从来还没有一个女的肯嫁进来。'在他的家族的四代女性中，这个怪人从来一个也不愿见面。他厌恶他的继承人，不能设想他的财产会归别人而不是他所有，即使是在他去世以后。十岁上他母亲便把他送到船上当见习水手，开往荷属东印度群岛，他在那里漂泊了二十年。所以他黄蜡蜡的脑门的皱纹隐藏着许多秘密：有可怕的事件，有突如其来的恐惧，有意料不到的巧合，有传奇般的挫折，有无穷的欢乐。他挨过饿，情场失意，财产受过威胁，失而复得，生命多次岌岌可危，也许由于当机立断，急中生智，才免于一死，而手段的残忍也情有可原。他认识西默兹海军司令、德·拉利先生、德·凯加鲁埃先生、德·埃斯坦先生、德·絮弗朗大法官、德·波唐杜埃尔先生、康瓦利斯爵士、哈斯丁爵士、蒂普-萨依布⑤本人和他

---

① 拿破仑双金币：合四十法郎。

② 斯特恩（1713—1768）：英国感伤主义小说家，作品有《特里斯川·项狄的生平与见解》《感伤的旅行》。

③ 安特卫普：比利时北部城市。

④ 荷兰美女：指柯内莉·卡斯马凯，原籍荷兰的妓女，1814年在王宫被一军官杀死。

⑤ 德·拉利（1702—1766）：法国将军；德·埃斯坦（1729—1794）：法国海军司令；德·絮弗朗（1729—1788）：曾任法国海军少将、马耳他舰队司令、大法官；康瓦利斯（1738—1805），曾任印度驻军司令及总督；哈斯丁（1754—1826）：曾任印度总督；蒂普-萨依布（1749—1799），印度迈索尔邦苏丹。其他人物是作者虚构的。

的父亲。有个萨瓦人,为德里国王马德哈季-辛迪亚效过力,在建立玛哈塔王朝中立过汗马功劳,同他做过买卖。他跟维托·于格和好几个著名的海盗有过交往,因为他在圣托马斯岛①住过很长时间。他千方百计想发财致富,曾经试图在布宜诺斯艾利斯附近闻名遐迩的野人部落发现金矿。另外,美国独立战争中的大小事件,都同他有瓜葛。他从不跟任何人谈及印度或美洲,也难得跟我谈起。似乎这是出言不慎。倘若人道精神和爱交际是一种宗教的话,他就可以算作一个无神论者。尽管我曾打算观察他,我不得不羞愧地承认,直到临终,他的心仍然捉摸不透。有时我思索,他究竟属于什么性别。如果高利贷者都像这一位的话,我想他们都属于中性人。他是否始终信奉他母亲笃信的宗教呢?他是否把基督徒看作猎取对象呢?他信奉天主教、伊斯兰教、婆罗门教还是路德教呢?我对他的宗教见解始终一无所知。我觉得他对宗教冷漠,而并非不信教。这个人已经成为金钱的化身,他的受害者,也就是他称为主顾的,不知是说反话呢还是出于嘲弄,都管他叫戈布塞克爸爸。一天晚上,我走进他的屋子。我看到他坐在扶手椅里,纹丝不动,俨然一尊塑像,他的眼睛盯住壁炉台,仿佛在查看贴现清单。一盏冒烟的灯,灯座以前是绿色的,投射出黯淡的光,非但没有给这张脸增添光彩,反而更显出它的苍白。他默默地望着我,给我指了指那张正等着我的椅子。'这个人在想什么心事呢?'我心里想,'他知道有天主、情感、女人和幸福吗?'我可怜他,就像可怜一个病人那样。但我一清二楚,如果他在银行里存了几百万,他可能在脑子里想占有他察看过、探寻过、掂量过、估计过、开采过的土地。'您好,戈布塞克爸爸,'我对他说。他朝我转过头来,又粗又黑的眉毛轻轻地蹙了一下;在他身上,这种富有特点的变化相当于南方人心花怒放的微笑。'您愁眉苦脸,就像那天有人来通知您,有个书商破产一样;您早先非常赞赏这个书商手段高明,尽管您曾栽在他手里。''栽在他手里?'他吃惊地说。'为了签订他作为破产者与债权人之间的清偿协议,他不是用一家破产商号签署的期票来抵偿您的债券吗?等到他缓过来以后,他不是硬要您按协议规定的折扣退还这些期票吗?''他很精明,'他回答,'但我后来还是把他逮住了。''您有要拒绝支付的期票吗?我想,今天是三十日了。'我是头一次对他谈起金钱。他嘲弄地抬头望着我;然后,就像一个不会吹笛子的学生吹出的笛音那样,他用这种柔和的声调对我说:'我在自得其乐。''您有时也自得其乐吗?''您以为只有出版诗集的人才是诗人吗?'他问我,耸耸肩膀,向我投过来怜悯的目光。'这个脑袋里居然有诗兴!'我心想,因为我对他的生平还一无所知。'有哪个人的经历像我那样辉煌呢?'他继续说,他的目光兴奋起来,'您很年轻,您还保持着您的家族那套想法,您在您的炉火里看到女人面孔,我呢,我在我的炉火里只看见木炭。您相信一切,而我什么也不信。要是可能,您就保留您的幻想。我要给您分析一下人生。要么在外奔波,要么待在壁炉和妻子旁边,这样的年纪总会到来:那时,我们只习惯在自己喜爱的环境中生活。我们的才能用

---

① 圣托马斯岛:属于小安的列斯群岛,是个火山岛,归属美国;于格是马赛人,当过海盗,1794 年曾试图征服安的列斯群岛。

在实际中就是幸福。除了这两条箴言,一切都是虚假的。我的原则像大家的一样,变来变去,每到一个地方,我就不得不改变原则。欧洲人赞赏的,亚洲人却加以惩罚。在巴黎是一种恶习,而过了亚速尔群岛①,则是一种需要。人世间没有什么是一成不变的,只有因地而异的习俗。凡是被迫投入各种社会模式的人,信念和道德只不过是毫无价值的字眼。我们身上只剩下自然赋予的真实情感:自我保存的本能。在你们的欧洲社会里,这种本能称为个人利益。如果您的经历同我一样丰富的话,您就会明白,只有一种物质具有实在的价值,值得我们操心。这种物质……就是金钱。金钱代表人间的一切力量。我去过不少地方,到处看到平原或高山:平原使人厌倦,高山使人疲乏;地点是毫无意义的。至于风俗,到处人都是一个样:到处都有贫富斗争,到处这种斗争都不可避免;剥削者毕竟胜过被剥削者;到处都碰得见干活的身强力壮的人和焦虑不安的迟钝的人;到处都是人欲横流,因为到处官能都精疲力竭,只剩下唯一的情感:虚荣心!虚荣心始终是只顾自我。只有大量金钱才能满足虚荣心。实现我们的怪念头需要时间、物质手段或关心。金钱孕育着一切,并且变为现实。每天晚上洗牌要算算能不能挣几个苏,只有疯子或病人才能从中找到快乐。只有傻瓜才会花时间去思索发生的事,某位夫人是单独躺在长沙发上呢,还是有人陪伴?她是血液过多呢,还是淋巴液过多?是性欲旺盛呢,还是清心寡欲?唯有冤大头才会致力于制定一些政治原则,以便控制变幻莫测的时局,自以为有益于同类。只有笨蛋才会喜欢谈论演员,重复他们的台词,而且天天散步,活动的空间只不过比一头野兽在笼子里转悠的地方大些;他们为了别人穿衣,为了别人吃饭;仅仅因为比邻居早三天拥有一匹马或一辆车而自鸣得意。你们巴黎人的生活用几句话表达出来,不就是这样吗?看待生活要比他们站得更高些。幸福要么是强烈的激动,这要损耗生命,要么是按部就班地忙于事务,这会把人生变成一部按时运转的英国机器。在这些幸福之上,存在一种据称是高尚的好奇心,就是想了解自然的奥秘,或者想获得某种模仿自然的效果。用两个词来表达,不就是艺术或科学,激动或平静吗?我生活在平静之中,可是,你们的社会利益在起作用,扩大了形形色色的人类激情,它们在我面前炫耀一番。然后是你们的科学好奇心,这是一种斗争,人类在其中总是处于下风;我用洞悉推动人类前进的一切动力来代替这种好奇心。总之,我毫不费力就控制了社会,而社会却丝毫不能左右我。听我说,'他又说,'等我讲完今天早上发生的事,您就能猜度出我的乐趣了。'他站起来,走去推上门闩,拉上用旧壁毯改成的窗帘,铜环在横杆上发出摩擦的声音。他走回来坐下。'今天早上,'他对我说,'我只有两张期票要兑现,其余的已在昨天当作现金付给了我的主顾。这一来赚了!因为在贴现时,我扣除了四十个苏,作为雇一部廉价的带篷双轮轻便马车的车费。我是什么都不服从的,只缴纳七法郎的税;一个主顾要我为了六法郎的贴现穿过巴黎。岂不是很可笑吗?第一张期票价值一千法郎,由一个身穿闪光片背心、戴着夹鼻眼镜、乘坐英国马驾辕的双轮轻便马车的公子哥儿拿来,开票的是巴黎

① 亚速尔群岛:位于大西洋,属葡萄牙。

最俏丽的女人之一,她嫁给一个富有的业主、伯爵。这位伯爵夫人为什么开出这张期票呢?这张期票在法律上是无效的,但实际上却非常可靠,因为这些可怜的女人担心拒绝付款会在夫妇之间酿成风波,宁愿拿自己作为抵押品也不敢不付款。我想知道这张期票私下里的价值。是干蠢事、不谨慎、出于爱情还是发善心呢?第二张期票同样数目,署名法妮·马尔沃,是一个眼看要破产的布商拿来给我的。任何人只要在银行借到款子,就不上我的铺子,从我的店门到我的办公室迈出的第一步,就显露出一种绝望,面临破产,尤其是在各家银行贷款都遭到拒绝以后。因此,我看到的都是被债主围猎的、走投无路的鹿。伯爵夫人住在赫尔德街,而法妮住在蒙马特尔街。今天早上我出门时,作过多少推测啊!如果这两个女人无法付款的话,她们招待我就会比对待亲生父亲还要尊敬。为了这一千法郎,伯爵夫人什么滑稽动作做不出来呢?她会摆出一副亲切的模样,对我讲话时口吻嗲声嗲气,是专门用来对付期票背书人的那一种,又会对我说尽好话,也许会恳求我,而我呢……'说到这里,老头瞥了我直勾勾的一眼,'而我呢,毫不容情!'他接着说,'我在那里就像一个复仇的人,我显得很后悔。假设就撇在一边吧。我到了她家。"伯爵夫人还睡着呢,"一个贴身女仆对我说。"她什么时候会客呢?""中午。""伯爵夫人生病了吗?""没有,先生,她凌晨三点才从舞会上回来。""我叫戈布塞克,请把我的名字告诉她,我中午再来。"于是我告辞了,脚印留在覆盖石阶的地毯上。我喜欢把泥沾上有钱人的地毯,不是出于褊狭,而是想让他们感到"需要"的利爪。我来到蒙马特尔街一幢外表寒碜的房子,推开一扇旧大门,看见那种终年不见阳光的阴暗院子。门房的屋子黑魆魆的,窗子活像穿得太久的教士长棉外套的袖管,油腻、褐色、露出裂缝。"法妮·马尔沃小姐在家吗?""她出去了,不过,如果您是为期票而来,钱就放在那里。""我回头再来,"我说。既然钱留在门房那里,我倒想认识这个姑娘;我想象她很标致。整个上午我都在观看摆在大街上的版画;中午一到,我就走进伯爵夫人卧室前面的客厅。"夫人刚才拉铃叫我,"贴身女仆对我说,"我想她不能会客。""我等下去,"我回答,坐在一张扶手椅里。百叶窗打开了,贴身女仆跑来对我说:"请进,先生。"听到她柔声细气,我猜度出她的女主人大概付不出钱。我看见的这个女人多么俏丽啊!她匆匆地将一条开司米大围巾盖住赤裸的双肩,裹得非常紧,肩膀的形状可以捉摸得出。她身穿一件晨衣,褶裥饰边雪白,表明她每年在洗优质柔软衣物的作坊要花费两千法郎左右。她的黑发大鬈地洒落下来,像克里奥尔人[①]那样,用一条漂亮的马德拉斯布头巾漫不经心地扎住。她的床凌乱不堪,不用说是由于睡眠激动不安而造成的。画家要能在这个场面中待一会儿,出钱也情愿。床幔恰情适性地挂起,一只枕头埋在蓝缎鸭绒压脚被下,被子的花边装饰在蓝色底子衬托下更显突出,上面留着隐隐约约的印痕,令人想入非非。雕成狮足的桃花心木床脚边,铺着一大张熊皮;女主人在舞会上跳得力乏神疲,不经意地把一双白缎鞋扔在上面,亮闪闪的。椅子上搁着一件弄皱的长裙,袖子拖到地上。微风就能吹走的袜子,绕在一张扶

---

① 克里奥尔人:安的列斯群岛等地的白种人后裔。

手椅的脚上。白色吊袜带在一张椭圆形双人沙发旁边飘荡。一把珍贵的扇子打开一半，在壁炉上闪闪发光。五斗橱的抽屉打开着。鲜花、钻石、手套、一束花、一条腰带，这里那里乱放一气。我闻到一种隐约的香味。一切既奢华又凌乱，既美观又不和谐。可是，对她或对她的崇拜者来说，贫困已蛰伏在里面，抬起了头，令他俩感到它锐利的牙齿。伯爵夫人疲惫的脸宛如这个舞会之后满地狼藉的房间。这些散乱的小玩意儿令我怜悯；前一天夜里，它们穿戴在一个人身上，曾经撩人心魄。这些悔不当初的爱情残迹，这种放荡、奢侈和喧嚣的生活画面，显示了坦塔洛斯[①]企图抓住消遁的欢乐所作出的努力。少妇脸上泛起的红晕，表明她皮肤的细嫩；但是她的脸容仿佛有点浮肿，呈现出来的黑眼圈似乎比平时显著得多。不过，在她身上，体质精力旺盛，这些疯狂的痕迹并没有改变她的姿色。她的眼睛炯炯有神。好似达·芬奇笔下的希罗狄亚的女儿[②]一样（我做过古画买卖），她朝气蓬勃，精力充沛；她的轮廓脸容毫不俗气；她使我爱慕，我觉得她比爱神更加强有力。她讨我喜欢。我的心很久没有激动过了。她已经支付过我了！我肯花一千法郎去买一种能使我回忆起青春的感觉。“先生，”她向我指指椅子，说道，“您肯通融一下，等一等吗？”“至迟到明天中午，夫人，”我回答，将递给她看的期票折好，“那时我才有权拒绝承兑。”然后，我心里想：“你的奢华、你的姓氏、你的幸福、你享受的特权，都要偿付。为了保护财产，有钱人创造了法院、法官和断头台，这是无知的人自焚的一种蜡烛。你们睡在绫罗绸缎之中，笑容下掩盖着悔恨和咬牙切齿，想象中的狮子张开血盆大口，在你们心上咬一口。”“拒绝支付！您想这样做吗？”她盯住我大声地说，“您会对我这样不客气啊！”“夫人，如果国王欠我的钱，不还我，我也要控告他，而且比控告别的债务人还要快。”这时，我们听到有人轻轻地敲房门。“我不见人！”少妇威严地说。“阿娜丝塔齐，我可是很想见您。”“眼下不行，亲爱的，”她回答，口气没有那么严厉了，但也并不温柔。“开什么玩笑！您在跟人说话嘛。”有个人走了进来，他只能是伯爵。伯爵夫人望着我，我明白她的意思，她变成了我的奴隶。年轻人，从前我或许会蠢得不会拒绝支付。1763 年，在本地治里[③]我宽待过一个女人，而她把我耍得好苦。我咎由自取，为什么我相信她呢？“先生有何贵干？”伯爵问我。我看到那个女人从头到脚直打哆嗦，脖子白嫩细洁的皮肤变得粗糙了，俗话说，起了鸡皮疙瘩。我呢，我在笑，肌肉毫不抖动。“这位先生是给我提供各种用品的商人，”她说。伯爵背对着我，我把期票从口袋抽出一半。看到这个毫不容情的动作，少妇向我走来，递给我一颗钻石：“拿去，”她说，“请您走吧。”我们作了交换，算是两讫，我鞠躬退出。钻石值到一千二百法郎。我在院子里看到奴仆成群，他们正在刷制服、擦皮鞋，或者擦拭华丽的马车。我心想：“这些人竟至于到我那里，原因在此。导致他们像模像样地盗窃几百万，出卖祖国，原因也在此。大老爷，或者亦步亦趋的人，

---

① 坦塔洛斯：宙斯和自然女神普洛托之子，因得罪众神，被打入地狱，永远喝不到水，吃不到水果。

② 希罗狄亚的女儿：指莎乐美，犹太人公主，实际上这是意大利画家贝纳提诺·吕依尼（1480—1522）的作品。

③ 本地治里：印度自治区，位于印度半岛东南部，面临孟加拉湾，1674 年为法国人建立；本地治里市有不少法国机构。

不肯步行，怕弄脏衣衫，却跳进泥淖里好好洗一次！"这时，大门打开了，让一个年轻人的带篷双轮轻便马车驶进来，他就是给我送期票的那个人。"先生，"他下车时我对他说，"这是两百法郎，请您还给伯爵夫人，您可以告诉她，今天上午她交给我的抵押品，在一周内可以赎回。"他接过两百法郎，露出一个嘲讽的笑容，似乎说："哈！她把款子付清了。说实话，好极了！"我从这张脸的表情看到了伯爵夫人黯淡的前景。这个金发的英俊先生，态度冷漠，是个没有心肝的赌棍，将要倾家荡产，并使她、她的丈夫和孩子们破产，吃掉他们的陪嫁；在沙龙里带来的浩劫，胜过一个炮台给一团军队造成的损失。我前往蒙马特尔街法妮小姐家去。我爬上一道很陡的窄楼梯。到了六楼，我走进一个有两个房间的套室，里面一切干干净净，像一枚崭新的杜卡托[①]。法妮小姐在第一个房间接待我，我在家具上看不到一点尘土。她是个穿着简朴的巴黎女子，容貌娟秀，和蔼可亲，栗色头发，精心梳理，在鬓角挑起两个弧形，一双宛如水晶一样纯净的蓝眼睛就显得格外精明。阳光透过窗上的小帘子，将一道柔光投射在她朴实的脸上。她四周有许多裁开的布，向我透露了她日常的工作，她缝制精细的内衣。她好像孤独女神一样待在那里。我将期票递给她，对她说，我早上没有遇到她。她说："可是款子已经放在门房女人那里啦。"我假装没有听到她的话。"看来小姐大清早就出门了吧？""我难得出门；但是晚上干活的人，有时要洗个澡。"我望着她。只瞧一眼，我便什么都猜到了。这个姑娘身世不幸，只得干活，她出身于厚道的佃户之家，因为她有几颗乡下人特有的红棕色的痣。她的脸容散发出一种难以形容的贞洁气息。我觉得置身在真诚、坦率的气氛中，我的肺感到适意。可怜的贞洁的姑娘！她信教：她那张油漆的简易木床上面，竖着一个耶稣受难像，点缀着两根黄杨树枝。我几乎感动了。我感到自己打算只以一分二的利息借钱给她，好让她能盘下一家好铺子。"但是，"我心想，"她也许有个表哥，拿她签名的期票去兑钱，骗取可怜的姑娘的钱财。"于是我就走了，对自己慷慨的想法警惕起来，因为我时常有机会观察到，即使做好事不会损害行善的人，却会毁掉受惠者。刚才您进来的时候，我在想，法妮·马尔沃能成为一个贤妻良母；我把她纯洁孤独的生活跟伯爵夫人的生活作了对比，伯爵夫人已经堕落到开期票借钱的地步，她会一直滚到邪恶的深渊之底！

"他缄默了一会儿，而我在端详他，然后他又说下去，'您认为我这样深入到人心最隐秘的皱襞，体会别人的生活，看到它赤裸裸的原样，算不得什么吗？各种场面在不断变化：丑不忍睹的伤口，要命的忧伤、爱情场景，穷困潦倒到只能投入塞纳河，通向断头台的年轻人的寻欢作乐，绝望的笑声和灯红酒绿的盛会。昨天有一出悲剧：有个老父亲窒息而死，因为他再也无法养活他的几个孩子。明天是一出喜剧：一个年轻人试图给我搬演迪芒什先生[②]那场戏，只根据当代的要求作些改动。您已听人赞扬过近来的讲道师的口才，我有时也浪费时间去听他们布道，他们使我改变了观点，但是，就像

---

① 杜卡托：威尼斯古金币。

② 迪芒什：莫里哀的喜剧《唐璜》中的人物，被债务人的假殷勤所愚弄。

不知什么人说过的那样，并没有使我改变行为。这些善良的教士，像你们的米拉波①、韦尼奥②和其他人，跟我所说的演讲家一比，只不过是口吃的人。时常一个痴心的少女，一个正要破产的老商人，一个想隐瞒儿子过失的母亲，一个没有面包的艺术家，一个正在失宠、由于没有钱就要前功尽弃的大人物，他们雄辩滔滔，令我战抖。这些卓越的演员只为我一个演出，却骗不了我。我的目光好像天主的目光，我洞察人心。什么都瞒不了我。对于能拉紧或松开钱袋细绳的人，人们什么也不会拒绝。我有的是钱，可以收买那些左右大臣的人的良心，从办公室的听差到他们的情妇都包括在内：这不是权力吗？我可以得到最漂亮的女人和最温柔的亲热，这不是欢乐吗？权力和欢乐，不就概括了你们的整个社会秩序吗？在巴黎，我们这样的人有十来个，都是不声不响、无人知晓的国王，你们命运的主宰。生活难道不是一部由金钱推动的机器吗？要知道，手段总是和结果相混同：您根本分不开灵魂和感官，精神和物质。金钱是你们当今社会的决定因素。我们在共同利益的纽结下，每星期有几天相聚在新桥附近的忒弥斯咖啡馆里。我们在那里互相透露金融界的秘密。任何人的财产都瞒不过我们，我们掌握每个家庭的秘密。我们有一种黑皮书，记载着关于国家信贷、银行、商业的最重要的清单。我们解决交易所的疑难问题，组成一个圣职部，凡是拥有某些财产的人，他们最无关紧要的行动都要加以判断和分析，我们总是猜得很准。这一个监视司法界的资产，那一个监视金融界的资产；有人监视行政部门资产，另外一个监视商业部门资产。我呢，我的眼睛盯着富贵人家子弟、艺术家、社交界人士和赌徒，这是巴黎最令人惊心动魄的一部分。每个人都说出邻居的秘密。感情受骗和虚荣心受损害的人是爱说话的。恶习、失意、复仇是最好的警察。像我一样，我所有的同行享受过一切，厌倦了一切，终于只为了权力和金钱本身而爱权力和金钱。'他指着四壁空空和寒气袭人的房间说：'最狂热的情人在别的地方一言不合便要动怒或拔剑相向，而在这里却双手合十地哀求！目空一切的商人，傲气十足的美女，洋洋自得的军人，在这里都要苦苦哀求，不是出于狂怒就是出于痛苦，泪水盈眶。扬名天下的艺术家和流芳百世的作家，也在这里哀求。总之，'他将手搁在额角上，补充道，'在这里，有一架天平，整个巴黎的遗产和利益都要在上面称称分量。我这个毫无表情的面孔一动不动，常常使您惊讶，现在您还以为在它下面没有快乐吗？'他说着把那张散发出金钱气息的苍白面孔向我凑过来。我傻愣愣地回到自己房里。这个干瘪的小老头变得高大了。在我眼里，他变成虚构的形象：他是金钱势力的化身。生活和人们使我恐惧。我在思索：'那么一切都要通过金钱来解决吗？'我记得我很晚才睡着。我看到周围有一堆堆黄金。我念念不忘美丽的伯爵夫人。说来惭愧，我得承认，她完全掩盖了那个注定要干活和默默无闻的、纯朴圣洁的少女形象；但第二天早上，我醒来后朦朦胧胧，温柔的法妮风姿绰约地出现在我眼前，我只想着她。"

---

① 米拉波（1749—1791）：法国大革命时期的领袖人物，擅长演说。
② 韦尼奥（1753—1793）：法国政治家，曾当律师。

“您要喝一杯糖水吗?”子爵夫人打断了德维尔的话说。

“好的,”他回答。

“不过,我看不出这个故事跟我们有什么关系,”子爵夫人拉铃,一面说。

“真像萨达纳帕洛斯!”[①]德维尔脱口而出一句骂人话。“我就要叫醒卡米耶小姐,告诉她,她的幸福一度取决于戈布塞克爸爸。由于老人在八十九岁上去世了,德·罗斯托先生不久就能得到一笔可观的财产。这一点需要作解释。至于法妮·马尔沃,您认识她,她是我妻子!”

“可怜的小伙子,”子爵夫人说,“他会在大庭广众中像平常一样坦率地说出来。”

“我会向全世界大声宣布,”诉讼代理人说。

“喝吧,喝吧,可怜的德维尔。您会成为最幸福和最善良的人。”

“我听您讲到赫尔德街、一个伯爵夫人的家里,”那个舅舅抬起略微打过盹的脑袋,大声地说,“伯爵夫人后来怎样啦?”

“我跟老荷兰人长谈之后几天,我的论文通过了,”德维尔接着说。“我获得法学士学位,然后当了律师。老吝啬鬼对我的信任大大增加。遇到棘手的生意,他就免费向我咨询,他要看到可靠的材料才投入这种生意,而在所有实业家看来,这种生意可能不好做。谁也不能主宰这个人,但他却恭敬地倾听我的主意。确实,他总是感到这些主意很好。后来,我在曾经任职三年的事务所里升为首席书记,离开粗陶街那幢房子,住到我老板那里。他提供膳宿,每月给我一百五十法郎。这是一个美好的日子!当我向高利贷者告别时,他没有对我依依惜别,也不叫我去看他;他仅仅瞥了我一眼,在他身上,这种目光可以说透露出超人视力的本事。过了一星期,我的老邻居来看我,他给我带来一个相当难办的案子,一个剥夺所有权的案子;他继续免费向我咨询,而且好像要付钱那样无拘无束。第二年年底,在1818年到1819年之间,我的老板本是个爱寻欢作乐、挥霍无度的家伙,终于处境十分拮据,不得不盘掉他的事务所。那时,尽管事务所的价格不像今日涨得这么高,我的老板还是把他的事务所盘掉了,只要价十五万法郎。一个积极肯干、知识广博、又很聪明的人,支付了这笔款子的利息还可以生活得很体面,而且他只要有信誉,十年之内便能还清欠债。我是努阿雍[②]一个小市民的第七个孩子,囊空如洗,在这个世界上除了戈布塞克爸爸,不认识别的财主。发愤图强的想法和难以言喻的希望之光,给了我去找他的勇气。一天晚上,我缓步走到粗陶街。当我敲着这间幽暗屋子的房门时,我的心怦然跳动。我想起老吝啬鬼以前对我说过的话,那时,我远远没有想到在这个门口会如此忐忑不安。我要像别的许多人那样哀求他。‘不,’我心想,‘一个有教养的人应该处处保持尊严。犯不着为了财产而低声下气,我要像他那样昂首挺胸。’自从我搬走以后,戈布塞克爸爸租下我的房间,免得有邻

---

① 萨达纳帕洛斯:传说中最后一位亚述王,女性化的暴君,因拜伦的诗剧(1821)和德拉克洛瓦的油画(1827)而流行一时,成为骂人话。

② 努阿雍:法国北部乌阿兹省的一个镇子,有高卢、罗马人遗迹。

居,他也叫人在房门中间开了一个装上铁栅的小窗洞,他认出我的脸以后才给我开门。'喂,'他用动听的声音对我说,'您的老板要盘掉他的事务所啦。"您怎么知道的?他只对我说起过。'老头的嘴唇向嘴角一咧,绝对像拉开窗帘,这无声的微笑伴随着冷冷的目光。'只有这样我才会看到您到我这里来,'他用干巴巴的声音添了一句,我一时不知所措。'听我说,戈布塞克先生,'我过了一会儿说,这个老头用无情的目光盯住我,他眼睛明亮的闪光使我发抖,面对他,我尽可能装出镇定。他做了一个手势,仿佛对我说:您讲吧。'我知道很难打动您的心。因此,我不想白费口舌,把一个袋无分文的事务所书记的处境讲给您听;我把希望寄托在您身上,在世上也只有您的心才能理解我的前途在哪里。心什么的就不讲了吧。公事公办,不像写小说,要多情善感。事情是这样的。我老板的事务所在他手里每年有两万法郎收入;但我想,在我手里能挣到四万。他想以五万埃居[①]盘掉。我感到,'我拍了拍脑门说,'如果您能借给我盘进的款子,十年之内我可以还清。''真是快人快语,'戈布塞克爸爸回答,他向我伸出手来,握住我的手,'自从我做生意以来,'他接着说,'从来没有人把来访的动机给我讲得更清楚。保证呢?'他说着从头到脚打量我,'没有,'停了一会儿,他又说,'您多大年纪?''再过十天就是二十五岁,'我回答,'否则,我不会谈这笔生意。''不错!''怎么样?''可以吧。''说实话,得赶快办;不然的话,我会遇到竞买对手。''明天早上把您的出生证明书给我拿来,我们再谈您借款的事:我要考虑一下。'第二天八点钟,我来到老头那里。他接过正式文件,戴上眼镜,咳嗽一声,吐一口痰,裹上他的黑色宽袖长外套,把区政府开的出生证明书看了个遍。然后他又翻过来覆过去地看,望着我,再咳嗽一声,在椅子上扭来扭去,对我说:'这笔生意我们要设法谈妥。'我打了个哆嗦。'我的款要收五分利息,'他又说,'有时收本金的一倍、两倍、五倍利息。'听到这句话,我的脸变得煞白。'不过,我照顾您是熟人,我只要一分二厘半,按……'他犹豫了一下,'好吧,对您我只要一分三厘的年息。您觉得合适吗?''好的,'我回答。'如果太高,'他说,'您就还价,格罗蒂于斯!'[②]他开玩笑称我为格罗蒂于斯。'要您一分三厘年息,我是在做生意;现在要看您是否付得出。我不喜欢样样都点头同意的人。太高了吗?''不,'我说,'我多受罪一些也就应付过去了。''当然罗!'他说,用狡黠的目光睨视我,'您的主顾会支付这笔利息的。''不,绝对不,'我大声地说,'是我自己来付。我宁愿砍掉自己的手,也不愿敲人竹杠!''听便吧,'戈布塞克爸爸对我说。'但酬金是按规定给的,'我又说。'做成交易、延缓付款、调停和解的酬金就没有规定?'他说,'您可以根据利益大小、谈判、奔走、行动计划、诉讼书和所说的废话,收费一千法郎,甚至六千法郎。要善于寻找这类案子。我会把您作为最有学问和最能干的诉讼代理人推荐出去,我会把大量这类案件介绍给您,您的同行会嫉妒得要命。我的同行韦布吕斯特、帕尔马、吉戈内,会把剥夺所有权的案件交给您;天知道他们有多少这类案件!这样您

① 埃居:这里埃居值三法郎;埃居因时代不同而价值不等。

② 格罗蒂于斯(1582—1645):即雨果·德·格罗特,荷兰法学家、外交家。

就有两批主顾,一批是您盘进的事务所原来的主顾,另一批是我介绍给您的主顾。我借给您十五万法郎,您就应该给我一分五厘的年息。''好吧,但不能再多了,'我说,像一个不肯再让步的人那样坚决。戈布塞克爸爸变得和颜悦色了,显得对我很满意。'我会亲自把盘入费付给您的老板,'他说,'以便在价钱和保证金上面获得可观的优惠。''噢!至于保证,随您怎么办都可以。''还有,您给我开十五张未写背书的期票,每张一万法郎。''只要票面和实际价值得到确认就成,''不,'戈布塞克打断我,大声地说,'您不相信我,为什么要我相信您呢?'我默不作声。'还有,'他用一种善意的口吻继续说,'只要我活着,您给我办事不收酬金,行吗?''好的,只要不用替您垫款。''此话有理!'他说。'啊,'老头随后又说,他的脸好不容易才显出善良的样子,'您让我去看您吗?''我一如既往,欢迎之至。''很好,不过上午有困难。您有您的事,我有我的事。''您晚上来吧。''噢!不,'他赶紧回答,'您要到社交场所,拜访您的主顾。我呢,我在咖啡馆里也有朋友。''他有朋友!'我心想。'那么,'我说,'为什么不挑吃晚饭的时候呢?''不错,'戈布塞克说,'离开交易所之后,下午五点钟。好吧,每星期三和星期六,您会见到我。我们像一对朋友那样谈谈我们的事务。啊!啊!有时我很快活。您给我吃一只山鹑翅膀,喝一杯香槟酒,我们就聊起来。我知道许多事,可以当作谈资,这些事能使您学会识别男人,特别是女人。''山鹑和香槟酒都可以准备。''不要乱花钱,否则您就会失去我的信任。家里不要摆阔气。用一个老女仆,只消一个,我要去看您,查明您的身体好坏。我是在您身上投资,嘿,嘿!我要了解您的买卖。好吧,今晚同您的老板一起来吧。''如果不会太唐突的话,您能告诉我,'待我们走到门口时,我问那个小老头,'在这件交易里,我的洗礼证有什么作用呢?'让-埃斯泰尔·范·戈布塞克耸耸肩,狡黠地微笑,回答我说:'年轻人多么傻啊!记住,诉讼代理人先生,因为您必须懂得,免得受骗上当,一个人在三十岁以前,正直和才干还是抵押品,过了这个年龄,就不能相信这个人了。'他把门关上。三个月后,我成了诉讼代理人。不久,夫人,我有幸能承办有关收回您的产业的案子。这些案子胜诉使我声名鹊起。尽管我要付给戈布塞克很高的利息,但不到五年我便还清了债。我对法妮·马尔沃一往情深,娶上了她。我们的命运、我们的工作、我们的成功十分一致,使我们感情的强度增加了。她的一个叔叔是个发了财的佃农,死后给她留下七万法郎,帮我还清了债务。从此,我便生活美满,事业亨通。别再讲我啦,一个幸运的人最令人厌恶不过了。再回到我们要讲的人物上面来吧。我盘下事务所一年以后,有一次几乎被硬拉去参加一个单身汉午餐会。我的一个同学跟当时在风雅圈子里风头十足的一个青年打赌,输了受罚请吃饭。德·特拉伊先生是当时花花公子的翘楚,声名显赫……"

"他眼下仍然声名显赫,"德·博恩伯爵打断诉讼代理人说。"谁也不及他服装华丽,会驾驭敞篷双轮轻便马车。马克西姆在赌博吃喝方面高人一等,谁也不如他潇洒。他在选马、选帽子、鉴赏油画方面十分内行。所有女人都迷恋上她。他每年总要花十万法郎左右,但谁也不知道他有一份产业,或者拥有一张公债息票。马克西姆·德·特拉伊伯爵是我们的沙龙、贵妇小客厅、大街上的浪游骑士典型,一种半男半女的雌雄同体动物；他是一个怪人，什么都想插一手，什么都做不好，令人敬畏，被人蔑视，无所不知，又一窍不通，既能行善，又能化解罪行，时而卑劣，时而高尚，宁可说他满身污泥，而不是血迹斑斑，挂心的事多，而悔恨少，更关心好好消化，而不是开动脑筋，佯装热情充沛，却一无所感。这是一只光闪闪的环，能把苦役监和上流社会扣在一起。马克西姆·德·特拉伊属于一个聪明绝顶的阶层，像米拉波、匹特①、黎希留②一类的人物有时从中脱颖而出，但这个阶层往往提供德·霍恩伯爵③、富吉埃-丹维尔④和科瓦尼亚⑤之流的人。”

德维尔听完了子爵夫人的哥哥的一番话之后，接着说：“我时常听到我的一个主顾、可怜的高里奥老头谈到这个人物；有好几次我在社交场合遇到他，我都躲开了，认识他很荣幸，可是有危险。但我的同学坚持再三，要我答应参加他的午餐，如果我逃避不去，就会被说成假正经了。夫人，您很难想象单身汉午餐是怎么回事。真是罕见的阔绰和讲究，就像一个吝啬鬼出于虚荣心要摆阔的一天里表现出的奢华。进去时，看到桌上摆得整整齐齐，银餐具、水晶容器、缎纹布闪光发亮，令人惊讶。这里，生命正处在旺盛时期：年轻人体态优雅，笑口盈盈，悄声交谈，如同新嫁娘，他们周围的一切纯洁无瑕。两小时以后，这里简直成了激战之后的战场：到处是打碎的玻璃杯，踩踏过和皱巴巴的餐巾；吃过的菜不堪入目；还有吵得人脑袋胀裂的叫声，打打闹闹的干杯，唇枪舌剑和恶俗玩笑的交锋，酡然的面孔，充满激情而又茫然的眼睛，不由自主地和盘托出的知心话。真是沸反盈天，有的人砸碎酒瓶，还有的人哼起曲子；互相挑衅，互相拥抱，或者互相殴打；传出一股由百十种气味混合而成的难闻的香味，还有上百个声音组成的叫喊；谁也不知道自己在吃什么，在喝什么，在说什么；有的人悲悲切切，还有的人喋喋不休；这一个是偏执狂，就像一口有人摇动的钟那样，重复同一句话；那一个想控制住混乱场面；最明智的人提议狂喝滥饮。如果有个头脑清醒的人进来，他会以为是在过酒神节。正是在这样的喧闹中，德·特拉伊先生试图博得我的好感。我几乎还保持着理智，小心防备着。至于他，虽然他假装醉得不失体面，其实他非常清醒，在考虑他那档子事。果然，不知怎么回事，晚上九点钟左右从格里尼翁的客厅出来时，他完全把我迷住了，我答应他，第二天带他到戈布塞克爸爸那里。荣誉、德行、伯爵夫人、正派女人、不幸等字眼，他的如簧之舌说起来，仿佛有魔术作用。第二天早上我醒来后，想回忆起昨夜做过的事，费了好大的劲儿才把一些想法连贯起来。最后，我觉得我的一个主顾的女儿，如果上午筹不到五万法郎，她就有丧失名誉、失去她丈夫的尊重和爱情的危险。这里面有赌债、华丽马车商的账、不知花费在什么地方的钱。那个有魅力的同席客人向我保证过，她很有钱，只要节俭几年，便可以弥补她的财产即将受到的损失。

---

① 匹特(1767—1846 或 1759—1806)：二人均为英国政治家，这里不知指哪一位。

② 黎希留(1585—1642)：路易十三时期的首相。

③ 德·霍恩伯爵(1763—1823)：曾在 1792 年派人去暗杀瑞典国王古斯塔夫三世。

④ 富吉埃-丹维尔(1746—1795)：法国法官，为严厉无情的象征，被判处死刑。

⑤ 科瓦尼亚(1779—1831)：化名德·圣海伦伯爵，招摇撞骗，1819 年被揭露。

不过，这时我开始猜测到我的同学一再坚请的原因。说来惭愧，我绝没有料到戈布塞克爸爸必需跟这个花花公子言归于好。正当我起床时，德·特拉伊先生进来了。‘伯爵先生，’我们寒暄几句之后，我对他说，‘我看您不需要我引见给范·戈布塞克这个最彬彬有礼、最无足轻重的财主。如果他有钱，或者更确切地说，如果您能给他足够的保证，他会借钱给您的。’‘先生，’他回答我，‘即使您答应过我，可我没有想过，非要您帮我一个忙。’‘真像萨达纳帕洛斯！’我心里想，‘我能让这个家伙认为我食言吗？’‘昨天我有幸告诉过您，很不凑巧，我跟戈布塞克爸爸闹翻了，’他继续说，‘但是，现在刚过月底，在巴黎只有他能够一下子拿出十万法郎，因此我请求过您让我跟他重修旧好。不过，我们就谈到这里为止……’德·特拉伊先生用既有礼又侮辱人的神情望着我，准备离开。‘我已准备好带您去，’我对他说。我们来到粗陶街时，花花公子环顾四周，那种聚精会神和惴惴不安令我惊异。他的脸变得刷白，随之又涨得通红，再转成蜡黄，待他瞥见戈布塞克那幢楼的大门时，额角上竟冒出几颗汗珠。正当我们下车的时候，一辆出租马车驶进粗陶街。年轻人的鹰眼使他看清车里的女人。一种近乎粗野的快乐表情激动着他的脸，他叫住一个路过的小伙计，让孩子看住他的马。我们上楼到贴现老头那里。‘戈布塞克先生，’我对他说，‘我把我的一个挚友带到你这里来（我凑在老头耳畔说，我提防他像提防魔鬼一样）。看在我面上，您就对他高抬贵手吧（可按一般利息），给他解围（如果合您的意）。’德·特拉伊先生对高利贷者鞠了一躬，坐了下来，摆出一副奉承的态度听他讲话，那种低三下四而又潇洒大方倒很吸引人；但是戈布塞克坐在炉火旁的椅子上，一动不动，冷漠无情。他活脱脱像晚上在法兰西剧院前厅里见到的伏尔泰塑像。他略微掀起戴在头上的破旧鸭舌帽，仿佛为了还礼，露出的一点黄脑门酷似那尊大理石像。‘我只借钱给我的主顾，’他说。‘我在别的地方，而不是在您手里倾家荡产，您很恼火吗？’伯爵笑嘻嘻地回答。‘倾家荡产！’戈布塞克含讥带讽地说。‘您说说看，一无所有的人会倾家荡产吗？不过，我看您未必在巴黎找得到比这个人更雄厚的资本，’那个时髦公子站起来大声地说，掉转了脚跟。这种半严肃的诙谐话并不能打动戈布塞克。隆克罗勒、德·玛塞、弗朗舍西尼、旺德内斯弟兄、阿瞿达-潘托一类的人物，总之，在巴黎鼎鼎大名的年轻人，我难道不是他们的至交吗？我在赌场中跟您认识的一个亲王和大使联手。我在伦敦、卡尔斯巴德、巴登和巴斯[①]都有收入。这不是最辉煌的产业吗？’‘不错，’‘您把我当作一块海绵，真见鬼！您鼓励我在社交界吸足膨胀，以便在我出现危机时挤干我；但您也是海绵，死神会挤干您。’‘很可能。’‘没有浪荡子，您会变成什么人呢？我们俩是灵和肉。’‘说得对。’‘得，握手吧，我的戈布塞克老爸爸，如果我说得不错、正确、很可能这样的话，请您宽宏大量。’‘您来找我，’高利贷者冷冰冰地回答，‘是因为吉拉尔、帕尔马、韦布吕斯特和吉戈内吃饱了您的期票，他们到处兑现，宁愿损失一半；可是，由于他们兴许只拿出过票面价

---

① 卡尔斯巴德：在美国新墨西哥州。巴登：德国、奥地利、瑞士均有以此命名的城市。巴斯：英国城市，矿泉疗养地。

值的一半，这些期票还值不到百分之二十五。我本来是甘愿效劳的！但一个负了三万法郎的债、一文不名的人，'戈布塞克继续说，'按理我能借给他一个子儿吗？前天晚上您在德·纽沁根男爵家的舞会上，输了一万法郎。''先生，'伯爵回答，肆无忌惮地打量老头，'我的事与您无关。没有到期，就不算欠债。''不错！''我的期票都能付清的。''很可能！''眼下，我们之间的问题只不过是要知道，我要向您借钱，是否能向您提出足够的保证。''说得对。'这时，出租马车在大门口停下的声音传到了屋里。'我去找一样东西来，或许会使您满意，'年轻人高声地说。'噢，我的孩子！'待借钱的青年出去以后，戈布塞克站起来，向我伸出双臂说，'如果他有靠得住的担保，你就救了我的命了！我真是高兴死了。韦布吕斯特和吉戈内还以为耍了我一下。幸亏你，今晚我要取笑他们一番。'老头的快乐有点令人害怕。他对我流露感情，仅有这一次。尽管他的快乐一掠而过，却永远铭刻在我的记忆里。'您留下来让我高兴一下，'他又说，'虽然我手中有枪，百发百中，当年打过老虎，在甲板上拼过你死我活，但我还是提防这个风雅的坏蛋。'他走到书桌前，坐到扶手椅里。他的脸又变得苍白和平静了。'噢，噢！'他向我转过身来说，'您一定就要看到我以前跟您提起的美人儿了，我听到走廊里响起有贵族气派的脚步声。'果然，那青年由一个女人挽着手臂回来了，我认出这位伯爵夫人正是高里奥老头的两个女儿之一，戈布塞克以前给我描绘过她起床的情景。伯爵夫人起初没有看见我，我待在窗洞下面，脸对着玻璃。她走进高利贷者潮湿阴暗的房间时，朝马克西姆看了怀疑的一眼。她风致楚楚，尽管有过错，我还是同情她。可怕的忧虑不安使她心绪紊乱，她高贵而倨傲的脸容有一种痉挛的表情，掩盖不住。这个青年已成了她的晦气星。我赞赏戈布塞克，四年前，他从第一张期票就看到了这两个人的命运。'大概，'我心想，'这天使面孔的魔鬼千方百计地控制她：挑起她的虚荣心和嫉妒心，引诱她到交际场中寻欢作乐。'"

"可是，"子爵夫人大声地说，"这个女人的德行本身已成了他的武器，他让她流过多少相思的眼泪啊，他善于在她心里激起女性天生的慷慨，他还利用她的痴心，让她付出高昂的代价来求得罪恶的欢乐。"

"不瞒您说，"德维尔不理解德·格朗利厄夫人给他做的手势，接着说，"即使这个不幸的女人在世人眼中多么光彩夺目，在洞察她心灵的人来看，又是多么可怕，我还是不会为她的命运黯然泪下；不，我端详着戕害她的罪魁祸首时，厌恶得发抖，这个青年的额角多么纯净，他的嘴多么艳丽，他的微笑多么妩媚，他的牙齿多么洁白，他宛如一个天使。这时，他们俩站在法官面前，法官审视他们，仿佛16世纪一个多明我会的老修士，在圣职部的地下室里窥伺给两个摩尔人上刑。'先生，有没有办法把这些钻石换成现款呢？但我要保留赎回的权利，'她用颤抖的声音说，一面把首饰盒递给戈布塞克。'有的，夫人，'我走出来插嘴说。她望着我，认出我来，不由得打了一个哆嗦。她向我使了一个眼色，无论在什么地方，这个眼色都意味着：'别说话！''这构成一种卖契，'我继续说，'我们称之为典卖，就是将动产或不动产在确定期间内转让给别人，期满后可以按商定价钱将原物赎回。'她呼吸起来舒畅了些。马克西姆伯爵皱眉蹙额，他料想到高利贷者会压低钻石的价钱,因为钻石正在跌价。戈布塞克一动不动,已拿起放大镜,默默地审视这盒钻石。即使我活到一百岁,我也不会忘记他的脸流露的表情。他苍白的双颊变得红润,他的眼睛仿佛反射出钻石的闪光,喷射出异乎寻常的欲火,炯炯有神。他站起来,走到亮处,将钻石凑近空瘪瘪的嘴巴,仿佛想把钻石吞下去。他咕哝着听不清的话语,一件件拿起手镯、耳坠子、项链、冠冕形发饰,放在亮光底下,审察它们的水色、洁白程度、琢磨工艺;他拿出来,放回去,再拿出来,摆弄着,让钻石发出各种闪光。他活像孩子,不像老头,更确切地说,既像孩子又像老头。'上等钻石!在大革命前,大约值到三十万法郎。多好的水色!戈尔康达或维萨蒲尔[①]出产的真正的亚洲钻石!你们知道这些钻石的价值吗?不,不,在巴黎只有戈布塞克识货。在帝国时代,要打一件这样的首饰,也许得花二十万法郎以上。'他做了一个倒胃口的手势,又说:'眼下钻石一天天跌价,和平以来[②],巴西运来大量货色,投放市场的钻石不如印度钻石洁白。妇女只在宫廷才佩戴。夫人进宫吗?'他一面说着这些词锋犀利的话,一面带着难以形容的喜悦观察一颗颗钻石:'没有疵点,'他说,'这颗有一个疵点。这颗有一个细长的瑕疵。上等钻石。'他苍白的脸被钻石的闪光照亮了,我可以把他的脸比作外省旅店那些发绿的旧镜子,它们接受亮光,却反射不出来,胆敢照镜的旅客映出的是一个中风倒下的人的面孔。'怎么样?'伯爵拍拍戈布塞克的肩膀说。这个老小孩哆嗦了一下。他放下那些玩意儿,放在书桌上,他坐下来,又变成高利贷者,严峻、冷冰冰、滑溜溜,就像一根大理石柱子:'您需要多少钱?''十万法郎,为期三年,'伯爵说。'可以!'戈布塞克说,从一只桃花心木盒子里取出分毫不差的天平来,仿佛这个盒子是他的首饰盒!他掂量了一下钻石,粗略地判断(天知道他怎么判断的!)那些托座的重量。在这样做的时候,这个贴现商的脸在快乐与严厉之间游移不定。伯爵夫人不知所措,我看在眼里,我觉得她在衡量她落入的深渊有多深。在这个女人的心灵中还有悔恨;也许只要帮一下,仁慈地伸出手,就可以搭救,我要试一试。'这些钻石是您的吗,夫人?'我朗声地问她。'是的,先生,'她回答,把高傲的目光投向我。'起草典卖契约吧,真啰唆!'戈布塞克站起来,对我指着书桌的位子说。'夫人一定结婚了吧?'我又问。她赶快点点头。'我不能起草这份契约,'我大声地说。'为什么?'戈布塞克问。'为什么?'我再说一遍,一面将老头拉到窗洞那边,低声同他说话,'这个女人已婚,典卖契约会无效,您不能推说不知道结婚证书写明的事实。到时候您只好把放在您那里的钻石拿出来,它们的重量、价值、样子都是写得清清楚楚的。'戈布塞克点点头,不等我说下去,便朝那两个有罪的人转过身去。'他说得对,'他说,'一切推翻重来。我现付八万法郎,你们给我留下钻石,'他用低沉而悦耳的声音说,'这是动产,要有名分才能算拥有。''但是,'年轻人说。'这不容讨价还价,'戈布塞克说,把钻石盒还给伯爵夫人,'我要冒的风险太大了。''您最好扑到您丈夫脚下求情吧,'我欠身在

---

① 戈尔康达、维萨蒲尔:印度古城,盛产钻石。

② 指1815年以后。

她耳畔说。高利贷者不用说从我嘴唇的翕动明白了我的话,冷冷地瞥了我一眼。年轻人面如土色。伯爵夫人明显地犹豫不决。年轻人走近她,尽管他说话声音很低,我还是听到:‘再见,亲爱的阿娜丝塔齐,祝你幸福!至于我,明天我就无忧无虑了。’‘先生,’少妇大声地对戈布塞克说,‘我接受您提出的条件。’‘得了吧!’老头回答,‘您开这个口真难啊,漂亮的太太。’他签了一张五万法郎的银行支票,递给伯爵夫人。‘现在,’他说,脸上的笑容同伏尔泰的微笑很相像,‘我用三万法郎的期票补足您的数目,这些期票的有效性不会受到怀疑。这是金条。这位先生刚才对我说:我的期票都能付清的,’他又说,同时拿出伯爵开的几张期票,都是在前一天根据他的一个同行的要求拒绝支付的,这个同行可能低价转让给了他。年轻人大吼一声,有句话说得更响:‘老混蛋!’戈布塞克爸爸眉毛也不皱,从盒里掏出一对手枪,冷冷地说:‘作为受侮辱的一方,我有权先开枪。’‘马克西姆,您要向这位先生道歉,’发抖的伯爵夫人轻轻地说。‘我并没有想侮辱您,’年轻人结结巴巴地说。‘我知道,’戈布塞克平静地说,‘您的意思只不过是不想付清您的期票。’伯爵夫人站起来,行过礼,跑了出去,无疑是觉得极其反感。德·特拉伊先生只得跟着她,但出去之前,他说:‘如果你们泄露出去,两位先生,不是我要你们的命,就是你们杀死我。’‘阿门,’戈布塞克握紧手枪回答,‘要说流血,也得有血,小家伙,而且你的血管里只有烂泥。’待门关上,两辆车开走,戈布塞克站起来,手舞足蹈,一再说:‘钻石是我的了!钻石是我的了!上等钻石,多好的钻石!而且便宜。哈!哈!韦布吕斯特和吉戈内。你们以为愚弄了戈布塞克老爸爸!Ego sum papa①!我是你们大家的老师!全部付清!今晚,在玩骨牌的间歇,我给他们讲讲这件买卖,看他们的傻模样吧!’这几颗白色的小石子捞到手,激起了这种阴暗心理的快乐和这种野蛮人的凶残,使我不寒而栗。我哑口无言,目瞪口呆。‘哈,哈!你在这里,我的孩子,’他说,‘我们一起吃晚饭。我们到你家乐一乐,我没有家庭。所有这些餐馆老板,他们的浓汁,他们的沙司,他们的葡萄酒,都会叫魔鬼中毒。’我脸上的表情突然使他恢复冷淡无情的态度。‘您不明白我说的话,’他对我说,坐在炉子旁,炉子上放着盛满牛奶的有柄白铁平底锅,‘您想同我一起吃饭吗?也许够两个人吃的。’‘谢谢,’我回答,‘我要到中午才吃饭。’这时,走廊里响起急促的脚步声。不速之客来到戈布塞克门口的楼梯平台上,敲了几下,来势汹汹。高利贷者在门上的小窗张望一下,给一个约莫三十五岁的男人打开了门,不用说,他觉得这个人虽然悻悻然,却不会伤害他。不速之客穿着朴素,活像已故的德·黎希留公爵,这就是伯爵,你们大概见过他了,请让我用这个说法:他有你们这一区政治家的贵族派头。‘先生,’他对复归平静的戈布塞克说,‘我的妻子刚离开这里吗?’‘可能。’‘喂,先生,您听不懂我的话吗?’‘我没有荣幸认识您的夫人,’高利贷者回答,‘今天上午我接待过许多人:女的、男的、像小伙子的小姐、像姑娘的年轻人。我很难……’‘别开玩笑,先生,我要说的是刚才离开这里的女人。’‘我怎么知道她是您的妻子呢?’高利贷者问。‘我从来没有荣幸见

---

① 拉丁文,意为“我是教皇”或“我是爸爸”,语义双关。

到您。’‘您搞错了，戈布塞克先生，’伯爵含讥带讽地说，‘有一天上午我们在我妻子的卧室里碰到过。您来兑一张用她的名字开的期票，钱可不是她借的。’‘研究她怎样得到这笔款不是我的事，’戈布塞克回嘴说，对伯爵投了狡黠的一瞥。‘我让我的一个同行给这张期票贴了现。再说，先生，’那个财主说，毫不激动，也不慌不忙，一面将咖啡倒进牛奶罐里，请允许我向您指出，还未经证明您有权在我家里指责我：我从上世纪的1761年起就成年了。’‘先生，您刚低价买下我家祖传的钻石，这些钻石不属于我的妻子。’‘虽然我没有义务让您知道我生意上的秘密，伯爵先生，但我要告诉您，如果您的钻石让伯爵夫人拿走了的话，您本该发一个通报，让珠宝商不要收买下来，但她可以零卖掉。’‘先生！’伯爵大声地说，‘您认识我的妻子。’‘不错。’‘她要听丈夫安排。’‘可能的。’‘她没有权利支配这些钻石……’‘很对。’‘怎么办，先生？’‘怎么办，先生，我认识您的妻子，她要听丈夫安排，我相信是这样，她要听许多人安排；但是——我——不认得——您的钻石。如果伯爵夫人签署期票，她就一定会做生意，购买钻石，收进再卖出，这种事是会发生的！’‘再见，先生，’伯爵气得脸色煞白，大声地说，‘还有法庭呢。’‘不错。’‘这位先生，’他指着我又说，‘是这件买卖的见证人。’‘可能。’伯爵正要出去。突然，我感到这件事十分重要，便在这剑拔弩张的双方之间居中调停。‘伯爵先生，’我说，‘您说得对，而戈布塞克先生也丝毫没有错。您对收购钻石的人起诉，也就不能不对您妻子提出诉讼，这件事的丑名便不仅落在她一个人身上。我是诉讼代理人，我的职业，尤其我本人，要对您声明，您所说的钻石是当着我的面由戈布塞克先生买下的；但我认为您要否认这件买卖的合法性，那就错了，再说，这些钻石也没有写明属于谁的。按道理您是对的；讲法律，您得屈服。戈布塞克先生非常正派，不会否认这笔生意于他有利，尤其我的良心和责任都要我照实说出来。如果您想起诉，伯爵先生，结果就值得怀疑了。因此，我奉劝您跟戈布塞克先生讲和，他可能表白自己是出于善意，但您应该把他出的钱退还给他。您可以同意七到八个月，甚至一年为期的典卖，在这段时间内，您可以归还伯爵夫人借走的款子，除非您更喜欢作出付款保证，今天就把钻石赎回去。’高利贷者把面包浸在牛奶咖啡里，无动于衷地吃着；但听到讲和这个词时，他望着我，仿佛说：‘好家伙！您很会利用我的开导。’至于我，我给他回了个眼色，他完全领会。这笔生意很成问题，手段卑劣；当务之急是讲和。戈布塞克没有办法否认，我会说出真相。伯爵好意地一笑，对我表示感谢。在商谈时，戈布塞克的机智和贪婪，连议会里的使奸弄巧也要相形见绌；然后，我起草了一份借据，上面写明伯爵从高利贷者手里借到八万五千法郎，包括利息，只要交出这笔款子，戈布塞克保证将钻石交还伯爵，‘真是挥霍无度！’那丈夫在签字时大声地说，‘怎样搭桥越过这个深渊呢？’‘先生，’戈布塞克庄重地说，‘您有许多孩子吗？’这一问使伯爵不寒而栗，高利贷者仿佛一个医术高明的医生，突然将手指按在痛处。那丈夫一声不吭。‘是的，’戈布塞克明白伯爵说不出的苦衷，接着说，‘您的经历我一清二楚。这个女人是个魔鬼，您也许还爱着她；我相信这一点，她使我感到很可怜。也许您想挽救家产，留给您那一两个孩子。您还是投身到社交界去花天酒地、赌博、倾家荡产吧，您常来找戈布塞克吧。大家会说我是个犹太人、阿拉伯人、高利贷者、海盗，我把您毁掉了！我一笑置之！如果有人侮辱我，我就叫他完蛋，谁也不如敝人的枪法和剑术那样高明。这是众所周知的！如果您遇得到一个朋友，那就互相结交，您把自己的财产假装卖给他。您不是把这个叫作委托遗赠[①]吗？'他转过来问我。伯爵似乎完全沉浸在思索中，他离开我们的时候说：'款子明天送来，先生，请准备好钻石。''他像个厚道的人，模样傻乎乎的，'伯爵走后，戈布塞克冷冷地对我说。'还不如说蠢得像个痴情汉。''伯爵还欠您的手续费呢，'看见我告辞，他大声地说。这一幕使我见识了一个摩登女性生活中的可怕秘密，几天以后的一个上午，我看到伯爵走进我的办公室。'先生，'他说，'我有重大利益要来向您咨询，我要声明十二分信任您，我希望能向您证明这一点。您为德·格朗利厄夫人所做的事，'伯爵说，'怎么称道都不过分。'

"您看，夫人，"诉讼代理人对子爵夫人说，"我为您做了一件很普通的事，却从中得到上千倍报酬。我恭敬地鞠了一躬，回答说，我只不过尽了正直人的职责罢了。'先生，您靠了那个怪人才有了今天的地位，我已深谙他的情况，'伯爵对我说，'据我所知，我认为戈布塞克是个犬儒派哲学家。您以为他正直吗？''伯爵先生，'我回答，'戈布塞克是我的恩人……要我付一分五年息呢，'我笑着补充一句，'他很吝啬，我无法把他描绘成会替一个不认识的人着想。''说吧，先生，您的直率既不会损害戈布塞克，也不会损害您自己。我并不指望一个用抵押品放债的人是个天使。''戈布塞克爸爸，'我接着说，'笃信一条原则，这条原则支配他的行为。依他看，金钱是一种商品，可以根据情况，问心无愧地以高价或低价出售。在他看来，一个资本家要用钱生利，他预先以合伙人的身份加入有利可图的事业和投机活动中。他的金融准则和对人性的哲学见解，使他行动起来表面像一个高利贷者；除此以外，我深信他不做买卖的时候，是巴黎最高尚和最正直的人。在他身上存在两种人：他是吝啬鬼，又是哲学家，既渺小又伟大。如果我死后留下孩子的话，他要做他们的保护人。先生，这就是我通过经验认识到的戈布塞克的真面目。我对他过去的经历一无所知。他可能当过海盗，他也许跑遍世界，贩卖过钻石，做过人贩子，或者拿国家机密做交易，我敢担保，任何人的心灵都没有经受过那样的千锤百炼。在我给他送去欠款，终于还清那一天，我拐弯抹角地问他，是什么感情促使他要我付这么高的利息，我是他的朋友，他又想帮助我，究竟出于什么理由不做十全十美的好事呢。''我的孩子，让你有理由认为不欠我的情，我就免得你感激我，因此，眼下我们是世界上最好的朋友。'先生，这个回答比无论什么话都更清楚地说明这是一个什么样的人。'我的主意已不可变更地下定了，'伯爵对我说，请您准备好必要的文件，将我的财产所有权转移给戈布塞克。先生，我只信任您，起草一份修改正式文件的密件，戈布塞克要在上面声明，出售是假的，一旦我的长子成年，要履行诺言，把他尽心经营的我的财产交还我的长子手里。现在，先生，我必须告诉您：我担心把这份宝贵的文件保存在家里。我儿子很爱他母亲，令我不敢把密件交给

① 委托遗赠：指委托遗赠人将财产转交第三者。

他。我能冒昧请您保管这个文件吗？戈布塞克一旦去世，他会在遗嘱中指定您是我的产业的受遗赠人。这样，一切都预先考虑到了。'伯爵沉默了一会儿，显得十分激动。'实在对不起，先生，'过了一会儿他说，'我痛苦得很，我非常担心我的健康。最近的烦恼无情地扰乱了我的生活，需要我采取重大措施。''先生，'我对他说，'请允许我首先感谢您对我的信任。但我应该不辜负这种信任，因此向您指出，您采取这种措施，就完全剥夺了您的……其他孩子的继承权。他们用的是您的姓。哪怕他们是您以前爱过、如今失去地位的女人所生的孩子，他们也有权利取得一定的生活条件。我对您实说，如果他们的命运得不到保障，我决不接受您给我面子，托我办的事。'这番话使伯爵瑟瑟发抖。他的眼泪夺眶而出，他捏住我的手，对我说：'我还不完全了解您。您刚才既使我快乐，又使我难受。我们就通过修改文件的密件的条款，把这些孩子应得的部分确定下来吧。'我把他送到事务所门口，我仿佛看到这个正义行动使他产生的满意心情催开的笑容。

"卡米耶，年轻女人就是这样堕入深渊的。有时只消一次四组舞，一首钢琴伴奏的曲子，一次郊游，就足以酿成可怕的事。受到虚荣和倨傲的鼓动，轻信别人的一个微笑，或者出于狂热，或者出于冒失，不就要出事吗？羞耻、悔恨和贫困就是复仇三女神，只要女人们越轨，就势必落到她们手里……"

"我可怜的卡米耶困死了，"子爵夫人打断诉讼代理人说。"去吧，我的女儿，去睡吧，你的心用不着知道这些骇人的场面，也会保持纯洁和清白。"

卡米耶明白她母亲的意思，走了出去。

"您有点扯远了，亲爱的德维尔先生，"子爵夫人说，"诉讼代理人既不是母亲，也不是说教者。"

"但是报纸上千倍更加……"

"可怜的德维尔！"子爵夫人打断诉讼代理人说，"我认不出是您在说话。您以为我的女儿看报吗？说下去吧，"过了一会儿，她说。

"伯爵同意把财产变卖给戈布塞克之后三个月……"

"既然我女儿不在场，您可以说出德·雷斯托伯爵的名字，"子爵夫人说。

"好吧！"诉讼代理人接口说，"这一幕之后过了很久，我还没有收到修改文件的密件，这应该由我保管。在巴黎，诉讼代理人忙于应付主顾的案子，只能按主顾关心的程度去料理，除了我们特别照顾的以外。有一天，高利贷者在我家里吃晚饭，吃完饭的时候，我问他，我不再听到别人提起德·雷斯托先生，他是否知道原因。'原因很清楚，'他回答我，'这个绅士快要死了。他是一个多愁善感的人，这种人不了解消愁解闷的方式，最后总是愁闷而死。生活是一种活计，一种职业，必须费劲学会它。当一个人历尽艰难困苦、懂得生活的时候，他的纤维变得粗壮了，获得一定的柔韧性，使他能控制自己的感受力；他把自己的神经锻炼成钢丝弹簧，能屈能伸，而不会断裂；如果他的胃好，受过这样锤炼的人就会和著名的黎巴嫩雪松一样长寿。''伯爵快要死了？'我问。'可能，'戈布塞克说，'办他的继承案件，您有油水可捞了。'我望着这个人，想探问他一下,便说:‘请您给我解释一下,为什么您只关心伯爵和我两个人?’‘因为只有你们才信任我,不耍花招,’他回答说。尽管这个回答使我相信,如果这个密件丢失了,戈布塞克也不会滥用他的有利地位,我还是决意去看望伯爵。我借口要办案子,我们出了门。我迅速来到赫尔德街。我被领到客厅里,伯爵夫人跟她的孩子们在那里玩耍。听到禀报我的名字,她急促地站起来,走去迎接我,给我指指炉火边一张空着的扶手椅,自己一言不发地坐了下来。她的脸上有一副捉摸不透的表情,上流社会的妇女在这种假面具下,善于掩藏她们的感情。忧虑已经使这张脸变得憔悴;唯有昔日令人赞美的优美线条还能证明她的娇容。‘夫人,我要同伯爵说话,事关重大……’‘您难道比我面子更大吗?’她打断我的话说,‘德·雷斯托先生不想见任何人,而且几乎不让医生去看他,不接受任何照料,连我的照料也不要。病人的念头真古怪!他们像孩子一样,不知道自己要什么。’‘他们也许跟孩子一样,很清楚要什么。’伯爵夫人脸红了。我几乎后悔说出戈布塞克才会说出的话。‘但是,’我改变话题说,‘夫人,德·雷斯托先生不可能永远一个人待着。’‘他的大儿子在他身边,’她说。我凝视伯爵夫人,看不出她脸上有什么变化,这次她不再脸红,我觉得她已下定决心,不让我看穿她的秘密。‘夫人,您应该明白,我的行动绝不是冒冒失失的,’我又说,‘它关系重大……’我咬着嘴唇,感到我说话路子不对。因此,伯爵夫人马上利用我的冒失。‘我的利益丝毫没有跟我丈夫的利益分开,先生,’她说,‘您跟我说毫不碍事……’‘我来谈的事只跟伯爵先生有关,’我态度坚决地回答。‘我派人通知伯爵,说您想见他。’这种客气的口吻,她说这句话时的神态,都骗不过我,我猜到她决不会让我见到她的丈夫。我谈了一会儿无关紧要的事,以便观察伯爵夫人;但是,就像一切胸有成竹的女人一样,她装得完美无缺,在你们女人身上,这是最高度的阴险恶毒。我敢说,我理解她的一切想法,她甚至敢犯罪。这种情感来自她对前途的估计,从她的手势、眼神、举止,直至嗓音显示出来。我离开了她。现在我要讲给你们听这个遭遇结尾的几个场面,再补充以后我才知道的情况,还有戈布塞克或我洞察到的细节。就在德·雷斯托伯爵似乎沉醉于寻欢作乐之中,想挥霍掉家产的时候,这对夫妇之间出现了龃龉,内情无人知晓,这使伯爵对妻子的看法比先前更坏了。他生病卧床以后,便表现出对伯爵夫人和最小两个孩子的厌恶;他不许他们走进他的卧室,一旦他们试图不顾这个规定时,他们的不服从吩咐便引起德·雷斯托先生极其危险的发病,以致医生请求伯爵夫人不要违拗她丈夫的吩咐。德·雷斯托夫人看见家里的田地房产,甚至她所住的公馆相继落入戈布塞克手里,无疑明白了丈夫的计划;对他们的财产来说,戈布塞克看来要成为童话中的吃人妖魔。当时,德·特拉伊先生被债主们追逼得太紧,正在英国旅行。只有他会给伯爵夫人点破戈布塞克向德·雷斯托先生提议的,在于对付她而采取的秘密防范措施。据说她很久拒绝签字,为了使出卖财产生效,这是我们的法律条文规定必不可少的手续,然而,伯爵还是达到了目的。伯爵夫人以为她丈夫要把他的家产变成资金,与家产相抵的那一小叠钞票也许放在一个秘密的地方,放在公证人那里,或者放在银行。据她估算,德·雷斯托先生必定拥有一份文件,让他的长子便于收回他珍视的财产。因此她决计在她丈夫卧室周围严加看管。她在家里专横跋扈,颐指气使,全家都受到这个女人的暗中监视。她整日价坐在与丈夫卧室毗邻的客厅里,她能听到他的一言一语和最轻微的响动。夜里,她在客厅里支起一张床,大半时间都不睡觉。医生完全站在她利益的一边。她的忠心显得令人赞叹。她运用奸诈的人天生的精明,善于掩盖德·雷斯托先生对她的憎恶,把悲痛伪装得惟妙惟肖,借以博得某种美名。有些规矩人甚至觉得她这样做是为了补赎前愆。但是她总是看到,如果她缺少机智,伯爵过世后等待着她的将是贫困。因此,这个女人虽然被她丈夫从他呻吟不已的病榻前赶走,却在周围画出一个魔力圈。她远离他,又近在咫尺,失去欢心,又全知全能,表面是忠贞不贰的妻子,却窥伺着丈夫的死和财产,有如田野里的昆虫,善于把沙土筑成螺旋状的圆丘,它埋伏在底下,静听每粒尘土落下来,等候无法逃遁的猎获物。最严厉的社会风纪监察官也不得不承认,伯爵夫人有深厚的母爱。据说,她父亲的死对她是一个教训。她舐犊情深,不让孩子们看到她无行的生活,他们年幼无知,让她达到了目的,他们热爱她。她给孩子们接受最良好、最出色的教育。我承认,我禁不住对这个女人抱着赞赏与同情,戈布塞克一直为此而取笑我。那时,伯爵夫人认识到马克西姆的卑劣,用血泪来补救自己以往生活的过失。我相信这一点。不管她为了夺回丈夫的财产而采取的措施多么可恶,她这样做难道不是出于母爱和试图弥补对儿女犯下的过错吗?再说,就像有些荒唐过一阵的女人那样,或许她感到需要再变得敦品修德。或许只有当她收获自己的过错播下的恶果时,她才认识到德行的价值。每当小埃内斯特从父亲房里出来的时候,他都要受到烦人的盘问,说出伯爵所说所做的一切。孩子好意地理解母亲的愿望,以为是出于挚爱,于是有问必答。我的拜访对伯爵夫人是一道闪光,她把我看成伯爵的复仇使者,决意不让我接近垂死的病人。出于不祥的预感,我强烈地希望能同德·雷斯托先生交谈一次,因为我对密件的处置惴惴不安;如果密件落到伯爵夫人手里,她便会加以利用,于是在她和戈布塞克之间就会掀起打不完的官司。我深谙高利贷者,知道他决不会把财产归还伯爵夫人;这个密件的诉讼案只能由我来承办,但密件行文中仍有许多可以钻空子的地方。我想防止不幸蜂拥而至,便再次拜访伯爵夫人。”

“我注意到,夫人,”德维尔用推心置腹的口吻对德·格朗利厄子爵夫人说,“社会上存在一些精神现象,我们注意得不够。在我承办的案件中,激情起着强有力的作用;作为天生的观察家,我不由自主要运用分析的头脑。然而,看到诉讼双方几乎总是能互相猜到秘密意图和想法,我便吃惊地赞叹不已。在敌对双方之间,有时能遇到同样的理智明晰,同样的洞察透辟,跟两个心有灵犀一点通的情人一样。因此,当伯爵夫人和我,我们面对面的时候,我突然明白她对我反感的原因,虽然她彬彬有礼和温文尔雅地把自己的感情掩饰起来。我势必知道她的底细,而一个女人面对一个男人不得不脸红的时候,要她不厌恶这个男人是不可能的。至于她,她猜到即使我是她丈夫所信赖的人,他还没有把家产交给我管理。我就不跟你们复述我们的谈话了,这场谈话作为我经历过的最惊险的斗争之一,铭刻在我的记忆里。伯爵夫人天生有许多优点,吸引力令人无法抗拒,她时而灵活,时而高傲,时而温柔,时而自信;她甚至想挑起我的好奇心,唤醒我心中的爱情,以便控制我:她失败了。当我向她告辞时,我发现她的眼睛里有一种仇恨和愤怒的表情,使我不寒而栗。我们不欢而散。她恨不得消灭我,而我呢,我对她感到怜悯,对某些性格的人来说,这种感情等于最无情的侮辱。我向她提出的最后几点意见,就渗透了这种感情。我告诉她,不管她怎么做,她还是必然要破产,我想,我会让她的心引起深深的恐惧,'如果我能见到伯爵先生,至少您的孩子们的财产……''我就要受您摆布了,'她做了一个厌恶的手势,打断我的话说。我们之间既然这样开诚布公,我就决意挽救这一家人,摆脱等待着他们的悲惨生活。如果为了达到目的,非要采取不合法的手段,我也决心犯错误,我的准备工作是这样的。我控告德·雷斯托先生,追索一笔他假欠戈布塞克的款子,获得了胜诉。伯爵夫人必然藏好诉讼状,而我有权在伯爵死后查封他的产业。我买通他家的一个仆人,让他答应,一旦他的主人快要咽气,他要来通知我,哪怕是半夜,以便我能突然赶来,吓唬伯爵夫人,威胁她要立即查封,这样就可以留下那个密件。后来我知道,这个女人听到她垂危的丈夫的埋怨后,研究过民法。如果可以勾画出灵床周围人们的思想,他们的心灵会呈现出多么触目惊心的图画啊!策划阴谋,筹措计划,布置圈套,历来其动机都是为了财产!这些性质相当乏味的细节且撇下不谈,但是这些细节可以使你们捉摸出这个女人的痛苦、她丈夫的痛苦,并且给你们揭示出类似的某些家庭的隐私。近两个月来,德·雷斯托伯爵视死如归,独自睡在自己的卧室里。一种致命的疾病慢慢地削弱他的身心。病人的古怪念头是无法解释的;他满脑子这种怪念头,不让人收拾他的屋子,拒绝一切照料,甚至不要人整理床铺。这种极端的麻木不仁在他周围都打下了烙印:他卧室的家具凌乱不堪。灰尘和蜘蛛网布满最精致的物品。以前他喜欢华丽考究,如今他耽于观看这间屋子不堪入目的景象。壁炉、书桌和椅子上摆满了病人要用的东西:装了药或空的药瓶,几乎都是脏了吧唧的;乱放的衣物,打碎的盘子,炉前一只打开盖的长柄暖床炉,一只还盛满矿泉水的浴缸。在这每一个刺目的乱糟糟的细节中,都反映出毁灭的感觉。死亡在潜入人体之前,先在物体上显现出来。伯爵害怕亮光,窗户的百叶窗关严了,黑暗使这个凄凉的地方更显得悲惨。病人形销骨立。他的眼睛依然闪闪发光,仿佛生命龟缩在那里。他面如土色,有点骇人,他不让人理发,头发显得非常长,形成平直的长绺,沿着面颊垂落下来。他活像荒漠中的狂热隐士。他不过五十岁①,巴黎人都以为他光彩焕发、生活美满,但忧虑却熄灭了他身上的一切人类情感。在1824年12月初的一个早上,他望着坐在床尾、痛苦地凝望他的儿子埃内斯特。'您难受吗?'年轻的子爵问他。'不!'他带着可怕的微笑说,'一切都在这里,在心的周围!'他露出脑袋,用瘦削的手指按着凹下去的胸部,这个动作使埃内斯特潸然泪下。'为什么我没有看到德维尔先生来呢?'他问贴身男仆,他以为这个仆人对他很忠心,其实完全被伯爵夫人拉了过去。'怎么,莫里斯,'垂死的人大声地说,翻身坐了起来,好像恢复了全部神智,'半个月来,我派你到我的诉讼代理人那里有七八次,而他却不

① 上文提到伯爵1820年时为三十五岁,过了四年却变成五十岁,显然是疏忽。

来,你以为大家可以捉弄我吗?马上去找他,把他接来。如果你不按我的吩咐去办,我就起来自己去……’‘夫人,’贴身男仆走进客厅说,‘您听到伯爵先生的话了,我该怎么办呢?’‘你假装到诉讼代理人那里去,等一下去对先生说,他的诉讼代理人到四十法里以外的地方去了,要办一个重要的案子。你再说周末他会回来。”病人总是弄不清自己的病情,’伯爵夫人心想,‘他要等诉讼代理人回来。’前一天医生断定,伯爵很难熬过白天,两小时后,当贴身男仆来给他的主人作这个答复时,垂危的人十分失望,显得十分激动不安。‘我的天!我的天!’他连声地说,‘我只信赖你。’他久久地望着儿子,终于用微弱的声音说:‘埃内斯特,我的孩子,你很年轻;但你心地善良,你一定明白,对一个行将就木的人,对父亲的许诺是神圣的。你觉得你能够保守秘密,藏在心里,连你母亲都不会发觉吗?眼下,我的儿子,在这个家里,我能相信的人只有你了。你不会辜负我的信任吗?’‘不会,父亲。’‘好吧,埃内斯特,待会儿我交给你一个封好的包裹,这是德维尔先生的东西,你保存起来,不要让任何人知道这包东西在你手里,你从公馆溜出去,把东西投入街角的小邮局去。’‘好的,父亲。’‘我能依靠你吗?’‘能,父亲。’‘来拥抱我吧。这样你使我死也瞑目了,亲爱的孩子。六七年后,你就会明白这个秘密的重要,你的机灵和忠心都会得到报偿,那时你便会知道我多么爱你。让我单独待一会儿,不要让任何人进来。’埃内斯特出来了,看见他母亲站在客厅里,‘埃内斯特,’她对他说,‘到这里来!’她坐下来,把儿子夹在两膝之间,使劲搂在胸前抱吻他。‘埃内斯特,你父亲刚才跟你谈过话。’‘是的,妈妈。’‘他对你说了什么?’‘我不能说出来,妈妈。’‘噢!亲爱的孩子,’伯爵夫人大声地说,热烈地拥抱儿子,‘你谨慎小心使我非常高兴!永远不要说谎,决不食言,你永远不要忘记这两个原则。’‘噢!您真了不起,妈妈!你从来不说谎!我相信是这样。’‘亲爱的埃内斯特,有时我也说谎。是的,有些情况下,法律也无可奈何,我便食言了。听着,埃内斯特,你不小了,也相当明白事理,会发觉你父亲把我赶开,不要我服侍,这是不合乎情理的,因为你知道我非常爱他。’‘是的,妈妈。’‘可怜的孩子,’伯爵夫人哭着说,‘这种不幸是挑拨离间造成的。心怀叵测的人企图离间我和你父亲,为的是满足他们的贪欲。他们想夺走我们的财产,据为己有。如果你父亲身体健康,我们之间的不和不久就会消失,他会听我的话;由于他心地善良,多情善感,他会承认自己的过错;但是如今他的理智出了问题,他对我的成见变成了执着的想法和一种狂热,这是他生病的结果。你父亲对你的偏爱又是他官能紊乱的一个证据。在他生病之前,你从来没有发觉他喜欢你胜过喜欢波莉娜和乔治。他身上的一切表现都是反复无常的。他对你的疼爱会促使他让你执行他的吩咐。我亲爱的小天使,如果你不想毁了你的家,不想看到你母亲有朝一日像一个穷苦的女人那样去乞讨,那么就必须告诉她一切……’‘哟!哟!’伯爵打开了门,几乎赤裸着霍地出现,大声叫道,他已经像骷髅一样干瘪,皮包骨头。这声沉浊的喊叫在伯爵夫人身上产生了可怕的效果,她一动不动,仿佛惊呆了一样。她的丈夫这样弱不禁风和苍白,似乎从坟墓里走出来。‘您使我一生烦恼,现在又想使我死不瞑目,败坏我儿子的理智,把他带坏,’他用沙哑的声音嚷道。生命最后的激动使这个垂危的人变得近乎可怕,伯爵夫人扑在他的脚下,泪如泉涌,'行行好!行行好!'她叫道。'您可怜过我吗?'他问,'我已让您挥霍掉您的财产,现在您还想挥霍掉我的财产,使我的儿子倾家荡产!''是的,那么,别可怜我,冷漠无情吧,'她说,'但孩子们呢!就让您的遗孀生活在修道院里吧,我俯首听命;为了补赎我对您犯下的过错,您要我做什么,我都会去做;但要让孩子们幸福!噢!孩子们!孩子们!''我只有一个孩子,'伯爵回答,一面做了一个绝望的手势,把瘦骨嶙峋的手臂伸向他的儿子。'请原谅!我悔过了,我悔过了!……'伯爵夫人抱住丈夫湿漉漉的脚,嚷道。她泣不成声,模糊、不连贯的话语从她热辣辣的喉咙里吐出来。'既然您刚才对埃内斯特说过那番话,您还好意思说悔过了!'垂危的人说,一抬脚把伯爵夫人掀翻在地,'您使我寒心!'他又说,那种冷漠令人生畏。'您是个坏女儿,坏妻子,坏母亲。'不幸的女人昏厥过去。垂危的人回到床上,躺了下来,几个小时后失去了知觉。教士来给他行了圣事。他咽气时正好是午夜。上午那一场争吵耗尽了他那一点力气。午夜时我和戈布塞克爸爸来到。趁着家里乱作一团,我们一直闯进死者卧室前面的小客厅,看到三个孩子哭成泪人儿似的,待在两个教士中间,这两个教士要在夜里守灵。埃内斯特向我走来,对我说,他母亲想独自待在伯爵的卧房里。'请别进去,'他说,他的语气和手势都很动人,'她在里面祈祷!'戈布塞克笑了起来,这种无声的笑是他特有的。埃内斯特年轻的脸上流露出来的感情使我非常感动,我不会有悭吝人那种讽意。当孩子看到我们朝门口走去时,他靠在门上叫道:'妈妈,有两个穿黑衣服的先生要找你!'戈布塞克把孩子推开,好像拔开一根羽毛似的,他打开了房门。多么可怕的景象映入我们的眼帘啊!这个房间一片不堪入目的凌乱。伯爵夫人因失魂落魄而披头散发,双眼灼灼闪光,在乱七八糟的衣服、文件、碎纸中间站着,呆若木鸡。面对死尸,这片混乱十分骇人。伯爵一断气,他的妻子就撬开所有抽屉和书桌,在她周围,地毯上撒满了碎屑,几件家具和几只皮包破裂、撕坏了,一切都打上她的手大胆搜索的痕迹。即使开初她的寻找一无所获,但从她的态度和激动看来,我猜想她终于发现了那些秘密的文件。我向床上瞥了一眼,凭着经常办案获得的本能,我猜度出所发生的事。伯爵的遗体放在床与墙壁之间,几乎横放着,鼻子对着床褥,就像一只扔在地上的信封那样冷落在那里;因为他也只不过是一只信封罢了。他僵硬的、不能屈伸的四肢使他显得可怕而又滑稽。不消说,垂危的人把密件藏在枕头底下,仿佛为了在他死前不让别人拿走。伯爵夫人猜到了丈夫的想法,另外,这个想法似乎在他最后的手势和钩曲的手指的痉挛中表现出来。枕头已扔到床下,伯爵夫人的脚印还留在枕头上;在她前面的脚下,我看见一张好几处盖着伯爵纹章的文件,便赶紧捡了起来,看到上面写着一个地址,指明文件要交给我。我带着法官审问犯人的犀利无情盯住伯爵夫人,炉火正吞噬着这些文件。听到我们进来,伯爵夫人把文件投进壁炉里,她看到我为孩子们着想,请伯爵添上的最初几项条款,以为这样便消灭了一个剥夺她的孩子们财产的遗嘱。良心在受折磨,还有罪行在犯罪的人心里引起的不由自主的恐怖,使她失去了思考能力。看到自己被当场捉住,她也许看到了断头台,感到了刽子手烧红的烙铁。这个女人喘着气,等待我们开口,用恶狠狠的目光望着我们。

‘啊！夫人，’我说着从壁炉里捡回一张还没有着火的文件，‘您使您的孩子们破产了！这些文件是他们财产所有权的凭证。’她的嘴翕动了一下，仿佛就要中风那样。‘咳！咳！’戈布塞克嚷道，他的感叹让我们觉得像在大理石上移动铜烛台的吱嘎声。过了一会儿，老头用平静的口吻对我说：“‘您真想让伯爵夫人相信，我不是伯爵先生出卖给我那些财产的合法主人吗？这幢房子刚刚属于我。’当头一棒也不会引起我这样的痛苦和惊讶。伯爵夫人注意到我投向高利贷者的犹豫不决的目光。‘先生，先生！’她对我说，却说不出其他的话。‘您有委托遗赠书吗？’我问他。‘可能有。’‘您会利用夫人的犯罪吗？’‘不错。’我走了出来，让伯爵夫人坐在她丈夫的床边涕泣如雨。戈布塞克尾随着我。待我们来到街上，我便跟他分手；但他走到我面前，用洞察人心的深邃目光望着我，以柔和而尖细的声调对我说：‘你要插手审理我的案子吗？’从这时起，我们很少见面。戈布塞克出租伯爵的公馆，每年夏天在田庄里避暑，过着庄园主的生活，兴建农场，修缮磨坊和道路，种植树木。有一天，我在杜伊勒里宫的一条小径上遇到了他。‘伯爵夫人眼下过着艰苦的生活，’我对他说，‘她致力于孩子们的教育，调教得很出色。大儿子长得很英俊……’‘可能。’‘可是，’我又说，‘您难道不该帮助一下埃内斯特吗？’‘帮助埃内斯特！’戈布塞克大声地说，‘不，不。不幸是我们最伟大的老师，不幸会教会他了解金钱的价值、男人的价值和女人的价值。让他在巴黎的海洋上航行吧！等他成了一个好舵手时，我们再给一艘航船。’我同他分手，也不再弄清他这番话的含义。德·雷斯托先生的母亲已使他对我反感，尽管他远不会向我讨教，上星期我还是到戈布塞克那里，把埃内斯特对卡米耶小姐的爱情告诉他，催促他完成伯爵委托他的事，因为年轻的伯爵已经成年了。贴现的老头早已卧床不起，病入膏肓，忍受折磨。他要把答复推迟到他能起床和料理事务的时候，只要他还有一口气，他无疑什么也不愿放弃；他迟迟不作答复没有别的原因。我看到他病得比他自己以为的更严重，便常常待在他身边，因此看到了他的欲望的发展，随着年龄增长，这种欲望变成了一种狂热。为了不让别人住在他那幢房子里，他把整幢房子都租下来，让所有房间都空着。他居住的那个房间样样不变。十六年来我了如指掌的那些家具，仿佛保存在玻璃罩下，它们跟从前一模一样。给他看门的忠实的老婆子，嫁给了一个残疾军人；她上楼照顾主人时，他就看门。她始终是戈布塞克的管家婆和心腹，谁来看他，就由她来带路，她还在他身边完成看护的职责。尽管体衰力弱，戈布塞克还是亲自接待他的主顾，收账结款，他大大简化事务，只要让那个残疾军人跑几趟，就可以管理好外边的事务了。当法国承认海地共和国、签订条约时，由于戈布塞克对圣多明各[①]旧日的财产状况以及对领取津贴的侨民或受益者十分熟悉，他被任命为清理他们的产权和分配海地赔款的委员会成员。戈布塞克匠心独运，以韦布吕斯特和吉戈内的名义创立一个代理行，给侨民或他们的继承人的债券贴现，他跟韦布吕斯特和吉戈内一起分红，而不需要先垫出钱来，因为他的智慧构成了他的投资。这个代理行就像一个蒸馏厂，无知的人、多

---

① 圣多明各：海地共和国的旧称，位于加勒比海，占据岛的西部，1821 年当地人驱逐西班牙人，次年统一。

疑的人，或者权利可能被否认的人，他们的债券都在这个蒸馏厂榨出油水来。作为清理人，戈布塞克善于跟大业主商谈，这些业主要么想抬高他们的产权，要么想让人迅速承认他们的产权，都送给他礼物，数量多寡看财产大小而定。因此，这些礼物成了他无法据为己有的款子的一种回扣；另外，他的代理行把那些小数目的、有问题的产权，以及那些宁愿马上拿到现款、不管数目多么小，也不愿意等候共和国不可靠的赔偿机会的人的产权，以低价转让给他。在这桩大买卖中，戈布塞克成了贪得无厌的巨蟒。每天上午，他接受别人的贿赂，翻来覆去地看这些礼物，如同一个印度总督的大臣在决定签署赦免书之前所做的那样。戈布塞克什么都要，从穷鬼的篮筐到谨小慎微的人论斤的蜡烛，从有钱人的餐具到投机家的金鼻烟壶。谁也不知道那些送给老高利贷者的礼物的下落如何。一切都只进不出。'说实在的，'我的老相识、那个女门房对我说，'我相信他样样都吞下去，却不会发胖，因为他像我的挂钟里那只报时鸟一样，又干又瘦。'上星期一，戈布塞克终于派残疾军人来找我，他走进我的办公室，对我说：快去，德维尔先生，老板快要断气了；他黄得像柠檬一样，他眼巴巴要跟您说话，死神在折磨他，最后一口气堵在他喉咙里呢。'当我走进垂危病人的房间时，我发现他跪在壁炉前，壁炉里虽然没有火，却有一大堆灰。戈布塞克从床上爬到那里，但是他没有力气再爬回去躺下，也发不出呻吟声了。'老朋友，'我对他说，一面扶他起来，帮他回到床上，'您感到冷吧，怎么不生火呢?''我一点儿不冷，'他说，'不要生火！不要生火！我要到冥冥之中了，小伙子，'他又说，瞥了我茫然和冷冰冰的最后一眼，'我要离开人间了！我老想抓住东西，'他说，用词表明他的神智依然清晰准确。'我似乎看见我的屋里塞满活生生的黄金，我起床去捡黄金。我所有的黄金将来归谁呢？我不赠给政府，我立了一个遗嘱，你把它找出来吧，格罗蒂于斯。那个荷兰美女有个女儿，一天晚上我在维维埃纳街看到过这个姑娘。我想，她的绰号叫电鳐，她像爱神一样美，你去找她吧，格罗蒂于斯！你是我的遗嘱执行人，你要什么就拿去吧：这里有肥肝糜、大包咖啡、糖、金汤匙。把那套奥迪欧[1]牌的餐具送给你的妻子吧。但钻石给谁呢？你闻鼻烟吗，小伙子？我有烟草，你拿到汉堡去卖吧，可以赚一半价钱。我样样都有，但必须统统离开！得了，戈布塞克爸爸，'他自言自语说，'不要软弱消沉，要振作起来。'他从床上坐起，他的脸在枕头上清晰地突现出来，仿佛青铜铸成的一样，他把干枯的手臂和骨棱棱的手伸到毯子上，抓紧毯子，好像要稳住自己。他望着壁炉，壁炉跟他金属般的眼睛一样冰冷。他死的时候理智健全，在看门女人、残疾军人和我看来，活像勒蒂埃描绘布鲁图斯的孩子们之死[2]那幅油画中的罗马老人，他们聚精会神，站在执政官后面。'这个狡猾老头真是脸皮厚！'残疾军人用士兵语言对我说。我呢，我还在倾听垂死的人难以置信地在列举他的财富，而我的目光循着他的目光看去，落在那堆灰上，灰多得令我惊奇。我拿起火钳，插到灰里，触到一堆金银，不用说，是在他生病时接受下来的，他身体虚弱，无

---

① 奥迪欧：当时的王家金银器店。

② 勒蒂埃(1760—1832)：法国画家。这幅画名为《布鲁图斯判处儿子们死刑》(1814)，藏于罗浮宫。

法藏好,或者由于他不信任别人,才没有送往银行。‘快去找治安法官,’我对残疾军人说,‘马上在这里贴上封条!’戈布塞克临终前的话,以及看门女人最近告诉我的话给了我强烈印象,于是我拿上二楼和三楼的房门钥匙,要去察看一下。在我打开的第一个房间,看到吝啬引起的种种后果,我明白了原先以为荒诞不经的说法;这种吝啬只剩下不合逻辑的本能,外省的吝啬鬼已给我们提供了许多实例。在戈布塞克断气那间屋子的隔壁,放着一些腐烂的肉糜、大量各种各样的食品,甚至长了毛的贝壳和鱼,不同的臭味差点令我窒息,蛆虫和昆虫到处乱爬。这些新近收到的礼物,跟各式各样的盆子、一箱箱茶叶和一包包咖啡乱堆在一起。壁炉上和一只银汤碗里,放着一些运到勒阿佛尔的物品提货通知单,收货人是他,有一包包的棉花、一桶桶的糖和朗姆酒、咖啡、蓝靛、烟草、殖民地出产的杂七杂八的食品!这间屋子堆满家具、银器、灯具、油画、瓷瓶、书籍、没有框架卷起来的精美版画和珍品。或许这些数量可观的值钱东西不会是馈赠之物,而是赎不回去、留在他手里的抵押品。我看见一些有纹章或编了号的首饰盒、细布餐巾、珍贵的武器,可是都没有标签。有一本书我觉得放错了地方,打开一看,里面都是一千法郎的钞票。我打算连最细小的东西也仔细察看一下,搜索地板、天花板、挑檐和墙壁,把所有金子都找出来。这个值得让伦勃朗画像的荷兰人是嗜金如命的,在我从事司法工作的生涯中,我从未见过吝啬和怪癖会有这样的表现。我回到他的房里,在他的书桌上找到了这些财物愈来愈乱、堆积如山的原因。在一个文件分类架下,有一堆戈布塞克和商人之间的通信,他无疑通常把赠品卖给这些商人。可是,要么这些人吃够了戈布塞克诡计的亏,要么戈布塞克对他的食品或制成品索价过高,每桩买卖都悬而未决。他没有将食品卖给舍韦[1],因为舍韦要打七折才肯收下。戈布塞克为了几法郎的出入而锱铢必较,在讨价还价中,商品便变质了。出售银器时,他拒绝付搬运费。至于咖啡,他不愿贴损耗费。总之,每样货物都引起争论,表明在戈布塞克身上出现幼稚和不可理喻的固执的最初征兆;凡是老人,智力衰退,而强烈的欲望尚存时,都会有这种情形。如同他曾经思索过的那样,我在想:‘这些财富将属于谁呢?……’想到他提供给我的、关于他唯一的女继承人的古怪情况,我看来只得去搜索巴黎所有形迹可疑的房子,把巨大的财产交付给一个坏女人。首先,要知道,通过符合手续的文件,埃内斯特·德·雷斯托伯爵不久将要拥有一笔财产,使他可以娶上卡米耶小姐,同时分别给他的母亲德·雷斯托伯爵夫人、他的弟弟和妹妹足够的份额和妆奁。”

“那么,亲爱的德维尔先生,我们会加以考虑的,”德·格朗利厄夫人回答。“埃内斯特先生必须非常富有,才能让我们这样的家庭接受他的母亲。请想想,有朝一日我的儿子将会成为德·格朗利厄公爵呢,他要将格朗利厄两房的财产集于一身,我要给他找一个合他心意的妹夫。”

“可是,”德·博恩伯爵说,“雷斯托佩戴的是红色直纹、白银横条的纹章,横条上有四个小金盾,金盾上又各有一个黑色十字架,这是一种非常古老的纹章。”

---

① 舍韦:当时的高级食品商店,位于从沙特尔到王宫的长廊之间。

“不错，”子爵夫人说，“再说，卡米耶的婆母违背了这个格言：RES TUTA①，山卡米耶可以不见她！”

“德·鲍赛昂夫人也接待德·雷斯托夫人呢，”年老的舅父说。

“噢！那是在她举行盛大晚会的时候，”子爵夫人反驳说。

（郑克鲁　译）

福楼拜

居斯塔夫·福楼拜（1821—1880），法国小说家，生于鲁昂，父亲是外科医生。1842年至1844年在巴黎读法律，因病辍学。从1845年开始居住在克罗瓦塞别墅，终其一生。1850—1851年至中东一带旅行。1858年到突尼斯的迦太基遗址去考察。小说有《包法利夫人》（1857）、《萨朗波》（1862）、《情感教育》（1869）、《三故事》（1877）。福楼拜主要描绘七月王朝和第二帝国时期的法国，他的历史小说往往通过特定的事件，如战争去表现古代社会。他擅长塑造平庸恶浊的社会风气产生的爱幻想、少行动的人物。提倡客观性和真实性，极其注重材料的搜集，同时追求艺术美，苦心孤诣地锤炼句子，务求尽善尽美。

《一颗纯朴的心》选自《三故事》。乔治·桑曾责备他过于客观，缺乏感情。福楼拜受到触动，在《一颗纯朴的心》中改变了以往的写法，对小说主人公费莉西泰倾注了自己的同情，写出她纯朴、忠实、勇敢、机智的品质，虽怒其不争，但哀其不幸。作者采用白描手法，通过一系列平凡琐碎却有典型意义的细节，写出人物的精神世界。

一颗纯朴的心

一

在半个世纪里面，主教桥一带的太太小姐们对奥班太太的女用人费莉西泰十分眼热。

为了一年一百法郎的工资，她掌勺做菜，收拾房间，缝缝洗洗，再加熨烫，还会套马，喂养家禽，搅打黄油；对主妇始终忠心耿耿，而她的女东家却并不是一个和蔼可亲的人。

奥班太太早年嫁了一个没有财产的漂亮小伙子，他在1809年初去世，给她留下了两个很小的孩子和一大堆债务。所以她卖掉了她的房地产，只剩下年收益最多不超过

① 拉丁语，意为“保护财产”。

五千法郎的杜克和热福斯两个农庄;她搬出在圣梅莱纳的老家,住到另外一座开销比较省的房子里去,这座房子是她家的祖产,在菜市场后面。

这座房子,顶上铺着石板瓦,夹在一个通道和一个通向河边的小巷子中间。房子里面的地面高低不平,很容易使人摔跤。狭小的门厅把厨房和客厅隔开,奥班太太整天坐在客厅的窗户旁边一只草编的扶手椅上。紧挨着漆成白色的护墙板,排列着八把桃花心木的椅子。在一只晴雨表下面,一架旧钢琴上放着很多盒子和硬纸板,堆得像金字塔一般。壁炉是用黄色大理石,按照路易十五时代式样砌成的,两边各有一只有绒绣的安乐椅。中间的一只座钟做成维斯塔神庙的式样。整座房子都可以闻到一股霉烂味,因为底层地板比花园地面低。

一上二楼,就是"太太"的房间,很大,糊着淡色的花墙纸,挂有穿着花花公子服装的"先生"的画像。这个房间和另一个较小的房间相通,那个房间里有两张没有垫子的小孩床。再过去是客厅,门始终关着,里面放满了盖着布的家具。随后是一条走廊,通向一间书房;书房中间有一只很大的乌木书桌,三面是书橱,书橱的架子上堆放着一些书和废纸。几幅钢笔画、水粉风景画和奥德朗的版画——它们是美好的年代和已消逝的奢华的回忆——遮住了两块凸出的护墙板。费莉西泰的房间在三楼,能望见牧场,有一扇天窗取光。

为了不错过弥撒,费莉西泰每天黎明即起,一刻不停地一直忙到晚上;接着,晚饭过后,餐具归位,大门关上,她把木柴埋在灰堆里面,手里拿着念珠,在炉灶前睡着了。在买东西讨价还价时,谁也没有她那么大的韧性。讲到清洁卫生,她那些擦洗得光亮鉴人的锅子使其他的女用人自叹弗如。为了节约,她吃东西时慢慢吞吞,用指头沾起洒落在桌子上的面包屑——一只专门为她烤的十二斤重的面包,够她吃上二十来天。

不论任何季节,她都披着一块印花布的方巾,用一只别针别在背上,头上戴一顶盖没头发的帽子,穿一双灰袜,一条红裙,短上衣外面加一条有护胸的围裙,就像医院里的女护士一样。

她的脸庞瘦削,声音尖细。在二十五岁时,看上去有四十岁。到五十岁以后,便看不出她有多大年纪了。她始终沉默寡言,身子挺直,动作慢条斯理,姿势僵硬,就像一个木头女人。

二

她像别人一样,也有她的恋爱故事。

她的父亲是一个泥瓦工,从脚手架上失足掉下来摔死了。后来她的母亲也死了,她的姐妹们也各自东西。一个农场主收养了她,在她很小的时候便差她去田野里放牛。她穿着破衣烂衫冻得瑟瑟发抖,趴在地上喝水潭里的水,无缘无故地挨打,最后因为被冤枉偷了三十个苏给赶了出来。她进了另一个农庄,成了那儿照管家禽的姑娘,农场主夫妇很喜欢她,她的伙伴们却心中酸溜溜的。

八月份的一天晚上(那时候她十八岁),他们带她去参加科尔维尔的晚会。乡村提琴手嘈杂的曲调,树上的灯彩,五颜六色的服装,花边,金十字架,所有的人同时跳跃,这一切马上便使她晕头转向,不知所措。她羞怯地待在一边,有一个看来很有钱、两个胳膊肘抵在一辆两轮车的辕木上抽烟斗的年轻人,突然过来请她跳舞。他请她饮苹果酒,喝咖啡,吃薄饼,送她一块薄绸头巾;于是,他便以为她已猜到了他的打算,提出要送她回家。在一块燕麦田旁边,他粗暴地把她掀翻在地。她害怕了,叫唤起来;他走掉了。

又有一天傍晚,在去博蒙的大路上,她想超过一辆缓缓而行的装载着干草的大车;在车轮旁擦过时,她认出了赶车的就是那个泰奥多尔。

他神色安详地向她走过来,说一定要原谅他,因为那是“喝多了酒的过错”。

她不知道如何回答,一心想逃之夭夭。

接着他谈起了收成和镇上的一些头面人物。因为他父亲已经离开科尔维尔,搬到了埃科农庄,所以他们现在已经成为邻居了。“噢!”她说。他接着说家里希望他成家,可是他并不急,等着找一个配他胃口的女人。她低下了脑袋。于是他问她是不是想结婚。她微笑着回答说取笑人可不好。“我绝不是开玩笑,我向您发誓!”说着,他用左胳膊搂着她的腰,她就这样任他拥抱着向前走去。他们放慢了步子。和风习习,星光闪耀,一大车干草在他们前面晃晃悠悠。四匹马拖着步子,扬起尘埃;随后,不用吆喝,便向右转去。他又吻了她一次。她向黑暗中跑去,消失了。

下一个星期,泰奥多尔几次约她幽会,她都同意了。

他们在院子深处一堵墙后面一棵孤零零的大树下见面。她不像小姐们那样纯洁无邪,牲畜已经教会了她;可是理智和重视荣誉的本能使她没有失身。这种抵抗更增强了泰奥多尔的爱情之火,因此为了使她满意(也许是一种天真的想法),他提出要娶她。她犹豫不决,没有马上相信他。他赌咒起誓,说他永远不会变心。

没有多久,他吐露了一件很糟糕的事情:他的父母去年为他买了一个当兵的替身,可是说不定哪天人家又会来找他去。一想到要服役他就害怕。这种怯懦的性格对费莉西泰来说却是一种温柔的证据;她更加倍地爱他。晚上她溜出农庄,来到幽会地点,泰奥多尔不是愁肠百结,就是苦苦央求,搞得她十分痛苦。

最后他说他要亲自到省政府去探听一下,到下星期天晚上十一点到十二点之间,他把消息带来。

到了约定时间,她飞快地跑去会见她的情人。

在他的位子上,她见到的是他的一个朋友。

这位朋友告诉她,她大概再也见不到他了:为了逃避征兵,泰奥多尔娶了一个有钱的老太婆,图克镇的勒乌塞太太。

她听了心如刀绞,扑倒在地,大声叫喊,一个人在田野里呜咽哭泣到太阳升起。随后她回到农庄,声称她要离开这里。到了月底,她拿了工钱,把她的一点点行李包在一小块布里,来到了主教桥。

在一个客店前面,她向一个戴寡妇帽的女有产者打听,正巧她在找一个厨娘。年轻姑娘并没有多大能耐,可是看来很有诚意,要求也很低,因此奥班太太最后说道:

“好吧,我用你了!”

一刻钟以后,费莉西泰便在她家里住下了。

起先,她生活在这个家里只觉得战战兢兢,那是笼罩着这个家庭的“家风”和对“先生”的怀念的气氛造成的。保尔和维尔吉尼两个孩子,一个七岁,另一个才四岁,在她看来,他们仿佛是用什么非常珍贵的材料做成的。她像马一样把他们驮在背上;奥班太太不准她不时地亲他们,使她感到很难受。可是,她觉得自己很幸福。安适的环境冲淡了她的愁闷的心情。

每星期四,总是有几位常客来玩一局波士顿牌戏。费莉西泰预先准备好扑克牌和脚炉。他们准八点钟来,十一点以前告辞。

每星期一早晨,住在小巷子里面的旧货商就地摊开了他的废铜烂铁,接着镇上便人声嘈杂,中间还夹着马嘶、羊咩、猪哼和行驶在街上的车辆的叽叽嘎嘎的声音。中午光景,集市上最热闹的时候,门口出现了一个高个子的老农民,他的鸭舌帽顶在后脑勺上,鹰钩鼻,是热福斯的佃户罗布兰。过不一会儿,图克的佃户利埃巴尔也来了,他是个小伙子,红红的面孔,胖乎乎的,穿一件灰色外套,皮腿套上装着马刺。

他们两人都是给他们的地主送母鸡或者奶酪来的。他们使的诡计无一例外地被费莉西泰戳穿,因此在回去时他们对她佩服得五体投地。

奥班太太有时要接待格勒芒维尔侯爵的来访,日子没有一定;他是她的一位叔父,因生活放荡而破了产,住在法莱斯他剩下的最后一块土地上。他总是在用午餐的时候来,还带着一条可怕的鬈毛狗,它的爪子把所有的家具都弄脏了。尽管他老想装出一副绅士派头,甚至每次提到“先父”时都要掀掀帽子,可是积习难改,他总是一杯一杯给自己斟酒,出口就是污言脏语。费莉西泰总是客客气气地把他推出门外说:“够啦,德·格勒芒维尔先生!下次再来吧!”随后关上了大门。

她每次都高高兴兴地替从前当过诉讼代理人的布雷先生开门。一看到他的白领带,他的秃脑袋,他衬衫的襟饰,他宽大的棕色礼服,他的弯胳膊吸鼻烟的姿势和他所有的神态,她便心慌意乱,就像我们突然看到一位了不起的大人物一样。

因为他管理着“太太”的产业,经常一连几小时和太太一起关在“先生”的书房里;他总是怕受什么牵累,对官方无限崇敬,并自夸懂得拉丁文。

为了用一种有趣的方法教育孩子,他送了他们一本印有一些铜版画的地理书。画上印着世界上各种不同的景象,一些头上插羽毛的吃人生番,一只劫走一位小姐的猴子,几个沙漠里的贝督因人①,一条被渔叉刺中的鲸鱼,等等。

保尔把这些图片解释给费莉西泰听。这是她所受到的全部文学方面的教育。

孩子们的教育由居约负责,他是镇公所一个可怜的办事员,因写得一手好字而小有名气,他总是在他的皮靴上磨他的小刀。

在天气晴朗的日子,他们一早便到热福斯农庄去。

---

① 贝督因人:北非和亚洲西部的少数民族。

庄院在斜坡上，房子在正中间；远处的大海，看去像一个灰色的点点。

费莉西泰从篮子里取出几片冷肉，大家就在一座挨着牛奶房的房子里用午餐。这是一座现在已经消失了的别墅唯一剩下来的部分。破残的墙纸在穿堂风中颤抖。奥班太太想起昔日荣华，伤心得低下了头；孩子们不敢再讲话了。“你们去玩吧！”她说；他们便走开了。

保尔爬到谷仓上去抓麻雀，在沼泽地里打水漂儿，或者用木棍敲大木桶，发出像击鼓般的声音。

维尔吉尼喂兔子，迫不及待地去采矢车菊；她两条腿跑得飞快，露出了她瘦小的绣花裤子。

一个秋天的傍晚，他们穿过草地回家。

上弦新月照亮了一部分天空，雾像一条纱巾一样飘浮在蜿蜒曲折的图克河上。几头牛躺在草地中央，平静地看着这四个人经过。在第三个牧场上，有几头牛站起来，在他们面前围成一圈。“别怕！”费莉西泰说。她低声地哼着一首哀怨的民歌，轻轻地抚摸着最靠近的一头牛的脊梁骨；这头牛回过身去，其他几头牛也照样转过去。可是在穿过下一个牧场时，突然听到一声雷鸣般的牛叫；那是一头隐没在雾中的公牛。它向两个女人走来。奥班太太开始奔跑。“不，不，别跑这么快！”可是她们还是加快了步子，因为她们听到身后越来越近的沉浊的鼻息声。牛蹄像锤子般敲击着草地；现在它开始狂奔了。费莉西泰回过身去，抓起两把土，往它的眼睛扔去；公牛低下头去，摇晃着犄角，怒气冲天，浑身发抖，发出可怕的叫声。奥班太太带着两个孩子，跑到草原的尽头，失魂落魄地寻思着如何越过高堤。费莉西泰始终在公牛面前后退着，不断地扔草皮块蒙蔽它的眼睛，一面叫道：“你们快走啊！你们快走啊！”

奥班太太跳进沟里，推着维尔吉尼和保尔，在爬高堤时摔下来几次，最后总算鼓足勇气爬了上去。

公牛已经把费莉西泰逼到了栅栏跟前，它口中的涎沫已经喷到了她的脸上，再过一秒钟，它便会顶穿她的肚子。她刚好赶上从两根栅栏木柱之间钻了出去；那头大牲畜吓了一跳，站住了。

这次事件在好几年中成了主教桥一带的谈话资料。费莉西泰却并未因此而感到骄傲，甚至根本没有想到她干过什么英勇的事。

她心里只想着维尔吉尼，因为这个孩子经过这次惊吓以后，得了神经官能症，普帕尔医生建议她到特鲁维尔去洗海水浴。

那时候，洗海水浴的人并不多。奥班太太打听情况，向布雷征求意见，做各种各样准备，就像要出远门旅行一样。

行李放在利埃巴尔的大车上，头天就运走了。第二天，他牵来两匹马，其中一匹备有妇女用的鞍子，配着天鹅绒的靠背；另一匹的胯背上是一件叠成座位模样的卷起来的披风。奥班太太骑在他后面。费莉西泰照管着维尔吉尼，保尔跨上了勒夏普图瓦先生的驴子；借驴子的条件是要好好照料它。

路面泥泞不平，很不好走，八公里路走了足足两个小时。马蹄陷在烂泥里，直达胫骨，拔出来时要猛抖几下屁股；要不就绊在车辙上；另有几次，还非得跳起来方能脱身。利埃巴尔的母马在有几个地方突然止步不前。他耐心地等着它重新起步，一面讲着沿路的地主的情况，在他们的故事之外，还加上了他的道德评语。他们就这样走走停停来到了图克镇中央，从围绕着旱金莲的窗户下经过时，他耸了耸肩膀说："这儿有一位勒乌塞太太，她不像是嫁给一个年轻人，而……"下面的话费莉西泰没有听到。马儿小跑起来，驴子奔跑着；他们一起穿过一条小路，一扇栅栏门打开了，走出俩孩子，他们就在门口粪堆前面下了坐骑。

利埃巴尔大妈看到她的女主人，显得异乎寻常的热情。她准备的午餐有牛腰部分的嫩肉，牛羊下水，猪血腊肠，烩鸡块，起泡沫的苹果酒，奶油果酱馅饼，酒渍李子；她还恭恭敬敬地说着客气话，说太太的身体看来好极了，小姐长得越来越漂亮了，保尔先生健壮得了不得，也没有忘记他们已故的祖父母；因为利埃巴尔一家几代都在他们家干事，全都认识。田庄和他们一样，显得很陈旧。天花板上的椽子被虫蛀蚀了，墙壁被熏黑了，玻璃窗上灰蒙蒙地积满了尘埃。一只橡木碗橱上搁着各种各样的器皿：水壶、盆子、锡盘子、捕狼的铁夹、剪羊毛的大剪子；一个大得异乎寻常的喷射器把孩子们都逗笑了。三个院子里的树，每棵树的根旁都长着蘑菇，或是枝桠里有一簇槲寄生。风刮下一些槲寄生，它们又从中间长起；沉甸甸的果实把树枝都压弯了。麦秸铺的屋顶像棕褐色的天鹅绒，厚薄不匀，能顶得住最强烈的暴风雨。可是车棚已经倒塌了，奥班太太说她会考虑是否需要修理，并吩咐重新套上马具。

他们又走了半小时路才抵达特罗维尔。在经过埃科尔时这支小小的旅行队伍下马步行；埃科尔是突出在水面游船之上的一个悬崖。三分钟以后，他们来到了码头顶端，走进了达维德大妈开的金羊羔客店的院子。

维尔吉尼到了那儿，从头几天起，便觉得自己身体不像过去那样衰弱无力了，那是更换空气和洗海水浴的结果。由于没有游泳衣，她穿着衬衣下水；她的女仆在一个专供洗海水浴的人使用的属于海关的小屋子里替她换衣服。

下午，他们骑驴翻过黑岩石，到埃纳克维尔镇去玩。小路起先在一个个冈峦间向上升去，就像公园里的草坪一般；随后来到牧场和耕田相间的高原上。路边杂乱的荆棘丛里竖立着一棵棵枸骨叶冬青；这儿那儿，一棵棵大树的枯枝把蓝天划得四分五裂。

他们几乎总是在一小块草地上休息，多维尔镇在左边，勒阿弗尔在右边，前面是茫茫的大海。海面上阳光闪耀，平滑得像镜子一般，安静得几乎连最轻微的波涛声也听得出来。几只麻雀躲在什么地方叽叽喳喳地叫着，广阔的天空把这一切都笼罩在下面。奥班太太坐着做针线，维尔吉尼在她旁边编灯芯草，费莉西泰在采摘薰衣草的花朵，保尔闲得无聊，直想溜走。

有时候，他们乘船渡过图克河去寻找贝壳。退潮后留下一些海胆、石决明、水母。孩子们奔跑着去抓风吹来的浪花。平息下来的波浪沿着海滩躺倒在沙土上。海滩向前伸展着，一望无际，可是在陆地那儿有沙丘把它和像跑马场似的马雷大草原分隔开来。在他们从那儿回来时，看到山丘坡底的特罗维尔镇一步一步地越来越大；它所有的大小不等的房子像盛开的、杂乱无章的鲜花。

在天气过于炎热时，他们便足不出户。屋子外面耀眼的太阳从百叶窗的叶片间射进一道道光柱。村子里寂静无声。下面人行道上连一个人也没有。周围一片寂静，使所有的东西越加显得安静。远处传来船上的捻缝工用铁锤敲打船底的声音，一阵沉闷的热风带来了沥青的气味。

主要的娱乐是看渔船返航。它们一越过航标，便开始逆风换抢行驶。风帆降到桅杆三分之二的高度，前桅帆鼓得像一只气球，它们向前行驶，在轻波荡漾的海面上滑行，一直驶到海港中间，突然抛下了锚。随后，船只靠码头停住。水手们从甲板上往下扔活蹦乱跳的鲜鱼，一长列大车等候着，一些戴着棉布帽子的妇女冲上前去拿鱼筐，或是抱吻她们的男人。

一天，她们之中有一个来到了费莉西泰跟前，不多一会儿，费莉西泰欢天喜地地回到房间里：她找到了一个姐姐。跟着出现了勒鲁的妻子娜丝塔西·巴雷特，胸前抱着一个吃奶的孩子，右手搀着另外一个孩子；在她左边还有一个两只拳头顶在屁股上、贝雷帽遮住耳朵的小水手。

一刻钟以后，奥班太太便把她支走了。

他们总是在厨房附近或者在散步时遇见这几个人，丈夫却不露面。

费莉西泰对他们产生了感情。她给他们买了一床被，几件衬衫，一只炉子；很明显他们是在揩她的油。这种软心肠的行为使奥班太太很恼火，而且她也不喜欢那位外甥的随便样，因为他用"你"而不用"您"称呼她的儿子。因为维尔吉尼一直咳嗽，好季节也过去了，她又回主教桥去了。

布雷先生帮她找中学，卡昂的中学据说是最好的；保尔被送到那儿去了。他勇敢地向大家告别；去一个有许多同学的地方过日子，他感到很高兴。

奥班太太不得不容忍自己的儿子远离身边，因为这是不可避免的。维尔吉尼逐渐对他淡忘了。费莉西泰很怀念他的吵闹，可是有一件事却可以让她心有所专，从圣诞节起，她每天都带小姑娘去上教理课。

三

她在门口跪了一跪后，走进教堂里两排椅子中间的中央大殿，打开奥班太太的折凳，坐下来，眼睛向四周张望。

男孩子在右面，女孩子在左面，坐满了唱经班的座位。本堂神父站在经架旁边。在半圆形后殿的一扇彩绘玻璃的大窗上，上面画着圣灵，下面画着圣母；另一扇上画着圣母跪在圣婴耶稣前面。在圣体柜后面，有一幅圣米歇尔降龙的木雕。

神父首先讲了一遍圣史的梗概。费莉西泰仿佛看到了天堂、洪水、巴别塔、在焚烧的城市、在垂死挣扎的人民、被推翻的偶像；她听得神思恍惚，心中充满了对上天的尊敬和对天怒的畏惧。后来，在听到耶稣受难时她哭起来了。他疼爱孩子，养育众人，使瞎子复明；而且生性谦和，甘愿降生在穷人中间一个牲口棚的粪堆上，那么他们为什么还要把他钉在十字架上呢？《福音书》上讲到的播种、收获、压榨机以及所有那些日常的东西，她在生活中都见到过；由于通过了天主，这些东西都被神化了。她因为爱圣羔而更爱羔羊，因为爱圣灵[1]而更爱鸽子。

她几乎想象不出圣灵的样子，因为他不仅仅是鸟，而且还是火，有时候又是气息。夜里在沼泽地边缘飞舞的也许是他的光，浮云也许是受到他气息的推动，钟声和谐悦耳也许是受到了他声音的影响。她坐在那里，心中充满了崇敬之情，享受着墙壁的清凉和教堂的肃穆。

对于教义，她一无所知，甚至连要弄懂它的想法也没有。神父讲，孩子们背，最后她睡着了；一直到大家都要走，木屐在石板地上噼啪作响时，她才突然醒来。

她就这样靠了不断地听才知道了教理问答的内容，因为她自幼没有受过宗教教育；从这时候起，她一切行动都学维尔吉尼，像她一样守斋，和她一起忏悔。在圣体瞻礼节那天，她们俩合献了一张临时祭台。

维尔吉尼初领圣体的准备工作把她急坏了；为了皮鞋、念珠、书、手套，她忙得团团转。她帮太太替孩子穿衣服时，浑身直打哆嗦！

在望弥撒的全过程中，她始终焦虑不安。唱经班的一角被布雷先生挡住了视线，可是就在她对面，一群面纱拉得低低的、头上戴着白色花冠的童贞女，看上去就像一大片雪一样。她远远地便从她较细的脖子和文静的姿态认出了她心爱的小姑娘。钟声响了，一个个脑袋全都低了下去，一片肃静。随着管风琴发出的轰鸣声，唱经班的童男童女便和大家一起，唱起了表示弥撒即将结束的《天主羔羊》。接着，男孩子开始列队行进。女孩子也跟着站立起来。她们双手合十，一步一步向灯火辉煌的祭坛走去，跪在第一个台阶上，一个接一个地领受圣体饼，然后按照原来的次序，回到她们的跪凳那儿去。在轮到维尔吉尼时，费莉西泰俯下身子去看她。由于她真心实意喜爱这个孩子而引起的想象，她仿佛觉得自己变成了这个孩子；她的脸变成了孩子的脸，她穿着孩子的连衣裙，她胸膛里跳动的是孩子的心；在张嘴闭眼时，她差一点晕过去。

第二天一清早，她便来到圣器室，请求本堂神父赐给她圣体。她虔诚地领受了，但是感受不到头天同样的乐趣。

奥班太太想把她的女儿培养成一个完美的人；因为居约既不能教英语，又不能教音乐，她便决心把女儿送到翁弗勒尔的于尔絮利纳修道院去做寄宿生。

孩子毫无反对的表示。费莉西泰长吁短叹，觉得太太心太狠；可是她后来又想，她的女主人也许做得对。这些事情超过了她的智力范围。

终于有一天，一辆旧的带篷的大车停在门口，车上下来一位修女，她是来接小姐的。费莉西泰把行李放到车顶上，叮嘱了车夫几句，在厢座里放了六罐蜜饯、十来只梨子和一束紫罗兰。

到即将分手时，维尔吉尼突然大哭起来；她抱住她的母亲，母亲吻着她的额头一遍

---

① 圣灵的象征是鸽子。

遍地说:“好啦! 勇敢些! 勇敢些!”踏脚板往上翻起,大车启程了。

这时候奥班太太差点晕过去;傍晚,她所有的朋友:洛尔莫夫妇,勒夏普图瓦太太,罗什弗伊家那几位小姐,德·乌普维尔先生和布雷先生,都来到她家里安慰她。

少了一个女儿,开始时使她很伤心。可是她一星期收到她女儿三封信,其余日子她给她姑娘写回信,在花园里散散步,看几页书;用这个办法,把空闲的时刻消磨过去。

早晨,费莉西泰像平时一样走进维尔吉尼的卧室,向四壁望望。她不再能为她梳头,为她系高帮皮鞋上的鞋带,为她塞好被子;她不再能成天看到她可爱的小脸,不再能携着她的手一起出去走走;她感到闷闷不乐,试着织花边,她粗笨的手指却经常拉断线,她总是心不在焉,睡也睡不着;按她的话说,她的健康已经受到严重损害。

为了消愁解闷,她请求太太允许她接受她的外甥维克托尔的来访。

星期天望过弥撒以后维克托尔来了,他脸颊红润,赤裸着胸膛,有一股从乡下带来的田野气息。她马上为他摆上餐具。他们面对面用午餐;为了节省开支,她自己尽量少吃,拼命塞给他吃,最后他睡着了。晚课钟一响,她叫醒了他,替他刷裤子,为他打领带,随后像母亲般得意洋洋地挽着他的胳膊,往教堂走去。

他的父母总是关照他要弄些东西回去:一包粗红糖、一块肥皂、一瓶烧酒,有时候甚至还要钱。他把他的破衣服带来给她缝补;她也乐意接受这项工作,对有机会逼迫他再来看她感到很高兴。

八月份,他的父亲带他去沿海一带航行去了。

这时候正在放暑假。两个孩子回家使她得到了安慰;可是保尔变得任性了,维尔吉尼也已经过了可以用“你”相称呼的年龄,这在她们之中造成了拘束和隔阂。

维克托尔先后去了莫尔莱、敦刻尔克和布赖顿;每次出航回来,他都送给她一件礼物。第一次是一只贝壳盒子;第二次是一只咖啡杯,第三次是一只做成人形的香料蜜糖大面包。他变得漂亮了,身材匀称,蓄了一点儿小胡子,有一对真诚的眼睛,像领港员一样后脑勺戴着一顶小皮帽。他讲了好些故事给她听,中间夹了好多水手的行话,使她听了非常高兴。

有一个星期一,1819 年 7 月 14 日(她忘不了这个日子),维克托尔宣称他已受人雇用,要出远洋去了;后天夜里,搭乘去翁弗勒尔的邮船,赶即将在勒阿弗尔启碇的他那条双桅纵帆帆船。他这一去,也许要两年时间。

要离别这么久,使费莉西泰心里很难受。为了和他再次话别,星期三傍晚,在太太用过晚饭以后,她穿上木底皮面套鞋,一口气跑了四法里①,从主教桥走到了翁弗勒尔。

她走到那座象征耶稣受难的十字架前面时,不是向左转,而是向右转,迷失在一些工地之间,不得不又折了回来。她和人搭话问路,别人劝她要赶快走。她在停满船只的船坞边兜圈子,脚上总是绊着系船的缆绳。再往前走时,地面低下去了,几道光相互

① 每法里约合四公里。

交错,看到天空中悬着几匹马,她以为自己发疯了。

在码头边上,另有一些马在嘶叫,它们看到大海吓坏了。一架复滑车把它们吊起来,送进一条船里。船上的乘客在苹果酒桶、奶酪筐子和装谷物的口袋之间挤来挤去。母鸡在咯咯地叫,船长在咒骂。一个见习水手胳膊肘靠在吊杆上,对面前的一切无动于衷。费莉西泰起先没有认出他,呼喊着:"维克托尔!"那个水手抬起头来,她冲了过去,这时梯子突然被抽掉了。

被几个妇女边唱边拉的邮船驶出了港口。船的肋骨发出格格的响声,沉重的海浪拍击着船首。船掉头了,船上的人一个也看不到了;月色溶溶,邮船在银光闪耀的大海上越来越暗淡,越来越遥远,最后终于消失了。

费莉西泰在十字架旁边经过时,想把她最疼爱的人托付给天主。她站着祷告了很长时间,脸上挂满了眼泪,眼睛望着空中的云彩。城市睡着了,几个海关人员在走来走去。水不断地从闸门的窟窿里泻落,发出像激流般的轰鸣声。两点钟敲响了。

天亮以前,修道院的会客室是不会开门的。回去晚了,太太肯定会不高兴;尽管她很想去抱吻一下另一个孩子,她还是回头向家中走去。走到主教桥时,客店的使女们刚刚醒来。

那么,可怜的孩子将在海浪上颠簸好几个月!他先前出航时,她并未感到害怕。去英国,去布列塔尼,是可以回来的;可是美洲,殖民地,安的列斯群岛,都在遥远而不可捉摸的地方,在世界的尽头。

从那以后,费莉西泰日夜挂念着她的外甥。有太阳的日子,她为他是否口渴忧心忡忡;下雷雨时,她怕他遭到雷击。在听到狂风在烟囱里吼叫,刮下屋顶上的瓦片时,她仿佛看到了这阵风也在吹打她的外甥,看到他在一根断桅的顶端,整个身子往后仰着,淹没在一片海沫下面;或者,想起了地理书上的画片,他被生番吃掉了,或者在树林中被猴子抓住,或是死在一个荒无人烟的海滩旁边。可是她从来也没有向人谈起过她心中的忧虑。

奥班太太对她的女儿也一直是牵肠挂肚的。

好心的修女们发觉她很重感情,但很脆弱。一点儿刺激便使她的神经受不了。必须停止学习钢琴。

她母亲要求按时收到修道院的来信。一天早上,邮差没有来,她急得了不得,在客厅里,从她的扶手椅到窗户之间来回走着。这真是不可思议,四天了,没有一点消息!

为了用自己的例子来安慰太太,费莉西泰对她说:

"而我呢,太太,我已经有六个月没有得到消息了。"

"谁的消息?"

女佣人轻轻地回答说:

"嗯……我外甥的消息!"

"噢,您的外甥!"奥班太太耸耸肩膀,继续来回走了起来,意思是说:"我可没有想到他!……而且,我才不在乎呢!一个见习水手,一个要饭的,多了不起啊!……而我的女儿……您倒是想想看！……”

费莉西泰尽管平时受惯了太太的气，这一次也生气了；但过后也忘记了。

为了女儿而失去了理性，她似乎觉得这也是人之常情。

两个孩子同样重要；她的心把他们连在了一起，因此他们的命运应该是一样的。

药剂师告诉她说，维克托尔的船已经到了哈瓦那。他是在一张报纸上看到这个消息的。

由于哈瓦那出雪茄，她想象那儿的人除了抽烟不干别的事情，因此她看到维克托尔在一片烟雾笼罩下在黑人中间走来走去。那儿的人是不是能在“需要的时候”从陆地上回来？那儿离主教桥有多少路？为了弄清楚这个问题，她去向布雷先生打听。

他走到他的地图前面，随后开始解释什么叫经度；看到费莉西泰一副目瞪口呆的模样，他露出了高兴的学究的微笑。最后，他用他的铅笔套指着一个椭圆的齿形边缘上一个小得几乎看不见的黑点说：“就在这儿。”她俯身在地图上，看着这些彩色的线条网看得眼花缭乱，还是什么也看不出来。布雷要她说出她有什么为难之处，她求他把维克托尔住的房子指给她看。布雷举起双臂，打了个喷嚏，纵声大笑起来；他笑她竟然天真无知到如此地步。费莉西泰不懂他为什么要笑，她的知识是那么有限，也许她还想看到她外甥的画像呢！

半个月以后，利埃巴尔在平时赶集时走进厨房，交给她一封她姐夫寄来的信。他们两人谁也不识字，她拿去求她的主妇念给她听。

奥班太太正在数一件毛衣的针数，她把毛衣搁在一边拆信，她哆嗦了一下，声音低了下去，眼光也暗淡了，她说：

“是坏消息……他们告诉您，您外甥……”

他死了。他们没有说更多的事情。

费莉西泰倒在一把椅子上，头靠在石板壁上，闭上了突然变得红红的眼皮。随后她低下头，双手垂落，眼睛直视，过了一会儿说一遍：

“可怜的孩子！可怜的孩子！”

利埃巴尔一面叹气一面看着她。奥班太太微微哆嗦着。

她劝她到特罗维尔去看看她的姐姐。

费莉西泰做了个手势，表示她不需要去。

大家默不作声。利埃巴尔认为他还是告辞的好。

这时候她说：

“这件事他们才不搁在心上呢，他们！”

她的头又垂下去了，她不时地、下意识地拿起桌子上干活用的长针。

几个女人拿着一大块上面放着滴着水的衣服的木板在院子里走过。

她从玻璃窗里看到她们，突然想起了她要洗的衣服；昨天衣服已经泡在水里了，今天得洗干净。她走出了屋子。

她的洗衣板和水桶在图克河边。她把一堆衬衣扔在岸上，翻起袖子，拿起捣衣杵；

于是附近花园里都响起了她有力的捣衣声。草地上空荡荡的，河水在微风下哗哗流过；河底躺着一些长长的水草，就像在水中浮动着的死人的头发。她强忍心中的悲痛，直到傍晚来临，她还是很坚强的；可是一回到自己的房间里，她便垮了。她扑倒在床褥上，脸埋在枕头里，两只拳头紧抵太阳穴。

很久以后，她从维克托尔的船长那里打听到了他是怎么死的。他得了黄热病。医院里替他放血放得过分了。四个医生同时揿住他，他很快就一命呜呼了；主治医生说：

“好，又死了一个！”

他的父母一向待他很粗暴，她也不想再见到他们。他们也不先来看看她，也许是忘了，也许是穷人心肠硬。

维尔吉尼的健康状况每况愈下。

气闷，咳嗽，不断发烧，颧颊上出现斑纹，都说明了疾病严重。普帕尔先生建议把她送到普罗旺斯去小住。奥班太太决定听从他的意见，如果不是主教桥的气候不好，她已经把女儿接回家了。

她和租车人讲定，每星期二送她去修道院一次。修道院花园里有一个平台，在那儿可以看到塞纳河。维尔吉尼挽着她的胳膊，踩在落下的葡萄叶上散步。她瞧着远处的船帆和从唐卡尔维尔到勒阿弗尔灯塔之间的整个天际，有时候阳光透过云雾，照得她直眨眼睛。随后她们坐在葡萄棚下休息。母亲搞来了一小桶出色的马拉加①葡萄酒；一想到醉醺醺的样子她就笑了；她稍许喝一点，绝不多饮。

她又显得有精神了。秋天慢慢地过去，费莉西泰总是安慰奥班太太，要她放心。可是有一天傍晚，她到附近买东西回来，看见门口停着普帕尔先生的轻便马车；他站在门厅里。奥班太太在系帽带。

“把我的脚炉、钱袋、手套给我，快点儿！”

维尔吉尼得了肺炎，看来凶多吉少。

“还不至于！”医生说；两人顶着回旋飞舞的雪花登上了马车。天快黑了，天气很冷。

费莉西泰跑进教堂，去点上一支蜡烛；随后跟在后面奔跑，过了一个小时才追上，轻轻地从后面跳了上去，抓住车篷上的流苏，突然她又想起：“院子门没有关，如果有小偷进去怎么办？”她又跳下了马车。

第二天曙光初露时她便到医生家里去了。医生回来过，后来又到乡下去了。随后她待在客店里，相信会有陌生人捎信来。最后到天大亮时，她搭上了从利齐厄来的驿车。

修道院位于一条崎岖的小路的尽头。走到这条路一半的地方，她听到一些奇怪的声音，那是丧钟的响声。“这是为别人敲的，”她想。费莉西泰猛拉门锤。

几分钟以后，响起了拖鞋的踢踏声，门开了一半，出现了一个修女。

---

① 马拉加：西班牙港城，以所产葡萄酒著名。

善良的修女神情悲痛地说："她刚才去世。"同时，圣莱奥纳尔教堂的丧钟越敲越响了。

费莉西泰走上了三楼。

在房门口，她便看到了仰面躺着的维尔吉尼，只见她合着双手，张着嘴，脑袋在一个俯向她的黑十字架下面后倾着，两边的帷幔纹丝不动，还不如她的脸色白。奥班太太抱着床腿，在悲痛地抽泣、打嗝儿。院长站在右边；衣柜上三个蜡烛台洒下一滴一滴的红光，窗子上蒙上了白色的雾气。几个修女把奥班太太扶走了。

一连两夜，费莉西泰没有离开死者。她不断地重复着同样的祈祷，在被单上洒圣水，然后又回过来坐下，细细地端详她。在第一天守夜结束时，她注意到死者的脸变黄了，嘴唇发紫了，鼻子收缩，双眼下陷。她吻死人的眼睛吻了好几次；即使这时维尔吉尼的眼睛睁开，她也不会大惊小怪。像她这样精神状态的人，超自然的事也并不稀奇。她替死人梳洗，裹上尸衣，放进棺材，戴上一顶花冠，把她的头发松开披散。她的头发是金黄色的，对她这样年纪的人来说，长得有点儿异乎寻常。费莉西泰剪下一大绺，分出一半放在自己怀里，下定决心要永远放在身边。

根据奥班太太的意愿，尸体运回主教桥；她乘一辆车篷遮没的车子，跟在柩车的后面。

做完弥撒以后，还要走三刻钟才能到达公墓。保尔哭哭啼啼地走在前面，布雷先生跟着，再后面是居民中的头面人物，披黑纱的妇女和费莉西泰。费莉西泰想起了她的外甥；因为她未能为他举行这样的丧礼，感到分外悲伤，就像现在埋葬的是他们两个人一样。

奥班太太的悲痛达到了顶点。

起先，她对天主产生了反感，他抢走了她的女儿，她觉得这是不公正的。她的女儿可从来没有干过坏事，良心是多么安宁！不！她早该把她带到南方去的；别的医生也许能救她！她责怪自己，想跟她一起去，经常在梦中哭叫。其中有一个梦，特别使她不得安宁：她的丈夫，穿着水手的服装，出远门回来，哭着对她说，他得到命令，要把维尔吉尼带走。于是他们商量要找一个躲藏的地方。

有一次，她失魂落魄地从花园里回来，指了指某个地方，说她看见父亲和女儿肩并肩地出现了，他们啥也不干，只是望着她。

一连几个月，她心如死灰地待在她的房间里。费莉西泰好言好语地开导她：一定要为她的儿子而保重自己的身体；对另一个，需要纪念她。

"她？"奥班太太重复着说，仿佛刚才醒来一样，"噢，是的！……是的！……您没有忘记她！"她这是指公墓而说的，因为别人绝对不让她去公墓。

费莉西泰却每天都去。

每天四点正，她便绕过几户人家的房子，登上小山坡，打开栅栏门，来到维尔吉尼的墓前。那是一个粉红色大理石的小柱子，底下是一块石板，四周用链子围住，形成一个小花园。花坛被鲜花淹没了。她在叶子上浇水，换上新的沙子，跪在地上，小心翼翼地翻土。奥班太太终于被允许可以来到这里，这时她感到一阵轻松，像是得到了安慰。

后来又过了许多年，一年年都大同小异，没有什么其他的插曲，除了一些去了又来的大节日：复活节，圣母升天节，诸圣瞻礼节。家里发生的一些比较重大的事件，过后想起，也变成了一些值得纪念的日子。比如，1825 年，有两个装配玻璃的工人粉刷了门厅的墙壁；1827 年，一块屋顶塌落在院子里，差点儿砸死人。1828 年夏天，轮到太太奉献祝圣的面包，就在那时候，布雷莫名其妙地不露面了；其他老相识，比如居约、利埃巴尔、勒夏普图瓦太太、罗布兰、瘫痪已久的格勒芒维尔大叔，一个个都消失了。

一天夜里，邮车车夫在主教桥宣称发生了"七月革命"①。几天以后，任命了一位新的专区区长，他是前美洲领事拉尔索尼埃尔男爵；家中除了他的妻子以外，还有他的大姨子和三位年纪已经不小的小姐。大家看到她们穿着轻飘飘的紧腰宽下摆的衣衫，在草地上散步；她们有一个黑奴和一只鹦鹉。她们来拜访了奥班太太；费莉西泰远远望见她们，便马上跑去通知奥班太太。奥班太太也回访了她们。可是能使她心情激动的只有一件事：她儿子的来信。

她儿子整天沉湎在小咖啡馆里，什么事情也干不成。她刚替他还了旧账，他又欠下了新债。奥班太太在窗户旁边打毛衣时的叹息声，传到了在厨房里摇纺车的费莉西泰的耳朵里。

她们一起沿着贴墙种植的果树散步，谈的始终是维尔吉尼，捉摸着她可能喜欢什么东西，在这样的情况之下她可能说些什么话。

维尔吉尼用过的所有的小东西都放在那个有两张床的卧室的壁橱里。奥班太太尽可能少去那儿察看。一个夏季的一天，她忍不住又去看了一次，衣柜里飞出了一些飞蛾。

她的连衣裙一平排挂在一块搁板下面，搁板上放着三个玩具娃娃，几个套环，一套小家具，一只她用过的脸盆。她们还把裙子、袜子、手帕取出来，摊在两张床上晒晒太阳再折叠起来。太阳照射着这些可怜的东西，显出了上面的污迹和身体转动时形成的皱纹。天空湛蓝，气候炎热，一只乌鸫在啁啾鸣叫，一切都仿佛显得非常恬静、舒适。她们找到了一顶栗色的长毛绒小帽子，但是绒毛已经全被蛀掉了。费莉西泰要求把这顶帽子给她。她们双目对视，热泪盈眶；终于主妇张开了胳膊，女佣人扑进了她的怀里。她们紧紧地搂着，在一个不分尊卑的吻中，尽情地发泄了她们心中的悲痛。

这是她们有生以来第一次抱吻，因为奥班太太不是一个性格外向的人。费莉西泰很感激她，就像得到了一个恩赐；从此以后，她以一种畜生的忠诚和宗教的崇敬爱戴她的女主人。

她的心地越来越善良了。

听到街上有部队行军的鼓声，她便捧一罐苹果酒到门口去，给士兵们喝。她照料

---

① "七月革命"：1830 年 7 月 27 至 29 日，巴黎市民举行起义，占领王宫；后资产阶级窃得政权，建立了以路易·菲力浦为首的"七月王朝"。

霍乱病人[①],保护波兰逃亡者[②];甚至有一个波兰人声称要娶她。可是后来他们又闹翻了,因为有一天早上,她做完晨祷回来,发现他已溜进厨房,正在舒舒服服地享用着一盘用酸醋沙司调味的凉拌菜。

在波兰人以后,是科尔米什老爹,一个据说在1793年[③]干过坏事的老头儿。他住在河边一个破烂的猪圈里。孩子们从墙缝里张望他,向他扔石子,掉在他的破床上。他躺在床上,咳嗽感冒,经久不愈;他的头发很长,眼皮发炎,胳膊上长着一只比他的脑袋还大的肿瘤。她替他搞来些日用布制品,设法打扫他的肮脏不堪的住处,一心想把他安置在烤面包的房间里,只要太太不感到不方便。肿瘤破了以后,她每天替他包扎;有时候她给他带来一块烘饼,把他搬到阳光照射下的一捆稻草上。可怜的老头儿流着涎水,哆嗦着,用他有气无力的声音感谢她,生怕失去她,一看到她要离开便伸出手去想留住她。他死了;为了他灵魂的安息,她请人为他做了一次弥撒。

就在这一天,她交了一次好运:在吃晚饭的时候,拉尔索尼埃尔太太的黑奴上门来,提着关在笼子里的鹦鹉,连带横木、链子和挂锁。男爵夫人给奥班太太一张便条,告诉她说,她丈夫升任省长,他们当晚就要动身;所以她请奥班太太收下这只鸟作为纪念,以表对她的敬意。

费莉西泰眼热这只鹦鹉已经很久了,因为它来自美洲;这个地名使她想起维克托尔,以致她经常向那个黑奴问起它的情况。有一次她甚至说:“如果太太得到它,会感到高兴的。”

黑奴把这些话搬给他的主妇听,她反正没法把它带走,乐得做个人情把它打发掉。

四

鹦鹉名叫露露,身子是绿色的,翅膀的顶端呈粉红色,额头是蓝色的,脖子是金色的。

可是它有一种讨厌的恶癖:咬横木,撕拉自己的羽毛,乱拉屎,把澡盆子里的水往外洒泼。奥班太太厌烦了,干脆给了费莉西泰拉倒。

费莉西泰耐心地调教它,很快它便会一遍遍地叫:“漂亮孩子!为您效劳,先生!您好,玛丽!”它被安置在大门旁边,有些人对叫它雅科没有反应感到奇怪,因为所有的鹦鹉全是被叫作雅科的。大家把它和一只火鸡、一块劈柴[④]相比较,这些话就像刀子一般一记记刺在她的心口!露露也固执得出奇,只要有人对它瞧,它就不吱声了。

可是它喜欢有人来;因为在星期天,那几位罗什弗伊小姐、德·乌普维尔先生和新结交的常客药剂师翁弗洛瓦、瓦兰先生和马蒂安船长来打牌的时候,它总是用它的翅膀扑打窗户玻璃,像热锅上的蚂蚁似的又飞又跳,闹得大家讲话也听不清楚。

---

① 1832年,法国曾发生霍乱大流行。

② 1830年至1831年,沙俄统治下的波兰曾举行争取民族独立的起义。起义于1831年9月失败,大批起义人员逃亡国外。

③ 1793年是法国大革命时期。

④ 火鸡和劈柴均有蠢货之意。

它肯定认为布雷先生的脸很可笑;一见到他,它便用足力气放声大笑。笑声传到院子里,回声越传越远,邻居们来到窗前,也笑了起来。布雷先生为了不让鹦鹉看到,总是拿着帽子遮住半边脸,沿着墙壁,偷偷溜到河边,随后从花园门进来;他射向这只鸟儿的眼光不太和善。

露露擅自把头伸进了肉铺伙计的篮子里,被伙计用手指轻轻地弹了一下;从此以后,它总是想方设法隔着衬衣啄他。法布威胁它要拧断它的脖子,其实他并不凶狠,虽说他胳膊上刺着花纹,还长着一脸的连鬓胡子。恰恰相反,他对鹦鹉倒挺有感情,甚至还兴致勃勃地要教它骂人。费莉西泰怕他胡搅,把鹦鹉放在厨房里。它的链子被卸掉了,便在屋子里到处飞。

在下楼梯时,它用弯弯的鸟嘴顶着梯级,先举起右爪,后举起左爪;费莉西泰真怕这样的体操动作会使它头晕。它果然病了,既不说话,也不吃东西。原来是它的舌头下面长了一层薄膜,就像母鸡有时候也长的那样。她用指甲剥掉了这层东西,治好了它。一天,保尔先生不小心把雪茄烟喷进了它的鼻孔;还有一次,洛尔莫太太用她阳伞的尖端惹它,它把阳伞的铁箍突然啄了下来。最后,它不见了。

起先是她把鹦鹉放在草地上,让它凉快凉快;她走开了一会儿,回来时,鹦鹉不见了!开始她在灌木丛里、河边和屋顶上找;主妇喊她:"当心啊!您疯了么?"她也不听。随后,她在主教桥所有的花园里查看,拦住路人问:"您有没有在什么时候碰巧看见过我的鹦鹉?"对那些不认识那只鹦鹉的人,她还把它描绘一番。突然,她仿佛看到在山坡底下的磨坊后面有一样绿色的东西在飞;可是在山坡上面,却什么也没有看到。一个流动小贩向她肯定地说,他刚才在圣墨莱纳的西蒙大妈的铺子里看到过它。她马上向那儿跑去,别人不知道她想说些什么。最后她精疲力竭地回去了,旧鞋子磨破了,灰心丧气地坐在板凳中间,挨着太太,把她做过的所有的事情讲给她听,突然有一样东西轻轻地落在她的肩膀上,是露露!它刚才究竟干什么去了?也许它刚才在附近闲逛!

她病了迟迟不能复原,或者更不如说,她永远也没有复原。

在着凉以后,她的咽喉发炎,没过几天,耳朵痛了。三年以后她聋了;于是,她总是大声说话,即使在教堂里也是如此。尽管她的那些传遍教区的罪过对她并没有什么不体面,对大家也没有什么妨碍,本堂神父先生还是以为在圣器室里听她的忏悔为好。

一些想象出来的声音终于把她搞得六神无主。她的主妇经常对她说:"我的主啊,您多么蠢啊!"她回答说:"是的,太太。"一面在周围寻找东西。

她的思路本来就窄,现在更窄了。钟声,牛哞,她都听不到了。所有的生物都像无声的鬼魂一样悄悄地在活动。现在她只能听到一种声音:鹦鹉的叫声。

好像是为了替她解闷吧,它模仿着烤肉扦转动的格答声,鱼贩子尖锐的叫喊声,住在对面的细木工的锯子声;还有,在听见门铃响时,它就学着奥班太太叫道:"费莉西泰,开门!开门!"

他们相互对话。它呢,一再重复它全部所有的三句话,而她呢,总是用一些前言不搭后语的字句回答它,但是她的心中却充满了感情。在她孤身一人时,露露几乎成了她的一个儿子,一个情人。它爬在她的手指上,咬她的嘴唇,抓住她的围巾。在她俯下头去、像个奶妈一样摇头晃脑时,她的帽子上的大耳朵和鸟的翅膀便一起抖动起来。

在乌云密布,雷声隆隆时,它便频频叫唤,也许是想起了它故乡森林中的暴风骤雨了吧。哗哗的雨声刺激得它像发疯一般;它狂热地飞上天花板,把所有的东西都撞翻了,从窗户里飞到花园里去扑水,但是很快便飞回来,停息在壁炉的柴架上,跳跳蹦蹦地抖干羽毛,有时候露出尾巴,有时候露出嘴来。

1837 年的可怕的冬季,一个早上,因为天气太冷,她把它放在壁炉前面,后来她发现它已经死在它的笼子的中间,头朝下,爪子夹在铁丝的空隙里。也许是死于充血,谁知道呢?她相信是中了香芹毒;虽然无证无据,她怀疑是法布干的。

她哭得死去活来,以致主妇对她说:“那么,去把它制成标本吧!”

她向药剂师请教,他过去对露露一直很好。

他写信到勒阿弗尔去。有一个叫弗拉歇的,是专门干这个活的。可是因为驿车上的包裹有时会遗失,她决定亲自把鹦鹉送到翁弗勒尔去。

大路两旁是接连不断的掉光了叶子的苹果树。沟里结着冰。狗在田庄四周吠着,她的手缩在短斗篷里面,脚登黑色的小木屐,挎着篮子,在石板路中间急匆匆地走着。

她穿过森林,经过大橡树镇,来到了圣加蒂安。

在她身后升起一片尘土,一辆邮车像飓风般地从坡上冲下来。车夫看到这个女人没有让道,便竖起身子,超出车篷的高度,骑在前导马上的车夫副手也嚷了起来。四匹车夫已经驾驭不了的马越跑越快,前面两匹擦着了她的身子,车夫把缰绳狠命一拉,把马拉到了岔路上去。可是车夫气极了,抡起手中粗大的鞭子狠狠地给了她一下,鞭痕从她的肚子直达她的颈背,她仰面倒下了。

她恢复知觉后第一个动作是打开她的篮子,幸好露露丝毫未损。她感到右面脸颊上一阵灼痛,她双手一摸,手变成了红色,淌着鲜血。

她在一堆石子上坐下,用手帕把脸包住,随后吃了一块预先放在篮子里的面包,眼睛看着鸟儿,身上的伤也忘记了。

来到埃克莫维尔的坡顶,她望见翁弗勒尔的灯火像点点繁星在夜空中闪烁;再远处是依稀可辨的大海。这时候,她一阵眩晕,便停住了脚步:童年的苦难,初恋的失意,外甥的离别,维尔吉尼的去世,像浪潮一样一起涌来,一直涌到她的喉咙口,憋得她喘不过气来。

随后,她要求和船长谈话;她向船长再三叮嘱,但是没有说她托带的是什么东西。

弗拉歇过了很久也没有把鹦鹉寄来。他总是说下星期就寄。六个月以后,他才来信通知说,他已寄出了一只箱子,接着就没有音讯了。看来露露再也不会回来了。“也许我的鹦鹉被他们吃没了,”她想。

它终于来了,而且富丽堂皇,直挺挺地站在一根钉在一个桃花心木座子上的树枝上,一个爪子高举着,歪着头,嘴里咬着一颗核桃,标本工讲究气派,把核桃染成了金色。

她把它藏在自己的房间里。

这个地方，她很少让人进去，完全像一个小教堂和一个杂货铺，堆满了宗教用品和各种各样稀奇古怪的东西。

一口大橱放在门旁，妨碍开门。凸出在花园上面的窗户正对着一个朝向院子的小圆窗；帆布床旁边的一张桌子上面放着一只水壶、两把梳子，一只有缺口的盆子里放着一方块蓝色的肥皂。靠墙放着一些念珠，圣牌，几尊圣母像，一个椰子壳做的圣水杯。衣柜上像圣坛一样盖着一块布，上面放着维克托尔送给她的贝壳盒子；另外还有一把喷水壶，一只皮球，几本练习簿，附有图片的地理书，一双高帮皮鞋；在挂镜子的钉子上，挂着那顶有系带的小绒帽。费莉西泰的虔诚崇敬到了如此地步，她还保存着先生的一件礼物。奥班太太已经不要了的所有那些陈旧的东西，她都收拾到自己的房间里；所以她的衣柜的边上放着纸花，天窗凹进去的地方挂着达尔图瓦伯爵的画像。

露露被放在凸出在房间里的壁炉架上的一块小木板上。每天清晨醒来时，费莉西泰总是在曙光中看到它，于是她想起了过去的岁月，日常琐事，直至各种细枝末节；这时她心中非但没有痛苦，反而十分平静。

她和任何人都没有交往，稀里糊涂地过日子，就像一个梦游者。圣体瞻礼节游行时，她兴奋起来了；她到周围邻居家讨些蜡烛和草席，去装饰竖在街上的临时圣坛。

在教堂里，她总是盯着圣灵看，总觉得它和鹦鹉有些什么相像的地方。有一张埃皮纳尔出版的圣像，画着耶稣基督受洗，那上面画的圣灵她觉得更加像它。圣灵的紫红色的翅膀，绿玉似的身体，就像是露露再现。

她把这张圣像买了下来，挂在原先挂达尔图瓦伯爵画像的地方，因此，一眼望去，把它们全看到了。在她的思想里，它们是连在一起的，鹦鹉因为和圣灵有了联系，被神化了；在她眼里，它变得格外栩栩如生，更加容易被人理解了。圣父为了说明自己的存在，不可能选一只鸽子，因为这些鸟儿不会说话；他更可能挑选露露的一个祖先。所以费莉西泰望着圣像祈祷时，不时地稍许侧过身子朝着她的鹦鹉。

她想参加教堂里的圣母侍女队，奥班太太劝住了她。

这时候发生了一件大事：保尔要结婚了。

保尔开始做过公证人的书记，后来做生意，做关务人员、税务人员，甚至开始活动进入河泊森林管理处工作；突然在三十六岁上，由于天意使然，他发现了他该走的道路：登记处！他在这里显出了很大的才华，以致一个检察官要把女儿许配给他，并答应照顾他。

保尔变得严肃起来了，带她来见他的母亲。

她诋毁主教桥的风尚习俗，作威作福，伤害费莉西泰的感情。她走了以后，奥班太太大大松了一口气。

下一个星期，得到了布雷先生死在下布列塔尼一个客店里的消息，据说他死于自杀的流言被证实了，引起了对他是否正直的怀疑。奥班太太检查了他的账目，很快便发现了一连串舞弊行为：挪用钱款，偷卖木材，伪造收据，等等。此外，他还有一个私生子，“和多聚莱一个女人有男女关系”。

这些卑劣的勾当使她很伤心。1853年3月，她感到胸口痛，舌头上仿佛在冒烟；放了血也不能缓解胸闷。到第九天傍晚，她咽气了，享年七十二岁。

别人以为她还没有这么老，因为她的头发是棕色的，紧贴在两鬓的头发，围着她有细小麻点的苍白的脸。很少有朋友为她的去世感到惋惜，因为她平时举止傲慢，使人远而避之。

费莉西泰哭得十分伤心，不像佣人在哭主人。太太竟然死在她头里，这使她实在难以想象；对她来说，这违反了事物的规律，是不能接受的，是荒诞不经的。

十天以后（从贝藏松赶回来的时间），两位继承人突然来到。媳妇翻抽屉，挑选家具，把不要的卖掉，随后他们又回到登记处去了。

太太的扶手椅，她的独脚圆桌，她的脚炉和八把椅子，全运走了！板壁上的版画也取走了，剩下一些黄颜色的方框框。他们搬走了两张小床和床垫，壁橱里维尔吉尼的东西全都没有了！费莉西泰走到楼上，心中无限悲痛。

第二天，门上多了一张招贴；药剂师附在她耳朵上嚷着说，房子要出售了。

她一个踉跄，不由得坐了下来。

使她最伤心的是，她要让出她的房间，对可怜的露露来说，这个房间是多么合适啊！她用焦虑不安的眼光盯着它，哀告圣灵；她已经养成了崇拜偶像的习惯，总是跪在鹦鹉面前祈祷。阳光有时从天窗射下来，照到它的玻璃眼珠，反射出一道明亮的光线，使她精神恍惚。

主妇留给她三百八十法郎的年金。花园供给她蔬菜。至于衣服，足够她穿到最后一天；天一黑她就睡下，为的是节省灯火。

她很少出去，因为不想走过旧货店，那儿摆着太太的几件旧家具。自从她晕过一回以后，她总是拖着一条腿走路；她的气力日衰，开杂货铺破产了的西蒙大妈，每天上午来帮她劈柴和汲水。

她的眼睛越来越不中用了。百叶窗不再打开了。很多年过去了，房子既租不出去，也卖不出去。

由于总是怕被撵走，费莉西泰从来不要求修理房子。屋顶上的板条烂掉了；整整一个冬天，她的长枕总是湿的。复活节以后，她吐血了。

西蒙大妈去向一个医生求救。费莉西泰想知道自己究竟害的是什么病。可是她的耳朵几乎全聋了，只听见两个字：“肺炎”。这种病她知道，她轻轻地说：“噢，和太太一样。”她觉得跟在她主妇后面是理所当然的。

搭临时圣坛的日子近了。

第一座总是搭在山坡下面，第二座搭在邮局前面，第三座搭在路中央；对第三座圣坛的地点是有争论的。临了，堂区女教友选中了奥班太太的院子。

胸闷加剧，体温升高。费莉西泰没有为搭圣坛出力，心中非常懊丧。如果她能放点什么东西在上面就好了！这时她想起了鹦鹉。邻居妇女们都不同意，说这不合适，可是本堂神父同意了。她欣喜万分，以致请求他收下她这唯一的财富——露露，如果她死了的话。

从星期二到星期六（圣体瞻礼节的前一天），她的咳嗽越来越厉害了。到黄昏时，她的脸皱缩起来，嘴唇粘在牙床上，还出现了呕吐；第二天清晨，她自觉病情险恶，央人去请来一位教士。

在敷临终圣油时，三位好心的妇女围着她；随后她说她需要和法布谈谈。

法布穿着星期天的服装来了，在这种凄凉的气氛中，他感到很不自在。

"请原谅我吧，"她用力伸出胳膊说，"我原来一直以为是您杀死它的！"

这算什么话？怀疑他是谋杀犯，像他这样一个男子汉！他生气了，要发脾气了。

"她脑子糊涂了，您不是也看出来了么！"

费莉西泰不时地在和一些虚无的人说话。好心的妇女们走了。西蒙大妈吃完了午饭。

过了一会儿，她拿起露露，递到费莉西泰面前，说：

"好吧，和它告别吧！"

虽然它不是一具尸体，却被虫蛀坏了；它的一只翅膀断了，填在里面的麻絮从肚子里散落出来。可是费莉西泰的眼睛现在已经瞎了，她吻吻它的额头，把它贴在自己的脸上不放下来。西蒙大妈把它拿走，放到圣坛上去。

五

草原上送来夏天的气息，苍蝇嗡嗡地叫；阳光在河面上闪耀，晒得屋顶上的石板瓦发烫。西蒙大妈回到房间里，慢慢地睡着了。

钟声惊醒了她，大家做完晚课从教堂里出来。费莉西泰不再说谵语了；一想到宗教游行，她好像身临其境似的跟在队伍后面。

所有学校里的孩子、唱经班的成员、消防队员都走在人行道上，走在街中央开道的有拿着戟的教堂卫士，捧着一个大十字架的教堂执事，监督男孩子们的中学教师，为小姑娘们操心的修女；三个最小的小姑娘，头发鬈得像天使一般，向空中撒着玫瑰花瓣；助祭教士张着胳膊，指挥着音乐的节奏；两个提香炉的，每走一步，向圣体转一转身，本堂神父先生，披着华丽的祭披，在四个教堂财产管理委员会会员扛着的朱红色天鹅绒华盖下面，捧着圣体。两面屋子的墙外都蒙着白布，人群在中间熙熙攘攘地往前行进；大家来到了山坡下面。

费莉西泰的脑门上冷汗直淌。西蒙大妈用布替她擦着，心想她自己早晚也得走这条路。

人群的嗡嗡声越来越响，有一个时候喧声震天，逐渐远去了。

一阵枪声震得玻璃都抖动了。那是驿站马车夫在向圣体显供台致敬。费莉西泰转动眼珠，尽量提高声音说：

"它好吗？"她在为鹦鹉操心。

她开始咽气，气越喘越急，两面的肋骨一起一伏，嘴角流出白沫，整个身子都在颤动。

很快便响起了奥菲克莱的铜管乐声，还有孩子们清脆的声音和男人们低沉的声音。每隔一段时间这些声音便沉寂一下，踩在花上的脚步声闷声闷气的，就像畜群在草地上行走一样。

神职人员在院子里出现了。西蒙大妈爬上一把椅子，够着小圆窗，这样可以看到窗下的圣坛。

祭台上挂着绿色的花饰，边上镶着一条英国针法的荷叶边；中间放着一个里面盛有圣物的框子，桌角上摆着两棵橘子树，中间放满了银烛台，瓷花瓶；花瓶里插着向日葵、百合花、芍药、毛地黄和一簇簇的绣球花。这一堆花团锦簇的色彩，从上面一层呈坡状铺向石板地上的地毯上；还有一些稀有的东西吸引着人的注意力：一只戴有紫罗兰花冠的镀金的银糖罐，在青苔上闪闪发光的几只阿朗松玉石耳坠，两扇绘有风景画的中国屏风。露露藏在玫瑰花下面，只露出它蓝色的额头，就像一块天青石。

教堂财产管理委员会委员，唱经班成员和孩子们全都排列在院子的三面。教士慢慢地登上台阶，把他的光彩夺目的金的圣体架放在花边上。大家都跪下来，一片寂静。香炉随着链子的晃动，一左一右地摆动着。

一股青烟袅袅上升，进入了费莉西泰的房间。她鼓起鼻孔，带着一种神秘的快感吸着、嗅着，随后合上了眼皮。她的嘴唇露出了微笑。她心脏的跳动越来越慢，一次比一次模糊、微弱，就像一个在干涸的水池，一个在消失的回声；在她呼出最后一口气的时候，她仿佛在天空的隙缝里，看到有一只巨大的鹦鹉在她的头上飞翔、盘旋。

（王振孙　译）

凡尔纳

儒勒·凡尔纳（1828—1905），法国科幻小说家，生于南特，父亲是诉讼代理人。他攻读法学，热衷于科学发现，结识许多科学家、地理学家和旅行家。小说有《气球上的五星期》（1862）、《地心游记》（1864）、《从地球到月球》（1865）、《格兰特船长的儿女》（1867—1868）、《海底两万里》（1870）、《神秘岛》（1870）、《八十天环游地球》（1872）、《十五岁的船长》（1878）、《蓓根的五亿法郎》（1879）、《机器岛》（1895）等。他的作品描写分地球上的漫游和冒险、星际旅行和空中历险、在某地的科学发现三大部分。他提供了丰富的科学知识和准确的科学预见，同时又对殖民主义、资本主义社会生死存亡的争夺、战争发动者、落后的封建习俗进行深入的揭露。情节生动有趣，注意人物形象的塑造，想象大胆新奇而又不流于荒诞。

《2889 年一个美国新闻界巨子的一天》想象一千年后的美国,描写各种科学幻想:录音电话,转播小说的电话,传达新闻影像的电话,传真画面,从水星、金星和火星拍来的传真照片,具有计算机功能的计数器,云层用作广告屏幕,能打到一百公里远的窒息弹,能消灭整支军队、长达二十法里的电火花,能送菜肴的气压传送管网,空中汽车,水力发电,海底管道,电动浴盆,等等,这些科学技术今天已大半实现,可见凡尔纳的科学幻想不是无稽之谈,令人读来趣味盎然。

2889 年一个美国新闻界巨子的一天

29 世纪的人生活在不断变换的环境中,表面却一无所感似的。他们对奇迹美景已经厌倦,面对日新月异的进步成果十分淡漠。他们觉得一切都自然得很。然而,倘若同往昔比一比,他们便会更珍惜我们的文明,并重视走过的道路。到那时,我们的现代城市会变得更加出色,道路宽达一百米,楼房高达三百米,楼内恒温,天空中千万辆空中小汽车和空中公共汽车穿梭往来!这些城市的人口有时多达到一千万,周围是一千年前的大小村庄,巴黎、伦敦、柏林、纽约那样的城市,往昔是空气污浊,道路泥泞,马车来来往往,车厢摇摇晃晃——是的,用马来拉!令人难以相信!假若马儿能令人想象邮船和铁路作用的不完备,轮船火车的经常相撞,还有蜗行牛步似的缓慢,那么,旅客坐空中火车,尤其是每小时一千五百公里的海底气压管道,有多少钱不肯花呢?最后,那时的人心想,我们的祖先不得不使用所谓"电报"这种洪荒时代的工具,如今能使用电话和传真,不是惬意得多吗?

真是稀奇!这些惊人的变化建立在我们的祖先完全熟知的原则上,而他们可以说丝毫不会利用这些原则得到好处。实际上,热能、蒸汽、电力,同人类一样古老。19 世纪末,学者不是已经断言,物理和化学能量的唯一区别,就是在于两者所固有的气体粒子的颤动方式吗?

既然认识所有这些能量的亲缘关系已迈出了一大步,确实很难想象,到终于确定区分这些能量的每一种颤动方式,竟需要这么长的时间。直接从这一种方式过渡到另一种方式,或者单纯地产生一种颤动方式,这些手段直到最近才发现,尤其不可思议。

然而事情的发展就是这样,只是在 2790 年,即一百年前,鼎鼎大名的奥斯瓦尔德·尼埃尔才达到这一步。

这个伟人是人类真正的造福者,他的天才发现是其他发现之母!从中产生一群发明家,导致出现不同凡响的詹姆士·杰克逊。正由于他,我们才获得新的蓄电池,有的能积聚太阳能,还有的能积聚地球内的电力,这类蓄电池终于能积聚来自任何源泉,如瀑布、风、江河等等的能量。同样由于他,我们才有了变压器,这变压器听从一把普通摇柄的指挥,在蓄电池中吸取强大的能量,完成了所要做的工作之后,又以热、光、电和机械能的形式释放回空间。

是的!正是从发明了这两件器械之日起,才真正获得了进步。它们给人以近乎无限的力量。它们的用途不计其数。以夏天的酷热来缓解冬天的严寒,使农业起了变革。给航空工具提供了原动力,使商业获得辉煌的发展。由此而拥有不需电池和机器却源源不断产生的电力,不需煤炭和加热却产生的光,还有这成百倍增加工业生产的取之不竭的能源。

所有这些奇迹,我们就要在一座美轮美奂的大楼里遇到,这就是新近在第一六八二三林荫道上开张的"世界先驱"大楼。

如果《纽约先驱报》的创建者戈登·班奈特今天复生,看到这属于他鼎鼎大名的子孙弗兰西斯·班奈特的金碧辉煌的大理石大厦,会作何感想呢?三十代过去了,班奈特家族仍然掌握着《纽约先驱报》。两百年前,合众国政府从华盛顿迁至中心城,这份报纸也跟随政府搬迁——政府当然不会跟随报纸搬迁,改名为《世界先驱报》。

在弗兰西斯·班奈特主持下,不能想象这份报纸会破产。不!相反,它的新经理开创了电话服务业,要给它注入无与伦比的能量和活力。

大家熟悉这种方法,由于电话使用变得难以想象的广泛,这种方法也就变得切实可行。每天早上,用不着像古代那样付梓印刷,《世界先驱报》"说话"了。订户跟采访记者、政治家或学者迅速交谈,便获悉感兴趣的事。至于买报的人,众所周知,只消几分钱,便能在无数的留声亭了解当日报纸的内容。

弗兰西斯·班奈特的革新刺激了这份年代悠久的报纸。几个月内,订户增加到八千五百万,经理的财产逐渐增至三百亿,今天又大大超过了这个数目。弗兰西斯·班奈特依仗这笔财产,终于兴建了新大楼——有四个正面的巨大建筑,每一面长达三公里,层顶上飘扬着合众国七十五颗星的光荣旗帜。

这时节,报业之王弗兰西斯·班奈特是会成为南北美洲之王的,如果美洲人一旦会接受一个君主的话,您怀疑吗?各国大使和我们的部长忙于拜访他,乞求他的建议,征求他的赞同,哀求他万能的报纸支持。得到他赞助的学者,得到他赡养的艺术家,得到他津贴的发明家,数不胜数!他的王国使人精疲力竭,他的工作毫无休息,以前的人准保忍受不了每日这样的操劳。幸亏今日的人受惠于卫生和体育的进步——平均寿命从三十七岁增至六十八岁,并受惠于无菌食品的调制,体格更为强健;下一步是发现有营养的气体,能供人食用……只要呼吸就行。

现在,如果您乐意了解《世界先驱报》经理的工作日包含的内容,请费心跟随他繁杂的事务活动——今天是2889年7月25日。

今天早晨,弗兰西斯·班奈特醒来时情绪相当恶劣。他的妻子待在法国已有一周,他感到有点孤零零。别人会相信他这样吗?他们结婚十年,伊迪丝·班奈特夫人,这个绝色美人是头一回走开这么长时间。通常,两三天便足够她赴欧一次,尤其是到巴黎,她常到那里去买帽子。

弗兰西斯·班奈特一醒来就打开录音电话机,电话机的线路直通他在香榭丽舍拥有的公馆。

以录音器完善的电话又是我们时代的一项成就！如果说，用电流传送话音已年代非常久远，那么，它能传送影像只是不久以前的事。这是一项宝贵的发明，弗兰西斯·班奈特在一面录像镜中看到克服分隔的远距离而再现的妻子时，他可不是最末一个祝福发明家的人。

多柔美的影像啊！班奈特夫人由于昨夜的舞会或看戏，略呈倦意，还躺在床上。虽然那边已近中午，她还睡着，迷人的头埋在枕头的花边中。

瞧她动弹了……嘴唇在翕动……她准是在做梦？……是的！她在做梦……她的嘴吐出一个名字："弗兰西斯……我亲爱的弗兰西斯！……"

他的名字经这甜蜜的嗓子说出，使弗兰西斯·班奈特的心绪宽慰了许多。他不想叫醒睡美人，一骨碌爬下了床，钻进机械穿衣器中。

两分钟后，他用不着仆人帮忙，机器已经替他洗过、梳过头，穿上鞋，穿好衣服，从上到下扣好纽扣，将他送到办公室门口。每天例行的巡视就要开始。

弗兰西斯最先走入的是连载小说家大厅。

这个厅非常宽敞，上面是一个半透明的跨度很大的穹顶。在一角，有好多部电话机，成百个《世界先驱报》的小说家通过电话机，向狂热的读者口述成百部小说的上百个章节。

看到一个连载小说家正在作五分钟的休息。

"很好，亲爱的，"弗兰西斯·班奈特对他说，"您最新的一章很好！年轻的农家女跟她的情人谈论先验哲学的某些问题，这个场面观察得十分细腻。田园风俗描绘得绝妙不过！继续下去，我亲爱的阿奇博尔德，鼓足勇气！由于您的关系，从昨天起新增加了一万订户！"

他转过身来，对另一个合作者说："约翰·拉斯特先生，我对您不太满意！您的小说情节不真实！您奔向目标太快了！那么，文献式的方法呢？必须解剖，约翰·拉斯特，必须解剖！不是用笔来描写我们的时代，而是用解剖刀！凡是发生在真实生活中的情节，都是稍纵即逝和接连不断的思想融合的结果，必须仔细一一分清，才能创造出一个活生生的人！电流催眠术能把人解剖开，区分出两种人格，运用这种方法，再简便没有！瞧一瞧自己的生活，我亲爱的约翰·拉斯特！我刚才褒奖了您的同事，模仿一下他吧！您自己做催眠术……嗯？……您会做的，说呀？……不够，不够！"

给了这一席指点之后，弗兰西斯·班奈特继续视察，走进了采访厅。他的一千五百个采访记者，坐在同样数目的电话面前，将夜里从世界各地收到的新闻告知订户。这个无法比拟的服务机构经常得到介绍。除了电话，每个记者面前还有一组蓄电池，能与这样那样的录音线路保持畅通。订户不仅听到叙述，而且还看到事件的经过。记者叙述的社会新闻是已经发生过的，这时记者将密集摄影照下的主要阶段播放出来。

弗兰西斯·班奈特招呼十大宇宙记者中的一个——这是随着星际的新发现而发展的一种业务。

"喂，卡斯，您收到什么消息吗？……"

“从水星、金星和火星拍来的传真照片,先生。”

“火星的照片有意思吗？……”

“是的！中央帝国发生一次革命,是利用了自由派反动分子攻击保守共和派的事态进行的。”

“同我们国家一样啰！——收到木星的情况吗？……”

“还没有任何情况！我们不能解释木星人的信号。或许我们的信号他们收不到？……”

“这是您的事,我要您为此负责,卡斯先生!”弗兰西斯·班奈特很不满意地回答,来到科学编辑室。

三十个学者俯在计数器上,沉浸在九十五次方程式的计算之中。有几个人像初小学生做四则运算那样挺不费力,甚至在演算代数无限大和二十四维空间的公式时,也轻轻松松。

弗兰西斯·班奈特像炸弹一样,落到他们当中。

“诸位,我听到什么来着？木星没有任何回音？……总是这样！瞧,科尔莱,您啃这个星球已经啃了二十年,我觉得……”

“有什么办法呢,先生,”受到质问的学者回答,“透镜还有待于改进！……即使是三公里的天文望远镜也罢……”

“您听见了吧,皮尔!”弗兰西斯·班奈特打断他,对科尔莱旁边的人说话。“透镜还有待于改进！……这是您的专长,亲爱的！仔细想想,见鬼！仔细想想!”

然后又对科尔莱说:

“木星除外,我们至少得到了月球的研究结果吧？……”

“没有进展,班奈特先生!”

“啊！这回,您不归罪于望远镜了！月球比火星近六百倍,我们跟火星的通讯已经建立起正规来往。不是缺少天文望远镜……”

“不是！但缺少的是居民,”科尔莱回答,像好作思索的学者那样乖巧地一笑！

“您敢断定,月球上没有人住?”

“班奈特先生,至少在对着我们那半边上没有人。谁知道另一半边……”

“那么,科尔莱,有一个很简单的检验方法……”

“什么方法？……”

“使月球转过来!”

当天,班奈特工厂的学者们开始钻研用机械方法,使地球的卫星翻过身来。

再说,弗兰西斯·班奈特也该满意了。《世界先驱报》的一个天文学家刚确定新星冈第尼的成分。这颗星球绕太阳旋转的轨道为一千二百亿亿,零八百四十一万亿,零三亿四千八百万,零二十八万四千六百二十三米零七厘米,历时五百七十二年零一百九十四天十二小时四十三分零九秒八。

弗兰西斯·班奈特对数字的准确十分高兴。他高声说:

“好！赶快通知采访处。你们知道,公众对这些天文问题如醉如狂。我意,新闻登在今天的报上!”

离开采访厅之前,弗兰西斯·班奈特到采访特别小组转了一下,对负责采访名人的记者说:

“您采访过威尔科克斯总统吗?”

“采访过,班奈特先生,我在报道栏发表一则消息:他感到疼痛的准定是胃扩大,他在接受最细致的插管灌肠治疗。”

“好极了。查普曼杀人事件呢?……您采访过应该出席重罪法庭的法官吗?……”

“采访过,对犯罪性质人人意见一致,案件不必再提交给他们。被告不必经过判决便可处决……”

“好极了!……好极了!……”

毗邻的大厅是个宽敞的回廊,长达半公里,用作广告科。不难想象,像《世界先驱报》这样一份报纸的广告科该是什么样子,它每天平均收入三百万美元。由于一套巧妙的系统,一部分广告以崭新的形式传播,这形式是用三美元向一个饿死的穷鬼买下专利证的。这就是用云层反射作巨大的广告,大得整个地区的人都能看到。这个回廊有上千只放映机不停地向云层发射大得无边的广告,云层以彩色显示出来。

这一天,弗兰西斯·班奈特走进广告厅时,却看到机械师抱起手臂,待在不开动的放映机旁边。他问怎么回事……作为回答,那人向他指指蔚蓝无云的天空。

“不错!……好天气,”他喃喃地说,“不能作天空广告!怎么办?如果要下雨,倒可以制造雨!但不需要雨,要的是云层!……”

“是的……又白又美的云层!”机械师组长回答。

“那么,弗格森·马尔克先生,您对气象处的科学编辑室说一声。就说我让他们积极过问一下人造云的问题。确实不能这样受好天气的摆弄!”

视察过报馆的各个部门之后,弗兰西斯·班奈特走到招待厅,派驻美国的大使和特命全权部长在那里等候他。他们都来向无所不能的经理讨主意。弗兰西斯·班奈特走进招待厅时,他们正在热烈地谈论。

“请阁下原谅我,”法国大使对俄国大使说,“我看欧洲地图没有什么可改变的,北方属于斯拉夫人,好的!但南方属于拉丁民族!我觉得我们莱茵河的共同疆界很好!可是,要知道,我国政府将抵制一切妨碍我们罗马、马德里和维也纳行政区的举措!”

“说得好!”弗兰西斯·班奈特介入谈话说。“俄国大使先生,贵国辽阔的疆域从莱茵河畔伸展到中国边境,北冰洋、大西洋、黑海、博斯普鲁斯海峡、印度洋的海水冲刷着绵延不断的海疆,您怎么还不满足?再说,何必恫吓呢?有了现代这些发明:能打到一百公里的窒息弹,能一下子消灭整支军队,长达二十里的电火花,能在几小时内毁灭整个民族、携带着鼠疫菌、霍乱菌、黄热病菌的炮弹,战争还有可能吗?”

“我们知道这一点,班奈特先生!”俄国大使回答。“但所欲之事能不为之吗?

……东部边境我们受到黄种人的驱赶①,我们必须不惜一切,往西试它一下……”

“就这个吗,先生?”弗兰西斯·班奈特用保护者的口吻反问。“那么,既然中国人口的迅速增长对世界是个危险②,我们便向天子施加压力好了!必须让他给臣民限定出生率的极限,超过的话就判以死刑!多一个孩子吗?……那就少一个父亲!这便能补救。而您呢,先生,”《世界先驱报》经理对英国领事说,“我能为您效劳吗?……”

“能帮大忙呢,班奈特先生,”英国领事回答,“只要您的报纸肯开展一场有利于我们的笔仗……”

“关于什么……”

“很简单,就是抗议英国和美国合并……”

“很简单!”弗兰西斯·班奈特耸耸肩,高声说。“合并已经拖了一百五十年!英国人永远不能忍受,由于人间事物会循环往复,他们的国家成了美国的殖民地?这真是热昏!贵国政府怎能相信我会进行一场反爱国主义的笔仗呢?……”

“班奈特先生,您知道,根据蒙罗埃的理论,整个美洲应属于美国人,但只是美洲,而不是……”

“英国只不过是我们的一个殖民地,先生,最美的殖民地之一。别指望我们会同意让它独立!”

“您拒绝?……”

“我拒绝,如果您坚持,我们会制造一个 casus belli(出色事件),只消让我们的一个记者来篇采访!”

“完了!”领事难受地小声说。“联合王国、加拿大和新不列颠都属于美国,印度属于俄国,澳大利亚和新西兰属于它们自己!古老的英国还剩下什么呢?……一无所剩!”

“一无所剩,先生!”弗兰西斯·班奈特反问,“那么,直布罗陀呢?”

这当儿,正午的钟声敲响了。《世界先驱报》经理做了一个手势,结束接见,离开大厅,坐上一张轮椅,几分钟后来到大厦尽头,相距一公里的餐厅。

午餐已经准备好。弗兰西斯·班奈特入席。一排管与开关置于他伸手可及的地方,他面前环形而立传真电话的镜面,荧光屏上出现他在巴黎的公馆的餐厅。尽管有时差,班奈特夫妇约好同时进餐。没有什么比这样虽然远隔重洋却能亲密相会、相对而视、用传真电话通话更惬意的了。

这时,巴黎那间餐厅空无一人。

“伊迪丝姗姗来迟!”弗兰西斯·班奈特思忖。“噢!女人的准时!一切都在进步,这却例外!……”

他一面在作这番过分的思索,一面拧开一个开关。

---

① 作者在这里讽刺俄国帝国主义者向西扩张的借口。

② 这是西方某些学者的一种极端错误的论调,从下文作者提出的办法来看,表明凡尔纳并不以为然。

就像当时的富豪那样,弗兰西斯·班奈特不使用家庭厨房,他是“家庭食品公司”的订户。这个大公司通过一个气压传送管网,将上千种菜肴送给订户。不消说,这种传送方法价格昂贵,但烹调属于一流,这个优点能消弭男女两性之间善于烹饪却易动肝火那一类现象。

弗兰西斯·班奈特于是独自进餐,心中不无遗憾。他喝完咖啡时,班奈特太太回到家里,出现在传真电话的荧光屏上。

“你上哪儿去啦,亲爱的伊迪丝?”弗兰西斯·班奈特问道。

“唉!”班奈特太太回答,“你吃完啦?……我来晚啦?……我上哪儿?……上时装店?……今年的帽子真迷人!不是帽子啦……是圆屋顶,是拱顶!……我有点流连忘返啦!……”

“有点!亲爱的,可我午饭都吃完了……”

“那么走吧,我的朋友……去干你的事吧,”班奈特太太回答,“我还要去一次时装缝纫店。”

这个裁缝一点不逊于著名的伍尔姆斯派尔,后者恰如其分地说过“女人重要的是外形!”

弗兰西斯·班奈特吻了吻传真电话荧光屏上班奈特太太的面颊,然后走向窗口,他的空中小汽车在窗口等着他。

“先生上哪儿去?”司机问道。

“唔……我有时间……”弗兰西斯·班奈特回答,“把我送到尼亚加拉瀑布发电厂去。”

空中汽车是根据比空气略重的飞行器的原则建造的出色机器,每小时在空中飞行六百公里。在它底下,城市依次掠过,熙熙攘攘的人行道沿着街道输送行人,乡村像一大片蜘蛛网,布满电线网。

半小时后,弗兰西斯·班奈特来到他的尼亚加拉工厂,这个工厂利用瀑布的水力发电,他再卖给或租给消费者。他视察一结束,便经费城、波士顿和纽约,回到中心城。五点左右,空中汽车便抵达了。

× × ×

在《世界先驱报》的候见室里有许多人。大家等待弗兰西斯·班奈特回来,他每天要接见求见者。这是一些发明家,申请贷给资金;还有掮客,提议进行听来有利可图的交易。在形形色色的建议中,必须作出抉择,摒弃糟糕的,研究可疑的,接受良好的。

弗兰西斯·班奈特迅速打发走带来一无用处或不切实际的想法的人。有一个人不是想振兴绘画吗?这门艺术变得过时了,以致米勒①的《三钟》不久前以十五法郎出售,这是由于 20 世纪末日本人 Aruziswa-Riochi-Nichome-Sanjukamboz-kio-Baski-kû②

① 米勒(1814—1875):法国画家,善绘农村景象。

② 这是音译,难以译出。

发明了彩色照片,这个日本人的名字很快便遐迩闻名了。另一个人不是找到了生命之菌吗?这种菌一经注入人体,便能使人长生不老。这一个是化学家,竟然刚发现了一种新的物体“尼依利恩”,每克值到三百万美元。那一个是个大胆的医生,竟然声称掌握医治脑炎的特效药……

所有这些幻想家立即被带了出去。

还有几个得到较好的接待。先是一个年轻人,他宽大的脑门表明他聪颖过人。

“先生,”他说,“如果以前能数出七十五个单质,那么今天这个数目已减少到三个,您知道吗?”

“好极了,”弗兰西斯·班奈特回答。

“先生,我即将做到把这三个单质减少到一个。要是我不缺钱,过几个星期,我就能成功。”

“那么怎样?……”

“那么,先生,我便能确确实实地找到绝对。”

“这项发现的结果呢?……”

“那就能制造出一切物质:石头,木头,金属,纤维蛋白……非常容易。”

“您认为能造出一个活人吗?……”

“完全能够……只缺少灵魂!……”

“只缺少这个!”弗兰西斯·班奈特含讥带讽地说,但他还是把这个年轻的化学家分到报纸的科学编辑室。

第二个发明家依据的是古老的经验,这些经验源自十九世纪,此后常常更新;他考虑连锅端地移动整个城市。这是指离海边十五哩的萨夫城,打算用铁轨把它运到海滨,改成海水浴疗养地。可是已经有建筑物的地皮和尚未建筑的地皮需要巨额资金去买。

弗兰西斯·班奈特被这个计划所吸引,同意出资一半。

“您知道,先生,”第三个申求者对他说,“有了我们的蓄电池和太阳、地热变压器,我们已使四季气候相同。我打算再作改进。将我们掌握的一部分能量转成热能,再输送到极圈,融化冰层……”

“把您的计划留下,”弗兰西斯·班奈特回答,“您一周后再来吧!”

最后,第四个学者带来信息:激动全世界的一个问题即将在今晚得到解答。

众所周知,一个世纪以前,一项大胆的试验吸引了公众对纳撒尼尔·费思伯恩医生的注意。他是人类冬眠,也就是说,暂停生命机能,隔一段时间再复活的深信不疑的拥护者,已决定在自己身上试验他的方法是否有效。他自书遗嘱,指明如何进行,能在一百年之后使他恢复生命的手术,然后使自己忍受零下一百七十二度的寒冷;费思伯恩医生处于木乃伊状态后,埋在坟墓里,直到指定的时间。

正是今天,2889 年 7 月 25 日,期限到了,有人来向弗兰西斯·班奈特提出,在《世界先驱报》的一个大厅里进行人们翘首盼望的复活手术。这样,公众便能了解每分每秒的情况。

建议被接受了。手术要到晚上十点才进行,弗兰西斯·班奈特来到收听室,躺在一张长椅上。然后,他拧转一个开关,接通中央乐团。

经过一天繁忙劳累,他在我们最优秀的大师的作品中找到了多么美好的享受啊,人人皆知,这些作品是根据一系列美妙的代数调和公式写成的!

夜幕降临,弗兰西斯·班奈特沉湎在半睡半欣赏的状态中,连自己也没意识到。一扇门霍地打开了。

"谁呀?"他触了一下手下的摁钮,说道。

旋即空气中产生电流振荡,变得通明雪亮。

"啊!是您,医生?"弗兰西斯·班奈特说。

"是我,"萨姆大夫回答,他刚照例出诊回来——按年预定。"怎么啦?"

"很好!"

"那就好……伸出舌头看看?"

他用显微镜去看舌头。

"很好……脉搏呢?"

他用脉搏记录器来把脉,这个器械酷似地震记录仪。

"好极了!……胃口呢?……"

"唉!"

"是的……胃!……胃好不了!胃老化了!……必须坚决给您换一个新的!……"

"再看吧!"弗兰西斯·班奈特回答。"这段时间里,大夫,您跟我一起吃晚饭吧!"

吃饭时,同巴黎的电话传真接通了。这回,班奈特太太坐在桌前,席间,萨姆大夫妙语连珠,晚饭吃得十分愉快。一吃完饭,弗兰西斯·班奈特就问:

"你打算什么时候回中心城,亲爱的伊迪丝?"

"我马上动身。"

"走海底管道还是坐空中火车?……"

"走海底管道。"

"那么你马上回到这里啰?"

"晚上十一点五十九分。"

"巴黎时间?……"

"不,不!……中心城时间。"

"一会儿见,别误了海底管道的时间!"

从欧洲走海底管道要花二百九十五分钟,确实比空中火车快得多,空中火车每小时只走一千公里。

医生答应回头来参加他的同僚纳撒尼尔·费思伯恩的复活节手术后,抽身走了。弗兰西斯·班奈特想结一下当天的账目,回到他的办公室。这是一项巨大的交易,每天数额上升到八十万美元。幸亏近代器械的进步使这类工作变得易如反掌。弗兰西斯·班奈特靠了电子计算机①很快便算完了账。

时候正好。他刚揿完加法器的最后一个按键,试验厅便要求他莅临。他马上前往,一大群学者,萨姆大夫就在其中,在厅内迎迓。

纳撒尼尔·费思伯恩的身躯躺在棺材里,放在大厅中央的搁凳上。

电话传真已经开动。全世界即将看到手术的各个阶段。

人们打开了棺材……从中取出纳撒尼尔·费思伯恩……他始终像个木乃伊,蜡黄、坚硬、干枯。像木头那样梆梆响……给他加热……通电……没有任何反应……给他催眠……给他催眠暗示……无法解释这种极端蜡屈症状态……

"萨姆大夫,你来吧?……"弗兰西斯·班奈特说。

大夫偏向这具身躯,聚精会神地观察……他用皮下注射法注入几滴布朗-塞卡尔的著名药水,这时还十分流行……木乃伊照样纹丝不动。

萨姆大夫开口说:"我想,冬眠时间太长了……"

"哈!哈!……"

"我想,纳撒尼尔·费思伯恩死了。"

"死了?……"

"像普通人死了那样!"

"他什么时候死的?……"

"什么时候?……"萨姆大夫回答。"死了一百年,就是说,从他异想天开,热爱科学,冰冻自己开始!……"

"得了,"弗兰西斯·班奈特说,"这种方法需要完善!"

"完善这个词用得好,"萨姆大夫接口道,这时,冬眠科学委员会将棺木抬走了。

弗兰西斯·班奈特身后跟着萨姆大夫,回到自己房里,过了这排得满满的一天,他显得十分疲惫,医生建议他睡觉前洗个澡。

"您说得对,大夫……这能使我休息过来……"

"完全休息过来,班奈特先生,如果您愿意,我出去吩咐一下……"

"用不着,大夫。楼里总是准备好洗澡水,我甚至不用麻烦走出卧房去洗澡。瞧,只要揿一下这电钮,浴盆便会开动起来,您会看到浴盆出现,放满了三十七度的温水!"

弗兰西斯·班奈特刚揿了一下电钮。一阵轻轻的声音响起来,越来越响……随后,有一扇门打开了,浴盆出现,在铁轨上滑行……

天哪!萨姆大夫捂住了脸,从浴盆里冒出了又恼又羞的小声叫喊……

原来班奈特太太从海底管道回来已有半小时,正待在澡盆里……

① 原文为电子计算琴。

翌日,2889年7月26日,《世界先驱报》经理又开始他二十公里路程的巡回视察办公,晚上,他的加法器运转起来,这一天的利润数额达到八十五万美元——比昨天多五万美元。

一个好职业,这是29世纪末一个新闻业巨子的职业!

(郑克鲁 译)

左拉

爱弥尔·左拉(1840—1902),法国自然主义小说家,生于巴黎,父亲是意大利人,工程师,母亲是法国人。小时居住在埃克斯,1858年随母亲移居巴黎。中学毕业会考失败后,在码头当职员。1862年进入阿舍特出版社,1866年离开,专事写作。1898年,左拉挺身而出,为德雷福斯鸣冤,却被判刑一年,他只得逃亡英国。因煤气中毒而死。他的代表作《卢贡-马卡尔家族》(1871—1893)包括二十卷长篇小说,以《小酒店》(1877)、《娜娜》(1880)、《萌芽》(1885)、《金钱》(1891)最为重要。这套小说再现了第二帝国时期的历史,反映了19世纪下半叶的法国社会。左拉继承了前期现实主义的传统,而又有所发展。他善于描写群众场面,具有史诗的气势和风格,还赋予人群和物体以神秘的意识、人格和生命。描写力求纤毫毕现,有实录性和摄影性的特点。

《陪衬女》通篇议论,虽无生动的情节,却有感人的强烈效果。揭露资本家生财有道的主题并不新鲜,但写来不落俗套。很难说有主人公,带有明显的虚构,格局新颖。《我控诉……》于1898年1月发表在《震旦报》上,引起了反动当局的恐慌。这封致总统的公开信雄辩有力,陈述详尽,大义凛然,无所畏惧,拆穿了当局的鬼蜮伎俩,显示了左拉为正义而斗争的英雄气概。

陪衬女

一

巴黎什么都有出售:傻丫头和巧姑娘,谎言和真话,眼泪和微笑。

您不会不知道,在这个商业之国,美是一种可以用来做使人心惊胆战的生意的商品。大眼睛和小嘴巴可以买进卖出;鼻子和下巴颏儿都有标准的定价。一个笑靥、一粒美人痣,等于一笔固定的收入。任何东西都有赝品,因此有时连仁慈的天主制造的东西也有伪造的:用烧焦的火柴梗做的假眉毛,用长发夹固定在头发上的假发髻,售价都很昂贵。

凡此种种，都是公正合理、合乎逻辑的。我们是一个文明的民族；请问，如果文明不能帮助我们欺骗别人，或者被别人欺骗，使我们得以生活下去的话，那么文明又有什么用呢？

可是，当我昨天听说那个您我都知道的老工业家杜朗多竟然产生这种充满创造和异想天开的想法，要拿丑来做交易的时候，我不得不承认，我真是大吃一惊。美可以出售，这我可以理解；即使出售的美是伪造的，这也是很自然的，是一种进步的标志。可是我明确表示：杜朗多能使这种被称作丑的，迄今束之高阁的死物质当作商品在市场上流通，他真可算是为法兰西增光。请听清楚了，我这里说的是丑陋的丑，真正的丑，堂而皇之地当作丑来出卖的丑。

您有时准会在宽阔的人行道上遇到一对对散步的女人。她们体态轻盈，诱人地曳着衣裙慢慢地踱着，有时在店铺橱窗前停下来瞧一眼，发出窃窃的笑声。她们年纪相仿，像两个知心好友似的手挽着手，谈话时熟不拘礼，穿着都很雅致。可是，这两人中总有一个姿色平平，长着一张引不起人注意的脸；别人不会转过头来多看她一眼，可是一旦有人凑巧瞥见了她，那么也不会感到讨厌；而另外一个女人却总是丑得惊人，丑得刺眼，丑得引人注目，丑得使人不得不把她和她的同伙比较一番。

其实，您已经落入了圈套，有时候您就会尾随这两个女人。如果您看见这个丑八怪一个人走在人行道上，也许会把您吓一跳；而那个中等姿色的女人，您根本不会去注意她。可是假如她们两人走在一起，那么这一个的丑就可以反衬出另一个的美。

好吧，我对您说了吧，那个丑八怪，那个丑得无法形容的女人，就是杜朗多事务所里的人，她是该事务所雇用的一名陪衬女。伟大的杜朗多以每小时五法郎的价格，把她租给了那个其貌不扬的女人。

二

事情是这样的：

杜朗多是一个腰缠万贯、有独创精神、与众不同的企业家，今天他做生意已经达到了炉火纯青的地步。好几年以来，每当他想到他还不能从丑女交易中赚得分文的时候，他就愤愤不平。至于在美女身上投机，那是要冒风险的，而杜朗多和所有有钱人一样，是非常谨慎小心的，我可以向您保证，对这种投机，他是连想都不会去想它的。

一天，他突然眼前一亮，就像很多伟大的发明家一样，头脑里突然产生了一个新的主意。那时，他正在林荫大道上散步，忽然看到有两个年轻姑娘在他前面匆匆走过，一个长得很美，另一个长得很丑。一看见这两个姑娘，他就发现丑女可以做美女的装饰品。他心里寻思，既然饰带、脂粉和假辫子可以出售，那么，美女买个丑女当作自己合适的装饰品也是天经地义、合情合理的。

杜朗多回到家里又仔细地考虑了一番。他所设想的这种生意需要用最高明的手段来干。他不愿意投入一场成功了一鸣惊人、失败了遭人耻笑的冒险事业中去。他彻夜不眠地盘算着，阅读那些对男人的愚蠢和女人的虚荣心讲得最透彻的哲学著作。第二天清早，他作出决定：计算结果说明他能赚钱，哲学家又告诉他人类有些劣根性，他完全可以靠它招徕无数主顾。

三

如果我有生花妙笔，一定会写出一部杜朗多创办这个事务所的壮丽的史诗。那将是一部滑稽突梯、可歌可泣、充满着眼泪和欢笑的史诗。

为了开辟货源，杜朗多费尽心机，伤透了事前未曾估计到的脑筋。起先他想亲自出马，在水落管上、树干上和僻静的角落里贴上一些方块形的小纸，上面写着："征求年轻丑女从事轻便的工作。"

他等了一个星期，没有一个丑女上门；倒有五六个漂亮姑娘哭哭啼啼上门来要求工作，她们已经穷得没有饭吃，再这样下去，就不得不走邪路了；她们还想靠劳动找条生路。杜朗多感到很不好办，一再对她们说，她们长得漂亮，不符合他的要求。可是她们坚持说自己长得很丑，还说，杜朗多说她们长得美，那纯粹是为了讨好，不怀好意。今天这些姑娘既然无丑可卖，她们就不得不出售她们所具有的色相了！

杜朗多看到这样的结果，懂得了只有事实上并不丑的漂亮姑娘才有勇气承认自己是丑的。至于那些丑姑娘，她们永远也不会自己来承认她们的嘴巴大得异乎寻常，也不会来承认她们的眼睛小得出奇。即使您到处张贴广告，答应给每个来应征的丑女十个法郎，我看您也穷不了。

杜朗多放弃了贴广告的办法，他雇了五六名掮客，派他们到全城各处去寻找丑女。这真是一次对巴黎丑女的大收罗。这些能挑会拣、有鉴赏力的掮客的任务非常艰巨，他们根据对象的性格和境况区别对待，如果对方有燃眉之急，需要钱用，他们就开门见山，直言相告，如果对方是一个生活还过得去的少女，他们就转弯抹角，委婉商量。对有教养的人来说，对一个女子讲："夫人，您长得很丑，请把您的丑卖给我，按天计算。"这种话是难以出口的。

在这场对那些可怜的在镜前自惭形秽的姑娘的搜寻中有很多值得回忆的插曲！有时候这些掮客们在街上拼命追赶。他们看到有一个理想的丑女在街上经过，就一心想把她带给杜朗多看，以博取主人的欢心。有些掮客简直到了不择手段的地步。

每天早晨，杜朗多接见并检验头天收罗到的货色。他身穿黄色睡衣，头戴黑锦缎无边圆帽，舒舒服服地坐在一把安乐椅里，让那些新来的姑娘，由招募她们来的掮客陪着——在他面前走过。这时候，他仰着头，眯着眼睛，像个行家里手似的做出各种各样表示满意或者不满意的神态。他慢吞吞地盯住一个人看，仔细思索，接着为了看得更真切些，他吩咐他的商品身体转个圈，让他从各个角度观察。有时他甚至站起来，摸摸头发，看看脸蛋，就像一个裁缝在摸一块料子，又像一个食品杂货商在检验蜡烛或者胡椒的质量。如果确实很丑，一脸痴呆相，杜朗多就满意地搓搓手，向那个掮客祝贺，甚至还会拥抱这位丑姑娘，但是他对那些丑得出奇的女子却疑虑重重。如果那个姑娘目光炯炯有神，嘴上带着刺激性的微笑，他就皱起眉头，心里暗暗嘀咕：像这样的丑相虽说不能使人产生爱情，却时常会激起人们的情欲。因此他对掮客表示冷淡，叫那个女子再过几年，等老了再来。

要成为一位审丑专家，搜罗到一批长得真丑的女子，又不能得罪那些前来应征的漂亮姑娘,绝不像人们想象的那么容易。杜朗多显得对挑选丑女确有天才,因为他对人类内心情感了如指掌。对他来说,重要的是外貌,他只录用那些使人望而生厌的面孔和那些由于长得痴呆而叫人浑身发冷的脸蛋。

杜朗多的事务所筹备结束,可以向漂亮女子们提供和她们肤色和风度相配的丑女的时候,他贴出了如下广告。

四

杜朗多陪衬女事务所

巴黎M.街十八号

营业时间:上午十点——下午四点

夫人:

我有幸向您奉告,本人新近创办了一个竭诚为永葆妇女青春之美服务的事务所。本人发明了一种可以使夫人的自然美再次大放异彩的装饰品。

迄今为止,任何化妆品都不能不露痕迹。花边、首饰,一望便知是人工的;即使假头发,也逃不过人的眼睛。猩红的嘴唇,粉红的脸蛋,大家都知道靠的是胭脂花粉。

因此,我要解决这个乍看无法解决的问题,既为女士们提供装饰品,又不让任何人看出这种突然变得漂亮的原因。不必加一根丝带,无须涂脂抹粉,我们为您找到了一种不用四处徒劳地搜寻即可得来的行之有效的引人注目的手段。

我自信现在可以自夸地说,这个我独自承担的难以解决的问题已经圆满解决了。

今天,任何女士,如蒙信任,都可以用低廉的价格,换得使人啧啧称美的美容。

我的装饰品使用异常方便,效果保您满意。女士,我只需稍作解释,您立即就会懂得其中奥秘。

夫人,您曾否见过一个满身绫罗的美妇人伸出她戴手套的纤纤玉手向一个女丐施舍时的情景?您有否注意到,面对这穷女人的破衣烂衫,这位美妇人的丝衣绸裙是多么光彩夺目;在贫苦寒酸的对照之下,富贵荣华是多么使人眼花缭乱。

夫人,我向漂亮女人奉献的是集目前各种丑陋的面容之大成。别人的破旧衣衫可使您的新装添色,我的丑女可使夫人的美貌胜过天仙。

不用假牙、假发、假胸!用不着再傅粉施朱,用不着花钱打扮,用不着花大钱买脂粉和饰带!只要雇一个陪衬人和您在街上挽手同行,就可顿时使您的姿色增辉,引来绅士们艳羡的目光!

夫人,请光临敝所,您将看到各式各样奇形怪状的丑女,您可以按照您自身的姿容特点,挑选可以使你的容貌焕然一新的陪衬丑女。

价格:每小时五法郎;每天五十法郎。

夫人,谨向您致以崇高敬意。

杜朗多

巴黎,18××年5月1日

注意:本所价格公道,老少无欺。

五

广告一炮打响。第二天起事务所开张,营业所女客盈门,每人都选中自己的陪衬女,欢天喜地地把她带走了。谁也不知道一个美女倚在一个丑女的胳膊上心里有多么舒服。她们就要靠别人的丑来增加自己的美色啦。杜朗多真是个伟大的哲学家!

可是别以为做这种生意很轻巧,各种出人意料的障碍接踵而来。如果说收罗丑女很不容易,那么要使顾客满意更是难上加难。

有一位贵妇人来雇一名陪衬女,接待员让所有的丑女排列成行,请她挑选,还委婉地向她提供些意见。这个贵妇人把这些陪衬女一个一个地看了一遍,露出一副鄙夷不屑的神气,她认为这些可怜的女孩子不是太丑就是还不够丑,声称这些丑姑娘谁也衬托不出她的美。尽管接待员把这个姑娘的歪鼻子,那个姑娘的大嘴巴,另一个姑娘的凹额骨和傻模样说得对她很合适,这位贵妇人还是不为所动:他们雄辩的口才一无用处。

有的时候,来租陪衬女的女士自己也丑得可怕,这时候,如果杜朗多在场,一定会不顾一切地以高价聘请她。她说她是为了增加自己的姿色而来的,她只要稍许衬托一下就行,因此她想租一个年轻的、不过分丑的陪衬女。接待员无可奈何,只能请她站在一面大镜子面前,吩咐所有的陪衬女在她旁边一一走过,结果最丑的却是她自己,于是她走了,对这些接待员竟敢把这样的货色介绍给她感到非常恼火。

可是,渐渐地,顾客们都找到了合适的对象,每个陪衬女都有了自己固定的主顾。杜朗多可以心满意足地休息休息了,因为他使人类跨出了新的一步。

我不知道大家是不是了解陪衬女的心理状态。她们表面上在强颜欢笑,暗地里却在涕泣流泪。

陪衬女是丑的,她们是奴隶,她们对因为自己丑、因为自己做 了奴隶而拿报酬感到屈辱。可是,她们又衣着华丽,和风月场上的名媛娇娃形影不离,出门车马代步,在有名的饭店用餐,晚上还要上剧场。她们和美丽的姑娘们亲密无间,天真的人们还以为她们是观看跑马比赛和出席首场演出的名门闺秀呢!

整个白天,她们笑逐颜开;到了晚上,她们抑郁不平,吞声饮泣。她们已经脱下了属于事务所的美丽装扮,孤零零地待在阁楼里,面对着一块使她们看到了现实的镜子。她们的丑陋,毫无掩饰地呈现在前面,她们感到永远也不会有人爱她们了。她们为别人增加了魅力,激起了异性的欲望,自己却永远也尝不到接吻的滋味。

六

今天,我只想谈谈这家事务所的开办情况,为了使杜朗多的大名留传后世。这样的人在历史上都会占有地位的。

也许有一天我会写一本《陪衬女的隐衷》。我认识一个这样的苦命人,我听她讲述她的伤心史时心里很难过。她的有些主顾是巴黎有名的女士,她们对待她非常粗暴。行行好吧,太太小姐们,别撕坏你们用来打扮的花边,对那些丑姑娘你们要客气一些,没有她们你们就显不出美。

我认识的这个陪衬女有火一样的热情,我猜想她一定读过很多瓦特・司各特①的小说。我不知道还有什么比一个想恋爱的驼背或者一个怀春的丑女更可悲的了。可怜的姑娘用她丑陋的面貌把那些她喜爱的小伙子的目光吸引过来,使这些目光转到她的主顾身上,就好比把云雀引到猎人枪口下面的诱鸟镜②。

她一生中经历了很多悲剧。她对她的主顾们怀着可怕的妒恨,那些女人付她钱时就像买一盒香脂或者一双短筒靴子一样。她是一件按钟点出租的东西,可是这件东西是有七情六欲的!在她脸上挂着笑,和那些偷去她一部分爱情的女人亲热相称的时候,您能想象得到她心里有多么痛苦吗?那些漂亮姑娘不怀好意地在人前像亲姐妹似的爱抚她,其实内心却把她当佣人看待;她们很可能一不顺心,就会把她像书架上的瓷像一样摔个粉碎。

可是,一个灵魂在受苦对社会前进是无关紧要的!人类在前进,杜朗多将名垂青史,因为他使一样从来无人问津的商品投入了市场,因为他发明了一种对爱情非常管用的化妆品。

(王振孙　译)

我控诉……!

——致共和国总统菲利克斯・富尔③的信

总统先生:

请允许我感谢您那天给我的亲切接待,考虑到您位高誉满,我要对您说,您的福星虽说至今鸿运高照,如今是不是受到了最可耻的、永远抹不掉的污点威胁呢?

您完整无损地摆脱了卑鄙的污蔑,您征服了人心。在法国与俄国联盟这盛大的爱国节日里,您显得光彩奕奕,您准备主持庄严地成功地召开的博览会,这届博览会将为我们的劳动、真理和自由的伟大世纪加冕。可是,这卑劣的德雷福斯案件④在您的名字上——我要说在您的治理上,留下多大的污点啊!军事法庭刚刚根据命令,居然宣

---

① 瓦特・司各特(1771—1832):英国诗人、历史小说家。

② 诱鸟镜:一种打猎时用来引诱鸟儿的反光镜。

③ 富尔(1841—1899):1895年任法国总统。早年做皮革生意发了财,1883年至1885年多次组阁。与沙皇尼古拉二世结盟(1896),反对重审德雷福斯案件,他的突然去世引起动荡。

④ 德雷福斯(1859—1935):阿尔萨斯的犹太人,在陆军参谋部第二办公室工作。他被指控向德国武官提供情报,1894年10月被捕,经军事法庭草草审判,12月流放圭亚那的魔鬼岛。1896年,情报处的新处长皮卡尔深信埃斯特拉齐有罪,但1898年1月召开的军事法庭宣布后者无罪,情报处处长反而调动到突尼斯。左拉这时挺身而出,在《震旦报》上发表了这封公开信。他却被判处一年监禁和罚款三千法郎。不久,在德雷福斯案件的卷宗里发现了假证,假证的制造者亨利上校不得不自杀。1899年富尔总统去世,案件重审,军事法庭却重申德雷福斯有罪,但改判十年徒刑,几天后他又获赦免。这个案件远非错判,而是第三共和国最深刻的政治危机之一,使“左派”力量得以重新集结。直到1906年,德雷福斯案件才彻底翻案。

布埃斯特拉齐[1]无罪,这是对一切真理、对一切正义最严厉的一记耳光。完蛋了,法兰西在脸颊上留下了污秽,历史将写下这一页:这件社会罪行正是在您当总统期间犯下的。

既然他们敢于这样做,那么我也敢于挺身而出。真相,我要说出真相,因为我答应要说出来,如果正义被合法地受到查封,无法原原本本地说出真相的话。我的责任是说出来,我不愿意做同谋共犯。每夜我都受到无辜者的幽灵缠绕,他在那边忍受着最可怕的折磨,为他没有犯下的罪行赎罪。

我要向您,总统先生,以我出于正义拍案而起的全部力量,喊出这个真相。出于对您的尊敬,我深信您并不知道这真相。如果不是向您,我国第一法官陈情,那么,我向谁揭发这一伙干尽坏事的真正罪犯呢?

× × ×

首先是关于德雷福斯的审判和定罪的真相。

有个灾星操纵一切,犯下一切,这就是帕蒂·德·克朗上校,当时他是个普通的少校。他就是整个德雷福斯案件。只有在经过光明正大的调查,明白无误地证实了他的行动和责任以后,人们才能了解这个案件。他显得像头脑最混沌、最复杂的人,受到离奇古怪的诡计困扰,热衷于连载小说采用的方法,文件被盗啦,匿名信件啦,在僻静无人的地方约会啦,夜里传播令人难堪的证据的神秘女人啦。是他想象出向德雷福斯口授清单;是他幻想在一个完全用冰雪包裹的房间里审查德雷福斯;是他被福齐奈蒂少校描绘成手执提灯,想来到睡熟的犯人身边,向他脸上突然射出一束灯光,这样在惊醒的惶乱中获得他犯罪的口供。我没有必要一五一十都列举出来。只要寻找,就可以找到。我仅仅表示,负责预审德雷福斯案件的帕蒂·德·克朗少校,作为司法军官,在日期和责任的次序方面,是这样可怕的司法错误中第一个有罪的人。

清单早就掌握在情报处长桑德尔上校的手里,他因全身瘫痪而死去。出现了"泄密",文件遗失了,就像至今仍然遗失文件那样;推理逐渐形成,清单的作者只可能是个参谋部的军官,于是这位作者受到了追查:反映出双重的错误,表明以前是多么肤浅地研究这份清单,因为经过认真思考的审察表明,这只能是一个军官所为。因此在他家里寻找,审查字迹,就像一桩家庭案件,在办公室当场抓住一个变节者,以便把他驱逐出去一样。我不想在这里叙述一个部分为人所知的故事,当最初的怀疑落在德雷福斯身上的时候,帕蒂·德·克朗少校上场了。从这时起,是他制造了德雷福斯,这个案件变成了他的案件。他很有办法让变节者头脑混乱,导致他全盘招认。当然还有陆军部和梅尔锡将军,他的理解力显得很平庸;还有参谋长布瓦德弗尔将军,他显得屈服于宗教情感;还有副参谋长贡斯将军,他的良心可以将就许多事。但说到底,首先是帕蒂·德·克朗少校操纵所有人,迷惑他们,因为他关注招魂术、秘术,他同鬼魂交谈。人们

---

① 埃斯特拉齐(1847—1923):法国陆军参谋部军官,原籍匈牙利。他提供了一份清单,这份清单使德雷福斯犯下间谍罪。德雷福斯案件改判时,证实埃斯特拉齐至少部分有罪。

永远不会相信他迫使可怜的德雷福斯进行的试验,他让德雷福斯落入的陷阱,他疯狂的调查、可怕的想象和整套折磨人的荒唐做法。

啊！这第一次审案,对于了解真实细节的人来说,真是个噩梦！帕蒂·德·克朗少校逮捕了德雷福斯,将他关进单人囚室。他跑到德雷福斯太太家,恐吓她,对她说,如果她说出去,她丈夫就完蛋了。这段时间,不幸的人抓破自己的皮肉,呼喊自己无辜。预审就像在十五世纪的编年史中叙述的那样,在神秘中以复杂的残暴手段进行,这一切都建立在唯一的罪名上面,而这份愚蠢的清单不只是平凡的通敌,也是最无耻的骗术,因为那些出卖的秘密几乎都是毫无价值的。我强调这点,是由于这是萌芽状态,随后会产生真正的罪行,对司法可怕的否认,法兰西会受到拖累。我想让人用手指去触摸这病灶,了解怎么会犯下这司法谬误,怎么会出自帕蒂·德·克朗少校的诡计,梅尔锡将军、布瓦德弗尔将军和贡斯将军怎么会受骗上当,在这个错误中越陷越深,后来,他们以为要将这个错误当成神圣的真理,甚至不容讨论的真理。开初,他们的问题只是粗心大意和不够明智。至多人们感到他们是屈服于环境里的宗教情感和军队里精神的偏见。

如今德雷福斯站在军事法庭面前。要求绝对的禁止旁听。卖国贼才会给敌人打开国境线,把德国皇帝引进圣母院,那时要采取保密和更严厉的神秘措施就来不及了。全民族都惊呆了,大家窃窃私语那些可怕的事实、那些令历史愤怒的可怕变节。全民族自然而然都屈从了。惩罚还不够严厉,全民族向公开的堕落鼓掌欢呼,期望罪犯待在耻辱的岩石上,受到悔恨的折磨。难以形容的事,会让欧洲燃起战火的危险事件,不得不小心谨慎地在禁止旁听的后面掩盖起来的案情,难道确有其事吗？不！背后只有帕蒂·德·克朗少校的胡思乱想。这一切仅仅为了掩盖最荒唐可笑的连载小说内容。为了得到证明,只消仔细研读在军事法庭上宣读的起诉书就够了。

啊！这份起诉书是一纸空文！一个人如果根据这份起诉书会被判刑,那真是不公正的奇迹。我敢说,正直的人看了它,不会不心头火起,想到过分地判决被告流放到魔鬼岛去,便要喊出激愤的话来。德雷福斯懂几种语言,这是罪行;在他家里搜不出任何会受连累的文件,这是罪行;他有时要回故乡,这是罪行;他很勤奋,有心什么都知道,这是罪行;他局促不安,这是罪行。稿子拟得幼稚,论断落空！提到了十四个被指控的长官,最后我们只找到一个,就是写清单的那一个;我们甚至知道,专家们对此都表示不同意,其中之一的戈贝尔先生被军人搞得手忙脚乱,因为他胆敢不朝别人希望的方向下结论。起诉书还谈到二十三个军官,他们作证指责德雷福斯。我们还不知道他们的审讯记录,但可以肯定的是,他们都没有把责任推给德雷福斯;另外,值得指出的是,他们都属于陆军部。这是一件家庭案件,这是自家人的事,而且必须记得:参谋部要起诉,给予判决,况且刚作了第二次判决。

因此,只剩下清单,专家们对此意见不一。据说,在开庭那个房间,法官自然要宣布无罪。从那时起,人们明白了为何固执己见,为了证明判决正确,今日有人确定,存在一份确凿的秘密文件,不能公开出来,它能说明一切,我们都要在这份文件面前口服心服，这是看不见的和不可认识的天主。我否认存在这份文件，我全力否认它的存在！一份可笑的文件，是的，也许这份文件谈到的是一些小女人，还谈到某个德……他贪得无厌，或许有个丈夫感到，没有付钱给他相当看重的妻子。但这是一份关系到国防的文件，明天就会爆发战争，不，不！这是一个骗局；尤其他们肆无忌惮地骗人，又不能让大家相信他们，就显得更加卑劣和无耻。他们把法国人煽动起来，躲在群情激愤后面，搅乱人心和思想，又封住人的嘴巴。我没有见过更严重的违犯民法的罪行。

总统先生，这些事实足以解释为什么会犯下一件司法错误；道义方面的证据，德雷福斯的财产状况，缺乏动机，他不断鸣冤叫屈，这些足以表明他是帕蒂·德·克朗少校的奇思异想、他所处的宗教环境、损害我们时代的追逐"肮脏的犹太人"的受害者。

× × ×

我们接触到埃斯特拉齐的案件了。已经过去了三年，许多人内心仍然骚动不已，深感不安，竭力探索，最后确信德雷福斯是无辜的。

我不来陈述怀疑，然后是施雷尔-凯斯特纳先生确信无辜的发展过程。但是，正当他独自探索的时候，在参谋部内部发生了重大的事。桑德尔上校去世了，中校皮卡尔接替他当情报处长。后者任职时，有一天收到一份电报，是一个欧洲强国的情报人员发给埃斯特拉齐少校的。他出于严格的职责，打开电报来了解一下。他确信自己从来没有违背上级的意图去行动。于是他把自己的怀疑呈交上级贡斯将军，然后是布瓦德弗尔将军，再然后是比洛将军，后者接替了梅尔锡将军任陆军部长。有名的皮卡尔案卷，众说纷纭，也就是比洛案卷，我指的是他的下级为部长做好的卷宗，应该还放在陆军部。调查从1896年5月做到9月，应该确认的是，贡斯将军深信埃斯特拉齐有罪。布瓦德弗尔将军和比洛将军并不怀疑那份众所周知的清单出自埃斯特拉齐的手笔。皮卡尔中校的调查达到了这种确定无疑的结论。但震动很大，因为给埃斯特拉齐判罪不可避免要导致重审德雷福斯案件；而这正是参谋部不惜一切代价要避免的。

这里必然有一刻令人心里充满不安。需要指出，比洛将军以前并没有卷进去，他新近上任，他本可以搞清真相。但他不敢，无疑担心舆论，也无疑担心出卖整个参谋部、布瓦德弗尔将军、贡斯将军，还不算他们的下属。在他的良心和他自认为的军人利益之间，只有一分钟的搏斗。这分钟一过去，他就毫不迟疑了。他投了进去，卷入其中。自此以后，他的责任不断增大，他把别人的罪行揽到自己身上，他和别人一样有罪，他的罪比别人更大，因为他本来可以主持正义，却一点也没有这样做。请您明白这一点！比洛将军、布瓦德弗尔将军和贡斯将军知道德雷福斯是无辜的已有一年，而他们为了自己起见，把这件可怕的事隐瞒起来。这些人睡着了，他们也有自己所爱的妻子和孩子！

皮卡尔上校完成了为人要正直的职责。他以正义的名义向上级一再申明自己的要求。他甚至哀求他们，对他们说，面对这场可怕的风暴，他们的延宕是不策略的；当真相大白时，这场积聚起来的风暴就会爆发。这正是后来施雷尔-凯斯特纳先生对比洛将军同样说过的话，同时出于爱国心，恳求他主管这个案件，不要让它日益变得严重,以致变成国家的灾难。不行！罪行已经犯下了,参谋部再也不能承认自己的罪行。皮卡尔中校被派去执行任务,把他派得越来越远,直到突尼斯。有人甚至想让他执行一项任务,他肯定会在德·莫雷斯侯爵遇难的海域被人杀死,以便让他有朝一日扬名。他没有失宠,贡斯将军和他保持友好的通信。不过,他知道一些不便发现的秘密而已。

在巴黎,真相不可抗拒地不胫而走,大家知道期待的风暴会以何种方式爆发。马蒂厄·德雷福斯先生揭发埃斯特拉齐少校是清单的真正作者,这时施雷尔-凯斯特纳先生即将把一份重审案件的请求递交到司法部长手里。埃斯特拉齐少校在重审时作证。证词先是表明他如癫似狂,准备自杀或逃跑。随后,他突然表现得大胆起来,以态度的暴烈使巴黎人惊讶。他说他得到了援助,他收到一封匿名信,告诉他敌人的阴谋,有一位神秘的太太甚至晚间不请自来,交给他从参谋部偷来的一份文件,这份文件该能搭救他。我禁不住在这件事中又看到了帕蒂·德·克朗中校,从中看出他出于丰富想象所采取的手段。他一手制造了德雷福斯犯有的罪行,这件事如今岌岌可危了。案件重审,这部如此怪诞和如此悲惨、可憎恶的结局发生在魔鬼岛的连载小说要站不住脚了！这是他不能容忍的。从这时起,在皮卡尔中校和帕蒂·德·克朗中校之间要进行一场决斗,一个面孔是暴露在外的,另一个则戴上了假面具。最后,他们两人都要面对民事法庭。说到底,这始终是参谋部在抗拒,不愿意承认罪行,而这罪行的可恶可恨与日俱增。

人们大惑不解,谁是埃斯特拉齐少校的保护人呢。首先,是帕蒂·德·克朗中校在暗中策划这一切,操纵这一切。他因荒唐可笑的手段而自我暴露出来。然后,是布瓦德弗尔将军、贡斯将军、比洛将军本人,他们不得不让人宣布少校无罪,因为他们不能承认德雷福斯是无辜的,否则陆军部各处室就要在公众的蔑视中崩溃了。从这不可思议的局势中产生的精彩结果,就是其中正直的人,只有皮卡尔中校履行了自己的职责,却要成为受害者,要受到嘲弄,要受到惩罚。正义啊,多么可怕的绝望揪紧了人们的心啊！简直要把他说成弄虚作假的人,是他炮制了那封电报,以便让埃斯特拉齐完蛋。伟大的天主！那是为什么？出于什么目的？请说说理由吧。难道他也是被犹太人收买了吗？历史妙在这时正好反犹太人。是的！我们看到了这幕卑劣的景象,那些债务缠身,罪恶累累的人被宣布无罪,却要打击荣誉本身,打击一生毫无污点的人！一个社会走到这一点,它就要分崩离析了。

总统先生,这就是埃斯特拉齐的案件:问题是要宣布一个罪人无罪。自此以后,又过了两个月,我们可以每时每刻注视着这件美好的案子。我长话短说,因为在这里只能粗略地把事情概述一下,总有一天,这件事从头至尾要写下火热的篇章。我们已经见到过德·佩利尼将军,然后是拉瓦里少校,他们主持一次罪恶的调查,坏蛋脱胎换骨,而正直的人被丑化了。随后,召开了军事法庭。

× × ×

怎能期待一个军事法庭把另一个军事法庭所做的事扭转过来呢？

我甚至不说法官总是可以选择的。唯纪律之命是从的观念是融化在士兵的血液中的,这难道不足以削弱公正的权力本身吗？讲纪律就是要服从。当陆军部长这个大首长得到全国代表的欢呼,公开确立已定案的绝对权威时,难道要让军事法庭对之加以明确的否认吗?按上下级来说,这是不可能的。比洛将军通过他的声明暗示法官,他们作判决时就像要义无反顾地赴火刑一样。他们事先想好,带到审判席的意见,显然是这样的:“德雷福斯已被军事法庭判决犯了叛国罪;因此他是有罪的。而我们这个军事法庭,我们不能宣布他是无辜的:我们知道,承认埃斯特拉齐有罪,那就是宣布德雷福斯无辜。”什么也不能使他们摆脱这种想法。

他们作出了不公正的判决,这判决将永远压在我们的军事法庭上面,今后要让所有的判决沾上怀疑的污点。第一个军事法庭可能不够明智,第二个军事法庭就必定是有罪了。我重复一遍,它的推托之辞是,最高领导说了话,表明已定的案无懈可击,是神圣的,不受人们的影响,以致下级不能反其道而行之。人们对我们侈谈军队的荣誉,想让我们热爱军队,尊敬军队。啊!是的,一有威胁,军队就会执戈而起,保卫法兰西的土地。军队是全体人民,我们对它唯有温情和尊敬。但是,问题不在这里,我们在需要正义的时候,正是企求它具有尊严。问题牵涉到的是军刀,也许人们明天要给我们一个主人。虔诚地去吻刀柄,天哪,不行!

另外,我曾经指出过:德雷福斯案件是陆军部的事,一个参谋部的军官被他的同事揭发了,在参谋部首长的压力下被判了刑。他再一次不能恢复清白无辜,否则整个参谋部都有罪。因此,参谋部各个处室通过各种各样想得出的方法,通过施压的宣传,通过通讯方法,通过施加影响,掩盖住埃斯特拉齐,第二次让德雷福斯完蛋。啊!就像比洛将军亲口所说的那样,在这个耶稣会会所[①]里,共和国政府需要怎样打扫才能扫得干净呢!那个确实是强有力,具有明智的爱国心的部长,他敢于改写一切,敢于改变一切,他在哪里呢?有多少我认识的人,面对战争可能爆发,了解到国防掌握在怎样的人手里,便担心得发抖!这个神圣的地方,决定着国家的命运,如今变成了卑鄙的阴谋、说长道短、贪赃枉法的巢穴!德雷福斯案件刚刚投下了一个不幸的人、一个“肮脏的犹太人”做人类祭品;这可怕的日子使得人心惶惶!啊!眼前是所有因神智狂乱、干下蠢事而骚动不安的人,还有疯狂的想象,卑劣的警察的所作所为,严厉的调查和暴虐的习尚,而有的军官把靴子踩在民族身上来取乐,在国家理性的骗人借口和渎圣借口下,让民族咽下真理和正义的喊声!

依靠卑鄙的压力,依靠巴黎所有的坏蛋来保卫自己,以致坏蛋无耻地高奏凯歌,而法律和正直败北,这是又一件罪行。正当有人亲自面对全世界策划无耻的阴谋的时候,指控那些希望法国宽厚仁慈,站在自由和主持正义的民族前面的人在搅乱法国,这是一件罪行。迷惑舆论,利用毒化了的舆论为死亡事业效劳,以致使舆论变得狂热,这是一件罪行。腐蚀小人物和地位低微的人,挑动对抗和偏执的情绪,躲在可恶的反犹太人的思想后面,如果法国不治愈这种病症,那么主张人权、自由而伟大的法国就会死亡这是一件罪行。利用爱国主义为仇恨的事业服务,这是一件罪行。最后,当整个人类科学为未来的真理和正义的事业努力时,把军刀变成现代的神祇,这是一件罪行。

---

① 耶稣会一向干出蝇营狗苟之事,耶稣会会所含有贬义,指阴谋策划之地。

我们如此热烈地希望获得这真理和正义,却看到它们受到践踏,更加不被赏识,更加黯淡无光,那是多么令人痛苦啊！我预感到在施雷尔-凯斯特纳的心灵里要出现崩溃。我相信他最终会感到悔恨,后悔在参议院质询那天,没有像革命者那样行动,全部供认出来,推倒一切。他曾经是个非常正直的人,一生光明磊落。他以为真相足以说明问题,尤其是它像白天一样显得光芒四射。既然太阳就要喷薄欲出了,何必搅个天翻地覆呢？正是由于这种自信的平静,他受到残酷的惩罚。皮卡尔中校也是一样,他出于高度的自尊感,不想公开贡斯将军的信。尤其因为他尊重纪律,他的上司让他浑身沾满污泥,以最出人意料和最侮辱人的方式亲自预审他的案件,他的审慎做法就使他备受尊敬。有两个受害者,两个正直的人,两颗纯朴的心,他们听天由命,而魔鬼却在颐指气使。关于皮卡尔中校,人们甚至看到这种卑劣的事:有个法国法庭,让独任推事公开控告证人,指责他犯有各种错误,当这个证人传呼到庭作解释和自我辩护时,却禁止旁听。我说,这又多了一件罪行,这罪行将会引起天下人醒悟。毫无疑问,军事法庭对正义抱有古怪的观念。

总统先生,这就是简单的真相,而这真相是可怕的,对您的总统任职,这将成为一个污点。我料想到,您对这个案件无能为力,您受制于宪法和您周围的人。但您仍然有做人的责任,您会想到这个责任,您会履行这个责任。再说,我对胜利并非完全绝望。我满怀信心地再说一遍,真理在前进,什么也阻挡不了它。案件仅仅从今日开始,因为只有今日双方立场才明确起来:一方面,罪犯不愿意水落石出;另一方面,伸张正义的人不惜献出生命使得水滴石穿。把真相关闭在地下,它会积聚起来,获得爆炸的力量,一旦爆炸,就会与一切同归于尽。很清楚,万一没有准备的话,以后就会大难临头。

×　　　　×　　　　×

总统先生,这封信很长,是该下结论的时候了。

我控诉帕蒂·德·克朗中校是这件司法错误自觉的可恶的制造者。我相信是这样。然后,三年以来,他使出最恶毒的伎俩,恶贯满盈,固守他的恶行劣迹。

我控诉梅尔锡将军至少是出于软弱,成为本世纪最大的不义之一的同谋。

我控诉比洛将军掌握了德雷福斯无辜的某些证据,却把证据扼杀了,出于政治目的和为了挽救受牵连的参谋部,犯下了违犯人道罪和违犯正义罪。

我控诉德·佩利厄将军和拉瓦里少校进行罪恶的调查,我指的是这种千古奇冤的调查。我们在后者的报告中,看到了他胆大妄为又幼稚透顶,这只能遗臭万年。

我控诉三个笔迹专家贝洛姆先生、瓦里纳尔先生和库亚尔先生,他们写出骗人的假报告,除非身体检查表明他们视力和判断有毛病。

我控诉陆军部在报纸上,特别在《巴黎回声报》上进行可恶的宣传,迷惑舆论,掩盖错误。

最后,我控诉第一个军事法庭根据一份密件判决被告,侵犯了法律,我控诉第二个军事法庭按照命令掩盖不公,也犯下了故意宣布罪犯无罪的司法罪。

我提出这些控告,并非不知道我把自己置于1881年2月29日刊登在报上的法律第三十和第三十一条款的约束下;这个刑法在于惩罚诽谤罪。我甘愿冒这个风险。

至于我所控诉的人，我不认识他们，我与他们从未谋面，我对他们从未谋面，我对他们既没有积怨，也没仇恨。对我来说，他们只是在社会上干坏事的实体和人。我在这里所做的事，只是一种革命的手段，在于加速真相大白和申雪冤屈。

我只有一种激情，就是以忍受过千难万苦，有权获得幸福的人类的名义，渴求光明的激情。我的火热的抗议不过是我心灵的呐喊。哪怕竟然把我带上刑事法庭，但愿调查在光天化日之下进行！

我等待着。

总统先生，请接受我深切的敬意。

（郑克鲁　译）

都德

阿尔封斯·都德(1840—1897)，法国小说家，生于尼姆，父亲是丝绸商。十五岁便开始当学监谋生，十七岁来到巴黎。1860年当某公爵的秘书，生活安定下来，有时间创作。重要作品有《小东西》(1868)、《磨坊文札》(1869)、《星期一故事集》(1873)。他的作品对现实的讽刺较为平和，文笔抒情色彩浓郁。

《最后一课》感人至深地表达出爱国主义激情。小说具有激动人心的巨大力量，在于选材的成功：祖国文字即将被取消，意味着要成为亡国奴。而从一个刚懂事的孩子的角度去叙述，赋予小说亲切感人的色彩，更有说服力。小说的高潮安排得恰到好处，震动了读者的心弦。这曲悲壮的挽歌，已载入法兰西人民的爱国史册。

最后一课

——阿尔萨斯[①]省一个小孩的自述

那天早晨，我很迟才去上学，非常害怕挨老师的训，特别是因为哈墨尔先生已经告诉过我们，他今天要考问分词那一课，而我，连头一个字也不会。这时，我起了一个念头，想逃学到野外去玩玩。

天气多么温暖！多么晴朗！

白头鸟在林边的鸣叫声不断传来，锯木厂的后面，黎佩尔草地上，普鲁士军队正在操练。这一切比那些分词规则更吸引我；但我毕竟还是努力克服了这个念头，很快朝学校跑去。

经过村政府的时候，我看见一些人围在挂着布告牌的铁栅栏前面。这两年来，那

① 法国东北部一行省，普法战争后割让给普鲁士。

些坏消息，吃败仗啦，抽壮丁啦，征用物资啦，还有普鲁士司令部的命令啦，都是在这儿公布的；我没有停下来，心想：

“又有什么事了？”

这时，正当我跑过广场的时候，带着徒弟在那里看布告的铁匠瓦什泰，朝着我喊道：

“小家伙，不用这么急！你去多晚也不会迟到了！”

我以为他是在讽刺我，于是，气喘喘地跑进了哈墨尔先生的小院子。

往常，刚上课的时候，教室里总是一片乱哄哄，街上都听得见，课桌开开关关，大家一起高声诵读，你要专心，就得把耳朵捂起来，老师用大戒尺不停地拍着桌子喊道：

“安静一点！”

我本来打算趁这一阵乱糟糟，不被人注意就溜到自己的座位上去；但是，恰巧那一天全都安安静静，像星期天的早晨一样。我从敞开的窗子，看见同学们都整整齐齐坐在各自的位子上，哈墨尔先生挟着那根可怕的铁戒尺走来走去。我非得把门打开，在一片肃静中走进去，你想，我是多么难堪，多么害怕！

可是，事情并不是那样。哈墨尔先生看见我并没有生气，倒是很温和地对我说：

“快坐到你的位子上去吧！我的小弗朗茨；你再不来，我们就不等你了。”

我跨过条凳，马上在自己的课桌前坐下。当我从惊慌中定下神来，我才注意到我们的老师这天穿着他那件漂亮的绿色礼服，领口系着折叠得挺精致的大领结，头上戴着刺绣的黑绸小圆帽，这身服装是他在上级来校视察时或学校发奖的日子才穿戴的。此外，整个课堂都充满了一种不平常的、庄严的气氛。但最使我惊奇的，是看见在教室的尽头，平日空着的条凳上，竟坐满了村子里的人，他们也像我们一样不声不响，其中有霍瑟老头，戴着他那顶三角帽，有前任村长，有退职邮差，还有其他一些人。他们都愁容满面；霍瑟老头带来一本边缘都磨破了的旧识字课本，摊开在自己的膝头上，书上横放着他那副大眼镜。

正当我看了这一切感到纳闷的时候，哈墨尔先生走上讲台，用刚才对我讲话的那种温和而严肃的声音，对我们说：

“我的孩子们，这是我最后一次给你们上课，从柏林来了命令，今后在阿尔萨斯和洛林两省的小学里，只准教德文了……新老师明天就到，今天，是你们最后一堂法文课，我请你们专心听讲。”

这几句话对我简直就是晴天霹雳。啊！那些混账东西，原来他们在村政府前面公布的就是这件事。

这是我最后一堂法文课！……

可是我刚刚勉强会写！从此，我再也学不到法文了！只能到此为止了！……我这时是多么后悔啊，后悔过去浪费了光阴，后悔自己逃学去掏鸟窝，到萨尔河上去滑冰！我那几本书，文法书，圣徒传，刚才我还觉得背在书包里那么讨厌，显得那么沉，现在就像老朋友一样，叫我舍不得离开。对哈墨尔先生也是这样。一想到他就要离开这儿，从此再也见不到他了，我就忘记了他以前给我的处罚，忘记了他如何用戒尺打我。

这个可怜的人啊！

原来他是为了上最后一堂课，才穿上漂亮的节日服装，而现在我也明白了，为什么村里的老人今天也来坐在教室的尽头，这好像是告诉我们，他们后悔过去到这小学里来得太少。这也好像是为了向我们老师表示感谢，感谢他四十年来勤勤恳恳为学校服务，也好像是为了对即将离去的祖国表示他们的心意……

我正在想这些事的时候，听见叫我的名字。是轮到我来背书了。只要我能从头到尾把这些分词的规则大声地、清清楚楚、一字不错地背出来，任何代价我都是肯付的啊！但是刚背头几个字，我就结结巴巴了，我站在座位上左右摇晃，心里难受极了，头也不敢抬。只听见哈墨尔先生对我这样说：

"我不好再责备你了，我的小弗朗茨，你受的惩罚已经够了……事情就是这样。我们每天都对自己说：'算了吧，有的是时间，明天再学也不迟。'但是，你瞧，今天发生了什么事……唉！过去咱们阿尔萨斯最大的不幸，就是把教育推延到明天。现在，那些人就有权利对我们说：'怎么，你们自称是法国人，而你们既不会读也不会写法文！'在这件事里，我可怜的弗朗茨，罪责最大的倒不是你，我们都有应该责备自己的地方。"

"你们的父母并没有尽力让你们好好念书。他们为了多收入几个钱，宁愿把你们送到地里和工厂去。我难道就没有什么该责备我自己的？我不是也常常叫你们放下学习替我浇园子？还有，我要是想去钓鲈鱼，不是随随便便就给你们放了假？"

接着，哈墨尔先生谈到法兰西语言，说这是世界上最美的语言，也是最清楚、最严谨的语言，应该在我们中间保住它，永远不要把它忘了，因为，当一个民族沦为奴隶的时候，只要好好保住了自己的语言，就如同掌握了打开自己牢房的钥匙……随后，他拿起一本文法课本，给我们讲了一课。我真奇怪我怎么会理解得那么清楚，他所讲的内容，我都觉得很好懂，很好懂。我相信，我从来没有这样专心听过讲，而他，也从来没有讲解得这样耐心。简直可以说，这个可怜的人想在他走以前把自己全部的知识都传授给我们，一下子把它们灌输到我们的脑子里去。

讲完了文法，就开始习字。这一天，哈墨尔先生特别为我们准备了崭新的字模，上面用漂亮的花体字写着："法兰西，阿尔萨斯，法兰西，阿尔萨斯。"我们课桌的三角架上挂着这些字模，就像是许多小国旗在课堂上飘扬。每个人都那么专心！教室里是那么肃静！这情景可真动人。除了笔尖在纸上划写的声音外，听不到任何别的声响。这时，有几个金龟子飞进了教室；但谁也不去注意它们，就连那些最小的学生也不例外，他们专心专意在画他们的杠杠，好像这也是法文……在学校的屋顶上，有一群鸽子在低声咕咕，我一面听着，一面想：

"那些人是不是也要强迫这些鸽子用德国话唱歌呢？"

有时，我抬起头来看看，每次都看见哈墨尔先生站在讲台上一动也不动，眼睛死死盯着周围的东西，好像要把这个小学校舍都吸进眼光里带走……请想想！四十年来，他一直待在这个地方，老是面对着这个庭院和一直没有变样的教室。只有那些条凳和课桌因长期使用而变光滑了；还有院子里那棵核桃树也长高了，他亲手栽种的啤酒花现在也爬上窗子碰到了屋檐。这可怜的人听着他的妹妹在楼上房间里来来去去收拾他们的行李，他们第二天就要动身，告别本乡，一去不复返。他即将离开眼前的这一切，这对他来说是多么伤心的事啊！

不过，他还是鼓起勇气把这天的课教完。习字之后，是历史课；然后，小班学生练习拼音，全体一起诵唱 Ba，Be，Bi，Bo，Bu。那边，教室的尽头，霍瑟老头戴上了眼镜，两手捧着识字课本，也和小孩们一起拼字母。看得出他也很用心；他的声音由于激动而颤抖，听起来有一种说不出的味道，叫人又想笑又想哭。唉！我将永远记得这最后的一课……

忽然，教堂的钟打了十二点，紧接着响起了午祷的钟声。这时，普鲁士军队操练回来的军号声在我们窗前响了起来……哈墨尔先生面色惨白，在讲台上站了起来。他在我眼里，从来没有显得这样高大。

“我的朋友们，”他说，“我的朋友们，我，我……”

他的嗓子被什么东西堵住了，他无法说完他那句话。

于是，他转身对着黑板，拿起一支粉笔，使出了全身的力气按着它，用最大的字母写出：

法 兰 西 万 岁

写完，他仍站在那里，头靠着墙壁，不说话，用手向我们表示：

“课上完了……去吧。”

（柳鸣九　译）

莫泊桑

居伊·德·莫泊桑(1850—1893)，法国小说家，生于迪埃普，父亲是新晋贵族。1869 年在巴黎学法律，1870 年入伍，分到鲁昂第二师后勤处。1871 年在巴黎海军部当小职员，次年入海军部舰队装备处，1878 年转至国民教育部。他在福楼拜的指导下写作。1880 年代他到阿尔及利亚、意大利、突尼斯旅行。1892 年因精神病发作自杀未遂，被送入巴黎郊外的精神病院，十八个月后去世。莫泊桑写过三百多个短篇和六部长篇，长篇以《一生》(1883)和《漂亮的朋友》(1885)较为重要。莫泊桑是世界上数一数二的短篇小说大师。他的短篇表现了法国人的爱国主义，暴露了小资产阶级的爱慕虚荣、势利、庸俗，描写了农村的生活，也有一些内容怪诞的小说。他善于谋篇布局，刻画了众多的人物，文笔简练，语言精粹，描写大自然也有独到之处。

《羊脂球》对生活的提炼别具只眼。作者选取了一个处于社会最底层、受人歧视的妓女作为正面人物来描绘，已是与众不同。他将这个妓女同形形色色、道貌岸然的资产阶级人物作对比，后者为了自身利益，不但连爱国心都没有，甚至在人格和礼仪上也相形见绌，这样描写更是别出心裁。从这一精选的场景中，莫泊桑提供了比现实更全面、更鲜明、更使人信服的东西。

羊脂球

溃退的残军，连续好几天穿越城市。这根本不是军队，而是一些溃散的乌合之众。个个挂着又长又脏的胡子，军装褴褛，走路迈着软弱无力的步子，不打军旗，不分团队。人人显得无精打采，精疲力竭，提不起精神想一个主意，下一个决断，仅仅出于习惯往前走，但只要一止步，就累得倒下。尤其可以看到战时被动员入伍的人，这是些与世无争的人、安居乐业的食利者，被步枪压得弯腰曲背；还有一些年轻机警的国民别动队[1]，他们动辄大惊失色，瞬间热情勃发，随时准备冲锋陷阵，也随时准备逃之夭夭；然后，在他们中间，有几个穿红军裤[2]的老兵，这是一场大战役中疲乏不堪的一个师的残部；同各式步兵掺杂在一起的、脸色阴沉的炮兵；时而是一个龙骑兵闪闪发亮的头盔，他步子沉重，艰难地跟在步兵比较轻松的行进步伐后面。

接着走过一队队义勇军[3]，分别有豪迈的称号："战败复仇支队""墓地公民支队""视死如归支队"，士兵神情活像强盗。

他们的军官是以前的呢绒商或者种子商、油脂商或者肥皂商，出于形势成了军人，他们被任命为军官是因为有钱，要么因为胡子长，浑身披挂武器，身穿法兰绒军服，佩戴军阶饰带，说话声音洪亮，侈谈作战计划，口称唯有他们这些夸下海口的人以自己的肩膀支撑着岌岌可危的法国：不过他们有时害怕自己的士兵，这是一些十恶不赦之徒，常常骁勇过人，打家劫舍，浪荡成性。

据说普鲁士人即将进入鲁昂[4]。

国民自卫军[5]两个月来在附近森林里小心翼翼地侦察，有时误杀自己的哨兵，一只小兔子在荆棘丛中动弹一下，他们便准备战斗；如今他们早已返回自己家中。他们的武器，他们的军服，不久以前他们在周围三法里国家公路之内起威慑作用的一切杀人凶器，一时之间匿影藏形了。

最后一批法国士兵终于渡过塞纳河，取道圣瑟维尔和阿沙镇，前往奥德梅桥；绝望

---

① 1868年2月，尼埃尔元帅改编了国民自卫军，称为国民别动军，这支部队不属于正规军，却是重要的辅助部队；征兵时经过抽签，抽中者也可以出钱买一个代替者。普法战争中，这支队伍显出缺乏纪律和训练；巴黎郊外居民畏惧他们，甚于畏惧普鲁士人，

② 法国步兵穿红色军裤，直至第一次世界大战之初；炮兵穿灰军装，龙骑兵的头盔有羽饰。

③ 义勇军最早成立于1792年，驻守在孚日省；1867年在法国的主要城市照此模式重建义勇军，它不属于正规军；色当战役以后和巴黎围城期间，这支队伍起到重要作用，对普鲁士人有威慑力。

④ 鲁昂：法国滨海塞纳省省会，位于法国西北部。

⑤ 国民自卫军：一支由二十五岁至五十岁的军人组成的护城部队。

的将军走在末尾，带着这些不相协调、衣衫破烂的士兵，徒唤奈何；一个惯于旗开得胜，论勇敢闻名遐迩，却一败涂地的民族，丢盔弃甲；将军自己也失魂落魄，由两个副官伴随，徒步前行。

再说，一片死寂和惊惶不安而又默默无声的等待早已笼罩着城市。许多大腹便便、做生意累得体衰力弱的商人，惴惴不安地等待着战胜者到来，想到会把他们的烤肉铁钎或者大厨刀看作武器，便心惊胆战。

生活仿佛中止了；店铺门关户闭，街上悄无声息。偶尔有个居民，被这种沉寂唬住了，沿着墙根迅速溜过。

在忧心忡忡中等待，反倒使人希望敌人早点到来。

法军撤走的第二天下午，不知从哪里冒出来的几个枪骑兵，快马加鞭地掠过城市。过了一会儿，黑压压一群人马从圣卡特琳山坡上蜂拥而下，而另外两股入侵者也出现在达纳塔尔的公路和布瓦吉约姆的公路上①。这三支队伍的先头部队恰好同时会合在市政厅广场；德军从邻近的所有街道到达，营队相继显现，沉重而整齐的步伐踏得街石橐橐地响。

用陌生的、喉音很重的嗓音喊出的命令，沿着似乎死寂和空荡无人的房屋回荡，而在紧闭的百叶窗后面，一双双眼睛窥视着这些胜利者，他们依仗“战争法则”，成为城市、财产和生命的主宰。居民躲在黑黝黝的房间里，惶惶不安，就像遇到大洪水和毁灭性的大地震，任何智慧和任何力量对此也无能为力。每当事物的既定秩序被推翻，安全不再存在，社会法律和自然法则保护的一切受到无序和凶残的暴行蹂躏的时候，就会重新出现同样的感觉。把整个民族压死在倒塌的房屋下的地震，把淹死的农民连同死牛和冲走的屋顶木梁一起卷走的泛滥河流，或者屠杀抗击者、带走俘虏、依仗刀剑抢掠、在炮声中感谢上苍的耀武扬威的军队，这些都是可怕的灾难，动摇了我们对永恒正义的全部信仰，以及人们教导我们的对上天保佑和人类理性的一切信念。

小批敌军分别去敲每家的门，然后消失在屋里。这是入侵后的占领。战败者开始履行义务，对战胜者要和蔼可亲。

过了一段时间，最初的恐惧一旦消失，新的平静建立起来。在很多家庭里，普鲁士军官同桌吃饭。有时候，他很有教养，还出于礼貌，为法国喊冤叫屈，说是不得已才参加这场战争。房主感谢他有这份情感；再说，有朝一日可能需要他的保护。迁就他兴许能少供养几个士兵。既然要完全依附他。那又何必使他不快呢？这样做并不是勇敢，而是鲁莽。（鲁莽如今不再是鲁昂的有产者的一种缺憾，如同这个城市负有盛名的英勇奋战的时代②。）最后，从法国文明礼仪得出的最高理由，说是在自己家里对外国军人尽可以礼相待，只要在公共场合不表现出亲热。在外互不认识，而在家里则随意交谈，德国人每天晚上便更久地待在炉边取暖。

---

① 1870 年 12 月初，一支两万五千人的普鲁士军队直扑向鲁昂，法军于 12 月 5 日决定放弃该城。

② 1431 年 5 月 31 日，贞德在鲁昂被入侵的英国人活活烧死；1449 年，英国人被逐出鲁昂。

甚至城市也逐渐恢复了平日的气象。法国人仍然不大出门,但普鲁士军人在街上人头攒动。再说,蓝色轻骑兵军官趾高气扬地在街上挎着偌大的杀人武器,他们对普通市民的蔑视,比起前一年在同样几家咖啡馆喝酒的轻装兵军官,似乎也并不显得更咄咄逼人。

可是,空气中总有点别的东西,不可捉摸,十分陌生,一种难以忍受的异国气氛,犹如一种无处不在的气味,就是外敌入侵的气味。它充满了住户和公共广场,改变了人们的饮食口味,给人觉得旅行到遥远的野蛮可怕的部落。

战胜者索取金钱,多多益善。居民总是掏腰包;反正他们很富有。不过,一个诺曼底商人发财致富后,他若做出任何牺牲,看到自己的财富落到别人手里时,他就越是痛苦。

然而,顺流而下,在克罗瓦塞、迪耶普达尔或比埃萨尔,离鲁昂下游两三法里①的地方,船夫和渔民常常从水底捞出德国人的尸体,穿着军装,身体膨胀,被一刀砍死,或者被一棍打死,脑袋被石头砸开,或者从桥上推到水里淹死。河里的淤泥掩埋着这些默默无闻的、野蛮的却合理的复仇,这是不为人知的英雄业绩,无声无息的袭击比光天化日下的战斗更加危险,却享受不到荣耀。

因为对外族入侵者的仇恨总是激发起某些大无畏的勇士,他们准备为一种理想而牺牲。

侵略者尽管把城市置于他们无情的管制之下,但是,据传他们在整个胜利进军途中犯下的恐怖罪行,在城里却一件也没有干过,因而人们终于壮起胆来,做生意的需要重新激励着当地商人的心。有几个商人在法军依然据守的勒阿弗尔拥有大宗买卖关系,他们很想尝试一下,通过陆路到达迪耶普,再从那里坐船到那个港口。

他们利用几个早先熟识的德国军官的影响,从总司令部弄到了一张离境准许书。

于是,为这次旅行预订了一辆四匹马驾辕的大型驿车,有十个人在车行里订下了座位,决定在星期二早上,黎明之前出发,以免围观。

曾几何时,地面已经冻得硬邦邦的,而星期一,三点钟左右,从北方吹来大片乌云,下起雪来,不停地下了整个晚上和一个通宵。

凌晨四点半钟,旅客们聚集在诺曼底旅馆的院子里,他们要在这里上车。

他们依然睡眼惺忪,在衣服下面冻得瑟瑟发抖。在幽暗中互相辨认不清;沉重的冬衣十分臃肿,使他们的身体活脱脱像穿上教士长袍的肥胖神父。不过有两个人还是彼此认了出来。第三个人凑了上去,他们聊了走来。一个说:"我带上我的妻子。""我也一样。""彼此彼此。"第一个又说:"我们不会返回鲁昂,如果普鲁士人接近勒阿弗尔②,我们就到英国去。"由于性情相似,他们的计划不谋而合。

可是马车还没有套好。一个马夫拎着一盏提灯,不时从一个黑黝黝的门里出来,

① 一法里约合四公里。

② 法军一直占据着勒阿弗尔的阵地,勒阿弗尔在塞纳河口,是个海港。

旋即消失在另一个黑黝黝的门里。马蹄踢蹬着地面，垫草上的马粪减轻了声音，从房子深处传来一个男人对牲口说话的声音和咒骂声。一阵轻轻的铃铛声表明有人在搬动挽具；不一会儿，这铃铛声变成清脆和连续的颤响，牲口的动作使铃铛声变得很有节奏，时而停止，然后骤然一阵铃响，伴随着铁蹄敲击地面的沉闷响声。

门猛然关上了。声音全部消失。挨冻受冷的财主早已沉默无言；他们一动不动，身体发僵。

绵延不绝的白色雪花织成的幕布垂落大地，不断闪烁发光；它抹去了万物的形象，撒下了一层冰苔；在隆冬笼罩下的宁静城市的死寂中，只能听到雪片飘荡的隐约、不可名状的沙沙声，与其说是一种声响，还不如说是一种感觉，还是一些轻飘飘的细屑混合成一片，仿佛要充满空间，覆盖住世界。

马夫拎着提灯又出现了，手执缰绳拉着一匹不乐意跟着走的驽马。他把马牵到车辕之间，系好缰绳，在马的周围转了好半天，确定马具安放稳妥了，因为他只能用一只手做事，另一只手上有提灯。他正要去拉第二匹牲口时，发现所有旅客纹丝不动地站着，身上落满了白雪，便对他们说："你们干吗不上车呀，至少可以有个遮挡。"

他们大概没有想到，于是急匆匆赶过去。那三个男子把他们的妻子安置在车厢里面，然后也上了车；随即另外几个身影模糊和戴着面纱的人，在剩下的位子上坐下，彼此没有交换一句话。

车厢底板上面铺着麦秸，旅客都把脚插入麦秸里。坐在尽里头的几位太太，带着装好化学炭的小铜手炉，这时都点燃起来，好一会儿低声列举这种设备的优点，彼此重复早已晓得的事。

临了驿车套好了六匹马，而不是四匹马，因为一路上拉车更难。车厢外有一个声音问道："所有人都上车了吗？"车里一个声音回答："是的。"驿车出发了。

车速很慢，很慢，马儿迈着小步。车轮陷进雪里；整个车厢咿咿呀呀地低声呻吟；牲口一刺溜滑一下，气喘吁吁，汗气蒸腾；车夫巨大的鞭子不停地噼啪作响，四处飞舞，宛若一条细长的蛇，忽而卷起，忽而展开，突然落在圆鼓鼓的马臀上，于是马儿使劲将臀部绷紧了。

天色不知不觉越来越亮。有个旅客是个纯粹的鲁昂人，将轻盈的雪花比作棉花雨；这雪不再下了。一道灰暗的亮光穿过层层浓密的乌云透射出来，彤云将白茫茫的田野照得分外明亮，时而出现一排披上霜雪的大树，时而出现一间戴着雪帽的茅屋。

借着黎明惨淡的亮光，车厢里的人彼此好奇地互相打量。

在车厢尽里头最舒适的座位上，大桥街①的批发酒商洛瓦佐夫妇，面对面地在打盹。

洛瓦佐先生以前是个伙计，老板做生意破了产；他盘下了铺子，发财致富。他把质次价廉的葡萄酒卖给乡下的小零售商，在熟人和朋友中被看作一个狡猾的骗子，一个

① 此街至今还存在，有最华丽的商店和摊位。

诡计多端而又达观的真正诺曼底人。

他这骗子是这样臭名昭著，以致有一晚，在省长府，当地的名流、头脑犀利而且细腻的寓言家和歌谣诗人图奈尔先生，看到女宾们有点儿困乏，建议她们玩一局“洛瓦佐在飞翔”[1]，这句妙语飞过省长的各个客厅，继而飞到全城的各个客厅，全省人有一个月笑得合不拢嘴。

此外，洛瓦佐以各种各样的恶作剧闻名，有善意的也有恶意的玩笑；无论谁谈到他，都会立马添上说：“这个洛瓦佐，真是爱捉弄人。”

他五短身材，腆着个球一样的大肚子，上面顶着一张红彤彤的脸，两边是灰白色的颊髯。

他的妻子却身高马大，体格健壮，果断坚决，嗓门洪亮，决断迅速，是铺子里的秩序和算术的化身，而洛瓦佐则以其欢快的活力使铺子兴旺。

坐在他俩旁边的是卡雷-拉马东先生，他更为尊贵，属于更高的阶层，拥有三座纺织厂，在棉织业中地位显赫，获得荣誉勋位勋章，是省议会议员。在整个帝政时期[2]，他一直是温和反对派的领袖，之所以这样做仅仅是由于要先用他所谓的“谦恭有礼的武器”抨击提案，转而加以赞成，要价便可以更高。卡雷-拉马东太太比她的丈夫年轻得多，被派到鲁昂驻防的富裕人家出身的军官，总是从她身上得到慰藉。

她坐在丈夫对面，小巧玲珑，娇滴滴的，楚楚动人，蜷缩在皮大衣里，用哀怨的目光望着车厢凄切的内部。

坐在她旁边的于贝尔·德·布雷维尔伯爵夫妇，有着诺曼底最古老和最高贵的姓氏之一。伯爵是个气宇轩昂的老绅士，竭力在穿着打扮上费心思，增加与国王亨利四世[3]天生的相似之处，根据令家族十分荣耀的传说，这位国王曾使德·布雷维尔家的一位夫人怀孕，她的丈夫因此而成为伯爵和省长。

于贝尔伯爵与卡雷-拉马东先生在省议会里共事，代表的是省里的奥尔良党[4]。他与南特一个小造船厂主之女的婚史，始终是神秘莫测的。但是伯爵夫人雍容华贵，比谁都善于接待客人，甚至被认为路易-菲利普的一个儿子倾心于她，贵族社会对她热情相待，她家的沙龙在本地首屈一指，唯有在那里还保持昔日的典雅风气，很难踏入她家的沙龙。

布雷维尔家的财产全是不动产，据说每年收入达到五十万利弗尔[5]。

这六个人构成车上的全部人员，是社会上收取年金、生活安定、家境殷实的一方，属于信奉宗教和各种原则的、有权势的正人君子。

出于奇怪的偶合，女乘客都坐在同一条长凳上；伯爵夫人旁边是两位修女，她们一

① 洛瓦佐(Loiseau)与鸟(l'oiseau)同音，故有这句隽语。

② 指拿破仑三世统治下的第二帝国(1852—1870)

③ 亨利四世(1553—1610)：法国国王，波旁王朝的开创者，后被暗杀。

④ 奥尔良党：支持七日王朝国王路易-菲利普(1773—1850)一系的政客。

⑤ 这么多的收入表明财产可观，当时一个公务员每年的收入为一千八百至两千四百法郎。

面数着一长串念珠，一面喃喃地念着《天主经》和《圣母经》。年纪大的一个脸上布满小麻斑，仿佛迎面贴近挨了一梭子机关枪。另一个十分瘦削，在被强烈信仰蚕食、害肺病的胸腔上面，长着满脸病容的标致面孔；这样虔诚导致多少殉教者和有宗教幻象的人啊。

在两位修女对面，一男一女引人注目。

男的很有名气，是民主党人科纽岱，有体面的人都畏惧他。二十年来，他那把红棕色的大胡子在民主党人聚会的所有咖啡馆的啤酒杯里浸湿过。他同兄弟和朋友一起吃掉了来自糖果商的父亲相当可观的一笔财产，急煎煎地期待共和国来临，最终获得他为革命喝了那么多啤酒以后应得的位置。9 月 4 日[①]，兴许有人要他，他以为自己被任命为省长了，但他去上任时，办公室的杂役已成了那里的唯一主人，拒绝承认他，逼得他抽身而退。不过他是个好样的男子汉，与人无犯，乐于助人，以无比的热情负责组织抗敌。他指挥在平原挖坑，砍倒附近树林里的所有小树，在各条公路上布下陷阱，敌人逼近时，他迅速撤回城里，对自己的准备工作心满意足。如今他想到勒阿弗尔去，以便更有英雄用武之地，那里即将需要构筑新的防御工事。

女的是个所谓卖笑的，年纪轻轻就发胖，得了个绰号叫羊脂球[②]，以此闻名。她小个儿，浑身处处圆滚滚的，像猪油那样肥，手指肉鼓鼓的，关节处如同勒出来似的，活像几节短香肠；皮肤绷紧、发亮，硕大的胸脯隔着连衣裙高高隆起，但她依旧秀色可餐，令人追逐，她的鲜嫩叫人赏心悦目。她的脸是一只红苹果，一朵含苞欲放的牡丹；脸庞上部闪烁着两只美丽的黑眼睛，两道浓眉弯弯，阴影映在眼里；脸庞下部是一张迷人的小嘴，湿润得适于接吻，配备着两排亮闪闪的细小牙齿。

据说，她还有的是难以估量的优点。

她一旦被认出来，在正派女人之间便传开一阵窃窃私语，"婊子""公众耻辱"的字眼说得那样响，她不禁抬起了头。于是她向旁边的人扫视了一眼，又大胆又充满挑战意味，车上的人马上噤若寒蝉，大家垂下眼睛，只有洛瓦佐以被挑起欲望的神态窥伺着她。

不一会儿，那三位太太又谈起话来，这个妓女在车上，突然使她们变成朋友，几乎是至交。她们觉得，面对这个不知羞耻的卖淫妇，她们应该把作为人妻的尊严结合在一起：因为合法的爱情总是高傲地对待不受约束的爱情。

面对科纽岱，三个男人也出于保守的本能接近起来，用看不起穷人的口吻谈论钱财。于贝尔伯爵谈到普鲁士人已给他造成的损害、牲畜被偷走和失去收成引起的损失，摆出一副亿万巨富的自信，这些灾难只不过带来一年的困厄罢了。卡雷-拉马东先生在棉织业上久经考验，未雨绸缪，提前将六十万法郎汇到英国，这是一只他以备不时

① 拿破仑三世（1808—1873）于 1870 年 7 月 2 日色当战役大败后被俘，9 月 4 日，议会宣布他逊位。

② 据考证，羊脂球的原型为阿德丽安娜·卢赛（在《菲菲小姐》中也出现过）。她生于埃莱托，年轻时来到鲁昂，做了一个骑兵军官的情妇，以后是一个商人的情妇，后来生活悲惨，因付不起房租，于 1892 年自杀。

之需的解渴梨子。至于洛瓦佐先生,他已谈妥生意,将存在他酒窖里的低级葡萄酒全部卖给了法军后勤部,因此国家欠着他一笔巨款,他一心期待在勒阿弗尔领到这笔款子。

这三个人互相投以迅速而友好的目光。纵然他们的地位不同,但是他们因为有钱而感到彼此是兄弟,就像拥有财富、手插入裤兜里拨弄得金币叮当响的人处在偌大的共济会中的兄弟。

车行驶得非常慢,直到上午十点钟还走不到四法里。男乘客三次下车,徒步爬坡。大家开始焦虑不安,因为本应在托特[①]吃午饭,如今无望在天黑以前到达那里。每个人都在窥探,想在大路上发现一个小酒馆,这时驿车陷入雪堆中,花了两个小时才把车拖出来。

饥肠辘辘,弄得人心神慌乱;看不到一间低级小饭馆和一间小酒馆,普鲁士人临近、饥饿的法军经过,吓坏了各行各业。

男乘客跑到路边的各个农庄去找吃的,可是他们连面包也找不到,因为心存疑惧的农民担心士兵来抢,把储存的食物藏起来;士兵们吃不到什么东西,发现什么就硬是抢走。

约莫下午一点钟,洛瓦佐表示,他觉得胃里显然空空如也,难受得要命。大家都像他一样早就饿得难熬;要吃东西的强烈需要不断增加,谈话早就停止了。

不时有人打哈欠;几乎立刻有另一个人模仿他;每个人轮流按自己的性格、教养和社会地位,要么张开嘴巴,发出嘈杂声,要么赶快谦逊地用手掩住冒出一股水汽的大口。

羊脂球好几次弯下腰来,仿佛她要在衬裙底下寻找什么东西。她犹豫了一下,看看她的邻座,然后沉静地直起身来。大家的脸显得苍白,抽搐几下。洛瓦佐声称,他愿意出一千法郎换一只肘子。他的妻子做了一个手势,似乎表示抗议;随即她平静下来。她听到要乱花钱,总是好不自在,甚至不明白这方面的玩笑话。“事实上我也觉得不好受,”伯爵说,“我怎么没有想到要带些吃的东西呢?”人人都这样自责。

不过科纽岱有满满一壶朗姆酒;他请大家喝酒;大家冷淡地谢绝。只有洛瓦佐接受喝了一小口,归还酒壶时,他表示感谢:“毕竟不错,能暖身子,又骗过自己不觉得饿。”烧酒使他兴致勃勃,他提议模仿歌谣中那只小船上的做法:将最肥胖的乘客吃掉。这句间接影射羊脂球的话,刺伤了那些有教养的人。大家都不搭理他,只有科纽岱微微一笑。两个修女不再念玫瑰经,双手插入宽大的袖子,她们一动也不动,执着地低垂眼睛,大概是把上天派给她们的痛苦再奉献给上天。

末了,下午三点钟,来到一片一望无际的平原上,连一个村子也看不到,羊脂球倏地弯下腰,从长凳下抽出一只盖上白餐巾的大篮子。

她先取出一只小瓷碟、一只精细的银杯,还有一只大罐,里面放了两只切开的整子

---

① 托特:一个离鲁昂二十九公里的村子,位于到迪耶普的公路上。

鸡，酱汁结冻了：可以看见篮子里还有别的包着的好东西，糕点呀，水果呀，糖果呀，为三天旅行准备的食物，根本用不着去碰旅店厨房的饭菜。四只酒瓶的细瓶颈从这些食品包中伸出来。她拿了一只鸡翅膀，灵巧地开始啃起来，就着吃在诺曼底被称为“摄政”[1]的小面包。

人人的目光都投向她。香味扩展开来，使人张开鼻孔，垂涎欲滴，耳根下的颌骨收缩得疼痛。这些太太对妓女的蔑视变得凶狠起来，仿佛想杀死她，或者把她扔到车下雪地里，把她、她的杯子、她的篮子和她的食品统统扔掉。

可是，洛瓦佐的目光盯住不放那只鸡罐。他说：“好极了，太太比我们更有先见之明。有些人总是能未雨绸缪。”她朝他抬起头来：“您想吃一点吗，先生？从一清早饿到现在，真不好受。”他表示敬意说：“坦率地说，我不拒绝，我再也支持不住了。打仗时就得按打仗时的情况办，不是吗，太太？”他环视一周，又说：“像眼下这样的时候，遇到您这样助人为乐的人，真是快事。”他有一张报纸，摊了开来，免得弄脏裤子，然后用总是放在兜里的一把刀子的尖端，挑起一只沾满亮晶晶的冻汁的鸡腿，用牙齿撕开，吃得津津有味，在车里引起一片艳羡的叹息声。

但是羊脂球以谦逊和温柔的声音向两个修女提议分享她的冷食。她们立马接受了，而且没有抬起眼睛，含糊地道谢几声，然后开始很快地吃起来。科纽岱也没有拒绝邻座女人的提议，大家同修女一起，将报纸摊在膝上，铺成餐桌似的。

一张张嘴不停地张开又闭上，狼吞虎咽，大快朵颐。洛瓦佐待在一角，埋头苦干，低声地催促他的妻子学他的样儿。她抗拒了好一会儿，由于她的肠胃痉挛起来，她才让步。于是她的丈夫字斟句酌，询问他们“可爱的旅伴”，是不是同意给洛瓦佐太太一小块东西。她说：“好的，当然可以，先生，”便笑容可掬地把罐子递过去。

当第一瓶波尔多葡萄酒打开的时候，令人为难的事出现了：只有一只杯子。只好把杯子揩一下再递给别人。唯有科纽岱，想必出于调情，把嘴唇按在他邻座女人嘴唇弄湿了的地方。

德·布雷维尔伯爵夫妇和卡雷-拉马东先生夫妇处在又吃又喝的一群人之中，食物的香味逼得他们透不过气来，他们忍受着坦塔洛斯[2]那种苦难的煎熬。蓦地，纺织厂主的年轻妻子发出一声叹息，使大家转过头来；她的脸色像外面的雪一样煞白；她的眼睛闭上了，额头耷拉下来：她昏厥过去。她的丈夫张皇失措，哀求大家救人。人人都束手无策，这时年长的修女托住病人的头，把羊脂球的杯子塞进她的嘴唇，让她喝下几滴酒。俏丽的太太蠕动了一下，睁开眼睛，露出微笑，用半死不活的声音说，现在她感到好多了。但是，为了不让这个场面重新出现，修女逼着她喝了满满一杯波尔多葡萄酒，又说：“是饿出来的，没别的事。”

这时，羊脂球红着脸，十分窘迫，望着那四个仍然饿肚子的旅客，期期艾艾地说：

---

① 这是一种味道清淡的面包，专门就着咖啡吃。

② 塔坦洛斯：古希腊神话中宙斯之子，由于犯有罪过，被罚永远喝不到水，吃不到水果，痛苦不堪。

“天哪，我想斗胆请这几位先生和夫人……”她住了口，生怕出言不逊。洛瓦佐开了口：“当然喽，在这种情况下，大家都是兄弟，理应互相帮助。嗨，太太们，别客气啦，接受吧，见鬼！要知道，我们能不能找到一座房子过夜呢？照现在这样走法，明天中午以前我们还到不了托特呢。”那几位还迟疑着，没有一个敢于负责任说一声“好吧”。但伯爵解决了问题。他转身对着那个胆怯的胖妓女，摆出他那副贵族自命不凡的派头，对她说：“太太，我们感激地领情了。”

万事开头难。一旦跨过鲁比贡河[①]，就万事大吉了。篮子的食物一扫而空。那里面本来还有一份肥鹅肝糜、一份肥云雀糜、一块熏口条、几只克拉萨纳梨、一方块“主教桥”牛排、几块奶油小点心、满满一瓶醋渍小黄瓜和醋渍葱头，羊脂球像所有女人一样，酷爱生腌菜蔬。

吃了这个妓女的食物，不能不跟她说话。于是，开始谈话有些保留，继而，由于她举止非常得体，大家就随便多了。德·布雷维尔太太和卡雷-拉马东太太很有交际手腕，显得和蔼可亲而又关怀备至。尤其是伯爵夫人，表现出接触任何人也不会被玷污的、珍贵胄的命妇可爱的屈尊俯就，十分温文尔雅。但是，具有宪兵活力、强壮的洛瓦佐太太，一脸严肃，说得很少，吃得很多。

大家自然而然谈起战争，叙述普鲁士人的暴行和法国人的英勇事迹；这些想逃走的人却对别人的勇敢表示敬意。过了一会儿，大家讲起自己的经历，羊脂球带着真正的激动和以姑娘们表达自发的愤怒时常用的激烈言词，叙述她是怎样离开鲁昂的：“起初我以为可以待下来。我家里储满了食物，我宁愿供养几个士兵，也不愿离家到别的地方。但当我看到这些普鲁士人所作所为的时候，我真是受不了！他们把我的肺都气炸了，我整天羞耻得掉泪。噢！如果我是一个男人就好了，唉！我从窗口望着他们这些戴尖盔帽的大肥猪，我的女仆抓住我的手，不让我把家具扔到他们背上。后来，有几个普鲁士人上门来住在我家里：当时我扑到第一个普鲁士人的脖子上。他们并不比别人更难掐死！要不是有人揪住我的头发，把我拖住，我就把他结果了。打这以后，我不得不躲起来。末了，我找到一个机会跑了出来，眼下我就在这里。”

大家把她大大夸奖了一番。她的旅伴表现得不如她这样胆识过人，对她心生敬意，她变得高大了：科纽岱边听边露出使徒般嘉许和善意的微笑；犹如一个教士听到一个信徒在赞美天主，因为留大胡子的民主党人拥有爱国主义的专利，宛若穿长袍的教士拥有宗教的专利一样。轮到他用教训人的口吻和从每天贴在墙上的宣言里学来的夸大其词侃侃而谈，最后以一篇慷慨陈词结束，声色俱厉地叱责那个“巴丹盖恶棍”[②]。

可是羊脂球立即发火了，因为她是波拿巴主义者，她的脸涨得比樱桃还要红，气得结结巴巴地说话：“我倒是想看看你们，你们这些人处在他的位置会怎样。啊，是的，这

---

① 鲁比贡河：位于意大利北部，公元前 49 年，恺撒越过此河同罗马执政官庞培决战；超过鲁比贡河意为采取断然行动。

② 巴丹盖原是一个泥瓦匠的名字，1846 年，未来的拿破仑三世关在昂堡，巴丹盖将自己的衣服给了他，让他潜逃，巴丹盖于是成了拿破仑三世的绰号。

真是卑鄙！正是你们背叛了他，背叛了这个人！要是由你们这些淫棍来统治，那就只好离开法国了！”科纽岱无动于衷，保持不屑一顾、高人一等的微笑，但大家感到，粗鲁话就要脱口而出了，这时伯爵居间调停，用权威的口吻宣称，凡是真诚的见解都应受到尊重，好不容易才使发火的妓女平静下来。不过，伯爵夫人和纺织厂老板娘心里对共和国抱着体面的人那种莫名其妙的仇恨，而且像所有女人那样对威风凛凛的专制政府怀有天生柔情，她们都不由自主地感到被这个充满尊严的妓女所吸引，她的感情和她们是多么相似。

篮子已经空无一物。十个人把一篮子食物吃光并不费事，只可惜篮子不够大。谈话继续了一会儿，但自从吃完东西以后，变得有点冷淡下来。

夜幕降临，黑暗越来越浓重，尽管羊脂球很肥胖，但是仍禁不住打哆嗦。于是德·布雷维尔太太将自己的手炉借给她，从早晨以来，好几次往炉里加过炭。羊脂球马上接受了，因为她感到双脚冰冷。卡雷-拉马东太太和洛瓦佐太太把她们的手炉递给了两个修女。

车夫已经点上马灯。在强烈的灯光映照下，几匹驾辕的马汗淋淋的臀部上面蒸腾起一片水汽，大路两边的积雪在摇曳的光影里似乎在往后掠过。

在车里已经什么东西也分辨不了；但突然在羊脂球和科纽岱之间起了一阵骚动：洛瓦佐的目光在黑暗中搜索，确信看到大胡子赶紧躲闪一下，似乎无声地着实挨了一拳。

大路前方出现星星点点的灯光。这是托特镇。驿车走了十一个小时，外加两小时马匹歇息四次吃荞麦、喘口气，总共十四个小时①。驿车开进了镇子，在贸易旅馆②停了下来。

车门打开了！一下很熟悉的声音使所有旅客哆嗦起来；这是刀鞘触地的响声。一个德国人的嗓音在叫嚷什么。

虽然驿车一动不动，但却没有人下车，仿佛会料到一出去就会有杀身之祸。这时车夫手里拎着一盏提灯出现，灯光骤然照亮车厢深处两排惶惶不安的脸，嘴巴张开，眼睛惊恐地瞪大了。

车夫旁边有一个德国军官在明晃晃的灯光中站着，这是一个高挑个年轻人，极其瘦削，金黄头发，像穿紧身胸衣的姑娘一样紧裹在军装中，歪戴着平顶的漆布鸭舌军帽，俨然一个英国饭店穿制服的侍役。胡须参差不齐，又长又硬，向两边越来越细地伸展，最后只有金黄色的一根须毛，细得看不出顶端：胡须仿佛压在嘴角上，脸颊往下坠，在嘴唇上压出下垂的皱褶。

他用阿尔萨斯口音的法语请旅客下车，语气生硬地说：“你们元（愿）意下且（车）吗，先生们和女斯（士）们？”

---

① 法国学者认为，十四个小时过于夸张，但这并不重要。

② 现今为天鹅旅馆，这是一个很古老的旅店。

两个修女最先乖乖地从命，这些圣洁的女子习惯于什么事都逆来顺受。伯爵和伯爵夫人随后出现，紧接着是纺织厂厂主夫妇，再后是洛瓦佐，前面推着他的大胖婆娘。洛瓦佐下得地来，对军官说："你好，先生。"这样说更多是出于谨慎，而不是出于礼貌。那一个像有权有势的人那样傲慢无礼，一声不吭地望着他。

羊脂球和科纽岱虽然坐在车门旁边，却是最后下车，在敌人面前显得庄重和高傲。胖姑娘竭力控制住自己，保持平静：民主党人用微微发抖的手悲壮地捋着棕红色的长胡子。他们明白，在这种遭遇场合，每个人都有点代表自己的国家，因此想保持尊严；他们对旅伴的软弱都同样感到愤慨，她尽量表现得比邻座那儿位正派女人更有铮铮傲骨，而他感到自己应该做出榜样，一举一动继续履行在公路挖坑开始的抗敌使命。

大家走进旅馆的大厨房，德国人要他们出示司令签署的离境许可证，每个旅客的名字、特征和职业都写在上面；他久久地观察这些人，将本人同记载的情况作对照。

然后他突然说："很豪(好)，"走了出去。

于是大家松了一口气。人人都还感到饿，便订了晚饭。要半小时才准备好：在两个女招待看来忙于做事时，大家去看看房间。房间位于一条长走廊里，尽头是一扇玻璃门，门上标明一个说明问题的号码。

大家终于入席，这时旅馆老板亲自出现了。他以前是马贩子，这个胖子患哮喘病，总是呼哧呼哧的，咕噜咕噜的，喉咙里的黏痰响个不停。他的父亲传给他的姓是弗朗维。

他问道：

"哪位是伊丽莎白·卢塞小姐?"

羊脂球哆嗦了一下，转过身来：

"是我。"

"小姐，普鲁士军官要立刻跟您说话。"

"跟我?"

"是的，如果您就是伊丽莎白·卢塞小姐。"

她局促不安，沉吟了一下，然后干脆地声称：

"也许是找我，但我不去。"

她周围的人一阵骚动；大家在议论，寻找这道命令的缘由。伯爵走了过来：

"您错了，太太，因为您的拒绝不仅对您，而且对您所有的旅伴，可能带来极大的麻烦。绝对不应违拗强大有力的人。他这个举动断然不会包含任何危险；大概是忘了办一项手续吧。"

大家附和他的看法，一起央求她，催促她，劝说她：因为大家担心她一时冲动的行为，可能引起事情复杂化。末了她说：

"当然，我正是为了你们才去!"

伯爵夫人拉住她的手：

"我们就多谢您了。"

她走了出去。大家等她回来才开饭。

人人都觉得很懊丧,没有处在这个动辄易怒、脾气暴躁的姑娘的位置,得到召见,心里准备着轮到自己被召见时要说的奉承话。

但是,过了十分钟,她重新出现时,气喘吁吁,脸憋得通红,怒气冲冲。她嗫嚅地说:“噢,混蛋!混蛋!”

大家迫不及待要知道怎么回事,但是她什么也不说;由于伯爵一再追问,她才正言厉色地回答:“不,这事与你们无关,我不能说。”

于是大家围着一只高高的有盖大汤碗坐下,从碗里散发出白菜香味。尽管受了一场惊吓,晚饭还是吃得很开心。苹果酒很可口,洛瓦佐夫妇和两个修女为了省钱,要的是这种酒。其他人要的是葡萄酒;科纽岱要了啤酒。他开酒瓶有特殊的方法:让酒冒出泡沫,倾斜酒瓶加以观察,然后将酒瓶举到灯和眼睛之间,鉴别酒的成色。他喝酒的时候,与他喜爱的饮料色泽相仿的大胡子仿佛因偏爱而颤抖;他的眼睛斜睨着,一点也不放过酒杯,他的神态仿佛在完成一项独一无二、与生俱来的使命。简直可以说,在他的脑子里,烈性白啤酒和革命这两种占据着他整个一生的伟大激情,已结合在一起,像有亲缘关系;他品味这一种,断然不能不想到另一种。

弗朗维夫妇坐在桌子的顶端吃饭。男的像一辆破火车头那样喘气,胸膛里呼出的气太多,无法边吃边说话:但是女的永远不会沉默不语。她讲述普鲁士人到达以后自己所有的印象、他们的所作所为、他们的说话,首先,她憎恨他们,因为他们使她损失了许多钱,其次是因为她在军队里有两个儿子。她尤其爱跟伯爵夫人说话,跟一位贵妇交谈,她觉得脸上有光。

然后她压低声音,要谈一些微妙的事,她的丈夫不时打断她:“你最好闭嘴别说,弗朗维太太。”但她根本不予理会,继续说:

“是的,夫人,那些人一味吃土豆和猪肉,猪肉和土豆。不要相信他们爱干净。才不呢,他们到处拉屎,我本该对您放尊重点。如果您看到他们连续几小时和几个白天进行操练,那才有好看呢;他们全都集合在一个场地上:往前走,往后退,往这边转,往那边转。至少,如果他们种地或者在他们的国家修路,那也是好的!但不是这样,夫人,这些军人,对任何人也没有好处!穷苦百姓养活他们,有必要让他们只学会杀人吗!不错,我只是一个没有受过教育的老妇人,但看到他们从早到晚踏步,累得精疲力竭,我心里想:有些人为了有益于人,研究出那么多的发明,与此同时,有必要让其他人去吃苦头,损害他人吗?当真,不管是普鲁士人、英国人、波兰人还是法国人,杀人不是可恶透顶的事吗?如果有人损害过你,你就报仇雪恨,那是不好的,因为别人要谴责你:可是,有人像打野味一样枪杀我们的孩子,这就好吗?为什么杀人最多的人要给他颁发勋章呢?不,要知道,我百思不得其解!”

科纽岱提高了嗓门:

“如果进攻一个爱好和平的邻国,战争是一种野蛮行为;如果是保卫祖国,那是神圣的责任。”

老妇人点了点头：

“是的，自卫是另一回事；但更确切地说，难道不应该杀死所有以发动战争为乐的国王吗？”

科纽岱的目光炯炯发亮：

“说得好，女公民！”

卡雷-拉马东先生陷入沉思。虽然他十分崇拜那些名将，但这个农村妇女的见识使他去想，那么多只手无所事事，因此从事毁灭，那么多不事生产的人力，如果用来从事需要几百年才能完成的大规模的实业，会带来多少财富啊。

洛瓦佐离开他的座位，去同旅馆老板低声聊天。那个胖子笑着、咳嗽、吐痰：洛瓦佐的风趣话使他的大肚子高兴得一起一伏，他向洛瓦佐订购了六桶[1]波尔多葡萄酒，明年春天，等普鲁士人走了再交货。

晚饭一结束，由于大家累垮了，所以都去就寝。

然而洛瓦佐已经观察到事情蹊跷，他让妻子睡下，时而将耳朵贴在锁孔上，时而往锁孔张望，竭力发现他所谓的“走廊秘密”。

过了大约一小时，他听到一阵窸窣声，不久就看到羊脂球身穿一件蓝色羊绒、白色花边的晨衣，显得更胖。她手里拿着一只烛台，朝走廊尽头那扇大号码的门走去。但旁边一扇门打开一点，过了几分钟她又返回，科纽岱身穿背带裤，跟随其后。他们悄声细语地说话，然后止住脚步。羊脂球似乎坚决守住自己房门的入口。可惜洛瓦佐听不到谈话，最后，由于他们提高了声音，他抓住了几个字。科纽岱热切地坚持。他说：

“唉，您真蠢，这对您算得了什么呢？”

她显出生气的神情，回答说：

“不，亲爱的，有的时候这种事是不能干的：再说，在这里，这会是一种耻辱。”

他想必莫名其妙，问是什么原因。于是她冒起火来，提高了声音：

“什么原因？您不明白什么原因？凑在家里、也许隔壁房间里有普鲁士人的时候吗？”

他无言以对。一个妓女，因为敌人在旁边，就根本不让人温存，这种爱国主义的廉耻心大概唤醒了他心中虚弱的庄重，因为他仅仅拥抱了她以后，蹑手蹑脚地回到自己房间。

洛瓦佐欲火炎炎，离开锁孔，在房里做了一个击脚跳，戴上马德拉斯布睡帽[2]，掀开被子，他妻子硬邦邦的身子躺在那里；他吻了她一下，弄醒了她，他喃喃地说：

“你爱我吗，亲爱的？”

于是整个旅馆变得无声无息。但是，不一会儿，在某个地方，在一个说不准的方向，可能是地窖，也可能是阁楼，传来一阵有力、单调、有节奏的鼾声，一种低沉、持续、

---

① 这种酒桶容量约一百三十五升。

② 这种睡帽用一条马德拉斯布的手巾在头上打结而成。

带着大锅在蒸汽压力下的颤动声。这是弗朗维先生在酣睡。

大家原来定好次日早上八点钟动身,所以在厨房里集中;可是,马车的篷布上积满了雪,马车孤零零地停在院子中央,看不到马匹和车夫。在马厩、饲料房、车棚里都徒劳地找不到车夫。于是所有人决定到镇上去找一遍,走了出去。他们来到广场,尽头是教堂,两侧是两排矮房子,可以看到里面有普鲁士士兵。他们看到的第一个普鲁士人在削土豆,第二个在稍远一些的地方,在清洗理发店。另一个胡子一直长到眼睛旁边,抱着一个啼哭的孩子,在膝上摇晃着他,让他安静下来;那些胖农妇的丈夫都在"作战部队",指手画脚地支使俯首听命的战胜者干必不可少的活计:劈木柴、做大锅饭、磨咖啡;其中一个甚至给女房东洗衣服,老女人手脚不灵便。

伯爵十分惊奇,询问一个从本堂神父住宅出来的教堂执事。教堂老职员回答他:"噢!这些人并不凶;据说他们不是普鲁士人。他们来自更远的地方;我不知道打哪儿来;他们都把老婆孩子撇在家乡;战争并不令他们开心啊!我确信,那边的人也在为男人伤心落泪;战争给他们造成的苦难也跟我们这里一样惨。眼下这里还不算太惨不忍睹,因为他们不干坏事,像在自己家里一样干活。您看,先生,穷人之间应该互相帮助……发动战争的是那些大人物。"

科纽岱看到战胜者和战败者这样真诚地和睦相处,十分愤怒,回身就走,宁愿关在旅馆里。洛瓦佐说了句俏皮话:"他们在移民。"卡雷-拉马东先生说了句庄重的话:"他们在弥补过错。"可是找不到车夫。末了,在村子的咖啡店里发现了他,他和普鲁士军官的传令兵友好地同桌共饮。伯爵质问他:

"不是吩咐过你八点钟套车吗?"

"不错,可是后来又给了我一个命令。"

"什么命令?"

"绝对不能套车的命令。"

"谁给你这个命令?"

"毫无疑问是普鲁士指挥官。"

"什么理由?"

"我一点不知道。您去问他吧。不许我套车,我就不套车。就是这么回事。"

"是他亲自给你下的命令?"

"不,先生,是旅馆老板代他给我的命令。"

"什么时候下的命令?"

"昨天晚上,我正要去睡觉。"

三个男人惴惴不安地走回旅馆。

他们要见弗朗维先生,但是女仆回答,由于害哮喘病,弗朗维先生从来不在十点钟之前起床。他甚至明确不许更早叫醒他,除非发生火灾。

他们想见普鲁士军官,但这是绝对不可能的,虽然他住在旅馆里,凡是平民百姓的事,只有弗朗维先生被准许同他说话。于是只得等待。女的上楼回到自己房间,有些琐碎小事要做。

科纽岱坐在厨房高高的壁炉边上,炉火熊熊。他叫人把一张小咖啡桌搬过来,要了一小瓶啤酒,掏出一只烟斗。这只烟斗在民主党人中间享有的威望,几乎同他本人的威望一样高,仿佛它给科纽岱服务,就是为祖国效劳。这是一只精致的海泡石烟斗,熏得乌黑,像它主人的牙齿一样,不过香喷喷的、弯弯的、亮锃锃的,总不离手,这烟斗补全了他的相貌。他一动不动,时而目光盯住炉火,时而盯住盖满杯子的啤酒泡沫;每喝一口酒,他都心满意足地用又长又瘦的手指插入又长又油腻的头发里,同时吮吸着沾上泡沫的胡须。

洛瓦佐借口活动一下腿脚,向当地的零售商推销他的酒。伯爵和纺织厂主开始谈论政治。他们预测法国的未来。伯爵相信奥尔良王室,另外一位相信会有一个不知名的救世主[1],这是眼看陷于绝望之际,应运而出的英雄:兴许是一个杜·盖克兰[2],一个贞德?要么是另一个拿破仑一世?唉!如果皇太子[3]不是这样年幼,那有多好!科纽岱听着他们的谈话,像一个掌握命运奥秘的人那样微笑着。他的烟斗熏香了厨房。

十点钟敲响的时候,弗朗维先生露面了。大家连忙询问他;但他只能一字不差地将这几句话说上两三遍:长官这样告诉我:“弗朗维先生,您不要让车夫明天给这些旅客套车。我不希望没有我的命令,他们就动身。你们听到了。这就够了。”

于是大家想求见普鲁士军官。伯爵给他递上名片,卡雷-马拉东先生附上自己的姓名和所有头衔。普鲁士人派人回话,一俟他吃完午饭,也就是一点钟左右,他允许这两个人同他谈话。

太太们重新露面,尽管大家心里不安,还是吃了一点东西。羊脂球好像生病了,出奇地心绪不宁。

刚喝完咖啡,传令兵便来找那两位先生。

洛瓦佐加入到他们当中;由于大家竭力拖上科纽岱,以壮行色,他骄傲地宣称,他永远不想跟德国人打交道;他重新待在壁炉边,要了另一小瓶啤酒。

三个男人上楼,被带到旅馆最漂亮的房间里;普鲁士军官在那里接待他们,他躺在一张安乐椅里,双脚搁在壁炉架上,叼着一支很长的瓷烟斗,身穿一件闪光的睡衣,大约是从某个趣味低劣的有产者丢下的住宅偷来的。他没有站起来,不向他们致意,不看他们一眼。他提供了一个获胜军人自然而然的傲慢无礼的样品。

停了半晌,他终于说:

“你蒙(们)有什么斯(事)?”

伯爵开了口:“我们想动身,先生。”

“不行。”

---

① 战后,法国人一是将希望寄托在麦克马洪身上,一是寄希望于布朗瑞将军身上;莫泊桑创作这篇小说时,前者已经失败,后者像明星一样升起。小说折射出人们对现制度的不满。

② 杜·盖克兰(1320—1366):法国战将,与英国人作战,以骁勇闻名。

③ 拿破仑三世的儿子生于1856年,1870年是十四岁,他于1879年在祖鲁朗被害。

“我冒昧问一下您,为什么不准许?”

“因为我不元(愿)意。”

“我怀着敬意向您指出,先生,您的司令已经发给我们前往迪耶普的许可证;我想我们没有做错什么事,却得到这样严厉的对待。”

“我不元(愿)意……如次(此)而已……你蒙(们)可一(以)下楼了。”

他们三个人鞠了一躬,退了出去。

下午令人烦躁不安。谁也不明白德国人为什么这样任性;稀奇古怪的想法搅得人头脑发胀。大家待在厨房里,没完没了地讨论,设想出不可信的事。或许要把他们当作人质扣压起来,——不过出于什么目的?——或者要把他们当作俘虏带走。更确切地说,是为了向他们勒索一大笔赎金?想到这一点,他们吓得慌了手脚。最有钱的人是最惊慌失措的,他们已经看到自己为了赎身,迫不得已把满袋金钱倒在那个无耻军人的手里。他们搜索枯肠,要发现可以令人接受的谎言,隐瞒他们的财富,打扮成穷人、一贫如洗的穷人。洛瓦佐摘下怀表的金链子,藏到衣袋里。黑夜降临越发增加他们的恐惧。华灯初上,由于离吃晚饭还有两小时,洛瓦佐太太提议来一局“三十一点”①。这会是一种消遣。大家接受了。科纽岱出于礼貌,熄灭了烟斗,加入牌局。

伯爵洗牌、分牌,羊脂球一上来就拿了个三十一分;过了一会儿,打牌的兴致就平息了在脑子里纠缠不休的恐惧。科纽岱发现洛瓦佐夫妇串通作弊。

大家正要入席吃饭时,弗朗维先生又露面了;他带着痰堵在喉咙的嗓音说:“普鲁士军官派人来问,伊丽莎白·卢塞小姐是否还没有改变主意。”

羊脂球站在那里,脸色刷白;随后又蓦地变得通红,她气得语塞。最后她爆发出来:“您去告诉他这个混蛋,这个坏蛋,这个普鲁士僵尸,我永远不愿意;您听明白了,永远,永远,永远。”

大块头旅馆老板出去了。于是,羊脂球被大家围住,恳请她披露上次同普鲁士军官谈话的秘密。她先是不肯说,但过了一会儿,气愤压倒了她,她嚷道:“他想干什么?……他想干什么?他想同我睡觉!”大家义愤填膺,没有人觉得这话刺耳。科纽岱使劲将酒杯砸在桌上,打碎了酒杯。响起了一片痛骂声,指向那个无耻的兵痞,这是一股愤怒的气浪,大家同仇敌忾,仿佛要每个人分担羊脂球被要求做出的牺牲。伯爵厌恶地指出,这些家伙像昔日的野蛮人一样行事。女人们尤其向羊脂球表示深深的和亲切的同情。只在饭桌上出现的两个修女,低垂着头,一言不发。

第一阵愤怒平息下来以后,大家还是吃饭;只是少言寡语,都在想心事。

太太们很早退席;男人们一面抽烟,一面凑起一桌埃卡泰牌局,弗朗维先生受到邀请,大家想巧妙地向他打听,用什么办法去说服一意孤行的军官。可是他一心放在牌上,什么也不听,什么也不回答;他不断地重复:“打牌,诸位,打牌。”他聚精会神,连吐痰也忘了,有时他的胸腔像风琴奏出音符。他呼呼有声的肺发出哮喘的全部音响,从

① 这种纸牌类似二十一点,即不能超过三十一点,J、Q、K 为十点。

重浊、深沉的音符到小公鸡试啼的嘶哑尖叫声。

他的妻子困得要命，下来找他，他甚至不肯上楼。她只好独自走了，因为她属于“早班”，总是太阳一出就起床，而她男人属于“晚班”，总是准备同朋友们闹个通宵。他对妻子喊道：“等一下你把我的牛奶冲蛋黄放在火边。”便又顾着打牌。大家看出从他嘴里什么也探听不到，便表示到散局的时候了，各自上床睡觉。

翌日，大家还是起得相当早，怀着朦胧的希望，动身的愿望更强烈，又担心白天要在这个可怕的小旅馆度过。

唉！牲口依然拴在马厩里，车夫不见踪影。大家百无聊赖，在马车周围打转。

早饭吃得愁容满面，大家对羊脂球的态度冷淡下来，因为黑夜给人带来主意，改变了一点先前的看法。如今大家几乎埋怨这个妓女没有悄悄地去找普鲁士人，在醒来时给她的旅伴们一个惊喜。还有什么比这更简单的事呢？再说，又有谁知道呢？她只消让人告诉那个军官，她可怜旅伴们的困苦，委曲求全，便可以保全面子。对她来说，这实在是区区小事！

不过没有人把这些想法说出来。

下午，由于大家厌烦得要命，伯爵提议到村子附近散步。大家仔细穿暖裹紧，这一小群人出发了，除了科纽岱宁愿待在炉火边，还有两个修女在教堂和本堂神父那里度过白天。

一天天加剧的严寒，无情地冻得鼻子和耳朵刺痛；脚也冻得每走一步都生疼；田野展现在眼前，他们觉得，在这广袤无边的白雪覆盖下，田野阴森得可怕，大家马上回转来，心里感到冰凉和揪紧了。

四个女的走在前面，三个男人稍后一点跟随着。

洛瓦佐明白眼前的情势，突然问道，这个“婊子”难道要让他们长久待在这个鬼地方吗。伯爵一向温文尔雅，说是不能要求一个女人做出如此艰难地付出的牺牲，应该让她自愿地去做。卡雷马拉东先生指出，如果法国人真像传闻的那样，从迪耶普反攻过来，会战的地点只可能在托特镇。这个想法令另外两个人发愁。洛瓦佐说：“能步行逃出去就好了。”伯爵耸耸肩：“您想到吗，在这冰天雪地里，带着我们的妻子，怎么逃呢？再说我们马上会受到追捕，在十分钟之内会被抓住，当作俘虏带回来，任凭大兵处置。”确实如此，大家闭口不语了。

太太们谈论打扮；但是她们在约束着自己，显得貌合神离。

突然，普鲁士军官在路的尽头出现了。一直伸展到天边的白雪，映衬出他穿着军装的细长身影，他走路时双腿分开，这是军人特有的动作：竭力一点不弄脏擦得锃亮的靴子。

他经过太太们身边时，向她们鞠躬致意，轻蔑地看了男人一眼，他们倒是保持尊严，没有脱帽，虽然洛瓦佐做了个动作，想脱下帽子。

羊脂球的脸一直红到耳根；三个已婚女人感到极大的屈辱，因为被这个大兵撞见同一个受他凌辱的妓女一起散步。

于是大家谈论他、他的举止和容貌。卡雷拉马东太太以前认识许多军官，鉴别起来是个行家，她感到这个军官一点不差；她甚至可惜他不是法国人，因为他会是一个俊俏的轻骑兵，所有女人一准对他神魂颠倒。

一返回旅馆，他们不知道做什么好。即使对毫无意义的事也说些尖酸刻薄的话。吃晚饭的时间很短，大家默不作声，人人上楼睡觉，希望在睡觉中消磨时间。

第二天，人人下楼时脸上带着倦容，心里气鼓鼓的。女的几乎不同羊脂球说话。

钟声响起。这是举行洗礼。胖姑娘有一个孩子，寄养在伊弗托的农民家里。她一年也见不到孩子一次，从来不想孩子；可是，一想到这个就要受洗的孩子，在她心里产生了对自己孩子突如其来的强烈温情，她说什么也要参加洗礼仪式。

她刚刚走掉，大家面面相觑，然后把椅子聚拢来，因为大家深深感到，最终必须决定做点事。洛瓦佐灵机一动：他主张向军官提议，把羊脂球单独留下，让其余人上路。

弗朗维先生仍然充当传话的角色，他几乎马上又下楼。德国人深谙人性，把他赶了出来。他声称，只要他的愿望不能满足，就扣留所有的人。

这时，洛瓦佐太太的下等人品性发作了："我们可不能在这里老死。既然这个婊子的职业就是跟所有男人干那件事，我感到她没有权利拒绝这一个，而要另一个。我倒要问一下你们，她在鲁昂碰到什么人都干，甚至马车夫也要！是的，太太，跟省府的马车夫！我呀，我一清二楚，他到我的店里买酒。眼下是要她给我们解困，这个黄毛丫头，倒装腔作势！……我呀，我觉得这个军官行得正。他也许独居的时间长了；他当然更喜欢我们三个。可是不，他只满足于人皆可夫的这一个。他尊敬有夫之妇。想想吧，他是这儿的主人。他只要说：'我要'，他的士兵一齐动手，他便可以强奸我们。"

另外两个女人轻微地哆嗦一下。漂亮的卡雷-拉马东太太的目光闪闪发亮，脸色有点儿苍白，仿佛她已经感到被军官用暴力占有了。

在一边商量的几个男人凑了过来。洛瓦佐怒不可遏，想将"这个贱货"手脚捆起来交给敌人。但伯爵是三代大使出身，具有外交家的外貌，却主张采取灵活手腕，他说："要使她下决心。"

于是大家密谋起来。

几个女的凑得更紧些，嗓音压低，泛泛而论，各抒己见。再说，主意都很得体。这几位太太谈论的是极其淫秽的事，却特别找到委婉的说法和可爱的灵活字眼。一个局外人根本听不懂，字斟句酌何其小心翼翼。上流社会妇女那层薄薄的羞耻心，只是用来装门面的，在这行为令人不齿的遭遇中，她们心花怒放，暗暗快活得发狂，感到如鱼得水，怀着欲火去为别人拉纤，如同一个馋嘴的厨子为别人烹调晚饭。

这件事在她们看来毕竟显得非常古怪，快乐油然而生。伯爵说了些有点猥亵的玩笑，用语巧妙，她们不禁露出微笑。轮到洛瓦佐说出几句更加露骨的下流话，大家却根本不觉得刺耳；他的妻子粗俗地发表出来的想法，使所有人折服："既然这是那个婊子的本行，为什么她还要挑三拣四呢？"温柔的卡雷-拉马东太太甚至好像在想，如果她处在羊脂球的地位，她宁愿拒绝别人，也不拒绝这一个。

他们好似要占领一座被围困的堡垒,长时间在准备封锁。各人商定要扮演的角色,要依据的论点,要采用的手腕。大家制定了攻击计划、要运用的诡计和突袭,以便迫使这座活堡垒就地接待敌人。

然而科纽岱待在一角,完全不参与这件事。

大家聚精会神,一点儿没有听到羊脂球回来了。但伯爵轻轻嘘了一声,大家才抬起了头。她站在那里。大家说话戛然而止,先是有点尴尬,无法跟她说话。伯爵夫人比别人更善于在交际场中的随机应变,这时问羊脂球:"这场洗礼有意思吗?"

肥胖的妓女还处在激动之中,叙述了全过程,包括人们的面孔、态度乃至教堂的外观。她还补充说:"偶尔做祈祷非常好。"

直到吃中饭,这些太太们待她很亲热,为了增加她的信任,让她能顺从她们的劝告。

刚刚入席,大家便开始接触。首先话题朦胧地触及忠于国家。大家举出古代的例子:朱迪特和霍洛费纳,然后莫明其妙地举出吕克莱丝和塞克斯图斯,还有克里奥佩特拉[①],她让所有的敌人将领都在自己的牙床上就寝,从而使他们变得像奴隶般俯首听命。随后是一个幻想故事,这是无知的百万富翁的想象产物。说是罗马的女公民们跑到卡普,让汉尼拔睡在她们怀里,同他一起,还有他的将领和雇佣军士兵[②]。凡是阻挡住胜利者,把自己的身体当作战场,当作一种征服方法、一种武器的女人,凡是用自己的英勇无畏的抚摸战胜丑恶可憎的人,牺牲自己的圣洁去复仇和效忠祖国的女人,他们都一一列出。

他们甚至闪烁其词地谈到一个出身名门望族的英国女子,她让自己染上一种可怕的传染病,为了过给拿破仑,只是由于在致人死命的幽会时突然虚弱不堪,拿破仑才奇迹般获救。

这一切叙述得很得体,很有分寸,偶尔爆发出一种热情,能激励人的好胜心。

到末了,可以令人相信,女人在世间的唯一角色,就是持续不断地自我牺牲,连续地任凭丘八为所欲为。

两个修女好像什么也没听见,沉浸在冥思苦想中。羊脂球一言不发。

整个下午,大家让她思索。可是大家非但不像至今那样称呼她"太太",而仅仅称她为"小姐",谁也不知道原因,仿佛大家想让她在以前登上的受尊敬地位降低一级,使她感受到自己的卑贱地位。

---

① 传说中的朱迪特是犹太人女英雄,她为了拯救贝图利城,引诱了敌将霍洛费纳,在他酒醉时杀死他;吕克莱丝(约4世纪末至5世纪初)是古罗马贵妇,据传说,受到崇高者塔尔坎之子塞克斯图斯的奸污而自尽,是她造成帝国的垮台;克里奥佩特拉(历史上有好几位马其顿、叙利亚和埃及的王后同名,一般多指公元前1世纪的埃及王后)有几个丈夫或情人,包括罗马将领恺撒、安东尼、屋大维,后来自尽。其实上述女子的经历并不完全适用举例。

② 莫泊桑较自由地借用李维乌斯(公元前59—公元17)的《罗马史》第二十三卷第十八章《卡普之乐》中的叙述。汉尼拔(公元前约247—前183)是古代迦太基名将和政治家。

正在上汤时，弗朗维先生又出现了，将前一天的话再说一遍："普鲁士军官派人问伊丽莎白·卢塞小姐，是否还没有改变主意。"

羊脂球冷漠无情地回答："没有改变，先生。"

但在吃晚饭时，同盟军的攻势削弱了。洛瓦佐说了三句效果很糟糕的话。每个人都想发现新的尽忠的例子，可是白费力气，什么也找不到，这当儿，伯爵夫人也许并没有预先想过，模糊地感到需要向宗教表示敬意，便询问年长的修女，有关圣徒生平的伟大事迹。然而，很多圣徒曾经做过在我们看来是罪行的事；而教会毫无困难就宽恕了做过这些坏事，只要这是为天主争光或者为他人造福。这是一个有力的论据；伯爵夫人加以利用了。于是，要么出于一种默契，一种暗中讨好，那是所有穿上教士服装的人都擅长的，要么干脆出于歪打正着、有利于人的蠢事，老修女给了他们的阴谋一个巨大的支持。人们以为她很胆小，她却表现出很大胆、啰里啰唆、态度激烈。她不被那种神学家钻牛角尖的探索所苦恼；她的宗教教义好像一根铁棍；她的信仰从来没有犹豫过：她的良心也没有什么顾忌。她认为亚伯拉罕[①]的牺牲最普通不过，因为她会按照上天的命令，立即杀死父母；依她看来，只要意图可嘉，任何事都不会触怒天主。伯爵夫人利用这个意料不到的同谋的神圣权威，让她为这句道德格言做出有建设性的恣意发挥："只问目的，不问手段。"

她问老修女：

"这么说，嬷嬷，您认为天主同意走各种不同的道路，只要动机纯洁，能原谅所做的事。"

"谁会怀疑这一点呢，夫人？一个本身大逆不道的行动，由于出发点好，往往就变得可以嘉奖。"

她们这样交谈下去，分辨天主的意愿，预测天主的决定，让天王关心确实与他并不相干的事。

所有这些话含蓄、巧妙、隐蔽。这个戴修女帽的修女的每句话，在妓女的愤怒反抗防线打开了缺口。随后，谈话离开了一点话题，挂着念珠的那一位谈到她的教派的房子、她的修道院长、她本人和她娇小的同伴、亲爱的圣尼塞弗尔嬷嬷。她们应邀到勒阿弗尔照顾医院里几百名得天花的士兵。她描绘这些可怜的人，细述他们的病。由于这个普鲁士人的颐指气使，她们在路上受阻，这时一大批法国人却可能死去，而她们或许能够挽救他们！护理军人正是她的专长：她曾经到过克里米亚、意大利、奥地利[②]。她叙述这些战役时，顿时显出她是一个听惯战鼓和军号的修女，这类修女似乎生来是为了随军转战，从战斗旋涡中抢救出伤员，比军官更有权威，一句话就能制服不守纪律的大兵；一个真正的随军修女，她的麻脸布满无数坑坑洼洼，这是战争浩劫的缩影。

---

① 亚伯拉罕：据《圣经》，神要考验阿拉伯人和犹太人的祖先亚伯拉罕的忠诚，要他杀子祭天，他正要遵命时，被耶和华派天使制止。

② 克里米战争(1854)、意大利战役(1859，与奥地利开战)体现了拿破仑三世的好战政策。

她讲完以后，谁也不再吭声，她的话效果极佳。

饭一吃完，大家很快回到自己房里，直到第二天早上很晚才下楼。

吃饭时寂然无声。大家给昨天播下的种子发芽和结果的时间。

伯爵夫人提议午后散步。于是，伯爵就像约好的那样，挽起羊脂球的胳膊，和她一起走，在别人后面。

他跟羊脂球说话，用的是亲切的、父亲般的、有点儿带着庄重的人对妓女的轻蔑口吻，称呼她“我亲爱的孩子”，以自己的社会地位和无可争议的名声居高临下地对待她。他单刀直入：

“这么说，您宁愿让我们待在这里，像您一样，忍受普鲁士军队一旦败北会带来的各种暴行，也不肯将就一点，答应做一次您一生中常做的讨好人的事喽？”

羊脂球没有吭声。

他用柔情、说理、感受去打动她。他懂得保持“伯爵先生”的身份，同时在必要时对她献殷勤，说几句恭维话，总之很亲近。他赞美她给他们效劳，谈到他们感激不尽；随后突然笑嘻嘻地以你称呼她：“你知道，亲爱的，他说不定会自吹自擂，消受过他在国内不可多得的一个美女呢。”

羊脂球默默无言，回到一小群人那边。

一回旅馆，她便上楼到自己房里，不再露面。大家忐忑不安。她要做什么？倘若她抗拒，那多么难堪啊！

吃晚饭的时候到了；大家白白地等待她。弗朗维先生这时走进来说，卢塞小姐感到不舒服，大家可以上桌吃饭。所有人竖起耳朵细听。伯爵走近旅馆老板，低声说：“成了吗？”“成了。”出于礼节，他什么也没有对旅伴们说，他仅仅对他们轻轻点了一下头。所有人的胸膛都松弛地长长出了一口气，喜上眉梢。洛瓦佐叫道：“妈的，如果旅馆里有香槟酒，我来会钞。”当老板手里拿着四瓶酒返回时，洛瓦佐太太慌了神。人人霎时变得有说有笑，闹闹嚷嚷，心里充满轻佻的快意。伯爵好像发觉卡雷马拉东太太很迷人，纺织厂老板向伯爵夫人献殷勤。谈话热烈、欢快、妙语不断。

突然间，洛瓦佐神色不安，举起双臂，嚷叫道：“安静！”所有人钳口结舌，吃了一惊，几乎恐慌不安。这时洛瓦佐竖起耳朵，双手拢着嘴，发出“嘘”的一声，抬眼望着天花板，重新倾听，用自然的声调又说：“放心吧，一切顺利。”

大家迟疑一下，没有理解他的意思，但一会儿一丝微笑掠过脸上。

过了一刻钟，他又重演这出闹剧，而且一个晚上反复多次；他假装同楼上的某个人对话，提供在他旅行推销员的脑袋里撷取的、语意双关的劝告。他不时摆出一副悲哀的神态，叹息一声：“可怜的姑娘。”或者怒气冲冲地从牙缝中嘀咕着：“普鲁士无赖，滚吧！”有时，大家都不再想着这件事了，他却用颤抖的声音好几次发出：“够了！够了！”又仿佛自言自语地说：“但愿我们重新看到她，但愿那混蛋别把她弄死了！”

虽然这些玩笑趣味低劣，倒也令人开怀，并不刺耳，因为愤怒就像其他东西一样取决于环境，而在他们周围逐渐产生的气氛，已充满了淫念。

上饭后点心时,连妇女们也说了些机智的谨慎的隐语。人人眼里炯炯有光;酒喝得很多。伯爵即使在行为失检时,仍然保持道貌岸然;他打了一个很令人欣赏的比方,说是他们感受到的愉快,宛若因北极解冻而沉船遇难的人,看到一条通向南方的道路。

洛瓦佐话匣子打开了,站起身来,手中举着一杯酒:"我为我们的得救干杯!"所有人都站起来,为他喝彩。连两个修女也在这些太太的鼓动下,同意把她们的嘴唇浸润在从来没有品味过的、泛起泡沫的酒里。她们说,这种酒很像柠檬汽水,不过更纯一点。

洛瓦佐对此情此景做了概括:

"可惜没有钢琴,可以弹出一支四对舞舞曲。"

科纽岱一声不响,一动不动;他甚至好像沉湎在非常严肃的思索中,时而发狂地扯一下他的大胡子,仿佛想再拉长一点。临了,将近午夜,大家正要分手,洛瓦佐踉踉跄跄的,突然拍拍科纽岱的肚子,嘟哝着说:"您呀,今晚您不大开心;您一声不吭,公民。"可是科纽岱猛然抬起头,用闪亮而可怕的目光扫视在场的人:"我对你们大家说,你们刚刚做了一件卑鄙无耻的事!"他站起来,走到门口,再说一遍:"一件卑鄙无耻的事!"然后消失不见了。

这句话先是使人心里冰凉。洛瓦佐十分狼狈,呆若木鸡;但是他恢复了镇定,然后突然捧腹大笑,一再说:"吃不着葡萄说葡萄酸,老兄,吃不着葡萄说葡萄酸。"由于大家不明白,他把"走廊的秘密"讲出来。于是大家又乐得合不拢嘴。太太们乐得疯疯癫癫的。伯爵和卡雷-拉马东先生笑得流出眼泪。他们难以置信。

"怎么! 您拿得稳吗? 他想……"

"我对您说,我亲眼看见的。"

"而她拒绝了……"

"因为普鲁士人待在隔壁房间。"

"不可能吧?"

"我对您发誓,这是事实。"

伯爵笑得喘不过气来。实业家也笑得用双手捂住肚子。洛瓦佐继续说:

"你们明白,今天晚上,他不会发现她空着没事,完全不会。"

这三个人重又发出笑声,笑得肚子痛,喘不过气来。

然后大家分手。但洛瓦佐太太生性像荨麻一样爱刺人,正当就寝时,她向丈夫指出,娇小的卡雷-拉马东太太"这个泼妇"整晚装笑:"你知道,女人要是迷上穿军装的,管他是法国人还是普鲁士人,说实话,对她们来说都是一样的。这不是可悲吗,主啊!"

整整一个通宵,在黑漆漆的走廊里,似乎掠过颤抖声、轻微响声,不易察觉,如同喘气声、光脚走路的摩擦声、感觉不出的咔嚓声。大家无疑睡得很晚,因为光线长时间从门底下漏出来。香槟酒有这种效力,据说它搅得人睡不着。

第二天,冬季的明亮阳光照得白雪耀人眼目。驿车终于套好了,等候在门前,一群白鸽羽毛浓密，眼珠粉红，瞳仁乌黑，趾高气扬，大模大样地在六匹马的腿脚之下漫步，在刚拉下来还冒着热气的马粪里觅食。

车夫裹着羊皮大衣，在他的座位上抽烟斗，所有旅客容光焕发，让人赶快包好余下这段路上的食品。

只等着羊脂球。她出现了。

她显得有点心神慌乱，羞愧难当；她胆怯地走向旅伴，大家都不约而同地转过身去，仿佛没有看见她。伯爵昂然地挽起妻子的手臂，让她走开，避免与这不洁之物接触。

胖姑娘惊讶地停住脚步；她鼓起全部勇气，走近纺织厂主妻子，谦恭地说了声："早安，夫人。"那一位仅仅傲慢无礼地点了点头，还瞥了她一眼，流露出自己的品德受到侮辱。大家好像十分忙碌，离她远远的，仿佛她在裙子里带来了传染病。然后，大家争先恐后上了车，她最后一个独自上车，默默地在前一段路程占据的位子上坐下。

大家似乎没有看到她，不认识她；可是洛瓦佐太太愤怒地远远打量她，低声地对丈夫说："幸好我没有坐在她旁边。"

沉重的马车开动了，旅行重新开始。

起先大家一声不响。羊脂球不敢抬起眼睛。她既对所有的邻座感到愤恨，也因他们伪善地把她投入普鲁士人的怀抱，让她受到这个家伙的吻的玷污而深感屈辱。

不过伯爵夫人过了一会儿朝卡雷-拉马东太太转过身去，打破了这难堪的沉默。

"我想，您认识德·爱特雷尔夫人吧？"

"是的，这是我的一个朋友。"

"她是一个多么可爱的女人啊！"

"令人着迷呢！真正出类拔萃，再说很有教养，直到骨髓都是艺术家；唱歌妙极了，画画技巧完美。"

纺织厂主跟伯爵在谈话，在车窗玻璃的颤动响声中，偶尔听得到一个字眼："息票——到期——保险费——期限。"

洛瓦佐偷走了旅馆那副旧纸牌，纸牌与没有擦干挣的桌子接触了五年，变得油腻了；他和妻子在斗纸牌①。

两个修女摘下挂在腰上的长串念珠，一起画了个十字，突然，她们的嘴唇开始迅速地翕动起来，越来越快，模糊地喃喃有声，仿佛在进行念祈祷文比赛；她们不时地吻一下圣像牌，再画一个十字，然后又飞快而持续地嘟哝起来。

科纽岱在沉思凝想，纹丝不动。

走了三个小时以后，洛瓦佐收起他的纸牌，说道："肚子饿了。"

于是他的妻子拿起一只用细绳扎牢的纸包，从里面取出一块冷牛肉。她干净利落

① 他们玩的是一种类似结婚程序的纸牌游戏。

地将肉切成硬实的薄片,两个人开始吃起来。

"我们也吃吧,"伯爵夫人说。得到同意后,她打开为两对夫妇准备的食物。这是一只长形的盆,瓷盖顶有一只兔子,表明底下有一份野兔肉糜、一份美味的猪肉,白色的长条肥肉穿过褐色的野兔肉,配上其他种类的肉末。一整方块格律耶尔[1]奶酪,是包在报纸里带来的,油腻的奶酪上面还留下印迹:"社会新闻"。

两个修女摊开一片发出蒜味的香肠;科纽岱将双手同时伸进他的宽腰身大衣的大口袋里,从一只口袋掏出四只煮鸡蛋,从另一只口袋取出一小块干面包。他剥掉鸡蛋壳,扔在脚下的麦秸里,开始吃鸡蛋,淡黄色的碎末落在他的大胡子上,好像星星嵌在里面。

羊脂球因为起床匆促而慌张,根本无法考虑去准备什么;她被激怒了,气得喘不过气来,望着所有这些人心安理得地吃东西。先是一阵狂怒使她绷紧了脸,她张开嘴,想臭骂他们一顿做事太绝,骂人的话已涌到唇边;可是愤怒使她憋住了,她说不出话来。

谁也不看她,想不到她。她感到自己淹没在这些道貌岸然的混蛋的蔑视中,他们起先牺牲她,然后又把她当作肮脏无用的东西抛弃她。于是她想到被他们狼吞虎咽地吃掉的满满一大篮子好东西,想到她那两只肉冻亮晶晶的仔鸡、点心、梨子、四瓶波尔多酒;犹如一根绷得太紧而断裂的绳子,她的愤怒蓦地消失,她感到自己随时要哭泣起来。她做出极大的努力,坚强地顶住,像孩子一样将啜泣咽下去,可是哭泣的愿望往上涌,在眼眶边泪水晶莹发光,不久,两颗大泪珠夺眶而出,慢慢地滚落腮边。接着泪水更快地涌出,如同从岩缝中冒出的水滴,簌簌地落在高高隆起的胸脯上。她正襟危坐,目光呆滞,脸色严厉、苍白,但愿别人不要看她。

可是伯爵夫人发觉了,给她的丈夫暗示了一下。他耸耸肩,仿佛在说:"怎么办呢,这不是我的过错。"洛瓦佐太太得胜地哑然一笑,喃喃地说:"她在哭做了丢人的事。"

两个修女将剩下的香肠用纸包好,重新开始祈祷。

科纽岱正在消化鸡蛋,将一双长腿伸到对面长凳底下,仰面一躺,抱起手臂,好像刚刚发现一种戏弄人的好方法,轻轻地用口哨吹起《马赛曲》[2]。

所有人的脸都变得阴沉起来。这首流行歌曲丝毫不令他的邻座感到高兴。他们变得十分烦躁,怒形于色,神态像就要喊叫起来,仿佛狗听到手摇风琴声就要吠叫一样。科纽岱意识到了,越发吹个不停。他甚至偶尔还哼上几句歌词:

对祖国神圣的爱,
快指挥、支持我们复仇的手,
自由,珍贵的自由,

---

① 格律耶尔:瑞士城市,以产奶酪闻名。

② 《马赛曲》直至1881年才成为法国国歌,在此之前,不少人都对这首歌不以为然。福楼拜在1880年2月1日写给莫泊桑的信中说:"可怜的姑娘在哭泣,而另一位却在唱《马赛曲》,妙极了。"

快和你的保卫者共同战斗!

积雪变得硬邦邦,马车走得更快;直到迪耶普,在这沉闷的长途跋涉中,一路颠簸,先是夜幕降临,然后在漆黑的车厢内,他执拗而发狠心,继续报复地、单调地吹着曲子,迫使那些疲惫而恼火的人从头至尾跟随着歌声,按照每一节拍想起相应的歌词。

羊脂球始终呜咽着;时而她未能止住的一声啜泣,在两段歌词之间掠过黑暗。

(郑克鲁　译)

王尔德

奥斯卡·王尔德(1854—1900),爱尔兰戏剧家、小说家,生于都柏林,父亲是名医。1874年毕业于三一学院,又入牛津大学马格达林学院攻读古希腊经典著作。1878年在伦敦定居。1895年因同性恋而入狱,两年后出狱,病死法国。他的戏剧有《温德梅尔夫人的扇子》(1892)、《莎乐美》(1893);小说有《快乐王子集》(1888)、《道林·格雷的画像》(1891)。王尔德提出了唯美主义的主张,他的作品体现了他的美学观点,语言优美,有独到的意境。

《快乐王子》选自同名集子,是篇童话,描写贫富不均、伸张正义无门的社会现象;赞扬仁慈宽厚,乐于助人的精神;斥责市侩习气。文辞精美,构思别致,诗意浓郁。

快乐王子

快乐王子的像在一根高圆柱上面,高高地耸立在城市的上空。他满身贴着薄薄的纯金叶子,一对蓝宝石做成他的眼睛,一只大的红宝石嵌在他的剑柄上,灿烂地发着红光。

他的确得到一般人的称赞。一个市参议员为了表示自己有艺术的欣赏力,说过:"他像风信标[①]那样漂亮,"不过他又害怕别人会把他看作一个不务实际的人(其实他并不是不务实际的),便加上一句:"只是他不及风信标那样有用。"

"为什么你不能像快乐王子那样呢?"一位聪明的母亲对她那个哭着要月亮的孩子说。"快乐王子连做梦也没想到会哭着要东西。"

① 或译定风针。

“我真高兴世界上究竟还有一个人是很快乐的,”一个失意的人望着这座非常出色的像喃喃地说。

“他很像一个天使,”孤儿院的孩子们说,他们正从大教堂出来,披着光亮夺目的猩红色斗篷,束着洁白的遮胸。

“你们怎么知道?”数学先生说。“你们从没有见过一位天使。”

“啊! 可是我们在梦里见过的,”孩子们答道;数学先生皱起眉头,板着面孔,因为他不赞成小孩子做梦。

某一个夜晚一只小燕子飞过城市的上空。他的朋友们六个星期以前到埃及去了,但是他还留在后面,因为他恋着那根最美丽的芦苇。他还是在早春遇见她的,那时他正沿着河顺流飞去,追一只黄色飞蛾,她的细腰很引起他的注意,他便站住同她谈起话来。

“我可以爱你吗?”燕子说,他素来就有马上谈到本题的脾气,芦苇对他深深地弯一下腰。他便在她的身边不停地飞来飞去,用他的翅子点水,做出许多银色的涟漪。这便是他求爱的表示,他就这样地过了一整个夏天。

“这样的恋爱太可笑了,”别的燕子呢喃地说,“她没有钱,而且亲戚太多。”的确河边长满了芦苇,到处都是。后来秋天来了,他们都飞走了。

他们走了以后,他觉得寂寞,讨厌起他的爱人来了。他说:“她不讲话,我又害怕她是一个荡妇,因为她老是跟风调情。”这倒是真的,风一吹,芦苇就行着最动人的屈膝礼。他又说:“我相信她是惯于家居的,可是我喜欢旅行,那么我的妻子也应该喜欢旅行才是。”

“你愿意跟我走吗?”他最后忍不住了问她道;然而芦苇摇摇头,她非常依恋家。

“原来你从前是跟我寻开心的,”他叫道。“我现在到金字塔那边去了。再会吧!”他飞走了。

他飞了一个整天,晚上他到了这个城市。“我在什么地方过夜呢?”他说。“我希望城里已经给我预备了住处。”

随后他看见了立在高圆柱上面的那座像。他说:“我就在这儿过夜吧,这倒是一个空气新鲜的好地点。”他便飞下来,恰好停在快乐王子的两只脚中间。

“我找到一个金的睡房了,”他向四周看了一下,轻轻地对自己说,他打算睡觉了,但是他刚刚把头放到他的翅子下面,忽然大大的一滴水落到他的身上来。“多么奇怪的事!”他叫起来。“天上没有一片云,星星非常亮,可是下起雨来了。北欧的天气真可怕。芦苇素来喜欢雨,不过那只是她的自私。”

接着又落下了一滴。

“要是一座像不能够遮雨,那么它又有什么用处?”他说。“我应该找一个好的烟囱去。”他决定飞开了。

但是他还没有张开翅膀,第三滴水又落了下来,他仰起头去看,他看见——啊! 他看见了什么呢?

快乐王子的眼里装满了泪水，泪珠沿着他的黄金的脸颊流下来。他的脸在月光里显得这么美，叫小燕子的心里也充满了怜悯。

“你是谁?”他问道。

“我是快乐王子。”

“那么你为什么哭呢?”燕子又问。“你看，你把我一身都打湿了。”

“从前我活着，有一颗人心的时候，”王子慢慢地答道，“我并不知道眼泪是什么东西，因为我那个时候住在无愁宫里，悲哀是不能够进去的。白天有人陪我在花园里玩，晚上我又在大厅里领头跳舞。花园的四周围着一道高墙，我就从没有想到去问人墙外是什么样的景象，我眼前的一切都非常美。我的臣子都称我做‘快乐王子’，不错，如果欢娱可以算作快乐，我就的确是快乐的了。我这样地活着，我也这样地死去。我死了，他们就把我放在这儿，而且立得这么高，让我看得见我这个城市的一切丑恶和穷苦，我的心虽然是铅做的，我也忍不住哭了。”

“怎么，他并不是纯金的?”燕子轻轻地对自己说，他非常讲究礼貌，不肯高声谈论别人的私事。

“远远的，”王子用一种低微的、音乐似的声音说下去，“远远的，在一条小街上有一所穷人住的房子。一扇窗开着，我看见窗内有一个妇人坐在桌子旁边。她的脸很瘦，又带病容，她的一双手粗糙、发红，指头上满是针眼，因为她是一个裁缝。她正在一件缎子衣服上绣花，绣的是西番莲，预备给皇后的最可爱的宫女在下一次宫中舞会里穿的。在这屋子的角落里，她的小孩躺在床上生病。他发热，嚷着要橙子吃。他母亲没有别的东西给他，只有河水，所以他在哭。燕子，燕子，小燕子，你肯把我剑柄上的红宝石取下来给她送去吗？我的脚钉牢在这个像座上，我动不了。”

“朋友们在埃及等我，”燕子说。“他们正在尼罗河上飞来飞去，同大朵的莲花谈话。他们不久就到要伟大的国王的坟墓里去睡眠了。那个国王自己也就睡在那里他的彩色的棺材里。他的身子是用黄布紧紧裹着的，而且还用了香料来保存它。一串浅绿色翡翠做成的链子系在他的颈项上，他的一只手就像是干枯的落叶。”

“燕子，燕子，小燕子，”王子要求说，“你难道不肯陪我过一夜，做一回我的信差么？那个孩子渴得太厉害了，他母亲太苦恼了。”

“我并不喜欢小孩，”燕子回答道。“我还记得上一个夏天，我停在河上的时候，有两个粗野的小孩，就是磨坊主人的儿子，他们常常丢石头打我。不消说他们是打不中的；我们燕子飞得极快，不会给他们打中，而且我还是出身于一个以敏捷出名的家庭，更不用害怕。不过这究竟是一种不客气的表示。”

然而快乐王子的面容显得那样地忧愁，叫小燕子的心也软下来了。他便说：“这儿冷得很，不过我愿意陪你过一夜，我高兴做你的信差。”

“小燕子，谢谢你，”王子说。

燕子便从王子的剑柄上啄下了那块大红宝石，衔着它飞起来，飞过栉比的屋顶，向远处飞去了。

他飞过大教堂的塔顶，看见那里的大理石的天使雕像。他飞过王宫，听见了跳舞的声音。一个美貌的少女同她的情人正走到露台上来。“你看，星星多么好，爱的魔力多么大！”他对她说。“我希望我的衣服早点送来，赶得上大跳舞会，”她接口道，“我叫人在上面绣了西番莲花；可是那些女裁缝太懒了。”

他飞过河面，看见挂在船桅上的无数的灯笼，他又飞过犹太村，看见一些年老的犹太人在那里做生意讲价钱，把钱放在铜天平上面称着。最后他到了那所穷人的屋子，朝里面看去，小孩正发着热在床上翻来覆去，母亲已经熟睡，因为她太疲倦了。他跳进窗里，把红宝石放在桌上，就放在妇人的顶针旁边，过后他又轻轻地绕着床飞了一阵，用翅子扇着小孩的前额。“我觉得多么凉，”孩子说，“我一定好起来了；”他便沉沉地睡去，他睡得很甜。

燕子回到快乐王子那里，把他做过的事讲给王子听。他又说：“这倒是很奇怪的事，虽然天气这么冷，我却觉得很暖和。”

“那是因为你做了一件好事，”王子说。小燕子开始想起来，过后他睡着了。他有这样的一种习惯，只有一用思想，就会打瞌睡。

天亮以后他飞下河去洗了一个澡。一位禽学教授走过桥上，看见了，便说：“真是一件少有的事，冬天里会有燕子！”他便写了一封讲这件事的长信送给本地报纸发表。每个人都引用这封信，尽管信里有那么多他们不能了解的句子。

“今晚上我要到埃及去，”燕子说，他想到前途，心里非常高兴。他把城里所有的公共纪念物都参观过了，并且还在教堂的尖顶上坐了好一阵。不管他到什么地方，麻雀们都吱吱叫着，而且互相说：“这是一位多显贵的生客！”因此他玩得非常高兴。

月亮上升的时候，他飞回到快乐王子那里。他问道：“你在埃及有什么事要我办吗？我就要动身了。”

“燕子，燕子，小燕子，”王子说，“你不肯陪我再过一夜么？”

“朋友们在埃及等我，”燕子回答道。“明天他们便要飞往尼罗河上游到第二瀑布去，在那儿河马睡在纸草中间，门浪神[①]坐在花岗石宝座上面。他整夜守着星星，到晓星发光的时候，他发出一声欢乐的叫喊，便沉默了。正午时分，成群的黄狮走下河边来饮水。他们有和绿柱玉一样的眼睛，他们的叫吼比瀑布的吼声还要响亮。”

“燕子，燕子，小燕子，”王子说，“远远的，在城的那一边，我看见一个年轻人住在顶楼里面。他埋着头在一张堆满稿纸的书桌上写字，手边一个大玻璃杯里放着一束枯萎的紫罗兰。他的头发是棕色的，乱蓬蓬的，他的嘴唇像石榴一样地红，他还有一对朦胧的大眼睛。他在写一个戏，预备写成给戏院经理送去，可是他太冷了，不能够再写一个字。炉子里没有火，他又饿得头昏眼花了。”

“我愿意陪你再待一夜，”燕子说，他的确有好心肠。“你要我也给他送一块红宝石去吗？”

---

① 门浪神（Memnon）：又译门农，古埃及神像，相传日出时能发出和竖琴一样的声音。

“唉！我现在没有红宝石了，”王子说，“我就只剩下一对眼睛。它们是用珍奇的蓝宝石做成的，这对蓝宝石还是一千年前在印度出产的，请你取出一颗来给他送去。他会把它卖给珠宝商，换钱来买食物、买木柴，好写完他的戏。”

“我亲爱的王子，我不能够这样做，”燕子说着哭起来了。

“燕子，燕子，小燕子，”王子说，“你就照我吩咐你的做吧。”

燕子便取出王子的一只眼睛，往学生的顶楼飞去了。屋顶上有一个洞，要进去是很容易的，他便从洞里飞了进去。那个年轻人两只手托着脸颊，没有听见燕子的扑翅声，等到他抬起头来，却看见那颗美丽的蓝宝石在枯萎的紫罗兰上面。

“现在开始有人赏识我了，”他叫道；“这是某一个钦佩我的人送来的。我现在可以写完我的戏了，”他露出很快乐的样子。

第二天燕子又飞到港口去。他坐在一只大船的桅杆上，望着水手们用粗绳把大箱子拖出船舱来。每只箱子上来的时候，他们就叫着：“哼唷！……”“我要到埃及去了！”燕子嚷道，可是没有人注意他，等到月亮上升的时候，他又回到快乐王子那里去。

“我是来向你告别的，”他叫道。

“燕子，燕子，小燕子，”王子说，“你不肯陪我再过一夜么？”

“这是冬天了，”燕子答道，“寒冷的雪就快要到这儿来了，这时候在埃及，太阳照在浓绿的棕榈树上，很暖和，鳄鱼躺在泥沼里，懒洋洋地朝四面看。朋友们正在巴柏克①的太阳神庙里筑巢，那些淡红的和雪白的鸽子在旁边望着，一面在讲情话。亲爱的王子，我一定要离开你了，不过我决不会忘记你，来年春天我要给你带回来两粒美丽的宝石，偿还你给了别人的那两颗。我带来的红宝石会比一朵红玫瑰更红，蓝宝石会比大海更蓝。”

“就在这下面的广场上，站着一个卖火柴的小女孩，”王子说。“她把她的火柴都扔在沟里了，它们全完了。要是她不带点钱回家，她的父亲会打她的，她现在正哭着。她没有鞋、没有袜，小小的头上没有一顶帽子。你把我另一只眼睛也取下来，拿去给她，那么她的父亲便不会打她了。”

“我愿意陪你再过一夜，”燕子说，“我却不能够取下你的眼睛。那个时候你就要变成瞎子了。”

“燕子，燕子，小燕子，”王子说，“你就照我吩咐你的话做吧。”

他便取下王子的另一只眼睛，带着它飞到下面去。他飞过卖火柴女孩的面前，把宝石轻轻放在她的手掌心里。“这是一块多么可爱的玻璃！”小女孩叫起来；她一面笑着跑回家去。

燕子又回到王子那儿。他说：“你现在眼睛瞎了，我要永远跟你在一块儿。”

“不，小燕子，”这个可怜的王子说，“你应该到埃及去。”

“我要永远陪伴你，”燕子说，他就在王子的脚下睡了。

---

① 巴柏克(Baalbec)：即 Heliopolis，古埃及城市，在尼罗河三角洲上，建有供奉太阳神的庙宇。

第二天他整天坐在王子的肩上,给王子讲起他在那些奇怪的国土上见到的种种事情。他讲起那些红色的朱鹭,它们排起长行站在尼罗河岸上,用它们的长嘴捕捉金鱼。他讲起司芬克斯①,它活得跟世界一样久,住在沙漠里面,知道一切的事情。他讲起那些商人,他们手里捏着琥珀念珠,慢慢地跟着他们的骆驼走路;他讲起月山的王,他黑得像乌木,崇拜一块大的水晶。他讲起那条大绿蛇,它睡在棕榈树上,有二十个僧侣拿蜜糕喂它;他讲起那些侏儒,他们把扁平的大树叶当作小舟,载他们渡过大湖,又常常同蝴蝶发生战争。

"亲爱的小燕子,"王子说,"你给我讲了种种奇特的事情,可是最奇特的还是那许多男男女女的苦难。再没有比贫穷更不可思议的了。小燕子,你就在我这座城的上空飞一转吧,你告诉我你在城里见到些什么事情。"

燕子便在这座大城的上空飞着,他看见有钱人在他们的漂亮的住宅里作乐,乞丐们坐在大门外挨冻。他飞起阴暗的小巷里,看见那些饥饿的小孩伸出苍白的瘦脸没精打采地着污秽的街道。在一道桥的桥洞下面躺着两个小孩,他们紧紧地搂在一起,想使身体得到一点温暖。"我们真饿啊!"他们说。"你们不要躺在这儿,"看守人吼道,他们只好站起来走进雨中去了。

他回去把看见的景象告诉了王子。

"我满身贴着纯金,"王子说,"你给我把它一片一片地拿掉,拿去送给我那些穷人,活着的人总以为金子能够使他们幸福。"

燕子把纯金一片一片地啄了下来,最后快乐王子就变成灰暗难看的了。他又把纯金一片一片地拿去送给那些穷人。小孩们的脸颊上现出了红色,他们在街上玩着,大声笑着。"我们现在有面包了,"他们这样叫道。

随后雪来了,严寒也到了。街道仿佛是用银子筑成的,它们是那么亮,那么光辉,长长的冰柱像水晶的短剑似的悬挂在檐前,每个行人都穿着皮衣,小孩们也戴上红帽子溜冰取乐。

可怜小燕子却一天比一天地更觉得冷了,可是他仍然不肯离开王子,他太爱王子了。他只有趁面包师不注意的时候,在面包店门口啄一点面包屑吃,而且拍着翅膀来取暖。

但是最后他知道自己快要死了。他就只有一点力气,够他再飞到王子的肩上去一趟。"亲爱的王子,再见吧!"他喃喃地说;"你肯让我亲你的手吗?"

"小燕子,我很高兴你到底要到埃及去了,"王子说,"你在这儿住得太久了;不过你应该亲我的嘴唇,因为我爱你。"

"我现在不是到埃及去,"燕子说。"我是到死之家去的。听说死是睡的兄弟,不是吗?"

他吻了快乐王子的嘴唇,然后跌在王子的脚下,死了。

那个时候在这座像的内部忽然起了一个奇怪的爆裂声,好像有什么东西破碎了似

---

① 司芬克斯(Sphinx):古希腊与埃及神话中,狮身人面的怪兽。现在埃及境内尚有司芬克斯的石像。

的。事实是王子的那颗铅心已经裂成两半了。这的确是一个极可怕的严寒天气。

第二天大清早市参议员们陪着市长在下面广场上散步。他们走过圆柱的时候，市上仰起头看快乐王子的像。“啊，快乐王子多么难看！”他说。

“的确很看难！”市参议员们齐声叫起来，他们平时总是附和市长的意见的，这时大家便走上去细看。

“他剑柄上的红宝石掉了，眼睛也没有了，他也不再是黄金的了，”市长说；“讲句老实话，他比一个讨饭的好不了多少！”

“比一个讨饭的好不了多少，”市参议员们说。

“他脚下还有一只死鸟！”市长又说。“我们的确应该发一个布告，禁止鸟死在这个地方。”书记员立刻把这个建议记录下来。

然后他们就把快乐王子的像拆了下来。大学的美术教授说：“他既然不再是美丽的，那么不再是有用的了。”

他们把这座像放在炉里熔化，市长便召集一个会来决定金属的用途。“自然，我们应该另外铸一座像，”他说，“那么就铸我的像吧。”

“不，还是铸我的像，”每个市参议员都这样说，他们争吵起来。我后来听见人谈起他们，据说他们还在争吵。

“真是一件古怪的事，”铸造厂的监工说。“这块破裂的铅心在炉里熔化不了。我们一定得把它扔掉。”他们便把它扔在一个垃圾堆上，那只死燕子也躺在那里。

“把这座城里两件最珍贵的东西给我拿来，”上帝对他的一个天使说；天使便把铅心和死鸟带到上帝面前。

“你选得不错，”上帝说，“因为我可以让这只小鸟永远在我天堂的园子里歌唱，让快乐王子住在我的金城里赞美我。”

（巴金　译）

爱伦·坡

埃德加·爱伦·坡（1809—1845），美国诗人、小说家、批评家，生于波士顿，父母是江湖艺人，在他幼年时便去世。他由一个商人收养，在英国、弗吉尼亚大学和西点军校学习过。他开创了美国的短篇小说，形象怪诞，充满悲剧情调和神秘色彩，但形式精美，技巧圆熟，运用推理，故有侦探小说鼻祖之称。

《黑猫》体现了他的小说特点：主人公近乎神经质，他残害过的一只猫报复他，诱使他杀害妻子，又以叫声报警。情节神秘莫测，内容阴森可怖，又写出了人物的阴暗和恐惧心理。

黑 猫

我要开讲的这个故事极其荒唐,而又极其平凡,我并不企求各位相信,就连我的心里都不信这些亲身经历的事,若是指望人家相信,岂不是发疯了吗?但是我眼下并没有发疯,而且确实不是在做梦。不过明天我就死到临头了,我要趁今天把这事说出来好让灵魂安生。我迫切打算把这些纯粹的家常琐事一五一十、简洁明了、不加评语地公之于世。由于这些事的缘故,我饱尝惊慌,受尽折磨,终于毁了一生。但是我不想详细解释。这些事对我来说,只有恐怖;可对大多数人来说,这无非是奇谈,没有什么可怕。也许,后世一些有识之士会把我这种无稽之谈看作寻常小事。某些有识之士头脑比我更加冷静,更加条理分明,不像我这样遇事慌张。我这样诚惶诚恐、细细叙说的事情,在他们看来一定是一串有其因必有其果的普通事罢了。

我从小就以心地善良温顺出名。我心肠软得出奇,一时竟成为小朋友的笑柄。我特别喜欢动物,父母就百般纵容,给了我各种各样玩赏的小动物。我大半时间都泡在同这些小动物嬉玩上面,每当我喂食和抚弄它们的时候,就感到无比高兴。我长大了,这个癖性也随之而发展,一直到我成人,这点还是我的主要乐趣。有人疼爱忠实伶俐的狗,对于他们来说,根本用不着多费口舌来说明个中乐趣其味无穷了吧。你若经常尝到人类那种寡情薄义的滋味,那么对于兽类那种自我牺牲的无私之爱,准会感到铭心镂骨。

我很早就结了婚,幸喜妻子跟我意气相投,她看到我偏爱饲养家畜,只要有机会物色到中意的玩物总不放过。我们养了小鸟、金鱼、良种狗、小兔子、一只小猴和一只猫。

这只猫个头特大,非常好看,浑身乌黑,而且伶俐绝顶。我妻子生来就好迷信,她一说到这猫的灵性,往往就要扯上古老传说,认为凡是黑猫都是巫婆变化的。我倒不是说我妻子对这点极为认真,我这里提到此事只是顺便想到而已。

这猫名叫普路托①,原是我心爱的东西和玩伴。我亲自喂养它,我在屋里走到哪儿,它跟到哪儿。连我上街去,它都要跟,想尽法子也赶它不掉。

我和猫的交情就这样维持了好几年。在这几年工夫中,说来不好意思,由于我喝酒上了瘾,脾气习性彻底变坏了。我一天比一天喜怒无常,动不动就使性子,不顾人家受得了受不了。我竟任性恶言秽语地辱骂起妻子来了。最后,还对她拳打脚踢。我饲养的那些小动物当然也感到我脾气的变坏。我不仅不照顾它们,反而虐待它们。那些兔子,那只小猴,甚至那只狗,出于亲热,或是碰巧跑到我跟前来,我总是肆无忌惮地糟蹋它们。只有对待普路托,我还有所怜惜,未忍下手。不料我的病情日益严重——你想世上哪有比酗酒更厉害的病啊——这时普路托老了,脾气也倔了,于是我索性把普路托也当作出气筒了。

有一天晚上,我在城里一个常去的酒寮喝得酩酊大醉而归,我以为这猫躲着我,我一把抓住它,它看见我凶相毕露吓坏了,不由在我手上轻轻咬了一口,留下牙印。我顿

---

① 普路托:原是希腊神话中冥王的名字。

时像恶魔附身,怒不可遏。我一时忘乎所以。原来那个善良灵魂一下子飞出了我的躯壳,酒性大发,变得赛过凶神恶煞,浑身不知哪来一股狠劲。我从背心口袋里掏出一把小刀,打开刀子,攥住那可怜畜生的喉咙,居心不良地把它的眼珠剜了出来!写到这幕该死的暴行,我不禁面红耳赤,不寒而栗。

睡了一夜,宿醉方醒。到第二天一早起来,神智恢复了,对自己犯下了这个罪孽才悔恨莫及,但这至多不过是一种淡薄而模糊的感觉而已。我的灵魂还是毫无触动。我狂饮滥喝起来了,一旦沉湎醉乡,自己所作所为早已统统忘光。

这时那猫伤势渐渐好转,眼珠剜掉的那只眼窠果真十分可怕,看来它再也不感到疼了。它照常在屋里走动,只是一见我走近,就不出所料地吓得拼命逃走。我毕竟天良未泯,因此最初看见过去如此热爱我的畜生竟这样嫌恶我,不免感到伤心。但是这股伤心之感一下子就变为恼怒了。到后来,那股邪念又上升了,终于害得我一发不可收拾。关于这种邪念,哲学上并没有重视。不过我深信不疑,这种邪念是人心本能的一股冲动,是一种微乎其微的原始功能,或者说是情绪,人类性格就由它来决定。谁没有在无意中多次干下坏事或蠢事呢?而且这样干时无缘无故,心里明知干不得而偏要干。哪怕我们明知这样干犯法,我们不是还会无视自己看到的后果,有股拼命想去以身试法的邪念吗?唉,就是这股邪念终于断送了我的一生。正是出于内心这股深奥难测的渴望,渴望自找烦恼,违背本性,为作恶而作恶,我竟然对那只无辜的畜生继续下起毒手来,最后害它送了命。有一天早晨,我心狠手辣,用根套索勒住猫脖子,把它吊在树枝上,眼泪汪汪,心里痛悔不已,就此把猫吊死了。我出此下策,就因为我知道这猫爱过我,就因为我觉得这猫没冒犯过我,就因为知道这样干是犯罪——犯下该下地狱的大罪,罪大至极,足以害得我那永生的灵魂永世不得超生,如若有此可能,就连慈悲为怀、可敬可畏的上帝都无法赦免我的罪过。

就在我干下这个伤天害理的勾当的当天晚上,我在睡梦里忽听得喊叫失火,马上惊醒。床上的帐子已经着了火。整幢屋子都烧着了。我们夫妇和一个佣人好不容易才在这场火灾中逃出性命。这场火灾烧得真彻底,我的一切财物统统化为乌有。从此以后,我就索性万念俱灰了。

我倒也不至于那么懦弱,会在自己所犯罪孽和这场火灾之间去找因果关系。不过我要把事实的来龙去脉详细说一说,但愿别任何环节落下。失火的第二天,我去凭吊这堆废墟。墙壁都倒塌了,只有一道还没塌下来。一看原来是一堵隔墙,厚倒不大厚,正巧在屋子中间,我的床头就靠近这堵墙。墙上的灰泥大大挡住了火势,我把这件事看成是新近粉刷的缘故。墙跟前密密麻麻聚集了一堆人,看来有不少人非常仔细和专心地在查看这堵墙。只听得大家连声喊着"奇哉怪也",以及诸如此类的话,我不由感到好奇,就走近去一看,但见白壁上赫然有个浮雕,原来是只偌大的猫。这猫刻得惟妙惟肖,一丝不差。猫脖子上还有一根绞索。

我一看到这个怪物,简直以为自己活见鬼了,不由惊恐万分。但是转念一想终于放了心。我记得,这猫明明吊在宅边花园里。火警一起,花园里就挤满了人,准是哪一个把猫从树上放下来,从开着的窗口扔进我的卧室。他这样做可能是打算唤醒我。另外几堵墙倒下来,正巧把受我残害而送命的猫压在新刷的泥灰壁上;壁间的石灰加上烈火和尸骸发出的氨气，三者起了某种作用，墙上才会出现我刚看到的浮雕像。

对于刚才细细道来的这一令人惊心动魄的事实，即使良心上不能自圆其说，于理说来倒也稀松平常，但是我心灵中，总留下一个深刻的印象。有好几个月我摆脱不了那猫幻象的纠缠。这时节，我心里又滋生出一股说是悔恨又不是悔恨的模糊情绪。我甚至后悔害死这猫，因此就在经常出入的下等场所中，到处物色一只外貌多少相似的黑猫来做填补。

有一天晚上，我醉醺醺地坐在一个下等酒寮里，忽然间我注意到一只盛放金酒或朗姆酒的大酒桶，这是屋里主要一件家什，桶上有个黑乎乎的东西。我刚才一直目不转睛地盯着大酒桶好一会儿，奇怪的是竟然没有及早看出上面那东西。我走近它，用手摸摸。原来是只黑猫，长得偌大，个头跟普路托完全一样，除了一处之外，其他处处都极相像。普路托全身没有一根白毛；而这只猫几乎整个胸前都长满一片白斑，只是模糊不清而已。

我刚摸着它，它就立即跳了起来，咕噜咕噜直叫，身子在我手上一味蹭着，表示承蒙我注意而很高兴。这猫正是我梦寐以求的。我当场向店东协商要求买下，谁知店东一点都不晓得这猫的来历，而且也从没有见过，所以也没开价。

我继续捋着这猫，正准备动身回家，这猫却流露出要跟我走的样子。我就让它跟着，一面走一面常常伛下身子去摸摸它。这猫一到我家马上很乖，一下子就博得我妻子的欢心。

至于我嘛，不久就对这猫厌恶起来了。这正出乎我的意料，我也不知道这是怎么回事，也不知道什么道理。它对我的眷恋如此明显，我见了反而又讨厌又生气。渐渐地，这些情绪竟变为深恶痛绝了。我尽量避开这猫，正因心里感到羞愧，再加回想起早先犯下的残暴行为，我才不敢动手欺凌它。我有好几个星期一直没有去打它，也没粗暴虐待它。但是久而久之，我就渐渐对这猫说不出地厌恶了，一见到它那副丑相，我就像躲避瘟疫一样，悄悄溜之大吉。

不消说，使我更加痛恨这畜生的原因，就是我把它带回家的第二天早晨，看到它竟同普路托一个样儿，眼珠也被剜掉一个。可是，妻子见此情形，反而格外喜欢它了。我在上面已经说过，我妻子是个富有同情心的人。我原先身上也具有这种出色的美德，它曾使我感到无比纯正的乐趣。

尽管我对这猫这般厌恶，它对我却反而越来越亲热。它跟我寸步不离，这股拧劲儿读者确实难以理解。只要我一坐下，它就会蹲在我椅子脚边，或是跳到我膝上，在我身上到处撒娇，实在讨厌。我一站起来走路，它就缠在我脚边，差点把我绊倒；再不，就用又长又尖的爪子钩住我衣服，顺势爬上我胸口。虽然我恨不得一拳把它揍死，可是这时候，我还是不敢动手，一则是因为我想起自己早先犯的罪过，而主要的原因还是——索性让我明说吧——我对这畜生害怕极了。

这层害怕倒不是生怕皮肉受苦，可是要想说个清楚倒也为难。我简直羞于承认——唉，即使如今身在死牢，我也简直羞于承认，这猫引起我的恐惧竟由于可以想象到的纯粹幻觉而更加厉害了。我妻子不止一次要我留神看这片白毛的斑记，我上面提到过，这只怪猫跟我杀掉的那只猫，唯一明显的不同地方就是这片斑记。想必各位还记得,我说过这斑记大虽大,原来倒是很模糊的;可是逐渐逐渐地,不知不觉中竟明显了,终于现出一个一清二楚的轮廓来了。好久以来我的理智一直不肯承认,竭力把这当成幻觉。这时那斑记竟成了一样东西,我一提起这东西的名称就不由浑身发毛。正因如此,我对这怪物特别厌恶和惧怕,要是我有胆量的话,早把它干掉了。我说呀,原来这件东西是个吓人的幻象,是个恐怖东西的幻象——一个绞刑台!哎呀,这是多么可悲、多么可怕的刑具啊!这是恐怖的刑具,正法的刑具!这是叫人受罪的刑具,送人性命的刑具呀!

这时我真落到要多倒霉有多倒霉的地步了,我行若无事地杀害了一只没有理性的畜生。它的同类,一只没有理性的畜生竟对我——一个按照上帝形象创造出来的人,带来那么多不堪忍受的灾祸!哎呀!无论白天,还是黑夜,我再也不得安宁了!在白天里,这畜生片刻都不让我单独太太平平的;到了黑夜,我时时刻刻都从说不出有多可怕的噩梦中惊醒,总看见这东西在我脸上喷着热气,我心头永远压着这东西的千钧棒,丝毫也摆脱不了这一个具体的梦魇!

我身受这般痛苦的煎熬,心里仅剩的一点善性也丧失了。邪念竟成了我唯一的内心活动,转来转去都是极为卑鄙龌龊的邪恶念头。我脾气向来就喜怒无常,如今发展到痛恨一切事,痛恨一切人了。我盲目放任自己,往往动不动就突然发火,管也管不住。哎呀!经常遭殃,逆来顺受的就数我那毫无怨言的妻子了。

由于家里穷,我们只好住在一幢老房子里。有一天,为了点家务事,她陪着我到这幢老房子的地窖里去。这猫也跟着我走下那陡峭的梯阶,差点儿害得我摔了个倒栽葱,气得我直发疯。我抡起斧头,盛怒中忘了自己对这猫还怀有幼稚的恐惧,对准这猫一斧砍下去,要是当时真按我心意砍下去,不消说,这猫就当场完蛋了。谁知,我妻子伸出手来一把攥住我。我正在火头上,给她这一拦,格外暴跳如雷,趁势挣脱胳臂,对准她脑壳就砍了一斧。可怜她哼也没哼一声就当场送了命。

干完了这件伤天害理的杀人勾当,我就索性细细盘算藏匿尸首的事了。我知道无论白天,不是黑夜,要把尸首搬出去,难免要给左邻右舍撞见,我心里想起了不少计划。一会儿我想把尸首剁成小块烧掉,来个毁尸灭迹。一会儿我又决定在地窖里挖个墓穴埋了。一会儿我又打算把尸首投到院子中的井里去。还打算把尸首当作货物装箱,按照常规,雇个脚夫把它搬出去。末了,我忽然想出一条自忖的万全良策。我打定主意把尸首砌进地窖的墙里,据传说,中世纪的僧侣就是这样把殉道者砌进墙里去的。

这个地窖派这个用处真是再合适也没有了。墙壁结构很松,新近刚用粗灰泥全部刷新过,因为地窖里潮湿,灰泥至今还没有干燥。而且有堵墙因为有个假壁炉而矗出一块,已经填没了,做得跟地窖别的部分一模一样。我可以不费什么手脚地把这地方的墙砖挖开,将尸首塞进去,再照旧把墙完全砌上,这样包管什么人都看不出破绽来。

这个主意果然不错,我用了一根铁棒,一下子就撬掉砖墙,再仔仔细细把尸首贴着里边的夹墙放好,让它撑着不掉下来,然后没费半点事就把墙照原样砌上。我弄来了石灰、黄沙和乱发,做好一切准备,我就配调了一种跟旧灰泥分别不出的新灰泥,小心翼翼地把它涂抹在新砌的砖墙上。等我完了事,看到一切顺当才放了心。这堵墙居然一点都看不出动过土的痕迹来。地下落下的垃圾也仔仔细细收拾干净了。我得意洋洋地朝四下看看,不由暗自说,“这下子到底没有白忙啊!”

接下来我就要寻找替我招来那么些灾害的祸根;我终于横下一条心来,要把这畜生干掉。要是我当时碰到这猫,包管它就活不了。不料我刚才大发雷霆的时候,那个鬼精灵见势不妙就溜了,眼下当着我这股火性,自然不敢露脸,这只讨厌的畜生终于不在了。我心头压着的这块大石头也终于放下了,这股深深的乐劲儿实在无法形容,也无法想象。到了夜里,这猫还没露脸;这样,自从这猫上我家以来,我至少终于太太平平地酣睡了一夜。哎呀,尽管我心灵上压着杀人害命的重担,我还是睡着了。

过了第二天,又过了第三天,这只折磨人的猫还没来。我才重新像个自由人那样呼吸。这只鬼猫吓得从屋里逃走了,一去不回了!眼不见为净,这份乐趣就甭提有多大了!尽管我犯下滔天大罪,但心里竟没有什么不安。官府来调查过几次,我三言两语就把他们搪塞过去了。甚至还来抄过一次家,可当然查不出半点线索来。我就此认为前途安然无忧了。

到了我杀妻的第四天,不料屋里突然闯来了一帮警察,又动手严密地搜查了一番。不过,我自恃藏尸地方隐蔽,他们绝对料不到,所以一点也不感到慌张。那些警察命我陪同他们搜查。他们连一个角落也不放过。搜到第三遍第四遍,他们终于走下地窖。我泰然自若,毫不动容。平生不做亏心事,半夜敲门心不惊,我一颗心也如此平静。我在地窖里从这头走到那头。胸前抱着双臂,若无其事地走来走去。警察完全放了心,正准备要走。我心花怒放,乐不可支。为了表示得意,我恨不得开口说话,哪怕说一句也好,这样就可以叫他们更加放心地相信我无罪了。

这些人刚走上梯阶,我终于开了口。“诸位先生,承蒙你们脱了我的嫌疑,我感激不尽。谨向你们请安了,还望多多关照。诸位先生,顺便说一句,这屋子结构很牢固。”我一时头脑发昏,随心所欲地信口胡说,简直连自己都不知道说了些什么。“这幢屋子可以说结构好得不得了。这几堵墙——诸位先生,想走了吗?——这几堵墙砌得很牢固。”说到这里,我一时昏了头,故作姿态,竟然拿起手里一根棒,使劲敲着竖放我爱妻遗骸的那堵砖墙。

哎哟,求主保佑,把我从恶魔虎口中拯救出来吧!我敲墙的回响余音未绝,就听得墓冢里发出一下声音!——一下哭声,开头瓮声瓮气,断断续续,像个小孩在抽泣,随即一下子变成连续不断的高声长啸,声音异常,惨绝人寰——这是一声哀号——一声悲鸣,半似恐怖,半似得意,只有堕入地狱的受罪冤魂痛苦的惨叫,和魔鬼见了冤魂遭受天罚的欢呼打成一片,才跟这声音差不离。

要说说我当时的想法未免荒唐可笑。我昏头昏脑、踉踉跄跄地走到那堵墙边。梯阶上那些警察大惊失色,吓得要命,一时呆若木鸡。过了一会儿,就见十来条粗壮的胳膊忙着拆墙。那堵墙整个倒了下来。那具尸体已经腐烂不堪,凝满血块,赫然直立在大家眼前。尸体头部上就坐着那只可怕的畜生,张开血盆大口,独眼里冒着火。它捣了鬼,诱使我杀了妻子,如今又用唤声报了警,把我送到刽子手的手里。原来我把这怪物砌进墓墙里去了!

(陈良廷 译)

马克·吐温

马克·吐温(1835—1910),美国小说家,原名塞缪尔·荷恩·克列门斯,生于佛罗里达,父亲是地方法官。十二岁丧父,开始谋生,当过印刷所学徒、送报人、排字工人、水手和舵手。1861年到西部找矿。后来弗吉尼亚当记者。1870年代定居哈特福。19世纪末因投资失败而破产,到世界各地演讲,以偿还债务。重要作品有《汤姆·索亚历险记》(1876)、《哈克贝利·费恩历险记》(1884)、《傻瓜威尔逊》(1893)、《败坏了赫德莱堡的人》(1890)。马克·吐温揭露和批判了美国的假民主、种族歧视、金钱万能、侵略政策。文笔犀利,讽刺尖锐,幽默风趣,擅长刻画儿童心理。

《竞选州长》抨击了资产阶级的选举丑剧,揭露报纸专事造谣诽谤,无所不用其极。艺术夸张极为大胆泼辣,但却令人信服;有时讽刺又委婉含蓄。《一百万镑的钞票》嘲弄了金钱在资产阶级社会里的万能作用,勾画了不同人物在一百万镑钞票面前奴颜婢膝的丑态:即使叫花子手里掌握这张钞票,他也是神,可以免费享用一切。虽然夸张,却很真实。

竞选州长

几个月前,我被提名为纽约州州长候选人,代表独立党参加竞选,对方是斯坦华脱·L·伍福特先生和约翰·T·霍夫曼先生。他总觉得自己名声不错,同这两位先生相比,这是我显著的长处。从报上很容易看出:如果说这两位先生也曾知道爱护名声的好处,那是以往的事情了。近年来他们显然已经把各种各样的无耻勾当看作家常便饭。当时,我虽然醉心于自己的长处,暗自得意,但是一想到我得让自己和这些人的名字混在一起到处传播,总有一股不安的混浊暗流在我愉快心情的深处"翻腾"。我心里越想越乱。末了我给我祖母写了一封信,把这件事告诉她。她回信又快又干脆,她说:

> "你生平没有做过一桩亏心事——一桩也没有做过。你看看报纸——看一看就会明白,伍福特和霍夫曼先生是何等样人,看你愿不愿意把自己降低到他们的水平,跟他们一道竞选。"

我正是这个想法!那天晚上我一夜没合眼。但是我毕竟不能打退堂鼓。我既然已经卷了进去,只好干下去。

我一边吃早饭,一边无精打采地翻阅报纸。我看到这么一段消息,老实说,我从来没有这样惊惶过：

> “**伪证罪**——1863年，在交趾支那的瓦卡瓦克，有三十四名证人证明马克·吐温先生犯有伪证罪，企图侵占一小片种植香蕉的地，那是当地一位穷寡妇和她一群孤儿靠着活命的唯一资源。马克·吐温先生现在既然在众人面前出来竞选州长，是否可以请他讲讲此事的经过。马克·吐温先生不论对自己或是对其要求投票选举他的伟大人民，都有责任把此事交代清楚。他愿意交代吗？”

我当时惊愕得不得了！这样残酷无情的指控。我从来没有到过交趾支那！我从来没有听说过瓦卡瓦克这个地方！我不知道什么种植香蕉的地，就像我不知道什么是袋鼠一样！我不知道怎么办才好。我都气疯了，却又毫无办法。那一天我什么也没干就这么过去了。第二天早晨，这家报纸没说别的，只有这么一句：

> “**值得注意**——大家都会注意到：马克·吐温先生对交趾支那伪证案保持缄默，自有难言之处。”

[备忘——在这场竞选运动中，这家报纸此后凡提到我必称“臭名昭著的伪证犯马克·吐温”。]

下一份是《新闻报》，登了这么一段：

> “**急需查究**——马克·吐温先生在蒙大拿州野营时，与他同一帐篷的伙伴经常丢失小东西，后来这些东西一件不少都在马克·吐温先生身上或‘箱子’（即他卷藏杂物的报纸）里发现了。大家为他着想，不得不对他进行友好的告诫，在他身上涂满柏油，插上羽毛，叫他跨坐在横杆上，把他撵出去，并劝告他让出铺位，从此别再回来。这件小事是否请新州长候选人向急得难熬、要投他票的同胞们解释一下？他愿意解释吗？”

难道还有比这种控告用心更加险恶的吗？我一辈子也没有到过蒙大拿州。

[从此以后，这家报纸按例管我叫“蒙大拿小偷马克·吐温”。]

于是，我拿起报纸总有点提心吊胆，好像你想睡觉，可是一拿起床毯，心里总是嘀咕，生怕毯子下面有条蛇似的。有一天，我看到这么一段消息：

> “**谎言已被揭穿！**——根据五点区的密凯尔·奥弗拉纳根先生、华脱街的吉特·彭斯先生和约翰·艾伦先生三位的宣誓证书，现已证明：马克·吐温先生曾恶毒声称我们尊贵的领袖约翰·T·霍夫曼的祖父系拦路抢劫被处绞刑一说，纯属卑劣无端之谎言，毫无事实根据。用毁谤故人、以谰言玷污其美名的下流手段，来掠取政治上的成功，使有道理的人见了甚为痛心。我们一想到这一卑劣的谎言必然会使死者无辜的亲友蒙受极大悲痛时，恨不得鼓动起被伤害和被侮辱的公众，立即对诽谤者施行非法的报复。但是，我们不这样做，还是让他去经受良心的谴责吧。（不过，公众如果气得义愤填膺，盲目行动起来，竟对诽谤者施以人身上的伤害，显然，对于肇事者，陪审员不可能判罪，法庭也不可能加以惩处。）”

最后这句妙语大起作用，当天晚上“被伤害和被侮辱的公众”从前门冲了进来，吓得我赶紧从床上爬起来，打后门溜走。他们义愤填膺，来的时候捣毁家具和门窗，走的时候把能抄走的财物统统抄走。然而，我可以把手按在《圣经》上起誓：我从来没有诽谤过霍夫曼州长的祖父。不仅如此，在那之前，我从来没有听人说起过他，我自己也没有提到过他。

[要顺便提一下，刊登上述新闻的那家报纸此后总是称我为"盗尸犯马克·吐温"。]

下一篇引起我注意的报上文章是这样写的：

"好一个候选人——马克·吐温先生原定于昨晚独立党民众大会上作一次毁损对方的演说，却未按时到会。他的医生打来一个电报，说是他被一辆疯跑的马车撞倒，腿部两处负伤，极为痛苦，无法起身，以及一大堆诸如此类的废话。独立党的党员们硬着头皮想把这一拙劣的托词信以为真，只当不知道他们提名为候选人的这个放任无度的家伙未曾到会的真正原因。

昨天晚上，分明有一个人喝得酩酊大醉，歪歪斜斜地走进马克·吐温先生下榻的旅馆。独立党人刻不容缓，有责任证明那个醉鬼并非马克·吐温本人。这下我们到底把他们抓住了。这一事件不容躲躲闪闪，避而不答。人民用雷鸣般的呼声要求回答：'那个人是谁？'"

把我的名字果真与这个丢脸的嫌疑挂在一起，一时叫我无法相信，绝对叫我无法相信。我已经有整整三年没有喝过啤酒、葡萄酒或任何一种酒了。

[这家报纸第二天大胆地授予我"酗酒狂马克·吐温先生"的称号，而且我明白它会一个劲儿地永远这样称呼下去，但是，我当时看了竟无动于衷，现在想来，足见这种时势对我起了多大的影响。]

到那时候，我所收到的邮件中，匿名信占了重要的部分。一般是这样写的：

被你从你寓所门口一脚踢开的那个要饭的老婆子，现在怎样了？

包·打听

还有这样写：

你干的有些事，除我之外无人知晓，奉劝你掏出几元钱来孝敬老子，不然，咱们报上见。

惹事大王

大致是这类内容。读者如果想听，我可以不断引用下去，弄得你腻烦为止。

不久，共和党的主要报纸"宣判"我犯了大规模的贿赂罪，民主党最主要的报纸把一桩极为严重的讹诈案件"栽"在我的头上。

[这样我又多了两个头衔："肮脏的贿赂犯"和"恶心的讹诈犯"。]

这时候舆论哗然，纷纷要我"答复"所有这些可怕的指控。我们党的报刊主编和领袖们都说，我如果再不说话，政治生命就要完蛋。好像为使他们的要求更为迫切似的，就在第二天，有一家报纸登了这么一段话：

"注意这个人！——独立党这位候选人至今默不作声。因为他不敢答复。对他的控告条条都有充分根据，并且为他满腹隐衷的沉默所一而再、再而三地证实，现在他永远翻不了案。独立党的党员们,看看你们这位候选人!看看这位臭名昭著的伪证犯!这位盗尸犯!好好看一看你们这位酗酒狂的化身!你们这位肮脏的贿赂犯!你们这位恶心的讹诈犯!你们好好看一看,想一想—这个家伙犯下了这么可怕的罪行,得了这么一连串倒霉的称号,而且一条也不敢张嘴否认,看你们愿不愿意把自己正当的选票去投给他!”

我没有办法摆脱这个困境,只得深怀耻辱,着手“答复”一大堆毫无根据的指控和卑鄙下流的谎言。但是我始终没有做完这件事情,因为就在第二天,有一家报纸登出一个新的耸人听闻的案件,再次恶意中伤,严厉地控告我因一家疯人院妨碍我家的人看风景,我就将这座疯人院烧掉,把里面的病人统统烧死。这叫我十分惊慌。接着又是一个控告,说我为吞占我叔父的财产,不惜把他毒死,并且要求立即挖开坟墓验尸。这叫我神经都快错乱了。这一些还不够,竟有人控告我在负责育婴堂事务时雇用掉了牙的、年老昏庸的亲戚给育婴堂做饭。我都快吓晕了。最后,党派斗争的积怨对我的无耻迫害达到了自然而然的高潮:有人教唆九个刚刚在学走路的小孩,包括各种不同肤色、穿着各式各样的破烂衣服,冲到一次民众大会的讲台上来,抱紧我的双腿,管我叫爸爸!

我放弃了竞选。我降旗,我投降。我够不上纽约州州长竞选运动所要求的条件,所以,我递上退出竞选的声明,而且怀着痛苦的心情签上我的名字:

“你忠实的朋友,过去是好人,现在却成了臭名昭著的伪证犯、蒙大拿小偷、盗尸犯、酗酒狂、肮脏的贿赂犯和恶心的讹诈犯马克·吐温。”

(董衡巽 译)

一百万镑的钞票

我二十七岁那年,在旧金山一个矿业经纪人那里当办事员,对证券交易的详情颇为精通。当时我在社会上是孤零零的,除了自己的智慧和清白的名声而外,别无依靠;但是这些长处就使我站稳了脚跟,可能走上幸运之路,因此我对前途是很满意的。

每逢星期六午饭之后,我的时间就归自己支配了,我照例在海湾里把它消磨在游艇上。有一天我冒失地把船驶出去太远,一直漂到大海里去了。正在傍晚,我几乎是绝望了的时候,有一只开往伦敦的双桅帆船把我救了起来。那是远程的航行,而且风浪很大,他们叫我当了一个普通的水手,以工作代替船费。我在伦敦登岸的时候,衣服褴褛肮脏,口袋里只剩了一块钱。这点钱供了我二十四小时的食宿。那以后的二十四小时中,我既没有东西吃,也无处容身。

第二天上午大约十点钟,我饿着肚子,狼狈不堪,正在波特兰路拖着脚步走的时候,刚好有一个小孩子由保姆牵着走过,把一只美味的大梨扔到了阴沟里——只咬过一口。不消说,我站住了,用贪婪的眼睛盯住那泥污的宝贝。我嘴里垂涎欲滴,肚子也渴望着它,全副生命都在乞求它。可是我每次刚一动手想去拿它,老是有过路人看出了我的企图,当然我就只好再把身子站直,显出若无其事的神气,假装根本就没有想到过那只梨。这种情形老是一遍又一遍地发生,我始终无法把那只梨拿到手。后来我简直弄得无可奈何,正想不顾一切体面,硬着头皮去拿它的时候,忽然我背后有一个窗户打开了,一位先生从那里面喊道:

“请进来吧。”

一个穿得很神气的仆人让我进去了,他把我引到一个豪华的房间里,那儿坐着两位年长的绅士。他们把仆人打发出去,叫我坐下。他们刚吃完早饭,我一见那些残汤剩菜,几乎不能自制。我在那些食物面前,简直难于保持理智,可是人家并没有叫我尝一尝,我也就只好竭力忍住那股馋劲儿了。

在那以前不久,发生了一桩事情,但是我对这回事一点也不知道,过了许多日子以后才明白;现在我就要把一切经过告诉你。那两弟兄在前两天发生过一场颇为激烈的争辩,最后双方同意用打赌的方式来了结,那是英国人解决一切问题的办法。

你也许还记得,英格兰银行有一次为了与某国办理一项公家的交易这样一个特殊用途,发行过两张巨额钞票,每张一百万镑。不知为了什么原因,只有一张用掉和注销了;其余一张始终保存在银行的金库里。这兄弟两人在闲谈中忽然想到,如果有一个非常诚实和聪明的异乡人漂泊到伦敦,毫无亲友,手头除了那张一百万镑的钞票而外,一个钱也没有,而且又无法证明他自己是这张钞票的主人,那么他的命运会是怎样。哥哥说他会饿死,弟弟说他不会。哥哥说他不能把它拿到银行或是其他任何地方去使用,因为他马上就会当场被捕。于是他们继续争辩下去,后来弟弟说他愿意拿两万镑打赌,认定那个人无论如何可以靠那一百万生活三十天,而且还不会进牢狱。哥哥同意打赌。弟弟就到银行里去,把那张钞票买了回来。你看,那是十足的英国人的作风;浑身是胆。然后他口授了一封信,由他的一个书记用漂亮的正楷字写出来;于是那弟兄俩就在窗口坐了一整天,守候着一个适当的人出现,好把这封信给他。

他们看见许多诚实的面孔经过,可是都不够聪明;还有许多虽然聪明,却又不够诚实;另外还有许多面孔,两样都合格,可是面孔的主人又不够穷,再不然就是虽然够穷的,却又不是异乡人。反正总有一种缺点,直到我走过来才解决了问题;他们都认为我是完全合格的,因此一致选定了我,于是我就在那儿等待着,想知道他们为什么把我叫了进去。他们开始向我提出了一些问题,探询关于我本身的事情,不久他们就知道了我的经历。最后他们告诉我说,我正合乎他们的目的。我说我由衷地高兴,并且问他们究竟是怎么回事。于是他们之中有一位交给我一个信封,说是我可以在信里找到说明。我正待打开来看,他却说不行,叫我拿回住所去,仔细看看,千万不要马马虎虎,也不要性急。我简直莫名其妙,很想把这桩事再往下谈一谈,可是他们却不干;于是我只得告辞,心里颇觉受了委屈,感到受了侮辱,因为他们分明是在干一桩什么恶作剧的事情,故意拿我来当笑料,而我却不得不容忍着,因为我在当时的处境中,是不能对有钱有势的人们的侮辱表示怨恨的。

现在我本想去拾起那只梨来,当着大家的面把它吃掉,可是梨已经不在了;因此我为了这桩倒霉的事情失去了那份食物。一想到这点,我对那两个人自然更没有好感。

我刚一走到看不见那所房子的地方，就把那只信封打开，看见里面居然装着钱！说老实话，我对那两个人的印象马上就改变了！我片刻也没有耽误，把信和钞票往背心口袋里一塞，立即飞跑到最近的一个廉价饭店里去。嗐，我是怎么个吃法呀！最后我吃得再也装不下去的时候，就把钞票拿出来，摊开望了一眼，我几乎晕倒了。五百万美元[1]！嗐，这一下子可叫我的脑子直打转。

我在那儿坐着发愣，望着那张钞票直眨眼，大约足有一分钟才清醒过来。然后我首先发现的是饭店老板。他定睛望着钞票，也吓呆了。他以全副身心贯注着，羡慕不已，可是看他那样子，好像是手脚都不能动弹似的。我马上计上心来，采取了唯一可行的合理办法。我把那张钞票伸到他面前，满不在乎地说道：

"请你找钱吧。"

这下子他才恢复了常态，百般告饶，说他无法换开这张钞票；我拼命塞过去，他却连碰也不敢碰它一下。他很愿意看看它，把它一直看下去；他好像是无论看多久也不过瘾似的，可是他却避开它，不敢碰它一下，就像是这张钞票神圣不可侵犯，可怜的凡人连摸也不能摸一摸似的。我说：

"这叫你不大方便，真是抱歉；可是我非请你想办法不可。请你换一下吧；另外我一个钱也没有了。"

可是他说那毫无关系；他很愿意把这笔微不足道的饭钱记在账上，下次再说。我说可能很久不再到他这一带地方来；他又说那也没有关系，他尽可以等，而且只要我高兴，无论要吃什么东西，尽管随时来吃，继续赊账，无论多久都行。他说他相信自己不至于光只因为我的性格诙谐，在服装上有意和大家开开玩笑，就不敢信任我这样一位阔佬。这时候另外一位顾客进来了，老板暗示我把那个怪物藏起来；然后他一路鞠躬地把我送到门口，我马上就一直往那所房子那边跑，去找那两弟兄，为的是要纠正刚才弄出来的错误，并叫他们帮忙解决这个问题，以免警察找到我，把我抓起来。我颇有些神经紧张；事实上，我心里极其害怕，虽然这事情当然完全不能归咎于我；可是我很了解人们的脾气，知道他们发现自己把一张一百万镑的钞票当成一镑的给了一个流浪汉的时候，他们就会对他大发雷霆，而不是按理所当然的那样，去怪自己的眼睛近视。我走进那所房子的时候，我的紧张情绪渐渐平静下来了，因为那儿毫无动静，使我觉得那个错误一定还没有被发觉出来。我按了门铃。还是原先那个仆人出来了。我说要见那两位先生。

"他们出门了。"这句回答说得高傲而冷淡，正是那个家伙一类角色的口吻。

"出门了？上哪儿去了？"

"旅行去了。"

"可是上什么地方呢？"

"到大陆上去了吧，我想是。"

---

① 当时一英镑等于五美元。

“到大陆上去了?”

“是呀,先生。”

“走哪一边——走哪一条路?”

“那我可说不清,先生。”

“他们什么时候回来呢?”

“过一个月,他们说。”

“一个月!啊,这可糟糕!请你帮我稍微想点儿办法,我好给他们写个信去。这是非常重要的事情哩。”

“我没有办法可想,实在是,我根本不知道他们上哪儿去了,先生。”

“那么我一定要见见他们家里一个什么人才行。”

“家里人也都走了;出门好几个月了——到埃及和印度去了吧,我想是。”

“伙计,出了一个大大的错误哩。不等天黑他们就会回来的,请你告诉他们一声好吗?就说我到这儿来过,而且还要接连再来找他们,直到把那个错误纠正过来;你要他们不必着急。”

“他们要是回来,我一定告诉他们,可是我估计他们是不会回来的。他们说你在一个钟头之内会到这儿来打听什么事情,叫我务必告诉你,一切不成问题,他们会准时回来等你。”

于是我只好打消原意,离开那儿。究竟葫芦里卖的是什么药呀!我简直要发疯了。他们会“准时”回来。那是什么意思?啊,也许那封信会说明一切吧。我简直把它忘了;于是拿出来看。信上是这样说的:

> 你是个聪明和诚实的人,这可以从你的面貌上看得出的。我们猜想你很穷,而且是个异乡人。信里装着一笔款。这是借给你的,期限是三十天,不要利息。期满时到这里来交代。我拿你打了一个赌。如果我赢了,你可以在我的委任权之内获得任何职务——这是说,凡是你能够证明自己确实熟悉和胜任的职务,无论什么都可以。

没有签名,没有地址,没有日期。

好家伙,这下子可惹上麻烦了!你现在是知道了这以前的原委的,可是我当时并不知道。那对我简直是个深不可测的、一团漆黑的谜。我丝毫不明白他们玩的是什么把戏,也不知道究竟是有意害我,还是好心帮忙。于是我到公园里去,坐下来想把这个谜猜透,并且考虑我应该怎么办才好。

过了一个钟头,我的推理终于形成了下面这样一个判断。

也许那两个人对我怀着好意,也许他们怀着恶意;那是无法断定的——随它去吧。他们是要了一个把戏,或者玩了一个诡计,或是做了一个实验,反正总是这么回事;内容究竟怎样,无从判断——随它去吧。他们拿我打了一个赌;究竟是怎么赌的,无法猜透——也随它去吧。不能断定的部分就是这样解决了;这个问题的其余部分却是明显的、不成问题的,可以算是确定无疑的。如果我要求英格兰银行把这张钞票存入它的主人账上,他们是会照办的,因为他们认识他,虽然我还不知道他是谁;可是他们会要问我是怎么把它弄到手的,我要是照实告诉他们,他们自然会把我送人游民收容所,如果我撒一下谎,他们就会把我关到牢里去。假如我打算拿这张钞票到任何地方去存入银行,或是拿它去抵押借款,那也会引起同样的结果。所以无论我是否情愿,我不得不随时随地把这个绝大的负担带在身边,直到那两个人回来的时候。它对我是毫无用处的,就像一把灰那么无用,然而我必须把它好好保管起来,仔细看守着,一面行乞度日。即令我打算把它白送给别人,那也送不掉,因为无论是老实的公民或是拦路行劫的强盗都决不肯接受它,或是跟它打什么交道。那两兄弟是安全的。即令我把钞票丢掉了,或是把它烧了,他们还是安然无事,因为他们可以叫银行止兑,银行就会让他们恢复主权;可是同时我却不得不受一个月的活罪,既无工资,又无利益——除非我帮人家赢得那场赌博(不管赌的是什么),获得人家答应给我的那个职位。我当然是愿意得到那个职位的;像他们那种人,在他们的委任权之内的职务是很值得一干的。

于是我就翻来覆去地想着那个职位。我的愿望开始飞腾起来。薪金一定很多。过一个月就要开始,以后我就万事如意了。因此顷刻之间,我就觉得兴高采烈。这时候我又在街头蹓跶了。一眼看到一个服装店,我起了一阵强烈的欲望,很想扔掉这身褴褛的衣着,给自己重新穿得像个样子。我置得起新衣服吗?不行;我除了那一百万镑而外,什么也没有。所以我只好强迫着自己走开。可是过了一会儿我又溜回来了。那种诱惑无情地折磨着我。在那一场激烈的斗争之中,我一定是已经在那家服装店门口来回走了六次。最后我还是屈服了,我不得不如此。我问他们有没有做得不合身的衣服,被顾客拒绝接受的。我所问的那个人一声不响,只向另外一个人点点头。我向他所指的那个人走过去,他也是一声不响,只点点头把我交代给另外一个人。我向那个人走过去,他说:

"马上就来。"

我等候着,一直等他把手头的事办完,然后他才领着我到后面的一个房间里去,取下一堆人家不肯要的衣服,选了一套最蹩脚的给我。我把它穿上。衣服并不合身,而且一点也不好看,但它是新的,我很想把它买下来;所以我丝毫没有挑剔,只是颇为胆怯地说道:

"请你们通融通融,让我过几天再来付钱吧。我身边没有带着零钱哩。"

那个家伙摆出一副非常刻薄的嘴脸,说道:

"啊,是吗?哼,当然我也料到了你没有带零钱。我看像你这样的阔人是只会带大票子的。"

这可叫我冒火了,于是我就说:

"朋友,你对一个陌生人可别单凭他的穿着来判断他的身份吧。这套衣服的钱我完全出得起;我不过是不愿意叫你们为难,怕你们换不开一张大钞票罢了。"

他一听这些话,态度稍微改了一点,但是他仍旧有点摆着架子回答我:

"我并不见得有多少恶意,可是你要开口教训人的话,那我倒要告诉你,像你这样凭空武断，认为我们换不开你身边可能带着的什么大钞票，那么未免是瞎操心。恰恰相反，我们换得开！"

我把那张钞票交给他，说道：

"啊，那好极了；我向你道歉。"

他微笑着接了过去，那种笑容是遍布满脸的，里面还有褶纹，还有皱纹，还有螺旋纹，就像你往池塘里抛了一块砖的地方那个样子；然后当他向那张钞票瞟了一眼的时候，这个笑容就马上牢牢地凝结起来了，变得毫无光彩，恰像你所看到的维苏威火山边上那些小块平地上凝固起来的波状的、满是蛆虫似的一片一片的熔岩一般。我从来没有看见过谁的笑容陷入这样的窘况，而且继续不变。那个角色拿着钞票站在那儿，老是那副神气，老板赶紧跑过来，看看是怎么回事，他兴致勃勃地说道：

"喂，怎么回事？出了什么岔子吗？还缺什么？"

我说："什么岔子也没有。我在等他找钱。"

"好吧，好吧；托德，快把钱找给他；快把钱找给他。"

托德回嘴说："把钱找给他！说说倒容易哩，先生；可是请你自己看看这张钞票吧。"

老板望了一眼，吹了一声轻快的口哨，然后一下子钻进那一堆被顾客拒绝接受的衣服里，把它来回翻动，同时一直很兴奋地说着话，好像在自言自语似的：

"把那么一套不像样子的衣服卖给一位脾气特别的百万富翁！托德简直是个傻瓜——天生的傻瓜。老是干出这类事情。把每一个大阔佬都从这儿撵跑了，因为他分不清一位百万富翁和一个流浪汉，而且老是没有这个眼光。啊，我要找的那一套在这儿哩。请您把您身上那些东西脱下来吧，先生，把它丢到火里去吧。请您赏脸把这件衬衫穿上，还有这套衣服；正合适，好极了——又素净，又讲究，又雅致，简直就像个公爵穿的那么考究；这是一位外国的亲王定做的——您也许认识他哩，先生，就是哈利法克斯公国的亲王殿下；因为他母亲病得快死了，他就只好把这套衣服放在我们这儿，另外做了一套丧服去——可是后来他母亲并没有死。不过那都没有问题；我们不能叫一切事情老照我们……我是说，老照他们……哈！裤子没有毛病，非常合您的身，先生，真是妙不可言；再穿上背心；啊哈，又很合适！再穿上上身——我的天！您瞧吧！真是十全十美——全身都好，我一辈子还没有缝过这么得意的衣服哩。"

我也表示了满意。

"您说得很对，先生，您说得很对；这可以暂时对付着穿一穿，我敢说。可是您等着瞧我们照您自己的尺寸做出来的衣服是什么样子吧。喂，托德，把本子和笔拿来；快写。腿长三十二，"——一切等等。我还没有采得及插上一句嘴，他已经把我的尺寸量好了，并且吩咐赶制晚礼服、便装、衬衫，以及其他一切。后来我有了插嘴的机会，我就说：

"可是，老兄，我可不能定做这些衣服呀，除非你能无限期地等我付钱，要不然你能换开这张钞票也行。"

“无限期！这几个字还不够劲，先生，还不够劲。您得说永远永远——那才对哩，先生。托德，快把这批订货赶出来，送到这位先生公馆里去，千万别耽误。让那些小主顾们等一等吧。把这位先生的住址写下来，过天……”

“我快搬家了。我随后再来把新住址给你们留下吧。”

“您说得很对，先生，您说得很对。您请稍等一会儿——我送您出去，先生。好吧——再见，先生，再见。”

哈，你明白从此以后会发生一些什么事情吗？我自然是顺水推舟，不由自主地到各处去买我所需要的一切东西，老是叫人家找钱。不出一个星期，我把一切需要的讲究东西和各种奢侈品都置备齐全，并且搬到汉诺威方场一家不收普通客人的豪华旅馆里去住起来了。我在那里吃饭，可是早餐我还是照顾哈里士小饭铺，那就是我当初靠那张一百万镑钞票吃了第一顿饭的地方。我一下给哈里士招来了财运。消息已经传遍了，大家都知道有一个背心口袋里带着一百万镑钞票的外国怪人光顾过这个地方。这就够了，原来不过是个可怜的、撑一天算一天的、勉强混口饭吃的小买卖，这一下子可出了名，顾客多得应接不暇。哈里士非常感激我，老是拼命把钱借给我花，推也推不脱；因此我虽然是个穷光蛋，可是老有钱花，就像阔佬和大人物那么过日子。我猜想迟早总会有一天西洋镜要被拆穿，可是我既已下水，就不得不泅过水去，否则就会淹死。你看，当晚我的处境本来不过是一出纯粹的滑稽剧，可是就因为有了那种紧急的大祸临头的威胁，却使事情具有严重的一面和悲剧的一面。一到晚上，天黑之后，悲剧的部分就占上风，老是警告我，威胁我；所以我就只有呻吟，在床上翻来覆去，很难睡着觉。可是一到欢乐的白天，悲剧的成分就渐渐消失得无影无踪了，于是我就洋洋得意，简直可以说是快活到昏头昏脑、如醉似狂的地步。

那也是很自然的；因为我已经成为全世界最大都会的有名人物之一了，这使我颇为骄傲，并不只是稍有这种心理，而是得意忘形。你随便拿起一种报纸，无论是英国的，苏格兰的，或是爱尔兰的，总要发现里面有一两处提到那个“随身携带一百万镑钞票的角色”和他最近的行动与谈话。起初在这些提到我的地方，我总被安排在“人事杂谈”栏的最下面；后来我被排列在爵士之上，再往后又在从男爵之上，再往后又在男爵之上，由此类推，随着名声的增长，地位也步步上升，直到我达到了无可再高的高度，就继续停留在那里，居于一切王室以外的公爵之上，除了全英大主教而外，我比所有的宗教界人物都要高出一头。可是你要注意，这还算不上名誉；直到这时候为止，我还不过是闹得满城风雨而已。然后就来了登峰造极的幸运——可以说是像武士受勋那个味道——于是转瞬之间，就把那容易消灭的铁渣似的丑名声一变而为经久不磨的黄金似的好名声了：《谐趣》杂志[①]登了描写我的漫画！是的，现在我是个成名的人物；我的地位已经肯定了。难免仍然有人拿我开玩笑，可是玩笑之中却含着几分敬意，不那么放肆、那么粗野了；可能还有人向我微微笑一笑，却没有人向我哈哈大笑了。做出那些

---

① 英国著名幽默插画杂志，1841 年创刊，曾有人把它译作《笨拙》杂志。

举动的时候已经过去了。《谐趣》把我画得满身破衣服的碎片都在飘扬，和一个伦敦塔[①]的卫兵做一笔小生意，正在讲价钱。嗐，你可以想象得到那是个什么滋味：一个年轻小伙子，从来没有被人注意过，现在忽然之间，随便说句什么话，马上就会有人把它记住，到处传播出去；随便到哪儿走动一下，总不免经常听见人家一个个辗转相告："那儿走着的就是他，就是他！"吃早餐的时候，也老是有一大堆人围着看；一到歌剧院的包厢，就要使得无数观众的望远镜的火力都集中到我身上。嗐，我简直就一天到晚在荣耀中过日子——十足是那个味道。

你知道吗，我甚至还保留着我那套破衣服，随时穿着它出去，为的是享受享受过去那种买小东西的愉快。我一受了侮辱，就拿出那张一百万镑的钞票来，把奚落我的人吓死。但是我这套把戏玩不下去了。杂志里已经把我那套服装弄得尽人皆知，以致我一穿上它跑出去，马上就被大家认出来了，而且有一群人尾随着我；如果我打算买什么东西，老板还不等我掏出我那张大票子来吓唬他，首先就会自愿把整个铺子里的东西赊给我。

大约在我的声名传播出去的第十天，我就去向美国公使致敬，借以履行我对祖国的义务。他以适合于我那种情况的热忱接待了我，责备我不应那么迟才去履行这种手段，并且说那天晚上他要举行宴会，恰好有一位客人因病不能来，我唯一能够取得他的谅解的办法，就是坐上那个客人的席位，参加宴会。我同意参加，于是我们就开始谈天。从谈话中我才知道他和我的父亲从小就是同学，后来又同在耶鲁大学读书，一直到我父亲去世，他们始终是很要好的。所以他叫我一有闲空，就到他家里去；这，我当然是很愿意的。

事实上，我不但愿意而已；我还很高兴。一旦大祸临头，他也许还有什么办法可以挽救我，免得我遭到完全的毁灭。我也不知道他能怎么办，可是他说不定能够想出办法来。现在已经过了这么久，我不敢冒失地把自己的秘密向他毫不隐讳地吐露；我在伦敦遭到这种奇遇，如果在开始的时候就遇见他，我是会赶快向他说明的。不行，现在我当然不敢说了；我已经陷入漩涡太深；这是说，陷到不便冒失地向这么一位新交的朋友说老实话的程度了，虽然照我自己的看法，我还没有到完全灭顶的地步。因为，你知道吗，我虽然借了许多钱，却还是小心翼翼地使它不超过我的财产——我是说不超过我的薪金。当然我没法知道我的薪金究竟会有多少，可是有一点我是有充分的根据可以估计得到的，那就是，如果这次打赌归我赢了，我就可以任意选择那位大阔佬的委任权之内的任何职务，只要我能胜任——而我又一定是能胜任的；关于这一点，我毫不怀疑。至于人家打的赌呢，我也不担心；我一向是很走运的。说到薪金，我估计每年六百至一千镑；就算它头一年是六百镑吧，以后一年一年地往上加，一直到后来我的才干得到了证实，总可以达到那一千镑的数字。目前我负的债还只相当于我第一年的薪金。人人都想把钱借给我，可是我用各种借口把大多数人都谢绝了；所以我的债务只有三

① 伦敦塔从前是一个囚禁重要政治犯的监狱。

百镑借来的现款,其余三百镑是赊欠的生活费和赊购的东西。我相信只要我继续保持谨慎和节约,我第二年的薪金就可以给我度过这一个月其余的日子,而我的确是打算特别注意,决不浪费。只待我这一个月完结,我的雇主旅行归来,我就一切都不愁了,因为我马上就可以把两年的薪金约期摊还给我的债主们,并且立即开始工作。

那天晚上的宴会非常痛快,共有十四个人参加。寿莱迪奇公爵和公爵夫人、他们的小姐安尼——格莱斯——伊莲诺——赛勒斯特——等等等等……德·波亨夫人、纽格特伯爵和伯爵夫人、奇普赛子爵、布莱特斯凯爵士和爵士夫人,还有些没有头衔的男女来宾,公使和他的夫人和小姐,还有他女儿的一位往来很密的朋友,是个二十二岁的英国姑娘,名叫波霞·郎汉姆,我在两分钟之内就爱上了她,她也爱上了我——我不用戴眼镜就看出来了。另外还有一个客人,是个美国人——可是我把故事后面的事情说到前面来了。大家正在客厅里准备着胃口等候用餐,一面冷淡地观察着迟到的客人们,这时候仆人又通报一位来客:

"劳埃德·赫斯丁先生。"

照例的礼节完了的时候,赫斯丁马上发现了我;他热情地伸出手,一直向我面前走来;当他正想和我握手时,突然停住,现出一副窘态说道:

"对不起,先生,我还以为认识您哩。"

"啊,你当然认识我喽,老朋友。"

"不。你莫非是——是——"

"腰缠万贯的怪物吗?就是我,一点不错。你尽管叫我的外号,无须顾忌;我已经听惯了。"

"哈,哈,哈,这可真是出人意料。有一两次我看到你的名字和这个外号连在一起,可是我从来没有想到人家所说的那个亨利·亚当斯居然就是你。嗐,你在旧金山给布莱克·哈普金斯当办事员,光拿点薪水,离现在还不到半年哩,那时候你为了点额外津贴,就拼命熬夜,帮着我整理和核对高尔德和寇利扩展矿山的说明书和统计表。哪儿想得到你居然会到伦敦来,成了这么大的百万富翁,而且是个鼎鼎大名的人物!嗨,这真是《天方夜谭》的奇迹又出现了。伙计,这简直叫我无法理解,无法体会;让我歇一会儿,好叫我脑子里这一阵混乱平定下来吧。"

"可是事实上,劳埃德,你的境况也并不比我坏呀。我也不明白这是怎么回事哩。"

"哎呀,这的确是叫人大吃一惊的事情,是不是?嗐,我们俩到矿工饭店去的那一回,离今天刚好是三个月,那回我们……"

"不对,去的是迎宾楼。"

"对,确实是迎宾楼;深夜两点去的,我们拼命把那些文件搞了六个钟头,才到那儿去吃了一块排骨,喝了杯咖啡,当时我打算劝你和我一同到伦敦来,并且自告奋勇地要替你去告假,还答应给你出一切费用,只要买卖成功,我还要分点好处给你;可是你不听我的话,说我不会成功,你说你耽误不起,不能把工作的顺序打断,等到回来的时候不知要花多少时间才能接得上头。可是现在你却到这儿来了。这是多么稀奇的事情！你究竟是怎么来的，到底是什么原因使你交到这种不可思议的好运呢？”

“啊，那不过是一桩意外的事情。说来话长——简直可以说是一篇传奇小说。我会把一切经过告诉你，可是现在不行。”

“什么时候？”

“这个月底。”

“那还有半个多月哩。叫一个人的好奇心熬这么长一段时间，未免太令人难受了。一个星期好吧？”

“那不行。以后你会知道为什么。可是你的买卖做得怎么样呢？”

他的愉快神气马上烟消云散了，他叹了一口气，说道：

“你真是个地道的预言家，霍尔，地道的预言家。我真后悔不该来。现在我真不愿意谈这桩事情。”

“可是你非谈不可。我们离开这儿的时候，你千万跟我一道走，今晚上就住在我那儿，把你的事情谈个痛快。”

“啊，真的吗？你是认真说的吗？”他眼里闪着泪光。

“是呀，我要听听整个故事，原原本本的。”

“我真是感激不尽！我在这儿经历过一切人情世故之后，想不到又能在别人的声音里和别人的眼睛里发现对我和我的事情的亲切关怀——天哪！我恨不得跪在地下给你道谢！”

他使劲紧握我的手，精神焕发起来，从此就痛痛快快、兴致勃勃地准备着入席——不过酒席还没有开始哩。不行；照例的问题发生了，那就是照那缺德的、可恼的英国规矩老是要发生的事情——席次问题解决不了，所以就吃不成饭。英国人出去参加宴会的时候，照例先吃了饭再去，因为他们很知道他们所要冒的危险；可是谁也不会警告一下外行的人，因此外行人就老老实实走入圈套了。当然这一次谁也没有上当，因为我们都有过参加宴会的经验，除了赫斯丁而外，一个生手也没有，而他又在公使邀请他的时候听到公使说过，为了尊重英国人的习惯，他根本就没有预备什么酒席。每位客人都挽着一位女客，排着队走进餐厅里，因为照例是要经过这个程序的；可是争执就在这儿开始了。寿莱迪奇公爵要出人头地，要在宴席上坐首位，他说他比公使地位还高，因为公使只代表一个国家，而不是一个王国；可是我坚持我的权利，不肯让步。在杂谈栏里，我的地位高于王室以外的一切公爵，我就根据这个理由，要求坐在他的席位之上。我们虽然争执得很厉害，问题始终无法解决，后来他就冒冒失失地打算拿他的家世和祖先来炫耀一番，我猜透了他的王牌是征服王①，就拿亚当②给他顶上去，我说我是亚

---

① 1066 年诺曼底公爵威廉征服英国之后，号称“征服王威廉一世”，这里是说那位公爵暗示他是威廉的后裔。

② 亚当是《圣经》上所说的人类始祖。

当的嫡系后裔，由我的姓就可以证明，而他不过是属于支系的，这可以由他的姓和晚期的诺尔曼血统看出来；于是我们大家又排着队走回客厅，在那儿吃站席——一碟沙丁鱼，一份草莓，各人自行结合，站着吃。这儿的席次问题争得并不那么厉害；两个地位最高的贵客扔了一个先令来猜，赢了的人先尝草莓，输的人得那个先令。然后其次的两位又猜，再轮到下面两位，以此类推。吃过东西之后，桌子搬过来了，我们大家一齐打克利贝①，六个便士一局。英国人打牌从来不是为了什么消遣。如果不能赢钱或是输钱——是输是赢他们倒不在乎——他们就不玩。

我们玩得真痛快；开心的当然是我们俩——郎汉姆小姐和我。我简直让她弄得神魂颠倒，手里的牌一到两个顺以上，我就数不清，计分到了顶也老是看不出，又从外面的一排开始，本来是每一场都会打输的，幸亏那个姑娘也是一样，她的心情正和我的相同，你明白吧；所以我们俩老是玩个没有完，谁也没有输赢，也根本不去想一想那是为什么；我们只知道彼此都很快活，其他一切我们都无心过问，并且还不愿意被人打搅。我干脆就告诉了她——我当真对她说了——我说我爱上了她；她呢——哈，她羞答答地，连头发都涨红了，可是她爱听我那句话；她亲自对我说的。啊，一辈子没有像那天晚上那么痛快过！我每次算分的时候，老是加上一个尾巴；她算分的时候，就表示默认我的意思，数起牌来也和我一样。嗐，我哪怕是说一声“再加两分”，也要添上一句：“嗨，你长得多漂亮！”于是她就说：“十五点得两分，再十五点是四分，又一个十五点是六分，再来一对得八分，又加八分就是十六分——你真有这个感觉吗?”——她从眼睫毛下面斜瞟着我，你明白吗，真漂亮，真可爱。啊，那实在是妙不可言！

可是我对她非常老实，非常诚恳；我告诉她说，我根本是一钱莫名，只有她听见大家说得非常热闹的那张一百万镑的钞票，而那张钞票又不是我的，这可引起了她的好奇心；于是我低声地讲下去，把全部经过从头到尾给她说了一遍，这差点儿把她笑死了。究竟她觉得有什么好笑的，我简直猜不透，可是她就老是那么笑；每过半分钟，总有某一点新的情节逗得她发笑，我就不得不停住一分半钟，好让她有机会平静下来。嗐，她简直笑成残废了——真的；我从来没有见过这种笑法。我是说从来没有见过一个痛苦的故事——一个人的不幸和焦虑和恐惧的故事——竟会引起那样的反应。我发现她在没有什么事情可高兴的时候，居然这么高兴，因此就更加爱她了；你懂吗，照当时的情况看来，我也许不久就需要这么一位妻子哩。当然，我告诉了她，我们还得等两年，要等我的薪金还清了账之后才行；可是她对这点并不介意，她只希望我在花钱方面越小心越好，千万不要开支太多，丝毫也不要使我们第三年的薪金有受到侵害的危险。然后她又开始感到有点着急，怀疑我们是否估计错误，把第一年的薪金估计得高过我所能得到的。这倒确实很有道理，不免使我的信心减退了一些，心里不像从前那么有把握了；可是这使我想起了一个很好的主意，我就把它坦白地说了出来。

① 克利贝：clibbage的音译，这是一种纸牌戏。打这种牌时，用计分板计分，板上有两排小孔，用木钉插入小孔计分；插到外面一排的顶上之后，接着应由里面一排的底下往上插。

“波霞，亲爱的，到那一天我去见那两位先生的时候，你愿意陪我一道去吗？”

她稍微有点畏缩，可是她说：

“可—是—可—以；只要我陪你去能够给你壮壮胆。不过——那究竟合适不合适呢，你觉得？”

“嗯，我也不知道究竟合适不合适——事实上，我恐怕那确实不大好；可是你要知道，你去与不去，关系是很大的，所以……”

“那么我就决定去吧，不管它合适不合适，”她流露出一股可爱和豪爽的热情，说道。“啊，我一想到我也能对你有帮助，真是高兴极了！”

“你说有帮助吗，亲爱的？嗨，那是完全仗着你呀。像你那么漂亮、那么可爱、那么迷人，我有了你跟我一道去，简直可以把薪金的要求抬得很高很高，准叫那两个好老头儿破了产还不好意思拒绝哩。”

哈！你真该看见她那通红的血色涨到脸上来，那双快活的眼睛里发着闪光的神气啊！

“你这专会捧人的调皮鬼！你说的一句老实话也没有，不过我还是陪你去。也许可以给你一个教训，叫你别指望人家也用你的眼光来看人。”

我的疑团是否消除了呢？我的信心是否恢复了呢？你可以拿这个事实来判断：我马上就暗自把第一年的薪金提高到一千二百镑了。可是我没有告诉她；我留下这一着，好叫她大吃一惊。

一路回家的时候，我就像腾云驾雾一般，赫斯丁说个不停，我却一个字也没有听见。他和我走进我的会客室的时候，便很热烈地赞赏我那些各式各样的舒适陈设和奢侈用品，这才使我清醒过来。

“让我在这儿站一会吧，我要看个够。好家伙！这简直是个皇宫——地道的皇宫！这里面一个人所能希望得到的，真是应有尽有，包括惬意的煤炉，还有晚餐现成地预备好了。亨利，这不仅只叫我明白你有多么阔气；这还叫我深入骨髓地看透我自己穷到了什么地步——我多么穷，多么倒霉，多么泄气，多么走投无路，一败涂地！”

真该死！这些话叫我直打冷战。他这么一说，把我吓得一下子醒过来，使我恍然大悟，知道自己站在一块半英寸厚的地壳上，脚底下就是一座火山的喷火口。我原来根本就不知道自己是在作大梦——这就是说，刚才我不曾让自己明了这种情形；可是现在——哎呀哈！债台高筑，一钱莫名，一个可爱的姑娘的命运，是福是祸，关键在我手里，而我的前途却很渺茫，只有一份薪金，还说不定能否——啊，简直是绝不可能——实现！啊，啊，啊！我简直是完蛋了，毫无希望！毫无挽救的办法！

“亨利，你每天的收入，只要你毫不在意地漏掉一点一滴，就可以……”

“啊，我每天的收入！来，喝下这杯热威士忌，把精神振作一下吧。我和你干这一杯！啊，不行——你饿了；坐下来，请……”

“我一点也吃不下；我不知道饿了。这些天来，我简直不能吃东西；可是我愿意陪你喝酒，一直喝到醉倒。来吧！”

“酒鬼对酒鬼,我一定奉陪！准备好了吗？我们就开始吧！好,劳埃德,现在趁我调酒的时候,你把你的故事讲一讲吧。”

“我的故事？怎么,再讲一遍?”

“再讲？你这是什么意思?”

“噢,我是说你还要再听一遍吗?”

“我还要再听一遍？这可真是个难猜的谜呀！等一等,你别再喝这种酒了吧。你喝了不相宜。”

“怎么的,亨利？你把我吓坏了。我到这儿来的时候,不是在路上把整个故事都给你讲过了吗?”

“你?”

“是呀,我。”

“真糟糕,我连一个字也没听见。”

“亨利,这可是桩严重的事情。真叫我难受。你在公使那儿干什么来着?”

这下子我才恍然大悟,于是我就爽爽快快地说了实话。

“我把世界上最可爱的姑娘——俘虏到手了!”

于是他一下子跑过来,我们就互相握手,拼命地握了又握,把手都握痛了;我们走了三英里路,一路上他一直都在讲他的故事我却一个字都没有听见,他也并不见怪。他本是个有耐心的老好人,现在他乖乖地坐下,又从头到尾讲了一遍。概括起来,他的经历大致是这样:他抱着很大的希望来到英国,原以为自己有了一个难得的发财机会;他获得了“揽售权”,替高尔德和寇利扩展矿山计划的“勘测者”们出卖开采权,售价超出一百万元的部分都归他得。他曾竭力进行,凡是他所知道的线索,他都没有放过,一切正当的办法他都试过了,他所有的钱差不多已经花得精光,可是始终不曾找到一个资本家相信他的宣传,而他的“揽售权”在这个月底就要满期了。总而言之,他垮台了。后来他忽然跳起来,大声喊道:

“亨利,你能挽救我！你能挽救我,而且你是世界上唯一能挽救我的人。你肯帮忙吗？你干不干?”

“你说怎么办吧。干脆说,伙计。”

“给我一百万和我回家的旅费,我把‘揽售权’转让给你！你可别拒绝,千万要答应我!”

我当时觉得很苦恼。我几乎脱口而出地想这么说:“劳埃德,我自己也是个穷光蛋呀——确实是一钱莫名,而且还负了债!”可是我突然灵机一动,计上心来,我拼命咬紧牙关,极力镇定下来,直到我变得像个资本家那么冷静。然后我以生意经的沉着态度说道:

“我一定救你一手,劳埃德——”

“那么我就等于已经得救了！老天爷永远保佑你！只要我有一天……”

“让我说完吧,劳埃德。我决定帮你的忙,可不是那个帮法;因为你拼命干了一场,还冒了那么多风险,那个办法对你是不公道的。我并不需要买矿山;我可以让我的资本在伦敦这么个商业中心周转,无须搞哪种事业;我在这儿就经常是这么活动的;现在我有这么一个办法。那个矿山我当然知道得很清楚;我知道它的了不起的价值,随便谁叫我发誓保证我都干。你尽管用我的名义去兜揽,在两星期之内就可以作价三百万现款卖掉,赚的钱我们俩对半分好了。”

你知道吗,要不是我把他绊倒,拿绳子把他捆起来的话,他在一阵狂喜中乱蹦乱跳,简直会把家具都弄成柴火,我那儿的一切东西都会叫他捣毁了。

于是他非常快活地躺在那儿,说道:

“我可以用你的名义!你的名义——好家伙!嗨,他们会一窝蜂跑来,这些伦敦阔佬们;他们会抢购这份股权!我已经成功了,永远成功了,我一辈子也忘不了你!”

还不到二十四小时的光景,伦敦就热闹开了!我天天都终日无所事事,光只坐在家里,对探询的来客们说:

“不错,是我叫他要你们来问我的。我知道这个人,也知道这个矿。他的人格是无可非议的,那个矿的价值比他所要求的还高得多。”

同时我每天晚上都在公使家里陪波霞玩。关于矿山的事,我对她只字不提;故意留着叫她大吃一惊。我们只谈薪金;除了薪金和爱情之外,绝口不谈别的;有时候谈爱情,有时候谈薪金,有时候连爱情带薪金一起谈。嗨!公使的太太和小姐对我们的事情多么关怀,她们千方百计不叫我们受到打搅,并且让公使老在闷葫芦里,丝毫不知这个秘密,真是煞费苦心——她们这样对待我们,真是了不起!

后来到了那个月末尾,我已经在伦敦银行立了一百万元的存折,赫斯丁也有了那么多存款。我穿上最讲究的衣服,乘着车子走波特兰路那所房子门前经过,从一切情况判断,知道我那两个角色又回来了;于是我就到公使家里去接我的宝贝,再和她一道往回转,一路拼命地谈着薪金的事。她非常兴奋和着急,这种神情简直使她漂亮得要命。我说:

“亲爱的,凭你这个漂亮的模样儿,要是我提出薪金的要求,比每年三千镑少要一个钱都是罪过。”

“亨利,亨利,你别把我们毁了吧!”

“你可别担心。只要保持那副神气就行了,一切有我。准会万事如意。”

结果是,一路上我还不得不给她打气。她老是劝我不要太大胆,她说:

“啊,请你记住,我们要是要求得太多,那就说不定根本得不到什么薪金;结果我们弄得走投无路,无法谋生,那会遭到什么结局呢?”

又是那个仆人把我们引了进去,果然那两位老先生都在家。他们看见那个仙女和我一道,当然非常惊奇,可是我说:

“这没有什么,先生们;她是我未来的伴侣和内助。”

于是我把她介绍给他们,并且直呼他们的名字。这并不使他们吃惊,因为他们知道我会查姓名住址簿。他们让我们坐下,对我很客气,并且很热心地使她解除局促不

安的感觉,竭力叫她感到自在。然后我说:

“先生们,我现在准备报告了。”

“我们很高兴听,”我那位称先生说,“因为现在我们可以判断我哥哥亚培尔和我打的赌谁胜谁负了。你要是给我赢了,就可以得到我的委任权以内的任何职位。那张一百万镑的钞票还在吗?”

“在这儿,先生。”我马上就把它交给他。

“我赢了!”他叫喊起来,同时在亚培尔背上拍了一下,“现在你怎么说呢,哥哥?”

“我说他的确是熬过来了,我输了两万镑。我本来是决不会相信的。”

“另外我还有些事情要报告,”我说,“话可长得很。请你们让我随后再来,把我这整个月里的经过详细地说一遍;我担保那是值得一听的。现在请你们看看这个。”

“啊,怎么!二十万镑的存单。那是你的吗?”

“是我的。这是我把您借给我的那笔小小的款子适当地运用了三十天赚来的。我只不过拿它去买过一些小东西,叫人家找钱。”

“嗨,这真是了不起!简直不可思议,伙计!”

“算不了什么,我以后可以说明原委。可别把我的话当作无稽之谈吧。”

可是现在轮到波霞吃惊了。她的眼睛睁得大大的,说道:

“亨利,那难道真是你的钱吗?你是不是在给我撒谎呢?”

“亲爱的,一点不错,我是给你撒了谎的,可是你会原谅我,我知道。”

她把嘴撅成了半圆形,说道:

“可别认为太有把握了。你真是个淘气鬼——居然这么骗我!”

“哦,你回头就会把它忘了,宝贝,你回头就会把它忘了;这不过是开开玩笑,你明白吧。好,我们走吧。”

“等一会,等一会!还有那个职位呢,你记得吧。我要给你一个职位。”我那位先生说。

“啊,我真是感激不尽,”我说,“可是我现在实在不打算要个职位了。”

“在我的委任权之内,你可以挑一个最好最好的职位。”

“多谢多谢,从心坎里谢谢您;可是我连那么一个职位都不想要了。”

“亨利,我真替你难为情。你简直一点也不领这位老好先生的情。我替你谢谢他好吗?”

“亲爱的,当然可以,只要你能谢得更好。且看你试试你的本领吧。”

她向我那位先生走过去,坐到他怀里,伸出胳臂抱住他的脖子,对准了他的嘴唇亲吻。于是那两位老先生哈哈大笑起来,可是我却莫名其妙,简直可以说得吓呆了。波霞说:

“爸爸,他说在你的委任权之内无论什么职位他都不想要;我觉得非常委屈,就像是……”

“我的宝贝,原来他是你的爸爸呀!”

“是的;他是我的继父,世界上从来没有过的最亲爱的爸爸。那天在公使家里,你不知道我的家庭关系,给我谈起爸爸和亚培尔伯伯的把戏如何使你烦恼和着急的时候,我为什么听了居然会笑起来,现在你总该明白了吧?"

这下子我当然就把老实话说出来,不再开玩笑了;于是我就开门见山地说:

"哦,我最亲爱的先生,我现在要收回刚才那句话。您果然是有一个职位要找人担任,而这正合我的要求。"

"你说是什么吧。"

"女婿。"

"好了,好了,好了!可是你要知道,你既然从来没有干过这个差事,那你当然就没有什么特长,可以符合我们合同的条件,所以……"

"叫我试一试吧——啊,千万答应我,我求您!只要让我试三四十年就行,如果……"

"啊,好吧,就这么办;你要求的只是一桩小事情,叫她跟你去吧。"

快活吗,我们俩?翻遍足本大辞典也找不出字眼来形容它。一两天之后,伦敦的人们知道了我在那一个月之中拿那张一百万镑的钞票所干的种种事情以及如何结局的全部经过,大家是否大谈特谈,非常开心呢?是的。

我的波霞的父亲把那张帮人忙的、豪爽的钞票拿回英格兰银行去兑了现;然后银行给它盖上注销的戳子,当作礼物送给他,他又在我们举行婚礼时转赠给我们,从此以后这张钞票就配了镜框,一直挂在我们家里最神圣的地方。因为它给我招来了我的波霞。要不是有了它,我就不可能留在伦敦,也不会在公使家里露面,根本就不会和她相会。所以我常常说:"不错,那分明是一张一百万镑的钞票,毫不含糊;可是它一辈子除了一次以外,没有买过一样东西,而这一次只不过花了那个货色的价值大约十分之一的钱就把它买到了。"

(张友松　译)

欧·亨利

欧·亨利(1862—1910),原名威廉·西特尼·波特,生于葛林斯保罗,父亲是医生。十五岁在叔父的药房里当学徒,五年后到西部放了两年牛。从1884年起先后当过会计员、土地局办事员和银行出纳员。1896年因账款问题跑到拉丁美洲避难,1897年回国后被捕,坐了三年牢。他定居纽约从事写作,短篇小说约有三百篇,描写小人物、强盗、骗子,不乏令人深省的针砭,常以幽默——含泪的微笑抚慰小人物所受的创伤,结尾出人意料。

《麦琪的礼物》描写一对夫妇卖掉自己最宝贵的东西,以互赠圣诞礼物,这曲爱的赞歌感人肺腑,但这是悲哀的快乐,人物和读者都不免笑中带泪。巧设悬念,结尾点题是作者惯用的手法。

麦琪的礼物

一块八毛七分钱。全在这儿了。其中六毛钱还是铜子儿凑起来的。这些铜子儿是每次一个、两个向杂货铺、菜贩和肉店老板那儿死乞白赖地硬扣下来的;人家虽然没有明说,自己总觉得这种掂斤播两的交易未免太吝啬,当时脸都臊红了。德拉数了三遍。数来数去还是一块八毛七分钱,而第二天就是圣诞节了。

除了倒在那张破旧的小榻上号哭之外,显然没有别的办法。德拉就那样做了。这使一种精神上的感慨油然而生,认为人生是由啜泣、抽噎和微笑组成的,而抽噎占了其中绝大部分。

这个家庭的主妇渐渐从第一阶段退到第二阶段,我们不妨抽空儿来看看这个家吧。一套连家具的公寓,房租每星期八块钱。虽不能说是绝对难以形容,其实跟贫民窟也相去不远。

下面门廊里有一个信箱,但是永远不会有信件投进去;还有一个电钮,除非神仙下凡才能把铃按响。那里还贴着一张名片,上面印有"詹姆斯·迪林汉·扬先生"几个字。

"迪林汉"这个名号是主人先前每星期挣三十块钱得法的时候,一时高兴,加在姓名之间的。现在收入缩减到二十块钱,"迪林汉"几个字看来就有些模糊,仿佛它们正在郑重考虑,是不是缩成一个质朴而谦逊的"迪"字为好。但是每逢詹姆斯·迪林汉·扬先生回家上楼,走进房间的时候,詹姆斯·迪林汉·扬太太——就是刚才已经介绍给各位的德拉——总是管他叫"吉姆",总是热烈地拥抱他。那当然是很好的。

德拉哭了之后,在脸颊上扑了些粉。她站在窗子跟前,呆呆地瞅着外面灰蒙蒙的后院里,一只灰猫正在灰色的篱笆上行走。明天就是圣诞节了,她只有一块八毛七分钱来给吉姆买一件礼物。好几个月来,她省吃俭用,能攒起来的都攒了,可结果只有这一点儿。一星期二十块钱的收入是不经用的。支出总比她预算的要多。总是这样的。只有一块八毛七分钱来给吉姆买礼物。她的吉姆。为了买一件好东西送给他,德拉自得其乐地筹划了好些日子。要买一件精致、珍奇而真有价值的东西——够得上为吉姆所有的东西固然很少,可总得有些相称才成呀。

房里两扇窗子中间有一面壁镜。诸位也许见过房租八块钱的公寓里的壁镜。一个非常瘦小灵活的人,从一连串纵条影像里,也许可以对自己的容貌得到一个大致不差的概念。德拉全凭身材苗条,才精通了那种技艺。

她突然从窗口转过身,站到壁镜面前。她的眼睛晶莹明亮,可是她的脸在二十秒钟之内却失色了。她迅速地把头发解开,让它披落下来。

且说,詹姆斯·迪林汉·扬夫妇有两样东西特别引为自豪,一样是吉姆三代祖传的金表,另一样是德拉的头发。如果示巴女王[①]住在天井对面的公寓里,德拉总有一天会把她的头发悬在窗外去晾干,使那位女王的珠宝和礼物相形见绌。如果所罗门王[②]当了看门人,把他所有的财富都堆在地下室里,吉姆每次经过那儿时准会掏出他的金表看看,好让所罗门妒忌得吹胡子瞪眼睛。

这当儿,德拉美丽的头发披散在身上,像一股褐色的小瀑布,奔泻闪亮。头发一直垂到膝盖底下,仿佛给她铺成了一件衣裳。她又神经质地赶快把头发梳好。她踌躇了一会儿,静静地站着,有一两滴泪水溅落在破旧的红地毯上。

她穿上褐色的旧外套,戴上褐色的旧帽子。她眼睛里还留着晶莹的泪光,裙子一摆,就飘然走出房门,下楼跑到街上。

她走到一块招牌前停住了,招牌上面写着:"莎弗朗妮夫人——经营各种头发用品。"德拉跑上一段楼梯,气喘吁吁地让自己定下神来。那位夫人身躯肥大,肤色白得过分,一副冷冰冰的模样,同"莎弗朗妮"[③]这个名字不大相称。

"你要买我的头发吗?"德拉问道。

"我买头发,"夫人说。"脱掉帽子,让我看看头发的模样。"

那股褐色的小瀑布泻了下来。

"二十块钱,"夫人用行家的手法抓起头发说。

"赶快把钱给我,"德拉说。

噢,此后的两个钟头仿佛长了玫瑰色翅膀似的飞掠过去。诸位不必理会这种杂凑的比喻。总之,德拉正为了送吉姆的礼物在店铺里搜索。

德拉终于把它找到了。它准是专为吉姆,而不是为别人制造的。她把所有店铺都兜底翻过,各家都没有像这样的东西。那是一条白金表链,式样简单朴素,只是以货色来显示它的价值,不凭什么装潢来炫耀——一切好东西都应该是这样的。它甚至配得上那只金表。她一看到就认为非给吉姆买下不可。它简直像他的为人。文静而有价值——这句话拿来形容表链和吉姆本人都恰到好处。店里以二十一块钱的价格卖给了她,她剩下八毛七分钱,匆匆赶回家去。吉姆有了那条链子,在任何场合都可以毫无顾虑地看看钟点了。那只表虽然华贵,可是因为只用一条旧皮带来代替表链,他有时候只是偷偷地瞥一眼。

德拉回家以后,她的陶醉有一小部分被审慎和理智所替代。她拿出卷发铁钳,点着煤气,着手补救由于爱情加上慷慨而造成的灾害。那始终是一件艰巨的工作,亲爱的朋友们——简直是了不起的工作。

不出四十分钟,她头上布满了紧贴着的小发鬈,变得活像一个逃课的小学生。她

---

① 示巴女王:示巴古国在阿拉伯西南,即今之也门。《旧约·列王纪上》载示巴女王带了许多香料、宝石和黄金去觐见所罗门王,用难题考验所罗门的智慧。

② 所罗门王:公元前十世纪以色列国王,以聪明豪富著称。

③ 莎弗朗妮:意大利诗人塔索(1544—1595)以第一次十字军东征为题材的史诗《被解放的耶路撒冷》中的人物,她为了拯救耶路撒冷全城的基督城,承认了并未犯过的罪行,成为舍己救人的典型。

对着镜子小心而苛刻地照了又照。

“如果吉姆看了一眼不把我宰掉的话，”她自言自语地说，“他会说我像是康奈岛游乐场里的卖唱姑娘。我有什么办法呢？——唉！只有一块八毛七分钱，叫我有什么办法呢？”

到了七点钟，咖啡已经煮好，煎锅也放在炉子后面热着，随时可以煎肉排。

吉姆从没有晚回来过。德拉把表链对折着握在手里，在他进来时必经的门口的桌子角上坐下来。接着，她听到楼下梯级上响起了他的脚步声。她脸色白了一忽儿。她有一个习惯，往往为了日常最简单的事情默祷几句，现在她悄声说：“求求上帝，让他认为我还是美丽的。”

门打开了，吉姆走进来，随手把门关上。他很瘦削，非常严肃。可怜的人儿，他只有二十二岁——就负起了家庭的担子！他需要一件新大衣，手套也没有。

吉姆在门内站住，像一条猎狗嗅到鹌鹑气味似的纹丝不动。他的眼睛盯着德拉，所含的神情是她所不能理解的，这使她大为惊慌。那既不是愤怒，也不是惊讶，又不是不满，更不是嫌恶，不是她所预料的任何一种神情。他只带着那种奇特的神情凝视着德拉。

德拉一扭腰，从桌上跳下来，走近他身边。

“吉姆，亲爱的，”她喊道，“别那样盯着我。我把头发剪掉卖了，因为不送你一件礼物，我过不了圣诞节。头发会再长出来的——你不会在意吧，是不是？我非这么做不可。我的头发长得快极啦。说句‘恭贺圣诞’吧！吉姆，让我们快快乐乐的。我给你买了一件多么好——多么美丽的好东西，你怎么也猜不到的。”

“你把头发剪掉了吗？”吉姆吃力地问道，仿佛他绞尽脑汁之后，还没有把这个显而易见的事实弄明白似的。

“非但剪了，而且卖了，”德拉说。“不管怎样，你还是同样地喜欢我吗？虽然没有了头发，我还是我，可不是吗？”

吉姆好奇地向房里四下张望。

“你说你的头发没有了吗？”他带着近乎白痴般的神情问道。

“你不用找啦，”德拉说。“我告诉你，已经卖了——卖了，没有了。今天是圣诞前夜，亲爱的。好好地对待我，我剪掉头发为的是你呀。我的头发也许数得清，”她突然非常温柔地接下去说，“但我对你的爱情谁也数不清。我把肉排煎上好吗，吉姆？”

吉姆好像从恍惚中突然醒过来。他把德拉搂在怀里。我们不要冒昧，先花十秒钟工夫瞧瞧另一方面无关紧要的东西吧。每星期八块钱的房租，或是每年一百万元房租——那有什么区别呢？一位数学家或是一位俏皮的人可能会给你不正确的答复。麦琪带来了宝贵的礼物①，但其中没有那件东西。对这句晦涩的话，下文将有所说明。

---

① 麦琪：指基督初生时来送礼物的三贤人。一说是东方的三王：梅尔基奥尔（光明之王）赠送黄金表示尊贵；加斯帕（洁白者），赠送乳香象征神圣；巴尔撒泽赠送没药预示基督后来遭受迫害而死。

吉姆从大衣口袋里掏出一包东西,把它扔在桌上。

“别对我有什么误会,德尔,”他说。“不管是剪发、修脸,还是洗头,我对我姑娘的爱情是决不会减低的。但是只消打开那包东西,你就会明白,你刚才为什么使我愣住了。”

白皙的手指敏捷地撕开了绳索和包皮纸。接着是一声狂喜的呼喊;紧接着,哎呀!突然转变成女性神经质的眼泪和号哭,立刻需要公寓的主人用尽办法来安慰她。

因为摆在眼前的是那套插在头发上的梳子——全套的发梳,两鬓用的,后面用的,应有尽有;那原是在百老汇路上的一个橱窗里,为德拉渴望了好久的东西。纯玳瑁做的,边上镶着珠宝的美丽的发梳——来配那已经失去的美发,颜色真是再合适也没有了。她知道这套发梳是很贵重的,心向神往了许久,但从来没有存过占有它的希望。现在这居然为她所有了,可是那佩带这些渴望已久的装饰品的头发却没有了。

但她还是把这套发梳搂在怀里不放,过了好久,她才能抬起迷蒙的泪眼,含笑对吉姆说:“我的头发长得很快,吉姆!”

接着,德拉像一只给火烫着的小猫似的跳了起来,叫道:“喔!喔!”

吉姆还没有见到他的美丽的礼物呢。她热切地伸出摊开的手掌递给他。那无知觉的贵金属仿佛闪闪反映着她那快活和热诚的心情。

“漂亮吗,吉姆?我走遍全市才找到的。现在你每天要把表看上百来遍了。把你的表给我,我要看看它配在表上的样子。”

吉姆并没有照着她的话去做,却倒在榻上,双手枕着头,笑了起来。

“德尔,”他说,“我们把圣诞节礼物搁在一边,暂且保存起来。它们实在太好啦,现在用了未免可惜。我是卖掉了金表,换了钱去买你的发梳的。现在请你煎肉排吧。”

那三位麦琪,诸位知道,全是有智慧的人——非常有智慧的人——他们带来礼物,送给生在马槽里的圣子耶稣。他们首创了圣诞节馈赠礼物的风俗。他们既然有智慧,他们的礼物无疑也是聪明的,可能还附带一种碰上收到同样的东西时可以交换的权利。我的拙笔在这里告诉了诸位一个没有曲折、不足为奇的故事;那两个住在一间公寓里的笨孩子,极不聪明地为了对方牺牲了他们一家最宝贵的东西。但是,让我们对目前一般聪明人说最后一句话,在所有馈赠礼物的人当中,那两个人是最聪明的。在一切授受礼物的人当中,像他们这样的人也是最聪明的。无论在什么地方,他们都是最聪明的。他们就是麦琪。

(王仲年　译)

安徒生

汉斯·克里斯蒂安·安徒生(1805—1875),丹麦童话作家,生于欧登塞,父亲是鞋匠。十一岁丧父,他当过好几种行业的学徒,十四岁到哥本哈根皇家剧院打杂,十七岁才正规上学。他一生写过一百六十八篇童话,既有反映下层人民疾苦,歌颂他们的勇敢聪明、舍己救人、不顾名利,揭露富人的自私凶残、平庸和愚蠢的童话,也有总结生活经验和哲理的作品。往往富有抒情意味,情节生动多彩。

《皇帝的新装》是对假大空、硬充好汉、人云亦云、奉迎拍马等等现象的尖锐讽刺,只有小孩子和老百姓才实事求是,说出真相。作品的哲理内涵丰富。《丑小鸭》喻指金子总要发光,天鹅不管小时候多么丑陋,总有一天会作冲天之飞,不同于那些野鸭。人在落魄时不要自惭形秽,也许好运正在向你招手呢。

皇帝的新装

许多年以前有一位皇帝,他非常喜欢穿好看的新衣服。他为了要穿得漂亮,把所有的钱都花到衣服上去了,他一点也不关心他的军队,也不喜欢去看戏。除非是为了炫耀一下新衣服以外,他也不喜欢乘着马车逛公园。他每天每个钟头要换一套新衣服。人们提到皇帝时总是说:"皇上在会议室里。"但是人们一提到他时,总是说:"皇上在更衣室里。"

在他住的那个大城市里,生活很轻松,很愉快。每天有许多外国人到来。有一天来了两个骗子。他们说他们是织工。他们说,他们能织出谁也想象不到的最美丽的布。这种布的色彩和图案不仅是非常好看,而且用它缝出来的衣服还有一种奇异的作用,那就是凡是不称职的人或者愚蠢的人,都看不见这衣服。

"那正是我最喜欢的衣服!"皇帝心里想。"我穿了这样的衣服,就可以看出我的王国里哪些人不称职;我就可以辨别出哪些人是聪明人,哪些人是傻子。是的,我要叫他们马上织出这样的布来!"他付了许多现款给这两个骗子,叫他们马上开始工作。

他们摆出两架织机来,装作是在工作的样子,可是他们的织机上什么东西也没有。他们接二连三地请求皇帝发一些最好的生丝和金子给他们。他们把这些东西都装进自己的腰包,却假装在那两架空空的织机上忙碌地工作,一直忙到深夜。

"我很想知道他们织布究竟织得怎样了,"皇帝想。不过,他立刻就想起了愚蠢的人或不称职的人是看不见这布的。他心里的确感到有些不大自在。他相信他自己是用不着害怕的。虽然如此,他还是觉得先派一个人去看看比较妥当。全城的人都听说过这种布料有一种奇异的力量,所以大家都想很趁这机会来测验一下,看看他们的邻人究竟有多笨,有多傻。

“我要派诚实的老部长到织工那儿去看看,”皇帝想。“只有他能看出这布料是个什么样子,因为他这个人很有头脑,而且谁也不像他那样称职。”

因此这位善良的老部长就到那两个骗子的工作地点去。他们正在空空的织机上忙忙碌碌地工作。

“这是怎么一回事情?”老部长想,把眼睛睁得有碗口那么大。

“我什么东西也没有看见!”但是他不敢把这句话说出来。

那两个骗子请求他走近一点,同时问他,布的花纹是不是很美丽,色彩是不是很漂亮。他们指着那两架空空的织机。这位可怜的老大臣的眼睛越睁越大,可是他还是看不见什么东西,因为的确没有什么东西可看。

“我的老天爷!”他想。“难道我是一个愚蠢的人吗?我从来没有怀疑过我自己。我决不能让人知道这事情。难道我不称职吗?——不成;我决不能让人知道我看不见布料。”

“哎,你一点意见也没有吗?”一个正在织布的织工说。

“啊,美极了!真是美妙极了!”老大臣说。他戴着眼镜仔细地看。“多么美的花纹!多么美的色彩!是的,我将要呈报皇上说我对于这布感到非常满意。”

“嗯,我们听到您的话真高兴,”两个织工一齐说。他们把这些稀有的色彩和花纹描写了一番,还加上些名词儿。这位老大臣注意地听着,以便回到皇帝那里去时,可以照样背得出来。事实上他也就这样办了。

这两个骗子又要了很多的钱,更多的丝和金子,他们说这是为了织布的需要。他们把这些东西全装进腰包里,连一根线也没有放到织机上去。不过他们还是继续在空空的机架上工作。

过了不久,皇帝派了另一位诚实的官员去看看,布是不是很快就可以织好。他的运气并不比头一位大臣的好:他看了又看,但是那两架空空的织机上什么也没有,他什么东西也看不出来。

“你看这段布美不美?”两个骗子问。他们指着一些美丽的花纹,并且作了一些解释。事实上什么花纹也没有。

“我并不愚蠢!”这位官员想。“这大概是因为我不配担当现在这样好的官职吧?这也真够滑稽,但是我决不能让人看出来!”因此他就把他完全没有看见的布称赞了一番,同时对他们说,他非常喜欢这些美丽的颜色和巧妙的花纹。“是的,那真是太美了,”他回去对皇帝说。

城里所有的人都在谈论这美丽的布料。

当这布还在织的时候,皇帝就很想亲自去看一次。他选了一群特别圈定的随员——其中包括已经去看过的那两位诚实的大臣。这样,他就到那两个狡猾的骗子住的地方去。这两个家伙正在全副精神织布，但是一根线的影子也看不见。

“您看这不漂亮吗？”那两位诚实的官员说。“陛下请看，多么美丽的花纹！多么美丽的色彩！”他们指着那架空空的织机，因为他们以为别人一定会看得见布料的。

“这是怎么一回事儿呢？”皇帝心里想。“我什么也没有看见！这真是荒唐！难道我是一个愚蠢的人吗？难道我不配做皇帝吗？这真是我从来没有碰见过的一件最可怕的事情。”

“啊，它真是美极了！”皇帝说。“我表示十二分地满意！”于是他点头表示满意。他装作很仔细地看着织机的样子，因为他不愿意说出他什么也没有看见。跟他来的全体随员也仔细地看了又看，可是他们也没有看出更多的东西。不过，他们也照着皇帝的话说：“啊，真是美极了！”他们建议皇帝用这种新奇的、美丽的布料做成衣服，穿上这衣服亲自去参加快要举行的游行大典。“真美丽！真精致！真是好极了！”每人都随声附和着。每人都有说不出的快乐。皇帝赐给骗子每人一个爵士的头衔和一枚可以挂在纽扣洞上的勋章；并且还封他们为“御聘织师”。

第二天早晨游行大典就要举行了。在头天晚上，这两个骗子整夜不睡，点起十六支蜡烛。你可以看到他们是在赶夜工，要完成皇帝的新衣。他们装作把布料从织机上取下来。他们用两把大剪刀在空中裁了一阵子，同时又用没有穿线的针缝了一通。最后，他们齐声说：“请看！新衣服缝好了！”

皇帝带着他的一群最高贵的骑士们亲自到来了。这两个骗子每人举起一只手，好像他们拿着一件什么东西似的。他们说：“请看吧，这是裤子！这是袍子！这是外衣！”等等。“这衣服轻柔得像蜘蛛网一样：穿着它的人会觉得好像身上没有什么东西似的——这也正是这衣服的妙处。”

“一点也不错，”所有的骑士都说。可是他们什么也没有看见，因为实际上什么东西也没有。

“现在请皇上脱下衣服，”两个骗子说，“我们要在这个大镜子面前为陛下换上新衣。”

皇帝把身上的衣服统统都脱光了。这两个骗子装作把他们刚才缝好的新衣服一件一件地交给他。他们在他的腰围那儿弄了一阵子，好像是系上一件什么东西似的：这就是后裾①。皇帝在镜子面前转了转身子，扭了扭腰肢。

“上帝，这衣服多么合身啊！式样裁得多么好看啊！”大家都说。“多么美的花纹！多么美的色彩！这真是一套贵重的衣服！”

“大家已经在外面把华盖准备好了，只等陛下出去，就可撑起来去游行！”典礼官说。

“对，我已经穿好了，”皇帝说，“这衣服合我的身么？”于是他又在镜子面前把身子转动了一下，因为他要叫大家看出他在认真地欣赏他美丽的服装。

---

① 后裾（Slaebet）就是拖在礼服后面的很长的一块布，它是封建时代欧洲贵族的一种装束。

那些将要托着后裾的内臣们,都把手在地上东摸西摸,好像他们真的在拾起后裾似的。他们开步走,手中托着空气——他们不敢让人瞧出他们实在什么东西也没有看见。

这么着,皇帝就在那个富丽的华盖下游行起来了。站在街上和窗子里的人都说:"乖乖,皇上的新衣真是漂亮!他上衣下面的后裾是多么美丽!衣服多么合身!"谁也不愿意让人知道自己看不见什么东西,因为这样就会暴露自己不称职,或是太愚蠢。皇帝所有的衣服从来没有得到这样普遍的称赞。

"可是他什么衣服也没有穿呀!"一个小孩子最后叫出声来。

"上帝哟,你听这个天真的声音!"爸爸说。于是大家把这孩子讲的话私自低声地传播开来。

"他并没有穿什么衣服!有一个小孩子说他并没有穿什么衣服呀!"

"他实在是没有穿什么衣服呀!"最后所有的老百姓都说。皇帝有点儿发抖,因为他似乎觉得老百姓所讲的话是对的。不过他自己心里却这样想:"我必须把这游行大典举行完毕。"因此他摆出一副更骄傲的神气,他的内臣们跟在他后面走,手中托着一个并不存在的后裾。

丑 小 鸭

乡下真是非常美丽。这正是夏天!小麦是金黄的,燕麦是绿油油的。干草在绿色的牧场上堆成垛,鹳鸟用它又长又红的腿子在散着步,噜苏地讲着埃及话[①]。这是它从妈妈那儿学到的一种语言。田野和牧场的周围有些大森林,森林里有些很深的池塘。的确,乡间是非常美丽的。太阳光正照着一幢老式的房子,它周围流着几条很深的小溪。从墙角那儿一直到水里,全盖满了牛蒡的大叶子。最大的叶子长得非常高,小孩子简直可以直着腰站在下面。像在最浓密的森林里一样,这儿也是很荒凉的。这儿有一只母鸭坐在窠里,她得把她的几个小鸭都孵出来。不过这时她已经累坏了。很少有客人来看她。别的鸭子都愿意在溪流里游来游去,而不愿意跑到牛蒡下面来和她聊天。

最后,那些鸭蛋一个接着一个地崩开了。"噼!噼!"蛋壳响起来。所有的蛋黄现在都变成了小动物。他们把小头都伸出来。

"嘎!嘎!"母鸭说。他们也就跟着嘎嘎地大声叫起来。他们在绿叶子下面向四周看。妈妈让他们尽量地东张西望,因为绿色对他们的眼睛是有好处的。

"这个世界真够大!"这些年轻的小家伙说。的确,比起他们在蛋壳里的时候,他们现在的天地真是大不相同了。

"你们以为这就是整个世界!"妈妈说。"这地方伸展到花园的另一边,一直伸展到牧师的田里去,才远呢!连我自己都没有去过!我想你们都在这儿吧?"她站起来。

---

① 据丹麦民间传说,鹳鸟是从埃及飞来的。

"没有,我还没有把你们都生出来呢！这只顶大的蛋还躺着没有动静。它还得躺多久呢？我真是有些烦了。"于是她又坐下来。

"唔,情形怎样?"一只来拜访她的老鸭子问。

"这个蛋费的时间真久!"坐着的母鸭说。"它老是不裂开。请你看看别的吧。他们真是一些最逗人爱的小鸭儿！都像他们的爸爸——这个坏东西从来没有来看过我一次!"

"让我瞧瞧这个老是不裂开的蛋吧,"这位年老的客人说,"请相信我,这是一只吐绶鸡的蛋。有一次我也同样受过骗:你知道,那些小家伙不知道给了我多少麻烦和苦恼,因为他们都不敢下水。我简直没有办法叫他们在水里试一试。我说好说歹,一点用也没有！——让我来瞧瞧这只蛋吧。哎呀！这是一只吐绶鸡的蛋！让它躺着吧,你尽管叫别的孩子去游泳好了。"

"我还是在它上面多坐一会儿吧,"鸭妈妈说,"我已经坐了这么久,就是再坐它一个星期也没有关系。"

"那么就请便吧,"老鸭子说。于是她就告辞了。

最后这只大蛋裂开了。"噼！噼!"新生的这个小家伙叫着向外面爬。他是又大又丑。鸭妈妈把他瞧了一眼。"这个小鸭子大得怕人,"她说,"别的没有一个像他;但是他一点也不像小吐绶鸡！好吧,我们马上就来试试看吧。他得到水里去,我踢也要把他踢下水去。"

第二天的天气是又晴和,又美丽。太阳照在绿牛蒡上。鸭妈妈带着她所有的孩子走到溪边来。扑通！她跳进水里去了。"呱！呱!"她叫着,于是小鸭子就一个接着一个跳下去。水淹到他们头上,但是他们马上又冒出来了,游得非常漂亮。他们的小腿很灵活地划着。他们全都在水里,连那个丑陋的灰色小家伙也跟他们在一起游。

"唔,他不是一个吐绶鸡,"她说。"你看他的腿划得多灵活,他浮得多么稳！他是我亲生的孩子！如果你把他仔细看一看,他还算长得蛮漂亮呢。嘎！嘎！跟我一块儿来吧,我把你们带到广大的世界上去,把那个养鸡场介绍给你们看看。不过,你们得紧贴着我,免得别人踩着你们。你们还得当心猫儿呢!"

这样,他们就到养鸡场里来了。场里起了一阵可怕的喧闹声,因为有两个家族正在争夺一个鳝鱼头,而结果猫儿却把它抢走了。

"你们瞧,世界就是这个样子!"鸭妈妈说。她的嘴流了一点涎水,因为她也想吃那个鳝鱼头。"现在使用你们的腿吧!"她说。"你们拿出精神来。你们如果看到那儿的一个老母鸭,你们就得把头低下来,因为她是这儿最有声望的人物。她有西班牙的血统——因为她长得非常胖。你们看,她的腿上有一块红布条。这是一件非常出色的东西,也是一个鸭子可能得到的最大光荣:它的意义很大,说明人们不愿意失去她,动物和人统统都得认识她。打起精神来吧——不要把腿子缩进去。一只有很好教养的鸭子总是把腿摆开的,像爸爸和妈妈一样。好吧,低下头来,说:'嘎'呀!"

他们这样做了。别的鸭子站在旁边看着,同时用相当大的声音说。

“瞧！现在又来了一批找东西吃的客人,好像我们的人数还不够多似的！呸！瞧那只小鸭的一副丑相！我们真看不惯!”于是马上有一只鸭子飞过去,在他的脖颈上啄了一下。

“请你们不要管他吧,”妈妈说,“他并不伤害谁呀!”

“对,不过他长得太大、太特别了,”啄过他的那只鸭子说,“因此他必须挨打!”

“那个母鸭的孩子都很漂亮,”腿上有一条红布的那个母鸭说,“他们都很漂亮,只有一只是例外。这真是可惜。我希望能把他再孵一次。”

“那可不能,太太,”鸭妈妈回答说。“他不好看,但是他的脾气非常好。他游起水来也不比别人差——我还可以说,游得比别人好呢。我想他会慢慢长得漂亮的,或者到适当的时候,他也可能缩小一点。他在蛋里躺着太久了,因此他的模样有点不太自然。”她说着,同时在他的脖颈上啄了一下,把他的羽毛理了一理。“此外,他还是一只公鸭呢,”她说,“所以关系也不太大。我想他的身体很结实,将来总会自己找到出路的。”

“别的小鸭倒很可爱,”老母鸭说。“你在这儿不要客气。如果你找到鳝鱼头,请把它送给我好了。”

他们现在在这儿,就像在自己家里一样。

不过从蛋壳里爬出的那只小鸭太丑了,到处挨打,被排挤,被讥笑,不仅在鸭群中是这样,连在鸡群中也是这样。

“他真是又粗又大!”大家都说。有一只雄吐绶鸡生下来脚上就有距,因此他自以为是一个皇帝。他把自己吹得像一条鼓满了风的帆船,来势汹汹地向他走来,瞪着一双大眼睛,脸上涨得通红。这只可怜的小鸭不知道站在什么地方,或者走到什么地方去好。他觉得非常悲哀,因为自己长得那么丑陋,而且成了全体鸡鸭的一个嘲笑对象。

这是头一天的情形。后来一天比一天糟。大家都要赶走这只可怜的小鸭;连他自己的兄弟姊妹也对他生起气来。他们老是说:“你这个丑妖怪,希望猫儿把你抓去才好!”于是妈妈也说起来:“我希望你走远些!”鸭儿们啄他,小鸡打他,喂鸡鸭的那个女佣人用脚来踢他。

于是他飞过篱笆逃走了:灌木林里的小鸟一见到他,就惊慌地向空中飞去。“这是因为我太丑了!”小鸭想。于是他闭起眼睛,继续往前跑。他一口气跑到一块住着野鸭的沼泽地里。他在这儿躺了一整夜,因为他太累了,太丧气了。

天亮的时候,野鸭都飞起来了。他们瞧了瞧这位新来的朋友。

“你是谁呀?”他们问。小鸭一下转向这边,一下转向那边,尽量对大家恭恭敬敬地行礼。

“你真是丑得厉害,”野鸭们说,“不过只要你不跟我们族里任何鸭子结婚,对我们倒也没有什么大的关系。”可怜的小东西！他根本没有想到什么结婚;他只希望人家准许他躺在芦苇里,喝点沼泽的水就够了。

他在那儿躺了两个整天。后来有两只雁——严格地讲,应该说是两只公雁,因为他们是两个男的——飞来了。他们从娘的蛋壳里爬出来还没有多久,因此非常顽皮。

"听着,朋友,"他们说,"你丑得可爱,连我①都禁不住要喜欢你了。你做一个候鸟,跟我们一块儿飞走好吗?另外有一块沼泽地离这儿很近,那里有好几只活泼可爱的雁儿。她们都是小姐,都会说:'嘎!'你是那么丑,可以在她们那儿碰碰你的运气!"

"噼!啪!"天空中发出一阵响声。这两只公雁落到芦苇里,死了,把水染得鲜红。"噼!啪!"又是一阵响声。整群的雁儿都从芦苇里飞起来,于是又是一阵枪声响起来了。原来有人在大规模地打猎。猎人都埋伏在这沼泽地的周围,有几个人甚至坐在伸到芦苇上空的树枝上。蓝色的烟雾像云块似的笼罩着这些黑树,慢慢地在水面上向远方飘去。这时,猎狗都扑通扑通地在泥泞里跑过来,灯芯草和芦苇向两边倒去。这对于可怜的小鸭说来真是可怕的事情!他把头掉过来,藏在翅膀里。不过,正在这时候,一只骇人的大猎狗紧紧地站在小鸭的身边。它的舌头从嘴里伸出很长,眼睛发出丑恶和可怕的光。它把鼻子顶到这小鸭的身上,露出了尖牙齿,可是——扑通!扑通!——它跑开了,没有把他抓走。

"啊,谢谢老天爷!"小鸭叹了一口气。"我丑得连猎狗也不要咬我了!"

他安静地躺下来。枪声还在芦苇里响着,枪弹一发接着一发地射出来。

天快要暗的时候,四周才静下来。可是这只可怜的小鸭还不敢站起来。他等了好几个钟头,才敢向四周望一眼,于是他急忙跑出这块沼泽地,拼命地跑,向田野上跑,向牧场上跑。这时吹起一阵狂风,他跑起来非常困难。

到天黑的时候,他来到一个简陋的农家小屋。它是那么残破,甚至不知道应该向哪一边倒才好——因此它也就没有倒。狂风在小鸭身边号叫得非常厉害,他只好面对着它坐下来。它越吹越凶。于是他看到那门上的铰链有一个已经松了,门也歪了,他可以从空隙钻进屋子里去,他便钻进去了。

屋子里有一个老太婆和她的猫儿,还有一只母鸡住在一起。她把这只猫儿叫"小儿子"。他能把背拱得很高,发出咪咪的叫声来;他的身上还能迸出火花,不过要他这样做,你就得倒摸他的毛。母鸡的腿又短又小,因此她叫"短腿鸡儿"。她生下的蛋很好,所以老太婆把她爱得像自己的亲生孩子一样。

第二天早晨,人们马上注意到了这只来历不明的小鸭。那只猫儿开始咪咪地叫,那只母鸡也咯咯地喊起来。

"这是怎么一回事儿?"老太婆说,同时朝四周看。不过她的眼睛有点花,所以她以为小鸭是一只肥鸭,走错了路,才跑到这儿来了。"这真是少有的运气!"她说。"现在我可以有鸭蛋了。我只希望他不是一只公鸭才好!我们得弄个清楚!"

这样,小鸭就在这里受了三个星期的考验,可是他什么蛋也没有生下来。那只猫儿是这家的绅士,那只母鸡是这家的太太,所以他们一开口就说:"我们和这世界!"因为他们以为他们就是半个世界,而且还是最好的那一半呢。小鸭觉得自己可以有不同

---

① 这儿的"我"(jeg)是单数,跟前面的"他们说"不一致,但原文如此。

的看法,但是他的这种态度,母鸡却忍受不了。

“你能够生蛋吗?”她问。

“不能!”

“那么就请你不要发表意见。”

于是雄猫说:“你能拱起背,发出咪咪的叫声和迸出火花吗?”

“不能!”

“那么,当有理智的人在讲话的时候,你就没有发表意见的必要!”

小鸭坐在一个墙角里,心情非常不好。这时他想起了新鲜空气和太阳光。他觉得有一种奇怪的渴望:他想到水里去游泳。最后他实在忍不住了,就不得不把心事对母鸡说出来。

“你在起什么念头?”母鸡问。“你没有事情可干,所以你才有这些怪想头。你只要生几个蛋,或者咪咪地叫几声,那么你这些怪想头也就会没有了。”

“不过,在水里游泳是多么痛快呀!”小鸭说。“让水淹在你的头上,往水底一钻,那是多么痛快呀!”

“是的,那一定很痛快!”母鸡说。“你简直在发疯。你去问问猫儿吧——在我所认识的一切朋友当中,他是最聪明的——你去问问他喜欢不喜欢在水里游泳,或者钻进水里去。我先不讲我自己。你去问问你的主人——那个老太婆——吧,世界上再也没有比她更聪明的人了!你以为她想去游泳,让水淹在她的头顶上吗?”

“你们不了解我,”小鸭说。

“我们不了解你?那么请问谁了解你呢?你绝不会比猫儿和女主人更聪明吧——我先不提我自己。孩子,你不要自以为了不起吧!你现在得到这些照顾,你应该感谢上帝。你现在到一个温暖的屋子里来,有了一些朋友,而且还可以向他们学习很多的东西,不是吗?不过你是一个废物,跟你在一起真不痛快。你可以相信我,我对你说这些不好听的话,完全是为了帮助你呀。只有这样,你才知道谁是你的真正朋友!请你注意学习生蛋,或者咪咪地叫,或者迸出火花吧!”

“我想我还是走到广大的世界上去好。”小鸭说。

“好吧,你去吧!”母鸡说。

于是小鸭就走了。他一会儿在水上游,一会儿钻进水里去;不过,因为他的样子丑,所有的动物都瞧不起他。秋天到来了。树林里的叶子变成了黄色和棕色。风卷起它们,把它们带到空中飞舞,而空中是很冷的。云块沉重地载着冰雹和雪花,低低地悬着。乌鸦站在篱笆上,冻得只管叫:“呱!呱!”是的,你只要想想这情景,就会觉得冷了。这只可怜的小鸭的确没有一个舒服的时候。

一天晚上,当太阳正在美丽地落下去的时候,有一群漂亮的大鸟从灌木林里飞出来,小鸭从来没有看到过这样美丽的东西。他们白得发亮,颈项又长又柔软。这就是天鹅,他们发出一种奇异的叫声,展开美丽的长翅膀,从寒冷的地带飞向温暖的国度,飞向不结冰的湖上去。

他们飞得很高——那么高,丑小鸭不禁感到一种说不出的兴奋。他在水上像一个车轮似的不停地旋转着,同时把自己的颈项高高地向他们伸着,发出一种响亮的怪叫声,连他自己也害怕起来。啊！他再也忘记不了这些美丽的鸟儿,这些幸福的鸟儿。当他看不见他们的时候,就沉入水底;但是当他再冒到水面上来的时候,却感到非常空虚。他不知道这些鸟儿的名字,也不知道他们要向什么地方飞去。不过他爱他们,好像他从来还没有爱过什么东西似的。他并不嫉妒他们。他怎能梦想有他们那样美丽呢？只要别的鸭儿准许他跟他们生活在一起,他就已经很满意了——可怜的丑东西。

冬天变得很冷,非常的冷！小鸭不得不在水上游来游去,免得水面完全冻结成冰。不过他游动的这个小范围,一晚比一晚缩小。水冰得厉害,人们可以听到冰块的碎裂声。小鸭只好用他的一双腿不停地游动,免得水完全被冰封闭。最后,他终于昏倒了,躺着动也不动,跟冰块结在一起。

大清早,有一个农民在这儿经过。他看到了这只小鸭,就走过去用木屐把冰块踏破,然后把他抱回来,送给他的女人。他这时才渐渐地回复了知觉。

小孩子们都想要跟他玩,不过小鸭以为他们想伤害他。他一害怕就跳到牛奶盘里去了,把牛奶溅得满屋子都是。女人惊叫起来,拍着双手。这么一来,小鸭就飞到黄油盆里去了,然后就飞进面粉桶里去了,最后才爬出来。这时他的样子才好看呢！女人尖声地叫起来,拿着火钳要打他。小孩们挤做一团,想抓住这小鸭。他们又是笑,又是叫！——幸好大门是开着的。他钻进灌木林中新下的雪里面去。他躺在那里,几乎像昏倒了一样。

要是只讲他在这严冬所受的困苦和灾难,那么这个故事也就太悲惨了。当太阳又开始温暖地照着的时候,他正躺在沼泽地的芦苇里。百灵鸟唱起歌来了——这是一个美丽的春天。

突然间他举起翅膀:翅膀拍起来比以前有力得多,马上就把他托起来飞走了。他不知不觉地已经飞进了一座大花园。这儿苹果树正开着花;紫丁香在散发着香气,它又长又绿的枝条垂到弯弯曲曲的溪流上。啊,这儿美丽极了,充满了春天的气息！三只美丽的白天鹅从树荫里一直游到他面前来。他们轻飘飘地浮在水上,羽毛发出飕飕的响声。小鸭认出这些美丽的动物,于是心里感到一种说不出的难过。

"我要飞向他们,飞向这些高贵的鸟儿！可是他们会把我弄死的,因为我是这样丑,居然敢接近他们。不过这没有什么关系！被他们杀死,要比被鸭子咬、被鸡群啄、被看管养鸡场的那个女佣人踢和冬天受苦好得多！"于是他飞到水里,向这些美丽的天鹅游去:这些动物看到他,马上就竖起羽毛向他游来。"请你们弄死我吧！"这只可怜的动物说。他把头低低地垂到水上,只等待着死。但是他在这清澈的水上看到了什么呢？他看到了自己的倒影。但那不再是一只粗笨的、深灰色的、又丑又令人讨厌的鸭子,而是——一只天鹅！

只要你曾经在一只天鹅蛋里待过,就算你是生在养鸭场里也没有什么关系。

对于他过去所受的不幸和苦恼,他现在感到非常高兴。他现在清楚地认识到幸福和美正在向他招手。——许多大天鹅在他周围游泳,用嘴来亲他。

花园里来了几个小孩子。他们向水上抛来许多面包片和麦粒。最小的那个孩子喊道:

"你们看那只新天鹅!"别的孩子也兴高采烈地叫起来:"是的,又来了一只新的天鹅!"于是他们拍着手,跳起舞来,向他们的爸爸和妈妈跑去。他们抛了更多的面包和糕饼到水里,同时大家都说:"这新来的一只最美!那么年轻,那么好看!"那些老天鹅不禁在他面前低下头来。

他感到非常难为情。他把头藏到翅膀里面去,不知道怎么办才好。他感到太幸福了,但他一点也不骄傲,因为一颗好的心是永远不会骄傲的。他想起他曾经怎样被人迫害和讥笑过,而他现在却听到大家说他是美丽的鸟中最美丽的一只鸟儿。紫丁香在他面前把枝条垂到水里去。太阳照得很温暖,很愉快。他扇动翅膀,伸直细长的颈项,从内心里发出一个快乐的声音:

"当我还是一只丑小鸭的时候,我做梦也没有想到会有这么多的幸福!"

(以上叶君健　译)

果戈理

尼古拉·瓦西里耶维奇·果戈理(1809—1852),俄国小说家、戏剧家,生于大索罗庆采镇,父亲是地主,中学毕业后来到彼得堡当小公务员。小说有《狄康卡近乡夜话》(1831)、《小品集》(1835—1838)、《死魂灵》(1842),喜剧有《钦差大臣》(1836)。他的作品无情地讽刺了农奴制社会形形色色的人物。善于以夸张手法刻画典型,由表及里,形神毕肖。

《狂人日记》表现出对被压迫者的同情,深化了"小人物"的主题。作者借狂人的眼光去抨击社会的不合理现象,看似诳语,实乃一针见血的观察。构思独特而巧妙,狂人的心态表现得有幽默感。

狂人日记

十月三日

今天发生了一件不寻常的事。我早上起得很迟,当玛夫拉把擦干净的长筒靴给我送来的时候,我问她几点钟。听说早已打过了十点钟,我就尽快地穿起衣服来。我得承认,我是绝对不会到部里去的,早就知道我们的科长会绷起一张阴沉的脸。他老是对我说:"老弟,你怎么脑子里老是这么乱七八糟的?你有时候像疯子似的东奔西窜,把事情搅得一团糟,连撒旦也弄不清,你把官衔写成小写字母,也不注明日期、号码。"可恶的长脚鹭鸶!他一定是嫉妒我坐在部长的办公室里给大人削鹅毛笔。总而言之,我是不会到部里去的,要不是想见到财务员,向这犹太人预支一点官俸的话。这又是一个什么家伙啊!要他提前一个月发官俸——我的老天爷,那还是末日审判会来得快些。不管你怎么求,就是喊炸了也罢,穷死了也罢——他总是不给的,这白头发的老鬼。可是在家里,连女厨子都要打他的嘴巴。这是大家都知道的。我不懂在部里当差有什么好处。一点财源也没有。要是在省政府、民政厅和税务局里,情形就完全不同:在那边,你会看见一个人躲在远远一个犄角里,涂写些什么。他身上的燕尾服脏得要命,那张脸简直叫人要啐唾沫,可是你瞧,他住着一幢多么漂亮的别墅!要是送他一套镀金的瓷茶杯,他还瞧不上眼哩:"这种礼物,"他说,"只配送给医生。"你得送给他一对骏马,或者一辆弹簧座马车,或者价值三百卢布的海狸皮。他的外貌这样文静,说起话来这样细声慢气:"请借尊刀给我削削笔。"可是背地里,他会把申请人剥得只剩一件衬衫。实在不错的,我们是清水衙门,什么都是一清二楚的,省政府一辈子做梦也别想梦见:桃花心木做的桌子,各科的科长都称呼您。真个的,我得承认,要不是为了职务高贵,我早就辞职不干了。

我穿上了旧外套,拿了伞,因为外面正下着倾盆大雨。街上一个人也没有;只有用前襟兜着头的婆娘们,撑伞的俄国商人们,还有赶马车的,映入我的眼帘。至于上等人,只有我们的一位同僚在徜徉漫步。我看见他在十字路口。一看到他,我立刻就对自己说:"啊哈!别给我装傻,朋友,你不是上部里去,你是在追那个走在前面的女人,你在看她一双白嫩的脚。"我们的同僚是一个什么样的无赖啊!我敢赌咒,他在这方面不比任何一个军官差:只要有一个戴花帽子的女人走过,他一定会钉上去。当我这样想的时候,我看见一辆轿式马车开到了我正走过的那家商店门口。我立刻认出了它:这是我们部长的马车。可是,他是不会到店里来买东西的,我想:这一定是他的女儿。我贴近了墙脚。从仆打开车门,她从马车里像小鸟似的飞了出来。她怎样地左右顾盼,眉毛和眼睛怎样地闪动……我的天啊!我完蛋了,简直完蛋了。这样的下雨天,她干吗还要出门!你现在再来硬说女人是不怎么喜欢剪衣料的吧。她没有认出我来,我也故意尽可能地把自己藏起来;因为我身上的外套脏透了,并且是旧式的。斗篷现在都时兴有高领子,我穿的却是短的双层领子;并且呢子是完全没有喷水烫过的①。她的小狗来不及跳进店门,留在街上了。我认得这条小狗。她名字叫美琪。我站了还不到一分钟,忽然听见一个细小的声音:"你好,美琪!"哎呀!谁在说话!我向四下里张望,看见两个女人撑着伞在走路:一个老太婆,还有一个年轻的。可是她们已经走过去了,我身边又发出声音来:"你真坏啊,美琪!"该死!我看见美琪在嗅那条跟在两个女人后面走的小狗。"嘿!"我对自己说,"留点神,我别是喝醉了吧?这样的情况可是不

---

① 小裁缝店制衣,不经过喷了水烫,衣服遇潮即缩。

大有的。”“不,菲杰尔,你错怪了我了,”我明明看见美琪在说话:“我是呀,汪!汪!我是呀,汪,汪!害了一场大病。”原来说话的是条狗啊!我得承认,我听见狗说起人话来是不胜惊奇的。可是后来,把这一切好好儿想了一下,就不觉得奇怪了,说实在的,这样的事情世上早已不乏先例。据说,英国有一条鱼浮出水面,用古怪的语言说了两句话,害得学者们研究了三年工夫,至今还是无从索解。我又在报上读到两头牛跑到铺子里去,要买一磅茶叶。可是,我得承认,当听到美琪说出下面这些话的时候,我更是格外的惊奇:“我写过信给你的,菲杰尔;大概是波尔康没有把我的信送到!”我绝没有撒谎!我有生以来,从来还没有听说过狗会写信。只有贵族才能够写得通顺。当然,有些商店掌柜,甚而至于农奴,也有能动动笔的,可是他们写起来大都是刻板的老一套:没有逗点,没有句点,没有文体。

这件事使我大吃了一惊。我得承认,最近以来,我开始常常听见和看见一些大家闻所未闻、见所未见的事情。“走吧,”我对自己说,“跟着这条狗走,就会知道她是个什么人,她想些什么。”我撑开伞,跟着两个女人走去。经过豌豆街,踅入小市民街,再到木匠街,最后到了柯库什金桥,在一家大宅门前面停了下来。“我认得这家人家,”我对自己说,“这是兹维尔柯夫的家。”这样一个乱糟糟的大杂院!住在里面的,三教九流的人都有:一大群厨娘,一大群波兰人!至于讲到我们的同僚,他们像狗一样,一个叠一个地挤在一堆。我有一个朋友也住在这儿,他喇叭吹得挺不坏。两位太太一直跑到五层楼上去了。“好吧,”我想,“现在我不必去了,只要记住这地点,将来就会有用处的。”

十月四日

今天是星期三,所以我到部长的办公室里去。我故意来得早些,坐下来,把全部鹅毛笔都削尖了。我们的部长准是一个绝顶聪明的人。他的整个办公室摆满了书橱。我读了一下几本书的书名:渊博之至,渊博得简直不是我辈所能懂得的,全是些法文书或者德文书。再看一看他的脸:吓,一双眼睛闪着怎样尊严的光啊!我从来没有听见他说过一句废话。除非当你递给他公文的时候,他会问:“外边天气怎么样?”“天气不好,大人!”我们真不能跟他相比啊!他是一位身居要职的大人物。不过,我看出他对我倒是大有好感的。要是他的女儿也……哎呀,下流……没什么,没什么,别说了!——我读了《蜜蜂》[1],法国人全是些多么愚蠢的家伙!他们说的是些什么?真个的,我想把他们统统抓起来,用桦树棍子抽他们一顿才痛快!我在那上面也读到了一篇描写跳舞会的挺有趣的文章,这是一个库尔斯克的地主写的。库尔斯克的地主们写得一手好文章。后来,我注意到已经过了十二点半,我们的上司还没有从卧室里出来。可是在一点半钟的时候,发生了一件远非笔墨所能形容的事情。门开了,我以为是部长来了,捧着文件从椅子上直立起来;可是这是她,她呀!老天爷,她打扮得多么漂亮!她穿一身白,活像是天鹅:吓,别提多美啦!只要她看你一眼:太阳,简直是太阳!她行

① 全名是《北方蜜蜂》。

着礼，说道：“爸爸不在这儿么？”哎哟，哎哟！什么样的声音啊！金丝雀，真的，金丝雀！“小姐，”我想说，“别叫人来处死我，要是您要我死，那么，就请用您高贵的手处死我。”可是，见鬼，不知怎么的，舌头转不过来，我只说了一声：“不在。”她瞧瞧我，瞧瞧书，掉落了一块手帕。我飞扑过去，在可恶的镶花地板上扑通滑了一跤，差点没把鼻子磕破，可是到底站稳了，拾起了那块手帕。天哪，什么样的手帕啊！最细巧的，用上等薄麻纱做的——琥珀，完全是琥珀！光说手帕，就散发出高贵的味道。她道了谢，微微一笑，几乎连嘴唇都没有牵动一下，接着就走掉了。我又坐了一个钟头，仆人忽然进来说：“回家去吧，亚克森齐 · 伊凡诺维奇，老爷已经出门了。”跟仆人打交道我可受不了：他们喜欢懒洋洋地坐在门厅里，连头也懒得向你点一下。这还不算什么：有一回，一个坏蛋站也不站起来，就想敬烟给我吸。你知道么，愚蠢的奴才，我是一个官，我是名门出身哪。于是我拿了帽子，自己穿上了外套，因为这批家伙是从来不肯侍候你穿衣服的，就走了出去。回到家里，大部分的时间躺在床上。后来，我抄了一首很好的诗：“一小时不见宝贝的面，好像别了一年；对生活怀着憎恨，叫我怎么活下去？”[1]这该是普希金的。晚间，裹着外套，到小姐门口去等了许久，希望她会出来，坐上那辆轿车，可以再让我看她一眼，——然而不，她没有出来。

十一月六日

科长生气了。我到了部里，他把我叫到跟前，对我说：“说吧，你干了些什么？”“什么干了些什么？我什么也没有干呀，”我答道。“放明白些吧！你是四十开外的人了——应该长点脑子了。亏你不害臊，你当我不知道你的一套鬼把戏么？你拼命在追部长的大小姐！喂，你瞧瞧你自己，想想你是个什么东西？你是个窝囊废，再不是别的什么。你身上一个钱也没有。到镜子里去照照你那副尊容吧，亏你还痴心妄想呢！”见他的鬼，只因为他脸长得有点像药铺里的玻璃瓶，脑袋瓜上一撮头发，卷成刘海，只因为他昂着头，上了油，涂得像朵蔷薇花似的，他就自以为了不起。我知道，我知道他为什么生我的气。他是嫉妒呀；说不定他已经看出上司对我独加青睐了。我真想对他啐唾沫，一个七等文官稀罕什么！表上挂着金链子，定做三十卢布一双的皮靴——见他的鬼！我难道是个平民，是个裁缝，或者是个下士的后代么？我是一位贵族哪。我会步步高升上去的。我还只有四十二岁——这正是大有作为的时候。等着瞧吧，朋友！我会做到上校的，也许，天帮忙，官还会做得大些。名气还会比你响些。你凭什么以为，除了你就再没有一个正派人。给我穿上一件时髦的鲁奇[2]制的燕尾服，再给我打一个像你一样的领结，——那时候，你要做我的鞋底都不配呢。苦的就是没有钱。

十一月八日

上戏园里去听了戏。演的是俄国傻子费拉特卡。把我的肚子都笑痛了。另外还有一出通俗笑剧，用可笑的诗句讲到朝臣们，尤其是讲到一个十四等文官，措辞肆无忌

---

① 这首诗是18世纪末的诗人尼古拉耶夫(1758—1815)写的。他有几首诗成为流行小调。

② 鲁奇是当时制作时髦服饰的裁缝。

惮,我奇怪检察官怎么会通过的,至于讲到商人,那就干脆说他们讹诈人民,纵容儿子闯祸,往贵族堆里爬。讲到新闻记者,也编了一首滑稽的讽刺歌:说他们喜欢骂倒一切,作者要求公众支援。作家们现在写的都是一些非常可笑的剧本。我爱上戏园。只要袋里还有一文钱,总忍不住不去。可是我们的同僚就有这样的蠢货:压根儿不上戏园,这些乡下佬,除非白送他戏票。有一个女戏子唱得可真棒。我想起了那个人儿……哎呀,下流……没什么,没什么……别说了。

十一月九日

我在八点钟到部里去。科长头也不抬,仿佛没有看见我进来。我也装作好像我们之间什么事情也没有发生似的。我披览并校正文稿。四点钟下班。走过部长的住宅,但一个人也没有看见。饭后,大部分的时间躺在床上。

十一月十一日

今天坐在我们部长的办公室里,给他削了二十三支鹅毛笔,给她呢,哎哟!哎哟……给小姐削了四支。他是喜欢笔筒里多插几支笔的。嗬!他该是一个了不起的人!老是沉默不语,可是我想,脑子里一定在深思熟虑。我真想知道他想得最多的是什么,脑子里在打些什么主意。我想更逼近地看看这些先生们的生活,一切这些双关语和繁文缛礼,他们在自己的圈子里怎样生活,做些什么——这才正是我想知道的!我好几次想跟大人攀谈攀谈,可是见鬼,舌头总不听使唤:只说了天气冷或者天气热,话就说不下去了。我想窥望一下客厅,——有时候你只能看到一扇打开的门,客厅那头还有另外一间房间。吓,陈设得多么富丽堂皇!什么样的镜子和瓷器啊!我想窥望一下小姐住的地方,我真想到那地方去啊!窥望一下她的闺房,看看摆在那儿的那许多瓶儿、罐儿,吹一口气就怕吹破的娇嫩的花,还有她脱掉的衣服,看来不像是衣服,倒更像一堆空气。我想窥望一下卧室……我想,那儿一定是一个不可思议的地方,一定是天堂,连天上也不会有的天堂。我想瞧瞧她起床后用来搁脚的那只踏脚凳,她怎样在白嫩的脚上穿上雪白的袜子……哎哟!哎哟!没什么,没什么……别说了。

然而,今天我好像是看到了一线光明,我记起了我在涅瓦大街上听到的那两条狗的谈话。好吧,我心里想:我这就要打听出个水落石出。必须把这两条倒霉狗的通信弄到手才好。我从那里面一定会探听到一些什么的。我得承认,我有一回还把美琪叫到了我跟前,说道:"听我说,美琪,现在这儿没有外人,你要是不放心,我还可以把门关上,不叫任何人看见,你把你所知道的关于小姐的一切告诉我。她是个什么样的人?她在干些什么?我担保,我决不泄漏给任何人知道。"可是狡猾的狗夹紧尾巴蜷缩作一团,悄悄地从门缝里溜掉了,好像什么也没有听见似的。我早就猜想,狗比人要聪明得多;我甚至相信狗会说话,不过她有一点拧脾气罢了。她是一个了不起的政治家:她注意一切,注意人的一举一动。不,无论如何,我明天要上兹维尔柯夫家里去,打听一下菲杰尔,要是事情顺利,我就可以把美琪写给她的全部信件弄到手里。

十一月十二日

我在午后两点钟出门,一定要找到菲杰尔,向她打听一下。我顶受不了卷心菜,它那股气味从小市民街所有一切的杂货铺里散发出来;再加上从每一家人家的门缝里流出这样一种熏死人的恶臭,使我不得不捏紧鼻子,三脚两步地赶快跑开。还有那些低三下四的工人从工场里倒出来这么多的烟渣和煤灰,叫一个上等人简直没法在这一带溜达。我爬到第六层楼,摇了一下门铃,一个长得不算坏、脸上有一些小雀斑的小姑娘走了出来。我认出了她。就是那天跟老太婆一块走路的那一个。她稍微红了一下脸,我立刻恍然大悟:女大不中留,你在想姑爷哪。“您有什么事么?”她问我。“我需要跟您的小狗谈谈。”小姑娘怔得呆了!我一下子就看出来,她呆得可以!这时候小狗吠着跑过来;我想一把抓住它,可是,这坏东西,差点没有咬掉我的鼻子。然而我看到犄角里有它的一个窠儿。哈,这正是我所需要的!我走过去,拨开木箱里的稻草,出乎我意外的高兴,抽出了一小捆小纸片。该死的狗,看到这样,先来咬我的小腿肚,后来嗅出我拿到了纸片,就开始唧唧哀鸣,亲昵我,可是我说:“别给我来这一套,亲爱的,再见啦!”掉过头就跑开了。我想,那小姑娘一定把我当成疯子看待了,因为她显得非常惊慌。回到家里,我想立刻就来研究这些信件,因为我在蜡烛光下眼睛看不大清楚。可是玛夫拉想起要擦地板了。这些愚蠢的芬兰女人总是在不适当的时候死要干净。因此,我就出去遛了一个弯,把这件奇遇前前后后揣摩一下。这一回我终于要把整个事件、计划,一切这些动机探听清楚,终于要挖个根儿。这些信件会把一切都向我说明的。狗是聪明的家伙,它们懂得一切政治关系,所以信里一定什么都记载着:这人的外貌和全部经历。信里一定也会讲到那个人儿……没什么,别说了!傍晚时分,我回到了家里。大部分的时间躺在床上。

十一月十三日

我们来瞧瞧这些信吧:信是写得流畅可读的。然而笔迹总有些狗腔狗调。我们念下去吧:

亲爱的菲杰尔!我总看不惯你这个小市民式的名字。难道就不能给你起一个好一些的么?菲杰尔啦,罗莎啦——多么俗气,然而这一切都不用提啦。我很高兴我们决定今后常常通信。

信是写得一笔不苟。标点符号,甚至字母ѣ[①]都用得非常恰当。就是我们的科长也未必写得出,虽然他吹牛他在什么大学里读过书。再往下念吧:

我认为,能同别人的思想、感觉和印象起共鸣,是世界上一种最大的幸福。

哼!这一点思想是从一部由德文译出的作品里摘引出来的。书名可不记得了。

我是根据经验说这话的,虽然我足不出户。难道我的生活过得还不满足么?我的小姐,爸爸管她叫莎菲的,喜欢得我要命。

哎呀,哎呀!……没什么,没什么。不说了!

爸爸也常常跑来亲昵我。我喝加奶油的茶和咖啡。啊,ma chère[②],我必须告

① 这是一个现已废止不用的俄文字母,发音与 e 相同,所以很容易混淆。
② 法语,意为“亲爱的”。

诉你,我对于波尔康在厨房里抱着大嚼的早已啃光了肉的大骨头一点也不感觉兴趣。只有野禽的骨头才有味道,并且还须在没有把骨髓吸干的时候。把几种汁子混在一起,是很好吃的,但不要有白花菜和蔬菜;可是,我不知道再有比掷给狗吃面包搓成的小圆球更坏的习惯了。坐在桌上的一位先生,手里什么脏东西都捏过了,他就用这双手搓面包,把你叫到跟前,把小圆球塞到你的牙齿缝里。却之不恭,你就只能吃下去;厌恶,可是总得吃……

鬼知道这算是什么玩意儿。这些废话!仿佛没有更好的题目可以写似的。我们翻过另外一页来读吧。不知道是否可以读到一些更有价值的。

我乐意把我们家里发生的一切的事报告给你听。我已经跟你谈起过一点这位主要的先生,就是莎菲管他叫爸爸的。这是一个古怪的人。

啊,终于找到了!是的;我知道的:他们对于一切事物有着政治家的眼光。我们且看爸爸是怎样一个人物:

……一个古怪的人。他老是沉默着。话说得非常少;可是一星期之前,他不断地自言自语:得到,还是得不到?一只手捏一张纸,另外一只手捏个空拳,说:得到,还是得不到?有一次,他向我发问:你怎么想呀,美琪?得到,还是得不到?我简直一点也弄不懂,嗅嗅他的靴子,就走掉了。后来,ma chère,过了一星期,爸爸得意洋洋地回来了。整整一早晨,全是些穿制服的先生们来拜会他,向他道贺些什么。在饭桌上,爸爸那副高兴的劲儿是我从来没有看见过的,讲了许多笑话,饭后把我搂在他颈脖上,说道:"瞧呀,美琪,这是什么?"我看见一根带子①。我嗅了嗅它,可是一点香味也闻不出来;临了,偷偷地,我舐了一下:有点咸味儿。

哼!我觉得这条小狗未免太那个……简直该打!啊!那么,他原来是一个爱慕虚荣的人!这一点必须牢记在心里。

再见!ma chère!我要走开了,诸如此类等等……明天再来写完这封信……你好!我现在又来跟你笔谈了。今天我的小姐莎菲……

啊!好吧,我们来看莎菲是一个怎样的人。哎呀,下流!……没什么,没什么……我们念下去。

……我的小姐莎菲心情十分不宁。她准备参加跳舞会去,我巴不得她快点走掉,我好当她不在的时候给你写信。我的莎菲老是喜欢去赴跳舞会,虽然她在梳妆打扮的时候,总要生一场闲气。ma chère,我怎么也弄不明白,跳舞有什么开心。莎菲直到早晨六点钟才跳完舞回家,我几乎总可以从她苍白消瘦的脸上看出来,人家在那边没有给可怜的孩子吃过东西。说实在话,这种日子我可是过不来。要是不给我吃鹌鹑汁子或者炖鸡翅膀,那……我不知道我将怎么活下去。把汁子掺和在粥里,也是很好吃的。可是,红萝卜、白萝卜或者朝鲜蓟,就一点也不好吃……

① 指横挂在胸前的绶带、勋章一类的东西。

完全牛头不对马嘴的文体。一眼就可以看出，不是出于人的手笔。开头很合章法，结束就有点狗腔狗调。我们再来看一封信吧。太长了一点。哼！并且也没有注明日期。

哎呀！亲爱的，春天的来临是多么可以令人感触到的呀！我的心跳动着，好像老是在等待什么人似的。我的耳畔老是嗡嗡作响。所以我常常举起一只脚，好几分钟伫立在那儿，倾听门外的声音。告诉你实话，有不少人追求我哪。我常常坐在窗台上观察他们。啊，你才不知道他们有的长得多么丑呢。有一条笨头笨脑的看家狗，蠢得不得了，一脸的蠢相，他大模大样地在街上走，自以为是个了不起的人物，大家都要停下来看他一眼。根本没有这回事！我就连正眼也不望他一下，就当没有瞧见他一样。还有一条多么可怕的猛犬逗留在我的窗前啊！他要是用后爪站起来，——蠢家伙大概是不会这一招的——他会比莎菲那个又高又胖的爸爸高出一个头来，这愣小子恐怕是顶不要脸的。我对他叽咕着，他却毫不在乎。眉毛也不皱一下！伸长舌头，耷拉着大耳朵，向窗口直眉瞪眼地望着——这样的一个乡下佬！可是，ma chère，你以为我对于一切的追求都无动于衷么，——啊，才不呢……你还没有看见从隔壁篱笆缝里爬过来的那位骑士，他的名字叫特列索尔。啊，ma chère，他有一张多么惹人爱的小脸蛋呀！

啐，见他的鬼！……简直胡说八道……怎么可以把这些蠢话写在信里？给我写点人物！我要看人；我要的是滋养并慰娱灵魂的养料；可是代替这些，看到的都是连篇废话……我们翻过一页来看吧，是否还有中听些的：

……莎菲坐在桌子旁边，在缝些什么。我望着窗外，因为我喜欢眺望来来往往的过路人。忽然仆人进来了，说道："泰普洛夫请见！""请进来，"莎菲喊，一下子跑过来搂住了我。"啊，美琪，美琪，你知道他是谁：一个头发乌黑的漂亮小伙子，一位侍从官，他有一双多么吸引人的眼睛啊！又黑又亮，像一团火。"莎菲跑到自己房间里去了。过了一分钟，进来了一个长着黑色络腮胡子的年轻侍从官；他走到镜子前面，拢了拢头发，向四下里张望。我叽咕着，在老地方坐下来。莎菲不久也进来了，满面春风地弯腰行礼，来回答他的碰脚礼；而我呢，我装作什么都没有看见，继续望着窗外，不过把脑袋稍微向旁边歪着些，想听清楚他们说些什么。啊！ma chère，他们讲些什么浑话啊！他们讲到一位太太在跳舞时本来应该跳一种姿势，结果跳成了另外一种姿势；又有一个波波夫打着个花领结，活像只仙鹤，差点没有摔倒在地上；一个李丁娜自以为有一双蓝眼睛，其实却是绿色的，——诸如此类的话。我心里想：这侍从官怎么比得上特列索尔呢！老天爷，差远去啦！第一，侍从官有一张大扁脸，四周全是络腮胡子，仿佛他用一块黑布把脸包了起来似的；特列索尔却有一张小瓜子脸，额上有一块白斑。特列索尔的腰身也不是侍从官所能比得上的。还有眼睛呀、风度呀、举动呀，全不一样。多大的差别啊！我不懂她看上了侍从官什么。她怎么会被他迷住的？……

我也觉得这中间出了鬼。侍从官这样使她倾倒，是不可思议的。再念下去：

我认为，她要是会爱上侍从官，那么，她也应该会爱上坐在爸爸办公室里的那个官。啊，ma chère，你不知道这人长得多么丑。简直像一只装在麻袋里的乌龟……

这个官会是谁呢？

他的姓怪得很。他老是坐着削鹅毛笔。脑袋瓜上的头发像一把稻草。爸爸常常把他当仆人使唤……

我想这卑劣的狗好像是在讲我。我的头发怎么像一把稻草？

莎菲看到他就忍不住要笑。

你撒谎，可恶的狗！你敢这样血口喷人！莫非我不知道这是出于嫉妒，这是谁在玩手段。这全是科长玩的手段。这人和我有不共戴天之仇——所以他就破坏，破坏，每一步都要破坏我。然而我们再来读一封信吧。也许在这一封信里，真相会弄明白的。

亲爱的菲杰尔，好久没有写信给你，乞谅。我正迷恋着呢。一个作家说得对，恋爱是人的第二生命。同时，此刻我们家里也发生了大的变动。侍从官每天上我们这儿来。莎菲爱得他要发疯。爸爸心里十分高兴。我甚至听到喜欢自言自语地擦地板的格利戈里说，不久就要办喜事啦；因为爸爸一定要莎菲嫁给一位将军，或者一位侍从官，或者一位陆军上校……

见他的鬼，我再也念不下去了……老是侍从官和将军。世界上一切最好的东西，都让侍从官或者将军霸占去了。你刚找到一点可怜的值钱的东西，满以为伸手就可以得到，——侍从官或者将军立刻就从你手里把它夺走。真是活见鬼！我也想当一下将军，倒不是为了便于求婚。不！我想当将军，为的是要看看这些人怎样在我面前摇头摆尾地讨好，玩出各种各样的繁文缛礼和双关语，然后我要对父女两个说：我向你们啐唾沫。活见鬼。真气人！我把这只愚蠢的狗的信扯了个粉碎。

十二月三日

这是不可能的。瞎扯淡！这门亲事绝成不了！他是个侍从官，这算得了什么！爵位不过是爵位罢了；并不是什么眼睛看得见、伸手摸得着的东西。做了个侍从官，脑袋上又不会多生一只眼睛。他的鼻子又不是金子打的，跟我的一样，也跟任何人的一样；他用鼻子闻东西，却不是用来吃饭，用它打喷嚏，却不是用来咳嗽。我好几次想研究明白，为什么人要分成许多等级。我为什么是个九等文官，凭什么我是个九等文官？我也许是一位伯爵或者将军，不过外表看来是个九等文官？也许，我自己也不知道我是个什么。历史上是不乏先例的：原本是一个老百姓，不一定是贵族，只不过是一个小市民，甚至是一个农民——忽然却发现他实在是一位大臣，有时候甚至是皇上乔装改扮的。一个农民尚且这样变幻莫测，一个贵族更会变成什么样子呢？譬如说，平地一声雷，我会穿上将军的制服：右边一个肩章，左边一个肩章，横穿肩膀一条蓝带子——那时候该怎么着？我的美人儿会有什么表示？爸爸，我们的部长，会怎么说呢？这个极度爱慕虚荣的人啊！他是个共济会[1]会员，一定是个共济会会员，虽然他装模作样，可是我一眼就看出他是个共济会会员：他要是跟人握手，总是只伸出两个手指头的。难道不能立刻钦赐我总督、军需官或者什么别的官衔么？我想知道我为什么是个九等文官？为什么恰巧非是个九等文官不可？

十二月五日

我今天读了一早晨的报。西班牙发生了一些奇怪的事情。我简直猜不透到底是怎么一回事。报上写着，皇帝逊位了，官员们为了遴选继承人，陷于非常困难的状况，所以引发出叛乱了。我觉得这是十分奇怪的。皇帝怎么可以逊位呢？据说一位女贵族应该继承帝位。女贵族可千万不能继承帝位。无论如何不行。继承帝位的应该是皇帝。人们说，皇帝没有，——没有皇帝，那可不行。国不可以一日无君呀。皇帝是有的，不过他躲藏在什么地方，大家不知道罢了。他也许就在国内，可是为了某种家庭的原因，或者因为受到邻邦例如法国或其他国家的威胁，不得不躲藏起来，或者还有别的原因。

十二月八日

我本来早就要到部队里了，可是种种原因和顾虑阻止了我。我说什么也忘不掉西班牙的那一回事。女贵族怎么能够当皇上呢？这太不像话了。首先，英国就不会答应。其次，还有整个欧洲的政治形势：奥国皇帝啦，我们的圣上啦……我得承认，这些事变使我烦恼和震动到这步田地，一整天简直什么事也没干成。玛夫拉告诉我，我吃饭时心神非常恍惚。这是实在的，我茫然地摔了两只碟子，在地上砸了个粉碎。饭后我到山脚边去溜达。一点也得不出什么有益的结论来。大部分的时间躺在床上，考虑西班牙问题。

二千年四月四十三日

今天是值得大大庆祝的一天！西班牙有了皇帝了。他被找到了。这皇帝就是我。直到今天我才明白过来。我得承认，我好像突然被一道闪电照亮了。我不懂以前怎么能够设想自己是一个九等文官。脑子里怎么会生出这种疯癫的想法？那时候没有人把我送到疯人院里去，总算是不幸中之大幸。现在，一切都明明白白的摆在我面前。现在，一切都了如指掌了。而在从前，我是不明白的，从前一切都像笼罩在雾里。我想，这都是因为人们设想脑子是在脑袋里的缘故；事实不然：脑子是被一阵风从里海那边吹来的。我首先告诉了玛夫拉我是个什么人。当她听说西班牙皇帝站在她面前的时候，她摆动双手，差点吓死过去。这蠢东西还从来没有看见过西班牙皇帝呢。然而我努力要使她安静下来，用温存的话谆谆相劝，要她相信我的好意，我决不因为她有时候给我皮靴擦得不亮而降罪于她。她可是一个无理可喻的俗物。这些人你不能跟他们宣谕高尚的道理。她害怕，是因为她相信一切西班牙的皇帝都像腓力普二世一样。

① 共济会：一种带宗教色彩的兄弟会组织，18世纪产生于英国，后又遍及欧洲各国。

可是我告诉她,我跟腓力普丝毫没有相似之处,我手下没有一个托钵僧……我没有上部里去。滚他妈的!不,朋友们,你们别想再引我上钩;我再也不给你们抄写那些臭文件了!

三十月八十六日。昼与夜之间。

我们的庶务官今天来通知我:要我到部里去,说我已经有三个多星期不上班了。我为了瞧热闹,就应邀前往。科长以为我要向他鞠躬,道歉,可是我冷冷地瞧着他,不太生气,也不太高兴,在自己的位子上坐下来,好像什么人也没有瞧见似的。我望着这群瘟官们,想:你们还不知道谁坐在你们的中间哪……老天爷,你们要是知道了,就会怎样地骚动起来,连科长都会向我鞠一百八十度的躬,正像他现在向部长鞠躬一样。我面前放了几份文件,要我摘录。可是我连手指也没有去碰一下。过了几分钟,人声鼎沸。大家在说部长来了。许多官员争先恐后地跑着,为了要在他面前表现自己。可是我一动也不动。当他走过我们科里的时候,大家把燕尾服上的纽扣扣起来;我可决不这样做!部长算个什么东西!要我在他面前站起来——休想!他是个什么部长?他是个塞子,却不是部长。一个普通的塞子,一个平平常常的塞子,再不是别的什么。就是用来塞瓶子的软木塞。当他们拿文件来叫我签字的时候,我好笑得要喷饭。他们以为我会在文件的最末尾签字:某某股长。还会有什么别的呢!不料我却在应该由部长签字的最显著的地位不慌不忙地涂了几个大字:费迪南八世。这下子,大家都严肃沉默起来了;可是我只挥了挥手,说:“你们用不着多礼!”说完,就走掉了。我打那儿直奔部长的住宅。他不在家。仆人想拦阻我,可是我说了几句话,他就把手放了下来。我一直跑到化妆室。她正坐在镜子前面,看见了我,就跳起来,倒退了几步,然而我没有告诉她我是西班牙皇帝。我只对她说,她所想象不到的幸福正在等待着她,不管敌人千方百计陷害,有情人终要结成眷属。我不想再说别的什么,掉头就走掉了。女人真是狡猾的家伙啊!我现在才知道女人是怎样的东西。直到现在,从来还没有人知道,她爱的是谁:是我首先发现了这一点的。女人爱的是鬼。是的,我不是开玩笑。物理学家写了许多愚蠢的话,说她这样长,那样短,——其实她喜欢的只有鬼。那儿,你瞧,在第一层包厢里,她拿着有柄眼镜。你以为她在看那个戴星章的胖子么?才不呢,她在看站在他背后的鬼。鬼躲在胖子的星章里面。他在那儿向她招手!于是她死乞白赖就要嫁给他。就要嫁给他。这一大批人,他们做官的父亲们,这一大批吹牛拍马、趋炎附势的人,老说自己是爱国分子:其实他们要的就是地租,地租!为了钱,他们甘心出卖父亲、母亲、上帝,这些爱慕虚荣的家伙,出卖基督的人!这一切都是虚荣,虚荣是因为舌头下面有一个小水泡,小水泡里面有一条像针头大小的虫,而这一切,都是一个住在豌豆街的理发师安排的。我不记得他叫什么名字。可是这一切的幕后策动人是一个土耳其国王,他收买了理发师,想在全世界传播伊斯兰教。据说,大部分法国人都已经相信穆罕默德了。

某日。没有日期的一天。

我在涅瓦大街上微服察访。皇帝陛下刚好在这条街上经过。大家脱帽致敬,我也跟着这样做;不过,我没有显示出我是个西班牙皇帝。我认为,当着众人说出我的身份,是失礼的;因为我首先应该进宫觐见。我直到现在还没有进宫去,只是因为我没有皇帝的制服。只要有一件斗篷也就可以了。我想到裁缝店里去定制一件,又怕裁缝全是些蠢驴,同时他们做活又不地道,尽想做投机买卖,一天到晚在铺石子路。我决心把一件只穿过两回的新制服拿来改做。可是为了不叫这些坏蛋把东西糟蹋起见,我决定自己来缝,把门关得严严的,不让任何人看见。我用剪刀把它完全裁开了,因为式样应该与众不同才好。

日期不记得。也没有月份。鬼知道是什么日子。

斗篷完全缝好了。当我穿上它的时候,玛夫拉大叫了起来。然而我还踌躇着没有进宫去。直到现在,西班牙还没有派使节团来。不带几个使节同去,是失礼的。我的威严就没有分量了。我每时每刻都在等待着他们。

一日

他们的姗姗来迟,使我很吃惊。什么原因叫他们耽搁下来的呢?是法国在捣鬼么?不错!这是一个最怀有恶意的强权国家。我上邮政局去打听一下:西班牙使节们到了没有?可是邮政局长非常愚蠢,什么也不知道:不,他说,这儿没有什么西班牙使节,如果要寄信,我们可以照规定的价钱收费。——见他的鬼!信是什么?信是扯淡!药剂师才写信呢……

马德里,月二日三十

这样,我来到了西班牙,事情发生得这么快,我直到现在还没有清醒过来呢。今天一清早,西班牙使节们到我家里来,我们就一起坐上了马车。那速度之快,使我觉得奇怪。我们走得这样神速,不到半个钟头,就到达了西班牙国境。也难怪,现在整个欧洲都通了火车,并且轮船也是行驶得很快的。西班牙真是一个奇怪的国家:走进第一间房间,我就看到,许多人都剃光了头。然而我猜想,他们准是黑袍僧或者托钵僧之流,因为他们都是削发的。我觉得那位拉住我手的宰相举动非常古怪;他把我推到一间小房间里去,说:坐在这儿,你要是再称呼自己费迪南皇帝,我就要给你厉害瞧。可是我知道这只是一种考验,我就不客气地拒绝了他,宰相因此就用棍子在我背脊上狠狠地打了两下,痛得我几乎要喊起来,可是我忍住了,想起这是天降大任之前的一种骑士风俗,因为在西班牙,直到现在还流行着骑士风俗呢。当剩下我一个人的时候,我决定要视理国政。我发现中国和西班牙原来同是一国,只是因为愚昧无知,人们才把它们认作两个不同的国家。列位要是不信,我奉劝列位把西班牙写在纸上,结果就会变成中国的。可是,明天将要发生的一件大事情使我非常发愁。明天七点钟,将发生一种奇怪的现象:地球要坐到月亮上去。著名的英国化学家威灵顿也讲到过这一点。我得承认,当我想到月亮是非常柔软脆弱的时候,心里就烦乱不安起来。月亮普通都是在汉堡做的;做得很不行。我纳闷儿英国为什么不注意到这件事。这是一个瘸腿的箍桶匠做的,这傻瓜显然不懂得月亮应该怎么做。他用了涂树脂的粗绳索和一部分树油;因此在整个地球上就发出这样一种古怪的臭味,使你不得不掩住鼻子。也因此,月亮才是一个柔软的球,人们不能住在那上面,现在住在那上面的只有鼻子。也正因为这样,所以我们自己看不见自己的鼻子,因为它们都到了月亮上面去了。当我想到地球是一个庞然大物,一屁股坐上去,会把我们的鼻子磨成粉碎的时候,我害怕极了,急急忙忙穿了袜和鞋子赶到国务院大厅去,下令军警别让地球坐到月亮上去。我在国务院大厅碰见的许多托钵僧,是非常聪明的人,我喊道:“先生们,快快救月亮,因为地球想坐到它上面去。”他们立刻就来执行我的圣旨,许多人爬到墙上,要去摘月亮,可是这时候,宰相进来了。大家一看见他,就一哄而散。我是皇帝,所以一个人留了下来。可是出乎我意料,宰相竟用棍子打我,把我赶到我的房间里去。民族风俗在西班牙发挥着这样大的力量啊!

同年接在二月之后的一月。

直到现在,我还是不懂西班牙是一个什么国度。民族风俗和宫廷的礼节都是非常特别的。我不明白,不明白,一点也不明白。今天他们把我剃光了头,不管我拼命地喊,说不愿意当和尚。可是我已经记不清,当他们用冷水浇我的头的时候,我遇到了一些什么事情。我还从来没有受过这样的活罪。我简直要发疯了,他们一时很难制止住我的脾气。我完全不明白这种古怪的风俗有什么意义。这是一种愚蠢的、蛮不讲理的风俗!我不懂皇帝们为什么这样糊涂,直到现在还不把它废除。瞧样子我恐怕会受到宗教裁判,而那个我把他当成宰相看待的人,没准儿是一位大审判官哩。可是我还是不明白,皇帝为什么要受宗教裁判。这一定是法国那边兴出来的,特别是波力涅克①!波力涅克这个畜生啊!他和我势不两立,一直到死。于是他一次两次地迫害我;可是我知道,朋友,你是被一个英国人操纵着的。英国人是大政治家。他到处甜言蜜语要花招。全世界的人早就知道:英国闻鼻烟,法国就要打喷嚏。

二十五日

今天大审判官到我的房间里来,可是我远远地听见他的脚步声,就躲到椅子底下去了。他瞧见我不在,就开始叫我。开头他喊:波普里希钦!——我不作声。后来又喊:亚克森齐·伊凡诺夫!九等文官!贵族!——我仍旧沉默。——费迪南八世,西班牙皇帝!——我想把头钻出去,可是后来一想:不,老弟,别来哄我!我知道你这一手;又该用冷水浇我的头了。可是他已经看见了我,就用棍子把我从椅子下面赶了出来。可恶的棍子打得我好痛。然而,今天的一个新发现把这一切痛楚都给我补偿了:我发现每一只雄鸡身上都有一个西班牙,那是在它的翅膀下面。大审判官悻悻然地从我身边走开了,威胁说要给我惩罚。可是我完全蔑视他的无力的仇恨,知道他不过是一架机器,不过是英国人手里的工具罢了。

三百四十九,月二,年月三十日四。

不,我再也没有力量忍受下去了。天哪!他们怎样地对待我!他们用冷水浇我的

① 波力涅克(1780—1847):法国政治家。

头！他们不关心我，不看我，也不听我说话。我哪一点对不起他们？他们干吗要折磨我？他们要我这可怜虫怎么样？我能够给他们什么？我什么也没有呀。我筋疲力尽，再也受不了他们这些折磨，我的脑袋发烧，一切东西都在我眼前打转。救救我吧！把我带走；给我一辆快得像旋风一样的雪橇。开车呀，我的驭者，响起来呀，我的铃铎，飞奔呀，马，带我离开这世界！再远些，再远些，我什么都不要看见。天幕在我眼前回旋；星星在远处闪烁；森林连同黑魆魆的树木和新月一起疾驰；灰蓝色的雾铺陈在脚下；雾里有弦索在响；一边是大海，另外一边是意大利；那边又现出俄国的小木屋。远处发蓝色的是不是我的家？坐在窗前的是不是我的老娘？妈呀，救救你可怜的孩子吧！把眼泪滴在他热病的头上！瞧他们是怎样地折磨他啊！把可怜的孤儿搂在你的怀里吧！这世上没有他安身的地方！大家迫害他！——妈呀！可怜可怜患病的孩子吧！……

知道不知道在阿尔及利亚知事的鼻子下面长着一个瘤？

（满涛　译）

屠格涅夫

伊凡·谢尔盖维奇·屠格涅夫（1818—1883），俄国小说家，生于奥勒尔，父亲是退职军官，母亲是地主。1833 年进莫斯科大学语文系，翌年转历史系。1838 年在柏林大学攻读哲学和古典文学。1842 年在彼得堡大学获得哲学硕士学位。1848 年来到巴黎，1852 年因触犯当局被拘留、软禁，1853 年回彼得堡。1860 年代以后侨居西欧，直到逝世。小说有《猎人日记》（1847—1852）、《罗亭》（1856）、《贵族之家》（1859）、《前夜》（1860）、《父与子》（1862）、《烟》（1867）、《处女地》（1877）。他的作品是俄国 19 世纪 30 至 70 年代的编年史，提出了当时迫切的现实问题。他是一位语言大师，风格简洁、朴素、细腻，富于抒情味。

中篇小说《阿霞》塑造了一个敏感、多变、性情孤僻而富于幻想、自尊心极强而又自卑的女性形象，贵族和女仆的私生女的特殊身份造成了她这种复杂性格。她的爱情来势像狂风暴雨，她的憎恨同样刻骨铭心。屠格涅夫就擅长描绘这一类富有诗意的少女。小说中的“我”是一个“多余人”。心理描写十分细致；乡村生活充满诗情画意，给这篇爱情小说增添了光彩。

阿　　霞

一

那时我大约二十五岁——H. H. 开始说——你们看，这是过去很久的事情了。我刚摆脱了一切羁绊，就到国外去了，这并不是照当时的说法，为了去“完成我的教育”，我只是想去看看广大的世界。我健康，年轻，快乐，钱我有的是，操心的事还没有——我过着无忧无虑的生活，想做什么就做什么，总之，样样事情顺心如意。当时我根本没有想过，人不是植物，不能长久茂盛。青年时代吃着金黄色的蜜糖饼干，还以为这就是粗茶淡饭；可是想不到有一天连一片面包都要去乞讨啊。然而讲这些是没有用的。

我的旅行没有任何目的地，没有计划。凡是我喜欢的地方，我就停留下来；只要我感到希望看见新的人脸——就是人脸——我立刻又动身再往前去。使我感兴趣的只是人，我讨厌奇异的古迹和著名的古物珍藏。一看到向导就使我心烦和恼怒。参观德累斯顿的“绿色拱门”[①]时几乎使我发疯。大自然特别使我赏心悦目，但是我不喜欢所谓自然界的美景，不喜欢奇峰异岭、峭壁和瀑布。我不喜欢它们老出现在我眼前，妨碍我。然而人脸，活人的脸——人的言谈，他们的举动，笑声——这才是我不可缺少的东西。在人群中我总感到特别轻松愉快；别人去的地方，我去；别人大声叫嚷的时候，我叫嚷，这都使我快活，同时我爱看别人怎样叫嚷。观察人使我得到乐趣……我甚至不是观察他们——我是怀着一种喜悦和不会满足的好奇研究他们。可是我的话又离题了。

就这样，大约二十年前我居住在莱茵河左岸一个德国小城 3 城[②]。我在寻求孤独：我的心灵最近受到一个年轻寡妇的伤害。我和她是在温泉认识的。她长得十分俊俏，人又聪明，见了谁就跟谁——也跟我这个有罪的人——卖弄风情，开始她甚至挑逗我，可是后来却狠心地伤害了我的感情，为了一个面颊红润的巴伐利亚中尉把我抛弃。老实说，我心头的创伤并不太深，但是我认为理应有一段时间沉浸在悲痛和孤独里——年轻人有什么排遣愁肠的办法想不出来！于是我就在 3 城住下了。

我喜欢这个小城，因为它坐落在两座高耸的小山的山麓，我喜欢它的断垣残壁、倾颓的塔楼、百年的椴树、流入莱茵河的清澈小河上架的陡峭的小桥，而主要是喜欢它的美酒。傍晚，太阳刚下山（这是在六月），立刻就有面目姣好的金发德国少女在城里的小街上散步，遇到外国人，就用悦耳的低声说着：“Guten Abend！”[③]，甚至到月亮从古老屋宇的尖屋顶后面升起的时候——在凝然不动的月光下，清晰地显现出石子路上的碎石——有些少女还没有离去。那时我爱在城里漫步，月亮似乎从晴空中凝视着它，城

---

① 德国德累斯顿一座国王的城堡，收藏黄金和珠宝制品以及各种宝石。参观这个城堡手续复杂。必须等待集合了整批的参观者，还要等“讲解人”（也是“监视人”）到来，旅游者方可入内。

② 指济津格城。

③ 德语，意为“晚上好”。

市也感到这种凝视,敏感而宁静地站立着,整个沐浴在月光里,这静谧而又微微激动着灵魂的月光里。一座高耸的哥特式钟楼上的风向标闪着黯淡的金光。光泽黝黑的河水也是金光闪闪;石板屋顶下的窄窗里点燃着光线微弱的细蜡烛(德国人是节俭的!);葡萄藤从石头围墙后面神秘地探出它的卷须;三角形广场上一口古井附近的阴影里有什么东西跑过;突然传来守夜人的懒洋洋的口哨声,一只温顺的狗发出低低的吠声,可是微风拂面是那样的亲切,椴树散发出那样的芬芳,使胸膛不由得愈来愈深地呼吸着,"格蕾辛"①一词——又像感叹,又像疑问——不禁就脱口而出。

3 城离莱茵河大约两俄里。我常常去看这条雄伟的河流,久久坐在一棵孤零零的大梣树下的石凳上,心里多少有些紧张地想起那个狡猾的寡妇。从梣树的枝叶丛中,一座小小的圣母像忧伤地向外瞧望。圣母有着几乎像孩子的面容,胸口有一颗被剑刺穿的红心。河对岸是小城 Л②,比我住的那个城略大一些。有一天黄昏,我坐在我喜爱的石凳上,时而俯视河水,时而仰望天空,时而看看葡萄园。有一条小船被拖到岸上,涂着树脂的船身反扣着,我面前有几个浅发的男孩在船身上攀爬。几条微微鼓起风帆的小船静静地行驶,碧波在船旁滑过,微微向上涌起,发出咕嘟咕嘟的响声。忽然耳边飘来音乐的声音:我凝神听了一下。在 Л 城里演奏着华尔兹舞曲;低音提琴忽断忽续,小提琴酣畅的琴声不很清晰,长笛声悠扬活泼。

"这是什么?"我问一位朝我走近的老人,他穿着棉绒坎肩、蓝色长袜和带扣绊的皮鞋。

"这是,"他先把烟嘴从一边嘴角移到另一边,"Ъ 城③来的大学生在举行庆祝会。"④

"我倒要去观光一下这个庆祝会,"我心里想,"恰好我没有到过 Л。"我找到一个摆渡的船夫,就到对岸去了。

二

也许,未必每个人都知道大学生的庆祝会是什么。这是一种特殊的盛大宴会,参加的是属于同一个地方或是同乡会里(lands-mannschaft)的大学生。参加庆祝会的人几乎都穿着很久以前传下来的德国大学生的服装:轻骑兵的短外衣、大皮靴和镶着某种颜色帽箍的小帽。这种大学生的宴会通常都由高年级的级长主持,通宵达旦地举行,他们喝酒,唱歌,唱 Landesvater⑤ 和 Gaudeamus⑥,抽烟,骂庸夫俗子,他们有时还雇乐队。

---

① 格蕾辛是歌德的《浮士德》中的女主人公,又指美丽的德国少女。

② 指林茨城。

③ 指波恩。

④ 指在德国大学里逐渐产生的大学生庆祝会,以代替中世纪大学生和工厂工人的斗殴和其他狂暴的娱乐。大学生庆祝会常常举行出城郊游。

⑤ 德语,意为"大地的父亲"。

⑥ 德语,意为"我们要行乐"。

在Л城一所挂着“太阳”招牌的小旅馆前的花园里，举行的正是这样的庆祝会。花园临街，在旅馆和花园上空都飘扬着旗子。大学生们坐在修剪整齐的椴树下的桌旁，一张桌子下面趴着一条巨大的虎头狗。旁边一个常青藤盘绕的凉亭里，乐师们在卖力地演奏，不时喝点啤酒来提提精神。花园矮围墙外面的街上麇集了好多人：Л城善良的公民们不愿错过看看外地来客的机会。我也混在看热闹的人群里。瞧着大学生们的脸我很快活；他们的拥抱、欢呼、年轻人种种天真的爱娇姿态、热烈的目光、无缘无故的笑声——世界上最美好的笑声——这一切朝气蓬勃的青春生活的欢乐的沸腾，这种一直向前的冲动——不管它冲往哪里，只要是前进——这种温厚的热情奔放感动了我，鼓起了我的兴致。“我要不要去参加？”我问自己……

“阿霞，你看够了吗？”忽然在我背后有一个男人的声音说着俄语。

“再等一会儿，”一个女人的声音也用俄语回答说。

我连忙转过身去……我的视线落在一个漂亮的年轻人身上，他戴着制帽，身穿宽大的短上衣，他挽着一个身材不高的少女，她的草帽遮住了她的脸的整个上半部。

“你们是俄国人？”我不禁脱口而出。

年轻人笑了笑，说：

“不错，是俄国人。”

“我怎么也没有料到……在这样偏僻的地方，”我开始说。

“我们也没有料到，”他打断我的话，“有什么关系呢？这反而更好。请容许我介绍自己：我叫迦庚，这是我的……”他迟疑了一下，“我的妹妹。我可以知道您的名字吗？”

我说了自己的姓名，我们就交谈起来。我知道了，迦庚和我一样，是为了寻求乐趣出来旅行的，一星期前来到Л城，就在这里住下了。说老实话，我不愿意在国外结识俄国人。甚至隔得很远，从他们走路的样子，衣服的式样，而主要是从他们的面部表情，我就可以认出他们。一副洋洋得意、瞧不起人的、常常是颐指气使的神气，突然之间会变成谨慎和畏葸……他们突然警惕起来，眼睛不安地转动……“我的老天！我是不是说了错话，人家是不是在笑话我”——这匆促的目光似乎在说。过了片刻，又恢复了那副不可一世的面孔，间或出现呆钝的傻相。是的，我避开俄国人，但是迦庚马上就让我喜欢。世上是有这样令人喜欢的脸：人人都喜欢看它，仿佛它在给你温暖或是爱抚似的。迦庚的脸正是这样，可爱，亲切，一双目光柔和的大眼睛和一头柔软的鬈发。他说话时你即使不看他的脸，单听他的声调也能感到他是在微笑。

他称作妹妹的那个少女，我第一眼看去觉得她非常秀丽。她的浅褐色的圆脸，细小秀气的鼻子，几乎像孩子般的两颊和一双明亮的黑眼睛，在这张脸上有着她自己的、独特的东西。她的体态优美，不过好像还没有发育完全。她跟她哥哥一点也不像。

“您愿意到我们家来吗？”迦庚对我说。“我们看德国人似乎看够了。要是我们的人，准会打碎玻璃，拆毁椅子，可是这些人实在太规矩了。阿霞，你想怎么样，我们回家去吧？”

少女同意地点点头。

“我们住在城外，”迦庚继续说，“在葡萄园那儿一所单幢小屋里，地势很高。我们那里挺不错，您来看看吧。房东太太答应给我们做酸牛奶。现在天快黑了，您最好在月光下渡莱茵河。”

我们去了。穿过矮矮的城门（一道圆石砌的古老的城墙环抱着小城，连城墙上的望楼都没有全部坍塌），来到田野里，再沿石头围墙走上一百来步，在一扇狭窄的小门前停下。迦庚开了门，领我们顺着陡峭的小径上山。两旁的梯形斜坡上种满了葡萄。太阳刚落山，一抹淡淡的红光还照在绿色的藤蔓上、高高的木桩上和铺满大小石板的干燥的土地上，也照着我们攀登的山顶上那幢小屋的粉墙。那幢小屋有着倾斜的黑色横梁和四扇明亮的小窗。

“这就是我们住的地方！”我们刚要走近小屋，迦庚大声说，“看，房东太太拿着酸牛奶来了。Guten Abend，Madame①！……我们马上就吃饭；不过，”他添了一句，“您是不是先看看……这里的景色？”

景色真是美妙。莱茵河躺在我们面前碧绿的两岸之间，宛如一条银白色的练带；有一处，河水在紫红色的晚霞下闪着金光。坐落在岸边的小城里的房屋和街道尽收眼底。山丘和田野广阔地展现着。下面的景色固然好，但是天上的更美：使我特别赞叹的是天空的洁净和深邃，空气清澈透明。清新轻盈的空气静静地荡漾波动，仿佛它在高处更为无拘无束。

“你们选的住处真好，”我说。

“这是阿霞找到的，”迦庚回答说。“来吧，阿霞，”他接着说，“去关照一下。把东西都拿到这儿来。我们要在露天进晚餐。在这儿音乐可以听得更清楚。您有没有发现，”他又朝着我说，“在近处听华尔兹舞曲根本不行——俗不可耐，可是在远处听就妙极了！它能撩拨你全部浪漫主义的心弦。”

阿霞（她原来的名字是安娜，可是迦庚叫她阿霞，请允许我也这样叫她吧）到宅子里去了，很快跟房东太太一同回来。她们俩抬着一个大托盘，上面放着一个牛奶壶、碟子、汤勺、白糖、果子和面包。我们坐下来开始吃晚饭。阿霞脱掉帽子，她的剪短的、照男孩子那样梳着的黑发披到头颈上和耳朵上，头发有着很大的波纹。起初她对我很腼腆，但是迦庚对她说：

“阿霞，别那么怕羞！他又不咬人。”

她笑了笑，不多一会儿她就主动跟我谈起来。我没有见过比她更好动的人。她一刻也不能安安静静地坐着；一会儿站起来，跑到宅子里去，一会儿又跑来，小声唱着歌，不时发出笑声，而且笑得非常古怪：似乎她不是笑她听到的话，而是笑她头脑里想到的各种各样的念头。她的大眼睛发亮地、大胆地直望着人，但有时她的眼睑微微眯缝起来，这时她的目光就突然变得深沉而温柔了。

---

① 德语，意为“夫人，晚安”。

我们随便聊了大约两小时。白天早已消逝,黄昏——起初是满天火红;继而是晴朗鲜红,然后变为暗淡朦胧——悄悄地消失,转入夜晚,我们的谈话像周围的空气那样平静温和地继续下去。迦庚叫人拿来一瓶莱茵河酒,我们慢慢地把它喝完。音乐依然飘送过来,它的声音似乎更柔和悦耳了。城里和河上都燃起灯火。阿霞猛然低下了头,鬈发就落到她的眼睛上。她沉默起来,叹息了一声,后来对我们说,她困了,就回到宅子里去。可是我看见她并没有点起蜡烛,在没有打开的窗前站了好一会儿。最后,月亮升起,照在莱茵河上;一切都在变幻,忽明忽暗,连我们的刻花玻璃杯里的酒也闪耀着神秘的光辉。风住了,好像收拢翅膀静止了。土地散发出夜间阵阵芬芳的暖气。

"该走了!"我高声说。"再不走,恐怕要找不到摆渡的船夫了。"

"是该走了,"迦庚也跟着说。

我们顺着小径往下走。突然我们身后有石子滚落下来:是阿霞赶上来了。

"你没有睡?"她哥哥问,可是她一言不答,跑了过去。

大学生们在旅馆的花园里点燃了油盏,最后几盏快要熄灭的灯光从山下照在树叶上,使树叶带有节日的、奇幻的样子。我们在岸边找到阿霞,她在跟摆渡的船夫说话。我跳上小船,同我的新朋友告别。迦庚答应明天来看我。我握了他的手,又把手向阿霞伸过去,但她只是望了望我,摇摇头。小船离了岸,顺着湍急的河水漂去。摆渡的船夫是一个健壮的老人,他把桨浸入暗色的河水里,用力地划着。

"您走进月光里,您把它打碎了,"阿霞向我喊起来。

我低下眼睛,黑魆魆的波浪在小船周围轻轻地晃荡。

"再见!"又传来她的声音。

"明天见,"迦庚跟着她说。

小船靠岸了。我下了船回头一看,对岸已经不见人影。月光又宛如一道金桥架在整个河面。好像是作为告别,飘来熟悉的兰纳①的华尔兹舞曲。迦庚说得对:我感到我全部的心弦都随着它那迷人的曲调颤抖起来。我穿过黑魆魆的田野走回家去,一边缓缓地吸着芬芳的空气。我回到自己的房间里,浑身懒洋洋的,只感到由一种没有对象、没有止境的希望勾起的甜美的惆怅。我感到自己是幸福的……但我为什么是幸福的呢?我什么都不希冀,我什么都不想……我是幸福的。

我满心充溢着愉快轻松的感情,我几乎要笑出声来。我一头倒在床上,已经闭上眼睛,我忽然想起来,今天晚上我一次也没有想起我那狠心的美人儿……"这是什么意思?"我问我自己。"难道我不是迷恋着她吗?"但是,我向自己提出这个问题之后,就像睡在摇篮里的孩子那样,似乎马上就睡着了。

三

第二天早晨(我已经醒了,但还没有起床),我听到窗下有手杖的敲击声,一个声音(我立刻听出是迦庚的声音)唱道:

---

① 约琴夫·弗朗士·兰纳(1801—1843):奥地利作曲家,他作的圆舞曲颇为流行。

你在睡觉吗？我要用吉他
把你唤醒……①

我连忙给他开门。

“您好，”迦庚一边走进来，一边说，“一清早就来把您惊吵，可是您看看，多么好的早晨。空气清新，露水晶莹，云雀在歌唱……”

他那光亮的鬈发、袒露的头颈、玫瑰色的双颊，他本人就像早晨一样新鲜。

我穿好衣服；我们走到小公园里，在长凳上坐下，要了咖啡，就随便聊起。迦庚把他未来的计划告诉了我：他拥有相当大的财产，不要依赖任何人，他想致力于绘画，只是后悔没有及早拿定主意，白白浪费许多大好时光。我也谈到我的打算，顺便把我失恋的秘密也信赖地告诉了他。他宽容地听我讲，但是我看得出，我的激情在他心里并没有唤起强烈的同情。迦庚出于礼貌跟着叹息了两三声，后来建议我到他那里去看看他的画稿。我立刻同意了。

我们没有遇到阿霞。房东太太说，她到“遗址”去了。这是离Л城大约两里处一座封建城堡的残迹。迦庚让我看了他的全部画稿。他的画颇有生活气息，真实，有一种挥洒自如和豪放的气势，然而却没有一张是完成的；而且我认为画得草率，不准确。我坦率地向他说出了我的看法。

“对，对，”他叹了口气说，“您说得对，这些画都很不好，不成熟，毫无办法！我没有认真学习，而且又是这种该死的斯拉夫人的懒散占了上风。当你梦想要工作的时候，你就像兀鹰似的会翱翔，你似乎可以移动大地——可是等你动手去做，你马上就变得软弱无力了，疲倦了。”

我开始鼓励他，但是他摆了摆手，抱起画稿，往长沙发上一扔。

“如果我有足够的恒心，我也会有点成就，”他含糊地说，“恒心不足，只好做一个不学无术的贵族傻少爷。我们还是去找阿霞吧。”

我们就去了。

四

去“遗址”的路顺着一个树木茂密的峡谷的斜坡盘绕而上；谷底有一条小溪喧闹地跃过群石奔流着，似乎匆匆地要和大河汇合；在陡峭的山脊的暗色边缘背后，那条大河静静地闪着波光。迦庚叫我注意那边几处被阳光照耀的地方。从他的言谈之中可以听出，他即使不是画家，至少也是一个艺术家。不久“遗址”就呈现在眼前了。在一个秃岩顶上耸立着一座四方形的塔，整个塔身作黑色，还很坚固，不过好像被一道纵的裂缝从中劈开。长满青苔的墙和塔毗连；有的地方爬满常青藤；弯曲的小树从灰色炮眼上和坍塌的拱门上倒挂下来。有一条石子铺的小路通向保存完好的大门。我们快要走近大门，突然有一个女人的身影在我们前面掠过，很快地跑过一堆残砖废石，跑到墙头一个突出的部分，正好在悬崖上面。

---

① 摘自普希金的诗《我在这儿，伊涅季丽雅》，由格林卡谱为抒情歌曲。

“那不是阿霞吗?”迦庚叫起来。“真是个疯子!”

我们走进大门,到了一个一半长满野生苹果树和荨麻的小院里。阶坡上坐着的果然是阿霞。她朝我们转过脸来笑着,但是身子却没有移动。迦庚伸出一个指头来威胁她,我大声责备她太不小心。

“得啦,”迦庚小声对我说,“别去惹她;您不了解她,她大概还要爬到塔上去呢。您还不如来欣赏欣赏本地人是多么会动脑筋吧。”

我回头一看。在院子角落里搭了一个小小的木头售货棚,一个老妇人在织袜子,一面透过眼镜斜睨着我们。她向游客出售啤酒、蜜糖饼干和碳酸矿泉水。我们在长凳上坐下,喝着用沉重的锡制大杯子盛的相当凉爽的啤酒。阿霞仍旧一动不动地坐着,盘着腿,用薄纱巾包着头。她那端庄的面容映在晴朗的天空里,清晰而又美丽,但是我怀着反感不时地看上她一眼。从昨天起,我就发现她身上有一种矫揉造作、不太自然的东西……“她要让我们吃惊,”我想,“这是为什么呢?多么孩子气的胡来。”她好像猜到我的念头似的,突然向我投来迅速锐利的一瞥,又笑了起来,她蹦了两下就从城墙上跳下来,走到老妇人面前,向她要一杯水。

“你以为我要喝水?”她对哥哥说。“不,那边墙上有的花该浇水了。”

迦庚没有理她。她手里拿着水杯又去爬废墟,有时停下来,弯下身子,带着可笑的庄重的神气在花草上洒几滴水,水珠在阳光下晶莹发光。她的举动非常可爱,但是我还在生她的气,尽管我情不自禁要欣赏她的轻快敏捷的动作。在一个危险的地方她故意尖叫一声,然后哈哈大笑起来……我更生气了。

“她爬山像只山羊,”老妇人把织的袜子放下一会,喃喃地说。

最后,阿霞把杯子里的水倒空了,顽皮地摇摇晃晃地回到我们面前。异样的微笑微微牵动她的眉毛、鼻孔和嘴唇,黑眼睛半像无礼、半带欢快地眯缝着。

“您以为我的举动有失体统,”她脸上似乎在说,“这没关系,反正我知道您是欣赏我的。”

“真能干,阿霞,真能干,”迦庚低声说。

她似乎突然难为情起来,垂下长长的睫毛,好像做错了事似的老老实实地坐在我们旁边。这时我第一次好好地细看了她的脸,我从未见过的最善于变化的脸。不多一会儿,这张脸已经完全变得苍白,露出专注的、几乎是忧愁的神情;我觉得,她的面貌显得比较大人气,比较严肃单纯了。她完全安静下来了。我们绕废墟走了一圈,欣赏风景,阿霞也跟在我们后面。快到午饭时,迦庚付钱给老妇人,又要了一杯啤酒,转过身来对我扮了个调皮的鬼脸,高声说:

“祝您的心上人健康!”

“难道他有——难道您有心上人?”阿霞突然问道。

“谁会没有心上人呢?”迦庚反问道。

阿霞沉思了片刻,她的脸又起了变化,脸上又露出挑衅似的、似乎无礼的微笑。

在回去的路上她大笑的次数更多,淘气得更厉害。她折了一根长树枝,像扛枪似的把它扛在肩上，用围巾包着头。我记得，我们碰到一大家子英国人，都是浅黄头发，态度拘谨。他们好像听到命令似的，一个个都转过目光呆板的眼睛，带着冷漠的诧异的神气目送着阿霞。她呢，好像故意要气气他们似的，大声唱起歌来。回到家里，她立刻回到自己的房间里，一直到午饭前才露面，身上穿着最好的衣服，头发经过精心梳理，束着腰，戴着手套。吃饭时她举止非常文静，有礼，近乎拘谨，吃东西只是略微尝一尝，用小杯喝一点水。显然，她是想在我面前扮演一个新的角色——一个彬彬有礼、举止娴雅的小姐。迦庚不去管她：看得出，他一向样样事情都顺着她。他只是不时善意地望着我，微耸着肩膀，似乎要说："她是个孩子，请容忍些吧。"刚吃完午饭，阿霞站起身来向我们行了屈膝礼，戴上帽子，问迦庚她可不可以去看路易斯太太。

"你是几时开始请求过许可的？"他带着他那一直不变的、但这一次有点窘态的笑容问道。"你跟我们在一块感到乏味吗？"

"不，可是我昨天就答应路易斯太太去看她的；而且我想，你们俩在一块更合适：H 先生（她指着我）还有什么话要对你讲。"

她走了。

"路易斯太太，"迦庚极力避开我的目光，开始说，"是这里以前的市长的寡妻，是一个心地善良然而头脑简单的老妇人。她非常喜欢阿霞。阿霞最喜欢结识境况不好的人；我发现，她这样做无非是出于骄傲。您看到，她被我宠坏了。"他沉吟了一会，又说："可是您叫我有什么办法呢？我对什么人都不会苛求，对她更不用说了。我对她不得不容忍。"

我没有说什么。迦庚转变了话题。我对他知道得愈多，就愈是喜欢他。很快我就了解他的为人了。这是一个真正的俄罗斯人，诚实、正直、单纯，可惜有些懒散、缺乏锲而不舍的精神和内心的热。青春在他心里不像泉水迸射，而是闪耀着宁静的光辉。他非常聪明可爱，但是我无法想象，等他年纪大了以后将会怎样。做画家吗？……不经过艰苦的、孜孜不倦的辛勤劳动成不了画家……可是下苦功，我望着他的线条柔和的面貌，听着他的不慌不忙的言谈，心里想道："不，你不会刻苦用功，你不会专心致志。"但是你不可能不爱他，你的心被他吸引着。我们俩一起度过了约莫四个小时，有时坐在沙发上，有时在屋前慢慢地走来走去。在这四个小时里我们成了好朋友。

太阳落山了，我该回去了。阿霞还没有回来。

"她这个人多么任性啊！"迦庚说。"您愿意我送送您吗？我们顺路到路易斯太太那里去一下，我去问问她在不在那里。不用弯很多路。"

我们下山进了城，然后折进一条弯弯曲曲的窄巷，在一所有两扇窗宽、四层高的楼房前站住。楼房的二层比底层向街上突出，三四层更比第二层突出。这幢屋子的破旧的雕刻，下面的两根粗大的圆柱，尖尖的砖顶和阁楼上像鸟喙伸出的部分，使整幢房子看上去像一只弓着背的巨鸟。

"阿霞！"迦庚喊道。"你在这儿吗？"

三层楼上一扇有亮光的小窗响了一下，打开了。我们看到阿霞小小的长着黑发的头。在她背后探出一个德国老妇人的脸，瘪嘴，眼睛几乎像瞎子。

"我在这儿呐，"阿霞爱娇地把臂肘倚着窗框，说。"我在这儿很好。给你，接住，"她扔给迦庚一枝天竺葵，又添了一句，"你就想象我是你的心上人吧。"

路易斯太太笑起来。

"H 要走了，"迦庚说，"他来跟你告别。"

"是吗？"阿霞说。"那就把我的那枝花给他，我马上就回去。"

她砰地关上了窗，好像吻了路易斯太太。迦庚默默地把那枝花递给我。我默默地把它放在衣袋里，走到渡口，摆渡到对岸。

我记得，我走回家去的时候，一路上什么也不想，但是心头感到异样地沉重，猛然间，一股强烈的、熟悉的、但在德国是罕有的气味使我为之惊讶。我停下脚步，看见路旁有一小畦大麻。它那草原的气息霎时间使我想起祖国，勾起我心里强烈的乡愁。我真想呼吸俄罗斯的空气，我要在俄罗斯的土地上行走。"我在这里做什么，我为什么要在异国、在异国人中间浪游？"我叫道，这时我心头死一般沉重的重压突然变成痛苦的、烧灼似的激动。我回到家里，心情和昨天完全不一样。我觉得有些烦躁，久久不能平静。一种我自己也不理解的苦恼使我心烦欲死。最后，我坐下来，想起我那狡猾的寡妇（我规定每天就寝前要想起这位夫人），拿出她的一封短信。但是我连信都没有打开，我的思绪就转到另一个方向去了。我开始想……想起了阿霞。我想起迦庚在谈话中向我暗示过有某种困难使他不能返回俄罗斯……"得了，她是不是他的妹妹？"我大声说。

我脱了衣服躺下，极力想睡着；但是过了一小时，我又从床上坐起来，用臂肘撑着枕头，又想起了这个"笑得不自然的任性的少女……""她的体态像是法尔涅静别墅里拉斐尔画的小迦拉蒂阿①，"我低语说，"不错，她并不是他的妹妹……"

那位寡妇的信静静地躺在地板上，在月光下泛着白色。

五

第二天早晨我又去 Л 城。我对自己说，我是想去看看迦庚，其实心里却暗暗地非常想去看看阿霞在做什么，她是不是还像昨天那样"举止古怪"。我看到他们俩都在客厅里，而且，真是怪事！——是不是因为我昨夜和早上一直在怀念俄罗斯——在我的眼中阿霞完全是一个俄罗斯少女，是的，一个普通的少女，几乎是一个女仆。她身上穿着一件瘦小的旧衣服，头发梳到耳后，一动不动地坐在窗前的绣绷上刺绣，她质朴，沉静，就像她一辈子没有干过别的事情似的。她几乎一言不发，安静地不时看看自己的刺绣，她的脸上带着那样平凡的表情，使我不禁想起我们家里的卡佳和玛莎②。似

---

① 指罗马法尔涅静别墅里意大利文艺复兴时期大画家拉斐尔（1483—1520）作的壁画《迦拉蒂阿的胜利》。迦拉蒂阿是希腊神话中海的女神。

② 卡佳和玛莎都是普通俄国少女的名字。

乎为了完成这种相似,她还低声唱起了《亲爱的小妈妈》[1]。我望着她的黄黄的、黯然无光的小脸,想起昨晚的种种遐想,不禁难受起来。天气非常好。迦庚对我说,他今天要去写生;我问他让不让我陪他去,我会不会妨碍他?

“正相反,”他说,“您会给我提出很好的意见。”

他戴上凡·戴克式[2]的圆帽,穿上工作短服,腋下夹着画册就出发了;我不慌不忙地跟在他后面。阿霞留在家里。临走的时候迦庚请她留意汤不要做得太稀。阿霞答应常到厨房里去看看。迦庚走到我已熟悉的山谷里,在石头上坐下,开始画一株枝丫伸展的、树身有窟窿的老橡树。我躺在草地上,拿出一本书来;但是我连两页也没有读完,而他只是满纸乱涂。我们愈来愈多地谈论着,据我看,我们相当聪明而细致地谈论到:应该怎样工作,什么是应该避免的,什么是应该遵循的,在我们的时代画家的作用何在等等。迦庚最后说,他“今天没有兴致”,就躺在我旁边,这时我们年轻人的谈话就像河水般自由地畅泻,时而热烈,时而沉思,时而兴奋异常,但是差不多总少不了俄国人爱用的含糊的字句。我们尽情畅谈了一番,仿佛我们做完了一件事,或是做成功了一件事似的,心满意足地回家去了。我看见阿霞完全跟我离开她的时候一样。我无论怎样仔细观察她,在她身上也看不出一丝卖弄风情的影子,没有一点故意做作的迹象,这一次可不能说她是装模作样了。

“啊哈!”迦庚说。“她自己罚自己斋戒忏悔了。”

晚上,她毫不做作地打了几次哈欠,早早地回到自己的房间里去了。我不久也告辞了迦庚回家,不再胡思乱想,这一天在冷静清醒的心情中过去了。但是我记得,在临睡前我情不自禁地说出声来:“这个少女真是个多变的蜥蜴!”想了一想,继而又说:“她绝不是他的妹妹。”

六

整整两个星期过去了。我每天去看迦庚他们。阿霞像是躲着我,但是在我们刚认识的头两天里使我非常惊讶的那些顽皮的举动,她一样也不做了。她似乎心里在暗自痛苦,或是觉得不好意思;她连笑也不大笑了。我怀着好奇的心情注意着她。

她的法语和德语都说得相当好;然而从种种方面都可以看得出,她从小不是在女性的照管下长大的,她受的教育是奇特的,不正规的,一点不像迦庚本人受的教育。尽管迦庚戴着凡·戴克式的帽子,穿着短工作服,他身上却令人感到大俄罗斯贵族温柔娇贵的气息;而她却不像一位小姐,在她的一举一动之中都带有一种不安宁:这是嫁接不久的野生树苗,是还在发酵的酒。她生性胆怯腼腆,但是她恼怒自己的怕羞,她出于恼怒而强制自己竭力做得大胆放肆,可她并不是总能做得到。我几次跟她谈起她在俄国的生活和她的过去,她总是不乐意回答我的问话;可是我知道,她出国以前曾在乡间住了很久。有一次我看见她在读一本书。她两手支着头,手指深深地插在头发里,眼

---

① 俄国作曲家古里列夫(1802—1856)根据诗人莫克陵斯基的词作的歌曲,当时非常流行。

② 凡·戴克(1599—1641):佛兰德斯画家。此处指他的肖像画中的帽子样式。

睛牢牢地盯着字行,像是要把它们吞下去似的。

“好啊!”我走近她,说,“您真用功!”

她抬起头来,傲慢而严厉地看了看我。

“您以为我只会笑,”她说了就预备走开……

我瞥了一眼书名:这是一本法国长篇小说。

“可是我不能称赞您的选择,”我说。

“那读什么呢!”她高声说,把书往桌上一扔,又添了一句:“还不如去瞎胡闹,”就跑到花园里去了。

当天晚上,我给迦庚朗诵《赫尔曼和窦丝苔》①。阿霞起先只是在我们旁边转来转去,后来忽然站住,注意听着,悄悄地坐在我身旁,一直听完。第二天,我又认不出她了,后来我才明白,她是突然想起来要学窦丝苔那样稳重和关心家务。总之,我觉得她是一个谜样的人。她的自尊心强到极点,然而即使在我恼怒她的时候,她还是吸引着我。只有一件事我愈来愈深信不疑:那就是,她不是迦庚的妹妹。他待她不像做哥哥的对待妹妹:他对她过分宠爱,过分迁就,同时又有点儿不自然。

一个奇怪的机会显然证实了我的猜疑。

一天晚上,我走近迦庚他们住的葡萄园,发现小门锁上了。我没有多加考虑,就走到我先前已经注意到的围墙倒塌的地方,跳了过去。离那地方不远,在小路旁边有一个爬满金合欢的小凉亭。我走到那边,正要走过去时……我突然吃了一惊,是阿霞的声音,一边哭一边热情地说出下面的话:

“不,除了你我什么人都不愿意爱,不,不,我只要爱你一个人——永远地爱你。”

“得啦,阿霞,安静些,”迦庚说,“你知道我相信你。”

他们的声音从凉亭里传出来。我透过稀疏交织着的树枝看见他们俩。他们却没有发觉我。

“只爱你,爱你一个人,”她重复说,搂住他的头颈,痉挛地大哭着开始吻他,贴在他的胸上。

“得啦,得啦,”他一再地说,用手轻轻抚摸着她的头发。

我呆呆地站了一会儿……突然我颤抖了一下。“到他们跟前去? ……绝不!”我头脑里闪过这个想法。我急步回到围墙边,跳过围墙到了路上,几乎是奔跑着跑回家去。我微笑着搓搓手,心里奇怪,竟然有这个机会突然证实我的猜疑(我一刻也没有怀疑过我的猜疑是对的),但是我心里却痛苦极了。“可是,”我想道,“他们装得可真巧妙! 但是为什么呢? 他们何必来蒙骗我呢? 我没有料到他竟会这样……这种多情的表白又是什么?”

七

我睡得很不好。第二天一早起身,我对房东太太说晚上不必等我回来,就背起旅

---

① 歌德的长诗。

行背包，步行上山，沿着流过З城的那条河向上游走去。这些山是名叫狗脊的山脉的支脉，从地质学的观点来看，它们是非常有趣的；它们特别是以玄武岩层的形状整齐和质地纯净著称，但是我无意去作地质考察。我没有弄明白，我心里发生了什么事；但是有一个感觉我是清楚的：我不愿意和迦庚兄妹见面。我对自己说，我所以突然对他们起了反感，唯一的原因是恨他们太不老实。有谁逼着他们冒充兄妹呢？然而，我极力不去想他们。我悠然自得地徜徉于群山幽谷；在乡村的小酒铺里一坐就是半天，跟店主人和顾客悠闲地聊天，或是躺在晒暖的石板上仰望白云飘浮，幸而天气好得出奇。我就这样度过了三天，而且并非毫无乐趣，尽管我的心有时作痛。我的心情同那里宁静的大自然恰恰是和谐一致的。

我完全沉浸在偶然得来的印象的悄悄变幻之中；它们从容地在我心里一幕幕地浮现，最后只留下一个总的感觉。这三天来我看到、听到、感受到的一切都融合在这个感觉里——林中树脂的清香，啄木鸟的啼声和剥啄声，清澈的小溪的不肯缄默的饶舌，小溪沙底上游过有斑点的淡水鲑，不很险峭的群山，阴森森的岩壁，整洁的小村里令人肃然起敬的古老教堂和古树，草地上的鹳鸟，轮子飞快转动的、令人舒适的风车，农民的怡然自得的面容，他们的蓝坎肩和灰色长袜，套着肥马、有时套着母牛的吱吱作响的缓慢的大车，两旁种植着苹果树和梨树的清洁的大路，路上行走的留着长发的年轻的徒步旅行者……

就是现在，回忆起我当年的种种印象还是愉快的。我问候你，德国土地上俭朴的一角，你的质朴的丰衣足食，到处都有着勤劳的双手留下的痕迹，耐心而从容的劳动的痕迹……向你致意，祝你平安！

我在第三天夜里才回家。我忘了说，由于对迦庚他们的恼怒，我曾试图让那狠心寡妇的形象重新出现在我心里，但是我的努力全是徒然。我记得，有一次我开始想她的时候，我看见面前有一个五岁模样的乡下小女孩，圆圆的小脸蛋，瞪着天真的小眼睛。她那样天真无邪地望着我……她那纯洁的目光使我惭愧，我不愿在她面前装假，便立刻断然地跟我以前的意中人永远告别了。

回到家里，我看到迦庚留的字条。他对我的出人意料的决定感到惊奇，他怪我为什么不带他去，请我一到家就去看他们。我不高兴地读了这张字条，但是第二天我就到Л城去了。

八

迦庚态度友好地接待我，一再亲切地责备我；但是阿霞好像故意似的，一看见我就无缘无故地哈哈大笑，而且照她的老脾气立刻跑开了。迦庚有些窘，在她背后低声说她是个疯子，请我原谅她。老实说，阿霞叫我非常生气，本来我心里就不痛快，现在又是这不自然的笑和这些异样的举动。但是我装出好像什么都没有注意到的样子，向迦庚讲述我这次短期旅行的细节。他对我讲了我不在的时候他做了些什么。但是我们谈得并不融洽；阿霞走进房间又跑开了。最后我说有我一件紧急的工作要做，该回家了。迦庚先是挽留我，后来注意地看了看我，就说要送我回去。在门道里阿霞突然跑到我跟前,向我伸出手来,我轻轻地握了她的手指,微微向她行礼。我和迦庚一同渡过莱茵河,走过我喜爱的、有着小小的圣母塑像的梣树旁边,在长凳上坐下来欣赏一下景色。在这里我们之间进行了一次不平常的谈话。

我们先交谈了几句,后来望着清澈的河水,都不作声了。

“请告诉我,”迦庚带着他那惯常的微笑突然说,“您对阿霞有什么看法?您一定觉得她有些怪,是吗?”

“不错,”我回答时心里有些纳闷。我没有料到他会讲起她。

“您要批评她先要好好地了解她,”他说。“她的心地非常善良,但是头脑却任性极了。要跟她相处得好可不容易。不过,要是您知道了她的身世,就不能责备她……”

“她的身世?……”我打断了他,“难道她不是您的……”

迦庚瞅了我一眼。

“难道您以为她不是我的妹妹?……不,”他没有注意我的窘态,接下去说,“她的确是我的妹妹,她是我父亲的女儿。您听我把话说完。我信任您,我要把一切都告诉您。

“我父亲是一个非常善良、非常聪明、非常有学问的人,但是很不幸。命运对待他并不比对待别的许多人更坏;但是它的第一次打击他就受不了。他结婚很早,是由于爱情而结婚的。他的妻子,我的母亲,不久就死去;她撇下我的时候我才六个月。父亲把我带到乡下,整整十二年他什么地方也不去,他亲自教育我。要不是他的哥哥,我的亲伯父到乡下来看我们,他是永远不会和我分离的。这位伯父长期住在彼得堡,担任相当重要的职务。他劝我父亲把我交给他照管,因为父亲无论如何不肯离开乡下。伯父对他说,让一个像我这样年纪的男孩过着完全与世隔绝的生活是有害的,跟着一个像我父亲那样终日郁郁寡欢、沉默寡言的老师,我一定会落后于和我同年的男孩,而且我的性格也容易变坏。父亲一直不肯听从他哥哥的规劝,但是终于让步了。和父亲分别的时候我哭了;我爱父亲,虽然从未看到他脸上有过笑容……但是,到了彼得堡,我很快就忘了我们那阴森森的、没有欢乐的家。我进了士官学校,出了学校又编进近卫军团。每年我回到乡下过几个星期,发现我父亲变得一年比一年更忧郁,更沉默,思虑更多,到了畏葸的地步。他每天上教堂去,几乎不会说话了。有一次我回家探亲(我已经二十出头),我第一次在我们家里看见一个瘦瘦的、黑眼睛的、十来岁的小女孩——阿霞。父亲说,她是个孤儿,是他领来抚养的——他正是这么说。我没有特别注意她;她怕生,动作迅速,不说话,像个小动物。每次只要我走进父亲喜欢的那个房间——那是一个阴森森的大房间,我母亲就在那里面去世,白天屋里也点着蜡烛——她马上就躲到他的伏尔泰式的手圈椅①背后或是书橱背后。以后三四年,我因为公务羁绊,不能回乡下去。我每月接到父亲写来的一封短信;他很少提到阿霞,即使提也是顺带一笔。他已经年过五十,可是看上去还像年轻人。因此,您可以想象我的惊慌:我思想上

① 一种高背深座的手圈椅。

毫无准备，竟突然接到管家的来信，通知我父亲病危，如果我想见他最后一面，请我务必赶快回去。我日夜趱赶，到家时父亲还活着，但是已经奄奄一息。他见到我高兴得什么似的，用他那骨瘦如柴的手臂搂着我，用一种又像审视又像恳求的目光久久注视着我的眼睛；在我答应他一定会履行他最后的请求之后，他吩咐他的老仆把阿霞带来。老头把她带来了；她几乎站不住，浑身发抖。

"'你看，'父亲费力地对我说，'我把我的女儿——你的妹妹，托付给你。一切情况你可以问雅可夫，'他指着老仆，又说了一句。

"阿霞痛哭起来，扑倒在床上……半小时后我的父亲长逝了。

"这就是我所听到的：阿霞是我父亲和我母亲以前的女仆达吉雅娜的女儿。我还清楚地记得这个达吉雅娜，记得她那修长苗条的身形，她那优雅、端庄、聪明的面貌和一双大大的黑眼睛。她是有名的难以接近的姑娘。据我从雅可夫的充满敬意的半吞半吐的话里可以了解，在我母亲去世后几年，我父亲和她有了关系。那时达吉雅娜已经不住在主人的宅子里，而是住在她的结了婚的姐姐（我们家养牛的女佣）的小屋里。我父亲对她一往情深，在我离开乡下之后甚至要和她结婚，但是不管他怎么恳求，她本人都不同意做他的妻子。

"'死去的达吉雅娜·瓦西里耶芙娜，'雅可夫站在门口反操着手对我说，'样样事情都考虑周到，她不愿意损害您父亲的名声。她说，我算您的什么样的妻子？我算什么样的太太呢？当着我的面，她就是这么说的。'

"达吉雅娜连搬进我们宅子里来都不愿意，还是带着阿霞住在她的姐姐家里。我小时候，只有逢节日在教堂里看见达吉雅娜。她头上包着深色头巾，肩上披着黄色的披肩，站在靠窗的人群中——她那严肃端庄的侧影清晰地显露在透明的玻璃窗上——她谦逊地、虔敬地祈祷，照老式的样子深深地低下头来。伯父带我离开的时候，阿霞才两岁，在她九岁那年，她失去了母亲。

"达吉雅娜一死，父亲就把阿霞领回家。他以前就表示过要把她领在身边，但是达吉雅娜连这件事也拒绝了他。您可以想象，阿霞被老爷领来时的心情。她至今也不能忘记第一次给她穿上绸衣裳，人们第一次吻她的手的那个时刻。她母亲在世的时候，对她管教很严；到了父亲身边她享有绝对的自由。他是她的教师；除了他，她什么人都看不到。他不娇纵她，就是说，他并不是无微不至地照顾她；但是他非常爱她，对她百依百顺：他心里认为自己对不起她。阿霞很快就懂得，她是家里主要的人；她知道，老爷是她的父亲；但是她也同样很快地明白了自己的尴尬的身份。自尊心在她心里强烈地发展，怀疑也同样地产生了；坏习惯生了根，纯朴消失了。她要让全世界都忘记她的出身（有一次她亲口向我承认）。她既为自己的母亲感到羞耻，又为自己有这样的想法感到羞愧，于是她又为自己的母亲感到骄傲。您可以看到，不论过去还是现在，她都懂得许多在她的年纪不应该懂得的事……但是这能怪她吗？青春的活力在她心里迸发，热血在沸腾，可是近旁又没有一个可以指导她的人。她在各方面都是绝对地自主！要忍受她可不是容易的！她要显得不比别人家的小姐逊色，她拚命地读书。这会有什么好处呢？她的生活不正常地开始，继续不正常地发展下去，但是她的心地没有变坏，智力没有受到损伤。

“于是我这个二十来岁的年轻人，就要照顾一个十三岁的女孩子！父亲去世后的头几天里，她一听到我说话的声音就浑身发抖，我的爱抚使她难受，她只是渐渐地逐步习惯了我。真的，等她后来相信我真把她当作妹妹看待，像爱妹妹那样爱她，她便热情地依恋着我。她的爱和憎都是绝对的。

“我把她带到彼得堡。尽管和她分开使我很痛苦，我却决不能把她带在身边。我把她送进一所最好的寄宿学校。阿霞懂得我们必须分开，可是起初她病得几乎死去。后来，她好不容易忍受下来，在寄宿学校里度过了四年；但是，和我的期望相反，她几乎依然和原来一样。寄宿学校校长为她常来找我诉苦。她对我说：‘责罚她既不行，待她好她也不理睬。’阿霞聪颖过人，学习成绩很好，超出所有的同学，但是她绝不肯跟普通人一样，性子倔强、孤僻……我不能过分责怪她：以她的处境，她要么是讨好别人，要么是跟人落落寡合。在所有的女同学里，她只同一个贫苦难看、受人欺侮的女孩子要好。跟她一块上学的小姐们多数都出身名门；她们不喜欢她，对她冷嘲热讽，想方设法地刺痛她。阿霞对她们也丝毫不让。有一回上宗教课的时候，教师讲起了罪恶。‘谄媚和懦弱是最要不得的罪恶，’阿霞大声说。总之，她继续我行我素；只有她的举止变得好了一点，尽管她在这方面的进步似乎并不大。

“最后，她满十七岁了；再让她留在寄宿中学可不行了。我的处境使我很伤脑筋。突然，我想到一个好主意：辞去职务，带着阿霞到国外去待上一两年。我想到就做，所以现在我和她就到了莱茵河上。在这里，我努力画画，她呢……淘气胡闹，举动像以前一样古怪。但是，现在我希望您不要过分严厉地批评她；尽管她做得一切都不在乎的样子，其实她重视每个人的意见，特别是您的意见。”

迦庚又露出他那文静的微笑。我紧紧地握了他的手。

“一切就是这样，”迦庚又开始说，“可是我拿她真是毫无办法。她真像火药一样。到目前为止她还没有喜欢什么人，要是她爱上了谁，那可不得了。有时候，我都不知道拿她怎么办。前两天她忽然异想天开，硬说我待她比以前冷淡了，她说她只爱我，并且永生永世只爱我一个人……一边说一边还哭得那么伤心……”

“原来是这样……”我刚说出口又缩住了。

“请告诉我，”我问迦庚（我们之间已经是无所不谈了），“难道真的她至今还没有喜欢什么人？在彼得堡她不是见过好些年轻人吗？”

“她对他们一个也不喜欢。不，阿霞需要一个英雄，一个不平凡的人，或是需要画上画的峡谷里的牧人。可是我跟您谈的时间太久，把您的事耽误了，”他站起身来说。

“嗳，”我说，“我们到您那里去吧，我不想回家了。”

“那您的工作呢？”

我没有回答；迦庚温和地笑笑，我们就回Л城。当我看到熟悉的葡萄园和山顶白色的小屋，我感到一种甜意——正是心里甜丝丝的：好像有人悄悄地把蜜注进我的心里。听了迦庚的故事,我心里轻快了。

九

阿霞在门口迎接我们;我以为她又要笑了,但是她迎着我们走过来的时候面色苍白,一声不响,眼睛低垂。

“他又来了,”迦庚说,“而且你要注意到,是他自己愿意回来的。”

阿霞询问似的看看我。我向她伸出手去,这一次我紧紧握了她的冰冷的纤指。我感到非常怜惜她,现在我懂得了以前在她身上许多使我不解的事:她内心的不安、她的不善于待人接物、她要炫耀自己的愿望——这一切我都明白了。我窥探了这个灵魂:一种隐秘的重负时时压着她,没有经验的自尊心斗争着,挣扎着,但是她的整个身心向往着真理。我明白了为什么这个奇怪的少女吸引着我;她吸引我,不仅是单凭充溢在她那整个纤细的身体里的近乎野性的魅力:我喜欢她的心灵。

迦庚开始翻寻他的画稿,我请阿霞和我到葡萄园里去散散步。她马上欣然地、几乎是顺从地同意了。我们下到半山,在一条宽石板上坐下。

“您不跟我们在一块也不感到寂寞吗?”阿霞开始说。

“那么我不在你们不感到寂寞吗?”我问。

阿霞瞟了我一眼。

“是的,”她回答说。“那些山上好玩吗?”她马上又接着说。“山高吗?比云彩还高吧?把您看到的讲给我听吧。您讲给哥哥听了,可是我一点没有听到。”

“谁让您走开的呢?”我说。

“我走开……因为……现在我不是不走开了吗?”她带着信任亲切的语气说下去。“今天您生气了。”

“我?”

“就是您。”

“得啦,您想到哪里去啦……”

“我不知道,可您是生气了,而且生着气走了。您那样走了使我非常难受。现在您回来了,我也高兴了。”

“我也高兴我回来了,”我说。

阿霞微微耸了耸肩,就像孩子们高兴的时候常做的那样。

“啊,我会猜!”她接着说。“有时我在另外一个房间里,只要听爸爸的咳嗽,就能知道他对我是不是满意。”

在那天以前,阿霞一次也没有向我提过她的父亲。这使我吃惊。

“您爱您的爸爸吗?”我说出口之后突然感到非常后悔,我的脸红了。

她没有回答,她的脸也红了。我们都沉默起来。在莱茵河上,远远地有一艘轮船冒着烟驶过。我们开始望着轮船。

“您怎么不讲啊?”阿霞低声说。

“您今天为什么一看见我就大笑?”我问。

“我自己也不知道，有时我明明想哭，可是我反而笑。您不应该根据我的行为来批评我……哦，随便问一声，关于罗蕾莱[1]的传说是怎么回事？那边看得见的就是她的岩石吧？传说她起先把所有的人都淹死，可是后来她爱上了一个人，自己就投水死了。我喜欢这个传说。路易斯太太讲给我听各种各样的故事。路易斯太太有一只黑猫，黄眼睛……”

阿霞抬起头来，摇摇鬈发。

“啊，我真快活，”她说。

在这一瞬间，耳畔传来一阵若断若续的单调的歌声。几百条嗓子抑扬有致地齐声唱着赞美诗：一群香客举着十字架和神幡在下面的大路上鱼贯前进……

“我要是跟他们一块去多好，”阿霞谛听着逐渐消逝的阵阵歌声，说。

“您是那么信神吗？”

“到一个遥远的地方去，去祈祷，去干一番艰难的事业，”她接着说。“要不然日子一天天过去，生命消逝，可是我们有什么作为呢？”

“您很有抱负，”我说，“您不愿意虚度此生，您要在身后留下痕迹……”

“这难道不可能吗？”

“不可能，”我差一点要这样说……但是我瞥视了她的发亮的眼睛，只好轻声说，“您试试吧。”

“请告诉我，”阿霞沉默了一会，说，这时她那变得苍白的脸上掠过了一个阴影。“您非常喜欢那位夫人吗？……您记得，在我们认识的第二天，哥哥在废墟祝她健康的那一位。”

我笑起来。

“您哥哥是开玩笑。我没有喜欢过一位夫人，至少目前我没有一个喜欢的夫人。”

“女人身上您喜欢的是什么？”阿霞带着天真的好奇把头往后一仰，问道。

“多么奇怪的问题！”我提高声音说。

阿霞有点不好意思。

“我不该问您这样的问题，对吗？原谅我，我习惯了脑子里想到什么，嘴里就说出来。就是因为这个我才怕说话的。”

“看在上帝的分上说吧，别怕，”我说，“我真高兴您终于不再对我怕生了。”

阿霞垂下眼睛，发出一声低低的轻快的笑声；她这样的笑声是我没有听到过的。

“那么，您讲点什么吧，”她抚平她的衣裾，让它盖在脚上，好像预备久坐似的；她接下去说。“讲点什么或是念点什么，您记得吗，就像您给我们朗诵过《奥涅金》里的一段那样……”

她忽然沉思起来……

在那里如今十字架和树枝的阴影

---

① 罗蕾莱：德国传说中的一个魔女，她坐在莱茵河畔一座巉岩顶上，用歌声引诱河上的船夫。

荫庇着我可怜的母亲!①

她低声念着。

"普希金不是这么写的,"②我指出。

"我多么希望我就是达吉雅娜,"她仍旧那样若有所思地说。"给讲点什么吧,"她突然活泼地说。

但是我没有心思讲故事。我看她全身浴着明媚的阳光,显得那么安静温顺。我们的四周,我们的脚下,我们的头顶上都欢欣地闪着光——天、地和水,连空气看上去都充满光辉。

"您看,多美!"我不禁压低了声音说。

"是啊,真美!"她也轻声回答,并没有望着我。"如果我和您是飞鸟,我们要怎样盘旋,怎样翱翔啊……我们就这样沉没在这片蓝空中……然而我们不是鸟。"

"可是我们会长出翅膀来的,"我说。

"那怎么会呢?"

"您生活下去,就会知道的。有一些感情会把我们从大地上高高举起。别担心,您会有翅膀的。"

"那么您有过吗?"

"怎么对您说呢……好像到目前为止我还没有飞过。"

阿霞又沉思起来。我的身子微微俯向她。

"您会跳华尔兹吗?"她突然问。

"会,"我有点摸不着头脑,回答说。

"那么走吧,走吧……我请哥哥给我们弹华尔兹……我们就想象我们是在飞,我们长出了翅膀。"

她往家里跑,我跟在她后面跑。几分钟后,我们已经在狭小的房间里,在兰纳的悦耳的华尔兹舞曲声中旋转着。阿霞跳华尔兹跳得非常好,跳得入迷。在她那处女的端庄的脸上突然透露出女性的温柔。很久以后,我的手似乎还感到和她那柔弱的腰肢的接触,仿佛还久久听到她的急促的、贴近我的呼吸,她那迅速飘拂的鬈发,苍白而兴奋的脸上那双几乎闭着不动的黑眼睛,仿佛还久久浮现在我眼前。

十

这一天整天过得好极了。我们像孩子似的玩得很开心。阿霞显得非常可爱、单纯。迦庚望着她,很高兴。我很晚才离开他们。船划到莱茵河中心,我请船夫让小船顺流漂去。老人把桨举了起来,雄伟的河流便载着我们向前。我环顾四周,谛听着,回忆着,突然心中感到一种隐隐的不安……我举目望天——但是天上也不平静:它满缀繁星,不停地发颤、运行、抖动;我俯视河水……但是连在那里,在那黑暗寒冷的深处,

---

① 引自普希金的长诗《奥涅金》第八章第四十六节。

② 普希金的诗句里写的是"乳娘",不是"母亲"。

星星也在晃动，颤抖。到处我都感到令人不安的活跃气氛——我心里的不安也增强了。我把臂肘支在船舷上……微风在我耳畔的絮语，船尾河水低低的潺流声，都使我心烦；波浪清新的气息也不能使我冷静下来。一只夜莺在岸上歌唱起来，它那歌声的甜蜜的毒素感染了我。我开始热泪盈眶，但这不是没来由的欣喜之泪。我所感到的不是那种朦胧的，当我的心灵舒展，鸣响，觉得它一切都了解、一切都爱的时候所体验到的无所不包的愿望的感受……不！我心中燃烧起对幸福的渴望。我还不敢叫出它的名字，但是幸福，达到饱和的幸福——这就是我所期望的、我所苦苦追求的……小舟继续漂流，老船夫把头俯在桨上，坐在那里打瞌睡了。

十一

第二天我出门去看迦庚他们的时候，我没有问我自己，我是否爱上了阿霞，但我老是想念她，我关心她的身世，我高兴我们这次意想不到的接近。我感到我是从昨天起才认识她；在那以前她总躲着我。现在，她终于向我显露出她原来的面目，她的形象放射出多么迷人的光彩，这个形象对我是多么新颖，在这个形象里又羞羞答答地透露出多么神秘的魅力……

我兴冲冲地走在熟悉的路上，不断地望着远处那所白色的小房子；我不仅不去想未来——我连明天都不想。我心里非常快活。

我走进室内的时候，阿霞的脸红了；我注意到她又着意打扮过，但是她脸上的表情和她的装束不相称：她的表情是忧愁的。而我却是高高兴兴地来了！我甚至以为，她会照她的习惯又要跑开，但是她勉强自己留了下来。迦庚正沉浸在艺术家的狂热和如痴如醉的奇特心情之中——那些初入门的画家，每当他们自以为（照他们的说法）"捉住了大自然的尾巴"时，这种心情就会突发，控制住他们。他站在一块绷紧的画布前面，头发蓬乱，身上沾满油彩，在画布上猛挥着画笔，带着几乎是凶狠的神情朝我点点头，向后退了一步，眯缝起眼睛看了看，又去专心画画。我不去打扰他，就在阿霞身边坐下。她的黑眼睛慢慢地转向我。

"您今天跟昨天不一样，"我几次努力想引起她唇上的微笑都没有成功，就这样说道。

"是不一样，"她慢吞吞地、声音低沉地说。"但是这没有关系。我昨晚睡得不好，整整想了一夜。"

"想什么呢？"

"啊，我想了好多。我从小就有这个习惯，从我跟妈妈住在一块那时候起……"

她费力说出"妈妈"这个字，后来又说了一遍：

"当我跟妈妈住在一块的时候……我想，为什么谁都不会知道他的未来；有时明明看到灾难临头，却无法逃避；为什么永远不能完全说出真话呢？……后来我想，我什么都不知道，我需要学习。我需要重新受教育，我过去受的教育太差。我不会弹钢琴，不会绘画，我连缝纫都不行。我什么专长都没有，跟我在一块一定很乏味。"

"您不要妄自菲薄，"我反驳说。"您读了很多书，您有学问，再加上您的聪明……"

"我聪明吗?"她带着那样天真的好奇问,使我不禁发笑了,但是她连一丝笑意都没有。"哥哥,我聪明吗?"她问迦庚。

他没有回答她,继续工作,手臂高举着,不断地换着画笔。

"有时我自己都不知道我脑子里在想些什么,"阿霞带着同样沉思的神情接着说。"说真的,有时我自己都害怕自己。啊,我多么希望……女人不应该读书读得太多,是真的吗?"

"不要太多,不过……"

"告诉我,我应该读些什么?告诉我,我应该做什么?凡是您告诉我的,我都要照着做,"她带着天真的信任的神情对着我,又添了一句。

我一时不知怎样回答她。

"您跟我在一块不会感到乏味吗?"

"您想到哪儿去了,"我说。

"啊,谢谢您!"阿霞说。"我还以为您会感到乏味的呢。"

于是她用发烫的小手紧紧地握住我的手。

"H!"在这一瞬迦庚大声说。"这个背景不嫌暗吗?"

我走到他面前。阿霞站起身来走了。

十二

过了一小时她回来了,站在门口招手叫我过去。

"听我说,"她说,"要是我死了,您会可怜我吗?"

"您今天的念头真怪!"我大声说。

"我觉得我快死了;有时我觉得周围的一切都在和我告别。与其这样活着,还不如死了的好……啊!别这样望着我,我真不是假装的。不然我又要怕您了。"

"难道您以前怕我吗?"

"如果我这个人是这么怪,说真的,那并不怨我,"她说。"您看,我连笑都笑不出来了……"

一直到晚上她都是闷闷不乐、心事重重的样子。她内心发生了我所不理解的事。她的目光常常停在我身上;在这谜样的目光的注视下,我的心微微抽缩。她看上去是平静的,但是我望着她,一直想对她说,叫她不要激动。我欣赏着她,我发现在她那苍白的脸上,在她那犹豫缓慢的举动里自有一股动人的魅力,可是她不知为什么以为我不高兴了。

"听我说,"在我临走前一会她对我说,"有一个念头苦恼着我,我觉得您把我当作一个轻佻的人……今后您永远要相信我对您说的话,不过您也要对我坦率:我向您保证,我永远要对您说真话……"

这个"保证"又使我笑起来。

"啊,不要笑,"她很快地说,"否则我今天就要把您昨天对我说的:'您笑什么?'来对您说了。"她沉默了一会,又说:"您记得昨天您说的关于翅膀的话吗?……翅膀我是长出来了——可是无处可飞。"

"得啦,"我说,"条条道路在您面前都畅通无阻……"

阿霞注意地直望着我的眼睛。

"您今天对我的印象不好,"她皱起眉头,说。

"我?对您!印象不好?……"

"你们怎么一副垂头丧气的样子?"迦庚打断了我。"要不要我照昨天那样给你们弹一曲华尔兹?"

"不要,不要,"阿霞拧着手说,"今天无论如何不要!"

"我不来勉强你,你放心吧……"

"无论如何不要,"她面色苍白地重复说。

…………

"难道她爱上了我?"我向着黑浪滚滚的莱茵河走去,心里一面想道。

十三

"难道她爱我?"第二天我一醒来就问自己。我不愿意窥探自己的内心。我感到,她的身影,"那个笑得不自然的少女"的身影已经挤进我的心里,我一时不能摆脱它了。我到Л城去,在那里待了一整天,但是阿霞只露了露面。她不舒服,头疼。她下来待了片刻,包着额头,面色苍白、消瘦,眼睛几乎睁不开。她有气无力地笑了笑说:"这会过去的,不要紧,一切都会过去的,不是吗?"说了就走了。我感到寂寞,心里似乎忧郁而空虚;然而我久久不愿离去,直到很晚才回家,就此没有再看见她。

第二天早晨在一种半睡半醒的状态中过去。我想动手工作,可是不行;我希望什么事都不做,什么都不去想……而这也办不到。我信步在城里走着;回到家里,又出去。

"您是H先生吗?"忽然听到背后有一个小孩的声音。我转身一看,我面前站着一个男孩。"这是Annette[①]小姐给您的,"他递给我一张字条,又添了一句。

我打开字条,认出是阿霞的歪歪斜斜的潦草的字迹。"我一定要见您,"她写道。"今天四点钟到废墟附近路旁的石头小教堂来。今天我做了一件非常不谨慎的事……看在上帝的分上来吧,您会知道一切……对来人说一个:是。"

"有回音吗?"男孩问我。

"你就说,是,"我回答说。

男孩就跑开了。

十四

我回到房间里,坐下来思量。我的心猛烈地跳动。我几次反复读阿霞的短信。我

① 按音译为阿奈特,不是阿霞。

看看表:还不到十二点呢。

门开了,迦庚走了进来。

他面色阴郁。他一把抓住我的手,紧紧地握住。他好像非常激动。

“您怎么啦?”我问。

迦庚搬了一把椅子在我对面坐下。

“大前天,”他勉强地笑着,犹犹豫豫地开始说,“我讲的事情让您吃惊,今天我就更要使您吃惊了。要是对别人,我一定不敢……这样坦率……但是您是一个高尚的人,您是我的朋友,是吗?请听我说,我的妹妹阿霞爱上您了。”

我浑身一颤,站了起来。

“您的妹妹,您说……”

“是的,是的,”迦庚打断我的话。“我对您说,她发疯了,把我也逼得发疯。不过,幸好她不会撒谎——她信任我。啊,这个女孩子有着怎样的灵魂啊……但是她会毁了自己,这是毫无疑问的。”

“您弄错了吧,”我开口说。

“不,我没有弄错。昨天,您知道,她差不多躺了一整天,什么也不吃,但是也没有说有什么不舒服……她有病从来不说。虽然到傍晚她有些发烧,我也没有担心。昨天夜里大约两点钟光景,我们的房东太太叫醒了我:‘您去看看您妹妹:她好像是病了。’我跑到阿霞那里,看见她没有脱去衣服,发着高热,眼泪汪汪的;她的额头很烫,牙齿打战。‘你怎么样?’我问道。‘你病啦?’她扑过来搂住我的脖颈,恳求我,如果我愿意她活下去,就尽快带她离开……我弄得莫名其妙,极力安慰她……她哭得越发伤心了……突然在她的呜咽中我听出来……啊,一句话,我听出来她是爱上了您。我请您相信,您我都是有理智的人,我们无法想象,她的感情有多么深,她的这些感情是以怎样令人难以置信的力量在她身上表现出来。它像狂风暴雨样突如其来,不可抵挡地在她身上发作。您是一个非常可爱的人,”迦庚接着说,“但是她为什么这样强烈地爱上了您——老实说,这我实在不明白。她说,她第一眼看到您就爱您。所以几天前她才哭着向我保证,除了我她谁都不愿意爱。她以为您瞧不起她,以为您一定知道她是什么样的人;她问我有没有把她的身世告诉您,我当然说没有;但是她这个人敏感得要命。她只有一个希望:离开这里,马上离开。我陪她坐到早晨;她要我答应她,今天就要离开此地——我答应了她之后她才睡着。我考虑再三,决定来找您谈谈。依我看,阿霞是对的:最好的办法是,我们兄妹都离开这里。要不是我脑子里起的一个念头阻止了我,我今天就已经带她走了。也许……谁知道呢?——您喜欢我的妹妹。要是这样,我何必带她走呢?所以,我丢开一切爱面子的顾虑,就决定……而且,我自己也有所觉察……我决心……来问问您……”可怜的迦庚窘态毕露。“请原谅我,”他又加了一句,“我不习惯处理这样伤脑筋的事。”

我握住他的手。

“您想知道,”我声调坚定地说,“我喜不喜欢您的妹妹吗?是的,我喜欢她……”

迦庚看了我一眼。

“但是，”他犹豫地说，“您是不会同她结婚的吧？”

“您要我怎样来答复这样的问题呢？您自己想想，我能现在就……”

“我知道，我知道，”迦庚打断了我的话。“我没有任何权利要求您答复，我的问题是非常失礼的……但是您叫我怎么办呢？火是玩不得的。您不了解阿霞；她会生病，会逃走，会跟您约会……换了别的女孩子，会不动声色，等待着——但她不是这样的人。这在她是第一次——这就糟了！要是您看到她今天扑倒在我脚边痛哭的情景，您就会了解我的担心的。”

我沉思起来。迦庚说的“会跟您约会”的那句话刺痛了我的心。我觉得，如果我不用坦率来回答他的真诚的坦率，是可耻的。

“是的，”我最后说，“您说得对。一小时前我接到您妹妹的一封短信。您看吧。”

迦庚接过字条，匆匆看了一遍，把手垂到膝上。他脸上惊讶的表情非常可笑，但是我没有心思去笑。

“我再说一遍，您是一个高尚的人，”他说，“可是现在怎么办呢？怎么办？是她自己要离开，可是又写信给您，并且责备自己做了一件不谨慎的事……她这是什么时候有工夫写的呢？她要求您做什么？”

我劝他不要着急，我们就开始尽量冷静地商量我们应该采取什么办法。

这就是我们最后作出的决定：为了避免出事，我应该去赴约会，向阿霞老老实实地解释；迦庚一定要留在家里，一点不露出他知道她那封短信的事；晚上我们再碰头。

“我完全信赖您，”迦庚说，紧紧握住我的手，“宽恕她，也宽恕我。我们明天无论如何要离开此地，”他站起身来，又添了一句，“因为您是不会同阿霞结婚的。”

“给我点时间，让我到晚上答复您。”

“行，不过您是不会同她结婚的。”

他走了，我扑倒在沙发上，闭上眼睛。我头昏脑涨；许许多多的印象一下子猛然涌到我的头脑里。我恼怒迦庚的坦率，我恼怒阿霞，她的爱使我快乐，也使我心绪不宁。我不明白，是什么使她把一切都对哥哥和盘托出；必须紧迫地、几乎是限时限刻地作出决定，这使我痛苦……

“同一个像她那样性格的十七岁的少女结婚，这怎么可能！”我站起身来说。

十五

在约定的时间我渡过莱茵河，在对岸第一个迎着我的就是早上来找我的那个小男孩。显然他是在等我。

“Annette 小姐给您的，”他低声说，又交给我一张字条。

阿霞通知我改变我们的约会地点，要我在一个半小时之后不是去小教堂，而是到路易斯太太家里去，在下面敲门，然后上三楼。

“还是‘是’吗？”男孩问我。

“是，”我重复了一遍，便沿着莱茵河畔走去。

回家已经没有时间,我又不愿意在街上闲逛。城墙外面的小花园里搭了一个玩九柱戏的棚子,还为爱喝啤酒的客人放了几张桌子。我走了进去。有几个上了年纪的德国人在玩九柱戏,木球咚咚地滚动着,偶尔可以听到叫好的声音。一个眼泡哭肿的漂亮的女侍给我送上一杯啤酒。我看了她一眼。她很快地转过身走去了。

“是啊,是啊,”坐在这儿一个面颊红红的胖子说,“我们的甘卿今天伤心极了:她的未婚夫去当兵了。”

我看了看她:她紧挨在角落里,一手托着腮;泪珠一滴一滴地顺着她的手指滴下来。有人要啤酒;她拿了一杯给他,又回到原来的地方。她的悲伤影响了我。我开始想到等待着我的约会,然而我的思想充满焦虑,并不快乐。我并不是怀着一颗轻快的心去赴这个约会,我将遇到的并非沉醉于互相爱悦的欢乐。我将去履行诺言,去完成一个艰巨的任务。“跟她可不能开玩笑”——迦庚的这句话像箭似的穿进了我的心。可是三天前,在这只顺流而下的小船上,我不是还苦苦地渴望着幸福吗?现在幸福是可能的了,而我却犹豫不决,我推开了它,我不得不推开它……它的突如其来使我不安。阿霞本人,她的火热的头脑,她的身世,她受的教育,这个迷人而又奇怪的少女——我承认,她使我害怕。这种种感情在我心里斗争了很久。约定的时间快到了。“我不能跟她结婚,”最后我作出决定,“她并不会知道我也爱上了她。”

我站起来,放了一枚泰勒[1]在可怜的甘卿手里(她甚至没有向我道谢),就向路易斯太太家里走去。空中已经布满黄昏的阴影,在黑暗的街道上空有一窄条天空被晚霞的余辉映得通红。我轻轻地敲了敲门,门马上打开了。我跨过门槛,到了一片黑暗里。

“这儿来!”一个老妇人的声音说。“在等着您哪。”

我摸索着走了两步。一只瘦骨嶙峋的手抓住我的手。

“您就是路易斯太太?”我问。

“是我,”同一个声音回答我。“是我,我的漂亮的年轻人。”

老妇人领我上了陡峭的楼梯,在三楼的楼梯口停下。借着从一扇小窗射进来的微光,我看到市长的寡妇满是皱纹的脸。一个殷勤得叫人肉麻的、狡猾的微笑使她的瘪嘴咧开,使她的黯淡无光的小眼睛眯缝起来。她向我指指一扇小门。我的手用一个痉挛的动作把门打开;进去之后,我随手砰地把门关上。

十六

我走进去的那个小房间里相当昏暗,因此我没有立刻看到阿霞。她身上裹着一条长围巾,坐在靠窗的一张椅子上,把头扭过去,几乎把头藏了起来,像是一只受惊的小鸟。她呼吸急促,浑身颤抖。我对她感到说不出的爱怜。我走近她。她把头更扭了过去……

“安娜·尼古拉耶芙娜[2],”我说。

---

① 泰勒:旧时德国银币,合三马克。

② 阿霞的本名和父名。

她突然把身子挺直,要想看看我——可是不能。我握住她的手,手是冰冷的,在我的手里好像是死人的手。

"我希望……"阿霞开口说,极力想笑一笑,但是她的惨白的嘴唇不听她的,"我希望……不,我不能够,"她这样说了就沉默了。的确,她说的每一个字声音都是不连贯的。

我在她身边坐下。

"安娜·尼古拉耶芙娜,"我又说了一遍,可是也说不下去了。

一片沉默。我仍然握着她的手,望着她。她像原来那样缩作一团,呼吸困难,轻轻地咬住下嘴唇,不让自己哭出来,不让盈眶的泪水流下来……我望着她,在她那胆怯地一动不动的姿态之中有一种楚楚可怜的神情:仿佛她疲倦得勉强走到椅子跟前,就倒在上面了。我的心软了……

"阿霞,"我的声音低得几乎听不见……

她慢慢地抬起眼来看我……啊,一个正在恋爱的少女的目光——有谁能把你描写出来?这双眼睛,它们在祈求,它们表现出信任,在提出疑问,在表示顺从……我无法抗拒它们的魅力。仿佛有一团微火传遍我的全身,像灼热的针刺着我。我弯下身去吻她的手……

听到一个颤抖的声音,好像是一声若断若续的叹息,接着我感到一只颤抖的手像落叶似的轻轻地在抚摸我的头发。我抬起头来,看到了她的脸。它突然变得多么厉害啊!害怕的表情消失了,望着远方的目光也引着我随她看去,嘴唇微微张开,额头白得像大理石,鬈发好像被风吹拂到后面。我忘了一切,我把她拉近我——她的手顺从地听凭我拉,她的整个身子也跟着被拉过来,围巾从肩上滑下去,她的头轻轻地伏在我的胸口,贴在我的火热的嘴唇下……

"我是您的……"她的话轻得几乎听不见。

我的手已经在抚摸着她的腰……但是猛然间我想起了迦庚,这好像闪电照亮了我。

"我们是在做什么啊……"我高呼了一声,慌忙向后退。"您哥哥……他都知道……他知道我要跟您会面。"

阿霞倒在椅子上。

"是的,"我接着说,一边站起来,走到房间的另一个角落。"您哥哥全都知道……我不得不统统都告诉他了。"

"不得不?"她似乎没有听懂似的重复了一遍。她显然还没有明白过来,对我的话不十分听得懂。

"是啊,是啊,"我有些狠着心肠重复地说,"而且这都怪您,都怪您一个人。您为什么泄露了自己的秘密?有谁逼您把一切统统告诉您哥哥的?他今天亲自来找过我,把您跟他讲的话都告诉了我。"我极力不去看阿霞,大步在房间里走来走去。"现在一切都完了,一切,一切。"

阿霞想从椅子上站起来。

“别动，”我大声说，“别动，我求您。您是在跟一个诚实的人——是的，跟一个诚实的人——谈话。可是，看在上帝的分上，是什么使您激动呢？难道您发现我有什么变化吗？可是今天您哥哥来找我的时候，我不能够向他隐瞒。”

“我在说些什么呀？”我心里想道；我头脑里不住地鸣响着一个念头：我是一个不道德的骗子，迦庚知道我们的约会，一切都被误解了，被发现了。

“我没有叫哥哥去，”阿霞吃惊地低声说，“是他自己去找您的。”

“您看看吧，您做了些什么，”我接下去说。“现在您倒要离开……”

“是的，我应该离开这里，”她仍旧那样低声地说。“我请您来这儿，只是为了跟您告别。”

“您以为，”我说，“跟您分别我心里好受吗？”

“那么，您为什么要告诉我哥哥呢？”阿霞带着困惑的神情又说了一遍。

“我对您说——我不得不这样做。要不是您自己先泄露自己……”

“我把自己锁在房间里，”她天真地说，“我不知道房东太太还有一把钥匙……”

在这种时候从她嘴里说出的这种天真的解释——当时几乎使我生气……可是现在回想起它来我就不能不心酸。可怜的、单纯老实的孩子！

“所以现在一切都完了！”我又说。“一切都完了。现在我们应该分别了。”我偷偷地看了阿霞一眼……她的脸马上涨红了。我感到，她觉得又羞又怕。我自己一边走一边像发高烧似的说着。“您不让开始成熟的情感有机会发展，您自己破坏了我们的关系，您不信任我，您怀疑我……”

在我说话的时候，阿霞的身子越来越向前倾——突然，她跪下了，用手捂住脸痛哭起来。我跑到她面前，想扶她起来，但是她不让。我忍受不了女人的眼泪：我一看到它，马上就不知如何是好。

“安娜·尼古拉耶芙娜，阿霞，”我一再地说，“请，我求求您，看在上帝的分上，请您别哭了……”我又握住她的手。

但是，使我万分惊讶的是，她突然跳了起来，像闪电似的冲到门口，消失了……

几分钟后，路易斯太太走进来的时候，我好像被雷击似的，仍旧站在房间当中。我不明白，这次约会怎么会这么短促，这么愚蠢地结束——在我还没有把我心里想说的和我该说的百分之一说出来，在我自己还不明白这事会怎样解决的时候，就结束了……

“小姐走了吗？”路易斯太太问我，她的黄眉毛抬得高高的，一直抬到假发那边。

我像傻瓜似的望了望她，就走了出去。

十七

我费力地出了城，径直往田野里走去。懊丧，疯狂的懊丧折磨着我。我百般责备我自己。我怎么会不懂得阿霞为什么要改变我们会面的地点，怎么不重视她到这个老妇人家里来要付出多高的代价，我又怎么会不留住她！和她在这紧闭的、几乎没有亮光的斗室内单独相对，我竟然有足够的力量，有足够的勇气拒绝她，甚至责备她……现在她的身影一直伴随着我，我请求她的宽恕；回想起这张苍白的脸、这双潮润羞怯的眼睛、低垂的头颈上的鬈发和她的头轻轻地靠在我的胸口的情景——这一切灼痛了我。"我是您的……"我仿佛听到她的低语。"我是本着良心做事的，"我一再对自己说。"……这不对！难道我真是希望这样的结局吗？难道我能跟她分开吗？难道我能失去她吗？疯子！疯子！"我恨恨地重复说……

这时夜色降临。我大步向阿霞住的房子走去。

十八

迦庚迎着我走出来。

"您看到我的妹妹了吗？"他远远地就对我大声说。

"难道她不在家？"我问。

"不在。"

"她没有回来？"

"没有。这都怪我，"迦庚接着说，"我忍不住了：我违背我们的约言到小教堂去了，她不在那里。这么说，她没有去吗？"

"她没有去小教堂。"

"您也没有见到她？"

我不得不承认我看到了她。

"在哪里？"

"在路易斯太太家里。一小时前我和她分手，"我又说，"当时我想她一定是回家了。"

"我们等着吧，"迦庚说。

我们走进房子里，挨着坐下。我们都没有开口。我们俩都觉得非常尴尬。我们不住地回过头去看看门，侧耳倾听着。最后，迦庚站了起来。

"这太不像话！"他提高声音说。"我心里乱极了。她真是要我的命……我们去找找她吧。"

我们走出去。外面已经完全黑了。

"您到底跟她说了些什么？"迦庚问我，他把帽子拉到眼睛上。

"我跟她见面总共只有五分钟，"我回答说，"我是按照我们商量好的话跟她说的。"

"我看这样吧，"他说，"我们最好分头去找，这样我们会更快碰上她。不管怎样，过一小时您到这儿来。"

十九

我很快地从葡萄园里走下去，直奔城里。我急匆匆地走遍所有的街道，到处张望，连路易斯太太的窗口也张望了。我又回到莱茵河畔，沿河岸跑着……我偶尔看到一个女人的身影，但是却哪儿都不见阿霞的影踪。现在折磨着我的已经不是懊丧——有一种隐秘的恐惧使我心碎，而且我感到的还不仅是恐惧……不，我感到悔恨、令人五内如焚的惋惜，还有爱——是的！最最温柔的爱情。我急得绞着双手，我在逐渐降临的夜色中呼唤着阿霞，起初是轻声地，后来声音越来越响；我一百次重复着说我爱她，我发誓永不和她分离；我情愿放弃世上的一切，只要能再握住她的冰冷的手，再听到她的轻柔的声音，再看到她在我面前……她曾经就在我的眼前，她曾满怀决心，满怀天真无邪的心灵和感情来到我面前，她给我带来她那纯贞的青春……而我却没有把她紧搂在胸口，我使自己失去了看到她那可爱的脸庞像鲜花似的闪耀着喜悦和宁静的欢乐的幸福……这个念头使我要发疯了。

“她会到哪儿去，她会不会寻了短见？”在束手无策的绝望的苦恼中我高声说。突然，有一个白色的东西在河边掠过。我知道这个地方：在那儿，在七十年前一个淹死的男人的墓上，竖着一个一半埋在土里、刻着古老墓志的石头十字架。我的心凝冻了……我跑到十字架跟前，白色的人影不见了。我喊了一声：“阿霞！”我的狂呼把我自己也吓了一跳，但是没有人答应……

我决定去看看迦庚有没有找到她。

二十

我急匆匆地跑上葡萄园里的小径，我看见阿霞的房间里有灯光……这使我稍稍放下心来。

我走到房子跟前；下面的门锁了，我敲了门。楼下那扇没有亮光的小窗悄悄地打开了，露出了迦庚的头。

“您找到了吗？”我问他。

“她回来了，”他悄悄地回答我，“她在自己的房间里，正在脱衣服。一切都平安无事。”

“谢天谢地！”我怀着说不出的喜悦叫道。“谢天谢地！现在一切都好极了。可是您知道我们还应该再谈一谈呢。”

“下次再谈吧，”他说，轻轻地拉上了窗框，“下次再谈，现在再见了。”

“明天见，”我说，“明天一切都可以决定了。”

“再见，”迦庚又说了一遍。窗子关上了。

我差一点要去敲窗。我要立刻就告诉迦庚，我要向他的妹妹求婚，但是在这样的时候，这样来求婚……“等到明天吧，”我想，“明天我将会是幸福的……”

明天我将会是幸福的！可是幸福没有明天，幸福也没有昨天；它不记得过去，也不想未来；它只有现在——而且不是一天——只是短暂的一瞬。

我不记得我是怎样回到З城的。不是用我的双脚走回去，不是让小船载我回去：是一对宽阔有力的翅膀载着我飞翔。我走过一个灌木丛，有一只夜莺在里面啭啼，我停下来听了很久，我觉得，夜莺是在为我的爱情和我的幸福而歌唱。

二十一

第二天早上，我快要走过那所熟悉的小屋时，我看到的情景使我为之愕然；所有的窗户都大开着，门也开着，门槛前面满地散乱着碎纸；一个手拿扫帚的女仆在门口出现了。

我走到她跟前……

“他们走了!”我还没有来得及问她,迦庚在家吗,她就冒冒失失地说。

“他们走了?”我重复了一遍。“怎么会走了? 到哪儿去了?”

“今天早上六点钟走的,没说到哪儿去。等一下,您好像就是 H 先生吧?”

“我就是 H 先生。”

“女主人那里有留给您的信,”女仆上楼去,又拿着一封信回来。“请,这就是。”

“可是这不可能……怎么会这样呢? ……”我开口说。

女仆毫无表情地望了我一眼,又去扫地。

我拆开了信。信是迦庚写给我的,阿霞连一行都没有写。在信的开头,他请我不要因为他们不告而别生他的气;他深信我经过深思,一定会赞成他的决定。在这会变得困难和危险的处境里,他找不出别的出路。“昨晚,”他写道,“在我们俩默默地等待阿霞的时候,我完全确信我们非分手不可了。有一些偏见我是尊重的;我明白您不会同阿霞结婚。她把一切都告诉了我。为了使她心里得到安宁,我只得对她的一再的、坚决的恳求让步。”在信的末尾他对我们的友谊这么快就结束表示惋惜,他祝我幸福,亲切地握我的手,并且求我不要设法去找他们。

“什么偏见?”我叫起来,好像他能听见我似的。“岂有此理! 是谁给他权利把她从我手里夺走的……”我双手捧住自己的头。

女仆高声叫起房东太太来:她的惊慌使我清醒。我心里燃起一个念头:去寻找他们,走遍天涯海角也要寻找他们。承受这个打击,甘心忍受这样的结局是不可能的。我从房东太太那里知道,他们是早上六点钟乘上轮船到莱茵河下游去了。我跑到售票处,那边的人告诉我,他们买了去科隆的船票。我回到家里,打算马上收拾好行李,乘船去追赶他们。我走过路易斯太太的家……我忽然听见有人叫我。我抬头一看,就在昨天我和阿霞会面的那个房间的窗口看到市长的寡妇。她带着她那令人讨厌的微笑招呼我,我刚要转过身去走开,但是她在后面叫我,说有东西要交给我。这句话使我站住,我走进她家里。当我再次看到这个小房间时,该怎样表达我的感情啊……

“说实在的,”老妇人说,一边给我看一张小字条。“只有在您主动来找我的时候,我才能把它交给您,可是您是一个这样漂亮的年轻人。您拿去吧。”

我接过字条。

在一张小纸片上,用铅笔潦草地写了下面的话:

别了,我们不会再见面了。我离开不是出于骄傲——不,我不得不这样做。昨天我在您面前哭泣的时候,假如您对我说一个字,只要一个字——我就会留下。您一个字也没有说。可见还是这样的好……永别了!

一个字……啊,我这个疯子! 这一个字……昨晚我含着眼泪重复着它,我徒然对着风一再说着它,我在田野里反复地说着它……但是我却没有对她说出这个字,我没有告诉她,我爱她……当时我说不出这个字来。当我在那个决定命运的房间里会见她的时候,我还没有清楚地意识到我的爱情;甚至在我和她哥哥毫无意义地、痛苦地相对无言地坐在一块的时候,爱情也还没有觉醒……只是在几分钟后,在我担心可能发生不幸,开始跑去找她、呼唤她的时候,爱情才以不可抑制之势迸发……但是那时候已经迟了。“然而这是不可能的!”人们会这样对我说;我不知道这是不是可能的——可我知道,这是真的。假如阿霞的性格中哪怕有一丝卖弄风情的影子,假如她的身份不是那么尴尬,她是不会离开的。她不能忍受任何一个别的少女所能忍受的:这一点我却没有理解。当我在黑黝黝的窗前最后一次和迦庚见面的时候,我身上的恶魔阻止我说出已经到了我嘴边的心里话,我还能够抓住的最后的线索,就此从我心里滑走了。

当天我带着收拾好的箱子回到Л城,乘船去科隆。我记得,轮船已经启碇,我在心中暗暗地和我应该永远铭记心头的这些街道、这些地方告别的时候,我看到了甘卿。她坐在岸边的一条长凳上。她面色苍白,然而并不忧伤。一个漂亮的年轻人站在她身旁,笑着向她讲些什么。在莱茵河的对岸,我的那座小小的圣母像还是那么忧伤地从老梣树的浓绿丛中露出来。

二十二

在科隆我探听到迦庚兄妹的行踪,知道他们到伦敦去了。我又跟踪前往,但是在伦敦,任我怎样千方百计地找寻都是枉然。我久久不肯死心,我久久坚持着一定要寻找,可是最后我不得不放弃追上他们的希望。

我就此再也没有看到他们——我再也没有看到阿霞。有时还传来关于他的不太明确的消息,可是对于我,她却是永远消失了。我甚至不知道,她是否还在人世。几年之后,有一次在国外的一列火车车厢里,我匆促之间看到一个女人,她的脸庞使我鲜明地想起了我那永世难忘的面貌……然而,可能是偶然的相似欺骗了我。在我的记忆中,阿霞永远是我在一生中最美好的时期里认识的那个少女,是我最后一次看到她靠在矮木椅的椅背上的模样。

但是,我应该承认,我并没有因为她伤心太久:我甚至觉得,命运没有让我和阿霞结合,是很好的安排;我想,有这样的妻子,我大概不会幸福——我就用这样的想法来宽慰自己。那时我还年轻,我还以为,未来,这短暂的、很快就会消逝的未来是无限的。我想,已经发生过的事情难道不能重复,而且会更好、更美吗?……我认识了另外几个女性,但是阿霞在我心中激起的感情,那样火热的、温柔的深情,已经不能再发生了。不!没有一双眼睛可以代替那双满含热情注视着我的眼睛;没有一颗偎依在我胸前的心能怀着那样欢乐的、甜蜜的战栗来和我的心相呼应。命中注定做没有家室的独身者,我孑然一身度过寂寞的岁月,但是我像保藏圣物似的保存着她的那些字条和那枝枯了的天竺葵——就是她从窗口丢给我的那一枝。它至今还散发出淡淡的香味,而把花扔给我的那只手,我仅有一次得以把它紧贴在我唇上的那只手,也许早已在一抔黄土里腐朽……而我自己呢——我怎么样了?我自己留下了什么?那些令人欢乐而又令人不安的日子留下了什么?那些长着翅膀的希望和憧憬又留下了什么呢?一棵卑微的小草的淡淡的气息都比一个人的全部欢乐和悲哀存在的时间更久——而且比人的本身活得更长呢。

(磊然　译)

陀思妥耶夫斯基

费多尔·米哈依洛维奇·陀思妥耶夫斯基(1821—1881),俄国小说家,生于莫斯科,父亲是医生。1838 年进入彼得堡军事工程学校,在工程局绘图处工作。1840 年代末参加秘密团体彼特拉舍夫斯基小组的活动,1849 年被捕,流放西伯利亚服苦役和兵役,一共九年,其间常犯癫痫病,1859 年回彼得堡。重要作品有《穷人》(1845)、《死屋手记》(1861—1862)、《罪与罚》(1866)、《被欺凌与被侮辱的》(1881)、《白痴》(1867—1869)、《群魔》(1871—1872)、《卡拉马佐夫兄弟》(1880)。他把城市平民生活引进文学,发展了描写小人物的题材。他把人心看作善恶斗争的战场,表现灵与肉的较量,人物具有内心分裂的双重人格和变态心理,描写梦境、幻境、谵妄、意识分裂等深层心理活动,创造了一系列“分身人”“多面人”。同时又强调每个人物都有自己的声音,形成多声部合唱,即所谓复调小说的叙事和塑造人物的方法。

《白夜》塑造了梦想型的人物,男主人公更是到了白日做梦的地步,这是垂死的俄罗斯社会病态的一种结晶。但两个主人公纯洁无私、自我牺牲的爱情,却是当时黑暗王国中的一线光明。彼得堡的白夜赋予整个故事梦幻的色彩,衬托和加强了这个爱情悲剧和社会悲剧。

白　夜[1]

(感伤小说)

——录自一个梦想者的回忆

……抑或它之创造成形,
是为了和你的心灵
作即使是片刻的亲近?……

伊凡·屠格涅夫[2]

第一个夜晚

这是一个美妙的夜晚,这样的夜晚,亲爱的读者,只有在我们年轻时才有。星斗满

① 彼得堡地近北极圈,到了昼长夜短的夏季,几乎整夜都有北极光照耀,故有“白夜”之称。

② 引自屠格涅夫 1843 年的诗作《花》,原句是:“须知它的创造成形,是为了和你的心灵作片刻的亲近。”

天，清光四射；仰望夜空，你不由得要问自己，在这样的星空之下，难道还会有各种各样使性子、发脾气的人？这又是个青年人的问题，亲爱的读者，十足是青年人的问题，话说回来，但愿上帝使您在心里多问几次这个问题！……说到那些任性和各种各样好发脾气的先生们，我不能不想起自己在这一整天里良好的表现。打早晨起，一种莫名其妙的愁闷就开始折磨我。我突然觉得孤单，遭到大家遗弃，大家都不再理我。当然啰，谁都有理由问：这个“大家”指的是谁？因为我虽然已在彼得堡住了八年，可是几乎一个相识也没有结交上。我要结交相识干什么呢？没有相识，我对彼得堡全城也一样熟悉；正因为如此，当彼得堡全城的人都打点停当，突然动身去消夏别墅的时候，我有一种被大家丢下的感觉。剩下我孤零零一个人，我觉得害怕；整整三天，我在城里四处逛荡，心情十分阴郁，压根儿不知道如何是好。无论在涅瓦大街上走也好，到街心花园去也好，在河沿漫步也好，我看不到一张全年中在同一个地方在一定的时间我惯常遇到的人的脸。那些人自然不认识我，但是我认识他们。我对他们非常熟悉，他们的面貌我几乎都仔细观察过，他们喜形于色的时候，我为之高兴，他们的脸罩上一层阴云的时候，我为之抑郁不欢。有一位老人，我和他天天在一定的时间在丰坦卡河边相见，我几乎可以说和他交上了朋友。他的面容庄重，若有所思，时时在低声自语，挥动他的左臂，右手拿一根有好多节疤、镶着金头的长手杖。他甚至注意到我，和我心心相印。只要到了这个特定时间我偶然没有在丰坦卡河畔同一个地点出现，我敢肯定他会感到怅惘。就这样，我们有时几乎到了彼此点头致意的地步，每逢两人心情都很愉快的时候就更是如此。前些日子，我们有整整两天不曾见面，到了第三天相会的时候，两人举起手来，准备脱帽为礼，亏得及时醒悟，才把手放了下来，彼此会心地擦肩而过。

我也熟识那些房屋。我一路走，每幢房子似乎都沿街跑上前来，所有的窗子都望着我，差点儿要说：“您好；您身体可好？我身子骨挺好，感谢上帝，到了五月我就要添一层楼。”或者说：“您身体可好？我明天就要翻修了。”或者说：“我差点儿烧个精光，这可真把我吓坏了。”如此等等。它们中间有我所宠爱的，有知心朋友；其中有一所打算今年夏天请建筑师来给它整治一下。到时候，我要每天特意去看它，不让它给整治坏了，上帝保佑！……不过我永远忘不了一座浅玫瑰色的小巧玲珑的房子的事。这座石砌小屋真是迷人，它老是那么亲切地瞅着我，又那么高傲地瞅着它的傻头傻脑的邻居，每次我偶然在它身边走过的时候，我总是心里充满了喜悦。突然在上星期，我在那条街上走过，我看了看我那老相识，却听到一声悲切的呼唤：“他们要把我漆成黄颜色啦！”这伙坏蛋！野蛮人！圆柱也好，飞檐也好，他们什么都不放过，我的好朋友黄得像一头金丝雀。这一回，我差点儿大发脾气。直到如今，我还没有勇气去看望我那被抹成中国龙袍的颜色、毁损了面容的可怜的朋友。

读者，这下您该知道我对彼得堡全城熟悉到了什么程度。

我已经说过，我心神不宁足有三天，才揣摩到它的原因。我在街上心里不好受（这不在，那不在，都到哪儿去了？）——待在家里也不自在。我苦苦思索了两个黄昏，我这个角落里究竟短了什么？为什么我待在这里面这么不得劲儿？——我呆呆地望着我那熏黑了的绿墙,还有天花板,那下面挂着玛特廖娜非常成功地培育出来的蜘蛛网。我仔细打量我的全部家什,观察每一张椅子,心想:麻烦是不是就出在那儿(因为哪怕只有一张椅子不是在昨天放的地方,我就老大不自在)。我又看窗子,可这些全没有用……我一点也不比刚才轻松一些!我甚至想到把玛特廖娜叫来,冲着那蜘蛛网以及总的说来不整洁的情形用父亲的口吻训斥她一通;哪知道,她只是诧异地看了我一眼,一句话也不回答便走开了,因此蜘蛛网直到今天还挂在原处,平安无事。最后,到今天早晨,我才闹明白是怎么回事。咳,还不是因为他们离开我,一个个溜到消夏别墅去了!请原谅我这话说得粗俗,不过眼下我的心绪,实在不想用高雅的词儿……因为彼得堡所有的人,不是走了,就是正动身上消夏别墅去;因为每一位雇一辆马车的外貌端庄的可敬的先生在我眼里立时变成一位可敬的家长,他在办完日常分内的事务以后一身轻松地回到自己家庭的怀抱,回到消夏别墅去;因为如今每个过路人都完全是另一副神气,仿佛随便碰上什么人都要说:"先生,我们只是顺路到这儿来的,再过两小时,我们就要回消夏别墅去。"只要有一扇窗子在纤纤的雪白手指叩击之后打开了,一位俊俏姑娘就会探出头来,叫唤一个卖盆花的小贩——我当时当地便感觉到这些花买来全然不是为了在郁闷的城市公寓中欣赏春光和花朵,而是很快大家都要带着这些花儿到消夏别墅去。再说,我在这种特殊的新发现方面已经取得很大的成功,使我足以一眼就能正确无误地辨认出谁住在怎样的消夏别墅里。石岛和药房岛或是彼得高夫大道的居民在举止力求优雅、夏装讲究入时以及他们进城乘坐的华美的马车这些方面显得与众不同。住在帕尔戈洛沃以及还要远一点地方的人一眼便给人以通情达理和稳重自持的印象。到十字架岛去的游客可以从他们悠然自得的快活神气上认出来。如果我遇上一长列车夫,手里拿着缰绳在运货马车旁懒洋洋地走着,车上装着小山一般的各种家具、桌椅、土耳其式和非土耳其式的长沙发以及其他的家用什物,而在这一切之上,在货车的顶巅往往端坐着一位年老力衰的厨娘,她押送东家的财产就像它们是她的心肝宝贝似的;或者看到几条船装着家用器具的重载在涅瓦河或者丰坦卡河上滑行,向着黑河或者那些岛上驶去,那么,这些货车和船只在我眼里便一化成十、化成百地增加。人人似乎都在动身出发,人人都在成群结队搬往消夏别墅;彼得堡全城似乎在发出威胁要变成一片荒漠,因此,我终于感到羞愧、委屈、忧伤;我无处可去,也无理由去消夏别墅。我乐意随每一辆货车,随每一位租用一辆马车的、模样令人肃然起敬的先生走,可是没有谁,没有任何一个人邀请我;看来他们把我忘了,看来我在他们眼里其实是个陌路人!

我走得很远很久,因此我像通常那样,完全忘了我在什么地方,忽然我发觉已到了城门口。一时间,我高兴起来,我跨过了拦路木杆,在庄稼地和草地之间走,忘记了疲劳,全身心充满了一种感觉,觉得像有一块沉重的石头从自己心上落了地。过路人个个都亲切地望着我,几乎像是在跟我打招呼;人人都为了什么喜事高兴,个个都抽着雪茄烟。我呢,从来也没有像当时那样高兴过。像我这样一个似病非病的城里人,置身于城墙包围中,闷得几乎喘不过气来,一出城,大自然给我的刺激是如此强烈,就像突然发觉自己来到了意大利一样。

春天一到,我们彼得堡的大自然焕发出全部生机,焕发出老天爷赋予它的全部力量,它吐出嫩绿的叶子,披上新装,点缀起姹紫嫣红的花朵,这其中有某种不可名状的令人荡气回肠的东西。……不知怎的,它使我想起一个病恹恹的瘦弱的姑娘,你望着她时而感到悲悯,时而怀着一种怜惜的爱,可有时你眼里压根儿就没有她这个人。然而转眼之间她突然出乎意料地变成了一位难以形容的美人儿,而你在惊讶陶醉之余,不由得要问自己:是什么力量使得这双忧郁的、心事重重的眼睛放射出这样的火花?是什么使这苍白消瘦的脸颊现出了血色?是什么使这副温柔的面容洋溢着热情?是什么使得这胸脯如此起伏?是什么使这个可怜的姑娘的脸庞突然充满了力量、生命和俏丽,使它闪亮着这样的微笑,发出这样清脆悦耳的笑声?你环顾四周,想找出什么人来,你猜想……但是这一瞬间过去了,也许第二天你看到的又是那和以前一样若有所思、心神不属的目光,那苍白的脸庞,那在举止中流露出来的温顺和畏怯,甚至悔恨,甚至是某种由于片刻欢娱而引起的异常难堪的郁闷和懊丧的痕迹……你悲叹这一时的俏丽竟然这样匆匆地、这样一去不复返地消失,她在你面前恍如昙花一现,瞬息即逝,你甚至来不及去爱她,为此你感到遗恨无穷……

然而我度过的夜晚却胜过白天!事情是这样的。

我很晚才回到城里,当我走向我的住所的时候,时钟已打十点。我走的是运河沿,一到这个时候,街上已杳无一人。不错,我的住所离市区很远。我走着,唱着,因为在我感到幸福的时候,我总给自己哼点什么,就像任何一个感到幸福而又没有朋友、没有至好相识可以在这个欢乐的时刻和他们分享自己的欢乐的人一样。突然间,我碰上了一桩最最意想不到的奇遇。

在我那一边,站着一个女人,她倚着沿运河的栏杆,胳膊肘支在栏杆架上。她看去像是十分专注地望着那浑浊的运河水。她戴一顶讨人喜欢的黄帽子,披一块漂亮的大黑披肩。“这准是个黑头发姑娘,”我心里想。她似乎并没有听到我的脚步声,当我屏住呼吸怀着一颗怦怦乱跳的心走过她身边的时候,她连身子都不动弹一下。

“奇怪,”我想,“她真是想什么想得出了神,”忽然我像是入地生根似的站住了。我听到了一声忍住了的哭声。是的,我没有听错:姑娘在哭,过了一分钟,啜泣一声又一声地传来。我的上帝!我感到一阵阵揪心。尽管我在女人面前畏畏缩缩,可这是一个不同寻常的时刻!……我转过身去朝她走了一步,要是我不知道“小姐”这个称呼在所有俄国上流社会小说中已经用过千百次,我准会叫一声:“小姐!”只是因为我知道,我才没有叫出来。可是就在我考虑用什么词儿的时候,姑娘醒了过来,四下里望了望,明白了是怎么回事,低下眼睛,一下溜过我身边,顺着河沿走去。我立刻在后面跟着她,可是她猜到了,离开河沿,越过街道,沿着人行道走。我没有勇气跨过街道。我的心像一只被人捕获的小鸟一般颤抖。突然间,一个偶然的机遇帮了我的忙。

就在人行道那边,离我不相认的姑娘不远的地方,忽然出现了一位穿燕尾服的先生,已经上了年纪,可是不能说他的步态是稳重的。他摇摇晃晃,小心翼翼地扶着墙走。姑娘飞也似的走着,匆忙而又胆怯,大凡姑娘们不愿意有谁自告奋勇在夜间伴送她们回家,走路总是这个样子;不用说,要不是我的命运指点这位东倒西歪的先生采取这种不正常的手段,他是绝不会去追赶她的。

突然间,我的这位先生没有向谁说一句话,撒腿就跑,大步流星追起那位我不相识的姑娘来。她一阵风似的飞奔,可是这位稳不住身子的先生眼看要追上她了,已经追上了,姑娘发出一声尖叫——啊……谢天谢地,我的那根出色的遍体节疤的手杖这一回正好在我的右手中。转眼之间,我已到了人行道那一面,转眼之间,那位无礼的先生明白了自己的处境,考虑了那无可反驳的理由,不作声了,落到后面,直到我们已经走远了,他才用相当强硬的言词对我发出抗议。可是他的话,我们几乎已经听不见了。

"让我挽您的胳膊,"我对这位素不相识的姑娘说,"这样,他就不敢再来和我们纠缠了。"

她一声不响,让我挽住她的由于激动和惊吓还在颤抖的胳膊。啊,好一位无礼的先生!此时此刻,我是多么感谢你啊!我匆匆瞥了她一眼,她真是个非常可爱的黑头发姑娘——我猜对了;她的黑睫毛上闪亮着一颗泪珠,是由于方才的惊恐还是以往的悲伤,我不知道。然而唇边已经闪现出笑意。她也偷偷瞥了我一眼,脸微微泛红,垂下了眼皮。

"这,您瞧,您当初干吗把我赶走呢?要是我在您身边,什么事儿也不会发生……"

"可是我不认识您:我寻思您也……"

"难道此刻您就认识我了吗?"

"有这么一丁点儿。比方说,您为什么发抖呢?"

"嘿,您一下就猜中了!"我回答,由于发现我的这位姑娘是个聪明人而高兴,一个人又聪明又美总是好事。"是的,您一眼就猜中了你在和一个什么样的人打交道。一点不错。我到了女性身边就羞怯,我激动,我不否认,就像您刚才受了那位先生的惊吓一样激动。……我此刻也处在某种程度的惊吓之中。真像做梦一样,我在睡梦中也想不到有一天竟然会同某一个女性说话。"

"怎么?真——的?"

"真的,如果我的胳膊发抖,这是因为还从没有一只像您的这样好看的小手抓住过它。我对女性完全生疏,换句话说,我从来不习惯和她们在一起。您瞧,我孤零零一个人……我甚至不知道怎样跟女性说话。就拿此刻来说,我不知道是不是对您说了什么蠢话。您跟我直说吧;我可以事先告诉您,我不会为一点小事而见怪的。……"

"不,没有什么,没有什么,刚好相反。既然您要求我开诚布公,那我就对您说吧,女人喜欢这种腼腆;如果您想知道得更多,那么告诉您,我也喜欢这种腼腆,我在到家以前不会把您从我身边赶走的。"

"您会使我变样的,"我说,快活得几乎喘不过气来,"我此刻就不再畏缩——我的一切手段都没有了!……"

“手段？什么样的手段——为了什么？这可是不好。”

“请原谅，我再不敢了，这是我一时失言；可是您又怎能要求在这种时刻我毫无所求……”

“希望自己招人喜欢，是不是？”

“嗯，不错；喔，看在上帝分上，请您发发善心。您想想看，我算个什么人！我已经二十六岁了，可是我从来没有见过谁。哦，我又怎能把话说得巧妙得体，说得正是时候？我不如一切都开诚布公往外端，这样对您更合适些……当我的心在说话的时候，我不会沉默。嗯，反正全都一样……请您相信，从来没有一个女人，从来没有！什么样的相识都没有！每天我只是梦想：到头来有一天我会遇上一个什么人。嗳，您要知道我曾经有过多少次这样的恋爱就好了！……”

“可是怎样恋爱，爱上了谁？……”

“没有爱上谁，爱上一个理想，爱上我在睡梦中梦见的那一位。我在梦想中创作了整篇整篇的罗曼史。喔，您不知道我！说真的，我不能说没有遇见过两三个女人，可是她们是些什么样的女人啊！她们全是这样的女房东……不过我要讲给您听，我会引得您发笑：我有好几次想跟街上一位贵族女郎说话，就这样随便地说话，不用说，是在她一个人的时候；我向她自然是畏怯、恭敬而又充满热情地说话，告诉她我的生命正在孤独中死亡，求她别把我从她身边赶走，告诉她我无缘结识任何一个女性；让她明白：不拒绝像我这样一个不幸的人的怯生生的哀求，这甚至是女人的责任。说来说去，我所要求的一切无非是她怀着同情向我说两句友好的话，不要一开头就把我赶走，要相信我的话，倾听我所要说的话，想笑我，就尽管笑，鼓舞我，对我说上两句话，只要两句话，哪怕从此以后，我和她再也见不上面！……瞧，您笑了。……话说回来，我讲给您听，就是为了让您笑。……”

“您别在意，我笑的是您自己跟自己过不去，您只要试上一试，您就会成功，也许，哪怕在大街上试一试都行；越简单明了越好。……没有一个好心肠的女性有那么狠心，会不说两句您那么羞怯地恳求她说的话就把您打发走，除非她是蠢人，或者是当时有什么事心里特别不痛快。……啊呀，我怎么啦！她自然会把您当作一个疯子。我是说我自己的看法。世上的人怎样生活，我非常了解！”

“啊，多谢您，”我叫道，“您不知道您此刻为我做了些什么！”

“好，好！但是请告诉我，您凭什么知道我是这样一个女性……嗯，一个您认为值得……给予关注和表示友谊的女性……一句话，不是您称之为女房东的女人？您凭什么下决心朝我走过来？”

“凭什么？凭什么？可是当时您是单身一人，那位先生又过分的胆大妄为，这是在晚上：您自己也会同意，我有责任……”

“不，不；还在这以前，在那儿，在那一边。您不是想向我走上前来吗？”

“在那儿，在那一边？可是我真不知道怎样回答您；我怕……您知道吗，我今天感到幸福；我边走边唱；我走到了城外；我从来还没有过这样幸福的时刻。您……也许，这是我的感觉……哦,请原谅我,如果我提醒您:我觉得您在哭,我……我听着受不了……我感到揪心……我的天!哦,难道我不能为您感到难过?难道对您抱有兄妹般怜惜的感情是一种罪过?……恕我用了怜惜这个词儿……哦,一句话,难道因为我不由自主地想朝您走过去就竟然冒犯了您?……"

"停住,够了,别说了……"姑娘说,垂下眼皮,紧紧握我的手。"怪我自己,不该提这件事;不过我没有看错您,我很高兴。……可是,我到家了;就要从这儿进胡同,两步路就到……再见,谢谢您……"

"难道就这样,难道我们从此再不见面了吗?……难道就这样到此为止了吗?"

"您瞧,"姑娘笑着说,"您开头只希望说两句话,可此刻……不过,话说回来,我什么也不会对您说……也许我们能见面……"

"我明天上这儿来,"我说,"啊,请原谅我,我已经在提要求了……"

"不错,您是性急了点……您几乎是在提要求……"

"您听着,您听着!"我打断了她的话。"请您原谅,如果我以后再对您说这样的话。不过有一点,我明天不能不上这儿来。我是个靠梦想过日子的人;我实实在在的生活少得可怜,因此我把像此时此刻这样的情景看得如此难得,我不能不在梦想中重温这番情景。我会整夜、整星期、整年地在梦想中怀念您。我明天一定得上这儿来,就是这儿,就在这一个地方,就在这一个时刻,回想起前一天的情景,我会感到幸福。我已经眷恋这地方。在彼得堡,我已经有两三处这样的地方。有一次,我甚至像您一样因为回忆哭了。……谁知道呢,也许您在十分钟以前就是因为回忆哭了……啊,请原谅我,我又放肆了;也许,您在某一个时候曾经在这儿感到特别幸福……"

"好,"姑娘说,"明天十点钟,我大概也会到这儿来。我明白我已经不能禁止您……事实是我必须到这儿来;您别以为我跟您订了约会;我事先向您说清楚,我是为自己的事儿必须到这儿来。……不过……哦,我向您直说吧:您要真来了,我也不会介意。首先,可能会发生像今天那样不愉快的事,不过这且不去说它……总之,我就是希望看到您……好向您说两句话。只是请您注意,别现在就指责我,别以为我会这么轻易和人订约会……我是不会订约会的,若不是……不过我还是保守这点秘密吧!只是事先说定……"

"说定!您说吧,事先把一切都告诉我,告诉我;我一切都可以答应,我对一切都有准备,"我高兴得叫起来,"我可以为自己担保,我一定恭敬从命……您了解我……"

"正因为我了解您,我才请您明天来,"姑娘笑着说。"我完全了解您。不过请您留意,您来有个条件;首先(一定要听话,我要您做什么,您就照办——您瞧,我说话很坦率),别爱上我。……请您相信,这是不可能的。我愿意接受您的友谊,我把手伸给您。可是千万别爱上我,我求您!"

"我向您起誓,"我抓住了她的手,叫起来。

"好啦,不用起誓,我知道,您能够像火药那样突然爆炸。别责怪我这么说。要是您知道……我也没有可以说话的人,可以给我出主意的人。自然啰,谁也不会在大街上寻找为他出主意的人,您算是例外。我了解您,就像我们已是二十年的老朋友一样了解……您不会背信食言,对吧?……”

“您瞧吧……我只是不知道怎样熬过这一昼夜。”

“美美地睡吧;晚安——记住,我已经对您有了信赖。可是您方才高声说得真好:谁能说得清楚每一种感情,哪怕是兄妹之间的同情!您知道,这话说得那么好,当时我脑子里闪过一个念头:我可以把心事告诉您……”

“看在上帝分上,说吧,是什么心事?什么心事?”

“等到明天再说。让这一点暂且保持秘密。这样对您更好一些;这样会多少有点儿像恋爱。也许,明天我会告诉您,也许不……我还会提前和您谈一谈,我们彼此会更熟识一些。……”

“哦,我明天就把我的事情全都讲给您听!可是这到底是怎么回事,就像我身上发生了一个奇迹?……我的上帝,我这是在哪儿?哦,您说说看,您一开头没有像别的女人那样生气,把我赶走,难道您不懊悔?在两分钟内,您使我永远感到幸福。是的,感到幸福;谁知道呢,也许,您已经排解了我内心的冲突,消除了我的怀疑。……也许,我正面临着这样的时刻……哦,明天我要向您和盘托出,您一切都会明白,一切……”

“好,我洗耳恭听;明天您从头讲吧……”

“一言为定。”

“再见!”

“再见!”

于是我们分手了。我彻夜走着;我下不了回家去的决心。我感到如此幸福……明天见!

第二个夜晚

“哦,您到底熬过来了!”她笑着向我说,握着我的双手。

“我在这儿已经有两个钟头了,您不知道这一整天我是怎么过的!”

“我知道,我知道……可是说正经的,您知道我为什么来的吗?可不是为了像昨天那样闲扯啊。我要说的是,我们往后的行为举止一定要更合情理一些。这一切我昨天想了很久。”

“在哪方面,在哪方面要更合情理一些?从我这方面说,我乐意这样做。不过,说真的,在我一生遭遇中,没有比现在更合乎情理的了。”

“真的?首先,我求您别把我的手捏得这么紧;其次,我向您声明,关于您,我今天反复思量了很久。”

“哦,思量的结果怎样?”

“结果怎样?最后是:一切都得重新开始,因为今天我最后得出的结论是我还完全不了解您;我昨天的行为像一个小孩,一个小姑娘;自然啰,追究起来,这一切都怪我的心太好,就是说,我给自己唱了赞歌,我们只要开始剖析自己的所作所为,总是以自我颂扬结束。为了改正这个错误,我决定要对您进行一次最仔细的调查。但是由于无人可供我调查,您自己应当把一切,把全部底细讲给我听。哦,您是怎样一个人? 快——开始我讲吧,讲您自己的故事。"

"故事!"我惊惶地叫起来。"故事! 谁告诉您我有我的故事? 我没有故事……"

"如果您没有故事,您又怎么活下来的呢?"她笑着打断了我的话。

"我完全没有任何故事可言! 我就像常言说的,活了下来,自管自地,也就是说完全一个人——一个人,孤零零一个人——这种孤单是什么滋味,您明白吗?"

"您是怎么个孤单法? 您是说,您从来没有遇见过谁吗?"

"啊,不是这意思,我见过一些人——可我仍然是一个人。"

"那么,您难道没有和谁说过话吗?"

"严格地说,没有和谁说过话。"

"那么,您究竟是怎样一个人,请您作些说明! 等一下,我来猜猜看:您大概跟我一样,有一位奶奶。我的奶奶眼睛瞎了,她一辈子什么地方都不放我去,因此我几乎完全忘了怎样说话。两年前,我做了些淘气的事,她知道管不住我了,便把我叫到她面前,用别针把我的连衣裙和她的别在一起——从那时候起,我们就这样整天整天地坐着;她虽然眼睛看不见,可还能织袜子,我坐在她身边,做针线活或者念书给她听——多么古怪的做法,我被她用别针拴在她身边有两年之久。……"

"啊,我的天,这有多么不幸! 可是我连这样一位奶奶都没有。"

"既然没有,那您怎么能在家里坐着?"

"您请听着,您不是想知道我是怎样一个人吗?"

"哦,对,对!"

"按这词儿的本意来说。"

"按这词儿的不折不扣的本意来说。"

"好吧,我是一个怪人。"

"怪人,怪人! 什么样的怪人?"姑娘叫着,哈哈笑起来,好像她有整整一年不曾有机会痛痛快快地笑过。"跟您在一起真有意思! 瞧,这儿有一张长椅;我们坐下吧! 这儿没有人来往,没有人会听我们说话——开始讲您的故事吧! 因为随您怎么说我也不会相信,您有您的故事,您不过是想隐瞒起来罢了。首先,您说的怪人是怎么回事?"

"怪人? 怪人是一个反常的人,是这样一个可笑的人!"她的孩子般的笑声感染了我,我也哈哈笑着回答。"就是这样一个人物。听着:您知道梦想者是怎样的人吗?"

"梦想者! 嘿,怎么会不知道? 我自己就是一个梦想者。有时候,我坐在奶奶身边,脑子里什么不想呀。哦,只要一开始梦想,就会想出了神——哦,居然嫁给了一个中国皇子……要知道,有时候梦想也是件开心事啊! 天知道,其实并不开心! 特别是即使不去梦想也有心事要想的时候,"姑娘接着说,这一回,神情相当严肃。

"好极了! 既然您嫁给了一位中国皇子,那么,您就会完全了解我说的话。哦,听着……喔,对不起,我还不知道您的尊姓大名哩。"

"到底想到这上头来了! 您早该想到呀!"

“啊,我的天!我太快乐了,没有往这上头想……”

“我叫娜斯晶卡。”

“娜斯晶卡!光是娜斯晶卡?”①

“光是娜斯晶卡!怎么,您嫌这少了吗?您真是贪得无厌!”

“嫌少?正好相反,很多,很多,非常之多,娜斯晶卡,您这位好姑娘,要是您对我一上来就是娜斯晶卡有多好!”

“一上来就是!哦!”

“那么,娜斯晶卡,请听下面这可笑的故事。”

我在她身边坐下,装出一副严肃得近乎迂腐的神态,开始像念稿子似的讲起来。

“娜斯晶卡,如果您不知道的话,我可以告诉您,在彼得堡,有一些相当古怪的角落。普照全彼得堡的人的太阳,对这些地方仿佛不愿意瞅上一眼,而瞅着这些角落的似乎是特意为它们而设的另一个新的太阳,它用另一种特别的光辉照射一切。亲爱的娜斯晶卡,在这些角落里,过的似乎是完全另一种生活,完全不像我们周遭的那种沸腾的生活,不是在我们这儿,在我们这个严肃的、过于严肃的时代的生活,而是也许在一个非常遥远的、不为人知的国度里的生活。这种生活是一些纯粹是荒诞无稽和出自热烈的理想的东西和另一些(唉,娜斯晶卡!)灰暗陈腐和平淡无奇,且不说庸俗到了难以置信地步的东西的混合物。”

“嚯,我的老天爷!好一个开场白!我听到了些什么呀?”

“您听着,娜斯晶卡(我觉得我叫您娜斯晶卡永远叫不够),您听着,在这些角落里生活着一些奇怪的人——梦想者。梦想者(如果需要一个详尽的定义的话)不是人,而是某种中性的生物。他多半居住在某个人迹不到的角落里,就像在那里躲着,连白昼的光辉也不想看一眼。一旦他钻进了自己的窝,他就像蜗牛一样,就跟自己的角落长成一体,或者极而言之,他在这方面很像那种有趣的动物,它既是动物,又是动物的家,它名叫乌龟。您会想,他为什么这样爱他的四堵墙壁,照例是漆成绿色、熏黑了的、看了丧气、发出一股叫人受不了的烟味的墙壁?这位可笑的先生有时不得不接待他的少数几位相识中的一位(他到头来还是把他的相识全都打发掉),可是他和客人相见时,为什么窘不可言,脸色改变,不知所措,活像他在四堵墙壁之中刚犯下了罪似的;活像他造了假钞票,或是写了诗打算和一封匿名信一起寄给一家杂志,在信中声称真正的诗人已故,诗人的朋友认为发表他的诗作是自己神圣的职责?娜斯晶卡,请您告诉我,为什么这两个人坐到一起谈话,却谈得不起劲?为什么没有笑声,没有从这位飘然而至、不知所措的朋友口中吐出生花的妙语,而这朋友在别的场合却谈笑风生,乐于谈论女性以及其他引人入胜的话题?最后,为什么这位大概是不久前结识的朋友第一次

① 娜斯晶卡是阿娜斯塔霞的小名。小说的女主人公在被问及自己姓名的时候,对这个萍水相逢的陌生男子只说出自己的小名而不说全部姓名,是一种出人意料的对他怀有好感的表示。这自然使对方又惊又喜,于是才有后面的对话。

来访(因为在这种情形下第二次是不会有的,这朋友下次是不会来了),见了主人的慌张的脸色,尽管他善于随机应变(如果他擅于此道的话),却变得如此窘迫,如此张口结舌?而主人呢,最初作了极大的努力,使谈话顺利进行,富于生气,为了显示自己有关上流社会这方面的知识,也谈女性,甚至这样低首下心地来讨好这个误来他家做客、感到浑身不自在的可怜的人;而在发现自己的努力毫无效果以后,显得惘然若失,无计可施。末了,为什么客人忽然想起一件十分必要、其实是莫须有的事儿,于是突然拿起帽子,抽出被主人热情紧握着的自己的手,匆匆走了,而主人想尽办法表示后悔,企图弥补自己的过失?为什么这位告退的朋友嘿嘿笑着,走出门去,并且自己向自己发誓再也不上这位怪人家来了(虽然这位怪人其实是个好得不能再好的小伙子)?同时还情不自禁要给自己的想象力一点点消遣;把自己刚才与之谈话的对方在全部会晤时间的表情和一头倒霉的小猫的面容相比较(虽然这不大相称),这头小猫被孩子们任意玩弄,受了惊吓和种种欺凌,他们不讲信义地逮住了它,弄得它满身尘土,狼狈不堪,末了,好容易躲开了孩子们,藏在黑地里一张椅子底下。它在那儿不得不在喘息之余,整小时竖起背上的毛,呼哧呼哧出气,用两只脚掌洗自己受了委屈的嘴脸,此后有好久对大自然和人生,甚至对同情它的女管家为它留下的主人吃剩的菜饭都怀着敌意。”

“您听着,”娜斯晶卡一直睁大眼睛,张着小嘴,吃惊地听着,这时打断了我的话,“您听着,我一点也不明白这一切为什么会发生,而您又为什么向我提出这些如此可笑的问题;不过我知道这一切情节想来一定发生在您身上,而且就像您说的,一字不差。”

“毫无疑问,”我用最严肃的神情回答。

“哦,既然毫无疑问,那就请说下去吧,”娜斯晶卡说,“因为我很想知道事情落个什么结局。”

“您想知道,娜斯晶卡,我们的主人公,或者说得更明白些,我,因为这全部事情的主人公就是我,正好就是卑微的我,您想知道我在自己的角落里干些什么,为什么由于这位没有料到的朋友的来访而这样慌乱,这样惶惶不可终日?您想知道我的房门打开的时候,我为什么惊得跳起来,满面通红,为什么我不会接待客人,为什么由于自己不能殷勤待客而如此感到无地自容呢?”

“哦,对,对!”娜斯晶卡回答。“事情正是这样。您听着:您讲得很好,可是您能不能讲得不这么好呢?您现在说话,活像是照着书本念似的。”

“娜斯晶卡!”我用一种装得很庄重严厉的口吻说,却差点儿笑出声来,“亲爱的娜斯晶卡,我知道我讲得很好,可是——对不起,我不会用别的方式讲。此刻,亲爱的娜斯晶卡,此刻我就像所罗门王的鬼魂,它在用七重封条封起来的坛子里关了一千年,最后,这七重印记被从坛子上揭了下来。现在,亲爱的娜斯晶卡,经过了如此长久的分离以后我们又聚首了——因为我老早就认识你了,娜斯晶卡,因为我老早就在寻找一个人,而这聚首正好说明,我找的就是您,对我们来说,我们现在相见,是命中注定——此刻在我的脑子里,有几千道阀门打开了,我的话语要像河水一样流出来,要不我会憋死。因此,我请您别打断我,娜斯晶卡,乖乖地顺从地听着,要不——我就不说。”

"别—别—别！别这样！您说吧！我现在一句话也不说。"

"那我说下去：娜斯晶卡，我的朋友，我一天中有一个小时是我心爱的时光。到了这个小时，几乎什么事务、工作、责任都告结束，大家都赶回家去吃饭，躺一会，歇息一下，而一路上大家也在考虑使黄昏、晚上以及所有剩下的业余时间过得欢快的事儿。在这个小时里，我们的主人公（请允许我，娜斯晶卡，用第三人称来讲，因为用第一人称来讲这一切，实在叫人太难为情），我们的主人公也不是没有工作，在这一个小时他也在其他人后面走着。但是一种奇异的快感浮现在他的苍白而多少有些皱纹的脸上。他望着彼得堡寒冷的天空渐渐消退的晚霞，心中不很平静。我说他望着，这不是实话，他不是望着，而是视而不见，似乎是疲倦了或是在这一刻想什么别的更为有趣的事情想得出了神，因此对周围的一切几乎不由自主地只能匆匆一瞥。他很满足，在明天重新开始之前他算是办完了那些使他伤脑筋的事务，他像从教室座位上放出来去做心爱的游戏和尽情淘气的小学生一样高兴。娜斯晶卡，您只要从旁瞧他一眼，您即刻就会看到欢乐的情绪已经对他的衰弱的神经和处于病态的兴奋之中的幻想力起了极好的作用。他在想什么心事……您以为他想的是晚饭吗？想的是今天的黄昏？他在出神地看什么？是在看那位挺有气派的先生么（那位先生正彬彬有礼地向坐在驾着快马、金光闪闪的马车里从他身边驰过的夫人躬身施礼）？不，娜斯晶卡，他眼前顾不上这些鸡毛蒜皮的小事！他此刻由于自己本人的生活已经变得充实了，他好像突然变得充实了，难怪落日余晖在他眼前快活地闪耀，在温暖的心中唤起一连串的印象。此刻，他眼里几乎没有那脚下的路，要在以前，路上最细小的一点小玩意也能打动他的心。此刻，'幻想的女神'（亲爱的娜斯晶卡，如果您念过茹科夫斯基的诗的话）用她巧手编她的金黄的底幅，又着手在底幅上织出虚幻的光怪陆离的生活的花纹——谁知道呢，也许她会用巧手把他从他回家走的漂亮的花岗石人行道上送往水晶的七重天。您试试在这时候把他叫住，猛一下问他：他此刻站在什么地方，他在哪条街上走？——他多半什么也记不起来，既不知道他走往何处，也不知道此刻站在什么地方，他会因为懊恼脸涨得通红，为了保住面子，准会说上一句什么谎话。这就是为什么当一位令人肃然起敬的、迷了路的老太太在人行道中间温文有礼地叫住了他，向他问路的时候，他竟会那样浑身一震，差点儿叫出声来，惊恐地往四下里看的缘故。他烦恼地皱着眉头继续往前走，几乎没有发现：不止一个行人见了他都不禁微笑，并且回过头来看他的背影；还有一个小姑娘吓得闪过一边给他让路，然后睁大眼睛望了望他在沉思中露出的满脸笑容和所做的手势，就放声大笑起来。但是这位幻想的女神在任意飞翔中顺手带走了那位老太太、好奇的行人、笑着的姑娘，还有在丰坦卡河面上挤得密密麻麻的驳船上过夜的农民（让我们假定，我们的主人公这时正沿着河滨走），淘气地把所有的人和所有的东西像蜘蛛网粘住的苍蝇一样，都织到它的绣布上。这位怪人也就带了新的收获回到了自己的令人愉快的洞穴，坐下来吃完了晚饭之后，他的神智才清醒过来，这时候，伺候他的、心事重重、脸色从来没有开朗过的玛特廖娜已经把桌上的东西都已收走，把烟斗递给了他。他清醒过来以后，惊讶地想起他已经吃完了饭，至于怎样吃的饭，想来想去却毫无头绪。房间里黑了下来。他的心灵空虚而又忧郁；整个梦想的王国在他的周围崩塌了，崩塌得不留痕迹，没有碎裂或其他的声响，像梦境一样消逝，而他自己也想不起来他梦见了些什么。然而有一种使他回肠荡气、隐隐感到酸楚的极不愉快的感觉，一种新的愿望诱人地触动和刺激他的幻想，不知不觉唤起一连串新的幻象。小小的房间一片寂静。独自一人又无所事事的生活会助长想象；想象正在微微燃烧，徐徐沸腾，就像老玛特廖娜的咖啡壶里的水一样。玛特廖娜在旁边厨房里安静地张罗着，一面煮着她厨娘喝的咖啡。这时想象开始一阵阵地轻轻激荡。那本漫无目的地随手拿起来的书，还没有看到第三页便从我的梦想者的手里掉下来。他的想象再次亢奋紧张起来，一个新的世界，一种新的迷人的生活以它的辉煌的远景闪现在他面前。新的梦——新的幸福！一副精致的令人心荡神驰的毒药！啊，我们的现实生活对他算不了什么！在他的有偏见的眼里，我和您，娜斯晶卡，生活得那样懒散迟缓，萎靡不振；在他眼里，我们都不满于自己的命运，受尽我们的生活的煎熬！说真的，您瞧，事实上一眼就可以看出我们中间的一切是何等冷漠、阴森，仿佛在生气似的。……'可怜虫！'我那位梦想者心里想。他这么想，也难怪！瞧瞧这些妖魔鬼怪，它们在他面前如此迷人，如此奇妙，如此无拘无束、自由自在，成群结伙出现在他面前，组成一幅有魅力的令人兴奋的图画，在这幅图画中，站在前面的中心人物，自然是他自己，我们的梦想家，是他高贵的本人。瞧瞧那形形色色的险境奇情，那一连串无穷无尽、兴高采烈的幻景。您也许要问他梦想些什么？问这个有什么用！梦想一切呗……梦想诗人的起初不为人所承认然后却奖以桂冠的作用，梦想和霍夫曼的友谊①；巴托罗缪之夜②，狄安娜·凡尔侬，在伊凡·华西里叶维奇攻占喀山时扮演英雄的角色，克拉拉·毛勃雷，埃非·迪恩斯③，教长会议以及教长之前的胡斯④，在《魔鬼罗贝尔》⑤中死人复生，（您记得那音乐吗，有一股坟地的气息！）米娜和勃伦达⑥；别列齐纳之战，在伏·达·伯爵夫人府中朗诵长诗⑦；梦想丹东⑧，《克里奥佩特拉和她的情人》⑨，科洛姆纳的小屋⑩，属于自己

---

① 恩斯特·台奥多尔·阿马德·霍夫曼(1776—1822)：德国浪漫主义的代表作家。他的作品描写的生活往往是幻想和现实的交织。

② 巴托罗缪之夜：1572 年 8 月 24 日，圣巴托罗缪节之夜，在巴黎爆发了天主教徒大规模屠杀新教徒的事件。小说家梅里美在他的历史小说《查理九世时代轶事》描写了这次大屠杀。

③ 狄安娜·凡尔侬、克拉拉·毛勃雷和埃非·迪恩斯都是英国小说家华特·司各特(1771—1832)的小说中的人物。

④ 扬·胡斯(1369—1415)：捷克伟大的爱国者，主张建立独立于天主教的民族教会，发动反抗德国封建主的民族解放运动。1415 年，康斯坦茨主教会议在他拒绝放弃新教教义后处以死刑，将他烧死。

⑤ 《魔鬼罗贝尔》：法国作曲家梅耶比尔(1791—1864)创作的歌剧。

⑥ 《米娜》是瓦·阿·茹科夫斯基(1783—1852)写的诗，《勃伦达》是伊·伊·科兹洛夫(1779—1840)所作的谣曲。

⑦ 在伏·达·伯爵夫人府中朗诵长诗，指伏隆卓娃-达什科娃伯爵夫人(1818—1856)举办的沙龙。

⑧ 丹东(1759—1794)：法国大革命的活动家，国民议会中山岳派的领袖之一。

⑨ 《克莉奥佩特拉和她的情人》：普希金的未完成的中篇小说《埃及之夜》(1835)中一篇即兴诗作的题目。

⑩ 《科洛姆纳的小屋》：普希金的一篇诗体小说。

的一个角落，身边是一个爱侣，她在冬日的黄昏睁着眼睛，张着小嘴听你说话，就像您，我的小天使，现在听我说话一样。……不，娜斯晶卡，在他，在他这个放荡的懒人的那种生活中，到底有什么是我和您如此希求的呢？他认为这是一种可怜而又可叹的生活，他没有料到对他来说，也许有一天，那个可悲的时刻会来到，那时候，他不是为了欢乐，为了幸福，而只是为了多过一天这种可叹的生活，甘愿献出自己全部幻想的岁月，不想在这个忧伤、悔恨和不可遏制的悲痛的时刻作出选择。但是在它，这个可怕的时刻还没有来到的时候，他什么也不希求，因为他高于希求，因为他有一切，因为他已过于满足，因为他是他自己生活的画师，他随心所欲地创造自己的生活，使它每一小时都合自己的意。而且要知道，这个虚幻的仙境创造出来有多么容易，多么自然！仿佛这一切真的不是幻影！说实在的，有时候，他真愿意相信这全部生活并不是感情所激起，不是海市蜃楼，不是想象力设下的骗局，而是真正实在的、具体的、真实的！为什么，娜斯晶卡，您说，为什么一个人在这样的时刻会屏息凝神？怎么，由于什么法术，由于怎样一种莫名其妙的心血来潮，梦想者的脉搏会加快，眼里会迸出泪珠，他的苍白潮润的脸颊会涨得通红，一种不可抗拒的快乐会充塞他的身心？为什么整个整个不眠的夜晚会在一瞬间在无穷无尽的快乐和幸福中过去？当窗子上闪耀着朝霞的玫瑰色的光线，黎明用它的朦胧虚幻的光照亮阴沉沉的房间的时候（在我们这地方，在彼得堡正是这样），我们的疲惫不堪、受尽煎熬的梦想者一头扑到床上，心由于自己病态的过度紧张的精神上的喜悦而发颤，发痛，那滋味真是又苦又甜，终于呼呼睡去。是的，娜斯晶卡，一个人会欺骗自己，即使是冷眼旁观，也不由得相信真正的、诚挚的热情在激动着他的心灵，不由得相信在他的虚妄的幻想中有某种活生生的可以触摸的东西！这是多大的欺骗呀——比方说，他心中萌发了爱情，随之而来的是全部无穷的欢乐以及全部难忍的痛苦。……您只要瞧他一眼，您就会相信！亲爱的娜斯晶卡，您瞧着他，会不相信他真的从来都不认识他在自己的梦想中那样发狂地爱着的那个人吗？他只是在一些诱人的幻景中见到过她，而那种热情在他不过是一场春梦，这难道是真的吗？他们并没有形影相随地一起度过他们生活中的许多岁月。两个人并没有撇开整个世界，各人把自己的世界、自己的生活和对方的结合在一起，这难道是真的吗？到了必须分手的最后时刻，她没有怀着离愁别恨伏在他的胸膛上痛哭，户外森严的天空下雨横风狂，她却没有听见，风把她的黑睫毛上的泪珠吹下卷走，她也没有感觉，这难道是真的吗？这一切都是梦——那个花园无人照管，荒野萧索、孤寂，一片肃杀的气氛，园内小径长满了苔藓，而在这个园内，他们曾有多少次并肩漫步，希望过，悲哀过，爱恋过，那么长久地彼此爱恋过，'如此长久，如此温柔'！还有那所古怪的祖传的屋子，在那屋子里，她和年迈阴郁的丈夫孤寂而又忧伤地度过多少时光，丈夫始终沉默寡言，动不动就发火，他们怕他，像孩子一般畏畏缩缩，彼此提心吊胆地、苦苦地隐藏起自己的爱情，不让对方知道，这难道是真的吗？他们受了多大的折磨，他们的恐惧有多大，他们的爱情是多么天真、纯洁，而（这，娜斯晶卡，我就不用说了）人们却是多么恶毒！我的天！他随后和她相遇是在远离祖国的海岸，在异国正午炎热的天空下，那座永久的圣城中，珠光宝气、乐声悠扬的舞会上,在一座灯火辉煌的王宫中(必然是在一座王宫中),在那爬满了常春藤和蔷薇的阳台上;当时,她一认出了他,便那么急促地取下她的假面,悄声说了一句:'我自由了,'然后浑身颤抖,投入他的怀抱。于是他们快活地叫了一声,彼此贴紧身子,顿时忘记了悲伤、分离和种种痛苦,忘记了在遥远的祖国的那所阴森森的屋子,那个老人和阴暗的花园,忘记了那条长椅,当初她在长椅上给了他最后的热情的一吻,从他的由于绝望的痛苦而麻木了的臂膀中挣脱出来。……啊,娜斯晶卡,您一定会同意:当某个颀长强健、爱说笑的快活的青年人,您的不请自来的朋友,打开了您的门,若无其事地嚷起来:'我的好兄弟,我刚从巴夫洛甫斯克来!'这时候,您准会一惊而起,不知如何是好,满脸通红,活像刚把从邻居花园里偷来的一个苹果塞在口袋里的小学生。我的天!老伯爵死了,难以言传的幸福就在眼前——从巴夫洛甫斯克又来了人。"

我结束了这悲怆的呼吁,凄楚地停了下来。我记得当时我恨不得挤出几声笑声来,因为我已经感觉到有一个和我作对的小鬼在我心中折腾,我的喉咙开始像被人掐住了似的,我的下巴颏抽搐起来,我的眼睛越来越潮润……我等待睁着聪明的眼睛听我说话的娜斯晶卡会发出一连串孩子气的、不可抑制的快活的笑声,我已经懊悔自己扯得太远,无谓地讲些长久以来憋在我心里的话,提起这些话来,我能讲得像照着本子念的那样,因为对我自己,我早已准备了判决书,这时我禁不住要宣读它,如实招认,也不指望人家会理解我;可是让我惊讶的是她不作一声,稍过一会,把我的手轻轻捏了一下,怀着一种羞窘的同情问:

"你一辈子真的是这样过来的吗?"

"一辈子,娜斯晶卡,"我答道,"一辈子,看来我将这样结束此生!"

"不,这不可能,"她不安地说,"不会这样;我就怕这样在奶奶身边度过一生。听着,这样生活一点意思都没有,你知道不?"

"我知道,娜斯晶卡,我知道!"我不再能压制自己的感情,嚷了起来。"此刻,我知道得比任何时候都清楚,我白白断送了自己全部最好的年月!此刻,我认识了这一点,为此,我觉得更加痛苦,因为上帝亲自派您,我的好天使,到我这儿来,就是为了告诉我并且指点我看到这一点。此刻,我坐在您身边,和您说着话,想的却是未来,一想我就觉得可怕——未来仍然是孤独,仍然是这种发霉的无益于人的生活;既然在现实中我感到在您身边是如此幸福,我以后还梦想些什么呢!啊,但愿您,亲爱的姑娘,万分幸福,为了您一开头就没有给我钉子碰,为了我现在已经可以说,在我一生中至少有两个晚上我真正地生活过!"

"啊,不,不,"娜斯晶卡叫道,泪珠在她眼中闪光,"不,再不会这样下去了;我们不能这样分手!这样两个晚上有多好啊!"

"啊,娜斯晶卡,娜斯晶卡!您知道您多么彻底地使我和我自己和解了吗?您知道吗,我现在把自己不会像以往有些时候看得那样轻贱了?您知道吗,我以后也许不会再为自己一生中犯的罪、作的孽(因为这样的生活是罪孽)而难过?您会不会想,我对您说的某些话是言过其实，看在上帝分上，别这么想，娜斯晶卡，因为有时候我的心情是那样愁苦，那样愁苦……因为一到这种时刻我就觉得我永远不能开始过真正的生活，因为我已经觉得我丧失了同真正的现实的东西的任何接触，任何辨别的能力；因为归根到底，我得责骂自己；因为过完那些梦幻中的夜晚，我有时会清醒过来，那真叫可怕！同时，你听人群在您周围，在生活的旋涡中，怎样喧闹转动，你耳闻目睹，人们是在怎样生活——在现实中怎样生活。你瞧，生活对他们来说并不是阻塞不通的，他们的生活不像睡梦、像幻想一般消散得无影无踪，他们的生活永远更新，永远年轻，这生活没有一个小时和另一个小时相似；而幻想是暗影和思想的奴隶，第一块突如其来地遮掩了太阳、把愁苦投到真正的彼得堡人的心（这颗心万分珍惜它的太阳）上的云彩的奴隶，胆怯的幻想多么使人灰心丧气，单调到了粗俗的地步——而在愁苦中幻想又是多么难堪！您会觉得：它，这无穷竭的幻想，终于感到乏了，它无时无刻不处于紧张状态之中而消耗完了，因为要知道人是会长大成人，摆脱掉自己以前的理想的。这些理想破碎了，化为尘埃，成为砾片；如果不存在另一种生活，那么就得用这些砾片建立起生活来。而在同时，灵魂却在祈求和渴望另一些什么东西！于是梦想者劳而无功地翻检自己的旧梦，犹如在余烬中搜寻出哪怕是一颗小小的火种，好把它扇旺起来，让重新燃起的火焰温暖已经在冷却的心，再一次复活心中一切曾是那样甜蜜可爱，那样动人心魄，使人热血沸腾、泪珠盈睫的东西，而这一切无非是一场春梦！娜斯晶卡，您知道我已发展到了什么地步吗？我已经到了不能不庆祝自己的感受的周年的地步，这些感受曾是那样甜蜜然而其实并没有发生过——因为这种周年纪念只是在愚蠢虚妄的梦想中举行——而我纪念它，正是因为这些愚蠢的梦想已经消逝，而且我已无法使它们再现：要知道，梦想也不是招之即来挥之即去的。您知道吗，我现在喜欢在某些日子追忆和探访那些我一度自得其乐的地方，我喜欢使我当前的处境和已经一去不复返的过去合拍，我常常像一个影子似的在彼得堡的大街小巷游荡，既无需求又无目的，凄苦而又忧伤。真是不堪回首话当年啊！比方说，就在这地方，正好一年以前，也是在这个时刻，这一个钟头，我就像现在这么孤单，这么凄苦地在这人行道上徘徊。想那时候，梦想是忧郁的，尽管当初并不比现在好一些，却不知怎的觉得生活似乎要轻松宁静一些，没有那些如今和我片刻不离的阴暗的思想；没有那些良心的谴责，这些阴沉愁苦的谴责如今使我白天黑夜不得安宁。你问你自己：你的梦想哪儿去了？你摇摇头说：一年年过得真快啊！你又问你自己：这些年你有什么作为？你把自己的最好的时光埋葬在哪儿？你到底生活过没有？瞧，你跟自己说，瞧，这世界变得有多冷。再过一些年头，随之而来的便是阴惨惨的孤独，便是颤巍巍支着手杖的风烛残年，随后便是愁苦与沮丧。你的幻想世界愈趋苍白，你的梦想停滞了，枯萎了，犹如树上黄叶一般飘零。……啊，娜斯晶卡！要知道落得孑然一身，形单影只，连足以抱憾的事情都没有，该有多惨。……是的，连一件憾事也没有，因为你所失去的一切，那一切，全都不值一提，愚蠢，全部等于零，无非是一些梦想而已！”

“好啦，您别往下讲，引得我怜惜您了！”娜斯晶卡擦掉了从眼里滚下来的一颗泪珠,说。“现在这一切已经结束！现在是我们俩在一起。从现在起,不管我有什么事,我们永不分离。您听着。我是个普普通通的姑娘,我没有受过多少教育,虽说我奶奶为我请过一位教师;可是,说真的,我了解您,因为您刚才讲给我听的一切,在奶奶把我拴在她的连衣裙上的时候,我自己都经历过。自然,我不能讲得像您那么好,我没有受过教育,”她羞涩地添了一句,因为她对我讲得凄切动人的口才以及我出语的高雅仍然有一定程度的尊敬。“您对我说的全是心里话,我很高兴。现在我了解您,了解得很透彻,了解一切。您猜怎么样？我想把我的故事也讲给您听,原原本本,毫不隐瞒,不过您听了之后请替我出个主意。您是个非常聪明的人,您能答应替我出这个主意吗?”

“啊,娜斯晶卡,”我回答道,“我从来不曾给人当过参谋,更不用说是聪明的参谋了,可是我现在明白,如果我们永远像这样生活,那就是做了一件非常聪明的事,而且彼此都能给对方出非常好的主意！好啦,我的好娜斯晶卡,您要我出什么主意呢？痛痛快快地告诉我吧。我现在是这样快乐、幸福、勇敢而又聪明,要说话张嘴就来。”

“不,不!”娜斯晶卡笑着打断了我。“我要的不单是聪明的主意,我要的是真挚的透着骨肉情谊的主意,就像您已经爱了我一辈子!”

“说吧,娜斯晶卡,说吧!”我欣喜若狂地嚷起来。“即使我已经爱了您二十年,我仍然不会比现在爱得更热烈。”

“把您的手给我!”娜斯晶卡说。

“这就是!”我把手伸给她,答道。

“好,现在开始讲我的故事!”

娜斯晶卡的故事

“我的故事有一半您已经知道了,那就是,您知道我有个年老的奶奶……”

“如果那另一半也像这样简短……”我笑着打断了她的话。

“别说话,您听着。得先订个条件:不准打断我的话头,要不然,我恐怕就会闹得前言不搭后语。好啦,安安静静地听吧。

“我有一个年老的奶奶。我到她身边的时候还是个小丫头,因为我父母双亡。我敢断定奶奶以前比现在富裕,因为如今她总是念叨过去的好日子。她教我法文,后来又为我请了一位教师。在我十五岁的时候(我现在十七岁),教课结束了。就在这时候,我淘起气来;我干了什么,我不告诉您;只要说一句就够了:我的错误并不大。哪知道,一天早晨,奶奶把我叫到她跟前,说是她眼瞎了,看不住我,便用一只别针把我的连衣裙和她的别在一起,接着说,如果我不学好的话,我们就像这样坐上一辈子。总而言之,开头我怎么也想不出办法离开她:干活、念书、学习——全在奶奶身边。有一次,我想试试能不能骗过她,便磨得费奥克拉代替我坐着。费奥克拉是我们的女佣人,她是个聋子。费奥克拉代替我坐着;这时候奶奶正在圈椅里打盹儿,我就去找附近的一个女友。好,这下糟啦。奶奶醒来,我已不在身边,可她还以为我乖乖地坐在老地方,便问了句什么话。费奥克拉看见奶奶在问话,而她又听不见,她想来想去,不知如何是好,便打开别针,撒腿就跑……”

说到这儿,娜斯晶卡打住了,咯咯笑起来。我也跟着她笑。她即刻又收住了笑声。

"您听着,别耻笑我奶奶。我笑是因为觉得好笑。……说实在的,奶奶就是这样一个人,我有什么办法?可我多少还是爱她的。好,这一下我算是给逮住了:我即刻又被拉到老地方坐着,简直一动也不能动。

"啊呀,我忘了告诉您一件事,我们住的屋子,或者说,奶奶住的屋子是她自己的,那是所小屋,一共有三扇窗子,全是木头搭起来的,跟奶奶一样上了年纪;上面有个阁楼;一位新房客搬来住进了我们的阁楼。……"

"这么说,原来有个老房客了?"我装得不在意地问了一句。

"当然有啰,"娜斯晶卡回答,"他寡言少语,不像您这样爱说话。说真的,他难得转动他的舌头,他是个瘸腿的干瘪老头,又瞎又哑,最后他活不成了,他死了;以后我们不得不找一个新房客,因为我们没有个房客就活不下去:我们的收入几乎全靠房租和奶奶的养老金。这新房客碰巧是个年轻人,他不是本地人,是外地来的。他不在房租上和我们讨价还价,所以奶奶就让他搬了进来,到后来她才问我:'喂,娜斯晶卡,我们的房客是不是个年轻人?'我不愿意撒谎,就说:'嗯,依我说,奶奶,他算不得很年轻,可也不是老头儿。'奶奶又问:'相貌好看吗?'

"我还是不愿意撒谎,'是的,相貌嘛,依我说,挺好,奶奶!'奶奶就说:'唉!真遭罪啊遭罪!孙女儿,我可是跟你说,你别偷偷瞧他。如今是什么世道啊!也怪,偏偏来了这么个不入流的房客,而且相貌还挺好:以往可不是这样!'

"奶奶想的尽是以往怎样!以往她要比现在年轻,以往太阳要比现在暖,奶油也不像现在这样很快就变酸——尽是以往如何如何!我呢,坐着,一声不吭,自个儿寻思:为什么奶奶主动提醒我,问我房客相貌俊不俊,年轻不年轻?话说回来,我不过这么想了想,很快又拿起袜子来织,数起钩的针数来,不一会就全忘了。

"一天早晨,这房客找上门来问我们关于答应过他裱糊房间墙壁的事。言来语去,奶奶唠叨起来,说:'娜斯晶卡,去我的卧房里把算盘拿来。'我立刻跳起来,也不知为什么脸上有了红晕,竟忘了我坐在那里是用别针拴着的;我不是不声不响地打开别针,不让房客看见,而是腾地蹿起,把奶奶的圈椅都牵动了。我看到房客这时已明白了我是怎么回事,脸涨得通红,站在那儿动弹不得,一下子哭了起来——那一刻,我羞得无地自容,恨不得闭眼不看这世界!奶奶呵斥道:'你傻站着干什么?'我哭得更凶了……房客明白,我是因为在他面前出了丑而感到羞耻,就欠身行礼,退了出去。

"打那时候起,只要过道里一有声响,我就像死过去了一样。我就想房客来了,便偷偷地打开别针以防万一。可是每次都不是他。他再也不来了。两星期过去了。那房客请费奥克拉传话,说是他有许多法文书,全是些值得一读的好书;问奶奶想不想由我把这些书读给她听,也好解解闷儿?奶奶答允了并表示感谢,只是不停地问是不是些有伤风化的书,因为要是些伤风败俗的书,那就绝对不能读。她说,你呀,娜斯晶卡,读了会学坏的。

"'那么,我学些什么呀,奶奶?那种书里写的又是些什么?'

"'哼,'她说,'那些书里写的尽是些小伙子怎样勾引规规矩矩的姑娘,他们怎样借口说希望和她们结婚,带着她们从爹妈家里出去,随后又怎样扔下这些不幸的姑娘,任凭命运摆布;终于落得个顶顶凄惨的下场。'奶奶说:'我读过好多这样的书,全都写得那样好,让您整夜坐着悄悄地读它们。你呀,娜斯晶卡,要留心,别读它们。'她问:'他送来的是些什么样的书?'

"'全是瓦尔特·司各特的小说,奶奶。'

"'瓦尔特·司各特的小说!好啦,那里面有没有什么鬼名堂?翻一翻,看他有没有在书里夹带谈情说爱的字条儿什么的?'

"'没有,'我说,'没有字条儿,奶奶。'

"'你再看看那硬面书皮底下;他们有时就塞在硬面书皮底下,那些狗东西!……'

"'没有,奶奶,书皮底下什么也没有。'

"'哦,那就这样吧!'

"这下我们开始读起瓦尔特·司各特来,一个月左右,几乎读了一半。这以后他又一次一次地送书来,他送来普希金的作品,到了最后我简直离不了书本。我连嫁给一个中国皇子的事也不想了。

"就这样,有一次我偶然在楼梯上碰见了我们这位房客。奶奶打发我去取一样东西。他停了脚步,我脸红了,他也脸红了;可他笑了,向我问好,还问我奶奶好,他说:'怎么样,书您读了吗?'我回答:'读了。'他说:'你比较起来喜欢哪一本?'我说:'我最喜欢《艾凡赫》和普希金。'这一次,谈话就这样结束了。

"过了一星期,我和他又在楼梯上遇上了。这一次,不是奶奶差我办什么事,是我自己找东西。那时候快到三点钟了。这位房客总是在这当儿回家来。'您好!'他说。我回他一句:'您好!'

"他说:'您整天和奶奶一块儿坐着,不闷得慌吗?'

"他这么问我,我不知为什么脸红了,觉得不好意思,又一次感到受了屈辱,这大概是因为人家居然问起这样一件事来的缘故。我想不理他,想走开,可是没有力量这么做。

"'您听着,'他说,'您是个好姑娘。请原谅我这么和您说话,可是请相信我,我对您是一片好意,在这一点上我赛过您的奶奶。您难道连一个可以去看望的女友都没有?'

"我说,现在一个也没有,以前倒是有一个叫玛申卡的,可是她上普斯科夫去了。

"'请问您乐意和我一块儿去看戏吗?'他说。

"'看戏?奶奶会说什么呢?'

"他说:'您就偷偷地离开奶奶……'

"'那不行,'我说,'我不愿意欺瞒奶奶。再见,先生!'

"'哦,再见,'他说,没有再说什么。

"晚饭刚吃过,他就上我们房间里来;坐下和奶奶说了好一阵子话,问她去过哪儿没有,有没有熟识的人,——接着他突然说道:‘今天我在歌剧院订了一个包厢;演的是《塞维尔的理发师》[1],我的朋友原来想去,后来又回绝了,我还有多余的票。’

“‘《塞维尔的理发师》!’奶奶叫起来。‘就是以往上演过的那一个理发师?’

“‘不错,’他说,‘就是那一个理发师,’他瞅了我一眼。这下我全明白了,脸红了,我的心由于期待猛跳起来!

“‘原来如此,’奶奶说。‘我怎么会不知道!以往在私人家中上演时,我还演过罗茜娜哩!’

“‘那么您今天愿意去看吗?’那个房客问。‘要是不去,我的票就白白废了。’

“‘好,我们去,’奶奶说,‘干吗不去呀?我的娜斯晶卡还从来没上过戏院哩。’

“我的天,我有多高兴呀!我们即刻准备,穿戴整齐之后动身。奶奶尽管眼瞎,可她想听听音乐,再说,她是个好心肠的老人,她所希望的莫过于让我开心解闷。我们自己上戏院,那是永远不会有的事。

“《塞维尔的理发师》给了我怎样的印象,我不告诉您;那一天整个晚上我们的房客如此亲热地望着我,说话又是如此殷勤,我当时就明白了,早上他请我一个人和他出去,是想试探一下。啊,真是快活!我躺下睡觉时心里有多么得意,多么高兴啊,我心跳得有点儿像得了热病似的,我说了一夜梦话,说的都是《塞维尔的理发师》。

“我心想,打这以后他会越来越勤——可事实不是如此。他几乎断了踪影。一般是一个月他来一次,来只是为了请我们去看戏。后来我们又去看了两次。不过我对此感到很不痛快。我看出他只不过是可怜我,因为我在奶奶身边受到这样的拘束,如此而已。日子一天天过去,我变得坐立不安,读书干活一概没有心思。我有时候笑,故意惹得奶奶生气,有时候索性哭起来。到得后来,我人瘦了,差点儿害起病来。歌剧上演季节过去了,房客根本不上我们房间来了;我们见面的时候(不用说,每次都在楼梯上),他总是默不作声,那么庄重地躬身为礼,似乎连话也不想说,转眼已走到了门廊上,我呢,还在楼梯半中间站着,脸像樱桃一样通红,因为我只要一遇见他,全身的血液都开始涌到头脸上来。

“这下快到结束了。整整一年以前的五月,那个房客上我们房间来,告诉我奶奶说他在这儿的事已经全部办妥,又要上莫斯科去住一年。我一听这话,脸色发白,跌坐在一张椅子里,像死过去了一样。奶奶什么也看不见。他呢,宣布要离开我们家以后,朝我们行了个礼,走了。

“我怎么办呢?我想了又想,愁得不知如何是好,最后,我下了决心。第二天他就要走了,我打定主意,在当天晚上奶奶上床睡觉以后要问出个结果来。于是事情就这样发生了。我打点了一个包袱,里面是几件连衣裙,一些换洗的衬衣。我手拿着包袱,半死不活,走进我们的房客的阁楼。我想我上楼梯恐怕花了有足足一个钟头。我打开了他的房门,他惊叫一声,眼睁睁望着我。他以为我是个鬼魂,赶快倒水给我喝,因为

---

① 《塞维尔的理发师》是意大利杰出作曲家罗西尼(1792—1868)作的喜歌剧。

我两腿快要支持不住。我的心狂跳得连脑袋都生疼，我的神智已经模糊不清。我清醒过来以后所做的第一件事便是把自己的包袱放到他床上，人挨着他坐下来，双手捂住脸，泪如泉涌地哭起来。他似乎一下子全明白了，脸色惨白，站在我面前，那么悲伤地看着我，看得我的心都碎了。

"'您听着，'他开口说，'您听着，娜斯晶卡，我什么事也办不了；我是个穷人，眼下我身无长物，连个正当的职位也没有；如果我和你结婚，我们又怎么生活呢？'

"我们谈了好久；可是说到末了，我真的急了，我说我再也不能和奶奶一起过下去了，我要逃出她那儿，我不愿意让她用别针拴住我；只要他有意，我就和他一起去莫斯科，因为我不能没有他。羞耻、爱情、高傲同时在我心中爆发，我几乎像抽风似的倒在他床上。我多么怕他拒绝我啊！

"他默然坐了几分钟，然后站起，走到我跟前，抓住了我的手。

"'听着，我的好人，我亲爱的娜斯晶卡，'他也噙着眼泪说道，'听着，我向您起誓：只要有一天，我的境遇足以使我成家，那么，您一定就是我幸福的化身。请您相信：现在只有您一个人能够使我幸福。听着，我要去莫斯科，在那儿待上整一年。我希望能打下我的事业的基础。我回来的时候，如果您仍然爱我，我向您起誓，我们就会幸福。此刻，这是不可能的，我没有这能力，我没有权利作出任何许诺。不过我再说一遍，如果一年之后，事情未能如愿，那就肯定要等上相当时间了；自然啰，这是说如果在那种情形下，您仍然爱我而不是爱另一个人的话，因为我不能也不敢用什么誓言来约束您。'

"他就向我说了这些，第二天他就走了。我们相约有关这事一句话也不告诉奶奶。这是他的要求。好，这下我的全部故事快到头了。整整一年过去了。他来了，他来这里已经整整三天，可是，可是……"

"怎么啦？"我急于要想听到结尾，便叫起来。

"可是直到此刻，他没有露面！"娜斯晶卡仿佛使尽力气才迸出这句回答。"连个信息也没有……"

说到这里，她停住了，沉默了一会，垂下头，突然双手捂住脸，号啕大哭，把我的心都哭碎了。

我怎么也没有想到结局会是这样。

"娜斯晶卡！"我用一种怯生生的委婉的口气说。"娜斯晶卡！看在上帝分上，别哭！您怎么知道？也许他还没有来……"

"来了，来了！"娜斯晶卡接过话头说。"他来了，这我知道。还在那天晚上，他临走的前夕，我们就讲好了的。在我们说了那些我刚才告诉您的话以后，我们订了约，我们到这儿来散步，就在这河沿走来走去。当时是十点钟。我们坐在这条长椅上；那时我已经不哭了；他说的那些话，听得我心里甜滋滋的。……他说，他一到即刻上我们家。如果我不拒绝他求婚，那我们就向奶奶和盘托出。现在他来了，这我知道，可是他不露面，不露面。"

她又忍不住哭起来。

“我的天，难道我不能做点什么来减轻您的痛苦吗?”我叫道，从长椅上跳起来，急得不知如何是好。“请告诉我，娜斯晶卡，我就不能去找他谈一谈吗?”

“这可能吗?”她突然抬起头来说。

“不行，这自然不行，”我顿时醒悟过来说。“啊，有办法了，您写封信。”

“不，这不行，办不到!”她断然回答，低下头不看我。

“怎么办不到?为什么办不到?”我不肯放弃我的主意，继续说。“不过，您知道，娜斯晶卡，这要看写怎样的信!信跟信不一样。……啊，娜斯晶卡，我有了主意!请相信我，相信我!我不会给您出傻主意。这一切都是办得到的。您已经走了第一步——干吗现在不……”

“不行，不行!那样就像我死乞白赖地要缠住……”

“唉，我的好娜斯晶卡!”我打断了她的话，忍不住微微一笑。“不，不，说到头来，您有权利，因为他已经答应了您。再说，我从种种情形已经看出他是个感情细致的人，他为人正派，”我往下说，由于自己的论据和信念的合乎情理越说越得意。“他的为人怎样呢?他作了许诺，使自己受了约束:他说只要他有朝一日结婚，就非你不娶;而您呢，他让您完全自由，哪怕现在也尽可以拒绝他。……在这种情况下，您不妨走第一步，您有权利，退一步说，假如您想解除他的诺言的约束，您在他面前也占优势……”

“请问，换了您，您怎样写呢?”

“写什么?”

“写这封信呀。”

“要是我就这么写:‘亲爱的先生……’”

“亲爱的先生，难道非这样写不成吗?”

“不成!不过，为什么非这样写不可呢?我认为……”

“好，好，往下写!”

亲爱的先生!

请原谅我……

不，不对，用不着请求什么原谅!事实本身足以说明一切，直截了当地写吧:

我现在给您写信，请原谅我没有耐心。不过我已经足足等了充满希望的幸福的一年，您能责怪我眼下连一天疑惑不定的日子也不能熬吗?如今，您已经来了，也许，您已经改变了主意。要是这样，那么，这封信是要告诉您我既不抱怨，也不怪罪您。我不会因为您管不住自己的心而怪罪您。那是我命该如此!

您是个高尚的人。您不会看了这几行透露我的急不可耐的心情的字而付之一笑或者感到恼怒。请记住，这是一个可怜的姑娘写的，她孤苦伶仃，没有谁教她，没有谁指点她，因此她从来不会管束自己的心。但是如果说怀疑钻进了我的灵魂，即使只是一瞬间也罢，那么请原谅我。您不会忍心(哪怕只是在思想上)使一个过去如此爱过您、现在依然如此爱您的人受委屈的。

“好，好！您跟我想到一块儿啦！”娜斯晶卡叫起来，她快活得眼睛放光。“啊！您解除了我的疑虑，您准是上帝派来帮助我的！谢谢，谢谢您！”

“为什么谢我？为的是上帝派了我来？”我问道，兴奋地瞅着她的快乐的小脸。

“对，哪怕是为了这一点，我也感谢您。”

“唉，娜斯晶卡！要知道有时候我们感谢别人，不过是因为他们和我们生活在一处。我感谢您，因为我有幸遇上了您，因为我一辈子也忘不了您！”

“好，够了，够了！现在您听我说：我们当初有约，他只要一到，就立刻在我们那些熟人家里一个地方留封信给我，让我知道他来了。这些熟人都是些纯朴的好人，我们约定的事，他们一点也不知道；万一他不能用写信这个办法，因为有些话在信中不便明言；那么，他就在到达的那天十点整上这儿来，这是我们约好相会的地点。我已经知道他来了，而今天已是第三天，不见信也不见人。早上要摆脱掉奶奶出门，这是绝对办不到的。请您明天把我的信亲手交给我跟您说过的那些好心人，他们会转给他。要有回信，请您亲自在晚上十点钟带来。”

“可是信呢，信呢！您知道首先要把信写好！看来事情后天才能办好。”

“信……”娜斯晶卡接口说，神情有点慌乱，“信……可是……”

她没有把话说完。她脸红得像玫瑰，先掉过脸去看我，然后我突然感觉到有一封信塞到我手里，显然是早就写好、准备好、封好的。我心中泛起一种熟悉、甜蜜、动人的回忆。

“罗—罗，茜—茜，娜—娜，”我唱起来。

“罗茜娜！”我们一块儿哼着，我高兴得差点儿要拥抱她，她脸红得什么似的，黑睫毛上颤动着珍珠一般的泪珠，笑了。

“哦，好啦，好啦！现在该分手啦！”她说话像放连珠炮似的。“信已经交给了您，这是送信的地址。别了！再见！明儿见！”

她用力握了握我的双手，点了点头，飞也似的跑进她住的胡同。我在原地站了好久，目送着她。

“明儿见！明儿见！”她的身影从我眼中消失的时候，这声音还在我耳边回响。

第三个夜晚

今天是个阴沉沉的日子，下着雨，黯淡无光，犹如我未来的晚年。一些古怪的念头，一些阴森的感觉使我心情沉甸甸的，一些对我来说还不明确的问题涌进我的脑中。而我既无力也不想解决这些问题。这一切不该由我来解决！

今天我们不会见面了。昨晚我们分手的时候，天空布满了云，起了雾。我说明天将是一个坏天气。她不回答，她不愿意说和她的心愿相反的话。在她看来，这一天明媚晴朗。她的幸福的上空没有一片阴霾。

“要是下雨，我们就不见面了！”她说。“我不能来。”

我以为今天的雨她不会在意，然而她没有来。

昨天是我们第三次相见，我们的第三个白夜……

但是快乐和幸福使人变得多么美好！爱情在心中多么炽烈地燃烧！你恨不得向别人推心置腹，倾诉衷肠，你恨不得人人都快活，人人都乐呵呵！这种快乐是多么富于感染力啊！昨天她的话里有多少爱怜，她的心中对我有多少好感啊……她对我是多么殷勤，多么亲热，多么鼓舞和爱抚了我的心！啊，幸福引逗出多少风情！我呢……我呢，把这一切信以为真；我以为她……

可是，我的天，我怎么能这样想？在一切都已归于别人，一切都不是我的情况下，在到头来甚至她的温存本身、她的关注、她的爱……不错，对我的爱无非是一种即将见到另一个人而感到的快乐，要使我也感到她自己的幸福的愿望这种情况下，我怎么能这样盲目？在他没有来，我们空等一场的时候，她皱眉蹙额，感到胆怯害怕。她的所有举动，她的一切言辞就已显得不那么轻松愉快佻达。说也奇怪，她的注意力转向了我，似乎本能地想把她自己希望得到的东西倾注到我身上，为的是她自己也担心她的愿望不会实现。我的娜斯晶卡是那么畏怯，那么惊慌，似乎她终于明白过来，我爱上了她，于是为了我的可怜的爱情而感到难过。大凡我们遭到不幸的时候，我们就能更深切地感受到别人的不幸；这种感觉不是消除而是加强了……

我怀着满腹心事，急不可待地去和她会面。我此刻的感受，我事先毫无所感，这一切的结局不会如我所愿，我也事先毫无所感。她喜气洋洋，容光焕发，她等待着回答。这回答就是他本人。他应该来，应该听到她的召唤，即刻赶来。她比我早到整整一个钟头。开头，她冲着什么都咯咯地笑，我说什么她都笑，我刚要张嘴便咽住了。

“您知道我为什么这么高兴吗？”她说。“为什么见到您这么高兴？为什么今天这么喜欢您吗？”

“为什么？”我问，我的心颤抖起来。

“我喜欢您因为您并没有爱上我。要知道，换一个人处在您的地位，就会和我纠缠不清，使我不得安宁，就会唉声叹气，痛苦不堪，而您却是那样可亲！”

这时候，她使劲握我的手，疼得我差点儿叫出声来。她笑了。

“天啊！您是多好的一个朋友啊！”她过了一分钟非常认真地说起来。“您真是上帝派来照看我的！如果我此刻没有您，我又会怎么样啊？您真是不存一点私心！您对我有多好！我结婚以后，我们将是好朋友，比兄妹还要亲。那时候，我爱您将和爱他差不多。……”

此时此刻，我难过得要命，然而我心中却有某种类似要笑的感觉。

“您太激动了，”我说，“您在哆嗦；您以为他不会来了。”

“上帝保佑您，”她回答道。“如果我不是像现在这样幸福，我会为您的缺乏信心、为您的责备而哭起来。不过，您引导我思索，向我提出需要仔细思量的问题，但是这些我以后会去想的，至于眼前，我向您承认您说得对。是的，我有点忘其所以；我仿佛全身心都在期待，把一切想得有点过于轻易。啊，且住，感觉留待以后再说吧！……”

这时候，我们听到了脚步声，在黑暗中似乎有一个过路人正迎面向我们走来。我们俩身子打战，她差点儿叫出声来。我放下她的手，做了个想离开她的姿态。可是我们上当了:这不是他。

“您怕什么？您为什么撒开我的手?”她又把手伸给我说。“咦,这是怎么啦？我们一块儿见他;我希望他看到我们彼此如何相爱。”

“我们彼此是如何相爱啊!”我叫起来。

“唉,娜斯晶卡,娜斯晶卡!”我心里想。“像这样的话你对我说过有多少啊！这种爱,娜斯晶卡,在另一个时候使人的心发凉,灵魂变得沉重。你的手是凉的,我的手却像火焰一样烫人。你是多么盲目啊,娜斯晶卡！……有些时候,一个幸福的人是多么叫人难以忍受！但是我不能生你的气!”

我的心终于快要胀破了。

“您听着,娜斯晶卡!”我叫道。“您知道我这一整天是怎么过的吗?”

“啊,怎么,出了什么事啦？快讲给我听！您可是直到此刻一直没有开腔!”

“首先,娜斯晶卡,我去办您要我办的事,交了信,去了您的那些好人儿家里,然后……然后我回到家里,躺下睡觉。”

“就是这些?”她笑起来打断了我的话。

“是的,几乎就是这些,”我咬了咬牙回答,因为我眼里已经满含愚蠢的泪水。“我睡到我们约会之前一小时才醒来,可是就像没有睡一样。我不知道自己是怎么回事。我来把这一切都讲给您听,似乎时间对于我已经不再流逝,似乎从现在起我心里只该有一种感觉,一种感情,直到永远,似乎一分钟应该持续下去化为永恒,我觉得似乎全部生活都已停止。……我醒来的时候,只觉得有一段乐曲,以前在什么地方听过,很早就熟悉的乐曲,已经忘却、如今又想了起来的、令人销魂的乐曲,我觉得它一辈子都在我灵魂中跃跃欲出,只是如今……”

“啊,我的天,我的天!”娜斯晶卡打断了我的话。“事情为什么是这样？我一点也不明白。”

“噢,娜斯晶卡,我真想用个什么办法把这个奇怪的印象传达给你。……”我接着说,声气是悲戚的,其中还隐藏着希望,虽然是极其渺茫的希望。

“够了,您别讲了,够了,”她说,转眼间,她就猜到了,这小机灵鬼!

突然之间,她变得异乎寻常的饶舌、快活、淘气。她挽住了我的胳膊,笑着,也想引我笑。我说的每一句窘迫的话都招来她的那么清亮、那么长久的笑声。……我开始生气,她怎么一下子卖弄起风情来了。

“您听我说,”她说,“您没有爱上我,我不免心里有点不快。人的心理真是难说!不过不管怎样,您这位死心眼的先生,您总不能不夸我为人老实吧。我把什么都告诉了您,脑子里闪过的念头,不管多蠢,都告诉了您。”

“您听,现在好像是十一点钟了?”我说,这时城里一座遥远的钟楼响起了均匀的钟声。她突然收住,停了笑声,数起那钟声来。

“是啊,是十一点钟,”她终于用一种虚怯的犹豫不决的声气说。

我立刻就懊悔不该吓了她,迫使她数钟声,心里责骂自己那种恶意的冲动。我为她感到悲哀,我不知道该怎么来赎自己的罪过。我开始安慰她,想出些他之所以不来赴约的理由,提出各种论证。此时此刻的她比谁都容易受骗。事实上任何人在这种时刻都乐于听信不管什么样安慰的话,只要话里有一点合乎情理的影子,就高兴得什么似的。

“说来也真好笑,”我开始说道,并且为了自己把道理说得异常清楚,就越说越起劲,越说越得意。“他怎么能来呢,您诱得我上了您的当,娜斯晶卡,闹得我把现在是什么时间都忘了……您只要想一想:他刚收到您的信;说不定有事不能来呢,说不定他会回信说明直到第二天才到他手里。我明天天一亮就去找他,然后马上通知您。说来说去,您可以设想成百上千种可能性:喏,比方说,信送到的时候,他不在家,也许直到现在,他还没有读到你的信。要知道什么事情都可能发生的啊。”

“对,对!”娜斯晶卡回答道。“我可真没有想到;当然,什么事情都可能发生,”她接着说,口气十分通情达理,不过从中可以听出某种隐隐约约的想法,犹如一支乐曲中一个令人讨厌的不入调的音响。“现在请您办一件事,”她又说下去,“明天您尽早去一趟,如果您收到了什么,请马上通知我。您已经知道我的住处了吧?”于是她又把自己的地址向我说了一遍。

接着她对我突然显得那么温存,那么羞怯……她像是在注意听我向她说的话;但是当我问她一个问题的时候,她默然不语,神色慌乱,掉过头去不看我。我正面瞅了她一眼——可不是,她在哭。

“啊呀,怎么能这样?怎么能这样?唉,您真是个孩子!多么天真!……别哭了!”

她勉强想装出一副笑容,沉住气,可是她的下巴颏在抖动,胸脯起伏不定。

“我想的是您,”她沉默片刻后对我说,“您是那么体贴,我不是块石头,怎能感觉不到这一点……您知道我现在想的什么吗?我把你们两个做了个比较。他为什么不是您呢?他为什么不像您这样?他不如您,虽说我爱他胜过爱您。”

我无言以对。她呢,似乎在等待我说些什么。

“自然啰,我也许还不完全了解他,不完全认识他。您知道我始终好像怕他似的;他总是那么严肃,神气显得似乎有些高傲。当然,我知道他只是外表如此,而在他的心中有着比我更多的柔情……我记得当我提着包袱走进他的阁楼(您还记得吗?)的时候,他直愣愣看着我的光景。不过不管怎么说,我敬重他有点儿过分,而这就显得我们之间不平等似的,您说对不对?”

“不,娜斯晶卡,不,”我回答说,“这就是说您爱他胜过爱世界上任何人,远远超过爱您自己。”

“好,就算是这样吧,”天真的娜斯晶卡答道。“不过您知道我现在想的是什么吗?我现在要说的并不是他,而只是笼统地讲;这一切我早就想过了。请问,为什么我们大家不是像兄弟姊妹一样?为什么即使是最好的人总像隐瞒了什么似的,在别人面前对此绝口不提?为什么明知人家不会把他的话当耳边风,也不把心事直截痛快地说出来？结果是谁都凛然不可侵犯，而他真正为人并非如此，似乎人人都怕把自己的感情很快表露出来，就会使这种感情受到冷遇……”

“唉，娜斯晶卡，您说得对；不过出现这种情形有许多原因，”我打断了她的话，在这一刻，我比任何时候都更克制自己的感情。

“不，不！”她情意深挚地回答。“就拿您来说吧，您和别人不一样！我真不知道怎样向您说明我所感觉到的。不过依我看，拿您来说……就在此刻……我觉得您为我作出了某种牺牲。”她羞怯地接着说，飞快地瞅了我一眼。“请原谅我这样向您说话：您知道我是个普通姑娘，我没有多少见识，有时候我真不知道怎样说话，”她接着说，声音由于某种深藏的感情而颤抖，同时竭力想装出一副笑容。“不过我只想告诉您，我感激您，这一切我也感觉到了。……唉，愿上帝为此赐福于您！您那次讲给我听的关于您的梦想者的故事，完全是假的，也就是，我想说，跟您全不相干。您已经复原了，您真的已经是另一个人，完全不是您把自己说的那样。如果有一天，您爱上了谁，但愿上帝赐福于您和她。我不想祝愿她什么，因为她和您在一起会很幸福。我知道，我自己是个女人，我既然这么跟您说了，您应该相信我……”

她不说话了，紧紧地握了握我的手。我也激动得说不出话来。这样过了几分钟。

“好啦，显然他今天不会来了！”她终于说了这句话，抬起了头。“时间很晚了！……”

“他明天会来的，”我用十分坚定自信的口气说。

“对，”她接着说，神情活跃了一些。“此刻我自己也明白了，他明天才会来。好，那就再见吧，明天见！要是明天下雨，我也许就不来了。不过后天我会来的，不管有什么事，一定会来；请您一定到这儿来。我希望见到您，我会把一切都告诉您。”

随后，我们分手的时候，她把手伸给我，用清澈的眼光看了我一眼，说：

“从今以后我们永远在一起，您说是不是？”

“啊，娜斯晶卡，娜斯晶卡！你要知道我此刻是如何的孤单就好了。”

钟鸣九下的时候，我在房间里坐不住了，不顾阴雨连绵，穿上衣服走出去。我到了那儿，坐在我们曾经坐过的长椅上。我想走到她住的那条胡同里，但是我觉得不好意思，连她的窗子都不敢望一眼，走到离她的屋子两步路的地方。我回到家里，感到从来没有过的愁苦。多么潮湿凄凉的日子！要是个好天气，我会在那儿走上一夜……

但是明天再见，明天再见！明天她会向我说明一切的。

然而今天信没有来。不过事情正该如此。他们已经在一起了……

第四个夜晚

天啊！这一切落了个怎样的结局！落了个什么结局！

我九点钟赶到，她已经在那儿了。我老远就看到了她；她就像初次见面时那样站着，胳膊肘支在河沿的栏杆上，没有听到我走近她。

“娜斯晶卡！”我好不容易抑制住自己的激动，叫了她一声。

她很快向我转过身来。

“哦!”她说,“哦,快,快!”

我莫名其妙地望着她。

“啊,信呢?您带了信来没有?”她手抓住栏杆又问了一遍。

“没有,我没有收到信,”我终于说道。“难道他还没有去您那儿?”

她脸色惨白,一动不动地望了我好久。我粉碎了她最后的希望。

“哦,上帝保佑他!”她终于用若断若续的声音说。“如果他就这样丢下了我,但愿上帝保佑他。”

她垂下眼皮,随后她想看我一眼,可是她不能。她花了好几分钟竭力使自己平静下来,可是她突然转过身子,胳膊肘撑着河沿的栏杆,痛哭起来。

“别这样,别这样!”我才开口,可是看到她这光景,我再也没有力量说下去了,我又能说什么呢?

“不要安慰我,”她哭着说,“别提他了,别说什么他会来了,别说什么他不会那么狠心,那么没有人性地抛弃我,他已经这么做了。为什么,为什么?难道我的信里,那封倒霉的信里有什么不是吗?……”

这时她的哭声盖过了她的语声;我望着她,心都碎了。

“啊,真是丧尽天良!”她又说道。“连一行字、一行字都不写!哪怕回信说他不需要我,他不要我;可是整整三天,连一行字都没见着!他凌辱欺侮一个可怜的不能自卫的姑娘是多么容易!这姑娘的罪过就是爱他。这三天里我受了多少煎熬啊!我的天,我的天!一想起是我第一次主动找的他,是我在他面前不顾自己体面,哭着恳求他给我哪怕是一点儿爱情,我就……而在这以后……听着,”她转向我说道,黑眼睛放射出光芒,“不该是这样,不可能是这样!这不合道理!一定是您或是我搞错了。也许是他没有收到信?也许,直到如今,他还蒙在鼓里。您想想看,这怎么可能呢?告诉我,看在上帝分上,向我解释清楚——我实在不明白——一个人怎能粗暴野蛮到像他对待我这样的地步!没有片纸只字!世界上最低贱的人得到的怜惜也比我得到的多。也许,他听了什么话,也许有人在他面前说我坏话?”她转过来呼喊着问我:“您是怎么想的,怎么想的?”

“听着,娜斯晶卡,我明天用您的名义去找他。”

“哦!”

“我把一切都问明白,并且把一切都讲给他听!”

“哦,哦!”

“您写封信。别说不行,娜斯晶卡,别说不行!我要叫他尊重您的行为,他会明白一切,如果……”

“不,我的朋友,不,”她打断了我的话。“够了!我不再说一句话,一句话,不再写一行字——够了!我不了解他,我也不再爱他,我要忘……了……他……”

她说不下去了。

“您静一静,您静一静!在这儿坐下来,娜斯晶卡,”我按着她在长椅上坐下,说。

“我很镇静。您不用着急！没有什么大不了的！我淌了眼泪,眼泪会干的！怎么,您以为我要毁掉自己,我要投河吗？……”

我心潮汹涌;我想说话,可是我不能。

“您听着!”她抓住了我的手,接着说。“请您告诉我,您处在他的地位,不会像他这样,对不对？您不会抛弃一个主动找您的姑娘,您不会当面不知羞耻地嘲笑她的脆弱而又痴情的心,您会悉心爱护她,对不对？您会这样想:她孤身一人,不会照管自己,不会小心谨慎不让自己爱上您,她没有罪过,归根到底,她没有罪过……您会想,她并没有做什么事！……啊,我的天,我的天……”

“娜斯晶卡!”我终于控制不住自己的感情激动,叫道。“娜斯晶卡！您是在折磨我！您是在伤我的心,您简直是在要我的命,娜斯晶卡！我不能再不作声了！我还是应该说,把此刻在心里翻腾的感情讲出来……”

我在说这番话的同时,从长椅上站起。她抓住我的手,惊奇地望着我。

“您怎么啦?”她终于问道。

“您听着!”我毅然决然地说。“听我说,娜斯晶卡！我现在要说的全是胡话,全是梦话,全是蠢话！我知道这样的事从来就不会有,可是我不能不说。为了您现在遭受的痛苦,我预先恳求您原谅我！……”

“啊呀,您要说什么呀,什么呀!”她停了哭泣,全神贯注地望着我说,同时她的惊讶的目光中流露出一种不寻常的好奇心。“您怎么啦?”

“事情是无法实现的,可是我爱您,娜斯晶卡！就是这样！好啦,这下全说啦!”我挥了挥手说。“现在您可以断定:您能不能和我像此刻这样地和我说话,您到底能不能倾听我要向您说的话……”

“哦,这又怎么啦,这又怎么啦?”娜斯晶卡截断我的话头说。“这又有什么关系?嗯,我早知道您爱我,只是在我看来,您无非是十分喜欢我罢了……啊,我的天,我的天!”

“开头无非就是这样,娜斯晶卡,可现在,现在……我跟您当初提着您的包袱去找他的时候一模一样。比您还要糟,娜斯晶卡,因为那时候他并没有爱上谁,而您已经爱上了。”

“看您向我说些什么！我归根到底对您完全不了解。但是请您告诉我,这是为的什么;我不是说为了什么,而是为什么您这样,这样突然地……天呀！我在说些什么蠢话啊！可是您……”

娜斯晶卡慌乱不堪。她的脸蛋儿烧得通红,她垂下了眼皮。

“怎么办,娜斯晶卡,我该怎么办！我有罪过,我滥用了……可是不,不,我没有罪过,娜斯晶卡;我听到的、感觉到的就是这样,因为我的心告诉我,我是对的,因为我不能在任何方面使您感到委屈,在任何方面使你受到凌辱！我过去是您的朋友;哦,我现在仍然是朋友,我没有任何改变。我现在眼泪直流,娜斯晶卡。随它们流去,随它们流——它们不妨碍谁。它们会干的,娜斯晶卡……”

“您坐下，坐下，”她说，按着我在长椅上坐下，“啊，我的天！”

“不！娜斯晶卡，我不坐；我不能再在这儿待下去了，您再也不能见到我了；我把话说完就走。我只想说，您从来不曾知道我爱您。我本该保持我的秘密。我不该在现在，在这一刻用我的利己心折磨您。不！可是我这时候忍不住。您自己已经说了，是您的罪过，您各方面都有罪过，而我没有罪过。您不能把我从您身边赶走……”

“啊，不，不，我没有赶走您的意思，没有！”娜斯晶卡竭力掩饰自己的羞涩说，这小可怜儿的。

“您不赶我？不！是我自己想从您身边跑开。我会走的，只是让我先把话说完，因为您在这儿说话的时候，我坐不住，您在这儿哭泣的时候，您因为，嗯，因为（这我会说的，娜斯晶卡），因为他不要您，因为您的爱情受到厌弃而感到痛苦的时候，我觉得，我听到在我的心中有那么多对您的爱。娜斯晶卡，那么多的爱！……我不能用这爱来帮助您，我是多么难过啊……心都要碎了，所以我，我——不能不说，我应该说，娜斯晶卡，我应该说！……”

“是的，是的！对我说，就这样对我说！”娜斯晶卡做了一个含意不明的动作说。“您也许觉得奇怪，我跟您这样说话，可是……说吧！我以后再告诉您！我把一切都讲给您听！”

“您是可怜我，娜斯晶卡；您不过是可怜我，我的朋友！过去的过去了！说出的话也收不回！是不是这样？好，您现在一切都知道。好，这就是出发点。哦，好！现在这一切都很好；只是听我说几句。您坐着在哭的时候，我自己寻思（嗳，让我说说我想的什么！）我想（哦，这自然是不可能的啰，娜斯晶卡），我想您……我想您到了……嗯，您到了由于和我全然无关的原因已经不再爱他的地步，那时候——我昨天和前天都这样想过，娜斯晶卡——那时候我会做到，我一定会做到使您爱我：要知道您说过，是您自己说的，娜斯晶卡，您说您已经几乎完全爱上了我。那么，往后怎么样呢？这几乎就是我想说的一切；剩下要说的只是如果您爱上了我，那又会怎样；如此而已，别无其他！您听着，我的朋友——因为您到底还是我的朋友——我自然是个普通的穷人，无足轻重，不过问题不在这里（我不知怎么总说不到点子上，这是因为我心慌意乱，娜斯晶卡），而在于我是爱您的，我的这种爱情，即使在您仍然爱着他，即使您继续爱那个我不认识的人的情况下，您无论如何也不会感觉到它成为您的一个负担。您只会听到，您只会感觉到在您身边每时每刻都有一颗感激的、无限感激的心，火热的心在跳动，它为了您……啊，娜斯晶卡，娜斯晶卡！您在我身上施了什么法术啊！……”

“别哭，我不想要您哭，”娜斯晶卡飞快地从长椅上站起来，说。“走吧，起来，我们一块走，别哭，别哭，”她说，一面用她的手帕为我擦眼泪，“嗯，现在走吧；我也许可以告诉您一些事情……即使他现在抛弃了我，即使他把我忘了，我还是爱他（我不想欺骗您）……但是，请您回答我。假定我，比如说吧，爱过您，就是说假定我只是……啊，我的朋友，我的朋友！我一想起，一想起那天我笑您痴情，夸您没有爱上我的时候，我是多么伤您的心啊！……天哪！我怎么没有预见到这种情况，我怎么没有预见到，我怎么会这样糊涂,可是……好吧,我决定把一切都告诉您……”

“听着,娜斯晶卡,您知道我要做什么吗? 我要离开您,就是这样! 我简直是在折磨您。您现在良心受到责备,因为您嘲笑了我,可我不愿意,是的,不愿意给您增添悲哀……过错自然在我,好了,娜斯晶卡,再见!”

“等一等,听完我要说的话:您能多待一忽儿吗?”

“怎么,有什么事?”

“我爱他;可是这会烟消云散,它应该烟消云散,它不能不烟消云散;我觉得它已经在烟消云散……谁知道呢,也许今天就会结束,因为我恨他,因为您在这儿和我一块儿哭泣的时候,他笑我;因为您没有像他那样不要我;因为您爱我,而他不爱我,因为说到底,我自己爱您……是的,我爱您! 我爱您就像您爱我一样;要知道,在此以前,我就把这一点告诉您了;您亲耳听到的——我爱您,因为您比他好,因为您为人比他高尚,因为,因为他……”

这位可怜的姑娘感情冲动得连话都说不下去了,她把头靠着我的肩膀,然后贴着我胸膛,伤心地哭着。我安慰她,劝她,可是她止不住哭泣;她始终握着我的手,抽抽搭搭地说:“您等一等,等一等;我马上就不哭了! 我要对您说……您别以为我出于软弱才淌这些眼泪,您等它过去……”

她终于止住了哭声,擦掉了眼泪,我们又走下去。我想说话,可是她一再叫我等一等。我们沉默了一阵……终于她打起精神说起来……

“事情是这样,”她说,她的微弱的颤音突然发出一种音响,它直接进入我的心灵,在我心中引起甜蜜而又痛楚的感觉,“别以为我是朝三暮四、水性杨花的女人,别以为我能很快地轻易地把前情忘却,改变心意……我有整整一年爱着他,我以上帝的名义起誓,我从来没有对他不忠实过,哪怕在思想上也没有。他瞧不上这个,他笑话我——上帝饶恕他! 但是他侮辱了我,伤了我的心。我——我不爱他,因为我爱的只能是宽厚大度、了解我的、光明磊落的人;因为我自己就是这样,他配不上我——嗯,上帝饶恕他! 与其他日后辜负我对他的期望,让我看清他是怎样一个人,倒不如现在这样好些……好,这下事情了结了! 可是谁知道呢,我的好朋友,”她继续说,一边握着我的手,“也许我全部的爱是感情和想象上的自欺欺人,也许,它一开始就是一种作弄,一种无聊的玩意,这是由于奶奶管得我太严的缘故,谁知道呢? 也许,我应该爱另一个人,而不是他,不是像他那样,而是另一种会怜惜我的人……好啦,不谈这个了,”娜斯晶卡突然收住话头,激动得喘不过气来。“我只想告诉您……我想告诉您,尽管我爱他(不,爱过他),尽管这样,如果您还是要说……如果您觉得您的爱是如此博大,它足以最终从我心中排除过去的……如果您愿意怜惜我,如果您不愿意撇下我一个人任凭命运的摆布,没有安慰,没有希望,如果您愿意永远爱我,像现在这样爱我,那么我向您起誓,我的感激……我的爱将最终证明我是值得您爱的……您现在接受我伸给您的手吗?”

“娜斯晶卡,”我泣不成声地叫道,“娜斯晶卡! ……啊,娜斯晶卡! ……”

“好啦，到此为止！哦，现在完全可以到此为止！”她几乎控制不住自己地说。“好啦，现在该说的全说啦；对不对？是不是这样？哦，您感到幸福，我也感到幸福；别再提这些了；等一等，宽恕我吧……看在上帝分上，谈点儿什么别的！……”

“好，娜斯晶卡，好！这谈够了，现在我感到幸福，我……好，娜斯晶卡，谈别的，快，咱们快谈吧；好，我准备好了……”

可是我们不知说些什么，我们又笑又哭，说了许许多多毫无意义不相连贯的话；我们时而在人行道上走，又走起回头路来，随意跨到街对面；然后停住脚步，又过街回到河沿；我们活像两个孩子……

“眼下我是单身汉，娜斯晶卡，”我说，“可是明天……哦，您自然知道，娜斯晶卡，我很穷，我一共只有一千二百卢布，不过这不要紧……”

“自然不要紧，我奶奶有养老金；所以她不会给我们增加负担。我们得和奶奶一块儿过。”

“当然要和奶奶一块儿过……只是有个玛特廖娜……”

“啊呀，我们家也有个费奥克拉！”

“玛特廖娜是个好人，不过有一个缺点；她没有想象力，娜斯晶卡，一点想象力也没有；不过这不要紧！……”

“反正一样；她们俩能够一块儿过；不过您明天要搬到我们家来。”

“搬到你们家！这为什么？好，我搬……”

“对，在我们家租间房。我们家上面有个阁楼；它现在空着，以前的房客是个贵族老太太，她走了，我知道奶奶乐意有个年轻人来住。我问：‘干吗要个年轻人？’她回答：‘是这样，我老啦，娜斯晶卡，你自己可别胡思乱想，以为我希望有个年轻人好娶你。’我猜就是为了这……”

“啊，娜斯晶卡！……”

我们俩都笑了。

“哦，别说了，别说了。您住在哪儿？我忘啦。”

“就在——桥附近，巴朗尼科夫的一所房子。”

“那是一所大房子？”

“对，是所大房子。”

“噢，我知道，那是所好房子；不过您要记住，赶快丢下它搬到我们家来……”

“明天就搬，娜斯晶卡，明天就搬；我在那儿欠下一点房租，不过这不要紧……我很快就会拿到薪水……”

“您知道，我也许会招生教课，我自己学好了，然后招生教课……”

“这太好了……我呢，很快就会拿到一笔奖金，娜斯晶卡……”

“这么说，您明天就是我的房客啦……”

“对，我们一起去看《塞维尔的理发师》，因为现在很快又要上演这出戏了。”

“好，我们一起去，”娜斯晶卡笑着说，“不，我们最好别听《理发师》，听别的……”

“哦，好，听别的；当然这样更好，不过我没有想过……”

我们俩一边说着这些，一边像在腾云驾雾似的走着，好像自己不知道自己有了什么事。我们时而停止散步，在一个地方说上老半天话，时而又信步走去，不知道我们要上哪儿，时而笑，时而哭……忽然间，娜斯晶卡要回家了，我不敢阻拦，决定一直送到她家门口；我们上了路，过了一刻钟，突然发现我们回到了河沿我们那张长椅前面。于是她叹了口气，眼泪又在眼珠里打转；我慌了，心里发凉……可是她这时握住我的手，拉着我又走，说话，聊天……

“到时候啦，是我回家的时候啦；我想时间已经很晚了，”娜斯晶卡终于说道，“我们像小孩子似的也闹够了。”

“对，娜斯晶卡，只是我现在不想睡，我不回家。”

“我似乎也不想睡，不过送我回家吧……”

“一定！”

“不过这一次，我们一定要真的往家走。”

“一定，一定……”

“这是真话？……因为要知道一个人迟早总得回家！”

“是真话，”我笑着回答……

“好，我们走！”

“我们走。”

“您瞧这天，娜斯晶卡，瞧！明天会是个好天气，天有多蓝，月亮有多美！瞧：这黄色的云，现在遮住了月亮，您瞧，瞧！……不，它飘过去了。您瞧，瞧呀！……”

可是娜斯晶卡不瞧云彩，她默然站着，仿佛生了根似的；过了一分钟，她有点羞怯地紧紧偎依着我。她的手在我的手中颤抖。我瞧着她……她靠着我靠得更紧了。

这时候，一个青年在我们身旁走过。他突然站住，注视了我们一会，然后又走了几步。我的心发抖了。

“娜斯晶卡，”我低声问她，“这是谁，娜斯晶卡？”

“是他，”她悄声回答，更紧地依偎着我，抖颤得更厉害了。……我几乎站不住了。

“娜斯晶卡，娜斯晶卡！是你呀！”只听得我们背后响起一个声音，同时，这青年朝我们走了几步……

天哪，她的那一声叫喊！她身子那一震！她怎样从我怀里挣脱出来，迎面向他扑去！……我站在那儿望着他们，像遭了雷击一样。可是她刚把手伸给他，刚投入他的怀抱，便又猛然转身向着我，像旋风，像闪电一般到了我身边，我还没有闹清是怎么回事，她已经用双手钩住我的脖子，狠狠地热烈地吻了我一下。然后连一句话也不对我说，又向他跑过去，抓住他的手，拉着他跟自己走。

我站了好久，眼望着他们的背影……最后，他们俩终于从我的眼中消失了。

早　晨

我的夜晚结束了，早晨降临了。天气不好。下着雨，雨点凄凉地敲打着我的窗子。

房间里是黑魆魆的,院子里是阴惨惨的。我头疼,觉得天旋地转;寒热病钻进了我的四肢。

“你有一封信,先生,市邮局的邮差送来的,”玛特廖娜俯身向着我说。

“信!谁寄来的?”我从椅子里跳起来,嚷道。

“我可不知道,先生,你自己看吧,也许那上面写着是谁寄来的。”

我打开了封漆。是她写来的。

“啊,请原谅,原谅我!”娜斯晶卡给我的信上写着,“我跪下来向您恳求,原谅我!我欺骗了您和我自己。这是一场梦,一场幻景……我今天为您感到痛心;请原谅,原谅我!……”

> 请别责怪我,因为在您面前我一点也没有变;我告诉过您我会爱您的,我现在就爱着您,我对您不止是爱。天啊!要是我能同时爱你们两个有多好!唉,您要是他有多好啊!

“唉,他要是您有多好!”我脑子里闪过这句话。我记得你的话,娜斯晶卡!

> 上帝知道现在我该为您做些什么!我知道您伤心难过。我伤害了您,可是您知道——一个人在恋爱中受的委屈不会长久记在心上。而您是爱我的!
>
> 我感谢您!是的!我感谢您对我的爱!因为它刻印在我的记忆中,像一场甜蜜的梦,这样的梦在醒来之后还久久不忘;因为我永远都会记得您像一位兄长那样袒露您的心灵,如此慷慨大度地接受了我的那颗破碎的心,珍惜它,爱护它,治愈它的创伤……如果您原谅我,那么我对您的永久的感激之情(这种感激之情在我心灵中永难磨灭),将把我对您的记忆提到一个更高的地位……我将保存这一记忆,不会辜负它,不会背弃它,我不会变心:它是始终不渝的。就在昨天,它飞快回到了它所永久归属的人身边。
>
> 我们会相见的,您上我们家来,您不会抛弃我们的,您永远是我的朋友,我的兄长……当您和我见面的时候,您会把手伸给我……对不对?您会把手伸给我,因为您已经原谅了我,是不是这样?您像以前一样爱我吧?
>
> 啊,爱我,不要抛弃我,因为我此刻是这样爱您,因为我值得您爱,因为我配得到您的爱……我的亲爱的朋友!下星期我要和他结婚了。他已经回心转意爱我了,他从没有把我忘了……您别因为我写到他而生气。可是我想和他一块儿上您这儿来;您会喜欢他的,是不是?
>
> 原谅我们,请记着并且爱您的
>
> 娜斯晶卡

我长久地一遍又一遍地读这封信;泪水从我的眼中涌出。它终于从我的双手里落下去,因为我用手蒙住了脸。

“好人儿!喂,好人儿!”玛特廖娜说道。

“什么事,老婆子?”

“我扫清了天花板底下的蜘蛛网;如今您哪怕要结婚,要招待客人,都正是时候。”

我望着玛特廖娜……她还是那个健旺得像年轻人的老婆子,可是不知为什么,她突然在我眼里变得目光无神,满脸皱纹,弯腰曲背,衰老不堪……不知为什么在我眼里,我的房间突然显得像这个老婆子一样老。墙壁和地板褪了色,一切黯淡无光;蜘蛛网各处纷披,比以前还多。不知为什么,我向窗外望了一眼,发现对面那所屋子也已变得破旧而又黯淡,圆柱上的灰泥已经销蚀剥落,房檐变得污黑,有了裂纹,墙原是鲜亮的深黄色,现在变得斑驳了……

也许是因为突然从云缝里透出来的阳光,又躲到乌云后面,一切在我眼中又显得黯淡起来;要不,也许是我未来的种种光景一一在我面前闪现,那样凄凉、那样令人寒心,我看到自己十五年以后还像现在一样,只是见老一些,还是在这个房间里,同样是孤身一人,还是和这同一个玛特廖娜在一起,过了这么些年,她一点也没有变得聪明一些。

可是要我记住你让我受的屈辱,娜斯晶卡!要我在你的明朗安谧的幸福之上投一片乌云;要我狠狠地责备你,在你的心灵中引起愁闷,用隐秘的责难毒害你的心灵,在欢乐的时候迫使它痛苦地跳动;要我揉碎你同他一起走向圣坛时,插在你的乌黑的鬈发里柔美的鲜花中哪怕一朵花……啊,决不,决不!但愿你的天空永远晴朗,你的甜蜜的微笑永远恬静而明亮,但愿你无限幸福,因为你曾把一段欢乐和幸福的时光给予另一颗孤独的感激的灵魂。

我的天!整整一段幸福的时光!难道这对人的一生来说还嫌短吗?……

(成时　译)

托尔斯泰

列夫·尼古拉耶维奇·托尔斯泰(1828—1910),俄国小说家,生于拉皮文的庄园里,世袭伯爵。1844年进喀山大学语文系,次年转法律系。1847年退学回家,从事改革。1851年入伍,任下级军官,参加克里米亚战争。1860年至1861年在欧洲旅行。1881年迁居莫斯科,1901年大病后又回到自己的庄园。1910年离家出走,途中得肺炎去世。重要作品有《战争与和平》(1863—1869)、《安娜·卡列尼娜》(1873—1877)、《复活》(1889—1899)。他的作品探索农奴制废除后俄国的前途和贵族的作用;歌颂俄国人民的爱国主义;深刻地反映19世纪六七十年代错综复杂的社会矛盾和急剧变化的历史特点,批判上流社会,探索社会出路;描写人物争取个性解放,追求爱情自由;揭露官僚的贪赃枉法和伪善凶残,批判土地私有制,描写贵族的精神复活过程。他的小说气势恢宏,有独特的史诗性;运用"心灵辩证法",描写人物心理发展的全过程;状物写景极见功力,小说结构力求变化。

《伊凡·伊里奇的死》是其晚期作品，描写贵族社会人与人之间的冷酷关系，揭露贵族的虚伪和假情假意，并以庄稼汉盖拉西姆的纯朴善良相对照。盖拉西姆性格开朗，表里如一，服侍主人不辞辛劳，隐含着作者的同情。小说只写人物的关键时刻，描绘伊凡·伊里奇意识的转变和精神觉醒。倒叙法增强了读者的注意力。语言朴素，笔法简约。

伊凡·伊里奇的死

一

在法院大厦里，当梅尔文斯基案审讯暂停时，法官和检察官都聚集在伊凡·叶果罗维奇·谢贝克办公室里，谈论着闹得满城风雨的克拉索夫案件。费多尔·瓦西里耶维奇情绪激动，认为此案不属本院审理范围；伊凡·叶果罗维奇坚持相反意见；彼得·伊凡内奇一开始就没加入争论，始终不过问此事，而翻阅着刚送来的《公报》。

“诸位！”他说。“伊凡·伊里奇死了。”

“真的吗？”

“喏，您看吧，”他对费多尔·瓦西里耶维奇说，同时把那份散发出油墨味的刚出版的公报递给他。

公报上印着一则带黑框的讣告：“普拉斯柯菲雅·费多罗夫娜·高洛文娜沉痛哀告亲友，先夫伊凡·伊里奇·高洛文法官于1882年2月4日逝世。兹订于礼拜五下午一时出殡。”

伊凡·伊里奇是在座几位先生的同事，大家都喜欢他。他病了几个礼拜，据说患的是不治之症。他生病以来职位还给他保留着，但大家早就推测过，他死后将由阿历克谢耶夫接替，而阿历克谢耶夫的位置则将由文尼科夫或施塔别尔接替。因此，一听到伊凡·伊里奇的死讯，办公室里在座的人首先想到的就是，他一死对他们本人和亲友在职位调动和升迁上会有什么影响。

“这下子我很可能弄到施塔别尔或文尼科夫的位置，”费多尔·瓦西里耶维奇想。“这个位置早就说好给我了，而这样一提升，我就可以在车马费之外每年净增加八百卢布收入。”

“这下子我可以申请把内弟从卡卢加调来，”彼得·伊凡内奇想。“妻子一定会很高兴的。如今她可再不能说我不关心她家的人了。”

“我早就想到，他这一病恐怕起不来了，”彼得·伊凡内奇说。“真可怜！”

“他究竟害的什么病啊？”

“几个医生都说不准。或者说，各有各的说法。我最后一次看见他，还以为他会好起来呢。”

“自从过节以来我就没有去看过他。去是一直想去的。”

“那么，他有财产吗？”

“他妻子手里大概有一点,但很有限。”

“是啊,应该去看看她。他们住得实在太远。”

“从您那儿去是很远。您到什么地方去都很远。”

“嘿,我住在河对岸,他总是有意见,”彼得·伊凡内奇笑眯眯地瞧着谢贝克,说。大家又说了一通城市太大,市内各区距离太远之类的话,然后回到法庭上。

伊凡·伊里奇的死讯使每个人不由得推测,人事上会因此发生什么更动,同时照例使认识他的人都暗自庆幸:“还好,死的是他,不是我。”

“嘿,他死了,可我没有死,”人人都这样想,或者有这样的感觉。伊凡·伊里奇的知交,他的所谓朋友,都同时不由自主地想到,这下子他们得遵循习俗,参加丧礼,慰问遗孀了。

费多尔·瓦西里耶维奇和彼得·伊凡内奇是伊凡。伊里奇最知己的朋友。

彼得·伊凡内奇跟伊凡·伊里奇在法学院同过学,自认为受过伊凡·伊里奇的恩惠。

午饭时,彼得·伊凡内奇把伊凡·伊里奇的死讯告诉了妻子,同时讲了争取把内弟调到本区的想法。饭后他不休息,就穿上礼服,乘车到伊凡·伊里奇家去。

伊凡·伊里奇家门口停着一辆自备轿车和两辆出租马车。在前厅衣帽架旁的墙上,靠着带穗子和擦得闪闪发亮的金银饰带的棺盖。两位穿黑衣的太太在这里脱去皮外套。其中一位是伊凡·伊里奇的姐姐,彼得·伊凡内奇认识她;另一位却没有见过面。彼得·伊凡内奇的同事施瓦尔茨从楼上下来,一看见他进门,就站住向他使了个眼色,仿佛说:“伊凡·伊里奇真没出息,咱们可不至于如此。”

施瓦尔茨脸上留着英国式络腮胡子,瘦长的身体穿着礼服,照例表现出一种典雅庄重的气派,但这同他天生的顽皮性格不协调,因此显得很滑稽。彼得·伊凡内奇心里有这样的感觉。

彼得·伊凡内奇让太太们先走,自己慢吞吞地跟着她们上楼。施瓦尔茨在楼梯顶上站住,没有下来。彼得·伊凡内奇懂得施瓦尔茨的用意:他想跟他约定,今晚到什么地方去打桥牌。太太们上楼向孀妇屋里走去;施瓦尔茨却一本正经地抿着厚实的嘴唇,眼睛里露出戏谑的神气,挤挤眉向彼得·伊凡内奇示意,死人在右边房间。

彼得·伊凡内奇进去时照例有点困惑,不知做什么好,但有一点他很清楚,逢到这种场合,画十字总是不会错的。至于要不要同时鞠躬,他可没有把握,因此选择了个折中办法:他走进屋里,动手画十字,同时微微点头,好像在鞠躬。在画十字和点头时,他向屋子里偷偷环顾了一下。有两个青年和一个中学生,大概是伊凡·伊里奇的侄儿,一面画十字,一面从屋子里出来。一个老妇人一动不动地站在那里。一个眉毛弯得出奇的女人在对她低声说话。诵经士身穿法衣,精神饱满,神态严峻,大声念着什么,脸上现出神圣不可侵犯的样子。充当餐室侍仆的庄稼汉盖拉西姆蹑手蹑脚地从彼得·伊凡内奇面前走过,把什么东西撒在地板上。彼得·伊凡内奇一看见这情景,立刻闻到淡淡的腐尸臭。他上次探望伊凡·伊里奇时,在书房里看到过这个庄稼汉。当时他在护理伊凡·伊里奇,伊凡·伊里奇特别喜爱他。彼得·伊凡内奇一直画着十字,向棺材、诵经士和屋角桌上的圣像微微鞠躬。后来,他觉得十字已画得够了,就停下来打量死人。

死人躺在那里,也像一般死人那样,显得特别沉重,僵硬的四肢陷在棺材衬垫里,脑袋高高地靠在枕头上,蜡黄的前额高高隆起,半秃的两鬓凹陷进去,高耸的鼻子仿佛压迫着上唇。同彼得·伊凡内奇上次看见他时相比,他的模样大变了,身体更瘦了,但他的脸也像一般死人那样,比生前好看,显得很端庄。脸上的神态似乎表示,他已尽了责任,而且尽得很周到。此外,那神态还在责备活人或者提醒他们什么事。彼得·伊凡内奇却觉得没有什么事需要提醒他。至少没有事跟他有关系。他心里有点不快,就又匆匆画了个十字——他自己也觉得这个十字画得太快,未免有点失礼——转身往门口走去。施瓦尔茨宽宽地叉开两腿站在穿堂里等他,双手在背后玩弄着大礼帽。彼得·伊凡内奇瞧了瞧服饰整洁雅致、模样顽皮可笑的施瓦尔茨,顿时精神振作起来。他知道施瓦尔茨性格开朗,不会受这里哀伤气氛的影响。他那副神气仿佛表示:伊凡·伊里奇的丧事绝没有理由破坏他们的例会,也就是说不能妨碍他们今天晚上就拆开一副新牌,在仆人点亮的四支新蜡烛照耀下打牌。总之,这次丧事不能影响他们今晚快乐的聚会。他就把这个想法低声告诉从旁边走过的彼得·伊凡内奇,并建议今晚到费多尔·瓦西里耶维奇家打牌。不过彼得·伊凡内奇今天显然没有打牌的运气。普拉斯柯菲雅·费多罗夫娜同几位太太从内室出来了。她个儿矮胖,尽管她千方百计要自己消瘦,可是肩膀以下的部分却一个劲儿向横里发展。她穿一身黑衣,头上包一块花边头巾,眉毛像站在棺材旁的那个女人一样弯得出奇。她把她们送到灵堂门口,说:

"马上要做丧事礼拜了,你们请进。"

施瓦尔茨微微点头站住,显然犹豫不决,是不是接受这个邀请。普拉斯柯菲雅·费多罗夫娜认出彼得·伊凡内奇,叹了一口气,走到他跟前,握住他的手说:

"我知道您是伊凡·伊里奇的知心朋友……"她说到这里时对他瞧瞧,等待他听了这话后作出相应的反应。

彼得·伊凡内奇知道,既然刚才应该画十字,那么这会儿就得握手,叹气,说一句:"真是想不到!"他就这样做了。做了以后,他发觉达到了预期的效果:他感动了,她也感动了。

"现在那边还没有开始,您来一下,我有话要跟您说,"孀妇说。"您扶着我。"

彼得·伊凡内奇伸出手臂挽住她,他们向内室走去。经过施瓦尔茨身边时,施瓦尔茨失望地向彼得·伊凡内奇使了个眼色。"唉,牌打不成了!要是我们另外找到搭档,您可别怪我们。要是您能脱身,五人一起玩也行。"他那淘气的目光仿佛在这么说。

彼得·伊凡内奇更深沉更悲伤地叹了口气,普拉斯柯菲雅·费多罗夫娜便感激地捏了捏他的手臂。他们走进灯光暗淡、挂着玫瑰红花布窗帘的客厅,在桌旁坐下来:她坐在沙发上,彼得·伊凡内奇坐在弹簧损坏、凳面凹陷的矮沙发凳上。普拉斯柯菲雅·费多罗夫娜想叫他换一把椅子坐,可是觉得此刻说这话不得体,就作罢了。彼得·伊凡内奇坐到沙发凳上时,想起伊凡·伊里奇当年装饰这客厅时曾同他商量过,最后决定用这带绿叶的玫瑰红花布做窗帘和沙发套。客厅里摆满家具杂物,孀妇走过时,她那件黑斗篷的黑花边在雕花桌上挂住了。彼得·伊凡内奇欠起身想帮她解开斗篷,沙发凳一摆脱负担,里面的弹簧立刻蹦起来,往他身上弹。孀妇自己解开斗篷,彼得·伊凡内奇又坐下来,把跳动的弹簧重新压下去。但孀妇没有把斗篷完全解开,彼得·伊凡内奇又欠起身,弹簧又往上蹦,还噔地响了一声。等这一切都过去了,她拿出一块洁净的麻纱手绢,哭起来。斗篷钩住和沙发凳的弹簧蹦跳这些插曲使彼得·伊凡内奇冷静下来,他皱紧眉头坐着。这当儿,伊凡·伊里奇的男仆索科洛夫走进来,把这种尴尬局面打破了。他报告普拉斯柯菲雅·费多罗夫娜,她指定的那块坟地要价两百卢布。普拉斯柯菲雅·费多罗夫娜止住哭,可怜巴巴地瞟了一眼彼得·伊凡内奇,用法语说她的日子很难过。彼得·伊凡内奇默默地做了个手势,表示他深信她说的是实话。

“您请抽烟,”她用宽宏大量而又极其悲痛的语气说,然后同索科洛夫谈坟地的价钱。彼得·伊凡内奇一面吸烟,一面听她怎样详细询问坟地的价格,最后决定买哪一块。谈完坟地,她又吩咐索科洛夫去请唱诗班。索科洛夫走了。

“什么事都是我自己料理,”她对彼得·伊凡内奇说,把桌上的照相簿挪到一边。接着发现烟灰快掉到桌上,连忙把烟灰碟推到彼得·伊凡内奇面前,嘴里说:“要是说我悲伤得不能做事,那未免有点做作。相反,现在只有为他的后事多操点心,我才感到安慰……至少可以排遣点悲伤。”她掏出手绢又要哭,但突然勉强忍住,打起精神,镇静地说:

“我有点事要跟您谈谈。”

彼得·伊凡内奇点点头,不让他身下蠢蠢欲动的沙发弹簧再蹦起来。

“最后几天他真是难受。”

“非常难受吗?”彼得·伊凡内奇问。

“唉,太可怕了! 他不停地叫嚷,不是一连几分钟,而是一连几个钟头。三天三夜嚷个不停。实在叫人受不了。我真不懂我这是怎么熬过来的。隔着三道门都听得见他的叫声。唉,我这是怎么熬过来的哟!”

“当时他神志清醒吗?”彼得·伊凡内奇问。

“清醒,”她喃喃地说,“直到最后一分钟都清醒。他在临终前一刻跟我们告了别,还叫我们把伏洛嘉带开。”

彼得·伊凡内奇想到,他多么熟识的这个人,原先是个快乐的孩子,小学生,后来成了他的同事,最后竟受到这样的折磨。尽管他觉得自己和这个女人都有点做作,但想到这一点,心里却十分恐惧。他又看见那个前额和那个压住嘴唇的鼻子,不禁感到不寒而栗。

“三天三夜极度的痛苦,然后死去。这种情况也可能随时落到我的头上,”他想,刹那间感到毛骨悚然。但是,他自己也不知怎的,一种常有的想法很快就使他镇静下来:“这种事只有伊凡·伊里奇会碰上,我可绝不会碰上。这种事不应该也不可能落到我的头上。”他想到这些,心情忧郁,但施瓦尔茨分明向他作过暗示,他不应该有这种心情。彼得·伊凡内奇思考了一下,镇静下来,详细询问伊凡·伊里奇临终前的情况,仿佛这种事故只会发生在伊凡·伊里奇身上,可绝不会发生在他身上。

在谈了一通伊凡·伊里奇肉体上所受非人痛苦的情况以后(这种痛苦,彼得·伊凡内奇是从普拉斯柯菲雅·费多罗夫娜神经所受的影响上领会的),孀妇显然认为该转到正题上了。

“唉,彼得·伊凡内奇,真是难受,真是太难受了,太难受了,”她又哭起来。

彼得·伊凡内奇叹着气,等她擦去鼻涕眼泪,才说:“真是想不到……”

接着她又说起来,说到了显然是她找他来的主要问题。她问他丈夫去世后怎样向政府申请抚恤金。她装着向彼得·伊凡内奇请教,怎样领取赡养费,不过他看出,因丈夫去世她可以向政府弄到多少钱,这事她已了解得清清楚楚,比他知道得还清楚。她不过是想知道,可不可以用什么办法弄到更多的钱。彼得·伊凡内奇竭力思索,想到几种办法,但最后只是出于礼节骂了一通政府的吝啬,说不可能弄到更多的钱了。于是她叹了一口气,显然要摆脱这位来客。他理会了,就按灭香烟,站起身,同孀妇握了握手,走到前厅。

餐厅里摆着伊凡·伊里奇十分得意地从旧货店买来的大钟。彼得·伊凡内奇在那里遇见神父和几个来参加丧事礼拜的客人,还看见一位熟识的美丽小姐,就是伊凡·伊里奇的女儿。她穿一身黑衣,腰身本来很苗条,如今似乎变得更苗条了。她的神态忧郁,冷淡,甚至还有点愤慨。她向彼得·伊凡内奇鞠躬,但那副神气显出仿佛他有什么过错似的。女儿后面站着一个同样面带愠色的青年。彼得·伊凡内奇认识他是法院侦审官,家里很有几个钱,而且听说是她的未婚夫。彼得·伊凡内奇沮丧地向他们点点头,正要往死人房间走去,这时楼梯下出现了在中学念书的儿子。这孩子活脱就是年轻时的伊凡·伊里奇。彼得·伊凡内奇记得伊凡·伊里奇在法学院念书时就是这个模样。这孩子眼睛里含着泪水,神态也像那些十三四岁的愣小子。他一看见彼得·伊凡内奇,就忧郁而害臊地皱起眉头。彼得·伊凡内奇向他点点头,走进灵堂。丧事礼拜开始了:又是蜡烛,又是呻吟,又是神香,又是眼泪,又是啜泣。彼得·伊凡内奇皱紧眉头站着,眼睛瞅着自己的双脚。他一眼也不看死人,直到礼拜结束他的心情都没有受悲伤气氛的影响,并且第一个走出灵堂。前厅里一个人也没有。充任餐厅侍仆的庄稼汉盖拉西姆从灵堂奔出来,用他那双强壮的手臂努力在一排外套中间翻寻着,终于把彼得·伊凡内奇的外套找出来,递给他。

“嗯,盖拉西姆老弟,你说呢?”彼得·伊凡内奇想说句话应酬一下。“可怜不可怜哪?”

“这是上帝的意思！我们都要到那里去的,”盖拉西姆露出一排洁白整齐的庄稼汉的牙齿,说,接着就像在紧张地干活那样猛地推开门,大声呼喊马车夫,把彼得·伊凡内奇送上车,又奔回台阶上,仿佛在考虑还有些什么事要做。

在闻过神香、尸体和石碳酸的臭味以后，彼得·伊凡内奇特别爽快地吸了一大口新鲜空气。

“上哪儿，老爷？”马车夫问。

“不晚。还可以到费多尔·瓦西里耶维奇家去一下。”

彼得·伊凡内奇就去了。果然，他到的时候，第一局牌刚结束，因此他就顺当地成了第五名赌客。

二

伊凡·伊里奇的身世极其普通，极其简单，而又极其可怕。

伊凡·伊里奇是个法官，去世时才四十五岁。他父亲是彼得堡的一名官员，曾在好几个政府机关供职，虽不能胜任某些要职，但凭着他的资格和身份，从没被逐出官场，因此总能弄到一些有名无实的官职和六千到一万卢布的有名有实的年俸，并一直享受到晚年。

伊里亚·叶斐莫维奇·高洛文就是这样一个多余机关里的多余的三级文官。

他有三个儿子。伊凡·伊里奇排行第二。老大像他父亲一样官运亨通，不过在另一个机关，也快到领干薪的年龄。老三没有出息，他在几个地方都败坏了名声，眼下在铁路上供职。父亲也好，两位兄弟也好，特别是嫂子和弟媳，不仅不愿同他见面，而且非万不得已从不想到有他这样一个兄弟。姐姐嫁给了格列夫男爵，他同他岳父一样是彼得堡的官员。伊凡·伊里奇是所谓家里的佼佼者[①]。他不像老大那样冷淡古板，也不像老三那样放荡不羁。他介于他们之间：聪明，活泼，乐观，文雅。他跟弟弟一起在法学院念过书。老三没有毕业，念到五年级就被学校开除了；伊凡·伊里奇则毕了业，而且成绩优良。他在法学院里就显示了后来终生具备的特点：能干、乐观、厚道、随和，但又能严格履行自认为应尽的责任，而他心目中的责任就是达官贵人所公认的职责。他从小不会巴结拍马，成年后还是不善于阿谀奉承，但从青年时代起就像飞蛾扑火那样追随上层人士，模仿他们的一举一动，接受他们的人生观，并同他们交朋友。童年时代和少年时代的热情在他身上消失得干干净净。他开始迷恋声色，追逐功名，最后发展到自由放纵的地步。不过，他的本性还能使他保持一定分寸，不至于过分逾越常规。

在法学院里，他认为自己的有些行为很卑劣，因此很嫌恶自己。但后来看到地位比他高的人都在那样干，而且并不认为卑劣，他也就不以为意，不再把它们放在心上，即使想到也无动于衷。

伊凡·伊里奇在法学院毕业，获得十等文官官衔，从父亲手里领到置装费，在著名的沙尔玛裁缝铺里定制了服装，表坠上挂一块“高瞻远瞩”[②]的纪念章，向导师和任校董的亲王辞了行，跟同学们在唐农大饭店欢宴话别，带着从最高级商店买来的时式手提箱、衬衣、西服、剃刀、梳妆用品和旅行毛毯，走马上任，当了省长特派员。这个官职

---

① 原文是法语。以下原文为法语者均用仿宋体标出，不再一一注明。

② 原文是拉丁语。

是他父亲替他谋得的。

伊凡·伊里奇到了外省,很快就像在法学院那样过得称心如意。他奉公守法,兢兢业业,生活得欢快而又不失体统。他有时奉命到各县视察,待人接物,稳重得体,对上对下恰如其分,不贪赃枉法,而且总能圆满完成上司交下的差事,主要是处理好分裂派教徒事件。

他虽然年轻放荡,但处理公务却异常审慎,甚至可以说是铁面无私;在社交场中,他活泼风趣而又和蔼有礼,正像他的上司和上司太太——他是他们家的常客——称赞他的那样,是个好小子。

他同省里一位死缠住他这个风流法学家的太太有暧昧关系;还同一个女裁缝私通;有时同巡察的副官员狂饮欢宴,饭后还去花街柳巷寻欢作乐。他奉承上级长官,甚至长官夫人,但手法高明,无懈可击,从未引起非议,人家至多说一句法国谚语:*年轻时放荡在所难免*。这一切他都干得体体面面,嘴里说的又是法国话,主要则是因为他跻身最上层,容易博得达官显贵的青睐。

伊凡·伊里奇就这样干了五年。接着他的工作调动了,因为成立了新的司法机关,需要新的官员。

于是伊凡·伊里奇就调任这样的新职。

伊凡·伊里奇被推荐任法院侦讯官的职务,他接受了,虽然这位置在另一个省里,他得放弃原有的各种关系,另起炉灶,重新结交新朋友。朋友们给伊凡·伊里奇饯行,同他一起摄影,还赠给他一个银烟盒留念。他就走马上任去了。

伊凡·伊里奇当法院侦讯官同样循规蹈矩,公私分明,并且像做特派员一样受到普遍尊敬。对伊凡·伊里奇来说,侦讯官的工作比原来的工作有趣得多,迷人得多。以前他感到洋洋得意的是,身穿精工缝制的文官制服,昂首阔步地经过战战兢兢等待接见的来访者和对他羡慕不止的官员们的面前,一直走进长官办公室,并且跟长官一起喝茶吸烟;但那时直接听命于他的人只有县警察局长和分裂派教徒,而且要在他奉命出差的时候。他对待他们总是客客气气,使他们感到,他尽管操着生杀大权,却平易近人,毫无架子。那个时候,这样直接听命于他的人不多。如今伊凡·伊里奇当上法院侦讯官,他懂得就连达官贵人的命运也都操在他手里,他只要在公文上批几句,不论哪个要人都将成为被告或证人来到他面前,并且得站着回答他的问题,如果他不请他坐下的话。伊凡·伊里奇从不滥用权力,相反总是不露锋芒,而这种权力意识和适当用权的技术,就成了他担任新职后最感兴趣的事。从事这项新职,也就是说审查工作,伊凡·伊里奇很快就掌握一种本领,能排除一切与本案无关的情节,使各种错综复杂的案情在公文上表现得简单明了,不带丝毫个人意见,完全符合公文要求。这是一项新的工作,而伊凡·伊里奇则属于第一批执行1864年新法典的人。

自从在新地方就任法院侦讯官以来,伊凡·伊里奇结交了一批新朋友,建立了一些新关系,获得了新的社会地位,并多少采取了新作风。他在省里同政府保持一定距离,却周旋于司法界头面人物和豪门巨富之间,对当局稍表不满,发表温和的自由主义言论和开明观点。此外,伊凡·伊里奇就任新职后仍旧讲究服饰,注意仪表,只是不再刮去下巴颏上的胡子而听其自然生长。

伊凡·伊里奇在新地方过得很愉快。他跟一批反对省长的人关系很好;薪俸比以前优厚;他逢场作戏,打打纸牌,以增添乐趣。他头脑聪敏,很会打牌,因此常常赢钱。

伊凡·伊里奇在新地方任职两年后遇见了后来成为他妻子的普拉斯柯菲雅·费多罗夫娜·米海尔。她是伊凡·伊里奇出入的圈子里最迷人最伶俐最出色的姑娘。伊凡·伊里奇在公余之暇,找点消遣,其中包括同普拉斯柯菲雅·费多罗夫娜戏谑调情。

伊凡·伊里奇任特派员时常常跳舞,但当上侦讯官后就难得跳了。如今他跳舞只是为了要显示,尽管他身为侦讯官和五等文官,跳舞水平可绝不比别人差。这样,有时晚会将近结束,他就请普拉斯柯菲雅·费多罗夫娜一起跳舞,主要借这种机会征服普拉斯柯菲雅·费多罗夫娜的心。她爱上了他。伊凡·伊里奇并没有明确想到要结婚,但既然人家姑娘真的爱上了他,他就问自己:"是啊,那么何不就结婚呢?"

普拉斯柯菲雅·费多罗夫娜出身望族,长得不算难看,而且小有家产。伊凡·伊里奇可以指望找到一个更出色的配偶,但这个配偶也算不错。伊凡·伊里奇自己有薪俸收入,他希望她也有同样多的进项。她出身名门,生得又温柔美丽,很有教养。说伊凡·伊里奇同她结婚,是因为爱上这位小姐,并且发现她的人生观同他一致,那不符合事实。说他结婚,是因为在他的圈子里大家都赞成这门婚事,那同样不符合事实。伊凡·伊里奇结婚是出于双重考虑:娶这样一位妻子是幸福的,而达官贵人们又都赞成这门亲事。

伊凡·伊里奇就这样结了婚。

在准备结婚和婚后初期,夫妻恩爱,妻子尚未怀孕,再加上崭新的家具、崭新的餐具、崭新的衣服,日子过得很美满。伊凡·伊里奇认为他原来的生活轻松愉快而又高尚体面,并且受到上流社会的赞许,如今结婚不仅不会损害这种生活,而且使它更加美满。但在妻子怀孕几个月后,出现了一种痛苦难堪而有失体统的新局面,那是他万万没有料到的,而且怎么也无法摆脱。

伊凡·伊里奇认为妻子完全出于任性破坏快乐体面的生活,莫名其妙地动辄猜疑,要求他更加体贴她。不论什么事她都横加挑剔,动不动对他大吵大闹。

起初伊凡·伊里奇想继续用快乐体面的人生态度来排除烦恼。他不管妻子的情绪,照旧高高兴兴地过日子:请朋友到家里来打牌,自己上俱乐部或者到朋友家串门子。可是,有一次妻子气势汹汹对他破口大骂。这以后只要他稍不顺她的意,她就把他臭骂一顿,显然非把他制服不可,也就是说,要他安守在家里,并且像她一样唉声叹气,无病呻吟。这使伊凡·伊里奇感到心惊胆战。他懂得了,夫妇生活,至少是他同妻子的生活,并不能始终维持快乐体面,相反,常常会损害这样的气氛,因此必须设法防范。伊凡·伊里奇借口公务繁忙来对付普拉斯柯菲雅·费多罗夫娜。他发现这种办法很有效,因此常用它来保卫自己的独立天地。

孩子生下后,喂养很费事,常常发生这样那样的麻烦,不是婴儿害病就是做母亲的害病,有时是真病有时是假病。不管怎样,伊凡·伊里奇都得照顾,尽管他对这些事一窍不通。而伊凡·伊里奇保卫自己独立天地、不受家庭干扰的欲望却越来越强烈。

妻子的脾气越来越暴躁,要求越来越苛刻,伊凡·伊里奇也越来越把生活的重心转移到公务上。他更加喜爱官职,醉心功名。

不久,在结婚一年后,伊凡·伊里奇懂得了,夫妇生活虽然也有一些好处,但却是一种很复杂很痛苦的事,而要尽到自己的责任,过一种受社会赞许的体面生活,必须像做官一样建立适当的关系。

伊凡·伊里奇就给自己建立了这样的夫妇关系。他对家庭生活的要求,只是能吃到家常便饭,生活上有照料和过床笫生活,而这些都是她能向他提供的。他主要的要求是维持社会所公认的体面的夫妇关系。此外,他就自寻欢乐,获得了欢乐也就心满意足。要是家里遇到不愉快,他就立刻逃到公务活动的独立天地里去,并在那里自得其乐。

伊凡·伊里奇当侦讯官,声誉显赫,三年后就升任副检察官。新的官职、重要的地位、控诉和拘捕任何人的权力、当众的演说、辉煌的功绩——这一切使伊凡·伊里奇更加官迷心窍。

孩子一个个生下来。妻子变得越来越乖戾,越来越易怒,但伊凡·伊里奇所确立的家庭关系,几乎不受妻子脾气的影响。

伊凡·伊里奇在这个城市里任职七年,接着被调到另一个省里当检察官。他们搬了家,手头的钱不多,妻子又不喜欢那新地方。薪俸尽管比原来多,但生活水平高,再说又死了两个孩子,因此伊凡·伊里奇就感到家庭生活比以前更乏味了。

普拉斯柯菲雅·费多罗夫娜搬到新地方后,不论遇到什么麻烦,总要责怪丈夫。夫妇间不论谈什么事,尤其是谈教育孩子问题,总会联想到以前的不和,引起新的争吵。夫妇俩如今难得有恩爱的时刻,即使有,也是很短暂的。他们在爱情的小岛上临时停泊一下,不久又会掉进互相敌视的汪洋大海,彼此冷若冰霜。要是伊凡·伊里奇认为家庭生活不该如此,他准会对这种冷漠感到伤心,不过他不仅认为这样的局面是正常的,而且正是他所企求的。他的目标就是要尽量摆脱家庭生活的烦恼,而表面上又要装得若无其事,保持体面。为了达到这一目的,他尽量少同家人待在一起,如果不得已必须这样做,也总是竭力找有旁人在场的机会。不过伊凡·伊里奇这样过日子,主要靠的是他有公务。他把全部生活乐趣都集中在官场的天地里。而这种乐趣支配了他的整个身心。意识到自己的权力,对任何人都操有生杀大权,每次走进法庭和遇到下属时那种威风凛凛的气派(即使只是表面的),在上司与下属之间周旋的本领,尤其是自觉高明的办事能力——这一切都使他洋洋得意,再加上跟同事们谈天、宴会和打牌,他的生活就显得很充实。总之,伊凡·伊里奇的生活过得合乎他的愿望:快乐而体面。

就这样他又过了七年。大女儿已经十六岁,另外又死了一个孩子,只剩下一个男孩在中学念书。这个孩子是引起夫妇争吵的一大因素。伊凡·伊里奇要送他读法学院,而普拉斯柯菲雅·费多罗夫娜却偏把他送进普通中学。女儿在家里学习,成绩良好;儿子也学得不错。

三

伊凡·伊里奇婚后就这样过了十七年的光阴。现在他已是一个老检察官了。他推辞了几次工作上的调动,一心想找个更称心的职司,不料出了一件不愉快的事,把他生活的安宁给破坏了。伊凡·伊里奇想谋取大学城首席法官的位置,但被戈佩捷足先登。伊凡·伊里奇十分生气,提出责问,同戈佩吵嘴,又冒犯顶头上司;他从此受冷遇,下一次任命也没有他的份。

这是1880年,也是伊凡·伊里奇一生中最倒霉的年头。他一方面入不敷出,另一方面又被人家遗忘。他觉得人家待他极不公平,人家却认为对他已仁至义尽。就连父亲都认为无须再帮助他了。他觉得大家都把他抛弃了,并认为他有三千五百卢布年俸已很不错,甚至可说是十分幸福了。人家待他这么不公平,妻子经常责骂他,家里入不敷出,开始负债。这种情况当然谈不上正常,而且只有他一个人知道。

今年夏天,伊凡·伊里奇为了节省开支,同妻子一起到内弟乡下度假。

在乡下不做事,伊凡·伊里奇第一次不仅感到无聊,而且觉得十分愁闷,他认定无法这样生活,必须采取断然措施。

伊凡·伊里奇不能入睡,在露台上踱了个通宵,决定上彼得堡奔走一番,争取调到其他部门工作,以惩罚他们,惩罚那些不会赏识他才能的人。

第二天早晨,他不顾妻子和内弟的劝阻,乘车上彼得堡。

他唯一的目的就是弄到一个年俸五千卢布的位置。他不再计较是哪个机关,是哪个派别和哪种工作。他只要一个位置,年俸五千卢布的位置,不论政府机关、银行、铁路、玛丽皇后御用机关,甚至海关都行,但一定要有五千卢布收入,一定要离开那个不会赏识他才能的机关。

伊凡·伊里奇此行取得了意外的收获。在库尔斯克火车站,头等车厢里上来一个熟人,名叫伊林。伊林告诉他库尔斯克省刚接到电报,部里最近人事上有重大变动,彼得·伊凡内奇的位置将由伊凡·谢苗内奇接任。

这次调动,除了对国家有一定影响外,对伊凡·伊里奇具有特殊意义。因为起用了新人彼得·彼得罗维奇和他的朋友扎哈尔·伊凡内奇。这对他伊凡·伊里奇极其有利,因为扎哈尔·伊凡内奇是伊凡·伊里奇的同学,又是他的好朋友。

在莫斯科,这个消息得到了证实。伊凡·伊里奇来到彼得堡,找到了扎哈尔·伊凡内奇,后者答应给他在原来的司法部里谋一个好差事。

一星期后,他给妻子发了一份电报:

“扎哈尔接替米勒,我申请后即可提升。”

伊凡·伊里奇通过这次人事调动在他的旧部里获得意外任命:比同事高两级,年俸五千,再加调差费三千五百。伊凡·伊里奇消除了对原来对头和整个机关的怨气,感到十分得意。

伊凡·伊里奇回到乡下,兴高采烈。他好久没有这样快活了。普拉斯柯菲雅·费多罗夫娜也很高兴,夫妇俩变得和好了。伊凡·伊里奇讲到他在彼得堡怎样受祝贺,原来的对头怎样厚着脸皮巴结他,怎样羡慕他的地位,特别讲到他在彼得堡怎样受人尊敬。

普拉斯柯菲雅·费多罗夫娜听着他讲,装出相信的样子,也不打岔,心里却盘算着怎样到新地方去重新安排生活。伊凡·伊里奇高兴地看到,他的想法跟她的想法不谋而合,他们一度坎坷的生活又变得快乐而体面了。

伊凡·伊里奇只回家几天。9 月 10 日他就得走马上任。此外,他还得在新地方安顿下来,把家具杂物从省里运去,再要添置和定做许多东西。总之,要根据他同普拉斯柯菲雅·费多罗夫娜几乎一致的想法把新居布置好。

现在,一切都进行得称心如意,他同妻子又意气相投。他们俩一起生活的时间很少,像现在这样投契,除了婚后头几年,还不曾有过。伊凡·伊里奇想把家眷随身带走,可是姐姐和姐夫[①]对伊凡·伊里奇一家忽然十分亲热,弄得伊凡·伊里奇只好独自先走。

伊凡·伊里奇走了。事业上一帆风顺,同妻子言归于好,这两件事互为因果,使他心情愉快。他找到一座精美的住宅,恰合夫妇俩的心意。高大宽敞的老式客厅、豪华舒适的书房、妻子的房间、女儿的房间、儿子的书房,一切像是特意为他们设计的。伊凡·伊里奇亲自布置房间,选择墙纸,添置家具——从旧货店买来的,式样特别古雅,——定制了沙发套和窗帘。房子布置得越来越漂亮,符合他的理想。他布置到一半,发觉比他希望的更美。他相信等全部完工,将更加富丽堂皇,而决不会流于庸俗。临睡前,他想象他的前厅将是什么样子。他瞧着没有布置好的客厅,仿佛看到壁炉、屏风、古董架、散放着的小椅子、墙上的挂盘和铜器都已安放得井井有条。他想妻子和女儿在这方面跟他有同样的爱好,看到这种排场,准会大吃一惊,不禁暗暗高兴。她们一定想不到会有这样的气派。他特别得意的是买到一些价廉物美的古董,使整座房子显得格外豪华。他在信里故意把情况说得差一些,这样她们一看到就会更加惊讶。他热衷于装饰新居,就连心爱的公务都不那么感兴趣了。有时法庭开庭,他也心不在焉:他在考虑究竟用什么样的窗帘顶檐,直的还是拱的。他对这事兴致勃勃,亲自动手安放家具,重新挂上窗帘。有一次他爬到梯子上,指点愚笨的沙发裁缝怎样挂窗帘,一不留神失足掉下来,但他是个强壮而灵活的汉子,立刻站住了,只是腰部撞在窗框上。伤处痛了一阵子不久就好了。这一时期,伊凡·伊里奇觉得自己特别快乐和健康。他写信说:"我感到自己仿佛年轻了十五岁。"他原想到九月底把房子布置好,结果拖到十月半。不过,房子布置得十分雅致——不仅他自己这么认为,凡是看到的人都这么说。

其实,房子里的摆设无非是那种不太富裕、却一味模仿富裕人家的小康之家的气

---

① 从上下文看,这里似应作内弟和内弟媳妇。毛德英译本加以改译,看来是有道理的。

派。千篇一律地尽是花缎、红木家具、盆花、地毯、古铜器、发亮铜器等等。一定阶级的人总是拿这些东西来表示他们一定的身份。伊凡·伊里奇家里的摆设同人家没有什么两样,因此引不起人家的注意,但他却洋洋自得,以为与众不同。他到车站去接家眷,把她们带到装修一新的寓所里,系白领带的男仆打开摆满鲜花的前厅,她们走进客厅、书房,高兴得欢呼起来。他领她们到处观看,得意洋洋地听着她们的称赞,容光焕发,感到十分幸福。当天晚上喝茶的时候,普拉斯柯菲雅·费多罗夫娜随便问到他是怎么摔跤的,他就笑着做给她们看,他怎样从梯子上掉下来,把沙发裁缝吓坏了。

"幸亏我练过体操。要是换了别人,准会摔坏的,可我只在这儿撞了一下,摸摸有点疼,但已经好多了,只是有点青肿。"

就这样他们在新居开始生活,并且也像一般人移居到新地方那样,觉得还少一个房间,收入虽然增加,但还嫌钱少——少这么五百卢布。不过总的来说,他们感到称心如意了。最初他们过得特别愉快,房子还没有完全布置好,需要再买些什么,定制些什么,有些东西需要搬动,有些东西需要调整。尽管夫妇之间有时意见分歧,但两人对新的生活都很满意,而且有许多事要做,因此没有发生大的争吵。等一切都安排妥当,他们开始感到有点空虚,但当时还需要去结交一批新朋友,培养新习惯,因此生活还是很充实。

伊凡·伊里奇上午在法院办公,下午回家吃饭,开头一个时期情绪很好,虽然为房子的事有时也有点烦恼(例如,他发现桌布或沙发面子上有污点,窗帘系带断了,就会发脾气,因为看到他煞费苦心置办的东西被损坏,心里难过)。不过,伊凡·伊里奇的生活还是过得合乎他的理想:轻松,愉快而体面。他每天早晨九时起床,喝咖啡,看报,然后穿上制服去法院。那儿已为他准备好"轭",让他一到就套到身上:接见来访者,处理诉讼有关的问题,主持诉讼案件,出席公开庭和预备庭。他必须排除各种外来干预,免得妨碍诉讼程序,同时严禁徇私枉法,严格依法办事。要是有人想探听什么事,而这事不属伊凡·伊里奇主管,他就不能同这人发生任何关系,但要是这人有正式公文,上面写明事由,那么伊凡·伊里奇就会根据法律许可的范围尽力去办,并且办得不违反人情,也就是说面子上过得去。但只要公事一结束,其他关系也就结束了。分清法律和人情,这种本领伊凡·伊里奇已达到登峰造极的地步,而且凭着天赋的才能和长期的经验,他有时故意把法律和人情混淆起来。他之所以敢于这样做,那是因为他自信总有能力划清两者的界限,如果需要的话。伊凡·伊里奇办这种事不仅轻松、愉快和体面,简直可以说得心应手。在休庭时,他吸烟,喝茶,随便谈谈政治、社会新闻和纸牌,而谈得最多的还是官场中的任命。然后,他像第一小提琴手,出色地演奏完毕,疲劳地乘车回家。回到家里,发现母女俩出去了,有时在家接待客人,儿子上学了,有时在跟补课教师复习功课。一切都井井有条。饭后要是没有客来,伊凡·伊里奇就看些当时流行的书籍。晚上,他坐下来处理公事:批阅文件,查看法典,核对证词。他干这些既不感到无聊,也不觉得有趣。要是有机会打牌,那么处理公事就感到无聊;要是没有机会打牌,那么处理公事总比独自闲坐或者跟妻子面面相对要好得多。伊凡·伊里奇喜欢举行便宴,邀请有钱有势的先生夫人参加。这种消遣跟其他同样身份的人没有差别,犹如他的客厅跟人家的客厅没有差别一样。

他们家里还举行过一次舞会。舞会办得很好,伊凡·伊里奇心情愉快,可惜最后为蛋糕的事同妻子大闹了一场。普拉斯柯菲雅·费多罗夫娜有她的打算,但伊凡·伊里奇坚持要到最高级糖果铺去买糕点,结果买了许多蛋糕。争吵就是由蛋糕太多吃不完,而糖果铺的账却高达四十五卢布引起的。争吵很激烈,闹得很不愉快。普拉斯柯菲雅·费多罗夫娜骂他:"傻瓜,低能。"伊凡·伊里奇气得双手抱住脑袋,恨恨地说出离婚之类的话来。不过,晚会本身还是很快活的,前来参加的都是社会名流。伊凡·伊里奇同特鲁峰诺娃公爵夫人跳舞。特鲁峰诺娃的姐姐就是著名的"消灭苦难会"的创办人。身居要职的乐趣在于满足自尊心,社会活动的乐趣在于满足虚荣心,但伊凡·伊里奇的真正乐趣却在于打牌。他认为,不管生活上遇到什么烦恼,那像蜡烛一样驱除黑暗的最大乐趣,就是同几个规规矩矩的好搭档坐下来一起打牌,而且一定要四人一起(五人一起打就很难有结果,虽然得装出很感兴趣的样子),认认真真地打(要是顺手的话),然后吃点夜宵,喝一大杯葡萄酒。打过牌以后睡觉,尤其是稍微赢一点儿钱(赢得太多也不好),他觉得特别愉快。

他们就这样过着日子。他们家的来客都是达官贵人,有的地位显赫,有的年少英俊。

夫妻和女儿待人的态度完全一致。凡是满脸堆笑,投奔到他们那间墙上装饰着日本盘子的客厅来的潦倒亲友,他们都加以排斥。不久,这些寒酸的亲友不再上门,高洛文家的来客就限于达官贵人。年轻人纷纷追求丽莎,其中包括彼特利谢夫。那是德米特里·伊凡内奇·彼特利谢夫的儿子,又是他财产的唯一继承人,现任法院侦讯官。他也在热烈地追求丽莎,弄得伊凡·伊里奇已在跟普拉斯柯菲雅·费多罗夫娜商量:要不要让他们一起坐三驾马车,或者举办一次堂会看看表演。他们就这样过着日子:一切都称心如意,没有任何变化。

四

家里人个个身体健康。只有伊凡·伊里奇有时说,他嘴里有一种怪味,左腹有点不舒服,但不能说有病。

这种不舒服的感觉逐渐增长,虽还没有转变为疼痛,但他经常感到腰部发胀,情绪恶劣。他的心情越来越坏,影响了全家快乐而体面的生活。夫妇吵嘴的事越来越多,轻松愉快的气氛消失了,体面也很难维持。争吵更加频繁,夫妇之间相安无事的日子少得就像汪洋大海里的小岛。

如今普拉斯柯菲雅·费多罗夫娜说丈夫脾气难弄,那倒不是没有道理的。她说话喜欢夸张,往往夸张地说,他的脾气一直很坏,要不是她心地善良,这二十年可真没法子忍受。的确,现在争吵总是由伊凡·伊里奇引起的。他吃饭总要发脾气,往往从喝汤开始。他一会儿发现碗碟有裂纹,一会儿批评饭菜烧得不好吃,一会儿责备儿子吃饭把臂肘搁在桌上,一会儿批评女儿发式不正派。而罪魁祸首总是普拉斯柯菲雅·费多罗夫娜。普拉斯柯菲雅·费多罗夫娜起初向他回敬,也对他说了一些难听的话,但有两三次他一开始吃饭就勃然大怒。她明白了,这是一种由进食而引起的病态,就克制自己,不再还嘴,只是催他快吃。普拉斯柯菲雅·费多罗夫娜认为自己的忍让是一种值得称道的美德。她认定丈夫脾气极坏,给她的生活带来不幸;她开始可怜自己。她越是可怜自己,就越是憎恨丈夫。她巴不得他早点死,但又觉得不能这样想,因为他一死就没有薪俸了。而这一点却使她更加恨他,她认为自己不幸极了,因为就连他的死都不能拯救她。她变得很容易发脾气,但又强忍着,而她这样勉强忍住脾气,却使他的脾气变得更坏。

有一次夫妻争吵,伊凡·伊里奇特别不讲理。事后他解释说,他确实脾气暴躁,但这是由于病的缘故。普拉斯柯菲雅·费多罗夫娜就对他说,既然有病,就得治疗,要他去请教一位名医。

他乘车去了。一切都不出他所料,一切都照章办理。又是等待,又是医生装出一副煞有介事的样子——这种样子他是很熟悉的,就跟他自己在法庭上一样,——又是叩诊,又是听诊,又是各种不问也知道的多余问题,又是那种威风凛凛的神气,仿佛在说:"你一旦落到我手里,就得听我摆布。我知道该怎么办,对付每个病人都是这样的。"一切都同法庭上一样。医生对待他的神气,就如他在法庭上对待被告那样。

医生说,如此这般的症状表明你有如此这般的病,但要是化验不能证明如此这般的病,那就得假定您有如此这般的病。要是假定有如此这般的病,那么……等等。对伊凡·伊里奇来说,只有一个问题是重要的:他的病有没有危险?但医生对这个不合时宜的问题置之不理。从医生的观点来说,这问题没有意思,不值得讨论:存在的问题只是估计一下可能性:是游走肾,还是慢性盲肠炎。这里不存在伊凡·伊里奇的生死问题,只存在游走肾和盲肠炎之间的争执。在伊凡·伊里奇看来,医生已明确认定是盲肠炎,但又保留说,等小便化验后可以得到新的资料,到那时再作进一步诊断。这一切,就跟伊凡·伊里奇上千次振振有词地对被告宣布罪状一模一样。医生也是那么得意洋洋,甚至从眼镜上方瞧了被告一眼,振振有词地作了结论。从医生的结论中伊凡·伊里奇断定,情况严重,对医生或其他人都无所谓,可是对他却非同小可。这结论对伊凡·伊里奇是个沉重的打击,使他十分怜悯自己,同时十分憎恨那遇到如此严重问题却无动于衷的医生。

不过他什么也没有说,就站起来,把钱往桌上一放,叹了一口气说:

"也许我们病人常向您提出不该问的问题,"他说。"一般说来,这病是不是有危险?……"

医生用一只眼睛从眼镜上方狠狠地瞪了他一下,仿佛在说:被告,你说话要是越出规定的范围,我将不得不命令把你带出法庭。

"我已把该说的话都对你说了,"医生说。"别的,等化验结果出来了再说。"医生结束道。

伊凡·伊里奇慢吞吞地走出诊所,垂头丧气地坐上雪橇回家。一路上他反复分析医生的话，竭力把难懂的医学用语翻译成普通的话，想从中找出问题的答案："我的病严重？十分严重？或者还不要紧？"他觉得医生所有的话都表示病情严重。伊凡·伊里奇觉得街上的一切都是阴郁的。车夫是阴郁的，房子是阴郁的，路上行人是阴郁的，小铺子是阴郁的。他身上的疼痛一秒钟也没有停止，听了医生模棱两可的话后就觉得越发厉害。伊凡·伊里奇如今更加心情沉重地忍受着身上的疼痛。

他回到家里，给妻子讲了看病的经过。妻子听着。他讲到一半，女儿戴着帽子进来，准备同母亲一起出去。女儿勉强坐下来听他讲这无聊的事，但她听得不耐烦了，母亲也没有听完他的话。

"哦，我很高兴，"妻子说，"今后你一定要准时吃药。把药方给我，我叫盖拉西姆到药房去抓。"说完她就去换衣服。

妻子在屋子里时，他不敢大声喘气；等她走了，才深深地叹了一口气。

"好吧，"伊凡·伊里奇说，"也许真的还不要紧……"

他听医生的话，服药，养病。验过小便后，医生又改了药方。不过，小便化验结果和临床症状之间有矛盾。不知怎的，医生说的与实际情况不符。也许是医生疏忽了，也许是撒谎，也许有什么事瞒着他。

不过伊凡·伊里奇还是照医生的话养病，最初心里感到安慰。

伊凡·伊里奇看过病后，努力执行医生的指示，讲卫生，服药，注意疼痛和大小便。现在他最关心的是疾病和健康。人家一谈到病人、死亡、复原，特别是谈到跟他相似的病，他表面上装作镇定，其实全神贯注地听着，有时提些问题，把听到的情况同自己的病做着比较。

疼痛没有减轻，但伊凡·伊里奇强迫自己认为好一点了。没有事惹他生气，他还能欺骗自己。要是同妻子发生争吵、公务上不顺利、打牌输钱，他立刻就感到病情严重。以前遇到挫折，他总是希望时来运转，打牌顺手，获得大满贯，因此还能忍受。可是现在每次遇到挫折，他都会悲观绝望，丧失信心。他对自己说："唉，我刚刚有点好转，药物刚刚见效，就遇到这倒霉事……"于是他恨那种倒霉事，恨给他带来不幸并要置他于死命的人。他明白这种愤怒在危害他的生命，但他无法自制。照理他应该明白，他这样怨天尤人，只会使病情加重，因此遇到不愉快的事不应该放在心上，可是他的行为正好相反。他说，他需要安宁，并且特别警惕破坏安宁的事。只要他的安宁稍稍遭到破坏，他就大发雷霆。他读医书，向医生请教，结果有害无益。情况是逐渐恶化的，因此拿今天和昨天比较，差别似乎并不大，他还能聊以自慰，但同医生一商量，就觉得病情在不断恶化，而且发展得很快。尽管如此，他还是经常请教医生。

这个月里他又找了一位名医。这位名医的话，简直同原来的那位一模一样，但问题的提法不同。请教这位名医，只增加伊凡·伊里奇的疑虑和恐惧。另外有位医生，是他朋友的朋友，也很出名。这位医生对他的病作了完全不同的诊断。尽管他保证他能康复，但提出的问题和假设却使伊凡·伊里奇更加疑虑。一个提倡顺势疗法的医生又作了另一种诊断，给了不同的药，伊凡·伊里奇偷偷地服了一个礼拜。可是一礼拜后并没有见效,伊凡·伊里奇对原来的疗法丧失了信心,对这种新疗法也丧失了信心,于是越发沮丧了。有一次,一位熟识的太太给他介绍圣像疗法。伊凡·伊里奇勉强听着,并相信她的话。但这事使他不寒而栗。“难道我真的那样神经衰弱吗?”他自言自语。“废话!真是荒唐,这样神经过敏要不得,应该选定一个医生,听他的话好好疗养。就这么办。这下子主意定了。我不再胡思乱想,我要严格遵照这种疗法,坚持到夏天。到那时会见效的。别再犹豫不决了!……”这话说说容易,实行起来可难了。腰痛在折磨他,越来越厉害,一刻也不停。他觉得嘴里的味道越来越难受,还有一股恶臭从嘴里出来,胃口越来越差,体力越来越弱。他不能欺骗自己:他身上出现了一种空前严重的情况。这一点只有他自己明白,周围的人谁也不知道,或者不想知道。他们总以为天下太平,一切如旧。这一点使伊凡·伊里奇觉得格外难受。家里的人,尤其是妻子和女儿,都热衷于社交活动。他看到,他们什么也不明白,还埋怨他情绪不好,难以伺候,仿佛还是他不对似的。他看出,尽管他们嘴里不说,他已成了他们的累赘,妻子对他的病已有定见,不管他说什么或者做什么,她的态度都不会变。

“不瞒您说,”她对熟人说,“伊凡·伊里奇也像一个老实人那样,不能认真遵照医生的话养病。今天他听医生的话服药,吃东西;明天我一疏忽,他就忘记吃药,还吃鳇鱼(那是医生禁止的),而且坐下来打牌,一打就打到深夜一点钟。”

“哼,几时有过这种事?”伊凡·伊里奇恼怒地说。“总共在彼得·伊凡内奇家打过一次。”

“昨天不是跟谢贝克一起打过吗?”

“反正我疼得睡不着……”

“不管怎么说,这样你就永远好不了,还要折磨我们。”

普拉斯柯菲雅·费多罗夫娜向人家也向伊凡·伊里奇本人说,他生病主要是他自己不好,给她这个做妻子的带来痛苦。伊凡·伊里奇觉得她有这样的看法是很自然的,但心里总感到难受。

在法院里,伊凡·伊里奇发现或者自己感到人家对他抱着奇怪的态度:一会儿,人家把他看作一个不久将把位置空出来的人;一会儿,朋友们不怀恶意地嘲笑他神经过敏,因为他自己认为有一种神秘可怕的东西,在不断吮吸他的精神,硬把他往哪儿拉。朋友们觉得这事挺好玩,就拿来取笑他。尤其是施瓦尔茨说话诙谐生动而又装得彬彬有礼,使伊凡·伊里奇想起十年前他自己的模样,因而格外生气。

来了几个朋友,坐下来打牌。他拿出一副新牌,洗了洗,发了牌。他把红方块跟红方块叠在一起,总共七张。他的搭档说:没有王牌,给了他两张红方块。还指望什么呢?快乐,兴奋,得了大满贯。伊凡·伊里奇突然又感到那种抽痛,嘴里又有那股味道。他在这种情况下还能因得大满贯而高兴,未免太荒唐了。

他瞧着他的搭档米哈伊尔·米哈伊洛维奇,看他怎样用厚实的手掌拍着桌子,客客气气地不去抓一墩牌,却把它推给伊凡·伊里奇,使他一举手就能享受赢牌的乐趣。“他是不是以为我身子虚得手都伸不出去了?”伊凡·伊里奇想,忘记了王牌,却用更大的王牌去压搭档的牌,结果少了三墩牌,失去了大满贯。最可怕的是他看见米哈伊尔·米哈伊洛维奇脸色十分痛苦,却表现得若无其事。他怎么能若无其事,这一点想想也可怕。

大家看出他很痛苦,对他说:“要是您累了,我们就不打了。您休息一会儿吧。”休息?不,他一点也不累,可以把一圈牌打完。大家闷闷不乐,谁也不开口。伊凡·伊里奇觉得是他害得大家这样闷闷不乐,但又无法改变这种气氛。客人们吃过晚饭,各自回家了。伊凡·伊里奇独自留在家里。意识到他的生命遭到毒害,还毒害了别人的生命,这种毒不仅没有减轻,而且越来越深地渗透到他的全身。

他常常带着这样的思想,再加上肉体上的疼痛和恐惧,躺到床上,疼得大半夜不能合眼。可是天一亮又得起来,穿好衣服,乘车上法院,说话,批公文;要是不上班待在家里,那么一天二十四小时,每个小时都得活受罪。而且,在这样的生死边缘上,他只能独自默默地忍受,没有一个人了解他,也没有一个人可怜他。

五

就这样过了两个月光景。新年前夕,他的内弟来到他们城里,住在他们家。那天,伊凡·伊里奇上法院尚未回家。普拉斯柯菲雅·费多罗夫娜上街买东西去了。伊凡·伊里奇回到家里,走进书房,看见内弟体格强壮,脸色红润,正在打开手提箱。他听见伊凡·伊里奇的脚步声,抬起头,默默地对他瞧了一会儿。他的眼神向伊凡·伊里奇说明了问题。内弟张大嘴,正要喔唷一声叫出来,但立刻忍住了。这个动作证实了一切。

“怎么,我的样子变了吗?”

“是的……有点变。”

接着,不管伊凡·伊里奇怎样想使内弟再谈谈他的模样,内弟却绝口不提。普拉斯柯菲雅·费多罗夫娜一回来,内弟就到她屋里去了。伊凡·伊里奇锁上房门,去照镜子,先照正面,再照侧面。他拿起同妻子合拍的照片,拿它同镜子里的自己做着比较。变化很大。然后他把双臂露到肘部,打量了一番,才放下袖子,在软榻上坐下来,脸色变得漆黑。

“别这样,别这样,”他对自己说,霍地站起来,走到写字台边,打开卷宗,开始批阅公文,可是脑子里进不去。他打开门,走到前厅。客厅的门关着。他踮着脚走到门边,侧着耳朵听。

“不,你说得过分了,”普拉斯柯菲雅·费多罗夫娜说。

“怎么过分?你没发觉,他已经像个死人了。你看看他的眼睛,没有一点光。他这是怎么搞的?”

“谁也不知道。尼古拉耶夫(一位医生)说如此这般,可我不知道。列谢季茨基(就是名医)说的正好相反……”

伊凡·伊里奇回到自己屋里,躺下来想:“肾,游走肾。”他回忆起医生们对他说过的话,肾脏怎样离开原位而游走。他竭力在想象中捕捉这个肾脏,不让它游走,把它固定下来。这事看上去轻而易举。“不,我还是去找找彼得·伊凡内奇(那个有医生朋友的朋友)。”他打了铃,吩咐套车,准备出去。

“你上哪儿去,约翰?”妻子露出非常忧愁和矫揉造作的贤惠神情问。

这种矫揉造作的贤惠使他生气。他阴沉着脸对她瞅了一眼。

“我去找彼得·伊凡内奇。”

他去找这个有医生朋友的朋友,然后跟他一起到医生家去。他遇见医生,跟他谈了好半天。

医生根据解剖学和生理学对他的病作了分析,他全听懂了。

盲肠里有点毛病,有点小毛病。全会好的。只要加强一个器官的功能,减少另一个器官的活动,多吸收一点,就会好的。吃饭时他晚到了一点。吃过饭,他兴致勃勃地谈了一通,但好一阵不能定下心来做事。最后他回到书房,立刻动手工作。他批阅公文,处理公事,但心里念念不忘有一件要事被耽误了。等公事完毕,他才记起那件事就是盲肠的毛病。但他故作镇定,走到客厅喝茶。那里有几个客人,正在说话,弹琴,唱歌。他得意的未来女婿,法院侦讯官也在座。据普拉斯柯菲雅·费多罗夫娜说,伊凡·伊里奇那天晚上过得比谁都快活,其实他一分钟也没忘记盲肠的毛病被耽误。十一点钟他向大家告辞,回自己屋里去。自从生病以来,他就独自睡在书房里。他走进屋里,脱去衣服,拿起一本左拉的小说,但没有看,却想着心事。他想象盲肠被治愈了。通过吸收,排泄,功能恢复正常。“对了,就是那么一回事,”他自言自语。“只要补养补养身体就好了。”他想到了药,支起身来,服了药,又仰天躺下,仔细体味药物怎样在治病,怎样在制止疼痛。“只要按时服药,避免不良影响就行;我现在已觉得好一点了,好多了。”他按按腰部,按上去不疼了。“是的,不疼了,真的好多了。”他熄了蜡烛,侧身躺下……盲肠在逐渐恢复,逐渐吸收。突然他又感觉到那种熟悉的隐痛,痛得一刻不停,而且很厉害。嘴里又是那种恶臭。他顿时心头发凉,头脑发晕。“天哪!天哪!”他喃喃地说。“又来了,又来了,再也好不了啦!”突然他觉得完全不是那么一回事。“哼,盲肠!肾脏!”他自言自语。“问题根本不在盲肠,不在肾脏,而在生和……死。是啊,有过生命,可现在它在溜走,而我又留不住它。是啊!何必欺骗自己呢?除了我自己,不是人人都很清楚我快死了吗?问题只在于还有几个礼拜,几天,还是现在就死。原来有过光明,现在却变成一片黑暗。我此刻在这个世界,但不久就要离开!到哪儿去?”他觉得浑身发凉,呼吸停止,只听见心脏在扑扑跳动。

“等我没有了,那还有什么呢?什么也没有了。等我没有了,我将在哪儿?难道真的要死了吗?不,我不愿死。”他霍地跳起来,想点燃蜡烛,用颤动的双手摸索着。蜡烛和烛台被碰翻,落到地上。他又仰天倒在枕头上。“何必呢?反正都一样,”他在黑暗中瞪着一双眼睛,自言自语。“死。是的,死。他们谁也不知道,谁也不想知道,谁也不可怜我。他们玩得可乐了(他听见远处传来喧闹和伴奏声)。他们若无其事,可他们有朝一日也要死的。都是傻瓜!我先死,他们后死,他们也免不了一死。可他们还乐呢。畜生!”他愤怒得喘不过气来。他痛苦得受不了。难道谁都要受这样的罪吗!他坐起来。

“总有什么地方不对头,我得定下心,从头至尾好好想一想。”

他开始思索。“对了,病是这样开始的。先是腰部撞了一下,但过了一两天我还是好好的。稍微有点疼,后来疼得厉害了,后来请医生,后来泄气了,发愁了,后来又请医生,但越来越接近深渊。体力越来越差,越来越接近……越来越接近……我的身子虚透了,我的眼睛没有光。我要死了,可我还以为是盲肠有病。我想治好盲肠,其实是死神临头了。难道真的要死吗?”他又感到魂飞魄散,呼吸急促。他侧身摸索火柴,用臂肘撑住床几。臂肘撑着发痛,他恼火了,撑得更加使劲,结果把床几推倒了。他绝望得喘不过气来,又仰天倒下,恨不得立刻死去。

这当儿,客人们纷纷走散。普拉斯柯菲雅·费多罗夫娜送他们走。她听见什么东西倒下,走进来。

“你怎么了?”

“没什么。不留神把它撞倒了。”

她走了去,拿着一支蜡烛进来。他躺着,喘息得又重又急,好像刚跑完了几里路,眼睛停滞地瞧着她。

“你怎么了,约翰?”

“没……什么。撞……倒了,”他回答,心里却想:“有什么可说的。她不会明白的。”

她确实不明白。她扶起床几,给他点上蜡烛,又匆匆走掉了:她还得送客。

等她回来,他仍旧仰天躺着,眼睛瞪着天花板。

“你怎么了,更加不舒服吗?”

“是的。”

她摇摇头,坐下来。

“我说,约翰,我们把列歇季茨基请到家里来好吗?”

这就是说,不惜金钱,请那位名医来出诊。他冷笑了一声说:“不用了。”

她坐了一会儿,走到他旁边,吻了吻他的前额。

她吻他的时候,他从心底里憎恨她,好容易才忍住不把她推开。

“再见。上帝保佑你好好睡一觉。”

“嗯。”

六

伊凡·伊里奇看到自己快要死了,经常处于绝望中。

他心里明白,他快要死了,但他对这个念头很不习惯,他实在不理解,怎么也不能理解。

他在基捷韦帖尔的逻辑学里读到这样一种三段论法:盖尤斯是人,凡人都要死,因此盖尤斯也要死。他始终认为这个例子只适用于盖尤斯,绝对不适用于他。盖尤斯是人,是个普通人,这个道理完全正确,但他不是盖尤斯,不是个普通人,他永远是个与众不同的特殊人物。他原来是小伊凡,有妈妈,有爸爸,有两个兄弟——米嘉和伏洛嘉,有许多玩具,有马车夫,有保姆,后来又有了妹妹卡嘉,还有儿童时代、少年时代和青年时代的喜怒哀乐。难道盖尤斯也闻到过他小伊凡所喜爱的那种花皮球的气味吗?难道盖尤斯也那么吻过妈妈的手,听到过妈妈绸衣褶裥的窸窣声吗?难道盖尤斯也曾在法学院里因点心不好吃而闹过事吗?难道盖尤斯也那么谈过恋爱吗?难道盖尤斯能像他那样主持审讯吗?

盖尤斯的确是要死的,他要死是正常的,但我是小伊凡,是伊凡·伊里奇,我有我的思想感情,跟他截然不同。我不该死,要不真是太可怕了。

这就是他的心情。

"我要是像盖尤斯那样也要死,那我一定会知道,一定会听到内心的声音,可是我心里没有这样的声音。我和我的朋友们都明白,我跟盖尤斯完全不同。可是如今呢!"他自言自语。"这是不可能的,不可能发生的,可是偏偏发生了。这是怎么搞的?这事该怎么理解?"

他无法理解,就竭力驱除这个想法,把这个想法看作是虚假、错误和病态的,并且用正确健康的想法来挤掉它。但这不只是思想,而是现实,它出现了,摆在他面前。

他故意想想别的事来排挤这个想法,希望从中找到精神上的支持。他试图用原来的一套思路来对抗死的念头。但奇怪得很,以前用这种办法可以抵挡和驱除死的念头,如今却不行。近来,伊凡·伊里奇常常想恢复原来的思绪,以驱除死的念头。有时他对自己说:"我还是去办公吧,我一向靠工作过活。"他摆脱心头的种种疑虑,到法院去。他跟同事们谈话,在法庭上坐下来,照例漫不经心地扫一眼人群,两条干瘦的胳膊搁在麻栎椅扶手上,照例侧身凑近旁边的法官,挪过卷宗,同他耳语几句,然后猛地抬起眼睛,挺直身子,说几句老套,宣布开庭。但审讯到一半,腰部不顾正在开庭,突然又抽痛起来。伊凡·伊里奇定下神,竭力不去想它,可是没有用。它又来了,站在他面前,打量着他。他吓得呆若木鸡,眼睛里的光也熄灭了。他又自言自语:"难道只有它是真的吗?"同事和下属惊奇而痛心地看到,像他这样一位精明能干的法官竟然说话颠三倒四,在审讯中出差错。他竭力振作精神,定下心来,勉强坚持到庭审结束,闷闷不乐地回家去。他明白,法院开庭也不再能回避他想回避的事,他在审讯时也不能摆脱它。最最糟糕的是,它吸引了他,并非要他有什么行动,而只是要他瞧着它,什么事也不做,难堪地忍受着折磨。

为了摆脱这种痛苦,伊凡·伊里奇寻找另一种屏风来自卫,但另一种屏风也只能暂时保护他,不久又破裂了,或者变得透明了,仿佛它能穿透一切,什么东西也挡不住它。

最近有一次他走进精心布置的客厅——他摔跤的地方,他嘲弄地想,正是为了布置它而献出了生命,因为他知道他的病是由跌伤引起的,——他发现油漆一新的桌上有被什么东西划过的痕迹。他研究原因,发现那是被照相簿上弯卷的青铜饰边划破的。他拿起他深情地贴上照片的照相簿,对女儿和她那些朋友的粗野很恼火——有的地方撕破了，有的照片被颠倒了。他把照片仔细整理好，把照相簿饰边扳平。

然后他想重新布置，把照相簿改放到盆花旁的角落里。他吩咐仆人请女儿或者妻子来帮忙，可是她们不同意他的想法，反对搬动。他同她们争吵，生气。但这样倒好，因为他可以不再想到它，不再看见它。

不过，当他亲自动手挪动东西的时候，妻子对他说："啊，让仆人搬吧，你又要糟蹋自己了。"这当儿，它突然又从屏风后面出现，他又看见了它。它的影子一闪，他还希望它能再消失，可是他又注意到自己的腰。腰还是在抽痛。他再也无法把它忘记，它明明在盆花后面瞧着他。"这是干什么呀？"

"真的，我为了这窗帘就像冲锋陷阵一样送了命。难道真是这样吗？多么可怕而又多么愚蠢哪！这不可能！不可能！但是事实。"

他回到书房里躺下，又同它单独相处。他同它又面面相对，但对它束手无策。他只能瞧着它，浑身发抖。

七

伊凡·伊里奇生病第三个月的情况怎样，很难说，因为病情是逐步发展的，不易察觉。但妻子也好，女儿也好，儿子也好，佣人也好，朋友也好，医生也好，主要是他自己，都知道，大家唯一关心的事是，他的位置是不是快空出来，活着的人能不能解除由于他存在而招惹的麻烦，他自己是不是快摆脱痛苦。

他的睡眠越来越少；医生给他服鸦片，注射吗啡，但都不能减轻他的痛苦。他在昏昏沉沉中所感到的麻木，起初使他稍微好过些，但不久又感到同样痛苦，甚至比清醒时更不好受。

家里人遵照医生的指示给他做了特殊的饭菜，但他觉得这种饭菜越来越没有滋味，越来越倒胃口。

为他大便也作了特殊安排。每次大便他都觉得很痛苦，因为不清洁、不体面、有臭味，还得麻烦别人帮忙。

不过，在这件不愉快的事上，伊凡·伊里奇倒也得到一种安慰。每次大便总是由男仆盖拉西姆伺候。

盖拉西姆是个年轻的庄稼汉，衣着整洁，容光焕发，因为长期吃城里伙食长得格外强壮。他性格开朗，总是乐呵呵的。开头，这个整洁的小伙子身穿俄罗斯民族服，做着这种不体面的事，总使伊凡·伊里奇感到困窘。

有一次，他从便盆上起来，无力拉上裤子，就倒在沙发上。他看见自己皮包骨头的大腿，不禁心惊胆战。

盖拉西姆脚登散发着柏油味的大皮靴，身上系着干净的麻布围裙，穿着干净的印花布衬衫，卷起袖子，露出年轻强壮的胳膊，带着清新的冬天空气走进来。他目光避开伊凡·伊里奇，竭力抑制着从焕发的容光中表现出来的生的欢乐，免得病人见了不高兴，走到便盆旁。

"盖拉西姆，"伊凡·伊里奇有气无力地叫道。

盖拉西姆打了个哆嗦,显然害怕自己什么地方做得不对,慌忙把他那张刚开始长胡子的淳朴善良而又青春洋溢的脸转过来对着病人。

“老爷,您有什么吩咐?”

“我想,你做这事一定很不好受。你要原谅我。我是没有办法。”

“哦,老爷,好说。”盖拉西姆闪亮眼睛,露出一排洁白健康的牙齿。“那算得了什么? 您有病嘛,老爷。”

他用他那双强壮的手熟练地做着做惯的事,轻巧地走了出去。过了五分钟,又那么轻巧地走回来。

伊凡·伊里奇一直那么坐在沙发上。

“盖拉西姆,”当盖拉西姆把洗干净的便盆放回原处时,伊凡·伊里奇说,“请你帮帮我,你过来。”盖拉西姆走过去。“你搀我一把。我自己爬不起来,德米特里被我派出去了。”

盖拉西姆走过去。他用他那双强壮的手,也像走路一样轻松、利索而温柔地把主人抱起来,一只手扶住他,另一只手给他拉上裤子,想让他坐下来。但伊凡·伊里奇要求把他扶到长沙发上。盖拉西姆一点也不费劲,稳稳当当地把他抱到长沙发上坐下。

“谢谢。你真行,干得真轻巧。”

盖拉西姆又微微一笑,想走。可是伊凡·伊里奇同他一起觉得很愉快,不肯放他走。

“还有,请你把那把椅子给我推过来。不,是那一把,让我搁腿。腿搁得高,好过些。”

盖拉西姆端过椅子,轻轻地把它放在长沙发前,然后抬起伊凡·伊里奇的双腿放在上面。当盖拉西姆把他的腿高高抬起时,他觉得舒服些。

“腿抬得高,我觉得好过些,”伊凡·伊里奇说。“你把这个枕头给我垫在下面。”

盖拉西姆照他的吩咐做了。他又把他的腿抬起来放好。盖拉西姆抬起他的双腿,他感到确实好过些。双腿一放下,他又觉得不舒服。

“盖拉西姆,”伊凡·伊里奇对他说,“你现在有事吗?”

“没有,老爷,”盖拉西姆说,他已学会像城里仆人那样同老爷说话。

“你还有什么活要干?”

“我还有什么活要干? 什么都干好了,只要再劈点木柴留着明天用。”

“那你把我的腿这么高高抬着,行吗?”

“有什么不行的? 行!”盖拉西姆把主人的腿抬起来,伊凡·伊里奇觉得这样一点也不疼了。

“那么劈柴怎么办?”

“不用您老爷操心。这我们来得及的。”

伊凡·伊里奇叫盖拉西姆坐下抬着他的腿,并同他谈话。真奇怪,盖拉西姆抬着他的腿,他觉得好过多了。

从此以后伊凡·伊里奇就常常把盖拉西姆唤来,要他用肩膀扛着他的腿,并喜欢同他谈天。盖拉西姆做这事轻松愉快、态度诚恳,使伊凡·伊里奇很感动。别人身上的健康、力量和生气往往使伊凡·伊里奇感到屈辱;只有盖拉西姆的力量和生气不仅没有使他觉得伤心,反而使他感到安慰。

伊凡·伊里奇觉得最痛苦的事就是听谎言,听大家出于某种原因都相信的那个谎言:他只是病了,并不会死,只要安心治疗,一定会好。可是他知道,不论采取什么办法,他都不会好了,痛苦只会越来越厉害,直到死去。这个谎言折磨着他。他感到痛苦的是,大家都知道、他自己也知道他的病很严重,但大家都讳言真相而撒谎,还要迫使他自己一起撒谎。谎言,在他临死前夕散布的谎言,把他不久于人世这样严肃可怕的大事,缩小到访问、挂窗帘和晚餐吃鳇鱼等小事的程度,这使他感到极其痛苦。说也奇怪,好多次当他们就他的情况编造谎言时,他差一点大声叫出来:"别再撒谎了,我快要死了。这事你们知道,我也知道,所以别再撒谎了。"但他从来没有勇气这样做。他看到,他不久于人世这样严肃可怕的事(就像一个人走进会客室从身上散发出臭气一样),还要勉强维持他一辈子苦苦撑住的"体面"。他看到,谁也不可怜他,谁也不想了解他的真实情况。只有盖拉西姆一人了解他,并且可怜他。因此只有同盖拉西姆在一起他才觉得好过些。盖拉西姆有时通宵扛着他的腿,不去睡觉,嘴里还说:"您可不用操心,伊凡·伊里奇,我回头会睡个够的。"这时他感到安慰。或者当盖拉西姆脱口而出亲热地说:"要是你没病就好了,我这样伺候伺候你算得了什么?"他也感到安慰。只有盖拉西姆一个不撒谎,显然也只有他一人明白真实情况,并且认为无须隐讳,但他怜悯日益清瘦虚弱的老爷。有一次伊凡·伊里奇打发他走,他直截了当地说:

"我们大家都要死的。我为什么不能伺候您呢?"他说这话的意思就是,现在他不辞辛劳,因为伺候的是个垂死的人,希望将来轮到他的时候也有人伺候他。

除了这个谎言,或者正是由于这个谎言,伊凡·伊里奇觉得特别痛苦的是,没有一个人像他所希望的那样可怜他。伊凡·伊里奇长时期受尽折磨,有时特别希望——尽管他不好意思承认——有人像疼爱有病的孩子那样疼爱他。他真希望有人疼他,吻他,对着他哭,就像人家疼爱孩子那样。他知道,他是个显赫的大官,已经胡子花白,因此这是不可能的,但他还是抱着这样的希望。他同盖拉西姆的关系近似这种关系,因此跟盖拉西姆在一起,他感到安慰。伊凡·伊里奇想哭,要人家疼他,对着他哭。不料这时他的法院同事谢贝克来了,伊凡·伊里奇不仅没有哭,没有表示亲热,反而板起脸,现出严肃和沉思的神情,习惯成自然地说了他对复审的意见,并且坚持自己的看法。他周围的这种谎言和他自己所作的谎言,比什么都厉害地毒害了他生命的最后日子。

八

有一天早晨。伊凡·伊里奇知道这是早晨,因为每天早晨都是盖拉西姆从书房里出去,男仆彼得进来吹灭蜡烛,拉开一扇窗帘,悄悄地收拾房间。早晨也好,晚上也好,礼拜五也好,礼拜天也好,反正都一样,反正没有区别:永远是一刻不停的难堪的疼痛;

意识到生命正在无可奈何地消逝,但还没有完全消逝;那愈益逼近的可怕而又可恨的死,只有它才是真实的,其他一切都是谎言。在这种情况下,几天、几个礼拜和几小时有什么区别?

“老爷,您要不要用茶?”

“他还是老一套,知道老爷太太每天早晨都要喝茶,”他想,接着回答说:

“不用了。”

“您要不要坐到沙发上去?”

“他得把屋子收拾干净,可我在这里碍事。我太邋遢,太不整齐了,”他想了想,回答说:

“不,不用管我。”

男仆继续收拾屋子。伊凡·伊里奇伸出一只手。彼得殷勤地走过去。

“老爷,您要什么?”

“我的表。”

彼得拿起手边的表,递给他。

“八点半了。她们还没有起来吗?”

“还没有,老爷。瓦西里·伊凡内奇(这是儿子)上学去了,普拉斯柯菲雅·费多罗夫娜关照过,要是您问起,就去叫醒她。要去叫醒她吗?”

“不,不用了,”他回答,接着想:“要不要喝点茶呢?”于是就对彼得说:“对了,你拿点茶来吧。”

彼得走到门口。伊凡·伊里奇独自留着觉得害怕。“怎么把他留住呢?有了,吃药。”他想了想,说:“彼得,给我拿药来。”接着又想:“是啊,说不定吃药还有用呢。”他拿起匙子,把药吃下去。“不,没有用。一切都是胡闹,都是欺骗,”他一尝到那种熟悉的甜腻腻的怪味,就想:“不,我再也不能相信了。可是那个疼,那个疼,要是能停止一会儿就好了。”他呻吟起来。彼得向他回过头来。“不,你去吧,拿茶来。”

彼得走了,剩下伊凡·伊里奇一个人。他又呻吟起来。他疼得很厉害,可呻吟主要不是由于疼痛,而是由于悲伤。“老是那个样子,老是那样的白天和黑夜。但愿快一点。什么快一点?死,黑暗。不,不!好死不如歹活!”

彼得托着茶盘进来。伊凡·伊里奇茫然看了他好一阵,认不出他是谁,不知道他是来干什么的。他这种目光弄得彼得很狼狈。彼得现出尴尬的神色,伊凡·伊里奇才醒悟过来。

“噢,茶……”他说,“好的,放着。你帮我洗洗脸,拿一件干净衬衫来。”

伊凡·伊里奇开始梳洗。他断断续续地洗手,洗脸,刷牙,梳头,然后照照镜子。他感到害怕,特别是看到他的头发怎样贴着苍白的前额。

彼得给他换衬衫。他知道他要是看到自己的身体,一定会更加吃惊,因此不往自己身上看。梳洗完毕,他穿上晨衣,身上盖了一条方格毛毯,坐到扶手椅上喝茶。有那么一会儿他觉得神清气爽,但一喝茶,立刻又感到那种味道,那种疼痛。他勉强喝完茶,伸直腿躺下来。他躺下,让彼得走。

还是那个样子。一会儿出现了一线希望,一会儿又掉进绝望的海洋。老是疼,老是疼,老是悲怆凄凉,一切都是老样子。独个儿待着格外悲伤,想叫个人来,但他知道同人家待在一起更难受。“最好再来点吗啡,把什么都忘记。我要请求医生,叫他想点别的办法。这样可真受不了,真受不了!”

一小时,两小时就这样过去了。忽然前厅里响起了铃声。会不会是医生?果然是医生。他走进来,精神饱满,容光焕发,喜气洋洋。那副神气仿佛表示:你们何必这样大惊小怪,我这就来给你们解决问题。医生知道,这样的表情是不得体的,但他已经习惯了,改不掉,好像一个人一早穿上大礼服,就这样穿着一家家去拜客,没有办法改变了。

医生生气勃勃而又使人宽慰地搓搓手。

“啊,真冷,可把我冷坏了。让我暖和暖和身子,”他说这话时的神气仿佛表示,只要稍微等一下,等他身子一暖和,就什么问题都解决了。

“嗯,怎么样?”

伊凡·伊里奇觉得,医生想说:“情况怎么样?”但他觉得不该那么问,就说:“晚上睡得怎么样?”

伊凡·伊里奇望着医生的那副神气表示:“您老是撒谎,怎么不害臊?”但医生不理会他的表情。

伊凡·伊里奇就说:

“还是那么糟。疼痛没有消除,也没有减轻。您能不能想点办法……”

“啊,你们病人总是这样。嗯,这会儿我可暖和了,就连普拉斯柯菲雅·费多罗夫娜那么仔细,也不会对我的体温有意见了。嗯,您好。”医生说着握了握病人的手。

接着医生收起戏谑的口吻,现出严肃的神色给病人看病:把脉,量体温,叩诊,听诊。

伊凡·伊里奇清清楚楚地知道,这一切都毫无意思,全是骗人的,但医生跪在他面前,身子凑近他,用一只耳朵忽上忽下地细听,脸上现出极其认真的神气,像体操一般做着各种姿势。伊凡·伊里奇面对这种场面,屈服了,就像他在法庭上听辩护律师发言一样,尽管明明知道他们都在撒谎以及为什么撒谎。

医生跪在沙发上,还在他身上敲着。这当儿门口传来普拉斯柯菲雅·费多罗夫娜绸衣裳的窸窣声,还听见她在责备彼得没有及时向她报告医生的来到。

她走进来,吻吻丈夫,立刻振振有词地说,她早就起来了,只是不知道医生来了才没有及时出来迎接。

伊凡·伊里奇对她望望,打量她的全身,对她那白净浮肿的双手和脖子、光泽的头发和充满活力的明亮眼睛感到嫌恶。他从心底里憎恨她。她的亲吻更激起他对她难以克制的憎恨。

她对待他和他的病还是老样子。正像医生对病人的态度都已定型不变那样,她对丈夫的态度也已定型不变:她总是亲昵地责备他没有照规定服药休息,总是怪他自己不好。

“嗳,他这人就是不听话! 不肯按时吃药。尤其是他睡的姿势不对,两腿搁得太高,这样睡对他不好。”

她告诉医生他怎样叫盖拉西姆扛着腿睡。

医生鄙夷不屑而又和蔼可亲地微微一笑,仿佛说:“有什么办法呢? 病人总会做出这样的蠢事来,但情有可原。”

检查完毕,医生看了看表。这时普拉斯柯菲雅·费多罗夫娜向伊凡·伊里奇宣布,不管他是不是愿意,她今天就去请那位名医来,让他同米哈伊尔·达尼洛维奇(平时看病的医生)会诊一下,商量商量。

“请你不要反对。我是为我自己才这样做的,”她嘲讽地说,让他感到这一切都是为他而做的,因此他不该拒绝。他不作声,皱起眉头。他觉得周围是一片谎言,很难判断是非曲直。

她为他做的一切都是为了她自己。她对他说这样做是为了她自己,那倒是真的,不过她的行为叫人很难相信,因此必须从反面来理解。

十一点半,那位名医果然来了。又是听诊,又是当着他的面一本正经地交谈,而到了隔壁房间又是谈肾脏,谈盲肠,又是一本正经地回答,又是避开他现在面临的生死问题,大谈什么肾脏和盲肠有毛病,米哈伊尔·达尼洛维奇和名医又都主张对肾脏和盲肠进行治疗。

名医临别时神态十分严肃,但并没有绝望。伊凡·伊里奇眼睛里露出恐惧和希望的光芒仰望着名医,怯生生地问他是不是还能恢复健康。名医回答说,不能保证,但可能性还是有的。伊凡·伊里奇用满怀希望的目光送别医生,他的样子显得很可怜,普拉斯柯菲雅·费多罗夫娜走出书房付给医生出诊费时都忍不住哭了。

被医生鼓舞起来的希望并没有持续多久。还是那个房间,还是那些图画,还是那些窗帘,还是那种墙纸,还是那些药瓶,还是他那个疼痛的身子。伊凡·伊里奇呻吟起来。给他注射了吗啡,他便迷迷糊糊地睡着了。

他醒来时,天色已开始发黑。仆人给他送来晚餐,他勉强吃了一点肉汤。于是一切如旧,黑夜又来临了。

饭后七点钟,普拉斯柯菲雅·费多罗夫娜走进他的房间。她穿着晚礼服,丰满的胸部被衣服绷得隆起,脸上有扑过粉的痕迹。早晨她就提起,今晚她们要去看戏。萨拉·贝娜到这个城里作访问演出,她们定了一个包厢。那也是他的主意。这会儿,他把这事忘记了,她那副打扮使他生气。不过,当他记起是他要她们定包厢去看戏的,认为孩子们看这戏可以获得美的享受,他就把自己的愤怒掩饰起来。

普拉斯柯菲雅·费多罗夫娜进来的时候得意洋洋,但仿佛又有点负疚。她坐下来,问他身体怎么样,不过他看出,她只是为了应酬几句才问的,并非真的想了解什么,而且知道也问不出什么来。接着她就讲她要讲的话:她本来说什么也不愿去,可是包厢已经定了，爱伦和女儿，还有彼特利谢夫（法院侦讯官，未来的女婿）都要去，总不能让他们自己去，她其实是宁可待在家里陪他的。现在她只希望她不在家时，他能照医生的嘱咐休息。

“对了，费多尔·彼得罗维奇（未来的女婿）想进来看看你，行吗？还有丽莎。”

“让他们来好了。”

女儿走进来。她打扮得漂漂亮亮，露出部分年轻的身体。对比之下，他觉得更加难受。她却公然显示她健美的身体。显然她正在谈恋爱，对妨碍她幸福的疾病、痛苦和死亡感到嫌恶。

费多尔·彼得罗维奇也进来了。他身穿燕尾服，头发烫出波纹，雪白的硬领夹着青筋毕露的细长脖子，胸前露出一大块白硬衬，瘦长的黑裤紧裹着两条强壮的大腿，手上套着雪白的手套，拿着大礼帽。

一个中学生在他后面悄悄走进来。这个可怜的孩子穿一身崭新的学生装，戴着手套，眼圈发黑——伊凡·伊里奇知道怎么会这样。

他总是很怜悯儿子。儿子那种满怀同情的怯生生的目光使他心惊胆战。伊凡·伊里奇觉得除了盖拉西姆以外，只有儿子一人了解他，同情他。

大家都坐下来，又问了一下病情。接下来是一片沉默。丽莎问母亲要望远镜。母女俩争吵起来，不知是谁拿了，放在什么地方。这事弄得大家很不高兴。

费多尔·彼得罗维奇问伊凡·伊里奇有没有看过萨拉·贝娜。伊凡·伊里奇起初没听懂他问什么，后来才说：

“没有。您看过吗？”

“看过了，她演《阿德里安娜·莱科芙露尔》[1]。”

普拉斯柯菲雅·费多罗夫娜说，她演那种角色特别好。女儿不同意她的看法。大家谈到她的演技又典雅又真挚——那题目已谈过不知多少次了。

谈话中间，费多尔·彼得罗维奇对伊凡·伊里奇瞧了一眼，不作声了。其他人跟着瞧了一眼，也不作声了。伊凡·伊里奇睁大眼睛向前望望，显然对他们很生气。这种尴尬的局面必须改变，可是怎么也无法改变。必须设法打破这种沉默。谁也不敢这样做，大家都害怕，唯恐这种礼貌周到的虚伪做法一旦被揭穿，真相就会大白。丽莎第一个鼓起勇气，打破了沉默。她想掩饰大家心里都有的感觉，却脱口而出：

“嗯，要是去的话，那么是时候了，”她瞧了瞧父亲送给她的表，说。接着对未婚夫会意地微微一笑，衣服窸窣响着站起来。

大家都站起来，告辞走了。

等他们一走，伊凡·伊里奇觉得好过些，因为虚伪的局面结束了，随着他们一起消失了，但疼痛如旧。依旧是那种疼痛，依旧是那种恐惧，一点也没有缓和，而是每况愈下。

---

① 法国戏剧家斯克里布（1791—1861）作的剧本。

时间还是一分钟又一分钟,一小时又一小时地过去,一切如旧,没完没了,而无法避免的结局却越来越使人不寒而栗。

“好的,你去叫盖拉西姆来,”他回答彼得说。

九

妻子深夜才回家。她踮着脚悄悄进来,但他还是听见她的脚步声。他睁开眼睛,连忙又闭上。她想打发盖拉西姆走开,自己也陪他坐一会儿。他却睁开眼睛,说:

“不,你去吧。”

“你很难受吗?”

“老样子。”

“服点鸦片吧。”

他同意,服了点鸦片。她走了。

直到清晨三时,他一直处在痛苦的迷糊状态中。他仿佛觉得人家硬把他这个病痛的身子往一个又窄又黑又深的口袋里塞,一个劲地往下塞,却怎么也塞不到袋底。这件可怕的事把他折磨得好苦。他又害怕,又想往下沉,不断挣扎,越挣扎越往下沉。他突然跌了下去,随即惊醒过来。依旧是那个盖拉西姆坐在床脚跟,平静而耐心地打着瞌睡。他却躺在那里,把那双穿着袜子的瘦腿搁在盖拉西姆肩上;依旧是那支有罩的蜡烛,依旧是那种一刻不停的疼痛。

“你去吧,盖拉西姆,”他喃喃地说。

“不要紧,老爷,我坐坐。”

“不,你去吧。”

他放下腿,侧过身子躺着。他开始可怜自己。他等盖拉西姆走到隔壁屋里,再也忍不住,就像孩子般痛哭起来。他哭自己的无依无靠,哭自己的孤独寂寞,哭人们的残酷,哭上帝的残酷和冷漠。

“你为什么要这样做? 为什么把我带到这儿来? 为什么,为什么这么狠心地折磨我? ……”

他知道不会有回答,但又因得不到也不可能得到回答而痛苦。疼痛又发作了,但他一动不动,也不呼号。他自言自语:“痛吧,再痛吧! 可是为了什么呀? 我对你做了什么啦? 这是为了什么呀?”

后来他安静了,不仅停止哭泣,而且屏住呼吸,提起精神来。他仿佛不是在倾听说话声,而是在倾听灵魂的呼声,倾听自己思潮的翻腾。

“你要什么呀?”这是他听出来的第一句明确的话。“你要什么呀? 你要什么呀?”他一再问自己。“要什么?”——“摆脱痛苦,活下去,”他自己回答。

他又全神贯注地倾听,连疼痛都忘记了。

“活下去? 怎么活?”心灵里有个声音问他。

“是的,活下去,像我从前那样活得舒畅而快乐。”

“像你以前那样,活得舒畅而快乐吗?”心灵里的声音问。于是他开始回忆自己一生中美好的日子。奇怪的是,所有那些美好的日子现在看来一点也不美好,只有童年的回忆是例外。童年时代确实有过欢乐的日子,要是时光能倒流,那是值得重温的。但享受过当年欢乐的人已经不存在了,存在的似乎只有对别人的回忆。

自从伊凡·伊里奇变成现在这个样子以来,过去的欢乐都在他眼里消失了,或者说,变得不足道了,变得令人讨厌了。

离童年越远,离现在越近,那些欢乐就显得越不足道,越加可疑。这是从法学院开始的。在那里还有点真正美好的事:还有欢乐,还有友谊,还有希望。但读到高年级,美好的时光就越来越少。后来开始在官府供职,又出现了美好的时光:那是对一个女人的倾慕。后来生活又浑浑噩噩,美好的时光更少了,越来越少,越来越少。

结婚……是那么意外,那么叫人失望。妻子嘴里的臭味,放纵情欲,装腔作势!死气沉沉地办公,不择手段地追求金钱,就这样过了一年,两年,十年,二十年——始终是那么一套。而且越往后,就越是死气沉沉。我在走下坡路,却还以为在上山。就是这么一回事。大家都说我官运亨通,步步高升,其实生命在我脚下溜掉……如今瞧吧,末日到了!

这究竟是怎么一回事？为什么会这样？生活不该那么无聊,那么讨厌。不该！即使生活确是那么讨厌,那么无聊,那又为什么要死,而且死得那么痛苦？总有点不对头。

"是不是我的生活有些什么地方不对头?"他忽然想到。"但我不论做什么都是循规蹈矩的,怎么会不对头?"他自言自语,顿时找到了唯一的答案:生死之谜是无法解答的。

"如今你到底要什么呢？要活命？怎么活？像法庭上听到民事执行吏高呼:'开庭了……'时那样活。'开庭了,开庭了!"他一再对自己说。"喏,现在要开庭了！可我又没有罪!"他恨恨地叫道。"为了什么呀?"他停止哭泣,转过脸来对着墙壁,一直思考着那个问题:为什么要忍受这样的恐怖？为什么？

然而,不管他怎样苦苦思索,都找不到答案。他头脑里又出现了那个常常出现的想法:这一切都是由于他生活过得不对头。他重新回顾自己规规矩矩的一生,立刻又把这个古怪的想法驱除掉。

十

又过了两个礼拜。伊凡·伊里奇躺在沙发上已经起不来了。他不愿躺在床上,就躺在长沙发上。他几乎一直面对墙壁躺着,孤独地忍受着那难以摆脱的痛苦,孤独地思索着那难以解答的问题:"这是怎么回事？难道真的要死吗?"心灵里有个声音回答说:"是的,要死的。"——"为什么要受这样的罪?"那声音回答说:"不为什么,就是这样。"除此以外就什么也没有了。

自从伊凡·伊里奇开始生病,自从他第一次看医生以来,他的心情就分裂成两种对立的状态,两种状态交替出现着:一会儿是绝望和等待着神秘而恐怖的死亡,一会儿是希望和紧张地观察自己身上的器官。一会儿眼前出现了功能暂时停止的肾脏和盲肠,一会儿又出现了无可避免的神秘而恐怖的死亡。

这两种心情从一开始生病就交替出现;但随着病情的发展,他就觉得肾脏的功能越来越可疑,越来越虚幻,而日益逼近的死亡却越来越现实。

他只要想想三个月前的身体,再看看现在的情况,看看他怎样一步步不停地走着下坡路,任何侥幸的心情就自然而然土崩瓦解。

近来,他面向沙发背躺着,感到异常孤寂,那是一种处身在闹市和许多亲友中间却没有人理睬他而感到的孤寂,即使跑到天涯海角都找不到的孤寂。处身在这种可怕的孤寂中,他只能靠回忆往事度日。一幕幕往事像图画般浮现在他眼前。他总是从近期的事开始,一直回忆到遥远的过去,回忆到童年时代,然后停留在那些往事上。譬如他从今天给他端来的李子酱,就会想到童年吃过的干瘪法国李子,觉得别有风味,吃到果核,还满口生津。同时他又会想到当年的种种情景:保姆、兄弟、玩具。"那些事别去想了……太痛苦了,"伊凡·伊里奇对自己说,思想又回到现实上来。他瞧着羊皮沙发上的皱纹和沙发背上的纽扣。"山羊皮很贵,又不牢;有一次就为这事争吵过。还记得当年我们撕坏父亲的皮包,因此受罚,但那是另一种山羊皮,是另一次争吵……妈妈还送包子来给我们吃。"他的思想又停留在童年时代,他又感到很难过。他竭力驱散这种回忆,想些别的事。

在一系列往事的回忆中,他又想到了那件事:他怎样生病和病情怎样恶化。他想到年纪越小,越是充满生气。生命里善的因素越多,生命力也就越充沛。两者互为因果。"病痛越来越厉害,整个生命也就越来越糟,"他想。"生命开始还有一点光明,后来却越来越黯淡,消逝得越来越快,离死越来越近。"他忽然想到,一块石子落下总是不断地增加速度。生命也是这样,带着不断增加的痛苦,越来越快地掉落下去,掉进痛苦的深渊。"我在飞逝……"他浑身打了个哆嗦,试图抗拒,但知道这是无法抗拒的。他的眼睛虽已疲劳,却依旧瞪着前面,瞪着沙发背。他等待着,等待着那可怕的坠落、震动和灭亡。"无法抗拒,"他自言自语。"真想知道,为什么会这样?可是无法知道。要是说我生活得不对头,那还有理由解释。可是不能这么说,"他对自己说,想到自己一辈子奉公守法,过着正派而体面的生活。"不能这么说,"他嘴上露出冷笑,仿佛人家会看到他这个样子,并且会因此受骗似的。"可是找不到解释!折磨,死亡……为了什么呀?"

十一

这样过了两个礼拜。在这期间发生了伊凡·伊里奇夫妇所希望的那件事:彼特里谢夫正式来求婚。这事发生在一个晚上。第二天,普拉斯柯菲雅·费多罗夫娜走进丈夫房间,考虑着怎样向他宣布彼特里谢夫求婚的事,但就在那天夜里,伊凡·伊里奇的病情又有新的发展。普拉斯柯菲雅·费多罗夫娜发现他又躺在长沙发上,但姿势跟以前不同。他仰天躺着,呻吟着,眼睛呆滞地瞪着前方。

她谈起吃药的事。他把目光转到她身上。她没有把话说完,因为发现他的目光里充满对她的愤恨。

“看在基督分上,让我安安静静地死吧!”他说。

她正想出去,但这当儿女儿进来向他请安。他也像对妻子那样对女儿望望,而对女儿问候病情的话只冷冷地说,他不久就会让她们解脱的。母女俩默不作声,坐了一会儿走了。

“我们究竟有什么过错呀?”丽莎对母亲说。“仿佛都是我们弄得他这样似的!我可怜爸爸,可他为什么要折磨我们?”

医生按时来给他看病。伊凡·伊里奇对他的问题只回答“是”或者“不是”,并愤怒地盯住医生,最后说:

“您明明知道毫无办法,那就让我去吧!”

“我们可以减轻您的痛苦,”医生说。

“这点您也办不到,让我去吧!”

医生走到客厅,告诉普拉斯柯菲雅·费多罗夫娜情况很严重,只有一样东西可以减轻他的痛苦,就是鸦片。

医生说,他肉体上的痛苦很厉害,这是事实,但精神上的痛苦比肉体上的痛苦更厉害,而这也是他最难受的事。

他精神上的痛苦就是,那天夜里他瞧着盖拉西姆睡眼惺忪、颧骨突出的善良的脸,忽然想到:我这辈子说不定真的过得不对头。

他忽然想,以前说他这辈子生活过得不对头,他是绝对不同意的,但现在看来可能是真的。他忽然想,以前他有过轻微的冲动,反对豪门权贵肯定的好事,这种冲动虽然很快就被他自己克制住,但说不定倒是正确的,而其他一切可能都不对头。他的职务,他所安排的生活,他的家庭,他所献身的公益事业和本职工作,这一切可能都不对头。他试图为这一切辩护,但忽然发现这一切都有问题,没有什么可辩护的。

“既然如此,那么现在在我即将离开世界的时候,发觉我把上天赋予我的一切都糟蹋了,但又无法挽救,那可怎么办?”他自言自语。他仰天躺着,重新回顾自己的一生。早晨他看到仆人,后来看到妻子,后来看到女儿,后来看到医生,他们的一举一动、一言一语,都证实他夜间所发现的可怕真理。他从他们身上看到了自己,看到了他赖以生活的一切,并且明白这一切都不对头,这一切都是掩盖着生死问题的可怕的大骗局。这种思想增加了他肉体上的痛苦,比以前增加了十倍。他不断呻吟,辗转反侧,扯着身上的衣服。他觉得衣服束缚他,使他喘不过气来。他为此憎恨它们。

医生给了他大剂量鸦片,他昏睡过去,但到吃晚饭时又开始折腾。他把所有的人都赶开,不断地翻来覆去。

妻子走过来对他说:

“约翰,心肝,你就为了我(为了我?)这么办吧。这没有什么害处,常常还有点用。真的,这没什么。健康的人也常常……”

他睁大眼睛,问:

"什么事?进圣餐吗?干什么呀?不用了!不过……"

她哭了。

"好吗,我的亲人?我去叫我们的神父来,他这人挺好。"

"好,太好了,"他说。

神父来了,听了他的忏悔,他觉得好过些,疑虑似乎减少些,痛苦也减轻了,刹那间心里看到了希望。他又想到了盲肠,觉得还可以治愈。他含着眼泪进了圣餐。

他进了圣餐,又被放到床上,刹那间觉得好过些,并且又出现了生的希望。他想到他们曾经建议他动手术。"活下去,我要活下去!"他自言自语。妻子走来祝贺;她敷衍了几句,又问:

"你是不是感到好些?"

他眼睛不看她,嘴里说:"是。"

她的服装、她的体态、她的神情、她的腔调,全都向他说明一个意思:"不对头。你过去和现在赖以生活的一切,都是谎言,都是对你掩盖生死大事的骗局。"他一想到这点,心头就冒起一阵愤恨,随着愤恨又感到肉体上的痛苦,同时意识到不可避免的临近的死亡。接着又增加了一种新的感觉:抽痛、刺痛和窒息。

当他说"是"的时候,他的脸色是可怕的。他说了一声"是",眼睛直盯住她的脸,接着使出全身的力气异常迅速地把脸转过去,伏在床上嚷道:

"都给我走,都给我走,让我一个人待着。"

十二

从那时起,他连续三天一刻不停地惨叫,叫得那么可怕,就是隔着两道门听了也觉得毛骨悚然。当他回答妻子的时候,他明白他完了,无法挽救了,末日到了,生命的末日到了,可是生死之谜始终没有解决,永远是个谜。

"哎哟!哎哟!哎哟!"他用不同的音调惨叫着。他开始嚷道:"我不要!"接下去又是哎哟,哎哟地惨叫。

整整三天,他一刻不停地在那个黑口袋里拼命挣扎,而一个肉眼看不见的力量却无可抗拒地把他往口袋里塞。他好像一个死刑犯,落在刽子手手里,知道没有生路了。他每分钟都感觉到,不管他怎样挣扎,他是越来越接近那恐怖的末日了。他觉得他的痛苦在于他正在被人塞到那个黑窟窿里去,而更痛苦的是他不能爽爽快快落进去。他所以不能爽爽快快落进去,是因为他认为他的生命是有价值的。这种对自己生命的肯定,阻碍了他,不让他走,使他特别痛苦。

突然,他的胸部和腰部受到猛烈的打击,呼吸更加困难,他掉到窟窿里。在窟窿底里有一道亮光。他觉得自己仿佛处身在火车车厢里,你以为火车在前进,其实却在后退。这时他突然辨出了方向。

"是的,一切都不对头,"他自言自语,"但没有关系,可以纠正的。可怎样才算'对头'呢?"他问自己,接着突然沉默了。

第三天傍晚,他临终前两小时,念中学的儿子悄悄地进来,走到父亲床跟前。垂死的人一直在惨叫,挥动双臂。他的一只手落在儿子头上。儿子捉住他的手,把它贴在嘴唇上,哭了起来。

就在这时候,伊凡·伊里奇掉了下去,看见了光。他领悟到他的生活过得不对头,他还可以纠正。他问自己:怎样才"对头",接着一动不动地留神听着。他感到有人在吻他的手。他睁开眼睛,对儿子瞧了一眼。他可怜起儿子来。妻子走到他跟前。他对她瞧了一眼。她张开嘴,鼻子上和面颊上挂着眼泪,露出绝望的神情瞧着他。他为她难过。

"是的,我把他们害苦了,"他想。"他们真可怜,但等我一死,他们就会好过些。"他想把这话说出来,可是没有力气说。"不过,何必说呢,应该行动,"他想。他对着儿子用目光示意妻子说:

"带他走……可怜……你也……"他还想说"原谅我",但却说了"原来我。"他已经没有力气纠正,只摆了摆手,知道谁需要听懂自然会懂的。

他恍然大悟,原来折磨他的东西消失了,从四面八方消失了,从一切方面消失了。他可怜他们,应该使他们不再受罪。应该使他们、也使自己摆脱种种痛苦。"多么简单,多么快乐,"他想。"疼痛呢?"他问自己。"它哪儿去了?嗳,疼痛,你在哪儿啊?"

他留神倾听。

"噢,它在这里。好吧,疼就疼吧。"

"那么死呢?它在哪里?"

他找寻着往常折磨他的死的恐惧,可是没有找到。它在哪里?什么样的死啊?他一点也不觉得恐惧,因为根本没有死。

没有死,只有光。

"原来如此!"他突然说出声来。"多么快乐呀!"

对于他,这一切都只是一刹那的事,这一刹那的含义再没有变。但旁人看到,临死前他又折腾了两小时。他的胸膛里咯咯发响,皮包骨头的身体不断地抽搐。接着咯咯声越来越小,喘息也越来越微弱。

"过去了!"有人在他旁边说。

他听见这话,心里重复了一遍。"死过去了,"他对自己说。"再也不会有死了。"

他吸了一口气,吸到一半停住,两腿一伸就死了。

(草婴　译)

契诃夫

安东·巴甫洛维奇·契诃夫(1860—1904),俄国小说家、戏剧家,生于塔甘罗格,父亲开杂货店。为了躲债,全家迁往莫斯科,唯独留下了他。1879 年考入莫斯科大学医学系,毕业后当了医生。1890 年到萨哈林岛考察。他只写中短篇,不写长篇。他的剧本有《万尼亚舅舅》(1897)、《三姊妹》(1900)、《樱桃园》(1903)等,不重情节,而注重心理刻画,对现代欧洲戏剧有重大影响。他的作品抨击了黑暗的沙皇统治、地主的残酷剥削、资本主义造成的灾难,同情劳动者和小人物,谴责庸俗习气和缺乏生活目标,呼吁把生活翻一个身。他从日常生活取材却不失之琐碎,以小见大,只消几个细节便勾画出典型;没有曲折的情节而能扣人心弦;读者从他平静而含蓄的叙述中,能感到他忧郁而严峻的目光,听到他渴求新生活的心灵的跳动。

《变色龙》辛辣地嘲笑了奴性,通过人物的五次变色,把一个见风使舵、趋炎附势、谄上欺下的卑鄙警官刻画得淋漓尽致。《万卡》描写社会底层的贫困生活。孤儿给爷爷写信是为了发泄心中的苦闷,可是他的信只会石沉大海,他的血泪控诉无人能听取。小说写得悲怆动人。《套中人》塑造了胆小怕事的庸人形象,小说通过有象征意义的"套子",从外表、生活习惯、思想方式、婚姻来刻画人物的性格。

变　色　龙①

警官奥楚美洛夫穿着新的军大衣,胳肢窝里夹着一个小包,穿过集市的广场走去。他身后跟着一个头发棕红的警察,手里端着一个筛子,里面盛满了没收来的醋栗。四下里一片寂静。……广场上一个人影也没有。……商店和酒馆的敞开的门口,无精打采地面对着上帝的世界,像是些饥饿的嘴巴,店门附近连乞丐也没有。

"你敢咬人,该死的东西?"奥楚美洛夫忽然听见有人喊道。"小伙子们,别把它放走!如今这年月不准咬人!抓住它!啊……啊!"

狗的尖叫声响起来。奥楚美洛夫往旁边一看,瞧见商人彼楚金的木柴场里窜出来一条狗,用三条腿一颠一颠地跑着,不住回头张望。紧跟着有一个人追出来,穿着浆硬的花布衬衫和敞开了怀的坎肩。他跟在它身后跑着,后来把身子往前探出去,扑倒在地下,揪住了狗的后腿。于是又响起了狗的尖叫声和人的嚷叫声:"别把它放走!"睡

① 蜥蜴的一种,善于很快地变换皮肤的颜色,以适应四周物体的颜色。

意蒙眬的脸纷纷从商店里探出来,不久木柴场附近就聚集了一群人,仿佛从地底下钻出来的一样。

“仿佛出乱子了,长官!……”警察说。

奥楚美洛夫把身子略为往左一转,往人群那边走过去。他看见上述那个人穿着敞开怀的坎肩,站在木柴场大门附近,举起了右手,把一根血淋淋的手指头伸给人群看。他那半醉的脸上似乎写着:“我饶不了你,坏包!”而且那根手指头本身就活像一面胜利的旗帜。奥楚美洛夫认出这个人是首饰匠赫留金。这场乱子的祸首是一条白毛小猎狗,尖尖的脸,背上有一块黄斑,这时候在人群中央的地上坐着,叉开前腿,周身发抖。它那泪汪汪眼睛里含着悲苦和恐惧的神情。

“这儿出了什么事?”奥楚美洛夫插进人群中去,问道。“这是干什么?你为什么伸出手指头?……是谁在嚷?”

“我正走着路,长官,没招谁没惹谁,……”赫留金开口说,朝着空拳头咳嗽。“我跟米特利·米特利奇谈木柴的事,不料忽然间这个贱畜生无缘无故把手指头咬一口。……您得原谅我,我是个干活的人。……我干的是细致的活。这得赔我钱才成,因为这根手指头也许要有一个星期不能用了。……法律上,长官,也没有这么一条,说是受了畜生的害也得忍着。……要是人人都挨咬,那还是别在世上活着好了。……”

“嗯!……好,”奥楚美洛夫严厉地说,嗽喉咙,活动眉毛。“好。……这是谁家的狗?这件事我不能就这么放过去不管。我要叫你们瞧瞧,把狗放出来惹事会落个什么下场!现在应该管一管这种不愿意遵守规章的老爷们!等到他这个混蛋遭到罚款,他就会明白放出狗来,放出其他种种野畜生来,要担待什么干系!我要给他个厉害看!……叶尔迪林,”警官对警察说,“你去弄清楚这是谁家的狗,打个报告上来!这条狗应当打死。不要拖延了!它一定是条疯狗……这是谁家的狗,我要问?”

“这好像是席加洛夫将军家的!”人群里有人说。

“席加洛夫将军家的?嗯!……你,叶尔迪林,快给我脱掉大衣。……天热得要命!多半就要下雨了。……只是有一件事我不懂:它怎么会咬你的?”奥楚美洛夫对赫留金说。“莫非它够得到你的手指头?它那么小,你呢,说真的,是这么一条大汉!你那手指头大概是让钉子扎破的,后来却异想天开,要人家赔你钱了。你这种人啊……是出了名的!我知道你们这些魔鬼!”

“他,长官,为了找乐子,把烟卷往它的脸上戳,它可不肯当傻瓜,就咬了他一口。……他是个无聊的人,长官!”

“你胡说,独眼鬼!你没瞧见,那你凭什么胡说?他老人家是个明白人,知道谁胡说,谁凭良心讲话,像当着上帝的面一样。……要是我胡说,那就让调解法官①审问我好了。……他的法律上写得明白。……如今大家都平等了。……我自己的哥哥就在当宪兵……不瞒您说。……”

---

① 俄国的保安法官,只审理小案子。

“少说废话！”

“不对，这不是将军家里的狗……”警察深思地说。“将军家里没有这样的狗。他家里的大半都是那种打野鸟用的大猎狗。……”

“你拿得准吗？”

“拿得准，长官。……”

“我自己也知道嘛。将军家里的狗都名贵，是纯种的，这条狗呢，鬼才知道是什么东西！毛色也不好，样子也不中看……纯粹是下贱货。……他老人家能养这样的狗？你们的脑子上哪儿去了？要是彼得堡或者莫斯科有这样的狗，你们知道会怎么样？那儿的人可不来管什么法律不法律，立时三刻叫它断了气！你，赫留金，吃了苦，这样的事不可能就这么撒手不管。……这得给他们一点教训！是时候了。……”

“可也说不定真是将军家里的狗……”警察把他的想法说出来。“它脸上又没写着。……前几天我在他院子里见过这样的狗。”

“没错儿，是将军家里的！”人群里有一个声音说。

“嗯！……你，叶尔迪林老弟，快给我穿上大衣吧。……好像起风了。……怪冷的。……你把这条狗带到将军家里去，问一问清楚。你就说这是我找到，派人送去的。……你说别把狗放到街上来了。……它也许是名贵的狗，如果每个混蛋都把烟卷戳到它脸上去，要不了多久就送了它的命。狗是娇嫩的动物嘛。……还有你，蠢材，把手放下来！用不着把你的蠢手指头伸出来！这都怪你不对！……”

“将军家里的厨师来了，我们来问问他吧。……喂，普罗霍尔！你快过来吧，亲爱的！你看看这条狗。……是你们的吗？”

“您想到哪儿去了！我们那里压根儿就没有这样的狗！”

“那就用不着白费工夫多问了，”奥楚美洛夫说。“这是条野狗！用不着白费工夫说废话了。……说它是一条野狗，那它就是野狗无疑了。……打死它，完了。”

“这不是我们的狗，”普罗霍尔继续说。“不过它是将军的哥哥的狗，他是前几天刚来的。我们的主人不喜欢猎狗。他老人家的哥哥却喜欢。……”

“莫非他老人家的哥哥来了？是符拉季米尔·伊里奇吗？”奥楚美洛夫问道，他的整个脸上洋溢着温情的笑容。“哎呀，主啊！可我还不知道呢！他是来住一阵的吧？”

“是来住一阵的。……”

“哎呀，主啊！……他是惦记他的弟弟了。……可是，说真的，我还不知道呢！那么这就是他老人家的小狗？高兴得很。……你把它带走吧。……这条小狗挺不坏。……满伶俐的。……一口就咬破了这家伙的手指头！哈哈哈。……咦，你为什么发抖呀？呜呜……呜呜。……它生气了，小坏包……多么好的一条小狗啊。……”

普罗霍尔叫一声那条狗的名字，就带着它离开了木柴场。……那群人朝着赫留金哈哈大笑。

“我迟早要收拾你一下！”奥楚美洛夫威胁他说，然后把身上的军大衣裹一裹紧，继续穿过集市的广场走去。

万　卡

九岁的男孩万卡·茹科夫三个月前被送到靴匠阿里亚兴的铺子里来做学徒。这时候是圣诞节的前夜，他没有上床睡觉。他等着老板夫妇和师傅们出外去做晨祷以后，从老板的立柜里取出一小瓶墨水和一支安着锈笔尖的钢笔，然后在自己面前铺平一张揉皱的白纸，写起来。他在写下第一个字以前，好几次战战兢兢地回过头去看一下门口和窗子，斜起眼睛瞟一眼乌黑的圣像和那两旁摆满鞋楦头的架子，断断续续地叹一口气。那张纸铺在一条长凳上，他自己在长凳前面跪着。

"亲爱的爷爷，康司坦丁·玛卡雷奇！"他写道。"我在给你写信。祝您圣诞节好，求上帝保佑你万事如意。我没爹没娘，只剩下你一个亲人了。"

万卡抬起眼睛看着乌黑的窗子，窗上映着他的蜡烛的影子。他生动地想起他祖父康司坦丁·玛卡雷奇，地主席瓦烈夫家的守夜人的模样。那是个矮小消瘦而又异常矫健灵活的小老头，年纪约莫六十五岁，老是笑容满面，眏着醉眼。白天他在仆人的厨房里睡觉，或者跟厨娘们取笑，到了夜里就穿上肥大的羊皮袄，在庄园四周走来走去，不住地敲梆子。他身后跟着两条狗，耷拉着脑袋，一条是老母狗卡希坦卡，一条是泥鳅，之所以起这样的名字，是因为它的毛是黑的，而且身子细长，像是黄鼠狼。这条泥鳅倒是异常恭顺亲热的，不论见着自家人还是见着外人，一概用脉脉含情的目光瞧着，然而它是靠不住的。在他的恭顺温和的后面，隐藏着极其狡狯的险恶。任凭哪条狗也不如它那么善于抓住机会，悄悄溜到人的身旁，在腿肚子上咬一口，或者钻进冷藏室里去，或者偷农民的鸡吃。它的后腿已经不止一次被人打断，有两次人家索性把它吊起来，而且每个星期都把它打得半死，不过它老是养好伤而又活下来了。

眼下他祖父一定在大门口站着，眯细眼睛看乡村教堂的通红的窗子，顿着穿高统毡靴的脚，跟仆人们开玩笑。他的梆子挂在腰带上。他冻得不时拍手，缩起脖子，一忽儿在女仆身上捏一把，一忽儿在厨娘身上掐一下，发出苍老的笑声。

"咱们来吸点鼻烟，好不好？"他说着，把他的鼻烟盒送到那些女人跟前去。

女人们闻了点鼻烟，不住打喷嚏。祖父乐得什么似的，发出一连串快活的笑声，嚷道：

"快擦掉，不然就冻在鼻子上了！"

他还给狗闻鼻烟。卡希坦卡打喷嚏，皱了皱鼻子，委委屈屈，走到一旁去了。泥鳅为了表示恭顺而没打喷嚏，光是摇尾巴。天气好极了。空气纹丝不动，清澈而新鲜。夜色黑暗，可是整个村子以及村里的白房顶、烟囱里冒出来的一缕缕烟子、披着重霜而银白的树木、雪堆，都能看清楚。繁星布满天空，快活地眨眼。天河那么清楚地显出来，就好像有人在过节以前用雪把它擦洗过似的。……

万卡叹口气，用钢笔蘸一下墨水，继续写道：

"昨天我挨了一顿打。老板揪着我的头发，把我拉到院子里，拿师傅干活用的皮条狠狠地抽我，怪我摇他们摇篮里的小娃娃，一不小心睡着了。上个星期老板娘叫我收拾一条青鱼,我从尾巴上动手收拾,她就捞起那条青鱼,把鱼头直戳到我的脸上来。师傅们总是耍笑我,打发我到小酒店里去打酒,怂恿我偷老板的黄瓜,老板随手捞到什么就用什么打我。吃食是什么也没有。早晨吃面包,午饭喝稀粥,晚上又是面包,至于茶啦,白菜汤啦,只有老板和老板娘才大喝而特喝。他们叫我睡在过道里,他们的小娃娃一哭,我就根本不能睡觉,一股劲儿摇摇篮。亲爱的爷爷,发发上帝那样的慈悲,带着我离开这儿,回家去,回到村子里去吧,我再也熬不下去了。……我给你叩头了,我会永远为你祷告上帝,带我离开这儿吧,不然我就要死了。……"

万卡嘴角撇下来,举起黑拳头揉一揉眼睛,抽抽搭搭地哭了。

"我会给你搓碎烟叶,"他接着写道,"为你祷告上帝,要是我做了错事,就只管抽我,像抽西多尔的山羊那样。要是你认为我没活儿干,那我就去求总管看在基督面上让我给他擦皮靴,或者替菲德卡去做牧童。亲爱的爷爷,我再也熬不下去,简直只有死路一条了。我本想跑回村子里去,可又没有皮靴,我怕冷。等我长大了,我就会为这件事养活你,不许人家欺侮你,等你死了,我就祷告你的灵魂安息,就跟为我的妈彼拉盖雅祷告一样。

"莫斯科是个大城。房屋全是老爷们的。马倒是有很多,羊却没有,狗也不凶。这儿的孩子不举着星星走来走去[1],唱诗班也不准人随便参加唱歌。有一回我在一家铺子的橱窗里看见些钓钩摆着卖,都安好了钓丝,能钓各式各样的鱼,很不错,有一个钓钩甚至经得起一普特重的大鲶鱼呢。我还看见几家铺子卖各式各样的枪,跟老爷的枪差不多,所以每支枪恐怕要卖一百个卢布。……肉铺里有野乌鸡,有松鸡,有兔子,这些东西都是在哪儿打来的,铺子里的伙计却不肯说。

"亲爱的爷爷,等到老爷家里摆着圣诞树,上面挂着礼物,你就给我摘下一个用金纸包着的核桃来,收在那口小绿箱子里。你问奥尔迦·伊格纳捷芙娜小姐要吧,就说是给万卡的。"

万卡颤巍巍地叹一口气,又凝神瞧着窗子。他回想祖父总是到树林里去给老爷家砍圣诞树,带着孙子一路去。那种时候可真快活啊!祖父咔咔地咳嗽,严寒把树木冻得咔咔地响,万卡就学他们的样子也咔咔地叫。往往在砍树以前,祖父先吸完一袋烟,闻很久的鼻烟,讪笑冻僵的万卡。……那些做圣诞树用的小云杉披着白霜,站在那儿不动,等着看它们谁先死掉。冷不防,不知从哪儿来了一只野兔,在雪堆上像箭似的窜过去。祖父忍不住叫道:

"抓住它,抓住它……抓住它!嘿,短尾巴鬼!"

祖父把砍倒的云杉拖回老爷的家里,大家就动手装饰它。……忙得最起劲的是万卡所喜爱的奥尔迦·伊格纳捷芙娜小姐。当初万卡的母亲彼拉盖雅还活着,在老爷家里做女仆的时候,奥尔迦·伊格纳捷芙娜就常给万卡糖果吃,由于闲着没事做而教他念书,写字,从一数到一百,甚至教他跳四组舞。可是等到彼拉盖雅死后,孤儿万卡就

① 指基督教的迷信习俗,圣诞节前夜小孩们举着用箔纸糊的星走来走去。

给送到仆人的厨房里去跟祖父住在一起,后来又从厨房给送到莫斯科的靴匠阿里亚兴的铺子里来了。……

“你来吧,亲爱的爷爷,”万卡接着写道,“我求你看在基督和上帝面上带我离开这儿吧。你可怜我这个不幸的孤儿吧,这儿人人都打我,我饿得要命,气闷得没法说,老是哭。前几天老板用鞋楦头打我,把我打得昏倒在地,好不容易才活过来。我的生活苦透了,比狗都不如。……替我问候阿辽娜、独眼的叶果尔卡、马车夫,我的手风琴不要送给外人。孙伊凡·茹科夫草上。亲爱的爷爷,你来吧。”

万卡把这张写好的纸叠成四折,把它放在昨天晚上花一个戈比买来的信封里。……他略为想一想,用钢笔蘸一下墨水,写下地址:

寄交乡下祖父收

然后他搔了一下头皮,再想一想,添了几个字:

康司坦丁·玛卡雷奇

他写完信而没有人来打扰,心里感到满意,就戴上帽子,顾不上披皮袄,只穿着衬衫就跑到街上去了。……

昨天晚上他问过肉铺的伙计,伙计告诉他说信件丢进了邮筒,就由喝醉酒的车夫驾着邮车,把信从邮筒里收走,响起铃铛,分送到世界各地去。万卡跑到就近的一个邮筒,把那封宝贵的信塞进了筒口。……

他抱着美好的希望而定下心来,过一个钟头就沉酣地睡熟了。……在梦中他看见一个炉灶。祖父坐在炉台上,耷拉着一双光脚,给厨娘们念信。……泥鳅在炉灶旁边走来走去,摇尾巴。……

套　中　人

误了时辰的猎人们在米罗诺西茨克村边上村长普罗科菲的堆房里住下来过夜了。他们一共只有两个人:兽医伊凡·伊凡内奇和中学教员布尔金。伊凡·伊凡内奇姓一个相当古怪的双姓:契木沙—希马拉雅斯基,这个姓跟他完全不相称,全省的人就简单地称呼他的本名和父名。他在城郊一个养马场上住着,现在出来打猎是为了透一透新鲜空气。然而中学教员布尔金每年夏天都在П伯爵家里做客,对这个地区早已熟透了。

他们没睡觉。伊凡·伊凡内奇是个高而且瘦的老人,留着很长的唇髭,这时候在门口坐着,脸朝外,吸着烟斗,月光照着他。布尔金在房里干草上躺着,在黑暗里看不见他。

他们讲起各式各样的事。顺便他们还谈到村长的妻子玛芙拉是一个健康而不愚蠢的女人,可是她一辈子从没走出过她家乡的村子,从没见到过城市或者铁路,近十年来一直守着炉灶,只有夜间才到街上去走一走。

“这有什么可奇怪的!”布尔金说。“那种性情孤僻、像寄居蟹或者蜗牛那样极力缩进自己的外壳里去的人,在这个世界上是不少的。也许这是隔代遗传的现象,这是退到从前人类的祖先还不是群居的动物而是孤零零地住在各自洞穴里的时代的现象,不过,也许这只不过是人类性格的一种类型吧,谁知道呢?我不是博物学家,探讨这类问题不是我的事。我只想说像玛芙拉这样的人并不是稀有的现象。喏,不必往远处去找,两个月前我们城里就有一个姓别里科夫的人死掉了,他是希腊语教员,我的同事。当然,这个人您听说过。他与众不同的地方在于他不论什么时候出门上街,哪怕天气很好,也总是套着雨靴,带着雨伞,而且一定穿着暖和的棉大衣。他的雨伞总是装在套子里,怀表也总是装在灰色麂皮的套子里,等到他取出小折刀来削铅笔,他那把小折刀也是装在一个小小的套子里的。就连他的脸也好像装在套子里,因为他随时把脸藏在竖起的衣领里。他戴黑眼镜,穿绒衣,耳朵里塞棉花,一坐上出租马车,就吩咐车夫把车篷支起来。一句话,在这个人身上可以观察到一种经常的和难忍难熬的心意,总想给自己包上一层外壳,给自己做一个所谓的套子,以便同人世隔绝,不致受到外界影响。现实生活刺激他,惊吓他,促使他经常心神不安。也许为了给自己的胆怯、自己对现实的憎恶辩护吧,他老是称赞过去,称赞从来没有过的事物。他所教的古代语言,实际上对他来说也无异于他的套靴和雨伞,使他借以逃避现实生活。

"'啊,希腊语多么响亮,多么美!'他说,露出甜滋滋的表情。仿佛为了证明他的话似的,他眯细眼睛,举起一根手指头,念道:'Anthropos!'①

"别里科夫把他的思想也极力装在套子里。只有政府的告示和报纸的文章,其中写明禁止什么事情,他才觉得清清楚楚。告示上禁止学生傍晚九点钟以后上街,或者某一篇文章要求禁止性爱,他就觉得清楚明确:这是禁止的,那就够了。至于批准和允许的事,他却觉得含有可疑的成分,含有什么模糊而没说透的东西。城里批准成立了戏剧小组,或者阅览室,或者茶馆,他就摇头,轻声说道:

"'当然,行是行的,可就是千万别出什么乱子啊。'

"各种对于规章的破坏、规避、偏离的行为,虽然看来似乎同他毫不相干,却使得他垂头丧气。如果做祈祷的时候有个同事来迟了,或者学生顽皮捣乱的事传到他的耳朵里来,或者有人看见女校的女学监傍晚同一个军官在一起,他就激动得很,老是说千万别出什么乱子啊。在教务会议上他简直压得我们透不过气来,因为他那么慎重,那么多疑,而且发表纯粹套子式的论调,说什么如今男子中学和女子中学里的青年人都品行恶劣,又说什么教室里太乱,'哎呀,千万别传到上司的耳朵里去,哎呀,千万别出什么乱子啊,'还说什么如果把二年级的彼得罗夫和四年级的叶果罗夫开除,那才好得很。后来怎么样呢?他唉声叹气,满腹牢骚,苍白的小脸上架着一副黑眼镜(您要知道,那张脸很小,跟黄鼠狼一样),把我们都压垮了,我们就让步,扣彼得罗夫和叶果罗夫的品行分数,把他们关进禁闭室里,最后到底把彼得罗夫和叶果罗夫统统开除了事。他有一种奇怪的习惯,常常到我们的住处来访问。他来到一个教员家里,就坐下,一言不发,仿佛在考察什么东西似的。他坐上那么一两个钟头,一句话也没说就走了。他

---

① 希腊语,意为"人"。

把这叫做'和同事们保持良好关系'。显而易见,到我们家里来闷坐,在他是不好受的,他所以到我们家里来,也无非是因为他觉得这是他作为同事所应尽的责任而已。我们这些教员都怕他。甚至校长也怕他。您看怪不怪,我们这些教员都是有思想的人,极其正派,受过屠格涅夫和谢德林的教育,然而这个永远穿着套靴和带着雨伞的人,却把整个中学都抓在他的手心里,足足有十五年之久!其实何止是中学?全城都抓在他的手心里!我们这儿的太太们每到星期六不搞家庭演出,因为怕他知道。教士们当着他的面不敢吃荤,不敢打牌。在别里科夫这样的人的影响下,在最近这十年到十五年间,我们全城的人变得什么都怕。他们不敢大声说话,寄信,交朋友,读书,不敢周济穷人,教人识字。……"

伊凡·伊凡内奇想开口说话,咳嗽了一声,可是先点燃烟斗,看了看月亮,然后才从容不迫地说:

"是啊。有思想的人,正派人,既读屠格涅夫,又读谢德林,还读保克耳[1]之类的作品,可是遇事就屈服,容让。……问题就在这儿了。"

"别里科夫跟我同住在一所房子里,"布尔金继续说,"而且同住在一层楼上,房门对房门。我们常常见面,我知道他的家庭生活。他在家里也还是那一套:睡衣啦,睡帽啦,护窗板啦,门闩啦,一整套的清规戒律,还有'哎呀,千万别出什么乱子啊!'吃素对健康有害,可是又不能吃荤,因为也许人家会说别里科夫到了斋期却不持斋。他就吃用奶油煎出来的鲈鱼,这固然不能说是素食,然而也不能说是荤菜。女仆他是不用的,因为担心别人会对他有坏想法。他就雇了厨师阿法纳西,是个六十岁上下的老人,总是喝得醉醺醺的,从前做过勤务兵,好歹会做一点菜。这个阿法纳西经常在门旁站着,把胳膊交叉在胸前,老是深深地叹一口气,嘟哝说:

"'如今他们这种人多得不行啊!'

"别里科夫的卧室小得像箱子一样,床上挂着帐子。他躺下睡觉,总是连头也蒙上。房间里又热又闷,外面的风推动房门,火炉里嗡嗡地响,厨房里响起叹息声,不祥的叹息声。……

"他在被子里心惊肉跳。他生怕会出什么乱子,生怕阿法纳西来杀他,生怕盗贼溜进来,后来通宵做惊慌不安的梦。早晨我们一块儿到中学去,他心情烦闷,面色苍白。看得出来,他所去的人数众多的中学惹得他全身心地害怕和厌恶。对他这个性情孤僻的人来说,跟我一块儿走路,也是一件苦事。

"'我们的教室里闹得太乱了,'他说,仿佛极力为他的沉重心情寻找解释似的。'简直不像话。'

"后来这个希腊语教员,这个套中人,您猜怎么着,差点结了婚。"

伊凡·伊凡内奇很快地回过头去往堆房里看一眼,说:

"您开玩笑了!"

---

① 亨利·托马斯·巴克尔(1821—1862):英国历史学家、社会学家、哲学家。

“真的,不管多么奇怪,他却差点结了婚。有一个新的史地教员派到我们学校里来了,姓柯瓦连科,叫米哈依尔·萨维奇,是小俄罗斯人①。他不是一个人来的,而是带着姐姐瓦连卡。他年纪轻,高身量,肤色发黑,两只手极大,凭他的脸相可以看出来他的说话声是男低音,果然他的嗓音好比是从大桶里发出来的:彭,彭,彭。……她呢,年纪已经不轻,大约有三十岁了,可是身材也高,而且苗条,黑眉毛,红脸膛,一句话,她简直不能说是姑娘,而是蜜饯水果,活泼极了,谈笑风生,老是唱小俄罗斯的抒情歌曲,扬声大笑。她动不动就发出一连串响亮的笑声:哈哈哈!我们初次认识柯瓦连科姐弟,我记得,是在校长家里的命名日宴会上。在那些死板板的、烦闷得要命的、把赴命名日宴会也看作应公差的教师中间,我们突然看见一个新的阿佛洛狄忒②从浪花里钻出来了:她走来走去,双手叉着腰,扬声大笑,引吭高歌,翩翩起舞。……她带着感情歌唱《风在吹》,后来又唱一支抒情歌曲,随后再唱一支,把我们大家都迷住了,甚至别里科夫也包括在内。他挨着她坐下,甜滋滋地微笑着说:

“‘小俄罗斯的语言那么柔和清脆,使人联想到古希腊语言。’

“这话她听着很受用,就带着感情对他恳切地讲起在加佳奇县里她有个田庄,妈妈住在田庄上,那儿有那么好的梨,那么好的甜瓜,那么好的卡巴克③!小俄罗斯人把南瓜叫作卡巴克,而把酒馆叫作希诺克,他们用番茄和茄子烧出来的浓汤‘可好吃了,可好吃了,简直好吃得要命!’

“我们听啊听的,忽然我们大家灵机一动,生出了同一种想法。

“‘要能撮合他们结婚才好,’校长太太轻声对我说。

“不知什么缘故我们大家这才想起来,原来我们的别里科夫还没有成家。这时候我们才暗暗感到奇怪:不知怎的,他生活里的这样一件大事,我们以前竟一直没有理会,完全忽略了。总的来说,他对女人采取什么态度呢?这个要紧的问题他是怎样替他自己解决的?以前这件事根本没有引起过我们的关心,也许我们甚至不承认这样的想法:一个不问什么天气总是穿着套靴而且睡觉总要放下帐子的人,居然能够爱上一个什么人。

“‘他早就过了四十岁,而她也三十了……’校长太太解释她的想法说。‘我觉得她肯嫁给他的。’

“在我们内地,由于闲得慌,什么不必要的蠢事没有做出来过啊!而这是因为必要的事却根本没有人去做。是啊,比方说,别里科夫这个人既然根本不能设想会结婚,那我们又何必突然给他撮合婚事呢?校长太太啦,主任太太啦,我们中学里所有的太太啦,都活跃起来,甚至显得少俊了,倒好像忽然发现了生活目标似的。校长太太在剧院里定下一个包厢,我们一看,原来她的包厢里坐着瓦连卡,手里拿着那么一把扇子,眉

---

① 即乌克兰人。

② 希腊的爱和美的女神,相当于罗马的维纳斯;她在海里诞生。

③ 俄语“卡巴克”(кабак),意为“酒馆”。

开眼笑，幸福得很。别里科夫坐在她的身旁，身材矮小，拱起背脊，仿佛有谁用钳子硬把他从家里夹到这儿来了似的。我在家里办小晚会，太太们就要求我务必要把别里科夫和瓦连卡请去。一句话，机器开动起来了。却原来瓦连卡并不反对出嫁。她在弟弟那儿住得不大快活，他们老是成天价吵架和相骂。比方有这样一个场面：柯瓦连科在街上走着，这个大汉高身量，结实，穿着绣花的衬衫，帽子里有一绺头发钻出来，耷拉在他的额头上，一只手里拿着一捆书，另一只手里拿着一根有节疤的粗手杖。姐姐跟在他的身后，也拿着书。

"'这本书你一定没看过，米哈依尔里克[①]！'她大声争吵道。'我跟你说，我赌咒，你根本没看过这本书！'

"'我跟你说，我看过！'柯瓦连科嚷道，把手杖在人行道上顿得咚咚地响。

"'哎呀，我的上帝，米哈依尔里克！你发脾气干什么！要知道我们谈的是原则问题。'

"'我跟你说，我看过嘛！'柯瓦连科嚷得越发响了。

"在家里，要是有外人在座，那就吵得不可开交。这样的生活大概惹得她厌烦，她巴望有自己的小窝了，再者年纪也应该顾到，这时候已经没有选择对象的余地，好歹嫁出去就行，即使嫁给希腊语教员也将就了。况且话说回来，我们的小姐们大多数都不问嫁给谁，只要能嫁出去就算。不管怎样，瓦连卡开始对我们的别里科夫表示明显的好感了。

"那么别里科夫呢？他也常到柯瓦连科家里去，就跟常到我们家里来一样。他到了他家里，就坐着，一言不发。他沉默着，可是瓦连卡给他唱《风在吹》，或者用她的黑眼睛沉思地瞧着他，或者忽然发出一连串笑声：

"'哈哈哈！'

"在恋爱方面，特别是在婚姻方面，外人的怂恿总要起很大的作用。所有的人，同事们和太太们，都向别里科夫游说：他应该结婚了，他的生活里没有别的缺陷，只差结婚了。我们大家都向他道喜，带着一本正经的脸色说出各式各样的俗套头，例如婚姻是终身大事，等等，再者瓦连卡长得也不坏，招人喜欢，她是五品文官的女儿，有田庄，主要的是，她是头一个对他亲热恳切的女人。于是他头脑发昏，决定真的要结婚了。"

"喏，到了这一步，就应该把他的套靴和雨伞拿掉了，"伊凡·伊凡内奇说。

"您只要想一想就明白了，这是办不到的。他把瓦连卡的照片放在他的桌子上，他老到我这儿来谈瓦连卡，谈家庭生活，谈婚姻是终身大事，他也常到柯瓦连科家里去，可是他的生活方式丝毫也没改变。甚至刚好相反，结婚的决定对他起了一种像是害病的影响，他瘦了，脸色苍白了，似乎越发深地钻进他的套子里去了。

"'瓦尔瓦拉[②]·萨维希纳我是喜欢的，'他对我说，淡淡地苦笑一下，'我知道人人都非结婚不可，然而……这件事，您要知道，发生得有点突然。……应当好好想一想

---

① 米哈依尔的小名。

② 瓦尔瓦拉的爱称即上文的瓦连卡。

才是。’

“‘有什么可想的呢?’我对他说。‘您只管结婚好了。’

“‘不成,婚姻是终身大事,应当先估量一下马上要承担的义务和责任……免得以后出了什么乱子。这件事闹得我六神不安,我现在通宵睡不着觉。老实说,我害怕:她和她弟弟的思想方式有点古怪,他们讲起道理来,您知道,有点古怪,她的性情又很活泼。一旦结了婚,以后说不定就会惹出什么麻烦来。’

“于是他没求婚,老在拖延,招得校长太太和我们学校里所有的太太大为烦恼。他老在估量马上要承担的义务和责任,同时差不多每天都跟瓦连卡一块儿散步,也许认为这是处在他的地位理应做的吧。他常来找我谈家庭生活。要不是忽然出了一个 Kolossalische Shandal①,多半他最后会求婚,于是造成一件不必要的和愚蠢的婚事,而在我们这儿,由于烦闷无聊,由于无事可做,像那样的婚事已经有过千百起了。必须说明,瓦连卡的弟弟柯瓦连科从认识别里科夫头一天起就痛恨他,受不了他。

“‘我不明白,’他耸动着肩膀对我们说,‘我不明白你们怎么能跟这个告密的家伙,这个丑八怪相处。哎,诸位先生,你们怎么能在这儿生活!你们这儿的空气活活把人闷死,恶劣极了。难道你们算是导师,教员?你们是官僚,你们这儿不是科学的殿堂,而是官气十足的衙门,有一股子酸臭气,像在警察亭子里一样。不行,诸位老兄,我跟你们一块儿再生活一阵,就到我的田庄上去,捉虾,教小俄罗斯的孩子读书了。我要走的,你们在这儿跟那个犹大一块儿鬼混吧,叫他遭了瘟才好。’

“要不然他就哈哈大笑,笑得时而发出男低音,时而发出尖细的嗓音,摊开两只手,问我说:

“‘他为啥跑到我这儿来坐着?他要干啥?一直坐在那儿发呆。’

“他甚至给别里科夫起了个外号叫‘蜘蛛’。当然,关于他的姐姐瓦连卡准备嫁给‘蜘蛛’的事,我们对他绝口不谈。有一次校长太太对他暗示说,要是能让他的姐姐嫁给像别里科夫那么一个稳重而且为大家所尊重的人倒很不错,他就皱起眉头,嘟哝说:

“‘这不关我的事。她哪怕嫁给一条毒蛇也由她,我不喜欢干涉别人的事。’

“现在您听着后来发生的事。有那么一个促狭鬼画了一幅漫画,上面是别里科夫在走路,穿着套靴,卷起裤腿,带着雨伞,臂弯里挽着瓦连卡的胳膊,下面题着‘恋爱中的 anthropos’。那神态,您明白,画得妙极了。那画家一定工作了不止一夜,因为男子中学和女子中学的教员、宗教学校的教员、文官,每人都收到一张。连别里科夫也收到了。这张漫画给他留下了极其难堪的印象。

“我们一块儿从房子里走出去,那天恰好是五月一日,星期日,我们大家,教员和学生,商量好在中学校里聚齐,然后一同出发,到城外树林里去郊游。我们一块儿走出去,他脸色发绿,比乌云还要阴沉。

“‘有的人多么坏,多么恶毒!’他说,嘴唇发抖。

---

① 德语,意为“大笑话”。

“我甚至怜惜他了。我们走着，忽然，您猜怎么着，柯瓦连科骑着自行车急驰而来，他身后是瓦连卡，也骑着自行车，红着脸，很劳累，然而兴高采烈，欢欢喜喜。

“‘我们，’她叫道，‘先走一步！天气真好，真好，简直好得要命！’

“他们两个人不见了。我的别里科夫的脸色从发绿转为发白，愣住了。他站住，瞧着我。……

“‘对不起，这是怎么回事？’他问。‘要不然，也许是我的眼睛骗了我，难道中学教员以及女人骑自行车还成体统吗？’

“这有什么不成体统的？’我说。‘让我们痛痛快快地去骑吧。’

“‘可是这怎么行？’他叫道，对我的镇静感到惊讶。‘您在说什么呀？！’

“他大为震动，不愿意再往前走，回家去了。

“第二天他一直烦躁地搓着手，打冷战，从他的脸色看得出来他身体不好。他没到下班的时候就走了，这还是他有生以来第一次。他没吃午饭。将近傍晚，虽然外面已经完全是夏天的天气，他却穿上厚衣服，慢腾腾地往柯瓦连科家里走去。瓦连卡不在家，他只碰见了她的弟弟。

“‘坐吧，请，’柯瓦连科冷淡地说，皱起眉头：他脸上带着睡意，饭后刚刚打了一个盹儿，心绪极其不佳。

“别里科夫沉默地坐了十分钟光景，然后开口说：

“‘我来找您，是为了解除我心中的负担。我心里沉重得很，沉重得很。有个不怀好意的家伙把我和另一个同我们俩都很亲密的人画成可笑的样子。……我认为我有责任向您保证我跟这件事没有任何关系。……我没有为这种嘲笑提供任何理由，刚好相反，我的一举一动素来是合乎正人君子的身份的。’

“柯瓦连科坐在那儿生闷气，不说话。别里科夫等了一忽儿，继续用悲哀的声调小说声：

“‘另外我还有一件事要跟您谈。我已经工作多年，而您还刚开始工作。我认为我作为年长的同事，就有责任忠告您。您骑自行车，而这种娱乐对青年的教育工作者来说是完全不成体统的。’

“‘为什么呢？’柯瓦连科用男低音问。

“‘可是难道这还要解释吗，米哈依尔·萨维奇？难道这有什么不好理解的？如果教员骑自行车，那么学生还会做出什么好事来？他们只差头朝下，拿大顶走路了！既然政府的告示里没有写着准许做这种事，那就不能做。我昨天吓了一跳！我一看见您的姐姐，我的眼前就一片漆黑。一个女人或者姑娘骑自行车，这太可怕了！’

“‘那么您究竟要怎么样？’

“‘我所要做的只有一件事，那就是忠告您，米哈依尔·萨维奇。您是年轻人，有远大的前途，一举一动必须非常慎重，非常慎重，可是您那么马马虎虎。啊，多么马马虎虎！您总是穿着绣花的衬衫，常常拿着些书在街上走，现在又骑什么自行车。关于您和您的姐姐骑自行车的事，校长会听说的，然后就会传到督学官的耳朵里去。……

这会有什么好下场吗?'

"'讲到我和我的姐姐骑自行车,这不关别人的事!'柯瓦连科说,涨得满脸通红。'谁来管我的家事和私事,我就叫谁滚他的蛋。'

"别里科夫脸色煞白,站起来。

"'如果您用这种口气跟我讲话,我就不能继续谈下去了,'他说。'我请求您在我的面前提到上司的时候万万不要说这种话。您对当局应当尊敬才对。'

"'难道我说了当局什么坏话吗?'柯瓦连科问,气愤地瞧着他。'劳驾,请您躲开我。我是个正直的人,不愿意跟您这样的先生谈话。我不喜欢告密的人。'

"别里科夫心神不定,忙忙乱乱,开始很快地穿大衣,脸上露出害怕的神情。要知道他还是生平第一次听见这样粗鲁的话。

"'您要说什么都随您,'他从前堂走到楼梯口上说。'只是我要预先向您声明一下:说不定已经有人把我们谈的话偷听去了,为了免得我们的谈话被人曲解,免得出什么乱子起见,我得把我们的谈话的内容……大体上报告校长先生。我不能不这样做。'

"'报告? 你报告去吧!'

"柯瓦连科抓住他后面的衣领,猛地一推,别里科夫就一路滚下楼去,他的套靴发出乒乒乓乓的响声。楼梯高而且陡,不过他滚到楼下却安然无恙,站起来,摸了摸鼻子,看他的眼镜碎了没有。可是偏巧他滚下楼的时候,瓦连卡走进来了,还带来两个女人。她们在楼下站着,呆呆地瞧他,而这对别里科夫来说却比什么都可怕。似乎他宁可摔断脖子,摔断两条腿,也比成为笑柄好:要知道这件事马上全城都会知道,还会传到校长和督学官的耳朵里去,'哎呀,千万别出什么乱子啊!'人家又要画出一张漫画来,到头来就会弄得他奉命辞职了。……

"等到他站起来,瓦连卡才认出是他,瞧着他可笑的脸、揉皱的大衣、套靴,不明白这是怎么回事,以为他是自己不小心摔下来的,就忍不住扬声大笑,声音响得整个房子都能听见:

"'哈哈哈!'

"这一串嘹亮清脆的哈哈声就此结束了一切:不论是婚事还是别里科夫在人间的生存全都完了。他再也听不见瓦连卡说了些什么,而且什么也没看见。他走回家里,首先从桌子上撤掉那张照片,然后躺下来,从此再也没有起床。

"过了三天光景阿法纳西到我家里来,问我要不要派人去请医师,因为据他说,他的主人有点不对头。我就到别里科夫的屋里去。他在帐子里躺着,盖着被子,一句话也不说;不管问他什么话,他光是回答一声是或者不,此外就闷声不响了。他躺在那儿,阿法纳西在他身旁走来走去,脸色阴沉,皱起眉头,深深地叹气,从他那儿散发出酒气来,就像从酒馆里发出来的一样。

"过了一个月别里科夫死了。我们大家,也就是两个中学和宗教学校的人,都去送他下葬。如今他躺在棺材里,他的神情温和、愉快,甚至高兴,仿佛他在庆幸他终于放进一个套子里,从此再也不必出来了似的。是啊,他实现了他的理想! 在他下葬的时候,天气似乎也在对他致敬,阴霾而有雨,我们大家都穿着套靴,打着雨伞。瓦连卡也去送丧,等到棺材放进墓穴里,她就哭了。我发现小俄罗斯女人只会哭或者笑,对她们来说中间的心情是没有的。

“老实说,埋葬别里科夫这样的人,是一件大快人心的事。我们从墓园回去的路上,脸色谦虚,闷闷不乐,谁也不愿意露出高兴的心情,而那种心情却像很早很早以前我们小时候,每逢大人出了家门,我们就在花园里跑上一两个钟头,享受充分的自由而经历到的那种心情。啊,自由啊,自由!哪怕有享受自由的一点点影子,哪怕有那么一线希望,就使得人的灵魂生出翅膀来。难道不是这样吗?

“我们从墓园里回来,心绪极好。然而一个星期还没过完,生活就又照先前那样流动,仍然那么严峻,恼人,杂乱无章。这样的生活固然没有经政府的告示禁止,不过也没有得到充分的许可呀。局面并没有变得好一点。真的,别里科夫下葬了,可是另外还有多少这类套中人活着,而且将来还会有多少!”

“问题就在这儿了,”伊凡·伊凡内奇说,点上烟斗。

“将来还会有多少啊!”布尔金重复了一句。

这个中学教员从堆房里走出来。这人身材不高,却结实,头顶完全光秃,他的黑胡子长得几乎齐到腰上。有两条狗跟着他一块儿走出来。

“多好的月色,多好的月色!”他抬头看,说道。

这时候已经是午夜。往右边瞧,可以看清整个村子。一条长街伸展到远处去,有五俄里光景。一切都沉入了安静而深沉的睡乡,一点活动也没有,一点声音也没有,人甚至不相信大自然能这样安静。人在月夜见到广阔的村街,心里就会变得安静。村子在安心休息,包缠着乌黑的夜色,避开了操劳、烦闷、愁苦,显得温和、哀伤、美丽,看上去似乎连天空的繁星也在亲切而动情地瞧着它,似乎人世间已经没有坏人坏事,一切都很好。左边,从村边起,田野铺展开来,人可以看见它一直伸展到远处,伸展到天边,这一大片田野浸沉在月光里,也没有一点活动,没有一点声音。

“问题就在这儿了,”伊凡·伊凡内奇又说一遍。“讲到我们住在空气污浊、极其拥挤的城里,写些不必要的公文,老是玩‘文特’①,这岂不也是一种套子?至于我们在懒汉、好打官司的人和愚蠢而闲散的女人当中消磨我们的一生,自己说,也听人家说各式各样的废话,这岂不也是一种套子?喏,要是您乐意听的话,我就来给您讲一个很有教益的故事。”

“不,现在是睡觉的时候了,”布尔金说。“留到明天再讲吧。”

他们就双双走进堆房里,在干草上躺下。这两个人刚盖好被子,要昏昏睡去,忽然听见轻微的脚步声:巴搭,巴搭。……有个什么人在离堆房不远的地方走路,走了不多一忽儿就停住了,可是过一分钟又来了:巴搭,巴搭。……狗汪汪地叫起来。

“这是玛芙拉在走路,”布尔金说。

---

① 一种赌博的纸牌戏。

脚步声渐渐听不见了。

“自己看着别人做假,听着别人说假话,”伊凡·伊凡内奇说,翻一个身,“于是自己由于容忍这种虚伪而被人骂成蠢货;自己受到委屈和侮辱而隐忍不发,不敢公开声明站在正直自由的人一边,反而自己也弄虚作假,还不住微笑,而这样做无非是为了混一口饭吃,为了有一个温暖的小窝,为了做个不值一钱的小官,不行,再也不能照这样生活下去!”

“哦,您这是扯到别的题目上去了,伊凡·伊凡内奇,”教师说。“我们睡觉吧!”

大约过了十分钟,布尔金睡着了。可是伊凡·伊凡内奇不住翻身,叹气,后来索性起床,又走出去,在门口坐下,点上了烟斗。

(以上汝龙　译)

20世纪

茨威格

斯蒂芬·茨威格(1881—1942),奥地利小说家、传记家,父亲是企业主。他在维也纳和柏林攻读哲学和文学,获哲学博士学位。他的中短篇小说集有《马来狂人》《感觉的混乱》《一个陌生女人的来信》等,他是20世纪优秀的中短篇小说家。特点是构思巧妙,情节曲折,常设置悬念,叙述细腻,注重心理描写,爱用第一人称。

《一个陌生女人的来信》以一个女子的长信表述她坚贞不渝的爱情,不幸的是对方其实对她并无真正的爱,只把她当作一个艳遇的玩物,欢情过后,就把她置于脑后,后来相见居然认不出她来。小说犹如一个长篇独白,细腻地写出了一个从十三岁起就投身于爱河的少女的激情,她毫无保留的袒露是一种心理表白。小说显示了作者对恋爱中的女人的深入观察。

一个陌生女人的来信

著名小说家R.到山里去进行了一次为时三天的郊游之后,这天清晨返回维也纳,在火车站买了一份报纸。他看了一眼日期,突然想起,今天是他的生日。“四十一岁了,”这个念头很快地在他脑子里一闪,他心里既不高兴也不难过。他随意地翻阅一下沙沙作响的报纸的篇页,便乘坐小轿车回到他的寓所。仆人告诉他,在他离家期间两位客人来访,有几个人打来电话,然后用一个托盘把收集起来的邮件交给他。他懒洋洋地看了一眼,有几封信的寄信人引起他的兴趣。他就拆开信封看看,有一封信字迹陌生,摸上去挺厚,他就先把它搁在一边。这时仆人端上茶来,他就舒舒服服地往靠背椅上一靠,再一次信手翻阅一下报纸和几份印刷品;然后点上一支雪茄,这才伸手去把那封搁在一边的信拿过来。

这封信大约有二三十页,是个陌生女人的笔迹,写得非常潦草,与其说是一封信,毋宁说是一份手稿。他不由自主地再一次去摸摸信封,看看里面是不是有什么附件没取出来,可是信封是空的。无论信封还是信纸都没写上寄信人的地址,甚至连个签名也没有。他心想:“真怪,”又把信拿到手里来看。“你,从来也没有认识过我的你啊!”这句话写在顶头,算是称呼,算是标题。他不胜惊讶地停了下来;这是指的他呢,还是指的一个想象中的人呢？他的好奇心突然被激起，他开始往下念：

我的儿子昨天死了——为了这条幼小娇弱的生命，我和死神搏斗了三大三夜，我在他的床边足足坐了四十个小时，当时流感袭击着他，他发着高烧，可怜的身子烧得滚烫。我把冷毛巾放在他发烫的额头上，成天成夜地把他那双不时抽动的小手握在我的手里。到第三天晚上我自己垮了。我的眼睛再也支持不住，我自己也不知道，我的眼皮就合上了。我坐在一把硬椅子上睡了三四个钟头，就在这时候，死神把他夺走了。这个温柔的可怜的孩子此刻就躺在那儿，躺在他那窄小的儿童床上，就和他死去的时候一样；他的眼睛，他那双聪明的黑眼睛，刚刚给合上了，他的双手也给合拢来，搁在他的白衬衫上面，床的四角高高地燃着四支蜡烛。我不敢往床上看，我动也不敢动，因为烛光一闪，影子就会从他脸上和他紧闭着的嘴上掠过，于是看上去，就仿佛他脸上的肌肉在动，我就会以为，他没有死，他还会醒过来，还会用他那清脆的嗓子给我说些孩子气的温柔的话儿。可是我知道，他死了，我不愿意往床上看，免得再一次心存希望，免得再一次遭到失望。我知道，我知道，我的儿子昨天死了——现在我在这个世界上只有你，只有你一个人，而你对我一无所知，你正在寻欢作乐，什么也不知道，或者正在跟人家嬉笑调情。我只有你，你从来没有认识过我，而我却始终爱着你。

我把第五支蜡烛取来放在这张桌子上，我就在这张桌子上写信给你。怎能孤单单地守着我死了的孩子，而不向人倾吐我心底的衷情呢？而在这可怕的时刻，不跟你说又叫我去跟谁说呢？你过去是我的一切，现在也是我的一切啊！也许我没法跟你说得清清楚楚；也许你也不明白我的意思——我的脑袋现在完全发木，两个太阳穴在抽动，像有人用槌子在敲，我的四肢都在发疼。我想我在发烧，说不定也得了流感，此刻流感正在挨家挨户地蔓延扩散，要是得了流感倒好了，那我就可以和我的孩子一起去了，省得我自己动手来了结我的残生。有时候我眼前一片漆黑，也许我连这封信都写不完——可是我一定要竭尽我的全力，振作起来，和你谈一次，就谈这一次，你啊，我的亲爱的，从来也没有认识过我的你啊！

我要和你单独谈谈，第一次把一切都告诉你；我要让你知道我整个的一生，我的一生一直是属于你的，而你对我的一生却始终一无所知。可是只有我死了，你再也用不着回答我了，此刻使我四肢忽冷忽热的疾病确实意味着我的生命即将终结，那我才让你知道我的秘密。要是我还得再活下去，我就把这封信撕掉，我将继续保持沉默，就像我过去一直沉默一样。可是如果你手里拿着这封信，那你就知道，是个已死的女人在这里向你诉说她的身世，诉说她的生活，从她有意识的时候起，一直到她生命的最后一刻为止，她的生命始终是属于你的。看到我这些话你不要害怕；一个死者别无企求，她既不要求别人的爱，也不要求同情和慰藉。我对你只有一个要求，那就是请你相信我那向你吐露隐衷的痛苦的心所告诉你的一切。请你相信我说的一切，这是我对你的唯一的请求：一个人在自己的独生子死去的时刻是不会说谎的。

我要把我整个的一生都向你倾诉，我这一生实在说起来是从我认识你的那一天开始的。在这以前，我的生活只是阴惨惨、乱糟糟的一团，我再也不会想起它来，它就像是一个地窖，堆满了尘封霉湿的人和物，上面还结着蛛网，对于这些，我的心早已非常淡漠。你在我生活中出现的时候，我十三岁，我住在你现在住的那幢房子里，此刻你就在这幢房子里，手里拿着这封信，我生命的最后一息。我和你住在同一层楼，正好门对着门。你肯定再也想不起我们，想不起那个寒酸的会计员的寡妇（她总是穿着孝服）和她那尚未长成的瘦小的女儿——我们深居简出，不声不响，仿佛沉浸在我们小资产阶级的穷酸气氛之中——你也许从来也没有听见过我们的姓名，因为在我们的门上没有挂牌子，没有人来看望我们，没有人来打听我们。况且事情也已经过了好久了，都有十五六年了，你一定什么也不知道，我的亲爱的。可是我呢，啊，我热烈地回忆起每一个细节，我清清楚楚地记得我第一次听人家说起你，第一次看到你的那一天，不，那一小时，就像发生在今天，我又怎么能不记得呢？因为就是那时候世界才为我而开始啊。耐心点，亲爱的，等我把一切都从头说起，我求你，听我谈自己谈一刻钟，别厌倦，我爱了你一辈子也没有厌倦啊！

在你搬进来以前，你那屋子里住的人丑恶凶狠，吵架成性，他们自己穷得要命，却特别嫌恶邻居的贫穷，他们恨我们，因为我们不愿意染上他们那种破落的无产者的粗野。这家的丈夫是个酒鬼，老是揍老婆；我们常常睡到半夜被椅子倒地、盘子摔碎的声音惊醒，有一次那老婆给打得头破血流，披头散发地逃到楼梯上面，那个酒鬼在她身后粗声大叫，最后大家都开门出来，威胁他要去叫警察，风波才算平息。我母亲从一开始就避免和这家人有任何来往，禁止我和这家的孩子一块儿玩，他们于是一有机会就在我身上找碴出气。他们要是在大街上碰到我，就在我身后嚷些脏话，有一次他们用挺硬的雪球扔我，扔得我额头流血。全楼的人怀着一种共同的本能，都恨这家人。突然有一天出了事，我记得，那个男人偷东西给抓了起来，那个老婆只好带着她那点家当搬出去，这下我们大家都松了一口气，招租的条子在大门上贴了几天，后来又给揭下来了，从门房那里很快传开了消息，说是有个作家，一位单身的文静的先生租了这个住宅。当时我第一次听到你的姓名。

几天之后，油漆匠、粉刷匠、清洁工、裱糊匠就来打扫收拾屋子，给原来的那家人住过，屋子脏极了。于是楼里只听见一阵叮叮当当的敲打声、拖地声、刮墙声，可是我母亲倒很满意，她说，这一来对面讨厌的那一家子总算再也不会和我们为邻了。而你本人呢，即使在搬家的时候我也还没见到你的面；搬迁的全部工作都是你的仆人照料的，这个小个子的男仆，神态严肃，头发灰白，总是轻声轻气地、十分冷静地带着一种居高临下的神气指挥着全部工作。他给我们大家留下了深刻的印象，因为首先在我们这幢坐落在郊区的房子里，上等男仆可是一件十分新颖的事物，其次因为他对所有的人都客气得要命，可是又不因此而降低身份，把自己混同于一般的仆役，和他们亲密无间地谈天说地。他从第一天起就毕恭毕敬地和我母亲打招呼，把她当作一位有身份的太太；甚至对我这个小毛丫头，他也总是态度和蔼、神情严肃。他一提起你的名字，总是带着一种尊敬的神气，一种特别的敬意——别人马上就看出，他和你的关系，远远超出一般主仆之间的关系。为此我是多么喜欢他啊！这个善良的老约翰，尽管我心里暗暗地忌妒他，能够老是待在你的身边，老是可以侍候你。

我把这一切都告诉你，亲爱的，把这一切琐碎的简直可笑的事情喋喋不休地说给你听，为了让你明白，你从一开始就对我这个生性腼腆、胆怯羞涩的女孩子具有这样巨大的力量。你自己还没有进入我的生活，你的身边就出现了一个光圈，一种富有、奇特、神秘的氛围——我们住在这幢郊区房子里的人一直非常好奇地、焦灼不耐地等你搬进来住（生活在狭小天地里的人们，对门口发生的一切新鲜事儿总是非常好奇的）。有一天下午，我放学回家，看见搬运车停在楼前，这时我心里对你的好奇心大大地增长起来。大部分家具，凡是笨重的大件，搬运夫早已把它们抬上楼去了；还有一些零星小件正在往上拿。我站在门口，惊奇地望着一切，因为你所有的东西都很奇特，都是那么别致，我从来也没有见过；有印度的佛像，意大利的雕像，色彩鲜艳刺目的巨幅油画，末了又搬来好些书，好看极了，我从来没想到过，书会这么好看。这些书都码在门口，你的仆人把它们拿起来，用掸子仔细地把每本书上的灰尘都掸掉。我好奇心切，轻手轻脚地围着那堆越码越高的书堆，边走边看，你的仆人既不把我撵走，也不鼓励我走近；所以我一本书也不敢碰，尽管我心里真想摸摸有些书的软皮封面。我只是怯生生地从旁边看看书的标题：这里有法文书、英文书，还有些书究竟是什么文写的，我也不认得。我想，我真会一连几小时傻看下去的，可是我母亲把我叫回去了。

整个晚上我都不由自主地老想着你，而我当时还不认识你呢，我自己只有十几本书，价钱都很便宜，都是用破烂的硬纸做的封面，这些书我爱若至宝，读了又读。这时我就寻思，这个人有那么多漂亮的书，这些书他都读过，他还懂那么多文字，那么有钱，同时又那么有学问，这个人该长成一副什么模样呢？一想到这么多书，我心里不由地产生一种超凡脱俗的敬畏之情。我试图想象你的模样：你是个戴眼镜的老先生，蓄着长长的白胡子，就像我们的地理老师一样，所不同的只是，你更和善，更漂亮，更温雅——我不知道，为什么我在当时就确有把握地认为，你准长得漂亮，因为我当时想象中的你还是个老头呢。在那天夜里，我还不认识你，我就第一次做梦梦见了你。

第二天你搬进来住了，可是我尽管拼命侦察，还是没能见你的面——这只有使我更加好奇。最后，到第三天，我才看见你。你的模样和我的想象完全不同，跟我那孩子气的想象中的老爷爷的形象毫不沾边，我感到非常意外，深受震惊。我梦见的是一个戴眼镜的和蔼可亲的老年人，可你一出现——原来你的模样跟你今天的样子完全相似，原来你这个人始终没有变化，尽管岁月在你身上缓缓地流逝！你穿着一身浅褐色的迷人的运动服，上楼的时候总是两级一步，步伐轻捷，活泼灵敏，显得十分潇洒。你把帽子拿在手里，所以我一眼就看见了你的容光焕发、表情生动的脸，长了一头光泽年轻的头发，我的惊讶简直难以形容：的确，你是那样的年轻、漂亮，身材颀长，动作灵巧，英俊潇洒，我真的吓了一跳。你说这事不是很奇怪吗，在这最初的瞬间我就非常清晰地感觉到你所具有的独特之处，不仅是我，凡是和你认识的人都怀着一种意外的心情在你身上一再感觉到：你是一个具有双重人格的人，既是一个轻浮、贪玩、喜欢奇遇的热情少年，同时又是一个在你从事的那门艺术方面无比严肃、认真负责、极为渊博、很有学问的长者。我当时无意识地感觉到了后来每个人在你身上都得到的那种印象:你过着一种双重生活,既有对外界开放的光亮的一面,另外还有十分阴暗的一面,这一面只有你一个人知道——这种最深藏的两面性是你一生的秘密,我这个十三岁的姑娘,第一眼就感觉到了你身上的这种两重性,当时像着了魔似的被你吸引住了。

你现在明白了吧,亲爱的,你当时对我这个孩子该是一个多么不可思议的奇迹,一个多么诱人的谜啊!这是一位大家尊敬的人物,因为他写了好些书,因为他在另一个大世界里声名卓著,可是现在突然发现这个人年轻潇洒,是个性格开朗的二十五岁的青年!还要我对你说吗,从这天起,在我们这所房子里,在我整个可怜的儿童世界里,除了你再也没有什么别的东西使我感兴趣;我本着一个十三岁的女孩的全部傻劲儿,全部追根究底的执拗劲头,只对你的生活、只对你的存在感兴趣!我仔细地观察你,观察你的出入起居,观察那些来找你的人,所有这一切,非但没有削弱、反而增强了我对你这个人的好奇心,因为来看你的人形形色色,各不相同,这就表现出了你性格中的两重性。有时来了一帮年轻人,是你的同学,一批不修边幅的大学生,你跟他们一起高声大笑、发疯胡闹,有时候又有些太太们乘着小轿车来,有一次歌剧院经理来了,那个伟大的指挥家,我只有满怀敬意地从远处看见他站在乐谱架前,再就是一些还在上商业学校的姑娘们,她们很不好意思地一闪身就溜进门去,来的女人很多,多极了。我并不觉得这有什么奇怪,有一天早上我上学去时候,看见有位太太脸上蒙着厚厚的面纱从你屋里出来,我也不觉得这有什么特别——我那时才十三岁,怀着一种热烈的好奇心,刺探你的行踪,偷看你的举动,我还是个孩子,不知道这种好奇心就已经是爱情了。可是我还清楚记得,亲爱的,我整个地爱上你,永远迷上你的那一天,那个时刻。那天,我跟一个女同学去散了一会儿步,我们俩站在大门口闲聊。这时驰来一辆小汽车,车刚停下,你就以你那种急迫不耐的、轻捷灵巧的方式从车上一跃而下,这样子至今还叫我动心。你下了车想走进门去,我情不自禁地给你把门打开,这样我就挡了你的道,我俩差点撞在一起。你看了我一眼,那眼光温暖、柔和、深情,活像是对我的爱抚,你冲着我微微一笑,我没法形容,只好说:含情脉脉地冲我一笑,用一种非常轻柔的、简直可说是亲昵的声音对我说:“多谢,小姐。”

全部经过就是这样,亲爱的;可是从我接触到你那充满柔情蜜意的眼光之时起,我就完全属于你了。我后来、我不久之后就知道,你的这道目光好像把对方拥抱起来,吸引到你身边,既脉脉含情,又荡人心魄,这是一个天生的诱惑者的眼光,你向每一个从你身边走过的女人都投以这样的目光,向每一个卖东西给你的女店员,向每一个给你开门的使女都投以这样的目光。这种眼光在你身上并不是有意识地表示多情和爱慕,而是你对女人怀有的柔情使你一看见她们,你的眼光便不知不觉地变得温柔起来。可是我这个十三岁的孩子对此一无所知:我心里像着了火似的。我以为,你的柔情蜜意只针对我,是给我一个人的。就在这一瞬间,我这个还没有成年的姑娘一下子就成长为一个女人,而这个女人从此永远属于你了。

“这人是谁啊?”我的女同学问道。我一下子答不上来。你的名字我怎么着也说不出口:就在这一秒钟,在这唯一的一秒钟里,你的名字在我心目中变得无比神圣,成了我心里的秘密。“唉,住在我们楼里的一位先生呗!”我结结巴巴笨嘴拙腮地说道。“那他看你一眼,你干吗脸涨得通红啊!”我的女同学以一个好管闲事的女孩子的阴坏神气,连嘲带讽地说道。可是恰巧因为我感觉到她的讽刺正好捅着了我心里的秘密,血就更往我的脸颊上涌。窘迫之余我就生气了。我恶狠狠地说了她一句:“蠢丫头!”我当时真恨不得把她活活勒死。可是她笑得更欢,嘲讽的神气更加厉害,末了我发现,我火得没法,眼睛里都噙满了眼泪,我不理她,一口气跑上楼去了。

从这一秒钟起,我就爱上了你。我知道,女人们经常向你这个娇纵惯了的人说这句话。可是请相信我,没有一个女人像我这样死心塌地地、这样舍身忘己地爱过你,我对你从不变心,过去是这样,一直是这样,因为在世界上没有什么东西可以比得上一个孩子暗中怀有的不为人所觉察的爱情,因为这种爱情不抱希望,低声下气,曲意逢迎,委身屈从,热情奔放,这和一个成年妇女的那种欲火炽烈、不知不觉中贪求无厌的爱情完全不同。只有孤独的孩子才能把全部热情聚集起来,其他的人在社交活动中早已滥用了自己的感情,和人亲切交往中早已把感情消磨殆尽,他们经常听人谈论爱情,在小说里常常读到爱情,他们知道,爱情乃是人们共同的命运。他们玩弄爱情,就像摆弄一个玩具,他们夸耀自己恋爱的经历,就像男孩抽了第一支香烟而洋洋得意。可我身边没有别人,我没法向别人诉说我的心事,没有人指点我、提醒我,我毫无阅历,毫无思想准备:我一头栽进我的命运,就像跌进一个深渊。我心里只有一个人,那就是你,我睡梦中也只看见你,我把你视为知音:我的父亲早已去世,我的母亲成天心情压抑,郁郁不乐,靠养老金生活,总是胆小怕事,所以和我也不贴心;那些多少有点变坏的女同学叫我反感,她们轻佻地把爱情看成儿戏,而在我的心目中,爱情却是我至高无上的激情——所以我把原来分散凌乱的全部感情,把我整个的紧缩起来而又一再急切向外迸涌的心灵都奉献给你。我该怎么对你说才好呢?任何比喻都嫌不足,你是我的一切,是我整个生命。世上万物因为和你有关才存在,我生活中的一切只有和你连在一起才有意义。你使我整个生活变了样,我原来在学校里学习一直平平常常,不好不坏,现在突然一跃而成为全班第一,我如饥似渴地念了好些书,常常念到深夜,因为我知道,我喜欢书本,我突然以一种近乎倔强的毅力练起钢琴来了,使我母亲不胜惊讶,因为我想,你是热爱音乐的。我把我的衣服刷了又刷,缝了又缝,就是为了在你面前显得干干净净,讨人喜欢。我那条旧的校服罩裙(是我母亲穿的一件家常便服改的)的左侧打了个四四方方的补丁,我觉得讨厌极了。我怕你会看见这个补丁,于是看不起我,所以我跑上楼梯的时候,总把书包盖着那个地方,我害怕得浑身哆嗦,唯恐你会看见那个补丁。可是这是多么傻气啊!你在那次以后从来也没有、几乎从来也没有正眼看过我一眼。

而我呢,我可以说整天什么也不干,就是在等着你,在窥探你的一举一动。在我们家的房门上面有一个小小的黄铜窥视孔,透过这个圆形小窗孔一直可以看到你的房门。这个窥孔就是我伸向世界的眼睛——啊,亲爱的,你可别笑,我那几个月,那几年,手里拿着一本书,一下午一下午地就坐在小窗孔跟前,坐在冰冷的门道里守候着你,提心吊胆地生怕母亲疑心,我的心紧张得像根琴弦,你一出现,它就颤个不停。直到今天想到这些的时候,我都并不害臊。我的心始终为你而紧张,为你而颤动;可是你对此毫无感觉,就像你口袋里装了怀表,你对它的绷紧的发条没有感觉一样。这根发条在暗中耐心地数着你的钟点,计算着你的时候,以它听不见的心跳陪着你东奔西走,而你在它那滴答不停的几百万秒当中,只有一次向它匆匆瞥了一眼。你的什么事情我都知道,我知道你的每一个生活习惯,认得你的每一根领带、每一套衣服,认得你的每一个朋友,并且不久就能把他们加以区分,把他们分成我喜欢的和我讨厌的两类:我从十三岁到十六岁,每一小时都是在你身上度过的。啊,我干了多少傻事啊！我亲吻你的手摸过的门把,我偷了一个你进门之前扔掉的雪茄烟头,这个烟头我视若圣物,因为你的嘴唇接触过它。晚上我上百次地借故跑下楼去,到胡同里去看看你哪间屋里还亮着灯光,用这样的办法来感觉你那看不见的存在,在想象中亲近你。你出门旅行的那些礼拜里——我一看见那善良的约翰把你的黄色旅行袋提下楼去,我的心便吓得停止了跳动——那些礼拜里我虽生犹死,活着没有一点意思。我心情恶劣,百无聊赖,茫然不知所从,我得十分小心,别让我母亲从我哭肿了的眼睛中看出我绝望的心绪。

我知道,我现在告诉你的这些事都是滑稽可笑的荒唐行径,孩子气的蠢事。我应该为这些事而感到羞耻,可是我并不这样,因为我对你的爱从来也没有像在这种天真的感情流露中表现得更纯洁更热烈的了。要我说,我简直可以一连几小时,一连几天几夜地跟你说,我当时是如何和你一起生活的,而你呢几乎都没跟我打过一个照面,因为每次我在楼梯上遇见你,躲也躲不开了,我就一低头从你身边跑上楼去,为了怕见你那火辣辣的眼光,就像一个人怕火烧着,而纵身跳水投河一样。要我讲,我可以一连几小时,一连几天几夜地跟你讲你早已忘却的那些岁月,我可以给你展开一份你整个一生的全部日历;可是我不愿使你无聊,不愿使你难受。我只想把我童年时代最美好的一个经历再告诉你,我求你别嘲笑我,因为这只不过是微不足道的小事一桩,而对我这个孩子来说,这可是了不起的一件大事。大概是个星期天,你出门旅行去了,你的仆人把他拍打干净的笨重地毯从敞开着的房门拖进屋去。这个好心人干这个活非常吃力,我不晓得从哪儿来的一股勇气,便走了过去,问他要不要我帮他的忙。他很惊讶,可还是让我帮了他一把,于是我就看见了你的寓所的内部——我实在没法告诉你,我当时怀着何等敬畏甚至虔诚的心情！我看见了你的天地,你的书桌,你经常坐在这张书桌旁边,桌上供了一个蓝色的水晶花瓶,瓶里插着几朵鲜花,我看见了你的柜子,你的画,你的书。我只是匆匆忙忙地向你的生活偷偷地望了一眼,因为你的忠仆约翰一定不会让我仔细观看的,可是就这么一眼我就把你屋里的整个气氛都吸收进来,使我无论醒着还是睡着都有足够的营养供我神思梦想。

就这匆匆而逝的一分钟是我童年时代最幸福的时刻。我要把这个时刻告诉你,是为了让你——你这个从来也不曾认识过我的人啊——终于开始感到,有一个生命依恋着你,并且为你而憔悴。我要把这个最幸福的时刻告诉你,同时我要把那最可怕的时刻也告诉你,可惜这两者竟挨得如此之近!我刚才已经跟你说过了,为了你的缘故,我什么都忘了,我没有注意我的母亲,我对谁也不关心。我没有发现,有个上了年纪的男人,一位因斯布鲁克地方的商人和我母亲沾着远亲,这时经常来做客,一待就是好长时间;是啊,这只有使我高兴,因为他有时带我母亲去看戏,这样我就可以一个人待在家里,想你,守着看你回来,这可是我唯一的至高无上的幸福啊!结果有一天我母亲把我叫到她房里,唠唠叨叨说了好些,说是要和我严肃地谈谈。我的脸唰地一下发白了,我的心突然怦怦直跳:莫非她预感到了什么,猜到了什么不成?我的第一个念头就想到你,想到我的秘密,它是我和外界发生联系的纽带。可是我妈自己倒显得非常忸怩,她温柔地吻了我一两下(平时她是从来也不吻我的),把我拉到沙发上坐在她的身边,然后吞吞吐吐,羞羞答答地开始说道,她的亲戚是个死了妻子的单身汉,现在向她求婚,而她主要是为我着想,决定接受他的请求。一股热血涌到我的心里,我心里只有一个念头,我想到你。"那咱们还住在这儿吧?"我只能结结巴巴地说出这么一句话。"不,我们搬到因斯布鲁克去住,斐迪南在那儿有座漂亮的别墅。"她说的别的话我都没有听见。我突然眼前一黑。后来我听说,我当时晕过去了。我听见我母亲对我那位等在门背后的继父低声说,我突然伸开双手向后一仰,就像铅块似的跌到地上。以后几天发生过什么事情,我这么一个无权自主的孩子又怎样抵抗过他们压倒一切的意志,这一切我都没法向你形容:直到现在,我一想到当时,我这握笔的手就抖了起来。我真正的秘密我又不能泄露,我反对的结果在他们看来就纯粹是脾气倔强、固执己见、心眼狠毒的表现。谁也不再搭理我,一切都背着我进行。他们利用我上学的时间搬运东西:等我放学回家,总有一件家具搬走了或者卖掉了。我眼睁睁地看着我的家搬空了,我的生活也随之毁掉了。有一次我回家吃午饭,搬运工人正在包装家具,把所有的东西都搬走。在空荡荡的房间里放着收拾停当的箱子以及给我母亲和我准备的两张行军床;我们还得在这儿过一夜,最后一夜,明天就乘车到因斯布鲁克去。

在这最后一天我突然果断地感觉到,不在你的身边,我就没法活下去。除了你我不知道还有什么别的救星。我一辈子也说不清楚,我当时是怎么想的,在这绝望的时刻,我是否真正能够头脑清醒地进行思考,可是突然——我妈不在家——我站起身来,身上穿着校服,走到对面去找你。不,我不是走过去的:一种内在的力量像磁铁,把我僵手僵脚地、四肢哆嗦地吸到你的门前。我已经跟你说过了,我自己也不明白,我到底打算怎么样:我想跪倒在你的脚下,求你收留我做你的丫头,做你的奴隶。我怕你会取笑一个十五岁的女孩子有这种纯洁无邪的狂热之情,可是亲爱的,要是你知道,我当时如何站在门外冷气彻骨的走廊里,吓得浑身僵直,可是又被一股难以捉摸的力量所驱使,移步向前,我如何使了大劲儿,挪动抖个不住的胳膊,伸出手去——这场斗争经过了可怕的几秒钟,真像是永恒一样的漫长——用指头去按你的门铃,要是你知道了这一切,你就不会取笑了。刺耳的铃声至今还在我耳边震响,接下来是一片寂静,我的心脏停止了跳动,我周身的鲜血也凝结不动,我凝神静听,看你是否走来开门。

可是你没有来。谁也没有来。那天下午你显然不在家里,约翰大概出去办事了,所以我只好摇摇晃晃地拖着脚步回到我们搬空了家具、残破不堪的寓所，门铃的响声还依然在我耳际萦绕，我精疲力竭地倒在一床旅行床上，从你的门口到我家一共四步路，走得我疲惫不堪，就仿佛我在深深的雪地里跋涉了几个小时似的。可是尽管筋疲力尽，我想在他们把我拖走之前看你一眼，和你说说话的决心依然没有泯灭。我向你发誓，这里面丝毫也不掺杂情欲的念头，我当时还是个天真无邪的姑娘，除了你以外实在别无所想：我一心只想看见你，再见你一面，紧紧地依偎在你的身上。于是整整一夜，这可怕的漫长的一夜，亲爱的，我一直等着你。我妈刚躺下睡着，我就轻手轻脚地溜到门道里，尖起耳朵倾听，你什么时候回家。我整夜都等着你，这可是个严寒冷冻的一月之夜啊。我疲惫困倦，四肢酸疼，门道里已经没有椅子可坐，我就趴在地上，从门底下透过来阵阵寒风。我穿着单薄的衣裳躺在冰冷的使人浑身作疼的硬地板上，我没拿毯子，我不想让自己暖和，唯恐一暖和就会睡着，听不见你的脚步声。躺在那里浑身都疼，我的两脚抽筋，蜷缩起来，我的两臂索索直抖：我只好一次次地站起身来。在这可怕的黑咕隆咚的门道里实在冷得要命。可是我等着，等着，等着你，就像等待我的命运。

终于——大概是在凌晨两三点钟吧——我听见楼下有人用钥匙打开大门，然后有脚步声顺着楼梯上来。刹那间我觉得寒意顿消，浑身发热，我轻轻地打开房门，想冲到你的跟前，扑在你的脚下。……啊，我真不知道，我这个傻姑娘当时会干出什么事来。脚步声越来越近，蜡烛光晃晃悠悠地从楼梯照了上来。我握着门把，浑身哆嗦。上楼来的，真是你吗？

是的，上来的是你，亲爱的——可是你不是一个人回来的。我听到一阵娇媚的轻笑，绸衣拖地的窸窣声和你低声说话的声音——你是和一个女人一起回来的。

我不知道，我这一夜是怎么熬过来的。第二天早上八点钟他们把我拖到因斯布鲁克去了，我已经一点反抗的力气也没有了。

我的儿子昨天夜里死了——如果现在我果真还得继续活下去的话，我又要孤零零地一个人生活了。明天他们要来，那些黝黑、粗笨的陌生男人，带口棺材来，我将把我可怜的唯一的孩子装到棺材里去。也许朋友们也会来，带来些花圈，可是鲜花放在棺材上又有什么用？他们会来安慰我，给我说些什么话；可是他们能帮我什么忙呢？我知道，事后我又得独自一人生活。世界上再也没有比置身于人群之中却又孤独生活更可怕的了。我当时，在因斯布鲁克度过的漫无止境的两年时间里，体会到了这一点。从我十六岁到十八岁的那两年，我简直像个囚犯，像个遭到摒弃的人似的，生活在我的家人中间，我的继父是个性情平和、沉默寡言的男子，他对我很好，我母亲似乎为了补赎一个无意中犯的过错，对我总是百依百顺；年轻人围着我，讨好我；可是我执拗地拒他们于千里之外。离开了你，我不愿意高高兴兴、心满意足地生活。我沉湎于我那阴郁的小天地里，自己折磨自己，孤独寂寥地生活，他们给我买的花花绿绿的新衣服，我穿也不穿；我拒绝去听音乐会，拒绝去看戏，拒绝跟人家一起快快活活地出去远足郊游。我几乎足不逾户,很少上街:亲爱的,你相信吗,我在这座小城市里住了两年之久,认识的街道还不到十条?我成天悲愁,一心只想悲愁;我看不见你,也就什么不想要,只想从中得到某种陶醉。再说,我只是热切地想要在心灵深处和你单独待在一起,我不愿意使我分心。我一个人坐在家里,一坐几小时,一坐一整天,什么事也不做,就是想你,把成百件细小的往事翻来覆去想个不停,回想起每一次和你见面,每次等候你的情形,我把这些小小的插曲想了又想,就像看戏一样。因为我把往日的每一秒钟都重复了无数次,所以我整个童年时代都记得一清二楚,过去这些年每一分钟对我都是那样的生动、具体,仿佛这是昨天发生的事情。

我当时心思完全集中在你的身上。我把你写的书都买了来;只要你的名字一登在报上,这天就成了我的节日。你相信吗?你的书我念了又念,不知念了多少遍,你书中每一行我都背得出来。要是有人半夜里把我从睡梦中唤醒,从你书里孤零零地给我念上一行,我今天,时隔十三年,我今天还能接着往下背,就像在做梦一样;你写的每一句话,对我来说都是福音书和祷告词啊。整个世界只是因为和你有关才存在;我在维也纳的报纸上查看音乐会和戏剧首次公演的广告,心里只有一个念头,那就是什么演出会使你感兴趣,一到晚上,我就在远方陪伴着你:此刻他走进剧院大厅了,此刻他坐下了。这样的事情我梦见了不下一千次,因为我曾经有一次亲眼在音乐会上看见过你。

可是干吗说这些事情呢,干吗要把一个孤独的孩子的这种疯狂的,自己折磨自己的,如此悲惨、如此绝望的狂热之情告诉一个对此毫无所感、一无所知的人呢?可是我当时难道还是个孩子吗?我已经十七岁,转眼就满十八岁了——年轻人开始在大街上扭过头来看我了,可是他们只是使我生气发火。因为要我在脑子里想着和别人恋爱,而不是爱你,哪怕仅仅是闹着玩的,这种念头我都觉得难以理解,难以想象的陌生,稍稍动心在我看来就已经是在犯罪了。我对你的激情仍然一如既往,只不过随着我身体的发育,随着我情欲的觉醒而和过去有所不同,它变得更加炽烈、更加含有肉体的成分,更加具有女性的气息。当年潜伏在那个不懂事的女孩子的下意识里、驱使她去拉你的门铃的那个朦朦胧胧的愿望,现在却成了我唯一的思想:把我奉献给你,完全委身于你。

我周围的人认为我腼腆,说我害羞脸嫩,我咬紧牙关,不把我的秘密告诉任何人。可是在我心里却产生了一个钢铁般的意志。我一心一意只想着一件事:回到维也纳,回到你的身边。经过努力,我的意志得以如愿以偿,不管它在别人看来,是何等荒谬绝伦,何等难以理解。我的继父很有资财,他把我看作他自己亲生的女儿。可是我一个劲儿地地顽固坚持,要自己挣钱养活自己,最后我终于达到了目的,前往维也纳去投奔一个亲戚,在一家规模很大的服装店里当了职员。难道还要我对你说,在一个雾气迷蒙的秋日傍晚我终于!终于!来到了维也纳,我首先是到哪儿去的吗?我把箱子存在火车站,跳上一辆电车——我觉得这电车开得多么慢啊,它每停一站我就心里冒火——跑到那幢房子跟前。你的窗户还亮着灯,我整个心怦怦直跳。到这时候,这座城市,这座对我来说如此陌生,如此毫无意义地在我身边喧嚣轰响的城市,才获得了生气，到这时候，我才重新复活，因为我感觉到了你的存在，你，我的永恒的梦。我没有想到，我对你的心灵来说，无论是相隔无数的山川峡谷，还是说在你和我那抬头仰望的目光之间只相隔你窗户的一层玻璃，其实都是同样的遥远。我抬头看啊，看啊：那儿有灯光，那儿是房子，那儿是你，那儿就是我的天地。两年来我一直朝思暮想着这一时刻，如今总算盼到了。这个漫长的夜晚，天气温和，夜雾弥漫，我一直站在你的窗下，直到灯熄灭。然后我才去寻找我的住处。

以后每天晚上我都这样站在你的房前。我在店里干活一直干到六点，活很重，很累人，可是我很喜欢这个活，因为工作一忙，就使我不至于那么痛切地感到我自己内心的骚乱。等到铁制的卷帘式的百叶窗哗的一下在我身后落下，我就径直奔向我心爱的目的地。我心里唯一的心愿就是，只想看你一眼，只想和你见一次面，只想远远地用我的目光搂抱你的脸！大约过了一个星期，我终于遇见你了，而且恰好是在我没有料想到的一瞬间：我正抬头窥视你的窗口，你突然穿过马路走了过来。我一下子又成了那个十三岁的小姑娘，我觉得热血涌向我的面颊；我违背了我内心强烈的、渴望看见你眼睛的欲望，不由自主地一低头，像身后有追兵似的，飞快地从你旁边跑了过去。事后我为这种女学生似的羞怯畏缩的逃跑行为感到害臊，因为现在我不是已经打定主意了吗：我一心只想遇见你，我在找你，经过这些好不容易熬过来的岁月，我希望你认出我是谁，希望你注意我，希望为你所爱。

可是你好长一段时间都没有注意到我，尽管我每天晚上都站在你的胡同里，即使风雪交加，维也纳凛冽刺骨的寒风吹个不停，也不例外。有时候我白白地等了几小时，有时候我等了半天，你终于和朋友一起从家里走了出来，有两次我还看见你和女人在一起——我看见一个陌生女人和你手挽着手紧紧依偎着往外走，我的心猛地一下抽缩起来，把我的灵魂撕裂，这时我突然感到我已长大成人，感到心里有种新的异样的感觉。我并不觉得意外，我从童年时代起就知道老有女人来访问你，可是现在突然一下子我感到一阵肉体上的痛苦，我心里感情起伏，恨你和另外一个女人这样明显地表示出肉体上的亲昵。可同时自己也渴望着能得到这种亲昵。出于一种幼稚的自尊心，我一整天没有到你房子前面去，我以往就有这种幼稚的自尊心，说不定我今天还依然是这样。可是这个倔强赌气的夜晚变得非常空虚，这一晚多么可怕啊！第二天晚上我又忍气吞声地站在你的房前，等啊等啊，命运注定，我一生就这样站在你紧闭着的生活前面等着。

有一天晚上，你终于注意到我了。我早已看见你远远地走来，我赶忙振作精神，别到时候又躲开你。事情也真凑巧，恰好有辆卡车停在街上卸货，把马路弄得很窄，你只好擦着我的身边走过去。你那漫不经心的目光不由自主地向我身上一扫而过，它刚和我专注的目光一接触，立刻又变成了那种专门对付女人的目光——勾起往事，我大吃一惊！——又成了那种充满柔情蜜意的目光，既脉脉含情，同时又荡人心魄，又成了那种把对方紧紧拥抱起来的勾魂摄魄的目光，这种目光从前第一次把我唤醒，使我一下子从孩子变成了女人，变成了恋人，你的目光和我的目光就这样接触了一秒钟、两秒钟,我的目光没法和你的目光分开,也不愿意和它分开——接着你就从我身边过去了。我的心跳个不停:我身不由己地不得不放慢脚步,一种难以克服的好奇心驱使我扭过头去,看见你停住了脚步,正回过头来看我。你非常好奇、极感兴趣地仔细观察我,我从你的神情立刻看出,你没有认出我来。

你没有认出我来,当时没有认出我,也从来没有认出过我。亲爱的,我该怎么向你形容我那一瞬间失望的心情呢。当时我是第一次遭受这种命运,这种不为你所认出的命运,我一辈子都忍受着这种命运,随着这种命运而死;没有被你认出来,一直没有被你认出来。叫我怎么向你描绘这种失望的心情呢!因为你瞧,在因斯布鲁克的这两年,我每时每刻都在想念你,我什么也不干,就在设想我们在维也纳的重逢该是什么情景,我随着自己情绪的好坏,想象出最幸福的和最恶劣的可能性。如果可以这么说的话,我是在梦里把这一切都过了一遍;在我心情阴郁的时刻我设想过:你会把我拒之于门外,会看不起我,因为我太低贱,太丑陋,太讨厌。你的憎恶、冷酷、淡漠所表现出来的种种形式,我在热烈活跃的想象出来的幻境里都经历过了——可是这点,就这一点,即使我心情再阴沉,自卑感再严重,我也不敢考虑,这是最可怕的一点:那就是你根本没有注意到有我这么一个人存在。今天我懂得了——唉,是你教我明白的!——对于一个男人来说,一个少女、一个女人的脸想必是变化多端的东西,因为它在大多数情况下只是一面镜子,时而是炽热激情之镜,时而是天真烂漫之镜,时而又是疲劳困倦之镜,正如镜中的人影一样转瞬即逝,那么一个男子也就更容易忘却一个女人的容貌,因为年龄会在她的脸上投下光线,或者布满阴影,而服装又会把它时而这样时而那样地加以衬托。只有伤心失意的女人才会真正懂得这个中的奥秘。可我当时还是个少女,我还不能理解你的健忘,我自己毫无节制的没完没了地想你,结果我竟产生了错觉,以为你一定也常常在想我,常常在等我;要是我确切知道,我在你心目中什么也不是,你从来也没有想过我一丝一毫,我又怎么活得下去呢!你的目光告诉我,你一点也认不得我,你一点也想不起来你的生活和我的生活有细如蛛丝的联系:你的这种目光使我如梦初醒。使我第一次跌到现实之中,第一次预感到我的命运。

你当时没有认出我是谁。两天之后我们又一次邂逅,你的目光以某种亲昵的神情拥抱我,这时你又没有认出,我是那个曾经爱过你的、被你唤醒的姑娘,你只认出,我是两天之前在同一个地方和你对面相遇的那个十八岁的美丽姑娘。你亲切地看我一眼;神情不胜惊讶,嘴角泛起一丝淡淡的微笑。你又和我擦肩而过又马上放慢脚步:我浑身战栗,我心里欢呼,我暗中祈祷,你会走来跟我打招呼,我感到,我第一次为你而活跃起来:我也放慢了脚步,我不躲着你。突然我头也没回,便感觉到你就在我的身后,我知道,这下子我就要第一次听到你用我喜欢的声音跟我说话了。我这种期待的心情,使我四肢酥麻,我正担心,我不得不停住脚步,心简直像小鹿似的狂奔猛跳——这时你走到我旁边来了。你跟我攀谈,一副高高兴兴的神气,就仿佛我们是老朋友似的——唉,你对我一点预感也没有,你对我的生活从来也没有任何预感!——你跟我攀谈起来,是那样落落大方,富有魅力,甚至使我也能回答你的话。我们一起走完了整个的一条胡同。然后你就问我，是否愿意和你一起去吃晚饭。我说好吧。我又怎么敢拒不接受你的邀请？

我们一起在一家小饭馆里吃饭——你还记得吗，这饭馆在哪儿？一定记不得了，这样的晚饭对你一定有的是，你肯定分不清了，因为我对你来说，又算得了什么呢？不过是几百个女人当中的一个，只不过是连绵不断的一系列艳遇中的一桩而已。又有什么事情会使你回忆起我来呢！我话说得很少，因为在你身边，听你说话已经使我幸福到了极点。我不愿意因为提个问题，说句蠢话而浪费一秒钟的时间。你给了我这一小时，我对你非常感谢，我永远也不会忘记这个时间。你的举止使我感到，我对你怀有的那种热情的敬意完全应该，你的态度是那样的温文尔雅，恰当得体，丝毫没有急迫逼人之势，丝毫不想匆匆表示温柔缠绵，从一开始就是那种稳重亲切，一见如故的神气。我早就决定把我整个的意志和生命都奉献给你了，即使原来没有这种想法，你当时的态度也会赢得我的心的。唉，你是不知道，我痴痴地等了你五年！你没使我失望，我心里是多么喜不自胜啊！

天色已晚，我们离开饭馆。走到饭馆门口，你问我是否急于回家，是否还有一点时间。我事实上已经早有准备，这我怎么能瞒着你！我就说，我还有时间。你稍微迟疑了一会儿，然后问我，是否愿意到你家去坐一会，随便谈谈。我觉得这是不言而喻的事，就脱口而出说了句："好吧！"我立刻发现，我答应得这么快，你感到难过或者感到愉快，反正你显然是深感意外的。今天我明白了，为什么你感到惊愕；现在我才知道，女人通常总要装出毫无准备的样子，假装惊吓万状，或者怒不可遏，即使她们实际上迫不及待地急于委身于人，一定要等到男人哀求再三，谎话连篇，发誓赌咒，作出种种诺言，这才转嗔为喜，半推半就。我知道，说不定只有以卖笑为职业的女人，只有妓女才会毫无保留地欣然接受这样邀请，要不然就只有天真烂漫、还没有长大成人的女孩子才会这样。而在我的心里——这你又怎么料想得到——只不过是化为言语的意志，经过千百个日日夜夜的集聚而今迸涌开来的相思啊。反正当时的情况是这样：你吃了一惊，我开始使你对我感起兴趣来了。我发现，我们一起往前走的时候，你一面和我说话，一面略带惊讶地在旁边偷偷地打量我。你的感觉在觉察人的种种感情时总像具有魔法似的确有把握，你此刻立即感到，在这个小鸟依人似的美丽的姑娘身上有些不同寻常的东西，有着一个秘密。于是你顿时好奇心大发，你绕着圈子试探性地提出许多问题，我从中觉察到，你一心想要探听这个秘密。可是我避开了：宁可在你面前显得有些傻气，也不愿向你泄露我的秘密。我们一起上楼到你的寓所里去。原谅我，亲爱的，要是我对你说，你不能明白，这条走廊，这道楼梯对我意味着什么，我感到什么样的陶醉，什么样的迷惘，什么样的疯狂的、痛苦的、几乎是致命的幸福。直到现在，我一想起这一切，不能不潸然泪下，可是我的眼泪已经流干了。我感觉到，那里的每一件东西都渗透了我的激情，都是我的童年时代的相思的象征：在这个大门口我千百次地等待过你，在这座楼梯上我总是偷听你的脚步声，在那儿我第一次看见你，透过这个窥视孔我几乎看得灵魂出窍，我曾经有一次跪在你门前的小地毯上，听到你房门的钥匙咯嘣一响,我从我躲着的地方吃惊地跳起。我整个童年,我全部激情都寓于这几米长的空间之中,我整个的一生都在这里,如今一切都如愿以偿,我和你走在一起,和你一起,在你的楼里,在我们的楼里,我的过去的生活犹如一股洪流向我劈头盖脸地冲了下来,你想想吧——我这话听起来也许很俗气,可是我不知道还有什么别的说法——直到你的房门口为止,一切都是现实的、沉闷的、平凡的世界,在你房门口,便开始了儿童的魔法世界,阿拉丁①的王国;你想想吧,我千百次望眼欲穿地盯着你的房门口,现在我如醉如痴地迈步走了进去,你想象不到——充其量只能模糊地感到,永远也不会完全知道,我的亲爱的!——这迅速流逝的一分钟从我的生活中究竟带走了什么。

那天晚上,我整夜待在你的身边。你没有想到,在这之前,还从来没有一个男人亲近过我,还没有一个男人接触过或者看见过我的身体。可是你又怎么会想到这个呢,亲爱的,因为我对你一点也不抗拒,我忍住了因为害羞而产生的任何迟疑不决,只是为了别让你猜出我对你的爱情的秘密,这个秘密准会叫你吓一跳的——因为你只喜欢轻松愉快、游戏人生、无牵无挂。你生怕干预别人的命运。你愿意滥用你的感情,用在大家身上,用在所有的人身上,可是不愿意作出任何牺牲。我现在对你说,我委身于你时,还是个处女,我求你,千万别误解我!我不是责怪你!你并没有勾引我,欺骗我,引诱我——是我自己挤到你的跟前,扑到你的怀里,一头栽进我的命运之中。我永远永远也不会责怪你,不会的,我只会永远感谢你,因为这一夜对我来说真是无比的欢娱、极度的幸福!我在黑暗里一睁开眼睛,感到你在我的身边,我不感觉到奇怪,怎么群星不在我的头上闪烁,因为我感到身子已经上了天庭。不,我的亲爱的,我从来没有后悔过,从来也没有因为这一时刻而后悔过。我还记得,你睡熟了,我听见你的呼吸,摸到你的身体,感到我自己这么紧挨着你,我幸福得在黑暗中哭了起来。

第二天一早我急着要走。我得到店里去上班,我也想在你仆人进来以前就离去,别让他看见我。我穿戴完毕站在你的面前,你把我搂在怀里,久久地凝视着我;莫非是一阵模糊而遥远的回忆在你心头翻滚,还是说你只不过觉得我当时容光焕发、美丽动人呢?然后你就在我的唇上吻了一下。我轻轻地挣脱身子,想要走了。这时你问我:“你不想带几朵花走吗?”我说好吧。你就从书桌上供的那只蓝色的水晶花瓶里(唉,我小时候那次偷偷地看了你房里一眼,从此就认得这个花瓶了)取出四朵白玫瑰来给了我。后来一连几天我还吻着这些花儿。

在这之前,我们约好了某个晚上见面。我去了,那天晚上又是那么销魂,那么甜蜜。你又和我一起过了第三夜。然后你就对我说,你要动身出门去了——啊,我从童年时代起就对你出门旅行恨得要死!——你答应我,一回来就通知我。我给了你一个留局待取的地址——我的姓名我不愿告诉你。我把我的秘密锁在我的心底。你又给了我几朵玫瑰作为临别纪念——作为临别纪念。

这两个月里我每天去问……别说了,何必跟你描绘这种由于期待、绝望而引起的

① 阿拉丁:《一千零一夜》中的人物。

地狱般的折磨。我不责怪你,我爱你这个人就爱你这个样子,感情热烈而生性健忘,一往情深而爱不专一。我就爱你是这么个人,只爱你是这么个人,你过去一直是这样,现在依然还是这样。我从你灯火通明的窗口看出,你早已出门回家,可是你没有写信给我。在我一生最后的时刻我也没有收到过你一行手迹,我把我的一生都献给你了,可是我没收到过你一封信。我等啊,等啊,像个绝望的女人似的等啊。可是你没有来叫我,你一封信也没有写给我……一个字也没写……

我的儿子昨天死了——这也是你的儿子,亲爱的,这是那三夜销魂荡魄缱绻柔情的结晶,我向你发誓,人在死神的阴影笼罩之下是不会撒谎的。他是我俩的孩子,我向你发誓,因为自从我委身于你之后,一直到孩子离开我的身体,没有一个男子碰过我的身体。被你接触之后,我自己也觉得我的身体是神圣的,我怎么能把我的身体同时分赠给你和别的男人呢?你是我的一切,而别的男人只不过是我的生活中匆匆来去的过客。他是我俩的孩子,亲爱的,是我那心甘情愿的爱情和你那无忧无虑的、任意挥霍的、几乎是无意识的缱绻柔情的结晶,他是我俩的孩子,我们的儿子,我们唯一的孩子。你于是要问了——也许大吃一惊,也许只不过有些诧异——你要问了,亲爱的,这么多年漫长的岁月,我为什么一直把这孩子的事情瞒着你,直到今天才告诉你呢?此刻他躺在这里,在黑暗中沉睡,永远沉睡,准备离去,永远不回来,永远不回来!可是你叫我怎么能告诉你呢?像我这样一个女人,心甘情愿地和你过了三夜,不加反抗,可说是满心渴望地向你张开了我的怀抱,像我这样一个匆匆邂逅的无名女人,你是永远、永远也不会相信,她会对你,对你这么一个不忠实的男人坚贞不渝的,你是永远也不会坦然无疑地承认这孩子是你的亲生之子的!即使我的话使你觉得这事似真非假,你也不可能完全消除这种隐蔽的怀疑:我见你有钱,企图把另一笔风流账转嫁在你的身上,硬说他是你的儿子。你会对我疑心,在你我之间会存在一片阴影,一片淡淡的怀疑的阴影。我不愿意这样。再说,我了解你;我对你十分了解,你自己对自己还没了解到这种地步;我知道你在恋爱之中只喜欢轻松愉快,无忧无虑,欢娱游戏,突然一下子当上了父亲,突然一下子得对另一个人的命运负责,你一定觉得不是滋味。你这个只有在无拘无束自由自在的情况下才能呼吸生活的人,一定会觉得和我有了某种牵连。你一定会因为这种牵连而恨我——我知道,你会恨我的,会违背你自己清醒的意志恨我的。也许只不过几小时,也许只不过短短的几分钟,你会觉得我讨厌,觉得我可恨——而我是有自尊心的,我要你一辈子想到我的时候,心里没有忧愁。我宁可独自承担一切后果,也不愿变成你的一个累赘。我希望你想起我来,总是怀着爱情,怀着感激:在这点上,我愿意在你结交的所有的女人当中,成为独一无二的一个。可是当然啰,你从来也没有想过我,你已经把我忘得一干二净。

我不是责怪你,我的亲爱的,我不责怪你。如果有时候从我的笔端流露出一丝怨尤,那么请你原谅我吧!——我的孩子,我们的孩子死了,在摇曳不定的烛光映照下躺在那里;我冲着天主,握紧了拳头,管天主叫凶手,我心情悲愁,感觉昏乱。请原谅我的怨诉,原谅我吧!我也知道,你心地善良,打心眼里乐于助人。你帮助每一个人,即便是素不相识的人来求你,你也给予帮助。可是你的善心好意是如此的奇特,它公开亮在每个人的面前,人人可取,要取多少取多少,你的善心好意广大无边,可是,请原谅,它是不爽快的。它要人家提醒,要人家自己去拿。你只有在人家向你求援,向你恳求的时候,你才帮助别人,你帮助人家是出于害羞,出于软弱,而不是出于心愿。让我坦率地跟你说吧,在你眼里,困厄苦难中的人们,不见得比你快乐幸福中的兄弟更加可爱。像你这种类型的人,即使是其中心地最善良的人,求他们帮助也是很难的。有一次,我还是个孩子,我通过窥视孔看见有个乞丐拉你的门铃,你给了他一些钱。他还没开口,你就很快把钱给了他,可是你给他钱的时候,有某种害怕的神气,而且相当匆忙,巴不得他马上就走,仿佛你怕正视他的眼睛似的。你帮助人家的时候表现出来的惶惶不安、羞怯腼腆、怕人感谢的样子,我永远也忘不了。所以我从来也不去找你。不错,我知道,你当时是会帮助我的,即使不能确定,这是你的孩子,你也会帮助我的。你会安慰我,给我钱,给我一大笔钱,可是总会带着那种暗暗地焦躁不耐的情绪,想把这桩麻烦事情从身边推开。是啊,我相信,你甚至于会劝我及时把孩子打掉。我最害怕的莫过于此了——因为只要你要求,我什么事情不会去干呢!我怎么可能拒绝你的任何请求呢!而这孩子可是我的命根子,因为他是你的骨肉啊,他又是你,又不再是你。你这个幸福的无忧无虑的人,我一直不能把你留住,我想,现在你永远交给我了,禁锢在我身体里,和我的生命连在一起。这下子我终于把你抓住了,我可以在我的血管里感觉到你在生长,你的生命在生长,我可以哺育你,喂养你,爱抚你,亲吻你,只要我的心灵有这样的渴望。你瞧,亲爱的,正因为如此,我一知道我怀了一个你的孩子,我便感到如此的幸福,正因为如此,我才把这件事瞒着你:这下你再也不会从我身边溜走了。

当然,亲爱的,这些日子并不是像我脑子里预先感觉的那样,尽是些幸福的时光,也有几个月充满了恐怖和苦难,充满了对人们的卑劣的憎恶。我的日子很不好过。临产前的几个月我不能再到店里去上班,要不然会引起亲戚们的注意,把这事告诉我家。我不想向我母亲要钱——所以我便靠变卖手头有的那点首饰来维持我直到临产时的那段时间的生活。产前一个礼拜,我最后的几枚金币被一个洗衣妇从柜子里偷走了,我只好到一个产科医院去生孩子,只有一贫如洗的女人、被人遗弃遭人遗忘的女人万不得已才到那儿去,就在这些穷困潦倒的社会渣滓当中,孩子、你的孩子呱呱坠地了。那儿真叫人活不下去:陌生、陌生,一切全都陌生,我们躺在那儿的那些人,互不相识,孤独苦寂,互相仇视,只是被穷困、被同样的苦痛驱赶到这间抑郁沉闷的、充满了哥罗仿和鲜血的气味、充满了喊叫和呻吟的病房里来。穷人不得不遭受的凌辱,精神上和肉体上的耻辱,我在那儿都受到了。我忍受着和娼妓之类的病人朝夕相处之苦,她们卑鄙地欺侮着命运相同的病友;我忍受着年轻医生的玩世不恭的态度,他们脸上挂着讥讽的微笑,把盖在这些没有抵抗能力的女人身上的被单掀起来,带着一种虚假的科学态度在她们身上摸来摸去;我忍受着女管理员的无餍的贪欲——啊,在那里,一个人的羞耻心被人们的目光钉在十字架上,备受他们的毒言恶语的鞭笞。只有写着病人姓名的那块牌子还算是她，因为床上躺着的只不过是一块抽搐颤动的肉，让好奇的人东摸西摸，只不过是观看和研究的一个对象而已——啊，那些在自己家里为自己温柔地等待着的丈夫生孩子的妇女不会知道，孤立无援，无力自卫，仿佛在实验桌上生孩子是怎么回事！我要是在哪本书里念到地狱这个词，直到今天我还会突然不由自主地想到那间挤得满满的、水汽弥漫的、充满了呻吟声、笑语声和惨叫声的病房，我就在那里吃足了苦头，我会想到这座使羞耻心备受凌辱的屠宰场。

原谅我，请原谅我说了这些事。可是也就是这一次，我才谈到这些事，以后永远也不再说了。我对此整整沉默了十一年，不久我就要默不作声直到地老天荒：总得有这么一次，让我嚷一嚷，让我说出来，我付出了多大的代价，才得到这个孩子，这个孩子是我的全部幸福，如今他躺在那里，已经停止了呼吸。我看见孩子的微笑，听见他的声音，我在幸福陶醉之中早已把那些苦难的时刻忘得一干二净；可是现在，孩子死了，这些痛苦又历历如在眼前，我这一次、就是这一次，不得不从心眼里把它们叫喊出来。可是我并不抱怨你，我只怨天主，是天主使这痛苦变得如此无谓。我不怪你，我向你发誓，我从来也没有对你生过气、发过火。即使在我的身体因为阵痛扭作一团的时刻，即使在痛苦把我的灵魂撕裂的瞬间，我也没有在天主面前控告过你；我从来没有后悔过那儿夜，从来没有谴责过我对你的爱情。我始终爱你，一直赞美着你我相遇的那个时刻。要是我还得再去一次这样的地狱，并且事先知道，我将受到什么样的折磨，我也不惜再受一次，我的亲爱的，再受一次，再受千百次！

我的孩子昨天死了——你从来没有见过他。你从来也没有在旁边走过时扫过一眼这个俊美的小人儿、你的孩子，你连和他出于偶然匆匆相遇的机会也没有。我生了这个孩子之后，就隐居起来，很长时间不和你见面；我对你的相思不像原来那样痛苦了，我觉得，我对你的爱也不像原来那样狂热了，自从上天把他赐给我以后，我为我的爱情受的苦至少不像原来那样厉害了。我不愿把自己一分为二，一半给你，一半给他，所以我就全力照看孩子，不再管你这个幸运儿，你没有我也活得很自在，可是孩子需要我，我得抚养他，我可以吻他，可以把他搂在怀里。我似乎已经摆脱了对你朝思暮想的焦躁心情，摆脱了我的厄运，似乎由于你的另一个你，实际上是我的另一个你而得救了。只是在难得的、非常难得的情况下，我的心里才会产生低三下四地到你房前去的念头。我只干一件事：每逢你的生日，总要给你送去一束白玫瑰，和你在我们恩爱的第一夜之后送给我的那些花一模一样。在这十年、在这十一年之间你有没有问过一次，是谁送来的花？也许你曾经回忆起你从前赠过这种玫瑰花的那个女人？我不知道、我也不会知道你的回答。我只是从暗地里把花递给你，一年一次，唤醒你对那一时刻的回忆——这样对我来说，于愿已足。

你从来没有见过他，没有见过我们可怜的孩子——今天我埋怨我自己，不该不让你见他，因为你要是见了他，你会爱他的。你从来没有见过这个可怜的男孩，没有看过他微笑，没有见他轻轻地抬起眼睑，然后用他那聪明的黑眼睛——你的眼睛！向我、向全世界投来一道明亮而欢快的光芒。啊,他是多么开朗、多么可爱啊:你性格中全部轻佻的成分在他身上天真地重演了,你的迅速的活跃的想象力在他身上得到再现:他可以一连几小时着迷似的玩着玩具,就像你游戏人生一样,然后又扬起眉毛,一本正经地坐着看书。他变得越来越像你;在他身上,你特有的那种严肃认真和玩笑戏谑兼而有之的两重性也已经开始明显地发展起来。他越像你,我越爱他。他学习很好,说起法文来,就像个小喜鹊滔滔不绝,他的作业本是全班最整洁的,他的相貌多么漂亮,穿着他的黑丝绒的衣服或者白色的水兵服显得那么英俊。他无论走到那儿,总是最时髦的;每次我带着他在格拉多①的海滩上散步,妇女们都站住脚步,摸摸他金色的长发,他在塞默林滑雪橇玩,人们都扭过头来欣赏他。他是这样的漂亮,这样的娇嫩,这样的可人意儿:去年他进了德莱瑟中学的寄宿学校②,穿上制服,佩了短剑,看上去活像十八世纪宫廷的侍童!——可是他现在身上除了一件小衬衫一无所有,可怜的孩子,他躺在那儿,嘴唇苍白,双手合在一起。

你说不定要问我,我怎么可能让孩子在富裕的环境里受到教育呢,怎么可能使他过一种上流社会的光明、快乐的生活呢?我最心爱的人儿,我是在黑暗中跟你说话;我没有羞耻感,我要把这件事告诉你,可是别害怕,亲爱的——我卖身了。我倒没有变成人们称之为街头野鸡的那种人,没有变成妓女,可是我卖身了。我有一些有钱的男朋友,阔气的情人:最初是我去找他们,后来他们就来找我,因为我——这一点你可曾注意到?——长得非常之美。每一个我委身相与的男子都喜欢我,他们大家都感谢我,都依恋我,都爱我,只有你,只有你不是这样,我的亲爱的!

我告诉你,我卖身了,你会因此鄙视我吗?不会,我知道,你不会鄙视我。我知道,你一切全都明白,你也会明白,我这样做只是为了你,为了你的另一个自我,为了你的孩子。我在产科医院的那间病房里接触到贫穷的可怕,我知道,在这个世界上,穷人总是遭人践踏、受人凌辱的,总是牺牲品。我不愿意、我绝不愿意你的孩子、你的聪明美丽的孩子注定了要在这深深的底层,在陋巷的垃圾堆中,在霉烂、卑下的环境之中,在一间后屋的龌龊的空气中长大成人。不能让他那娇嫩的嘴唇去说那些粗俗的语言,不能让他那白净的身体去穿穷人家的发霉的皱缩的衣衫——你的孩子应该拥有一切,应该享有人间一切财富,一切轻松愉快,他应该也上升到你的高度,进入你的生活圈子。

因此,只是因为这个缘故,我的爱人,我卖身了。这对我来说也不算什么牺牲,因为人家一般称之为名誉、耻辱的东西,对我来说纯粹是空洞的概念:我的身体只属于你一个人,既然你不爱我,那么我的身体怎么着了我也觉得无所谓。我对男人们的爱抚,甚至于他们最深沉的激情,全都无动于衷,尽管我对他们当中有些人不得不深表敬意,他们的爱情得不到报答,我很同情,这也使我回忆起我自己的命运,因而常常使我深受

① 格拉多:意大利格尔茨省的一个城市,位于亚德里亚海滨,是个著名的海滨浴场。

② 德莱瑟中学:维也纳的一所贵族子弟学校,附属于德莱瑟学院,该学院为奥地利女皇玛丽亚·德莱瑟于1746年所创建。

震动。我认得的这些男人,对我都很体贴,他们大家都宠我、惯我、尊重我。尤其是那位帝国伯爵,一个年岁较大的鳏夫,他为了让这个没有父亲的孩子、你的儿子能上德莱瑟中学学习,到处奔走,托人说情——他像爱女儿那样地爱我。他向我求婚,求了三四次——我要是答应了,今天可能已经当上了伯爵夫人,成为提罗尔地方一座美妙无比的府邸的女主人,可以无忧无虑地生活,因为孩子将会有一个温柔可亲的父亲,把他看成掌上明珠,而我身边将会有一个性情平和、性格高贵、心地善良的丈夫——不论他如何一而再、再而三地催逼我,不论我的拒绝如何伤他的心,我始终没有答应他。也许我拒绝他是愚蠢的,因为要不然我此刻便会在什么地方安静地生活,并且受到保护,而这招人疼爱的孩子便会和我在一起,可是——我干吗不向你承认这一点呢——我不愿意拴住自己的手脚,我要随时为你保持自由。在我内心深处,在我的潜意识里,我往日的孩子的梦还没有破灭:说不定你还会再一次把我叫到你的身边,哪怕只是叫去一个小时也好。为了这可能有的一小时的相会,我拒绝了所有的人的求婚,好一听到你的呼唤,就能应召而去。自从我从童年觉醒过来以后,我这整个的一生无非就是等待,等待着你的意志!

而这个时刻的确来到了。可是你并不知道,你并没有感到,我的亲爱的!就是在这个时刻,你也没有认出我来——你永远、永远、永远也没有认出我来!在这之前我已多次遇见过你,在剧院里,在音乐会上,在普拉特尔[①],在马路上——每次我的心都猛地一抽,可是你的眼光从我身上滑了过去:从外表看来,我已经完全变了模样,我从一个腼腆的小姑娘,变成了一个女人,就像他们说的,妩媚娇美,打扮得艳丽动人,为一群倾慕者簇拥着:你怎么能想象,我就是在你卧室的昏暗灯光照耀下的那个羞怯的少女呢?有时候,和我走在一起的先生们当中有一个向你问好。你回答了他的问候,抬眼看我:可是你的目光是客气的陌生的,表示出赞赏的神气,却从未表示出你认出我来了。陌生,可怕的陌生啊,你老是认不出我是谁,我对此几乎习以为常,可是我还记得,有一次这简直使我痛苦不堪:我和一个朋友一起坐在歌剧院的一个包厢里,隔壁的包厢里坐着你。演奏序曲的时候灯光熄灭了,我看不见你的脸,只感到你的呼吸就在我的身边,就跟那天夜里一样的近。你的手支在我们这个包厢的铺着天鹅绒的栏杆上,你那秀气的、纤细的手。我不由得产生一阵阵强烈的欲望,想俯下身去谦卑地亲吻一下这只陌生的、我如此心爱的手,我从前曾经受到过这只手的温柔的拥抱啊。耳边乐声靡靡,撩人心弦,我的那种欲望变得越来越炽烈,我不得不使劲挣扎,拼命挺起身子,因为有股力量如此强烈地把我的嘴唇吸引到你那亲爱的手上去。第一幕演完,我求我的朋友和我一起离开剧院。在黑暗里你对我这样陌生,可是又挨我这么近,我简直受不了。

可是这时刻来到了,又一次来到了,在我这浪费掉的一生中这是最后一次。差不多正好是在一年之前,在你生日的第二天。真奇怪:我每时每刻都想念着你,因为你的

---

① 普拉特尔:维也纳一座著名的公园。

生日我总像一个节日一样地庆祝,一大清早我就出门去买了一些白玫瑰花,像以往每年一样,派人给你送去,以纪念你已经忘却的那个时刻。下午我和孩子一起乘车出去,我带他到戴默尔点心铺[①]去,晚上带他上剧院,我希望,孩子从小也能感到这个日子是个神秘的纪念日,虽然他并不知道它的意义,第二天我就和我当时的情人待在一起,他是布律恩地方一个年轻的富有的工厂主,我和他已经同居了两年。他娇纵我,对我体贴入微,和别人一样,他也想和我结婚,而我也像对待别人一样,似乎无缘无故地拒绝了他的请求,尽管他给我和孩子送了许多礼物,而且本人也很亲切可爱。他这人心肠极好,虽说有些呆板,对我有些低三下四。我们一起去听音乐会,在那儿遇到了一些寻欢作乐的朋友,然后在环城路的一家饭馆里吃晚饭。席间,在笑语闲聊之中,我建议再到一家舞厅去玩。这种灯红酒绿花天酒地的舞厅,我一向十分厌恶,平时要是有人建议到那儿去,我一定反对,可是这一次——简直像有一股难以捉摸的魔术般的力量在我心里驱使我突然不知不觉地作出这样一个建议,在座的人十分兴奋,立即高兴地表示赞同——可是这一次我却突然感到有一种难以解释的强烈愿望,仿佛在那儿有什么特别的东西等着我似的。他们大家都习惯于对我百依百顺,便迅速地站起身来。我们到舞厅去,喝着香槟酒,我心里突然一下子产生一种从来不曾有过的非常疯狂的、近乎痛苦的高兴劲儿。我喝了一杯又喝一杯,跟着他们一起唱些撩人心怀的歌曲,心里简直可说有一种按捺不住的欲望,想跳舞,想欢呼。可是突然——我仿佛觉得有一样冰凉的或者火烫的东西猛地一下子落在我的心上——我挺起身子:你和几个朋友坐在邻桌,你用赞赏的渴慕的目光看着我,就用你那一向撩拨得我心摇神荡的目光看着我。十年来第一次,你又以你全部不自觉的激烈的威力盯着看我。我颤抖起来。举起的杯子几乎失手跌落。幸亏同桌的人没有注意到我的心慌意乱:它消失在哄笑和音乐的喧闹声中。

你的目光变得越来越火烧火燎,使我浑身发烧,坐立不安。我不知道,是你终于、终于认出我来了呢,还是你把我当作新欢,当作另外一个女人,当作一个陌生女人在追求?热血一下子涌上我的双颊,我心不在焉地回答着同桌的人跟我说的话。你想必注意到,我被你的目光搞得多么心神不安。你不让别人觉察,微微地摆动一下脑袋向我示意,要我到前厅去一会儿。接着你故意用明显的动作付账,跟你的伙伴们告别,走了出去,行前再一次向我暗示,你在外面等我。我浑身哆嗦,好像发冷,又好像发烧。我没法回答别人提出的问题,也没法控制我周身沸腾奔流的热血。恰好这时有一对黑人舞蹈家脚后跟踩得噼啪乱响,嘴里尖声大叫,跳起一种古里古怪的新式舞蹈来。大家都在注视着他们,我便利用了这一瞬间。我站了起来,对我的男朋友说,我出去一下,马上回来,就尾随你走了出去。

你就站在外面前厅里,衣帽间旁边,等着我。我一出来,你的眼睛就发亮了。你微笑着快步迎了上来;我立即看出,你没有认出我来,没有认出当年的那个小姑娘,也没

---

① 戴默尔点心铺:维也纳的一个高级点心店。

有认出后来的那个少女,你又一次把我当作一个新相遇的女人,当作一个素不相识的女人来追求。“您可不可以也给我一小时时间呢?”你用亲切的语气问我——从你那确有把握的样子我感觉到,你把我当作一个夜间卖笑女人。“好吧,”我说道。十多年前那个少女在幽暗的马路上就用这同一个声音抖颤、可是自然而然地表示赞同的“好吧”回答你的。“我们什么时候可以见面呢?”你问道。“您什么时候想见我都行,”我回答道——我在你面前是没有羞耻感的。你稍微有些惊讶地凝视着我,惊讶之中含有怀疑、好奇的成分,就和从前你见我很快接受你的请求时表示惊诧不太一样。“现在行吗?”你问道,口气有些迟疑。“行,”我说,“咱们走吧。”我想到衣帽间去取我的大衣。

我突然想起,衣帽票在我男朋友手里,我们的大衣是一起存放的。回去向他要票,势必要唠唠叨叨地解释一番,另一方面,和你待在一起,是我多年来梦寐以求的,要我放弃,我也不愿意。所以我一秒钟也不迟疑:我只取了一条围巾披在晚礼服上,就走到夜雾弥漫、潮湿阴冷的黑夜里去,撇开我的大衣不顾,撇开那个温柔多情的好心人不顾,这些年来就是他养活我的,而我却当着他朋友的面,丢他的脸,使他变成一个可笑的傻瓜:供养了几年的情妇,遇到一个陌生男子一招手,就跟着跑掉。啊,我内心深处非常清楚地意识到,我对一个诚实的朋友干了多么卑鄙恶劣、多么忘恩负义、多么下作无耻的事情。我感觉到,我的行为是可笑的,我由于疯狂,使一个善良的人永远蒙受致命的创伤,我感觉到,我已把我的生活彻底毁掉——可是我急不可耐地想再一次亲吻一下你的嘴唇,想再一次听你温柔地对我说话,与之相比,友谊对我又算得了什么,我的存在又算得了什么?我就是这样爱你的,如今一切都已消逝,一切都已过去,我可以把这话告诉你了。我相信只要你叫我,我就是已经躺在尸床上,也会突然拥有一股力量,使我站起身来,跟着你走。

门口停着一辆轿车,我们驱车到你的寓所。我又听见你的声音,我又感到你温存地待在我的身边,我又和从前一样如醉如痴,又和从前一样感到天真的幸福。相隔十多年,我第一次又登上你的楼梯,我的心情——不说了,不说了,我没法向你描绘,在那几秒钟里我是如何对于一切都有双重的感觉,既感到逝去的岁月,也感到眼前的时光,而在一切和一切之中,我只感觉到你。你的房间没有多少变化,多了几张画,多了几本书,有的地方多了几件新的家具,可是一切在我看来还是那么亲切。书桌上供着花瓶,里面插着玫瑰花——我的玫瑰花,是我前一天你生日派人给你送来的,以此纪念一个你记不得了的女人,即使此刻,她就近在你的眼前,手握着手,嘴唇紧贴着嘴唇,你也认不出她来。可是,我还是很高兴,你供着这些鲜花:毕竟还有我的一点气息、我的爱情的一缕呼吸包围着你。

你把我搂在怀里,我又在你那里度过了一个销魂之夜。可是即使我脱去衣服赤身露体,你也没有认出我是谁。我幸福地接受你那熟练的温存和爱抚,我发现,你的激情对一位情人和一个妓女是一样看待,不加区别的。你放纵你的情欲,毫不节制,不假思索地挥霍你的感情。你对我,对于一个从夜总会里带来的女人是这样的温柔,这样的高尚,这样的亲切而又充满敬意,同时在享受女人方面又是那样的充满激情;我在陶醉于过去的幸福之中,又一次感觉到你本质的这独特的两重性,在肉欲的激情之中含有智慧的精神的激情,这在当年使我这个小姑娘都成了你的奴隶,我从来没有看见过一个男人在温存抚爱之际这样贪图享受片刻的欢娱,这样放纵自己的感情,把内心深处披露无遗——而事后竟然烟消云散,全都归于遗忘,简直遗忘得不近人情。可我自己也忘乎所以了:在黑暗中躺在你身边的我究竟是谁啊?是从前那个心急如火的小姑娘吗,是你孩子的母亲,还是一个陌生女人?啊,在这激情之夜,一切是如此的亲切,如此的熟悉,可一切又是如此异乎寻常的新鲜。我祷告上苍,但愿这一夜永远延续下去。

可是黎明还是来临了,我们起得很晚,你请我和你一同进早餐。有一个没有露面的佣人很谨慎地在餐室里摆好了早点,我们一起喝茶,闲聊。你又用你那坦率诚挚的亲昵态度和我说话,绝不提任何不得体的问题,绝不对我这个人表示任何好奇心。你不问我叫什么名字,也不问我住在那里:我对你来说,又不过只是一次艳遇,一个无名的女人,一段热情的时光,最后在遗忘的烟雾中消失得无影无踪。你告诉我,你现在又要出远门到北非去了,去两三个月:我在幸福之中又战栗起来,因为在我的耳边又轰轰地响起这样的声音:完了,完了,忘了!我恨不得扑倒在你的脚下,喊道:"带我去吧,这样你终于会认出我来,过了这么多年,你终于会认出我是谁!"可是我在你的面前是如此羞怯,胆小,奴性十足,性格软弱。我只能说一句:"多遗憾啊!"你微笑着望着我说:"你真的觉得遗憾吗?"

这时候一股突发的野劲儿抓住了我。我站起来,长时间目不转睛地盯着你看。然后我说道:"我爱的那个男人也老是出门到外地去。"我凝视着你,直视着你眼睛里的瞳仁。"现在,现在他要认出我来了!"我身上每一根神经都颤抖起来。可是你冲着我微笑,安慰我:"他会回来的。""——是的,"我回答道,"会回来的,可是回来就什么都忘了。"

我说这话的腔调里一定有一种特殊的激烈的东西。因为你也站起来,注视着我,态度不胜惊讶,非常亲切。你抓住我的双肩,说道:"美好的东西是忘不了的,我是不会忘记你的。"你说着,你的目光一直射进我的心灵深处,仿佛想把我的形象牢牢记住似的。我感到你的目光一直进入我的身体,在里面探索、感觉、吮吸着我整个的生命。这时我相信,盲人终于会重见光明。他要认出我来了,他要认出我来了!这个念头使我整个灵魂都颤抖起来。

可是你没有认出我来。没有,你没有认出我是谁,我对你来说,从来也没有像这一瞬间那样的陌生,因为要不然——你绝不会干出几分钟之后干的事情,你吻我,又一次狂热地吻我。头发给弄乱了,我只好再梳理一下,我正好站在镜子前面,从镜子里我看到——我简直又羞又惊,都要跌倒在地了——我看到你非常谨慎地把几张大钞票塞进我的暖手筒。我在这一瞬间怎么会没有叫出声来,没有扇你一个嘴巴呢——我从小就爱你,并且是你儿子的母亲,可你却为了这一夜付钱给我!我对你来说只不过是夜总会的一个妓女而已,不是别的。你竟然付钱给我!被你遗忘还不够,我还得受到这样的侮辱。

我急忙收拾我的东西,我要走,赶快离开。我心里太痛苦了。我抓起我的帽子,帽子就搁在书桌上,靠近那只插着白玫瑰,我的玫瑰的那只花瓶。我心里又产生一个强烈的愿望,不可抗拒的愿望,我想再尝试一次来提醒你:“你愿意给我一朵你的白玫瑰吗?”——“当然乐意,”你说着马上就取了一朵。“可是这些花也许是一个女人、一个爱你的女人送给你的吧?”我说道。“也许,是,”你说,“我不知道,是人家送给我的,我不知道是谁送的;所以我才这么喜欢它们。”我盯着看你。“也许是一个被你遗忘的女人送的。”你脸上露出一副惊愕的神气。我目不转睛地注视着你:“认出我来,认出我来吧!”我的目光叫道。可是你的眼睛微笑着,亲切然而一无所知。你又吻了我一下。可是你没有认出我来。

我快步向门口走去,因为我感觉到,我的眼泪就要夺眶而出,可不能叫你看见我落泪。在前屋我几乎和你的仆人约翰撞个满怀,我出去时走得太急了。他胆怯地赶快跳到一边,一把拉开通向走廊的门,让我出去,就在这一秒钟,你听见了吗?——就在我正面看他、噙着眼泪看这形容苍老的老人的这一刹那,他的眼睛突然一亮。就在这一秒钟,你听见了吗?就在这一瞬间老人认出我来了,可他从我童年时代起就没有见过我呢?为了他认出我,我恨不得跪倒在他面前,吻他的双手。我只是把你用来鞭笞我的钞票匆忙地从暖手筒里掏出来,塞在他的手里。他哆嗦着,惊慌失措地抬眼看我——他在这一秒钟里对我的了解比你一辈子对我的了解还多。所有的人都娇纵我,宠爱我,大家对我都好——只有你,只有你把我忘得干干净净,只有你,只有你从来也没认出我!

我的孩子昨天死了,我们的孩子——现在我在这世界上再也没有别的人可以爱,只除了你。可是你是我的什么人呢?你从来也没有认出我是谁,你从我身边走过,犹如从一道河边走过,你碰到我的身上犹如碰在一块石头身上,你总是走啊,走啊,不断向前走啊,可是叫我永远等着。曾经有一度我以为把你抓住了,在孩子身上抓住了你,你这飘忽不定的人儿。可是有其父必有其子:一夜之间他就残忍地撇开我走了,一去永不复回。我又是孤零零的一个人,比过去任何时候都更加孤苦伶仃,我一无所有,你身上的东西我一无所有——再也没有孩子了,没有一句话,没有一行字,没有一丝回忆,要是有人在你面前提到我的名字,你也会像陌生人似的充耳不闻。既然我对你来说虽生犹死,我又何必不乐于死去,既然你已离我而去,我又何必不远远走开?不,亲爱的,我不是埋怨你,我不想把我的悲苦抛进你欢乐的生活,不要担心我会继续逼着你——请原谅我,此时此刻,我的孩子死了,躺在那里,没人理睬,总得让我一吐我心里的蕴积。就这一次我得和你说说,然后我再默默地回到我的黑暗中去,就像这几年来我一直默默地待在你的身边一样。可是只要我活着,你永远也听不到我这呼喊——只有等我死去,你才会收到我的这份遗嘱,收到一个女人的遗嘱,她爱你胜过所有的人,而你从来也没认出她来,她始终在等着你,而你从来也不去叫她,也许说不定你在这以后会来叫我,而我将第一次对你不忠,我已经死了,再也不会听见你的呼唤:我没有给你留下一张照片,没有给你留下一个印记,就像你也什么都没给我留下一样;今后你将永远也认不出我,永远也认不出我。我活着命运如此,我死后命运也将依然如此。我不想叫你在我最后的时刻来看我,我走了,你并不知道我的姓名,也不知道我的相貌,我死得很轻松,因为你在远处并不感到我死。要是我的死会使你痛苦,那我就咽不下最后一口气。

我再也写不下去了……我的头晕得厉害……我的四肢疼痛,我在发烧……我想我得马上躺下去。也许一会儿这劲头就会过去,也许命运对我开一次恩,我用不着亲眼看着他们如何把孩子抬走。……我实在写不下去了。别了,亲爱的,别了,我感谢你……过去那样,就很好,不管怎么着,很好……我要为此感谢你,直到生命的最后一息。我心里很舒服;要说的我都跟你说了,你现在知道了,不,你只是感觉到,我是多么地爱你,而你从这爱情不会受到任何牵累。我不会使你若有所失——这使我很安慰。你的美好光明的生活里不会有一丝一毫的改变……我的死并不给你增添痛苦……这使我很安慰,你啊,我的亲爱的。

可是谁……谁还会在你的生日老给你送白玫瑰呢?啊,花瓶将要空空地供在那里,一年一度在你四周吹拂的微弱的气息,我的轻微的呼吸,也将就此消散!亲爱的,听我说,我求求你……这是我对你的第一个也是最后一个请求……为了让我高兴高兴,每年你过生日的时候——过生日的那天,每个人总想到他自己——去买些玫瑰花,插在花瓶里。照我说的去做吧,亲爱的,就像别人一年一度为一个亲爱的死者做一台弥撒一样,可我已经不相信天主,不要人家给我做弥撒,我只相信你,我只爱你,只愿在你身上还继续活下去……唉,一年就只活那么一天,只是默默地,完全是不声不响地活那么一天,就像我从前活在你的身边一样……我求你,照我说的去做,亲爱的……这是我对你的第一个请求,也是最后一个请求……我感谢你……我爱你,我爱你……永别了……

他两手哆嗦、把信放下,然后他长时间地凝神沉思。他模模糊糊地回忆起一个邻家的小姑娘,一个少女,一个夜总会的女人,可是这些回忆,朦胧不清,混乱不堪,就像哗哗流淌的河水底下的一块石头,闪烁不定,变幻莫测。阴影不时涌来,又倏忽散去,终于构不成一个图形。他感觉到一些感情上的蛛丝马迹,可是怎么也回想不起来。他仿佛觉得,所有这些形象他都梦见过,常常在深沉的梦里见到过,然而也只是梦见过而已。

他的目光忽然落到他面前书桌上的那只花瓶上。瓶里是空的,这些年来第一次在他生日这一天花瓶是空的,没有插花。他悚然一惊:仿佛觉得有一扇看不见的门突然被打开了,阴冷的穿堂风从另外一个世界吹进了他寂静的房间。他感觉到死亡,感觉到不朽的爱情:百感千愁一时涌上他的心头,他隐约想起那个看不见的女人,她飘浮不定,然而热烈奔放,犹如远方传来的一阵乐声。

(张玉书 译)

托马斯·曼

托马斯·曼(1875—1955),德国小说家,生于吕贝克,父亲是大商人。父亲去世后,家道中落,迁往慕尼黑。中学毕业后他在火险保险公司当见习生,1894年到讽刺性杂志社工作,后来旁听大学课程。1896年至1898年旅居意大利。第一次世界大战时拥护魏玛共和国。获1929年诺贝尔文学奖。1933年流亡瑞士,1938年移居美国,后入美国籍。重要作品有《布登勃洛克一家》(1901)、《魔山》(1924)、《约瑟夫和他的兄弟们》(1933—1943)、《浮士德博士》(1947)。他的作品描写德国资本主义由自由竞争发展到垄断的过程,从个人悲剧反映民族悲剧。他采用现实主义的创作方法,又吸收了意识流手法。

《沉重的时刻》是篇历史小说,描写席勒晚年创作诗剧《华伦斯坦》过程中的一个片段:如何克服精神危机,负起对人类的责任。小说刻画了人物复杂的心理活动,而不以情节取胜。

沉重的时刻

他①从书桌旁,从他那小小的、摇摇晃晃的带抽屉的书柜旁站起来,他像一个绝望的人一般,垂着头,向对面屋角上的炉子那儿走去。炉子又长又细,像条柱子。他把手放在瓷砖上,但是砖已经完全凉了,因为早已过了中夜。他没有能够得到他追求的那一点幸福,就把背靠在壁炉上,咳嗽着,把睡衣的下摆拉在一起,从睡衣的胸前露出了褪色的绉花胸巾。他用力擤鼻子,想呼吸到一点空气;因为同往常一样,他又伤风了。

这种伤风很特别而可怕,他始终没有完全治好它。他的眼皮发炎,鼻翼完全肿了。这种伤风压在他的头上,他的身上,就像喝醉了酒一样,沉重而不愉快。几个星期以来,医生严禁他离开屋子,难道他现在感到没有劲儿,感到沉重,就是因为这个原因吗?天晓得,幽禁对他有什么好处呢?他一直感冒,而且胸部和下身抽搐,说不定这也是必然的。几个星期以来,真正是几个星期以来,耶拿的天气坏得让人憎恨。人们的每条神经都感到阴沉、忧郁、清冷。十二月的寒风,在烟筒里呼啸,放荡而狂悖,听起来像灵魂在黑夜的草原里,在狂风暴雨中,在漂泊中呼吁。医生的这种幽禁并不好,对思想来说,对产生思想的血液的律动来说都是不好的。

① 指的是德国大诗人席勒。

六角形的屋子里空荡、简陋、不舒服,天花板是刷白了的,烟草的雾气在上面飘荡着。糊着斜纹格子纸的墙上,挂着一幅装在椭圆镜框里的侧面像。屋里还有四五件细腿的桌椅。在书桌上,在稿纸前面,点了两支蜡烛,屋子里充满了蜡烛的光。红色的窗帘挂在窗框的上部,像旗子一样。窗帘只是对称地折在一起的棉布;但是它们是红的,看上去很温暖、鲜艳。他爱这窗帘,永远也不想离开它,因为它们把丰满、充沛、洋溢着生命力的东西带到他的寒碜得可笑的屋子里来了。

他站在炉子旁边,向他的作品迅速而痛苦地瞥了一眼。他从它那里逃出来,这个负担,这个压迫,这个良心的痛苦,这个要喝干的海洋,这个可怕的任务,它是他的骄傲和不幸,他的天堂和地狱。这作品慢慢地进展,遇到困难,停住了——一次又一次!天气应该负责,他的感冒和疲倦也应该负责。难道他的作品也应该负责吗?或者这工作本身就是一个不幸的、注定要绝望的主意吧。

他站起来,为了要使他与那稿子之间有一些距离。因为离稿子远一点常常使人能够概观全面,能够对材料有更广的视野,能够想出办法。是的,有这种情况,当人们离开斗争场所的时候,一种轻松的感觉能使人兴奋。而且这是一种天真无邪的兴奋,就仿佛人喝烧酒和浓烈的黑咖啡一样。——小杯子就在桌上。它能不能帮助他克服障碍呢?不,不,不可能!不但是医生,另外一个人,一个地位更高的人也劝阻过他,这个人在魏玛[①],他带着渴慕的敌意爱着他。这个人是聪明的,他知道怎样生活,怎样创造;他不折磨自己;他对自己爱护备至。

屋子里是一片寂静,只能听见扫过小巷的风声,以及打在窗子上的雨声。所有的人都熟睡了,房东和他的眷属,绿蒂和孩子们。只有他一个人孤独地醒着,站在那冰凉的炉子旁边,痛苦地看着他的作品。病态的不满足,让他对自己的作品失掉了信心。——他那白色的脖子,从领带里长长地伸出来。在睡衣的下摆中间,可以看到他那向里弯曲的腿。他的红色的头发,从那高而娇嫩的前额向后梳,一缕一缕地盖着耳朵,显露出太阳穴上带有青筋纹理的鬓角。在高大而弯曲的、尖端苍白的鼻梁上面,比头发颜色还要浓的粗眉毛,几乎紧连在一起。这就使得洼进去的受了伤的眼睛,投出来的目光带着点悲哀的神气。他被迫张开薄薄的嘴唇用嘴呼吸。他那长着雀斑和因为在屋子里待得过久而苍白的脸颊,肌肉松弛,还微微下陷。

不,失败了,一切全没有了!军队应该表现出来!军队是一切的基础!能把军队带到人们的眼前来吗——伟大的艺术手法能不能让人们想象到它呢?而且英雄也不是英雄,他下贱而冷酷!结构是假的,语言也是假的,它是一堂干燥的、呆板的历史讲义,宽泛、单调,根本不能上演!

好,完了。一次失败。一个没有成功的尝试。破产。他要写信给刻尔纳[②]。那个善良的刻尔纳。他相信他。他像小孩子似的相信他的天才。他会嘲讽、乞求、吵

---

① 指德国大诗人歌德。

② 刻尔纳是席勒的好友。

闹——这个朋友;他会提醒他想到卡洛斯①,它也是从怀疑、困苦和变化中产生出来的,而终于经过了一切痛苦,证明自己是一件杰出的、一件可赞美的东西。但是那情形跟这不同。当时他还是一个用幸福的手去攫取东西而求得胜利的人。犹豫呢还是战斗?噢,是的,他以前病过,比现在病得厉害。他是一个贫乏的人,一个流浪汉,一个厌世者,一个被压迫的、几乎没有人同情的人。但是他年轻,他还非常年轻!每一次不管他的腰弯得多么低,他的精神是高扬的。在长时间的痛苦之后,跟着来的是信心坚定,内心里充满了愉快的时候。这种时候不再来了,很难再来了。有时候,在夜里,他忽然在一阵兴奋中看到,如果他能够永远享受这种恩惠的话,他将来会变成什么样子。他的兴致像火一般地燃烧起来,但是这样一夜之后,要付出一个星期之久阴沉、麻痹的代价。他疲倦了。他只有三十七岁,但是已经快到头了。他失掉了对将来的信心,这信心就是他痛苦中的明星。事情就是这样子,这是一种绝望的真理:他认为是患难和考验的、痛苦和空洞的年代,实际上却是丰富而有收获的年代;现在呢?因为已经获得了一点幸福,因为他已经从天不怕地不怕的放纵无羁中转入循规蹈矩,转入小市民的生活,有了工作,有了荣誉,有了妻子,有了孩子,现在他松了劲儿。完蛋了,失败和失败——给他留下的就是这些。

他叹息,用两手捂着眼睛,着了魔似的在房子里走着。他刚才想到的是那样可怕,他不能停留在刚才产生这些思想的地方。他坐在靠墙的椅子上,两只手交叉起来放在两膝中间,眼睛无精打采地看着地板。

良心……他的良心喊着多响啊!他又犯了罪,在过去这些年,他对自己犯了罪,他对他脆弱的身体犯了罪。年轻的放纵无羁的生活,不眠的长夜,在充满了烟草的雾气的屋子里过日子,过分的饮酒,忘记了自己的身体,用这种麻醉剂刺激自己的工作——这些如今都得到了报应!

如果得到报应,他就要抗拒那些神们,因为这些神给了他罪过,又来加以惩罚。他应该怎样生活,他过去就这样生活过了。他没有时间变得聪明,没有时间来仔细考虑。在这里,在他胸膛上,在他呼吸、咳嗽、打哈欠的时候,永远在同一个地方,他感觉痛苦,这是一种魔鬼似的刺人的小警告。自从五年前他在艾福特得过流行性感冒,得过那种急性胸病以后,这种警告永没停止;——它要说些什么呢?实在说,它要说些什么他知道得非常清楚。不管医生怎样讲,他没有时间来顾惜自己,来讲仁义道德。他要做什么,就得立刻做,今天就做,迅速地做。仁义道德吗?但是为什么正是罪恶,正是对那些有害的、摧残身体的事情的偏爱,他看起来却比一切的聪明智慧和冷酷的循规蹈矩更合乎道德?道德不是良心的可鄙的机谋,而是斗争和艰难、激情和痛苦。

痛苦……这个字使他的胸襟变得多么开阔呵!他伸直了身体,把胳臂交叉起来,他的眼光在微带红色的几乎连在一起的眉毛下面,透露出美丽的哀愁。他还不算不幸,还不算太不幸,只要还有可能给他的不幸一个骄傲而尊贵的名称。有一件事是必

---

① 《唐·卡洛斯》是席勒的名剧之一。

需的:要有勇气,把伟大美丽的名字给他的生命!不要把他的痛苦归咎于屋子里的空气和便秘!要有足够的健康,以便鼓舞起热情使自己的目光和感情超过身体上的限制!即使在别的地方是世故的,但是在这里要天真无邪!要相信,要能够相信痛苦……但是他的的确确相信痛苦,相信得这样深刻,这样诚恳,以至于在痛苦中发生的一切事情,根据这种信仰看法,既不是无用,也不坏。他将眼光投向稿子,把胳臂交叉起来,紧紧地压在胸部。才能——它本身不就是痛苦吗?如果说桌上的那个该死的作品使他痛苦,那不是应该这样而且几乎是一个好的征兆吗?他从来没有以自己的才能来炫耀,假若他炫耀的话,他的疑惑就真正开始了。只有生手和外行才炫耀,容易满足和无知的人才炫耀。这些人是不在才能的羁绊和控制下生活的。因为才能,你们住在最下层的先生们和太太们呵①!才能并不是很容易的事情,并不是随随便便的事情,它不仅仅是一种本领。归根结底,它是一种需要。一种对理想的艰巨的探求,一种在痛苦中产生并提高它的能力的不满足。对最伟大的人,最不满足的人来说,他们的才能就是最严峻的鞭策。——不要抱怨!不要夸耀!要谦虚地忍耐要想到人们已经承担的一切!假如一个星期以内,连一天,一个小时都不能没有痛苦,那该怎么办?不要重视那些负担和成绩,那些要求、控诉和困苦,要蔑视它们——这就是使人伟大的关键!

他站起来,拿来鼻烟盒,狠狠地闻了一下,然后背起手在屋子里急促地走起来,烛光在他带动的风中摇晃。——伟大!不平凡!征服世界和永垂不朽!一个永远不能为人所知的人的所有的幸福,同这个比起来又算得什么呢?要出名;——要为全世界的人民所知道,所爱戴!你们胡说八道地谈到利己主义,你们根本不知道这一个梦和这个要求的甜蜜!一切不平凡的东西,只要它忍受痛苦,都是自私自利的。它说:你们自己要看一看,你们这些没有使命的人,你们在世界上,生活得很愉快吧!荣誉心说:痛苦难道是白忍受的吗?它应该使我伟大!

他那大鼻子的鼻翼鼓起来了。眼睛里射出了威胁的光。他的右手深深地插进睡衣里,同时垂着的左手攥起了一个拳头。他的瘦削的腮上升起一阵红晕,一缕火焰从艺术家的自我中心的火中喷发出来。他那种对自我的狂热在他内心里不可消灭地燃烧着。他认识这种神秘的爱的陶醉。有时候他只需要看看他的手,就能够充满了兴奋的、温柔的感觉,他决心把他才能和艺术方面的武器完全为它施展出来。他可以这样做,这里面没有什么卑鄙的东西。因为比自高自大更强的是那种意识,意识到他要为一些更高的东西,不是为了报酬而只是由于必要,忘我地把自己消耗净尽,把自己牺牲。这就是他的野心:没有人可以比他更伟大,也没有人能为了这崇高的东西忍受更多的痛苦。

没有人!——他站住了,用手捂着眼睛,上身稍微倾斜。他要躲开,他要逃避。但是他在心里已经感觉到这种不可避免的思想的刺激,就是想到另外那个人,那个光明

① 有钱的人家都住在楼房下层。

的、满足于触觉的快乐和感官世界的实际的神一般不自觉的人,那个在魏玛的人,他用一种渴望的敌意爱着他①。同平常一样,他又陷入极大的不安中,又急躁,又热心,他感觉到自己的内心在活动,因为他想到,他要保卫他自己的品质和艺术家的人格,来反抗另外那个人。那个人真是伟大些吗?在哪点?为什么?假如他胜利的话,难道他是白白地耗尽心血吗?他的屈服会成为一个悲剧吗?他也许是一个神,而并不是一个英雄。但是做一个神容易,做一个英雄却很难!比较容易……另外那一个人比较容易!他用聪明的、幸福的手把认识和创造分开来,这可能就使得他愉快,没有痛苦而能生产。但是假如说,创造可以有神性的话,那么认识就是英雄精神,一个神和一个英雄合起来就是在认识中创造的那个人!

向往困难的意志……人们想到了没有,一句话,一个严格的思想会让他忍受多大的限制?因为他终究是个无知的、受过很少训练的、迟钝的、热衷的梦想者。写一封尤里乌斯②的信比写最好的一幕戏都困难——而那不几乎因而就是较高的吗?从内在的创造力对题材、素材、表现的可能性的最初有节奏的冲动——一直到思想,到形象,到单个的字,到写成行:这是多大的斗争啊!多大的痛苦的过程啊!他的作品就是对形式、形象、界限、具体的憧憬,对那个人的明朗世界的憧憬,那个人直接用神一般的嘴,把明朗的事物都指名呼唤出来了。

但是他仍然对那一个人怀着抗拒心:谁是一个像他一样的艺术家,像他一样的诗人呢?谁像他一样,从一无所有中,从自己的胸膛里创造呢:一首诗在从现象世界里面取得形象和外衣之前很久,不是作为音乐,作为存在的纯粹的原始形象,在他灵魂内产生出来的吗?历史、哲理、热情,只有手段和借口,是那些事物的手段和借口,这些事物跟上面那些没有什么关系,而是产自奥尔菲斯③的深处。字和概念只是他的艺术天才为了奏一首乐曲而弹的琴键——人们知道这个吗?他们非常赞美他,这些好人,赞美他的弹奏琴键的思想力量。他最爱说的话,他最后的热情,他那用来号召人们走向灵魂的最高的堡垒的大钟,引诱了很多人。自由——他对它的了解比那些欢呼的人们也多,也少。自由——这是什么意思呢?总不是在王侯的宝座前那么一点市民的光荣吧?有一个人用这个字所想到的一切你们都能梦到么?从什么地方得到自由呢?到底从什么地方呢?也许还是从人类的幸福,那丝的镣铐,温柔而美丽的债务那里吧。

从幸福那里……他的嘴唇抽搐起来;就仿佛他的目光转向了内心。他慢慢用手捂住了脸。他走进隔壁的屋子里,淡蓝的灯光从挂灯上泻出来。花布帘子静静地遮盖着窗子。他站在床边,向枕头上那甜蜜的头弯下腰去……一绺黑发盘曲在腮上,腮上发出珍珠般的光泽,孩子似的嘴唇在沉睡中张开来……我的妻!亲爱的!你追随我的渴望吗?你到我这儿来,变成我的幸福吗?你是我的幸福,安静吧!睡吧!现在不要把

① 指歌德。

② 1786年,《泰丽雅》杂志曾发表席勒的《哲学书简》,书简的形式是两个朋友的通信:一个是尤里乌斯,即席勒本人;一个是拉法艾尔,即刻尔纳。这些书简反映了诗人醉心于康德哲学。

③ 奥尔菲斯是希腊神话中天才的歌手和竖琴圣手,他的音乐能感动禽兽和木石。

这甜蜜的长长的睫毛睁开来看我,这样大,这样黑,有时候就仿佛你要问我,要找我。上帝作证,我非常爱你。我只是有时候找不到我的情感,因为我常常由于痛苦而疲倦,由于同我自己授予自己的任务斗争而疲倦。为了我的使命,我不能够太多想到你,我不能够完全因你而幸福。

他亲她,离开她那可爱的睡眠的温暖,向周围看了看,走回去了。钟声警告他,夜是多么深了,但同时也很慈祥地告诉他,沉重的时刻结束了。他轻松地呼吸了一下,他的嘴唇紧闭起来,他走过去拿起了笔——不要胡思乱想,他是想得太深了,不应该胡思乱想,不要走向混乱,至少不要在那里停住,而是要从混乱中走向光明。这样他就可以找到形式。不要胡思乱想!要工作!划定界线,舍弃一些东西,创造一些东西,完成它!

真的搞完了,这痛苦中产生的作品。它可能不好,但是完成了。看吧,只要能完成,它也就是好的。从他的灵魂中,从音乐中,从概念中又有新的作品在露头,铿锵的、闪耀的形象在形成,这些形象的神圣的形式让人惊异地想起那无边无际的故乡,正如蚌壳是从海里捞出来的,海却在蚌壳里呼啸一样。

(季羡林 译)

海明威

欧内斯特·海明威(1899—1961),美国小说家,生于芝加哥,父亲是医生。中学毕业后当见习记者。第一次世界大战时入伍,在意大利前线负重伤。1920 年代末定居佛罗里达州,其间去西班牙看斗牛,到非洲打猎,上古巴钓鱼。西班牙内战爆发后,他又当战地记者。战后他移居古巴。获 1954 年诺贝尔文学奖。古巴爆发革命后,他回到美国爱达荷州,后因受多种疾病缠绕而自杀。重要小说有《太阳照样升起》(1926)、《永别了,武器》(1929)、《丧钟为谁而鸣》(1940)、《老人与海》(1952)。海明威是“迷惘的一代”的代表作家。他写出了青年一代在第一次世界大战后的迷惘和幻灭感。他擅长塑造硬汉形象,描写人的力量和尊严,以及在困境中不屈奋斗的精神。艺术上追求简约有力的散文风格,信奉“冰山理论”。往往采用内心独白,并将视觉、感觉、触觉结合起来刻画人物。

《老人与海》塑造了一个硬汉形象。他同鲨鱼搏斗,虽败犹荣,精神上并没有被打败。大海和鲨鱼象征着与人作对的自然和社会力量。海明威认为,虽然人同自然的搏斗注定要失败,但要表现出非凡的毅力,勇敢地面对失败,不失人的尊严。这篇小说可以写成千余页,可是却浓缩成五万余字,足见其洗练、含蓄。

老人与海

他是独个儿摇只小船在湾流[①]打鱼的老汉,已经八十四天没钓着一条鱼了。头四十天,有个男孩子跟他一块儿。可是过了四十天一条鱼都没捞着,孩子的爹妈便对他说,老汉现在准是彻底 salao[②],就是说倒霉透了,所以孩子照爹妈的吩咐跟了另外一只船,它第一个星期就捉了三条好鱼。眼看老汉每天摇着空船回来,孩子心里怪难受的,总要下海滩去,不是帮他搬回那堆钓绳,就是帮他扛走拖钩和渔叉,再还有卷拢来裹着桅杆的那张船帆[③]。帆是用些面口袋补过的,一卷拢,看上去就像一面老打败仗的旗子。

老汉的样子枯瘦干瘪,脖颈儿尽是深深的皱纹。颧骨上有些皮癌黄斑,太阳从热带海面反射上来,就会造成这种没什么大害的皮肤癌[④]。黄斑一直往下,蔓延到他脸的两侧;他那双手因为用绳索对付沉重的海鱼,落下了褶子很深的累累伤疤。不过没有一处伤疤是新的。全是老疤,像缺水缺鱼的沙漠里那些风蚀的岩沟一样老。

他这人处处显老,唯独两只眼睛跟海水一个颜色,透出挺开朗、打不垮的神气。

"桑提阿果伯伯,"孩子对他说,这时候小船已经给拖上沙滩,他们正爬着岸坡。"我又可以跟您出海了。我们那条船已经赚了些钱啦。"

老汉教过孩子打鱼,孩子也爱他。

"别价,"老汉说。"你上了一条走运的船。跟他们待下去吧。"

"您记得吧,那回您八十七天没打着鱼,后来咱俩一连三个星期,天天打的都是大鱼。"

"记得,"老汉说。"我知道你离开我,不是因为你怕靠不住。"

"是爸爸叫我离开的。我是孩子,得听他的。"

"我知道,"老汉说。"这都是常情。"

"他不大有信心。"

"是那样,"老汉说。"咱们可就有信心,对不对?"

---

① 墨西哥湾暖流的简称。这股水势旺盛的暖流从古巴西南方一带开始,经过古巴北面向东,再向东北流入北大西洋。下文里多处提到的洋流,就是这股暖流。

② 这是被古巴人念白了的一个词儿,来自西班牙语的 salado,原意是加了盐的;也许因为加盐过多而味苦,这个词儿在古巴等中美洲国家产生了转意:倒霉的,不吉利的。下文遇到西班牙字词,一般只在方括弧里译意,不再加注。

③ 美国华纳兄弟公司把这部小说搬上银幕(1958 年拍成,斯本塞·屈西演主角)前,请海明威审阅电影剧本。他在这个地方做了增删。经他修改后的句子是:"……总要下海滩去,不是帮他搬回那堆挺沉的钓绳,就是帮他扛走桅杆和船帆。"这一改,孩子和老汉的负担就比较均匀了,文字也更有条理。

④ 海明威的老友和私人医生索托隆戈认为,按科学来讲,这种良性皮肤癌是没有的。他估计小说主人公面部可能是由于过分日晒而生的"黄褐斑"(chloasma)。

“对，”孩子说。“我请您上餐馆[1]喝瓶啤酒，喝完咱们把全套家伙扛回家去，行吗？”

“哪能不行呢？”老汉说。“打鱼人的交情。”

他俩在餐馆坐着，好些渔民拿老汉打趣，他也不生气。那些上点年纪的渔民瞅着他，觉得难过。但是这种心情他们没有外露，却很有礼貌地谈起洋流，谈他们把钓绳漂下去多深，谈这向连续不变的好天气，谈他们出海的新见识。当天捕捞顺利的渔民们已经回去，把他们打的枪鱼全开了膛，平放在两条厚木板上，每条木板由四个人分两头抬着，摇摇晃晃地抬到鱼栈，等冷藏车来，给运到哈瓦那市场。捉住鲨鱼的人，已经把鱼送到港汊对过的鲨鱼加工厂，那儿用滑车把鱼吊起，挖肝、去鳍、剥皮，再把肉剖了片，准备腌上。

刮东风的时候，总有一股腥臭打鲨鱼加工厂飘过汊湾来；但今天只有极淡的一点儿气味，因为风向已经倒转往北，接着便停了。餐馆这儿挺舒畅，又有阳光。

“桑提阿果伯伯，”孩子说。

“嗯，”老汉答应。他手里端着酒杯，正在想多年前的事。

“我去给你打些明儿用的沙丁鱼，行吗？”

“别价。你去打棒球吧。我还划得动船，罗赫利欧撒网。”

“我想去一趟。要是不能跟您打鱼，有什么地方让我出把力也好。”

“你买酒请了我啦，”老汉说。“你已经是个大人了。”

“您头一趟让我跟船，那时候我多大？”

“五岁。那天我钓上来的一条鱼太活太猛了，差点儿把船捣烂，你也差点儿送命。还记得吗？”

“我记得鱼尾巴啪嗒啪嗒地乱撞，坐板直发裂，木棒托托地打得响。我记得您把我推到船头那堆湿淋淋的绳子上，只觉得整个儿船都哆嗦，听见您砍树似的抡起木棒打鱼，我满身都是鱼血那股甜滋滋的气味。”

“你真的记得，还是后来才听我讲的？”

“打咱们头回一块儿出海那天起，什么事我都记得。”

老汉用他那有圈晒斑的、一双信任而慈爱的眼睛望着他。

“你要是我的孩子，我就带你出海去冒风险了，”他说。“可你是你爹妈的孩子，再说你跟的那条船又走运。”

“我去打些沙丁鱼，可以吗？我还知道，打哪儿可以拿来四条小鱼做鱼食。”

“我今儿用完还剩下几条。我撒了盐装在盒子里了。”

“我给您拿来四条新鲜的吧。”

---

① 这个餐馆（the Terrace）在海明威的长篇小说《海流中的岛屿》里也讲过，实指古巴北岸某村镇一家著名的餐馆（西班牙语原叫 La Terraza）。海明威常从该镇乘他的汽艇去打鱼，也多次光顾这家砖石结构的临海餐馆，在馆外大树下和当地渔民闲谈。村镇名叫阔希马尔（Cojimar），在哈瓦那市以东四英里。

“一条够了,”老汉说。他的希望和自信原本没有枯死,现在更鲜活起来,就像爽风一吹,总使人感到的那样。

“两条,”孩子说。

“那就两条,”老汉同意了。“你这不是偷来的吧?”

“我倒乐意那么做,”孩子说。“不过我是买的。”

“谢谢你啦,”老汉说。他向来憨直,没想过他打几时起养成了谦和的态度。但他知道他已经养成了这种态度,知道这并不丢脸,也不损害真正的自尊心。

“看这股洋流,明儿是个好天,”他说。

“您要上哪儿去打鱼?”孩子问。

“去得远远的,风向变了再回来。我想天不亮就出海。”

“我要让他也到远海去打鱼,”孩子说。“那么着,你钓了个老大的家伙,我们好来帮你。”

“他不喜欢跑老远去打鱼。”

“您说得对,”孩子说。“可是我只要见了他看不见的东西,比方说找食的鸟,就能让他去追鲯鳅。”

“他的眼睛那么不行吗?”

“他快瞎了。”

“奇怪,”老汉说。“他从来不捉海龟。那才伤眼睛哩。”

“不过您在莫斯基托斯海岸[①]那一带地方捉了好些年海龟,您的眼睛还挺好。”

“我是个特别的老头儿。”

“可您要捉一条老大的鱼,现在力气行吗?”

“我看能行。再说还有好些窍门儿。”

“咱们把东西扛回去吧,”孩子说。“扛完我好拿了快网[②]去捞沙丁鱼。”

他们从船上取了用具。老汉把桅杆架上肩,孩子抱住木箱,里面盘着编得结结实实的棕色钓绳,还拿了拖钩和带把子的渔叉。装鱼饵的盒子跟木棒一起留住船后艄下面,每回把大鱼拖到船边上,就用这木棒来制伏。按说谁也不会到老汉船上来偷什么的。不过呢,最好把船帆,把那很重的一堆绳子送回家去,一来免得给露水浸坏,二来老汉虽然拿稳本地人不会偷他东西,他却认为,把拖钩和渔叉留在船上是不必要的诱惑。

他们一同顺着上坡路走到老汉的窝棚跟前,从敞开的门口进去。老汉把桅杆连同裹着它的船帆挨墙靠着,孩子把木箱等等放在旁边。桅杆差不多跟这单间的窝棚一般长。窝棚是用王棕树上耐久的护芽叶[③],当地称为 guano[棕树叶]的东西编搭的,里面

---

① 尼加拉瓜的东海岸(旧译“莫斯基托海岸”)。

② 快网(cast-net)是撒到水里、旋即收起的简单渔网,有别于“建网”“张网”等定置渔网。

③ 古巴特产一种高达三十米的优美棕榈树,号称王棕(royal palm),它的羽状树叶有三米多长,可以盖屋顶。但原文所谓 bud-shields 不知其详,故译为“护芽叶”。

有一张床、一张桌子、一把椅子，泥地上有个用炭火烧饭的地方。四面棕色的墙壁，是把纤维坚韧的棕树叶子压平了交叠成的，墙上有一幅耶稣圣心的彩图和一幅科夫雷童贞圣母像[①]。这都是他妻子的遗物。早先墙上还有他妻子一张上了色的照片，但他摘下了，因为他看了觉得怪孤单的，现在照片搁在屋角的架子上，上面盖着他的干净衬衣。

"您有什么吃的呢？"孩子问。

"一锅黄米饭就鱼吃。给你来点儿好吗？"

"不用。我回家吃。要不要我生火？"

"不要。回头我来生。不然我吃冷饭也行。"

"我可以用一下快网吗？"

"当然可以。"

其实根本没有什么快网，孩子还记得他们俩是几时卖了网的呢。但两人天天都要这么胡诌一遍。什么一锅黄米饭啦，鱼啦，其实都没有，孩子也知道。

"八十五是个吉利数目，"老汉说。"我要是捉回来一条鱼，剖开洗好还有一千多磅重，你见了高兴吗？"

"我要拿快网去捞沙丁鱼了。你坐在门口晒晒太阳，好吗？"

"好。我有张昨天的报，我要看看棒球新闻。"

孩子不清楚昨天的报会不会也是随口胡诌的。不过老汉从床底下掏出了报纸。

"佩利阔在 bodega[酒店]给我的，"他做了解释。

"我捞了沙丁鱼再来。我打算把您要用的鱼跟我的都拿冰镇着，到了早上咱们分。等我回来，您可以跟我讲讲棒球比赛了吧。"

"扬基队不会输的。"

"可是我怕克利夫兰的印第安人队要赢。"

"小家伙，要相信扬基队。想想那个大球星狄马吉欧[②]吧。"

"底特律的猛虎队，还有克利夫兰的印第安人队，我怕他们都很强呢。"

"当心啊，要不然就连辛辛那提的红队啦、芝加哥的白短袜队啦，你都要害怕了。"

"您细瞧瞧报，等我回来告诉我。"

"你看咱们该买张尾数是 85 的彩票吗？到明儿就八十五天了。"

"买也可以，"孩子说。"不过按您创的纪录，买张 87 的怎么样？"[③]

"那样的事不会有第二回的。你估计你找得着一张 85 的吗？"

---

① 科夫雷是古巴东部一个铜矿区的市镇。南面小山上有著名的慈悲圣母院，每年 9 月 8 日善男信女们前往朝拜。海明威把授予他的诺贝尔奖纪念章送给了慈悲圣母院，现在存放于该院的"奇迹礼拜堂"。

② 狄马吉欧(J. P. DiMaggio，1914—1999)：1936—1951 年纽约扬基队的外野手，被誉为"棒球运动史上最卓越的外野手之一"。

③ 上面孩子说过，有一回老汉八十七天没打着鱼，但随后他俩"一连三个星期，天天打的都是大鱼"。孩子的意思似乎是说 87 预示着成功。

“我可以订购一张。”

“一张就是两块半钱。咱们跟谁去借呢?”。

“那好办。我什么时候都能借来两块半钱。”

“我看我没准儿也能。不过我尽量不借。开头是借债。再下去就是讨饭了。”

“不要着凉,老伯伯,”孩子说。“别忘了现在是九月天啦。”

“是大鱼跑来的月份,”老汉说。“五月间谁都干得了打鱼的活儿。”

“我马上捞沙丁鱼去,”孩子说。

孩子回来的时候,老汉正熟睡在椅子上,太阳已经落了。孩子从床上抱来旧军毯,展开了盖在椅背上、老汉两肩上。这副肩膀也怪,虽然很老,仍然挺有劲。脖子同样结实,只要老汉脑袋耷拉在前头睡着了,脖子上便看不大出有褶子。他的衬衣缝补过很多回,结果简直像那张帆,补丁都晒掉了色,深的深,浅的浅,花不棱登的。但是老汉的头脸可真老相了,眼睛一闭,他的脸就缺了活气。报纸摊在他膝头上,被他一只胳臂压着,晚风吹不走。他光着脚。

孩子从他那儿走开了。再回来的时候,老汉还在睡。

“醒醒吧,”孩子说,把手放在老汉的一边膝盖上。

老汉睁开了眼,过了一会儿心神才从老远的梦境回来。接着他现出了笑容。

“你拿来什么啦?”他问。

“晚饭,”孩子说。“咱们这就吃晚饭。”

“我不怎么饿。”

“来吃吧。您不能光打鱼不吃东西啊。”

“我也这么做过,”老汉说,一面站起来,把报纸收了折好。然后他动手叠毯子。

“把毯子留下,围在您身上吧,”孩子说。“有我活着,就不能让您空着肚子去打鱼。”

“那你就爱护身体,尽量活长些吧,”老汉说。“咱们今儿吃什么?”

“乌豆煮米饭、煎香蕉、一个荤的炖菜。”

孩子是用双层金属饭格从餐馆把饭菜提来的。两份刀叉和汤匙,每份都包了餐巾纸,装在他衣兜里。

“这是谁给你的?”

“马丁老板。”

“我一定要谢谢他。”

“我已经谢过他了,”孩子说。“您用不着再谢他。”

“我要把一条大鱼的肚子肉送给他,”老汉说。“他这么照顾咱们,不止一回了了吧?”

“我看是这样。”

“那我得送他些比鱼肚子肉更够意思的东西才行。他替咱们想得很周到。”

“他让捎来两瓶啤酒。”

“我顶喜欢罐装啤酒。”

“我知道。可这是瓶装的,是阿图埃伊啤酒[①],回头我把瓶子送回去。”

“多亏你张罗,”老汉说。“咱们该吃了吧?”

“我一直在劝你吃呢,”孩子和气地回了他一句。“我想等你准备好了才打开饭格。”

“我现在准备好了,”老汉说。“刚才我不过是要点儿时间洗洗手。”

您上哪儿去洗呢?孩子想。村子里的水龙头在大路那头,要走两条街才到。我得给他拎水到这儿来,带一块肥皂,一条好毛巾,孩子想。我怎么这样不动脑子呢?我得给他再弄件衬衫,弄件过冬的厚上衣,弄双什么鞋,再来条毯子。

“你捎来的炖菜真好吃,”老汉说。

“跟我讲讲棒球吧,”孩子央求他。

“美国联盟里头,就像我说过的,得胜的是扬基队,”老汉说得兴高采烈。

“他们今儿输啦,”孩子告诉他。

“这不要紧。大球星狄马吉欧又那么潇洒了。”[②]

“他们队里还有别人呐。”

“那自然。可是有他出场就很不一样。另外那个联盟[③]里头,布鲁克林队跟费城队赛,我看布鲁克林队准赢。不过我还惦着狄克·西斯勒[④],还记得他在老棒球场打的那些好球。”

“他那几棒真绝。像他抽那么长的球,我没见别的人打过。”

“你还记得有一阵他常上餐馆来吗?当时我很想陪他去打鱼,可我胆儿小,不敢开口。后来我让你去邀他,你也怕生。”

“我知道。那可是太错啦。他本来作兴跟咱们一起去的。那咱们就会记得一辈子的了。”

“我很想陪大球星狄马吉欧去打鱼,”老汉说。“人家讲他爹是个打鱼的。说不定他从前跟咱们一样穷,所以会懂得咱们的。”

“大球星西斯勒他爹没穷过,他爹像我这个年纪就参加大联盟的比赛了。”

“我像你这个年纪,当上了水手,跟着一条横帆船到了非洲。我见过晚半晌儿海滩

---

① 阿图埃伊(Hatuey):16 世纪初印第安人一个部落的酋长。西班牙殖民者入侵古巴东部时,他率众游击抵抗,因叛徒告密,被西班牙人捉住,活活烧死。他的壮烈事迹受到后来古巴文学作品的讴歌,他的名字也被用来命名古巴的啤酒。

② 狄马吉欧据说确实有“身体上的病痛”(本文下面提到他有骨刺),但仍能以他“球艺的完美和动作的从容优雅”而受人喜爱。

③ 美国主要的各棒球队分别组成两大“联盟”,一个叫“美国联盟”,另外那个叫“全国联盟”。每年棒球比赛季节,先由每个联盟的各队进行盟内比赛,最后由两盟各自的胜队进行盟际比赛,决定当年的冠军。

④ 也许指的是乔治·西斯勒(George H. Sisler,1893—1973),美国圣路易斯城褐队的优秀一垒手。海明威可能把他的名字乔治记错成“狄克”了。西斯勒在 1930 年结束了他的棒球生涯,所以本文故事的发生时间大概设想在 30 年代。

上的那些狮子。”

“我知道。您跟我说过。”

“咱们聊非洲呢,还是聊棒球?”

“依我说,聊棒球,”孩子说。“跟我讲讲大球星约翰·J.麦格罗吧。”他把J念成Jota①。

“早先他有时候也上餐馆来。不过他喝上老酒就要撒野。说话专噎人,难伺候着呢。在他心上,赛马跟赛棒球一样牵挂。至少他什么时候兜里都揣着几份马的花名册,打电话也常常念叨马名儿。”

“他是个大教练,”孩子说。“我爸认为那时候他是最大的教练。”

“因为他来这儿次数最多,”老汉说。“要是德洛歇②年年还来这儿,你爸就要把他当作最大的教练了。”

“说真的,谁是最大的教练呢?是卢克,还是迈克·贡萨雷斯?”

“我看他们两个一般儿高低。”

“要说打鱼,数您最行。”

“不。我知道有些人比我行。”

“Qué va[哪能呢],”孩子说。“有很多打鱼的好把式,还有些挺了不起的。可像您这样的就您一个。”

“谢谢您。你说得我很高兴。就希望别跑来一条特大的鱼,戳穿咱们是瞎吹。”

“只要您还像您说的那么有力气,就不会有那样的鱼。”

“我可能不像我想的那么有力气,”老汉说。“不过我知道好些窍门儿,我也有决心。”

“您现在该睡了,这样您明儿早上精神才足。我要把这些东西送回餐馆去。”

“那么再见。明儿清早我来叫醒你。”

“您是我的闹钟,”孩子说。

“我的闹钟就是一把年纪,”老汉说。“上年纪的人为什么醒得这么早呢?是想把一天过得长些吗?”

“我不知道,”孩子说。“我只知道男孩子睡觉死,起床晚。”

“那么样能睡,我还记得,”老汉说。“反正到时候我会叫醒你的。”

“我不喜欢他来叫醒我。好像我不如他似的。”

“我懂。”

“好好儿睡一觉吧,老伯伯。”

孩子走了。他们刚才吃饭的时候,桌子上没有灯。现在老汉也是摸黑脱了长裤上

---

① 字母J,在英语中念作“介”的音,在西班牙语中念作“霍他”(Jota)。麦格罗(John J. McGraw,1875—1934):1902—1932年担任纽约巨人队的教练。

② 德洛歇(L. E. Durocher,1906—1991):从1939年起他在美国担任棒球队教练。

床的。他把长裤卷起来当枕头，把那张报纸塞在里面，便蜷身裹上毯子睡，身子下面的钢丝床上也铺着些旧报纸。

不多久他便入睡了，梦见他少年时代的非洲，梦见那些绵延很长的金色海滩，那些白花花的、白得扎眼的海滩，还有高陡的岬角和褐色的大山。现在每个夜晚他都回到那一带海岸，梦里还听见一阵阵浪潮咆哮，看见一只只当地小船穿浪驶来。那样睡着，他会嗅到甲板上沥青和麻絮的气味①，嗅到清晨陆上微风吹来的非洲气息。

平常，他一闻见陆风就会醒来，穿上衣服去叫起那孩子。但是今夜陆风的气味来得很早，他在梦里也知道还太早，便接着再睡，梦见群岛上②那些白色山峰宛然拔海而起，又梦见加那利群岛的大小港湾和泊口。

他梦见的，再也不是狂风巨浪，不是女人，不是大事，不是大鱼、搏斗、角力，也不是他的妻子。他现在只梦见异域他乡，梦见海滩上的那些狮子。在暮色中，它们小猫般地打闹着玩，很惹他喜爱，就像他喜爱那个孩子一样。他从来没有梦见过那个孩子。他一下子就醒了，朝敞着的门外望望月亮，打开卷起的长裤穿上，到窝棚外面撒了尿，就从大路上走过去叫孩子。清晨的寒气冻得他发抖，但他知道抖抖就会暖和的，而且过会儿他就要划船了。

孩子住的房子没有锁门，他把门推开，光着脚悄悄走进去。孩子熟睡在第一间屋的帆布床上，老汉凭着残月投来的光看清了他，便轻轻握住他的一只脚不放，直到孩子惊醒，掉过脸来望他。老汉点点头，孩子就从床边椅子上取过长裤，坐在床沿上穿。

老汉走出门去，孩子跟在后面，还瞌睡得很。老汉把胳臂搂着他的肩膀说："对不起。"

"Qué va[哪儿的话]，"孩子说。"男人就得这样。"

他们顺着大路到老汉的窝棚去。一路黑魆魆儿的，有不少赤脚男人扛着自家的船桅在往前走。

到了老汉的窝棚以后，孩子拿了渔叉、拖钩和一篮子盘起的钓绳，老汉把船帆包着的桅杆上了肩。

"您想喝咖啡吗？"孩子问。

"咱们先把东西放到船上再喝吧。"

他们在清早供应渔民的地方喝了咖啡，是用空的炼乳罐头盛的。

"您睡得好吗，老伯伯？"孩子问。他这会儿渐渐清醒过来，尽管还不容易摆脱睡意。

"挺好的，曼诺林，"老汉说。"我觉得今天很有信心。"

"我也这么觉得，"孩子说。"现在我得去拿咱们各人的沙丁鱼，还有给您的新鲜

---

① 麻絮和沥青是用来填塞、涂抹船缝的。

② "群岛"似指非洲摩洛哥以西、大西洋上的加那利群岛，因为这十三个由火山运动形成的岛中，有五个岛都是直接从海里隆起的单座山峰，其中最高的达三千六百多米，同这里海明威的描述相似。

鱼食。他呀，总是把他们那条船的东西自个儿扛去。他向来不爱让别人拿东西。”

“咱们可不这样，”老汉说。“你才五岁我就让你帮着拿。”

“我知道，”孩子说。“我马上回来，您再喝一份儿咖啡吧。我们家在这儿有账。”

他光脚踩着珊瑚石，到放鱼饵的冰窖去了。

老汉慢慢喝着咖啡。一整天他就只会有这点儿营养，他知道他应当喝。好久以来，吃饭这件事老叫他心烦，他从来不带午饭出海。船头有一瓶水，那便是他当天必需的一切①。

孩子把报纸包的沙丁鱼和两条鱼食取了回来，于是他们脚下踏着沙砾，沿下坡道儿走到小船那儿，把船稍稍一抬，就势推到水里。

“出海顺利，老伯伯。”

“出海顺利，”老汉说。他把桨柄的绳结套到桨栓上，身子向前去推桨打水，就在昏茫中逐渐划出湾口了。另有些渔船从别处的沙滩驶出海去，虽然月亮此时已经落山，老汉看不见那些船，却听见船桨入水拨动的响声。

不时听见有只船上什么人在说话。但是大多数的船都静静的，只传来桨叶的溅落声。它们出了湾口便四下分散，每个渔民都奔向他希望找到鱼群的洋域。老汉知道自己正驶向远处，他把陆地的浊气抛到后面，划进了海洋上清早爽净的气息。看见马尾藻在水里发光的时候，他正划过渔民们叫作“大水井”的洋面。起这么个名儿，是由于下面忽然有个七百英寻的深坑，又因为急流撞在洋底峭壁上打起漩涡，各种鱼类都聚拢来了。这里密集着小虾、小饵鱼，在最深的窟窿里时而有成群的鱿鱼，夜晚它们一浮近水面，就成了各种来往大鱼的食物。

一片昏黑中，老汉感到晨光即将来临。划着划着，他听见飞鱼泼剌剌地扇尾出水，张直翅子哧哧地跃入暗空。他很喜欢飞鱼，因为在海上给他做伴的，主要是它们。他在替鸟儿们发愁，特别是那些深灰色娇小的燕鸥，它们总在飞来飞去找吃的，可几乎每次都一无所获。他想：“鸟儿活得比我们艰难，只有拦路夺食的恶鸟、身粗力大的猛禽除外。为什么当初创造鸟儿们，造得都跟那班普通燕鸥一样娇嫩细弱呢？为什么当初不想想海洋有她残忍的时候呢？她平常倒和善，挺美。可她会变得残忍，变起来又那么突然。这些飞下来点水觅食的鸟儿，细声细气地叫得可怜，它们给造得太娇弱了，在海上真活不下去啊。”

在他思想里，海总是 la mar②，当人们喜爱她的时候就用西班牙语这样称呼她。有时候，喜爱她的人也说她的坏话，不过即便那样，总是说得她好像是个女人。有些年轻

---

① 电影剧本把这段叙述改成了一次对话。孩子问：“为什么谁都不带吃的上船？为什么大家只带喝的水呢？”老汉回答：“因为你不一定每回都有钱买吃的，像现在这样，你没有吃惯，你不吃也不会难受。”海明威接下去给老汉添了一句：“再说你要是刚吃饱又钓着了一条大鱼，那你就要发生麻烦了。”

② “海”（mar）这个名词在西班牙语里有时用阴性冠词（la），有时用阳性冠词（el）。

渔民，就是用浮标做钓绳浮子[①]、靠鲨鱼肝赚大钱买了汽艇的那些人，却用阳性词儿 el mar 来称呼她。他们把她说成是个竞争对手，是个水域，甚至是个敌人。但是老汉始终把她看成阴性的，看成一时大开恩典、一时不肯开恩的力量；要是她胡来、使坏，那都因为她不由自主地爱逞性子。他想，月亮影响她[②]，就同影响一个女人的情绪一样。

他不紧不慢地划着，并不费劲，因为他稳稳保持着习惯了的速度，再说洋面又平，水流只偶尔打些旋儿。他让顺水替他干三分之一的活儿；由于天蒙蒙亮了，他看出自己已经比原来指望这个钟点划到的还要远。

我在深水地带踅摸过一个星期，什么也没捞着，他想。今儿我要到狐鲣和长鳍金枪鱼成堆的地方搜个遍，没准儿里头混着条大鱼。

天还没实在亮，他就抛出了全部鱼食，他的船现在顺水漂着，一个鱼食投在水下四十英寻。第二个七十五英寻，第三第四个各在一百和一百二十五英寻碧蓝的水里。每个鱼食都头朝下倒挂着，钩把儿牢牢缝扎在饵鱼肚里，伸在外头的钩弯和钩尖全用些新鲜沙丁鱼遮严了。一条条沙丁鱼都被扎穿了双眼，在伸出的钢钩上串结成半个花环。钓钩上没有一处不叫大鱼觉得又好闻又可口。

孩子给他的两条新鲜小金枪鱼其实是长鳍的，现在都铅锤似的挂在入水最深的两根钓绳上。剩下那两根，他给安上了前次用过的一条蓝鲹和一条黄鲹；不过两条鲹保存得还很好，又有鲜嫩的沙丁鱼给它们带来香气和吸引力。每根钓绳像大铅笔那么粗，拴在一根带嫩汁的绿竿子上，只要鱼食被扯一扯、碰一碰，竿子就会弯进水里。而且每根钓绳都有各长四十英寻的两盘绳子做后续，每盘又可以接上其他备用的几盘，因此万一需要，可以让一条鱼牵着三百多英寻的长绳还照样游。

老汉现在盯着看三根斜出船边的竿子有没有坠到水里，一面轻轻划桨，把几条钓绳都保持得上下笔直，深浅也各就各位。天相当亮了，这会儿太阳随时都会升起。

太阳从海里透出淡淡一点儿，老汉看见别人那些低贴水面、离岸不远的渔船在洋流上摆开。不久，太阳比刚才更亮了，给水上铺了烁烁的一层；接着，当它完全离水升空的时候，平展的海面把日光反射过来，他觉得非常扎眼，只好避光划船，低头看水，望着直通水下暗处的钓绳。他投下钓绳比谁都下得直，因此在暖流深幽的各个层面，总有个鱼食正好在他计划的位置等待着过路的游鱼。人家都让钓绳随波漂移，有时候这些渔民以为钓绳下去一百英寻深了，其实呢，只有六十英寻。

我的绳子可总是一点儿不偏，他想。只可惜我再也不交好运了。可谁知道呢？说不定今儿就交运。每天都是新开张的一天。能交运自然好，不过我倒宁可把事情做到家。那么运气来了，也不会临时慌张。

太阳比先前又高了两小时，朝东望望不那么刺眼了。这会儿只瞅得见三只渔船，

---

① 一般的浮子用软木塞或是空的翎管做成，很简陋。浮标则用木杆、铁皮罐或其他金属来做，有的还装了铃、哨、灯光，讲究多了。

② 月球引力对潮汐的影响，渔民自然是很熟悉的。

看上去很低,远远挨着岸边。

我的眼睛一辈子都给早上的太阳刺得疼,他想。偏偏眼睛还挺好。晚半天儿我对直看着太阳也不会两眼发黑。天快晚时的太阳,光也更足哩。可早上看着怪疼的。

就在这当儿,他看见前头有只军舰鸟①,张着长长的黑翅膀在天空盘旋。它侧着各后斜掠的翅膀猛地一落,然后又打圈子。

"它觑准了什么东西,"老汉说出声来。"它不光是在找。"

他向这黑鸟盘旋的地方沉着地缓缓划去。他并不着忙,他那几根钓绳仍然上下一溜直。但是他稍稍加紧拨了拨水,所以他的动作还是很有章法,只不过他想利用一下黑鸟,手脚比先前快些。

黑鸟在空中飞高了,张着一动不动的翅膀又打转儿。随后,它陡地来个俯冲的时候,老汉看见一串串飞鱼跳出水来,没命地在海面上奔逃。

"鲯鳅,"老汉又出声了。"大鲯鳅。"

他把两支桨搁到船上,从船头下面取出小小一根钓绳。绳头有几圈铁丝,绑着一个中号钩子,他在钩上吊了一条沙丁鱼做饵。钓绳被他垂到船边外,一头拴在船尾一个有顶环的螺丝杆儿上。接着他又给一根钓绳挂了饵,让绳子盘在船头的阴凉角落里。他回过来划船,望着那只翅膀很长的黑鸟低低地在水上飞旋搜寻。

他正望着,黑鸟又侧着翅膀下来,打算俯冲,随后却毫无效果地乱扇着翅膀去追飞鱼。老汉看见水面有点儿鼓,是些大鲯鳅追逐飞鱼从下面顶起的。一只只鲯鳅紧跟飞鱼的去踪,在下面穿水破浪,只等飞鱼力竭坠海,就会火速赶到。这是一大群鲯鳅啊,他想。它们铺得很广,飞鱼没有多少侥幸的机会了。黑鸟也没机会沾光。这些飞鱼都大得它叼不了,溜得也太快。

他望见飞鱼一再蹦出水来,黑鸟一再做它的无效动作。这群鲯鳅从我眼皮底下跑了,他想。它们跑得太快太远。可我说不定会捉住一只离群走失的,说不定我的大鱼就在它们身边。我的大鱼准在附近的什么地方。

陆地上空的云彩这会儿重重高山似的矗起,海岸不过是一道细长的绿线,背后横卧着青灰色的低峦。现在,水是一泓深蓝,深得几乎发紫。他向下望去,只见暗苍苍的水波里,浮游生物纷纷扬扬,像万点落红,同时太阳也在这儿照出奇光异彩。他盯住他那几根钓绳,要看到它们笔直垂入水下瞅不着的深处才放心。他很高兴瞧见这么多的浮游生物,因为这就表示有鱼。随着太阳更高,它那映水的奇光就意味着好天气,陆地上空那些云团的形状也透露着同样的消息。但现在黑鸟远得快要不见踪影了,水面空空荡荡,只露出几簇晒淡了的黄色马尾藻,还有个僧帽水母在船旁近处浮起了它那怪神气的、紫里泛彩的胶质气囊。起先它侧了一下身子,不久便自动扳正了。它像个气泡那么快乐地漂浮,它后尾那一条条有致命毒性的紫色长触丝拖在水里有一码长。

---

① 这是热带海洋上的一种猛禽,常强迫其他海鸟在半空中吐出口衔的鱼给它。因此,18 世纪的英国水手们给它取了"军舰鸟"的名字,把它比作蛮横的炮舰、打劫的海盗船。

“Agua mala[水母],”老汉说。“你这个婊子。”

他坐着轻轻摇桨,一面朝水里望,瞅见一些小鱼跟垂悬的触丝同样颜色,它们钻在触丝中间,躲在漂浮气泡的一小片阴影下往来穿游。小鱼都能抗毒,人却不能。要是老汉打鱼的时候有些触丝缠住了钓绳,缠得发黏发紫,他的胳膊上手上就会有一道道又肿又痛的伤痕,跟碰了毒漆藤、毒漆树一样。只是僧帽水母的毒来得快,像鞭子似的一抽就疼。

这种闪着虹彩的气泡美倒是美,但它们是海里最有欺骗性的东西,所以老汉爱看大海龟把它们吃掉。海龟见了它们,先迎面前去,然后闭上眼睛使得全身无懈可击,这才把它们连触丝一起吃个干净。老汉爱看海龟吃它们,也爱在暴风雨停止后踩着它们在海滩上走,爱用他长满老茧的脚底踏上去,听它们的气囊噗的一声压破。

他喜欢绿海龟和玳瑁,它们优美敏捷,价值很高。对于又大又蠢的蠵龟,就是一身黄甲披挂、交配方式离奇、闭着眼睛吃僧帽水母吃得快活的那种海龟,他的友好态度里夹着几分瞧不起。

虽然在捕龟船上干过多年,他并不觉得海龟有什么神秘。他替各种海龟抱屈,连身子跟他的船一般长、体重一吨的巨大棱皮鱼也在内。大部分人对海龟都残酷无情,因为把一只海龟剖杀以后,它的心脏还要跳动几个小时。老汉想,我也有这样的一颗心脏,我的脚啊手啊很像海龟的。他吃白的海龟蛋,好增长体力。整个五月他都吃海龟蛋,为的是养壮身子,九十月间可以去打地地道道的大鱼。

每天他还喝一杯鲨肝油。盛油的那只大桶,就放在许多渔民存渔具的棚子里。所有的渔民,谁想喝便可以去舀。渔民们多半都讨厌那个味儿。但是比起他们要那么早起床,这也不算多难受,况且喝了还可以防伤风,防流行性感冒,对眼睛也好。

这时候老汉一抬头,看见黑鸟又在盘旋了。

“它找着了鱼啦,”他自言自语。这会儿既不见飞鱼破水而出,也不见小鱼儿各处窜散。但是,老汉正望着,一条小金枪鱼跃到空中,一翻身又头朝下落了水。这金枪鱼给太阳照得银亮,它落回水里以后,别的金枪鱼接二连三地出水,四面乱蹦,它们搅起水花,一跳老远地去抢小钓绳上的那个活饵,包围它,推着它转①。

要是它们跑得不太快,我可要下手了,老汉想。他看着这伙金枪鱼在水上扬起一片白雾,看着黑鸟忽的飞下来,直扑那些慌得浮上水面的小鱼儿。

“这只鸟很帮忙,”老汉说。船后艄那根钓绳本来有一圈被他踩着的,这时候在他脚下变紧了。他把桨撂下,抓牢绳子刚往上收,便觉出了一条金枪鱼挣扎抖动的力量。他越收绳,鱼抖得越厉害。他透过海水见了一眼鱼的青脊背和金闪闪的腹侧,就把它从舷外甩进了船里。鱼跌在船艄阳光下,全身紧箍箍的像颗子弹,瞪着两只发愣的大眼睛,一边急抖它那尖溜利落的尾巴,不要命地啪啪猛打船板。老汉为了行好,给它当

---

① 在这个地方,电影剧本写道:“那个活饵给老汉拖在船后面。鱼群包围着它,推着它转。”海明威在前一句话上面加了个问号,用括弧括起(也许他认为活饵不应当拖在船后面,而应当随着钓绳笔直下垂)。对于后一句,他提了意见:“鱼群不是在推这个活饵,而是在推一群像白鲦那么大的小鱼。”可能是因为《老人与海》发表后有人批评小说有几处技术上不准确,他在电影剧本上注意纠正。

头一击再踢一脚,但它的身子还在艄影里哆嗦。

“长鳍金枪鱼,”他说出声来。“它可以做个挺棒的鱼食。会有十磅重。”

他记不得他一个人跟自己出声讲话是几时起的头。从前,一个人待着,他就唱唱歌;在小渔船或者捕龟船上一个人值夜掌舵,他有时候也唱。他开始独自出声讲话,大概是那男孩子离开他以后的事。但他记不清了。他同孩子一块儿打鱼,两个人一般只在必需的时候才说话。他们聊天都在晚上,要么是在不能出海的坏天气。到了海上,没有必要决不开口,是看作一桩美德的。老汉也这么看,尊重这条规矩。可眼下没有谁会受到打搅,他有好多回就把心思讲出来了。

“人家要是听见我大声说话,会以为我疯了呢,”他自说自道。“可我既然没疯,管他的呢。发财的人,船上有收音机给他们广播,给他们报告棒球赛呀。”

眼下不是惦记棒球的时候,他想。眼下只该惦着一件事,就是我天生要干的行当。这一伙鱼的附近说不定有条大鱼,他想。我从这伙追食的长鳍金枪鱼当中,只钓上来一条离群跑开的。这一伙都在飞奔到远海去找食。今儿在水面露头的,个个都游得飞快,直奔东北。天天到了这个钟头都这样吗?要不然,是我瞧不出的什么变天兆头吗?

现在他望不到那一线绿岸了,只见矮冈低峦,坡青巅白,仿佛顶着积雪,云堆儿看起来像是高踞小冈之上的重重雪山。大海十分幽暗,日光给水里投下一道道时现鲜彩的透明柱。原先星星点点的无数浮游生物,这会儿都被高悬天心的太阳照得无影无踪了;老汉看见的,只是一一插入碧波深处的变色透明巨柱,再就是一英里深的水里他那几根笔直下垂的钓绳。

渔民们把同一大类的各种鱼都叫作金枪鱼,只是拿去卖了,或者是去换鱼食的时候,才用它们的专名儿来表示区别。这会儿这一大类的鱼统统又沉在下面了。太阳挺烫,老汉觉着脖颈儿晒得慌,边划船边感到背上的汗直往下滴。

他想,我本可以让船顺水去漂,趁便睡睡,给脚指头上系一道绳子把我拽醒。不过呢,今儿已经八十五天啦,我得好好干他一天。

正想着,他望望钓绳,瞅见三根伸出船外的绿竿子当中,有一根陡然一坠。

“咬啦,”他说。“咬啦,”他说着就把桨抽上来了,一点儿也没叫船碰着。他探身出去够着了钓绳,用右手大拇指跟二拇指松松地捏着。他感觉下头没有拉力,没有分量,就轻轻拿着绳子。过会儿,又来了一下。这回是试探性地一拉,拉得不牢也不重。他很清楚是怎么回事。水下一百英寻,就在手工锻造的钩子从小金枪鱼头部伸出来的地方,有条枪鱼在吃那一串掩蔽着钩尖和钩弯的沙丁鱼。

老汉小心翼翼地捏着钓绳,又用左手悄悄把绳结从竿子上解开。这一来,他就可以让绳子从他两指间滑下去,同时鱼一点儿也不会觉得被拽住。

游这么远,又赶上这个月份,准是条大鱼,他想。吃吧,鱼啊。吃吧,请吃吧。食料多新鲜哪,可你老待在六百英尺深的冷水里,黑咕隆咚的。在那黑地方再打个转儿就回来吃吧。

他觉出下头小心地轻轻在拉,跟着一下拉得重点儿,准是有个沙丁鱼头不容易给扯下钩来。再接着便毫无动静。

“快点儿,”老汉讲出来了。“再转过来吧。你闻闻,味儿不香吗? 趁沙丁鱼没坏就吃了吧,另外还有那条金枪鱼。肉厚实着呢,凉丝丝香喷喷的。别害臊,鱼啊。吃吧。”

他用拇指和食指捏住这根绳子等着,同时望着它和其余的几根钓绳,因为说不定鱼已经在往上来或者往下去。过了会儿,又有了那么微微碰着的一拉。

“它会咬的,”老汉出声地说。“上帝保佑它咬吧。”

可它没咬,跑了。老汉觉不出丝毫动静。

“它不可能跑了,”他说。“基督见证,它不可能跑了的。它在遛弯呢。没准儿它以前上过钩,多少还记得。”

一会儿,他觉着绳子稍稍给碰了一下,很高兴。

“刚刚它不过兜了一圈,”他说。“它会叼去的。”

他受着那轻微的拉力很高兴,但接着却感到有个什么东西结结实实,重得简直不敢相信。这是整个鱼的分量。他把两盘备用绳的第一盘抖散,让绳子顺溜溜地往下放,放,放。钓绳从老汉指头当中轻轻没下去的时候,拇指和食指的夹力虽然小得几乎觉不出,他还是感到下面死沉死沉的。

“多奇怪的一条鱼啊,”他说。“它把鱼食横叼在嘴里了,这会儿正衔着往外游呢。”

然后它一转身会吞下去的,他想。他没有直说出来,因为他知道好事说早了就不一定应验了。他明白这是一条多么大的鱼,猜想它嘴里横叼着那尾金枪鱼,正在黑处游开去。就在这时候,他觉得它停止不动了,但是还那么重。没多久倒越发重了,他也跟着再放长了绳子。有一阵工夫,他把拇指和食指紧紧捏拢,而绳下的重量仍在增加,直往下坠。

“它衔住了,”他说。“现在我要让它好好儿吃下去。”

他让钓绳从两指间滑过,一面往下伸出左手,抓住两盘备用绳松着的一头,系在剩下那两盘备用绳的绳结上。现在他准备齐了。除了手头用着的一盘外,他还有每盘四十英寻长的三盘绳子可以接应。

“再吃点儿吧,”他说。“好好儿吃吧。”

吃吧,好叫钩尖儿宜穿心窝送你的命,他想。安闲自在地游上来吧,让我把铁叉扎到你身上。对,就这么着。你完事儿了吗? 你填肚子填够了吗?

“得!”他嚷了一声,就双手猛拉猛拽,收了一码绳子上来,跟着又再拉再拽,每回都投入全副臂力和身体左右摆动的重量,甩开两个膀子替换着拔绳。

一点儿效果都没有。鱼只顾慢慢游开,老汉要把它往上提,哪怕提一英寸也做不到。他的钓绳很粗实,是专钓重型海鱼的,他把它紧绷在背上,紧得绳上水珠儿飞迸四溅。随后绳子在水里开始发出缓缓前去的哧溜声,他可照旧抓着它。同时挺身压紧坐板向后仰,来抵消绳下的坠力。小船逐渐慢悠悠地向西北移动了。

鱼一直不停地游,连船带鱼都在平静的水上行进。另外那几个鱼食还留在水里,不过没法儿管了。

“孩子跟我来了就好了，”老汉出声地说。“我给一条鱼往前拖着，简直像驳船上的缆桩似的。本来我可以把绳子系到船上。可那么着它会扯断的。我得尽量把它留在钩上，非放绳子不可的时候就放些给它。谢天谢地，它正往前奔呢，没有朝下钻。”

要是它一门心思要朝下钻，我真不知道怎么办。要是它沉了底死了，我也不知道怎么办。不过我不会闲着。我要要的招儿多的是。

他身背钓绳，眼望着绳子在水里的斜度，望着他的船不断向西北走。

它会累死的，老汉想。它不能老这么拖。可是过了四个钟头，鱼仍然拖着小船一个劲儿朝远海游去，老汉也仍然挺起腰骨稳稳坐着，背上绷着绳子。

“我钩住它那会儿是晌午，”他说。“可我一直没看见它的模样儿。”

钩住鱼以前，他就把草帽紧紧拉到眉棱骨上了，现在箍得脑门子怪疼的。他也觉得口渴，便一面留神不扯动绳子，一面跪下来尽量朝船头爬，伸只手够着了水瓶，揭开盖子喝了点儿。然后他靠着船头歇了歇。歇的时候，他坐在没有支起的桅杆和布帆上，尽可能不想事儿，单是耐心熬着。

过了会儿，他朝后一望，才发觉根本看不见陆地了。没关系，他想。冲着哈瓦那的那片灯光我总能划回去。还有两个钟头太阳才落呢，兴许不到那时候鱼就浮上来了。要不然，它作兴跟月亮一个时候出来。再不然，它作兴要到出太阳的时候才出来。我的手没抽筋，全身是劲。倒是它的嘴里给钩住了。这可是多有能耐的一条鱼啊，拉这半天的纤。它一定紧紧咬住了铁丝箍。要是我看得见它就好了。哪怕只瞧它一眼也好，叫我知道我碰上了怎么个对手。

按照老汉观望星位的估计，鱼游了这一整夜都没有改道儿，也没有改方向。太阳落下去，天跟着也冷起来。老汉的背上、老胳膊老腿上，汗一干，全凉飕飕的。白天的时候，他把盖在鱼食盒子上的那个布口袋拿了来，铺开晒干。等太阳落了，他便把口袋围着脖子系住，让下半截搭在他背上，再小小心心，把它从肩膀上的那根绳子下面塞过去拉平。除了用布口袋垫着钓绳，他先头还学会了把上身趴在船头边歇歇，这一来他差不多觉得舒服了。实际上这个姿势只不过比活受罪略好几分，可是在他看，差不多就算舒服啦。

只要鱼照旧这么干，我就拿它没辙，它也拿我没辙，他想。

有一回他站起来朝船帮外头撒尿，顺带看看星星，对证一下船走的方向。钓绳从他肩膀上径直下去，在水里像一缕磷光。现在鱼和船都比早先走得慢，哈瓦那的灯火也不如平时亮，所以他明白了，水流一定是在把鱼和船朝东边冲。要是哈瓦那的那片光我瞅也瞅不着，咱们准是更往东去了，他想。因为鱼奔的路要是照旧没变[1]，那片灯

---

① 我们知道，桑提阿果是从哈瓦那市以东四英里的阔希马尔村镇出海的，起初向东驶去（日出时“他觉得非常扎眼”）。中午他钩住的大枪鱼，把船拖着朝西北走。如果大鱼一直没有改变它的方向，现在夜里老汉应当逐渐接近哈瓦那市，越来越看清市里的灯光。既然情况并非如此，他知道是海水向东的流势改变了鱼和船的方向。

光我一定还能看见好几个钟头呢。真不知道今儿两大联盟各自的棒球赛怎么个结果，他想。要能有个收音机听听就美透啦。一转眼他又想，老惦着正事儿吧。惦着你眼下干的活儿吧。你可千万别干什么蠢事。

一会儿，他说出声来："孩子跟我来了就好了。可以帮帮我，也看看这回打鱼。"

谁老了都不该单身过活，他想。可总免不了会单身。我得记住，趁那条金枪鱼还没坏就吃下去，好保住力气。记着，甭管你多不乐意吃，到早上你一定得把它吃了。记住啊，他在心里叮嘱自己。

夜里有两只鼠海豚游到船的附近来，他听见它们又打滚又喷水。他分得出雌雄：雄的喷水很响，雌的喷水像叹气。

"它们真好啊，"他说。"它们要闹，逗着玩，相亲相爱。它们跟飞鱼一样，都是咱们的弟兄。"

随后，他对上钩的大鱼怜惜起来了。它是好样儿的，也很奇特，谁知道它多少岁啊，他想。我从来没遇上过力气这么足的鱼，也没遇上过行动这么奇特的鱼。没准儿它学乖了，不肯跳。本来它乱跳一阵，胡跑一气，就可以叫我完蛋。可是没准儿它以前上钩好儿回了，懂得了它就得这样来斗。它哪知道对手只有一个人，哪知道这还是个老头儿呢。不过，它是多大的一条鱼啊，要是肉味儿鲜，上市能卖多好的价啊。它像个雄鱼那样叼鱼食，像个雄鱼那样拉纤拖船，它跟人斗，一点儿也不惊慌。不知道它有没有什么打算，是不是就像我一样，反正豁出去了？

他还记得先前那回他碰到一对儿枪鱼，钩住了当中的一条。雄鱼总是让雌鱼先吃食；雌的一上钩就慌了神儿，发狂似的拼命挣扎，不多久便筋疲力尽了；雄的一直守着她，窜过钓绳来跟她一起在水面打转。它挨她很近，它的尾巴又跟大镰刀一般锋利，几乎也一般大，一般形状，老汉生怕它一掀尾巴砍断了绳子。老汉用拖钩把雌鱼拖过来，把她细剑似的长嘴、连那砂纸般的糙边儿一把抓住，拿木棒猛打她的头顶，打得她快变成镜子衬底的银白色，再由孩子帮着把她搁上船，那雄鱼却老挨着船舷守着。然后，正当老汉收起绳索，预备着渔叉[①]的时候，雄鱼在船旁一下子腾空跳得老高，要看看雌的下落，接着便朝下潜入深水，它那一对像翅膀似的淡紫色胸鳍完全张开，它一身淡紫的宽条纹也统统露出来了。老汉还记得它多么漂亮，而且它一直守到末了儿才走。

我打鱼见到过的事儿，那是最叫人难受的了，老汉想。孩子也难受，所以我们求她包涵，赶快把她宰完拉倒。

"孩子在这儿就好了，"他喃喃地说，上身趴在船头一圈儿圆鼓鼓的木板边，从他背着的绳子上感觉到大鱼真有劲，稳稳地朝它打好主意要奔的目标游去。

就因为我捣了鬼，它只好打这么个主意，老汉想。

它原先的主意，是待在黑咕隆咚的深水里，待在任什么圈套、坑害、捣鬼都挨不着它的远海里。我的主意呢，是上那儿找出它来，上它那个任谁都不去的地方。世界上

---

① 预备渔叉，要打雄鱼了。

任谁都不去的地方。现在我们两个纠缠在一起了,打晌午起就这样。我也罢,它也罢,都没人来帮衬。

当初我许是不该做个打鱼的,他想。可我生来就是干这一行的料。我得牢牢记着,等天亮了,把那条金枪鱼吃下去。

天亮前不久,他背后三处水里的鱼食,不知被什么东西啃了一处。他听见竿子折了,钓绳从船边儿上飞快地往外出溜。尽管天黑,他还从鞘里抽出刀子,一边使左肩顶着大鱼的全部牵力,一边朝后仰,就着船边的木棱斩断了钓绳。随后他又斩断了另外一根最靠手边的钓绳,摸黑把各盘备用绳子的松头系上。他一只手干活儿挺巧,打结的时候一脚踩住绳子,让手能扽紧。现在他有六盘备用绳了。每个断线鱼食剩下两盘,大鱼嘴里的鱼食也带着两盘,这六盘绳子都连成了一条藤儿。

等天亮了,他想,我要爬回去,把四十英寻深的鱼食绳也给切断,把余下的两盘绳子接起来。我要损失两百英寻加泰罗尼亚[1]的好 cordel[绳子],还有那些鱼钩跟铁丝箍。这都可以重新添补。可要是什么鱼上了钩,却撞断绳子放跑了这条大鱼,谁能照这样另补一条来呢?闹不清刚刚来啃鱼食的是什么鱼。可能是条枪鱼,要么是条箭鱼,再不然是条鲨鱼。我还来不及掂一掂,就只好连忙把它甩开了。

他出声地说:“孩子跟我来就好了。”

可是孩子没跟你来,他想。你只光杆儿一个,倒不如趁这会儿爬回去够着最后那根钓绳,别管天黑不黑,把它砍断,把余下的两盘绳子连上。

他这么做了。摸黑去做真不容易,何况有回鱼身一颠,扯得他咕咚扑倒,眼眶下面破了个口子。鲜血顺着他脸颊骨流下一小截儿,不过没到下巴颏儿就凝结、变干了。他又爬回船头,胸靠着木板歇歇气。他把布口袋拉正,小小心心把钓绳挪到肩膀上没给勒疼过的一部分,一面耸肩扛稳绳子,一面小心试试鱼的拉力减点儿没有,然后伸手去探一下船在水里走得多快。

不知道刚才它的身子干吗那么一晃,他想。铁丝想必是滑到它那个大土冈似的脊梁上了。它的背脊一定不会像我的这么疼。可它甭管多了不起,也不能没完没结地老拖着这只船跑。现在,凡是可能碍事的东西全都撤了,我手边还有一大堆后备绳,再不需要什么了。

“鱼啊,”他轻声说,“我要陪着你,陪到我死。”

我估摸它也要陪我到底的,老汉想。他等着天亮。黎明前这一阵子很冷,他紧贴着木板挡挡寒。横竖它能撑多久,我也能撑多久,他想。曙色朦胧中,只见钓绳伸出船外,直没水里。船身不紧不慢地前进。当太阳刚冒个边儿的时候,光线射在老汉右肩上[2]。

---

① 加泰罗尼亚是西班牙的东北地区,那里出产的钓绳和渔具在中南美洲享有盛誉。

② 老汉胸贴船头,曙光照到右肩,说明船在向北走,也说明鱼要往西北去的力气很大,与洋流向东的冲力大致相等,因此按平行四边形法则,产生向北的合力。

“它奔北去了，”老汉说。海水这么流，早晚会把我们远远冲到东边的，他想。它要是顺过来，跟海水奔一个方向才好呢。那就看得出它渐渐力乏了。

等太阳再升高了些，老汉明白了，大鱼没乏。只有一个好迹象，钓绳的斜度表明它游得不像先前那么深了。这倒未必是说它要跳起来。不过，跳也可能。

“上帝保佑，让它跳吧，”老汉说。“我的绳子有的是，能对付它。”

说不定我再稍稍绷紧点儿，能叫它疼得跳起来，他想。好在天亮了，随它跳吧，那么着，它脊梁骨边上的那些气囊就灌满了气，它也不至于沉底去死。

他试着绷狠些。但是自从他钩住大鱼以后，绳子简直紧得快断了，而且他朝后仰过去想再抻直它，就觉得背痛难熬，知道自己没法儿再给绳子的张力加码。千万不要往上猛地一拽，他想。每拽一回都会拉宽钩尖儿扎的伤口，那样的话，它跳起来，不定会甩脱钩子的。不管怎么着，太阳出来，我比往常好受些了，起码这一回我不必眼睛正对着阳光了。

钓绳上挂着黄的海藻，老汉懂得这只是给大鱼添了累赘，乐得让它挂着。夜里大放磷光的，就是海湾的黄色马尾藻。

“鱼啊，”他说，“我喜欢你，佩服你。可是不等今儿天黑，我就要你的命喽。”

希望真能做到才好，他想。

从北面朝着船这边来了一只小鸟。这是个莺儿，在水上飞得很低。老汉看出它非常疲乏了。

鸟儿落到船艄上歇会儿。然后它绕着老汉的头打个旋儿，歇在钓绳上，觉得它在那儿舒服些。

“你大多啦？”老汉问鸟。“这是你头一回出远门吗？”

他说话的时候，鸟儿望望他。它乏得连绳子牢不牢也没心打量，单把两只细脚钩紧了钓绳，身子却晃荡。

“绳子稳着呢，”老汉告诉它。“再稳没有了。一夜都没刮风①，按说你也不能乏成那副样子啊。如今鸟儿们这么经不起累，可怎么好呢？”

还有那些隼要到海上来拦截它们呢，他想。但是他没跟小鸟讲，反正小鸟不懂他的话，而且它不要多久就会领教隼的厉害了。

“好好儿歇歇吧，小鸟，”他说。“歇完就上阵去碰运气吧，不管是人，是鸟，是鱼，谁都是这样。”

他不由得话多起来，因为他的背脊挺了一夜变僵了，现在疼得真够瞧的。

“鸟儿，你要乐意，就待在我这儿做客吧，”他说。“这会儿刮小风了，可惜我不能扯起帆来顺风送你上岸去。我这儿还有个朋友呢。”

就这时候，鱼身忽然一歪，连带把老汉掼倒在船头，要不是他撑起来放长绳子，真要给掀到水里去了。

---

① 美洲莺在秋季南迁，夜间飞行。

钓绳一动,鸟儿早飞啦,老汉连它走都没见着。他小心用右手摸一下钓绳,才发觉手上出着血。

“既然这样,总有什么东西把它弄疼了,”他自言自语,一边往回拽钓绳,看看能不能把鱼拉得转。但是一觉得快断了,他便稳住,朝后仰过去顶着钓绳的坠力。

“鱼啊,现在你觉着不好受吧,”他说。“上帝见证,我也一样啊。”

这时候他的眼睛四处寻找那鸟儿,因为他本想留它做伴。偏偏鸟儿已经走了。

你没呆多久,老汉想。可是除非到了岸,你去的一路上都不如这儿太平。我怎么让大鱼那么骤然一扯,把我的手给划破了呢?我准是变得蠢透了。要不然,那会儿我许是在看着、想着小鸟。现在我可要一心钉着干活,回头还得吃掉那条金枪鱼,免得短了气力。

“可惜孩子不在这儿,又没有盐,”他出声地说。

他把钓绳的压力换到左肩上,小心地跪稳,把右手伸进海里去洗,泡了一分多钟,望着一缕血缓缓漂走,水也随着船行不断冲着他手边过去。

“它慢多了,”他说。

老汉倒乐意让手在咸水里多浸些时候,但他怕大鱼冷不防再打个晃,所以他起来站稳,举着手让太阳晒晒。这无非是皮肉给绳子擦破了伤口罢了。不过正伤在手上常使的地方。他知道,只要这场较量没完,两只手都很需要。他不喜欢还没开始真拼,反倒先挨了一下。

“现在,”他看手已经晒干了便说,“我得吃那条小金枪鱼啦。我可以用拖钩去够它,在这儿舒舒服服地吃。”

他跪下来,拿拖钩在艄板下面戳住金枪鱼,拖到身边,不让它挨近那堆绳子。他再一次使左肩去背钓绳,依靠左手左臂的力量撑紧它,一面从钩尖儿上摘下金枪鱼,把拖钩放回原处。他用一只膝盖压着鱼,把它从头底下到尾巴纵剖开,剖成一条条深红色的肉,都是楔子似的长条儿。他先贴着鱼椎骨下刀,依次向外,一直切到鱼肚子的边儿。他切完了六条,便摊在船头木板上晾,在长裤上擦了擦刀,然后拎起鱼尾巴,把这狐鲣的骨架子扔进海里。

“看样子,就是一条我也吃不完,”他边说边取了其中一条,用刀横剁成两段。他觉出钓绳上那股沉重、顽强的拉力,同时他的左手也抽筋了。这只手在这正很吃重的绳子上却拳紧一团,他厌嫌地瞅了瞅它。

“这算什么手,”他说。“你要抽筋只管抽,抽成只鸟爪子得啦。不会对你有什么好处的。”

快吃吧,他想,低头望着暗苍苍一片水中钓绳的斜线。马上就吃下去,好给这只手添把劲儿。怨不得手,你跟大鱼蘑菇了好些钟头了。你还会跟它一直泡下去。马上把狐鲣吃了吧。

他拣起一段鱼肉放进嘴里,慢慢嚼着。还不算难吃。

好好儿嚼吧,把那些肉汁儿都咽下去,他想。要能来点儿酸橙、柠檬什么的,要不来点儿盐蘸着吃,倒也不赖。

"手啊,你觉得怎么样啊?"他问那只肌肉抽搐,快像僵尸一样硬撅撅的手。"为了你的缘故,我还要再吃些。"

他把剁成两段的剩下那段也吃了。他细嚼着,然后吐了皮。

"手啊,现在好点儿了吗? 哦,是不是还早,不到知道的时候呢?"

他又拿了一整条鱼肉嚼起来。

"这个鱼身子棒、血气足,"他想。"幸好昨儿我捉住的是它,不是鱰鳅。鱰鳅肉太发甜。这个鱼差不多没什么甜味,滋养还都留在身上。"

现在可得顾着要实干的事,别的都甭管,他想。有些盐就好了。不知道剩下的鱼肉会不会给晒干变臭,我尽管不饿,还是吃了好。大鱼这会儿挺沉静,挺安稳。我要把晾着的全吃掉,那样我就准备妥了。

"手,忍忍吧,"他说。"我吃是为你的好。"

可惜我没什么吃的喂大鱼,他想。它是我的兄弟啊。不过我得打死它,得维持着这么做的一份气力。他尽心尽职地把楔子似的六条鱼肉慢慢都吃下肚了。

他挺直腰板儿,在长裤上揩了揩手。

"行了,"他说。"手,你可以放开绳子不管了,我打算单用右边胳臂去对付大鱼,等你这阵捣乱过去了再说。"那根本来被左手攥着、坠得很沉的钓绳,他现在用左脚踩住,上身朝后仰过去,顶着脊背上受到的拉力。

"上帝保佑,让手快别抽筋了吧,"他说。"因为我还不知道大鱼要怎么个闹法儿呢。"

不过呢,他想,它看上去安安静静,像是照它的主意在做。可它打的什么主意呢,他想。我又打的什么主意呢? 它那么大的那儿,我得看它打什么主意临时再定。它要是跳起来,我倒可以叫它送命。偏偏它老待在水下不起。那我也只好老坐在船上守着它。

他把那只蜷缩的手在长裤上搓着,想叫指头软和些。但是手不肯张开。让太阳暖暖,作兴它会伸开的吧,他想。等这条身强力壮的生金枪鱼在我肚里消化了,它作兴会伸开的吧。万一非用它不可,那我不管多疼也要把它掰开。可是我不想马上就这么蛮干。让它自个儿张开,主动恢复原样吧。说到底,夜里头因为要把那些钓绳割断了重新连在一起,我叫它太受累啦。

他的眼光向海上扫过去,才知道他现在多么孤单,但是他看见昏暗的深水里亮着一道道光柱,船边那根钓绳一直向前伸去,平静的洋面莫名其妙地竟有些起伏。这时候云彩渐渐在展宽堆高,预报要有信风了①。他朝前望望,只见一行野鸭飞过水上,忽而给蓝天衬托得历历分明,忽而影影绰绰,忽而又很分明。他明白了,一个人在海上绝

---

① 古巴在赤道以北,那一带的信风(又名贸易风),总是从东北吹向赤道,所以桑提阿果从东北面的海上返航回家正好顺风。

没有孤单的时候。

他联想到有些驾个小船出海的人，生怕一眼瞧不见个岸影儿；他也知道，在天气能突然翻脸的那些月份，人家害怕是有道理的。不过眼下的几个月是飓风的时令，只要飓风没来，这几个月的天气就是一年当中再好不过的了。

果真有飓风，你又下了海，那你早些日子总会从天上看出点儿苗头。那些人在岸上看不出来，因为他们不懂得要注意什么迹象，他想。再说呢，从陆地上看，云彩的样子也准是不一样。好在我们这儿一时还不会来飓风。

他望望天，看见绵白的积云聚了堆儿，像是好意送来的一大摞冰激凌，更往上去是羽毛般薄薄的卷云铺在九月间高高的天空。

"轻轻的 brisa[东北风]，"他说。"天气成全我，可不成全你这条鱼。"

他的左手仍然拳着，但是他慢慢在撑开它。

我讨厌抽筋，他想。自己的身体居然也跟我要滑放刁。要是你因为食物中毒，当着别人的面上吐下泻，就够不像话了。可是你独个儿干活，居然抽筋——他脑子里想的字眼是 calambre[西班牙语的"抽筋"]——那尤其不像话。

要是孩子在这儿，倒可以给我的手搓搓，从下半截儿胳膊起，给它舒舒筋，他想。不过它会舒活的。

过了会儿，他还没瞅见绳子在水里的斜度有变化呢，他的右手就觉出绳上的牵力不同了。接着，当他仰身拽住绳子，在大腿上猛拍紧打左手的时候，他看见钓绳在慢慢向上斜起。

"它就要上来啦。"他说。"快着点儿，手，劳驾快张开吧。"

钓绳不停地慢慢往上，船前方的洋面跟着凸起，鱼也露头了。它一点一点不断地出来，两侧往外冒水。它在太阳底下很光彩，头部和背部是深紫色，两侧的条纹给太阳一照，显得很宽，是淡紫的。它的箭形上颌有打棒球的木棒那么长①，一把细剑似的越往前越尖；它挺直全身跳出水来，一转眼又像潜水鸟一样顺顺溜溜钻进水里。老汉看见它那大镰刀般的尾巴没入水下，钓绳马上便开始飞快地滑出去了。

"它比我的船还长两英尺，"老汉说。绳子放得快虽快，却很稳当，鱼没有惊动。老汉双手恰到好处地把住绳子，稍微过一点它就会断了。他知道，要是不能用稳定的拉力叫鱼慢下来，鱼就可能拖走全部绳子，把它扯断。

它是一条大鱼，我得叫它服了我，他想。我决不能让它知道它有多大力气，也不能让它知道它逃跑起来会叫我多狼狈。我要是它的话，我现在就要使出全身的劲儿往前奔，非把什么给拉断了撞破了决不停。不过，感谢上帝，鱼类没有我们宰鱼的人聪明，尽管它们更高尚更有能耐。

老汉见过很多大鱼。他一辈子见过很多一千多磅重的，还捉住过两条像那么大的，可从来没有自己一个人捉过。如今一个人，又在无边无岸的茫茫大海，他却跟他从

---

① 大约一米长。按规定，棒球棒的长度不得超过一百零七厘米。

来没见过也没听说过那么大的一条鱼拴在一根绳子上。而且他的左手仍然像收缩的鹰爪子一样紧紧拳着。

可是它会放松的,他想。它一定会松开来给右手帮忙的。有三样东西跟我是亲兄弟:这条鱼和我的两只手。它一定得松开。抽筋可太委屈它了。鱼倒是又缓了下来,照它平常的快慢在往前游。

不明白它刚才干吗跳起来,老汉想。它那一跳,差不多像要给我看看它的块儿多大。横竖我现在是知道了,他想。我也想让它瞧瞧我是个什么样的人。不过那么着它就会瞅见这只抽筋的手啦。让它把我想得比我现在更有威风吧,我真也要显显威风的,我要是变成这条鱼,有它的样样长处,不光是有我这份儿要强心跟聪明,那就好了,他想。

他舒服地靠着木板,难受了便忍着。鱼稳稳当当地游着,船也慢慢穿过青苍的水。从东边刮起风来,随着掀起一阵小浪。到了晌午,老汉的左手不抽筋了。

"鱼,对你可是坏消息呦,"他说,在护肩的布口袋上挪动了一下钓绳。

他虽说舒服却是难受,只不过他根本不承认难受罢了。

"我不信教,"他说。"可我要念十遍'我们的天父',再念十遍'万福玛利亚',保佑我捉住这条鱼。要是捉住了,我发愿去朝拜科夫雷童贞圣母。这是我许的愿。"

他呆板地念起了祷告。有时候他疲乏得记不起祈祷词了,过一会儿又念得很快,好叫祷词不招自来地脱口而出。"万福玛利亚"比"我们的天父"好念,他想。

"万福,沐浴天恩的玛利亚,主与你同在。你在妇女中是有福的,你怀胎的耶稣也是有福的。圣母圣玛利亚,现在也好,将来我们临死的时候也好,都请你为我们有罪过的人祈祷吧。阿门。"完了他又找补一句:"有福的童贞圣母,请祈祷让这条鱼死了吧,尽管它很了不起。"

念完祷告,他觉得松快多了,其实跟先头一样难受,也许还更难受点儿,然后便靠着船头木板,把左手的五个指头机械地做起伸屈动作来。

虽然和风轻吹,这时候太阳晒得挺烫。

"那根从船尾伸出去的钓绳,我最好在上头重新安个鱼食,"他说。"要是大鱼拿定主意再待一夜,我还得再吃点儿东西才行,现在瓶子里的水也不多了。这地方想必只钓得着一条鲯鳅。不过把它趁新鲜吃了倒也不坏。今儿半夜,能有条飞鱼蹦上船来就好了。可我没有灯来招引它们。飞鱼生吃最美,用不着细切。现在我得留着全副力气。基督在上,原先我哪知道它这么大呢。"

"不过我要叫它送命,"他说,"甭管它多雄壮多气派。"

虽然这么做很不仗义,他想。可是我要让它看看一个人能做什么事,一个人能吃什么苦。

"我跟孩子说我是个特别的老头儿,"他自语。"现在我得拿出证明来。"

他过去证明过上千回,现在都不能算数。现在他又来证明了。每一回都是重新来过的一回,他做的时候绝不想从前做的成绩。

可惜它不睡觉,不然我也可以睡睡,梦见那些狮子了,他想。为什么给梦里剩下来的,主要就是那些狮子呢?别想啦,老头儿,他叮嘱自己。这会儿靠着木板静静歇一下吧,什么事儿都别去想。它在出力气赶路呢。你就尽量别费力吧。

时间渐渐要到晚半晌儿了,小船还是不停地缓缓走着。轻快的东风现在给它增添了阻力,老汉随着小浪头的冲打微微颠晃着,粗绳勒背的疼痛他也觉得松活、匀顺了。

下午绳子一度又往上来。但是大鱼只不过在略高一层的水里继续向前游。太阳照着老汉左边的肩膀、胳膊和他的脊背。所以他知道大鱼已经磨过来奔东北方了。

既然见过大鱼一面,他就想得出它游水的样子:紫色的胸鳍像翅膀似的张开,竖起的大尾巴一路划破昏暗。不知道它在那么深的地方看得见多少东西,老汉想。它的眼睛挺大。马的眼睛小得多,倒能在暗处看东西。从前我在黑的地方看得很清楚,虽不是漆黑漆黑的地方,可是眼力差不多跟猫一样好。

给太阳烤着,再加他老在活动着指头,现在左手完全舒展开了,他就开始让它多承担些牵力,同时耸动几下背肌,稍微换换绳子勒疼的位置。

"鱼,你要是不累,"他讲出声来,"那你一定很特别。"

现在他很累,也知道快到夜晚了,所以尽量去想些别的事岔开。他想到了那两个大联盟,用他的话来说就是 Gran Ligas[西班牙语的"大联盟"],他知道这时候纽约的扬基队正在跟底特律的 Tigers[虎队]比赛。

我已经两天不知道那些 juegos[球赛]的结果了,他想。不过我一定要有信心,一定要够得上那位大球星狄马吉欧的榜样——他呀,哪怕脚后跟上的骨刺再疼,干什么都好得没治。骨刺是怎么回事?他暗暗自问。Un espuela de hueso[骨头长的一根刺]呗。我们打鱼的没有骨刺。人的脚后跟上长了骨刺,会跟斗鸡的距铁[1]一样刺得疼吗?像对斗的公鸡那样给距铁刺伤,给啄掉眼睛,两眼全瞎,还照旧斗下去,我看我可吃不消。人比起一些强大的飞禽走兽来,高明不了多少。我倒情愿做那个待在海下暗处的动物。

"除非来了鲨鱼,"他自言自语。"要是鲨鱼跑来,那就求上帝可怜可怜它跟我两个吧。"

你相信大球星狄马吉欧会像我守着这条鱼一样,长时间守着一条鱼吗?他想。我敢保他会的,而且守的时间会更长,因为他年轻力壮。他爹也是个打鱼的。不过他的骨刺会不会太疼呢?

"我不知道,"他出声地说。"我从来没长过骨刺。"

夕阳西下的时候,他为了增强自己的信心,回忆起当年他在卡萨布兰卡[2]的酒馆,跟那个身体最棒的码头工、从西恩富戈斯[3]来的黑人大汉掰腕子的事。他们俩胳膊肘

---

① 公鸡开斗前,套在它腿后面的一个金属(甚至有用银制的)套子,突出的部分是个尖锥或刺钩。公鸡这样武装起来相斗,结果总弄得地上毛血狼藉。海明威也参加过斗鸡赌博。

② 在美洲和非洲,取名卡萨布兰卡的地方有好几处。这里指哈瓦那湾东岸、与古巴首都隔水相对的一个小镇,那里有造船厂和装煤站。

③ 古巴南岸的港市。

子抵着桌上的那道粉笔线,前臂竖直,手跟手攥紧,这么赛了一天一夜。每个人都努力要把对方的手扳倒到桌面上。看客们赌了不少钱,煤油灯下,屋里人进人出,可他的眼睛只盯着黑人的胳膊和手、黑人的脸。赛了八小时以后,隔四个钟头就换一次裁判,好让裁判睡觉。他和黑人的手指甲都出了血,两人互相直视,彼此看着对方的手和前臂;那些打赌的却在屋里进进出出,坐在靠墙的高脚椅子上观望。墙壁是木板拼的,上了鲜蓝的漆,灯光把它们的影子投在墙上。黑人的影子奇大无比,每当微风摇动吊灯的时候,那影子也在墙上来回摇。

优势整夜都在来回变换,难以定局。人家给黑人喂了糖酒,给他点好香烟。糖酒下肚,黑人便要做一次巨大的努力,有一刹那他把老汉的手逼得从正中偏离了将近三英寸,其实老汉那年月并不老,还是 E1 Campeón[冠军]桑提阿果哩。但老汉接着又把手扳直回来,完全拉平了。当时他算定自己已经对这个英俊的黑人体育健将占了上风。天刚亮,正当打赌的那帮人要求算作平局,而裁判摇头的时候,他一使劲,就压得黑人的手往下再往下,终于倒在木桌上。比赛从星期天早上起头,到星期一早上才完。打赌的人有好些个原先都要求算和,因为他们得上码头去扛大袋大袋的蔗糖,或者是去给哈瓦那煤炭公司干活。不然的话,大家本来都乐意让双方一直赛到结束的。现在他总算把它结束了,而且还在无论谁必须去上工的钟点以前。

打那以后的很长一段时间,人人都管他叫"冠军",到了春天双方又赛了一回。不过这回别人没赌多少钱,他上次既然打垮了西恩富戈斯城那个黑人的信心,现在便赢得很容易。后来他还赛过几回就再也不干了。他拿稳只要他真的想胜,不管是谁他都能打败,但他认定那会妨害右手打鱼。他用左手练习着试赛过几回。但是左手总要变心,行动不肯听他的招呼,所以他对它信不过。

现在太阳要把它烤透了,他想。除非夜里太受冻,它不应该再害我抽筋吧。真不知道今儿夜里会出什么事儿。

一架驶向迈阿密的飞机打头顶上经过,他望见飞机影子把一群群飞鱼吓得跳出水来。

"有这么多的飞鱼,照理就会有鲯鳅,"他说,一面朝后仰过去绷钓绳,看看能不能把他的大鱼拽过来一点儿。但是不行,绳子还是那么紧,绳上的水珠儿直颤,再绷非断不可。小船慢慢向前去,他望着飞机,望到不见影儿了才罢。

坐在飞机上一定怪稀奇的,他想。不知道从那么高的地方望下去,海是什么样子?只要别飞太高,看鱼总该看得清楚吧。我倒挺想飞上去二百英寻,飞得很慢很慢,从上头看看鱼。从前在捉海龟的船上,我爬过桅杆顶上的横木架,就爬那么一点儿高,我也很开了眼界。从那儿一望,鲯鳅的色儿更绿,它们身上的纹道、紫斑你都看得见,它们游来那么一大群,个个你都看得见。黑沉沉的洋流里那些向前急奔的鱼,为什么背脊都是紫的,纹道斑点多半也是紫的呢?鲯鳅看上去当然发绿,因为它本来是金闪闪的。可它饿慌了要吃食的时候,就跟枪鱼一样,身子两边都显出紫道道了。会是因为生气,因为奔得快,才显出来的吗?

擦黑那阵子，大鱼拖着船经过海岛般的一大片马尾藻。轻轻的波浪里，海藻起伏翻腾，像是海洋盖了一张黄毯子，正搂着谁在做爱似的。这当儿他那根小钓绳被一条鲯鳅咬住了。他第一眼看见它，它正跃入半空，给夕阳照得遍体纯金，拼命在空中弯身扑尾。当它惊恐得猛烈扭动、一再跳起的时刻，他爬回去蹲在船艄，一边用右手右臂拉住大钓绳，一边用左手把鲯鳅拖过来，每次收了一段绳子便用光着的左脚踩紧。等鲯鳅靠拢了船艄，还在不顾死活地左冲右撞呢，老汉就弯身到船艄外面，把这金光锃亮、点点紫斑的海鱼拖上船来。它的上下颌骨抽风一样连连急磕着钓钩，扁长的身子和一头一尾啪啪不停地扑打船底，直到他用木棒对它那金灿灿的头部狠揍一通以后，它才抖了几抖，不动了。

老汉从钩上卸下死鱼，给钓绳新安上一条沙丁鱼，再抛进了海里。然后他慢慢爬回船头，洗了左手，在长裤上擦了擦。接着他将很吃重的绳子从右手换给左手拽着，在海里洗了右手，一面望着太阳坠入海洋，也望望大绳的斜度。

“它一点儿也没变，”他说。但是看了冲着手汩汩流来的水，他发觉鱼显然比先前游慢了。

“我要在船尾上把两支桨捆在一块儿，叫它夜里走慢些，”他说。“今儿一夜它能撑下来，我也能。”

顶好晚点儿才给鲯鳅开膛，免得肉里的血白白淌掉，他想。这件事可以晚点儿去做，就手把桨也捆上，给鱼加个负担。顶好现在让鱼照旧安安静静的，太阳刚落，不要太惊动它。太阳才落的一段时候，不管哪样的鱼都很难熬。

他把右手晾干了再拽住绳子，尽可能放松背部，让绳子把他拉到前头靠着木板，这样船头担受的牵力就跟他担受的一般多，或者更多了。

我在学着干活呢，他想。起码是这一部分活。另外，也别忘记它自从吞了鱼食还没吃过东西，它那么大的块儿，得有好多东西下肚才行。我倒吃过了整整一条狐鲣，明儿还要吃鲯鳅，他管它叫 dorado［西班牙语的“鲯鳅”］，待会儿剖开洗干净了，说不定我该吃它一点儿。它比狐鲣难吃。不过话说回来，干什么都不容易。

“鱼啊，你觉得怎么样？”他出声地问。“我觉得挺好，我的左手好些了，再过一夜搭一天我都有吃的。拉船吧，鱼。”

他并不是真的觉得挺好，因为给粗绳勒着的背脊几乎疼过了头，变得发木了，这使他不大放心。不过比这个更糟糕的事情我也挺过来了，他想。一只手才破了一点儿，另外那只也不抽筋。两条腿好好儿的。再说眼下我在粮食储备上头也比它强。

这时候天黑了，九月间太阳一落就天黑得很快。他趴在已经用旧了的船头木板上，尽可能地休息。最早的几颗星星出来了。他虽不知道“参宿七”①的名称，却见到了它，知道不多久星星都会出来，他又要跟所有这些远方的朋友见面了。

---

① “参宿七”：猎户座里最明亮的一颗星。《老人与海》发表后，有七个读者写信给海明威，说桑提阿果不可能九月间在他那个海域看见“参宿七”。

“大鱼也是我的朋友,”他自言自语。“我从来没见过、没听说过这么了不起的鱼。可是我得杀死它。幸好我们不必想法儿杀死星星。”

想想看,要是一个人天天得想法儿杀死月亮,那会怎么着?他想。月亮就会溜了。再想想,要是一个人天天得想法儿杀死太阳呢?我们生来总算运气,他想。

后来他又发愁大鱼没吃的了,不过愁归愁,他要杀它的决心可没有松动。它可以供多少人吃呢?他想。可是他们配吃它吗?不,当然不配。瞧它那么举动光明,堂堂正正,没有一个人配吃它。

这些事我都不懂,他想,好在我们不必想法儿杀死太阳、月亮、星星。单是靠海吃海,要杀死我们的亲兄弟,就够受的了。

他想,现在我得琢磨琢磨给不给鱼加负担。加了有好处也有危险。要是鱼真要挣开,两支桨还捆在那里,弄得船一点儿没有原来的轻巧,那我就会白丢好些绳子,连鱼也会丢掉。要是船轻了,我跟鱼受罪的时间就长些,可我安全些,因为鱼还有股子飞跑的猛劲没使过呢。不管怎么看,我得剖开鲯鳅肚子,免得肉坏了,我也要吃些补点儿力气。

现在我要再休息一个钟头,然后真觉着它安安稳稳的了,我才回船尾干我的活,决定要不要捆桨。这段时间我可以看看它怎么行动,它有没有什么变化。捆桨是个高招儿,可现在到了该讲安全的时候啦!它还是个很硬气的鱼,先头我看见钩子钩在它的嘴角里面,它一直把嘴闭得紧紧的。钩子扎肉的苦不算什么。肚子饿得苦,再还有它不懂它在跟什么对拼,这才真要命哩。你这会儿休息吧,老头儿,让它去拉纤好了,等下回轮到你上阵再说。

按他的估计,他休息了两个钟头。现在还早,月亮还没出来,他没法儿算准时间。他也没有真的休息,只不过多少缓口气罢了。他的肩膀仍然担受着鱼的拉力,但是他把左手撑着船头的边棱,越来越依靠船身去牵制着鱼。

要是能把绳子系到船边上,那多省事啊,他想。不过它稍稍一扭身就可以扯断绳子。我得拿我的身体软软垫着绳子的拉拽,两手随时准备着要把绳子放长。

“可是你还没睡呢,老头儿,”他喃喃地说。“已经过了半天一夜再加一天,你都没有睡觉。你得想法儿趁它安静沉稳的时候睡一会儿。你要是不睡,脑瓜子许会糊涂的。”

我的脑瓜子挺清楚,他想。简直太清楚啦。跟星星兄弟们一样清楚。可我还是得睡觉。星星都睡,月亮跟太阳都睡,就连大海时不时地,在平平静静、没有急流的那些日子也睡觉哩。

可别忘了睡,他想。你要逼着自己睡,再想个对付绳子的稳便办法。现在回船尾去剖鲯鳅吧。你既然得睡,绑起桨来压速度就太危险哪。

我不睡也行,他自说自道。可是那么着,太危险。

他开始爬回船艄,留神不去扯动大鱼。它自个儿说不定已经半睡了,他想。不过我不要它休息。它得拉纤,一直拉到死。

回到船艄以后,他掉转身子,让左手接过他脊背上那根钓绳的坠力,用右手从刀鞘里抽出刀子。这时候星光明亮,可以看清鲯鳅。他一刀扎进它的头部,从鞘板下拖出它来;再一脚踩住这死鱼,很快用刀把它划破,从肛门一直划到下颔尖儿上。然后他放下刀子,用右手去掏它的内脏,全挖干净,把鳃都扯掉。他觉得它的胃在他手里发沉、滑溜,撕开一看,原来里头有两条飞鱼,都新鲜硬铮。他把两条飞鱼并排放着,把鳃、肠子什么的扔出船去。这些东西飘沉的时候,在水里留下一缕磷光。鲯鳅怪凉的,这会儿在星光下,它像麻风病人的皮肤似的现出灰白色。老汉右脚踩住这海鱼的头,剥掉它一边的皮;再把它翻个面,剥掉另一边的皮,把两边的肉从头到尾都剖下来。

他将剩下的骨架子丢到海里,望望看它在水里打不打转儿,却只见它慢慢下沉的微光。于是他转身用两大块鲯鳅肉包了那一对飞鱼,把刀子插还鞘里,慢慢爬回船头。他弓起背承受绳上的重量,右手拿着鱼肉。

回到船头,他将两块鲯鳅肉摊在木板上,旁边放上飞鱼。随后他给肩上的绳子新换了个地方,又把左手靠着船边拽住绳子。接着,他向船外一弯身,在水里洗了飞鱼,还注意了海水朝手冲来的速度。剥过鱼皮的手发着磷光,他望望从手边过去的水流。流力减弱了,当他侧着手在船帮上来回蹭擦的时候,星星点点的磷光质浮散开来,慢慢向后飘去。

"它不是累了,就是歇着了,"老汉说。"现在我来吃完这条鲯鳅,歇一歇,睡一会儿。"

繁星下,在越来越冷的黑夜里,他吃了半块鲯鳅肉和一条掏掉内脏、去了头的飞鱼。

"鲯鳅煎了吃多棒啊,"他说。"可生吃多么受罪。以后要是没带盐,没带酸橙,那么再也不划船出海了。"

我真没脑子,不然白天我老往船头上泼水,就会晒出盐来,他想。话又说回来,我到擦黑儿的时候才钓着了鲯鳅的哪。反正预先准备得还是差。不过我把肉全嚼烂吃了,倒也没想吐。

东边天上满是云,他认得的星星都陆续不见了。现在他仿佛是跑进了云彩的大峡谷里似的,风也停了。

"过三四天会变天的,"他说。"今儿晚上不会变,明儿也不会。快弄好绳子睡一下吧,老头儿,趁现在大鱼还安稳。"

他的右手死攥着钓绳。接着,当他把全身重量压到船头木板上的时候,便用大腿顶住右手。然后他将肩上的绳子往下移一点儿,再用左手抓紧它。

右手只要给大腿顶着,就会攥住绳子,他想。要是睡着了的时候右手松开来,让绳子滑出去,左手会把我惊醒的。右手的差事真够呛。不过它苦惯了。我哪怕睡上二十分钟,半个钟头,也不错啊。他拱肩缩背,整个身子背着钓绳趴在船头上,让他的全部重量顶着右手,于是,睡着了。

他梦见的不是狮子,却是一大批交配期的鼠海豚,前前后后有八英里或者十英里长。它们往空中一跳很高,跟着又落回它们跳的时候给水面留下的坑洼里。

再一会儿,他梦见他还在本村,睡在自己的床上,呼呼的北风刮得他真冷,他的右胳臂全麻了,因为拿它当枕头用来着。

过后他梦起了那长长一溜黄沙滩,瞧见暮色苍茫中有个狮子先下了海滩,其余的狮子随后也来了。晚风从岸上轻轻吹着停在那儿的大船。他呢,下巴颏儿靠在靠头木板上,等着看还有没有些狮子要来。他觉得很自在。

月亮出来好半天了,他还继续睡,鱼也稳稳地继续拖,把船拖进了云彩的隧道。

右拳朝脸上猛地一拱,他醒了,绳子刷刷地从右掌里擦出去,擦得好疼。他感觉不出左手还在,尽管他拼命用右手往回拉,绳子还往海里跑。到最后,左手也抓住钓绳了,他便朝后仰过去抻紧绳子。这一回它可火辣辣地磨疼了脊背和左手,而且左手正在独负全重,被钓绳勒得很苦。他回头望望后面的一堆绳子,那儿一段段挺顺当地朝前续着呢。就这时候,枪鱼像炸开海面似的跳起来了,马上又扑通一声落下去。接着,鱼又一再跳起。虽然绳子在往外跑,虽然老汉把它绷得眼看要断,三番五次绷得眼看要断了,小船仍然走得很快。但他已经给鱼拽倒,紧贴着船头,脸也扑在切好的一块鲯鳅肉上,叫他一动也没法儿动。

我们盼的事儿来了,他想。我们就迎着上吧。

它拖走好多绳子,叫它拿命来赔,叫它赔,他想。

他看不见鱼跳,只听到鱼撑破海面和扑通溅落的响声。飞跑的绳子把两手刮得怪疼的,不过他早料到会这样,所以尽量让绳子从手上有老茧的地方蹭过去,不让它滑进掌心,或者刮了手指头。

要是孩子在这儿,他会把那堆绳子泼湿的,他想,是啊,可惜孩子没来。可惜孩子没来。

绳子照样往外溜啊溜啊溜啊,可是渐渐溜慢了,他每放一英寸绳子都要鱼费一番劲。现在,从木板上,从脸颊骨压烂的那块鲯鳅肉上,他抬起头来。接着,他跪起半身来,再接着,他慢慢儿全身站起来了。他还在放绳子,不过放得越来越慢。他小心地抬脚,回到他眼睛看不见,只能凭脚掌触觉到的那堆后备绳跟前。绳子还多着呢,鱼要拖这些新续的干绳子下水,就得把摩擦力绕在里头了。

好啊,他想。它已经跳了十好几回,给脊梁边上的那些气囊灌足了空气,不至于沉到深水里,死在我捞不起它来的地方了,过会儿它会打起转儿来的,那一来我就得忙着治它才行。不知道它跳得这么突然是什么缘故?是饿急了呢,还是夜里有什么东西惊了它?说不定它忽然害怕了。不过它是多沉着、多壮实的一条鱼啊,它看上去多大胆、多有信心啊。真怪。

“你自个儿要大胆、有信心才好,老头儿,”他说。“又拽着它了,可是你收不上来绳子。好在它不要多久就得转圈儿了。”

现在老汉使两边肩膀跟左手拽着它,弯身窝起右手捧水,洗掉了脸上黏挂的鲯鳅肉。他怕鲯鳅肉叫他恶心呕吐,失去力气。脸干净了以后,他靠着船边在水里洗了右手,再让它泡泡咸水,一面望着日出前最早透出的晨曦。他想,鱼差不多已经奔东了。就是说,它累了,顺水在漂呢。很快它就得转圈儿。那时候我们就要真干起来啦。

他估计右手泡的时间够了,就把它抽上来看看。

“伤不重,”他说。“男子汉疼了也不在乎。”

他抓钓绳的时候,注意不叫它嵌进绳子在手上新磨的伤口,又挪动一下背上的重量,这样他就可以从小船的另一边把左手浸到海里去。

“你这个废物,夜里干得倒还不坏,”他对左手说。“不过有一阵我找不着你。”

为什么没给我生两只好手呢?他想。作兴要怪我没认真训练那只手。可是上帝见证,它本来有的是学的机会。按说夜里它干得不算坏,它抽筋也只有一回。它要是再抽筋,叫绳子把它割掉拉倒。

这么想着,他知道脑子不清楚了,觉得应该再吃些鲯鳅肉。可我不能吃,他告诉自己。脑子乱,也比呕吐得没力气强。我的脸刚才跌在鲯鳅肉上,要是吃下去,到胃里准待不住。只要肉还没坏,我就留着它防个万一。不过现在想靠滋补来长力气可太晚了。嗐,你真蠢,他骂自己。快把剩的那条飞鱼吃了呀。

飞鱼早洗干净了,现在放在那儿。他使左手拿起来吃,细嚼着鱼骨头,把它整个儿连尾巴都吃了。

它差不多比无论什么鱼都有滋养,他想。起码它有我要的力气。我能做的现在都做了,他想。让大鱼打起转儿来吧,跟我斗吧。

自他出海以来,太阳第三次冉冉升起的时候,鱼开始转圈儿了。

他从钓绳的斜度看不出鱼在转圈儿。要转还太早吧。他只觉着绳子的压力稍微松了点儿,便开始用右手轻轻把绳子往回拉。它也照例绷得挺紧,但是他一拉到它快断的时候,绳子却接连不停地往手上跑。他让两肩和脑袋从钓绳下面钻出来,开始稳稳地轻轻地收拉绳子。他甩起双手,左右开弓地轮换动作,尽可能用身子和两腿配合着拉。他的老腿老肩膀随着手拉的左右摆动而摆动。

“是个很大的圈儿,”他说。“它到底在转圈儿啦。”

过了会儿,绳子不肯再往手上来了,他便拽,拽得阳光照见绳上水珠儿乱蹦。接着,绳子往外跑了,老汉也跪下来,勉强让它一点儿一点儿滑回黑沉沉的水里。

“它这会儿正转在圈上最远的一段,”他说。“我得拼命拉住,”他想。“拉力会叫它的圈儿一回比一回小。说不定再过一个钟头我会看见它。现在我得叫它服了我,然后我就得要它的命。”

但是鱼仍旧慢慢儿在转,所以两小时以后,老汉已经汗水淋漓,累得骨头要散架了。转的圈儿现在小多了,从钓绳倾斜的样子上,他估得出鱼一边游,一边不停地往上浮。

有个把钟头,老汉眼前老是发黑,汗水腌疼了他的眼睛,腌疼了额头上靠眉棱骨那儿的一个伤口。眼前发黑他倒不怕,他拉绳子这么吃力,自然要发黑。不过他有两回觉得眩晕,这可叫他心慌。

“我可不能自个儿不争气，为了打这么一条鱼反送了命，”他说。“现在眼看它就要一身光彩地浮上来了，上帝保佑我熬到头吧。我要念一百遍‘我们的天父’，一百遍‘万福玛利亚’。不过这会儿我可没法儿念。”

就当念过了吧，他想。回头我再补念。

正在这当儿，他觉得两手拉着的绳子上忽然有一阵猛撞猛扯。来势又急、又狠、又压手。

它在用它的长剑嘴往铁丝箍上敲打呢，他想。一定会有这一着的。它非这么干不可。不过这一来它许会跳起来，我可情愿它现在还照样打转儿。刚才它要呼吸空气，必须跳那几下。可是吸足了气以后，再跳一回，钩子扎的伤口跟着要拉大一回，越拉越大，它就会甩掉钩子了。

“鱼，别跳啦，”他说。“别跳啦。”

鱼又往铁丝上戳了好些次，每次鱼甩头去戳，老汉便放一小截儿绳子下水。

不能给它再添疼痛，他想。我疼了没关系，我自己管得住。它疼起来要发狂的。

过了会儿，鱼不戳铁丝了，又开始慢慢打转儿。现在老汉不断缓缓地收绳子上来。但他再次觉得发晕。他用左手掬了些海水浇头，接着又浇些，还揉了揉脖颈儿。

“我没有抽筋，”他说。“它快上来了，我撑得住。哼，你就得撑着，这还用说！”

他跪下来靠着船头，又把绳子套到肩上背了一阵。他想好了：这会儿它转圈儿我要歇歇，等它靠近了我再站起来收拾它。

在船头歇歇，让鱼转个圈儿，自己连绳子也不收，那多美。但是当绳力一变，说明鱼转身向小船游来的时候，老汉就腾的立起，开始摆动肢体，左拉右拽，他这时刻收上来的绳子都是这样到手的。

我从来没这么累过，他想。这会儿刮起信风了。回头趁这股风把它运回去才好呢。真巴不得有风。

“下回它往外转圈儿我再歇歇，”他说。“我觉得好多了。等它再转两三圈儿我就捉住它。”

他的草帽推到了后脑勺儿上，当他觉着鱼兜开去了，便就着绳子的去势往船头里面一倒。

鱼，现在你干你的吧，他想。到那时候我来抓你。

海水涨了不少。但吹来的是一阵晴天的和风，他回家就得借重这样的风。

“我把住西南方向就行了，”他说。“一个人在海上决不会迷了方向，再说那又是个伸出去挺长的海岛。”

在第三圈上，他才看见鱼。

他起初只看见一大片黑影，它过了很久才打船底下过去，长得简直叫他不能相信。

“不，”他说。“它不会那么大。”

但它就有那么大。转完这一圈，它浮到离船才三十码的水面上。这时候老汉看见了它出水的尾巴，比大镰刀的刀身竖起来还高，在深蓝的水上显出一种淡淡的紫色。

尾巴一路向后刨水，因为鱼紧贴在水面下，老汉看得见它那巨大的躯干和身上的紫色条纹。它的背鳍垂着，宽阔的胸鳍完全铺了开来。

在这一圈上，老汉瞅见了鱼的眼睛，还有围着它游来游去的两条灰色小鱼。两个小东西忽而依偎着它，忽而溜开，忽而在它的庇荫下嬉游自得。每条小鱼都是三英尺多长，它们游快了就像鳗鱼那样全身扭摆。

现在老汉身上直冒汗，但不是晒热了，是别的缘故。鱼每次平平静静地转圈儿，他都收回来些绳子，他有把握再过两圈就能钻个空子，把渔叉扎到鱼身上。

可是我得等它往这边靠，靠，靠得很近才成，他想。可不能瞄准它的头。得直扎它的心。

“沉住气，憋足劲儿，老头儿，”他说。

下一圈上，鱼背露出来了，但它离船还太远了点儿。再下一圈，它仍然太远，不过它更加耸出了水面。老汉相信，再收些绳子，就可以叫它靠拢过来。

他早已备妥渔叉，系叉的一盘轻巧绳子装在圆篮子里，绳尾拴在船头缆桩上。

这时候，鱼正在转圈儿过来，又安详又漂亮，只有大尾巴划动着。老汉拼命把它往船边拉。不过一刹那的工夫，鱼身偏了一下。马上它就扳正，开始又转一圈。

“我牵动了它，”老汉说。“刚才我牵动了它。”

他现在又觉得头晕，但他尽量对大鱼保持着牵制力。刚刚我牵动它了，他想。作兴这回我能把它拉过来。手，两只都来拉吧。腿，两下里站稳吧。头，帮我干到底吧，帮到底吧。往常你根本没出过毛病。这回我要把它拉过来。

然而当他打起全副精神，早在大鱼靠拢以前就动手，使出浑身的力气来拽的时候，鱼只被拽过来半段路，接着它便扳正方向，游开去了。

“鱼啊，”老汉说。“鱼啊，你反正过会儿就得死的。你非要把我也整死不行吧？”

这样可什么也办不成，他想。他的嘴干得说不了话，但这会儿又腾不出手去够水。这一回我一定要把它拽过来，他想。鱼再要转很多圈儿我可不行了。不，你行，他给自己打气。你永远行。

下一圈上，他差点儿成功。但是鱼又扳正了方向，慢慢游开去了。

鱼，你是在整死我，老汉想。不过你够格这么做。兄弟，我从来没见过什么东西比你更大、更漂亮、更沉着、更高尚。快来弄死我吧。究竟是谁弄死谁，我不在乎。

现在你头脑糊涂啦，他想。你得保持头脑清楚。要保持头脑清楚，要懂得怎么才能受苦也像个男子汉的样子。或者说，像个鱼的样子，他想。

“头，清楚起来吧，”他说，声音小得自己几乎听不见。“清楚起来吧。”

鱼又转了两圈，结果也一样。

真不知道我撑不撑得下去，老汉想。他已经落到每回都觉得自己要昏厥的地步。真不知道。不过我还要试一次。

他再试了一次，他把鱼拉转来的时候，觉得自己快要昏倒。鱼扳正身子，在半空中摆着大尾巴，又慢慢游开去了。

我还要试一下,老汉答应自己,虽然他的两手已经磨烂了,眼睛也只是间或一阵阵才看得清东西。

他又试了一次,结果照旧。那么我再试一回,他想,只是他还没动手就觉得要昏过去。

他的一切痛苦、他的残余体力、他久已失去的自尊心,这回他都调动起来,对付大鱼临死前的猛力挣扎。鱼侧过身来,轻轻地偏着身子游动,它的长嘴几乎要碰着船帮。它开始要打船这儿过去了,身子那么长,那么宽,吃水那么深,一闪闪的银光,一道道的紫条纹,在水里铺得没了没结。

老汉撂下绳子用脚踩住,尽量往高处举起渔叉,使出全副力气,还绕上他新激起的劲头,把铁叉扎进鱼的侧面,恰恰扎到那翘在半空、跟老汉胸口一般高的大胸鳍后面。他觉着铁尖刺进去了,便伏在叉把上,再往深里攮,然后用全身重量顶进去。

这一下,死亡来到内脏,鱼惊活了,从水里跳起老高,现出它全身无比的长度和宽度、它全部的力和美。它像是挂在半空中,挂在船上这老汉头顶上似的。接着哗啦一声,它跌入水里,把浪花溅了老汉一身,溅了一船。

老汉晕乎得难受,看不清东西。但他还是抖开叉绳,从两只蹭掉了皮的手里慢慢往外放。当眼前不发黑的时候,他看见鱼仰翻着,银亮的肚子朝了天。叉把子成斜角地从角的前背伸出来,海也给它心脏里流出的血染红了。这血起先在一英里深碧蓝的水里黑沉沉的,像一片沙洲。随后它就云彩似的铺了开来。鱼身银亮,静静地随着波浪飘摆浮沉。

在眼前清楚的一阵子,老汉四下里仔细看了看。然后他把叉绳在船头缆桩上绕了两圈,便低下头来用两手捧着。

“叫头脑一直清楚着吧,”他靠着船头木板说。“我是个累坏了的老头儿。不过我扎死了我这个鱼兄弟,现在我得干苦活啦。”

这会儿我得备下绳子跟活套,好把它绑到船帮上,他想。即便只有我们两个,即便先给船里灌水装上它再舀出水去,这只小船也容不下它。我得样样备齐了,才拽它过来绑瓷实,然后支起桅杆扯上帆,往回路去。

他动手去拉,要把鱼拽到船边上,这样就可以给它穿根绳子,打鳃里进去,从嘴里出来,把鱼头贴着船头绑牢。他心里在说,我想看看它,碰碰它,摸摸它。它是我到手的财运,他想。不过我想摸摸它倒不是因为这个缘故。看来我第二次往里推叉把的时候,就碰到它的心脏了,他想。现在拽它过来拴紧,给尾巴套个结,再给身子当中套一个,把它顺着船绑上。

“干活吧,老头儿,”他说,喝了很少的一点儿水。“现在仗打完了,还有好些苦活得干呢。”

他抬头望望天,望望水里他的鱼,又用心看了看太阳。晌午才过了不多会儿,他想。在起信风哩。这些绳子现在都不必管了。回家我跟孩子再把绳子接好。

“鱼,过来,”他说。但是鱼不来,却给海浪颠得打滚。

于是老汉把船朝它划过去。

等船跟它并排,鱼头碰着船头了,他看它那么大,真难相信。但他从缆桩上解了叉绳,从鳃里穿进去,从颌缝儿里抽出来,在长剑嘴上绕一圈,然后穿过另一边鳃,再在嘴上绕个圈,把两股绳子打了结,系到船头缆桩上。末了,他截下一段绳子,上船后艄去拴紧鱼尾巴。鱼已经从原来的银里带紫,变成一色银白了。身上的条纹,跟尾巴一样是淡紫的,比人伸开五指的一只手还宽。鱼的眼睛有种遗世独立的神气,像潜望镜里的斜面镜,或者像宗教游行队伍里的一个圣徒似的。

"当时只有那么办,才能叫它送命,"老汉说。喝了水,他觉得好些,知道自己不至于昏过去,头脑也清楚。看它那模样,有一千五百多磅重,他想。没准儿还重得多。拿出三分之二来,切洗干净,卖三毛钱一磅,一共多少钱呢?

"得有支铅笔才好算,"他说。"我的脑瓜子还没有那么清楚。不过大球星狄马吉欧今儿想必会为我得意的。我打这条鱼,倒没有骨刺的麻烦,可是手啊背啊也疼得够呛。"不知道骨刺是什么滋味,他想。说不定自己长了骨刺还不知道呢。

他把鱼绑到船头上、船尾上、当中的座板上。鱼那么大,像是在小船旁边绑了一条大得多的船。他割下一截儿绳子,把鱼的下颌顶着上颌扎紧,这一来鱼嘴就不会张开,一船一鱼就可以尽量利索地往前航行。随后他竖起桅杆,打满补丁的布帆既有一根棍子做上桁,又安了下桁,便随风兜满,船也开始移动,带着他半躺在船后艄,径向西南去了。

用不着罗盘来告诉他哪儿是西南。他只消觉出信风吹着,看见船帆鼓着就成。我最好扔一根小绳子到水里,上面拴个勺儿钩①,试试捞点儿吃的,也吸收些水分。但他找不着勺儿钩,他那些沙丁鱼都坏了。因此路过马尾藻的时候,他用拖钩捞些来一抖,藻里的小虾就纷纷掉到船板上。有十好几只虾,都像沙蚤似的又蹦又踢。老汉伸出拇指和食指掐掉虾头便吃,连虾壳虾尾都嚼进肚里。虾很小,但他知道有滋养,味儿也好。

老汉的瓶子里还有两口水,他吃完虾喝了半口。要是把拖累和障碍算上,船走得不慢了。他在胳肢窝里夹住舵把子,掌着方向。鱼在旁边,看得见的,而且他只要瞅瞅他的两只手,感觉到背脊靠着船艄也疼,就明白这番经过一点儿不假,不是做梦。先前事快结束,他晕得难受的那一阵,他以为没准儿是场梦吧。接着,看见鱼跳出水来,在跌落以前那么一动不动地悬空挂着,他实在觉得太离奇,不相信是真事,现在他看东西虽然跟往常一样清楚,当时可看不清。

现在他知道鱼就在眼皮底下,知道他的手、他的背都不是梦影儿。"手上的伤很快会收口,"他想。"我让两只手出血都出干净了,咸水会把手治好的。地道的海湾水,蓝得发乌,是天下再灵没有的药了。我必须做到的事,不过是保住头脑清楚。两只手

① 勺儿钩:在钩把儿上安一个金属片或贝壳做的假饵,形状椭圆,像喝汤用的勺儿,钩子投入水里,这圆勺就绕着钩把儿旋转,诱鱼上钩。老汉想到勺儿钩,是因为他没有活饵可用了。

已经尽了本分,我们走海路也走得不错。鱼的嘴巴闭着,尾巴上下笔直地竖着,我们像哥儿俩似的一路往前走。这时候他的头脑有点儿糊涂起来了。他想,是鱼在带我回去呢,还是我在带它回去呢?要是我把它拴在后面拖着走,那就没有问题。要是鱼给弄得毫无尊严地窝在船上,那也没问题。但鱼跟老汉的船是并排捆着,一起航行的。所以老汉想,它要乐意就让它带我回去吧。我只是耍了花招才比它强,其实它没安心要害我。”

一船一鱼走得挺好。老汉把手浸在咸水里,努力要保持清楚的头脑。天上高高堆着积云,再上面是好些卷云,老汉因此知道今儿一夜都会有好风。老汉不断朝着鱼望望,好叫自己放心确实是捉住它了。这是第一条鲨鱼来攻它的前一个钟头的事。

鲨鱼不是偶然跑来的。当那片乌云般的鲜血沉下去,在一英里深的海里散开的时候,它就从下面的深水层奔上来了。它满不在乎地急速浮起,马上就撑破湛蓝的水面,到了阳光下。过了会儿它又钻回海里,重新嗅到了血腥气,开始顺着这一船一鱼的航线往前追。

有时候它失去了线索。但是它会再一次找着,或者仅仅闻见一丝儿腥气,于是它就穷追紧赶地跟踪而来。它是一条很大的鲭鲨,那副身段天生便能游得像最快的海鱼一样快,而且除了颌部而外,全身都长得很美。它的背像箭鱼背那么青,肚子银白,身上的皮又光滑又漂亮。要说体形,它像箭鱼,只是它有一对巨颌,这会儿闭得紧紧的,因为它正挨在水面下急速地游着,背鳍高高竖着不动,一路把水劈开。颌间合拢来的双唇里面,它所有的八排牙齿都向里倾斜。这不是大多数鲨鱼平常那种棱锥形的牙齿,倒像一个人照鸟爪子那么拳起来的手指头。它的牙齿差不多跟老汉的手指头一般长,每颗两侧都有剃刀般锋利的切削边缘。这样一条鱼,天生是要捕食一切海鱼的,即使那些海鱼动作快、身子壮、武器好,除它以外,别无敌手。现在它嗅到了更新鲜的气味便加紧赶来,青色的背鳍不断把水剖开。

老汉看见它来,知道这是一条毫不害怕、想干啥就干啥的鲨鱼。他一边预备渔叉,系上叉绳,一边盯着看鲨鱼奔来。可惜绳子短了点儿,因为给他截了好些去捆鱼了。

老汉的头脑现在挺好挺清楚,他满怀决心,但他不抱什么希望。先头那件事太好了,就长不了,他想。看见鲨鱼逼近,他瞅了瞅他的大鱼。说不定那本来就是个梦,他想。我拦不住它来攻我,不过我许能打中它。Dentuso[尖吻鲭鲨],他想,叫你妈不得好报。

鲨鱼急忙扑向船后艄。它去啃鱼的时候,老汉看见它的嘴巴那么张开,两只眼睛那么奇特,牙齿直往鱼尾近处的肉里那么嘎吱嘎吱地咬过去。鲨鱼的头伸出水面,脊背也露了出来。老汉听见大鱼皮肉被撕开的声音,当时他手拿渔叉正朝鲨鱼头部捅下去,捅在两眼间的横线跟那道从鼻子往上去的直线相交叉的地方。这两道线其实是没有的。只有很笨重的、前面尖、颜色青的一个头,大大的一对眼睛,还有咬得嘎吱响的、伸出去吞噬一切的颌部。但那交叉点正是脑子的部位,被老汉扎中了。他用两只血糊糊的手来扎,使出全身力气将一把好铁叉往里杵进去。他扎的时候不存希望,但很坚决,下足了狠心。

鲨鱼翻过身来,老汉看见它眼睛已经没有活气,接着它又翻了个身,给自己身上缠了两圈绳子。老汉知道它死了,可是鲨鱼还不甘心。这时候,虽然仰天倒着,鲨鱼还甩打尾巴,咬得颌骨格格地响,像个快速汽艇那样一径扬水过去。水被它的尾巴打起一片白浪花,它的身子有四分之三露在水上,把绳子越绷越紧,绷得绳子发颤,终于啪的断了。在老汉的注视下,鲨鱼静静地在水面漂了不多一会儿,然后慢悠悠地沉了下去。

"它啃了四十来磅肉,"老汉讲出声来。它把我的渔叉跟整条绳子也带走了,他想。现在我的鱼又在出血,别的鲨鱼会来的。

自从大鱼伤残了以后,他就没心再瞧它了。鱼给咬着的那阵子,他仿佛自己给咬了似的。

不过我扎死了咬我这条鱼的鲨鱼。它是我见过的最大一条鲭鲨。上帝见证,大鲨鱼我见过好些呢。

先头那件事太好了,就长不了,他想。现在我倒情愿那是一场梦,情愿我没有出海钓住大鱼,仍然独个儿垫着报纸睡在床上。

"人可不是造出来要给打垮的,"他说。"可以消灭一个人,就是打不垮他。"尽管这样,我打死大鱼,心里也不好受,他想。艰难的时候眼看要来了,可我连渔叉都没有。那条鲭鲨心肠毒,本事大,又强壮,又聪明。不过我比它还要聪明。怕也未必吧,他想。许是我武装得好点儿罢了。

"别想啦,老头儿,"他自言自语。"按这个道儿往前划船吧,有什么事就迎上去。"

不过我还得想,他心里在说。因为我就只剩下这件事好做的了。再就是惦着棒球赛。不知道大球星狄马吉欧要见了我扎中它脑子那一手,喜不喜欢?那没什么了不起,谁都会干,他想。不过,依你看,我的手疼跟骨刺一样碍事吗?我可没法儿知道。我的脚后跟从来没出过毛病,只有那回我游水踩了一条魟鱼,给它刺了一下脚后跟,连我的小腿都发麻,疼得了不得。

"想点儿高兴的事吧,老头儿,"他说。"现在你一分钟比一分钟离家近了。丢了四十磅,船走起来还轻松些。"

他明白船到了洋流最里面会出什么麻烦。但是现在没有办法好想。

"不,有办法,"他冒出声来。"我可以把刀绑在一支桨把儿上。"

他用胳肢窝夹住舵柄,一脚踩住帆底绳,腾出手来绑好了刀。

"得,"他说。"我仍然是个老头儿,不过我不是空手没带家伙的了。"

这会儿风大了点儿,船往前走得挺顺当。他只望着鱼的上半身,他的希望又有些活了。

不抱希望就太死心眼儿了,他想。另外呢,我看不抱希望也是桩罪过。嗐,别去想罪过吧,他心里在说。就是不提罪过,现在问题也够多的啦。再说我也不懂罪过什么的。

我不懂,我也未必相信真有罪过这个东西。打死大鱼许是桩罪过。就算那是罪过吧。即便我那么做是要养活自己,供应别人。不过,要那么说,什么事都是罪过了。别去想罪过吧。现在来想,也太晚得没救啦。另外还有些人领了俸钱专门去琢磨罪过的呢。让他们去想吧。你天生要做一个打鱼的,就像大鱼天生要做一条鱼那样。圣彼得罗是个打鱼的[①],大球星狄马吉欧的爸爸也是。

不过,凡是他有牵扯的事,他都爱思想。既然没有报看,没有广播听,他就想了不少,还继续往罪过上头想。你打死大鱼,不光是为了维持生活,为了卖给人吃,他想。你打死它,是顾着自尊心,是因为你当了个打鱼的。它活着的时候你爱过它,后来你也爱过它。要是你爱它,把它打死就不算罪过。还是相反,罪过更大呢?

"你想得太多啦,老头儿,"他说出声来。

可是你扎死那条鲭鲨倒觉得很痛快,他想。其实它跟你一样,是靠活鱼过日子的。它不吃臭鱼烂虾,也不像有的鲨鱼那样只顾填肚子。它很美,很高尚,什么都不怕。

"我是自卫才把它扎死的,"老汉自言自语。"我扎得很到家。"

再说呢,他想,世界上总是一物杀一物,这样那样地杀。打鱼的行当养活了我,同样也要叫我死在这上头。其实,他想,是孩子在养活我。我决不要自己瞒自己,瞒得太过分了吧。

他向船外弯下身去,在鲨鱼咬过的地方撕了一块鱼肉。他嚼一嚼,觉着是上等肉,滋味好,又瓷实又有汁儿,跟牛羊肉一样,不过颜色不红罢了,里头没什么筋头麻脑的。他知道上市能卖最大的价钱。就是没法儿让这肉香味儿不散到水里去,所以老汉明白,非常糟糕的时候快到了。

和风一直没停。它更往东北逆转了点儿,他知道这意思是说风不会小下来。老汉向前望去,既不见点点帆影,也不见轮船现出船身,喷冒黑烟。只有些飞鱼从他船头的水下跃起,向两边滑翔而去,再就是褐黄色的一丛丛马尾藻。他连只鸟儿都没看见。

小船走了两个钟头,他在船后艄歇着,不时吃点儿枪鱼肉,尽量休息休息,恢复体力。就在这当儿他看见了两条鲨鱼当中的第一条。

"Ay[哎],"他叫了。这个词没法译得传神,也许只是像一个人感到钉子穿透他的两手,钉进木头去的时候,会不由得喊出的一声吧。

"Galanos[花皮的东西],"他讲出声来。他已经瞅见第一个鱼鳍的后面,现在露出了第二个鱼鳍。他从那褐色的三角鳍和尾巴大幅度的甩动上,认出这是两条双髻鲨。它们闻出味儿便兴奋开了,在饿极糊涂的时候,它们忽而迷失了气味的方向,忽而又重新找到。但它们总在逐渐靠近。

老汉把帆脚的绳子系牢,又塞紧了舵把子。接着他拿起了绑着刀的那支桨。因为两手嫌疼,不听指挥,他举桨举得尽量地轻,还让两手握桨的时候轻轻地张合几下,让

---

① 西班牙语的"彼得罗"就是耶稣十二使徒之一的彼得。《新约·马太福音》第四章说彼得和弟弟安得烈跟从耶稣前,本来"在海里撒网;他们本是打鱼的。"因此圣彼得在基督教国家成了渔民特别敬奉的护佑圣徒。

手松活松活。然后他才把手合拢来死攥着桨,使手能忍着痛,不往回缩。同时他望着两条鲨鱼游来,这会儿已经看得见它们那又扁又宽、铲尖似的头,那上梢发白的大胸鳍。这是一种气味难闻、很讨厌的鲨鱼,既是嗜杀成性,又爱吃腐臭的东西,饿的时候连船桨船舵都要啃。海龟在水面上睡熟了,跑去咬掉海龟腿脚的就是这些鲨鱼。它们饿起来会向游水的人进攻,即使人身上不沾鱼血的腥气,没有鱼皮的黏液也一样。

"喂,"老汉说。"花皮的东西。过来呀,花皮们。"

它们来了。但它们不像鲭鲨那样正面过来。其中一条转身钻到船底下不见了,但它把大鱼竖撕横扯,扯得船打哆嗦,老汉是感觉到的。另一条鲨鱼用它细缝似的黄眼睛望望老汉,就张开半圆的嘴奔来,向大鱼身上已经给咬过的地方扑去。它褐色的头顶和前脊上,在脑子和脊髓相连的部位,清清楚楚现出一道纹路。老汉举起桨上绑的刀,朝这联结处戳进去,抽出来,再戳进鲨鱼那像猫一样眯起的黄眼睛里。鲨鱼放开了鱼肉,滑下水去了,临死还吞咽着到嘴的东西。

剩下的那条鲨鱼在死命糟毁着大鱼,所以船还哆嗦。老汉解了帆脚绳,让船一下子兜开,鱼就打船底下露出来了。他一见鲨鱼,立即从船边给它一刀。他只扎到肉上,鲨皮太硬实,进刀很浅。这么一扎,倒使他不但两手,连肩膀都很疼。但是鲨鱼马上又浮起露头了,这回老汉趁它鼻头冒出水面,向鱼伸去的时机,不偏不歪,正戳到它那平顶脑袋的中心。老汉抽回刀,照准鲨鱼那个要害再扎下去。它却仍然紧贴着鱼,两颚卡在肉里,老汉便捌它的左眼。鲨鱼还贴在那儿。

"不走?"老汉说,把刀尖朝它椎骨和脑子当中间儿插进去。这儿下刀方便,他觉着软骨断了。老汉给桨倒了个头,把桨片捅到鲨鱼嘴里去撬开两颚。他把桨片来回扳转几下。当鲨鱼松了口滚下去的时候,他说:"再往下滚,花皮的东西。滚他一英里深。滚去看你那个朋友吧,没准儿那是你妈呢。"

老汉擦了刀面,放下了桨。然后他重新系上帆脚绳,帆鼓起来了,他便将船拨回原来走的道儿。

"这两条鲨鱼一定吃了它四分之一的肉,最好的肉,"他出声地说。"还不如当初是做梦,我根本没把它钓上来呢。鱼啊,这很对不起啦。这一来全乱了套了。"他把话打住,现在他不想再朝鱼看一眼。它呢,血流尽了,给海水冲打着,看上去成了镜子衬底的银白色,不过身上还现着条纹。

"鱼,我本来不应该出海这么远,"他说。"远得害了你也害了我。对不起,鱼。"

喂,他提醒自己。你要注意绑刀的绳子,看它磨断没有。再把你的手治好,因为还会有麻烦来呢。

"要有块磨刀石就好了,"老汉检查了桨把上的绳子以后说。"我应该带块石头来。"你应该带的东西多着呢,他想。可你没带,老头儿。现在顾不上去想船上没有的东西。想想你用船上现成有的可以干点儿什么吧。

"你给我提了不少好意见,"他讲出声来。"不过我听厌了。"

船往前走着,他用胳肢窝夹住舵柄,把两只手都泡在水里。

“天晓得末了那条鲨鱼吃了多少，”他说。“这会儿船倒是轻多了。”他不愿意想一想鱼朝下那一边给啃得七零八落的惨状。他知道那条鲨鱼每回颠得船打晃，就有一块鱼肉撕掉了，也知道鱼肉现在给所有的鲨鱼留下了一溜儿香味，宽得像穿海的大路一样。

这条鱼够一个人吃一冬的，他心里在说。别想这个啦。歇歇吧，把两只手养得像个样子，好保住剩下来的鱼肉。现在水里有那么大的气味，我两手的血腥气不算什么。再说手上出的血也不多。伤口没有一个算回事儿的。出了血倒可以免得左手抽筋。

现在我有什么事儿可以想的呢？他心里在问。没有。我千万别想什么，就等下一拨儿鲨鱼来吧。我倒情愿当时那是一场梦，他想。可谁知道呢？本来那也可能结果不错。

下次来的，是单独的一条双髻鲨。它像猪奔食槽似的跑来，要是猪的嘴有那么大，你可以把脑袋都伸进去的话。老汉先由着它去咬鱼，再把马桨上绑的刀扎进它的脑子。但是鲨鱼滚下海的时候向后一扭，刀面叭的一声断了。

老汉坐下来掌舵。他甚至不看鲨鱼在水里慢慢沉下去，起先它跟原样一般大，过后小些了，再过后就不丁点儿了。这种景象，老汉一向看得着迷。但他这回却看也不看。

“我现在还有拖钩，”他说。“可惜它不顶用。我还有两支桨、一个舵把、一根短木棒呢。”

这几拨儿把我打败了，他想。我太老，三棍两棒揍不死鲨鱼。不过，只要有桨有短棒有舵把，我还要试试。

他再把两手伸进水里泡着。快到晚半晌儿了，他除了海天茫茫什么都望不见。天上的风比先前大，他盼着很快见岸。

“你累了，老头儿，”他说。“打心里累了。”

临日落前，鲨鱼才再次来袭击。

老汉看见两条鲨鱼露着褐色的鳍赶来，想必是顺着鱼肉散布在水里的一路气味来的。它们在这无形的踪迹上连找都不找，就并排直奔小船游来了。

他塞紧舵把，系牢帆脚绳，伸手到船艄下头取木棒。那是从一支破桨上锯下来的桨把子，大约两英尺半长，要一只手拿着才好使，因为桨把子上有个把手。他窝起右掌抓紧把手，一面望着来的鲨鱼。两条都是花皮。

我得让第一条把鱼肉咬紧了，才朝它的鼻尖上打，要么直冲它头顶上打，他想。

两条鲨鱼一块儿逼上来。看见离得最近的那一条张开两颚，埋进大鱼银白色的肚子里，他便将木棒举高，对着鲨鱼的宽头顶呼地狠砍下去。木棒落处，他觉着那儿橡皮一样厚墩墩的，也觉着骨头硬邦邦的。他再照那鼻尖猛击，鲨鱼才从鱼肉上哧溜下海。

另外那条鲨鱼吃了又跑开，这会儿再次大张着两颚过来了。它扑到鱼身上，合拢两颚的时候，老汉看见碎肉从它嘴角白生生地嘟噜出来。老汉一棒只打着它的头，鲨鱼瞅他一眼，又扯下一块肉。它正溜开去吞食呢，老汉再朝它抡下一棒，可是只砍到那橡胶般粗钝的厚皮上。

“来，花皮，”老汉说。“再来吃。”

鲨鱼往鱼肉上冲来，老汉见它两颚咬拢就揍。他把木棒举得尽量地高，从高处结结实实劈下去。这回他觉得打到了脑底骨上，他朝那儿再打，鲨鱼才蔫不唧儿地拽了肉，从鱼身上滑下去了。

老汉望着，等它再来，但是两条鲨鱼都没影儿。不一会儿，他看见有一条在水面上打转儿，却没见另一条露出鳍来。

我不能指望把它们打死，他想。那是我当年才做得到的。不过我把它们两个都伤得不轻，哪一个也不会觉得舒服好受。我要是有根棒球棒可以两手握住，准能打死第一条鲨鱼。哪怕是现在，他想。

他不想再看大鱼，知道它已经给消灭了一半去。还在他跟这些鲨鱼搏斗的时候，太阳就落了。

“天马上要黑，”他说。“那时候我该瞧得见哈瓦那亮成一片了。要是我还偏东，就会看见新海滩的灯火。”

我现在离岸不会太远了，他想。希望谁都没有过分替我着急。当然啦，只有孩子会着急。不过他一定会有信心。上点儿岁数的渔民，有好些会着急。还有很多别的人也会这样，他想。我住的村镇好。

他不能再跟大鱼讲话了，因为鱼给糟蹋得太厉害。后来他脑瓜里起了个念头。

“半截子鱼啊，”他说，“本来的整鱼啊，我懊悔出海太远了。我把咱们俩给毁了。可是你我两个打死了不少鲨鱼，还把不少打成了残废。鱼老弟，早先你把它们戳死过多少？你嘴上那把剑可没有白长。”

他爱想着这条鱼，想它要是自由地在海里游，会怎么收拾鲨鱼。我本该砍下它的剑嘴，用来打鲨鱼的，他想。可惜当时没斧子，后来连刀也没有。

要是我有，要是能把剑嘴绑在桨把子上，那是多棒的武器。那咱们就可以一起打它们啦。可要是它们夜里来，你没什么武器怎么办？你能做些什么？

“跟它们讲，”他说。“我要跟它们拼到我死。”

但是这会儿四处漆黑，不见大片的亮光，不见灯火，只有风在吹着，船帆一直在鼓着，他觉得说不定他已经死了。他合起两手，看看掌心有什么感觉。手没有死，只要把手一张一合，就活生生地疼。他将脊背靠着船艄，知道自己没死。这是肩膀告诉他的。

我还有祷告要念呢，我许愿捉住大鱼就要念的，他想。不过现在我太累，念不了。最好把布口袋找来，盖在肩膀上。

他躺在船艄掌舵，眼巴巴地等着那片亮光透出天边。我还有半截鱼，他想。作兴我碰运气能把上半截儿带回去。我应该交点儿好运。不，他说。你出去太远，破了你的好运啦。

“别胡想了，”他讲出了声。“醒着，把好舵。没准儿你还会交不少好运哩。”

“要是有什么地方卖好运，我倒想买些，”他说。

我拿什么去买呢？他问自己。可以拿一把丢失了的渔叉、一把破刀、两只坏手去买吗？

“本来你可以的，”他说。“你本来想拿你接连出海的八十四天去买。人家也差点儿卖给你了。”

我决不要瞎想了，他心里说。好运气这个东西，是装成好多样子来的，谁认得出呢？不过，随便哪个样子的，我想买点儿，要什么价我都照给。我巴不得能看见那一大片电灯的亮光，他想。我巴望的事儿太多了。可那是我现在巴望的东西。他尽量把身子靠得舒服些好掌舵。既然身上还疼，他知道自己没死。

晚上，想必是十点来钟，他看见了哈瓦那城里电灯映在天上的反光。起初这只是依稀可辨，像月亮升起以前天上的一抹淡白。过后，风越来越大，隔着波涛滚滚的洋面，灯光已经明摆着可以看见。他把船驶到这片亮光里，他估计船马上要到暖流的边沿了。

现在仗打完了，他想。它们大概还要来攻的。可是天这么黑，又没件武器，一个人怎么能抵挡呢？

他这时候肢体又僵又疼，他的伤口、他疲劳过度的周身关节都给夜里的寒气砭得作痛。希望不必再打了吧，他想。真希望不必再打了。

但是到了半夜他又打了，虽然这回他明知打也无用。它们来了一大帮，他只看见鲨鳍在水里划出的一道道波纹，还有它们向鱼肉扑去、身上闪现的磷光。他抄起木棒，朝它们头上打去，听见它们在船底咬住大鱼的时候，颚牙叩切的声音、船身颠动的声音。他照着他只能触到听到的地方一棒棒拼命抡下去，可是觉得木棒给什么东西咬住，从此就丢了。

他从舵上拨下舵把子，拿来再打再劈，两手握着它往下砍了又砍。但这会儿它们正围着船头，先是一个跟一个，后来就全挤上去咬。等它们转身再来的时候，便把在海面下荧荧发光的那几块鱼肉都撕走了。

临了有一条鲨鱼来啃鱼头，他知道鱼肉全完了。鱼头笨重，扯不动，鲨鱼的两颚陷在里面，他趁此挥起舵把子朝鲨鱼脑袋猛砍，砍了一下，两下，又一下。他听见舵把子裂了，便拿这劈了的木把子去扎鲨鱼。他觉得把子戳了进去，他知道它很锋利，仍然用它再往里扎。鲨鱼扔下了鱼头，一骨碌逃开。它是来的这一帮里面最后的一条鲨鱼。再没什么让它们吃的啦。

老汉这一下累得几乎喘不过气来，觉得口里有种特别的味道。是铜腥味，有点儿甜，他担心了一阵。但是这味道不多。

他朝海里啐了一口，说：“把这个吃下去，花皮们。再去做个梦，梦见你们害死了一个人吧。”

他知道他现在给打败了，败得彻底，没法挽救了。他回到船艄，发觉舵把子裂成锯齿似的那一头插进舵槽挺合适，他还可以用来掌舵。他把布口袋围好两肩，把船拨回原道儿。现在船走得很轻快。他什么都不想，什么感觉也没有，如今什么都无所谓了。

他驾船驶向家乡的港口,驾得尽量稳当,尽量用心。夜里,鲨群又来袭击大鱼的残骸,就像有的人拣餐桌上的面包屑一样。老汉根本不理会它们,除了掌舵,什么都不注意。他只体会到,现在边上没有很重的东西,船走得多轻便,多自如。

船挺不错,他想。它好好的一点儿也没坏,只不过舵把子拆了。那容易换过。

他觉出已经到了洋流里面,他看得见沿岸那些海边小渔村的灯光。他知道这会儿他在什么地方,回家不算回事儿了。

不管怎么说,风是我们的朋友,他想。接着又补了一句:有时候它是。还有大海,那儿有我们的朋友,也有我们的敌人。还有床,他想。床是我的朋友,就要个床,他想。床可是个好东西。你给打败,倒松快了,他想。我以前不知道败了多么松快。那么,把你打败的是什么呢,他想。

"什么都不是,"他冒出声来。"我出海太远了呗,"

船驶进小港湾的时候,餐馆的灯已经灭了,他知道大家都在睡觉。风不断加码,现在正砍得紧。不过港湾里静悄悄的,他径直驶到乱岩下那一小片卵石海滩跟前。没一个人来帮忙,他只好把船尽自己力气往上划。然后他走出船来,把它拴在岩石上。

他卸下桅杆,把帆卷起、捆好,再扛起桅杆,开始爬坡。他这才知道自己累到了什么程度。他停了一会儿,朝后望望,从街灯投去激起的反光中,看见鱼的大尾巴在船艄后面远远竖着。他还看见它那惨白赤露的一条脊骨、黑乎乎一坨的脑袋和伸出去的剑颚,而一头一尾中间却空荡荡一片精光。

他再抬腿爬坡,在坡顶摔倒了,带着肩扛的桅杆在地上趴了些时候。他挣着想起来,可很不容易。他扛着桅杆坐在那儿,瞧了瞧石路。一只猫打路那边跑过去忙它的事儿了,老汉望着它。然后他就望着面前的路。

最后他放下桅杆站了起来。他抬起桅杆再搁到肩上,顺着这路上去。他不得不坐下来歇五次才走到他的窝棚。

进屋后他把桅杆靠墙放好,摸黑找到了水瓶,喝了些。接着他便在床上躺下,拿毯子盖了肩膀,又盖了脊梁和两腿。他趴在报纸上睡了,两条胳臂直伸出去,手心朝上。

上午,孩子从门口张望的时候,他在熟睡。风刮得猛,流网渔船当天不出海,所以孩子起床晚,像这两天每天早上那样,起床后就到老汉的窝棚来。孩子看见老汉照常呼吸着,又看见了老汉的两只手,他哭起来了。他轻手轻脚地出了门,去弄些咖啡来,一路走一路哭。

很多渔民围着那只小船瞧船边绑的东西,其中一个卷起裤腿站在水里,用绳子量鱼的骨架。

孩子没下海滩去。先头他去过了,有个渔民替他照看那只小船。

"他怎么样?"这群渔民当中的一个嚷着问。

"睡着呢,"孩子大声说。他不在乎他们看见他在哭。"谁也别打搅他吧。"

"从鼻子尖到尾巴有十八英尺,"量鱼的渔民喊着。

"我相信,"孩子说。

他跑进餐馆，要了一罐咖啡。

“热的，多放牛奶多加糖。”

“还要什么吗？”

“不要了。回头我再看看他可以吃点儿什么。”

“多大的一条鱼啊，”老板说。“从来没有过这么样的一条鱼。你昨儿打的两条鱼也挺好。”

“我那些该死的鱼，”孩子说，又哭起来了。

“你要来点儿什么喝的吗？”老板问。

“不必啦，”孩子说。“告诉他们别去跟桑提阿果絮叨。我一会儿再来。”

“跟他说我多么同情他。”

“多谢，”孩子说。

孩子捧了一罐热咖啡到老汉的窝棚，在他身边一直坐到他醒。有一会儿眼看他就要醒似的，但他又坠入了沉睡。孩子到路对过借些木柴来热咖啡。

老汉终于醒了。

“别坐起来，”孩子说。“先喝这个。”他在玻璃杯里倒了些咖啡。

老汉接过来就喝。

“它们把我打败了，曼诺林，”他说。“真的把我打败了。”

“它可没打败你。那条鱼没有。”

“它确实没有。那是后来的事。”

“佩德利阔在照管船跟东西。您想拿鱼头干吗使呢？”

“让佩德利阔把它剁碎了钓鱼用吧。”

“那个长剑嘴呢？”

“你要你就留着。”

“我要，”孩子说。“现在咱们得计划一下别的事啦。”

“大家找过我吗？”

“当然啦。派了海岸警卫队，派了飞机。”

“海很大，船小，不容易看见，”老汉说。他体会到，有个人一块儿讲话多么愉快，不像单跟自己讲，对着海讲那样。“我很想你，”他说。“你打了多少鱼？”

“头天一条。第二天一条，第三天两条。”

“很好啊。”

“以后咱俩又要一块儿打鱼啦。”

“别。我不走运。我再不会走运了。”

“让运气见鬼去吧，”孩子说。“我会把运气带来的。”

“你家里会怎么说呢？”

“我不管。昨儿我捉住两条。不过现在咱俩要一块打鱼了，因为我还有好些要学的呢。”

“咱们得弄一杆好标枪,老带在船上。你可以从旧福特车上拆一片弓子弹簧片做枪头。咱们可以到瓜纳瓦科阿①去把它磨一下。应该把它磨得飞快,蘸火也别让它断。我的刀就断了。”

“我再弄一把刀来,也把弹簧片磨好。这么大的东北风要刮多少天?”

“作兴三天,作兴更长。”

“我会把事情统统办好的,”孩子说。“您把两只手养好吧,老伯伯。”

“我懂得怎么照应手。昨儿夜里我吐了点儿奇怪的东西,觉着胸脯里头有什么地方伤了。”

“把那个地方也养好吧,”孩子说。“您躺下来,老伯伯,我给您送干净衬衫来。还有吃的。”

“把我出海这几天的报纸随便带些来,”老汉说。

“您得赶快养好,因为我有不少要学的,您什么都可以教我。您这回受了多少罪啊?”

“多着呢,”老汉说。

“我把吃的跟报纸送来,”孩子说。“好好儿歇着吧,老伯伯。我从药店带些油膏给您治手。”

“别忘了告诉佩德利阔,鱼头给他。”

“自然。我记得。”

孩子出门,顺着破旧的珊瑚石路往前走,边走边又在哭。

那天下午,餐馆有一群旅游的客人。有个女客望着下面的水,在一些空的啤酒罐头和死的鲟鱼当中,看见很长一道白的鱼脊梁,后面带个特大的尾巴。东风在港湾入口外面一直掀起大浪,这东西也随着起落摇摆。

“那是什么东西?”她问一个侍者,指着大鱼长长的脊椎骨。它现在不过是等着给潮水卷走的垃圾罢了。

“Tiburon[鲨鱼],”侍者说,“Eshark②。”他想要解释这是怎么回事。

“我以前不知道鲨鱼还有这么漂亮、样子好看的尾巴呢。”

“我以前也不知道,”和她同来的男人说。

在路那头的窝棚里,老汉又睡着了。他仍然趴着睡,孩子坐在旁边望着他。老汉正梦见那些狮子。

(赵少伟 译)

---

① 瓜纳瓦科阿(旧译“瓜纳巴夸”),古巴的轻工业城市,在阔希马尔以西一英里。

② 这里把英语的 shark(鲨鱼)念白了。以西班牙语为母语的一部分人,遇到 sh 这种双辅音起首的词,往往会在前面添个 e 的音。

高尔基

马克西姆·高尔基(1868—1936),苏联作家,原名阿列克赛·马克西莫维奇·彼什科夫,生于尼日尼·诺夫戈罗德,父亲是木工。四岁丧父,寄居在外祖父家。十一岁走向社会,当过学徒、饭馆跑堂、搬运工、面包师。1884 年到喀山,参加知识分子的秘密小组,1889 年被捕。1888 年至 1892 年两次漫游俄罗斯。1905 年与列宁会见,1906 年到法国和美国,1913 年回彼得堡。1922 年到国外疗养,晚年组织苏联作家协会,参加保卫世界和平的活动。重要作品有《随笔与短篇小说》(1898)、《福玛·高尔杰耶夫》(1899)、《底层》(1902)、《母亲》(1905)、三部曲《童年》《人间》《我的大学》(1913—1924)、《克里姆·萨姆金的一生》(1936)。他的作品描绘了下层人民的生活和无产阶级的觉醒、斗争,成为无产阶级文学的奠基作家,兼有浓厚的浪漫色彩,又擅长刻画人物的感情和心理变化。

《伊则吉尔老婆子》通过三则故事谴责极端个人主义者和享乐主义者,歌颂勇于献身的英雄,立意崇高,形象感人,具有浪漫主义的特色。《海燕》运用了象征和寓意的手法,呼吁革命风暴的来临,这首散文诗语言精粹,文辞优美,富于感染力。

伊则吉尔老婆子

一

这些故事是我在比萨拉比亚[①]的海岸上,靠近亚尔克曼[②]的一个地方听到的。

有一个晚上,我们做完了一天的采葡萄工作以后,那一群跟我在一块儿做工的摩尔达维亚人[③]都到海边去了。我和伊则吉尔老婆子却留下来,我们躺在葡萄藤浓荫里的地上,默默地望着到海边去的人们的暗影融化在逐渐加深的夜色里面。

他们一边走,一边唱着,笑着。男人都有青铜色的脸和又浓又黑的胡髭,他们的浓密的鬈发一直垂到肩上;他们都穿扣领短上衣和宽大的裤子。妇人和少女都是又快乐又灵活,她们有深蓝色的眼睛,她们的脸也是青铜色的。她们的丝一样的黑发松松地

---

① 原为旧俄领土,第一次世界大战后改属罗马尼亚,第二次世界大战后归还苏联。

② 比萨拉比亚的一个小城。

③ 摩尔达维亚在第一次世界大战结束前是罗马尼亚的东北部领土,后脱离罗马尼亚,成为摩尔达维亚共和国的一部分。

垂在她们的背后,暖和的微风吹拂着它们,把那些结在发间的铜钱吹得叮当地响。风吹得像大股的均匀的波浪,可是有时候它仿佛在跳过什么看不见的障碍似的,一阵狂吹把女人的头发高高地吹起来,成了奇形怪状的鬃毛,在她们的头上飘动。这给她们添了一种奇怪的、仙女似的样子。她们离我们越去越远;夜和幻想给她们披上了一身美丽的衣裳,使她们越来越美了。

有人在拉提琴……一个少女唱起了柔和的女中音。传来一阵一阵的笑声……

空气里渗透着海的有刺激性的盐味和太阳落山前刚刚给雨水滋润过的土地的油腻的蒸发气味。现在还有几片残云在天空飘浮,非常漂亮,而且形状和颜色都是极其怪诞的——有的是软软的,像一缕一缕的烟,有暗蓝色的,也有青灰色的;有的是凹凸不平的,像断崖绝壁,有暗黑色的,也有棕色的。一片一片的深蓝色天空从这些云中间和善地露出脸来窥探,它们上面点缀了一颗一颗的金星。所有这一切——声音啦,气味啦,云啦,人啦——都显得不可思议地美丽和忧郁,好像是一个奇妙的故事的开场一样。一切都像是让人把它的生长在中途阻止了,仿佛它快要死去似的。嘈杂的人声消失了,往远方逝去了,变成了悲哀的叹息。

"你为什么不跟他们一块儿去呢?"伊则吉尔问我道,她朝着人们去的那个方向点一点头。

时间使她的身子弯成了两截;她那对曾经是乌黑的眼睛现在黯淡了,而且整天在流泪。她那干枯的声音听起来很奇怪;它轧轧地响着,好像这个老婆子在用骨头讲话似的。

"我不想去,"我答道。

"哎……你们俄罗斯人生下来就是老头子。你们全是像魔鬼那样地阴沉……我们的女孩子怕你……可是你年轻,强壮……"

月亮升起来了。月轮很大,而且血一样的红,它好像是从草原的子宫里出来的,这个草原当年曾经吞过那么多的人肉,喝过那么多的人血,大概就因为这个缘故变得极富饶,极肥腴了。月光把葡萄叶的花边形的影子投在我们的身上,我和老婆子都仿佛给盖上了一张网似的。在我们的左边,云的影子在草原上飘浮着;这些云片渗透着浅蓝色的月光,显得更光亮,更透明了。

"你瞧!腊拉来了!"

我朝老婆子用她那指头弯曲的颤抖的手所指的方向望过去,我看见一些黑影在那儿浮动,影子很多,其中有一个比其他的影子更暗更浓,而且动得更快,也更低——这是从一片离地面较近,而且动得较快的云上面落下来的影子。

"我看不见一个人,"我说。

"你的眼睛比我这个老婆子的还差!你瞧!在那边!那个黑黑的东西,正在草原上跑着的!"

我再看那边,除了影子以外我还是什么也看不见。

"这是影子!你为什么叫它做腊拉?"

“因为这就是他。他现在已经只是一个影子了！他已经活了几千年了；太阳晒干了他的身子、他的血同他的骨头，风又把它们像尘土似的吹散了。你瞧：上帝因为一个人的高傲就会这样地对付他！”

“告诉我这是怎么一回事！”我向老婆子央求道，这时候我已经在期待着一个在草原上编成的出色的故事了。

她给我讲了下面的这个故事。

“这是好几千年前的事了。在海的那一边，很远的，很远的，太阳出来的地方，有一个大河的国家，在那个国家里太阳可热得厉害，那儿的每一张树叶、每一片草叶都投射出够给一个人遮蔽日光的影子。

“所以那个国家的土地是多么的富饶！

“在那儿有一族强悍的人，他们靠畜牧为生，并且把他们的力气同勇气消耗在打猎上面，打过猎以后，他们便设宴庆祝，大家唱歌，并且跟女孩子调情。

“有一回在他们的宴会当中，一只鹰从天空飞下来，把一个像夜一样柔和的黑头发的女孩子抓走了。男人们拔出箭来向鹰射去，那些可怜的箭都落回在地上。他们跑到各处去找那个女孩子，却始终找不到她。他们渐渐地忘了她，就跟人忘掉世界上的一切事情一样。”

老婆子叹一口气，她不响了。她那刺耳的声音好像是那一切给人忘记了的时代变成回忆的影子在她胸中复活起来，现在在这儿哀诉一样。海轻轻地给这个古老传说的开场白伴奏（这一类的传说也许就是在这个海岸上创造出来的）。

“可是过了二十年，她自己回来了，已经成了衰弱、憔悴的女人。她带来一个年轻人，强壮而漂亮，就像她在二十年以前的那个样子。他们问她这些年中间她在什么地方，她说鹰把她带到深山去，她跟他一块儿住在那儿做他的妻子。这个年轻人便是他的儿子；父亲已经死了。他看见自己一天一天地衰老了，便最后一次高高地飞到天空去，然后收起翅膀让自己从空中摔下来，重重地跌在崄峻的山岩上撞死了……

“众人惊奇地望着鹰的儿子，他们看出来他跟他们中间并没有什么差别，只除了他的眼睛是冷冷的，高傲的，跟那个百鸟之王的眼睛倒很相像。他们对他讲话，他高兴地回答，否则便一声不响；族里的长辈们过来对他讲话，他把他们看作平辈一样地回答他们。这使他们很不高兴，他们说他是一根箭头还没有削尖也没有装上羽毛的箭，他们告诉他，成千的像他这样年纪的人以及成千的年纪比他大一倍的人都尊敬他们，服从他们。可是他却大胆地望着他们，回答道，世界上并没有一个跟他相等的人，要是大家都尊敬他们，他也不愿意这样干。啊！……这时候他们真的生气了，他们气冲冲地说：

“‘我们中间没有他的地方！他高兴上哪儿去，就让他上哪儿去。’

“他大笑，便到他高兴去的地方去——到那个一直出神地望着他的美丽的少女那儿去；他走到她跟前，搂住她。她的父亲就是刚才训斥过他的那些长辈中间的一位。虽然他很漂亮，可是她把他推开了，因为她害怕她的父亲。她把他推开，自己走开了；

可是他打她,等她倒在地上的时候,他又拿脚踏在她的胸口上,踏得那么厉害,使她的嘴里喷出鲜血朝天空溅去。这个少女喘一口气,像蛇一样地扭动一下,就死了。

“所有在场看见这件事情的人都惊呆了,——一个女人让人这样地杀死在他们的面前,这还是第一次。他们默默地站了许久,他们一会儿望着那个少女,她躺在那儿,眼睛睁开,满口是血,他们一会儿望着她旁边那个年轻人,他一个人站在那儿,高傲地面对着大家——他不肯埋下头,好像他要他们来处罚他似的。后来他们清醒过来了,想好了主意,捉住他,把他绑起来,放在那儿;因为他们觉得,马上就杀死他,未免太简单了,这不会使他们满意的。”

夜色在生长,在加浓,夜充满了奇异的、轻柔的声音。草原上金花鼠凄凉地吱吱叫着,葡萄藤的绿叶丛中响起了蟋蟀的玻璃一样的颤声;树叶在叹息,在窃窃地私语;一轮血红色的满月现在变成苍白色了,它离地越高,就显得越苍白,而且越来越多地把大量的浅蓝色暗雾倾注在草原上……

“他们聚在一块儿,要想出一个足以抵偿他的大罪的刑罚……有人建议用几匹马把他分尸,然而他们觉得这个太温和了。别的人主张每一个人射他一箭射死他,但是这也让人反对掉了。有人提议把他绑在火柱上活活地烧死,可是烟雾会叫人看不见他的痛苦。意见已经提得很多,却始终找不到一个可以叫大家满意的来。他的母亲跪在他们的面前,一声不响,她找不到眼泪同语言来哀求他们宽恕她的儿子。他们谈了很久,最后一位贤人想了好一会儿,便说道:

“‘让我们来问问他为什么要做这件事!’

“他们这样问了他。他说:

“‘先给我松绑!你们绑住我,我是不说的!’

“他们给他松了绑以后,他反倒问他们:

“‘你们要什么?’他对他们发问好像把他们当作他的奴隶一样……

“‘已经对你讲过了,’贤人答道。

“‘为什么我要向你们解释我的行为呢?’

“‘为着我们可以了解你。你这个高傲的人,你听着!反正你要死了……你让我们了解你所做的事情吧。我们还要活下去,我们能够多知道一些我们现在还没有知道的事,对我们会有好处。……’

“‘好吧,我说,虽然也许连我自己还不十分明白先前发生的那件事情。我杀死她,因为我觉得——她好像在推开我……我却要她。’

“‘可是她不是你的人呀!’他们对他说。

“‘那么你们使用的就都是你们自己的东西吗?我明明看见每一个人就只有言语和手、脚是他自己的……可是他们却有牛羊、女人、土地……还有许多别的东西。’

“对他这个问题,他们回答他说,一个人占用任何一件东西,都是用他自己作代价换来的:譬如用他的智慧,他的力气,有时候甚至用他的生命。可是他说,他要保持一个完整的自己,不愿意分一点给别人。

“他们跟他争论了很久,后来终于看出来他把自己看作世界上的第一个人,而且除了他自己以外,他什么都不放在眼里。他们明白他给他自己安排了怎样孤独的命运的时候,他们觉得可怕极了。他没有种族,没有母亲,没有牲畜,没有妻子,而且他也不要这些。

“他们看到了这一点,便又讨论究竟用什么样的方法处罚他。可是这一次他们谈得并不久,那个贤人听了他们的意见以后,便出来说:

“‘等着!刑罚已经有了。一个很可怕的刑罚。你们想一千年也想不出这个来!他的刑罚就在他自己身上!放他去吧,让他自由。这就是他的刑罚!’

“就在这个时候发生了一件神奇的事情。无云的天空中忽然响起一声霹雳。天上的神明同意了贤人的话。在场的人全躬身行礼,随后便散去了。然而这个年轻人(他现在得到了‘腊拉’这个名字,这是‘被抛弃’‘被放逐’的意思。)却望着那些把他抛在这儿的人高声大笑,他笑着,他现在是孤孤单单的一个人了,他是自由的,跟他的父亲完全一样。不过他的父亲并不是人……他却是一个人。现在他开始过起鸟一样的自由生活来了。他时常跑到那一族人住的地方去,抢走他们的牲畜和女孩子——以及一切他要的东西。人们用箭射他,可是箭头射不进他的身体,因为有一层最高刑罚的无形的外皮保护着它。他动作敏捷,贪得无厌,又强壮,又残酷,可是他始终没有跟人面对面地遇见过。人们只有在远处看到他。他就这样孤独地在人群附近荡来荡去,一直荡了好久,好久——已经不止一个十年了。可是有一回他走近了人们,等到他们向他冲上去的时候,他却站住不动,连一点儿自卫的动作也没有。有一个人猜到了他的心思,便大声嚷起来:

“‘不要挨他!他想死!’

“大家全站住不动了,他们都不愿意减轻这个对他们作过许多恶的人的厄运,都不愿意杀死他。他们就站在旁边,笑他。他听到这些笑声,浑身抖起来,伸出两只手抓他自己的胸口,在胸口上找寻什么东西。他忽然拿起一块石头,向人们冲过去。他们避开他的攻击,却不还手打他;等到他疲乏了发出一声痛苦的哀号倒在地上的时候,人们退在一边,望着他。他站起来,拿起那把他们先前争斗的时候从一个人手里落下来的刀,朝他自己的胸口刺进去。可是刀折断了,好像它砍在一块坚硬的石头上一样。他又倒在地上,拿脑袋去撞地,撞了好久,可是他只是在退让,他的脑袋撞到哪里,哪里便留下一个洞。

“‘他不能够死!’人们高兴地嚷着。

“他们丢下他走开了。他朝天躺着,看见一些雄壮的鹰像黑点似的高高地在天空飞翔。他的眼睛里充满着痛苦,多到可以毒死全世界的人。从那个时候起他就在等待死——永远是孤独的,永远是自由的。他一直在飘来荡去,到处都去过了。……你瞧,他已经变成影子一样的了,而且他会永远是这样的。他不懂得人的话,也不懂得人的动作,他什么也不懂。他只是在找寻,飘来荡去……他不知道生,死也不欢迎他。人们中间没有他的地方了。……啊,一个人因为自己的高傲就受到这样的惩罚!”

老婆子叹了一口气,不响了,她那个垂在胸前的头奇怪地摇了几下。

我望着她。我觉得这个老婆子给睡魔征服了。不知道为什么,我非常可怜起她来。她的故事的结尾的一段是用一种庄严的、警告的声音说出来的,可是这里面仍旧有畏怯的、带奴性的调子。

海岸上有人唱起歌来了,唱得很奇怪。起初听见的是女中音,它唱了一支歌子的前两三节,然后另一个声音又把这支歌子从头唱起,而同时第一个声音仍旧继续领头唱……于是第三个,第四个,第五个声音又照这样的次序一个跟一个地从头唱起。突然间一个男声合唱队又把这同样的歌子从头唱起来。

每一个女人的声音都是可以跟别的声音很清楚地分别出来的,它们像是五颜六色的溪水从上面什么地方流下来,流过一些阶梯形的山坡,带跳带唱地流进那个涌上来迎接它们的深沉的男声的浪涛里,它们沉在浪涛中,又从那里面跳出来,把它盖过了,然后它们,清澈而有力,一个接连一个高高地升腾起来。

海浪的喧响在这歌声的掩盖下再也听不见了。

二

"你在别的什么地方听见过这样的歌唱吗?"伊则吉尔抬起头来,张开她那没有牙齿的嘴笑问道。

"我没有听见过。我从来没有听见过……"

"你不会听到的。我们爱唱歌。只有美的人才能够唱得好——我说的美的人,就是爱生活的人。我们爱生活。你瞧,难道在那儿唱歌的那些人做完一天的工作以后就不会疲倦吗?他们从太阳出一直做到太阳落,可是一到月亮出来,他们就已经在——唱歌了!那些不会生活的人就会去睡觉的。那些喜欢生活的人就——唱歌。"

"可是健康……"我开口说。

"我们都有可以活下去的足够的健康。健康!倘使你有钱,难道你就不花掉它?健康就是金子一样的东西。你知道我年轻时候做过些什么事情吗?我织地毯从太阳出织到太阳落,差不多就不站起来。我那个时候就像太阳光那样地活泼,可是我却不得不整天在家坐着,像石头一样动也不动。坐得我全身的骨头都发痛了。可是一到夜晚,我就跑到我爱的人那儿去,跟他接吻。我的爱情还没断的时候,我就这样一直跑了三个月;在那个时期我每夜都在他那儿。你瞧,我一直活到了现在——我的血不是足够了吗!我不知道爱过了多少!我不知道受过了多少吻,也吻过了多少!……"

我看她的脸。她那对黑眼睛黯淡无光,连她的回忆也不曾使它们发亮。月光照亮了她那干枯的、破裂的嘴唇,她那长满了灰白色柔毛的尖下巴,和她那猫头鹰嘴一样的弯曲的、满是皱纹的鼻子。她的脸颊现在是两个黑洞,有一个洞里面还搁着一缕灰白色头发,那是从她头上缠的红布底下掉出来的。她的脸,她的颈项和她的手全都皱了,而且只要她动一下,我就担心这干枯的皮肤会裂成碎片,在我面前就只有一副赤裸裸的骷髅和它那两只黯淡无光的黑眼睛了。

她又用她那刺耳的破声讲下去:

“我跟我母亲一块儿住在发尔玛附近，就在贝尔拉特河的岸上；他第一次到我们田庄上来的时候，我才只十五岁。他是高个子，身子灵活，长着乌黑的胡髭，他又是个多快活的人！他坐在一只小船里，朝我们窗口大声嚷道：‘喂！你们有酒吗？……有什么给我吃的东西吗？’我向窗外看，我的眼光穿过桴树桠枝看见在月光下发蓝色的河面。他穿着白衬衫，束一根宽腰带，带子头松松地垂在腰间，他站在那儿，一只脚踏在船里，另一只脚踩在岸上，身子摇摇晃晃，一面在唱什么歌。他瞧见我，便说：‘一个这样标致的美人儿住在这儿！……我以前怎么不知道！’好像除了我以外所有的美人儿他都知道似的。我给了他一点儿酒和煮好的猪肉……四天以后我已经把我自己完全给了他了。他们常常在夜里一块儿划船。他划着小船来，像金花鼠似的小声吹口哨。我就像鱼似的从窗口跳到河里去。随后我们就划起船走了……他是卜鲁特河[1]上的渔人，后来母亲知道了一切，打了我一顿。他拼命劝我跟他一块儿到多布鲁察[2]去，然后再走远点到多瑙河口。可是那个时候我已经不喜欢他了——他只会唱歌，接吻，就再没有别的！我已经感到厌烦了。当时有一群古楚尔人[3]漂流到了这一带地方来，他们在这儿也有一些情人……现在那些女孩子要好好地快活一下了。她们里面有一个在等待，等待她那个喀尔巴阡[4]的年轻人，她担心他已经给关在牢里，不然就在什么地方跟人打架给杀死了——突然间他一个人，或者同两三个朋友一块儿来了，好像是从天上掉下来似的。他带给她多丰富的礼物——他们的一切东西全来得可容易啦！——他常常在她的家里请客，对他的朋友们夸奖她。这使她非常高兴。我的一个女朋友也有个古楚尔的情人，我求她让我见见那些古楚尔人……她叫什么名字？我已经忘记了……我现在开始把什么都忘记了。这是很久以前的事情，全忘记了！她给我介绍了一个年轻人。是个漂亮的家伙……他是个红头发的人，他的胡髭和鬈发全是红的！真是个火一样的脑袋！可是他老带着忧愁的样子。有时候他也很温柔，不过有的时候他却像一匹野兽似的叫吼，跟人打架。有一回他打了我的脸……我就像猫一样地扑到他身上去，用牙齿咬他的脸蛋……从那个时候起他那边脸蛋上就有了一个酒窝，而且他喜欢让我亲这个酒窝……”

“那个渔人到哪儿去了呢？”我问道。

“那个渔人吗？啊……他……他加进那一群古楚尔人里面去了。起初他老是求我，而且威胁我，说要把我丢到水里去，可是后来也就没有什么了，他加进那一群人里面，并且找到了另外一个女孩子……他们两个——那人渔人和那个古楚尔人，一块儿给人绞死了。我去看过他们给人绞死的情形，这是在多布鲁察。渔人上绞架的时候脸色惨白，而且一路上哭哭啼啼，可是那个古楚尔人却从容地抽着烟斗，他一边走一边抽

---

① 罗马尼亚的河流，起自波兰南部的喀尔巴阡山，向东南流，经过摩尔达维亚和比萨拉比亚注入多瑙河。

② 罗马尼亚的东南区，在黑海的西面。

③ 住在喀尔巴阡的乌克兰山民，以骁勇善战著名称，第一次世界大战前受奥匈帝国统治，战后分属波、罗、捷三国，1945 年才回到乌克兰的怀抱里来。

④ 喀尔巴阡山是中欧的山脉，长约九百公里，在波兰和捷克之间，南部进入罗马尼亚境内。

烟,两只手插在他的口袋里面,他的两撇胡髭一撇搭在他的肩膀上,另一撇在他的胸前摇来晃去。他见了我,把烟斗从嘴上取开,大声说了一句:'再见!'……我为他整整伤心了一年。唉! ……这件事情发生的时候,他们正要动身回自己的家乡喀尔巴阡去。他们参加一个罗马尼亚人家里的送行会,就在那儿给人抓住了。只抓到了两个人,有几个人给杀死了,其余的全逃走了……不过后来那个罗马尼亚人也偿还了这笔债——庄子给烧掉了,磨坊和全部粮食都烧光了。他变成一个乞丐了。"

"这是你干的吗?"我顺口问道。

"古楚尔人的朋友多着呢,并不单是我一个……只要是他们的好朋友,就会祭奠他们……"

海岸上的歌声已经停止了,现在只有海浪的喧响给老婆子的声音伴奏——那种忧郁的、骚动不息的喧响正是这个骚动不息的生活的故事最好的伴奏。夜越来越柔和,它给浅蓝色的月光照得越发亮了,它那些看不见的居民①的忙碌生活含糊不清的声音也渐渐地消失,给逐渐增大的海浪声掩盖了……因为风紧起来了。

"我还爱过一个土耳其人。我在司苦塔利②他的内院③里住过,我住了整整一个星期,——还不坏……不过我觉得厌烦了……——就只有女人,女人……他有八个女人……整天只是吃啦,睡啦,讲些无聊话啦……不然就吵架啦,叽里呱啦,跟一群母鸡一样……这个土耳其人已经不年轻了。他的头发差不多全白了,他却很神气,也很有钱。讲起话来像主教一样……他有一对乌黑的眼睛……它们对直地看着你……一直看到了你的灵魂里面。他很喜欢祷告。我是在布加勒斯特④第一次看见他的……他在市场里走来走去,活像一位沙皇,样子很威严,很威严。我对他笑了笑。就在这天晚上我在街上给人抓走,送到他那儿去了。他是个贩卖檀香和棕榈的商人,到布加勒斯特来买东西的。'你到我那儿去吗?'他问我。'啊,对,我去!''好!'我就去了。这个土耳其人,他很有钱。他已经有一个儿子了——一个黑黑的小孩子,很灵活。他大约有十六岁。我带着他一块儿又离开那个土耳其人逃走了……我逃到保加利亚,逃到隆·帕南加……在那儿一个保加利亚女人拿刀子在我的胸口上刺了一刀,是为了她的未婚夫,或者是为了她的丈夫的缘故,我已经记不得了。

"我在修道院里病了很久。这是一所女修道院。一个波兰女子看护我,她有一个兄弟,是一个修士,他常常从另一个修道院(我记得它是在阿尔采尔·帕南加的附近),来看她……那个人老是像蛆一样地在我面前扭来扭去……等到我的身体好了起来,我就跟他一块儿……到他的波兰去了。"

"等一下!那个小土耳其人到哪儿去了呢?"

"那个小孩子吗?他死了,那个小孩子。我不知道他是为了想家,还是为了爱情,

---

① 大约指金花鼠和蟋蟀之类的小生物。

② 土耳其故都君士坦丁堡郊外的工商业区,那儿还有漂亮的花园。

③ 土耳其等国的宫院或大户人家的女眷的住房。

④ 罗马尼亚的首都。

可是他憔悴下去了,好像一颗还没有长结实就受到太多太阳光的小树那样……他就这样地枯萎了……我还记得,他躺在那儿,浑身发青,而且透明,好像是一块冰似的,可是爱情仍旧在他的心里燃烧。……他老是求我弯下身子去吻他……我爱他,我记得,我吻了他不知多少次……后来他已经完全不行了——差不多不能动了。他躺在床上,像一个乞丐哀求施舍那样,可怜地求我睡在他身边,使他的身体暖和。我睡下去。我刚睡到他身边……他马上浑身发烧。有一回我醒过来,可是他已经冷了……死了……我哭了他一场。谁能说呢?也许就是我把他害死的。那时候我的年纪已经比他大一倍。而且我是那么壮,又是精力饱满……可是他是什么呢?一个小孩子啊!……”

她叹了一口气,而且——我第一次看见她这样做——在胸前画了三次十字,她那干瘪的嘴唇在喃喃地念着什么。

“啊,那么你动身到波兰去了……”我提醒她道。

“是……跟着那个小波兰人去的。这个人又可笑,又下贱。他需要女人的时候,就像雄猫那样来跟我亲热,说许多甜蜜蜜的话;可是他不要我的时候,他就用鞭子抽我一样的话。有一回我们正在河边走着,他对我说了一句傲慢无礼的话。啊!啊!……我生气了!我像柏油似的滚热了!我像抱小孩似的把他抱在手里(他的身材本来就矮小),朝上举起来,我使劲捏紧他的腰,弄得他的脸完全变青了。我这样转了一下,就把他从岸上丢到河里去了。他嚷着,很可笑地嚷着。我从上面看他,他不停地在水里挣扎。随后我就走开了。以后我也就没有再见到他。这倒是我的运气;我从来没有再碰到那些我爱过的人。像这样碰见是不好的,就跟碰见了死人一样。”

老婆子不讲话了,她在叹气。我想象那几个因她而复活起来的人。这儿是那个生着火一样的红头发、留着胡髭的古楚尔人,他从容地抽着烟斗走上绞架。他的眼睛多半是冷冷的、蓝色的,它们对任何人、任何东西都用一种坚定的、集中的眼光在看。那儿,站在他旁边的就是那个生着黑胡髭的卜鲁特河的渔人;他在哭,他不愿意死,他的脸因为临死前的痛苦变成了惨白色,脸上那对本来是快乐的眼睛现在也显得黯淡无光,他的胡髭给眼泪打湿了,悲惨地搭在他那扭歪了的嘴角上。这儿是他,那个上了年纪的神气十足的土耳其人,他一定是定命论者,又是专制的暴君,他的儿子就在他的旁边,这是给接吻毒死了的一朵又苍白、又柔嫩的东方的花。那儿又是那个自高自大的波兰人,多情而残忍,会讲话却又冷酷……他们都只是些模糊的影子,然而他们所吻过的这个女人现在正坐在我旁边,她还活着,可是时间把她快消耗光了,她没有肉体,也没有血,心里失掉了欲望,眼睛里没有火——也差不多是一个影子了。

她继续讲下去:

“我在波兰的生活艰难起来了。住在那儿的人是冷酷的,虚伪的。我不懂得他们那种蛇的语言。他们全咝来咝去①。……究竟咝些什么呢?一定是上帝因为他们虚伪才给了他们这种语言。那时候我到处飘荡,不知道去哪儿好,我看见他们在准备反

---

① “咝咝”是蛇叫声。

抗你们俄罗斯人的暴动[1]。我一直走到波黑尼亚城。一个犹太人把我买了去,他不是为他自己买的,他是拿我的身体去做生意的。我同意了这个办法。一个人要生活,总得会做点事情。我什么事也不会做,所以我就得拿自己的身子去抵偿。不过当时我还这样想:要是我弄到一点儿钱够我回到贝尔拉特河上自己家去的话,那么不管我身上的链子怎样坚牢,我也要挣断它。我就在那儿住下了。有钱的老爷们常常到我这儿来,在我这儿摆宴请客。他们花了很多的钱。他们常常因为我打架,甚至倾家荡产。他们里面有一个人缠了我很久,你瞧,他就是这样的做法:有一天他到我这儿来,后面跟着一个听差,提了一个袋子。老爷拿过袋子,把袋子里的东西朝我的脑袋上倒下来。一个个的金钱敲着我的脑袋,我很高兴听它们落在地上的声音。然而我还是把那个老爷赶走了。他有一张浮肿的胖脸,他的肚皮就像是一个大枕头。他看起来活像一口喂饱了的猪。是的,我把他赶走了,虽然他告诉我,他卖掉了所有他的田地、房屋和马匹,来把金钱撒在我的身上。我那个时候爱上了一个脸上有伤疤的很体面的老爷。他的脸上有好多道刀疤,这都是他不久以前帮忙希腊人跟土耳其人打仗的时候,让土耳其人砍伤的。就是这么一个人!……他是个波兰人,希腊人跟他有什么关系呢?可是他去了,他跟他们一块儿打他们的敌人。他给刀砍伤了,打掉了一只眼睛,左手上也砍掉了两根指头……他是个波兰人,希腊人跟他有什么关系呢?原来是这么一回事:他喜欢英雄豪杰的行为。要是一个人喜欢英雄豪杰的行为,他总可以做出这种事来,而且也会找到可以做这种事的地方。你知道吧,生活里总有让人做出英雄行为的地方。凡是找不到这种地方的人要不是懒虫便是胆小鬼,不然就是他们不懂得生活,因为凡是懂得生活的人,都想死后在生活里留下自己的影子。那么生活才不会把人不留一点儿痕迹地吞光了……啊,那个脸上有伤疤的人真正是个好人!为了做一件事情,就是走到天涯地角他也甘心。我想他大概是在暴动中给你们的人杀了的。可是为什么你们去打马扎尔人[2]呢?哦,哦,你不用讲什么!……"

伊则吉尔老婆子吩咐我不要讲话,她自己忽然也不作声了,她在思索。

"我也认得一个马扎尔人。有一天他离开我走了,这是冬天的事,一直是春天雪化了的时候他才给人找着了,他躺在田上,脑袋给子弹射穿了。原来就是这样!你瞧,爱情杀死的人并不比瘟疫杀死的少,要是你计算一下,我相信一点儿也不少……我正在讲什么?讲波兰……是的,我在那边玩了我最后一次的把戏。我遇见了一个波兰小贵族……他真漂亮!就跟魔鬼一样。我那个时候已经老了,唉,老了!我不是有了四十岁吗?大概是这样的……而且他还很骄傲,他给我们女人惯坏了。不错……我在他身上很花了些功夫。他想马上把我弄到手,可是我不肯。我从来没有做过奴隶,什么人的奴隶也没有做过。并且我已经跟那个犹太人完事了,我给了他很多的钱……我已经

① 指1863年波兰人反抗帝俄统治的起义。
② 匈牙利的主要民族。

住在克拉科夫[①]了。那个时候我什么都有,马啦,金子啦,听差啦。……他到我那儿来,那个骄傲的魔鬼,他老是想着我自己投到他的怀抱里去。我跟他吵架……我记得我甚至于为这件事情憔悴了。这种情形拖延了很久……可是我终于胜利了:他跪下来求我……然而他把我弄到手以后,马上就扔掉了……那个时候我才明白我老了……啊,这对我可不是愉快的事情!真不是愉快的事情!……你知道,我爱他这个魔鬼……可是他呢,他遇见我的时候总是笑我……他真下贱!而且他也在别人那儿笑我,我知道的。我对你说,这叫我苦透了!可是他就在离我很近的地方,而且我仍旧高兴看见他。到后来他出去跟你们俄罗斯人打仗的时候,我真难过极了。我努力管住自己,可是总没有办法……我便决定去找他。他在华沙[②]附近的树林里。

"可是等我到了那儿以后,我才知道他们已经给你们的人打败了……他也给人抓住了,就关在一个没有多远的村子里。

"我暗中在想:这样看来,我不会再见到他了!可是我很想再见他一面。所以,我就设法去见他……我装扮成一个讨饭女人,假装瘸一条腿,脸也给包起来,我就这样到那个村子里去。到处都是哥萨克人和军人。……我费了很大的力气才走到那儿!我打听出来波兰人给关在什么地方,同时我也明白要到那儿去是很困难的。可是我得去一趟。夜里我爬到他们在的那个地方去。我经过一个菜园,正在畦沟中间爬着,却突然看见:一个哨兵站在那儿拦住了我的路……可是我已经听见波兰人在唱歌,在高声讲话了。他们唱的是一首……赞美圣母的歌……那个人也在那儿唱……我那个阿尔卡德克。我想到从前是人家爬着来求我……现在却轮到我像蛇一样在地上爬着找一个男人,而且也许还是爬着去送死,不由得我不伤心。哨兵已经听见了我的声音,他弯着身子走过来。啊,我怎么办呢?我从地上站起来,向他走过去。我身边没有刀子,除了一双手和一根舌头,我什么也没有。我后悔没有带一把刀子来。我小声说:'等一下!'可是那个兵已经拿他的枪刺对准我的喉咙了。我小声对他说:'不要刺我,等一下,听我说,倘使你有灵魂的话。我没有什么东西可以给你,不过我求你……'他把枪放低,也是小声地对我说:'走开,你这个女人!走开!你要什么?'我告诉他,我的儿子给人关在这儿……'你明白吗,老总——儿子!你也是什么人的儿子,对不对?那么请你看我一眼——我也有一个像你这样的儿子,他就在那儿!让我去见见他吧,也许他很快就要死了……也许你明天就会给人杀死的……你的母亲会哭你吗?你要是不看见她,不看见你母亲就死掉,你不会难过吗?所以我的儿子也会难过。你可怜可怜你自己,也可怜可怜他,还有我——一个母亲啊!……'

"唉,我跟他讲了多么久的话!天下着雨,我们都给淋得一身湿透了。刮起风来,而且叫吼得厉害,它一会儿吹打我的背,一会儿吹打我的胸口。我摇晃不定地站在这个石头一样的兵的面前……然而他总是说'不!'每一回我听到他这个冷冰冰的'不'

---

① 克拉科夫:波兰城市。

② 波兰首都。

字,我心里那种想看见阿尔卡德克的欲望倒越发强烈了。我一边讲话,一边用眼睛打量那个兵——他又瘦又小,而且在咳嗽。我倒在他面前的地上,抱住他的膝头,不住地用热烈的话求他,我把他推倒在地上。他倒在污泥里。我连忙把他翻过身去脸朝着他,把他的脑袋撳在一个泥水塘里,不要他叫出声来。他并不叫,只是拼命地在挣扎,竭力想把我从他的背上弄开。我拿两只手用力把他的脑袋在泥水里撳得更深些。他就给闷死了。……这个时候我就朝那座有波兰人歌声的仓库跑过去。'阿尔卡德克!……'我从墙壁缝里小声说。这些波兰人,他们的耳朵很尖。他们听见我的话,就不唱了。现在他的眼睛正对着我的眼睛了。我小声问道:'你能够从这儿出来吗?'他说:'能够,从地板下面!'我说:'那么就出来吧。'他们四个人就从仓库底下爬出来了:我的阿尔卡德克和三个别的人。'哨兵在哪儿?'阿尔卡德克问道。我说:'他躺在那边!……'他们把身子朝地上弯下去,静悄悄地、静悄悄地走着。雨下大了,风大声地叫吼。我们走出村子,默默地沿着树林走了好久。我们走得很快。阿尔卡德克握住我的手;他的手很热,而且在打战。啊!……他一声不响地跟我在一块儿走着的时候,我觉得真好。这是最后的几分钟——我那贪得无厌的一生里最后几分钟的好时间了。可是我们走出来到了一个草地上,就站住了。他们四个人全向我道谢。喔,他们对我讲了好久我不大明白的话,而且讲了那么多。我一边听着,一边望着我那位老爷。瞧着他怎样对待我。他把我抱住了,郑重地对我说……他的话我已经记不得了,不过他的意思是这样:现在他为了感谢我搭救他的恩德,他要爱我了……他跪在我的面前带笑地对我说:'我的女王!'就是这样虚伪的狗!……哼,我就用脚踢他,本来我想踢他的脸,可是他躲开了,他一下子跳了起来。他站在我面前,脸色惨白,并且带着威胁的神气……那三个人站在旁边,也板起脸看我。大家都不讲话。我望着他们……我还记得,那个时候,我只觉得非常的厌恶,而且一种倦怠的感觉重重地压在我的身上……我对他们说:'你们走吧!'他们这些狗还问我:'你要回到哪儿去,向他们指出我们的路吗?'他们就这样下贱!哼,他们到底还是走了。随后我也走了……第二天我就让你们的人抓住了。可是不久他们就放了我。那时候我就看出来我已经到了应当给自己造个窝的时候了,像布谷鸟①那样的生活我过得够了!我已经变得不灵活了,我的翅膀也没有力气了,我的羽毛也失掉光彩了……不错,到了时候了,到了时候了!随后我就到加里西亚去,从那儿又到了多布鲁察。我已经在这儿住了将近三十年了。我有一个丈夫,是摩尔达维亚人;他在一年前死掉了。我还活着!我一个人活着……不,不是一个人,我是跟那些人在一块儿。"

老婆子向海边挥了挥手。在那边现在一切声音都没有了。偶尔也飘起来一个短短的、隐隐约约的声音,但是它马上又消逝了。

"他们很爱我。我给他们讲了许多各种各样的故事。这倒是他们需要的东西。他们大家都还很年轻……我觉得跟他们在一块儿也很好。我一边看一边想:我从前就是

① 又叫"郭公",常住在山野,春来秋去。伊则吉尔说她从前没有定居在一个地方,就像布谷鸟一样。

这个样子……不过在当时,在我那个时候人们有更多的力气和更多的热情,所以生活也更快乐,更好……是的!……”

她不响了。我在她的身边,突然感到了悲哀。她把头一摇一摆地打起瞌睡来了,同时她小声地在念着什么……好像在做祷告似的。

从海上升起来一朵云——又黑又浓,而且外形险峻,看起来好像是山脊一样。它正向草原上爬过去。在它移动的时候,有几片小云从它的顶上离开了,它们急急地走在它的前面,把星子一颗一颗地弄灭了。海大声吼着。在离我们没有多远的葡萄藤里,有人在接吻,在小声讲话,在叹息。远远地在草原上响起了一只狗的叫声……空气里有一种臊人鼻孔的古怪气味,刺激着人的神经。云投下很多浓密的影子到地上来,它们在地上爬着,爬着,一会儿不见了,一会儿又现出来……在月亮的位置上只有一个朦胧的乳白色的点子,有时候连这个也让一朵暗蓝色的云完全遮住了。草原现在变得又黑又可怕,好像隐藏着什么东西在里面似的,在这草原的远处,闪亮着一粒一粒的蓝色小火花。它们一会儿在这儿,一会儿在那儿,亮了一下,马上又灭了。好像有几个人散在草原上,彼此隔得远远的,他们点着火柴在那儿找寻什么东西,火柴刚点燃,马上又让风吹灭了。这些奇怪的蓝色的火舌头使人想到一种不可思议的东西。

“你看见火星吗?”伊则吉尔问我道。

“什么,你说那些蓝色的吗?”我指着草原对她说。

“蓝色的? 不错,就是它们……那么它们还是在飞了! 哦,哦! 我已经再看不见它们了。现在我有好多东西都看不见了。”

“这些火星是从哪儿来的?”我问老婆子道。

我从前听见人讲过一点这些火星的来源,可是我却想听听伊则吉尔老婆子对这个怎样讲。

“这些火星是从丹柯的燃烧的心里发出来的。从前在世界上有一颗心,它有一天发出火来了……这些火星就是从那儿来的。我现在把这个讲给你听……这也是一个古老的故事……古老的,完全古老的! 你瞧,古时候一共有多少东西? ……可是现在,像那样的东西连一个也没有——像古时候那样的伟大的行为啦,人物啦,故事啦,全没有……为什么呢? ……哼,你说吧! 你说不出的……你知道些什么呢? 你们这班年轻人知道些什么呢? 唉! ……要是你们好好地去看看古时候,——那么你们所有的谜都找到解答了……可是你们不去看,所以你们就不懂得怎样生活了……难道我没有见过生活吗? 啊,我全见过的,虽然我的眼睛不好! 我看见人们并不在生活,却只是在想法喂饱肚子:想法喂饱肚子,并且把一生的光阴全花在这上面。等到他们发觉一切有一点儿价值的东西全弄光了,他们白白地活了一辈子的时候,他们就悲叹起自己的命运来了。命运跟这个有什么相干? 各人决定各人自己的命运! 各种各样的人我现在都见过了,就只没有见到强壮的人! 他们在哪儿呢? ……美的人也是一天一天地少起来了。”

老婆子在沉思了,她在想:那些强的、美的人躲到哪儿去了呢? 她一边想,一边凝望着黑暗的草原,好像在那儿找寻一个回答似的。

我在等待她的故事,我一声不响,我害怕,要是我问她一句话,她又会岔到一边去了。

后来她又讲起故事来。

三

“古时候地面上就只有一族人,他们周围三面都是走不完的浓密的树林,第四面便是草原。这是一些快乐的、勇敢的、强的人。可是有一回困难的时期到了:不知道从什么地方来了一些别的种族,把他们赶到林子的深处去了。那儿很阴暗而且多泥沼,因为林子太古老了,树枝密密层层地缠结在一块儿,遮盖了天空,太阳光也不容易穿过浓密的树叶,射到沼地上。然而要是太阳光落在泥沼的水面上,就会有一股恶臭升起来,人们会因此接连地死去。这个时候妻子、小孩们伤心痛哭,父亲们静默沉思,他们让悲哀压倒了。他们明白他们要想活命,就得走出这个林子,这只有两条路可走,一条路是往后退,可是那边有又强又狠的敌人;另一条路是朝前走,可是那儿又有巨人一样的大树挡着路,它们那些有力的椏枝紧紧地抱在一块儿,它们那些虬曲的树根牢牢地生在沼地的粘泥里。这些石头一样的大树白天不响也不动地立在灰暗中,夜晚人们燃起营火的时候,它们更紧地挤在人们的四周。不论是白天或夜晚,在那些人的周围总有一个坚固的黑暗的圈子,它好像就想压碎他们似的,然而他们原是习惯了草原的广阔天地的人。更可怕的是风吹过树梢、整个林子发出低沉的响声、好像在威胁那些人、并且给他们唱葬歌的那个时候。然而他们究竟是些坚强的人,他们还能跟那班曾经战胜过他们的人拼死地打一仗,不过他们是不能够战死的,因为他们有应当保持的传统,要是他们给人杀死了,他们的传统也就跟他们一块儿消灭了。所以他们在长夜里,在树林的低沉的喧响下面,泥沼的有毒的恶臭中间,坐着想来想去。他们坐在那儿,营火的影子在他们的四周跳着一种无声的舞蹈,这好像不是影子在跳舞,而是树林和泥沼的恶鬼在庆祝胜利……人们老是坐着在想。可是任何一桩事情——不论是工作也好,女人也好,都不会像愁思那样厉害地使人身心疲乏的。人们给思想弄得衰弱了……恐惧在他们中间产生了,绑住了他们的强壮的手,恐怖是由女人产生的,她们伤心地哭着那些给恶臭杀死的人的尸首和那些给恐惧抓住了的活人的命运,这样就产生了恐怖。林子里开始听见胆小的话了,起初还是胆怯的、小声的,可是以后却越来越响了……他们已经准备到敌人那儿去,把他们的自由献给敌人;大家都给死吓坏了,已经没有一个人害怕奴隶的生活了……然而正是在这个时候出现了丹柯,他一个人把大家全搭救了。”

老婆子分明是常常在讲丹柯的燃烧的心。她讲得很好听,她那刺耳的破声在我面前很清楚地绘出了树林的喧响,在这树林中间那些不幸的、精疲力竭的人给沼地的毒气害得快死了……

“丹柯是那些人中间一个年轻的美男子。美的人总是勇敢的。他对他的朋友们这样说:

“‘你们不能够用思想移开路上的石头。什么事都不做的人不会得到什么结果的。为什么我们要把我们的力气浪费在思想上、悲伤上呢？起来，我们到林子里去，我们要穿过林子，林子是有尽头的，世界上的一切都是有尽头的！我们走！喂！嘿！……'

"他们望着他，看出来他是他们中间最好的一个，因为在他的眼睛里闪亮着很多的力量同烈火。

"'你领导我们吧！'他们说。

"于是他就领导他们……"

老婆子闭了嘴，望着草原，在那边黑暗越来越浓了。从丹柯的燃烧的心里发出来的小火星时时在远远的什么地方闪亮，好像是一些开了一会儿就谢的虚无缥缈的蓝花。

"丹柯领着他们。大家和谐地跟着他走——他们相信他。这条路是很难走的！四周是一片黑暗，他们每一步都碰见泥沼张开它那龌龊的、贪吃的大口，把人吞下去，树木像一面牢固的墙拦住他们的路，树枝纠缠在一块儿；树根像蛇一样地朝四面八方伸出去。每一步路都要那些人花掉很多的汗和很多的血。他们走了很久……树林越来越密，力气越来越小！人们开始抱怨起丹柯来，说他年轻没有经验，不会把他们领到哪儿去的。可是他还在他们的前面走着，他快乐而安详。

"可是有一回在林子的上空来了大雷雨，树木凶恶地、威胁地低声讲起话来。林子显得非常黑，好像自从它长出来以后世界上所有过的黑夜全集中在这儿了。这些渺小的人在那种吓人的雷电声里，在那些巨大的树木中间走着；他们向前走，那些摇摇晃晃的巨人一样的大树发出轧轧的响声，并且哼着愤怒的歌子，闪电在林子的顶上飞舞，用它那寒冷的青光把林子照亮了一下，可是马上又隐去了，来去是一样地快，好像它们出现来吓人似的。树木给闪电的寒光照亮了，它们好像活起来了，在那些正从黑暗的监禁中逃出来的人的四周，伸出它们的满是疙瘩的长手，结成一个密密的网，要把他们挡住一样。并且仿佛有一种可怕的、黑暗的、寒冷的东西正从树枝的黑暗中望着那些走路的人。这条路的确是很难走的，人们给弄得疲乏透顶，勇气全失了。可是他们不好意思承认自己的软弱，所以他们就把怨气出在正在他们前面走着的丹柯的身上。他们开始抱怨他不能够好好地领导他们——啊，真有这样的事！

"他们站住了，又倦又气，在树林的胜利的喧响下面，在颤抖着的黑暗中间，开始审问起丹柯来。

"他们说：'你对我们只是个无足轻重的、有害的人！你领导我们，把我们弄得筋疲力尽，因此你就该死！'

"'你们说：领导我们！我才来领导的！'丹柯挺起胸膛对他们大声说。'我有领导的勇气，所以我来领导你们！可是你们呢？你们做了什么对你们自己有益的事情呢？你们只是走，你们却不能保持你们的力气走更长的路！你们只是走，走，像一群绵羊一样！'

"可是这些话反倒使他们更生气了。

“‘你该死！你该死’他们大声嚷着。

“树林一直不停地发出低沉的声音,来响应他们的叫嚷,电光把黑暗撕成了碎片。丹柯望着那些人,那些为着他们的缘故他受够了苦的人,他看见他们现在跟野兽完全一样。许多人把他围住,可是他们的脸上没有一点高贵的表情,他不能够期望从他们那儿得到宽恕。于是怒火在他的心中燃起来,不过又因为怜悯人们的缘故灭了。他爱那些人,而且他以为,他们没有他也许就会灭亡。所以他的心又发出了愿望的火;他愿意搭救他们,把他们领到一条容易走的路上去,于是在他的眼睛里亮起那种强烈的火的光芒……可是他们看见这个,以为他发了脾气所以眼睛燃烧得这么亮,他们便警戒起来,就像一群狼似的,等着他来攻击他们;他们把他包围得更紧了,为着更容易捉住丹柯,弄死他。可是他已经明白了他们的心思,因此他的心燃烧得更厉害了,因为他们的这种心思给他产生了苦恼。

“然而树林一直在唱它那阴郁的歌,雷声隆隆地响起来,大雨下来了……”

“‘我还能够为这些人做什么呢?’丹柯的叫声比雷声更大。

“忽然他用手抓开了自己的胸膛,从那儿拿出他自己的心来,把它高高地举在头上。

“他的心燃烧得跟太阳一样亮,而且比太阳更亮,整个树林完全静下去了,林子给这个伟大的人类爱的火把照得透亮;黑暗躲开它的光芒逃跑了,逃到林子的深处去,就在那儿,黑暗颤抖着跌进沼地的龌龊的大口里去了。人们全吓呆了,好像变成了石头一样。

“‘我们走吧!’丹柯嚷着,高高地举起他那颗燃烧的心,给人们照亮道路,自己领头向前奔去。

“他们像着了魔似的跟着他冲去。这个时候树林又发出了响声,吃惊地摇动着树顶,可是它的喧响让那些奔跑的人的脚步声盖过了。众人勇敢地跑着,而且跑得很快。他们都让燃烧的心的奇异景象吸引住了。现在也有人死亡,不过死的时候没有抱怨,也没有眼泪。可是丹柯一直在前面走,他的心也一直在燃烧,燃烧!

“树林忽然在他们前面分开了,分开了,等到他们走过以后,它又合拢起来,还是又密又静的;丹柯和所有的人都浸在雨水洗干净了的新鲜空气和阳光的海洋里。在那边,在他们的后面,在林子的上空,还有雷雨,可是在这儿太阳发出了灿烂的光辉,草原一起一伏,好像在呼吸一样,草叶带着一颗一颗钻石一样的雨珠在闪亮,河面上泛着金光……黄昏来了,河上映着落日的霞光,显得鲜红,跟那股从丹柯的撕开的胸膛淌出来的热血是一样的颜色。

“骄傲的勇士丹柯望着横在自己面前的广大的草原,——他快乐地望着这自由的土地,骄傲地笑起来。随后他倒下去——死了。

“充满了希望的快乐的人们并没有注意到他的死,也没有看到丹柯的勇敢的心还在他的尸首旁边燃烧。只有一个仔细的人注意到这个,有点害怕,拿脚踏在那颗骄傲的心上……那颗心裂散开来,成了许多火星,熄了……

“在雷雨到来前,出现在草原上的蓝色火星就是这样来的!”

现在老婆子讲完了她的美丽的故事,草原上开始了一阵可怕的静寂,这草原好像也因为勇士丹柯所表现的力量而大大地吃惊了,那个为了人们烧掉自己的心死去、并不要一点酬报的丹柯。老婆子在打瞌睡。我一边瞧着她,一边在想:她的记忆里还剩得有多少的故事,多少的回忆啊?我想到丹柯伟大的燃烧的心,又想到创造出这一类美丽而有力的传说的人类幻想。

起了一阵风,把这个睡得很熟的伊则吉尔老婆子身上穿的破衣服刮起来,露出她的干瘪的胸膛。我把她的年老的身子盖上了,自己躺在她旁边的地上。草原上黑暗而静寂。云仍旧缓慢地、寂寞地在天空飘移……海发出了低沉的、忧郁的喧响。

(巴金　译)

海　燕

白蒙蒙的海面的上头,风儿在收集着阴云。在阴云和海的中间,得意洋洋地掠过了海燕,好像深黑色的闪电。

一忽儿,翅膀碰到浪花,一忽儿,像箭似的冲到阴云,它在叫着,而——在这鸟儿的勇猛的叫喊里,阴云听见了欢乐。

这叫喊里面——有的是对于暴风雨的渴望!愤怒的力量,热情的火焰和对于胜利的确信,是阴云在这叫喊里所听见的。

海鸥在暴风雨前头哼着——哼着,在海面上窜着,愿意把自己对于暴风雨的恐惧藏到海底里去。

潜水鸟也哼着——它们这些潜水鸟,够不上享受生活的战斗的快乐;轰击的雷声就把它们吓坏了。

蠢笨的企鹅,畏缩地在崖岸底下躲藏着肥胖的身体……只有高傲的海燕,勇敢地,自由自在地,在这泛着白沫的海上飞掠着。

阴云越来越昏暗,越来越低地落到海面上来了,波浪在唱着,在冲上去,迎着高处的雷声。

雷响着。波浪在愤怒的白沫里吼着,和风儿争论着。看吧,风儿抓住了一群波浪,紧紧地抱住了,恶狠狠地一摔,扔在崖岸上,把这大块的翡翠石砸成了尘雾和水沫。

海燕叫喊着,飞掠过去,好像深黑色的闪电,箭似的射穿那阴云,用翅膀刮起那浪花的泡沫。

看吧,它飞舞着,像仙魔似的——高傲的,深黑色的,暴风雨的仙魔,——它在笑,又在嚎叫……它笑那阴云,它欢乐得嚎叫!

在雷声的震怒里,它这敏感的仙魔——早就听见了疲乏;它确信,阴云是遮不住太阳的,绝对,遮不住的!

风吼着……雷响着……

一堆堆的阴云,好像深蓝的火焰,在这无底的海的头上浮动。海在抓住闪电的光芒,把它熄灭在自己的深渊。像火蛇似的,在海里游动着,消逝了,这些闪电的影子。

“暴风雨!暴风雨快要爆发了!”

那是勇猛的海燕,在闪电中间,在怒吼的海的头上,得意洋洋地飞掠着;这胜利的预言家叫了:

“让暴风雨来得厉害些吧!”

(瞿秋白　译)

肖洛霍夫

米哈依尔·亚历山大罗维奇·肖洛霍夫(1905—1984),苏联小说家,生于克鲁日伊林村,父亲做过店员,种过地,还做过货郎。少年时肖洛霍夫参加了征粮队,在草原上同匪帮作过战,为建立苏维埃政权进行过斗争。1922 年秋,他来到莫斯科,当小工、泥水匠,做会计、出纳。1941 年应征入伍,以上校军衔当军事记者,1945 年复员。获 1965 年诺贝尔文学奖。重要小说有《顿河故事》(1926)、《静静的顿河》(1928—1940)、《他们为祖国而战》(1943)、《被开垦的处女地》(1932—1959)。他的作品广泛地描写了顿河地区的人民半个世纪的生活和斗争,人物的命运得到了深刻的揭示。小说具有史诗的规模和气概,农民形象复杂、生动、丰富。自然风光和心理描绘相得益彰。

《一个人的遭遇》描写苏联卫国战争,成功地揭示了侵略战争的全部残酷和悲剧性,表现了苏联人民深厚的爱国主义和不可摧毁的坚毅精神。基调虽沉郁哀伤,却饱含人道主义激情。作者对战争和既往的历史进行了深入的思考。这篇小说为战争题材的作品开辟了新路,成为战争抒情散文的先声。

一个人的遭遇

献给 1903 年入党的苏共党员
叶夫盖尼雅·格里高列耶夫娜·列维茨卡雅

在顿河上游,战后的第一个春天显得特别爽朗,特别蓬勃。三月底,从亚速海一带吹来暖洋洋的春风,吹了两天两夜,就把顿河左岸的沙滩清清楚楚地显露出来;草原上积雪的谷地和宽涧也膨胀起来,小河凿开冰面,汹涌奔流,这样一来,道路就简直无法通行了。

在这交通阻塞的倒霉的日子里,我正巧要到布康诺夫镇去一下。距离不能算远,总共才六十公里光景,但要走完这段路,可并不太简单。我跟一个同志在日出以前出发,一对喂得饱饱的马,紧紧地套上挽索,勉强拖着一辆沉重的马车。车轮陷在混合着冰雪的湿漉漉的沙地里,一直陷到轮毂。一小时以后,在马的腰部和大腿上,在后鞧的细皮带下,已经密密地出现了一圈圈白色的汗花,同时,在早晨新鲜的空气里,强烈而醉人地散发着马汗和暖烘烘的柏油的味儿,——马具上厚厚地涂过柏油了。

碰到马特别难走的地方,我们就下车步行。浸水的雪在靴子底下发出吱咕吱咕的声音,走起来很吃力;道路的两旁还结着薄冰,被阳光照得像水晶一样闪闪发亮,那里就更加难走。走了六小时光景,才走了三十公里,来到叶蓝卡河的渡口。

叶蓝卡河并不大,在莫霍夫斯基村前面,夏天有几处常常干涸,如今在那赤杨丛生的河滨的沼地上,河水泛滥了整整有一公里宽。要渡河就得乘一种不稳的平底小船,这种船载重不能超过三人。我们把马打发回去。在对岸集体农庄的板棚子里,有一辆饱经风霜的老爷吉普车在等着我们,这还是冬天留在那边的。我跟司机两人提心吊胆地跳上破旧的小船。那位同志和行李就留在岸上。船一解缆,在腐朽的船底里,水就像喷泉一样从好几个地方喷出来。我们用手头的一些东西堵上漏洞,一路上舀着船底的水。一小时以后,我们已经来到叶蓝卡河的对岸。司机从村庄里放出车子,又走到船旁,拿起桨说:

"这个该死的木盆要是在水里不垮台,大约再过两个钟头可以回来,不会再早啦。"

村庄远在一边,埠头附近一片寂静。这种冷清的光景,只有在深秋和初春人烟稀少的地方才有。河里飘来潮湿的水汽,还送来腐烂的赤杨树的苦涩味儿,而从那迷失在紫色雾霭中的遥远的霍皮奥尔河草原那边,微风送来了刚从积雪底下解放出来的土地的永远新鲜而又难以捉摸的香气。

附近的河滩上,横着一片倒下的篱笆。我在篱笆上坐下来,很想抽支烟,可是,伸手到棉袄的右边口袋里一摸,才发现那包白海牌纸烟已经湿透,真是懊恼极了。在渡河的时候,波浪打低低的船舷上泼进来,混浊的河水一直泼到我的腰部。那时我可没工夫想到纸烟,我得抛下桨,尽快地把水舀出去,使小船不至于沉没。现在却深深地后悔自己的疏忽。我小心翼翼地掏出那包泡过水的烟,蹲下身去,把潮湿变黄的烟卷一支支摊在篱笆上。

已经是中午了。太阳照得像五月里一样热。我希望纸烟快些晒干。太阳照得那么热,我简直后悔不该穿士兵的棉袄裤出来。这是开春以来真正暖和的第一天。就这样独个儿坐在篱笆上,完全置身于寂静和孤独中,再摘下头上那顶旧的军用暖帽,让微风吹干因为用力划船而被汗水湿透的头发,茫然地凝视着那飘翔的浅蓝色天空中的朵朵白云,真是惬意极了。

一会儿,我看见有个男人,从村庄尽头的房子后面走来。他手里拉着一个很小的男孩,照身材看来大概五六岁,不会再多了。他们吃力地朝埠头蹒跚走着,到汽车旁边,转身向我走来。这是一个背有点驼的高个子,走到我面前,嗓子低沉地说:

“你好,老兄!”

“你好!”我握了握那只向我伸来的又大又硬的手。

他向孩子弯下身去说:

“向伯伯问好,乖儿子。你瞧,他跟你爸爸一样,是个司机。不过咱们开的是大卡车。他开的可是这种小车子。”

那孩子用一双天空一样清澈的蓝眼睛朝我望望,露出一丝笑意,大胆地伸给我一只嫩红的冰凉小手。我轻轻地握了握他的手,问:

“你这个老头儿,手怎么这样冷啊?天气这么暖和,可你却冻坏啦?”

小家伙显出天真动人的信任神气,靠在我的膝盖上,惊奇地扬起两条淡白眉毛。

“伯伯,我怎么是老头儿呢?我完全是个小孩,我完全没有冻坏;手冷,那是因为抛过雪球了。”

那父亲除下干瘪的背囊,懒洋洋地在我身旁坐下来说:

“带着这种客人真受罪!他可把我累坏啦。你的步子迈得大一点,他就得跑步了。嘿,要迁就这种步兵真伤脑筋。一步路得分三步走,可这样他还是跟不上,就像乌龟跟不上马一样。可你又得随时留意他。你一转身,他不是溜到大水洼去玩,就是在什么地方折下一条冰箸儿,像吃糖一样吃起来。不,带着这种客人旅行,真不是男人干的事,何况还是步行呢!”他沉默了一下,然后问:“你怎么,老兄弟,是在等你的首长吗?”

我觉得不便向他说明我不是司机,就回答说:

“得等一会啦。”

“他们要从对岸来吗?”

“是的。”

“你知道船快到了吗?”

“怕要过两个钟头吧。”

“那么得等一阵了。嗯,那咱们就来歇一会儿吧,反正我也不忙着上哪儿去。刚才我走过来一看:有个咱们的司机弟兄的车抛锚了,就想,让我去跟他一块儿抽阵烟吧。抽烟也罢,死也罢,一个人总很难受。你的日子倒过得不错呀:抽纸烟。看样子,你把纸烟弄湿了,是不是?嘿,老兄,泡过水的烟,就好比害过病的马,说什么也不中用啦。还是来抽抽我的辣烟草吧。”

他从草绿色单裤的插袋里,掏出一只卷得像管子的红绸破旧烟荷包来。他解开烟荷包,我看到角上绣着一行字:“送给亲爱的战士,列别江中学六年级女学生赠”。

我们吸着很辣的土烟草,沉默了好一阵。我正想问,他带着孩子上哪儿去,有什么事迫使他在这种泥泞的日子赶路,但他抢在我的前面问:

“你怎么,战争时期一直在开车吗?”

“差不多一直在开。”

“在前线吗?”

“是的。”

“咳，老兄，我在那边可吃够苦啦。”

他把一双黧黑的大手搁在膝盖上，弓起了背。我从侧面望了望他，不知怎的忽然感到很难受……你们可曾看到过那种仿佛沉浸在极度悲痛中、充满了绝望的忧郁、叫人不忍多看的眼睛吗？在这位偶然碰到的对谈者的脸上，我看到的，就是这样的一双眼睛。

他从篱笆上折下一条弯曲的枯枝，默默地拿它在沙上画了一阵，画出一些莫名其妙的图形，这才开了口：

“有时候晚上睡不着觉，在黑暗中睁大一双眼睛想想；唉，生活，生活，你究竟为什么要那样折磨我？为什么要那样惩罚我？不论黑夜，不论白天，我都得不到解答……不，永远得不到！”他忽然醒悟过来，亲热地推推儿子说：“去吧，宝贝，到河边玩去，在大河旁边孩子们总能找着点儿什么的。可得留神，别把脚弄湿了！”

刚才当我们默默在吸烟的时候，我偷眼瞧瞧这父子俩，就惊奇地发现一个我觉得很古怪的情况。孩子穿得很简单，但衣服的料子很结实：一件旧的薄羊皮筒子的上装，前襟长了些，不过很合身；一双玲珑的小皮靴，稍微大了些，里面可以穿一双羊毛袜；上装的一只袖子曾经撕破过，但已很精细地缝上了，——这种种都说明一个女人的照顾，一双能干的母亲的手。父亲的样子可不同了：棉袄上有好几个地方烧了洞，只是粗枝大叶地补上；破旧的草绿色裤子上的补丁，不是好好地缝上去，而是用稀稀落落的男人的针脚钉上去的；脚上穿着一双差不多全新的军用皮鞋，可是一双很厚的羊毛袜却被虫蛀破了，它们显然没有得到女人的照顾……当时我心里想：“要不是个鳏夫，就是跟妻子的关系没搞好。”

他用眼睛送走儿子，低沉地咳了几声，重又开口。我全神贯注地听着：

“开头我的生活过得平平常常。我是伏龙涅什省人，生于1900年。国内战争中参加过红军，是在基克维泽师里。在饥饿的1922年，上库班给富农当牛马，总算没有饿死。可是父亲、母亲和妹妹都在家里饿死了。只剩下我一个人，无亲无故，孤苦伶仃。嗯，一年后从库班回家，卖掉小房子，来到伏龙涅什城里。开头在木工合作社干活，后来进了工厂，当上了钳工。不久结了婚。老婆是在儿童保育院长大的。是个孤女。可真是个好姑娘！又快活，又温柔，又聪明，又体贴，我可实在配不上她。她从小就知道生活的苦难，也许因此养成了这样的性格。旁人看来，她也不见得怎么样出色，但你要知道，我可不是旁人，我看得清清楚楚。对我来说，天下没有比她更漂亮更称心的人了，过去没有，将来也不会有！

“我下工回家，筋疲力尽，有时候就凶得像个恶鬼。你粗声粗气对待她，她决不会用粗言粗语回答你。不，从来不会！她又娴静，又亲切，不知道怎么样服侍你才好。我们的收入虽少，她还是努力让你吃得又香又甜。你向她瞧瞧，气也消了，过一会儿就会去拥抱她，还会说：‘对不起，亲爱的伊林娜，我对你太粗暴了。你要知道，今天我干活很不顺利。’于是我们又太太平平，我自己也觉得心安理得。嘿，老兄，你知道这对工作有什么样的意义吗？第二天早晨，我一骨碌爬起来，走到厂里，不论什么活到了手里，都顺顺当当，头头是道！瞧吧，家里有个贤惠的老婆，有着什么样的意义。

“有时我领到工资，偶尔跟同志们去喝一杯。有时喝了酒回家，一路上踉踉跄跄，那副样子旁人看来一定很可怕吧。你会觉得大街都太窄，当然更不用说小巷子。那时候我是个强壮的小伙子，身体结实得像魔鬼，很能喝酒，就是醉了，也还能自己走回家去。不过，有时候最后一程路只好放了头档，那就是说，爬了回去，但还是能爬到的。可她对你既不责备，也不叫嚷，更不吵闹。我的伊林娜只是笑笑，连笑也笑得很小心，怕我喝醉了酒动气。她一面给我脱鞋，一面细声细气地说：‘安德留沙，你靠墙睡吧，要不睡着了会从床上滚下来的。’嗯，我就像一袋麦子一样倒下了，什么东西都在眼睛前面晃动。只在睡意蒙眬中，听到她用一只手轻轻地抚摩着我的头，嘴里喃喃地说些亲热的话，这是说，她在疼我……

“早晨上工前两小时，她把我叫起来，好让我活动活动身子。她知道，酒没有醒，我是什么东西也吃不下的。嗯，她就拿出一条酸黄瓜，或者还有什么清淡的东西，又倒了一小杯伏特加，说：‘喝一点儿解解酒吧，安德留沙，只是以后别再喝了，我的好人儿。’难道还可以辜负这样的信任吗？我喝干酒，用眼睛默默地谢了谢她，又吻了吻她，乖乖地上工去了。如果在我喝醉的时候，她粗声粗气，吵吵闹闹，那么，老天爷在上，我到第二天还会去喝个够的。有些家庭就是这样子的，做老婆的傻得很。这种傻婆娘我可见得多了，我知道的。

“不久我们有了孩子。先是生了个儿子，过了几年又生了两个姑娘……从此我跟同志们不再来往了。全部工资都拿回家去，家里人口也多了，根本顾不上喝酒。碰到休息日喝一杯啤酒，而且只要一杯，决不多喝。

“1929 那年，汽车吸引了我。我学会了开车，就开起卡车来。后来着了迷，不想再回工厂了。我觉得开车有趣多了。就这么过了十年，也没留神时光是怎么过去的。过得就像做了一场梦。嘿，十年算得了什么！你可以随便问问哪一个上了年纪的人，他可曾发觉日子是怎么过去的？一点也不会发觉的！往事就像那迷失在远远的雾中的草原。早晨我出来的时候，四下里什么都是清清楚楚的；可是走了二十公里，草原就给烟雾笼罩了，从这边望过去，已经分不清哪儿是树林，哪儿是野草，也分不清哪儿是耕地，哪儿是草地了……

“这十年间我白天黑夜地干活。我的收入很好，我们的日子也过得不比人家差。孩子们更叫人高兴：三个人学习的成绩都是‘优’，儿子阿拿多里对数学特别有才能，连中央的报纸都提到过他。他对这门科学哪来那么大的才能，嘿，老兄，可连我都不知道。不过这使我觉得脸上很光彩，我为他骄傲，是的，真为他骄傲！

“十年中间，我们稍微积蓄了一些钱，在战前盖了一座小房子，有两个房间，还有贮藏室和走廊。伊林娜又买了两只山羊。人生在世，还需要什么呢？孩子们吃的是牛奶糊，有房子住，有衣服穿，有鞋穿，可以说心满意足了。只是我的房子盖得不是地方。划给我的那块地皮，面积有六百平方米，离开飞机厂不远。要是我的小房子盖在别的地方，生活也许会换一个样子了……

“这时候战争爆发了。第二天军委来了通知书,第三天就得上军车。我那一家四口都来送我:伊林娜、阿拿多里和两个女儿——娜斯金卡和奥柳施卡。三个孩子都很坚强。嗯,两个女儿难免眼泪汪汪。阿拿多里只是抽动肩膀,好像怕冷一样,他那时已经十六岁了,可是我的伊林娜……我们共同生活十七年来,我还从来没看见过她那种样子。那天晚上,我那件衬衣的肩膀和胸口这儿都被她的眼泪给湿透了,第二天早晨也是同样的情形……走到火车站,我真不忍瞧她:嘴唇哭肿了,头发从围巾里散露出来,眼睛混浊而没有表情,好像一个精神失常的人。指挥员宣布上车,她却扑在我的胸上,双手紧紧地勾住我的脖子,浑身哆嗦,好比一株刚砍倒的树……孩子们也劝她,我也劝她,——毫无用处!别人家的女人跟丈夫、跟儿子谈着话,我那个却贴在我的身上,好比一张叶子贴在树枝上,还浑身哆嗦,连一句话也说不出来。我对她说:‘坚强些,我亲爱的伊林娜!你就对我说一句告别的话吧。’她这才一面哭,一面说,每说一个字,抽一口气:‘我的……亲人……安德留沙……咱们……今世……再也……见不着……见不着面啦!’……

“人家看着她本来已经心碎了,可她还要说出这样的话来。其实她应该知道,我跟他们分手也很难受,又不是到丈母娘家里去吃薄饼。这当儿我可火了!我用力拉开她的手,轻轻地往她的肩膀上一推。仿佛是轻轻地一推,但那时我的力气大得厉害;她站不住脚跟,一连后退三步,接着又伸出双手,一步步向我走来,我就对她嚷道:‘难道人家是这样离别的吗?我还好好儿的,你干什么急于把我活活地埋掉?!’嗯,我又抱了抱她,我看见她简直疯了……”

他讲到一半忽然中断了,在一片寂静中,我听到他的喉咙里有样东西在翻腾,在咕噜咕噜地发响。别人的激动也感染了我。我斜眼瞧瞧这个讲述的人,但在他那死气沉沉的眼睛里,却看不到一滴眼泪。他坐着,颓丧地低下头,只有那两只不由自主地垂下的大手在微微哆嗦,还有下巴和刚毅的嘴唇也在哆嗦……

“不用了,朋友,别讲了!”我低声说,但他大概没有听见我的话。接着他竭力克制住激动,用一种变得异样的嘶哑的声音说:

“为了当时推了她一下,我就是到死,就是到生命的最后一刻,也不能原谅自己呀!”

他重又沉默了好一阵。他试着卷一支烟,可是报纸破了,烟草都撒在膝盖上。最后,他勉强卷成了一支,狠命吸了几口,这才一面咳嗽,一面继续说:

“我摆脱伊林娜,捧住她的脸吻了吻,她的嘴唇却冷得像冰。我跟孩子们告了别,向车厢跑去,在火车开动时跳上踏板。火车慢慢地离了站,在我老婆和孩子们的旁边经过。我看见我那几个孤苦伶仃的孩子挤在一块,向我挥着手,他们想笑,可是没有笑成。伊林娜两手狠抱住胸部,嘴唇白得像纸,还在喃喃地说着些什么,眼睛一眨不眨地望着我,整个身子向前俯冲着,仿佛要顶着狂风开步走来……她就这样一辈子留在我的记忆里:一双紧紧抱住胸部的手,两片苍白的嘴唇,一对充满泪水的睁得老大的眼睛……我在梦里看见她,多半也是这个样子……当时我干什么要推她呀?直到现在一想起来,我的心还像被一把钝刀割着似的……

“我们在乌克兰的白教堂附近编了队。发给我一辆‘吉斯5号’①,我坐着它开到前线。嗯,关于战争用不着跟你讲了,你亲眼看见过,知道开头是怎么个情况。我常常收到家里的来信,但自己却偶尔才寄一封信回去。有时候我在信里写道,一切平安,有些小接触,现在虽然退却,但不久可以集合力量,到那时就要让德国佬尝尝滋味了。别的还有什么可写的呢?日子那么沉闷,根本没心思写信。再说,我这个人也不喜欢婆婆妈妈,喊怨叫苦,最看不惯那种爱哭鼻子的家伙,他们不论有事没事,天天给老婆情人写信,眼泪鼻涕把信纸弄得一塌糊涂。说什么他的日子很难过,很痛苦,又担心被敌人打死。这种穿裤子的畜生,流着眼泪鼻涕诉苦,寻找同情,可就是不想一想,那些倒霉的女人孩子,在后方也并不比我们好过。整个国家都得依靠他们!我们的女人孩子要有怎样的肩膀才不至于被这种重担压垮呢?可是她们没有被压垮,终究支持下来了!而那些流眼泪拖鼻涕的脓包,还要写那种信诉苦,真好比拿一根木棍敲着勤劳的妇女的腿。她们收到这种信,可怜的人,就会垂下双手,再也没心思干活了。不行!你既然是个男人,既然是个军人,就得忍受一切,应付一切,如果需要这么做的话。但如果在你身上女人的味儿比男人的还要多些,那你干脆去穿上打褶的裙子,好把你那干瘪的屁股装得丰满些,至少从后面望过去也多少像个婆娘,你去给甜菜除除草,去挤挤牛奶好了,前线可不用你去,那边没有你,臭味儿也已经叫人够受的啦!

“不过,我连一年仗都没有打满……在这个时期里,受过两次伤,但两次都很轻:一次伤了胳膊上的肌肉,另一次伤了一条腿;第一次是中了飞机上打下来的子弹,第二次是被弹片击伤的。德国人从上头和旁边把我的汽车打了好多个窟窿。可是我呀,老兄,开头总算走运。不过,走运,走运,最后可走到绝路上来了……1942年5月,我在洛佐文基城下,在一种极其狼狈的情况下被俘虏了:德国人当时攻势很猛,而我们那个一百二十二厘米榴弹炮炮位上差不多没有一颗炮弹了;我的车子给装上炮弹,装得车顶都碰到了;我自己干装运活儿,干得军服的肩膀都让汗湿透了。我得鼓足劲儿赶,因为仗打到我们的跟前了,左边不知谁的坦克在隆隆地响,右边在射击,前面也在射击,而且已经闻到焦味了……

“我们汽车连的指挥员问我说:‘冲得过去吗,索科洛夫?’其实还问这个干什么呢。同志们也许正在那边流血牺牲,难道我能待在这儿不理不睬吗?我就回答他说:‘什么话!我应该冲过去,这就是了!’‘好吧,’他说,‘那就快去!开足马力!’

“我就开足马力赶去。我生平没有开过那样的快车!我知道运的不是土豆,运这种货得非常小心,可是弟兄们在那边空着一双手作战,一路上又是炮火连天,这种时候哪儿还谈得到什么小心呢!跑了约莫六公里的样子,眼看着就可以拐到村道、开到炮台所在的深沟里了。但这时候我抬头一看——嗄,圣母娘娘——我们的步兵在大路两边的原野上跑着,而追击炮弹已经在他们中间炸响了。叫我怎么办呢?总不能向后转

① 苏联造的一种大汽车。——译者注

吧？我就一个劲开足马力！离炮位还有一公里的样子，车子已拐到村道上，可是，老兄，我却没有能开到自己弟兄那儿……大概是远射炮的一颗重磅炮弹落在我的车旁了。我没有听到爆炸，什么也没有听到，只觉得头脑里好像有一样东西破裂了，别的就什么也记不得了。当时怎么能保住性命，我不明白；在那离开排水沟八米的地方躺了多久，我也没法知道。等到清醒过来，可怎么也站不起来；我的脑袋抽动，浑身哆嗦，好像发寒热一样，眼睛里一片漆黑，左肩膀格格地作响，周身疼得要命，仿佛被人家狠狠地打了两天两夜。我在地面上爬了好一阵，才勉强站了起来。不过，还是一点也不明白，我这是在什么地方，出了什么事。我的记性丢得干干净净。可又怕再倒下去。我怕一倒下，就再也起不来了，就完蛋了。我站着，摇摇摆摆，好像暴风雨中的杨柳。

"等到恢复知觉，冷静下来，往四下里一望，我的心仿佛让什么人用老虎钳给夹住了：周围横七竖八地散着我运来的炮弹，我那辆车子翻倒在不远的地方，车轮朝天，车身给打得稀烂，而战斗已经转移到我的后头去了……叫我怎么办哪？

"不瞒你说，这时候我的两腿发软，身子就像一束割下的草那样倒下来，因为心里明白，我已经落在包围中，说得更恰当些，给法西斯俘虏了。是的，在战争中就有这样的事……

"唉，老兄，当你明白，你已经无可奈何成了俘虏的时候，那真是不好受啊。谁没有亲身经历过，谁就无法一下子体会这玩意儿是怎么个滋味。

"嗯，这样我就躺在地上，还听见坦克隆隆地响着。四辆德国中型坦克，开足马力在我旁边经过，往我刚才运炮弹来的方向驶去……这叫人感到是个什么滋味？后来，牵引车拉着大炮开过，炊车开过，最后步兵也过去了，人数并不多，大概不会超过一个作过战的连吧。我望了望，用眼角向他们望了望，又把脸贴住地面，闭上眼睛：我不想看见他们，打从心底里感到厌恶……

"我以为他们都过去了，就抬起头来，只见六个自动枪手，在离开我一百米光景的地方大踏步走来。我一看，他们从大道上拐个弯，一直向我走来。一声不响地走来。我想：'瞎，我的末日到啦。'我坐了起来，不愿躺着死去，就又站了起来，他们中间有一个人，在离开我几步远的地方动了动肩膀，卸下自动枪来。嗬，人这个东西真有意思：在这一刹那间我既不慌张，也不害怕。只是眼睛瞧着他，一面心里在想：'他马上要向我来上一梭子了，可是会打在哪儿呢？打在脑袋上，还是胸膛上？'仿佛他射穿我身体的哪一部分，在我倒不是一码事似的。

"这是个年轻的小伙子，模样儿长得倒不错，头发黑黑的，嘴唇很薄，抿成一条缝，眯着眼睛。'这家伙会不加考虑地打死我，'我心里想。果然不错：他举起枪来了——我盯住他的眼睛，一声不响；而另外一个，大概是个上等兵吧，岁数大一些，可以说是上了年纪了，不知嚷了一声什么，把他推到一旁，走到我的面前，叽里咕噜地说了一通德国话，弯起我的右胳膊，摸摸肌肉，摸了摸之后，说：'喔——唷——唷！'接着指指道路，指指太阳落下的地方，意思是说：'走吧，给我们帝国当牛马去吧。'呸，摆出主人的架子来了，畜生！

“那个头发黑黑的家伙，仔细看看我的靴子——我那双靴子看上去很不错——用手指指说：‘脱下。’我在地上坐下来，脱了靴子，交给他。他就不客气地从我的手里一把抢了过去。我又解下包脚布递给他，并且从脚到头地打量他。他可嚎起来了，用他们的话骂着，同时又抓住了自动枪。其余的几个都哈哈大笑起来，接着他们就平静地走开了。只有那个头发黑黑的家伙，在走到大路上以前，回头看了我三次，像一头小狼似的闪亮眼睛，生着气，可是为什么呢？仿佛是我脱了他的靴子，不是他脱了我的靴子似的。

“唉，老兄，我可实在没地方躲避。只得走到大路上，恶声恶气地用花巧的伏龙涅什土话骂了一阵，开步向西方走去。去当俘虏！……当时叫我走路可实在不行，一个钟头只走了一公里，决不会更多。你心里想往前走，身子却东倒西歪，一步拖一步，好像喝醉酒的人。走不多远，一队我们的俘虏赶了上来，都是跟我同一师的。约莫有十个德国自动枪手押着他们。那个领队的赶上了我，一句话不说，就举起自动枪，拿枪柄用力朝我头上打了一下。我要是倒下的话，他准会一梭子把我结果在地上，但是我们的弟兄一把抱住了我，把我推到队伍中间，扶着我走了半小时的样子。等到我清醒过来，其中一个弟兄悄悄地对我说：‘上帝保佑你，千万别倒下！拼着所有的力气走吧，要不，他们会把你打死的。’我就拼着所有的力气走去。

“太阳一落山，德国人就加强了押送队，卡车又运来了大约二十个自动枪手，加快速度赶着我们往前走。我们中间那些伤重的，跟不上大伙儿，就在路上被枪毙了。有两个人想逃跑，可是没考虑到，夜里在有月亮的原野上，人家他妈的看得你清清楚楚。嗯，当然罗，这两个也被打死了。半夜里，我们来到了一个烧剩了一半的村庄。我们被赶进一座屋顶打坏的教堂里去过夜。石头地上没有一根麦秆，我们大家又都没有大衣，只穿着一身单军衣，因此可铺的东西一层也没有。有几个人连上装都没有穿，只穿着粗布衬衣。这些多半是下级指挥员。他们都把军官制服脱掉了，使人家无法认出他们是军官还是士兵。还有那些炮手也没有穿军服。他们原来光着身子在大炮旁边干，因此就这么光着身子给俘虏了。

“夜里下了好大一场雨，弄得我们个个浑身湿透。教堂中间的圆顶不是被重炮就是被飞机炸毁了，旁边的屋顶也给弹片打得全是窟窿，连祭坛上都找不到一块干燥的地方。这样，我们就只好通夜在教堂里逛来逛去，好像一群羊关在黑暗的羊圈里。半夜里我听到有人推推我的胳膊问：‘同志，你没有受伤吗？’我回答他说：‘你要什么呀，老兄？’他又说：‘我是个军医，也许我能帮你些什么忙吧？’我就向他诉苦说，我的左肩在格格地作响，肿了，痛得厉害。他断然地说：‘把上装和衬衣脱下。’我就把这些都脱下了，他动手用细细的手指在我肩膀上摸着，痛得我眼前发黑。我把牙齿咬得咯吱咯吱响，对他说：‘你准是个兽医，不是给人看病的医生。你这没心肝的，干什么在人家痛的地方按得那么重啊！’他却依旧摸着，还恶狠狠地回答说：‘你给我闭嘴！也想来跟我啰唆。等着吧，还要痛得更厉害些呢。’说着就那么重重地拉动我的胳膊，痛得我眼睛里直冒火星。

“我清醒过来,问道:‘你这是在干什么呀,该死的法西斯分子?我这只胳膊让人给打碎了,可你还要那么扯它。’我听到他轻轻地笑了起来,说:‘我还以为你会用右手打我,没想到倒是个挺老实的小伙子。你那只胳膊并没有打坏,只是脱臼了,可我已经给你摇上了。嗯,现在怎么样,好一些吗?’真的,不知怎的我觉得疼痛慢慢地消失了。我衷心地向他道了谢,他却继续在黑暗中摸着走过去,悄悄地问:‘有受伤的吗?’瞧吧,这才是真正的医生!他就是当了俘虏,就是在黑暗中,还是干着自己伟大的事业。

“这是一个安静的夜晚。德国人不让我们出去大小便。这一层,当我们成双行地被赶进教堂的时候,押送队的长官就警告过我们了。真不凑巧,我们中间有个教徒急于要大便。他忍着,忍着,忍了好一阵,后来却哭了起来,说:‘我不能亵渎神圣的教堂!我是个信徒,我是个基督教徒!弟兄们,叫我怎么办呢?’你知道,我们有些怎样的人吗?有的笑,有的骂,有的给他出了各种各样的馊主意。他弄得我们大家都很快活,可是这件倒霉的事结束得却很惨:他开始敲门,请求放他出去一下。瞎,可求出祸事来了:法西斯分子隔着门扫射了好一阵,这个教徒就被打死了;另外又死了三个人,还有一个受了重伤,到早晨也死了。

“我们把死人抬在一个地方。大家坐下了。安静下来,开始想心事,觉得事情的开头不太妙……过了一会儿,大家压低嗓子,嘁嘁喳喳地谈起话来;谁是什么地方来的,哪一省人,怎么被俘的。在黑暗中,那些同排或者同连的同志,彼此找不到,就低低地互相叫唤着。我听见身旁有两个人在悄悄地说话。一个说:‘如果明天上路以前,要我们排队,并且供出政委、共产党员和犹太人来,那你,排长,可别躲起来!这你逃不掉的。你以为脱掉上衣,就可以冒充士兵吗?不成!我可不愿替你承担责任。我第一个就把你指出来!我知道你是党员,还曾经鼓动我入党,现在你可得对自己的事负责了。’说这话的人离我很近,就在我的身旁,坐在我的左边,而在他的另一边,有个年轻的声音回答说:‘克雷日乌夫,我一向怀疑你不是个好人。特别是那次你推说不识字,拒绝入党。不过我从没想到,你会成为叛徒。你不是念完七年制学校的吗?’那个家伙却懒洋洋地回答排长说:‘哼,念完了,那又怎样?’他们沉默了好一阵,然后,从声音上听出来,那个排长又悄悄地说:‘不要出卖我吧,克雷日乌夫同志。’那个家伙却低低地笑着说:‘同志们都留在战线的那一边,我可不是你的同志,你也用不着求我,反正我要把你指出来的。到底自己的性命要紧。’

“他们沉默了,可我给这么卑鄙的行为气得直打哆嗦。我心里想:‘呸,我决不让你这畜生出卖自己的指挥员!有我在,你就别想自己走出这教堂,你只能让人家像死牲口那样拖出去!’天蒙蒙亮,我看到:我旁边仰天躺着一个阔嘴大脸的家伙,双手枕在头底下,他旁边坐着一个瘦削的小伙子,鼻子朝天,脸色苍白,两手抱住膝盖,身上只穿一件衬衣。‘嘿,’我心里想,‘这小伙子是对付不了这匹胖骟马的。得由我来结果他。’

“我推推小伙子的胳膊,悄悄地问:‘你是排长吧?’他什么也没有回答,只是点了点头。‘这家伙要出卖你吗!’我指指躺在地上的那一个说。他又点了点头。‘喂,’我说,‘捉住他的脚,不要让他踢！快点儿’我自己就扑在那个家伙身上,同时手指拼死命掐住他的喉咙。他甚至都来不及嚷一声。我在他的身上压了几分钟,才直起身来。叛徒完蛋了。舌头也伸出来歪在一边！

“干完以后,我觉得非常不舒服,很想洗一洗手,仿佛我不是掐死了一个人,而是掐死了一个虫子……这是我有生以来第一次杀人,杀的又是自己人……不,他怎么能算是自己人呢？他还不如一个敌人,他是叛徒。我站起来,对排长说:‘换个地方吧,同志,教堂大得很。’

“正像那个克雷日乌夫所说的那样,第二天早晨我们所有的人都在教堂旁边给排起队来,并且被自动枪手们包围了。三个党卫队军官开始挑选他们认为有罪的人。他们问,谁是共产党员,谁是指挥员,谁是政委,可是一个也没有。也没有一个出卖同志的坏蛋。其实,我们中间几乎有半数是党员,还有指挥员,当然也有政委。从两百多个人中只抓了四个人。一个犹太人和三个俄罗斯士兵。俄罗斯人遭了难,因为他们三个人都是皮肤浅黑,头发鬈曲。德国人走到他们面前,问:‘犹太?’他们回答说是俄罗斯人,可是德国人连听都不要听。‘出来!’——就完了。

“这几个可怜的人就给枪毙了,我们又被继续向前赶。那个跟我一起掐死叛徒的排长,直到波兹南始终走在我的旁边;头一天,一路上还不时握握我的手。在波兹南,我们因为这么个缘故给分开了。

“嗯,是这么一回事,老兄,从第一天起我就想逃回自己人这边来。不过逃,一定要有把握,可是在到达波兹南、被送进正式俘虏营以前,我一直没碰上适当的机会。到了波兹南的营里,可来了这样的机会啦:五月底,把我们派到营附近的树林子里,去给我们那些死去的战俘挖墓。当时我们的弟兄生痢疾死了很多。有一天我一面挖着波兹南的泥土,一面向四下里望望,结果发现两个卫兵坐在地上吃点心,还有一个在太阳下打瞌睡。我扔下铁锹,悄悄地走到一丛灌木后面……然后就一直朝太阳出来的方向跑去……

“看来,那些卫兵不是很快就发觉的。我当时身体那么虚弱,哪儿来力气能一昼夜跑了将近四十公里——这连我自己都不知道。可是我的梦想落空了:第四天,在我已经离开那该死的俘虏营很远的地方,我被捉住了。几条警犬循着我的脚印跑来,它们在没有割过的燕麦地上把我找到了。

“那天天一亮,我不敢在旷野里走,而到树林子又至少有三公里路,于是就在燕麦地里躺下来休息。我用手掌揉碎麦子,稍微吃了些,又在口袋里装了些作为存粮,忽然听到狗叫声和摩托车的嗒嗒声……我的心停止了跳动,因为狗的声音越来越近了。我把身子紧贴在地上,双手遮住头,至少不让那些畜生咬坏我的脸。瞎,它们跑过来,一下子就把我身上的破衣服撕光,弄得我像刚出娘胎一样了。它们在燕麦地上把我随便拖来拖去,最后,一条公狗前脚搭在我的胸上,眼睛盯住我的喉咙,不过没有更进一步来对付我。

“德国人骑着两辆摩托车开近来。他们先自己尽兴地把我打了一顿,后来又放狗来对付我,弄得我全身血肉模糊,没有一块完整的地方。就这样,把我光着身子,血淋淋地带回营里。因为逃跑坐了一个月禁闭,但我还是没有死……我还是活了下来!

“回想起来真是难受,老兄,但要把当俘虏所吃的苦全讲出来,那就更加难受。你一想起在德国所受的那种不是人受的苦难,一想起所有那些在俘虏营里给折磨死的朋友们,同志们,——你的心就不是在胸膛里,而是在喉咙口跳着了,你就会喘不过气来……

“在被俘的两年中,我被他们赶来赶去,哪儿没有到过!在这段时期里,我走遍了半个德国:我到过萨克森,在硅酸盐厂里做过工;到过鲁尔,在矿井里运过煤炭;到过巴伐利亚,在土方工程上干得折断了腰;还到过绍林吉亚;在德国的土地上,他妈的哪儿没有到过。那边的风景可以说到处不同,但是枪杀和鞭打我们的弟兄,却是到处相同。那些天杀的坏蛋和寄生虫,打起人来那么狠毒,在我们这儿就是畜生也从来没有这样被人打过。真是拳打脚踢,什么都来;橡皮棍子,各种铁器,拿起就打,更不用说步枪柄和别的木器了。

“他们打你,为了你是俄罗斯人,为了你还活在世界上,为了你在给他们这批流氓干活。他们打你,还为了你眼睛看得不对,走路走得不对,转身转得不对……他们打你,只是为了有朝一日把你打死,为了让你咽下自己最后一滴血倒下去。德国所有的焚尸炉,怕也不够给我们所有的人用吧……

“给我们吃的东西到处相同:一百五十公分面包代用品,还和着一半木屑,再是一些冬油菜做的稀羹。开水——有些地方供给,有些地方不供给。也用不着我多说,你只要想一想:战前我的体重有八十六公斤,到秋天可只剩下五十公斤都不到了。真可谓瘦得皮包骨头,眼看着这副骨头都要扛不动了。活儿不断派下来,不让你说半个不字,而且那么繁重,就是运货的马也吃不消的。

“9月头上,我们一百四十二名苏联战俘从库斯特林城郊的营里,被转移到离德累斯顿不远的B—14号营里。当时在这个营里,我们的人将近两千名。大家都在采石场里干活,用手工凿下、敲开、弄碎德国的石头。定额是每个人每天四个立方米。请注意,当时大家就是不干这活,也只剩下一口气了。结果是:我们这一百四十二个人,过了两个月就只剩下五十七个了。老兄,你说怎么样?惨不惨?当时我们简直来不及埋葬自己的弟兄,可营里又散布着一个消息,说什么德国人已经占领斯大林格勒,正在向西伯利亚猛进。灾难一个接着一个,压得你眼睛离不开地面,仿佛你自己在请求,情愿埋在这人地生疏的德国土地里。而看营的卫队却天天喝酒唱歌,寻欢作乐。

“有一天晚上,我们下了工,回到营棚里。雨下了整整一天,我们身上的破衣服简直绞得出水来;大伙儿都在冷风中哆嗦,好像狗一样,冷得上牙对不拢下牙。又没有地方烘衣服,没有地方烤火,再加肚子里饿得比死还难受。而晚上我们是没有东西吃的。

“我脱下身上湿漉漉的破衣服,扔在木板床上说,‘他们要我们采四方石子,其实我们每个坟上只要一方石子也足够了。’就是说了这些话,可是我们中间有个坏蛋,他把我这些牢骚向营的警卫队长密告了。

“营的警卫队长，或者照他们的说活，俘虏营长，是个叫米勒的德国人。个子不高，可挺结实，全身白得出奇，头发是白的，眉毛是白的，眼睫毛是白的，甚至于那双暴眼睛也是淡白的。俄国话讲得就跟咱们一样，而且重音打在O字上，仿佛是个土生土长的伏尔加流域人。骂起娘来可是个了不起的好手。也不知道那畜生打从哪儿学来这一手？他叫我们在住区——他们把营棚叫作住区——前面排起队来，自己带着一群党卫队员，伸出右手，在队形前面走着。他的手上戴着皮手套，皮手套里还有铅制的衬垫，用来保护手指。他一面走，一面每隔一个人打着我们的鼻子，打得皮破血流。他把这叫作‘预防感冒’。天天都是这样。营里总共有四个住区，他就今天给第一区举行‘预防’，明天给第二区，这样轮流下去。这是个做事很认真的孬种，从来没有休息日。只有一件事，他这蠢货可无法了解：原来在他动手打人以前，为了使自己发火，总要在队形前面骂上十分钟。他不分青红皂白，娘天娘地地乱骂，我们听了反而感到舒服：仿佛听到了自己的本乡话，仿佛从家乡吹来一阵微风……要是他知道，这样骂法只给我们带来满足，那他一定不会用俄国话骂，而光用他们的德国话骂了，只有我的一个莫斯科朋友，可大为生气，他说：‘当他骂人的时候，我就闭上眼睛，仿佛已经回到莫斯科，坐在扎采普街上的啤酒馆里，并且想喝啤酒，简直想得头都发晕了。’

“嗯，就是这个警卫队长，在我说了关于几方石子的话以后，第二天把我叫了去。那天晚上营棚里来了个翻译，还带着两个卫兵。‘哪一个是安德烈·索科洛夫？’我答应了一声。‘跟我们走，营长本人叫你去。’明明白白为什么叫我去。要毙了我。我跟同志们告了别，他们都知道我是去送命的。我叹了一口气，走了。走到院子里，我抬头望望星星，跟星星也告了别，心里却想：‘你的苦可吃到头啦，安德烈·索科洛夫，照营里的叫法是，第三百三十一号。’不知怎的，我忽然可怜起伊林娜和孩子们来，后来这种怜爱的感情也消失了。我开始鼓起勇气来，好跟一个士兵应该做到的那样，毫无恐惧地看住手枪的枪口，不让敌人在我最后的一分钟看见我也很舍不得离开人世……

“在警卫队长的办公室里，窗台上放着鲜花，干干净净，好像我们这儿漂亮的俱乐部。桌子周围坐着全营的长官。总共五个人，狂饮着白酒，吃着咸肉。桌子上放着一大瓶刚开瓶的白酒，还有面包、咸肉、渍苹果、各种打开的罐头食物。我对这些东西看了一眼，说实话，我感到那么恶心，差点儿呕吐起来。我饿得像一只狼，早已跟人吃的东西绝了缘，现在面前却摆着那么多好东西……我勉强忍住恶心，好容易才使自己的眼睛离开桌子。

“米勒喝得醉醺醺的，就坐在我的面前，玩弄着手枪，把它从这只手抛到那只手，同时眼睛一眨不眨地瞧着我，好像一条蛇。嗯，我就双手贴住裤缝，碰响磨坏的靴跟，大声报告说：‘警卫队长，战俘安德烈·索科洛夫遵命来到。’他就问我说：‘怎么样，俄国佬，你说采四方太多？’我说：‘不错，警卫队长，太多，’‘你说做坟只要一方就够了吗？”不错，警卫队长，足够了，甚至还有得多。’

“他站起来说：‘我特别抬举你，为了你这些话，现在亲自来枪毙你。这儿不方便，咱们到院子里去，你到那儿去送命吧。’我对他说：‘听便。’他站起来，想了想，然后把手枪扔在桌上，倒了一大杯白酒，拿起一小片面包，又在面包上放了一小块咸肉，把这些一齐交给我，说：‘临死以前干一杯吧，俄国佬，为了德国军队的胜利。’

“我刚从他的手里接过玻璃杯和点心，一听到这话，全身好像给火烧着一样！心里想：‘难道我这个俄罗斯士兵能为德国军队的胜利干杯吗?！哼，你未免也太过分了，警卫队长！我反正要死了，可你跟你的白酒也给我滚吧！’

“我把玻璃杯搁在桌上，放下点心，说：‘谢谢您的招待，但我不会喝酒。’他微笑着说：‘你不愿为我们的胜利干杯吗？那你就为自己的死亡干杯吧。’这对我有什么损失呢？我就对他说：‘我愿意为自己的死亡和摆脱痛苦而干杯。’说完拿起玻璃杯，咕嘟咕嘟两口就喝了下去，但是没有动点心，只很有礼貌地用手掌擦擦嘴唇说：‘谢谢您的招待。我准备好了，警卫队长，走吧，您打死我得了。’

“他却那么仔细瞧瞧我说：‘你死以前吃些点心吧。’我回答他说：‘我只喝一杯酒是不吃点心的。’他又倒了一杯，递给我。我喝干第二杯，还是不碰点心，希望壮壮胆，心里想：‘最好能在走到院子，离开人世以前喝个醉。’警卫队长高高地扬起两条白眉毛问：‘你怎么不吃啊，俄国佬？不用客气！’我再一次回答他说：‘对不起，警卫队长，我喝两杯也不习惯吃点心。’他鼓起腮帮，嗤的响了一声，接着哈哈大笑，一面笑，一面叽里咕噜地说着德国话，显然是在把我的话翻译给朋友们听。那几个也哈哈大笑，移动椅子，向我转过嘴脸来。我发现他们对我的态度有些不同，似乎温和些了。

“警卫队长给我倒了第三杯，他的两手笑得直打哆嗦。我慢吞吞地喝干了这一杯，咬了一小口面包，把剩下的放在桌上。我很想让这帮该死的家伙瞧瞧，我虽然饿得要命，但决不会因为他们的小恩小惠而噎死。我有我做俄国人的骨气和骄傲，他们不论用什么手段，都不能把我变成畜生的。

“随后警卫队长摆出严肃的神气，整了整胸前的两个铁十字章，不带武器，从桌子后面走出来说：‘听好，索科洛夫，你是一个真正的俄国兵。你是一个勇敢的军人。我也是一个军人，我尊敬值得尊敬的敌人。我不枪毙你了。再说，今天我们英勇的军队已经开到伏尔加河畔，完全占领了斯大林格勒。这对我们来说是一件大喜事，因此我特别宽大，送你一条命。回到你的住区里去吧，这是因为你的胆量而给你的。’说着从桌子上拿起一个不太大的面包和一块咸肉，交给我。

“我使劲夹住面包，左手拿了咸肉，因为这种意外的转变而弄得完全不知所措了，也没有说声谢谢，就来了个向后转，拔脚向门口走去，同时心里想：‘要是现在他在我的肩膀中间来上一枪，我就不能把这些东西带到朋友们那儿啦。’不，总算没有事，这一次死神又在我的身旁滑过去了，只让我感到身上一阵冰凉……

“我从警卫队长办公室出来，脚步还很稳健，但一到院子里就瘫痪了。我踉踉跄跄地走到营棚里，就倒在水泥地上失去了知觉。弟兄们在黑暗中把我推醒说：‘讲吧！’嗯，我想起了办公室里的经过，就给他们讲了一遍。‘咱们怎样分配这些东西呢?’睡在我旁边的那个同志问，他的声音有些哆嗦了。‘大家平分，’我回答他说。我们等到了天亮。面包和咸肉用麻线切开来。每个人分到火柴盒子那么大的一片面包，连一粒面包屑都没有放弃。嗯，至于咸肉呢，你自己明白，只够抹一抹嘴唇。不过分得没有一个人有意见。

“不久，我们有三百个身体最结实的，被调到沼泽地带去排水，后来又送到鲁尔的矿井里。我也在那边一直待到1944年。这时候，我们已经把德国人的脖子扭歪了，法西斯分子不再瞧不起俘虏了。有一次，我们全体做日班的给排起队来，接着一个外地来的上尉通过翻译说：‘谁在部队里或者战前当过司机的，向前一步走。’我们过去当过司机的七个人，就向前跨了一步。每人发到一件穿旧的工作服，由卫兵押送来到了波茨坦。到了那边，我们就给分散了。我被分配在‘托德’工作，——这是德国人的一个修建道路和防御工事的鬼机关。

“我给一个少校级的德国工程师开‘超级奥普乐’①。嚯，真是个胖得吓坏人的法西斯分子！矮身材，大肚子，横里竖里一样长，屁股大得像个胖婆娘。前面军服领子上挂着三层下巴，后面脖子上露出三条胖褶。照我看，他的身上至少有三普特②净脂肪。走起路来呼哧呼哧，好比火车头；坐下吃起东西来，那副样子真吓得死人！有时候，整天大吃大喝，从水壶里倒着白兰地。偶尔我也沾到一点光：他在半路上停下来，切着香肠，干酪，又吃又喝；有时候情绪好，也扔给我一块，好像给狗吃一样。他从来不把东西交在人家手里，仿佛这样会辱没他的身份。不过，不论怎么说，比起在俘虏营里来，情况不知好多少了；我也逐渐恢复人样了，虽然是慢慢地，但在恢复了。

“我把这位少校从波茨坦送到柏林，又从柏林送回波茨坦，送了两个星期的样子。后来，上级派他到接近前线的地带去修防御工事，来对付我们的部队。当时我完全忘掉了睡眠：通夜考虑着，怎样逃回祖国，逃回自己人的地方来。

“我们来到了波洛次克市。黎明时分，两年来我第一次听到，我们的大炮在轰隆轰隆地响。嘿，老兄，你可知道我那颗心跳成什么样吗？连我打光棍那会儿去同伊林娜见面，都没有这样跳过！战事已经进展到波洛次克以东十八公里的地方了。城里的德国人都变得更加凶狠，神经紧张，我那个胖子酒可喝得更多了。白天跟他一起在城外跑来跑去，他下着命令怎样修造工事，夜里他就一个人喝酒，喝得全身浮肿，连眼袋都挂下来了……

“我想：‘嗯，可不用再等了，我的时候到了！而且不光是自己一个人跑掉，还得把我那个胖子也给带上，我们那儿用得着他！’

“我在瓦砾场里找到一个两公斤重的砝码，把它裹在擦汽车的破布里，这样万一用得着它敲人，就不会敲出血来；又在路上拣到一段电话线；努力准备好一切必要的东西，藏在前面的座位底下。在跟德国鬼子们分手前两天，晚上我加好汽油回来，看见路上有个喝得烂醉的德国下士，双手扶着墙走着。我停下车，把他带到瓦砾场，剥下他的军服，扯下他头上的船形帽。把这些东西也都塞在座位底下，一溜烟跑了。

---

①　德国造的一种小汽车。

②　1普特等于16.38公斤。

“6 月 29 日早晨，我那个少校叫我把他送到城外，往特罗斯尼察的方向开去。他在那边领导修工事。我们出发了。少校在后面的座位上安安静静地打瞌睡，我的心可几乎要从胸膛里跳出来。我开得很快，但一到城外就减低速度，后来停下车，跳出来，向四下里望望：后面老远的地方有两部卡车慢慢地开过来。我拿出砝码，把车门开得大一些。胖子仰靠在座位的靠背上，打着呼噜，仿佛躺在老婆的身边。嘿，我就拿起砝码朝他的左太阳穴重重地敲了一下。他的头垂下了。为了保险起见，我又给了他一下，但我不想把他打死。我得把他活活的带回来，他会给我们的人讲好些东西的。我从他的手枪皮套里抽出‘巴拉贝仑’①，塞进自己的口袋里，把螺丝刀插在后座的靠背上，用电话线套住少校的脖子，再紧紧地捆在螺丝刀上。这样，在开快车的时候，他就不至于歪在一边，或者倒下来。我连忙套上德国军服，戴上船形帽，跳上汽车，一直向那炮声隆隆、战斗激烈的地方开去。

“我在两个火力点中间冲过德国人的前沿阵地。几个自动枪手从掩蔽部里窜出来，我就故意减低速度，好让他们看见车上坐着少校。他们却大声叫嚷，摆动双手，表示不可以开到那儿去，我就假装不明白，踩大油门，开足八十公里。等到他们明白过来，动手用机枪向汽车扫射的时候，我可已经来到真空地带，像兔子一样兜来兜去，绕着弹坑飞跑了。

“这时候，德国人从后面开着枪，而自己人又偏偏用自动枪迎面向我乱射。挡风玻璃给打穿四个地方，散热器也被子弹打坏了……不过，我抬头一看，已经来到了湖边的小树林里，我们的人向汽车跑来。我冲进树林，打开车门，倒在地上，吻着地面，连气都喘不过来了……

“一个年轻的小伙子，军服上佩戴着草绿色肩章——这种肩章我还没有看见过——他第一个向我跑来，咬牙切齿地说：‘啊哈，该死的德国佬，迷路啦？’我扒下身上的德国军装，把船形帽扔在脚下，对他说：‘你这个好啰唆的蠢货，我的乖儿子！我是地地道道的伏龙涅什人，怎么会是德国佬呢？我被俘虏了，懂吗？快把车上那头骗猪解下来，拿好他的皮包，领我到你们的指挥员那儿去。’我把手枪交给了他们。中间经过好几个人的手，傍晚才来到一个上校那儿——他是师长。这以前，他们已经给我吃过东西，洗过澡，还审问过我，又给了我一套制服，因此当我到掩蔽部里去见上校的时候，我已经照规矩穿着一身军服，灵魂和肉体都干干净净了。上校从桌子后面站起来，迎着我走来。他当着所有军官的面拥抱了我，说：‘谢谢你，战士，谢谢你从德国人那里带来的那份宝贵礼物。你那个少校，加上他的皮包，对我们来说，可比二十个‘舌头’更宝贵。我要请求司令部，让你得到政府的奖赏。’我听了这几句话，被他的好意大大感动了，嘴唇尽打哆嗦，不听使唤，好容易才说：‘上校同志，请把我编到步兵连去吧。’

“上校却笑了，拍拍我的肩膀说：‘你连站都站不稳，怎么能打仗呢？今天我就把你送到医院去。到那边去给你治治，养养胖，然后给你一个月假期回家，等你假满回

① 一种自动快发手枪。

来,我们再瞧瞧,把你分配到什么地方去吧。'

"上校和掩蔽部里的军官,个个都亲切地跟我握手道别。我出来的时候,激动极了,因为两年来没有受到过人的待遇。嗐,再有,老兄,当我跟首长谈话的时候,我的头好一阵习惯成自然地缩在肩膀里,仿佛怕挨打一样。你瞧,在法西斯的俘虏营里把我们弄成什么样啦……

"我立刻从医院里写了一封信给伊林娜。我很简单地写了写,怎么当了俘虏,又怎么带着德国少校逃回来。瞎,也不知道我怎么会像孩子那样吹起牛来的?我忍不住告诉她说,上校答应要奖赏我……

"有两个星期,我除了睡就是吃。他们每次给我吃得很少,但是次数很多,不然,如果让我尽量吃的话,我会胀死的,这可是医生说的。我完全养足了力气。可是过了两个星期,却什么东西也吃不下了。家里没有回信来,说实话,我开始发愁了。根本不想吃东西,晚上也睡不着觉,各种古里古怪的念头尽在脑子里转……第三个星期,我收到从伏龙涅什来的一封信。但那不是伊林娜写的,而是我的邻居,木匠伊凡·季莫斐耶维奇写的,唉,但愿老天爷不要让人家也收到这样的信!……他告诉我说,还是在1942年6月里,德国人轰炸飞机厂,一颗重型炸弹落在我的房子上。伊林娜和两个女儿正巧在家里……唉,他写道,连她们的影子都没有找到,在原来的房子那儿只留下一个深深的坑……当时我没有把信念到底。我的眼前一片漆黑,心缩成一团,怎么也松不开来。我倒在床上,躺了一会儿,才又把信念完了。那邻居写道,轰炸的时候阿拿多里在城里。晚上他回到村子里,瞧了瞧弹坑,连夜又回城里去了。临走以前对邻居说,他将请求志愿上前线。就是这样。

"等到我心松开了,血在耳朵里冲击的时候,就想起我的伊林娜在车站上怎样跟我难舍难分。这么看来,她那颗女人的心当时就预感到,我跟她再也不能在这个世界上见面了。可我当时却推了她一下……有过家,有过自己的房子,这一切都是多年来慢慢经营起来的,可这一切都在刹那间给毁了,只留下我一个人。我想:'我这悲惨的生活会不会是一场梦呢?'在俘虏营里,我差不多夜夜——当然是在梦中——跟伊林娜,跟孩子们说话,鼓励他们说:我会回来的,我的亲人,不要为我悲伤吧;我很坚强,我能活下去的,我们又会在一块儿的……原来,两年来我是一直在跟死人说话呀?!"

讲话的人沉默了一会儿,接着低低地用另一种声音,断断续续地说:

"嗯,老兄,咱们来抽支烟吧,我憋得喘不过气来了。"

我们抽起烟来。在春水泛滥的树林里,啄木鸟响亮地啄着树干。和煦的春风依旧那么懒洋洋地吹动干燥的赤杨花,云儿依旧那么像一张张白色的满帆在碧蓝的天空中飘翔,可是在这默默无语的悲怆时刻里,那生气蓬勃、万物苏生的广漠无垠的世界,在我看来也有些两样了。

沉默很难受,我就问道:

"那么后来呢?"

"后来吗?"讲话的人勉强回答说;"后来我从上校那儿得到了一个月的假期,一个星期以后就来到了伏龙涅什了。我走到我们一家住过的那地方。一个很深的弹坑,灌满了黄浊的水,周围的野草长得齐腰高……一片荒凉,像坟地一样静。唉,老兄,我实在难受极了!站了一会儿,感到穿心的悲痛,又走回火车站。在那边我连一小时也待不下去,当天就回到了师里。

“不过,过了三个月,我又像太阳从乌云里出来那样喜气洋洋啦:阿拿多里找到了。他从前线寄了一封信给我,看样子是从另一条战线寄来的。我的通讯处,他是从邻居伊凡·季莫斐耶维奇那儿打听来的。原来,他先进了炮兵学校,他的数学才能在那边正巧用得着。过了一年毕业了,成绩优良,上前线去了,而信就是从前线写来的。他说,已经获得大尉的称号,指挥着一个四十五厘米炮炮兵连,得过六次勋章和许多奖章。一句话,各方面都比做老子的行多啦。我又为他感到骄傲得了不得!不论怎么说,我的亲生儿子当上大尉和炮兵连长了,这可不是闹着玩的!而且还得了那么多光荣的勋章。尽管他老子只开开‘斯蒂贝克’①,运运炮弹和别的军需品,但那没有关系。老子这一辈子已经完了,可是他,大尉的日子还在后面呐。

“夜里醒来,我常常做着老头儿的梦:等到战争一结束,我就给儿子娶个媳妇,自己就住在小夫妻那儿,干干木匠活儿,抱抱小孙子。一句话,尽是些老头儿的玩意。可是,就连这些梦想也完全落空啦。冬天里我们一刻不停地进行反攻,彼此就没工夫常常写信。等到故事快要结束,一天早晨,在柏林附近我寄了一封短信给阿拿多里,第二天就收到回信。这时候我才知道,我跟儿子打两条不同的路线来到德国首都附近,而且两人间的距离很近。我焦急地等待着,巴不得立刻能跟他见面。哎,见是见到了……5 月9 日早晨,就是胜利的那一天,我的阿拿多里被一个德国狙击兵打死了……

“那天下午,连指挥员把我叫了去。我抬头一看,他的旁边坐着一个我不认识的炮兵中校。我走进房间,他也站了起来,好像看见一个军衔比他高的人。我的连指挥员说:‘索科洛夫,找你,’说完,他自己却向窗口转过身去。一道电流刺透我的身体,我忽然产生一种不祥的预感。中校走到我的跟前,低低地说:‘坚强些吧,父亲!你的儿子,索科洛夫大尉。今天在炮位上牺牲了。跟我一块儿去吧!’

“我摇摇晃晃,勉强站住脚跟。现在想起来,连那些都像做梦一样:跟中校一起坐上大汽车,穿过堆满瓦砾的街道;还模模糊糊地记得士兵的行列和铺着红丝绒的棺材。我现在想起阿拿多里,唉,老兄,就像此刻看见你一样清楚。我走到棺材旁边。躺在里面的是我的儿子,但又不是我的儿子。我的儿子是个肩膀狭窄、脖子细长、喉结很尖的男孩子,总是笑嘻嘻的;但现在躺着的,却是一个年轻漂亮、肩膀宽阔的男人,眼睛半开半闭,仿佛不在看我,而望着我所不知道的远方。只有嘴角上仍旧保存着一丝笑意,让我认出他就是我的儿子小多里……我吻了吻他,走到一旁。中校讲了话。我的阿拿多里的同志们、朋友们,擦着眼泪,但是我没有哭,我的眼泪在心里枯竭了。也许正因为这个缘故吧,我的心才疼得那么厉害?

① 美国制的一种大卡车。

“我在远离故乡的德国土地上，埋葬了我那最后的欢乐和希望。儿子的炮兵连鸣着礼炮，给他们的指挥员送丧。我的心里仿佛有一样东西断了……我丧魂落魄地回到自己的部队里。不久我复员了。上哪儿去呢？难道回伏龙涅什吗？决不！我想起我有一个老朋友住在乌留平斯克，他还是去年冬天因伤复员的，曾经邀请我到他们家里去居住。我一想起他，就动身到乌留平斯克去。

“我那个朋友和他的老婆住在城郊，自己有一所房子，却没有孩子。他虽然有些残疾，但仍旧在一个汽车队里当司机，我在那边找了个工作，就搬到他们的家里去住，他们很热情地招待我。我们把各种货物运到各个区里，秋天又被调去运输粮食。就在这时候我认识了我的新儿子。哪，就是在沙地上玩着的那一个。

“有时候，开了长途回来，到了城里，第一件事就是到茶馆去吃些什么，当然罗，也免不了喝这么一百克解解疲劳。说句实话，我又迷上这鬼玩意儿啦……有一次就在茶馆附近我看见这个小家伙，第二天又看见了。可真是个脏小鬼：脸上溅满西瓜汁，尽是灰土，头发蓬乱，脏得要命，可是他那双小眼睛啊，却亮得像雨后黑夜的星星！他那么惹我喜爱，说也奇怪，从此我就开始想念他了，每次开了长途回来，总是急于想看见他。他就是在茶馆附近靠人家给他的东西过活的——人家给他什么，他就吃什么。

“第四天，我从国营农场装了一车粮食，一直拐到茶馆那儿。我的小家伙正巧在那边，坐在台阶上，摆动一双小脚，显然，他是饿了。我从车窗里伸出头来，向他叫道：‘喂，凡尼亚！快坐到车上来吧，我带你到大谷仓里去，再从那儿回来吃中饭。’他听到我的叫声，身子哆嗦了一下，跳下台阶，爬上踏脚板，悄悄地说：‘叔叔，您怎么知道我叫凡尼亚呢？’同时圆圆地睁着那一双小眼睛，看我怎样回答他。嗯，我就对他说，我是一个见过世面的人，什么都知道。

“他从右边走了过来，我打开车门，让他坐在旁边，开动车子。他是个很活泼的小家伙，却不知怎的忽然沉默起来，想了一会儿，一双眼睛不时从他那两条向上鬈曲的长睫毛下打量我，接着叹了一口气。这样的一个小雏儿，可已经学会叹气了。难道他也应该来这一套吗？我就问他说：‘凡尼亚，你的爸爸在哪儿啊？’他喃喃地说：‘在前线牺牲了。‘那么妈妈呢？’‘妈妈当我们来的时候在火车里给炸死了。’‘你们是从哪儿来的呀？’‘我不知道，我不记得……’‘你在这儿一个亲人也没有吗？’‘一个也没有。’‘那你夜里睡在哪儿呢？’‘走到哪儿，睡到哪儿。’

“这时候，我的眼泪怎么也忍不住了。我就一下子打定主意：‘我们再也不分开了！我要领他当儿子。’我的心立刻变得轻松和明亮些了。我向他俯下身去，悄悄地问：‘凡尼亚，你知道我是谁吗？’他几乎无声地问：‘谁？’我又同样悄悄地说：‘我是你的爸爸。’

“天哪，这一说可说出什么事来啦！他扑在我的脖子上，吻着我的腮帮、嘴唇、脑门，同时又像一只妈鹊一样，响亮而尖利地叫了起来，叫得连车舱都震动了：‘爸爸！我的亲爸爸！我知道的！我知道你会找到我的！一定会找到的！我等了那么久，等你来找我！’他贴在我的身上，全身哆嗦，好像风里的一根小草。我的眼睛里像是上了雾，我也全身打战，两手发抖……我当时居然没有放掉方向盘，真是怪事！但我还是不由得冲到水沟里，弄得马达也停了。在眼睛里的雾没有消散以前，我不敢再开，生怕撞在什么人身上。就这么停了有五分钟的样子，我的好儿子还一直紧紧地贴住我，全身哆嗦，一声不响。我用右手抱住他，轻轻地把他压在我的胸口上，同时用左手掉转车子，回头向家里开去。我哪儿还顾得上什么谷仓呢？根本把它给忘了。

“我把车子抛在大门口，双手抱起我的新儿子，把他抱到屋子里。他用两只小手勾住我的脖子，一直没有松开。他又把他的小脸蛋，贴在我那没有刮过的腮帮上，好像粘住了一样。我就是这样把他抱回屋子里。主人夫妇俩正巧都在家里。我走进去，向他们眨眨眼，神气活现地说：‘你们瞧，我可找到我的凡尼亚了！好人们，接待我们吧！’他们这对没有孩子的夫妇，一下子就明白是怎么一回事，马上跑来跑去，忙了起来。我却怎么也不能把儿子从我的身上放下。好容易总算把他哄下了。我用肥皂给他洗了手，让他在桌子旁边坐下。女主人给他在盘子里倒了菜汤，看他怎样狼吞虎咽地吃着，看得掉下眼泪来。她站在火炉旁，用围裙擦着眼泪。我的凡尼亚看见她哭，跑到她跟前，拉拉她的衣襟说：‘婶婶，您哭什么呀？爸爸在茶馆旁边把我找到了，大家都应该高高兴兴，可您还哭。’她呀，嗐，听了这话，哭得更厉害，简直全身都哭湿啦！

“吃过饭，我带他到理发店去，给他理了个发；回到家里，又亲自给他在洗衣盆里洗了个澡，用一条干净的单子把他包起来。他抱住我，就这样在我的手里睡着了。我小心翼翼地把他放在床上，把车子开到大谷仓，卸了粮食，又把车子开到停车处，然后连忙跑到铺子里去买东西。我给他买了一条小小的呢裤子、一件小衬衫、一双凉鞋和一顶草帽。当然罗，这些东西不但尺寸不对，质料也不合用。为了那条裤子，我还挨了女主人的一顿骂。她说：‘你疯啦，这么热的天气叫孩子穿呢裤子！’说完就把缝纫机拿出来放在桌上，在箱子里翻了一通。过了一小时，她就给我的凡尼亚缝好一条绸缎短裤，一件短袖子的白衬衫。我跟他睡在一块儿，好久以来头一次安安静静地睡着了。不过夜里起来了三四次。我一醒来，看见他睡在我的胳肢窝下，好像一只麻雀栖在屋檐下，我的心里可乐了，简直没法用言语来形容！我努力不翻身，免得把他弄醒，但还是忍不住，悄悄地坐起来，划亮一根火柴，瞧瞧他的模样儿……

“天没亮我就醒了，不明白为什么感到那么气闷？原来是我这个儿子从被单里滚出来，伸开手脚，横躺在我的身上，一只小脚正巧压在我的喉咙上。跟他一块儿睡很麻烦，可是习惯了，没有他又觉得冷清。夜里，他睡熟了，我一会儿摸摸他的身体，一会儿闻闻他的头发，我的心就轻松了，变软了，要不它简直给忧伤压得像石头一样了……

“开头他跟我一起坐在车子上跑来跑去，后来我明白了，那样是不行的。我一个人需要些什么呢？一块面包，一个葱头，一撮盐，就够我这样的士兵饱一整天了。可是跟他一起，事情就不同：一会儿得给他弄些牛奶，一会儿得给他烧个鸡蛋，又不能不给他弄个热菜。但工作可不能耽搁。我硬着心肠，把他留在家里，托女主人照顾。结果他竟一直哭到黄昏。到了黄昏，就跑到大谷仓来接我，在那边一直等到深夜。

“开头一个时期，我跟他一块儿很吃力。有一次，天还没断黑我们就躺下睡觉了，因为我在白天干活干得很累，他平时像小麻雀一样叽叽喳喳说个不停，这次却不知怎的忽然不作声了。我问他说：‘乖儿子，你在想什么呀？’他却眼睛盯住天花板，反问我说：‘爸爸，你把你那件皮大衣放到哪儿去啦？’我这一辈子不曾有过什么皮大衣呀！我想摆脱他的纠缠，就说：‘留在伏龙涅什了。”那你为什么找了我这么久哇？’我回答他说：‘唉，乖儿子，我在德国，在波兰，在整个白俄罗斯跑来跑去，到处找你，可你却在乌留平斯克。’‘那么乌留平斯克离德国近吗？波兰离我们的家远不远？’在睡觉以前我们就这样胡扯着。

“老兄，你以为关于皮大衣，他只是随便问问的吗？不，这都不是没有缘故的。这是说，他的生父从前穿过这样的大衣，他就记住了。要知道，孩子的记性，好比夏天的闪光！突然燃起，刹那间照亮一切，又熄灭了。他的记性就像闪光，有时候突然发亮。

“也许，我跟他在乌留平斯克会再待上一年，可是11月里我闯了祸：我在泥泞地上跑着，在一个村子里我的车子滑了一下，这时候正巧有条牛走过，就给撞倒了。嗯，当然罗，娘儿们大叫大嚷，人们跑拢来，交通警察也来了。他拿走了我的司机执照，虽然我再三请求他原谅，还是没有用。牛站起来，摇摇尾巴，跑到巷子里去了，可我却失去了执照。冬天就干了一阵木匠活儿，后来跟一个朋友通信——他是我的老战友，也是你们省里的人，在卡沙里区当司机——他邀请我到他那儿去。他来信说，我可以先去当半年木工，以后可以在他们的省里领到新的开车执照。哪，我们父子俩现在就是要到卡沙里去。

“嗐，说句实话，就是不发生这次撞牛的事，我也还是要离开乌留平斯克的。这颗悲愁的心可不让我在一个地方长待下去。等到我的凡尼亚长大些，得送他上学了，到那时我也许会安定下来，在一个地方落户。可现在还要跟他一块儿在俄罗斯的地面上走走。”

“他走起来很吃力吧？”我说。

“其实他很少用自己的脚走，多半是我让他骑在肩上，扛着他走的；如果要活动活动身体，他就从我的身上爬下来，在道路旁边跳跳蹦蹦跑一阵，好比一只小山羊。这些，老兄，倒没什么，我跟他不论怎么总可以过下去的，只是我的心荡得厉害，得换一个活塞了……有时候，心脏收缩和绞痛得那么厉害，眼睛里简直一片漆黑。我怕有一天会在睡着的时候死去，把我的小儿子吓坏。此外，还有一件痛苦的事：差不多天天夜里我都梦见死去的亲人。而梦见得最多的是：我站在带刺的铁丝网后面，他们却在外边，在另外一边……我跟伊林娜、跟孩子们天南地北谈得挺起劲，可是刚想拉开铁丝网，他们就离开我，就在眼前消失了……奇怪得很，白天我总是显得挺坚强，从来不叹一口气，不叫一声‘哎哟’，可是夜里醒来，整个枕头总是给泪水湿透了……”

这当儿树林里传来了我那个同志的叫声和划桨声。

这个陌生的、但在我已经觉得很亲近的人，站了起来，伸出一只巨大的、像木头一样坚硬的手：

“再见，老兄，祝你幸福！”

“祝你到卡沙里一路平安!”

“谢谢。喂,乖儿子,咱们坐船去。”

男孩子跑到父亲跟前,挨在他的右边,拉住父亲的棉袄前襟,在迈着阔步的大人旁边急急地跑着。

两个失去亲人的人,两颗被空前强烈的战争风暴抛到异乡的沙子……是什么东西在前面等着他们呢? 我希望:这个俄罗斯人,这个具有不屈不挠的意志的人,能经受住一切,而那个孩子,将在父亲的身边逐渐成长,等到他长大了,也能经受住一切,并且克服自己路上的各种障碍,如果祖国号召他这样做的话。

我怀着沉重的忧郁,目送着他们……本来,在我们分别的时候可以平安无事,可是,凡尼亚用一双短小的腿连跳带蹦地跑了几步,忽然向我回过头来,挥动一只嫩红的小手。刹那间,仿佛有一只柔软而尖利的爪子抓住了我的心,我慌忙转过脸去。不,在战争几年中白了头发、上了年纪的男人,不仅仅在梦中流泪;他们在清醒的时候也会流泪。这时重要的是能及时转过脸去。这时最重要的是不要伤害孩子的心,不要让他看到,在你的脸颊上怎样滚动着吝啬而伤心的男人的眼泪……

(草婴　译)

布尔加科夫

米哈伊尔·布尔加科夫(1891—1940),苏联作家,生于基辅,父亲是神学教授。在基辅医学院毕业,当过几年乡村医生。作品有剧本《土尔宾一家的命运》《逃亡》《莫里哀》和小说《大师和马格丽塔》(1929—1940)。早期创作偏于现实主义,描写白卫军运动的必然失败。后期小说想象怪诞,具有魔幻性质。

《钢咽喉》叙述一个年轻医生成功地为一个患白喉的小姑娘动手术的故事,对开刀过程的描写真实细致,塑造了一个胆大而心细的医生形象。作者用的是对话和白描手法,行文简洁而生动。

钢　咽　喉

就这样,剩下了我一个人。四周是 11 月黑暗的夜空,雪花旋转翻飞,房子被埋住了,烟囱呼号着。我一生二十四年都生活在大城市里,我以为暴风雪呼啸只是小说中的描写。原来,暴风雪真的会呼号。这里晚上异常地长,罩着蓝色灯罩的灯映在黑乎乎的窗户上,我望着我左手上的亮点,幻想起来。我向往县城——离我四十俄里。我很想逃离我的诊疗所,到县城去。那里有电灯,有四个医生,可以和他们商量,至少不这么可怕。但逃跑是绝不可能的，有时我自己也明白，这是胆怯。我不正是为此而在医疗系学习的吗……

"……如果送来一个胎位不正的妇女，我怎么办呢？或者，假定说，送来一个患嵌顿疝的病人，我怎么办？劳驾，给我出个主意，四十八天前，我以优异的成绩毕业于医疗系，但是优良成绩是一回事，疝气是另一回事。教授做嵌顿疝气手术我只见过一次。他做手术，我坐在阶梯教室里看，只是……"

一想到疝气，冷汗不止一次顺着我的脊背往下淌。每天晚上我喝够了茶，保持着同一种姿势坐着：左手下面摆着所有产科手术指南，上面是一本小小的道得连[1]；右边放着十本各种带插图的外科手术书。我专心致志地看着书，抽着烟，喝着黑色的冷茶……

我睡着了。我清楚地记得11月29日这天夜里，一阵砰砰的敲门声把我惊醒了。过了大约五分钟，我一面穿裤子，一面目不转睛祈祷似的盯着外科手术的宝书。我听到院子里有雪橇滑木的吱嘎声。我的耳朵变得异常灵敏。原来，好像比疝气、胎位不正更可怕。夜里十一点钟给我的尼科利斯基医院送来了一个小姑娘。值班护士闷声闷气地说：

"一个极其衰弱的女孩，快死了……大夫，到医院去吧……"

我记得，我穿过院子，向医院门口的煤油灯走去，我像着了魔一样望着闪烁的灯光，候诊室已经点亮了灯，我的助手都穿上了白大褂，等待着我。他们是：医士杰米扬·卢基奇，他很年轻，但却是一个很有才能的人，两个有经验的助产士——安娜·尼古拉耶芙娜和佩拉格娅·伊凡诺芙娜。而我不过是个二十四岁的医生，两个月前毕业后就被派来主持尼科利斯基医院了。

医士郑重其事地敞开门，女孩的母亲站在门前。她穿着毡靴飞也似的滑了进来，头巾上的雪花还没有融化。她手里抱着一个包裹，包裹均匀地发出咝咝声和吱吱声，母亲的脸都变了形，她默默地啜泣着。她脱下皮袄，摘下头巾，解开包裹，我看到了一个大约三岁的小女孩。我看了看她，女孩美丽的容貌使我一时忘记了外科手术，忘记了孤独和我那些无用的大学货色，简直忘记了一切。什么能和她相比呢？只有糖果盒上画着这样的孩子——头发自然卷曲，像那即将成熟的黑麦，一圈圈的。眼睛又大又蓝，两腮像洋娃娃。画上的天使就是这样。但是她的眼睛浑浊无光，我明白了，这很可怕，她吸不进空气。"过一小时她就会死去，"我非常自信地想，我的心痛苦地紧缩起来。

小女孩每呼吸一下，咽喉上的小窝便收缩进去，血管鼓胀起来，脸由绯红变成淡紫色。我马上明白了脸色变化的原因，并作出了判断。我立刻了解到是怎么回事，我的初步诊断是完全正确的，主要是和助产士们——她们都是很有经验的——同时作出了相同的诊断："女孩患的是假膜性白喉，咽喉已经被薄膜堵住，很快就会完全堵塞……"

---

① 这里指阿·道得连著《妇科学简明教程·产科手术指南》(莱比锡,1900)。

“小孩病了几天啦?”我问,我的医护人员都默然不语,聚精会神地注视着。

“第五天了,第五天,”母亲回答说,她那呆滞的眼睛直勾勾地望着我。

“假膜性白喉,”我对医士低声说,然后问母亲:

“你是怎么想的? 怎么想的?”

这时我身后传来哭泣的声音:

“第五天了,老爷,第五天!”

我转过身来,看到一个安静的、戴着头巾的圆脸盘老太婆。我想:“要是世界上根本没有这些老太婆,那就好了。”我忧愁地预感到危险,说:

“你,老太太,别说话,你妨碍我工作。”我又问母亲:“你是怎么想的? 五天了吗? 嗯?”

母亲突然机械地把小孩递给老太婆,在我面前跪下来。

“给她点药水吧!”她说着就磕起头。“要是她死了,我就只有上吊。”

“你马上起来,”我回答说,“要不我就不跟你说话了。”

母亲赶快站起来,宽大的裙子窸窣作响,从老太婆手中接过女孩,开始摇晃她。老太婆冲着门框做起祷告来,女孩呼吸时不断发出蛇鸣般的咝咝声。医士说:

“她们尽干这种事,老——百姓。”他说这话时胡髭歪到了一边。

“怎么,就是说,她会死去?”母亲问。我感觉到,她在恶狠狠地望着我。

“会死的,”我肯定地低声说。

老太婆立刻撩起衣襟来擦眼睛。母亲没好气地冲着我喊道:

“救救她吧! 给她,给她点药水!”

我清楚地看到,等待我的是什么,因此我没有动摇。

“我能给她什么药水呢? 你说说。小孩喘不过气来,她的咽喉已经堵住了。

你离我只有十五俄里,把孩子折磨了五天。你现在让我怎么办呢?”

“你知道得更清楚,老爷,”老太婆在我左边用一种矫揉造作的声音哀怨地说,立刻引起了我的憎恶。

“别说话!”我对她说。然后我转向医士,吩咐他把女孩抱过来。母亲把小孩递给助产士,小孩想挣扎,显然,想喊叫,但是她发不出声音来。母亲想保护她,但是我们推开了她。在闪光灯的照射下我察看了女孩的咽喉,在这以前我从来没有见过白喉,曾见过几个轻病号,很快就忘了。女孩的喉咙里有一个白色的裂口在呼哧呼哧地响。女孩突然呼出一口气来,喷在我的脸上,但不知为什么我竟没有担心自己的眼睛,我在想着该怎么办。

“是这样,”我说,对自己的沉着我感到惊奇,“是这么回事。已经晚了,孩子快死了。没有任何办法能救她,只有一个办法——动手术。”

我自己都大吃一惊,我干吗要这么说呢? 但是我不能不说。“如果她们同意呢——”我脑子里闪过这样一个念头。

“怎么动手术?”母亲问。

“在喉头下面切开，插进一个银制的小管子，使孩子能呼吸，这样也许能救她，”我解释说。

母亲像看一个疯子一样看了我一眼，用双手挡住我，护着孩子。老太婆又唠叨起来：

“那怎么行呢！不能开刀！那怎么行？切开喉咙？”

“走开，老太婆！”我憎恶地对她说。“注射樟脑！”我命令医士。

母亲看到注射针，不让医士给孩子注射，但是我们对她解释说，这并不可怕。

“也许，这对她会有帮助？”母亲问。

“一点帮助也没有。”

母亲放声大哭起来。

“别哭，”我说。我掏出手表，又补充说：“让你考虑五分钟。要是你们不同意，五分钟以后我就不能做手术了。”

“我不同意！”母亲断然说。

“我们不同意！”老太婆补充说。

“好吧，随你们的便，”我低沉地说，同时想：“好吧，完了！我倒省事了。我说了话，提了建议，助产士们都睁大了惊愕的眼睛。她们拒绝了，我也得救了。”我刚刚这么想，另一个人就随声附和地帮我说了：

“那怎么行，你们疯了吗？怎么能就这样不同意呢？你们是在毁掉孩子。同意吧。你们不心痛吗？”

“不同意！”母亲又喊道。

我心里想：“我在干什么？我会把孩子杀死的。”可是我说的却是完全不同的话：

“喂，快点，快点同意！同意吧！她的指甲都已发青了。”

“不同意，不同意！”

“那好吧，领她们到病房去，让她们在那里待着。”

她们被领着穿过一条半明不暗的走廊。我听到两个女人的哭声和小女孩的咝咝声。医士很快就回来说：

“她们同意了！”

可我傻眼了，但是我清楚地说道：

“把刀子、剪子、拉钩、探针消毒好！”

过了片刻，我跑步穿过院子，院子里暴风雪像魔鬼一样飞舞，呼啸。我跑回到自己房间里，计算着时间，抓起一本书，翻遍了书页，找到了画着气管切开术的插图。图上一切都很清楚和简单：咽喉是敞开的，手术刀扎进了气管。我开始读正文。但一点也不明白，那些词句好像在眼睛里跳动。我从来没有见过气管切开术。“唉，现在已经晚了，”我想，忧愁地看了一下鲜明的蔚蓝色的插图，我感觉到，一件困难而可怕的工作落到了我的头上。我回到医院，根本没有理会暴风雪。

在候诊室里穿着围裙的老太婆像影子一样缠住了我，她埋怨说：

“老爷,这怎么行,切开孩子的喉咙?怎么能这样呢?她是一个蠢婆娘,她同意了。可我没有同意,我不同意。我同意用药水治疗,我不让你们在喉咙上开刀。”

“让这个老太婆走开!”我喊道,又暴躁地补充说:“你自己才是个蠢婆娘!你自己!她才是聪明人!谁也没有问你!让她走开!”

助产士紧紧地抓住老太婆,把她推出病房。

“准备好了!”医士突然说。

我们走进一间小小的手术室,我像透过帷幕一样看到闪闪发光的器械、晃眼的灯、胶布……我最后一次走到母亲跟前,从她手中夺过小孩。我只听到一个嘶哑的声音说:“丈夫不在家,在城里。他回家知道我干的事以后,会打死我的!”

“会打死的,”老太婆惊恐地看着我,反复地说。

“不准她们进手术室!”我下命令。

手术室里只剩下了我们:医护人员、我和丽特卡——小女孩。她光着身子,坐在手术台上,无声地哭泣着。他们把她放倒在手术台上,按住,把咽喉洗干净,擦了碘酒,我拿起刀来;这时我想:“我是在干什么?”手术室里非常安静。我拿起刀子,在肿胀的白色咽喉上拉了一条垂直线。没有流出一滴血来。我第二次用刀子沿着切开的皮肤之间露出的白色条纹拉了一刀。还是没有一滴血。我使劲回忆解剖图集中的一些插图,用钝的探针慢慢地分离纤细的组织。这时切口下方的一个地方涌出了发黑的血,一瞬间流满了整个切口,顺着脖子往下流。医士用纱布擦血,但是血没有止住。我回忆在大学里看到的一切。开始用镊子夹住切口的边缘,但是丝毫也不见效。

我感到很冷,但我的前额湿透了。我极其后悔,我干吗要上医疗系呢?干吗到这个偏僻的地方来呢?在怨恨绝望中我不加考虑地把镊子塞进去,塞进切口旁边的一个地方,咔嚓一声夹住了,血马上就停止了。我们把切口用一团团的纱布吸干,呈现在我面前的切口是干净的,完全不可理解的。哪儿也没有气管。我做的切口和哪一张插图都不像。我完全是机械地、糊里糊涂地、时而用刀子、时而用镊子在切口中瞎掏,寻找气管,这样过了两三分钟。又过了两分钟,我已不抱找到气管的希望了。我想:“完了,我干吗要做这个手术呢?我完全可以不建议动手术的,丽特卡就会安安静静地在我的病房里死去,可是现在她将带着切开的咽喉死去。我永远也无法证明:她反正是要死去的,我没有伤害她……”助产士默默地给我擦了一下前额。我想放下刀子说:“我不知道往下怎么做了。”这时我仿佛看到了母亲的眼睛。我又举起刀子,莫名其妙地、深深地、急剧地切了一刀,喉头的组织散开了,突然在我的面前出现了气管。

“拉钩!”我声音嘶哑地急忙说。

医士递给了我。我从一边插进一个拉钩,从另一边插进另一个,还有一个递给了医士。现在我看到的只有一个东西:浅灰色的咽喉圈。我把锋利的刀子扎进咽喉——我茫然了。咽喉从切口中凸出来,我脑子里闪过一个念头,医士发疯了。他突然开始往外揪咽喉。两个助产士在我身后哎哟了一声。我抬起眼睛一看,我明白发生了什么事:原来,医士因闷热而要晕倒了,但他没有放下拉钩,拉出了气管。我想:“一切都跟我作对,命该如此,现在,毫无疑问,我们杀死了丽特卡了。”我心里又严厉地补充说:“我一回到家,就开枪自杀。”这时护士长凶猛地向医士冲过去,从他手里接过拉钩,显然她很有经验,她咬紧牙关说:

“继续做,大夫……”

医士砰的一声倒下了,但是我们谁也没有去管他。我把刀子扎进咽喉,然后把银制的小管插进去,小管顺利地插进去,但丽特卡一动也不动。空气没有进入她的咽喉,而这时正需要空气。我深深地吸了一口气,停下来,下面我就不会做了。我很想向某一个人请求原谅,对自己的轻率行为表示后悔,后悔我进了医疗系。一片寂静。我看到,丽特卡在发青。我想扔下一切去大哭一场,突然丽特卡奇怪地颤动了一下,小管里像喷泉一样喷出浓厚的淤血,空气咝咝地透进她的咽喉;后来女孩便开始呼吸起来,并大声哭起来。医士在这一瞬间欠起身来,他脸色苍白,汗流满面,迟钝而惊恐地看了一下咽喉,开始帮助我缝切口,我像做梦一样,透过蒙住眼睛的一层汗水,看到助产士们的幸福笑脸,其中一个对我说:

“大夫,你的手术做得好极了。”

我以为,她这是在嘲笑我,便忧郁地皱着眉头望了她一下。后来门开了,吹进了新鲜空气。丽特卡盖着床单被推了出去,母亲立刻出现在门口。她的眼睛像野兽的眼睛一样,她问我:

“怎么样?”

当我听到她的声音时,我背上的汗水直流,只是这时我才考虑,如果丽特卡死在手术台上,那会怎么样。但是我用极其平静的声音回答她:

“你放心,她活着。我想她能活。只是在管子拔出前,什么话也不能说,你们别害怕。”

这时老太婆好像从地底下钻出来似的,对着门框,对着我,对着天花板画十字。但是我已不生她的气了。我转过身来,吩咐给丽特卡注射樟脑,轮流值班看护她。然后我穿过院子回到自己的办公室去。记得我的办公室里正亮着蓝色的灯,摆着道得连的小册子,书籍乱堆着。我走近沙发,和衣躺下,什么也看不到了:我睡着了,连个梦也没做。

过了一个月,又过了一个月。我已见得多了,有些病情比丽特卡的咽喉更可怕。我已忘了丽特卡的咽喉。周围都是雪,我接诊的病人一天比一天多。有一次,在新的一年里,一个妇女走进候诊室来,她手里拉着一个裹得像床头柜的女孩。妇女的眼睛炯炯发光。我仔细一看,认出来了。

“啊呀,丽特卡!喂,怎么样?”

“一切都很好。”

解开了丽特卡的衣领。她腼腆,怕见生人,但我还是抬起她的下巴看了一下。绯红的脖子上有一道垂直的深棕色的刀疤和两条横向的细细的缝合线。

“一切正常,”我说,“可以不再来了。”

“谢谢您，大夫，谢谢，”母亲说，又嘱咐丽特卡：

“对叔叔说谢谢！”

但丽特卡什么也不想对我说。

以后我再也没有见到她。我慢慢忘掉了她。我接诊的病人越来越多。有一天我接诊了一百一十个病人。我们上午九点开诊，一直工作到晚上八点钟。我摇摇晃晃地脱下工作服。护士长——医士对我说：

“你的病人这么多，应该感谢气管切开术。您知道村里人们在说什么吗？似乎你给生病的丽特卡换了一个钢咽喉，然后缝上。人们都特地来到这个村来看她。这是您的光荣，大夫，祝贺您。”

“她就这样带着个钢咽喉生活吗？”我问道。

“就这样生活。是啊，您是好样的，大夫。您做手术很冷静，太好了！”

“嗯……你知道，我从来不发慌。”不知为什么我这样说，但是我感到，我疲劳得连表示惭愧都不能了，只是把眼睛转向一边。我和她告了别，回到自己的房间去。大雪纷飞，盖住了一切，油灯闪闪发光，我的住房宁静而孤傲。在我走回去的时候，我只希望一件事——睡觉。

（吴育群　译）

芥川龙之介

芥川龙之介（1892—1927），日本小说家，生于东京，生后九个月，因母亲精神失常，过继给舅父做养子，养父是土木科长。1913年入东京大学英文系，1924年与人合编《新思潮》。毕业后在横须贺海军机关学校任教三年，以后进入大阪每日新闻社。1921年来过我国。由于思想极度矛盾，服安眠药自杀。他写过一百四十多篇小说，以古喻今，揭露现实的丑恶，表述对人生的看法。语言典雅，布局巧妙，心理描写细腻，机智含蓄。

《罗生门》表现了资本主义的弱肉强食和利己主义。小说从写景开始，引入人物，再细致地写出人物心理演变的过程：那个仆人看到老妪拔下死人的头发，做成发髻，卖钱糊口，从中悟出要生存便顾不了道德，于是也干起强盗的营生。这个结尾既出人意料，又合乎情理。

罗　生　门[①]

一天傍晚时分，站在罗生门下的一个仆人等着雨住下来。

在宽阔的城楼下边，除了这个仆人，一个人也没有。只有朱漆剥落的高大圆柱上，停着一只蟋蟀。罗生门既然位于朱雀大路，除了这个仆人，总还应该有两三个避雨的戴市女笠或软乌帽的庶民。然而，除了这个仆人之外，却一个人也没有。

说起这两三年，在京都，地震啦，旋风啦，火灾啦，饥馑啦等等，灾难一起起地接连不断。这个都城因此变得极其荒凉。根据古时候记载，那时曾经把佛像、佛具砸碎，把这些涂着红漆的，或带着金银箔的木头，堆在路旁，当柴禾卖掉。都城既然是这么一种情况，整修罗生门这种事，当然就没有人去过问了。于是，趁着这个荒凉颓落的时机：狐狸栖息，盗贼藏身。到了后来，连没有人认领的尸体，也被拖到这个城楼里来丢弃而去，久而久之竟成了习惯。因此，一到太阳落下的时候，不论是谁都会觉得毛骨悚然，不敢到这所城楼跟前来。

相反的，不知从什么地方飞来成群的乌鸦。在白天看，不知道多少只乌鸦绕着圈儿，围着高高的鸱尾，一边叫一边盘旋着。但是到了夕阳映得这城楼的上空通红的时刻，那些乌鸦却像撒下的芝麻似的，看得清清楚楚。乌鸦当然是来啄食城楼上的死人肉的。——然而在今天，可能是因为时刻晚了的缘故，竟然看不到一只乌鸦。看到的只是到处将要断裂，并且在裂缝中间长出老高的青草的石阶上，黏着白色的斑斑点点的鸦粪。仆人穿着洗褪了色的藏青色袢子，一屁股坐在七级石阶的最上边的一级。他一方面因为右颊长出的很大的面疱而心情烦恼，另一方面呆呆地眺望着落下的雨。

作者方才说过："一个仆人等着雨住下来。"可是即使是雨住下来，老实说，仆人也没有什么好办法。如果在平时，他当然是应该回到主人的家里去。然而在四五天之前，主人把他解雇了。正如我在前边写过的那样，当时京都的街道变得极其荒凉。眼下这个仆人，被服侍多年的主人给解雇了，其实也只不过是这个都城衰落下来的一个小小的余波罢了。所以，与其说"一个仆人等着雨住下来"，倒不如说"遇雨受阻的一个仆人，无路可走，陷入困境"，倒更确切。况且，今天的天色也给这个平安朝[②]的仆人那种多愁善感的情绪，带来很大的影响。从申末下起来的雨，现在仍然没有住下来的样子。这时候，仆人眼前想的是明天的生活怎么办？——也就是说，怎样才能摆脱毫无指望的困境。他一边不得要领地想着，一边心不在焉地听着溅落在朱雀大路上的雨声。

雨包围着罗生门，从远处，刷刷地发着声响扑过来。昏暗的傍晚，使天空渐渐低下去，仰头向上看，城楼楼顶那斜着伸出去的雕甍，支撑着沉重的微暗的云层。

---

① 正名应叫罗城门，公元8世纪末建立的日本平安京（在京都）南面的正门，和北面的朱雀门相对。是高大的双层城门，今已不存。

② 平安朝（794—1192）以平安京为京都，分初、中、后三期，这篇小说描写的是末期的12世纪院政期。

为了摆脱毫无指望的困境,已经没有时间去考虑选择什么手段了。如果考虑选择什么手段的话,那就只能活活饿死在泥板墙下,大路道旁了。死后就会被拖到这个城楼上,像扔一条狗似的被一扔了事。"如果是不择手段"——仆人想,他在这条道上徘徊了好久,最后才来到了这个地方。可是这个"如果",永远不采取行动,到最后还是个"如果"。仆人虽然决定不择手段了,然而由于"如果"变成行动,那么跟着而来的一个问题当然就是:"除了当强盗,别无他法",他对这件事仍然没有足够的肯定的勇气。

仆人打了一个很大的喷嚏,接着疲惫地站了起来。京都的傍晚变得很冷,冷得使人很想能有一个火炉才好。寒风从城楼的柱子中间,跟着夜晚一起,肆无忌惮地蹿了起来。红漆柱子上停着的那只蟋蟀,已经不知道藏到什么地方去了。

仆人缩着脖子,高高耸起在黄色汗衫上面套着藏青色褂子的肩头,向城楼四周看了看。他想找一个躲避风雨、避人耳目,能安安稳稳睡上一夜的地方;如果有,好歹就在这儿过上一夜。这时他正好看到了登上城楼的那个很宽的,并且是涂着红漆的楼梯。城楼上就是有人,反正也都是死人。仆人留心着腰间挂着的木柄长刀,免得出了鞘,迈起穿着草鞋的脚,踏上那楼梯最下边的一级。

几分钟之后,在登上罗生门城楼很宽的楼梯的中段,一个男人像猫似的缩着身子,屏着气息,窥视着上边的情况。从城楼照射下来的火光,模糊地照出这个男人的右颊。这是一张短须中长着红肿化脓的面疱的脸颊。仆人最初以为城楼上没有什么了不起,都是些死人罢了。当他踏上两三级楼梯一看,在城楼上不知是什么人点起了火,那火光在各处闪动着。昏浊的黄色的火光,在城楼各个角落挂着蜘蛛网的顶棚上摇动着,映照着。看到这个就立刻会使人明白:在这雨夜里,在这罗生门的城楼上点着火的,大概不是普通的人。

仆人像蜥蝎似的蹑着脚,好不容易爬上很陡的楼梯最上边一级。并且伏着身子,尽量伸长了脖子,胆战心惊地窥视着城楼里的情况。

一看那城楼里,正像传闻的那样,有几具尸体横七竖八地扔在那儿。但是由于火光照射的范围比自己想象的还要狭小,看不清楚到底有几具尸体。只是模模糊糊地看到,那里有赤身裸体的尸体和穿着衣服的尸体。自然男男女女似乎都混杂在一起。这种情形简直使人有些怀疑那些尸体曾经是活人,他们好像是捏的泥人,有的张着嘴,有的伸着手,横七竖八地躺在地板上。暗淡的火光投射到肩膀和胸脯突起的部分,而使低凹部分的暗影更加昏暗,像哑巴似的永世沉默着。

仆人闻到了这些尸体的臭气,不由地捂住了鼻子。然而那手在抬起的一瞬间,又完全忘记了捂鼻子。因为一种强烈的刺激,几乎完全夺去了这个男人的嗅觉。

这时候,仆人才发现有一个人蹲在那些尸体中间。这是一个穿着黑衣服的矮小、瘦弱、白发、像猴子似的老太婆。那老太婆右手拿着燃烧着的松明,在仔细盯着看一具尸体的脸。从那长长的头发上看,可能是个女尸。

仆人为六分恐怖、四分好奇心所吸引,暂时连气也不敢出了。借用古书作者的话说,使人感到"毛骨悚然"。于是,老太婆把松明插到楼板缝里,接着向方才盯着看的死尸的头部,伸出两手去,像老猴给小猴捉虱子那样,开始一根一根地拔那长头发。头发好像一拔就拔下来了。

看着头发一根一根拔下来,仆人内心的恐惧就渐渐地消失了。并且同时,渐渐地增长起对这个老太婆的一种强烈的憎恶情绪。——哦,说"对这个老太婆",也许有语病,倒不如说,在不断地增强起对一切恶的反感。这时候,如果有什么人对这个仆人重新提出方才在罗生门下边他自己想过的那个问题:"是饿死呢？还是当强盗呢?"恐怕这个仆人会毫不留恋地选择饿死这条道路。这个人对恶的憎恨,就像老太婆插在楼板缝里的松明,猛烈地燃烧起来。

仆人当然不知道,老太婆为什么拔死人的头发。所以,从"合理性"来说,他也不知道这到底是应该属于善还是属于恶。但是从仆人来说,在这雨夜里,在这罗生门城楼上拔死人的头发,那当然是绝对不能宽恕的恶了。仆人自己方才想当强盗的事,自然他早就忘到脑后去了。

于是,仆人两脚用力,突然从楼梯一跃而上,并且他手握木柄大刀,大步走到老太婆跟前。老太婆自然是大吃一惊。

老太婆一眼看见仆人,就像被强弩弹了出去似的,一下子跳了起来。

"你这东西,往哪里跑!"

老太婆在尸体中间绊着觔斗,慌慌张张地想要逃跑,仆人堵住了她的去路,这样骂道。尽管这样,老太婆仍然想冲开仆人逃跑。仆人不放她走,把她硬拉了回来。两个人在尸体中间,默默地扭打了一会。但是胜败一开始就决定了。仆人终于抓住了老太婆的胳膊,硬是把她扭倒在地上。那胳膊像鸡腿一样,完全是皮包骨。

"你在干什么？说！不说,看这个!"

仆人甩开老太婆,突然拔刀出鞘,钢刀闪着寒光,横在老太婆眼前。然而,老太婆不说话。她两手发抖,急促地喘着气,两眼睁得眼珠子似乎要从眼眶里掉出来,哑巴似的硬是不开口。看了这种情况,仆人才明确意识到,这个老太婆的生死,完全由他的意志来决定了。仆人的这种意思,不知什么时候把方才猛烈燃烧起来的憎恶的情绪一扫而光。剩下的只是圆满地完成工作时,那种洋洋得意和心满意足罢了。

这时,仆人低头看着老太婆,声音稍微温和些说:"我并不是检非违使①衙门里的官吏,我是刚才走过这个城楼的过路人。所以,我并不是想要把你捉起来,只是你要好好对我说,你这个时候在这个城楼上干什么就行了。"

这时,老太婆的眼睛睁得更大了,目不转睛地盯着那个仆人的脸。这是一双眼眶赤红,鸷鸟般的、锋锐犀利的眼睛在看他。同时,皮肤皱得几乎和鼻子连接在一起的嘴唇,好像在嚼着什么东西似的在蠕动着。细脖子上尖瘦的喉头也在蠕动着。这时,仆人听到老太婆喘吁吁从喉咙发出好像乌鸦叫似的声音:"拔这头发嘛,拔这头发嘛,想做假发啊!"

---

① 检非违使是日本平安时代的官名,掌管治安、监察和司法等工作。

仆人没料到老太婆的回答是这样平常,很是失望。在失望的同时,方才的憎恶情绪和冷冷的蔑视,又一齐涌上心头。那脸色,对方大概也看到了,老太婆一只手还拿着从死尸头上拔下来的头发,发出蛤蟆一样的聒噪声,结结巴巴地说:

"说实话,拔死人的头发,也许是缺德的事。可是,对这些死人这么干,那倒也活该!现在我拔头发的这个女人,她把蛇切成四寸来长,晒干了拿到带刀[①]的警卫房去当干鱼卖呢!要是她不得瘟病死了,大概现在还在干这种买卖呢。尽管这样,别人还说这女人卖的干鱼,味道好,那些带刀的还把它当成不可缺少的副食品来买。我倒不觉得这女人干的事就怎么坏!要是不这么干,就得饿死,这也是没有出路才干的啊!所以,现在我干这个,我也不认为是什么坏事呀!我要是不这么干,那也得饿死呀!我也是没有出路才这么干的啊!是啊,这女人对我没有出路这一点是很了解的,大概也会原谅我干的这种事吧!"

老太婆唠唠叨叨说了这些话。

仆人把大刀插进刀鞘里,一边用左手按着刀把,一边冷冷地听着。右手自然是在按着红面孔上的化脓的大面疱。但是,听着听着,仆人心中产生了一种勇气,这正是不久前在城楼下边,这个男人所缺少的那种勇气。同时,也是和不久前登上这个城楼,抓住这个老太婆时的那种勇气向全然相反的方向发展的一种勇气。仆人是饿死呢,还是当强盗,已经不再是难于抉择的问题了。从这时候的仆人的心情来说,他根本不去想饿死的问题,把它完全扔到脑后去了。

"你说的是真话吗?"

老太婆说完话,仆人就用嘲弄的口气叮问了一句。同时向前走了一步,右手冷不丁离开面颊上的面疱,抓住老太婆的脖领,怒声喝道:"那么,我剥了你衣服,你也用不着恨我了吧!我要是不这么干,我也就饿死了!"

仆人迅速地剥下了老太婆的衣服。把想要抱住他的腿的老太婆,狠狠一脚踢倒在死尸上。到楼梯口,只有五步远。仆人把剥下来的藏青色的衣服夹在腋下,一转眼工夫顺着很陡的楼梯,消失在黑洞洞的夜里了。

过了一会儿,好像昏死过去倒在那儿的老太婆,光着身子从尸体中间爬起来。老太婆一边发出既像嘟囔又像呻吟似的声音,一边借着还在燃烧着的火光,爬到楼梯口。在那儿倒垂着短短的白发,向罗生门下边望着。外边是黑漆漆的夜。

仆人的去向谁也不知道。

(吕元明　译)

---

① 带刀,原文作太刀带,日本古代京都春宫坊的侍卫。

川端康成

川端康成(1899—1972),日本小说家,生于大阪,父亲是医生。三岁时成了孤儿,七岁时同又聋又瞎的祖父相依为命。十六岁时祖父去世,他离开故乡,投靠舅父。1920年进入东京帝国大学英文系,1924年与人合办《文艺时代》,发起新感觉运动。1948年至1965年任日本笔会会长。获1968年诺贝尔文学奖。1972年开煤气自杀。重要小说有《雪国》(1935—1949)、《千鹤》(1949—1951)、《古都》(1961—1962)。他的作品多为表现男女情爱,对艺妓的描写尤为独到。川端康成主张对世界的认识,意在主观,重在感觉,采用自由联想,充满诗情画意,文笔优美。

《伊豆的舞女》描绘了一个天真未凿、烂漫可爱的小舞女。感到人生孤寂的“我”,对她萌生出朦胧的情意。分手时,他郁积心头的苦闷冰释了。小说表现了作者对下层人物的满腔同情,从中也反映作者对人生的启示。通篇充满青春的魅力、抒情的气息,诗意浓郁,被看作日本青春文学的杰作。

伊豆的舞女

一

山路变得弯弯曲曲,快到天城岭了。这时,骤雨白亮亮地笼罩着茂密的杉林,从山麓向我迅猛地横扫过来。

那年我二十岁,头戴高等学校①的制帽,身穿藏青碎白花纹上衣和裙裤,肩挎一个学生书包。我独自到伊豆旅行,已是第四天了。在修善寺温泉歇了一宿,在汤岛温泉住了两夜,然后登着高齿木屐爬上了天城山。重叠的山峦,原始的森林,深邃的幽谷,一派秋色,实在让人目不暇接。可是,我的心房却在猛烈跳动。因为一个希望在催促我赶路。这时候,大粒的雨点开始敲打着我。我跑步登上曲折而陡峭的山坡,好不容易爬到了天城岭北口的一家茶馆,吁了一口气,呆若木鸡地站在茶馆门前。我完全如愿以偿。巡回艺人一行正在那里小憩。

舞女看见我呆立不动,马上让出自己的坐垫,把它翻过来,推到了一旁。

“噢……”我只应了一声,就在这坐垫上坐下。由于爬坡气喘和惊慌,连“谢谢”这

① 高等学校,即旧制大学预科。

句话也卡在嗓子眼里说不出来了。

我就近跟舞女相对而坐,慌张地从衣袖里掏出一支香烟。舞女把随行女子跟前的烟灰碟推到我面前。我依然没有言语。

舞女看上去约莫十七岁光景。她梳理着一个我叫不上名字的大发髻,发型古雅而又奇特。这种发式,把她那严肃的鹅蛋形脸庞衬托得更加玲珑小巧,十分匀称,真是美极了。令人感到她活像小说里的姑娘画像,头发特别丰厚。舞女的同伴中,有个四十出头的妇女、两个年轻的姑娘;还有一个二十五六岁的汉子,他身穿印有长冈温泉旅馆字号的和服外褂。

舞女这一行人至今我已见过两次。初次是在我到汤岛来的途中,她们正去修善寺,是在汤川桥附近遇见的。当时有三个年轻的姑娘。那位舞女提着鼓。我不时地回头看看她们,一股旅行的情趣油然而生。然后是翌日晚上在汤岛,她们来到旅馆演出。我坐在楼梯中央,聚精会神地观赏着那位舞女在门厅里跳舞。

……她们白天在修善寺,今天晚上来到汤岛,明天可能越过天城岭南行去汤野温泉。在天城山二十多公里的山路上,一定可以追上她们的。我就是这样浮想联翩,急匆匆地赶来的。赶上避雨,我们在茶馆里相遇了。我心里七上八下。

不一会儿,茶馆老太婆把我领到另一个房间去。这房间大概平常不用,没有安装门窗。往下看去,优美的幽谷,深不见底。我的肌肤起了鸡皮疙瘩,牙齿咯咯作响,浑身颤抖了。我对端茶进来的老太婆说了声:“真冷啊!”

“唉哟!少爷全身都淋湿了。请到这边取取暖,烤烤衣服吧。”

老太婆语音未落,便拉着我的手,把我领到她们的起居室去了。

这个房间里装有地炉,打开拉门,一股很强的热气便扑面而来。我站在门槛边踟蹰不前。只见一位老大爷盘腿坐在炉边。他浑身青肿,活像个溺死的人。他那两只连瞳孔都黄浊的、像是腐烂了的眼睛,倦怠地朝我这边瞧着。身边的旧信和纸袋堆积如山。说他是被埋在这些故纸堆里,也不过分。我呆呆地只顾望着这个山中怪物,怎么也想象不出他还是个活人。

“让你瞧见这副有失体面的模样……不过,他是我的老伴,你别担心。他相貌丑陋,已经动弹不了,请将就点吧,”老太婆这么招呼说。

据老太婆谈,老大爷患了中风症,半身不遂。他身边的纸山,是各县寄来的治疗中风症的药方,以及从各县邮购来的盛满治疗中风症药品的纸袋。听说,凡是治疗中风症的药方,不管是从翻山越岭前来的旅客的口中听到的,或是从新闻广告中读到的,他都一一打听,照方抓药。这些信和纸袋,他一张也不扔掉,都堆放在自己的身边,凝视着它们打发日子。天长日久,这些破旧的废纸就堆积如山了。

老太婆讲了这番话,我无言以对,在地炉边上一味把脑袋耷拉下来。越过山岭的汽车,震动着房子。我落入沉思:秋天都这么冷,过不多久白雪将铺满山头,这位老大爷为什么不下山呢?我的衣衫升腾起一股水蒸气,炉火旺盛,烤得我头昏脑涨。老太婆在铺面上同巡回演出的女艺人攀谈起来。

“哦,先前带来的姑娘都这么大了吗?长得蛮标致的。你也好起来了,这样娇美。姑娘家长得真快啊。”

不到一小时的工夫,传来了巡回演出艺人整装出发的声响。我再也坐不住了。不过,只是内心纷乱如麻,却没有勇气站起来。我心想:虽说她们长期旅行走惯了路,但毕竟还是女人,就是让她们先走一二公里,我跑步也能赶上。我身在炉旁,心却是焦灼万分。尽管如此,她们不在身旁,我反而获得了解放,开始胡思乱想。老太婆把她们送走后,我问她:

“今天晚上那些艺人住在什么地方呢?”

“那种人谁知道会住在哪儿呢,少爷。什么今天晚上,哪有固定住处的哟。哪儿有客人,就住在哪儿呗。”

老太婆的话,含有过于轻蔑的意思,甚至煽起了我的邪念:既然如此,今天晚上就让那位舞女到我房间里来吧。

雨点变小了,山岭明亮起来。老太婆一再挽留我说:“再待十分钟,天空放晴,定会分外绚丽。”可是,说什么我再也坐不住了。

“老大爷,请多保重,天快变冷了,”我由衷地说了一句,站了起来。老大爷呆滞无神,动了动枯黄的眼睛,微微点了点头。

“少爷!少爷!”老太婆边喊边追了过来,“你给这么多钱,我怎么好意思呢。真对不起啊。”

她抱住我的书包,不想交给我。我再三婉拒,她也不答应,说要把我直送到那边。她反复唠叨着同样的话,小跑着跟在我后头走了一町远。

“怠慢了,实在对不起啊!我会好生记住你的模样。下次路过,再谢谢你。下次你一定来呀。”

我只是留下一个五角钱的银币,她竟如此惊愕,感动得热泪都快要夺眶而出。而我只想尽快赶上舞女。老太婆步履蹒跚,反而难为我了。我们终于来到了山岭的隧道口。

“太谢谢了。老大爷一个人在家,请回吧。”我说过之后,老太婆好歹才放开了书包。

走进黑魆魆的隧道,冰凉的水滴滴答答地落下来。前面是通向南伊豆的出口,露出了小小的亮光。

二

山路从隧道出口开始,沿着崖边围上了一道刷成白色的栏杆,像一道闪电似的伸延过去。极目展望,山麓如同一副模型,从这里可以窥见艺人们的倩影。走了不到七百米,我追上了她们一行。但我不好突然放慢脚步,便佯装冷漠的样子,赶过了她们。独自走在前头二十米远的汉子,一看见我,就停住了步子。

“您走得真快……正好,天放晴了。”

我如释重负,开始同这汉子并肩行走。这汉子连珠炮似的向我问东问西。姑娘们看见我们两人谈开了,便从后面急步赶了上来。

这汉子背着一个大柳条包。那位四十岁的女人,抱着一条小狗。大姑娘挎着包袱。另一个姑娘拎着柳条包。各自都拿着大件行李。舞女则背着鼓和鼓架。四十岁的女人慢慢地也同我搭起话来。

“他是高中生呐,”大姑娘悄声对舞女说。

我一回头,舞女边笑边说:

“可能是吧。这点事我懂得。学生哥常来岛上的。”

这一行是大岛波浮港人。她们说,她们春天出岛,一直在外,天气转冷了,由于没做过冬准备,计划在下田待十天左右,就从伊东温泉返回岛上。一听说是大岛,我的诗兴就更浓了。我又望了望舞女秀美的黑发,询问了大岛的种种情况。

“许多学生哥都来这儿游泳呢,”舞女对女伴说。

“是在夏天吧?”我回头问了一句。

舞女有点慌张地小声回答说:“冬天也……”

“冬天也? ……”

舞女依然望着女伴,舒开了笑脸。

“冬天也能游泳吗?”我重问了一遍。

舞女脸颊绯红,非常认真地轻轻点了点头。

“真糊涂,这孩子。”四十岁的女人笑了。

到汤野,要沿着河津川的山涧下行十多公里。翻过山岭,连山峦和苍穹的色彩也是一派南国的风光。我和那汉子不住地倾心畅谈,亲密无间。过了荻乘、梨木等寒村小庄,山脚下汤野的草屋顶,便跳入了眼帘。我断然说出要同她们一起旅行到下田。汉子喜出望外。

来到汤野的小客店前,四十岁的女人脸上露出了惜别的神情。那汉子便替我说:

“他说,他要跟我们搭伴呐。”

她漫不经心地答道:“敢情好。‘出门靠旅伴,处世靠人缘’嘛。连我们这号微不足道的人,也能给您消愁解闷呐。请进来歇歇吧。”

姑娘们都望了望我,显出若无其事的样子。她们一句话也没说,只是羞答答地望着我。

我和大家一起登上客店的二楼,把行李卸了下来。铺席、隔扇又旧又脏。舞女从楼下端茶上来。她刚在我的面前跪坐下来,脸就臊红了,手不停地颤抖,茶碗险些从茶碟上掉下来,于是她就势把它放在铺席上了。茶碗虽没落下,茶却洒了一地。看见她那副羞涩柔媚的表情,我都惊呆了。

“哟,讨厌。这孩子有恋情哩。瞧,瞧……”四十岁的女人吃惊地紧蹙起双眉,把毛巾扔了过来。舞女捡起手巾,拘谨地揩了揩铺席。

我听了这番意外的话,猛然联想到自己。我被山上老太婆煽起的遐思,戛然中断了。

这时候，四十岁的女人仔细端详了我一番，抽冷子说：

“这位书生穿藏青碎白花纹布衣，真是潇洒英俊啊。”

她还反复地问身旁的女人：“这碎白花纹布衣，同民次的是一模一样的。瞧，对吧，花纹是不是一样呢？”

然后，她对我说：

“我在老家还有一个上学的孩子。现在想起来了，你这身衣服的花纹，同我孩子那身碎白花纹是一模一样的。最近藏青碎白花纹布好贵，真难为我们啊。”

“他上什么学校？”

“上普通小学五年级。”

“噢，上普通小学五年级，太……”

“是上甲府的学校。我长年住在大岛，老家是山梨县的甲府。”

小憩一小时之后，汉子带我到了另一家温泉旅馆。这以前，我只想着要同艺人们同住在一家小客店里。我们从大街往下走过百来米的碎石路和石台阶，踱过小河边公共浴场旁的一座桥。桥那边就是温泉旅馆的庭院。

我在旅馆的室内浴池洗澡，汉子跟着进来了。他说，他快二十四岁了，妻子两次怀孕，不是流产，就是早产，胎儿都死了。他穿着印有长冈温泉字号的和服短外褂，起先我以为他是长冈人。从长相和言谈来看，他是相当有知识的。我想，他要么是出于好奇，要么是迷上了卖艺的姑娘，才帮忙拿行李跟着来的。

洗完澡，我马上吃午饭。早晨八点离开汤岛，这会儿还不到下午三点。

汉子临回去时，从庭院里抬头望着我，同我寒暄了一番。

“请拿这个买点柿子尝尝吧！从二楼扔下去，有点失礼了。”我说罢，把一小包钱扔了下去。汉子谢绝了，想要走过去，但纸包却已落在庭院里，他又回头捡了起来。

“这样不行啊。”他说着把纸包抛了上来，落在茅屋顶上。我又一次扔下去。他就拿走了。

黄昏时分，下了一场暴雨。巍巍群山染上了一层白花花的颜色。远近层次已分不清了。前面的小河，眼看着变得浑浊，成为黄汤了。流水声更响了。这么大的雨，舞女们恐怕不会来演出了吧。我心里这么想，可还是坐立不安，一次又一次地到浴池去洗澡。房间里昏昏沉沉的。同邻室相隔的隔扇门上，开了一个四方形的洞，门框上吊着一盏电灯。两个房间共用一盏灯。

暴雨声中，远处隐约传来了咚咚的鼓声。我几乎要把挡雨板抓破似的打开了它，把身子探了出去。鼓声迫近了。风雨敲打着我的头。我闭目聆听，想弄清那鼓声是从什么地方传来，又是怎样传来的。良久，又传来了三弦琴声。还有女人的尖叫声、嬉闹的欢笑声。我明白了，艺人们被召到小客店对面的饭馆，在宴会上演出。可以辨出两三个女人的声音和三四个男人的声音。我期待着那边结束之后，她们会到这边来。但是，那边的筵席热闹非凡，看来要一直闹腾下去。女人刺耳的尖叫声像一道道闪电，不时地划破黑魆魆的夜空。我心情紧张，一直敞开门扉，惘然呆坐着。每次听见鼓声，心胸就豁然开朗。

“啊,舞女还在宴席上坐着敲鼓呐。”

鼓声停息,我又不能忍受了。我沉醉在雨声中。

不一会儿,连续传来了一阵紊乱的脚步声。他们是在你追我赶,还是在绕圈起舞呢？嗣后,又突然恢复了宁静。我的眼睛明亮了,仿佛想透过黑暗,看穿这寂静意味着什么。我心烦意乱,那舞女今晚会不会被人玷污呢？

我关上挡雨板,钻进被窝,可我的心依然阵阵作痛。我又去浴池洗了个澡,暴躁地来回划着温泉水。雨停了,月亮出来了。雨水冲洗过的秋夜,分外皎洁,银亮银亮的。我寻思:就是赤脚溜出浴池赶到那边去,也无济于事。这时,已是凌晨两点多钟了。

三

翌日上午九时许,汉子又到我的住处来访。我刚起床,邀他一同去洗澡。南伊豆是小阳春天气,一尘不染,晶莹透明,实在美极了。在浴池下方的上涨的小河,承受着暖融融的阳光。昨夜的烦躁,自己也觉得如梦似幻。我对汉子说:

“昨夜里闹腾得很晚吧?”

“怎么,都听见了?”

“当然听见罗。”

“都是本地人。本地人净瞎闹,实在没意思。”

他装出无所谓的样子。我沉默不响。

“那伙人已经到对面的温泉浴场去了……瞧,似乎发现我们了,还在笑呐。”

顺着他手指的方向,我看见河对面那公共浴场里,热气腾腾的,七八个光着的身子若隐若现。

一个裸体女子突然从昏暗的浴场里面跑了出来,站在更衣处伸展出去的地方,做出一副要向河岸下方跳去的姿势。她赤条条的一丝不挂,伸展双臂,喊叫着什么。她,就是那舞女。洁白的裸体,修长的双腿,站在那里宛如一株小梧桐。我看到这幅景象,仿佛有一股清泉荡涤着我的心。我深深地吁了一口气,扑哧一声笑了。她还是个孩子呐。她发现我们,满心喜悦,就这么赤裸裸地跑到日光底下,踮起足尖,伸直了身躯。她还是个孩子呐。我更是快活、兴奋,又嘻嘻地笑了起来。脑子清晰得好像被冲刷过一样。脸上始终漾出微笑的影子。

舞女的黑发非常浓密,我一直以为她已有十七八岁了呢。再加上她装扮成一副妙龄女子的样子,我完全猜错了。

我和汉子回到了我的房间。不多久,姑娘到旅馆的庭院里观赏菊圃来了。舞女走到桥当中。四十岁的女人走出公共浴场,看见了她们两人。舞女紧缩肩膀,笑了笑,让人看起来像是在说:要挨骂的,该回去啦。然后,她疾步走回去了。四十岁的女人来到桥边扬声喊道:

“您来玩啊!”

“您来玩啊!”大姑娘也同样说了一句。

姑娘们都回去了。那汉子到底还是静坐到傍晚。

晚间,我和一个纸张批发商下起围棋来,忽然听见旅馆的庭院里传来的鼓声。我刚要站起来,就听见有人喊道:

“巡回演出的艺人来了。”

“嗯,没意思,那玩意儿。来,来,该你下啦。我走这儿了。”纸商说着指了指棋盘。他沉醉在胜负之中了。我却心不在焉。艺人们好像要回去,那汉子从院子里扬声喊了一句:“晚安!”

我走到走廊上,招了招手。艺人们在庭院里耳语了几句,就绕到大门口去。三个姑娘从汉子身后挨个向走廊这边说了声:“晚安。”便垂下手施了个礼,看上去一副艺妓的风情。棋盘上霎时出现了我的败局。

“没法子,我认输了。”

“怎么会输呢。是我方败着嘛。走哪步都是细棋。”

纸商连瞧也不瞧艺人一眼,逐个地数起棋盘上的棋子来,他下得更加谨慎了。姑娘们把鼓和三弦琴拾掇好,放在屋角上,然后开始在像棋盘上玩五子棋。我本是赢家,这会儿却输了。纸商还一味央求说:“怎么样,再下一盘,再下一盘吧。”

我只是笑了笑。纸商死心了,站起身来。

姑娘们走到了棋盘边。

“今晚还到什么地方演出吗?”

“还要去的,不过……”汉子说着,望了望姑娘们。

“怎么样,今晚就算了,我们大家玩玩就算了。”

“太好了,太高兴了。”

“不会挨骂吧?”

“骂什么? 反正没客,到处跑也没用嘛。”

于是,她们玩起五子棋来,一直闹到十二点多才走。

舞女回去后,我毫无睡意,脑子格外清醒,走到廊子上试着喊了喊:

“老板! 老板!”

“哦……”一个年近六旬的老人从房间里跑出来,精神抖擞地应了一声。

“今晚来个通宵,下到天亮吧。”

我也变得非常好战了。

四

我们相约翌日早晨八点从汤野出发。我将高中制帽塞进了书包,戴上在公共浴场旁边店铺买来的便帽,向沿街的小客店走去。二楼的门窗全敞开着。我无意之间走了上去,只见艺人们还睡在铺席上。我惊慌失措,呆呆地站在廊道里。

舞女就躺在我脚跟前的那个卧铺上,她满脸绯红,猛地用双手捂住了脸。她和中间那位姑娘同睡一个卧铺。脸上还残留着昨夜的艳抹浓妆,嘴唇和眼角透出了些许微红。这副富有情趣的睡相,使我魂牵梦萦。她有点目眩似的,翻了翻身,依旧用手遮住了脸面,滑出被窝,坐到走廊上来。

“昨晚太谢谢了。”她说着,柔媚地施了个礼。我站立在那儿,惊慌得手足无措。

汉子和大姑娘同睡一个卧铺。我没看见这情景之前,一点儿也不知道他们俩是夫妻。

“对不起。本来打算今天离开,可是今晚有个宴会,我们决定推迟一天。如果您非今儿离开不可,那就在下田见吧。我们订了甲州屋客店,很容易找到的。”四十岁的女人从睡铺上支起了半截身子说。

我顿时觉得被人推开了似的。

“不能明天再走吗?我不知道阿妈推迟了一天。还是有个旅伴好啊。明儿一起走吧。”

汉子说过后,四十岁的女人补充了一句:

“就这么办吧。您特意同我们做伴,我却自行决定延期,实在对不起……不过,明天无论发生什么情况,我们也得起程。因为我们的宝宝在旅途中夭折了,后天是七七,老早就打算在下田做七七了。我们这么匆匆赶路,就是要赶在这之前到达下田。也许跟您谈这些有点失礼,看来我们特别有缘分。后天也请您参加拜祭吧。”

于是,我也决定推迟出发,到楼下去。我等候他们起床,一边在肮脏的账房里同客店的人闲聊起来。汉子邀我去散步。从马路稍往南走,有一座很漂亮的桥。我们靠在桥栏杆上,他又谈起自己的身世。他说,他本人曾一度参加东京新派剧[①]剧团。据说,这剧种至今仍经常在大岛港演出。刀鞘像一条腿从他们的行李包袱里露出来[②]。有时,也在宴席上表演仿新派剧,让客人观赏。柳条包里装有戏装和锅碗瓢勺之类的生活用具。

“我耽误了自己,最后落魄潦倒。家兄则在甲府出色地继承了家业。家里用不着我啰。”

“我一直以为你是长冈温泉的人呐。”

“是么?那大姑娘是我老婆,她比你小一岁,十九岁了。第二个孩子在旅途上早产,活了一周就断气了。我老婆的身子还没完全恢复过来呢。那位是我老婆的阿妈。舞女是我妹妹。”

“嗯,你说有个十四岁的妹妹?……”

“就是她呀。我总想不让妹妹干这行,可是还有许多具体问题。”

然后他告诉我,他本人叫荣吉,妻子叫千代子,妹妹叫薰子。另一个姑娘叫百合子,十七岁,唯独她是大岛人,雇用来的。荣吉非常伤感,老是哭丧着脸,凝望着河滩。

我们一回来,看见舞女已洗去白粉,蹲在路旁抚摸着小狗的头。我想回到自己的房间去,便说:

---

① 新派剧是与歌舞伎相抗衡的现代戏。

② 刀鞘是新派剧表演武打时使用的道具。露出刀鞘,表明他们也演新派剧武打。

“来玩吧。”

“嗯,不过,一个人……”

“跟你哥哥一起来嘛。”

“马上就来。”

不大一会儿,荣吉到我下榻的旅馆来了。

“大家呢?”

“她们怕阿妈唠叨,所以……”

然而,我们两人正摆五子棋,姑娘们就过了桥,嘎嘎地登上二楼来了。和往常一样,她们郑重地施了礼,接着依次跪坐在走廊上,踟蹰不前。第一个站起来的,是千代子。

“这是我的房间,请,请不要客气,进来吧。”

玩了约莫一个小时,艺人们到这旅馆的室内浴池洗澡去了。她们再三邀我同去,因为有三个年轻女子,所以我搪塞了一番,说我过一会儿再去。舞女马上一个人上楼来,转达千代子的话说:

“嫂嫂说请您去,好给您搓背。”

我没去浴池,同舞女下起五子棋来。出乎意料,她是个强手。循环赛时,荣吉和其他妇女轻易地输给我了。下五子棋,我实力雄厚,一般人不是我的对手。我跟她下棋,可以不必手下留情,尽情地下,心情是舒畅的。房间里只有我们两人。起初,她离棋盘很远,要伸长手才能下子。渐渐地她忘却了自己,一心扑在棋盘上。她那显得有些不自然的秀美的黑发,几乎触到我的胸脯。她的脸倏地绯红了。

“对不起,我要挨骂啦。”她说着扔下棋子,飞跑出去。阿妈站在公共浴场前。千代子和百合子也慌里慌张地从浴池里走上来,没上二楼就逃回去了。

这天,荣吉从一早直到傍晚,一直在我的房间里游乐。又纯朴又亲切的旅馆老板娘告诫我说,请这种人吃饭,白花钱!

入夜,我去小客店。舞女正在向她的阿妈学习三弦琴。她一眼瞧见我,就停下手了。阿妈说了她几句,她才又抱起三弦琴。歌声稍为昂扬,阿妈就说:

“不是叫你不要扯开嗓门唱吗!可你……”

从我这边,可以望见荣吉被唤到对面饭馆的三楼客厅里念什么台词。

“那是念什么?”

“那是……谣曲呀。”

“念谣曲,气氛不谐调嘛。”

“他是个多面手,谁知他会演唱什么呢。”

这时,一个四十开外的汉子打开隔扇,叫姑娘们去用餐。他是个鸟商,也租了小客店的一个房间。舞女带着筷子同百合子一起到贴邻的小房间吃火锅。她和百合子一起返回这边房间的途中,鸟商轻轻地拍了拍舞女的肩膀。阿妈板起可怕的面孔说:

“喂,别碰这孩子!人家还是个姑娘呢。”

舞女口口声声地喊着大叔大叔，请求鸟商给她朗读《水户黄门漫游记》。但是，鸟商读不多久，便站起来走了。舞女不好意思地直接对我说“接着给我朗读呀”，便一个劲儿请求阿妈，好像要阿妈求我读。我怀着期待的心情，把说书本子拿起来。舞女果然轻快地靠近我。我一开始朗读，她就立即把脸凑过来，几乎碰到我的肩膀，表情十分认真，眼睛里闪出了光彩，全神贯注地凝望着我的额头，一眨也不眨。好像这是她请人读书时的习惯动作。刚才她同鸟商也几乎是脸碰脸的。我一直在观察她。她那双娇媚地闪动着的、亮晶晶的又大又黑的眼珠，是她全身最美的地方。双眼皮的线条，也优美得无以复加。她笑起来像一朵鲜花。用笑起来像一条鲜花这句话来形容她，是恰如其分的。

不多久，饭馆女佣接舞女来了。舞女穿上衣裳，对我说：

“我这就回来，请等着我，接着给我读。”

然后，走到走廊上，垂下双手施礼说：

“我走了。”

“你绝不能再唱啦！”阿妈叮嘱了一句。舞女提着鼓，微微地点点头。阿妈回头望着我说：

“她现在正在变嗓音呢……”

舞女在饭馆二楼正襟危坐，敲打着鼓。我可以望见她的背影，恍如就在跟她贴邻的宴席上。鼓声牵动了我的心，舒畅极了。

“鼓声一响，宴席的气氛就活跃起来。”阿妈也望了望那边。

千代子和百合子也到同一宴席上去了。

约莫过了一小时，四人一起回来了。

“只给这点儿……”舞女说着，把手里攥着的五角钱银币放在阿妈的手掌上。我又朗读了一会儿《水户黄门漫游记》。她们又谈起宝宝在旅途中夭折的事来。据说，千代子生的婴儿十分苍白，连哭叫的力气也没有。即使这样，他还活了一个星期。

对她们，我不好奇，也不轻视，完全忘掉她们是巡回演出艺人了。我这种不寻常的好意，似乎深深地渗进了她们的心。不觉间，我已决定到大岛她们的家去。

“要是老大爷住的那间就好啰。那间很宽敞，把老大爷撵走就很清静，住多久都行，还可以学习呢。”她们彼此商量了一阵子，然后对我说，“我们有两间小房，山上那间是闲着的。”

她们还说，正月里请我帮忙，因为大家已决定在波浮港演出。

后来我明白了，她们的巡回演出日子并不像我最初想象的那么艰辛，而是无忧无虑的，旅途上更是悠闲自在。他们是母女兄妹，一缕骨肉之情把她们联结在一起。只有雇来的百合子总是那么腼腆，在我面前常常少言寡语。

夜半更深，我才离开小客店。姑娘们出来相送。舞女替我摆好了木屐。她从门口探出头来，望了望一碧如洗的苍穹。

“啊，月亮……明儿就去下田啦，真快活啊！要给宝宝做七七，让阿妈给我买把梳子,还有好多事呐。您带我去看电影好不好?”

巡回演出艺人辗转伊豆、相模的温泉浴场,下田港就是她们的旅次。这个镇子,作为旅途中的故乡,它飘荡着一种令人爱恋的气氛。

五

艺人们各自带着越过天城山时携带的行李。小狗把前腿搭在阿妈交抱的双臂上,一副缱绻的神态。走出汤野,又进入了山区。海上的晨曦,温暖了山腹。我们纵情观赏旭日。在河津川前方,河津的海滨历历在目。

“那就是大岛呀。”

“看起来竟是那么大。您一定来啊,”舞女说。

秋空分外澄澈,海天相连之处,烟霞散彩,恍如一派春色。从这里到下田,得走二十多公里。有段路程,大海忽隐忽现。千代子悠然唱起歌来。

她们问我:途中有一条虽然险峻却近两公里路程的山间小径,是抄近路还是走平坦的大道? 我当然选择了近路。

这条乡间小径,铺满了落叶,壁峭路滑,崎岖难行。我下气不接上气,反而豁出去了。我用手掌支撑着膝头,加快了步子。眼看一行人落在我的后头,只听见林间送来说话的声音。舞女独自撩起衣服下摆,急匆匆地跟上了我。她走在我身后,保持不到两米的距离。她不想缩短间隔,也不愿拉开距离。我回过头去同她攀谈。她吃惊似的嫣然一笑,停住脚步回答我。舞女说话时,我等着她赶上来,她却依然驻足不前。非等我起步,她才迈脚。小路曲曲弯弯,变得更加险峻,我越发加快步子。舞女还是在后头保持二米左右的距离,埋头攀登。重峦叠嶂,寥无声息。其余的人远远落在我们的后面,连说话的声音也听不见了。

“家在东京什么地方?”

“不,我在学校住。”

“东京我也熟识,赏花时节我还去跳过舞呢……是在儿时,现在什么也不记得了。”

后来,舞女又断断续续地问了一通:“令尊健在吧?”“您去过甲府吗?”她还谈起到了下田要去看电影,以及婴儿夭折一类的事。

爬到山巅,舞女把鼓放在枯草丛中的凳子上,用手巾擦了一把汗。她似乎要掸掉自己脚上的尘土,却冷不防地蹲在我跟前,替我抖了抖裙裤下摆。我连忙后退。舞女不由自主地跪在地上,索性弯着身子给我掸去身上的尘土,然后将撩起的衣服下摆放下,对站着直喘粗气的我说:

“请坐!”

一群小鸟从凳子旁飞起来。这时静得只能听见小鸟停落在枝头上时摇动枯叶的沙沙声。

“为什么要走得那么快呢?”

舞女觉得异常闷热。我用手指咚咚地敲了敲鼓,小鸟全飞了。

“啊,真想喝水。”

“我去找找看。”

转眼间,舞女从枯黄的杂树林间空手而归。

“你在大岛干什么?”

于是,舞女突然列举了三两个女孩子的名字,开始谈了起来。我摸不着头脑。她好像不是说大岛,而是说甲府的事。又好像是说她上普通小学二年级以前的小学同学的事。完全是东拉西扯,漫无边际。

约莫等了十分钟,三个年轻人爬到了山顶。阿妈还晚十分钟才到。

下山时,我和荣吉有意殿后,一边慢悠悠地聊天,一边踏上归程。刚走了两百多米,舞女从下面跑了上来。

“下面有泉水呢。请走快点,大家都等着你呢。”

一听说有泉水,我就跑步奔去。清澈的泉水,从林荫掩盖下的岩石缝隙里喷涌而出。姑娘们都站立在泉水的周围。

“来,您先喝吧。把手伸进去,会搅浑的。在女人后面喝,不干净,”阿妈说。

我用双手捧起清凉的水,喝了几口。姑娘们眷恋着这儿,不愿离开,她们拧干手巾,擦擦汗水。

下了山,走到下田的市街,看见好几处冒出了烧炭的青烟。我们坐在路旁的木料上歇脚。舞女蹲在路边,用粉红的梳子梳理着狮子狗的长毛。

“这样会把梳齿弄断的!”阿妈责备说。

“没关系。到下田买把新的。”

还在汤野的时候,我就想跟她要这把插在她额发上的梳子。所以她用这把梳子梳理狗毛,我很不舒服。

我和荣吉看见马路对面堆放着许多捆矮竹,就议论说:这些矮竹做手杖正合适,便抢先一步站起身来。舞女跑着赶上,拿来了一根比自己身材还长的粗竹子。

“你干吗用?”荣吉这么一问,舞女有点着慌,把竹子摆在我前面。

“给您当手杖用。我捡了一根最粗的拿来了。”

“可不行啊。拿粗的人家会马上晓得是偷来的。要是被发现,多不好啊。送回去!”

舞女折回堆放矮竹捆的地方以后,又跑了过来。这回她给我拿了一根中指般粗的。她身子一晃,险些倒在田埂上,气喘吁吁地等待着其他妇女。

我和荣吉一直走在她们的前面,相距十多米远。

“把那颗牙齿拔掉,装上金牙又有什么关系呢?”舞女的声音忽然飞进了我的耳朵。我扭回头来,只见舞女和千代子并肩行走,阿妈和百合子相距不远,随后跟着。她们似乎没有察觉我回头,千代子说:

“那倒是,你就那样告诉他,怎么样?”

她们好像在议论我。可能是千代子说我的牙齿不整齐,舞女才说出装金牙的话吧。她们无非是议论我的长相,我不至于不愉快。由于已有一种亲切之情,我也就无心思去倾听。她们继续低声谈论了一阵子,我听见舞女说:

“是个好人。”

“是啊,是个好人的样子。”

“真是个好人啊,好人就是好嘛。”

这言谈纯真而坦率,很有余韵。这是天真地倾吐情感的声音。连我本人也朴实地感觉到自己是个好人。我心情舒畅,抬眼望了望明亮的群山。眼睑微微作痛。我已经二十岁了,再三严格自省,自己的性格被孤儿的气质扭曲了。我忍受不了那种令人窒息的忧郁,才到伊豆来旅行的。因此,有人根据社会上的一般看法,认为我是个好人,我真是感激不尽。山峦明亮起来,已经快到下田海滨了。我挥动着刚才那根竹子,斩断了不少秋草尖。

途中,每个村庄的入口处都竖立着一块牌子:

“乞丐、巡回演出艺人禁止进村!”

六

“甲州屋”小客店坐落在下田北入口处不远。我跟在艺人们之后,登上了像顶楼似的二楼。那里没有天花板,窗户临街。我坐在窗边上,脑袋几乎碰到了房顶。

“肩膀不痛吗?”

“手不痛吗?”

阿妈三番五次地叮问舞女。

舞女打出敲鼓时那种漂亮的手势。

“不痛。还能敲,还能敲嘛。”

“那就好。”

我试着把鼓提起来。

“哎呀,真重啊。”

“比您想象的重吧。比你的书包还重呐。”舞女笑了。

艺人们和住在同一客店的人们亲热地相互打招呼。全是些卖艺人和跑江湖的家伙。下田港就像是这种候鸟的窝。客店的小孩小跑着走进房间,舞女把铜币给了他。我刚要离开“甲州屋”,舞女就抢先走到门口,替我摆好木屐,然后自言自语似的柔声说道:

“请带我去看电影吧。”

我和荣吉找了一个貌似无赖的男子带了一程路,到了一家旅店,据说店主是前镇长。浴罢,我和荣吉一起吃了午饭,菜肴中有新上市的鱼。

“明儿要做法事,拿这个去买束花上供吧。”我说着,将一小包为数不多的钱让荣吉带回去。我自己则不得不乘明早的船回东京,因为我的旅费全花光了。我对艺人们说学校里有事,她们也不好强留我了。

午饭后不到三小时,又吃了晚饭。我一个人过了桥,向下田北走去,攀登下田的富士山，眺望海港的景致。归途经过“甲州屋”，看见艺人们在吃鸡火锅。

“您也来尝尝怎么样？女人先下筷虽不洁净，不过可以成为日后的笑料哩。”阿妈说罢，从行李里取出碗筷，让百合子洗净拿来。

明天是宝宝夭折四十九天，哪怕推迟一天走也好嘛。大家又这样劝我。可是我还是拿学校有事做借口，没有答应她们。阿妈来回唠叨说：

“那么，寒假大家到船上来迎您，请通知我们日期。我们等着呐。就别去住什么旅馆啦，我们到船上去接您呀。”

房间里只剩下千代子和百合子，我邀她们去看电影，千代子按住腹部让我看：

“我身体不好，走那么些路，我实在受不了。”

她脸色苍白，有点精疲力竭。百合子拘束地低下头来。舞女在楼下同客店里的小孩游玩，一看见我，她就央求阿妈让她去看电影。结果脸上掠过一抹失望的阴影，茫然若失地回到了我这边，替我摆好了木屐。

“算了，让他带她一个人去不好吗？”荣吉插进来说。阿妈好像不应允。为什么不能带她一个人去呢？我觉得不可思议。我刚要迈出大门，这时舞女抚摸着小狗的头。她显得很淡漠，我没敢搭话。她仿佛连抬头望我的勇气也没有了。

我一个人看电影去了。女解说员在煤油灯下读着说明书。我旋即走出来，返回旅馆。我把胳膊肘支在窗台上，久久地远眺着街市的夜景。这是黑暗的街市。我觉得远方不断隐约地传来鼓声。不知怎的，我的眼泪扑簌簌地滚落下来了。

七

动身那天早晨七点钟，我正在吃早饭，荣吉从马路上呼喊我。他穿了一件带家徽的黑外褂，这身礼服像是为我送行才穿的。姑娘们早已芳踪渺然。一种剐心的寂寞，从我心底里油然而生，荣吉走进我的房间，说：

“大家本来都想来送行的，可昨晚睡得太迟，今早起不来，让我赔礼道歉来了。她们说等着您冬天再来。一定来呀。”

早晨，街上秋风萧瑟。荣吉在半路上给我买了四包敷岛牌纸烟、柿子和“熏牌”清凉剂。

“我妹妹叫薰子。”他笑眯眯地对我说。“在船上吃橘子不好。柿子可以防止晕船，可以吃。”

“这个送给你吧。”

我脱下便帽，戴在荣吉的头上。然后从书包里取出学生制帽，把皱褶展平。我们两人都笑了。

快到码头，舞女蹲在岸边的倩影赫然映入我的心中。我们走到她身边以前，她一动不动，只顾默默地把头耷拉下来。她依旧是昨晚那副化了妆的模样，这就更加牵动我的情思。眼角的胭脂给她的秀脸添了几分天真、严肃的神情，使她像在生气。荣吉说：

“其他人也来了吗？”

舞女摇了摇头。

“大家还睡着吗?”

舞女点了点头。

荣吉去买船票和舢板票的工夫,我找了许多话题同她攀谈,她却一味低头望着运河入海处,一声不响。每次我还没把话讲完,她就一个劲点头。

这时,一个建筑工人模样的汉子走了过来:

“老婆子,这个人合适哩。”

“同学,您是去东京的吧?我们信赖您,拜托您把这位老婆子带到东京,行不行啊?她是个可怜巴巴的老婆子。她儿子早先在莲台寺的银矿上干活,这次染上了流感,儿子、儿媳都死掉了。留下三个这么小不丁点的孙子。无可奈何,俺们商量,还是让她回老家。她老家在水户。老婆子什么也不清楚,到了灵岸岛,请您送她乘上开往上野站的电车就行了。给您添麻烦了。我们给您作揖。拜托啦。唉,您看到她这般处境,也会感到可怜的吧。”

老婆子呆愣愣地站在那里,背上背着一个吃奶的婴儿。左右手各拖着一个小女孩,小的约莫三岁,大的也不过五岁光景。那个污秽的包袱里带着大饭团和咸梅。五六个矿工在安慰着老婆子。我爽快地答应照拂她。

“拜托啦。”

“谢谢,俺们本应把她们送到水户的,可是办不到啊。”矿工都纷纷向我致谢。

舢板猛烈地摇晃着。舞女依然紧闭双唇,凝视着一个方向。我抓住绳梯,回过头去,舞女想说声再见,可话到嘴边又咽了回去,然后再次深深地点了点头。舢板折回去了。荣吉频频地摇动着我刚才送给他的那顶便帽。直到船儿远去,舞女才开始挥舞她手中白色的东西。

轮船出了下田海面,我全神贯注地凭栏眺望着海上的大岛,直到伊豆半岛的南端,那大岛才渐渐消失在船后。同舞女离别,仿佛是遥远的过去了。老婆子怎样了呢?我窥视船舱,人们围坐在她的身旁,竭力抚慰她。我放下心来,走进了贴邻的船舱。相模湾上,波浪汹涌起伏。一落座就不时左跌右倒。船员依次分发着金属小盆①。我用书包当枕头,躺了下来。脑子空空,全无时间概念了。泪水簌簌地滴落在书包上。脸颊凉飕飕的,只得将书包翻了过来。我身旁睡着一个少年。他是河津一家工厂老板的儿子,去东京准备入学考试。他看见我头戴一高制帽,对我抱有好感。我们交谈了几句之后,他说:

“你是不是遭到什么不幸啦?”

“不,我刚刚同她离别了。”

我非常坦率地说了。就是让人瞧见我在抽泣,我也毫不在意了。我若无所思,只满足于这份闲情逸致,静静地睡上一觉。

---

① 供晕船者呕吐用。

我不知道海面什么时候昏沉下来。网代和热海已经耀着灯光。我的肌肤感到一股凉意,肚子也有点饿了。少年给我打开竹叶包的食物。我忘了这是人家的东西,把紫菜饭团抓起来就吃。吃罢,钻进了少年学生的斗篷里,产生了一股美好而又空虚的情绪,无论别人多么亲切地对待我,我都非常自然地接受了。明早我将带着老婆子到上野站去买前往水户的车票,这也是完全应该做的事。我感到一切的一切都融为一体了。

船舱里的煤油灯熄灭了。船上的生鱼味和潮水味变得更加浓重。在黑暗中,少年的体温温暖着我。我任凭泪泉涌流。我的头脑恍如变成了一池清水,一滴滴溢了出来,后来什么都没有留下,顿时觉得舒畅了。

(叶渭渠　译)

卡夫卡

弗兰茨·卡夫卡(1883—1924),奥地利小说家,生于布拉格,父亲是百货批发商。1901年入布拉格的德语大学学习文学,后改学法律,1906年获得法学博士学位,1908年至1922年在劳工事故保险公司任职。1917年起患喉结核。他在生前只发表了四部短篇小说集,共四十篇小说。他的许多作品都在逝世后出版。重要小说有《变形记》(1915)、三部长篇《美国》《诉讼》《城堡》(都未完成)。他的作品尖锐地触及资本主义社会带本质性的问题,描写了异化现象、人的孤独感和恐惧感、森严的等级制度和重叠的官僚机构对人的精神扼杀。艺术上运用了象征、怪诞、悖谬、变形、寓言、梦幻等多种手法,成为现代派的先驱之一。

《变形记》是他的代表作,通过主人公的形体变异,揭示了人与人的冷漠和隔阂,表现了资本主义社会中的异化现象。小人物受到社会和环境的巨大压迫,精神上难以承受,以至产生了悲剧。细节描写真实、心理刻画细致。荒诞的手法是人物幻觉的一种物化,将现实与非现实融合在一起。

变　形　记

一

一天早晨,格里高尔·萨姆沙从不安的睡梦中醒来,发现自己躺在床上变成了一只巨大的甲虫。他仰卧着，那坚硬得像铁甲一般的背贴着床。他稍稍抬了抬头，便看见自己那穹顶似的棕色肚子分成了好多块弧形的硬片，被子几乎盖不住肚子尖，都快滑下来了。比起偌大的身躯来，他那许多只腿真是细得可怜，都在他眼前无可奈何地舞动着。

"我出了什么事啦？"他想。这可不是梦。他的房间，虽是嫌小了些，的确是普普通通人住的房间，如今仍然安静地躺在四堵熟悉的墙壁当中。当摊放着打开的衣料样品——萨姆沙是个旅行推销员——的桌子上面，还是挂着那幅画，这是他最近从一本画报上剪下来装在漂亮的金色镜框里的。画的是一位戴皮帽子围皮围巾的贵妇人，她挺直身子坐着，把一只套没了整个前臂的厚重的皮手筒递给看画的人。

格里高尔的眼睛接着又朝窗口望去，天空很阴暗，可以听到雨点敲打在窗槛上的声音，他的心情也变得忧郁了。"要是再睡一会儿，把这一切晦气事统统忘掉该多好。"他想，但是完全办不到，平时他习惯于侧向右边睡，可是在目前的情况下，再也不能采取那样的姿态了。无论怎样用力向右转，他仍旧滚了回来，肚子朝天。他试了至少一百次，还闭上眼睛免得看到那些拼命挣扎的腿，到后来他的腰部感到一种从未体味过的隐痛，才不得不罢休。

"啊，天哪，"他想，"我怎么单单挑上这么一个累人的差使呢！长年累月到处奔波，比坐办公室辛苦多了，再加上还有经常出门的烦恼，担心各次火车的倒换，不定时而且低劣的饮食，萍水相逢的人也总是些泛泛之交，不可能有深厚的交情，永远不会变成知己朋友。让这一切都见鬼去吧！"他觉得肚子上有点痒，就慢慢地挪动身子，靠近床头，好让自己头抬起来更容易些；他看清了发痒的地方，那儿布满着白色的小斑点，他不明白这是怎么回事，想用一条腿去搔一搔，可是马上又缩了回来，因为这一碰使他浑身起了一阵寒战。

他又滑下来恢复到原来的姿势。"起床这么早，"他想，"会使人变傻的。人是需要睡觉的。别的推销员生活得像贵妇人。比如，当我有一天上午赶回旅馆里登记取回的订货单时，别的人才坐下来吃早餐。我若是跟我的老板也来这一手，准定当场就给开除。也许这样对我倒更好一些，谁说得准呢。如果不是为了父母亲而总是谨小慎微，我早就辞职不干了，我早就会跑到老板面前，把肚子里的气出个痛快。那个家伙准会从写字桌后面直蹦起来！他的工作方式也真奇怪，总是那样居高临下坐在桌子后面对职员发号施令，再加上他的耳朵又偏偏重听，大家不得不走到他跟前去。但是事情也未必毫无转机；只要等我攒够了钱还清父母欠他的债——也许还得五六年——可是我一定能做到。到那时我就会时来运转了。不过眼下我还是起床为妙，因为火车五点钟就要开了。"

他看了看柜子上滴滴答答响着的闹钟。"天哪！"他想道。已经六点半了，而时针还在悠悠然向前移动，连六点半也过了，马上就要七点差一刻了。闹钟难道没有响过吗？从床上可以看到闹钟明明是拨到四点钟的；显然它已经响过了。是的，不过在那震耳欲聋的响声里，难道真的能安宁地睡着吗？嗯，他睡得并不安宁，可是却正说明他还是睡得不坏。那么他现在该干什么呢？下一班车七点钟开；要搭这一班车他得发疯一般赶才行，可是他的样品都还没有包好，他也觉得自己的精神不甚佳。而且即使他赶上这班车，还是逃不过上司的一顿申斥，因为公司的听差一定是在等候五点钟那班火车，这时早已回去报告他没有赶上了。那听差是老板的心腹，既无骨气又愚蠢不堪。那么，说自己病了行不行呢？不过这将是最最不愉快的事，而且也显得很可疑，因为他服务五年以来没有害过一次病。老板一定会亲自带了医药顾问一起来，一定会责怪他的父母怎么养出这样懒惰的儿子，他还会引证医药顾问的话，粗暴地把所有的理由都驳掉，在那个大夫看来，世界上除了健康之类的假病号，再也没有第二种人了。再说今天这种情况，大夫的话是不是真的不对呢？格里高尔觉得身体挺不错，只除了有些困乏，这在如此长久的一次睡眠以后实在有些多余，另外，他甚至觉得特别饿。

这一切都飞快地在他脑子里闪过，他还是没有下决心起床——闹钟敲六点三刻了。这时，他床头后面的门上传来了轻轻的一下叩门声。"格里高尔，"一个声音说，这是他母亲的声音，"已经七点差一刻了。你不是还要赶火车吗？"好温和的声音！格里高尔听到自己的回答声时却不免大吃一惊。没错，这分明是他自己的声音，可是却有另一种可怕的叽叽喳喳的尖叫声同时发了出来，仿佛是陪音似的，使他的话只有最初几个字才是清清楚楚的，接着马上就受到了干扰，弄得意义含混，使人家说不上到底听清楚没有。格里高尔本想回答得详细些，好把一切解释清楚，可是在这样的情形下他只得简单地说："是的，是的，谢谢你，妈妈，我这会儿正在起床呢。"隔着木门，外面一定听不到格里高尔声音的变化，因为他母亲听到这些话也满意了，就拖着步子走了开去。然而这场简短的对话使家里人都知道格里高尔还在屋子里，这是出乎他们意料之外的，于是在侧边的一扇门上立刻就响起了他父亲的叩门声，很轻，不过用的却是拳头。"格里高尔，格里高尔，"他喊道，"你怎么啦？"过了一小会儿他又用更低沉的声音催促道："格里高尔！格里高尔！"在另一侧的门上他的妹妹也用轻轻的悲哀的声音问："格里高尔，你不舒服吗？要不要什么东西！"他同时回答了他们两个人："我马上就好了。"他把声音发得更清晰，说完一个字过一会儿才说另一个字，尽力使他的声音显得正常。于是他父亲走回去吃他的早饭了，他妹妹却低声地说："格里高尔，开开门吧，求求你。"可是他并不想开门，所以暗自庆幸自己由于时常旅行，他养成了晚上锁住所有门的习惯，即使回到家里也是这样。

首先他要静悄悄地不受打扰地起床，穿好衣服，最要紧的是吃饱早饭，再考虑下一步该怎么办，因为他非常明白，躺在床上瞎想一气是想不出什么名堂来的。他还记得过去也许是因为睡觉姿势不好，躺在床上时往往会觉得这儿那儿隐隐作痛，及至起来，就知道纯属心理作用，所以他殷切地盼望今天早晨的幻觉会逐渐消逝。他也深信，他之所以变声音不是因为别的而仅仅是重感冒的朕兆，这是旅行推销员的职业病。

要掀掉被子很容易，他只需把身子稍稍一抬，被子就自己滑下来了。可是下一个动作就非常之困难，特别是因为他的身子宽得出奇。他得要有手和胳膊才能让自己坐起来；可是他有的只是无数细小的腿，它们一刻不停地向四面八方挥动，而他自己却完全无法控制。他想屈起其中的一条腿,可是它偏偏伸得笔直;等他终于让它听从自己的指挥时,所有别的腿却莫名其妙地乱动不已。“总是待在床上有什么意思呢,”格里高尔自言自语地说。

他想,下身先下去一定可以使自己离床,可是他还没有见过自己的下身,脑子里根本没有概念,不知道要移动下身真是难上加难,挪动起来是那样的迟缓;所以到最后,他烦死了,就用尽全力鲁莽地把身子一甩,不料方向算错,重重地撞在床脚上,一阵彻骨的痛楚使他明白,如今他身上最敏感的地方也许正是他的下身。

于是他就打算先让上身离床,他小心翼翼地把头部一点点挪向床沿。这却毫不困难,他的身躯虽然又宽又大,也终于跟着头部移动了。可是,等到头部终于悬在床边上,他又害怕起来,不敢再前进了,因为,老实说,如果他就这样让自己掉下去,不摔坏脑袋才怪呢。他现在最要紧的是保持清醒,特别是现在;他宁愿继续待在床上。

可是重复了几遍同样的努力以后,他深深地吸了一口气,还是恢复了原来的姿势躺着,一面瞧他那些细腿在难以置信地更疯狂地挣扎;格里高尔不知道如何才能摆脱这种荒唐的混乱处境,他就再一次告诉自己,待在床上是不行的,最最合理的做法还是冒一切危险来实现离床这个极渺茫的希望。可是同时他也没有忘记提醒自己,冷静地、极其冷静地考虑到最最微小的可能性还是比不顾一切地蛮干强得多。这时候,他尽力集中眼光望向窗外,可是不幸得很,早晨的浓雾把狭街对面的房子也都裹上了,看来天气一时不会好转,这就使他更加得不到鼓励和安慰了。“已经七点钟了,”闹钟再度敲响时,他对自己说,“已经七点钟了,可是雾还这么重。”有片刻工夫,他静静地躺着,轻轻地呼吸着,仿佛这样一养神什么都会恢复正常似的。

可是接着他又对自己说:“七点一刻前我无论如何非得离开床铺不可。到那时一定会有人从公司里来找我,因为不到七点公司就开门了。”于是他开始有节奏地来回晃动自己的整个身子,想把自己甩出床去。倘若他这样翻下床去,可以昂起脑袋,头部不至于受伤。他的背似乎很硬,看来跌在地毯上并不打紧。他最担心的还是自己控制不了的巨大响声,这声音一定会在所有的房间里引起焦虑,即使不是恐惧。可是,他还是得冒这个险。

当他已经半个身子探到床外的时候——这个新方法与其说是苦事,不如说是游戏,因为他只需来回晃动,逐渐挪过去就行了——他忽然想起如果有人帮忙,这件事该是多么简单。两个身强力壮的人——他想到了他的父亲和那个使女——就足够了;他们只需把胳臂伸到他那圆鼓鼓的背后,抬他下床,放下他们的负担,然后耐心地等他在地板上翻过身来就行了,一碰到地板他的腿自然会发挥作用的。那么,姑且不管所有的门都是锁着的,他是否真的应该叫人帮忙呢?尽管处境非常困难,想到这一层,他却禁不住透出一丝微笑。

他使劲地摇动着,身子已经探出不少,快要失去平衡了,他非得鼓足勇气采取决定性的步骤了,因为再过五分钟就是七点一刻——正在这时,前门的门铃响了起来。“是公司里派什么人来了,”他这么想,身子就随之而发僵,可是那些细小的腿却动弹得更快了。一时之间周围一片静默。“他们不愿开门，”格里高尔怀着不合常情的希望自言自语道。可是使女当然还是跟往常一样踏着沉重的步子去开门了。格里高尔听到客人的第一声招呼就马上知道这是谁——是秘书主任亲自出马了。真不知自己生就什么命，竟落到给这样一家公司当差，只要有一点小小的差池，马上就会招来最大的怀疑！在这一个所有的职员全是无赖的公司里，岂不是只有他一个人忠心耿耿吗？他们的一个职员，早晨只占用公司两三个小时，不是就给良心折磨得几乎要发疯，真的下不了床吗？如果确有必要来打听他出了什么事，派个学徒来不也够了吗——难道秘书主任非得亲自出马，以便向全家人，完全无辜的一家人表示，这个可疑的情况只有他那样的内行来调查才行吗？与其说格里高尔下了决心，倒不如说他因为想到这些事非常激动，因而用尽全力把自己甩出了床外。砰的一声很响，但总算没有响得吓人。地毯把他坠落的声音减弱了几分，他的背也不如他所想象的那么毫无弹性，所以声音很闷，不惊动人。只是他不够小心，头翘得不够高，还是在地板上撞了一下；他扭了扭脑袋，痛苦而愤懑地把头挨在地板上磨蹭着。

“那里有什么东西掉下来了，”秘书主任在左面房间里说，格里高尔试图设想，今天他身上发生的事有一天也让秘书主任碰上了；谁也不敢担保不会出这样的事。可是仿佛给他的设想一个粗暴的回答似的，秘书主任在隔壁房间里坚定地走了几步，他那漆皮鞋子发出了吱嘎吱嘎的声音。从右面的房间里，他妹妹用耳语向他通报消息：“格里高尔，秘书主任来了。”“我知道了，”格里高尔低声嘟哝道；但是没有勇气提高嗓门让妹妹听到他的声音。

“格里高尔，”这时候，父亲在左边房间里说话了，“秘书主任来了，他要知道为什么你没能赶上早晨的火车。我们也不知道怎么跟他说。另外，他还要亲自和你谈话。所以，请你开门吧。他度量大，对你房间里的凌乱不会见怪的。”“早上好，萨姆沙先生，”与此同时，秘书主任和蔼地招呼道。“他不舒服呢，”母亲对客人说。这时他父亲继续隔着门在说话：“他不舒服，先生，相信我吧。他还能为了什么原因误车呢！这孩子只知道操心公事。他晚上从来不出去，连我瞧着都要生气了；这几天来他没有出差，可他天天晚上都守在家里。他只是安安静静地坐在桌子旁边，看看报，或是把火车时刻表翻来覆去地看。他唯一的消遣就是做木工活儿。比如说，他花了两三个晚上刻了一个小镜框；您看到它那么漂亮一定会感到惊奇；这镜框挂在他房间里；再过一分钟等格里高尔开门您就会看到了。你的光临真叫我高兴，先生；我们怎么也没法使他开门；他真是固执；我敢说他一定是病了，虽然他早晨硬说没病。”“我马上来了，”格里高尔慢吞吞地小心翼翼地说，可是却寸步也没有移动，生怕漏过他们谈话中的每一个字。“我也想不出有什么别的原因，太太，”秘书主任说，“我希望不是什么大病。虽然另一方面我不得不说，不知该算福气呢还是晦气，我们这些做买卖的往往就得不把这些小毛小病当作一回事，因为买卖嘛总是要做的。”“喂，秘书主任现在能进来了吗？”格里高尔的父亲不耐烦地问，又敲起门来了。“不行，”格里高尔回答。这声拒绝以后，在左面房间里有一阵令人痛苦的寂静；右面房间里他妹妹啜泣起来了。

他妹妹为什么不和别的人在一起呢？她也许是刚刚起床，还没有穿衣服吧。那么，她为什么哭呢？是因为他不起床让秘书主任进来吗，是因为他有丢掉差使的危险吗，是因为老板又要开口向他的父母讨还旧债吗？这些显然都是眼前不用担心的事情。格里高尔仍旧在家里，丝毫没有弃家出走的念头。的确，他现在暂时还躺在地毯上，知道他的处境的人当然不会盼望他让秘书主任走进来。可是这点小小的失礼以后尽可以用几句漂亮的辞令解释过去，格里高尔不见得会马上就给辞退。格里高尔觉得，就目前来说，他们与其对他抹鼻子流泪苦苦哀求，还不如别打扰他的好。可是，当然啦，他们的不明情况使他们大惑不解，也说明了他们为什么有这样的举动。

"萨姆沙先生，"秘书主任现在提高了嗓门说，"你这是怎么回事？你这样把自己关在房间里，光是回答'是'和'不是'，毫无必要地引起你父母极大的忧虑，又极严重地疏忽了——这我只不过顺便提一句——疏忽了公事方面的职责。我现在以你父母和你经理的名义和你说话，我正式要求你立刻给我一个明确的解释。我真没想到，我真没想到。我原来还认为你是个安分守己、稳妥可靠的人，可你现在却突然决心想让自己丢丑。经理今天早晨还对我暗示你不露面的原因可能是什么——他提到了最近交给你管的现款——我还几乎要以自己的名誉向他担保这根本不可能呢。可是现在我才知道你真是执拗得可以，从现在起，我丝毫也不想袒护你了。你在公司里的地位并不是那么稳固的。这些话我本来想私下里对你说的，可是既然你这样白白糟蹋我的时间，我就不懂为什么你的父母不应该听到这些话了。近来你的工作叫人很不满意；当然，目前买卖并不是旺季，这我们也承认，可是一年里整整一个季度一点买卖也不做，这是不行的，萨姆沙先生，这是完全不应该的。"

"可是，先生，"格里高尔喊道，他控制不住了，激动得忘记了一切，"我这会儿正要来开门。一点小小的不舒服，一阵头晕使我起不了床。我现在还躺在床上呢。不过我已经好了。我现在正要下床。再等我一两分钟吧！我不像自己所想的那样健康。不过我已经好了，真的。这种小毛病难道就能打垮我不成！我昨天晚上还好好儿的，这一点我父亲母亲也可以告诉您，不，应该说我昨天晚上就感觉到了一些预兆。我的样子想必已经不对劲了。您要问为什么我不向办公室报告！可是人总以为一点点不舒服一定能挺过去，用不着请假在家休息。哦，先生，别伤我父母的心吧！您刚才怪罪于我的事都是没有根据的；从来没有谁这样说过我。也许您还没有看到我最近兜来的订单吧。至少，我还能赶上八点钟的火车呢，休息了这几个钟点我已经好多了。千万不要因为我而把您耽搁在这儿，先生；我马上就会开始工作的，这有劳您转告经理，在他面前还得请您多替我美言几句呢！"

格里高尔一口气说着，自己也搞不清楚自己说了些什么，也许是因为有了床上的那些锻炼，格里高尔没费多大气力就来到柜子旁边，打算依靠柜子使自己直立起来。他的确是想开门，的确是想出去和秘书主任谈话的；他很想知道，大家这么坚持以后，看到了他又会说些什么。要是他们都大吃一惊，那么责任就再也不在他身上，他可以得到安静了。如果他们完全不在意，那么他也根本不必不安，只要真的赶紧上车站去搭八点钟的车就好了。起先,他好几次从光滑的柜面上滑下来,可是最后,在一使劲之后,他终于站直了;现在他也不管下身疼得像火烧一般了。接着他让自己靠向附近一张椅子的背部,用他那些细小的腿抓住了椅背的边。这使他得以控制自己的身体,他不再说话,因为这时候他听见秘书主任又开口了。

"你们有哪个字听得懂吗?"秘书主任问,"他不见得在开我们玩笑吧?""哦,天哪,"他母亲声泪俱下地喊道,"也许他病得不轻,倒是我们在折磨他呢。葛蕾特!葛蕾特!"接着她嚷道。"什么事,妈妈?"他妹妹打那一边的房间里喊道。她们就这样隔着格里高尔的房间对嚷起来。"你得马上去请医生。格里高尔病了。去请医生,快点儿。你没听见他说话的声音吗?""这不是人的声音,"秘书主任说,跟母亲的尖叫声一比他的嗓音显得格外低沉。"安娜!安娜!"他父亲从客厅向厨房里喊道,一面还拍着手,"马上去找个锁匠来!"于是两个姑娘奔跑得裙子飕飕响地穿过了客厅——他妹妹怎能这么快就穿好衣服呢?——接着又猛然打开了前门。没有听见门重新关上的声音;她们显然听任它洞开着,什么人家出了不幸的事情时情况就总是这样。

格里高尔现在倒镇静多了。显然,他发出来的声音人家再也听不懂了,虽然他自己听来很清楚,甚至比以前更清楚,这也许是因为他的耳朵变得适应这种声音了。不过至少现在大家相信他有什么地方不太妙,都准备来帮助他了。这些初步措施将带来的积极效果使他感到安慰。他觉得自己又重新进入人类的圈子,他对大夫和锁匠都寄予了莫大的希望,却没有怎样分清两者之间的区别。为了使自己在即将到来的重要谈话中声音尽可能清晰些,他稍微清了清嗓子,他当然尽量压低声音,因为就连他自己听起来,这声音也不像人的咳嗽。这时候,隔壁房间里一片寂静。也许他的父母正陪了秘书主任坐在桌旁,在低声商谈,也许他们都靠在门上细细谛听呢。

格里高尔慢慢地把椅子推向门边,接着便放开椅子,抓住了门来支撑自己——他那些细腿的脚底上倒是颇有黏性的——他在门上靠了一会儿,喘过一口气来。接着他开始用嘴巴来转动插在锁孔里的钥匙。不幸的是,他并没有什么牙齿——他得用什么来咬住钥匙呢?——不过他的下颚倒好像非常结实;靠着这下颚他总算转动了钥匙,他准是不小心弄伤了什么地方,因为有一股棕色的液体从他嘴里流出来,淌过钥匙,滴到地上。"你们听,"门后的秘书主任说,"他在转动钥匙了。"这对格里高尔是个很大的鼓励;不过他们应该都来给他打气,他的父亲母亲都应该喊:"加油,格里高尔。"他们应该大声喊:"坚持下去,咬紧钥匙!"他相信他们都在全神贯注地关心自己的努力,就集中全力死命咬住钥匙。钥匙需要转动时,他便用嘴巴衔着它,自己也绕着锁孔转了一圈,好把钥匙扭过去,或者不如说,用全身的重量使它转动。终于屈服的锁发出响亮的咔嗒一声,使格里高尔大为高兴。他深深地舒了一口气,对自己说:"这样一来我就不用锁匠了。"接着就把头搁在门柄上,想把门整个打开。

门是向他自己这边拉的,所以虽然已经打开,人家还是瞧不见他。他得慢慢地从对开的那半扇门后面把身子挪出来,而且得非常小心,以免背脊直挺挺地跌倒在房间里。他正在困难地挪动自己,顾不上作任何观察,却听到秘书主任"哦"的一声大叫——发出来的声音像一股猛风——现在他可以看见那个人了，他站得最靠近门口，一只手遮在张大的嘴上，慢慢地往后退去，仿佛有什么无形的强大压力在驱逐他似的。格里高尔的母亲——虽然秘书主任在场，她的头发仍然没有梳好，还是乱七八糟地竖着——先是双手合掌瞧瞧他父亲，接着向格里高尔走了两步，随即倒在地上，裙子摊了开来，脸垂到胸前，完全看不见了。他父亲握紧拳头，一副恶狠狠的样子，仿佛要把格里高尔打回到房间里去，接着他又犹豫不定地向起居室扫了一眼，然后把双手遮住眼睛，哭泣起来，连他那宽阔的胸膛都在起伏不定。

格里高尔没有接着往起居室走去，却靠在那半扇关紧的门的后面，所以他只有半个身子露在外面，还侧着探在外面的头去看别人。这时候天更亮了，可以清清楚楚地看到街对面一幢长得没有尽头的深灰色的建筑——这是一所医院——上面惹眼地开着一排排呆板的窗子；雨还在下，不过已成为一滴滴看得清的大颗粒了。大大小小的早餐盆碟摆了一桌子，对于格里高尔的父亲，早晨是一天里最重要的一顿饭，他边吃边看各式各样的报纸，这样要吃上好几个钟点。在格里高尔正对面的墙上挂着一幅他服兵役时的照片，当时他是中尉，他的手按在剑上，脸上挂着无忧无虑的笑容，分明要人家尊敬他的军人风度和制服。前厅的门开着，大门也开着，可以一直看到住宅前的院子和最下面的几级楼梯。

“好吧，”格里高尔说，他完全明白自己是唯一多少保持着镇静的人。“我立刻穿上衣服，等包好样品就动身。您是否还容许我去呢？您瞧，先生，我并不是冥顽不化的人，我很愿意工作；出差是很辛苦的，但我不出差就活不下去。您上哪儿去，先生？去办公室？是吗？我这些情形您能如实地反映上去吗？人总有暂时不能胜任的时候，不过这时正需要想起他过去的成绩，而且还要想到以后他又恢复了工作能力的时候，他一定会干得更勤恳更用心。我一心想忠诚地为老板做事，这您也很清楚。何况，我还要供养我的父母和妹妹。我现在景况十分困难，不过我会重新挣脱出来的。请您千万不要火上加油。在公司里请一定帮我说几句好话。旅行推销员在公司里不讨人喜欢，这我知道。大家以为他们赚的是大钱，过的是逍遥自在的日子。这种成见也犯不着特地去纠正。可是您呢，先生，比公司里所有的人看得都全面，是的，让我私下里告诉您，您比老板本人还全面，他是东家，当然可以凭自己的好恶随便不喜欢哪个职员。您知道得最清楚，旅行推销员几乎长年不在办公室，他们自然很容易成为闲话、怪罪和飞短流长的目标，可他自己却几乎完全不知道，所以防不胜防。直待他精疲力竭地转完一个圈子回到家里，这才亲身体验到连原因都无法找寻的恶果落到了自己的身上。先生，先生，您不能不说我一句好话就走啊，请表明您觉得我至少还有几分是对的呀！”

可是格里高尔才说头几个字，秘书主任就已经在踉跄倒退，只是张着嘴唇，侧过颤抖的肩膀直勾勾地瞪着他。格里高尔说话时，他片刻也没有站定，却偷偷地向门口趄去，眼睛始终盯紧了格里高尔，只是每次只移动一寸，仿佛存在某项不准离开房间的禁令一般。他好不容易退入了前厅，他最后一步跨出起居室时动作好猛，真像是他的脚跟给火烧着似的。他一到前厅就伸出右手向楼梯跑去，好似那边有什么神秘的救星在等待他。

格里高尔明白,如果要保住他在公司里的职位,不想砸掉饭碗,那就决不能让秘书主任抱着这样的心情回去。他的父母对这一点还不太了然;多年以来,他们已经深信格里高尔会在这家公司里要待上一辈子的,再说,他们的心思已经完全放在当前的不幸事件上,根本无法考虑将来的事。可是格里高尔却考虑到了。一定得留住秘书主任,安慰他,劝告他,最后还要说服他;格里高尔和他一家人的前途全系在这上面呢!只要妹妹在场就好了!她很聪明,当格里高尔还安静地仰在床上的时候她就已经哭了。总是那么偏袒女性的秘书主任一定会乖乖地听她的话;她会关上大门,在前厅里把他说得不再惧怕。可是她偏偏不在,格里高尔只得自己来应付当前的局面。他没有想到自己的身体究竟有什么活动能力,也没有想一想他的话人家仍旧很可能听不懂,而且简直根本听不懂,就放开了那扇门,挤过门口,迈步向秘书主任走去,而后者正可笑地用两只手抱住楼梯的栏杆;格里高尔刚要摸索可以支撑的东西,忽然轻轻喊了一声,身子趴了下来,他那许多只腿着了地。还没等全部落地,他的身子已经获得了安稳的感觉,从早晨以来,这还是第一次;他脚底下现在是结结实实的地板了;他高兴地注意到,他的腿完全听从指挥了;它们甚至努力地把他朝他心里所想的任何方向带去;他简直要相信,他所有的痛苦总解脱的时候终于快来了。可是就在这一瞬间,当他摇摇摆摆一心想动弹的时候,离他不远,事实上就躺在他前面地板上的母亲,本来似乎已经完全瘫痪,这时却霍地跳了起来,伸直两臂,张开了所有的手指,喊道:“救命啊,老天爷,救命啊!”一面又低下头来,仿佛想把格里高尔看得更清楚些,同时又偏偏身不由己地一直往后退,根本没顾到她后面有张摆满了食物的桌子;她撞上桌子,又糊里糊涂倏地坐了上去,似乎全然没有注意她旁边那把大咖啡壶已经打翻,咖啡也汩汩地流到了地毯上。

“妈妈,妈妈,”格里高尔低声地说道,抬起头来看着她。这时他已经完全把秘书主任撇在脑后;他的嘴却忍不住咂巴起来,因为他看到了淌出来的咖啡。这使他母亲再一次尖叫起来。她从桌子旁边逃开,倒在急忙来扶她的父亲的怀抱里。可是格里高尔现在顾不得他的父母;秘书主任已经在走下楼梯了,他的下巴探在栏杆上扭过头来最后回顾了一眼。格里高尔急走几步,想尽可能追上他;可是秘书主任一定是看出了他的意图,因为他往下蹦了几级,随即消失了;可是他还在不断地叫喊“噢”,回声传遍了整个楼梯。

不幸得很,秘书主任的逃走仿佛使一直比较镇定的父亲也慌乱万分,因为他非但自己不去追赶那人,反而阻挡格里高尔去追逐,他右手操起秘书主任连同帽子和大衣一起留在一张椅子上的手杖,左手从桌子上抓起一张大报纸,一面顿脚,一面挥动手杖和报纸,要把格里高尔赶回到房间里去。格里高尔的恳求全然无效,事实上别人根本不理解;不管他怎样谦恭地低下头去,他父亲反而把脚顿得更响。另一边,他母亲不顾天气寒冷,打开了一扇窗子,双手掩住脸,尽量把身子往外探。一阵劲风从街上刮到楼梯,窗帘掀了起来,桌上的报纸吹得啪嗒啪嗒乱响,有几张吹落在地板上。格里高尔的父亲无情地把他往后赶，一面嘘嘘叫着，简直像个野人。可是格里高尔还不熟悉怎么往后退，所以走得很慢。如果有机会掉过头，他能很快回进房间的，但是他怕转身的迟缓会使他父亲更加生气，他父亲手中的手杖随时会照准他的背上或头上给以狠狠的一击的。到后来，他竟不知怎么办才好，因为他绝望地注意到，倒退着走连方向都掌握不了；因此，他一面始终不安地侧过头瞅着父亲，一面开始掉转身子，他想尽量快些，事实上却非常缓慢。也许父亲发觉了他的良好意图，因为父亲并不干涉他，只是在他挪动时远远的用手杖尖拨拨他。只要父亲不再发出那种无法忍受的嘘嘘声就好了。这简直要使格里高尔发狂。他已经完全转过身去了。只是因为给嘘声弄得心烦意乱，甚至转得过了头。最后他总算对准了门口，可是他的身体又偏巧宽得过不去。但是在目前精神状态下的父亲，当然不会想到去打开另外半扇门好让格里高尔得以通过。他父亲脑子里只有一件事，尽快把格里高尔赶回房间。不过让格里高尔直立起来，侧身进入房间，就要作许多麻烦的准备，父亲是绝不会答应的。父亲现在发出的声音更加响亮，他拼命催促格里高尔往前走，好像他前面没有什么障碍似的；在格里高尔听来他后面响着的声音不再像是父亲一个人的了；现在更不是闹着玩的了，所以格里高尔不顾一切狠命向门口挤去。他身子的一边拱了起来，倾斜地卡在门口，腰部挤伤了，在洁白的门上留下了可憎的斑点，不一会儿他就给夹住了，不管怎么挣扎，还是丝毫动弹不得，他一边的腿在空中颤抖地舞动，另一边的腿却在地上给压得十分疼痛。这时，他父亲从后面使劲地推了他一把，实际上这倒是支援，使他一直跨进了房间中央，汩汩地流着血。在他后面，门砰的一声用手杖关上了，屋子里终于恢复了寂静。

二

直到薄暮时分格里高尔才从沉睡中苏醒过来，这与其说是沉睡还不如说是昏厥。其实再过一会儿他自己也会醒的，因为他觉得睡得很长久，已经睡够了，可是他仍觉得仿佛有一阵疾走的脚步声和轻轻关上通向前厅房门的声音惊醒了他。街上的电灯，在天花板和家具的上半部投下一重淡淡的光晕，可是在低处他躺着的地方，却是一片漆黑。他缓慢而笨拙地试了试他的触角，只是到了这时，他才初次学会运用这个器官，接着便向门口爬去，想知道那儿发生了什么事。他觉得有一条长长的、绷得紧紧的不舒服的伤疤，他的两排腿事实上只能瘸着走了。而且有一只细小的腿在早晨的事件里受了重伤，现在毫无用处地曳在身后——仅仅坏了一条腿，这倒真是个奇迹。

他来到门边，这才发现把他吸引过来的事实上是什么：食物的香味。因为那儿放了一只盆子，盛满了甜牛奶，上面还浮着切碎的白面包。他险些儿要高兴得笑出声来，因为他现在比早晨更加饿了，他立刻把头浸到牛奶里去，几乎把眼睛也浸没了。可是很快他又失望地缩了回来；他发现不仅吃东西很困难，因为柔软的左侧受了伤——他要全身抽搐地配合着才能把食物吃到口中——而且他也不喜欢牛奶了，虽然牛奶一直是他喜爱的饮料，他妹妹准是因此才给他准备的；事实上，他几乎是怀着厌恶的心情把头从盆子边上扭开，爬回到房间中央去的。

他从门缝里看到起居室的煤气灯已经点亮了，在平日，到这时候，他父亲总要大声地把晚报读给母亲听,有时也读给妹妹听,可是现在却没有丝毫声息。也许是父亲新近抛弃大声读报的习惯了吧,他妹妹在谈话和写信中经常提到这件事。可是到处都那么寂静,虽然家里显然不是没有人。“我们这一家日子过得那么平静啊。”格里高尔自言自语道,他一动不动地瞪视着黑暗,心里感到很自豪,因为他能够让他的父母和妹妹在这样一套挺好的房间里过着蛮不错的日子。可是如果这一切的平静、舒适与满足都要令人恐怖地告一结束,那可怎么办呢?为了使自己不致陷入这样的思想,格里高尔活动起来了,他在房间里不断地爬来爬去。

在这个漫长的夜晚,有一次一边的门打开了一道缝,但马上又关上了,后来另一边的门上也发生了这样的事;显然是有人打算进来但是又犹豫不决。格里高尔现在紧紧地伏在起居室的门边,打算劝那个踌躇的人进来,至少也想知道那人是谁;可是门再也没有开过,他白白地等待着。清晨那会儿,门锁着,他们全都想进来;可是如今他打开了一扇门,另一扇门显然白天也是开着的,却又谁都不进来了,而且连钥匙都插到外面去了。

一直到深夜,起居室的煤气灯才熄灭,格里高尔很容易就推想到,他的父母和妹妹久久清醒地坐在那儿,因为他清晰地听见他们蹑手蹑脚走开的声音。没有人会来看他了,至少天亮以前是不会了,这是肯定的,因此他有充裕的时间从容不迫地考虑他该怎样重新安排生活。可是他匍匐在地板上的这间高大空旷的房间使他充满了一种不可言喻的恐惧,虽然这就是他自己住了五年的房间——他自己还不大清楚是怎么回事,就已经毫不害臊地急急钻到沙发底下去了,他马上就感到这儿非常舒服,虽然他的背稍有点被压住,他的头也抬不起来。他唯一感到遗憾的是身子太宽,不能整个藏进沙发底下。

他在那里待了整整一夜,一部分时间消磨在假寐上,腹中的饥饿时时刻刻使他惊醒,而另一部分时间里,他一直沉浸在担忧和渺茫的希望中。但他想来想去,总是只有一个结论:那就是目前他必须静静地躺着,用忍耐和极度的体谅来协助家庭克服他在目前的情况下必然会给他们造成的不方便。

拂晓时分,其实还简直是夜里,格里高尔就有机会考验他的新决心是否坚定了,因为他的妹妹衣服还没有完全穿好就打开了通往客厅的门,表情紧张地向里面张望。她没有立刻看见他,可是一等她看到他躺在沙发底下——说到究竟,他总是待在什么地方,他又不能飞走,是不是?——她大吃一惊,不由自主就把门砰地重新关上。可是仿佛是后悔自己方才的举动似的,她马上又打开了门,踮起脚尖走了进来,似乎她来看望的是一个重病人,甚至是陌生人。格里高尔把头探出沙发的边缘看着她。她会不会注意到他并非因为不饿而留着牛奶没喝,她会不会拿别的更合他的口味的东西来呢?除非她自动注意到这一层,他情愿挨饿也不愿唤起她的注意,虽然他有一股强烈的愿望,想从沙发底下冲出来,伏在她脚下,求她拿点食物来。可是妹妹马上就注意到了,她很惊讶,发现除了泼了些出来以外,盆子还是满满的,她立即把盆子端了起来,虽然不是直接用手,而是用手里拿着的布,她把盆子端走了。格里高尔好奇得要命,想知道她会换些什么来,而且还作了种种猜测。然而心地善良的妹妹实际上所做的却是他怎么也想象不到的。为了弄清楚他的嗜好,她给他带来了许多种食物,全都放在一张旧报纸上。这里有不新鲜的半腐烂的蔬菜,有昨天晚饭剩下来的肉骨头,上面还蒙着已经变稠硬结的白酱油;还有些葡萄干和杏仁;一块两天前格里高尔准会说吃不得的乳酪;一块陈面包,一块抹了黄油的面包,一块撒了盐的黄油面包。除了这一切,她又放下了那只盆子,往里倒了些清水,这盆子显然算是他专用的了。她考虑得非常周到,生怕格里高尔不愿当她的面吃东西,所以马上就退了出去,甚至还锁上了门,让他明白他可以安心地随意进食。格里高尔所有的腿都嗖地向食物奔过去。而他的伤口也准是已经完全愈合了,因为他并没有感到不方便,这使他颇为吃惊,也令他回忆起,一个月以前,他用刀稍稍割伤了一只手指,直到前天还觉得疼痛。"难道现在我感觉迟钝些了不成?"他想,紧接着便对着乳酪狼吞虎咽起来,在所有的食物里,这一种立刻强烈地吸引了他。他眼中含着满意的泪水,逐一地把乳酪、蔬菜和酱油都吃掉;可是新鲜的食物却一点也不给他以好感,他甚至都忍受不了那种气味,事实上他是把可吃的东西都叼到远一点的地方去吃的。他吃饱了,正懒洋洋地躺在原处,这时他妹妹慢慢地转动钥匙,仿佛是给他一个暗示,让他退走。他立刻惊醒了过来,虽然他差不多睡着了,就急急地重新钻到沙发底下去。可是藏在沙发底下需要相当的自我克制力量,即使只是妹妹在房间里这短短的片刻,因为这顿饱餐使他的身子有些膨胀,他只觉得地方狭窄,连呼吸也很困难。他因为透不过气,眼珠也略略鼓了起来,他望着没有察觉任何情况的妹妹在用笤帚扫去不光是他吃剩的食物,甚至也包括他根本没碰的那些,仿佛这些东西现在根本没人要了,扫完后又急匆匆地全都倒进了一只桶里,把木盖盖上就提走了。她刚扭过身去,格里高尔就打沙发底下爬出来舒展身子,呼哧呼哧喘了几口气。

格里高尔就是这样由他妹妹喂养着,一次在清晨他父母和使女还睡着的时候,另一次是在他们吃过午饭,他父母睡午觉而妹妹把使女打发出去随便干点杂事的时候。他们当然不会存心叫他挨饿,不过也许是他们除了听妹妹说一声以外,对于他吃东西的情形根本不忍心知道吧,也许是他妹妹也想让他们尽量少操心吧,因为眼下他们心里已经够烦的了。

至于第一天上午大夫和锁匠是用什么借口打发走的,格里高尔就永远不得而知了;因为他说的话人家既然听不懂,他们——甚至连妹妹在内——就不会想到他能听懂大家的话,所以每逢妹妹来到他的房间里,他听到她不时发出的几声叹息,和向圣者做的喁喁祈祷,也就满足了。后来,她对这种情形略微有点习惯了——当然,完全习惯是绝对不可能的。这时,她间或也会让格里高尔冷耳听到这样好心的或者可以作这样理解的话。"唧,他喜欢今天的饭食。"要是格里高尔把东西吃得一干二净她会这样说;但是近来下面的情形越来越多了,她总是有点忧郁地说:"又是什么都没有吃。"

虽然格里高尔无法直接得到任何消息,他却从隔壁房间里偷听到一些,只要听到一点点声音,他就急忙跑到那个房间的门后,把整个身子贴在门上。特别是在头几天,几乎没有什么谈话不牵涉到他,即使是悄悄话。整整两天,一到吃饭时候,全家人就商量该怎么办；就是不在吃饭时候，也老是谈这个题目，那阵子家里至少总有两个人，因为谁也不愿孤单单的留在家里，至于全都出去那更是不可想象的事。就在第一天，女仆——她对这件事到底知道几分还弄不太清楚——来到母亲跟前，跪下来哀求让她辞退工作。当她一刻钟之后离开时，居然眼泪盈眶，感激不尽，仿佛得到了什么大恩典似的。而且谁也没有逼她，她就立下重誓，说这件事她一个字也永远不对外人说。

女仆一走，妹妹就得帮着母亲做饭了；其实这事也并不太麻烦，因为事实上大家都简直不吃什么。格里高尔常常听到家里一个人白费力气地劝另一个人多吃一些，可是回答总不外是“谢谢，我吃不下了”，或者诸如此类的话。现在似乎连酒也没人喝了。他妹妹总是一次又一次地问父亲要不要喝啤酒，并且好心好意地说要亲自去买，她见父亲没有回答，便建议让看门的女人去买，免得父亲觉得过意不去。这时父亲断然地说一个“不”字，大家就再也不提这事了。

在头几天里，格里高尔的父亲便向母亲和妹妹解释了家庭的经济现状和远景。他常常从桌子旁边站起来，去取一些文件和账目，这都放在一只小小的保险箱里，这是五年前他的公司破产时保存下来的。他打开那把复杂的锁，窸窸窣窣地取出纸张又重新锁上的声音都一一听得清清楚楚。他父亲的叙述是格里高尔幽禁以来所听到的第一个愉快的消息。他本来还以为父亲的买卖什么也没有留下呢？至少父亲没有说过相反的话；当然，他也没有直接问过。那时，格里高尔唯一的愿望就是竭尽全力，让家里人尽快忘掉父亲事业崩溃使全家沦于绝望的那场大灾难。所以，他以不寻常的热情投入工作，很快就不再是个小办事员，而成为一个旅行推销员，赚钱的机会当然更多，他的成功马上就转化为亮晃晃圆滚滚的硬币，好让他当着惊诧而又快乐的一家人的面放在桌子上。那真是美好的时刻啊，这种时刻以后就没有再出现过，至少是再也没有那种光荣感了，虽然后来格里高尔挣的钱已经够维持一家的生活，事实上家庭也的确是他在负担。大家都习惯了，不论是家里人还是格里高尔，收钱的人固然很感激，给的人也很乐意，可是再也没有那种特殊的温暖感觉了。只有妹妹和他最亲近，他心里有个秘密的计划，想让她明年进音乐学院。她跟他不一般，爱好音乐，小提琴拉得很动人。进音乐学院费用当然不会小，这笔钱一定得另行设法筹措。他逗留在家的短暂期间，音乐学院这一话题在他和妹妹之间经常提起，不过总把它当作一个永远无法实现的美梦；只要听到关于这件事的天真议论，他的父母就感到沮丧；然而格里高尔已经痛下决心，准备在圣诞节之夜隆重地宣布这件事。

这就是他贴紧门站着倾听时涌进脑海的一些想法，这在目前当然都是毫无意义的空想了。有时他实在疲倦了，便不再倾听，而是懒懒地把头靠在门上，不过总是立即又得抬起来，因为他弄出的最轻微的声音隔壁都听得见，谈话也因此完全停顿下来。“他现在又在干什么呢？”片刻之后他父亲会这样问，而且显然把头转向了门，这以后，被打断的谈话才会逐渐恢复。

由于他父亲很久没有接触经济方面的事，他母亲也总是不能一下子就弄清楚，所以他父亲老是一遍又一遍地反复解释，使格里高尔了解得非常详细：他的家庭虽然破产,却有一笔投资保存了下来——款子当然很小——而且因为红利没有动用,钱数还有些增加。另外,格里高尔每个月给的家用——他自己只留下几个零用钱——没有完全花掉,所以到如今也积成了一笔小数目。格里高尔在门背后拼命点头,为这种他没料到的节约和谨慎而高兴。当然,本来他也可以用这些多余的款子把父亲欠老板的债再还掉些,使自己可以少替老板卖几天命,可是无疑还是父亲的做法更为妥当。

不过,如果光是靠利息维持家用,这笔钱还远远不够;这项款子可以使他们生活一年,至多二年,不能再多了。这笔钱根本就不能动用,要留着以备不时之需;日常的生活费用得另行设法。他父亲身体虽然还算健壮,但已经老了,他已有五年没做事,也很难期望他能有什么作为了;在他劳累的却从未成功过的一生里,他还是第一次过安逸的日子,在这五年里,他发胖了,连行动都不方便了。而格里高尔的老母亲患有气喘病,在家里走动都很困难,隔一天就得躺在打开的窗户边的沙发上喘得气都透不过来,又怎能叫她去挣钱养家呢?妹妹还只是个十七岁的孩子,她的生活直到现在为止还是一片欢乐,关心的只是怎样穿得漂亮些,睡个懒觉,在家务上帮帮忙,出去找些不太花钱的娱乐,此外最重要的就是拉小提琴,又怎能叫她去给自己挣面包呢?只要话题转到挣钱养家的问题,最初格里高尔总是放开了门,扑倒在门旁冰凉的皮沙发上,羞愧与焦虑得中心如焚。

他往往躺在沙发上,通夜不眠,一连好几个小时在皮面子上蹭来蹭去。他有时也集中全身力量,将扶手椅推到窗前,然后爬上窗台,身体靠着椅子,把头贴到玻璃窗上,他显然是企图回忆过去临窗眺望时所感到的那种自由。因为事实上,随着日子一天天过去,稍稍远一些的东西他就看不清了;从前,他常常诅咒街对面的医院,因为它老是逼近在他眼面前,可是如今他却看不见了,倘若他不知道自己住在虽然僻静却完全是市区的夏洛蒂街,他真要以为自己的窗子外面是灰色的天空与灰色的土地浑然成为一体的荒漠世界了。他那细心的妹妹只看见扶手椅两回都靠在窗前,就明白了;此后她每次打扫房间总把椅子推回到窗前,甚至还让里面那层窗子开着。

如果他能开口说话,感激妹妹为他所做的一切,他也许还能多少忍受她的怜悯,可现在他却受不住。她工作中不太愉快的那些方面,她显然想尽量避免,日子一天天过去,她的确逐渐达到了目的,可是格里高尔也渐渐地越来越明白了。她走进房间的样子就使他痛苦。她一进房间就冲到窗前,连房门也顾不上关,虽然她往常总是小心翼翼不让旁人看到格里高尔的房间。她仿佛快要窒息了,用双手匆匆推开窗子,甚至在严寒中也要当风站着做深呼吸。她这种吵闹急促的步子一天总有两次使得格里高尔心神不定;在这整段时间里,他都得蹲在沙发底下,打着哆嗦。他很清楚,她和他待在一起时,若是不打开窗子也还能忍受,她是绝对不会如此打扰他的。

有一次,大概在格里高尔变形一个月以后,其实这时她已经没有理由见到他再吃惊了,她比平时进来得早了一些,发现他正在一动不动地向着窗外眺望,所以模样更像妖魔了。要是她光是不进来格里高尔倒也不会感到意外,因为既然他在窗口,她当然不能立刻开窗了,可是她不仅退出去,而且仿佛是大吃一惊似的跳了回去,并且还砰地关上了门;陌生人还以为他是故意等在那儿要扑过去咬她呢。格里高尔当然立刻就躲到了沙发底下,可是他一直等到中午她才重新进来,看上去比平时更显得惴惴不安。这使他明白,妹妹看见他依旧那么恶心,而且以后也势必一直如此。她看到他身体的一小部分露出在沙发底下而不逃走,该是作出了多大的努力呀。为了使她不致如此,有一天他花了四个小时的劳动,用背把一张被单拖到沙发上,铺得使它可以完全遮住自己的身体,这样,即使她弯下身子也不会看到他了。如果她认为被单放在那儿根本没有必要,她当然会把它拿走,因为格里高尔这样把自己遮住又蒙上自然不会舒服。可是她并没有拿走被单,当格里高尔小心翼翼地用头把被单拱起一些看她怎样对待新情况的时候,他甚至仿佛看到妹妹眼睛里闪出了一丝感激的光辉。

在最初的两个星期里,他的父母亲鼓不起勇气进他的房间,他常常听到他们对妹妹的行为表示感激,而以前他们是常常骂她的,说她是个不中用的女儿。可是现在呢,在妹妹替他收拾房间的时候,老两口往往在门外等着,她一出来就问她房间里的情形,格里高尔吃了什么,他这一次行为怎么样,是否有些好转的迹象。过了不多久,母亲想要来看他了,起先父亲和妹妹都用种种理由劝阻她,格里高尔留神地听着,暗暗也都同意。后来,他们不得不用强力拖住她了,而她却拼命嚷道:"让我进去瞧瞧格里高尔,他是我可怜的儿子!你们就不明白我非进去不可吗?"听到这里,格里高尔想也许还是让她进来的好,当然不是每天都来,每星期一次也就差不多了;她毕竟比妹妹更周到些,妹妹虽然勇敢,总还是个孩子,再说她之所以担当这件苦差事恐怕还是因为年轻稚气,少不更事罢了。

格里高尔想见见他母亲的愿望很快就实现了。在大白天,考虑到父母的脸面,他不愿趴在窗子上让人家看见,可是他在几平方米的地板上没什么好爬的,漫漫的长夜里他也不能始终安静地躺着不动,此外他很快就失去了对于食物的任何兴趣,因此,为了锻炼身体,他养成了在墙壁和天花板上纵横交错地爬来爬去的习惯。他特别喜欢倒挂在天花板上,这比躺在地板上强多了,呼吸起来也轻松多了,而且身体也可以轻轻地晃来晃去;倒悬的滋味使他乐而忘形,他忘乎所以地松了腿,直挺挺地掉在地板上。可是如今他对自己身体的控制能力比以前大有进步,所以即使摔得这么重,也没有受到损害。他的妹妹马上就注意到了格里高尔新发现的娱乐——他的脚总要在爬过的地方留下一种黏液——于是她想到应该让他有更多地方可以活动,得把挡路的家具搬出去,首先要搬的是五斗柜和写字桌。可是一个人干不了;她不敢叫父亲来帮忙;家里的佣人又只有一个十六岁的使女,女仆走后她虽说有勇气留下来,但是她求主人赐给她一个特殊的恩惠,让她把厨房门锁着,只有在人家特意叫她时才打开,所以她也是不能帮忙的;这样,除了趁父亲出去时求母亲帮忙之外,也没有别的法子可想了。老太太真的来了,一边还兴奋地叫喊着,可是这股劲头没等她来到格里高尔房门口就烟消云散了。格里高尔的妹妹当然先进房间,她来看看是否一切都很稳妥,然后再招呼母亲。格里高尔赶紧把被单拉低些,并且把它弄得皱褶更多些,让人看了以为这是随随便便扔在沙发上的。这一回他也不打沙发底下往外张望了;他放弃了见到母亲的快乐,她终于来了，这就已经使他喜出望外了。“进来吧，他躲起来了。”妹妹说，显然是搀着母亲的手在领她进来。此后，格里高尔听到了两个荏弱的女人使劲把那口旧柜子从原来的地方拖出来的声音，他妹妹只管挑重活儿干，根本不听母亲叫她当心累坏身子的劝告。她们搬了很久。在拖了至少一刻钟之后，母亲提出相反的意见，说这口柜还是放在原处的好，因为首先它太重了，在父亲回来之前是绝对搬不走的；而这样立在房间的中央当然只会更加妨碍格里高尔的行动，况且把家具搬出去是否就合格里高尔的意，这可谁也说不上来。她甚至还觉得恰恰相反呢；她看到墙壁光秃秃，只觉得心里堵得慌，为什么格里高尔就没有同感呢，既然好久以来他就用惯了这些家具，一旦没有，当然会觉得很凄凉。最后她又压低了声音说——事实上自始至终她都几乎是用耳语在说话，她仿佛连声音都不想让格里高尔听到——他到底藏在哪儿她并不清楚，因为她相信他已经听不懂她的话了。“再说，我们搬走家具，岂不等于向他表示，我们放弃了他好转的希望，硬着心肠由他去了吗？我想还是让他房间保持原状的好，这样，等格里高尔回到我们中间，他就会发现一切如故，也就能更容易忘掉这其间发生的事了。”

听到了母亲这番话，格里高尔明白，两个月不与人交谈以及单调的家庭生活，已经把他的头脑弄糊涂了，否则他就无法解释，为什么会把房间里的家具清出去看成一件严肃认真的事。难道他真的要把那么舒适地放满祖传家具的温暖的房间变成光秃秃的洞窟，好让自己不受阻碍地往四面八方乱爬，同时还要把做人的时候的回忆忘得干干净净作为代价吗？他的确已经濒于忘却一切，只是靠了好久没有听到的母亲的声音，才把他拉了回来。什么都不能从他房间里搬出去；一切都得保持原状；他不能丧失这些家具对他精神状态的良好影响；即使在他无意识地到处乱爬的时候家具的确挡住他的路，这也绝不是什么妨碍，而是大大的好事。

不幸的是，妹妹却有不同的看法；她已经惯于把自己看成是格里高尔事务的专家了，自然认为自己要比父母高明，这当然也有点道理，所以母亲的劝说只能使她决心不仅仅搬走柜子和书桌，这只是她的初步计划，而且还要搬走一切，只剩下那张不可缺少的沙发。她作出这个决定当然不仅仅是出于孩子气的倔强和她近来自己也没料到的、花了艰苦代价而获得的自信心。她的确觉得格里高尔需要许多地方爬动，另一方面，他又根本用不着这些家具，这也是不言而喻的。另一个原因也可能是她这种年龄的少女的热烈气质，她们无论做什么事总要迷在里面，这个原因使得葛蕾特夸大哥哥环境的可怕，这样，她就能给他做更多的事了。对于一间由格里高尔一个人主宰的光有四堵空墙的房间，除了葛蕾特是不会有别人敢于进去的。

因此，她不因为母亲的一番话而动摇自己的决心，母亲在格里高尔的房间里越来越不舒服，所以也拿不稳主意，旋即不作声了，只是尽力帮她女儿把柜子推出去。如果不得已，格里高尔也可以不要柜子，可是写字桌是非留下不可的。这两个女人哼哼着刚把柜子推出房间，格里高尔就从沙发底下探出头来，想看看该怎样尽可能温和妥善地干预一下。可是真倒霉，是他母亲先回进房间来的，她让葛蕾特独自在隔壁房间拽住柜子摇晃着往外拖，柜子当然是一动也不动。母亲没有看惯他的模样；为了怕她看了吓出病来,格里高尔马上退到沙发另一头去,可是还是使被单在前面晃动了一下。这就已经使她大吃一惊了。她愣住了,站了一会儿,这才往葛蕾特那儿跑去。

虽然格里高尔不断地安慰自己,说根本没有出什么大不了的事,只是挪动了几件家具,但他很快就不得不承认,这两个女人跑过来跑过去,她们的轻声叫喊以及家具在地板上的拖动,这一切给了他很大影响,仿佛动乱从四面八方同时袭来,尽管他拼命把头和腿都蜷成一团贴紧在地板上,他也不得不承认他忍受不了多久了。她们在搬清他房间里的东西,把他所喜欢的一切都拿走;安放他的钢丝锯和各种工具的柜子已经给拖走了;她们这会儿正在把几乎陷进地板去的写字桌抬起来,他在商学院念书时所有的作业就是在这张桌子上做的,更早的还有中学的作业,还有,对了,小学的作业——他再也顾不上体会这两个女人的良好动机了,他几乎已经忘了她们的存在,因为她们太累了,干活时连声音也发不出来。除了她们沉重的脚步声以外,旁的什么也听不见。

因此他冲出去了——两个女人在隔壁房间正靠着写字桌略事休息——他换了四次方向,因为他真的不知道应该先拯救什么;接着,他看见了对面的那面墙,靠墙的东西已给搬得七零八落了,墙上那幅穿皮大衣的女士的像吸引了他,格里高尔急忙爬上去,紧紧地贴在镜面玻璃上,这地方倒挺不错,他那火热的肚子顿时觉得惬意多了。至少,这张完全藏在他身子底下的画是谁也不许搬走的。他把头转向起居室,以便两个女人重新进来的时候自己可以看到她们。

她们休息了没多久就已经往里走来了;葛蕾特用胳膊围住她母亲,简直是在抱着她。“那么,我们现在再搬什么呢?”葛蕾特说,向周围扫了一眼,她的眼睛遇上了格里高尔从墙上射来的眼光。大概因为母亲也在场的缘故,她保持住了镇静。她向母亲低下头去,免得母亲的眼睛抬起来,说道:“走吧,我们要不要再回起居室去待一会儿?”她的意图格里高尔非常清楚;她是想把母亲安置到安全的地方,然后再来把他从墙上赶下来。好吧,让她来试试看吧!他抓紧了他的图片绝不退让。他还想对准葛蕾特的脸飞扑过去呢。

可是葛蕾特的话却已经使母亲感到不安了,她向旁边跨了一步,看到了印花墙纸上那一大团棕色的东西,她还没有真的理会到她看见的正是格里高尔,就用嘶哑的声音大叫起来:“啊,上帝,啊,上帝!”接着就双手一摊倒在沙发上,仿佛听天由命似的,一动也不动了。“唉,格里高尔!”他妹妹喊道,对他又是挥拳又是瞪眼。自从变形以来这还是她第一次直接对他说话。她跑到隔壁房间去拿什么香精来使母亲从昏厥中苏醒过来。格里高尔也想帮忙——要救那张图片以后还有时间——可是他已经紧紧地粘在玻璃上,不得不使点劲儿才让身子能够移动;接着他就跟在妹妹后面奔进房间,好像他像过去一样,真能给她什么帮助似的;可是他马上就发现,自己只能无可奈何地站在她后面;妹妹正在许许多多小瓶子堆里找来找去,等她回过身来一看到他,真的又吃了一惊;一只瓶子掉到地板上,打碎了;一块玻璃片划破了格里高尔的脸,不知什么腐蚀性的药水溅到了他身上;葛蕾特才愣住一小会儿,就马上抱起所有拿得了的瓶子跑到母亲那儿去了;她用脚砰地把门关上。格里高尔如今和母亲隔开了,她就是因为他,也许快要死了;他不敢开门,生怕吓跑了不得不留下来照顾母亲和妹妹;目前,除了等待,他没有别的事可做;他被自我谴责和忧虑折磨着,就在墙壁、家具和天花板上到处乱爬起来,最后,在绝望中,他觉得整个房间竟在他四周旋转,就掉了下来,跌落在大桌子的正中央。

过了一小会儿,格里高尔依旧软弱无力地躺着,周围寂静无声;这也许是个吉兆吧。接着门铃响了。使女当然是锁在她的厨房里的,只能由葛蕾特去开门。进来的是他的父亲。“出了什么事?”他一开口就问;准是葛蕾特的神色把一切都告诉他了。葛蕾特显然把头埋在父亲胸口上,因为她的回答听上去闷声闷气的:“妈妈刚才晕过去了,不过这会儿已经好点了。格里高尔逃了出来。”“果然不出我的所料,”他父亲说,“我不是告诉过你们吗,可是你们这些女人根本不听。”格里高尔清楚地感觉到他父亲把葛蕾特过于简单的解释想到最坏的方面去了,他大概以为格里高尔做了什么凶狠的事呢。格里高尔现在必须设法使父亲息怒,因为他既来不及也无法替自己解释。因此他赶忙爬到自己房间的门口,蹲在门前,好让父亲从客厅里一进来便可以看见自己的儿子乖得很,一心想立即回自己房间,根本不需要赶,要是门开着,他马上就会进去的。

可是父亲在目前的情绪下完全无法体会他那细腻的感情。“啊!”他一露面就喊道,声音里既有狂怒,同时又包含了喜悦。格里高尔把头从门上缩回来,抬起来瞧他的父亲。啊,这简直不是他想象中的父亲了;显然,最近他太热衷于爬天花板这一新的消遣,对家里别的房间里的情形就不像以前那样感兴趣了,他真应该预料到某些新的变化才行。不过,不过,这难道真是他父亲吗?从前,每逢格里高尔动身出差,他父亲总是疲惫不堪地躺在床上;格里高尔回来过夜总看见他穿着睡衣靠在一张长椅子里,他连站都站不起来,把手举一举就算是欢迎。一年里有那么一两个星期天,还得是盛大的节日,他也偶尔和家里人一起出去,总是走在格里高尔和母亲的当中,他们走得已经够慢的了,可是他还要慢。他裹在那件旧大衣里,靠了那把弯柄的手杖的帮助艰难地向前移动,每走一步都先要把手杖小心翼翼地支好,逢到他想说句话,往往要停下脚步,让卫护的人靠拢来。难道那个人就是他吗?现在他身子笔直地站着,穿一件有金色纽扣的漂亮的蓝制服,这通常是银行的杂役穿的;他那厚实的双下巴鼓出在上衣坚硬的高领子外面;从他浓密的睫毛下面,那双黑眼睛射出了神气十足咄咄逼人的光芒;他那头本来乱蓬蓬的头发如今从当中整整齐齐一丝不苟地分了开来,两边都梳得又光又平。他把那顶绣有金字——肯定是哪家银行的标记——的帽子远远地往房间那头的沙发上一扔,把大衣的下摆往后一甩,双手插在裤袋里,板着严峻的脸朝格里高尔冲来。他大概自己也不清楚要干什么;但是他却把脚举得老高,格里高尔一看到他那大得惊人的鞋后跟简直吓呆了。不过格里高尔不敢冒险听任父亲摆弄,他知道从自己新生活的第一天起,父亲就是主张对他采取严厉措施的。因此他就在父亲的前头跑了起来,父亲停住他也停住,父亲稍稍一动他又急急地奔跑。就这样,他们绕着房间转了好几圈,并没有真出什么事;事实上这简直都不太像是追逐,因为他们都走得很慢。所以格里高尔也没有离开地板,生怕父亲把他的爬墙和上天花板看成是一种特别恶劣的行为。可是，即使就这样跑他也支持不了多久，因为他父亲迈一步，他就得动好多下。他已经感到气喘不过来了，他从前做人的时候肺就不太强。他跌跌撞撞地向前冲，因为要把精力全部集中在奔走上，连眼睛都几乎不睁开来；在昏乱的状态中，除了向前冲以外，他根本没有想到还有别的出路；他几乎忘记自己是可以随便上墙的，而且在这个房间里，靠墙放着精雕细镂的家具，凸出来和凹进去的地方多的是——正在这时，突然有一样扔得不太有力的东西飞了过来，落在他紧后面，又滚到他前面去。这是一只苹果。紧接着第二只苹果又扔了过来。格里高尔惊慌地站住了，再跑也没有用了，因为他父亲决心要轰炸他了。他把碗柜上盘子里的水果装满了衣袋，也没有好好的瞄准，就把苹果一只接一只地扔出来。这些小小的红苹果在地板上滚来滚去，仿佛有吸引力似的，都在互相碰撞。一只扔得不太用力的苹果轻轻擦过格里高尔的背，没有带给他什么损害就飞走了。可是紧跟着马上飞来了另一只，正好打中了他的背并且还陷了进去；格里高尔挣扎着往前爬，仿佛能把这种可惊的莫名其妙的痛苦留在身后似的；可是他觉得自己好像被钉住在原处，就六神无主地瘫在地上。在清醒的最后一刹那，他瞥见他的房门猛然打开，母亲抢在尖叫着的妹妹前头跑了过来，身上只穿着内衣，她女儿为了让她呼吸舒畅好缓过气来，已经替她把衣服都解开了。格里高尔看见母亲向父亲扑过去，解松了的裙子一条接着一条都掉在地板上，她绊着裙子径直向父亲奔去，抱住他，紧紧地搂住他，双手围在父亲的脖子上，求他别伤害儿子的生命；可是这时，格里高尔的眼光逐渐黯淡了下去。

三

格里高尔所受的重创使他有一个月不能行动——那只苹果还一直留在他身上，没人敢去取下来，仿佛这是一个公开的纪念品似的——他的受伤好像使父亲也想起了他是家庭的一员，尽管他现在很不幸，外形使人看了恶心，但是也不应把他看成是敌人。相反，家庭的责任正需要大家把厌恶的心情压下去，而用耐心来对待，只能是耐心，别的都无济于事。

虽然他的创伤损害了，而且也许是永久地损害了他行动的能力，目前，他从房间的一端爬到另一端也得花好多好多分钟，活像个老弱的病人——至于上墙在目前更是连提也不用提。可是，在他自己看来，他的受伤还是得到了足够的补偿，因为每到晚上——他早在一两个小时以前就一心一意等待着这个时刻了，起居室的门总是大大地打开，这样他就可以躺在自己房间的暗处，家里人看不见他，他却可以看到三个人坐在点上灯的桌子旁边，可以听到他们的谈话，这大概是他们全都同意的。比起早先的偷听，这可要强多了。

的确，他们的关系中缺少了先前那种活跃的气氛。过去，当他投宿在客栈狭小的寝室里，疲惫不堪，要往潮滋滋的床铺上倒下去的时候，他总是以一种渴望的心情怀念这种气氛的。他们现在往往很沉默。晚饭吃完不久，父亲就在扶手椅里打起瞌睡来；母亲和妹妹就互相提醒谁都别说话；母亲把头低低的俯在灯下，给一家时装店做精细的针线活；他妹妹已经当了售货员，为了将来找更好的工作，在利用晚上的时间学习速记和法语。有时父亲醒了过来，仿佛根本不知道自己已经睡了一觉，还对母亲说："你今天干了这么多针线活呀！"话才说完又睡着了，于是娘儿俩又交换一下疲倦的笑容。

父亲脾气真执拗，连在家里也一定要穿上那件制服。他的睡衣一无用处地挂在钩子上。他穿得整整齐齐，坐着坐着就睡着了，好像随时要去应差，即使在家里也要对上司唯命是从似的。这样下来，虽则有母亲和妹妹的悉心保护，他那件本来就不是簇新的制服已经开始显得脏了，格里高尔常常整夜整夜地望着纽扣老是擦得金光闪闪的外套上的一摊摊油迹，老人就穿着这件外套极不舒服却又是极安宁地坐在那里进入了梦乡。

一等钟敲十下，母亲就设法用婉言款语把父亲唤醒，劝他上床去睡，因为坐着睡休息不好，可他最需要的就是休息，因为他六点钟就得去上班。可是自从他在银行里当了杂役以来，不知怎的脾气越来越犟，他总想在桌子旁边再坐上一会儿，可是又总是重新睡着，到后来得花九牛二虎之力才能把他从扶手椅弄到床上去。不管格里高尔的母亲和妹妹怎样不断用温和的话一个劲儿地催促他，他总要闭着眼睛，慢慢地摇头，摇上一刻钟，就是不肯站起来。母亲拉着他的袖管，对着他的耳朵轻声说些甜蜜的话，他妹妹也扔下了功课跑来帮助母亲。可是格里高尔的父亲还是不上钩。他一味往椅子深处退去。直到两个女人抓住他的胳肢窝把他拉了起来，他才睁开眼睛，看看这个，又看看那个，而且总要说："我过的是什么日子呀。这就算是我安宁、平静的晚年了吗。"于是就由两个人搀扶着挣扎站起来，好不费力，仿佛自己对自己都是一个沉重的负担，还要她们一直扶到门口，这才挥挥手叫她们回去，独自往前走，可是母亲还是放下了针线活，妹妹也放下笔，追上去再搀他一把。

在这个操劳过度疲倦不堪的家庭里，除了做绝对必需的事情以外，谁还有时间替格里高尔操心呢？家计日益窘迫；使女也给辞退了；一个蓬着满头白发高大瘦削的老妈子一早一晚来替他们做些粗活；其他的一切家务事就落在格里高尔母亲的身上。此外，她还得缝一大堆一大堆的针线活。连母亲和妹妹以往每逢参加晚会和喜庆日子总要骄傲地戴上的那些首饰，也不得不变卖了。一天晚上，家里人都在讨论卖得的价钱，格里高尔才发现了这件事。可是最使他们悲哀的就是没法从与目前的景况不相称的住所里迁出去。因为他们想不出有什么法子搬动格里高尔。可是格里高尔很明白，对他的考虑并不是妨碍搬家的主要原因，因为他们满可以把他装在一只大小合适的盒子里，只要留几个通气的孔眼就行了；他们彻底绝望了，还相信他们是注定了要交上这种所有亲友都没交过的厄运，这才是使他们没有迁往他处的真正原因。世界上要求穷人的一切，他们都已尽力做了：父亲在银行里给小职员买早点，母亲把自己的精力耗费在替陌生人缝内衣上，妹妹听顾客的命令在柜台后面急急地跑来跑去，超过这个界限就是他们力所不及的了。把父亲送上了床，母亲和妹妹就重新回进房间，她们总是放下手头的工作，靠得紧紧地坐着，脸挨着脸，接着母亲指指格里高尔的房门说："把这扇门关上吧，葛蕾特。"于是他重新被关入黑暗中，而隔壁的两个女人就涕泗交流起来，或是眼眶干枯地瞪着桌子；逢到这样的时候，格里高尔背上的创伤总要又一次的使他感到疼痛难忍。

不管是夜晚还是白天，格里高尔都几乎不睡觉。有一个想法老是折磨着他：下一次门再打开时他就要像过去那样重新挑起一家的担子了；隔了这么久以后，他脑子里重又出现了老板、秘书主任、那些旅行推销员和练习生的影子，他仿佛还看见了那个奇蠢无比的听差，两三个在别的公司里做事的朋友，一个乡村客栈里的侍女，这是个一闪即逝的甜蜜的回忆；还有一个女帽店里的出纳，格里高尔殷勤地向她求过爱，但是让人家捷足先登了——他们都出现了，另外还有些陌生的或他几乎已经忘却的人，但是他们非但不帮他和他家庭的忙，却一个个都那么冷冰冰，格里高尔看到他们从眼前消失，心里只有感到高兴。另外，有的时候，他没有心思为家庭担忧，却因为他们那样忽视自己而积了一肚子的火，他自己也弄不清楚到底爱吃什么，却打算闯进食物储藏室去把本该属于他分内的食物叼走。他妹妹再也不考虑拿什么他可能最爱吃的东西来喂他了，只是在早晨和中午上班以前匆匆忙忙地用脚把食物拨进来，手头有什么就给他吃什么，到了晚上只是用笤帚一下子再把东西扫出去，也不管他是尝了几口呢，还是——这是最经常的情况——连动也没有动。她现在总是在晚上给他打扫房间，她的打扫不能再草率了。墙上尽是一道道的灰尘，到处都是成团的尘土和脏东西。起初格里高尔在妹妹要来的时候总待在特别肮脏的角落里，他的用意也算是以此责难她。可是即使他再蹲上几个星期也无法使她有所改进；她跟他一样完全看得见这些尘土，可就是决心不管。不但如此，她新近脾气还特别暴躁，这也不知怎的传染给了全家人，这种脾气使她认定自己是格里高尔房间唯一的管理人。他的母亲有一回把他的房间彻底扫除了一番，其实不过是用了几桶水罢了——房间的潮湿当然使得格里高尔大为狼狈，他摊开身子阴郁地一动不动地躺在沙发上，可是母亲为这事也受了罪。那天晚上，妹妹刚察觉到他房间所发生的变化，就怒不可遏地冲进起居室，而且不顾母亲举起双手苦苦哀求，竟号啕大哭起来，她的父母——父亲当然早就从椅子里惊醒站立起来了——最初只是无可奈何地愕然看着，接着也卷了进来；父亲先是责怪右边的母亲，说打扫格里高尔的房间本来是女儿的事，她真是多管闲事；接着又尖声地对左边的女儿嚷叫，说以后再也不让她去打扫格里高尔的房间了；而母亲呢，却想把父亲拖到卧室里去，因为他已经激动得不能控制自己了；妹妹哭得浑身发抖，只管用她那小拳头捶打桌子；格里高尔也气得发出很响的嗤嗤声，因为没有人想起关上门，免得他看到这一场好戏，听到这么些吵闹。

可是，即使妹妹因为一天工作下来疲惫不堪，已经懒得像先前那样去照顾格里高尔了，母亲也没有自己去管的必要，而格里高尔也根本不会给忽视，因为现在有那个老妈子了。这个老寡妇的结实清瘦的身体使她经受了漫长的一生中所有最坏的打击，她根本不怕格里高尔。她有一次完全不是因为好奇，而纯粹是出于偶然打开了他的房门，看到了格里高尔，格里高尔吃了一惊，便四处奔跑起来。其实老妈子根本没有追他，只是叉着手站在那儿罢了。从那时起，一早一晚，她总不忘记花上几分钟把他的房门打开一些来看看他。起先她还用自以为亲热的话招呼他，比如“来呀，嗨，你这只老屎壳郎！”或者是“瞧这老屎壳郎哪，嗐！”对于这样的攀谈格里高尔置之不理，只是一动不动地待在原处，就当那扇门根本没有开。与其容许她兴致一来就这样无聊地干扰自己，还不如命令她天天打扫他的房间呢，这粗老妈子！有一次，是在清晨——急骤的雨点敲打着窗玻璃，这大概是春天快来临的征兆吧——她又来噜苏了，格里高尔好不恼怒，就向她冲去，仿佛要咬她似的，虽然他的行动既缓慢又软弱无力。可是那个老妈子非但不害怕，反而把刚好放在门旁的一张椅子高高举起，她的嘴张得老大，显然是要等椅子往格里高尔的背上砸下去才会闭上。"你又不过来了吗？"看到格里高尔掉过头来，她一面问，一面镇静地把椅子放回墙角。

格里高尔现在简直不吃东西了。只有在他正好经过食物时才会咬上一口，作为消遣，每次都在嘴里嚼上一个小时，然后又重新吐掉。起初他还以为他不想吃是因为房间里凌乱不堪，使他心烦，可是他很快也就习惯了房间里的种种变化。家里人已经养成习惯，把别处放不下的东西都塞到这儿来，这些东西现在多得很，因为家里有一个房间租给了三个房客。这些一本正经的先生——他们三个全都蓄着大胡子，这是格里高尔有一次从门缝里看到的——什么都要井井有条，不光是要求他们的房间理得整齐，因为他们既然已经是这个家庭的一员了，他们就要求整个屋子所有的一切都得如此，特别是厨房。他们无法容忍多余的东西，更不要说脏东西了。此外，他们自己用得着的东西几乎都带来了。因此就有许多东西多了出来，卖出去既不值钱，扔掉也舍不得。这一切都千流归大海，来到了格里高尔的房间。同样，连煤灰箱和垃圾箱也来了。凡是暂时不用的东西都干脆给那老妈子扔了进来，她做什么事都那么毛手毛脚；幸亏格里高尔往往只看见一只手扔进来一样东西，也不管那是什么。她也许是想等到什么时机再把东西拿走吧，也许是想先堆起来再一起扔掉吧，可是实际上东西都是她扔在哪儿就在哪儿，除非格里高尔有时嫌挡路，把它推开一些。这样做最初是出于必须，因为他无处可爬了，可是后来却从中得到越来越多的乐趣，虽则在这样的长距离跋涉之后，由于忧郁和极度疲劳，他总要一动不动地一连躺上好几个小时。

由于房客们常常要在家里公用的起居室里吃晚饭，有许多个夜晚房门都得关上，不过格里高尔很容易也就习惯了，因为晚上即使门开着他也根本不感兴趣，只是躺在自己房间最黑暗的地方，家里人谁也不注意他。不过有一次老妈子把门开了一道缝，门始终微开着，连房客们进来吃饭点亮了灯的时候也是如此。他们大模大样地坐在桌子的上首，在过去，这是父亲、母亲和格里高尔吃饭时坐的地方，三个人摊开餐巾，拿起了刀叉。立刻，母亲出现在对面的门口，手里端了一盘肉，紧跟着她的是妹妹，拿的是一盘堆得高高的土豆。食物散发着浓密的水蒸气。房客们把头伛在他们前面的盘子上，仿佛在就餐之前要细细察看一番似的，真的，坐在当中像是权威人士的那一位，等肉放到碟子里就割了一块下来，显然是想看看够不够嫩，是否应该退给厨房。他做出满意的样子，焦急地在一旁看着的母亲和妹妹这才舒畅地松了口气，笑了起来。

家里的人现在都到厨房去吃饭了。尽管如此，格里高尔的父亲到厨房去以前总要先到起居室来，手里拿着帽子，深深地鞠一躬，绕着桌子转上一圈。房客们都站起来，胡子里含含糊糊地哼出一些声音。父亲走后，他们就简直不发一声地吃他们的饭。格里高尔有个特殊的本事，他竟能从饭桌上各种不同的声音中分辨出他们牙齿的咀嚼声，这声音仿佛在向格里高尔示威：要吃东西就不能没有牙齿，即使是最坚强的牙床，只要没有牙齿,也算不了什么,“我饿坏了,”格里高尔悲哀地自言自语道,“可是又不能吃这种东西。这些房客拼命往自己肚子里塞,可是我却快要饿死了!”

就在这天晚上,厨房里传来了小提琴的声音——格里高尔蛰居以来,就不记得听到过这种声音。房客们已经用完晚餐了,坐在当中的那个拿出一份报纸,给另外那两个人一人一页,这时他们都舒舒服服往后一靠,一面看报一面抽烟。小提琴一响他们就竖起耳朵,站起身来,踮手踮脚地走到前厅的门口,三个人挤成一堆,厨房里准是听到了他们的动作声,因为格里高尔的父亲喊道:“拉小提琴妨碍你们吗,先生们?可以马上不拉的。”“没有的事,”当中那个房客说,“能不能请小姐到我们这儿来,在这个房间里拉,这儿不是方便得多舒服得多吗?”“噢,当然可以,”格里高尔的父亲喊道,仿佛拉小提琴的是他似的。于是房客们就回到起居室去等了。很快,格里高尔的父亲端了琴架,母亲拿了乐谱,妹妹夹着小提琴进来了。妹妹静静地做着一切准备;他的父母从来没有出租过房间,因此过分看重了对房客的礼貌,都不敢在自己的椅子上坐下来了;父亲靠在门上,右手插在号衣两颗纽扣之间,纽扣全扣得整整齐齐的;有一位房客端了一把椅子请母亲坐,她也没敢挪动椅子,就在椅子角上坐了下来。

格里高尔的妹妹开始拉琴了。在她两边的父亲和母亲用心地瞧着她双手的动作。格里高尔受到吸引,也大胆地向前爬了几步,他的头实际上都已探进了起居室。他对自己越来越不为别人着想几乎已经习以为常了,有一度他是很以自己的知趣而自豪的。这样的时候他实在更应该把自己藏起来才是,因为他房间里灰尘积得老厚,稍稍一动就会飞扬起来,所以他身上也蒙满灰尘,背部和两侧都沾满了绒毛、发丝和食物的渣滓,走到哪里就带到哪里;他现在对一切都无动于衷,已经不屑于像过去有个时期那样,一天翻过身来在地毯上擦上几次了。尽管现在这么邋遢,他却老着脸皮走前几步,来到起居室一尘不染的地板上。

显然,谁也没有注意到他。家里人完全沉浸在小提琴的音乐声中;房客们呢,他们起先双手插在口袋里,站得离乐谱那么近,以致都能看清乐谱了,这显然对他妹妹是有所妨碍的,可是过了不多久他们就退到窗子旁边,低着头窃窃私语起来,使父亲向他们投来不安的眼光。的确,他们表示得不能再露骨了,他们对于原以为是优美悦耳的小提琴演奏已经失望,他们已经听够了,只是出于礼貌才让自己的宁静受到打扰。从他们不断把烟从鼻子和嘴里喷向空中的模样,就可以看出他们的不耐烦。可是格里高尔的妹妹琴拉得真美。她的脸侧向一边,眼睛专注而悲哀地追循着乐谱上的音符。格里高尔又往前爬了几步,而且把头低垂到地板上,希望自己的眼光也许能遇上妹妹的视线,音乐对他有这么大的魔力,难道因为他是动物吗?他觉得自己一直渴望着某种营养,而现在他已经找到这种营养了。他决心再往前爬,一直来到妹妹的跟前,好拉拉她的裙子让她知道,她应该带了小提琴到他房间里去,因为这儿谁也不像他那样欣赏她的演奏。他永远也不让她离开他的房间,至少,只要他还活着;他那可怕的形状将第一次对自己有用;他要同时守望着房间里所有的门,谁闯进来就啐谁一口;他妹妹当然不受到任何约束,她愿不愿和他待在一起那要随她的便;她将和他并排坐在沙发上,俯下头来听他吐露他早就下定的要送她进音乐学院的决心,要不是他遭到不幸,去年圣诞节——圣诞节准是早就过了吧?——他就要向所有人宣布了,而且他是完全不容许任何反对意见的。在听了这样的倾诉以后,妹妹一定会感动得热泪纵横,这时格里高尔就要爬上她的肩膀去吻她的脖子,由于出去做事,她脖子上现在已经不系丝带,也没有高领子。

“萨姆沙先生!”当中的那个房客向格里高尔的父亲喊道,一面不多说一句话地指着正在慢慢往前爬的格里高尔。小提琴声戛然停了,当中的那个房客先是摇着头对他的朋友笑了笑,接着又瞧起格里高尔来。父亲并没有来赶格里高尔,却认为更要紧的是安慰房客,虽然他们根本没有激动,而且显然觉得格里高尔比小提琴演奏更为有趣。他急忙向他们走去,张开胳膊,想劝他们回到自己房间去,同时也是挡住他们,不让他们看见格里高尔。他们现在倒真的有点儿恼火了,也说不上来到底是因为老人的行为呢还是因为他们如今才发现住在他们隔壁的竟是格里高尔这样的邻居。他们要求父亲解释清楚,也跟他一样挥动着胳膊,不安地拉着自己的胡子,万般不情愿地向自己的房间退去。格里高尔的妹妹从演奏给突然打断后就呆若木鸡,她拿了小提琴和弓垂着手不安地站着,眼睛瞪着乐谱,这时也清醒了过来。她立刻打起精神,把小提琴往坐在椅子上喘得透不过气来的母亲的怀里一塞,就冲进了房客们的房间,这时,父亲像赶羊似的把他们赶得更急了。可以看见被褥和枕头在她熟练的手底下在床上飞来飞去,不一会儿就摊得整整齐齐。三个房客尚未进门她就铺好了床溜出来了。

老人好像又一次让自己的犟脾气占了上风,竟完全忘了对房客应该尊敬。他不断地赶他们,最后来到卧室门口,那个当中的房客都用脚重重地顿地板了,这才使他停下来。那个房客举起一只手,一边也对格里高尔的母亲和妹妹扫了一眼,他说:“我要求宣布,由于这个住所和这家人家的可憎厌的状况,”说到这里他斩钉截铁地往地板上啐了一口,“我当场通知退租。我住进来这些天的房钱当然一个也不给;不但如此,我还打算向你提出对你不利的控告,所依据的理由——你们尽管放心好了——也是证据确凿的。”他停了下来,瞪着前面,仿佛在等待什么似的。这时,他的两个朋友也就立刻冲上来助威,说道:“我们也当场通知退租。”说完为首的那个就抓住把手砰的一声带上了门。

格里高尔的父亲用双手摸索着踉踉跄跄地往前走了几步,跌进了他的椅子;看上去仿佛打算摊开身子像平时晚间那样打个瞌睡,可是他的头分明在颤抖,好像自己也控制不了,这证明他根本没有睡着。在这些事情发生前后,格里高尔还是一直安静地待在房客发现他的原处。计划失败带来的失望,也许还有极度饥饿造成的衰弱,使他无法动弹。他很害怕,心里算准这样极度紧张的局势随时都会导致对他发起总攻击,于是他就躺在那儿等待着。就连听到小提琴从母亲膝上、从颤抖的手指里掉到地上,发出了共鸣的声音,他还是毫无反应。

“亲爱的爸爸妈妈,”妹妹说话了,一面用手在桌子上拍了拍,算是引子。“事情不能再这样拖下去了。你们也许不明白,我可明白。对着这个怪物,我没法开口叫他哥哥,所以我的意思是:我们一定得把它弄走。我们照顾过它,对它也算是仁至义尽了,我想谁也不能责怪我们有半点不是了。”

“她说得对极了,”格里高尔的父亲自言自语地说。母亲仍旧因为喘不过气来憋得难受,这时候又一手捂着嘴干咳起来,眼睛里露出疯狂的神色。

他妹妹奔到母亲跟前,抱住了她的头。父亲的头脑似乎因为葛蕾特的话而茫然不知所从了,他直挺挺地坐着。手指抚弄着他那顶放在房客吃过饭还未撤下去的盆碟之间的制帽,还不时看看格里高尔一动不动的身影。

“我们一定要把它弄走,”妹妹又一次明确地对父亲说,因为母亲正咳得厉害,根本连一个字也听不见。“它会把你们拖垮的,我知道准会这样,咱们三个人都已经拼了命工作,再也受不了家里这样的折磨了,至少我是再也无法忍受了。”说到这里她痛哭起来,眼泪都落在母亲脸上,于是她又机械地替母亲把泪水擦干。

“我的孩子,”老人同情地说,心里显然非常明白。“不过我们该怎么办呢?”

格里高尔的妹妹只是耸耸肩膀,表示虽然她刚才很有自信心,可是哭过一场以后,又觉得无可奈何了。

“如果他能懂得我们的意思,”父亲半带疑问地说;还在哭泣的葛蕾特猛烈地挥了一下手,表示这是根本无法思议的。

“如果他能懂得我们的意思,”老人重复说,一面闭上眼睛,考虑女儿的反面意见,“我们倒也许可以和他谈妥。不过事实上……”

“他一定得走,”格里高尔的妹妹喊道,“这是唯一的办法,父亲。你们一定要抛开这个念头,认为这就是格里高尔。我们好久以来都这样相信,这就是我们一切不幸的根源。这怎么会是格里高尔呢?如果这是格里高尔,他早就会明白人是不能跟这样的动物一起生活的,他就会自动地走开。这样,我虽然没有了哥哥,可是我们就能生活下去,并且会尊敬地纪念着他。可现在呢,这个东西把我们害得好苦,赶走我们的房客,显然想独霸所有的房间,让我们都睡到沟壑里去。瞧呀,父亲,”她立刻又尖声叫起来,“他又来了!”在格里高尔所不能理解的惊慌失措中她竟抛弃了自己的母亲,事实上她还把母亲坐着的椅子往外推了推,仿佛是为了离格里高尔远些她情愿牺牲母亲似的。接着她又跑到父亲背后,父亲被她的激动弄得不知如何是好,也站了起来张开手臂仿佛要保护她似的。

可是格里高尔根本没有想吓唬任何人,更不要说自己的妹妹了。他只不过是开始转身,好爬回自己的房间去,不过他的动作瞧着一定很可怕,因为在身体不灵活的情况下,他只有昂动头部一次又一次地支着地板,才能完成困难的向后转的动作。他的良好的意图似乎给看出来了。他们的惊慌只是暂时性的。现在他们都阴郁而默不作声地望着他。母亲躺在椅子里,两条腿僵僵地伸直着,并紧在一起,她的眼睛因为疲惫已经几乎全闭上了;父亲和妹妹彼此紧靠地坐着,妹妹的胳膊还围在父亲的脖子上。

也许我现在又有气力转过身去了吧,格里高尔想,又开始使劲起来。他不得不时时停下来喘口气。谁也没有催他;他们完全听任他自己活动。一等他转过身子,他马上径直爬回去。房间和他之间的距离使他惊讶不止,他不明白自己身体怎么这样衰弱,也不明白刚才是怎么不知不觉就爬过来的。他一心一意地拼命快爬,几乎没有注意家里人连一句话或是一下喊声都没有发出,以免妨碍他的前进。只是在爬到门口时他才扭过头来,也没有完全扭过来,因为他颈部的肌肉越来越发僵了,可是也足以看到谁也没有动,只有妹妹站了起来。他最后的一瞥是落在母亲身上的,她已经完全睡着了。

还不等他完全进入房间,门就给仓促地推上,闩了起来,还上了锁。后面突如其来的响声使他大吃一惊,身子下面那些细小的腿都吓得发软了。这么急急忙忙的是他的妹妹。她早已站起身来等着,而且还轻快地往前跳了几步,格里高尔甚至都没有听见她走近的声音。她拧了拧钥匙把门锁上以后就对父母亲喊道:"总算锁上了!"

"现在又该怎么办呢?"格里高尔自言自语地说,向四周的黑暗扫了一眼。他很快就发现自己已经完全不能动弹了。这并没有使他吃惊,相反,他依靠这些又细又弱的腿爬了这么多路,这倒真是不可思议。其他也没有什么不舒服的地方了。的确,他整个身子都觉得酸疼,不过这酸疼也好像正在逐渐减轻,以后一定会完全不疼的。他背上的烂苹果和周围发炎的地方都蒙上了柔软的尘土,早就不太难过了。他怀着温柔和爱意想着自己的一家人。他消灭自己的决心比妹妹还强烈呢,只要这件事真能办得到。他陷在这样空虚而安谧的沉思中,一直到钟楼上打响了半夜三点。从窗外的世界透进来的第一道光线又一次地唤醒了他的知觉。接着他的头无力地颓然垂下,他的鼻孔里也呼出了最后一丝摇曳不定的气息。

清晨,老妈子来了——一半因为力气大,一半因为性子急躁,她总把所有的门都弄得乒乒乓乓,也不管别人怎么经常求她声音轻些,别让整个屋子的人在她一来以后就睡不成觉——她照例向格里高尔的房间张望一下,也没发现什么异常之处。她以为他故意一动不动地躺着是装模作样;她对他作了种种不同的猜测。她手里正好有一把长柄笤帚,所以就从门口用它来撩格里高尔。这还不起作用,她恼火了,就更使劲地捅,但是只能把他从地板上推开去,却没有遇到任何抵抗,到了这时她才起了疑窦。很快她就明白了事情的真相,于是睁大眼睛,吹了一下口哨,她不多逗留,马上就去拉开萨姆沙夫妇卧室的门,用足气力向黑暗中嚷道:"你们快去瞧,它死了;它躺在那里蹦腿儿了,完全没气儿了!"

萨姆沙先生和太太从双人床上坐起身体,呆若木鸡,直到弄清楚老妈子的消息到底是什么意思,才慢慢地镇定下来。接着他们很快就爬下床,一个人爬一边,萨姆沙先生拉过一条毯子往肩膀上一披,萨姆沙太太光穿着睡衣;他们就这么打扮着进入了格里高尔的房间。同时,起居室的房门也打开了,自从收了房客以后葛蕾特就睡在这里;她衣服穿得整整齐齐,仿佛根本没有上过床,她那苍白的脸色更是证明了这一点。"死了吗?"萨姆沙太太说,怀疑地望着老妈子,其实她满可以自己去看个明白的,但是这件事即使不看也是明摆着的。"当然是死了,"老妈子说,一面用笤帚柄把格里高尔的尸体远远地拨到一边去,以此证明自己的话没错。萨姆沙太太动了一动,仿佛要阻止她,可是又忍住了。"那么,"萨姆沙先生说,"让我们感谢上帝吧。"他在身上画了个十字,那三个女人也照样做了。葛蕾特的眼睛始终没离开那个尸体,她说:"瞧他多瘦呀。他已经有很久什么也不吃了。东西放进去,出来还是原封不动。"的确,格里高尔的身体已经完全干瘪了,现在他的身体再也不由那些腿脚支撑着，所以可以不受妨碍地看得一清二楚了。

“葛蕾特，到我们房里来一下，”萨姆沙太太带着忧伤的笑容说道，于是葛蕾特也不回过头来看看尸体，就跟着父母到他们的卧室里去了。老妈子关上门，把窗户大大地打开。虽然时间还很早，但新鲜的空气里也可以察觉一丝暖意。毕竟已经是3月底了。

三个房客走出他们的房间，看到早餐还没有摆出来觉得很惊讶；人家把他们忘了。“我们的早饭呢？”当中的那个房客恼怒地对老妈子说。可是她把手指放在嘴唇上一言不发，却很快地做了个手势，叫他们上格里高尔的房间去看看。他们照着做了，双手插在不太体面的上衣的口袋里，围住格里高尔的尸体站着，这时房间里已经大亮了。

卧室的门打开了。萨姆沙先生穿着制服走出来，一只手挽着太太，另一只手挽着女儿。他们看上去有点像哭过似的，葛蕾特时时把她的脸偎在父亲的怀里。

“马上离开我的屋子！”萨姆沙先生说，一面指着门口，却没有放开两边的妇女。“你这是什么意思？”当中的房客说，往后退了一步，脸上挂着谄媚的笑容。另外那两个把手放在背后，不断地搓着，仿佛在愉快地期待着一场必操胜券的恶狠狠的殴斗。“我的意思刚才已经说得很明白了，”萨姆沙先生答道，同时挽着两个妇女笔直地向房客走去。那个房客起先静静地坚守着自己的岗位，低了头望着地板，好像他脑子里正在产生一种新的思想体系。“好，咱们走就走，”他终于说道，同时抬起头来看看萨姆沙先生，仿佛他既然这么谦卑，对方也应对自己的决定作出新的考虑才是。但是萨姆沙先生仅仅睁大眼睛很快地点点头。这样一来，那个房客真的跨着大步走到门厅里去了，好几分钟以来，那两个朋友就一直在旁边听着，也不再摩拳擦掌，这时就赶紧跟着他走出去，仿佛害怕萨姆沙先生会赶在他们前面进入门厅，把他们和他们的领袖截断似的。在门厅里他们三人从衣钩上拿起帽子，从伞架上拿起手杖，默不作声地鞠了个躬，就离开了这套房间。萨姆沙先生和两个女人因为不相信——但这种怀疑马上就证明是多余的——便跟着他们走到楼梯口，靠在栏杆上瞧着这三个人慢慢地然而确实地走下长长的楼梯，每一层楼梯一拐弯他们就消失了，但是过了一会又出现了；他们越走越远，萨姆沙一家人对他们的兴趣也越来越小。当一个头上顶着一盘东西的得意洋洋的肉铺小伙计在楼梯上碰到他们随着又走过他们身旁以后，萨姆沙先生和两个女人立刻离开楼梯口，回进自己的家，仿佛卸掉了一个负担似的。

他们决定这一天完全用来休息和闲逛。他们干活干得这么辛苦，本来就应该有些调剂，再说他们现在也完全有这样的需要。于是他们在桌子旁边坐了下来，写三封请假信，萨姆沙先生写给银行的管理处，萨姆沙太太给她的东家，葛蕾特给她公司的老板。他们正写到一半，老妈子走进来说她要走了，因为早上的活儿都干完了。起先他们只是点点头，并没有抬起眼睛，可是她老在旁边转来转去，于是他们不耐烦地瞅起她来了。“怎么啦？”萨姆沙先生说。老妈子站在门口笑个不住，仿佛有什么好消息要告诉他们，但是人家不寻根究底地问，她就一个字也不说，她帽子上那根笔直竖着的小小的鸵鸟毛，此刻居然轻浮地四面摇摆着，自从雇了她，萨姆沙先生看见这根羽毛就心烦。“那么，到底是怎么回事？”萨姆沙太太问了，只有她在老妈子的眼里还有几分威望。“哦，”老妈子说,简直乐不可支,都没法把话顺顺当当地说下去,“这么回事,你们不必操心怎么弄走隔壁房里的东西了。我已收拾好了。”萨姆沙太太和葛蕾特重新低下头去,仿佛是在专心地写信;萨姆沙先生看到她一心想一五一十地说个明白,就果断地举起一只手阻住了她。既然不让说,老妈子就想起自己也忙得紧呢,她满肚子不高兴地嚷道:“回头见,东家。”急急地转身就走,临走又把一扇扇的门弄得乒乒乓乓直响。

“今天晚上就告诉她以后不用来了,”萨姆沙先生说,可是妻子和女儿都没有理他,因为那个老妈子似乎重新驱走了她们刚刚获得的安宁。她们站起身来,走到窗户前,站在那儿,紧紧地抱在一起。萨姆沙先生坐在椅子里转过身来瞧着她们,静静地把她们观察了好一会儿。接着他嚷道:“来吧,喂,让过去的都过去吧,你们也想想我好不好。”两个女人马上答应了,她们赶紧走到他跟前,安慰他,而且很快就写完了信。

于是他们三个一起离开公寓,已有好几个月没有这样的情形了,他们乘电车出城到郊外去。车厢里充满温暖的阳光,只有他们这几个乘客。他们舒服地靠在椅背上谈起了将来的前途,仔细一研究,前途也并不太坏,因为他们过去从未真正谈过彼此的工作,现在一看,工作都蛮不错,而且还很有发展前途。目前最能改善他们情况的当然是搬一个家,他们想找一所小一些、便宜一些、地点更合适也更易于收拾的公寓,要比格里高尔选的目前这所更加实用。正当他们这样聊着,萨姆沙先生和他太太在逐渐注意到女儿的心情越来越快活以后,老两口几乎同时突然发现,虽然最近女儿经历了那么多的忧患,脸色苍白,但是她已经成长为一个身材丰满的美丽的少女了。他们变得沉默起来,而且不自觉地交换了互相会意的眼光,他们心里下定主意,快该给她找个好女婿了。仿佛要证实他们新的梦想和美好的打算似的,在旅途终结时,他们的女儿第一个跳起来,舒展了几下她那充满青春活力的身体。

(李文俊　译)

普鲁斯特

马塞尔·普鲁斯特(1871—1922),法国意识流小说家,生于巴黎,父亲是医生,曾任卫生总监。中学毕业后服役一年,后在法学院注册。1892 年与友人创办《宴会》杂志。1895 年获得文学士学位后,在图书馆任职,因哮喘病复发,只得休养。1904 年至 1906 年翻译罗斯金的著作。代表作是《追忆似水年华》(1913—1928)。小说以 19 世纪末、20 世纪初的法国上层社会为描绘对象,着重揭示人物的精神世界。回忆是其主要采用的手法。普鲁斯特创造了一种“时间心理学”。他能抓住不同层次的意识以及意识的自发状态,极其细腻地描绘精神现象。

《马德莱娜小蛋糕》是这部长篇有名的片段。人物喝茶时蛋糕在腭部造成的感觉,同记忆联结起来。这个感觉打开了人物的某些印象和情感的封闭领域,人物童年时在孔布雷的生活便陡然显现出来,开始接连不断地回忆,像意识持续的流动一样。味觉、触觉同意识相连,叙述的时间顺序颠倒,这是典型的意识流手法。

马德莱娜小蛋糕

好多年前,除了我睡觉的地方和睡前伤心的情景之外,我对贡布雷已经全然忘怀;当时正值隆冬,有一天我回到家里,我母亲见我冷,就让我破例喝点茶。我先是不要喝,后来不知怎么改变了主意。母亲吩咐下人端上一个称之为小马德莱娜的圆鼓鼓的蛋糕,蛋糕仿佛是用扇贝壳模子做出来的。我对阴郁的今天和烦恼的明天感到心灰意懒,就下意识地舀了一勺茶水,把一块马德莱娜蛋糕泡在茶水里,送到嘴里。这口带蛋糕屑的茶水刚触及我的上颚,我立刻浑身一震,发觉我身上产生非同寻常的感觉。一种舒适的快感传遍了我的全身,使我感到超脱,却不知其原因所在。这快感立刻使我对人世的沧桑感到淡漠,对人生的挫折泰然自若,把生命的短暂看作虚幻的错觉,它的作用如同爱情,使我充满一种宝贵的本质:确切地说,这种本质不在我身上,而是我本人。我不再感到自己碌碌无为、可有可无、生命短促。我这种强烈的快感从何而来?我感到它同茶水和蛋糕的味道有关,但又远远超出这种味道,两者的性质想必不同。这快感从何而来?它意味着什么?到何处去体验这种快感?我喝了第二口,感觉并不比第一口来得强烈,接着又喝了第三口,感觉比第二口有所减弱。我该停下来了,茶水的效力似乎在减弱。显然,我所寻求的真相并不在茶水之中,而是在我身上。茶水唤起了我身上的真相,但还不认识它,只能无限地、越来越弱地重现同样的见证,而我也无法对它进行解释,只希望能再次见到它,完整无缺地得到它,以便最终能弄个水落石出。我放下茶杯,转向我的思想。只有它才能找到真相。但怎么找?每当思想感到无能为力,就会毫无把握;至于这寻找者,它既是它应在其中寻找的阴暗地方,又是它有力无法施展的地方。寻找?不仅如此,而且是创造。它面对的是某种尚未存在的东西,只有它才能将其变为实在之物,然后把这种实在之物弄得一清二楚。

我又开始思忖:这陌生的状况会是什么样的?它没有提供任何合乎逻辑的证据,但使人清楚地感到它那使其他东西黯然失色的欢欣和实在。我想要让它再次出现。我回想起我喝第一口茶的时刻。我再现了同样的状况,但没有新的发现。我要自己的思想再做一次努力,让消失的感觉重现。为了使思想重新抓住这感觉的努力不受任何事物的影响,我排除了一切障碍和所有无关的想法,不让自己的耳朵和注意力被隔壁房间里的噪音所吸引。但是,我感到我思想的努力并没有成功,就反其道而行之,迫使它一心二用,即去做我刚才不准它做的事,去想别的事情,让它在做最后的尝试之前恢复元气。然后,我第二次使它前面一片空白,在它面前再次放置第一口茶那仍然新鲜的味道,我感到我身上有某种东西在颤动,那东西在移动,想要往上升,像是有人让这东西脱离深深的底部;我不知道这是什么东西,但这东西在慢慢上升;我感到上升的阻力,听到上升时发出的嘈杂声。

当然,在我内心深处这样颤动的东西,应该是形象,是视觉的回忆,它同味道有关,想要跟随其后来到我的面前。但是,它挣扎的地方过于遥远,也过于模糊;我勉强看到它暗淡的反光,其中混杂着色彩斑驳、难以捉摸的漩涡;但是,我无法看清其形状,不能请唯一能够作出解释的它来向我做出与它同时出现、形影不离的伙伴——味道的见证,不能请它告诉我,这是过去的何种特殊情况,又是发生在哪个时代。

相同的时刻唤醒了埋藏在我内心深处的回忆,吸引并激发它,使它微微升起,这回忆,这往日的时刻,是否能上升到我清醒的意识之中?我不知道。现在我不再有任何感觉,它停了下来,也许又落了下去;谁知道它是否会再次从黑暗中升起呢?我又试了十次,对它全神贯注。但每试一次,我都感到胆怯,就像我们遇到困难的任务或重要的工作时那样,觉得还是放弃为好,喝自己的茶,只去考虑今日的烦恼,并毫不费力地思索明日的愿望。

突然,往事浮现在我的眼前。这味道,就是马德莱娜小蛋糕的味道,那是在贡布雷时,在礼拜天上午(因为礼拜天我在望弥撒前是不出门的),我到莱奥妮姑妈的房间里去请安时,她就把蛋糕浸泡在茶水或椴花茶里给我吃。我看到小马德莱娜蛋糕,但没有尝到它的味道,就不能想起任何往事;这也许是因为我后来经常在糕点铺的货架上看到这种蛋糕,但没有尝过,它们的形象已脱离贡布雷的那些时日,同另一些更近的时日联系在一起;也可能是这些往事早已被记忆忘怀,无丝毫残存物,全都分崩离析;它们的形状——包括扇贝状小蛋糕的形状,它丰腴、性感,但褶纹却显得严肃、虔诚——已经消失,或者说处于昏睡的状态并失去了扩张能力,无法进入意识之中。然而,当人亡物丧、过去的一切荡然无存之时,只有气味和滋味长存,它们如同灵魂,虽然比较脆弱,却更有活力,更加虚幻,更能持久,更为忠实,它们在回忆、等待、期望,在其他一切事物的废墟上,在它们几乎不可触知的小水珠上,不屈不挠地负载着记忆的宏伟大厦。

一旦我得知这是我姑妈在椴花茶里浸泡后给我吃的马德莱娜蛋糕的味道(这件往事为什么使我如此高兴,我当时还不知道,而要等到很久之后才会发现),她房间所在的那幢临街的灰屋,立刻像舞台布景那样同一幢前面是花园的小楼合在一起,小楼是为我父母建造的,位于灰屋的后面(在此之前,我回想起的只有这幢孤零零的小楼);同灰屋一起出现的,还有从早到晚、在各种天气下的城市景观,午饭前家人叫我去玩的那个广场,我奔走的各条街道,以及天好时散步的条条小道。这就像日本人玩的游戏,他们把小纸片放进盛满水的瓷碗里,这些小纸片在放进去前并无区别,但浸入水中之后立刻伸展开来,呈现不同的形状和色彩,变成花朵、房屋和人物,实实在在,形状可辨;同时,现在出现了我们花园里的所有花朵和斯万先生花园里的花朵,还有维冯纳河里的睡莲、善良的村民及其小屋,以及教堂和整个贡布雷及其周围地区,这一切逼真地展现出来,城市和花园,都出自我的那杯茶。

(徐和谨　译)

伍尔夫

弗吉妮亚·伍尔夫(1882—1941),英国意识流小说家,生于伦敦,父亲是著名学者。曾在伦敦的帝王学院学习历史和语言。1904 年自杀未遂,1912 年结婚后到欧洲旅行。1917 年与丈夫创办了霍加思出版社。1941 年她的住宅和出版社被德军飞机炸毁后,她无法忍受而自杀。重要小说有《雅各布的房间》(1922)、《达洛维夫人》(1925)、《到灯塔去》(1927)、《海浪》(1931)。她运用了内心独白、内部分析、瞬间印象、时间转换等意识流技巧。

《墙上的斑点》是伍尔夫第一篇意识流作品。小说以内心独白写成,女主人公从墙上的一个斑点引发出自由联想,这些想法杂乱无章,与墙上的斑点其实毫无联系,因为这个斑点原来是只蜗牛。她的联想——意识呈流动状态,写出人物的潜意识思想活动。

墙上的斑点

大约是在今年一月中旬,我抬起头来,第一次看见了墙上的那个斑点。为了要确定是在哪一天,就是回忆当时我看见了些什么。现在我记起了炉子里的火,一片黄色的火光一动不动地照射在我的书页上;壁炉上圆形玻璃缸里插着三朵菊花。对啦,一定是冬天,我们刚喝完茶,因为我记得当时我正在吸烟,我抬起头来,第一次看见了墙上那个斑点。我透过香烟的烟雾望过去,眼光在火红的炭块上停留了一下,过去关于在城堡塔楼上飘扬着一面鲜红的旗帜的幻觉又浮现在我脑际,我想到无数红色骑士潮水般地骑马跃上黑色岩壁的侧坡。这个斑点打断了这个幻觉,使我觉得松了一口气,因为这是过去的幻觉,是一种无意识的幻觉,可能是在孩童时期产生的。墙上的斑点是一块圆形的小迹印,在雪白的墙壁上呈暗黑色,在壁炉上方大约六七英寸的地方。

我们的思绪是多么容易一哄而上,簇拥着一件新鲜事物,像一群蚂蚁狂热地抬一根稻草一样,抬了一会儿,又把它扔在那里……如果这个斑点是一只钉子留下的痕迹,那一定不是为了挂一幅油画,而是为了挂一幅小肖像画——一幅鬈发上扑着白粉、脸上抹着脂粉、嘴唇像红石竹花的贵妇人肖像。它当然是一件赝品,这所房子以前的房客只会选那一类的画——老房子得有老式画像来配它。他们就是这种人家——很有意思的人家,我常常想到他们,都是在一些奇怪的地方,因为谁都不会再见到他们,也不会知道他们后来的遭遇了。据他说,那家人搬出这所房子是因为他们想换一套别种式样的家具,他正在说,按他的想法,艺术品背后应该包含着思想的时候,我们两人就一下子分了手,这种情形就像坐火车一样,我们在火车里看见路旁郊外别墅里有个老太太正准备倒茶,有个年轻人正举起球拍打网球,火车一晃而过,我们就和老太太以及年轻人分了手,把他们抛在火车后面。

但是,我还是弄不清那个斑点到底是什么;我又想,它不像是钉子留下的痕迹。它太大、太圆了。我本来可以站起来,但是,即使我站起身来瞧瞧它,十之八九我也说不出它到底是什么;因为一旦一件事发生以后,就没有人能知道它是怎么发生的了。唉!天哪,生命是多么神秘;思想是多么不准确!人类是多么无知!为了证明我们对自己的私有物品是多么无法加以控制——和我们的文明相比,人的生活带有多少偶然性啊——我只要列举少数几件我们一生中遗失的物件就够了。就从三只装着订书工具的浅蓝色罐子说起吧,这永远是遗失的东西当中丢失得最神秘的几件——哪只猫会去咬它们,哪只老鼠会去啃它们呢?再数下去,还有那几个鸟笼子、铁裙箍、钢滑冰鞋、安女王时代的煤斗子、弹子戏球台、手摇风琴——全都丢失了,还有一些珠宝,也遗失了。有乳白宝石、绿宝石,它们都散失在芜菁的根部旁边。它们是花了多少心血节衣缩食积蓄起来的啊!此刻我四周全是挺有分量的家具,身上还穿着几件衣服,简直是奇迹。要是拿什么来和生活相比的话,就只能比作一个人以一小时五十英里的速度被射出地下铁道,从地道口出来的时候头发上一根发针也不剩。光着身子被射到上帝脚下!头朝下脚朝天地摔倒在开满水仙花的草原上,就像一捆捆棕色纸袋被扔进邮局的输物管道一样!头发飞扬,就像一匹赛马会的跑马尾巴。对了,这些比拟可以表达生活的飞快速度,表达那永不休止的消耗和修理;一切都那么偶然,那么碰巧。

那么来世呢?粗大的绿色茎条慢慢地被拉得弯曲下来,杯盏形的花倾翻了,它那紫色和红色的光芒笼罩着人们。到底为什么人要投生在这里,而不投生到那里,不会行动、不会说话、无法集中目光,在青草脚下,在巨人的脚趾间摸索呢?至于什么是树,什么是男人和女人,或者是不是存在这样的东西,人们再过五十年也是无法说清楚的。别的什么都不会有,只有充塞着光亮和黑暗的空间,中间隔着一条条粗大的茎干,也许在更高处还有一些色彩不很清晰的——淡淡的粉红色或蓝色的——玫瑰花形状的斑块,随着时光的流逝,它会越来越清楚、越——我也不知道怎样……

可是墙上的斑点不是一个小孔。它很可能是什么暗黑色的圆形物体,比如说,一片夏天残留下来的玫瑰花瓣造成的,因为我不是一个警惕心很高的管家——只要瞧瞧壁炉上的尘土就知道了,据说就是这样的尘土把特洛伊城严严实实地埋了三层,只有一些罐子的碎片是它们没法毁灭的,这一点完全能叫人相信。

窗外树枝轻柔地敲打着玻璃……我希望能静静地、安稳地、从容不迫地思考,没有谁来打扰,一点也用不着从椅子里站起来,可以轻松地从这件事想到那件事,不感觉敌意,也不觉得有阻碍。我希望深深地、更深地沉下去,离开表面,离开表面的生硬的个别事实。让我稳住自己,抓住第一个一瞬即逝的念头……莎士比亚……对啦,不管是他还是别人,都行。这个人稳稳地坐在扶手椅里,凝视着炉火,就这样——一阵骤雨似的念头源源不断地从某个非常高的天国倾泻而下,进入他的头脑。他把前额倚在自己的手上,于是人们站在敞开的大门外面向里张望——我们假设这个景象发生在夏天的傍晚——可是，所有这一切历史的虚构是多么沉闷啊！它丝毫引不起我的兴趣。我希望能碰上一条使人愉快的思路，同时这条思路也能间接地给我增添几分光彩，这样的想法是最令人愉快的了。连那些真诚地相信自己不爱听别人赞扬的谦虚而灰色的人们头脑里，也经常会产生这种想法。它们不是直接恭维自己，妙就妙在这里；这些想法是这样的：

“于是我走进屋子。他们在谈植物学。我说我曾经看见金斯威一座老房子的地基上的尘土堆里开了一朵花。我说那粒花籽多半是查理一世在位的时候种下的。查理一世在位的时候人们种些什么花呢？”我问道——（但是我不记得回答是什么）也许是高大的、带着紫色花穗的花吧。于是就这样想下去。同时，我一直在头脑里把自己的形象打扮起来，是爱抚地、偷偷地，而不是公开地崇拜自己的形象。因为，我如果当真公开地这么干了，就会马上被自己抓住，我就会马上伸出手去拿过一本书来掩盖自己。说来也真奇怪，人们总是本能地保护自己的形象，不让偶像崇拜或是什么别的处理方式使它显得可笑，或者使它变得和原型太不相像以至于人们不相信它。但是，这个事实也可能并不那么奇怪？这个问题极其重要。假定镜子打碎了，形象消失了，那个浪漫的形象和周围一片绿色的茂密森林也不复存在，只有其他的人看见的那个人的外壳——世界会变得多么闷人，多么浮浅、多么光秃、多么凸出啊！在这样的世界里是不能生活的。当我们面对面坐在公共汽车和地下铁道里的时候，我们就是在照镜子；这就说明为什么我们的眼神都那么呆滞而朦胧。未来的小说家们会越来越认识到这些想法的重要性，因为这不只是一个想法，而是无限多的想法；它们探索深处、追逐幻影，越来越把现实的描绘排除在他们的故事之外，认为这类知识是天生具有的，希腊人就是这样想的，或许莎士比亚也是这样想的——但是这种概括毫无价值。只要听听概括这个词的音调就够了。它使人想起社论，想起内阁大臣——想起一整套事物，人们在儿童时期就认为这些事物是正统，是标准的、真正的事物，人人都必须遵循，否则就得冒打入十八层地狱的危险。提起概括，不知怎么使人想起伦敦的星期日，星期日午后的散步，星期日的午餐，也使人想起已经去世的人的说话方式、衣着打扮、习惯——例如大家一起坐在一间屋子里直到某一个钟点的习惯，尽管谁都不喜欢这么做。每件事都有一定的规矩。在那个特定时期，桌布的规矩就是一定要用花毯做成，上面印着黄色的小方格子，就像你在照片里看见的皇宫走廊里铺的地毯那样。另外一种花样的桌布就不能算真正的桌布。当我们发现这些真实的事物、星期天的午餐、星期天的散步、庄园宅第和桌布等并不全是真实的，确实带着些幻影的味道，而不相信它们的人所得到的处罚只不过是一种非法的自由感时，事情是多么使人惊奇，又是多么奇妙啊！我奇怪现在到底是什么代替了它们，代替了那些真正的、标准的东西？也许是男人，如果你是个女人的话；男性的观点支配着我们的生活，是它制定了标准，订出惠特克[1]的尊卑序列表；据我猜想，大战后它对于许多男人和女人已经带上幻影的味道，并且我们希

---

① 约瑟夫·惠特克（1820—1895）：英国出版商，创办过《书商》杂志，于1868年开始编纂惠特克年鉴。

望很快它就会像幻影、红木碗橱、兰西尔版画、上帝、魔鬼和地狱之类东西一样遭到讥笑，被送进垃圾箱，给我们大家留下一种令人陶醉的非法的自由感——如果真存在自由的话……

在某种光线下面看墙上那个斑点，它竟像是凸出在墙上的。它也不完全是圆形的。我不敢肯定，不过它似乎投下一点淡淡的影子，使我觉得如果我用手指顺着墙壁摸过去，在某一点上会摸着一个起伏的小小的古冢，一个平滑的古冢，就像南部丘陵草原地带上的那些古冢，据说，它们不是坟墓，就是宿营地。在两者之中，我倒宁愿它们是坟墓，我像多数英国人一样偏爱忧伤，并且认为在散步结束时想到草地下埋着白骨是很自然的事情……一定有一部书写到过它。一定有哪位古物收藏家把这些白骨发掘出来，给它们起了名字……我想知道古物收藏家会是什么样的人？多半准是些退役的上校，领着一伙上了年纪的工人爬到这儿的顶上，检查泥块和石头，和附近的牧师互相通信。牧师在早餐的时候拆开信件来看，觉得自己颇为重要。为了比较不同的箭镞，还需要作多次乡间旅行，到本州的首府去，这种旅行对于牧师和他们的老伴都是一种愉快的职责，他们的老伴正想做樱桃酱，或者正想收拾一下书房。他们完全有理由希望那个关于营地或者坟墓的重大问题长期悬而不决。而上校本人对于就这个问题的两方面能否搜集到证据却感到愉快而达观。的确，他最后终于倾向于营地说；由于受到反对，他便写了一篇文章，准备拿到当地会社的季度例会上宣读，恰好在这时他中风病倒，他的最后一个清醒的念头不是想到妻子和儿女，而是想到营地和箭镞，这个箭镞已经被收藏进当地博物馆的橱柜，和一只中国女杀人犯的脚、一把伊丽莎白时代的铁钉、一大堆都铎王朝时代的土制烟斗、一件罗马时代的陶器，以及纳尔逊用来喝酒的酒杯放在一起——我真的不知道它到底证明了什么。

不，不，什么也没有证明，什么也没有发现。假如我在此时此刻站起身来，弄明白墙上的斑点果真是——我们怎么说才好呢？——一只巨大的旧钉子的钉头，钉进墙里已经有两百年，直到现在，由于一代又一代女仆耐心的擦拭，钉子的顶端得以露出到油漆外面，正在一间墙壁雪白、炉火熊熊的房间里第一次看见现代的生活，我这样做又能得到些什么呢？——知识吗？还是可供进一步思考的题材？不论是静坐着还是站起来我都一样能思考。什么是知识？我们的学者除了是蹲在洞穴和森林里熬药草、盘问地老鼠、记载星辰的语言的巫婆和隐士们的后代，还能是什么呢？我们的迷信逐渐消失，我们对美和健康的思想越来越尊重，我们也就不那么崇敬他们了……是的，人们能够想象出一个十分可爱的世界。这个世界安宁而广阔，在旷野里盛开着鲜红和湛蓝色的花朵。这个世界里没有教授、没有专家、没有警察面孔的管家，在这里人们可以像鱼儿用鳍划开水面一般，用自己的思想划开世界，轻轻地掠过荷花的梗条，在装满白色的海鸟卵的鸟窠上空盘旋……在世界的中心扎下根，透过灰暗的海水和水里瞬间的闪光以及倒影向上看去，这里是多么宁静啊——假如没有惠特克年鉴——假如没有尊卑序列表！

我一定要跳起来亲眼看看墙上的斑点到底是什么？——是只钉子？一片玫瑰花

瓣？还是木块上的裂纹？

大自然又在这里玩弄她保存自己的老把戏了。她认为这条思路至多不过白白浪费一些精力，或许会和现实发生一点冲突，因为谁又能对惠特克的尊卑序列表妄加非议呢？排在坎特伯雷大主教后面的是大法官；而大法官后面又是约克大主教。每一个人都必须排在某人的后面，这是惠特克的哲学。最要紧的是知道谁该排在谁的后面。惠特克是知道的。大自然忠告你说，不要为此感到恼怒，而要从中得到安慰；假如你无法得到安慰，假如你一定要破坏这一小时的平静，那就去想想墙上的斑点吧。

我懂得大自然耍的什么把戏——她在暗中怂恿我们采取行动以便结束那些容易令人兴奋或痛苦的思想。我想，正因如此，我们对实干家总不免稍有一点轻视——我们认为这类人不爱思索。不过，我们也不妨注视墙上的斑点，来打断那些不愉快的思想。

真的，现在我越加仔细地看着它，就越发觉得好似在大海中抓住了一块木板。我体会到一种令人心满意足的现实感，把那两位大主教和那位大法官统统逐入了虚无的幻境。这里，是一件具体的东西，是一件真实的东西。我们半夜从一场噩梦中惊醒，也往往这样，急忙扭亮电灯，静静地躺一会儿，赞赏着衣柜，赞赏着实在的物体，赞赏着现实，赞赏着身外的世界，它证明除了我们自身以外还存在着其他的事物。我们想弄清楚的也就是这个问题。木头是一件值得加以思索的愉快的事物。它产生于一棵树；树木会生长，我们并不知道它们是怎么样生长起来的。它们长在草地上、森林里、小河边——这些全是我们喜欢去想的事物——它们长着、长着，长了许多年，一点也没有注意到我们。炎热的午后，母牛在树下挥动着尾巴；树木把小河点染得这样翠绿一片，以至于使我们觉得当一只雌的红松鸡一头扎进水里去的时候，它应该带着绿色的羽毛冒出水面来。我喜欢去想那些像被风吹得鼓起来的旗帜一样逆流而上的鱼群，我还喜欢去想那些在河床上一点点地垒起一座座圆顶土堆的水甲虫。我喜欢想象那棵树本身的情景：首先是它自身木质的紧密干燥的感觉。然后感受到雷雨的摧残；接下去就感到树液缓慢地、舒畅地一滴滴流出来。我还喜欢去想这棵树怎样在冬天的夜晚独自屹立在空旷的田野上，树叶紧紧地合拢起来，对着月亮射出的铁弹，什么弱点也不暴露，像一根空荡荡的桅杆竖立在整夜不停地滚动着的大地上。六月里鸟儿的鸣啭听起来一定很震耳，很不习惯；小昆虫在树皮的折皱上吃力地爬过去，或者在树叶搭成的薄薄的绿色天篷上面晒太阳，它们红宝石般的眼睛直盯着前方，这时候它们的脚会感觉多么寒冷啊……大地的寒气凛冽逼人，压得树木的纤维一根根地断裂开来。最后的一场暴风雨袭来，树倒了下去，树梢的枝条重新深深地陷进泥土。即使到了这种地步，生命也并没有结束。这棵树还有一百万条坚毅而清醒的生命分散在世界上。有的在卧室里，有的在船上，有的在人行道上，还有的变成了房间的护壁板，男人和女人们在喝过茶以后就坐在这间屋里抽烟。这棵树勾起了许许多多平静的、幸福的联想。我很愿意挨个儿去思索它们——可是遇到了阻碍……我想到什么地方啦？是怎么样想到这里的呢？一棵树？一条河？丘陵草原地带？惠特克年鉴？盛开水仙花的原野？我什么也记不起啦。一切在转动、在下沉、在滑开去、在消失……事物陷进了大动荡之中。有人正在俯身对我说：

“我要出去买份报纸。”

“是吗?”

“不过买报纸也没有什么意思……什么新闻都没有。该死的战争;让这次战争见鬼去吧!……然而不论怎么说,我认为我们也不应该让一只蜗牛爬在墙壁上。”

哦,墙上的斑点!那是一只蜗牛。

（文美惠　译）

福克纳

威廉·福克纳(1897—1962),美国意识流小说家,生于新阿尔巴尼,父亲先是企业家,最后成了大学的助理秘书。1902年随家庭迁居到奥克斯富镇。第一次世界大战爆发后成为加拿大王家空军学校的学员。战后在密西西比大学念了一年书。1921年在纽约当书店售货员,年终回到家乡当邮务所的所长。1925年赴欧游历,1932年至1946年为好莱坞编写电影脚本。获1949年诺贝尔文学奖。从1955年起,受政府派遣,到日本、瑞典、委内瑞拉访问。重要小说有《沙多里斯》(1929)、《喧哗与骚动》(1929)、《我弥留之际》(1930)、《押沙龙,押沙龙!》(1936)、《去吧,摩西》(1942)。他写了十九部长篇和近百部短篇,创造了“约克纳帕塔法世系”,写了几个家族和几代人的故事,时间从19世纪初到第二次世界大战,出现的人物有六百个。他通过意识流手法揭示了资本主义社会中人性受到的扭曲。

《纪念爱米丽的一朵玫瑰花》的主人公是旧贵族的象征,她的性情乖僻、心理变态是没落阶级的精神写照。但她却又刚强、坚毅、大胆、顽强,令人同情。对人物的性格塑造是写实的,而象征手法和时序颠倒又具有现代派技巧的特点,两者糅合在一起,水乳交融。

纪念爱米丽的一朵玫瑰花

一

爱米丽·格里尔生小姐过世了,全镇的人都去送丧:男子们是出于敬慕之情,因为一个纪念碑倒下了。妇女们呢,则大多数出于好奇心,想看看她屋子的内部。除了一个花匠兼厨师的老仆人之外，至少已有十年光景谁也没进去看看这幢房子了。

那是一幢过去漆成白色的四方形大木屋，坐落在当年一条最考究的街道上，还装点着有19世纪70年代风味的圆形屋顶、尖塔和涡形花纹的阳台，带有浓厚的轻盈气息。可是汽车间和轧棉机之类的东西侵犯了这一带庄严的名字，把它们涂抹得一干二净。只有爱米丽小姐的屋子岿然独存，四周簇拥着棉花车和汽油泵。房子虽已破败，却还是执拗不驯，装模作样，真是丑中之丑。现在爱米丽小姐已经加入了那些名字庄严的代表人物的行列，他们沉睡在雪松环绕的墓园之中，那里尽是一排排在南北战争时期杰斐逊战役中阵亡的南方和北方的无名军人墓。

爱米丽小姐在世时，始终是一个传统的化身，是义务的象征，也是人们关注的对象。打1894年某日镇长沙多里斯上校——也就是他下了一道黑人妇女不系围裙不得上街的命令——豁免了她一切应纳的税款起，期限从她父亲去世之日开始，一直到她去世为止，这是全镇沿袭下来对她的一种义务。这也并非说爱米丽甘愿接受施舍，原来是沙多里斯上校编造了一大套无中生有的话，说是爱米丽的父亲曾经贷款给镇政府，因此，镇政府作为一种交易，宁愿以这种方式偿还。这一套话，只有沙多里斯一代的人以及像沙多里斯一样头脑的人才能编得出来，也只有妇道人家才会相信。

等到思想更为开明的第二代人当了镇长和参议员时，这项安排引起了一些小小的不满。那年元旦，他们便给她寄去了一张纳税通知单。2月份到了，还是杳无音信。他们发去一封公函，要她便中到司法长官办公处去一趟。一周之后，镇长亲自写信给爱米丽，表示愿意登门访问，或派车迎接她，而所得回信却是一张便条，写在古色古香的信笺上，书法流利，字迹细小，但墨水已不鲜艳，信的大意是说她已根本不外出。纳税通知附还，没有表示意见。

参议员们开了个特别会议，派出一个代表团对她进行了访问。他们敲敲门，自从八年或者十年前她停止开授瓷器彩绘课以来，谁也没有从这大门出入过。那个上了年纪的黑人男仆把他们接待进阴暗的门厅，从那里再由楼梯上去，光线就更暗了。一股尘封的气味扑鼻而来，空气阴湿而又不透气，这屋子长久没有人住了。黑人领他们到客厅里，里面摆设的笨重家具全都包着皮套子。黑人打开了一扇百叶窗，这时，便更可看出皮套子已经坼裂；等他们坐了下来，大腿两边就有一阵灰尘冉冉上升，尘粒在那一缕阳光中缓缓旋转。壁炉前已经失去金色光泽的画架上面放着爱米丽父亲的炭笔画像。

她一进屋，他们全都站了起来。一个小模小样，腰圆体胖的女人，穿了一身黑服，一条细细的金表链拖到腰部，落到腰带里去了，一根乌木拐杖支撑着她的身体，拐杖头的镶金已经失去光泽。她的身架矮小，也许正因为这个缘故，在别的女人身上显得不过是丰满，而她却给人以肥大的感觉。她看上去像长久泡在死水中的一具死尸，肿胀发白。当客人说明来意时，她那双凹陷在一脸隆起的肥肉之中，活像揉在一团生面中的两个小煤球似的眼睛不住地移动着，时而瞧瞧这张面孔，时而打量那张面孔。

她没有请他们坐下来。她只是站在门口，静静地听着，直到发言的代表结结巴巴地说完，他们这时才听到那块隐在金链子那一端的挂表嘀嗒作响。

她的声调冷酷无情。“我在杰斐逊无税可纳。沙多里斯上校早就向我交代过了。或许你们有谁可以去查一查镇政府档案，就可以把事情弄清楚。”

“我们已经查过档案，爱米丽小姐，我们就是政府当局。难道你没有收到过司法长官亲手签署的通知吗？”

“不错，我收到过一份通知，”爱米丽小姐说道。“也许他自封为司法长官……可是我在杰斐逊无税可交。”

“可是纳税册上并没有如此说明，你明白吧。我们应根据……”

“你们去找沙多里斯上校。我在杰斐逊无税可交。”

“可是，爱米丽小姐——”

“你们去找沙多里斯上校。”（沙多里斯上校死了将近十年了）“我在杰斐逊无税可纳。托比！”黑人应声而来。“把这些先生们请出去。”

二

她就这样把他们“连人带马”地打败了，正如三十年前为了那股气味的事战胜了他们的父辈一样。那是她父亲死后两年，也就是在她的心上人——我们都相信一定会和她结婚的那个人——抛弃她不久的时候。父亲死后，她很少外出；心上人离去之后，人们简直就看不到她了。有少数几位妇女竟冒冒失失地去访问过她，但都吃了闭门羹。她居处周围唯一的生命迹象就是那个黑人男子拎着一个篮子出出进进，当年他还是个青年。

“好像只要是一个男子，随便什么样的男子，都可以把厨房收拾得井井有条似的，”妇女们都这样说。因此，那种气味越来越厉害时，她们也不感到惊异，那是芸芸众生的世界与高贵有势的格里尔生家之间的另一联系。

邻家一位妇女向年已八十的法官斯蒂芬斯镇长抱怨。

“可是太太，你叫我对这件事又有什么办法呢？”他说。

“哼，通知她把气味弄掉，”那位妇女说。“法律不是有明文规定吗？”

“我认为这倒不必要，”法官斯蒂芬斯说。“可能是她用的那个黑鬼在院子里打死了一条蛇或一只老鼠。我去跟他说说这件事。”

第二天，他又接到两起申诉，一起来自一个男的，用温和的语气提出意见。“法官，我们对这件事实在不能不过问了。我是最不愿意打扰爱米丽小姐的人，可是我们总得想个办法。”那个晚上全体参议员——三位老人和一位年纪较轻的新一代成员在一起开了个会。

“这件事很简单，”年轻人说。“通知她把屋子打扫干净，限期搞好，不然的话……”

“先生，这怎么行？”法官斯蒂芬斯说，“你能当着一位贵妇人的面说她那里有难闻的气味吗？”

于是，第二天午夜之后，有四个人穿过了爱米丽小姐家的草坪，像夜盗一样绕着屋子潜行,沿着墙角一带以及在地窖通风处拼命闻嗅,而其中一个人则用手从挎在肩上的袋子中掏出什么东西,不断做着播种的动作。他们打开了地窖门,在那里和所有的外屋里都撒上了石灰。等到他们回头又穿过草坪时,原来暗黑的一扇窗户亮起了灯:爱米丽小姐坐在那里,灯在她身后,她那挺直的身躯一动不动像是一尊偶像一样。他们蹑手蹑脚地走过草坪,进入街道两旁洋槐树树荫之中。一两个星期之后,气味就闻不到了。

而这时人们才开始真正为她感到难过。镇上的人想起爱米丽小姐的姑奶奶韦亚特老太太终于变成了十足疯子的事,都相信格里尔生一家人自视过高,不了解自己所处的地位。爱米丽小姐和像她一类的女子对什么年轻男子都看不上眼。长久以来,我们把这家人一直看作一幅画中的人物:身段苗条、穿着白衣的爱米丽小姐立在背后,她父亲叉开双脚的侧影在前面,背对爱米丽,手执一根马鞭,一扇向后开的前门恰好嵌住了他们俩的身影。因此当她年近三十,尚未婚配时,我们实在没有喜幸的心理,只是觉得先前的看法得到了证实。即令她家有着疯癫的血液吧,如果真有一切机会摆在她面前,她也不至于断然放过。

父亲死后,传说留给她的全部财产就是那座房子;人们倒也有点感到高兴。到头来,他们可以对爱米丽表示怜悯之情了。单身独处,贫苦无告,她变得懂人情了。如今她也体会到多一便士就激动喜悦、少一便士便痛苦失望的那种人皆有之的心情了。

她父亲死后的第二天,所有的妇女们都准备到她家拜望,表示哀悼和愿意接济的心意,这是我们的习俗。爱米丽小姐在家门口接待她们,衣着和平日一样,脸上没有一丝哀愁。她告诉她们,她的父亲并未死。一连三天她都是这样,不论是教会牧师访问她也好,还是医生想劝她让他们把尸体处理掉也好。正当他们要诉诸法律和武力时,她垮下来了,于是他们很快地埋葬了她的父亲。

当时我们还没有说她发疯。我们相信她这样做是控制不了自己。我们还记得她父亲赶走了所有的青年男子,我们也知道她现在已经一无所有,只好像人们常常所做的一样,死死拖住抢走了她一切的那个人。

三

她病了好长一个时期。再见到她时,她的头发已经剪短,看上去像个姑娘,和教堂里彩色玻璃窗上的天使像不无相似之处——有几分悲怆肃穆。

行政当局已订好合同,要铺设人行道,就在她父亲去世的那年夏天开始动工。建筑公司带着一批黑人、骡子和机器来了,工头是个北方佬,名叫荷默·伯隆,个子高大,皮肤黝黑,精明强干,声音洪亮,双眼比脸色浅淡。一群群孩子跟在他身后听他用不堪入耳的话责骂黑人,而黑人则随着铁镐的上下起落有节奏地哼着劳动号子。没有多少时候,全镇的人他都认识了。随便什么时候人们要是在广场上的什么地方听见呵呵大笑的声音,荷默·伯隆肯定是在人群的中心。过了不久,逢到礼拜天的下午我们就看到他和爱米丽小姐一齐驾着轻便马车出游了。那辆黄轮车配上从马房中挑出的栗色辕马,十分相称。

起初我们都高兴地看到爱米丽小姐多少有了一点寄托,因为妇女们都说:“格里尔生家的人绝对不会真的看中一个北方佬,一个拿日工资的人。”不过也有个别人,一些年纪大的人说就是悲伤也不会叫一个真正高贵的妇女忘记“贵人举止”,尽管口头上不把它叫作“贵人举止”。他们只是说:“可怜的爱米丽,她的亲属应该来到她的身边。”她有亲属在亚拉巴马;但多年以前,她的父亲为了疯婆子韦亚特老太太的产权问题跟他们闹翻了,以后两家就没有来往。他们连丧礼也没派人参加。

老人们一说到“可怜的爱米丽”,就交头接耳开了。他们彼此说:“你当真认为是那么回事吗?当然是罗。还能是别的什么事?……”而这句话他们是用手捂住嘴轻轻地说的;轻快的马蹄嘚嘚驶去的时候,关上了遮挡星期日午后骄阳的百叶窗,还可听出绸缎的窸窣声:“可怜的爱米丽。”

她把头抬得高高——甚至当我们深信她已经堕落了的时候也是如此,仿佛她比历来都更要求人们承认她作为格里尔生家族末代人物的尊严;仿佛她的尊严就需要同世俗的接触来重新肯定她那不受任何影响的性格。比如说,她那次买老鼠药、砒霜的情况。那是在人们已开始说“可怜的爱米丽”之后一年多,她的两个堂姐妹也正在那时来看望她。

“我要买点毒药,”她跟药剂师说。她当时已三十出头,依然是个削肩细腰的女人,只是比往常更加清瘦了,一双黑眼冷酷高傲,脸上的肉在两边的太阳穴和眼窝处绷得很紧,那副面部表情是你想象中的灯塔守望人所应有的。“我要买点毒药,”她说道。

“知道了,爱米丽小姐。要买哪一种?是毒老鼠之类的吗?那么我介——”

“我要你们店里最有效的毒药,种类我不管。”

药剂师一口说出好几种。“它们什么都毒得死,哪怕是大象。可是你要的是——”

“砒霜,”爱米丽小姐说。“砒霜灵不灵?”

“是……砒霜?知道了,小姐。可是你要的是……”

“我要的是砒霜。”

药剂师朝下望了她一眼。她回看他一眼,身子挺直,面孔像一面拉紧了的旗子。“噢噢,当然有,”药剂师说。“如果你要的是这种毒药。不过,法律规定你得说明作什么用途。”

爱米丽小姐只是瞪着他,头向后仰了仰,以便双眼好正视他的双眼,一直看到他把目光移开了,走进去拿砒霜包好。黑人送货员把那包药送出来给她;药剂师却没有再露面。她回家打开药包,盒子上骷髅骨标记下注明“毒鼠用药”。

四

于是,第二天我们大家都说“她要自杀了”;我们也都说这是再好没有的事。我们第一次看到她和荷默·伯隆在一块儿时,我们都说:“她要嫁给他了。”后来又说:“她还得说服他呢,”因为荷默自己说他喜欢和男人来往,大家知道他和年轻人在麋鹿俱乐部一道喝酒,他本人说过,他是无意于成家的人。以后每逢礼拜天下午他们乘着漂亮的轻便马车驰过:爱米丽小姐昂着头,荷默歪戴着帽子,嘴里叼着雪茄烟,戴着黄手套的手握着马缰和马鞭。我们在百叶窗背后都不禁要说一声:“可怜的爱米丽。”

后来有些妇女开始说,这是全镇的羞辱,也是青年的坏榜样。男子汉不想干涉,但妇女们终于迫使浸礼会牧师——爱米丽小姐一家人都是属于圣公会的——去拜访她。访问经过他从未透露,但他再也不愿去第二趟了。下个礼拜天他们又驾着马车出现在街上,于是第二天牧师夫人就写信告知爱米丽住在亚拉巴马的亲属。

原来她家里还有近亲,于是我们坐待事态的发展。起先没有动静,随后我们得到确信,他们即将结婚。我们还听说爱米丽小姐去过首饰店,订购了一套银质男人盥洗用具,每件上面刻着“荷·伯”。两天之后人家又告诉我们她买了全套男人服装,包括睡衣在内,因此我们说:“他们已经结婚了。”我们着实高兴。我们高兴的是两位堂姐妹比起爱米丽小姐来,更有格里尔生家族的风度。

因此当荷默·伯隆离开本城——街道铺路工程已经竣工好一阵子了——时,我们一点也不感到惊异。我们倒因为缺少一番送行告别的热闹,不无失望之感。不过我们都相信他此去是为了迎接爱米丽小姐作一番准备,或者是让她有个机会打发走两个堂姐妹。(这时已经形成了一个秘密小集团,我们都站在爱米丽小姐一边,帮她踢开这一对堂姐妹。)一点也不差,一星期后她们就走了。而且,正如我们一直所期待的那样,荷默·伯隆又回到镇上来了。一位邻居亲眼看见那个黑人在一天黄昏时分打开厨房门让他进去了。

这就是我们最后一次看到荷默·伯隆。至于爱米丽小姐呢,我们则有一段时间没有见到过她。黑人拿着购货篮进进出出,可是前门却总是关着。偶尔可以看到她的身影在窗口晃过,就像人们在撒石灰那天夜晚曾经见到过的那样,但却有整整六个月的时间,她没有出现在大街上。我们明白这也并非出乎意料;她父亲的性格三番五次地使她那作为女性的一生平添波折,而这种性格仿佛太恶毒,太狂暴,还不肯消失似的。

等到我们再见到爱米丽小姐时,她已经发胖了,头发也已灰白了。以后数年中,头发越变越灰,变得像胡椒盐似的铁灰色,颜色就不再变了。直到她七十四岁去世之日为止,还是保持着那旺盛的铁灰色,像是一个活跃的男子的头发。

打那时起,她的前门就一直关闭着,除了她四十左右的那段约有六七年的时间之外。在那段时期,她开授瓷器彩绘课。在楼下的一间房里,她临时布置了一个画室,沙多里斯上校的同时代人全都把女儿、孙女儿送到她那里学画,那样的按时按刻,那样的认真精神,简直同礼拜天把她们送到教堂去,还给她们二角五分钱的硬币准备放在捐献盆子里的情况一模一样。这时,她的捐税已经被豁免了。

后来,新的一代成了全镇的骨干和精神,学画的学生们也长大成人,渐次离开了,她们没有让她们自己的女孩子带着颜色盒、令人生厌的画笔和从妇女杂志上剪下来的画片到爱米丽小姐那里去学画。最后一个学生离开后,前门关上了,而且永远关上了。全镇实行免费邮递制度之后,只有爱米丽小姐一人拒绝在她门口钉上金属门牌号,附设一个邮件箱。她怎样也不理睬他们。

日复一日，月复一月，年复一年，我们眼看着那黑人的头发变白了，背也驼了，还照旧提着购货篮进进出出。每年12月我们都寄给她一张纳税通知单，但一星期后又由邮局退还了，无人收信。不时我们在楼底下的一个窗口——她显然是把楼上封闭起来了——见到她的身影，像神龛中的一个偶像的雕塑躯干，我们说不上她是不是在看着我们。她就这样度过了一代又一代——高贵，宁静，无法逃避，无法接近，怪僻乖张。

她就这样与世长辞了。在一栋尘埃遍地、鬼影憧憧的屋子里得了病，侍候她的只有一个老态龙钟的黑人。我们甚至连她病了也不知道；也早已不想从黑人那里去打听什么消息。他跟谁也不说话，恐怕对她也是如此，他的嗓子似乎由于长久不用变得嘶哑了。

她死在楼下一间屋子里，笨重的胡桃木床上还挂着床帷，她那长满铁灰头发的头枕着的枕头由于用了多年而又不见阳光，已经黄得发霉了。

五

黑人在前门口迎接第一批妇女，把她们请进来，她们话音低沉，发出咝咝声响，以好奇的目光迅速扫视着一切。黑人随即不见了，他穿过屋子，走出后门，从此就不见踪影了。

两位堂姐妹也随即赶到，他们第二天就举行了丧礼，全镇的人都跑来看看覆盖着鲜花的爱米丽小姐的尸体。停尸架上方悬挂着她父亲的炭笔画像，一脸深刻沉思的表情，妇女们叽叽喳喳地谈论着死亡，而老年男子呢——有些人还穿上了刷得很干净的南方同盟军制服——则在走廊上，草坪上纷纷谈论着爱米丽小姐的一生，仿佛她是他们的同时代人，而且还相信和她跳过舞，甚至向她求过爱，他们把按数学级数向前推进的时间给搅乱了。这是老年人常有的情形。在他们看来，过去的岁月不是一条越来越窄的路，而是一片广袤的连冬天也对它无所影响的大草地，只是近十年来才像窄小的瓶口一样，把他们同过去隔断了。

我们已经知道，楼上那块地方有一个房间，四十年来从没有人见到过，要进去得把门撬开。他们等到爱米丽小姐安葬之后，才设法去开门。

门猛烈地打开，震得屋里灰尘弥漫。这间布置得像新房的屋子，仿佛到处都笼罩着墓室一般的淡淡的阴惨惨的氛围：褪了色的玫瑰色窗帘，玫瑰色的灯罩，梳妆台，一排精细的水晶制品和白银作底的男人盥洗用具，但白银已毫无光泽，连刻制的姓名字母图案都已无法辨认了。杂物中有一条硬领和领带，仿佛刚从身上取下来似的，把它们拿起来时，在台面上堆积的尘埃中留下淡淡的月牙痕。椅子上放着一套衣服，折叠得好好的；椅子底下有两只寂寞无声的鞋和一双扔了不要的袜子。

那男人躺在床上。

我们在那里立了好久，俯视着那没有肉的脸上令人莫测的龇牙咧嘴的样子。那尸体躺在那里，显出一度是拥抱的姿势，但那比爱情更能持久、那战胜了爱情的熬煎的永恒的长眠已经使他驯服了。他所遗留下来的肉体已在破烂的睡衣下腐烂，跟他躺着的木床粘在一起,难分难解了。在他身上和他身旁的枕上,均匀地覆盖着一层长年累月积下来的灰尘。

后来我们才注意到旁边那只枕头上有人头压过的痕迹。我们当中有一个人从那上面拿起了什么东西,大家凑近一看——这时一股淡淡的干燥发臭的气味钻进了鼻孔——原来是一绺长长的铁灰色头发。

（杨岂深　译）

萨特

让-保尔·萨特(1905—1980),法国存在主义小说家,戏剧家,生于巴黎,父亲是海军军官。一岁丧父,同外祖父母一起生活。1924年进入巴黎高师,以第一名通过中学教师资格考试。先在中学教书,1933年作为官费生到德国进修哲学,受业于胡塞尔门下。1939年应征入伍,1940年被俘,次年获释,建立知识分子的抗战组织。1945年创办《现代》杂志,1948年加入革命民主联盟,1955年来华访问四十五天。支持阿尔及利亚民族解放运动,谴责苏联出兵匈牙利。1968年5月,支持学生运动。1973年创办《解放报》。戏剧有《禁闭》(1944)、《恭顺的妓女》(1946)、《肮脏的手》(1948),小说有《厌恶》(1938)、短篇集《墙》(1939)、《自由之路》(1945—1949,未完)。他的作品对“存在先于本质”“自由选择”作了通俗化的阐述,也对现实和不义现象作了批判。除了运用现实主义的手法外,还采用了电影手法等新技巧,他的作品的主人公往往是非英雄人物。

《墙》选自同名短篇小说集。这篇小说对“死亡的荒诞性”作了通俗的阐述:尽管人们对共和制抱有坚定的信念,不愿出卖事业和同志,但仍然留恋生,恐惧死。命运对这些共和主义者开了一个玩笑,使他们在无意中供出了同志的隐藏地。这就说明,生死只是一墙之隔,其中没有不可逾越的天堑。小说人物同真正意义上的英雄已有不同。

墙

献给奥尔加·柯扎吉耶维奇[1]

他们把我们赶到一个白色的大厅里,我的眼睛开始眯起来,因为光线刺得眼睛疼。

---

① 1935年,在西蒙娜·德·波伏瓦的介绍下,萨特认识了奥尔加·柯扎吉耶维奇;她是俄国移民之女,住在诺曼底。他们三人形成三角关系,奥尔加作为原型在《女宾》和《自由之路》中出现过。

然后我看到一张桌子和桌子后面四个穿便服的家伙,他们在看材料。他们把其他俘虏聚集在大厅尽头,我们必须穿过整个大厅,同这些俘虏会合。有几个俘虏是我认识的,其他俘虏大概是外国人。我前面的两个人是金黄头发,圆脑袋;他俩长得很像:我想是法国人。年轻的那个不时提裤子:显得神经质。

这样子延续了近三个小时;我变得头脑迟钝,一片空白;但是大厅里暖洋洋的,确切地说我觉得很惬意:二十四小时以来,我们冻得不断地瑟瑟发抖。看守把俘虏一个接一个带到桌子前。那四个家伙讯问他们的姓名和职业。大多数情况下他们不再深入地问下去——他们东提一个问题,西提一个问题,要么是:"你参加过对军火的破坏活动吗?"要么是:"九号早上你在哪儿,在干什么?"他们不听回答,或者至少他们好像不听:他们沉吟一下,直视前面,随后开始写起来。他们问汤姆是不是在国际纵队[①]干过:由于在他的外衣找到了有关证件,汤姆无法否认。他们什么也没问儒昂。可是,在他说出自己的姓名后,他们写了很久。

"我的哥哥若塞是无政府主义者,"儒昂说,"你们清楚,他已经不在这儿。我呢,我是无党派,我从来不参加政治活动。"

他们没有什么反应。儒昂继续说:

"我啥也没做。我不愿意替别人卖命。"

他的嘴唇在颤抖。一个看守叫他住口,把他带走,接着轮到了我:

"你叫巴勃罗·伊比埃塔?"

我说是的。

一个家伙看着他的材料,问我说:

"拉蒙·格里斯在哪儿?"

"我不知道。"

"从六号到十九号,你把他藏在你家里了?"

"没有。"

他们写了一会儿,看守把我带走了。走廊里,汤姆和儒昂站在两个看守之间等待着。我们开始往前走。汤姆问其中一个看守:

"他们要怎么样?"

"什么?"看守说。

"刚才是讯问还是审判?"

"是审判,"看守说。

"那么,他们要拿我们怎么样?"

看守干巴巴地回答:

"你们待在牢房里,会通知你们判决的。"

---

① 国际纵队在1936年8月建立。

实际上,用作我们牢房的是医院的一间地窖。由于通风气流畅通,里面冷得要命。整宿我们冷得瑟瑟发抖,白天也好不了多少。前五天我是在总主教府的一个单人囚室里度过的,这是一间大约建于中世纪的地牢:由于俘虏很多,人满为患,便把他们随处安置。我并不留恋这间单人囚室:我在里面并没有挨冻受冷,但我是孤零零一个人;时间长了令人受不了。在地窖里我有伴了。儒昂不太说话:他心里害怕,再说他太年轻,说不上话。而汤姆十分健谈,他的西班牙文说得呱呱叫。

地窖里有一张长凳和四个草垫。他们把我们带回去后,我们坐了下来,默默地等候。过了一会儿,汤姆说:

"我们丸儿完了。"

"我也这么想,"我说,"但我认为他们对小家伙不会怎么样。"

"他们没有什么要拿他问罪的,"汤姆说,"他是一个战士的弟弟,如此而已。"

我望着儒昂:他的样子不像在听。汤姆又说:

"你知道他们在萨拉戈萨①所干的事吗?他们让俘虏躺在公路上,开着卡车从俘虏身上碾过去。这是一个摩洛哥逃兵告诉我的。他们说是为了节省弹药。"

"这并不节省汽油,"我说。

我对汤姆有气,他不该说这些。

"有几个军官在公路溜达,"他继续说,"他们双手插在衣袋里,叼着香烟,监视这个场面。你以为他们会叫俘虏马上送命吗?才不呢!他们让俘虏喊爹叫娘。有时持续一个小时。那个摩洛哥人说,第一次他差点呕吐起来。"

"我不想念他们在这儿干这种事,"我说,"除非他们确实缺少弹药。"

光线从四个气窗和开在左边天花板上的一个朝天圆洞射进来。圆洞平时用一块活动翻板盖住,以前往地窖卸煤就通过这个洞。洞的正下方有一大堆煤屑;以前煤是用来给医院供暖的;但从战争开始,病人都转移了,煤还留在那儿,派不上用场;有时甚至雨水从上面落下来,因为忘了关上活动翻板。

汤姆开始打哆嗦:

"他妈的,我在打哆嗦,"他说,"又开始冷得受不了啦。"

他站起来,开始做体操。每做一个动作,他的衬衫便露出了白皙而毛茸茸的胸脯。他躺在地上,举起双腿,做交叉动作:我看到他的大屁股在颤动。汤姆很强壮,但是他的脂肪太多了。我想,枪弹或者刺刀不久就要戳进这堆嫩肉里,仿佛钻进一块黄油里。如果他很瘦,就不会让我产生同样的感受。

我并非真的感到冷,可是我的双肩和双臂却麻木了。我不时感到我缺了点什么,我开始在我周围寻找外衣,我突然想起他们没有把外衣还给我。这真是令人受不了。他们拿走我们的衣服,给他们的士兵,只给我们留下衬衫——还有这些住院病人在盛夏穿的布裤。过了一会儿,汤姆重新站起来,气喘吁吁地坐在我身旁。

① 萨拉戈萨:西班牙城市,当时落在法西斯军队手中。

“你身上暖和了吗?”

“他妈的,没有。但是我已经喘不过气来。”

晚上八点左右,一个军官带着两个长枪党徒走了进来。他手里拿着一张纸。他问看守:

“这三个人叫什么名字?”

“斯丹卜克、伊比埃塔和米巴尔,”看守说。

军官戴上夹鼻眼镜,看着名单:

“斯丹卜克……斯丹卜克……在这儿。你被判处死刑。明天早上被枪决。”

他又看名单:

“另外两个也一样。”

“不可能,”儒昂说,“不会有我。”

军官用惊讶的神态望着他:

“你叫什么名字?”

“儒昂·米巴尔。”

“你的名字可是在这儿,”军官说,“你被判了死刑。”

“我啥也没干呀,”儒昂说。

军官耸耸肩,转身对着汤姆和我。

“你们是巴斯克人吗?”

“没有人是巴斯克人。”

他的神态被激怒了。

“他们对我说,有三个巴斯克人。我不会为寻找他们而浪费时间。那么,你们自然不想要神父喽?”

我们连一声也不吭。他说:

“有个比利时医生一会儿要来。他得到准许,和你们度过这一夜。”

他行了一个军礼,出去了。

“我对你说什么来着,”汤姆说。“我们可惨了。”

“是呀,”我说,“小家伙可倒霉了。”

我这样说是平心而论,但我并不喜欢小家伙。他的脸太娇气了,恐惧和痛苦使他的脸变形,他的脸容整个儿扭曲了。三天前他还是一个调皮的娃娃,这能讨人喜欢;但是如今他的模样像一只用旧了的苍蝇拍,我想,即使他们把他释放了,他也不会再变得年轻。给他一点怜悯倒也不坏,可是怜悯令我厌恶,更确切地说,他令我讨厌。他闷声不响,变得十分阴沉:他的脸和他的手是灰不溜秋的。他坐了下来,两只圆眼睛盯着地面。汤姆是个好心人,他想攥住小家伙的手臂,但小家伙做了个鬼脸,猛然挣脱了。

“让他去吧,”我低声说,“你看嘛,他快哭鼻子了。”

汤姆勉强地顺从了;他本想安慰小家伙;这样可以使小家伙忙别的事,不会禁不住考虑自己。但是,这样做激怒我:我从来没有想过死,因为这种场合没有出现过,而现在它出现了，除了想到死，没有别的事可做。

汤姆又说话了：

“你打死过人吗？”他问我。

我没有吭声。他开始向我解释，从八月初以来，他打死了六个人；他没有意识到眼下的处境，我看得很清楚，他并不想意识到。我呢，我还没有完全明白过来，我寻思会不会很痛苦，我想到枪弹，我设想炽热的弹雨穿透我的身体。这一切都与真正的问题所在无关；但我很坦然：我们有一整夜可以弄明白。过了一会儿，汤姆停止说话，我从眼角瞟了他一眼；我看到，他也变得阴沉沉的，模样很悲惨，我思忖：“开始难熬了。”天几乎黑下来，一注微光透过通气窗射进来，煤堆在地上形成偌大的一点；通过天花板的圆洞，我已经看到一颗星星：黑夜该是清澈而寒冷的。

门打开了。两个看守走了进来。他们后面跟着一个头发金黄、穿着浅褐色军服的人。他向我们打招呼：

“我是医生，”他说。“我得到允许，在这艰难的时刻来帮助你们。”

他的嗓音悦耳、优雅。我对他说：

“你来这儿干吗？”

“我为你们效劳。我会竭尽所能，让你们这几小时过得好受些。”

“干吗你到我们这儿来？还有别的人呢，医院都挤满了。”

“他们把我派到这儿，”他含含糊糊地回答。

“啊！你们喜欢抽烟吧，嗯？”他急忙补充了一句。“我有香烟，甚至有雪茄。”

他把英国香烟和小雪茄递给我们，但是我们拒绝了。我凝视着他的眼睛，他看来很窘。我对他说：

“你并不是出于同情才来这儿的。再说，我认识你。在抓我来那一天，我看到你在兵营的院子里同法西斯分子待在一起。”

我正要说下去，但是突然发生了令我吃惊的事：这个医生的出现骤然不再引起我的兴趣。通常在我跟踪追击一个人的时候，我是穷追不舍的。可是，想说话的兴致离开了我；我耸了耸肩，掉转了目光。半晌，我抬起了头：他带着好奇的神态在观察我。那两个看守坐在一张草垫上。瘦高个儿佩德罗两只拇指对绕着，另一个看守不时晃动脑袋，不让自己睡着。

“你要点灯吗？”佩德罗突然问医生。医生点头表示要：我想，他几乎就像劈柴一样呆头呆脑，不过，也许他并不凶狠。看着他那双冷漠的蓝色大眼睛，我觉得他尤其是因为缺乏想象力才犯过错的。佩德罗出去了，拿着一盏煤油灯回来，放在长凳的角上。灯光暗淡，但聊胜于无：昨夜，他们让我们在黑暗中度过。半晌，我瞧着煤油灯投在天花板上的圆光。我被吸引住了。随后，我陡地回过神来，圆光消失了，我感到被巨大的重负压垮了。这不是想到死，也不是恐惧：这是不可名状的东西。我的双颊发烫，感到头痛。

我振作起来，望着我的两个狱友。汤姆两手捧着头，我只看到他肥胖而白皙的颈背。小儒昂的情况最糟糕,他的嘴巴张开,嘴唇颤抖。医生走近他,将手搭在他的肩上,仿佛给他鼓气:但他的目光仍然是冷漠的。然后我看到比利时人的手沿着儒昂的手臂偷偷地滑到他的手腕上。儒昂漠然地听之任之。比利时人带着漫不经心的神情,用三只手指捏住他的手腕,同时,他后退一点,调整好位置,把背对着我。但是,我往后一仰,看到他掏出表来,不松开小家伙的手腕,诊断了一会儿,又过半晌,他放下那只木然的手,回去背靠墙坐下,接着,他仿佛猛然想起一件非常重要,必须马上记下来的事儿,从口袋里掏出一个记事本,写上几行字。"坏蛋,"我愤怒地想,"他可别来把我的脉,我会一拳揍在那张令人作呕的脸上。"

他没有过来,但是我感到他在注视我。我抬起头,回敬了他一眼。他用冷漠的声调对我说:

"你不觉得这里冷得让人发抖吗?"

他的神态像感到冷,脸色发紫。

"我不冷,"我回答他说。

他不断地用冷峻的目光望着我。

蓦地,我明白了,我把双手放在脸上:我的脸被汗沾湿了。在这个地窖里,又是隆冬,通风气流呼呼地吹过,我却出汗。我将手插进头发,头发由于出汗而粘起来了;同时我发觉,我的衬衫汗湿了,粘在我的皮肤:至少一小时以来,我汗流浃背,而我一无所感。但是这些没有逃过这头比利时猪猡;他看到汗珠淌到我的脸颊上,认为这几乎是病理上的恐惧状态的表现;而他的自我感觉很正常,为此而感到自豪,因为他觉得冷。我想站起来,过去把他的脸揍扁,可是我刚动一下,羞耻和愤怒便烟消云散;我重新无动于衷地坐在长凳上。

我仅仅用手帕擦头颈,因为眼下我感到汗水从头发滴到颈背上,很不舒服。不久,我也就不再擦了,这无济于事:我的手帕湿得可以拧得出水来,我一直在出汗。我的臀部也出汗,湿透的裤子都粘在长凳上了。

小儒昂突然说话。

"你是医生吗?"

"是的,"比利时人说。

"要痛苦……很长时间吗?"

"噢! 什么时候……?"比利时人用慈父的声音说,"很快就结束。"

他的神态像在安慰一个要付钱就诊的病人。

"但是我……别人对我说……常常要开两次枪呢。"

"有时是这样,"比利时人点头说。"第一次排射有可能根本没有命中要害。"

"那么,他们需要再装子弹,重新瞄准喽?"

他沉吟一下,用嘶哑的嗓音又说:

"这要有一段时间!"

他对忍受痛苦怕得要命,一味想着这个:他这个年龄就会这样。我呢,我不太再想了，并非害怕忍受痛苦才使我出汗。

我站起来，一直走到煤屑堆那儿。汤姆吓了一跳，向我投以仇恨的目光：我激怒了他，因为我的鞋橐橐地响。我寻思，我的脸是不是同他一样发灰：我看到他也出汗。天空星斗灿烂，却没有一丝亮光射进这幽暗的角落，我只消抬起头，便望见大熊星座。不过，这同以前不一样了：前天，我从总主教府的单人囚室可以看到一大片天空，白天每一小时都勾起不同的回忆。早晨，当天空呈现不太柔和的淡蓝色时，我想到大西洋的海滩；中午，我看到太阳，我回想起塞维利亚的一间酒吧，我在那里一面喝着芒扎尼亚酒[1]，一面吃着鳀鱼和橄榄；下午，我待在阴影里，想到古罗马的圆形剧场一半笼罩在浓重的阴影里，另一半在阳光下闪闪发光：看到整个大地都反映在天空中，令人真不好受。但眼下，我可以随意仰望，天空再也勾不起我的任何回忆。这更喜欢这样。我回来坐在汤姆旁边。好长时间过去了。

汤姆开始低声说话。他必须说个不停，否则，他不明白心里在想什么。我想，他是在向我说话，可是他没有看我。他大概担心看到我这个样子，脸色发灰，汗流满面：我们两个都一样难看，互相对看比照镜子还不堪入目。他望着那个能活着的人——比利时人。

"你呢，你明白吗？"他说。"我呀，我不明白。"

我也开始低声说话。我望着比利时人。

"什么事，怎么了？"

"我们这儿要发生一些我无法明白的事。"

汤姆周围有一股怪味。我觉得我对气味比平时更敏感。我冷笑一下：

"你待会儿就会明白。"

"事情并不清楚，"他固执地说。"我很想鼓起勇气，可是我至少应该知道……你听，他们就要把我们带到院子里。好呀。那些家伙就要在我们面前排成一行。他们会是多少人？"

"我不知道。五到八个人吧。不会再多了。"

"得，就算是八个人。对他们下令'瞄准'时，我会看到八支枪对准我。我想，那时我会真想钻进墙里去，我会全力用背去顶墙，墙屹立不动，像在噩梦里一样。这一切我都能想象出来。啊！你要是知道我能想象出这一切，会作何感想？"

"得了！"我对他说，"我也想象得到。"

"这大概痛得要命。你知道，他们瞄准眼睛和嘴巴，使人面目全非，"他咬牙切齿地又说。"我已经感到伤口在痛；我的脑袋和脖子已经痛了一小时。不是真痛；还要更糟：我预先感到明天早上的疼痛。以后呢？"

我很清楚他想说什么，但是我不想流露出来。至于疼痛，我呢，我身上也隐隐作痛，仿佛有许多小刀伤似的。我不能适应，但是我同他一样，我并不重视。

---

① 西班牙名酒，西班牙文为芒扎纳，意为苹果。

“以后嘛，”我没好气地说，“你就入土啦。”

他开始自言自语：他死盯住比利时人。比利时人样子不像在听。我知道他是来干什么的；我们所想的引不起他的兴趣；他是来看看我们的身体，活生生地做垂死挣扎的身体。

“这就像做一场噩梦，”汤姆说。“我想考虑一件事，一直有印象真相大白了，快弄明白了，它却溜了，跑掉了，回复原样。我心想，以后啥也没有了。但是我不明白这意味着什么。有时我几乎想明白了……然后又回复原样，我重新开始想疼痛、子弹、枪声。我向你发誓，我是唯物主义者；我不会发疯。但是有点东西不对头。我看到我的尸体：这并不困难，看到尸体的是我，亲眼看到的。我必须做到设想……设想我什么也看不到了，什么也听不到了，世界继续为别人存在。人生来不是想这些事的，巴勃罗。你可以相信我：我以前有过等待什么而彻夜不眠。但这种事不同了：它从背后逮住我们，巴勃罗，我们会意料不到。”

“住嘴，”我对他说，“你要我叫一个听忏悔的神父吗？”

他不吱声。我已经注意到他倾向于要当预言家，并且用平淡的语气管我叫巴勃罗。我很不喜欢这样，但是看来所有的爱尔兰人都是这样。我朦胧地感到他身上有尿味。说白了，我对汤姆没有什么好感，我不知道什么缘故，即使我们要一起去死，我本该对他有更多好感。有的人情况不同。比如拉蒙·格里斯。而处在汤姆和儒昂之间，我感到孤独。再说，我更喜欢这样。同拉蒙在一起，我也许会感到心肠变软。但是，此时此刻我冷酷得可怕，我是故意心肠硬的。

他继续咕哝着，像在散散心。他说话准定是为了不让自己思索。他像老年前列腺病患者一样，身上的尿味冲鼻子。当然我同意他的见解，他所说的话，我全都能说：死不是合情理的。从我要死的时候起，我觉得再没有什么是合情理的，不管是这堆煤屑，这张长凳，还是佩德罗这张不堪入目的脸。只不过，跟汤姆想同样的东西，这使人不愉快。我很清楚，整整一宵，出入不到五分钟，我们会继续同时想同样的东西，出汗或者同时颤抖。我从侧面看他，他第一次在我看来显得很古怪：他的脸罩上了死亡的气息。我的自尊心受到伤害：我在汤姆身边生活了二十四小时，我听他说话，我对他说话，我知道我们丝毫没有共同之处。而眼下我们宛若孪生兄弟那样相似，只因为我们要一起死掉。汤姆捏住我的手，没有看我：

“巴勃罗，我寻思……我寻思，我们是不是要化为乌有。”

我抽回我的手，对他说：

“瞧瞧你的双脚之间，浑小子。”

他的双脚之间有一滩尿，而且尿还在从他的裤腿滴下来。

“这是什么？”他惊慌地说。

“你尿裤了，”我对他说。

“不对，”他气恼地说，“我没有小便，我什么也没有感觉到。”

比利时人走了过来。他假装关心地问道：

“你感到不舒服吗?”

汤姆没有回答。比利时人望着那滩尿,一言不发。

“我不知道这是什么玩意儿,”汤姆粗野地说,“但是我没有胆怯。我向你发誓,我没有胆怯。”

比利时人一声不吭。汤姆站起来,走到一个角落去小便。他回来时一面扣裤纽,重新坐下,闷声不响。比利时人在做记录。

我们望着他;小儒昂也望着他:我们三个都望着他,因为他能活下去。他有一个能活下去的人的动作,一个能活下去的人的思虑;他在这个地窖里冷得抖索索,像能活下去的人那样发抖;他有一个营养良好、听从自己指挥的身体。我们这几个人,我们再也不大有身体的感觉——无论如何不再有同样的感受方式。我真想摸一下自己的裤裆,但是我不敢;我望着比利时人,他盘腿弯腰,控制着自己的肌肉——他可以想明天的事。我们这三个人在那里,是三个失去了血的亡灵;我们望着他,就像吸血鬼一样吮吸着他的生命。

他终于走近小儒昂。他是出于职业的动机,想摸一下孩子的颈背呢,还是要服从仁慈心的驱使呢?倘若是出于仁慈心,那么这是一整夜绝无仅有的一次。他抚摸着小儒昂的脑袋和头颈。小家伙听之任之,两眼盯住他,蓦地,他抓住比利时人的手,带着古怪的神情望着他。小家伙两手捧着比利时人的一只手,这双手绝不令人怜爱,如同两只灰色的钳子夹住一只红润的、胖乎乎的手。我已经料到要发生的事,汤姆大概也疑心到了:但是比利时人什么也不明白,他慈父般地微笑着。过了一会儿,小家伙把那只红润的胖爪子送到嘴上,想咬它。比利时人急忙摆脱开,踉踉跄跄一直退到墙边。他憎恨地睃了我们一眼,他大约倏然明白我们跟他不是一路的人。我笑了起来,一名看守惊醒了。另一个还在睡觉,他的眼睛睁大了,只露出眼白。

我感到既疲惫又过度兴奋。我不愿再想到黎明时要发生的事和死亡。这毫无意义,我想到的只是一些字词或者一片空白。但是,一旦我力图想别的事,我就看到枪管瞄准了我。我体验到自己被处决也许不下一二十次;有一次我甚至以为果真完了:我大概睡着一分钟。他们把我拖向墙边,我挣扎着;我向他们求饶。我惊醒过来,望着比利时人:我担心睡着时喊叫过。但他在抚平髭须,他什么也没有注意到。只要我愿意,我相信我可以睡着一会儿:四十八小时以来我没有合眼,我精疲力竭了。但是我不愿浪费两小时生命:他们会在黎明时分叫醒我,我会睡眼惺忪地跟着他们,不哼一声就命归黄泉;我不愿意这样接受,我不愿像一头畜生那样死去,我要死得明白。再说,我怕做噩梦。我站起身来,来回踱步,为了换一换想法,我开始想往事。往事纷至沓来。有好有坏——至少以前我是这样认为的。一张张面孔,一件件故事。我又看到一个年轻斗牛士的面孔,他在瓦伦西亚的“菲里亚”节日期间被牛角撞伤;我又看到一个叔叔的面孔和拉蒙·格里斯的面孔。我记起 1926 年我怎样有三个月失业,怎样差一点饿死。我回忆起有一夜,我在格拉纳达的一张长凳上度过:我三天没吃饭了,我发狂了,我不愿意饿死。这些事使我露出微笑。我追求幸福、追求女人、追求自由,真是困难重重。

为了什么呢？我曾想解放西班牙，我赞赏皮·伊·马加尔①，我参加过无政府主义运动，我在公众集会上讲过话：我认真对待一切，仿佛我是长生不老的。

此时此刻，我觉得我的一生展现在面前，我想："真是见鬼的幻象。"既然我的生命完结了，它就毫无价值了。我想，我怎么会同姑娘们一起散步和耍笑：如果我想到过我会这样死去，我就懒得动了。我的一生展现在我面前，像只口袋一样扎紧、封闭了，可是里面的一切却没有完结。一时间我试图对它做出评骘。我很想告诉自己：这是美好的一生。但是，我不能对它做出判断，这仅是一个开始；我度过自己的时间是为了通向永生，我什么也没有弄懂。我没有什么可留恋的：我本来有一大堆东西要留恋，如品味曼萨尼亚酒，或者夏天在加的斯附近的一个小海湾里洗海水浴；可是，死亡使一切失去了魅力。

比利时人突然有一个绝妙的主意。

"朋友们，"他对我们说，"只要军事当局许可，我可以负责给你们的亲人转个口信或纪念品……"

汤姆嗫嚅地说：

"我没有亲人。"

我缄默不语。汤姆等了片刻，然后好奇地注视我：

"你不给贡莎捎句话吗？"

"不。"

我讨厌这种好言好语的合谋：这是我的错儿，昨晚我提到了贡莎，我本该约束住自己。我和贡莎在一起有一年了。前一天，为了同她相见五分钟，我会用斧头砍断自己的手臂。正因如此，我才谈到她，我是情不自禁。眼下我再也不想见到她，我没有什么要对她说的。我甚至不想把她抱在怀里：我厌恶自己的身体，因为它变得阴郁，而且出汗——我没把握不讨厌她的身体。当贡莎知道我的死讯时，她会哭泣；她会好几个月不再有生之乐趣。但是即将死去的毕竟是我。我想念她美丽温柔的眼睛。当她注视着我时，有种东西从她身上传到我身上。但我想到这一切已经结束了：如果现在她看着我，她的目光会停留在她的眼睛里，不会传到我身上。我是孤寂的。

汤姆也很孤寂，不过方式不同。骑坐在长凳上，他开始带着微笑打量凳子，一脸惊讶。他伸出手，小心翼翼地抚摸木头，仿佛担心弄碎什么东西，然后急促地把手缩回，哆嗦起来。如果我是汤姆，我不会有兴趣去摸长凳；这仍然是爱尔兰人的把戏，但是我也感到，周围事物的样子很古怪：它们比平时更加朦胧，更加松散。我只消看一看长凳、煤油灯、那堆煤屑，便会感到我快要死了。自然，我不能清晰地想出自己的死，可是我在周围的东西和它们就像在垂死者枕边低声说话的人一样会退后，谨慎地隔开一段距离的呈现方式上面，到处看到我的死。汤姆在长凳上刚刚触摸到的是他的死。

我在这种状态中，要是有人来宣布我可以安心地回家，饶过我一命，我会无动于

① 皮·伊·马加尔(1824—1901)，西班牙政治家，倾向自由、革命。

衷:当你对永生丧失了幻想时,等待几小时或者等待几年都是一样的。我已经无所牵挂,在某种意义上,我是平静的。不过这是一种可怕的平静——由于我的身体的缘故:我用它的眼睛观看,用它的耳朵倾听,但这已不再是我了;它在出汗,整个儿发抖,我已再也认不出它。我不得不触摸它,注视它,想知道它变成什么模样,仿佛它是另一个人的身体。我不时还感觉到它,我感到一种滑动、往下滚落,如同待在一架俯冲的飞机里,或者我感到心在怦然乱跳。但这没有使我安下心来:来自我身上的一切都可疑得要命。大部分时间里,我的身体蜷缩着,保持缄默,只感到有一种东西往下沉,有一种不利于我的卑劣的存在物;我有被一条巨大的寄生虫缠住的感觉。这时我摸了摸裤子,感到它湿了;我不知道是汗湿还是尿湿的,为了谨慎起见,我走到煤屑那里撒尿。

比利时人掏出表来瞧了瞧。他说:

"三点半。"

混蛋!他一准是故意这样做的。汤姆一蹦而起:我们还没有发觉时间的流逝:黑夜像巨大无形的一片混沌包围着我们,我甚至记不起黑夜是什么时候开始的。

小儒昂喊了起来。他扭着自己的双手,哀求道:

"我不想死,我不想死。"

他举起双臂,穿过地窖奔跑着,随后,他扑倒在一张草垫上,呜咽起来。汤姆以阴沉的目光望着他,甚至不想安慰他。实际上也没有必要:小家伙发出的声音比我们大,但是他受到的伤害要轻些:他如同一个以发烧抗拒病痛的病人。当他连发烧都没有的时候,情况就严重得多了。

他在哭泣:我看得很清楚,他可怜自己的命运;他没有想到死。一刹那,仅仅一刹那,我也想哭泣,因可怜自己的命运而哭泣。但结果恰恰相反:我瞥了一眼小家伙,我看到他的双肩因哭泣而抽动,我感到自己太不近人情:我既不能怜悯别人,也不能怜悯自己。我在想:"我想死得清清白白。"

汤姆站了起来,他刚好走到圆窗洞下面,开始观察天色。我呢,我很固执,我想清清白白地死,一味想着这个。可是,自从医生告诉我们时间以来,我心底里感到时间在流逝,一滴一滴地逝去。

天还是黢黑的,这时我听见汤姆的声音:

"你听到他们的脚步声吗?"

"听到了。"

有几个人在院子里走动。

"他们来干吗?"

过了一会儿,我们什么也听不到了。我对汤姆说:

"天亮了。"

佩德罗打着哈欠站起来,过去吹灭煤油灯。他对同伙说:

"冷得够呛。"

地窖变得灰蒙蒙的。我们听见远处的枪声。

“开始了,”我对汤姆说,“他们大概在后院进行。”

汤姆问医生要一支烟。我呢,我不想要;我既不要烟,也不要酒。从这时起,他们不停地开枪。

“你觉察到什么?”汤姆说。

他想再说点什么,但是住了嘴,他望着门。门打开了,一个中尉带着四个士兵走了进来。汤姆的烟掉到地上。

“斯坦卜克?”

汤姆没有应声。佩德罗指了指他。

“儒昂·米巴尔?”

“就是草垫上那个人。”

“站起来,”中尉说。

儒昂一动不动。两个士兵抓住他的腋窝,把他提了起来。但是,他们一松手,他又倒了下去。

士兵犹豫起来。

“撑不住的人,他又不是第一个,”中尉说,“你们两个,只消把他抬走;在那边自有安排。”

他转向汤姆:

“喂,走吧。”

汤姆夹在两个士兵中间走了出去。另外两个士兵跟随在后,他们一个抓住腋窝,一个抓住腿弯,把小家伙抬走。他没有昏厥;他的眼睛睁大,泪水沿着双颊淌下来。我想出去时,中尉止住了我:

“伊比埃塔是你吗?”

“是的。”

“你要等在这儿:待会儿会来找你的。”

他们出去了。比利时人和两个看守也出去了。我不明白我所发生的事,我宁愿他们立马干完。我听到几乎有规律地间隔的排枪声;每听到一阵枪声,我就哆嗦起来。我想喊叫,想揪自己的头发。我咬紧牙齿,双手插在口袋里,因为我想保持清白。

过了一小时,他们来找我,把我带到二楼一个小房间,里面有一股雪茄味,我觉得热得透不过气来。有两个军官在抽烟,坐在扶手椅里,膝盖上放着一些材料。

“你叫伊比埃塔吗?”

“是的。”

“拉蒙·格里斯在哪儿?”

“我不知道。”

审问我的人是个矮胖子。在他的夹鼻眼镜后面,是一双冷酷的眼睛。他对我说:

“走近一点。”

我走了过去。他站起来,抓住我的手臂,盯着看我,我真想钻到地下。与此同时,他使尽全力卡我的二头肌。这不是想弄痛我,而是要花招:他想制服我。他也认为有必要喷我一脸他的满嘴臭气。半晌,我们保持这种状态,我呢,这真要令我发笑。要吓唬一个即将死去的人,可得使用更多的招数:这一套不奏效。他使劲推开了我,重新坐下。他说:

“拿他的命来换你的命。如果你说出他在哪儿,我们就放你一条生路。”

这两个手执马鞭、脚踩靴子、俗里俗气的家伙,是仍然免不了一死的。比我稍晚一点,但是不会晚很久。他们忙于在文件里寻找名字,追查其他人,把他们关起来,或者消灭他们;他们对西班牙的未来和其他问题都有自己的看法。他们使奸弄刁的活动,在我看来令人反感,而且十分可笑:我再也做不到设身处地去考虑他们的想法,我觉得他们在发神经。

矮胖子一直盯着我,用马鞭抽打着他的靴子。他的一切动作都算计过,以便显出凶猛活跃的野兽体态。

“怎么样？明白吗?”

“我不知道格里斯在哪儿,”我回答。“我一直以为他在马德里。”

另一个军官懒洋洋地举起他苍白的手。这种懒洋洋也是算计好的。我看出他们所有的小花招,我吃惊的是,世上竟有人以此为乐。

“你有一刻钟时间考虑,”他慢吞吞地说。“把他带到衣物存放间,过一刻钟再把他领回来。如果他坚持不说,那就立即枪决。”

他们知道自己所做的事:我在等待中度过一夜;然后,在他们枪决汤姆和儒昂的时候,他们又让我在地窖里等上一小时,现在他们把我关在衣物存放间;他们大概在昨天策划好这个花招。他们琢磨,时间长了神经会支持不住,他们期待让我这样就擒。

他们打错了算盘。我坐在衣物存放间的一张木凳上,因为我感到十分虚弱,我开始思索起来。但不是思索他们的建议。我当然知道格里斯在哪儿:他躲在离城四公里的表兄弟家里。我也知道,我不会透露他的藏身之地,除非他们对我用刑(但他们看来没有考虑这样做)。这一切已经完全解决了,确定下来了,我根本提不起兴趣。只不过,我想弄清我为什么要这样做。我宁愿一命呜呼也不愿出卖格里斯。为什么？我不再喜欢拉蒙·格里斯。我对他的友谊,与我对贡莎的爱情以及生的欲望,在黎明前夕已经同时消逝。无疑,我一直尊敬他;他是条硬汉子。但是并非因为这个原因,我同意替他去死;他的生命不比我的生命更有价值;任何生命在这种时候都没有价值了。他们让一个人紧贴墙壁,向他开枪,直到他饮弹而毙:不管是我,是格里斯,还是别人,都是一样的。我很清楚,他比我对西班牙事业更有用,可是,西班牙和无政府主义,都去他的:什么都无关紧要。我就在这里,我可以出卖格里斯来拯救自己的生命,而我拒绝这样做。我感到这样真是可笑:这是固执己见。我想:

“就该固执吗？……”一种古怪的快意油然而生。

他们来找我,把我带到那两个军官那里。一只老鼠从我们脚下穿过,我觉得有趣。我转向一个长枪党徒,对他说:

“你看到了老鼠吗?”

他没有回答。他面色阴沉,一副严肃的样子。我呢,我很想笑,但是我忍住了,因为我担心,一旦笑出来,就再也止不住了。长枪党徒留着髭须。我又对他说:

“应该把你的胡子剃掉,傻瓜。”

我感到可笑的是,他活着时就让须毛侵占他的面孔。他不太认真地踢了我一脚,我住嘴了。

“怎么样,”胖军官说,“你考虑好吗?”

我好奇地望着他们,仿佛在看非常罕见的昆虫。我对他们说:

“我知道他在哪儿。他藏在公墓里。在一个墓穴或者在掘墓人的小屋里。”

这是为了捉弄他们一下。我想看到他们站起来,束好腰带,急忙下命令。

他们跳了起来。

“走。莫勒,去跟洛佩兹中尉要十五个人。你呢,”矮胖子对我说,“如果你说的是真的,那么我说的话是算数的。但如果你捉弄我们,你要付出昂贵的代价。”

他们在一片喧闹声中出发了,我在长枪党徒的看守下平静地等待着。我不时微笑,因为我想到他们大发雷霆的样子。我感到自己既愚蠢又狡猾。我想象他们掀起墓石,一个接一个打开墓穴的门。我设想这种情况,仿佛我是另一个人:这个执着地要显出英雄气愤的俘虏,这些留着髭须的长枪党徒,这些在坟墓之间跑来跑去的军人;这一切令人忍俊不禁。

过了半小时,矮胖子一个人回来了。我想,他是来下令枪决我的。其他人大概留在公墓里。

军官望着我。他一点没有尴尬的样子。

“把他带到大院和其他人待在一起,”他说。“军事行动结束后,一个合法的法庭将决定他的命运。”

我想,我不明白他的意思。我问他:

“那么你们不……你们不枪决我了?……”

“无论如何现在不。以后么,就不关我的事喽。”

我还是不明白。我对他说:

“为什么?”

他耸了耸肩,没有回答。士兵把我带走了。在大院里,有一百来个俘虏、妇女孩子和几个老头。我在中间的草坪绕圈走起来,感到莫名其妙。中午,他们让我们在食堂吃饭。有两三个人和我打招呼。我应该认识他们,但是我没有搭理:我甚至不知道自己身在何处。

将近傍晚,又推进来十来个新俘虏。我认出面包师加尔西亚。他对我说:

“真走运啊!我没想到能看到你活着。”

“他们判处了我死刑,”我说,“然后他们改变了主意。我不知道为什么。”

“他们是两点钟逮捕我的,”加尔西亚说。

"为什么?"

加尔西亚不参加政治活动。

"我不知道,"他说。"他们把所有和他们持不同想法的人都抓起来了。"

他压低了声音。

"他们抓住了格里斯。"

我颤抖起来。

"什么时候?"

"今天早上。他干了蠢事。星期二他离开了表兄弟家,因为他们说了些闲话。他不缺少人家让他躲藏,但是他不再想欠别人的人情。他说:'我本来可以躲到伊比埃塔家,可是,既然他们抓住了他,我还是藏到公墓去。'"

"藏到公墓去?"

"是的。真蠢。他们今天早上肯定到那儿去过,大概是这么回事。他们在掘墓人的小屋找到了他。他向他们开枪,他们把他打死了。"

"在公墓里!"

我感到天旋地转,跌坐在地上:我笑得那么厉害,连眼泪都流出来了。

(郑克鲁 译)

加缪

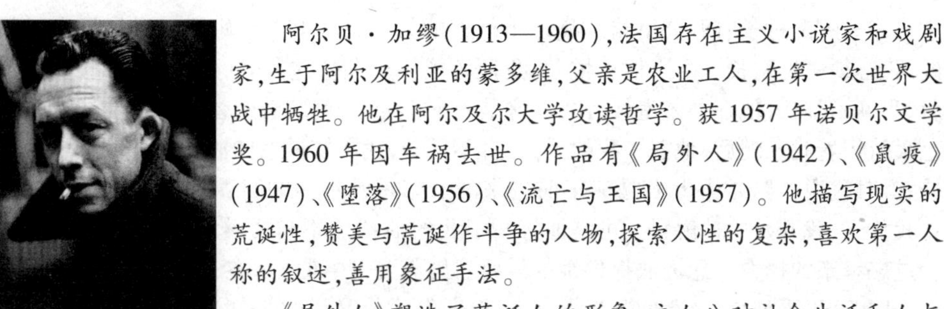

阿尔贝·加缪(1913—1960),法国存在主义小说家和戏剧家,生于阿尔及利亚的蒙多维,父亲是农业工人,在第一次世界大战中牺牲。他在阿尔及尔大学攻读哲学。获1957年诺贝尔文学奖。1960年因车祸去世。作品有《局外人》(1942)、《鼠疫》(1947)、《堕落》(1956)、《流亡与王国》(1957)。他描写现实的荒诞性,赞美与荒诞作斗争的人物,探索人性的复杂,喜欢第一人称的叙述,善用象征手法。

《局外人》塑造了荒诞人的形象:主人公对社会生活和人与人之间的关系都抱着冷漠的态度,在众人眼里,他是一个局外人,一个危险的变质分子,不愿接受法律信条和习俗,其实他是以沉默来对抗荒诞的社会,他的激情隐藏在表面的麻木中。他向阿拉伯人开枪,是在荒诞现实的压抑下不由自主的发泄;他对教士和司法机构的推拒,也是不满于现实的自觉或不自觉的行动。他的死表明人的自由价值完全被抹杀,他的生存成了荒诞的存在。

局　外　人

第　一　部

一

今天,妈妈去世了,也许是昨天,我不知道。我收到养老院的电报:“母逝。明天下葬。崇高敬意。”这等于什么也没说。也许是昨天死的。

养老院在马朗戈,离阿尔及尔八十公里。我要坐两点钟那班公交车,下午到达。因此,我能守灵,明晚回来。我向老板请了两天假,有这样的理由,他不能拒绝我请假。但是,他看来并不高兴。我甚至对他说:“这不是我的过错。”他没有回答。于是我想,我本不该对他说这句话。总之,我用不着要别人原谅我。更确切地说,是他要向我表示哀悼。不过,后天他看到我戴孝的时候,无疑会这样做的。眼下,有点像妈妈没有去世。相反,下葬以后,事情就将了结,一切就又难说话了。

我乘了两点钟那班公交车。天气十分炎热。我在塞莱斯特的餐馆吃了饭。他们都为我非常难过,塞莱斯特对我说:“每个人只有一个母亲。”我动身的时候,他们送我到门口。我有点儿心烦,因为我要到艾马纽埃尔家去,向他借条黑领带和黑纱。几个月前他失去了伯父。

为了不错过出发时间,我是跑着去的。这样急匆匆,这样奔跑,加上汽车颠簸,汽油气味,道路和天空亮得晃眼,正由于这一切,我打瞌睡了。我几乎一路都睡着。当我醒来时,我斜靠在一个军人身上,他冲我微笑,问我是不是赶远路,我说“是的”,不想多说话。

养老院离村子有两公里路。我是步行去的。我想马上看到妈妈。但是门房对我说,我必须去见院长。由于他正忙着,我便等了一会儿。这段时间,门房没停过口,然后,我见了院长:他在办公室接待我。这是一个小老头,佩戴着荣誉团勋章。他那双浅色眼睛望着我。随后,他握住我的手,一直不松开,我不知道怎样抽出来。他查看一份档案,对我说:“默尔索太太是三年前进来的。您是她唯一的赡养者。”我以为他在责备我什么,我开始向他解释。可是他打断了我的话:“您不需要辩解,亲爱的孩子。我看过您母亲的档案。您无法提供她的需要。她需要一个护工。您的薪水微薄,考虑下来,她在这里更加称心。”我说:“是的,院长先生。”他又说:“您知道,她有年纪相仿的人做朋友,她和他们对往事有共同的兴趣。您年轻,跟您在一起,她要烦闷的。”

确实如此。当年妈妈在家的时候,她的目光总是默默地跟随着我,消磨时间。她到养老院最初的日子,经常哭泣。但这是由于不习惯。过了几个月,如果让她离开养老院,她可能也哭泣。始终是习惯使然。也有点正因如此,近一年来,我几乎没去看她。也因为这样一来占去了我的星期天——还不算赶汽车、买车票、坐两小时车所花费的工夫。

院长还在跟我说。但是我几乎不听他说话了。末了,他对我说:“我想,您愿意看看您母亲吧。”我一声不吭,站起身来,他先我一步,向门口走去。在楼梯上,他向我解释:“我们把她抬到这里的小停尸间。为的是不要影响别人的情绪。每当有个老人死了,其他人在两三天内神经过敏。这使服务工作变得困难。”我们穿过一个院子,院子里有很多老人,三五成群地闲聊。当我们走过时,他们便住了口。我们一走过,谈话又恢复了。好似一群鹦鹉在大声聒噪。来到一座小楼门口,院长离开了我:“我先走了,默尔索先生。有事到办公室找我。原则上,葬礼定于明天上午十点钟。我们是想让您能够守灵。最后说一句:您的母亲似乎时常向同伴们表示,想按宗教仪式埋葬。我已经负责做好安排。不过,我想让您知道。”我谢谢他。妈妈并不是无神论者,但生前从来没有想到过宗教。

我走了进去。这是一间十分明亮的厅堂,刷过白灰,玻璃天棚。有几把椅子和X形的支架。正是在两个支架上,停放着一口有盖的棺材。只见一些发亮的螺丝钉,拧进去一点,突出在刷成褐色的棺材板上。棺椁旁边,有一个阿拉伯女护士,身穿白大褂,头上是一块颜色鲜亮的遮巾。

这当儿,门房进来,走到我背后。他大概是跑来的。他有点儿结巴:“他们已经盖上了,我得松开螺丝,让您能看到她。”他走近棺材,这时我止住了他。他对我说:“您不想看?”我回答:“不想。”他停下来,我很窘困,因为我感到,我本不该这样说。过了一会儿,他望着我,问道:“为什么?”但并没有责备的意思,仿佛想了解一下。我说:“我不知道。”于是,他卷着自己的白髭须,也不看我,说道:“我明白了。”他有一双浅蓝的漂亮眼睛,脸色红润。他给我搬来一把椅子,自己坐在我后面一点。女护士站起来,朝门口走去。这时,门房对我说:“她有下疳。”由于我不明白,我望着女护士,我看到她眼睛下面有一条绷带,沿着脑袋绕了一圈。在鼻子的地方,绷带是平塌塌的。她的脸上只看到白色的绷带。

她出去以后,门房说:“我不陪你了。”我不知道自己做了个什么样的手势,他又留下,站在我身后。背后有个人,使我不自在。这间屋子洒满了傍晚前的艳阳。两只大胡蜂撞在玻璃天棚上,发出嗡嗡的声音。我感到睡眼蒙眬。我没有回转身,对门房说:“您在这儿很久了吗?”他立即回答:“五年了。”——仿佛他早就等着我这一问。

随后,他闲扯个没完。如果有人对他说,他会在马朗戈养老院当门房当到死,他可能会十分惊讶。他六十四岁,而且是巴黎人。这当儿,我打断了他:“啊,您不是本地人?”然后我想起,他带我到院长那里去之前,对我谈起妈妈。他对我说,要赶快埋葬,因为平原天气热,尤其在这个地方。正是在这时,他告诉我,他在巴黎生活过,他很难忘掉巴黎。在巴黎,有时死人在家里放上三四天。这里不行,时间太短,想到已经要跟着柩车去下葬,习惯不了。这时,他的妻子对他说:“别说了,不要对这位先生说这些事。”老头脸红了,连声道歉。我打圆场说:“没关系,没关系。”我感到他说得对,而且说的话很有意思。

在小停尸间,他告诉我,他进养老院是因为穷。由于他觉得自己身板硬朗,就自荐当了门房。我向他指出,他毕竟是养老院的一员。他说不是。刚才,他谈起养老院的人——有些不比他年纪大,他极少说“那些老人”,而是说“他们”“那些人”,我印象深刻。当然,这不是一回事。他是门房,在某种程度上,他对他们还行使权利。

这当儿,女护士进来了。黑夜骤然降临。玻璃天棚之上,夜色很快便变得浓重。门房打开了电灯,灯光突然闪射,使我一阵眼花。他请我到食堂用餐。但是我不饿。于是他建议给我端一杯牛奶咖啡来。由于我非常喜欢牛奶咖啡,我接受了,过了一会儿,他端了一只托盘回来。我喝了咖啡。于是我很想抽烟。可是我犹豫了,因为我不知道我能不能在妈妈面前这样做。我沉吟一下,这无关紧要。我给了门房一支烟,我们抽了起来。

半晌,他对我说:"您知道,您母亲的朋友们也会来守灵。这是惯例。我要去找几把椅子,端几杯黑咖啡过来。"我问他能不能关掉一盏灯。照在白墙上的灯光使我心烦。他对我说不行。电灯是这样设置的:要么全开,要么全关。我不再多注意他。他出出进进,摆好椅子。在其中一把椅子上,他放上一只咖啡壶,周围摞着一些杯子。然后,他坐在我对面、妈妈棺木的另一边。女护士也坐在尽里边,背对我们。我看不到她在做什么。但从她手臂的动作看来,我可以认为她在织毛衣。屋子里很暖和,咖啡使我发热,从打开的门,吹进来一股夜晚和鲜花的气息。我觉得我打了个盹儿。

一阵窸窣声把我弄醒了。由于刚才闭着眼睛,我觉得房间更加白得耀眼。在我面前,没有一点阴影,每样东西,每个角落,每条曲线,纯粹得刺目地呈现出来。这当儿,妈妈的朋友们进来了。他们总共十来个,在炫目的灯光下静悄悄地挪动。他们坐下来,椅子没有发出一点响声。我望着他们,我从来没有这样看过人,他们脸上和衣服的任何一个细节我都没有放过。不过,我没听他们说话,我很难相信他们就在那里。几乎所有的女人都系着围裙,束腰的带子使他们隆起的肚子更加突出。我还从来没有注意过老妇人会这样大腹便便。男人几乎都瘦骨嶙峋,拄着拐杖。他们的脸使我惊奇的是,我看不到他们的眼睛,而仅仅是在一脸皱纹中没有闪光的视线。他们坐下时,多半望着我,拘束地点点头,嘴唇全部陷入没有牙齿的嘴巴里,我都无法知道他们是向我致意呢,还是脸上抽搐一下。我宁可认为他们在向我致意 。正是这时我发觉他们全都面对着我,坐在门房周围,摇晃着脑袋。有一会儿,我有一种他们坐在那里评判我的可笑印象。

过了一会儿,有个女人哭了起来。她坐在第二排,她的一个同伴挡住了她,我看不清她的脸。她一下又一下地抽泣着:我觉得她会哭个没完。其他人好像没有听见似的。他们神情沮丧,死气沉沉,默默无言。他们望着棺材或者自己的手杖,或者随便东张西望,但仅仅看这些东西。那个女人始终在哭。我很惊讶,因为我不认识她。我真不想再听到她哭泣。可是我不敢对她这样说。门房对她弯下身说了句话,但是她摇摇头,咕噜了句什么,继续以同样的节奏哭泣。于是门房走到我身边,坐在我身旁。过了好一会儿,他没有看着我,告诉我说:"她和你的老母亲很要好。她说,这是她在这儿唯一的朋友,眼下她再没有朋友了。"

我们就这样坐了很久。那个女人的叹息和呜咽变得少了。她吸气吸得很厉害。她终于默然无声了。我不再打瞌睡,可是我很疲倦,腰不舒服。当下,使我难受的是所有这引起人的沉默。不过,我时不时听到一下古怪的响声,我不明白这是什么声音。久而久之,我总算猜出有些老人在面颊里面吮吸,才发出这些奇特的啧啧声。他们没有发觉自己沉浸在思索中。我甚至觉得,这个躺在他们中间的死者,在他们看来算不了什么。但是现在我认为,这是一个错误的印象。

我们大家喝了门房端来的咖啡。后来的事,我就不知道了。黑夜过去。我记得,我什么时候睁开了眼睛,看见老人们蜷缩成一团睡着了,只有一个例外,他的下巴倚在拄着拐杖的手背上,盯着看我,仿佛他期盼着我醒来。然后我又睡着了。因为腰越来越痛,我又醒了过来。曙光照到玻璃天棚上。不一会儿,有个老人醒了,他咳得很厉害。他把痰吐在一块方格的大手帕里,每次吐痰都像撕心裂肺似的。他弄醒了其他人,门房说,他们该走了。他们站了起来。这次守夜令他们不舒服,弄得他们面如死灰。他们出去时,我极为惊讶的是,一个个都和我握手——仿佛这一夜虽然我们没有交谈过一句话,却增加了我们的亲密。

我很疲乏。门房把我领到他屋里,我可以梳洗一下。我仍然喝牛奶咖啡,味道很不错。当我出来时,天已大亮。在马朗戈和大海之间的山冈上空,一片殷红。越过山顶的风将一股盐味带到这儿来。这预示着整天阳光灿烂。我很久没到乡下来了,我感到要不是妈妈的缘故,去散步真是赏心乐事。

我在院子的一棵法国梧桐树下等候。我呼吸到清凉泥土的气味,我再也不困了。我想起办公室的同事们。这时候,他们起来上班了:对我来说,这总是最难挨的时刻。我还在思索这些事,但是在房子内部响起的钟声让我分了心。在窗子后面有移动物件的忙乱声音,然后一切复归平静。太阳又升高了一点:阳光开始晒热我的脚。门房穿过院子,告诉我说,院长要见我。我到他的办公室去。他让我在几份文件上签字。我看到他穿着黑色上衣和有条纹的裤子。他拿起电话,和我打招呼:“殡仪馆的人已经来了一会儿。我要叫他们封上棺材。您想最后再见一次您母亲吗?”我说不了。他放低声音,在电话里吩咐:“费雅克,告诉那些人,他们可以走了。”

然后,他对我说,他会参加葬礼,我谢谢他。他坐在办公桌后面,把他短小的腿架起二郎腿。他提醒我,送葬的只有我和他,还有值勤的女护士。原则上,住院的人不得参加送葬。他只让他们守灵,他指出:“这是一个人道问题。”在这种情况下,他准许妈妈的一个老朋友托马斯·佩雷兹参加送葬。说到这里,院长微笑了,他对我说:“您知道,这是一种有点幼稚的感情。但是,他和您的母亲几乎形影不离。在养老院,大家开他们的玩笑,对佩雷兹说:‘这是您的未婚妻。’他笑嘻嘻。这让他们感到是乐趣。事实是,默尔索太太的去世令他非常难过。我认为不应拒绝他参加送葬。不过,根据出访医生的建议,我不让他在昨天守灵。”

我们好半晌一言不发。院长站起身来,从办公室的窗子望出去。这时,他看到什么,说道:“马朗戈的本堂神父已经来了。他提前到。”他预先告诉我,至少要走三刻钟,才能到达这个村子的教堂。我们一起下楼。楼前站着本堂神父和两个唱诗班的童子。其中一个拿着一只香炉,神父朝着他弯下腰下,调节好银链子的长短。我们来到时,神父直起身子。他管我叫"我的孩子",对我说了几句话。他走进房子,我尾随着他。

我一眼就看出,棺材上的螺丝已经旋进去了,屋里有四个穿黑衣服的人。与此同时,我听到院长对我说,车子等在大路上,神父开始祈祷。从这时起,一切迅速地进行。那四个人拿着一条毯子,走向棺材。神父、唱诗班童子、院长和我,一起走出来。门前有一位太太,我不认识。"默尔索先生,"院长介绍说。我没有听清这位太太的名字,我只知道她是委派来的护士。她没有一丝笑容,耷拉着一张骨棱棱的长脸。我们站开一些,让灵柩通过,跟在搬运工后面,走出养老院。车子停在大门前,车身长方形,漆得亮闪闪,令人想起文具盒。旁边站着丧葬承办人,他身材矮小,衣着可笑,还有一个举止不自然的老人。我明白这是佩雷兹先生。他戴一顶宽沿软毡圆帽(当灵柩越过大门时,他脱下帽子),穿一套西服,裤脚成螺旋形堆在鞋下,衬衫是宽大的白领,而黑布领结太小。鼻子布满黑点,嘴唇颤抖着。很细的白发下,露出古怪地晃动、难看地卷起的耳朵,血红的颜色衬在苍白的脸上,给我强烈的印象。丧葬承办人给我们安排好位置。本堂神父走在前面,然后是车子。四周是那四个棺材搬运工。后面是院长和我,委派来的护士和佩雷兹先生殿后。

天空已经浴满阳光。暑气开始压向地面,热力迅速升高。我不知道为什么要等这么久才上路。我身穿深色衣服,感到燥热。小老头本来戴上帽子,又这时脱掉。我略微朝他侧转身,望着他,这时院长对我谈起他。他告诉我,我母亲和佩雷兹先生时常傍晚在一个护士的陪伴下,一直走到村子里。我瞭望四周的田野。看到一排排柏树一直伸展到天边的山冈,大地呈现红棕色和绿色,房舍稀少,轮廓鲜明,我理解妈妈的心情。傍晚,在这个地方,该是一个令人伤感的歇息时刻。今天,流光四溢的太阳使得风景瑟瑟发抖,令人难以忍受和消沉。

我们上路了。正是从这时起,我发觉佩雷兹有点儿瘸。车子渐渐加快速度,和老头拉开了距离。车子周围那四个人中有一个也落后了,这时和我并排走着。我很奇怪,太阳在天空上升得那么快。我发觉田野早就响起虫鸣和哔剥的干草爆裂声。汗水沿着我的面颊淌下来。由于我没戴帽子,我用手帕扇风。殡仪馆那个职员这时对我说了句什么,我没有听见。与此同时,他用右手抬起鸭舌帽的帽檐,左用拿着手帕擦额角。我对他说:"怎么啦?"他指指天,连声说:"真烤人。"我说:"是的。"过了一会儿,他问我:"里面是您的母亲?"我又说:"是的。""她年纪大吗?"我回答:"一般。"因为我不知道准确的岁数。然后,他讷口不言。我回过身去,看到老佩雷兹在我们身后五十米开外。他手上甩着毡帽,急匆匆走着。我也看了看院长。他十分庄重地往前走,动作利索。他的额头上渗出几滴汗珠,但是他没有擦掉。

我觉得送葬的队伍走得更快了。我的周围始终是沐浴在阳光中的亮闪闪的田野。天空明晃晃的,令人难以忍受。有一段时间,我们走过一条整修过的公路,太阳晒得柏油裂开。脚陷到里面去,切开亮晶晶的柏油胶质。车夫的硬皮帽子突出在车顶之上,似乎在这黑泥里揉过一样。我有点失魂落魄,沉迷在蓝天白云、单调的色彩中:开裂的柏油的黑胶、衣服的黑色晦暗和车子的黑漆之间。阳光、皮革味、马粪味、漆味、焚香味、一夜未合眼的疲惫，这一切使我目光迷蒙，思绪紊乱。我又一次回过身来：我发觉佩雷兹落在后面很远的地方，消失在一片热气蒸腾的云雾中，随后我看不见他了。我扫视远处寻找他，看到他已离开大路，斜穿过田野。我还看到，大路在前方拐了个弯。我明白了，佩雷兹熟悉当地，想走捷径赶上我们。在拐弯处，他和我们会合。然后我们又把他落在后面。他再次斜穿过田野，这样有好几次。我呢，我感到血液在太阳穴扑扑地跳。

随后一切进行得如此迅速、明白无误和自然，我现在什么也记不得了。只有一件事：在村口，委派来的护士和我说话。她的嗓音很奇特，和她的面孔不相配，这是一种悦耳的颤抖的声音。她对我说："走得慢，会中暑。但走得太快，又要出汗，到了教堂会着凉。"她说得对。左右为难，没有办法。我还保留着这一天的几个印象：比如，当佩雷兹第二次在村子附近赶上我们的时候，他那张面孔。他因紧张和痛苦，面颊上淌满了大颗的泪水。但是由于有皱纹，泪水没有滴下来，散开了，又聚拢来，在这张憔悴的脸上形成薄薄一层水。我还记得教堂，路旁的村民，坟墓上的红色天竺葵，佩雷兹的晕倒，撒在妈妈棺木上血红色的泥土，混杂在土中的白色树根，还有人群，村子，在咖啡馆前等待，马达不停的轰鸣，以及汽车开进万家灯火的阿尔及尔，我想到我要上床睡上十二个小时所感到的满心喜悦。

二

我醒来时，明白了为什么我向老板请两天假时他一脸不高兴：今天是星期六。我可以说忘记了，但起床时我想起来。老板自然想到，这样的话，加上星期日我有四天假，这不会使他高兴。但一方面，昨天而不是今天安葬妈妈，这不是我的错，另一方面，无论如何，星期六和星期日总还是我的。当然，这并不妨碍我还是理解老板的心情。

我好不容易才爬起来，因为昨天一整天我好累。我在刮脸时，寻思要干什么，我决定去游泳。我乘电车去海滨浴场。一到那儿，我就跳进水里。年轻人很多。我在水里遇到了玛丽·卡多娜，以前我的办公室里的一个打字员，那时我渴望得到她。我相信她也一样想得到我。可是不久她离开了，我们来不及相好。我帮她爬上一个浮筒，这样做的时候，我碰到她的乳房。当她趴在浮筒上的时候，我还在水里。她朝我回过身来。她的头发遮住眼睛，笑着。我爬上浮筒，挨在她身边。风和日丽，我仿佛开玩笑，头向后仰，搁在她的肚子上。她什么也没说，我就这样待着。我两眼望着天空，天是蓝的，金光闪闪。我感到颈背下玛丽的肚子在轻轻起伏。我们长时间半睡半醒地待在浮筒上面。烈日过于灼热时，她跳下水去，我跟随着她。我追上了她，搂住她的腰，我们一起游泳。她总是在笑。在岸上晒干身子时，她对我说："我晒得比您还黑。"我问她晚上是不是想去看电影。她还是笑，对我说，她想看一部费南代尔[①]的片子。我们穿好衣服以后，她看到我系一条黑领带，显得很惊讶，问我是不是在戴孝。我告诉她，妈

---

① 费南代尔(1903—1971)，法国著名喜剧演员。

妈去世了。她想知道是什么时候,我回答:“昨天。”她后退一小步,但没有发表什么看法。我真想告诉她,这不是我的过错,可是我住了口,因为我想,我已经和老板说过这句话。这表示不了什么。无论如何,人总是要犯点过错的。

晚上,玛丽把事情忘个一干二净。影片不时挺逗的,随后又确实蠢得可以。她的腿挨着我的腿。我抚摸她的乳房。电影快结束时,我吻了她,但是吻得很笨拙。出来后,她跟着我到我住的地方。

我醒来的时候,玛丽已经走了。她和我说过,她要到她姑妈家去。我想,今天是星期天,这令我很烦闷:我不喜欢星期天。于是,我在床上翻了个身,在枕头上寻找玛丽的头发留下的盐味,我一直睡到十点钟。然后我抽了好几根香烟,始终躺着,直到中午。我不想同平时那样在塞莱斯特的餐馆吃饭,因为他们一准会向我提问题,而我不喜欢这样。我煮了几只鸡蛋,凑着盘子吃了,没吃面包,因为我没有了,也不愿意下楼去买。

吃过午饭,我有点百无聊赖,在房间里踯躅。妈妈在家的时候,这套公寓还很合适。眼下对我来说太大了,我不得不把餐桌搬到卧室里来。我只在这个房间里生活,放上几把草垫有点凹陷的椅子,一个镜子发黄的衣柜,一张梳妆台和一张铜床。其余的我置之不顾了。过了一会儿,我想找点事做,便拿起一张旧报看起来。我剪下克吕申盐业公司的广告,贴在一个旧本子里,里面贴的都是报上我感兴趣的东西。我洗了洗手,最后来到阳台。

我的卧室临郊区的主干道。下午天清气朗。然而,路面泥泞,行人稀少,而且行色匆匆。先是有一家人出来散步,两个穿海军服的小男孩,短裤盖住膝盖,笔挺的衣服有点束缚住他们的手脚,还有一个小姑娘,戴着一个粉红色的大蝴蝶结,穿着黑色的漆皮鞋。他们后面是一个大块头母亲,穿着栗色的绸长裙,还有父亲,是相当瘦弱的小个子,跟我有一面之交。他戴一顶扁平的窄边草帽,扎着蝴蝶结,手里拿着一根拐杖。看到他和他妻子在一起,我明白了为什么街区的人说他与众不同。稍后,郊区的年轻人走过,他们的头发油光可鉴,系着红领带,西服上装弯成弧形,衣袋绣花,穿方头皮鞋。我想他们是去城中心看电影。因此他们走得这样早,匆匆地去赶电车,一面朗声嬉笑。

他们走过之后,街上渐渐不见人影。我想,各处的演出都开始了。街上只有那些店主和猫。街道两旁的榕树上方,天空纯净,但没有光辉。对面的人行道上,烟草店老板搬出一张椅子,放在门前,骑坐在上面,双臂放在椅背上。刚才挤满人的电车如今几乎空荡荡的。烟草店旁边的“彼埃罗之家”小咖啡店里,伙计在空无一人的店堂里扫木屑。果真是星期天。

我把椅子转过身来,像烟草店老板那样放好,因为我感到,这样坐更舒服。我抽了两根香烟,进去拿了一块巧克力,回到窗前吃掉。不久,天阴暗下来,我以为要下雷阵雨。可是天又逐渐放晴。不过,层叠的乌云掠过,仿佛是风雨欲来,使街道变得更加阴暗。我久久待在那里遥望天空。

五点时,电车叮叮当当地开过来,带来了从郊外体育场返回的一群群观众,他们吊在栏杆上，踩在踏板上。随后几辆电车带来的是运动员，我从他们的小手提箱认出他们的身份。他们声嘶力竭地喊叫和唱歌，祝愿他们的俱乐部不会败落。有好几位和我打招呼。其中一个甚至对我喊道："我们赢了他们。"我点点头，大声说："是的。"从这时起，小汽车开始蜂拥而来。

天色又有一点转暗。屋顶上空，天空一抹红色，黄昏初现，街道热闹起来。散步的人陆续回来。我在人群中认出那位举止优雅的先生。孩子们哭哭啼啼，或者被拖着走。几乎在这一刻，街区的电影院把潮水般的观众倾泻到街上。其中，年轻人的手势比平时更加坚决，我想，他们是看了一部冒险片。从城里电影院返回的人，晚一点到达。他们显得更庄重。他们仍然说笑，不过不时地显得疲乏和若有所思。他们滞留在街上，在对面的人行道上徘徊。街区的少女们不戴帽子，互相挽着胳膊。小伙子们排列成行，和她们交臂而过，抛出几句玩笑，她们嘻嘻笑着，掉过头去。有好几位是我认识的，她们向我打招呼。

路灯这时突然亮了，使夜空中初现的星星黯然失色。我感到望着人头攒动、灯光闪烁的人行道，眼睛疲倦了。电灯照得湿漉漉的路面亮晶晶的，间隔而过的电车将灯光反射在闪亮的头发上、笑容上或者银手镯上。不久，电车少了，树木和电灯之上，夜空已经变得墨黑，街区不知不觉人走空了，直到第一只猫慢慢地穿过重新变得空寂无人的街道。这时我想，该吃晚饭了。我趴在椅背上太久了，脖子有点儿酸。我下楼去买面包和酱，做好晚饭站着吃。我想在窗前抽一支烟，但空气转凉了，我有点儿冷。我关上窗子，回走来时在镜子里看到桌子一角放着酒精灯和几块面包。我想，星期天总是这样熬过去的，妈妈如今已经埋葬了，我要重新上班了，总之，什么都没有改变。

三

今天，我在办公室做了很多事。老板很和蔼。他问我是不是很累，他还想知道妈妈多大年纪。我说"六十来岁"，想不至于弄错，我不知道为什么他看来松了一口气，认为一件事办完了。

我的桌子上摞起一大堆提货单，我需要细读一遍。离开办公室去吃午饭之前，我洗了洗手。中午是我喜欢的时候。黄昏，我觉得乐趣反而少，因为大家使用的转动毛巾，一天下来完全湿透了。有一天我向老板指出这点。他回答我说，他觉得这很遗憾，可是这毕竟是无关紧要的小事。中午迟至十二点半，我才和艾玛纽埃尔一起出来，他在发货部工作。办公室面临大海，我们看了一会儿热辣辣的太阳底下停在港口里的货轮。这当儿，一辆卡车来到，响起一片杂乱的铁链碰击声和噼啪声。艾玛纽埃尔问我"坐上去怎么样"，我奔跑起来。卡车超过我们，我们追了过去。我淹没在嘈杂声和灰尘之中。我什么也看不见，只感到在绞车、机器、天际跳荡的桅杆和身旁的船体之中奔跑的无节制的冲动。我最先攀住卡车，跳了上去。我帮助艾玛纽埃尔坐下来。我们喘不过气来，卡车在尘土和阳光中，在码头高低不平的路上颠簸。艾玛纽埃尔笑得接不上气。

我们来到塞莱斯特餐馆，大汗淋漓。他总是那样，大腹便便，系着围裙，胡子雪白。

他问我“还是老样子”？我对他说是的，我饿了。我吃得很快，喝了咖啡。然后我回到家里。我睡了一会儿，因为我酒喝得太多了，醒来时我想抽烟。时候不早了，我奔跑着追赶一辆电车。我工作了一下午。办公室里很热，黄昏下班时，我乐于沿着码头慢慢走回家。天空是绿色的，我感到很高兴。但我还是直接回家，因为我想自己煮土豆。

上楼时，在黑魆魆的楼梯里我碰到老萨拉马诺，他是我同一层的邻居。他牵着狗。大家看到他们厮守在一起已经有八年了。这条长毛垂耳的西班牙猎犬得了一种皮肤病，我想是红癣，毛几乎掉光了，满布了斑和褐色的痂。由于他们俩生活在一个小房间里，老萨拉马诺最后就像那条狗。他脸上也有红痂，头上是稀疏的黄毛。狗呢，它得自主人一种弯腰曲背的姿势，嘴巴伸向前，脖子挺着。他们的模样像是同一族类，但是他们互相憎恨。一天两次，上午十一点和下午六点，老人牵着狗散步。八年来，他们没有改变过行走路线。可以看到他们沿着里昂街散步，狗拖着人，直至老萨拉马诺打个趔趄。于是他打狗，骂狗。狗吓得趴下，让人拖它。这时，轮到老人拽了。稍后狗忘了，重新拖着主人，它重新挨打，挨骂。于是，他们俩待在人行道上，互相对视，狗怀着恐惧，人怀着憎恨。天天如此。狗要撒尿时，老人不等它撒完便拽它，西班牙猎犬身后洒下一长条小小的尿滴。要是狗偶尔在房间里撒尿，它还要挨打。这样的日子持续了八年。塞莱斯特总是说“真是可怜见的”，但是谁也无法知道怎么回事。我在楼梯上遇到萨拉马诺时，他正在骂狗。他对狗说：“混蛋！脏货！”而狗在呻吟。我说：“您好”，但老人还在骂狗。于是我问他，狗怎么惹他了。他没有回答我。他只是说：“混蛋！脏货！”我约莫看到他俯身对着狗，正在狗颈上摆弄什么东西。我更大声地说话。这时，他没有回转身，憋着一肚子火，回答我：“它总是那样。”然后，他拖着狗走了，狗撑着四条腿，任人拖着，一面呼哧着。

恰好在这时，我同一层的第二个邻居回来了。在街区里，大家说他靠女人为生。有人问他的职业时，他却说是“仓库管理员”。一般说来，大家不大喜欢他。但他常常和我说话，有时他到我屋里坐坐，因为我听他说话。我感到他说的事很有趣。再说，我没有任何理由不同他说话。他叫雷蒙·圣泰斯。他相当矮小，宽肩，一个拳击手的鼻子。他总是衣冠楚楚。他谈到萨拉马诺时，也对我说：“真可怜见的！”他问我，他是不是令我讨厌，我回答不讨厌。

我们一起上楼，正要分手时，他对我说：“我那里有猪血香肠和葡萄酒。一起吃一点怎么样？……”我想，这省得我做饭，便接受了。他也只有一个房间，还有一个没有窗户的厨房。床的上方，有一个红白两色的仿大理石天使，几张冠军照片和两三张裸体女人的照片。房间很脏，没有铺床。他先点上煤油灯，然后从口袋里掏出一卷相当肮脏的纱布，裹上自己的右手。我问他怎么回事。他告诉我，他和一个找他碴儿的家伙打了一架。

“您明白，默尔索先生，”他对我说，“我并不凶，但我是急性子。那个家伙，他对我说：‘是男子汉，你就从电车上下来。’我对他说：‘走开，一边待着。’他说我不是一个男子汉。于是我从电车上下来，对他说：‘够了，就此拉倒，否则我会让你学乖点。’他回答我:‘怎么学乖?’于是我给了他一拳。他倒下了。我呢,我去把他扶起来。而他躺在地上踢了我几脚。于是我用膝盖撞了他一下,给了他两下勾拳。他满脸是血。我问他是不是打得动不了。他说:‘是的。’”

圣泰斯一面叙述,一面包扎。我坐在床上。他对我说:“您看不是我寻衅的,是他冒犯了我。”不错,我承认。于是他对我表示,他就这件事想跟我讨主意,我呢,我是一个男子汉,我了解生活,我能帮助他,再说,他会是我的哥们。我一言不发,他又问我,我愿不愿意做他的哥们。我说,我无所谓:他好像很高兴。他拿出猪血香肠,在锅里煮熟,他摆好玻璃杯、盆子、刀叉和两瓶葡萄酒。他默默无声地做这些事。然后我们入席。他一面吃,一面向我讲述他的故事。他先是犹豫了一下。“我认识一位太太……也可以说是我的情妇。”和他打架的那个男人是这个女人的兄弟。他告诉我,他供养着她。我一声不吭,但他立马补充说,他知道街区的人说他什么,不过他问心无愧,他是仓库管理员。

“言归正传,”他对我说,“我发觉了她的欺骗。”他给她的钱刚够维持生活。他为她付房租,每天给她二十法郎饭钱。“三百法郎房租,六百法郎饭费,时不时一双袜子,总共一千法郎。女人不工作。但她对我说,我给她的钱她不够花。我对她说:‘干吗你不工作半天呢?你就可以减轻我负担这些零碎花费了。这个月我给你买了一件套装,我每天给你二十法郎,下午你和女友们一起喝咖啡。你拿出咖啡和糖,去请她们。我呢,我给你钱。我待你够好的了,而你对我使坏。’她就是不工作,总是说钱不够花,正是这样我发觉其中有欺骗。”

于是他告诉我,他在她的手提包里发现一张彩票,她无法解释她是怎么买的。不久,他又在她那里发现一张当票,证明她当了两只手镯。迄今为止,他不知道有这两只手镯。“我看出来,其中有欺骗。于是,我离开了她。但是我先揍她一顿。然后,我说出她的底细。我对她说,她想做的,就是另外寻开心。您明白,默尔索先生,我这样对她说:‘你没看到人家在嫉妒我给你的幸福。以后你会明白你是身在福中不知福。’”

他把她打到出血。以前他不打她。“我打她可以说还是轻的。她叫起来。我把窗关上,总是这么了结的。但如今,情况严重了。对我来说,我还没有惩罚够她。”

他给我解释,正因此,他需要讨主意。他停下来,拨了拨结了灯花的灯芯。我呢,我始终在聆听。我喝了将近一公升葡萄酒,觉得太阳穴发烫。我抽的是雷蒙的香烟,因为我已经没有烟了。最后几辆电车经过,同现在已经远去的郊区嘈杂声一起带走了。雷蒙继续说话。令他烦恼的是,“他对跟他睡过觉的女人还有感情”。不过,他想惩罚她。他先是想把她带到一个旅馆,叫来“风化警察”。引起丑闻,让她在警察局备个案。后来他找过黑帮里的朋友们。他们没有找到什么办法。就像雷蒙对我所指出的,加入黑帮是值得的。他对他们说过以后,他们提议给她“留下印记”。但这不是他所希望的。他要考虑一下。在这之前,他想征询我的想法。另外,他在征询我的意见之前,他想知道我对这件事的想法。我回答,我没什么想法,但这件事很有意思。他问我,我是不是认为其中有欺骗,我呢,我觉得有欺骗,如果我觉得应该惩罚她,换了我,我该怎样做,我告诉他,这是永远无法知道的事,但我明白他想惩罚她。我又喝了一点葡萄酒。他点燃了一支香烟,把他的想法告诉我。他想给她写一封信,“对她软硬兼施,让她后悔”。然后,她回心转意,他会跟她睡觉,“正当要完事的时候”,他就朝她脸上吐唾沫,把她赶出去。我觉得这样做她确实受到惩罚了。可是雷蒙对我说,他感到自己写不出这封要写的信,他想到了由我来起草。由于我保持缄默,他便问我当下写信是不是麻烦,我回答不麻烦。

他喝了一杯酒,站了起来。他把盆子和我们吃剩下的一点猪血香肠推开。他仔细地擦拭漆桌布。他从桌子抽屉里取出一张方格纸,一个黄信封,一支红木杆的小蘸水笔和一小方瓶紫色墨水。他告诉我女人的名字,我看出是个摩尔女人。我写好了信。信写得有点儿随便,但是我尽力让雷蒙满意,因为我没有理由不让他满意。然后我大声朗读信。他一面抽烟,一面听,连连点头,又让我再读一遍。他完全满意。他对我说:“我就知道你了解生活。”我起先没有发觉他用“你”来称呼我。只是当他对我宣称:“现在你是我真正的哥们”,我才感到惊讶。他又说了一遍,我说:“是的。”是不是他的哥们,我倒是无所谓,他看来确实想这样做。他封好信,我们把酒喝完。然后我们默默无言地抽了一会儿烟。外面万籁俱寂,我们听到一辆小汽车经过的滑动声,我说:“天不早了。”雷蒙也这样想。他注意到时间过得很快,在某种意义上,确实如此。我困了,可是站起来有点费劲。我的样子大概很疲倦,因为雷蒙对我说,不必垂头丧气。我先是不明白。于是他给我解释,他已经知道我妈妈去世,但是这件事迟早要发生。这也是我的想法。

我站了起来,雷蒙使劲握我的手,对我说,男人之间总是相通的。从他家里出来,我关上了门,在黑暗的楼梯台上待了一会儿。楼里一片岑寂,从楼梯洞的深处升上来一股说不清的潮湿气息。我只听到血液在耳朵里汩汩的敲击声。我纹丝不动。在老萨拉马诺的房里,那只狗在低声哼叫。

四

整个星期,我努力工作。雷蒙来过,对我说,他把信寄出去了。我和艾玛纽埃尔去看过两次电影,他总是不明白银幕上演的是什么。我只得向他解释。昨天是星期六,玛丽来了,这是我们约好的。我非常想占有她,因为她穿了一件红白条纹的漂亮连衣裙和一双皮凉鞋。可以捉摸出她结实的乳房。阳光晒成的褐色使她的脸像朵鲜花。我们坐上公共汽车,到了离阿尔及尔几公里的海滩,海滩夹在悬崖之间,靠岸长着芦苇。四点钟的太阳已不太热了,但海水是温的,长条的细浪慢吞吞地卷过来。玛丽教会我一种游戏。必须游泳时迎着浪峰,喝一口水花,含在嘴里,然后翻过身来,朝天把水喷出去。这就形成一条泡沫的花边散布在空中,或者像温热的雨洒落在脸上。可是,不一会儿,我的嘴被苦涩的盐炙伤了。玛丽这时和我会合,在水里和我贴紧。她把嘴对准我的嘴,她的舌头让我的嘴唇感到凉爽,我们在浪涛里打滚了一会儿。

我们在海滩上穿好衣服以后,玛丽用闪闪的目光望着我。我吻了她。从这时起,我们不再说话。我搂着她,我们迫不及待地要找到一辆公共汽车,回到我家,扑到床上。我让窗子打开,感到夏夜的气息流到我们褐色的身体上,这是多么惬意啊。

早晨,玛丽留了下来,我对她说,我们一起吃午饭。我下楼去买肉。上楼时,我听到雷蒙房里有女人的声音。稍后,老萨拉马诺责骂他的狗,我们听到楼梯的木头踏板上响起鞋底和爪子的声音:"混蛋,脏货,"他们来到街上。我把老人的故事讲给玛丽听,她格格地笑。她穿上我的一件睡衣,把袖子挽起来。她笑的时候,我又想和她做爱。过了一会儿,她问我是不是爱她。我回答她,这说明不了什么,我觉得不爱她。她好像很难过。在做午饭的时候,她一点小事就笑起来,引得我去吻她。正是这时,在雷蒙房里爆发出争吵的响声。

先是听到一个女人的尖嗓门,继而是雷蒙的声音:"你对不住我,你对不住我。我要教会你尊重我。"几下沉闷的声音,女人喊叫起来,叫得那么可怕,楼梯口站满了人。玛丽和我,我们也出来了。女人一直在叫,雷蒙一直在打。玛丽对我说,真是可怕,我一声不响。她让我去叫警察,但我对她说,我不喜欢警察。不过,三楼的一个房客,是个管子工,他叫来了一个警察。他敲门,里面没有声音了。警察再使劲敲,过了一会儿,女人哭泣,雷蒙开了门。他嘴里叼了根香烟,一副和蔼可亲的样子。那个女人冲到门口,对警察说,雷蒙打她。警察问:"你的名字。"雷蒙回答了。警察说:"和我说话的时候,把烟从嘴上拿掉。"雷蒙迟疑一下,看了看我,又抽了一口。这时,警察使劲又狠又准地扇了他一记耳光。香烟甩到几米远的地方。雷蒙脸色变了,但他当时一声不吭,低声下气地问,他能不能去捡他的烟头。警察说可以,又补上一句:"但是下一次,你要知道警察不是可以随便应付的。"那个女人一直在哭,不住地说:"他打我。他是个杈杆儿。"雷蒙问:"警察先生,说一个男人是杈杆儿符合法律吗?"警察命令他"闭嘴"。雷蒙于是转向那个女人,对她说:"等着,小娘们,还会见面的。"警察叫他闭嘴,让女人离开,而他要待在房里,等候警察局传讯。他还说,雷蒙喝醉了,哆嗦成这个样子,该脸红才是。这时,雷蒙向他解释:"我没有喝醉,警察先生。不过,我在这里,在您面前,我在哆嗦,这是必然的。"他关上门,大家走开了。玛丽和我终于准备好午餐。但她不饿,我几乎全吃光了。她在一点钟离开,我睡了一会儿。

将近三点钟,有人敲我的门,雷蒙进来了。我仍然躺着。他坐在床沿上。他一句话不说,我问他事情是怎么经过的。他告诉我,他做了他想做的事,但她打了他一记耳光,于是他打她。其余的我看到了。我对他说,我觉得现在她受到了惩罚,他应该满意了。这也是他的看法,他指出,警察这样做是白费心机,他改变不了她挨揍的事实。他还说,他了解警察,知道该怎么对付他们。他问我,是不是等着看他怎么回敬警察的耳光。我回答,我什么也不等,再说,我不喜欢警察。雷蒙的样子很满意。他问我是否愿意和他一起出去。我起了床,开始梳洗。他对我说,我必须做他的证人。我呢,我对此是无所谓的,但我不知道该说什么。据雷蒙看来,只要说那个女人对不住他就够了。我同意为他作证。

我们出门了,雷蒙请我喝一杯白兰地。随后,他想打一盘台球,我差一点输了。然后他想逛妓院,我说不去,因为我不喜欢这个。于是我们慢慢走回家,他告诉我,他很高兴成功地惩罚了他的情妇。我觉得他同我一起很随和，我想，这是一个美好的时刻。

我从老远看见老萨拉马诺站在大门口，神情激动。我们走近时，我看到他没有牵着狗。他四面张望，团团乱转，竭力看透黑洞洞的走廊，嘴里不停地念念有词，重新开始用发红的小眼睛搜索街道。雷蒙问他怎么了，他没有马上回答。我隐约听到他喃喃地说："混蛋，脏货。"他不停地激动不安。我问他，他的狗在哪里。他生硬地回答我说，狗走掉了。然后，他突然滔滔不绝地说起来："我像平时一样，带它到练兵场。赶集的木棚周围人很多。我停下来看《逃跑的国王》。等我想离开的时候，它不在哪儿了。当然，我早就想给它买一个小一点的颈圈。可是我从来没想到这脏货会一走了之。"

雷蒙对他解释，狗可能迷了路，就会回来的。他举出一些例子，狗能跑几十公里找到主人。尽管如此，老人的神情反而更加激动。"您明白，他们会把它从我那里夺走的。但愿有人收留它。但这不可能，它一身的痂，令所有人讨厌。警察一准会抓走它。"我对他说，他应该到待领处去，付点看管费就可以领回来。他问我，看管费是不是很高。我不知道。于是，他发起火来："为这脏货花钱。啊！它可能死了！"他开始咒骂它。雷蒙笑起来，走进楼里。我跟随着他，我们在二楼的楼梯台上分手。过了片刻，我听见老人的脚步声，他敲我的房门。我把门打开，他在门口站了一会儿，对我说："对不起，对不起。"我请他进来，但他不肯。他望着鞋尖，长着痂的手在颤抖。他不看我，问道："您说，默尔索先生，他们不会抓走它吧。他们会还给我。要不然，我怎么活下去呢？"我告诉他，待领处将狗保留三天，等物主去认领，然后就随意处理了。他默默地望着我。然后他对我说："晚安。"他关上他的门。我听到他来回踱步。他的床吱嘎作响。从透过墙壁传过来的古怪声音，我知道他在哭泣。我不知道为什么我想到妈妈。可是，第二天我必须早起。我不饿，不吃晚饭就睡下了。

五

雷蒙打电话到我办公室。他告诉我，他的一个朋友（他和朋友谈起我）邀请我到他离阿尔及尔不远的海滨木屋去过星期天。我回答，我很愿意去，可是我那天和女朋友有约会。雷蒙马上表示，他也邀请她去。他朋友的妻子会很高兴不要单独待在一群男人中间。

我本想立刻挂上电话，因为我知道，老板不喜欢有人从城里给我们打电话。但是雷蒙请我待一下，他告诉我，今晚他会转达这个邀请，不过，他想告诉我别的事。他一整天被一群阿拉伯人盯梢，其中有他以前情妇的兄弟。"如果你今晚回家时看到他在你家附近，请告诉我。"我说一言为定。

过了一会儿，老板派人来叫我，我顿时烦躁起来，因为我想，他要对我说，少打一点电话，多干一点活儿。根本不是这样。他对我说，他要和我谈一个还很朦胧的计划。他只想听听我对这个问题的看法。他有意在巴黎设一个办事处，直接在当地和大公司做买卖，他想知道我能不能去那里。这能让我生活在巴黎，一年中还有一部分时间旅游。"您很年轻，我觉得您大概喜欢这种生活。"我说是的，不过说到底，我倒无所谓。于是他问我，是不是对改变生活不感兴趣。我回答，人们永远不能改变生活，无论如何,各种生活都是可以互相媲美的,我在这儿的生活绝对不令我讨厌。他的样子好像不高兴,说我答非所问,我没有雄心壮志,这对做买卖是很糟糕的。于是我回去工作。我并非想令他不快,但我看不出有什么理由改变我的生活。仔细想想,我并非不幸。我上大学的时候,有过不少这类雄心。但是当我不得不辍学的时候,我很快明白,这一切实际上无关紧要。

晚上,玛丽来找我,问我是不是愿意和她结婚。我说,这对我无所谓,如果她愿意,我们可以结婚。于是她想知道我爱不爱她。我就像已经说过一次那样回答,这没有什么意义,但毫无疑问,我不爱她。她问:“那么,为什么娶我?”我向她解释,这毫无意义,如果她愿意,我们可以结婚。再说,是她要结婚的,我呢,我只满足于说可以。她指出,结婚是件大事。我回答:“不是。”她沉默了一会儿,默默地望着我。然后她说话了。她只想知道,另一个女人,我与之有同样关系,我是否会接受她同样的建议。我说:“当然喽。”她寻思她是不是爱我,我呢,对此我一无所知。又沉吟了一会儿,她喃喃地说,我是个怪人,正因如此,她爱我,也许有朝一日我会以同样理由讨厌她。我沉默不语,她又无话可说,便微笑着抓住我的手臂,表示她想和我结婚。我回答,只要她愿意,我们可以结婚。于是我向她谈起老板的建议,玛丽对我说,她喜欢了解巴黎。我告诉她,我在巴黎生活过一段时间,她问我那里怎样。我对她说:“很脏。有鸽子和黑乎乎的院子。人的皮肤很白。”

后来,我们在城里的大街闲逛。女人都很漂亮,我问玛丽她是不是注意到了。她说是的,明白我的心思。有一会儿,我们不再说话。但我希望她和我待在一起,我对她说,我们可以一起在塞莱斯特餐馆吃晚饭。她很想去,但是她要办事。我们已经来到我家附近,我和她说声再见。她望着我:“你不想知道我要办什么事吗?”我很想知道,可是我没有想到去问她,正因此,她的神态像在责备我。看到我尴尬的样子,她又笑了,整个身子往前一冲,把她的嘴向我凑过来。

我在塞莱斯特餐馆吃晚饭。我已经吃起来,这时进来一个古怪的小女人,她问我能不能坐在我的桌子旁。她当然可以。她的动作不连贯,两眼闪光,一张苹果般的小脸。她脱下收腰上装,坐下来,兴奋地看菜谱。她把塞莱斯特叫来,用清晰而急促的声音马上点完她所要的菜。等待上冷盆时,她打开手提包,取出一小方块纸和一支笔,先把账算好,从小钱袋里取出钱来,并加上小费,总数准确,放在前面。这时,冷盆给她端来了,她飞快地狼吞虎咽。在等下一道菜来的时候,她又从手提包里取出一支蓝铅笔和一本刊登这个星期广播节目的杂志。她非常仔细地把所有的节目一个个打钩。由于杂志有十来页,整整一顿饭,她就在细心地做这件工作。我已经吃完饭了,她还在专心致志地打钩。然后她站起来,以自动机器一样的准确动作重新穿上收腰上装,走了出去。由于我无事可做,我也跟了出去,尾随着她。她站在人行道的边缘上,以难以置信的速度和准确往前走,不偏不斜,头也不回。我最后看不见她,便回家去了。我想,她真古怪,但是我很快就把她忘了。

在门口,我看见老萨拉马诺。我让他进屋,他告诉我,他的狗丢掉了,因为狗不在待领处。那些工作人员对他说，也许狗被压死了。他问有没有可能到警察局去了解一下。人家回答他，这种事不会留下记录，因为天天都在发生。我对老萨拉马诺说，他可以再养另一条狗，但他向我指出，他已习惯了这条狗，他是说得对的。

我蜷缩在床上，萨拉马诺坐在桌子前的一张椅子上。他面对着我，双手放在膝上。他戴着旧毡帽。在发黄的髭须下，他嘟囔着一言半语。他有点儿令我讨厌，可是我什么也没做，我不困。没话找话，我问起他的狗。他对我说，他妻子死后，他就有了这条狗。他结婚很晚。青年时代他很想搞戏剧：他在团队里演军人的轻喜剧。但最后，他进了铁路部门，他并不后悔，因为眼下他有一小笔退休金。他和妻子一起时并不幸福，但总的说来，他已经习惯和她待在一起。她死时，他感到很孤独。于是他向车间的一个同事要了一条狗。必须用奶瓶去喂它。由于狗比人活得短，他们就一起老了。"它脾气不好，"萨拉马诺对我说，"不时要争吵。但这还算是一条好狗。"我说，这是一条良种狗，萨拉马诺的样子很高兴。"还有，"他又说，"它得病前您没有见过它。它最美的是一身毛。"自从狗得了这种病，每天早晚，萨拉马诺给它抹药。但据他看来，它真正的病是衰老，而衰老是治不好的。

这时，我打了个哈欠，老人说他要走了。我对他说，他可以留下，对他的狗所发生的事我很难过：他谢谢我。他对我说，我妈妈很喜欢他的狗。谈到她时，他管她叫"您可怜的母亲"。他猜想妈妈死后，我大概很痛苦，我无言以对。这时，他带着尴尬的神态，很快地告诉我，他知道街区的人认为我不好，因为我把母亲送进养老院，但是他了解我，他知道我很爱妈妈。我不知道为什么这样回答，说我至今也不知道别人认为我这样做不好，但是我觉得进养老院是很自然的事，因为我没有足够的钱雇人照顾妈妈。"况且，"我补上一句，"很久以来她对我无话可说，她一个人百无聊赖。""是的，"他对我说，"在养老院里，至少彼此有伴。"然后他告辞了。他想睡觉。如今他的生活改变了，他不太清楚要做什么事。自从我认识他以来，他第一次畏畏缩缩地向我伸出手来，我感到他手上的硬皮。他微笑一下，出去之前对我说："我希望今天夜里狗不要叫。我总以为这是我的狗在叫。"

六

星期天，我好不容易醒过来，玛丽必须叫我，推我。我们没有吃饭，因为我们想早点游泳。我感到腹内空空，有点儿头痛。烟有苦味。玛丽嘲笑我，说我有"送葬的脸"。她穿了一条白色连衣裙，披散着头发。我说她很漂亮，她高兴得笑了。

下楼时，我们敲了敲雷蒙的门。他回答我们，说是他就下楼。在街上，由于我很疲乏，又因为我们没有打开百叶窗，不知道外面浴满阳光，照在我脸上，像打了我一记耳光。玛丽高兴得跳跳蹦蹦，一迭连声地说天气真好。我感到好受些，发觉饿了。我对玛丽说了，她让我看她的漆布手提包，里面放上我们的游泳衣和一条浴巾。我只能等一下，我们听到雷蒙关上房门的声音。他穿了一条蓝长裤和一件短袖白衬衫。但是他戴了一顶扁平的窄边草帽，使玛丽觉得好笑，他的前臂长着黑毛，皮肤倒是十分白皙。我觉得令人讨厌。他下楼时吹着口哨，神情十分愉快。他对我说："你好，老兄。"他称玛丽“小姐”。

前一天，我们上警察局，我证明那个女人“对不住”雷蒙。他受到警告，算是没事了。他们没有核对我的证词。在门口，我们和雷蒙商量一下，然后我们决定坐公共汽车。海滩不太远，但我们坐车去更快些。雷蒙认为他的朋友看到我们早到会高兴的。我们正要动身，雷蒙突然向我示意看对面。我看到一群阿拉伯人靠在烟草店的橱窗上。他们默默地望着我们，不过以他们那种方式，恰好就像我们是石头或者枯树那样。雷蒙对我说，左边第二个就是那个家伙，他看来心事重重。他还说，不过，现在事情已经了结。玛丽不太明白，就问我们怎么回事。我对她说，这些阿拉伯人和雷蒙有过节。她希望立马出发。雷蒙振作起来，笑着说，该抓紧时间。

我们朝汽车站走去，汽车站有点远，雷蒙对我说，阿拉伯人没有跟着我们。我回过身来。他们始终在老地方，还是那样冷漠地看着我们刚离开的地方。我们坐上公共汽车。雷蒙似乎顿时松了口气，不停地跟玛丽开玩笑。我感到她讨他喜欢，但是她几乎不理睬他。她不时笑着看一看他。

我们在阿尔及尔郊区下车。海滩离汽车站不远。但是必须穿过一个小高地，高地俯视大海，一直倾斜到海滩。满地是土黄色的石头和雪白的阿福花，而天空是耀眼的蓝色。玛丽抡起漆布手提包，将花瓣打落在地，感到乐趣。我们穿过一排排有绿白两色栅栏的小别墅，其中几幢有游廊，隐没在柽柳丛中，另外几幢处在石头中间，没有树木掩映。在到达高地边之前，已经可以看到大海波平浪静，更远处是一个海角，蜷伏不动，巍然耸立在明净的海水中。一阵轻微的马达声穿过宁静的空气，传到我们这里。我们在很远的地方遥望到一条小拖网渔船，几乎觉察不到地在亮闪闪的海上驶行。玛丽从岩石上采摘了几朵蓝蝴蝶花。从通向大海的斜坡上，我们看到已经有几个游泳的人了。

雷蒙的朋友住在海滩尽头的一幢小木屋里。房子背靠悬崖，前面支撑房子的木桩已浸在水里。雷蒙给我们作介绍。他的朋友叫马松。他身材高大、魁梧、宽肩，而他的妻子又矮又胖，和蔼可亲，巴黎口音。他随即对我们说不要拘谨，他做了炸鱼，鱼是他当天早上钓到的。我对他说，我感到他的房子很漂亮。他告诉我，每逢星期六、星期天和假日，他都到这儿来度过。他又说：“同我的妻子好相处。”正好他的妻子同玛丽说说笑笑。我也许是第一次真正想到要结婚。

马松想游泳，可是他的妻子和雷蒙不想去。我们三个人下到海滩，玛丽立刻跳进水里。马松和我，我们等了一会儿。他说话慢吞吞的，我注意到他习惯先要补充一句“我要多说一句”，其实，对他所说的话，他丝毫没有添加什么意思。谈到玛丽，他对我说：“她好极了，我要多说一句，很迷人。”后来我不再注意这句口头禅，因为我一心去感受阳光给我的舒服。脚下的沙子开始发烫。我真想下水，但我又拖了一会儿，我终于对马松说：“下水吧？”我跳了下去。他慢慢地走进水里，直到站不住了，才游起来。他游蛙泳，游得相当差，我便撇下他，去追赶玛丽。水很凉，游起来很舒服。我和玛丽游得很远，我们觉得，我们在动作和心情愉悦上都协调一致。

到了宽阔的海面，我们改成仰游，太阳照在我朝天的脸上，撩开流进我嘴里的最后几层水幕。我们看到，马松回到沙滩，躺在太阳下。从远处看，他显得体形庞大。玛丽想让我们贴在一起游。我游到她后面，搂住她的腰，她在前面用胳膊划水，我在后面用脚打水协助她。拍打水的噼啪声一直跟着我们，直到我感到累了。于是我撇下玛丽，往回游了，恢复正常的姿势，呼吸也畅快了。我趴在马松身边，躺在海滩上，脸贴着沙子。我对他说"这样舒服"，他同意。不久，玛丽回来了。我翻过身来，看她走近。她浑身是海水，头发甩在后面。她紧挨着我躺下，她身上的温热和太阳的热量烘得我有点睡着了。

玛丽推醒我，对我说，马松回去了。我马上站起来，因为我饿了，但玛丽对我说，从早晨以来，我没有吻过她。不错，而且我想吻她。她对我说："你到水里来。"我们跑过去，躺在卷过来的细浪中。我们划了几下，她贴在我身上。我感到她的腿夹住我的腿，我对她产生了欲望。

我们回来时，马松已经来叫我们。我说我非常饿，他马上对妻子说，他喜欢我。面包很好，我几口就吃掉我那份炸鱼。然后有肉和炸土豆。我们默默无言地吃着。马松不时喝酒，也不断给我斟酒。喝咖啡时，我的头有点昏沉沉，我抽了很多烟。马松、雷蒙和我，我们考虑八月份一起在海滨度过，费用平摊。玛丽突然对我们说："你们知道现在几点？十一点半。"我们都很惊讶，但是马松说，我们饭是吃得很早，这很自然，因为什么时候饿，就什么时候吃午饭。我不知道为什么这使玛丽发笑。我认为她喝得有点太多了。马松问我，是不是愿意陪他到海滩上散步。"我妻子饭后总要午睡。我呢，我不喜欢这个。我需要走路。我总是对她说，这对身体更好。但这毕竟是她的权利。"玛丽表示她留下来帮马松太太洗盘子。小个巴黎女人说，干这些事，要把男人赶出去。我们三个下了楼，

太阳几乎直射在沙子上，海上的闪光令人难以忍受。海滩上不见人影。从高地边上俯瞰着大海的木屋，传来刀叉杯盘的声音。石头的热气从地面升上来，热得人难以呼吸。雷蒙和马松开始谈起一些我不清楚的人和事。我明白了，他们相识已久，甚至有个时期住在一起。我们朝海水走去，沿着海边走。有时，一股细浪卷得更高，埋湿了我们的布鞋。我什么也不想，因为我没戴帽子，太阳晒得我昏昏欲睡。

这时，雷蒙对马松说了句什么，我没有听清。与此同时，我看见在海滩尽头，离我们很远的地方，有两个穿蓝色司炉工装的阿拉伯人，正向我们的方向走来。我看了看雷蒙，他对我说："是他。"我们继续走。马松问，他们怎么会一直跟到这里。我想，他们大概看到我们带着去海滩用的提包，但是我什么也没说。

阿拉伯人慢慢地往前走，离我们已经近多了。我们没有改变步伐，雷蒙说："要是打起来，马松，你对付第二个。我呢，我来收拾我那个家伙。你呢，默尔索，如果又来一个，就归你了。"我说："好的。"马松把手插在兜里。我觉得烫人的沙子现在都晒红了。我们迈着均匀的步伐，向阿拉伯人走去。我们之间的距离逐渐缩小。当彼此离开只有几步路时，阿拉伯人站住了。马松和我，我们放慢了脚步。雷蒙笔直向他那个家伙走

去。我听不清他说的话，但是那一个摆出向他挑衅的样子。雷蒙先给了他一拳，马上招呼马松过来。马松冲向给他指定的那一个，用全身力气打了两拳。阿拉伯人倒在水里，脸触到水底，他待在那里有好几秒钟，脑袋周围冒出水泡，在水面上破裂了，另一个满脸是血。雷蒙回过身对我说："看好他要掏出什么东西。"我朝他喊："小心，他有刀！"可是，雷蒙的手臂已被划破了，嘴上也划开了口子。

马松向前一跳。但是另一个阿拉伯人爬了起来，站到拿刀那人的身后。我们不敢动手。他们慢慢后退，不断盯住我们，用刀镇住我们。当他们看到有段距离时，便飞快地逃走了，而我们站在太阳底下，像钉在那里，雷蒙用手捏紧滴着血的手臂。

马松马上说，有一位大夫到高地来过星期天。雷蒙想立即就去。每当他说话的时候，伤口的血就从嘴里冒出泡泡来。我们扶着他，尽可能快地回到木屋。雷蒙说，他的伤口只划破点皮，他可以去看大夫。他和马松一起去，我留下来向两个女人解释发生的事。马松太太哭起来，玛丽脸色惨白。我呢，给她们解释我心里也不好受。最后我住口不说了。我一面抽烟，一面望着大海。

将近一点半，雷蒙和马松回来了。他的手臂包扎好了，嘴角贴着橡皮膏。大夫对他说不要紧，但雷蒙脸色十分阴沉。马松想逗他笑。可是他一直不说话。后来，他说要到海滩去，我问他去哪儿。马松和我说，我们陪他去。他发起火来，还骂我们。马松说不要惹他不高兴。我呢，我还是跟随着他。

我们在海滩上走了很久。太阳现在火辣辣的，散成碎块，落在沙子和大海上。我觉得雷蒙知道自己到哪儿去，但这无疑是错误的印象。在海滩尽头，我们终于来到一个小泉水边，泉水在一大块岩石后面的沙子中流淌。我们在那里看到那两个阿拉伯人。他们穿着肮脏的蓝色司炉工装，躺在那里。他们好像完全平静下来了，而且几乎显得很高兴。我们的来到，丝毫没有改变什么。伤了雷蒙的那个人一声不吭地望着他。另一个吹着一根小芦苇，从眼角瞟着我们，不断地重复用芦苇吹出来的三个音符。

这会儿，只有阳光、寂静、泉水的淙淙声和三个笛音。雷蒙把手伸到放手枪的口袋里，但那个阿拉伯人没有动弹，他们俩一直对视着。我注意到，那个吹芦笛的人脚趾分得很开。雷蒙的目光没有离开他的对手，一面问我："我干掉他？"我想，如果我说不，他会冲动起来，准定开枪。我只对他说："他还没有同你说话。这样开枪不光彩。"在寂静和酷热中，依然听到轻轻的泉水声和芦笛声。雷蒙说："那么，我先骂他，他一还口，我就干掉他。"我回答："好。但是，他不掏出刀来，你不能开枪。"雷蒙开始有点激动。那一个一直在吹芦笛，他们两人观察着雷蒙的每一个动作。我对雷蒙说："不行。还是一个对一个。把你的手枪给我。如果那一个插手，或者他拔出刀来，我就干掉他。"

雷蒙把手枪递给我，阳光照在上面一闪烁。但我们仍然一动不动，仿佛周围的一切把我们封住了。我们目不转睛地对视着，在大海、沙子、阳光之间，一切都凝然不动，芦笛和泉水也寂然无声。这时我在想，可以开枪，也可以不开枪。但突然间，两个阿拉伯人倒退着溜到岩石后面。于是，雷蒙和我往回走。他显得精神好些，谈起回程的公共汽车。

我陪他一直走到木屋,他上楼梯时,我在第一级楼梯前站住,脑袋被太阳晒得嗡嗡响,想到要费劲爬楼梯,还要和两个女人相处,便感到泄气。可是,天气炎热难当,站在从天而降的耀眼的光雨之下,也是无法忍受的。待在这里还是离开,都是殊途同归。过了一会儿,我朝海滩转过身去,走了起来。

就像漫天红光爆炸。大海憋得急速地喘气,把细浪抛掷到沙滩上。我缓慢地朝岩石走去,我感到额头在阳光下膨胀起来。全部热气压在我身上,阻止我往前走。每当我感到热风吹到脸上时,我咬紧牙,在裤袋里捏紧拳头,全身绷紧,战胜太阳,战胜它向我倾泻的昏沉沉的醉意。从沙子、泛白的贝壳或者碎玻璃闪射过来的光,像利剑一样,每一闪,我的下巴便收缩一下。我走了很长时间。

我从远处看到那一小堆黑黝黝的岩石,阳光和海上的微尘给它罩上炫目的光环。我想到岩石后面清凉的泉水。我渴望再听到汩汩的涌泉声,渴望躲避太阳、使劲地走和女人的哭声,渴望终于找到阴凉和休息。但是当我走近时,我看到雷蒙的对头又回来了。

他是一个人。他仰面躺着,双手枕在脑后,脸罩在岩石的阴影里,身体却在太阳下。他的蓝色司炉工装晒得冒热气。我有点吃惊。对我来说,这件事已经完结了,我到这儿来并没想这件事。

他一看到我,身子稍微抬起一点,将手放进口袋里。我呢,很自然地捏紧了上衣口袋里雷蒙的手枪。他重新躺下,但是没有将手从口袋里抽出来。我离他相当远,有十来米。我隐约看见他半闭的眼皮之间不时闪动的目光。然而,最经常的却是他的模样在我眼前火热的空气中跳荡。浪涛声比中午更加绵软无力,更加微弱。这是同一个太阳,伸展到这里的同样的沙滩上同样的光芒。白日已经有两小时停滞不前,已经有两小时在沸腾的金属海洋里抛锚。天际有一艘小轮船经过,我从眼角隐约看到它的小黑点,因为我不停地望着阿拉伯人。

我想,我只要一转身,事情就结束了。但在烈日下颤动的整个海滩在我身后催逼着。我朝泉水走了几步。阿拉伯人没有动弹。尽管如此,他还是离开相当远。也许由于罩在他脸上的阴影,他好像在笑。我等待着。热辣辣的阳光照到我的脸颊上面,我感到汗珠聚集在眉毛上。这是我埋葬妈妈那天同样的太阳,尤其是脑袋也像那天一样难受,皮肤下面所有的血管一齐跳动。由于我热得受不了,我往前走了一步。我知道这是愚蠢的,我挪一步摆脱不了阳光。但是,我还是迈了一步,仅仅往前迈了一步。这回,阿拉伯人虽然没有抬起身,却抽出他的刀,迎着阳光对着我。刀锋闪闪发亮,仿佛一把寒光四射的长剑刺中我的额头。这时,聚在我眉毛上的汗珠一下子流到眼皮上,蒙上一层温热的厚幕。我的眼睛在这种眼泪和盐织成的幕布后面看不见东西。我只感到太阳像铙钹似的罩在我额头上,闪烁的刀刃总是朦胧地对着我。这发烫的刀戳着我的睫毛,搅动我疼痛的眼睛。这时一切摇摇晃晃。大海吹来浓重而火热的气息。我觉得天宇敞开,将火雨直泻下来。我全身绷紧,手指在枪上一抽缩。扳机动了一下,我触摸到光滑的枪柄,这时,伴随着清脆而震耳的响声,一切开始了。我抖落汗水和阳光。我明白,我打破了这一天的平衡,打破了海滩不寻常的寂静,而我在那里是惬意的。我又朝着一动不动的尸体开了四枪,子弹打进去,没入其中。而我就像在不幸之门上短促地叩了四下。

第 二 部

一

我被捕之后,很快被审讯了好几次。但审问的是身份,时间不长。第一次是在警察局,我的案件似乎谁都不感兴趣。一星期后,预审推事却相反好奇地审视我。开始,他只是问了我的姓名、住址、职业、出生日期和地点。随后,他想了解我是否选择了律师。我承认没有,我问他,是不是绝对需要有一位律师。他说:"为什么这样问?"我回答,我感到我的案件很简单。他微笑着说:"这是一种看法,不过,法律就是法律。如果您不选择律师,我们会给您指定一个。"我感到,法院还管这种细碎的事,倒是与人方便。我对他说了这个意思,他表示赞同,下结论说,法律制订得很完善。

开始,我没有认真对待他。他是在一个挂着窗帘的房间里接待我的,他的办公桌上只有一盏灯,照亮了他让我坐下的扶手椅,而他自己却待在阴影里。我已经在书里看到过类似的描写,这一切我觉得是一场游戏。谈话之后,我反过来打量他,我看到他眉清目秀,蓝眼睛深陷,身材高大,留着长长的灰白髭须,浓密的头发几乎全白了。我觉得他通情达理,总的说来和蔼可亲,尽管有几下神经质的抽搐牵动他的嘴。我出来时甚至向他伸出了手,但我及时想起我杀了一个人。

第二天,一个律师到监狱里来看我。他又矮又胖,相当年轻,头发仔细地梳得平滑。尽管天热(我不穿外衣),他穿一套暗色西装,领子带颜色,领带古怪,有黑白两色的粗条纹。他把夹在胳膊下的皮包放在我的床上, 自我介绍说,他研究了我的案卷。我的案件不好办,但是他不怀疑能胜诉,如果我信任他的话。我谢谢他,他对我说:"我们触及问题的要害吧。"

他坐在床上,向我解释,已经对我的私生活作了调查。据悉,我的母亲最近在养老院去世。他到马朗戈作过一次调查。预审推事们得知我在妈妈下葬那天"表现得冷漠无情"。"您明白,"律师对我说,"这一点要问一下您,我有点为难。但是这很重要。如果我无言以对的话,这将成为起诉的一个重要依据。"他希望我帮助他。他问我那天我是不是很难过。这个问题令我十分惊讶,我觉得如果要我提出这个问题,我会十分为难。我回答,我有点失去回想往事的习惯,我很难给他提供情况。无疑,我很爱妈妈,但是这说明不了什么。凡是健康的人都多少期待他们所爱的人死去。说到这儿,律师打断了我,显得很激动。他要我答应不在法庭上,也不在预审法官那儿说这句话。但我向他解释,我有一种天性,就是肉体的需要常常搅乱我的感情。我埋葬妈妈那天,我非常疲倦,又很困。以致我没有意识到发生的事。我能肯定说的,就是我更希望妈妈不死。可是我的律师没有显出高兴的样子。他对我说:"这还不够。"

他沉吟一下。他问我,他能不能说这天我控制住我天生的感情。我对他说:"不,因为这是假话。”他古怪地望着我,仿佛我使他感到一点厌恶。他几乎气势汹汹地对我说,无论如何,养老院院长和工作人员将会出庭作证,“这会使我下不了台”。我向他指出,这件事和我的案件没有关系,但他只回答我,显而易见,我和司法从来没有打过交道。

他很生气地走了。我本想留住他,向他解释,我希望得到他的同情,而不是得到更好的辩护,如果我可以这样表达的话,是得到合乎情理的辩护。尤其是我看到我使他很不高兴。他不理解我,他有点怨恨我。我想向他断言,我像大家一样,绝对像大家一样。但这一切说到底并没有多大用处,而我也懒得去说。

不久,我又被带到预审推事面前。时间是下午两点钟,这一回,他的办公室照得很亮,但窗帘使光线变得柔和些。天气很热。他让我坐下,彬彬有礼地对我说,我的律师“由于临时有事”,不能来了。但我有权不回答他的问题,等待我的律师来帮助我。我说,我可以独自回答。他用手指按了一下桌上的一个电钮。一个年轻的书记进来,几乎就在我的背后坐下。

我们俩舒服地坐在扶手椅里。讯问开始。他首先对我说,人家把我描绘成一个生性沉默寡言和性格内向的人,他想知道我的想法。我回答:“因为我没有什么可说的,所以我保持沉默。”他像第一次那样笑了笑,承认这是最好的理由,又说:“况且,这无关紧要。”他住了口,望着我,突然又挺直身子,说得很快:“令我感兴趣的,是您这个人。”我不太明白他说的是什么意思,便没有回答。他又说:“在您的举动中,有些事我不明白。我确信您会帮助我弄清楚。”我说,一切都很简单。他催促我把那天的事给他再说一遍。我把给他讲过的事再描绘一遍:雷蒙、海滩、游泳、打架、又是海滩、小泉水、太阳和打了五枪。我每说一句,他都说:“好,好。”当我说到躺在地上的尸体时,他赞同地说:“好得很。”我呢,我厌倦了这样把同一个故事再说一遍,我觉得我从来没有说过这么多话。

沉默一会儿之后,他站起来,对我说,他想帮助我,他对我感兴趣,如果老天爷帮忙的话,他会为我做点事。但在这以前,他还想对我提几个问题。他开门见山,问我是不是爱妈妈。我说:“是的,像大家一样。”一直在有节奏地打字的书记大概按错了键子,因为他打不下去了,不得不倒退回去。虽然表面上始终没有逻辑,推事又问我,是不是连续开五枪。我思索一下,确定我是先开一下,隔几秒钟再开其他四下。他于是说:“为什么您在第一次和第二次开枪之间要停顿一下?”我再一次看到红光满天的海滩,我感到炙热的太阳照在我的额头上。这一次,我没有回答。在随后的沉默中,推事看来十分激动。他坐下来,在头发中乱搔,双肘支在办公桌上,带着古怪的神态俯向我:“为什么,为什么您向躺在地上的身体开枪?”这一点,我也不知怎么回答。推事将手掠过额头,用有点变调的声音重复他的问题:“为什么?您必须给我说出来。为什么?”我始终保持沉默。

突然,他站了起来,大步走到办公室的一头,打开一个分档抽屉。他取出一个银十字架,一面挥舞着,一面朝我走来。他的声音完全变了,几乎颤抖着,大声说:“您认得这件东西吗?”我说:“当然认得。”于是,他说得很快,充满激情,说他信仰天主,他的信念是,任何人不会罪孽深重到天主不饶恕他,因此,人必须悔过,变成孩子那样,灵魂是空白的,准备接受一切。他整个身子俯向桌子。几乎在我头上挥舞十字架。说实在的,我跟不上他的推论,首先因为我感到热,在他的办公室有几只大苍蝇,它们停在我的脸上,也因为他使我有点恐惧。同时我认识到,这是可笑的,因为不管怎样,我是罪犯。但他继续在说。我差不多明白了,在他看来,在我的供词中,只有一点不清楚,就是等一下才开第二枪。其余的都很清楚,但这一点,他弄不明白。

我正要对他说,他执着于此是不对的:这最后一点没有这样重要。可是他打断了我,挺直了身子,最后一次劝告我,问我是不是信仰天主。我回答不信。他愤怒地坐了下来。他对我说这是不可能的,人人都信仰天主,甚至那些掉过头去不看天主的人也信。这是他的信念。如果他要怀疑这一点的话,他的生活就不再有意义。他叫着说:“您想让我的生活没有意义吗?”照我看,这与我没有关系,我对他说了。但是他已经隔着桌子把基督受难十字架伸到我眼底下,失去理智地大声说:“我呀,我是基督徒。我请求基督宽恕你的过错。你怎么能不相信他为你受苦呢?”我向他指出,他用你来称呼我,但我对这事已经厌倦了。房间里越来越热,像通常那样,当我想摆脱一个我不想听他说话的人时,我就装出赞成的样子。出乎我的意料,他得意洋洋地说:“你看,你看,你也相信了吧? 你要把真话告诉他了吧?”当然,我又说了一遍不信,他又跌坐在椅子里。

他的模样好像很累。半晌,他默默无言,这时,打字机不停地紧跟着这场对话,继续打着最后几个句子。然后,他仔细地、有点忧郁地注视着我。他喃喃地说:“我从来没有见过像您这样冥顽不灵的人。来到我面前的罪犯,看到这受难像都痛哭流涕。”我就要回答,正因为他们是罪犯。但是我一想,我呢,我和他们一样。这个想法我无法习惯。这时,推事站了起来,仿佛他向我示意,审问结束了。他仅仅用同样有点疲乏的神态问我,我是不是对我的行为感到后悔。我沉吟一下说,与其说真正后悔,还不如说我感到某种厌烦。我有印象,他不理解我。可是这一天,事情到此为止了。

后来,我经常看到这个预审推事。只不过,每一次,我都由我的律师陪伴着。他们只限于让我确认一下以前说过的话。要么推事和我的律师商议控告的罪名。但实际上,他们在这些时候根本不关注我的事了。无论如何,审问的调子逐渐变了。看来推事不再对我感兴趣,可以说他把我的案子归案了。他不再对我谈起天主,我再也没有见过他像第一天那样激动。结果是,我们的谈话变得更加真诚。提几个问题,和我的律师聊几句,审问就结束了。用推事本人的话说,我的案子正在进行。有时,当进行一般性交谈时,他们把我插进去。我开始呼吸舒畅。这种时候,没有人对我恶言相向。一切都是这样自然,这样妥善解决,搬演得这样有分寸,以致我有“属于一家人”的可笑印象。预审持续了十一个月,我可以说,我几乎惊讶,有不多几次令我感到未曾有过的快乐:推事把我送到他的办公室门口,热情地拍拍我的肩膀说:“今天到此为止,反基督先生。”于是他把我交到法警手里。

二

有些事情我从来不喜欢谈。我进监狱的时候,过了几天,我明白我不会喜欢谈论这一段生活了。

后来,我再也不感到这样反感有什么必要。实际上,头几天我没有感到真正在坐牢:我朦胧地在等待发生新的事件。只是在玛丽第一次,也是唯一的一次探监之后,一切才开始了。从我收到她的信那一天起(她对我说,人家不允许她再来了,因为她不是我的妻子),从这一天起,我感到我住的地方是牢房,我的生活在那里中止了。逮捕我那一天,先把我关在一个房间里,那儿已经有几个囚犯,大半是阿拉伯人。他们看到我就笑了。然后他们问我干了什么事。我说,我杀了一个阿拉伯人,他们默然无声了。但是,过了一会儿,夜幕降临。他们告诉我怎样铺席子,我可以躺在上面睡觉。把一头卷起来,就能做成一个枕头。整宿,臭虫在我脸上爬。几天后,把我单独关在一个牢房里,我睡在一个木板铺位上。我有一个马桶和一个铁脸盆。监狱位于城市的高处,我通过一个小窗,可以眺望到大海。有一天,我攀住铁栅,脸朝亮光,这时看守进来了,对我说,有人来探监。我想这是玛丽。果然是她。

到接待室去,我要穿过一条长走廊,然后是一道楼梯,再穿过另一条走廊。我走进一个大厅,由一个很大的窗洞采光。大厅分隔成三部分,两道大铁栅把长条的厅截开。两道铁栅之间,有八至十米的空间,隔开罪犯和探监的人。我看到玛丽身穿带条子的连衣裙,面对着我,她的脸晒得黝黑。我这一边,有十来个囚犯,大半是阿拉伯人。玛丽的周围都是摩尔人,左右两个女人,一个是嘴唇紧闭、身穿黑衣的小老太婆,一个是没戴帽子的胖女人,大声说话,指手画脚。由于两道铁栅之间的距离,探监者和囚犯不得不高声说话。我进来的时候,说话声传到光秃秃的大幅墙上又反射回来,强烈的光线从天空射到玻璃上,再洒满大厅,使我有点头昏眼花。我不得不停一下,才能适应。我终于清晰地看到几张脸,突现在明亮的光线中。我观察到一个看守站在两道铁栅之间的走廊尽头。大半阿拉伯囚犯和他们的家人都面对面蹲着。他们没有大叫大嚷。尽管声音嘈杂,他们说话声音很低,仍然能够互相听到。他们低沉的喃喃声从下面发出,在他们的头顶交叉进行的谈话声中,仿佛形成一个通奏低音。这一切,我在朝玛丽走去时很快就注意到了。她已经贴在铁栅上,竭力朝我微笑。我感到她十分漂亮,但是我不会向她说出来。

"怎么样?"她大声对我说。

"就这样。"

"你好吗,你想要的东西都有吗?"

"好的,什么都有。"

我们沉默不语了,玛丽一直在微笑。胖女人朝我旁边的人吼着,这无疑是她的丈夫,一个目光坦率、金黄头发的大个子。这是一段已经开始的谈话的下文。

"让娜不想要他,"她声嘶力竭地叫着。

"是吗,是吗,"男人说。

“我对她说,你出来时会再要她的,但是她不想要他。”

玛丽在那边叫道,雷蒙问候我,我说:“谢谢。”但是我的声音给旁边的人盖过了,他在问“他好吗”。他妻子笑着回答:“他的身体从来没有这样好。”我左边是个矮小的年轻人,双手纤细,一句话不说。我注意到,他对面是个小老太婆,两个人紧张地对视着。可是我无法更长时间观察他们,因为玛丽对我喊道,要抱有希望。我说:“是的。”与此同时,我望着她,渴望隔着裙子搂紧她的肩膀。我渴望触摸这精细的衣料,我不太清楚除此之外应该盼望什么。但这无疑正是玛丽想说的话,因为她始终微笑着。我只看到她牙齿的闪光和眼角的细纹。她又叫道:“你会出来的,我们就结婚!”我回答:“你以为我会出来吗?”不过,这是为了没话找话。于是她说得很快,声音始终很高:是的,我将被释放,我们还会去游泳。然而那个女人在那边叫道,她把一篮子东西留在书记室。她一五一十地数着放在篮子里的东西。一定要核对一下,因为所有这些东西很贵。我旁边的另一个人和他的母亲一直对视着。我们身子下方继续发出阿拉伯人的喃喃声。外边,阳光似乎越来越强地照在大窗子上。

我感到有点不舒服,我真想离开。嘈杂声使我难受。但另一方面,我还想多看看玛丽。我不知道过去了多少时间。玛丽对我谈起她的工作,她不停地微笑。喃喃声、叫喊声、谈话声混在一起。唯一的无声之处,是在我身边互相对视的这个矮小年轻人和这个老太婆的部位。阿拉伯人逐一被带走了。第一个人走后,几乎大家都沉默起来。小老太婆挨近铁栅,与此同时,一个看守向她的儿子做了个手势。他说:“再见,妈妈。”她将手从两根铁杆中间伸出去,对他做了个缓慢的拖长的手势。

她走的时候,一个男人进来,手里拿着帽子,取代了她的位置。有人带进来一个囚犯,他们谈得很热烈,不过压低声音,因为大厅重又变得安静起来。有人来叫我右边那个人,他妻子对他说话时没有降低声音,仿佛她没有注意到没有必要叫喊:“好好照顾自己,要当心。”然后轮到我了。玛丽做出吻我的动作。我在走出去之前,回过身去。她一动不动,面孔压在铁栅上,带着痛苦不堪、收缩肌肉的同样微笑。

不久,她给我写信。正是从这时起,我再也不喜欢讲的事开始了。无论如何,根本不需要夸大,对我来说,这比其他事更容易做。在我被监禁的开初,最难以忍受的是,我有自由人的想法。比如,我想去海滩,朝大海走去。我想象最先冲到我脚下的海浪发出的响声,身体淹没到水里以及在水里感到的解脱,我突然觉得,监狱的大墙围得多么紧。但这种感觉只持续了几个月。接下来我只有囚犯的想法。我等待着每天在院子里的放风或者我的律师的访问。我安排好其余的时间。我时常想,如果有人让我生活在枯树干里,没有别的事,只望着我头顶上天空的花卉图案,我会逐渐习惯的。我会等待鸟儿飞过或者浮云相接,就像我在这里等待我的律师奇特的领带,就像我耐心等待在另一个世界的星期六拥抱玛丽的身体。然而,仔细考虑过以后,我不是在枯树中。还有比我更不幸的人。再说,这是妈妈的一个想法,她常常一再这样说,人最后会习惯一切。

再者,我一般不会走得这样远。最初几个月很难熬。正是我不得不做出的努力帮助我熬过来了。譬如,想女人折磨着我。这是很自然的,我还年轻。尤其是我从来不想玛丽。但我这样想有个女人,想一般的女人,想所有我认识的女人,想我爱她们的所有场合,以致我的牢房充塞着所有的面孔,填满了我的欲望。在某种意义上,这使我精神失常。而在另一种意义上,这是消磨时间。我终于得到了看守长的好感,他在开饭时和厨房的伙计一起过来。是他先同我谈起女人。他对我说,这也是其他人抱怨的第一件事。我对他说,我像他们一样,我感到这种待遇不公正。他说:"可是,正是为了这个让您坐牢。"

"怎么,为了这个?"

"是啊,自由,就是这个。您被剥夺了自由。"

我从来没有想到这一点。我同意他的看法,我对他说:"不错,否则,会惩罚什么呢?"

"是的,您明白事理。其他人不明白。不过,他们最终会自我宽慰。"说完,看守走了。

香烟也是个问题。我进监狱时,拿走了我的腰带、鞋带、领带和我口袋里的所有东西,特别是香烟。有一次,在牢房里,我要求他们把这些东西还给我。也许正是这个最使我沮丧。我从床板上拽下几块木头来吮吸。我整天持续地恶心。我不明白为什么剥夺我这样东西,这又不伤害任何人。后来,我明白了,这属于惩罚的一部分。但从这时起,我已习惯了不再抽烟,对我来说,这已不再成其为惩罚了。

除了这些烦恼,我不算太不幸。全部问题再一次是怎样消磨时间。从我学会了回忆时起,我终于不再烦恼了。我有时想起我的房间,在想象中,我从一个角落想起,在脑子里列举所有一路想到的东西。开始,很快就想完了。每当我重新开始时,就想得长一点。因为回忆起每一件家具,便想起家具上的每一样东西,每一样东西的所有细部,细部本身的镶嵌、裂纹或者缺口,家具的颜色或者木头纹理。同时,我竭力不让这份清单断线,所有的东西都数全。结果,几星期以后,只消数一数我房间里的东西,我便可以消磨几个小时。因此,我越是回想,从我记忆中冒出来的不熟悉和被遗忘的东西就越多。于是我明白,一个人只要生活过一天,就可以在监狱里毫无困难地生活一百年。他会有足够的东西回忆,消除烦恼。在某种意义上,这倒是有好处的。

还有睡眠。开始,夜里我睡觉不好,白天根本睡不着。逐渐地我晚上睡得好了,白天也能睡觉。我可以说,最近几个月,我一天睡十六到十八个小时。我剩下六小时用来吃饭、大小便、回忆和阅读捷克人的故事。

在草褥子和床板之间,我找到一片旧报纸,几乎贴在布上,已发黄、泛白。上面记载着一件社会新闻,开头部分残缺了,事情应该发生在捷克。有个男子来自捷克的一个村子,想发财致富。二十五年以后,他发了财,带着妻子和一个孩子回来。他的母亲和他的妹妹在他家乡开了一个旅店。为了让她们惊喜,他把妻子和孩子放在另一个地方,自己到母亲开设的旅店去,他到来的时候,他母亲没有认出他来。他出于开玩笑,开了一个房间。他露出自己的钱。夜里,他的母亲和他的妹妹用斧头把他砍死了,偷走他的钱,把他的尸体扔到河里。早上,他的妻子来了,无意中透露了这个旅客的身份。母亲上了吊。妹妹投到一口井里①。我千百次看过这个故事。一方面,它不真实,但是另一方面,它很自然。无论如何,我感到这个旅客是自作自受,他绝对不该耍把戏。

这样,睡眠、回忆、看这段社会新闻,昼夜交替,时间过去了。我在书里看到过,在监狱里,最终要失去时间概念。但是这对我没有太多的意义。我不明白,到什么程度日子会变得既长又短。无疑,过起来觉得长,但日子最后膨胀到彼此重叠。它们失去了自己的名称。对我来说,只有昨天或者明天还保留一点意义。

有一天,看守对我说,我在狱里已经五个月了,我相信他的话,但我不明白他的意思。对我来说,在我的牢房里不断地展开的是同一天,我做的是同一件事。这一天,在看守走了以后,我对着铁碗照照自己。我觉得我的形象仍然是很严肃的,即使我竭力对着它微笑。我在面前晃动一下碗。我微笑一下,它保留同样的严肃和忧郁的神态。白日已尽,这是我不想提到的时刻,无以名之的时刻,这时,夜晚的嘈杂声从一片寂静的监狱的每一层升上来。我走近天窗,借着落日余晖,我再一次凝视我的映像。它始终是严肃的,既然我此刻是这样的,又有什么值得惊讶的呢?但同时,几个月来我第一次清晰地听到自己的嗓音。我认出这是长久以来在我耳边响起的声音,我明白了,在这段时间中我是独自说话。于是我记起妈妈下葬那天,护士对我说的话。不,没有出路了,没有人能够想象监狱里的夜晚是怎样的。

三

我可以说,其实夏天很快就取代了另一个夏天。我知道,刚一转热,对我来说,新情况就会倏然而至,我的案件已经列入重罪法庭最后一次开庭的议题,这次开庭在六月底结束。辩论进行的时候,外面太阳当空照。我的律师向我保证,辩论不会超过两三天。他又说:“况且,法庭事务很多,因为您的案件不是这次开庭最重要的一件。随即要审理一件弑父案。”

早上七点半,有人来提我,囚车将我押送到法院。两名法警押着我进入一个阴暗的小房间。我们坐在门边等候,在门后可以听到说话声、叫唤声、椅子挪动声、家具搬动声,这令我想起街区的节日,音乐会之后,收拾大厅,准备跳舞。法警对我说,要等待开庭,其中一个递给我一支香烟,我拒绝了。过了一会儿,他问我“是不是害怕”。我回答不害怕。甚至在某种意义上,我有兴趣看审理案件。我平生没有机会看过审案。第二个法警说:“是的,不过最后也看得腻了。”

不久,房间里的一只小电铃响起来。于是他们给我摘下手铐,他们打开门,让我走到被告席上。大厅里人头爆满。尽管挂着窗帘,有些地方还是有阳光射进来,空气已经闷得令人透不过气。窗户紧闭。我坐了下来,法警看守着我。这时,我才看见我前面是一排面孔。大家都望着我:我明白,这是陪审员。但是我说不出他们有什么区别。

① 加缪后来在剧本《误会》中写的就是这个故事。

我只有一个印象：我面前是电车上的一排长椅，所有这些不知名的旅客盯着看新上来的人，想发现有什么可笑的地方。我知道这是一个荒谬的想法，因为这儿，他们寻找的不是可笑的东西，而是罪行。然而，区别并不大，不管怎样，我有这种想法。

在这个门窗紧闭的大厅里，所有这些人也使我有点头昏脑涨。我又望着法庭，我分辨不清任何一张脸。我认为，首先是我没有想到大家急于看我。平时别人不注意我这个人。我需要使劲才明白，我是全场骚动的缘由。我对法警说："人真多！"他回答我，这是由于报纸的缘故，他指给我看，坐在陪审员席位下面桌子旁的一群人。他对我说："他们在那儿。"我问："他们是谁？"他再说一遍："报馆的人。"他认识其中一个记者，这个记者这时看到了他，朝我们走来。这个人已经上年纪，和蔼可亲，脸有点古怪。他热烈地握住法警的手。这时我注意到，大家像在一个俱乐部里相遇、打招呼、谈话，很高兴遇到同一圈子里的人。我也明白我是多余人，有点像闯入者一样的古怪感觉。不过记者微笑着和我说话。他对我说，他希望一切朝对我有利的方向发展。我谢谢他，他又说："您知道，我们有点炒作您的案件。夏天，对报纸来说是个淡季。只有您的事和那件弑父案值得张扬。"然后他指给我看，在他刚离开的那群人中，有一个小老头，活像一只肥鼬，戴一副黑框大眼镜。他告诉我，这是巴黎的一份报纸的特派记者："不过，他不是为您而来的。由于他要负责报道弑父案，报馆要求他同时把您的案件发回去。"说到这儿，我几乎要感谢他。但是我想，这会很可笑。他对我做了一个友好的手势，离开了我们。我们还要等几分钟。

我的律师来了，穿着法衣，周围有许多同行。他向记者走去，同他们握手。他们在说笑，样子完全自由自在，直到法庭上铃声响起。大家回到原位。我的律师向我走来，握了握我的手，建议我简短地回答向我提出的问题，不要采取主动，其他的就揽在他身上。

我听到左边有一张椅子往后移的声音，我看到一个高而瘦的人，身穿红色法衣，戴着夹鼻眼镜，坐下时仔细地理顺袍子。这是检察官。一个执达吏宣布开庭。与此同时，两个大电扇开始呼呼地响起来。三个法官中有两个身穿黑色法衣，第三个穿红色法衣，拿着卷宗走进来，快步朝高踞于大厅之上的法官席位走去。穿红色法衣的人在正中的椅子上坐下，将帽子放在前面，用手绢擦拭小小的秃顶，宣布开庭。记者手里已经拿好钢笔。他们的神态都漠不关心，显出有点儿讥笑的样子。但他们当中的一个要年轻得多，身穿灰色法兰绒衣服，戴一条蓝领带，钢笔放在前面，望着我。在他有点不匀称的脸上，我只看到两只十分明亮的眼睛在专注地观察我，表达的含义不可捉摸。我有一种自我观察的古怪感觉。也许是为了这个，也因为我不了解当地的习俗，我不是十分明白随后发生的一切，如陪审员的抽签，庭长向律师、检察官和陪审团提出的问题（每一次，陪审员的脑袋都同时转向法庭）、迅速地念起诉书（我听出一些地名、人名）、向我的律师重新提问题。

庭长说就要传讯证人。执达吏念了一份名单，名单引起我的注意。从刚才未最后固定的听众中，我看到一个接一个听众站起来，从边门出去，他们是养老院的院长和门房、老托马斯·佩雷兹、雷蒙、马松、萨拉马诺、玛丽。玛丽对我做了个不安的表示。我很惊讶没有早些看到他们,这时,塞莱斯特最后一个听到叫他的名字,站了起来。我在他身旁看到餐馆的那个善良的小女人,她穿着那件收腰上装,神态果断而坚定。她紧张地望着我。但是我来不及思索,因为庭长说话了。他说,真正的辩论就要开始,他认为没有必要嘱咐听众保持安静。据他看来,他的职责是不偏不倚地主持辩论,这宗案件他要客观地对待。陪审团做出的判决要本着公正的精神,无论如何,一旦出现事故,他将宣布闭庭。

大厅的温度在升高,我看到在场的人用报纸扇起来。这就产生纸张摩擦的持续的沙沙声。庭长做了个手势,执达吏拿了三把草蒲扇,三个法官马上使用起来。

审讯立即开始。庭长平静地,甚至我觉得带着一点真诚地向我提问。他仍然让我说出自己的名字,尽管我很厌烦,我仍然想,说到底这是很自然的,因为把这个人当成另一个人,问题就太严重了。然后庭长又开始叙述我所做的事,每念三句话就问我一声:"是这样吗?"每次我都按照我的律师的吩咐回答:"是的,庭长先生。"时间持续很久,因为庭长叙述得很细。这段时间里,记者一直在写。我感觉到他们当中最年轻的那一个和那个小木头女人的目光。电车长椅的所有人都转向庭长。庭长咳嗽,翻看案卷,一面扇着扇子,一面转向我。

他对我说,现在要接触到的问题表面看来与我的案件无关,但也许切中要害。我明白,他又要谈到妈妈,我同时感到这使我非常头痛。他问我为什么把妈妈送到养老院。我回答,这是因为我没有钱,雇不起人照看她。他问我,就个人而言,这是不是使我心里很难过,我回答,无论妈妈和我,我们都不期待彼此得到什么,也不期待从任何人那里得到什么,我们俩都已习惯我们的新生活。庭长于是说,他不想强调这一点,他问检察官是不是有别的问题要向我提问。

检察官朝我半转过背来,也不看我,表示他得到庭长的允许,想知道我独自回到泉水边,是不是企图杀死阿拉伯人。我说:"不是。""那么,为什么带着武器,又为什么正好回到这个地方?"我说,这是出于偶然。检察官带着不是味儿的口吻说:"暂时就是这些。"接下来的一切有点乱糟糟,至少对我来说是这样。经过一番秘密磋商之后,庭长宣布休庭,听取证词改在下午进行。

我没有时间思考。他们把我带走,让我登上囚车,来到监狱,我在那里吃饭。不久,刚好我感到累了,有人来提取我;一切又重新开始,我来到同一个大厅,面对同样的面孔。只不过热得多了,仿佛出于奇迹,每个陪审员、检察官、我的律师和几个记者都拿着草蒲扇。年轻记者和小女人始终在那里。但是他们不摇扇子,仍然默默地望着我。

我擦掉满脸的汗水,只是听到叫养老院院长时,我才有点重新意识到在什么地方和我自己。他们问他,妈妈是不是抱怨我,他说是的,不过,养老院的人埋怨亲人差不多是通病。庭长让他证实,妈妈是不是责备我把她送进养老院,院长仍然回答是的。但这一回,他没有补充什么。对另外一个问题,他回答,在下葬那天,他对我的平静感到很惊讶。他们问他,平静是什么意思。院长这时看着鞋尖,说我不想看妈妈,我没有哭过一次,下葬以后,我没有在妈妈的坟前默哀,马上就走了。有一件事更令他吃惊:有个殡仪馆的职员告诉他,我不知道妈妈的岁数。一时寂然无声,庭长问他,说的就是我吗?由于院长不明白这个问题,他便说:“法律要求明确。”然后庭长问检察官有没有问题向证人提出,检察官大声说:“噢!没有,足够了,”声音这样响亮,得意洋洋的目光望着我,使我多年来第一次愚蠢地想哭,因为我感到所有这些人是多么憎恨我。

庭长问过陪审团和我的律师,有没有问题要向我提出,然后听了门房的证词。对他和对其他人一样,重复同样的一套。门房到法庭时,看了看我,就掉转目光。他回答了对他提出的问题。他说,我不想看妈妈,我抽烟,我喝牛奶咖啡。这时我感到有什么东西使整个大厅骚动起来,我第一次明白我是有罪的。他们又让门房再说一遍牛奶咖啡和抽烟的事。检察官望着我,目光带着一丝讽刺的闪光。这时,我的律师问门房,他有没有和我一起抽烟。但检察官猛然站了起来,反对提这个问题:“这里谁是罪犯?目的在于反诬证人,减弱证词力量的做法是何居心?但证词并不因此而减少压倒的力量!”尽管如此,庭长还是让门房回答问题。老头尴尬地说:“我知道我错了。但是我不敢拒绝这位先生递给我的香烟。”最后,他们问我有什么要补充的。我回答:“没有,只不过证人说得对。我确实给了他一支烟。”于是门房有点惊诧和感激地望着我。他犹豫不决,然后说,是他给了我牛奶咖啡。我的律师大声嚷嚷,得意洋洋,说陪审员对这一点会加以重视的。但是检察官在我们的头顶上发出雷鸣般的声音,他说:“是的,诸位陪审员会重视的。他们会下结论,一个外人可以提议喝咖啡,但是一个儿子面对生下他的妈妈的遗体,应当拒绝。”门房回到他的座位。

轮到托马斯·佩雷兹时,一个执达吏不得不搀着他走到证人席上。佩雷兹说,他主要是认识我的母亲,他只见过我一次,就是在下葬那一天。他们问他,那一天我做过什么,他回答:“你们明白,我呢,我太难过了。所以我什么也没有看见。是痛苦妨碍我看东西。因为对我来说,这是莫大的痛苦。我甚至晕倒了。那时,我无法看到这位先生干什么。”检察官问他,至少他是不是看到我哭泣。佩雷兹回答说没看见。检察官于是说:“诸位陪审员会重视的。”我的律师发火了。他用一种我觉得过火的语气问佩雷兹:“他是否看到了我没有哭。”佩雷兹说:“没看到。”听众笑了。我的律师撸起一只袖管,用不容置辩的语气说:“这就是这个案件的形象,一切是真的,又没有什么是真的!”检察官沉下脸来,用铅笔戳着案卷的标题。

五分钟休庭时,我的律师对我说,一切进展顺利;休庭后,听了塞莱斯特的辩护,他是被告方叫来的。被告方就是我。塞莱斯特不时将目光投向我,在手里卷着一顶巴拿马草帽。他穿着一套新西装,有几个星期天,他穿着这套衣服和我一起去看赛马。但我认为他那时没有戴硬领,因为他只有一只铜纽扣吊着他的背钮式的衬衫。他们问他,我是不是他的顾客,他说:“是的,但也是一个朋友”;问他怎样看我,他回答我是一个男子汉;问他这是什么意思,他说大家都知道这是什么意思;问他是不是注意到我很内向,他只承认我不会没话找话。检察官问他,我是不是按期交纳房租。塞莱斯特笑了,说道:“这是我们之间的私事。”他们还问他,他对我的罪行有什么看法。于是他将手放在栏杆上,可以看到他有所准备。他说:“对我而言,这是不幸。不幸,大家都知道是什么。这让您毫无设防。唉!对我而言,这是不幸。”他还在说下去,但检察官对他说,很好,感谢他。于是塞莱斯特有点愣住了。不过他表示他还想说话。他们让他简短些。他仍然一再说这是不幸。庭长对他说:“是的,这是当然。但我们在这里是为了评判这一类不幸。我们谢谢您。”仿佛他的学识和善意到此为止。塞莱斯特于是朝我转过身来。我觉得他的眼睛在闪烁,他的嘴唇在颤抖。他的样子像在问我,他还能做什么。我呢,我什么也没说,没做一个手势,但我是生平第一次想拥抱一个男人。庭长又催促他离开辩护席。塞莱斯特走到旁听席坐下。在余下的时间里,他一直坐在那里,身子有点前倾,手肘支在膝盖上,手里拿里巴拿马草帽,倾听法庭上所说的话。玛丽进来了。她戴着帽子,仍然很漂亮。但是我更喜欢她头发披散。从我坐的地方,我捉摸出她乳房的轻盈,我看出她的下嘴唇总是有点肿胀。她好像很紧张。法官随即问她,她什么时候认识我。她说是在我们公司工作的时候。庭长想知道她和我是什么关系。她说她是我的朋友。对另外一个问题,她回答她确实应该嫁给我。检察官在翻阅一个案卷,突然问她,我们什么时候发生关系的。她说出日期。检察官淡然地指出,这是在妈妈去世后的第二天。然后他带着一点讽刺说,他不想强调一种微妙的处境,他明白玛丽的顾虑,但是(说到这里,他的语气变得更加强硬)他的责任要他处于礼仪之上。因此,他请玛丽概述一下我遇见她那一天的情况。玛丽不想说,但在检察官的坚持下,她讲了我们去游泳,去看电影,回到我家。检察官说,根据玛丽在预审中所说的话,他查阅了那一天的电影节目,他又说,玛丽本人会说那天放什么电影。她用几乎失真的声音说,这是一部费南代尔的片子。她说完后,大厅里鸦雀无声。检察官站了起来,非常庄重,我感到他的声音确实很激动,用手指着我,缓慢地一板一眼地说:“诸位陪审员,他的母亲去世后的第二天,这个人去游泳,开始不正常的关系,去看一部喜剧片,开怀大笑。我没有什么要对您说的了。”他坐下来,大厅里始终鸦雀无声。但玛丽突然呜咽起来,说不是这样的,还有别的事,别人强迫她说违心话,她很熟悉他,他没做什么坏事。庭长做了个手势,执达吏把她带走了,庭审继续进行。

大家几乎不听马松的证词,他说,我是一个正直的人,“更进一步,我是一个老好人”。大家也几乎不听萨拉马诺的证词,他回忆说,我对他的狗很好,关于我母亲和我,他回答说,我和母亲无话可说,正因此,我把母亲送到养老院。他说:“应该理解,应该理解。”但是没有人显出理解。把他带走了。

然后轮到雷蒙,他是最后一个证人。雷蒙向我点点头,他马上说我是无辜的。可是庭长说,法庭要的不是赞赏,而是事实。他请他等待问题再回答。他们让他确定他和受害者的关系。雷蒙利用这个机会说受害者恨的是他,因为他打了他姐妹的耳光。庭长问他,受害者有没有理由恨他。雷蒙说,我来到海滩是偶然的。检察官于是问他,惨剧起因的那封信,怎么会是由我写成的。雷蒙回答,这是偶然的。检察官反驳说,偶然在这件案子里已经产生对良心产生很多坏作用。他想知道,当雷蒙打他情妇耳光的时候，我是不是出于偶然去干预，我是不是出于偶然到警察局去作证，在作证时我的话是不是也出于偶然，纯粹是讨好。最后，他问雷蒙，他靠什么生活，由于雷蒙回答："仓库管理员，"检察官便对陪审员说，证人干的是权杆儿的行当。我是他的同谋和他的朋友。这是一件最低级的卑劣的惨剧，由于牵涉到一个道德上的魔鬼而变得更加严重。雷蒙想辩解，我的律师表示抗议，但是庭长对他们说，要让检察官说完。检察官说："我没有多少东西要补充了。他是您的朋友吗？"他问雷蒙。雷蒙说："是的，他是我的伙伴。"检察官于是向我提出同一个问题，我望着雷蒙，雷蒙没有掉转目光。我回答："是的。"检察官于是转身对着陪审团，说道："同一个人，在母亲去世后的第二天去过最可耻的堕落生活，出于微不足道的理由和了结一件可耻的桃色事件而去杀人。"

他坐了下来。我的律师忍无可忍，举起手臂叫起来，袖管落下来，露出上过浆的衬衫："他究竟是被控埋葬了母亲，还是杀了一个人？"听众笑了起来。但检察官又站起来，拉紧他的法衣，说是真得有这位可敬的辩护人的睿智，才不会感到这两件事之间有着深刻的、感人的、本质的联系。他使劲地大声说："是的，我指控这个人带着一个罪犯的心埋葬他的母亲。"这番话看来对听众产生巨大影响。我的律师耸耸肩，擦拭布满额头的汗。他本人显得动摇了，我明白，事情对我不利。

庭审结束。从法院出来登上囚车时，短时间我又感到夏夜的气息和色彩。在囚车的黑暗中，我仿佛从疲倦的内心深处，又一一感到我所热爱的城市所有熟习的嘈杂声，有些时候，我感到心满意足，会听到这些嘈杂声。在轻松的空气中卖报人的喊声，街心公园里最后一批鸟儿的鸣声，卖三明治的吆喝，电车在城市高处拐弯的吱嘎声，黑夜在港口上空逡巡之前天空的闹嚷声，对我来说重新组成一条盲人的行走路线，那是我在入狱之前非常熟悉的。是的，这是很久以前我感到心满意足的时刻。那时等待我的，总是轻松的不做梦的睡眠。但有些事已经起了变化，因为我回到了牢房，等待着第二天。仿佛在夏日的天空中画出的熟悉道路，既可以通到监狱，也可以通到洁净无罪的睡眠。

四

即使是坐在被告席上，听别人谈论自己也是很有意思的。在我的律师和检察官辩论时，我可以说，别人谈我谈得很多，也许更多的是我，而不是我的罪行。况且，他们的辩论果真区别很大吗？律师举起手臂，作认罪辩护，不过表示遗憾。检察官伸出他的手，揭露罪行，但毫不容情。可是有一件事令我隐约感到难堪。尽管我很担心，有时我还是想参与。这时我的律师对我说："别说话，这对您的案件更有利。"可以说，他们好像谈论这个案件时把我撇在一边。所有的事在我没有参与之下进行，我的命运在不征求我的意见下决定了。我不时想打断大家说："被告究竟是谁？被告也是很重要的。我有话要说。"但经过考虑，我还是什么也没说。此外，我应该承认，对别人关注的兴趣不会持续很长时间。比如，检察官的辩说很快就使我厌倦了。只有那些偏离全局的片段、手势或者整段空话使我印象强烈，或者唤起我的注意。

如果我理解清楚的话，他的思想实际上认为我犯罪是有预谋的。至少他力图指出这一点。就像他自己所说的那样:“诸位,我要做出证明,我要提出双重的证据。首先是明明白白的事实,然后是这个罪恶灵魂的心理向我提供的隐约启示。”他从妈妈去世开始,概述事实。他列举我的冷漠、我不知道妈妈的岁数、第二天同一个女人去游泳、看费南代尔的电影,最后,和玛丽回到我家。这时,我花了点时间去理解他的话,因为他说“他的情妇”,对我而言,她只是玛丽。随后,谈到了雷蒙的事。我感到他观察事情的方式不乏亮点。他说的话差强人意。我和雷蒙合谋写信,把他的情妇引出来,让她受到一个“品德可疑”的男人虐待。我在海滩向雷蒙的几个对头挑衅。雷蒙受了伤。我问他要手枪。我独自返回,然后开枪。我击倒了阿拉伯人,就像我预谋的那样。我等待时机。“为了有把握干得干净利索”,我又沉着地、确定地、可以说深思熟虑地开了四枪。

“诸位,就是这样,”检察官说,“我给你们勾画出整个事件,怎样导致这个人在很了解事实的情况下杀人。我强调这一点。因为这不是一件普通的杀人案,不是一件未经思考的、你们可以认为因情况而减轻罪行的行为。这个人,诸位,这个人是聪明的。你们听他说过话,不是吗?他善于回答问题。他了解每个字的分量。因此不能说他行动时没有意识到自己所做的事。”

我呢,我在谛听,我听到有人说我聪明。但是我不太明白,一个普通人的优点会变成不利于罪犯的压倒性罪名。至少,正是这个使我惊讶,我不再听检察官讲话,直到我听到他说:“他表示过悔恨吗?从来没有,诸位。在预审时,这个人一次也没有对他犯下的可恶罪行显出过激动。”这时,他转向了我,用手指着我,继续对我严词指责,而实际上我却不明白为什么。无疑,我禁不住承认,他说得对。我对自己的行为不太后悔。可是,那样声色俱厉却令我惊奇。我本想向他真诚地、几乎是友好地解释,我从来不会真正后悔做过的事。我总是关注今天或明天将要发生的事。当然,在我眼下的情况,我不能用这种调子说话。我没有权利表现出亲热,表现出有善良的意愿。我想听下去,因为检察官开始谈起我的灵魂。

他说,诸位陪审员,他探索过我的灵魂,什么也没有找到。他说,说白了,我根本没有灵魂,没有任何人性的东西,没有一点守卫人心的道德准则是与我相接近的。“无疑,”他补充说,“我们不会为此责备他。他不会接受的东西,我们不能抱怨他缺乏。但是,现在牵涉到法庭,宽容所具有的全部消极性,应该变成司法虽然不容易做出但更加高一级的效能。尤其在这个人身上所发现的心灵空虚,变成一个社会可能陷入的深渊的时候。”正是这时,他谈到我对妈妈的态度。他重复他在辩论中说过的话。但是要比谈到我的罪行时的话多得多,长得我最后只感到上午的炎热。至少,直到检察官停止不说,沉默半晌,他又用很低沉和确信不疑的声音说:“诸位,就是这个法庭,明天将要审讯十恶不赦的罪行:弑父罪。”据他看来,无法想象这种令人发指的杀人罪。他斗胆希望,人类司法要毫不手软地惩罚。可是,他不怕说出来。这件罪行在他身上引起的憎恶,比起我的冷漠使他感到的憎恶,几乎相形见绌。据他看来,一个在精神上杀害母亲的人,和一个亲手杀死父亲的人,都是以同样罪名自绝于人类社会。无论如何,前者是为后者的行动做准备，可以说他预示了这种行动，使之合法化。“我深信这一点，诸位，”他提高了声音又说，“如果我说，坐在审判席上的这个人和法庭明天要审判的那个杀人犯罪行相等，你们不会感到我的想法过于大胆。因此，他也应该受到惩罚。”说到这里，检察官擦拭他汗水涔涔的脸。最后他说，他的责任是令人痛苦的，但是他要坚决完成它。他宣称，我与一个我连最基本的法则都不承认的社会毫无干系，我不会求助于人心，因为我不知道人心的基本反应。他说：“我向你们要这个人的脑袋，我这样请求时，心情是轻松的。因为在我漫长的生涯中，我提出施行极刑，从来没有像今天这样感到这艰难的责任得到报偿、获得平衡和受到启发，我意识到紧迫而神圣的命令，面对这张只看到狰狞表情的人脸，我感到憎恶。”

检察官重新坐下，大厅长时间沉寂无声。我呢，我因又热又惊讶而头昏脑涨。庭长咳嗽一下，用很低沉的声音问我，有什么话要补充。我站了起来，由于我很想说话，不过我有点随兴之所至，说我并没有想杀死阿拉伯人的意图。庭长回答，这样断定是他至今还抓不住的我这套刻板的辩护想法，他很高兴在听取我的律师辩护之前，让我明确我行动的动机。我说得很快，有点儿语无伦次，并且意识到我的可笑，说是由于太阳的缘故。大厅里响起一片笑声。我的律师耸耸肩，旋即让他讲话。但他说时间已晚，他要讲好几小时，他请求改在下午。法庭同意了。

下午，大电扇仍然在搅动大厅沉浊的空气，陪审员五颜六色的小扇子都朝同一个方向摇动。我觉得我的律师的辩护没完没了。有一会儿，我听到他说：“没错，我是杀了人。”然后，他继续用这种口吻说下去，每当他提到我时用的是“我”。我惊诧莫名，我俯向一个法警，问他这是为什么。他让我别说话，过了一会儿，他说：“所有律师都是这样说的。”我呢，我想，这是让我避开案件，把我减低到零，在某种意义上是取代我。但我认为，我已经远离这个法庭。再说，我觉得我的律师很可笑。他很快为挑衅作辩护，然后也谈到我的灵魂。但是我觉得他远没有检察官的才能。他说：“我呀，我也俯向这颗灵魂，但和检察院的杰出代表相反，我发现了某些东西，我可以说，我看得清清楚楚。”他看到我是一个正直的人，一个一丝不苟、不知疲倦、忠于雇用他的公司、受到大家喜欢、同情别人困苦的职员。对他来说，我是一个模范的儿子，尽可能持久地抚养母亲。最后，我希望养老院能给老太太我无法使她得到的舒适。“诸位，我很奇怪，”他又说，“关于养老院的事众说纷纭。说到底，如果要证明这类设施的用处和出色的地方，那就必须说，是国家给予资助的。”不过他没有谈到下葬，我感到他的辩护中缺少这部分。由于这些长而又长的句子，没完没了的一天天、一小时又一小时，谈论的都是我，我感觉到一切变成一片五色的水，我弄得头昏目眩。

最后，我仅仅记得，正当我的律师不停地说，从街上越过一个个大厅和法庭，一个卖冰的小贩的喇叭声一直传到我的耳边。我突然想起不属于我的那种生活，不过，我却在这种生活中找到最可怜和最持久的快乐：夏天的气息、我热爱的街区、傍晚的某种天空、玛丽的笑声和裙子的窸窣声。人在这个地方所做的无用的一切，于是涌上我的喉咙，我只想赶快结束这场审讯，回到我的牢房睡觉。我几乎听不到我的律师最后大声说,各位陪审员不会希望把一个因一时迷乱而失足的正直职员送上刑场,并要求减轻罪刑,我对犯罪已经永无休止地后悔,这是最确定无疑的惩罚。法庭休庭,律师精疲力竭地坐下。他的同事们围过来和他握手。我听到:"好极了,亲爱的。"其中一个甚至拉我作证,对我说:"是吗?"我表示同意,但我的赞扬并不真诚,因为我太累了。

外面天色已晚,天气不那么热了。从我听到的街上的嘈杂声,我捉摸出傍晚的温馨。我们大家都在等待。我们一起等待的只关系到我一个人。我仍然望着大厅。一切都和第一天一样。我遇到穿灰色上衣的记者和木头人似的女人的目光。这使我想起,在整个审讯过程中,我没有用目光寻找玛丽。我没有忘记她,可是我要做的事太多了。我看到她待在塞莱斯特和雷蒙中间。她向我点点头,仿佛说:"总算结束了。"我看到她的脸色微笑着,却有点忧虑不安。但我感到我的心已经封闭了,我甚至无法回应她的微笑。

复庭了。很快,向陪审员们念了一连串问题。我听到"杀人犯"……"有预谋"……"减轻罪行"。陪审员出去了,他们把我带到我原来在那里等待的小房间。我的律师过来和我待在一起:他滔滔不绝地以从来没有过的信任和热情和我说话。他认为一切顺利,我只要坐几年监牢或者服几年苦役就可以了结此案。我问他,一旦判决不利,是不是有上诉最高法院的机会。他对我说没有。他的策略是不要提出当事人的意见,免得让陪审团不满。他向我解释,不能这样无缘无故地不服判决,向最高法院上诉。我觉得这是显而易见的,我信服他的理由。冷静地考虑一下,这是当然的事。否则,就白费太多的状纸了。"无论如何,"我的律师说,"向最高法院上诉是可以的。但是我深信判决有利。"

我们等了很长时间,我想有三刻钟。随后,铃声响了。我的律师离开我时说:"庭长要宣读答复。您要到宣读判决时才进去。"一阵门响。人们在楼梯上奔跑,我不知道他们是跑过来还是离开。然后我听到一个低沉的声音在大厅里宣读什么。铃声又响起来,通向被告席的门打开了,大厅的寂静直通到我这里,一片寂静,我看到年轻记者把目光转开时有一种古怪的感觉。我没有朝玛丽那边张望。我没有时间,因为庭长以一种奇特的方式对我说,我要以法国人民的名义在公共广场上被斩首。这时我才认出在人人的脸上看到的情感。我相信这就是尊重。法警对我十分温和。律师把手放在我的手腕上。我什么也不去想。庭长问我还有什么话要说。我考虑一下说:"没有。"于是他们把我带走。

五

我第三次拒绝接待指导神父。我没有什么要对他说的,我不想说话,我很快又会再见到他。眼下令我感兴趣的,是要避开机械的一套,是想知道不可避免的事能不能有转机。他们给我换了牢房。在这个牢房里,我躺下时能看到天空,而且只看到天空。我整天望着天上从白昼转向黑夜逐渐减弱的天色,消磨时间。躺下时,我双手枕着头在等待。我不知道有多少次寻思,是不是有死囚逃脱无情的结局的例子,在行刑之前消失,挣脱警察的绳子。于是我自责早先没有好好注意写死刑的故事。本应始终关注这些问题。人们无法预料会发生什么事。像大家一样,我看过报纸的报道。但准定有专门的作品,我从来没有兴趣去阅读。在这些作品中,我也许会找到越狱的故事。我就会知道,至少在某种情况下,绞架的滑轮停住了,在这种不可抗拒的预想中,偶然和运气,仅仅一次,就可以改变事物。一次!在某种意义上,我认为对我这已足够了。我的心会做其余的事。报纸常常谈到对社会的欠债。按照报纸的见解,必须偿还这笔债。但在想象中,这是谈不上的。重要的是有无越狱的可能性,能不能摆脱死刑的场面,拼命奔逃,前面希望多多。当然,希望也就是在街角大步逃跑时被一颗子弹击倒。左思右想之后,什么都不能让我作这非分之想,一切都不让我这样做,无情的结局重新抓住了我。

尽管我有良好的意愿,我不能接受这种使人受不了的想法。因为说到底,在确立这种想法的判决和从宣判时起不可动摇的进程之间,有着可笑的不成比例。判决在二十点而不是在十七点宣布,判决可能是完全不同的结论,它由穿不同衣服的人做出,它要获得法国人的信任,而法国人(或者德国人和中国人)是一个不确切的概念,我觉得这一切使这个判决大大失去了严肃性。然而,我不得不承认,一旦采取了这个决定,它的效果就变得像我的身体紧靠的这堵墙的存在一样确实,一样严肃。

这些时候我想起一个故事,是妈妈在谈到我的父亲时对我讲的。我没有见过他。关于这个人,我所确知的一切,也许就是妈妈那时告诉我的事:他去看一个杀人犯行刑。想到要去那里,他就不舒服。但他仍然去看了,回来后上午呕吐了一段时间。那时我对父亲有点儿厌恶。现在我明白了,这种事是非常自然的。我怎么没有看到,没有什么事比起执行死刑更为重要的了,总之,这是唯一真正令一个人感兴趣的事!一旦我从这个监狱出去,凡是死刑我都要去看。我想我不该考虑这种可能性。因为想到一天清晨自己自由了,站在警察的绳子后面,可以说站在另一边,想到成为看客,来看热闹,然后会呕吐,一种恶毒的快乐便涌上心头。但这是不理智的。我不该任凭脑子里有这些假设,因为不久,我冷得要命,便蜷缩在毯子里,牙齿格格地响,还是支撑不住。

当然,始终理智是做不到的。比如,还有几次,我设计了法律草案。我改革了刑法。我早就注意到,主要是给囚犯一个机会。只要有千分之一的机会,就足以安排许多事。因此,我觉得可以找到一种化学物,服用后有十分之九的可能性杀死受刑者(我想的是受刑者)。他本人要知道,这是条件。因为我经过深思熟虑,平静地思索再三,我看到,断头斧的缺点就是没有任何机会,绝对没有任何机会。总之,受刑者的死是一锤定音了。这是一个了结的案件,一个确定的手段,一个谈妥的协议,不会回过头来再考虑。万一没有砍准,就重新再来。因此,令人烦恼的是,犯人只得希望机器运转良好。我说的是有缺陷的一面。在某种意义上,这是不错的。但是,从另一种意义上来说,我不得不承认,组织良好的全部秘密就在于此。总之,犯人只得在精神上合作。他所关心的是一切不发生意外。

我还不得不看到,至今,关于这些问题,我有过的想法是不正确的。我长期以为——我不知道为什么——要登上断头台,就必须一级级爬上一个架子。我以为这是由于1789年革命的缘故,我想说,关于这些问题,人们教给我或者让我看到的就是这样。但是有一天早上,我想起报纸刊登一次轰动一时的行刑的照片。实际上,断头机放在平地上,再简单也没有了。它比我想象的狭小得多。我早先没有觉察到是很奇怪的。照片上的这架断头机,看来是一部准确、完善、闪光的工具,给我强烈印象。人们对不了解的东西总是有夸大的想法。相反,我却看到,一切都很简单:机器和朝它走去的人在同一平面上。他走向机器,就像去迎接一个人。这也很令人讨厌。登上断头台,升天,想象力会紧紧抓住这些。而现在,无情的结局压垮了一切:不引人注目地处死人,有一点耻辱,却非常准确。

还有两件事是我整天都在考虑的:那就是黎明和我向最高法院上诉。但我受理智控制,竭力不去想它。我躺下,望着天空,力图对天空发生兴趣。天空变成绿色,这是傍晚。我又使劲改变思路。我听到自己的心跳。我不能想象,长期以来陪伴我的这种声音会一朝停止。我从来没有真正的想象力。但我尽量设想某种时刻,那时心跳不再传到我脑子里。但是徒劳。还是想黎明或者向最高法院上诉。最后我寻思,最理智的是不要勉强自己。

我知道,他们是在黎明时分到来的。总之,我一夜又一夜,一心一意等待黎明。我从来不喜欢措手不及。要发生什么事,我喜欢有所准备。因此,我最后只在白天睡一会儿,整夜我都在耐心等待曙光出现在天窗上。最难熬的是那个不确定的时辰,我知道他们习惯在这时行动。过了半夜,我就等待和窥视。我的耳朵从来没有听出那么多的响声,分辨出那么细微的声音。再有,我可以说,在这整段时间里,我总算还有机会,因为我从来没有听到脚步声。妈妈常常说,人不会永远痛苦万分。在监狱里,当天空出现彩霞,新的一天潜入我的牢房里的时候,我赞成她的说法。因为我本来会听到脚步声,我的心会爆裂开来。即使一点儿滑动的声音都会让我扑到门口,即使我将耳朵贴在门板上,狂热地等待着,直到我听见自己的呼吸声,觉得喑哑,活像狗的喘气,不免害怕起来。总之,我的心并没有爆炸,我又争取到二十四小时。

整个白天,我考虑向最高法院上诉。我认为我已从这个想法中得到莫大的好处。我琢磨有什么效果,从思考中取得最好的收获。我总是作着最好的设想:我的上诉被驳回了。"那么,我就死吧。"比别人更早死,这是显而易见的。但大家都知道,生活不应该虚度。说实在的,我不是不知道,在三十岁或者在七十岁过世并不重要。因为在这两种情况下,别的男人和别的女人自然还会活着,几千年来就是这样。总之,这是再清楚不过的了。无论是现在还是在二十年后,反正总是我死。眼下,我在推理中感到为难的,是我想到未来的二十年时,内心感到的可怕飞跃。但是,想到二十年后我还是要走到这一步,自己会有何种想法,我便把这种为难心理压抑下去。既然要死,怎么死和什么时候死,都无关紧要,这是毋庸置疑的。因此(困难的是不要视而不见这个"因此"所代表的一切推理结果),因此,我应该接受驳回我的上诉。

眼下,只是在眼下,我才可以说有了权利,我几乎允许自己接触第二个假设:我获得赦免。使人苦恼的是,不要让我的血液和肉体的冲动那么激烈,因失去理智的快乐而刺激我的眼睛。我必须尽力压制这喊声,变得理智。我甚至必须在这种假设中合乎情理,使我忍受第一种假设更说得过去。我成功的话,我便得到一小时的安宁。这毕竟是要考虑的。

就在这时,我再一次拒绝接待指导神父。我躺下了,我捉摸到夏夜来临,天空是一片金黄色。我刚刚放弃向最高法院上诉,我可以感到我的血液在我身上正常地循环。我不需要接待指导神父。很久以来我第一次想起玛丽。已经有好长日子她不再给我写信。这天晚上,我思索良久,我想,她作为一个死囚的情妇,也许是疲倦了。我还想到,她兴许生病或者死了。这是合乎事理的。既然我们两人现今已经分开,什么也不再联结我们,彼此不再想念,舍此我还能做什么呢? 再说,从这时起,我对玛丽的回忆已经淡漠了。她死了,我就不再关心她了。我感到这很正常,正如我十分理解,人们在我死后会忘却我。他们和我再也没有什么关系。我甚至不能说,这样想是冷酷无情的。

就在这时,指导神父进来了。我看见他时,轻轻颤抖了一下。他觉察了,对我说不要害怕。我告诉他,他一般是在另外一个时刻到来的。他回答我,这是一次非常友好的拜访,和我的上诉没有任何关系,他对上诉的事一无所知。他坐在我的床上,请我坐在他旁边。我拒绝了。我觉得他的神态毕竟很和蔼。

他坐了一会儿,前臂放在膝上,低着头,望着双手。他的手细巧而有力,使我想起两只灵巧的野兽。他缓缓地搓着手。这样待着,始终低垂着头,时间那么长,我有感觉,一时我把他忘了。

但是他突然抬起头,正视着我说:"为什么您拒绝我来访?"我回答,我不信仰天主。他想知道我是不是确实如此,我说,我不需要考虑这一点:我觉得这是一个无关紧要的问题。于是他身子朝后一仰,背靠在墙上,双手平放在大腿上。他几乎不像在对我说话,指出有时人会自以为是,实际上并不是这样。我不吭声。他望着我,问我说:"您是怎么想的?"我回答,这不可能。无论如何也许我不能肯定,是什么真正令我感兴趣,但是,我完全能肯定,什么我不感兴趣。他对我说的事正巧我不感兴趣。

他掉转目光,始终不改变姿势,问我是不是出于绝望才这样说话。我向他解释,我并不绝望。我仅仅害怕,这是很自然的。"那么天主会帮助您,"他指出,"在您所处的情况下,我认识的所有人都转向天主。"我承认,这是他们的权利。这也证明了,他们有的是时间。至于我,我不愿意别人帮助我,我正好缺少时间,无法关心我所不感兴趣的事。

这当儿,他的手做了一个恼火的动作,可是他挺起身来,理顺袍子的皱褶。理完后,他称呼我为"我的朋友",对我说:他对我这样说话,并非我是个死囚;据他看来,我们都是死囚。但我打断他,对他说,这不是一回事,况且,无论如何,这也不能算是一种安慰。他赞成说:"当然,但是,如果您今日不死,以后也会死,那时会提出同样的问题。您怎么接受这个可怕的考验呢?"我回答,我会像眼下这样接受它。

听到这句话，他站了起来，直盯着我的眼睛。我非常熟悉这种把戏。我时常和艾玛纽埃尔或者塞莱斯特闹着玩，一般说，他们掉转目光。指导神父也很熟悉这种把戏，我马上明白了：他的目光不颤抖。他对我说话时声音也不颤抖："您就不抱任何希望吗？您活着时就想到即将彻底死去吗？"我回答："是的。"

于是，他低下头来，重新坐下。他对我说，他为我抱屈。他认为一个人不可能这样硬撑着。我呢，我仅仅感到他开始令我讨厌了。轮到我转过身去，我走到天窗下面。我的肩膀顶住墙。我没有仔细听他讲话，我听到他又开始询问我。他用不安而急迫的声音说话。我明白他很激动，我听得更仔细些。

他对我说，他相信我的上诉会被接受的，但是我承担着罪孽的重负，我必须摆脱它。据他看来，人的司法不算什么，而天主的司法是一切。我指出，是人的司法判我的罪。他回答我，人的司法并没有洗刷掉我的罪孽。我对他说，我不知道罪孽是什么。人家仅仅告诉我，我是一个罪犯。我是有罪，我付出代价，不能再多要求我什么。这时，他又站起来，我想在这如此狭窄的牢房里，即使他想活动，他也没有多少选择。他只能坐下或者站起来，

我的眼睛盯住地。他朝我走了一步，站定了，仿佛他不敢往前。他越过铁栅望着天空。"您欺骗了我，我的孩子，"他对我说，"我们可以对您有更多的要求。也许以后会对您提出来。""要求什么？""可以要求您看。""看什么？"

神父环顾四周，用一种我突然感到疲乏的声音回答："我知道，所有这些石块都渗透出痛苦。我望着它们总是忧虑不安。可是，我从心底里知道，你们当中最悲苦的人也看到了从石头的一片黑暗中浮现出一张神圣的脸。我正是要您看这张脸。"

我有点激动。我说，我看着这些墙壁已经有几个月了。我比世人更了解，既没有什么东西，也没有任何人。也许很久以前，我从中寻找过一张面孔。但这张面孔有着太阳的色彩和欲望的火焰：这是玛丽的面孔。我徒劳地寻找它。如今完结了。无论如何，我从石头渗出的水中没有看到任何东西浮现出来。

指导神父带着一种悲哀的神情望着我。如今我完全靠在墙上，阳光流泻到我的脸上。他说了几个字，我没听清说什么，他又很快地问我，我是不是允许他拥抱我，我回答："不。"他回转身，走到墙边，慢慢地向墙壁伸出手，喃喃地说："您就是这样爱这个世界吗？"我没有回答。

他很久背对着我。他在我面前压抑着我，使我恼火。我正要请他出去，让我清静，这时，他突然朝我转过身来，爆发似的叫道："不，我无法相信您的话。我深信您一定希望过另一种生活。"我回答他，那是自然，可是，这同希望富有、希望游得很快或者希望嘴巴长得更好看没有什么两样。这是同一回事。但他止住了我，他想知道我怎么看待这另一种生活。于是，我对他大声说："这种生活能让我回忆起现在的生活。"我随即告诉他，我受够了。他还想对我谈谈天主，但是我走近他，我想最后一次向他解释，我剩下的时间不多了。我不愿意浪费时间和他谈天主。他想改变话题，问我为什么称他

"先生",而不是"神父"。这把我惹火了,我回答他,他不是我的父亲①,这是他和别人的关系。

"不,我的孩子,"他将手放在我的肩上说,"我同您是这种关系。但您不能明白,因为您的心是盲目的。我要为您祈祷。"

这时,我不知道怎么回事,有样东西在我身上爆裂开来。我扯着喉咙大叫,我侮辱他,告诉他不要祈祷。我抓住他袍子的领子,把我内心深处的话,连同喜与怒混杂的冲动,向他发泄出来。他的神态不是充满自信吗?可是,他的任何一点自信都比不上女人的一根头发。他甚至不能确定是活着,因为他像一个活尸。我呢,我好像两手空空。但是我对自己有把握,对一切有把握,比他更有把握,对我的生活和即将来临的死有把握。是的,我只有这一点把握,不过,至少我抓住了这个事实,正如它抓住我一样。我从前有理,我现在还有理,我始终有理。我以这种方式生活过,我可以用另一种方式生活。我做了这件事,我没有做那件事。我做了另一件事,而没有做这件事。以后呢?仿佛我一直都在等待这一分钟和被证明无罪的黎明。无论什么,无论什么都不重要,我知道是什么原因。他也知道是什么原因。在我所度过的整个荒诞生活期间,从我未来的深处,一股阴暗的气息越过还没有到来的岁月向我涌来,这气息在所过之处,与别人在不比我现今所过得更真实的年代向我建议的一切相等。别人的死,对母亲的爱,别人所选择的生活,别人所选择的命运,这些与我何干?因为只有一种命运选中我,而和我一起的千百万幸运儿像他一样,自称是我的兄弟。他明白吗,他明白吗?大家都是幸运儿。世上只有幸运儿。其他人也一样,有朝一日要被判决死期到来。他也一样,要受到判决。如果他被控杀人,就因为在他母亲下葬时没有哭泣而被处决,这有什么关系呢?萨拉马诺的狗比得上他的妻子。那个木头似的小女人跟马松所娶的巴黎女人和想嫁给我的玛丽一样有罪。雷蒙和比胜过他的塞莱斯特一样是我的哥们,这有什么关系?玛丽今日把嘴伸向另一个默尔索,这有什么关系?这个被判决的人,他明白吗?从我未来的深处……我喊出这一切,喊得喘不过气来。已经有人从我手里夺走指导神父,看守们威胁我,但他让他们平静下来,默默地望着我一会儿。他眼里噙满泪水。他转过身走了。

他一走,我重新平静下来。我精疲力竭,我相信我睡着了,因为我醒来时星星照在我的脸上。田野里的响声一直传到我这里。夜晚、大地和盐的气息使我的太阳穴感到清凉。沉睡的夏夜美妙的宁静像海潮一样涌进我心中。这时,黑夜将尽,汽笛鸣叫,宣告启碇,要开到如今与我永远无关的地方去。长久以来,我第一次想起妈妈。我觉得我明白了为什么她在生命将尽时找了一个"未婚夫",为什么她要玩重新开始的游戏。那边,那边也一样,在生命一个个消失的养老院周围,夜晚仿佛令人忧郁地暂时憩息。妈妈在行将就木时大概感到解脱了,准备重新感受一切。谁也,谁也没有权利哭悼她。我呢,我也感到准备好重新感受一切。似乎狂怒清除了我的罪恶,掏空了我的希望,面对这充满信

---

①　神父一词用的是 mon père,有"我的父亲"之意。

息和繁星的黑夜，我第一次向世界柔和的冷漠敞开心扉。我体验到这个世界是如此像我，说到底如此博爱，感到我曾经很幸福，现在依然幸福。为了让一切做得完善，让我不那么孤单，我只希望处决我那天有很多看客，希望他们以愤怒的喊声来迎接我。

（郑克鲁 译）

罗伯-格里耶

阿兰·罗伯-格里耶（1922—2007）法国"新小说"作家，电影剧作家，生于布列斯特，在国立农学院毕业，当过农艺师。作品有《橡皮》（1953）、《窥视者》（1955）、《嫉妒》（1957）、《在迷宫里》（1959）等。他的小说往往戏仿侦探小说，重视对物的描写，常用几何术语，以求得"科学的"准确，描绘不仅客观，而且是"客体的"，有"视觉派"之称，又喜欢重复描写，没有时序，观察角度奇特。

《密室》是对法国画家莫罗一幅同名画的文字描述，对室内陈设和人物的描绘到了细致入微的地步，但完全排除了社会内容和情节，体现了新小说的主张。

密　室

献给古斯塔夫·莫罗①

首先看到的是一摊红色斑迹，一种深暗的、泛泛有光的红色，带着几乎是漆黑的暗影。它形成不规则的玫瑰花形状，边沿分明，以不同的长度向四面八方漫流开去，分散、变细而成为一条条波状曲线。从整体看，它在灰白色的平面上分明突出，成圆周形，既阴暗而又珍珠似的粼粼发光，圆周的半边，柔和的曲线与一大片同样灰白的颜色相连接，在若明若暗的气氛中，光晕漫射而炯然有色。这是个阴影笼罩的地方，白色已成灰色：一所牢房，一处地下室，或者就是一座大教堂。

进深处，那儿站满一根根圆形立柱，一道道重复而单调的影子一直排到宽阔的石板楼梯前，楼梯向上而稍稍转弯，越接近那高高的穹顶就显得越狭窄，到了穹顶处就终止了。

除了这楼梯和圆柱，整个背影上空然无物。然而，在显眼的前景上，一具摊开着四

---

① 古斯塔夫·莫罗（1826—1898）：法国象征主义画家，以描写神话和宗教题材的色情画而著名，他的作品常以死亡为主题。本篇描写的即为莫罗一幅同名的画。

肢的躯体隐约可见，衬着红色的斑迹，又显得色调分明——这是一具白色的躯体，那丰腴而柔软的肌肉简直可以触摸，毫无疑问，它是虚弱不堪的。从相仿的角度看去，那血色的半圆边上又有一个同样的圆形，这个圆形完整无缺；而且，由于它周围的光晕部分颜色较深，因此可以一览无余，而旁边的那个却是溃不成形，至少是残缺不全的。

在背景上，靠近楼梯顶端的地方，可看到一个黑色的侧面人影飘然欲行，一个身披长斗篷的男子正要踏上最后一级楼梯，他毫不耽搁，因为事情已经告成。在银光闪烁的白铁高台上，放着一只香炉，一缕轻烟从中袅袅升起。那具乳白色的躯体就躺在香炉附近，血正从左边胸房里涌流而出，沿着肋部流向臀部。

这是一具体态丰满圆润的女子躯体，并不肥胖，浑身一丝不挂。她仰天而卧，胸部由于背压着扔到了地板上的厚软垫而微微抬起，地板上铺着东方地毯。她身腰细挑，颀长的脖颈扭向一边，头歪着，遮蔽在暗影里，但那面部表情依然可辨。嘴半张半闭，双目圆睁，目光明寒而凝滞，一大蓬黑色长发散乱而错杂地堆积在一件揉得乱糟糟的睡衣上，睡衣看上去是天鹅绒的，手臂和肩膀也压在这睡衣上。

这是一种寻常可见的紫红色天鹅绒，也可能是由于光线的缘故才显得这样。不过，那软垫的颜色里也总含有紫色、棕色或蓝色的意味，就像地毯上的东方式花纹颜色一样——软垫只有很小一部分遮蔽在睡衣下面，由于那胸和肩压在上面，很显眼地翘了起来。朝前一点，同样的颜色点缀在铺地石上、圆石柱上、拱形门廊上、楼梯上，以及那隐匿于房间深处的模糊难辨的底色上。

这房间的大小很难确定，一眼看去，那个年轻被害者的躯体似乎已占据了房间里很大一块地方；但是那与房间相接的宽阔楼梯似乎给人以这样的暗示：这儿并不是房间的全部，在它的左右四周实际上还存在着相当大的面积，因为在它边沿上依次排列着的圆柱间正透露着模糊不清的深棕色和蓝色，说不定，在那儿还另有沙发，另有厚地毯和成堆的软垫及衣料，另有被害者和香炉。

同样，很难说清楚那亮光是从哪儿照进来的。无论是圆柱上还是地板上，都没有迹象表明光线的方向。没有一扇窗，也没有任何其他光源。整个场面似乎是由这具乳白色的躯体照亮的——那鼓起的胸部，那曲线柔和的大腿，那圆润的前腹，那丰满的臀部，那八字叉开的双腿，还有那表示性的、令人刺激、曾供人取乐而业已无用的黑色毛丛。

那个男子往回走了好几步。现在，他站在楼梯的第一级上，又准备走上去。楼梯的台基又宽又深，就像高楼大厦前，或者神庙和剧院前的台基那样；它越到上面就越狭窄，同时又慢慢地形成螺旋形，弧圈很大，到了接近穹顶时还没有形成半个圆周，上面又有一段没有扶手的又陡又窄的梯级，梯级的线条模模糊糊，甚至可以说完全隐没在浅黑的颜色中。

然而，那个男子并没有看着这个方向，虽然他的脚步依然在移动；他的左脚跨上第二节楼梯，右脚已碰到第三级，他提着腿，一面在回头最后看一看那情景。他把一只手叉在腰里，那披挂在肩上的飘动着的长斗篷由于这种迅速的圆周运动而卷了起来——他回头转身的动作也同样敏捷。斗篷的一角停留在空中，仿佛是被一阵风吹起似的；

这斗篷角扭曲而成一个歪斜的S形,斗篷看上去是红丝织成而且绣有金色绲边。

那个男子面无表情,不过有点紧张,好像正在期待——也许是害怕——什么突如其来的事情,或者是在用最后的一瞥审视一下眼前的一片死寂。他回头张望,整个身体呢,又微微前倾,看上去他没有停止登楼。他左手握着斗篷边,右手臂正竭力弯向左边,伸向立有扶手的地方,好像这楼梯上有一道栏杆似的,这个不谐调的动作几乎叫人不可思议,除非从这种显然想抓握并不存在的支撑物的动作里,突然冒出一道真的栏杆来。

至于他视线的方向,毫无疑问是投向那具躺在软垫上的被害者躯体的。那具躯体正摊成大字,什么都显露无遗,胸脯抬起,头部后倾。但是,由于站在楼梯的底部,那男子的视线被圆柱挡着,也许看不到她的脸。那年轻女子的右手正好触到圆柱的底部。消瘦的手腕上戴着一只铁制的腕箍。手臂几乎全部隐蔽在暗影里,只有手掌部分才有足够的光线,使人辨出那些抵住立柱下面圆形突出物的纤细的手指。圆柱上系着一根黑色金属链条,链条紧结腕箍,把那手腕牢牢地缚在圆柱上。

手臂的顶端,那压在软垫上的圆圆的肩膀也明晰而注目,脖颈、喉咙同样如此,而另一个肩膀、腋窝和腋下的细毛,还有同样被拉直、手腕被缚于另一根圆柱底部的左手臂,则占据着非常突出的地位;这一边的金属腕箍和链条暴露得无遮无蔽,就是最微小的细部也都一目了然。

同样清楚也同样占据突出地位的是在另一边,一条同样的链条,不过要粗一些,正直接缚在脚踝上,绕圆柱两周,一头系住安装在地板上的一个大铁环。离开左脚大约一码远,是右脚——看来两腿叉得不很开——毫无疑问,右脚也是缚着的,不过,左脚以及左脚上的链条则描绘得细致入微。

脚很小,细嫩而雅致。在好几个地方,链条弄破了皮肤,不过可以看到,肌肉上并没有很深的伤痕。链环是椭圆形的,很细,样子像一只只眼睛。与此相比,那地板上的铁环简直可用来拴马;它钉装在一根笨重的铁桩上,紧贴地面。离此几英寸远,是一张小地毯的边沿,地毯揉得很皱,显然,这是被害者试图挣扎而又肯定受到强制时,由于手脚扭动而留下的痕迹。

那个男子依然站在大约一码远的地方,身体稍稍前倾,看着那具躯体。他看看她的脸,目光游弋不定。她的黑眼睛由于眼旁的黑晕而显得更大了,嘴像嘶叫似的张开。那个男子由于站立的姿势,只能看到他的模糊的侧面,他的脸色虽然严峻,又冷静又呆滞,但从中还是可以体会到某种强烈的兴奋。他的背微微弯曲。那只仅能看到的左手离躯体不很远,正提着一件衣服,衣服是深色料子的,拖曳到地板上,这肯定是一件绣有金丝的长披风。

那男子的巨大黑影大部分被那具赤裸裸的躯体遮蔽着,那躯体上又满是血迹,血从乳房里流出来,分叉成一条条细流,流到胸部和肋部苍白的表皮上,越流越细。有一条流到了腋窝处,又沿手臂径直流成一条细细的线;有的细流经过腰部,又沿腹侧流到臀部,在大腿上分成更细的网络并开始凝结。三四条很细的血流伸展到两腿间的那个洞穴旁边,相互交叉混合,流到两条大腿叉开而成的V字的尖端处,在黑色的毛丛里消失了。

看,那具躯体现在依然完整无缺:黑色的毛丛和洁白的大腿,线条柔和的臀部,纤细的腰肢,还有,向上一点,那珍珠般圆润的胸脯这时正上下起伏着,急速地呼吸,节奏越来越快。那个站在她身旁的男子跪下一条腿,把身体凑近一点。唯一可稍稍动弹的那颗披着长卷发的头正左右晃动着,挣扎着;终于,女子的嘴咧开了,身上的伤口洞开着,大量的血在涌流,密密地分布在柔软的皮肤上,那双有意被蒙上阴影的眼睛令人可怕地越张越大,同时嘴也越张越大,头在剧烈扭动。这样持续一段时间后,渐渐地显得无力了,头只是慢慢地左右摇动,最后颓然后倾,在一大蓬散乱在天鹅绒上的乌黑头发中间兀然不动了。

在楼梯的顶端,那扇小门现在已经打开,一道微黄的、但持续不变的光线射进来,衬着这光线,分明可见的是那个身披长斗篷的男子的黑色身影。他又跨上几级阶梯便到了门槛边。

接着,整个背景变得一片空白,巨大的房间连同其中的紫色阴影及石头圆柱也已向四面八方消散而隐匿,那旋形的、令人难忘的无扶手楼梯一面上升而进入黑暗之中,一面变得越来越狭窄,越来越模糊,最后升到拱顶的上端,在那儿消失不见了。

那具躯体上的伤口已经凝合,它的光晕也开始渐渐暗淡,而旁边的那只香炉里,一缕轻烟透过静止的空气袅袅升起;起先是一个烟圈,向左飘动,随后轻快地直接上升,又转回香炉的正上方,继续向右越过香炉,又转弯回到原来的方位,这样,形成一条明确无误的曲线,而且弧度越来越大,笔直上升,升向画面的顶端。

(刘文荣　译)

冯内古格

库特·冯内古格(1922—2007),美国黑色幽默小说家,生于安纳波利斯,父亲是建筑师。进入康奈尔大学化学系,却为《康奈尔每日太阳报》写幽默小品,后来任该报编辑主任。第二次世界大战爆发后入伍,被德军俘获,在德累斯顿一个地下肉库里干活。战后又入芝加哥大学人类学系,毕业后进入通用电气公司。1950年辞去职务,专事写作。重要作品有《自动钢琴》(1952)、《第五号屠宰场》(1960)、《顶呱呱的早餐》(1973)、《老囚犯》(1979)。他的作品讽刺自动化给人带来的影响,讽喻战争的荒谬和社会的混乱,抨击美国不合时宜的政治潮流。

《无法管教的孩子》描写一个失去母亲的孩子从自暴自弃发展到厌恶周围的世界,以破坏他人的东西和公物为乐。他最后在中学铜管乐指挥的感化下,重新对生活产生了希望。小说对孩子的转变写得含蓄,令人回味,手法简练。

无法管教的孩子

早晨七点半钟，几台沾满污泥，哐啷哐啷响着的机器正趔趔趄趄地把餐馆后面的一座小山轧碾成碎块。卡车连续不断地把这些碎块运走。餐馆里面，盘碗在碗架上叮当乱响，桌子摇摇晃晃。一个面容非常和善、身体非常肥胖、脑子里装满了音乐的中年人低头望着自己早餐鸡蛋飘浮晃动的蛋黄。他的老婆到外地探亲去了。他只好自己料理生活。

这位和善的胖子名叫乔治·M. 亥尔姆霍茨，年纪四十岁，是林肯高级中学音乐系主任，也是铜管乐队指挥。生活并没有亏待他。每年他都怀着同样一个伟大的构想，梦见自己指挥着地球上最优秀的乐队。每年他的梦想都没有落空。

亥尔姆霍茨的梦想所以能够实现，是因为他深信不疑，任何人的梦想都不如他的美好。他这种信心十足的劲头解除了所有人的武装；吉瓦尼斯社、扶轮社和醒狮社[①]的社员都不得不捐助给乐队成套的演出服，价钱比他们自己最讲究的服装还高出一倍；学校的行政人员听凭亥尔姆霍茨开出一笔又一笔的预算，购买价钱昂贵的乐器；而乐队的小伙子们个个拿出全副精力为他演奏。如果小伙子的才能还有所不足，亥尔姆霍茨就干脆叫他凭勇气上阵。

亥尔姆霍茨的生活处处如意，只有一件事不妙：他不会理财。他被自己的伟大梦想弄得茫然失措，所以遇到市价行情，他简直是个无知的小孩子。十年以前，他以一千美元的价钱把餐馆后面的这座小山卖给了餐馆主人贝特·奎恩。现在事情看得很清楚，甚至连亥尔姆霍茨本人也已看到，他上了大当了。

奎恩在这位乐队指挥的餐座上坐下来。奎恩是个单身汉，一个矮小、黝黑、毫无风趣的人。他的身体不很好。他睡不着觉，总要给自己找活儿干，脸上从来不露笑容。他只有两种心情：一种是猜疑的、自怜自悯的，另一种是傲慢的、自吹自擂的。当他的生意蚀了本的时候，就出第一种心情；当他赚了钱的时候，就表现出第二种情绪。

这一天当奎恩坐到亥尔姆霍茨的餐桌上的时候，他正怀着傲慢的、自我吹嘘的心情。他嘴里吱吱咂咂地嘬着一根牙签，大谈其远大目光——他自己的目光。

"我真想知道，在我看到这座小山之前，有多少只眼睛早已看到它了，"奎恩说，"成千上万只眼睛，我敢打赌——可是我的眼睛看见的，别人就都没看见。你说有多少眼睛看过这座小山？"

"至少我的眼睛看过，"亥尔姆霍茨说。对他说来，这座小山仅仅意味着攀登的气喘吁吁，吃乌莓不用花钱，缴纳地产税，另外就是有块乐队举行野餐的地方，如此而已。

"这块地产你是从你的老头那里继承过来的，对你说来是个包袱，"奎恩说，"所以你盘算着把它甩给我了。"

---

① 这是几个有名的国际友谊俱乐部，在美国一些城镇设有分社。

“我并没有打算把它甩给你,”亥尔姆霍茨反对这种说法,“亲爱的上帝知道,价钱太便宜了。”

“你现在这么说了,”奎恩得意洋洋地说,“当然罗,亥尔姆霍茨,你现在这么说了。现在你也看到商业区正在扩展。你现在看到我当时所看到的了。”

“对的,”亥尔姆霍茨说,“太晚了,太晚了。”他向四周看了看,想找点什么分神。他看见一个十五岁的男孩向他这边走过来。这个孩子正用拖把擦洗两行餐座之间的过道。

这个男孩个子矮小,但是肌肉发达,脖子上和小臂上紧绷着一缕缕的腱子肉。从眉眼上看,孩子气还没有退尽,但只要一停下来,他就要用手指抚摸一下两颊和上唇上茸茸的细毛,好像希望它们赶快长起来似的。他拖地的样子活像一个机器人,拖把横冲直撞,一点不动脑子,但是对自己的黑皮靴却非常注意,绝不让一滴脏水溅到鞋子上。

“看见我买了这座小山以后怎么干了吗?”奎恩说,“我把它削平了,就像把堤坝扒开一样,于是人们像潮水似的涌来了,个个都想在这块地皮上盖一爿店铺。”

“嗯,”亥尔姆霍茨应了一声。他向那个孩子和蔼地笑了笑,可是孩子却视若无睹,脸上丝毫也没有认出他是谁的表情。

“我们大家都有自己的东西,”奎恩说,“你有音乐,我有眼光。”他笑了,因为两人心里都明白,哪件事能赚钱。“想就要想大事!”奎恩说:“做梦就要做伟大的梦！这才叫作目光远大。要让你的眼睛睁得比谁都大。”

“那个孩子,”亥尔姆霍茨说,“我在学校里见过他。可是从来叫不出他的名字。”

奎恩干笑了一声。“小伙子比利[1]？纳粹冲锋队员？鲁道夫·范伦铁诺[2]？快手高登?”他招呼了一声那个孩子,“喂,吉姆,过来一下!”

亥尔姆霍茨看到男孩子的眼睛像牡蛎一样没有一点表情,心坎里不禁一阵发冷。

“这是我妹夫前妻的孩子——同我妹妹结婚以前的孩子,”奎恩说,“名字叫吉姆·多尼尼。家在芝加哥南区。这个孩子脾气倔极了。”

吉姆·多尼尼攥着拖把柄的两手捏紧了。

“你好!”亥尔姆霍茨说。

“咳!”吉姆冷漠地应了一声。

“他现在跟我过,”奎恩说,“现在算是我的孩子。”

“你想搭我的汽车上学吗,吉姆?”

“啊,他想搭车上学,”奎恩说,“看看你对他有什么办法。他不跟我讲话。”他转过头来对吉姆说,“去把碗洗了,孩子,再刮刮脸。”

吉姆像个机器人似的转身走开了。

---

① 比利(1859？—1881):美国西部一个侠客,传说中的英雄。

② 鲁道夫·范伦铁诺(1895—1926):美国电影明星。

“他的父母现在在哪儿呢?”

“妈妈死了。爸爸同我妹妹结了婚,后来又把她丢了,把这个包袱扔给了她,法院不喜欢我妹妹的教育方法,把他放在几个人家寄养了一阵。后来他们又决定让他离开芝加哥,所以这个包袱如今落到我肩上。”奎恩摇了摇头,“生活真是件古怪的事,亥尔姆霍茨。”

“有时候也并不是那么奇怪,”亥尔姆霍茨说,他把面前的鸡蛋推开。

“仿佛出现了一个不同种族的人,”奎恩说,语气中充满了迷茫。“同我们这里的孩子完全不一样。瞧瞧他穿的那双靴子,那件黑夹克。而且这孩子总是一声不吭,不跟别的孩子打交道,不用功。我想他念书作文都很不成。”

“他对音乐有一点点喜爱吗? 或者绘画? 或者小动物?”亥尔姆霍茨问,“他爱不爱收集什么?”

“你知道他喜欢什么?”奎恩说,“他就喜欢擦他那双靴子——躲在没人的地方擦靴子。什么时候他能一个人躲起来,地板上摆满了连环图画,一边擦靴子一边看电视,那他简直像进了天堂了。”奎恩有些忧伤地笑了笑。“是的,他也收集了些东西,可是叫我拿来一股脑儿扔到河里去了。”

“扔到河里了?”亥尔姆霍茨问。

“是的,”奎恩说,“八把刀子——有的刀子刀身有手巴掌那么长。”

亥尔姆霍茨的脸变白了。“噢,”他感到脖颈上有一种刺似的感觉。“这是林肯高级中学遇到的一个新问题。我简直不知道该怎样考虑这件事。”他把撒在桌面上的盐整整齐齐地撮成一小堆,正像他要自己的凌乱的思想理一理那样。“这是一种病症,你说是不是? 是不是该这样看这个问题?”

“病症?”奎恩说,他把桌子砰地一拍。“你再说一遍!”他又拍了拍自己的胸脯。“奎恩医生恰好知道怎样给这个孩子治病!”

“怎么治?”

“别说什么孩子有病,叫人可怜这些话了,”奎恩神色严厉地说,“他在社会福利工作人员那里,在青少年法庭,在天晓得都是哪些人那里,这套话听得已经够多的了。从现在起,我就把他当成一个没有出息的小流氓。我要好好管教管教他,要么他就改邪归正,走上正轨,要么迟早去蹲一辈子监狱。”

“我明白了,”亥尔姆霍茨说。

“喜欢听音乐吗?”在两人坐上亥尔姆霍茨的汽车,驶向学校的途中,亥尔姆霍茨兴冲冲地问吉姆。

吉姆一句话也不说。他在摸索自己的鬓须和嘴唇上的小胡子;他并没有把它们剃掉。

“用手指敲过鼓点,或者用脚打过拍子吗?”亥尔姆霍茨又问。他发现吉姆的靴子上系着一副小铁链,这除了走路时发出丁零当啷的声音外,并没有别的用处。

吉姆厌烦地叹了口气。

“或者吹过口哨?”亥尔姆霍茨说,“如果这些事有一件你爱做,你就像拾到了一把钥匙,可以打开一个崭新的世界。你就能走进一个非常、非常美丽的世界去。”

吉姆不屑地噗噜了一下嘴唇。

“就是这样!”亥尔姆霍茨说,“这是吹奏铜管乐器的一项最基本的动作。每一种铜管乐器能够发出的奇妙音响都从用嘴唇噗气开始。”

吉姆换了个姿势,亥尔姆霍茨的老汽车的弹簧在吉姆屁股底下吱咀咀地响了一下。亥尔姆霍茨一心认为这是吉姆对他的话发生了兴趣的表现。他转过身来,脸上流露出意气相投的笑容。没想到吉姆扭动身体,只是为了从紧瘦的皮夹克里层口袋里取出一支纸烟。

亥尔姆霍茨非常狼狈,一时连批评的话也说不出来了。直到汽车已经开到目的地,转进教师的停车场,他才又找到了几句话说。

“有的时候,”亥尔姆霍茨,“我也感到非常孤独,对任何事都觉得厌烦。我简直不能再忍受了。我什么发疯的事都想做,只是为了发泄发泄自己的郁闷——我明明知道这些事对我并不好,我也不在乎。”

吉姆非常内行地喷了个烟圈。

“可是,就在这个时候,”亥尔姆霍茨说。他啪的一声打了个榧子,又嘟嘟地按了两声汽车喇叭。“就在这个时候,吉姆,我想起来我在宇宙中还有一个小小的角落,我愿意把它摆弄成什么样子就摆弄成什么样子。我可以走进去,瞧着它,心里乐开花,直到我觉得自己又成为一个新人,又无比幸福起来。”

“你可真运气,”吉姆说,打了个呵欠。

“我确实走运,”亥尔姆霍茨说,“我的这块小天地不在别处,它就在我的乐队周围的空气里。我可以用音乐把它填满。毕勒先生在动物园里有他的小蝴蝶。特洛特曼先生在物理学里有他的摆锤和音叉。让每一个人都有这样一个小小的天地,这大概就是我们教师的最大的职责了。我——”

汽车门又打开,又砰的一声关上,吉姆已经跑得无影无踪了。亥尔姆霍茨把吉姆的纸烟踩灭,把它掩盖在停车场上的砂粒底下。

亥尔姆霍茨上午第一节是给C组乐队排练。这组的学生都是初学者。他们都使出最大的力气来,嘀嘀嗒嗒、呜呜哇哇地练习着,一心盼望走过一条很长、很长的道路,通过B组,最后升入A组,升入正式代表林肯高级中学的百人乐队,世界上最优秀的铜管乐队。

亥尔姆霍茨走上了指挥台,举起指挥棒。“同学们,你们不要老认为自己不成,你们吹得着实不错,”他说,“一、二、三。”指挥棒落了下来。

C组乐队开始了一场对美妙音响的追逐——像一台生锈的机车一样开始了这场追逐:气门卡住了,管道堵塞了,管套节漏气,轴承的润滑油全部都枯干了。

过了一小时,亥尔姆霍茨仍然笑容满面。因为他的脑子里听到的是他将来有一天会听到的声音。他的喉咙嘶哑了,整整一小时他一直伴着乐队歌唱。他走到大厅里,到喷水龙头那儿去喝水。

他正在喝水，忽然听到小铁链的丁零当啷的声音。他抬起头，看到了吉姆·多尼尼。学生像潮水一样，从一个教室跑向另外一个教室，有时停下来彼此打打招呼，接着又呼啦一下子涌过去。只有吉姆孤零零地不同别人在一起。他有时也停下来。但不是为了同谁打招呼，而是在裤脚上蹭蹭皮靴尖。他的样子倒有些像闹剧里的一名暗探，眼睛里什么都不放过，但对什么都不感兴趣；他只盼望着一个伟大的日子，到那一天整个世界都要闹得天翻地覆。

"哈罗，吉姆，"亥尔姆霍茨说，"我刚才还想到你。我们这里有不少在课余活动的小俱乐部。你在那里可以认识不少人，这个方法再好也没有了。"

吉姆上下打量了亥尔姆霍茨一番。"也许我不想认识很多人呢，"他说，"想到过这个吗？"他走开的时候，用力跺着脚，弄得铁链当啷啷地响个不停。

当亥尔姆霍茨回到指挥台给 B 组乐队排练的时候，一张条子正在等着他，通知他回去开一个紧急校务会议。

会议讨论的是学校发生的一件破坏案。

不知什么人闯进校园，英语系主任克瑞恩先生的办公室遭到一场洗劫。这个倒霉鬼的全部财产——书籍、证书、旅行英国的照片、十一本小说的手稿（都只是开了个头）——全部被撕毁，揉烂，弄得乱七八糟，扔得遍地都是，不只被踩得稀烂，而且还都洒上了墨水。

亥尔姆霍茨难过极了。他简直不能相信会发生这样的事。他说什么也不愿意这件事，直到这一天夜深，在一场噩梦里，这件破坏案对他才成为现实。亥尔姆霍茨梦见一个男孩，长着梭鱼的牙齿，铁钩一样的两只爪子。这个怪物爬进学校的一扇窗户，跳到乐队排练室的地板上，接着就把全州最大的一只大鼓的鼓面撕得粉碎。亥尔姆霍茨号叫着从梦中惊醒。毫无办法，他只能穿起衣服，到学校去走一遭。

清晨两点，亥尔姆霍茨去乐队排练室里抚摸着大鼓的鼓面，守夜人站在一旁看着，亥尔姆霍茨把大鼓在鼓架上翻过来，掉过去，把鼓里面的小灯泡打开又关上，关上又打开，大鼓丝毫也没有损坏。守夜人离开他，继续到外边去巡逻。

乐队的宝库安然无恙。亥尔姆霍茨怀着守财奴清点财物时那种志满意得的心情把其他乐器也一件件地爱抚了一阵。以后，他就开始擦拭起大号来。他擦拭的时候，耳边响起了这些大号的嘹亮的声音，他的眼睛看到号角在阳光下闪耀发光，看到星条旗和林肯中学的校旗在乐队前边飘扬飞舞。

"锵——锵，嘀嘟——嘀嘟，锵——锵，嘀嘟——嘀嘟，"亥尔姆霍茨高兴地唱起来，"锵——锵——锵，啦——啦——啦——啦，锵——锵，锵——锵，砰！"

他停下来，为幻想中的乐队挑选下一支乐曲。就在这个时候，他听到隔壁化学实验室有人窸窸窣窣地偷着干什么。亥尔姆霍茨蹑手蹑脚地走进大厅，一下子打开实验室的门，捻开电灯。吉姆·多尼尼正一手拿着一瓶硫酸，往元素周期表，写满化学公式的黑板和拉瓦济耶①的半身像上浇泼。亥尔姆霍茨一辈子也没看见过这样让他从心坎里感到厌恶的景象。

吉姆摆出一副满不在乎的样子,笑了笑。

“你给我出去,”亥尔姆霍茨说。

“你打算怎么办?”吉姆问。

“清理战场。尽我的力量抢救一些东西,”亥尔姆霍茨说,完全处在一种迷惘的状态里。他拿起一团用过的棉花团,开始擦拭硫酸。

“你打算去喊警察吗?”吉姆说。

“我——我不知道,”亥尔姆霍茨说,“我的脑子麻木了。如果我抓住你破坏大鼓,我想我会一拳把你打死。但是我一点也不明白你这是在——你想你是在干什么?”

“该叫这个鬼地方翻个个儿了,”吉姆说。

“是吗?”亥尔姆霍茨说,“也许该这样,如果我们的一个学生居心非把这个学校毁掉不可。”

“你说说,学校有什么用?”吉姆问。

“没什么大用处,我想,”亥尔姆霍茨说,“学校只不过是人类能做到的一件最好的事情而已。”亥尔姆霍茨感到束手无策,便开始自言自语起来。他本来有一套教育孩子像大人一样守规矩、懂礼貌的窍门,可是这些窍门都需要孩子有所恐惧,有所喜爱,或者怀着什么梦想。而如今他面前的这个孩子却既没有怕的,也没有爱的,更没有任何梦想。

“如果你把所有的学校都砸烂了,”亥尔姆霍茨说,“我们就什么希望也没有了。”

“什么希望?”吉姆问。

“希望每个人都会为他能够活着而感到高兴,”亥尔姆霍茨说,“甚至希望你也能这样。”

“别让人笑掉大牙了,”吉姆说,“这个垃圾堆只不过叫我每天来受罪。还是说说你打算怎么办吧!”

“反正我得做点事,不是吗?”亥尔姆霍茨说。

“你爱怎么办就怎么办,我才不在乎呢,”吉姆说。

“我知道,”亥尔姆霍茨说,“我知道。”他把吉姆推进乐队排练室他自己的一间小办公室里,拨了校长室的电话号码,呆呆地等着电话铃声把老校长从床上拖起来。

吉姆开始用一块破皮拂拭自己的靴子。

但是,亥尔姆霍茨没等校长接电话,突然又把听筒放在电话机上。“除了撕呀,劈呀,砸呀,毁呀,你难道就没有喜欢的事可干了?”亥尔姆霍茨喊道,“有没有你喜欢的东西,除了你那双靴子以外?”

“快打电话吧!爱给谁打就给谁打!”吉姆说。

---

① 拉瓦济耶(1743—1794):法国著名化学家。

亥尔姆霍茨打开一个小橱柜,从里面拿出一把小号来。他把这把小号塞到吉姆手里。"给你,"他说,因为情绪激动而呼呼地喘着气。"这是我的宝贝。这是我最心爱的东西。我现在把它给你,让你把它砸坏。我绝不动一根手指阻拦你。你去破坏这把小号的同时,还可以享受另外一种乐趣,你可以看着我怎样为它心碎。"

吉姆惊奇地望着他。他把小号从手里放下。

"砸呀!"亥尔姆霍茨说,"如果世界这么虐待你,你是有权利把这小号砸烂的。"

"我——"吉姆说。亥尔姆霍茨揪住了他的皮带,又用一只脚顶住他的后腰,一下子把他撂倒在地上。

亥尔姆霍茨把吉姆的靴子从他的脚上扒下来,远远扔到一个角落里。"去你的!"亥尔姆霍茨狠狠地说。他又把孩子一下子从地上拽起来,再一次把小号塞到他的臂弯里。

吉姆·多尼尼现在鞋袜全没有了,因为亥尔姆霍茨在给他脱靴子的时候,连袜子也一齐扒下去了。孩子低头看着自己的两只脚。一度像只黑粗的大木棒的两脚又瘦又小,简直像小鸡的翅膀——瘦骨嶙峋,颜色有些发青,而且还不干净。

小孩先是微微发颤,接着就全身抖动起来。每抖动一次都好像把五脏六腑里的什么东西抖松了,直到最后,他已经完全不成人样了。再不是一个小孩子。他的头左右摇摆,仿佛只等着一死了。

亥尔姆霍茨悔恨得要死。他一下子把孩子搂到怀里。"吉姆!吉姆!听我说,孩子。"

吉姆不再发抖了。

"你知道我给的是什么——这把小号!"亥尔姆霍茨说,"你知道这把小号有什么特别的地方?"

"它从前是约翰·菲力普·苏萨①的!"亥尔姆霍茨说。他温柔地把吉姆摇来摆去,仿佛试图让他重新活过来似的。"我用这个来同你交换,吉姆——换你的靴子。小号是你的了,吉姆!约翰·菲力普·苏萨的小号是你的了!它值好几百块钱,吉姆——值好几千块钱。"

吉姆把头靠在亥尔姆霍茨的胸脯上。

"它比你的靴子有价值多了,吉姆!"亥尔姆霍茨接着说,"你可以练习吹小号。你是个了不起的人了,吉姆。你是吹约翰·菲力普·苏萨的小号的号手了!"

亥尔姆霍茨慢慢地放开吉姆,认定吉姆会一个跟头栽倒在地上。但是吉姆并没有倒下。他一个人站在那里,手里仍然拿着那把小号。

"我把你送回去,吉姆,"亥尔姆霍茨说,"作为一个好孩子,今天夜里的事我对谁也不说。把小号擦擦亮,学着做一个好孩子。"

"把我的靴子给我,成吗?"吉姆痴呆呆地说。

---

① 约·菲·苏萨(1854—1932):美国著名军乐作曲家,乐队指挥。

“不,”亥尔姆霍茨说,“我觉得靴子对你没有好处。”

他用车把吉姆送回了家。他把车窗打开,冷空气似乎使吉姆的精神恢复了一些。车子开到奎恩的餐馆,他让吉姆下了车。吉姆的光脚板走在人行道上,发出啪嗒啪嗒的声音;在空荡荡的街道上,这声音传得很远。吉姆从一个窗口爬进去,回到厨房后面他睡觉的那个房间里去。于是一切又都沉寂下来。

第二天早上,沾满污泥、趔趔趄趄、哐啷哐啷地响着的机器继续实现着奎恩的梦境。这些机器现在正在平整餐馆后面原来伫立着小山的那块地面。它们把这块地开得如同台球的桌面一样光滑。

亥尔姆霍茨又一次坐在餐馆里。奎恩又坐到他的餐桌上。吉姆仍然在拖地。吉姆始终不抬眼皮,但一眼也不看亥尔姆霍茨。有时候脏水浅到他脚上瘦小的运动鞋上,他好像一点也不在乎了。

“连着两天在这里吃早餐了?”奎恩说。“家里有什么事吗?”

“我的老婆还没回来,”亥尔姆霍茨说。

“猫儿不在家的时候——”奎恩说,挤了挤眼睛。

“猫儿不在家的时候,”亥尔姆霍茨说,“这只老鼠就寂寞了。”

奎恩向前探了探身子。“你就是为这个才半夜从床上爬起来? 寂寞了?”他朝着吉姆点了点头,“孩子! 去把亥尔姆霍茨先生的小号拿来。”

吉姆抬起头来,亥尔姆霍茨这时看到的眼睛又变得同牡蛎一样死气沉沉了。吉姆走出去拿小号。

奎恩现在露出非常激动,非常恼怒的样子。“你把他的靴子拿走了,给了他一只小号。你认为我就一点也不好奇吗?”他说,“我就不盘问他? 我就不会发现他在学校里搞破坏的时候被你捉住了? 你自己会让人看成了为非作歹的坏蛋的,亥尔姆霍茨。你就没有想到你可能在作案的地方丢掉你的指挥棒、乐谱,或者你的行车执照?”

“我并没有想隐藏什么线索,”亥尔姆霍茨说,“我只是做了我所做的事。我本来要告诉你的。”

奎恩直跺脚,皮鞋像小耗子似的吱吱地叫着。“是吗?”他说,“好吧,我倒也有点新闻想告诉你呢!”

“什么新闻?”亥尔姆霍茨不安地说。

“我同吉姆的关系算完了,”奎恩说,“昨天夜里的事已经到头了。我就要把他送回他来的地方。”

“再送到一户人家去过寄养的生活?”亥尔姆霍茨有气无力地说。

“让那些专家们爱怎么管教他就怎么管教去吧!”奎恩向后一靠,大声喘着气,好像因为去掉了一个包袱而浑身瘫软了。

“你不能这样做,”亥尔姆霍茨说。

“我能,”奎恩说。

“这样做就把他毁了,”亥尔姆霍茨说,“再一次这样被人扔掉,他是经受不起的。”

“他什么也感觉不到，”奎恩说，“我好心帮助他也好，打他骂他也好，他都无动于衷。谁也拿他没办法。他身上根本没有神经。”

“他是一束受了创伤的神经组织，”亥尔姆霍茨说。

这束受了创伤的神经组织拿着小号走回来，又冷冷地把它放在亥尔姆霍茨面前的桌子上。

亥尔姆霍茨勉强笑了笑。“这是你的，吉姆，”他说，“我把它给你了。”

“你还是把它拿走吧，亥尔姆霍茨，趁现在还不晚，”奎恩说，“他不要这个。你给了他，他也不过用它换一把刀子，或是一包纸烟。”

“他还不知道这把小号的价值，”亥尔姆霍茨说，“要过一段时间他才会知道。”

“它有什么了不起的地方吗？”奎恩问。

“有什么了不起？”亥尔姆霍茨几乎不敢相信自己的耳朵，“有什么了不起？”他不明白，居然有人见到这个乐器而不神驰目眩，“有什么了不起？”他又嘟囔了一句。“这把小号原来是约翰·菲力普·苏萨的。”

奎恩像个傻子似的眨巴着眼睛，“谁的？”

亥尔姆霍茨的两手像一只垂死的小鸟的翅膀，在桌面上抖动着。“不知道谁是约翰·菲力普·苏萨？”他尖叫道。他再也说不出话来了。这个题目太大了，不是他这样一个疲惫不堪的人能够讲得完的。小鸟喘出了最后一口气，僵卧不动了。

沉默了好一会儿，亥尔姆霍茨把小号拿了起来。他首先吻了吻那冰冷的嘴，接着就吹奏起一段像梦境一般美丽的独奏乐段来。从小号的喇叭口上边，亥尔姆霍茨盯视着吉姆·多尼尼的脸。那张脸好像是在空间飘浮着，仍然是一副死沉沉麻木不仁的样子。这时亥尔姆霍茨了解到，人也好，人的宝贵财富也好，对某些事物是无能为力的。他本来认为，他的最巨大的财宝，他的小号，可以为吉姆买来一个灵魂。现在看来，这把小号是一钱不值了。

亥尔姆霍茨把心一横，拿起小号便在桌沿上一阵乱敲。接着，他又在一个挂衣架上把它折弯。他把这支糟蹋得不成形状的东西递给了奎恩。

“你把它砸坏了，”奎恩目瞪口呆地说，“你这是干什么？你要证明什么？”

“我——我不知道，”亥尔姆霍茨说。在他的心底里翻腾着一句非常恶毒的诅咒，就像火山爆发前的轰鸣一样。过了一会儿，这句话还是忍不住迸出口来了：“生活真他妈的一点意思也没有，”他说。亥尔姆霍茨极力忍着自己的泪水和羞愧，一张脸扭曲得都变形了。

亥尔姆霍茨，这座像人一样行动着的大山，一下子崩溃了。吉姆·多尼尼的眼睛里充满了怜悯和震惊。他的眼睛又活过来了，又成为人的眼睛了。亥尔姆霍茨的信息已经传递过去了。奎恩看了看吉姆，在他的那副非常孤独、苍老的面孔上，第一次闪现出类似希望的神情。

两个礼拜以后，林肯高级中学开始了一个新的学期。

在乐队排练室里，C组乐队的队员正等待着他们的指挥，等待着展开自己的前程。

亥尔姆霍茨登上了指挥台,用指挥棒在谱架上敲了敲。“《春之声》,”他说,“大家听到了吗？演奏《春之声》。”

当小音乐家们往谱架上放乐谱的时候,屋子里响起了一片窸窣的声音。准备工作马上便做好了,在随之而来的似乎孕育着些什么的寂静中,亥尔姆霍茨朝吉姆·多尼尼看了一眼。吉姆正坐在这所学校的一个水平最低的乐队的一组水平最低的小号手的最末一个座位上。

吉姆的小号,约翰·菲力普·苏萨的小号,乔治·M·亥尔姆霍茨的小号,已经修理好了。

“我们不妨这么想,”亥尔姆霍茨说,“我们的目的是使这个世界比我们走进它的时候更加美丽。这是可以做到的。你们就可以做到。”

从吉姆·多尼尼都那里传来了一声类似绝望的低声叹息。吉姆本来不想让别人听到,但是那沉痛的声音还是钻进了每个人的耳鼓。

“该怎样做呢?”吉姆说。

“爱自己,”亥尔姆霍茨说,“要让你的乐器把它歌唱出来。一、二、三。”他的指挥棒落了下来。

（傅惟慈　译）

昆德拉

米兰·昆德拉(1929—　)捷克籍的法国作家。生于捷克的布尔诺,父亲是音乐研究者。当过工人、爵士乐手,从事过绘画和电影教学。作品屡遭查禁。1975 年流亡到法国。作品有《玩笑》(1967)、《笑忘录》(1976)、《生命中不能承受之轻》(1984)、《不朽》(1990)等。他以幽默的反讽解剖人生,针砭社会现实的荒诞,反对“媚俗”,以轻松的文体开掘深沉的主题,哲理性较强,并吸收了现代派的叙事手法,如复调对位。

《搭车游戏》构思巧妙:一个小伙子和一个姑娘出游,出于换换口味和寻找刺激,姑娘扮演要搭车的角色,为此,出现一系列假戏真做的情景。她不是小伙子的意中人,而成了一个妓女,未来的假日是否还会有情侣出游的乐趣呢？其中隐含着深邃的哲理。

搭车游戏

一

油量表上的指针突然向警戒线倾斜。双座运动车的年轻驾驶员断言这辆车的吞油量简直要教人发疯了。“咱们可别又把汽油用光了。”坐在他身旁的姑娘(年约二十二岁)不满意地说。她提醒这个年轻人类似情况已在好几处发生过了。小伙子回答说他并不担心,因为和她在一起不管经历什么对他来说都具有冒险的魅力。姑娘可并不同意这种说法。每次在公路上用完了油,她说,都只是她单方面的冒险。小伙子总是藏了起来,而她却不得不利用自己的魅力竖起拇指搭上一趟车[①],到就近的加油站灌汽油,然后又竖起拇指搭上另一趟车背着一桶油赶回来。小伙子问姑娘那些让她搭车的司机是否有些令人不快,因为听她的口气好像她的差使一直是种苦难似的。她回答说(用一种笨拙的轻佻口吻)有时他们非常令人愉快,只不过这并没有给她带来任何好处,因为她让那么一桶汽油累赘着,而且往往还没等有什么举动,就不得不离开他们了。“猪猡!”小伙子骂了一声。姑娘立即抗议说她不是猪,可他却是名副其实。天晓得他单独驾车行驶时有多少姑娘在公路上截过他!小伙子一边开车,一边搂住姑娘的肩膀,轻轻吻了一下她的额头。他清楚地知道她爱他,正因如此她才那么容易吃醋。嫉妒虽不是令人愉快的品质,但是倘若不太过分(并且和谦逊结合在一起),那么,尽管它教人感到别扭,却也有其动人之处。至少小伙子是这么想的。他年仅二十八岁,却觉得自己已相当老练,完全了解一个男人所能了解的有关女人的一切。在他身旁的这位姑娘的身上,他所看重的恰恰是他在一般女人身上最难找到的品质:纯洁。

当他看见右边有块路标指明距前方加油站四分之一英里时,油量表上的指针已移到警戒线上。姑娘还没来得及说出她感到如释重负一样,小伙子已打出左转信号,汽车驶入加油泵前的空地。可是,他不得不将车停在离油泵稍远的地方,因为油泵旁停着一辆运油大卡车,车上载着一只庞大的金属罐和一根粗笨的导管,它正在给油泵灌油哩。“我们只好等着了,”小伙子对姑娘说道,然后钻出汽车。“需要多长时间?”他朝身着工装裤的男人喊道。“一会儿就好,”那位工作人员回答。“这话我早就听过,”小伙子说。他想回到车上,但看见姑娘已从另一面跨了出来。“我想借此机会溜达溜达,”她说。“去哪儿?”小伙子故意刨根问底,想看看姑娘的窘态。他认识她已足足一年,可她仍会在他面前害羞。他喜欢看见她害羞,一则因为这种时刻使她有别于他以前遇到过的那些女人,另外也因为他深知宇宙万物稍纵即逝,因此在他看来自己女友的羞怯也就十分珍贵。

二

姑娘实在不愿意在旅途中(小伙子开车常常一连几个小时不停息)出于无奈而要

---

① 在西方国家,人们要求搭车时,一般都竖起拇指。

求他在靠近树丛的某个地方暂时停一会儿。当小伙子故作惊讶地询问为何要停时，她便会生气。她很清楚自己的羞怯既滑稽可笑又不合时宜。上班时她多次注意到人们因此而笑话她，故意用话语刺激她。她总是在还未搞清楚自己怎么会害羞时就已经害羞了。她常常渴望泰然自若地、大大方方地看待自己的身体，就像她周围大多数妇女那样。她甚至编出了一套特殊的自我劝导课程：反反复复地告诉自己每个人出生时都是从千百万可用肉体中得到了一个，正如在一座硕大无朋的旅馆中从上百万间客房中分到了一间一样。因而，肉体完全是偶然的、非个人的，它只是一个现成的借用之物。她以不同的方式用这些话反复告诫自己，然而却从未奏效。这种灵与肉的二元论同她格格不入。她太注重自己的肉体了。这便是她常常为自己的肉体而感到忧虑的缘由。

即便是同这个小伙子相处，她也常有同样的忧虑。她与小伙子相识已一年。和他在一起，她深感幸福，也许正是因为他从不把她的肉体和她的灵魂分割开来，这样她便可以完整地和他生活在一起。这种灵与肉的一体性给她带来幸福感，然而也恰恰在这幸福感的背后潜隐着猜疑。姑娘的心里就充满了猜疑。例如，她常会突然想到别的女人（那些从不忧虑的女人）更具有吸引力和诱惑力。小伙子非常熟悉这类女人，对此他毫不隐瞒。姑娘担心他总有一天会为这样一个女人而离开她。（不错，小伙子曾声称他遇到的这类女人已够他一辈子受的了，可姑娘明白他实际上比他自己想象的要年轻得多。）她希望小伙子完全属于她，她也完全属于小伙子。然而她常常觉得自己越是想献给他一切，就越是要对他有所拒绝：即一般轻浮、浅薄的恋爱或调情所轻易给人的东西。令她烦恼的是她无法将轻松愉快和严肃端庄有机地结合起来。

可此时此刻她毫不担忧，心中也丝毫没有类似的想法。她感觉良好。这是他们度假的第一天（她一年来梦寐以求的为期两周的度假）。天空一片蔚蓝（整整一年她都在担心天空会不会真正蔚蓝），而他就在自己身旁。听到这句“去哪儿？”姑娘的脸唰地一下红了。她没有作声，离开了汽车，向加油站走去。加油站孤零零地建在公路旁边，周围都是农田。约一百码开外（同他们旅行的方向一致），有一片树林。姑娘朝那里走去，隐身在一丛小灌木的后面，感到心情十分欢愉。（孤寂时，她所爱的男人的出现会使她极为喜悦。但是倘若他总是与她形影不离，这种喜悦便会不断地消失。唯有她孤身独处时，她才能紧紧把握住这种喜悦。）

当她从树林中出来返回公路时，加油站已清晰可见。载汽油的大卡车已经开始驶出，他们的那辆小汽车正向油泵的红色角塔移动。姑娘沿着公路朝前面走去，不时地回头看看他们的车是否在驶来。最后小汽车终于进入了她的视线。她停下步子，开始朝它挥手，就像一名要求搭车的女子向一位陌生人的汽车挥手那样。运动车放慢速度，紧挨着姑娘停下了。小伙子朝车窗侧过身子，摇下窗玻璃，微笑着问道：“你去哪儿，小姐？”“你去比斯特里察吗？”姑娘轻佻地朝他微笑。“是的，请上车吧！”小伙子说着打开了车门。姑娘一上车，马达便启动了。

三

每当看到姑娘心情愉快，小伙子总是很高兴。因为这种情况实属难得。姑娘的工作相当劳累,工作环境也不尽如人意,经常加班加点,却得不到应有的补休。家中又有一位体弱多病的母亲。因而她经常感到疲惫不堪。她既没有特别坚强的神经又缺乏特别坚定的自信,动辄就会陷于忧虑和恐惧状态。正因如此,只要姑娘面露喜色,小伙子都会以父亲般温柔的关切表示欢迎。他朝她笑了笑,说:“今天真走运。我开车五年了,还从未遇到过这么漂亮的搭车姑娘。”

姑娘对小伙子的恭维星星点点都很感激。她希望在这种温情中多流连一会儿,因此说道:“你非常善于撒谎。”

“我看上去像个撒谎的人吗?”

“你看上去很喜欢对女人撒谎,”姑娘说。

她的话语中不知不觉又冒出了一点儿她惯有的忧虑,因为她确实相信自己的男友是喜欢对女人撒谎的。

姑娘的嫉妒常常使小伙子感到恼怒。但这一次他却全然不当回事儿,因为毕竟她这话不是针对他,而是对那位陌生司机说的。因此他只漫不经心地问道:“你在意吗?”

“如果我与你同行,那么我当然在意啰,”姑娘回敬道。她的话语中隐含着一种传达给小伙子的微妙的指示性的信息。可她接下去的后半句却仅仅是针对陌生司机的:“但我与你素不相识,所以我并不在意。”

“自己男人的事总是比陌生人的事更容易使一个女人操心,”(这是小伙子此时传达给姑娘的微妙的、指示性的信息,)“鉴于我们俩素不相识,我们在一起准能处得挺不错。”

姑娘故意不想领会小伙子话中的弦外之音,她下面这句是专门说给陌生司机听的:

“既然我们一会儿就要分道扬镳,这又有什么关系呢?”

“为什么?”小伙子问。

“咳,我一到比斯特里察就下车。”

“那么倘若我与你一起下车又会怎么样呢?”

听他这么说,姑娘抬头瞅了小伙子一眼,发现他看上去正是她在最为痛苦的嫉妒时刻所想象的那个样。小伙子对她(一个素不相识的搭车姑娘)的奉承和调情以及他的潇洒程度使姑娘感到十分惊恐。她于是故意以作对的挑衅口吻回敬道:“我倒想知道你将如何对待我?”

“我不用多费脑筋就知道如何对待这么一位漂亮女人,”小伙子献殷勤地说。现在他这话更多是讲给自己的女友听的,而不是讲给那个搭车姑娘听的。

然而这句奉承话却使姑娘觉得她仿佛当场捉住了他的什么把柄,仿佛她玩了一个花招骗到了他的自供状。一种对小伙子的强烈憎恨突然在她心中闪现。“你是否有点过于自信了?”

小伙子看了看姑娘。他觉得她那张充满敌意的脸完全扭曲了。他为她感到难过,渴望重新见到她平日的惯常表情(他一直称之为孩子气的纯朴表情)。他把身子靠过去,搂住她的肩膀,温柔地喊着她的名字,这是他平日和她说话时称呼她的名字,想借此结束这场游戏。

可是姑娘挣脱开来,说道:“你未免太性急点儿了吧!”

碰了这么个钉子,小伙子说了声“对不起,小姐”,然后他不再言语,默默地望着公路的前方。

四

然而,姑娘那可怜的嫉妒来得快,也去得快。毕竟她是个明白人,完全懂得这仅仅是一场游戏。这会儿想到出于一时嫉妒竟愤然拒绝了自己的恋人,她甚至感到有点滑稽可笑。如果被他发现是什么促使她这个样,对她来说肯定不是件愉快的事。幸而女人具有一种神奇的禀赋,能在事后改变自己行为的含义。凭着这一禀赋,她决定表示自己并非出于愤怒而是为了把这搭车游戏玩下去才拒绝他的。在度假的第一天玩这荒诞可笑的搭车游戏再合适不过了。

于是她重又扮演起搭车姑娘来。这位搭车姑娘刚才断然拒绝了过于大胆的年轻司机,但那仅仅是为了让他得手慢一些,以便更富刺激性。她朝小伙子半侧过身子,用爱怜的口吻说:

“我并没有冒犯你的意思,先生!”

“对不起,我不会再碰你了,”小伙子说。

他希望姑娘停止游戏,恢复自我。可姑娘不愿听从,断然拒绝。对此他十分恼火。既然姑娘执意要继续扮演自己的角色,他也就将怒火转向了这个陌生的搭车姑娘。忽然间,他猛地发现了自己这个角色的性格:他不再说那些献殷勤的话了,原先他是想以此来婉转地奉承姑娘的。他开始扮演一个莽汉的角色,摆出一副男性的粗暴面孔来对待女人:专横独断、讽刺挖苦、自以为是。

这个角色使小伙子一反平日对姑娘温柔体贴的常态。不错,在与她相识之前,他对待女人确实是粗鲁多于温柔。但还不至于像没有心肝的粗暴之徒那样,因为他从来都是既没有表现出特别的意志坚强也没有表现出特别的冷酷无情。然而,虽说他生来不是这种人,但内心却曾向往过当那么一回。当然啰,这仅仅是一种颇为天真的愿望,可它确实存在过。孩童般幼稚的愿望往往在经历了成年思维的各种考验之后,到了成熟的老年还依然存在。现在这一天真的愿望立即不失时机地在小伙子所扮演的角色中体现出来了。

小伙子带有嘲讽色彩的缄默很合姑娘的心意——这使她从自我中解放了出来。因为她本人可说是嫉妒的化身。一旦那个过于殷勤、巧于诱惑的青年从自己身旁消失,取而代之的是一张不可接近的、冷冰冰的面孔,姑娘的嫉妒心也就随之消退了。这样她便可以忘却自我,完全进入角色。

角色?什么样的角色?那是个从庸俗文学作品中读到的角色,搭车姑娘拦截汽车并非真正为了搭车,而是想借此引诱开车的男子。她称得上是一位手腕高明的诱惑者,非常熟谙如何灵巧地施展自己的魅力。姑娘不知不觉进入了这个愚蠢、浪漫的角色,演得如此轻松自如,连她自己都感到吃惊。她简直着了迷了。

五

小伙子的生活中最最缺乏的便是轻松愉快。他的主要生活道路被规划得一板一眼,丝毫不得有所偏离。他的工作不只是一天八小时。八小时之外的时间还要被各种各样索然无味的强制性的大小会议和业余学习所侵占。甚至连他那少得可怜的私生活时间也逃脱不了无以数计的男女同事的注意。私生活从来不是个人秘密,有时甚至成为人们茶余饭后消闲的话题,被公开地讨论。就连为期两周的休假也未能给予他一种自由感和冒险感。刻板的规划像灰色的阴影一样也投到了这里。在我国,夏季旅游膳宿供应紧张,这迫使他在六个月之前就得预订塔特拉山上的旅馆房间。而预订房间需要本单位的介绍信,这样一来他便一刻也没能避开单位中那个无所不在的大脑的监视。

对于这一切他早已习以为常。然而与此同时,一览无余的生活道路引起的可怕念头不时地袭上心头——在这条生活道路上他总是被人跟踪,总是暴露在每个人的眼睛面前,无法躲避。此刻这一念头重又出现了。通过这一奇特的突如其来的联想,他那条象征性的生活道路竟与眼前他正驾车行驶的公路合为一体了——这导致他突然决定采取一个疯狂的行动。

"你刚才说想去哪儿?"他问姑娘。

"去班斯卡-比斯特里察,"她答道。

"在那里你有何贵干?"

"我有个约会。"

"同谁?"

"同某位绅士。"

小汽车正好开到了十字路口。年轻的司机放慢车速,以便看清路标,然后向右拐去。

"如果你不能如期赴约,又将怎样呢?"

"那将是你的过错,你就得把我照顾好。"

"显然你没有注意到,我已拐向新扎姆基了。"

"真的?你疯了!"

"别害怕,我会好好照顾你的,"小伙子说。

他们就这样一边开车一边说着话——素不相识的司机和搭车姑娘。

搭车游戏一下子加快了一挡。小汽车不仅偏离了幻想中的目标:班斯卡-比斯特里察,而且也偏离了他们早晨驰向的真正目标:塔特拉山和那间预订的房间。虚构的故事向真实生活发动了突然袭击。小伙子不仅在离开自我,而且也在离开那条丝毫不容偏离的笔直道路。迄今为止他一刻也不曾偏离过它。

"可你自己说要去塔特拉山的!"姑娘感到意外。

"小姐,我想去哪儿就去哪儿。我是个自由人,我做我想做和喜欢做的事情。"

六

他们抵达新扎姆基时,夜幕已经降临。

小伙子以前从未来过此地,因此费了一些工夫来辨认方向。他好几次停下车,向过路人打听去旅馆的方向。由于好几条街都在修路,因此,尽管旅馆相当近(如那些过路人一致断言的那样),他们却不得不绕了许多弯路,兜了一阵圈子,差不多花费了一刻钟才最后把车子停在旅馆门前。旅馆看上去不怎么讨人喜欢,可全城独此一家。再说小伙子也实在不愿意继续往前开了。因此他对姑娘说了声"请在此稍候"就下了车。

一下车,他当然又成了他自己。发现晚上到了与既定目标截然不同的地方,他感到忐忑不安——由于没有人强迫他这么做而事实上他也并不真正想这么做,他的不安感就更为加剧了。他责备自己干了这样的愚蠢事,但过了一会儿也就随遇而安了。塔特拉山的房间可以等到明天去住嘛。况且以某种意外方式来庆祝他们第一天的假期也毫无害处。

他穿过嘈杂、拥挤、烟雾腾腾的餐厅寻找总服务台,人家告诉他那是在门厅背后靠近楼梯口的地方。总服务台的玻璃挡板后面坐着一位上了年纪的金发女人。他费了好大劲儿才拿到了唯一的一间空房的钥匙。

剩下姑娘独自一人时,她也把自己扮演的角色撂到了一边。不过,她没有因为到了一个意想不到的城市而恼火。她对小伙子全心全意,从不怀疑他所做的一切,只是信赖地将自己生活的每一个时刻都托付给他。与此同时,她的脑海里重又闪出了这样的念头:也许——正如她现在这样——别的女人也在车中等过他,他在出差时遇见的女人。但是令人惊讶的是这个念头此刻并没有给她带来丝毫不安。事实上,她想到这有多么美妙,今天她竟然就是这么个女人,这么个不负责任、粗俗不堪的女人,她一直百般嫉妒的这类女人之一,她的脸上不由露出了微笑。她似乎觉得自己正在将她们一一排挤掉,似乎她已学会如何使用她们的武器,已懂得如何给予小伙子迄今为止她尚不懂得如何给予的东西:轻佻、放荡、不知羞耻。她心中洋溢着一种奇特的满足感,因为唯有她能够集各类女人于一身,这样(唯有她)能够完全吸引住自己的恋人,牢牢地抓住他的兴趣。

小伙子打开车门,领着姑娘来到了餐厅。在一片喧闹、肮脏及烟雾中,他在角落里找到了唯一的一张无人占用的桌子。

七

"那么你现在打算如何照顾我?"姑娘挑衅地问道。

"你想喝点什么开胃酒?"

姑娘并不太喜欢含有酒精的饮料,不过她能喝一点葡萄酒,对苦艾酒则相当喜欢。然而这会儿她却故意说道:"伏特加。"

"很好,"小伙子说,"希望你别被我灌醉了。"

“如果我被灌醉呢?”姑娘发问。

小伙子没有回答。他叫来服务员,要了两杯伏特加和两份牛排。不一会儿工夫,服务员便端来了放有两小杯酒的托盘,搁在了他们面前。

小伙子举起酒杯:“为你干杯!”

“你就不能想出风趣一些的祝酒词吗?”

姑娘的游戏已开始令他有点恼怒。此刻,与她相对而坐时,他意识到并不只是言语使她变成了一个陌生人,而是她整个儿都变了,她身体的一举一动,她的面部表情统统都变了,她竟然令人讨厌地、不折不扣地变成了他极为熟悉的使他反感的那种女人。

于是(手举着酒杯)他纠正了自己的祝词:“好吧,那么,不为你干杯,而是为你们这类人干杯。在你们这类人身上动物的优点与人类的缺点多么出色地结合在一起。”

“‘这类人’,你是指所有女人吗?”姑娘问。

“不,我只指像你这样的女人。”

“无论如何,在我看来将女人与动物相提并论总不显得很聪明。”

“好吧,”小伙子依然高举着酒杯,“那么,我不为你们这类人干杯,而是为你的灵魂干杯。同意吗?为你那一旦从头部下沉到腹部便发光,一旦从腹部回到头部就熄灭的灵魂干杯。”

姑娘举起了酒杯:“好吧,那就为我沉到腹部的灵魂而干杯。”

“我要再一次纠正自己,”小伙子说,“为你的腹部,灵魂沉居其中的腹部干杯。”

“为我的腹部干杯,”姑娘说道。她的腹部(此刻被他们特别点出的她的腹部)似乎对此有所响应。她发毫不差地感觉到了它的存在。

这时服务员端来了牛排。小伙子又要了两杯伏特加和一些苏打水(这次他们为姑娘的乳房干杯)。他们之间的对话就以这种奇异的、轻薄的语调继续着。看到自己的女友如此娴熟地变成了一个淫荡女人,小伙子心里越来越恼怒。既然她能做得如此熟练,他想,这就意味着她实际上就是这样的女人。说到底,毕竟不是什么太空飞来的陌生灵魂附在了她的身上,她现在表演的正是她自己。也许,这是她以前囚禁着的那部分,此刻借口搭车游戏释放出来了。也许,姑娘认为可以借助于搭车游戏而同自我彻底决裂。但能否反过来认为呢?难道不会是唯有通过游戏才显现了真正的她?难道她不是通过游戏在释放她自己?是的,坐在他对面的并不是一个以他的女友为化身的陌生女子。她正是她的女友,不是别人,正是她本人。他望着她,感到一种厌恶的情绪在增长。

然而,这还不仅仅是厌恶。姑娘愈是在肉体上对他矜持,他便愈是渴望在肉体上占有她。现在她灵魂中这个陌生的成分使她的肉体更加引人注目了。是的,事实上,在他看来,她的肉体似乎变成了一个迄今为止一直隐藏于同情、温柔、关切、爱怜和激情的云雾之中的肉体;似乎她的肉体迷失在这些云雾之中了(不错,似乎这个肉体迷失了)。小伙子似乎觉得今天他才第一次看到了自己女友的肉体。

喝完三杯伏特加和苏打水后,姑娘站起身来,轻佻地说:“对不起!”

小伙子问道:“可以问一下你去哪儿吗,小姐?”

“去撒尿,如果你允许的话。”姑娘说罢便穿过餐桌朝后面漂亮的屏风走去。

八

他还从未听她说出过这样的字眼,尽管这个字眼本身无可指责。见到他大吃一惊的样子,姑娘感到很得意。在她看来没有什么比对这个字眼轻浮的强调更能表现她正在扮演的那种女人的性格了。是的,她得意洋洋,情绪处于最佳状态。搭车游戏令她着迷,使她得以感受到她至今从未感受到的东西:一种满不在乎的放荡不羁。

平时她总是预先对自己的每一步骤感到不安。此刻她忽然感到自己完全放松了。她刚刚投入的这种陌生的生活是一种没有羞耻、没有个人规范、没有过去和未来、没有义务的生活,是一种极为自由的生活。作为一名搭车姑娘她可以做任何事,对于她来说,一切事情都是允许的。她完全可以言所欲言、为所欲为、感所欲感。

她穿过餐厅,意识到各个桌子上的人都在不约而同地望着她。这是一种全新的感觉,一种她从未体验过的感觉:她的身体所导致的猥亵的欢乐。至今她还未能摆脱自己心中的十四岁少女的感觉:为自己的乳房害臊,觉得它们在胸前隆起,被人看见是不体面的,使她烦恼。虽然她为自己有俊美的容貌和苗条的身材自豪,这种自豪感也总是马上被羞耻冲淡了。她曾正确地猜测到女性美是由性挑逗唤起的,但对此她感到厌恶。她渴望自己的身体仅仅展示给自己所爱的男人。当男人们在大街上盯视她的乳房时,她似乎觉得他们正在侵犯她那只属于她自己和她的恋人的最隐秘的天地。然而,现在她是一个搭便车的姑娘,一个不受命运支配的女人。在这一角色中她摆脱了爱情的温柔束缚,开始强烈地意识到了自己肉体的存在。她的肉体愈是觉醒,注视它的那些眼睛就愈显得异样。

当她穿过最后一张桌子时,一个醉汉想要炫耀一下自己多么老于世故,他用法语和她搭讪:“Combien, mademoiselle?”[1]

姑娘明白他说的法语。她高高挺起乳房,充分意识到了自己臀部的每一个摆动,然后消失在屏风后面。

九

这是一场奇特的游戏。其奇特之处体现在,譬如说,这样一点上:扮演陌生司机的小伙子虽然也演得相当出色,却无时无刻不在搭车姑娘这一角色中看到自己女友的形象。恰恰是这件事折磨着他。他眼睁睁地看着女友在勾引一个陌生男子,自己却还享有那种苦涩的权利得以亲临现场,同她近在咫尺,目睹她的神态,听到她欺骗他(过去她欺骗了他,将来还会欺骗他)的每一句话。与此同时,他还有这一荒谬的荣幸:成为她不忠的借口。

更为糟糕的是与其说他爱她,不如说他崇拜她。他一直觉得她的内在性格唯有在

① 法语,意为:“要多少钱,小姐?”

忠诚与纯洁的界限内才是真实的。一旦逾越这个界限,这种内在性格就消失了。超出这个界限,她就不再是她,一如水超过沸点不再是水。此刻,当他看到她以一种若无其事的优雅神态逾越了这一可怕的分界线,他的胸中充满了愤怒。

姑娘走出盥洗室回到桌旁,埋怨道:“那边有个家伙问我:‘Combien, mademoiselle?’”

“你不必大惊小怪,”小伙子说,“毕竟,你看上去像个妓女。”

“你可知道我对此丝毫不在乎?”

“那么你就该跟那位绅士走!”

“可我还有你哩。”

“同我分手后,你可以跟他走。去跟他风流风流。”

“我并不觉得他怎么迷人。”

“可原则上你对一晚上拥有几个男人毫无反对之意。”

“如果他们长得挺帅,为什么要反对呢?”

“你是一个接一个循序而进呢,还是同一时间拥有他们?”

“两者皆可,”姑娘回答。

他们的对话朝着越来越粗鲁的极端在进行。这使姑娘微微感到吃惊,但她无法表示反对。即便是游戏也隐含着一定的约束。对于游戏的参加者来说,游戏也有可能成为一种圈套。倘若这并非一场游戏,倘若他们果真素不相识,那么搭车姑娘早就可以拂然离去了。然而要想从游戏中逃脱却不可能。球队在比赛结束之前不能逃离赛场,棋子不能擅离棋盘:赛场的界线一经确定便无法更改。姑娘清楚地知道不管游戏将采取什么形式进行,她都不得不接受,因为这是一场游戏。她懂得游戏越是走向极端,就越是游戏,自己也越是应当顺从地玩下去。此时若想唤醒理性、提醒迷失了的神智必须同游戏保持一段距离、不可认真,那是枉费心机。正因为这仅仅是一场游戏,她的心里才毫无畏惧、毫不反对,而且上了瘾似的越陷越深。

小伙子叫来服务员,付了款。然后他站起身来,对姑娘说:“我们走吧。”

“去哪儿?”姑娘故作惊讶。

“什么也别问,跟我走就是了。”

“你这是用什么口吻在同我说话?”

“用对待妓女的口吻,”小伙子说。

十

他们走上照明极差的楼梯。通向二楼的楼梯口,一群醉汉正聚集在厕所旁。小伙子伸出一条胳膊从背后搂住姑娘,手按在她的乳房上。厕所旁的醉汉们见此情景喧闹起来。姑娘想挣脱,可小伙子大声吼道:“不许动!”醉汉们七嘴八舌地开着下流的玩笑表示赞赏,还冲着姑娘讲了一些脏话。小伙子和姑娘来到二楼。他打开房门,拉亮电灯。

这是间狭窄的房间,有两张床、一张小桌、一把椅子和一个脸盆。小伙子锁上门,向姑娘转过身来。姑娘以挑衅的姿态站在他面前，眼睛里闪动着傲慢的淫荡之色。他望着她，想在这淫荡表情的后面重新找到令他爱恋的她原来的面貌。他似乎正在透过同一镜头观察着两个形象，两个重叠在一起、相互显示的形象。这两个相互显示的形象告诉他姑娘的身上具有一切，她的灵魂缺乏一致性已到了令人吃惊的程度：同时兼有忠诚与不忠、背叛与清白、放荡与贞洁。这种混杂不清在他看来实在令人作呕，犹如一堆杂乱的垃圾。两种形象继续相互显现，小伙子恍然大悟：姑娘仅仅在表面上不同于其他女人，骨子里却是同她们一模一样：充溢着可能有的全部邪念、情感和罪恶，这一切使他心中的疑虑和嫉妒变得合乎情理。光凭她的某些轮廓把她描绘成一个与众不同的女人，这仅仅是旁观者——也就是他——产生的一种错觉。他似乎觉得那个他所爱的姑娘只不过是他的欲望、他的思想和他的信念的产物。而此刻站在自己面前的这个真实的姑娘却陌生得不可救药，模糊得不可救药。

“还等什么，脱吧！”他说。

姑娘轻佻地低下头说：“有必要吗？”

她说此话的语调使他觉得颇为熟悉。他似乎觉得很久以前有另外一个女人也这么说过，只是他不再记得究竟是哪一个了。他渴望羞辱她，不是羞辱一个搭车姑娘，而是羞辱他的女友。游戏与真实生活融为一体了。羞辱搭车姑娘的游戏仅仅成为羞辱女友的一个托词。小伙子忘记了他是在玩一场游戏。他只是憎恨站在自己面前的这个女人。他瞪着她，从钱包里抽出一张面值五十克朗的纸币，递给她说：“够吗？”

姑娘接过五十克朗，说：“在你看来，我不值这几个钱。”

小伙子说：“再多你就不值了。”

姑娘偎依在小伙子身上。“你不能就这个样子接近我。你必须尝试另外一种方式。你得下点功夫！”

她伸出双臂搂着小伙子的身体，嘴巴朝他的嘴凑过去。他将手指放在她的嘴上，轻轻将她推开，说：“我只吻我爱的女人。”

“难道你不爱我？”

“不爱。”

“那你爱谁？”

“这关你什么事？脱！”

十一

她以前从未这样脱过衣服。往日在小伙子面前脱衣时总会产生的羞涩、内心的慌乱、晕眩（即便在黑暗中她也无法隐藏）此刻全都消失得无影无踪。她站在他面前，自信、傲慢，沐浴在明亮的灯光之中。连她自己都感到惊讶，不知从哪儿一下子学会了缓慢的、富有挑逗性的脱衣舞动作。在这之前她可是完全不谙此道的。她与他的目光对视，以一种爱抚的动作缓缓地脱下每件衣服，每一阶段的暴露过程都使她感到欣喜。

突然她完全赤身裸体站在他的面前了。这时一个想法掠过她的脑海：现在整个游戏该结束了。既然她已脱光衣服，她也就脱去了自己的伪装。赤身裸体意味着她此刻恢复了自我,小伙子就该走到她面前,用一个手势抹去一切,然后开始他们最亲密的做爱。因此她一丝不挂地站在小伙子面前,停止了搭车游戏。她感到窘迫,脸上露出了真正属于她的微笑——羞涩的、茫然的微笑。

可是小伙子并没有走到她面前,也没有停止游戏。他没有注意到姑娘脸上出现的那种熟悉的微笑。他只看到面前站着他所憎恨的女友的漂亮、陌生的肉体。裹在欲望外面的温情现在已被憎恨一扫而光。她想向他走去,可是他说:“站在那里别动,我要好好看一看你。”此时他只想把她当作一个妓女来对待。可是小伙子从来没有接触过妓女。他头脑中有关妓女的概念全都来自文学作品和道听途说。因此他开始求助于这些概念。他首先回忆起的是一个身穿黑色内衣(和黑色袜子)的女人在光亮的钢琴盖上跳舞的形象。在这狭窄的旅馆房间里没有钢琴,只有一张铺着亚麻桌布、靠在墙边的小桌子。他命令姑娘爬上桌子。姑娘做了个恳求的姿势,可小伙子说:“我已付给你钱了。”

看到小伙子眼中的固执神色,姑娘试着把游戏玩下去,尽管她已不想、也不知如何进行这场游戏了。她眼泪汪汪地爬上桌子。桌面的宽度不到三平方英尺,而且有一条桌腿比其他几条略微短一些,姑娘站在上面感到很不稳当。

小伙子对高高耸立在面前的裸体感到十分满意。姑娘羞涩的不安全感只能加剧他的专横。他想从各个角度看到她身体的各种姿势,正如他想象其他男人观看或将要观看的那样。他变得粗俗、淫荡,满口说着一些她从未听他说过的下流话。她想拒绝、想摆脱这场游戏。她喊着他的名字,可他立即厉声呵斥,说她没有权利这么亲密地称呼他。最后姑娘只好噙着泪水、茫然地服从了。她向前弯身,根据小伙子的要求蹲下,行礼,然后扭动臀部就像为他表演扭摆舞那样。在做一个稍为剧烈的动作时,姑娘脚下的桌布一滑,她差点从桌上跌下来。小伙子一把抓住她,将她拽到床上。

他同她做爱。她很高兴至少现在这场倒霉的游戏可以最终结束,他们俩又可以像往日那样相爱了。她想把嘴压在他的嘴上。可小伙子将她的头推开,再次声称他只吻他所爱的女人。她禁不住大声抽泣起来。可是她甚至连哭都不被允许,因为小伙子狂热的欲望渐渐征服了她的肉体。她那灵魂的怨诉也随之沉默。床上两个躯体,两个耽于声色的、相互陌生的躯体很快就达到了完美的和谐。这恰恰是姑娘迄今为止一直最担心并尽力避免的事:没有感情或爱情的做爱。她知道自己已跨越了那道禁线,可她跨越禁线时竟毫无异议,而且百分之百地投入其中——只是在意识深处的某个角落,她吃惊地感到自己从未体验过这样的淫乐,此时此刻——越过禁线的淫乐。

十二

接着一切都过去了。小伙子离开姑娘的身体,伸手拉了一下悬挂在床铺上方的灯绳,关闭了电灯。他不想看到姑娘的脸庞。他知道游戏已经结束,可他不想回复到他们往日的关系中去。他害怕这种回归。在黑暗中他躺在姑娘身旁,隔开一定距离,以免接触她的身体。

过了一会儿他听见她在轻轻抽泣。姑娘的手胆怯地、孩子般地碰了一下他的手。

碰了一下又缩回去了,接着又碰了一下。然后一阵恳求的抽泣声打破了沉默。她喊着他的名字,反反复复地说:"我是我,我是我……"

小伙子缄默不语、一动不动。他意识到姑娘这一表白中所包含的可悲的空虚,就像用未知量给未知数下定义一样毫无意义。

姑娘不一会儿从低声啜泣转为号啕大哭,一边哭一边没完没了地重复着那句可怜的话:"我是我,我是我,我是我……"

为使姑娘平静下来,小伙子开始呼唤自己的同情心(他不得不从遥远的地方把它呼唤回来,因为它已不在身边)。还有十三天假日在前面等着他们哩。

(高兴　译)

卡尔维诺

伊塔洛·卡尔维诺(1923—1985),意大利小说家,生于古巴的圣地亚哥,父亲是园艺师。在都灵大学攻读文学。作品有《蛛巢小径》(1947)、《分成两半的子爵》(1952)、《寒冬夜行人》(1979)。他从现实主义走向现代主义,将寓言小说和科幻小说结合起来,叙事保留传统手法,结构上使用现代派技巧,在超现实的故事中传达现代人的精神生活信息。他被称为"最富有魅力的后现代派大师"。

《恐龙》幻想恐龙时代之后,"我"是一只还存在的恐龙,与"智人"、凤尾花、混血姑娘相遇,得出的结论是,恐龙虽然消灭了,但在以后的生物中继续存在,并获得新的含义。这个"寓言"是在探索恐龙灭绝的教训吗?还是力图指出今人的动物属性?平实的叙述与深奥的哲理结合在一起。

恐　龙

从三叠纪到侏罗纪,恐龙不断进化发展,在各大洲称王称霸长达十五亿年之久。后来它们却很快灭绝了,原因何在,至今仍然是个谜。或许是不能适应气候和植物在白垩纪发生的巨大变化的缘故。反正到了白垩纪末期,恐龙全部死了。

恐龙全部死了,但我除外——Qfwfq作了确切说明。一段时期内,大约五千万年吧,我也是恐龙。我不后悔自己是恐龙。当时是恐龙就意味着手中握有真理,到处大受尊敬。

后来情况变了。详情不必细述,无外乎各种麻烦、失败、错误、疑惑、背叛、瘟疫接踵而至。地球上出现了一批与我们为敌的新居民。他们到处捕杀我们,使我们失去了安身之地。现在有人说，对没落感兴趣，盼着被消灭，是我们恐龙当时的精神特征。我不知道是否真的如此，我可从来没有那种想法。其他恐龙如果有那种想法，那是因为它们知道劫数难逃了。

我不愿回忆恐龙大批死亡的年代。我当时没想到我能逃脱厄运，但一次长距离的迁徙却使我得以死里逃生。我走过了一个布满恐龙尸骨的地带，真像是一个大坟场。骨架上的肌肉已被啄食殆尽，有的只剩下一块鳍甲，有的只剩下一根犄角、一片鳞片或一块带鳞片的皮肉。这些就是它们的昔日仪态的遗存物。地球的新主人们用尖嘴、利喙、脚爪、吸盘在恐龙的遗骸上撕食着，吮吸着。我一直往前走，直到再也看不见生者和死者的踪影时，才停住脚步。

那是一片荒漠的高原，我在那儿度过了许多年华。我避开了伏击和瘟疫，战胜了饥馑和寒冷，终于活了下来。我始终很孤独。永远待在高原上是不行的，有一天，我下了山。

世界变样了。我再也认不出早先的山脉、河流和树木了。第一次遇见活物时，我藏了起来。那是一群新人①，个子矮小，但强壮有力。

"喂，你好！"他们看见了我。这种亲昵的打招呼方式使我顿觉一惊。我赶紧跑开，但他们追了上来。几千年来，我已习惯于在我的周围引起恐惧，我也习惯于对被惊吓者的反应感到恐惧。现在这一切都没有了。"喂，你好！"他们走到我身边，仿佛没事似的，对我既不害怕，也不怀敌意。

"你干吗跑？想到什么了？"原来他们只想向我问路。我结结巴巴地说，我不是当地的。"你为什么跑呀？"其中一个说，"像是看见了……恐龙！"其他人哈哈大笑。但我却第一次听出，他们的笑声中含有忧惧。他们笑得不自然，另一个沉着脸对刚才那人说："别瞎说。你根本不知道恐龙是什么……"

看来恐龙继续使新人感到恐惧。不过，他们大概好几代没见过恐龙了，如今见了也认不出来。我继续走路，尽管惶悚不安，却迫不及待地希望再有一次这样的经历。一个新人姑娘在泉边喝水。就她一人。我慢慢走上前，伸出脖子，在她旁边喝水。我心里想，她一看见我，就会惊叫一声，没命地逃跑。她会喊救命，大批新人会来追捕我……我对自己的所作所为后悔了。要想活命，就应该马上把她撕成碎片：像从前那样……

姑娘转过身来说："嗳，水挺凉的，对吧？"她用柔和的声调，讲了一些跟外地人相遇时常说的客套话。她问我是否来自远方，旅途中是否淋着了雨，还是一直好天气。我没想到跟"非恐龙"能这样交谈，只是愣愣地待着，几乎成了哑巴。

"我天天到这儿喝水，"她说，"到恐龙这儿……"

我猛地仰起头，瞪大了眼睛。

"是的，我们管它叫这个名字，恐龙泉，自古就这么叫。据说从前这儿藏着一条恐

---

① 也称"智人"，指古人阶段以后的人类，约十万年前出现在地球上。

龙,是最后的几条恐龙之一。谁到这儿来喝水,它就扑到谁身上,把他撕成碎片。我的妈唷!”

我打算溜走。“她马上就会明白我是谁,”我思忖道,“只要仔细看我几眼,就会认出来的!”我像那些不愿被别人看的人那样,垂下了脑袋。我蜷起尾巴,仿佛要把它藏起来。她笑吟吟地跟我告别,干自己的事去了。由于神经过于紧张,我觉得很疲乏,如同进行了一场搏斗,一场像当初那样的用利爪和尖齿进行的搏斗。我发现自己甚至没有回答她的告别。

我来到一条河边。新人们在这里筑有巢穴,以捕鱼为生。他们正用树枝筑一条堤坝,以便围成一个河湾,减缓水的流速,留住鱼群。他们见我走近,马上停止干活,抬头看看我,又互相看看,仿佛在默默询问。“这下完了,”我想,“准要吃苦头了。”我做好了朝他们扑去的准备。

幸好我及时控制住了自己。这些渔夫丝毫不想跟我过不去。他们见我身强力壮,问我是否愿意留下,跟他们待在一起,给他们扛树枝。

“这个地方很安全,”他们见我面有难色,便打了保票,“从我们的曾祖父时代起,就没见过恐龙……”

谁也没怀疑我是恐龙。于是我留下了。这儿气候很好。食物虽然不合我们恐龙的胃口,但还能凑合。活儿对我来说不算太重。他们给了我一个绰号——“丑八怪”。没别的原因,只因为我的长相跟他们不同。我不晓得你们用什么名字称呼新人,是叫潘托特里还是别的?他们当时还没有完全定型,后来才进化成名副其实的人类。因此,有的人跟别人很像,但也有的人跟别人完全两样。所以我相信在他们中间我并不十分显眼,虽然我属于另一类。

但我没有完全适应这种想法。我仍旧认为自己是四面受敌的恐龙。每天晚上,他们讲起那些代代相传的恐龙故事时,我总是提心吊胆地往后缩,躲到暗处。

那些故事令人毛骨悚然。听的人脸色刷白,心惊胆战,不时发出一声惊叫。讲的人也吓得声音发抖。过不久,我还知道,大家虽然很熟悉故事内容(尽管内容十分丰富),但每次听故事照样会害怕得瑟瑟发抖。在他们眼里,恐龙就是魔鬼。他们描述得绘声绘色,具体到了每一个细节。仅凭这些细节,他们永远不能识别真正的恐龙。他们认为我们恐龙只想着怎么杀死新人,似乎我们从一开始就认为新人是地球上最重要的敌人,我们从早到晚的唯一任务是追逐他们。但我回忆往昔时想起的却是我们恐龙遭到的一系列厄运、痛苦和牺牲。新人们讲的恐龙故事同我的亲身经历相差甚远。他们讲的仿佛是同我们毫无关系的第三者,我完全可以不予理会。我听着这些故事,发现以前从没想到我们会给新人留下这种印象。这些故事尽管荒诞不经,但从新人的独特角度来看,有些细节是属实的。我听着他们由于恐怖而编出的故事,想起了我自己感到的恐怖。这两种恐怖在我的脑海中交混。所以,当我得知我们是怎样吓得他们瑟瑟发抖时,我自己也吓得瑟瑟发抖了。

他们轮流讲故事,每人讲一个。他们忽然说:“嗳,丑八怪能给咱们讲点什么呢?”

转而对我说，“你难道没故事可讲吗？你们家从来没跟恐龙打过交道吗？”

“打过交道，可是……”我期期艾艾地说，“那是很久以前的事……唉，你们要知道……”

正好这时，凤尾花——就是我在泉边遇见的那个姑娘——前来给我解围。“你们别麻烦他……他是外地人，对这儿还不习惯，咱们的话讲得还不流利……”

他们终于换了一个话题。我松了口气。

凤尾花和我已经建立起一种推心置腹的关系，但我们之间并没有太亲昵的举动。我从来不敢去碰她。我们谈得很多；唔，说得准确点，是她滔滔不绝地给我讲她的生平。我怕暴露自己，怕她会怀疑我的身份，所以一直吞吞吐吐，欲言又止。凤尾花向我叙述她的梦中所见：“昨晚我梦见一条怪吓人的大恐龙，鼻孔里往外喷火。它走到我跟前，揪住我的后颈把我带走了，想把我活活吃掉。这个梦很可怕，很吓人，但奇怪的是，我却不害怕。怎么跟你说呢？我挺喜欢这条恐龙……”

我应该从她的话里听出许多弦外之音，尤其是明白这一点：凤尾花愿意被恐龙袭击。是时候了，我该去拥抱她了。然而我却想道，新人们想象中的恐龙和我这条恐龙是大不相同的。这个想法打消了我的勇气。我觉得自己跟恐龙更不一样了。就这样，我坐失了良机。平原上的捕鱼季节结束了，凤尾花的哥哥回到家里。姑娘受到了严密看管，我们的交谈次数大大减少了。

她的哥哥叫查亨，一见我就疑心重重。“他是谁？从哪儿来的？”他指着我问其他人。

“他叫丑八怪，是外地人，帮我们扛树枝，”他们告诉他，“怎么啦？他有什么古怪的地方吗？”

“我来问问他，”查亨板着脸说，“喂，你有什么古怪的地方吗？”

我该怎么回答呢？“我？什么也没有……”

“噢，这么说，你认为你不古怪喽？”他笑道。这次到此结束。我料到更坏的事在后头。

这个查亨是村里脾气最暴的一个。他在世界各地转悠过，懂的东西显然比其他人多得多。他听见别人谈起恐龙时，总是露出鄙夷不屑的神情。“纸上谈兵，”他有一次说，“你们是纸上谈兵。我倒想看看，这里真的来一条恐龙时，你们会怎样。”

“恐龙很久就绝迹了。”一个渔夫插嘴说。

“没有多久……”查亨冷冰冰地说，“谁也没说田野上就没有恐龙活动了……在平原地区，咱们的人日夜轮流放哨，每个人都可信任。他们不让不认识的人待在身边……”他故意朝我瞥了一眼。

没必要跟他捉迷藏了，最好让他把话全说出来。我上前一步问：“你跟我过不去吗？”

“我只对那些不知道生在谁家、来自何处、吃我们的饭、追我们的姐妹的人过不去……”

一个渔夫替我辩护:“丑八怪的饭是靠干活挣来的,他干活很卖力气……”

“他打得动树枝,我不否认,”查亨固执己见。“但到了需要我们进行殊死斗争保护自己的危险时刻,谁能保证他不干坏事呢?”

大家七嘴八舌地议论开来。奇怪的是,他们从没考虑到我有可能是恐龙。我的唯一罪名是:我跟他们长得不一样,又是外地来的,所以不堪信任。他们之间的分歧在于,如果恐龙重新出现,我的在场会增加多大危险。

“他的嘴脸长得像蜥蜴,我想看他在作战时有多大能耐……”查亨继续用轻蔑的口吻刺激我。

我走到他跟前,指着他的鼻子不客气地说:“你现在就可以看我有多大能耐,如果你敢跟我较量一番的话。”

他没料到这点,朝左右望望。其他人在我们身边围成一圈,没别的法子,只好较量一番了。

我上前一步。他张嘴来咬我,我一扭头闪开,然后飞起一脚把他踹倒在地,仰天躺着。我扑到他身上。这是错误的一招。许多恐龙就是这么死的:它们以为敌人不能动弹了,不料它们的胸部和腹部却突然受到躺在地上的敌人的利爪和尖齿的致命攻击。仿佛我不知道这种事,没有目睹过这种惨象似的。好在我的尾巴很听话,它使我保持住平衡,没有被查亨掀翻在地。我使出了很大劲,渐渐觉得没有力气了……

这时,一个围观者大喊一声:“加油,恐龙!”我以为他们认出了我。一不做二不休,干脆露出本来面目吧。反正也隐瞒不住了,就让他们像原先那样吓得魂不附体吧。于是我使劲打着查亨,一下,两下,三下……

他们拉开了我们俩。“查亨,我们不是告诉过你吗?丑八怪肌肉发达,跟它是开不得玩笑的!”他们一边哈哈大笑,一边拍着我的肩膀表示祝贺。我原以为面目已暴露,因此不明白这是怎么回事,后来才晓得“恐龙”是他们的口头禅,专门用来鼓励角斗中的双方,意思是:“你更有劲,加油!”他们当时讲这话到底是为了鼓励我还是鼓励查亨也搞不清楚。

从那天起,大家更加看得起我了。查亨也对我佩服得五体投地,老跟着我,看我怎样表现我的力气。应该说,他们对恐龙的看法也有了一些变化,他们好像已经倦于用同一种方式对恐龙作出评价。他们知道时尚已经发生变化。这时,他们若是对村里的某件事看不惯,往往这么说:在恐龙中间这种事是不会发生的,恐龙在许多方面可以起表率作用,恐龙在这种或那种场合的表现(如在私生活中)是无可指责的,如此等等,不一而足。总之,这些谁也说不出所以然的恐龙死后,似乎赢得了新人的赞扬。

有一次我忍不住问他们:“别胡扯了,你们知道恐龙是什么样子的吗?”

他们反问道:“住嘴,你知道什么?你不是也从来没见过恐龙吗?”

或许该把事实真相和盘托出了。“当然见过,”我大声说,“如果你们爱听,我甚至可以向你们描绘恐龙的模样!”

他们不信,以为我想愚弄他们。他们对恐龙的新看法,在我看来,几乎同老看法一样不能容忍。除了我为自己的同类遭受厄运而深感痛苦外,还因为我作为恐龙家族的一员,了解恐龙的生活。我知道,当时在恐龙中间占统治地位的,是一种狭隘的、充满偏见的、不能与新形势同步前进的思想方法。可我现在发现,新人把我们那个局限的、可以说是枯燥乏味的小世界奉为圭臬!我被迫接受他们的意志,对我的同类表示某种我从来也没有过的神圣的敬意!不过,归根到底,这样做也是可以的:这些新人同鼎盛时期的恐龙有什么区别呢?他们认为待在自己的村子里,筑上堤坝,撒网捕鱼,是万无一失的。他们也变得自尊自大、颉颃傲世了……我开始对他们表现出我一度对自己的环境表现过的同样的冷漠。他们越赞扬恐龙,我就越恨他们,越恨恐龙。

"你知道吗,昨晚我梦见家门口来了一条恐龙,"凤尾花对我说,"一条很威武的恐龙。是恐龙王子,或是恐龙国王。我把自己打扮得漂漂亮亮,头上缠了一条饰带,走到窗前,打算引起恐龙的注意。我朝它鞠了一躬,可它仿佛没瞧见,连看也不看我一眼……"

这个梦向我提供了凤尾花对我有感情的另一个证据。她准把我的胆怯误作可恨的骄傲了。现在回想起来很清楚,当时我只要继续保持那种骄傲态度,故意同她若即若离,我就能完全征服她。但我不是那样,而是被她的剖白深深感动了。我扑通一声跪倒在她脚旁,噙着眼泪说:"不,不,凤尾花,你的看法不对,你比任何恐龙都好,好一百倍。在你面前我觉得很渺小……"

凤尾花愣住了,往后退了一步。"你说什么呀?"她没料到这点,茫然不知所措了。她觉得这个场面很不愉快。等我明白过来,已经太晚了。我赶紧克制自己,但我和她之间已经出现了尴尬的气氛。

后来发生了许多情况,我顾不上思考这件事了。几个探子气喘吁吁地跑进村:"恐龙回来了!"他们看见,平原上跑来了一群从来没见过的怪兽,按这种速度第二天早晨就能到达这个村子。新人们发出警报。

你们可以想象,我听到这个消息后,心里滋生了一种什么感情。我的同类没有灭绝,我可以重新跟我的兄弟们在一起,恢复原先的生活方式了!然而,在我记忆中重新出现的原先的生活是一系列无数的溃败、逃跑和危险;恢复原先的生活方式只能意味着再受一次煎熬,回到那个我希望业已结束的阶段。我已经在这个村子里取得一种新的宁静,失去这种宁静,我将感到很遗憾。

新人们的想法各不相同。有人害怕,有人希望战胜宿敌。还有人心想,既然恐龙能够活下来,现在还要报仇雪耻,这表明它们是不可抵御的,它们的胜利——即使是一次残酷的胜利——可能会对所有人有好处。换句话说,新人们既想自卫,又想逃跑,既希望消灭敌人,又希望被敌人消灭。这种混乱的思想状态在他们混乱的自卫准备工作中得到了反映。

"等一等!"查亨大声说,"咱们当中,只有一个人能担起指挥的重任!就是咱们当中力气最大的丑八怪!"

"说得对!应该让丑八怪担任指挥!"其他人异口同声地说,"对,对,让丑八怪当司令!”他们都表示愿意听我的命令。

“唔,不,你们怎么能让我,一个外地来的……我没能力……”我推辞道,但我没办法说服他们。

怎么办?当天夜里我通宵未眠。我的恐龙血统要求我逃离村庄,去找我的兄弟。但新人们接纳了我,招待了我,给我以信任。我应该忠于他们,站在他们一边。后来,我觉得恐龙也好,新人也好,都没资格让我效劳。恐龙们若是企图用入侵和杀戮的方式恢复它们的统治,这表明它们没有吸取教训,它们不该活下来。而新人们把指挥权交给我,显然找到了一个最好的计策:把全部责任推到一个外来者身上。打赢了,我是他们的救星,打输了,他们就把我当替罪羊交给敌人,以平息敌人的怒火;或者把我看作叛徒,是我把他们交到敌人手中的,何况这样又可以实现那个说不出口的希望被敌人消灭的意愿。总之,我既不愿为恐龙出力,也不愿为新人卖命。让他们互相残杀吧!我对双方都无所谓。我应该赶快逃走,让他们去混战吧,我不想重蹈覆辙了。

当天夜里,我趁黑溜出村子。我的第一个冲动是,尽量远离战场,回到原先的秘密藏身处。但我的好奇心更强;我想看看自己的同类,想知道谁将获胜。因此,我躲在山顶那几块俯视着河湾的岩石后面,等着明天。

晨光熹微中,地平线上出现了一些以很快的速度行进的影子。我还没看清这些影子,就排除了来者是恐龙的可能性,因为恐龙的动作不会这么笨拙。我终于认出了它们,真叫我啼笑皆非。原来是一群犀牛,最原始的犀牛。它们的躯体硕大,皮肤粗糙,长着坚硬的犀角,动作笨拙,一般不伤人,只吃草。新人们居然把它们当成了曾在地球上称王称霸的恐龙!

这群犀牛发出雷鸣般的吼声飞奔而来,啃食了几丛灌木后,又朝天边跑去了。它们甚至没发现这儿有渔夫。

我跑回村庄。“你们全搞错了!那不是恐龙!”我宣布道,“而是犀牛!已经走了!没有危险了!”为了替自己夜里开小差辩护,我又加上一句:“我出去侦察了一番,以便探明情况向你们汇报!”

“我们不知道它们不是恐龙,”查亨慢悠悠地说,“但我们知道你不是英雄。”他转过身不理我了。

当然,他们很失望:对恐龙大失所望,对我也大失所望。现在,他们讲的恐龙故事全成了笑话,可怕的恐龙在这些笑话中成了可笑的动物。我不想受他们的庸俗想法的影响。我认为,宁愿灭绝,而不愿在一个对我们不利的世界中苟且偷生,这是灵魂高贵的表现。我之所以活了下来,只是为了在那些以庸俗的嘲笑来掩盖自己恐惧的人当中继续以恐龙自居。新人们除了嘲笑和恐惧外,能有什么别的选择呢?

凤尾花又给我讲了一个梦,表明她的态度与其他人不同。“我梦见一条恐龙,模样很可笑,浑身绿油油的。大伙儿取笑它,揪它的尾巴;我却走上前保护它,把它带走,抚慰它。我发现它长相虽然可笑,内心却很伤感,那双黄红色的眼睛不断往外淌眼泪。”

听了这些话,我有什么感触?是讨厌把自己和她梦见的形象等同起来吗?是拒绝接受那种称之为怜悯的感情吗？还是对他们亵渎恐龙的尊严感到无动于衷？我突然产生了骄傲心理，板起面孔冲她说出几句轻蔑的话。“你为什么要用这些越来越稚气的梦来打扰我呢？你梦见的全是庸俗透顶的事！”

凤尾花放声大哭。我耸耸肩走开了。

这事发生在堤坝上。除我们俩外还有另外几个人。渔夫们没听见我们谈什么，但看见了我发脾气和姑娘掉眼泪。

查亨认为有必要干涉。“你以为自己了不起吗？”他恶狠狠地说，“竟敢欺负我妹妹！”

我停下脚步，不作声。他若想打架，我就奉陪。但村里人的习惯近来有了改变，他们对一切事情都采取无所谓态度。渔夫中的一个人尖着嗓子说：“算啦，算啦，恐龙！”我知道，这是最近常用的开玩笑说法，意思是“别这么气势汹汹的”，“别夸大其词”，等等。可我听后却热血沸腾了。

“对，告诉你们吧，我就是恐龙，”我大声说，“一条名副其实的恐龙！你们要是没见过恐龙，那就看看我吧！”

大伙哈哈大笑起来。

“昨天我可真见了一条恐龙，”一个老头说，“它刚从冰天雪地里钻出来。”周围的人马上不作声了。

老头当时下山回村。解冻了，一条古老的冰川融化了，一具恐龙的骨架露了出来。

这个消息传遍了全村。“看恐龙去！”大家朝山上跑。我跟在他们后面。

穿过一片乱石滩，跨过几根砍倒在地的树干，越过一个布满飞禽尸骨的泥淖后，眼前出现了一道山坳。解脱了霜冻的束缚的岩石，蒙上一层碧绿的苔藓，一具硕大的恐龙骨架横卧在乱石之间：一条长长的颈椎骨，一根弯曲的胸椎，一排长蛇形的尾骨。胸腔弯成弧形，像是一面船帆；大风吹动胸椎上的扁平棘突时，胸腔里仿佛搏动着一颗看不见的心脏。头骨扭向一边，颌骨大张着，似乎在发出最后一声惊叫。

新人们有说有笑地朝这里跑来。他们看见恐龙的头盖骨时，觉得那个空空的眼窝在瞪着他们。新人们在几步外停下，一句话也讲不出来。过了一会儿，他们转过身往回走，重新有说有笑起来。这时，只要他们当中一个人把目光从恐龙骨架移到正在凝视这副骨架的我的身上，就会发现我和恐龙长得一模一样。但谁也没这样做。这些骨骼，这些利爪，这些杀戮过生灵的四肢，这时讲的是一种谁也不懂的语言，人们除了想起“恐龙”这个与当前的经历毫无联系的模棱两可的名字外，从中得不到任何启示。

我继续望着这副骨架。它是我父亲，我哥哥，我的同类，我自己。我认出来了，这些被啄去肌肉的骨骼是我的四肢，这个嵌在岩石上的凹印是我的身形。这就是我们的已经永远失去的往昔，这就是我们的尊严，我们的过失，我们的毁灭。

如今，新出现的心不在焉的地球占有者，将把这具遗骸的所在地当作名胜古迹，他们将看着命运怎样把“恐龙”这个名字变成一个毫无意义的、念起来含糊不清的单词。我不能听之任之。与恐龙的真正本性有关的一切东西都应该隐藏起来。入夜，当新人们在这具骨架四周睡觉时，我搬走了恐龙的每一根骨头，把它们掩埋好。

早晨，新人们发现骨架无影无踪了，但他们并没有为此过久地担忧。与恐龙有关的众多秘密中又增添了一个秘密。他们马上就把这个秘密逐出了自己的脑海。

但骨架的出现还是在新人的头脑中留下了痕迹。他们回忆恐龙时准会联想到它们的悲惨结局。他们现在讲恐龙故事时，着重表达对我们蒙受的苦难的同情和哀怜。我不知道该对他们的怜悯抱什么态度。有什么可怜悯的呢？我们恐龙得到了充分进化，达到过鼎盛时期，得意洋洋地称王称霸过了很长一段时期。我们的灭绝是一首伟大的终曲，可以与我们的光辉过去相提并论。这些傻瓜懂得什么？每当我听到他们对恐龙表示哀怜时，我都想挖苦他们一番，讲几个杜撰的荒唐故事。反正现在谁也不知道恐龙的真实情况，这个秘密只有我知道。

一群流浪汉在村里停下，其中有一个年轻姑娘。我看见她后大吃一惊：如果我的眼睛没看错，她的血管里不仅流着新人的血，而且还有恐龙的血。她是一个混血儿。她自己知道吗？从她的自若神态判断，她大概不知道。或许她的父母不是恐龙。她的祖父母，或者曾祖父母，甚至是先祖，有可能是恐龙。这位恐龙后裔的性格和举止带有明显的恐龙特征，但谁也没看出来，她自己也没发现。她长得很标致，脸上老挂着笑靥，身后马上就有了一群追求者，其中最喜欢她、追她追得最紧的是查亨。

夏天已经来临，年轻人到河边相聚。“你也去吧！”查亨邀我同行。我们虽然吵了不少次，他倒一直想跟我交朋友。话刚说完，他就围着混血儿打转了。

我走到凤尾花跟前。也许已经到了作出解释、达成谅解的时候。“昨夜你梦见什么了？”我没话找话地问。

她低着头。“我梦见了一条恐龙受了伤，在垂死挣扎。它低下高贵而美丽的脑袋，感到很痛苦，十分痛苦……我看着它，无法移开自己的视线。我发现，看着它受苦我隐约感到高兴……”

凤尾花的唇边露出一个恶意的笑容。以前我从来没见过她这样。我很想对她说，我不想介入她这种卑劣的、不足称道的感情游戏，我要享受生活，我是一个幸福家族的后裔。我开始围着她跳舞，用尾巴拍打河水，使水花溅在她身上。

“你只会讲这种凄凄惨惨的话！”我用轻佻的语调说，“别说了，来跳舞吧！”

她不理解我，撇了撇嘴。

“你不跟我跳，我就跟别的姑娘跳！”我一边大声说，一边抓住混血姑娘的一条腿，把她从查亨身边拽走了。查亨整个儿沉浸在对她的爱慕中，看着她的离开，开始不明白是怎么回事，后来才突然醒悟过来。他妒忌得勃然大怒，但已经太晚了：我和混血姑娘已经跳进河里，游到对岸，藏进了灌木丛。

我这样做或许只想向凤尾花显示我的真实性格，驳斥人们对我的一贯错误看法；或许出于对查亨的宿怨，故意拒绝他作出的友好表示；或许因为混血姑娘与众不同，但我很熟悉的外形勾起了我的欲望，驱使我同她建立一种直接和自然的关系。我们之间将不会有秘密的想法，我们不必在回忆中生活。

第二天早晨，流浪汉们就将离开这里；所以混血姑娘同意在灌木丛中过夜。我和她一直亲热到拂晓。

在我的四平八稳、很少发生什么事件的生活中，这件事只是一个瞬息即逝的小插曲而已。关于恐龙的真实情况，以及关于恐龙雄踞地球的那个时代的真实情况已经湮没在沉默中。对此，我无可奈何。现在谁也不再谈起恐龙，或许人们已不再相信恐龙曾经存在过。凤尾花也不再梦见恐龙了。

有一次她告诉我："我梦见山洞里有一只动物，是同类中的最后一只。谁也记不得这种动物叫什么名字，所以我就去问它。洞里很黑，我知道它在里面，但看不见它。我心里明白它是什么动物，长的是什么模样，但嘴里讲不出来。我不知道是它在回答我的问题，还是我在回答它的问题……"对我而言，这是一个象征：我们之间终于有了一种爱的谅解。我第一次在泉边停留时就盼着能有这一天。

从那时起我懂得了很多东西，尤其是懂得恐龙通过什么方式取胜。我从前认为，恐龙之所以灭绝，原因在于我的兄弟们宽宏大度地接受了失败。现在我明白了，恐龙灭绝得越彻底，它们的统治范围就扩展得越广，不仅控制着覆盖各大洲的森林，而且能进入留存在地球上的人的思维深处。从久远的、引起恐惧和疑虑的祖辈开始，它们不断伸出颈项，举起利爪，扩大自己的势力范围。后来，它们的躯体在地球上消失了，但它们的名字在各种生物的关系中继续存在，并不断获得新的含义。如今，它们将成为一个只存在于人们思维中的默不作声的佚名物件，但它们将通过新人、新人的下一代及下下一代，获得自己的生存形式，实现自己的理想。

我环顾四周：我作为外来者进入这个村子，而现在我完全可以说，这个村子是我的，凤尾花是我的。当然，这是恐龙的讲话方式。我默默向凤尾花告别，离开这个村子，永远离开了这里。

路上，我看着树木、河流和山脉，可我分不清哪些是恐龙时代就有的，哪些是后来出现的。一些巢穴周围露营着流浪者。我远远认出了混血姑娘，她还是那么讨人喜欢，只是稍稍发了胖。我躲进树林，以免被人们发现。我偷偷看着她。一个刚会用腿走路的小家伙跟在她身后，一边跑一边摇尾巴。我有许久没看见小恐龙了。它发育得十分匀称，浑身充满恐龙的精华，可又完全不知道恐龙这个名字意味着什么。

我在林中空地上等着他，看他玩耍，追蝴蝶，用石头砸开松球取食松子。我走到他跟前。他的确是我的儿子。

他好奇地看着我。"你是谁？"他问。

"谁也不是，"我答道，"你呢？你知道你是谁吗？"

"嘿，真逗！大家都知道，我是一个新人！"他说。

果真不出所料，我想他是会这么回答的。我抚摩着他的脑袋对他说："好样的。"我走了。

越过山谷和平原，来到一个火车站。我上了车，混进旅客群中。

（袁华清　译）

博尔赫斯

豪尔赫·路易斯·博尔赫斯(1899—1986),阿根廷小说家,生于布宜诺斯艾利斯,父亲是律师。第一次世界大战后,全家移居瑞士,在剑桥大学攻读。1921年回到布宜诺斯艾利斯,在公共图书馆供职。1946年因在反对庇隆的宣言上签名,被解除了图书馆馆长职务,当了市场家禽稽查员。庇隆去世后,他又担任阿根廷国立图书馆馆长,兼布宜诺斯艾利斯大学哲学文学系教授。重要作品有短篇集《小径分岔的花园》(1941)、《阿莱夫》(1949)、《死亡与罗盘》(1951)、《勃罗迪的报告》(1970)。他深受尼采、叔本华的影响。他的小说反映了人们对现实莫衷一是,悲观失望而又无可奈何的心理。描写客观,构思奇特,情节荒诞,常发生在东方国家。

《小径分岔的花园》选自同名短篇小说集。小说阐述的哲理是:世界是一团混乱,时间是循环交叉的,空间是同时并存的,充满无穷无尽的偶然性和可能性;人生活在世界上,就像走进了迷宫,找不到出路。小说将哲理、象征、荒诞、虚幻、东方神秘气氛熔于一炉。

小径分岔的花园

献给维多利亚·奥坎波①

利德尔·哈特写的《欧洲战争史》第二百四十二页有段记载,说是十三个英国师(有一千四百门大炮支援)对塞尔-蒙托邦防线的进攻原定于1916年7月24日发动,后来推迟到29日上午。利德尔·哈特上尉解释说延期的原因是滂沱大雨,当然并无出奇之处。青岛大学前英语教师余准博士的证言,经过记录、复述、由本人签名核实,却对这一事件提供了始料不及的说明。证言记录缺了前两页。

……我挂上电话听筒。我随即辨出那个用德语接电话的声音。是理查德·马登的声音。马登在维克托·鲁纳伯格的住处,这意味着我们的全部辛劳付诸东流,我们的生命也到了尽头——但是这一点是次要的,至少在我看来如此。这就是说,鲁纳伯格已经被捕,或者被杀②。在那天日落之前,我也会遭到同样的命运。马登毫不留情。

① 维多利亚·奥坎波(1891—1979),阿根廷散文作家、文学评论家,曾编辑《南方》杂志,著有《证言》《弗吉尼亚·伍尔夫论》等。

② 荒诞透顶的假设。普鲁士间谍汉斯·拉本纳斯,化名维克托·鲁纳伯格,用自动手枪袭击持证前来逮捕他的理查德·马登上尉。后者出于自卫,击伤鲁纳伯格,导致了他的死亡。——原编者注

说得更确切一些,他非心狠手辣不可。作为一个听命于英国的爱尔兰人,他有办事不热心甚至叛卖的嫌疑,如今有机会挖出日耳曼帝国的两名间谍,拘捕或者打死他们,他怎么会不抓住这个天赐良机,感激不尽呢?我上楼进了自己的房间,可笑地锁上门,仰面躺在小铁床上。窗外还是惯常的房顶和下午六点钟被云遮掩的太阳。这一天既无预感又无征兆,成了我大劫难逃的死日,简直难以置信。虽然我父亲已经去世,虽然我小时候在海丰一个对称的花园里待过,难道我现在也得死去?随后我想,所有的事情不早不晚偏偏在目前都落到我头上了。多少年来平平静静,现在却出了事;天空、陆地和海洋人数千千万万,真出事的时候出在我头上……马登那张叫人难以容忍的马脸在我眼前浮现,驱散了我的胡思乱想。我又恨又怕(我已经骗过了理查德·马登,只等上绞刑架,承认自己害怕也无所谓了),心想那个把事情搞得一团糟,自鸣得意的武夫肯定知道我掌握秘密。准备轰击昂克莱的英国炮队所在地的名字。一只鸟掠过窗外灰色的天空,我在想象中把它化为一架飞机,再把这架飞机化成许多架,在法国的天空精确地投下炸弹,摧毁了炮队。我的嘴巴在被一颗枪弹打烂之前能喊出那个地名,让德国那边听到就好了……我血肉之躯所能发的声音太微弱了。怎么才能让它传到头头的耳朵?那个病恹恹的讨厌的人,只知道鲁纳伯格和我在斯塔福德郡,在柏林闭塞的办公室里望眼欲穿等我们的消息,没完没了地翻阅报纸……我得逃跑,我大声说。我毫无必要地悄悄起来,仿佛马登已经在窥探我。我不由自主地检查一下口袋里的物品,也许仅仅是为了证实自己毫无办法。我找到的都是意料之中的东西。那只美国挂表,镍制表链和那枚四角形的硬币,拴着鲁纳伯格住所钥匙的链子,现在已经没有用处但是能构成证据,一个笔记本,一封我看后决定立即销毁但是没有销毁的信,假护照,一枚五先令的硬币,两个先令和几个便士,一枝红蓝铅笔,一块手帕和装有一颗子弹的左轮手枪。我可笑地拿起枪,在手里掂掂,替自己壮胆。我模糊地想,枪声可以传得很远。不出十分钟,我的计划已考虑成熟。电话号码簿给了我一个人的名字,唯有他才能替我把情报传出去:他住在芬顿郊区,不到半小时的火车路程。

我是个怯懦的人。我现在不妨说出来,因为我已经实现了一个谁都不会说是冒险的计划。我知道实施过程很可怕。不,我不是为德国干的。我才不关心一个使我堕落成为间谍的野蛮的国家呢。此外,我认识一个英国人——一个谦逊的人——对我来说并不低于歌德。我同他谈话的时间不到一小时,但是在那一小时中间他就像是歌德……我之所以这么做,是因为我觉得头头瞧不起我这个种族的人——瞧不起在我身上汇集的无数先辈。我要向他证明一个黄种人能够拯救他的军队。此外,我要逃出上尉的掌心。他随时都可能敲我的门,叫我的名字。我悄悄地穿好衣服,对着镜子里的我说了再见,下了楼,打量一下静寂的街道,出去了。火车站离此不远,但我认为还是坐马车妥当。理由是减少被人认出的危险;事实是在阒无一人的街上,我觉得特别显眼,特别不安全。我记得我吩咐马车夫不到车站入口处就停下来。我磨磨蹭蹭下了车,我要去的地点是阿什格罗夫村,但买了一张再过一站下的车票。这趟车马上就开:八点五十分。我得赶紧,下一趟九点半开车。月台上几乎没有人。我在几个车厢看看：有几个农民，一个服丧的妇女，一个专心致志在看塔西佗的《编年史》①的青年，一个显得很高兴的士兵。列车终于开动。我认识的一个男人匆匆跑来，一直追到月台尽头，可是晚了一步。是理查德·马登上尉。我垂头丧气、忐忑不安，躲开可怕的窗口，缩在座位角落里。我从垂头丧气变成自我解嘲的得意。心想我的决斗已经开始，即使全凭侥幸抢先了四十分钟，躲过了对手的攻击，我也赢得了第一个回合。我想这一小小的胜利预先展示了彻底成功。我想胜利不能算小，如果没有火车时刻表给我的宝贵的抢先一着，我早就给关进监狱或者给打死了。我不无诡辩地想，我怯懦的顺利证明我能完成冒险事业。我从怯懦中汲取了在关键时刻没有抛弃我的力量。我预料人们越来越屈从于穷凶极恶的事情；要不了多久世界上全是清一色的武夫和强盗了；我要奉劝他们的是：做穷凶极恶的事情的人应当假想那件事情已经完成，应当把将来当成过去那样无法挽回。我就是那样做的，我把自己当成已经死去的人，冷眼观看那一天，也许是最后一天的逝去和夜晚的降临。列车在两旁的梣树中徐徐行驶。在荒凉得像是旷野的地方停下。没有人报站名。是阿什格罗夫吗？我问月台上几个小孩。阿什格罗夫，他们回答说。我便下了车。

月台上有一盏灯光照明，但是小孩们的脸在阴影中。有一个小孩问我：您是不是要去斯蒂芬·艾伯特博士家？另一个小孩也不等我回答，说道：他家离这儿很远，不过您走左边那条路，每逢交叉路口就往左拐，不会找不到的。我给了他们一枚钱币（我身上最后的一枚），下了几级石阶，走上那条僻静的路。路缓缓下坡。是一条泥土路，两旁都是树，枝丫在上空相接，低而圆的月亮仿佛在陪伴我走。

有一阵子我想理查德·马登用某种办法已经了解到我铤而走险的计划。但我立即又明白那是不可能的。小孩叫我老是往左拐，使我想起那就是找到某些迷宫的中心院子的惯常做法。我对迷宫有所了解：我不愧是彭冣的曾孙，彭冣是云南总督，他辞去了高官厚禄，一心想写一部比《红楼梦》人物更多的小说，建造一个谁都走不出来的迷宫。他在这些庞杂的工作上花了十三年工夫，但是一个外来的人刺杀了他，他的小说像部天书，他的迷宫也无人发现。我在英国的树下思索着那个失落的迷宫：我想象它在一个秘密的山峰上原封未动，被稻田埋没或者淹在水下，我想象它广阔无比，不仅是一些八角凉亭和通幽曲径，而是由河川、省份和王国组成……我想象出一个由迷宫组成的迷宫，一个错综复杂、生生不息的迷宫，包罗过去和将来，在某种意义上甚至牵涉到别的星球。我沉浸在这种虚幻的想象中，忘掉了自己被追捕的处境。在一段不明确的时间里，我觉得自己抽象地领悟了这个世界。模糊而生机勃勃的田野、月亮、傍晚的时光，以及轻松的下坡路，这一切使我百感丛生。傍晚显得亲切、无限。道路继续下倾，在模糊的草地里岔开两支。一阵清越的乐声抑扬顿挫，随风飘荡，或近或远，穿透叶丛和距离。我心想，一个人可以成为别人的仇敌，成为别人一个时期的仇敌，但不能

① 塔西佗（55？—120？）：古罗马历史作家。传世作品除《编年史》外，有《演说家的对话》《日耳曼地方志》《历史》等。《编年史》记述的是公元14年（奥古斯都之死）至68年（尼禄之死）间的事情。

成为一个地区、萤火虫、字句、花园、水流和风的仇敌。我这么想着，来到一扇生锈的大铁门前。从栏杆里，可以望见一条林荫道和一座凉亭似的建筑。我突然明白了两件事，第一件微不足道，第二件难以置信；乐声来自凉亭，是中国音乐。正因为如此，我并不用心倾听就全盘接受了。我不记得门上是不是有铃，还是我击掌叫门。像火花迸溅似的乐声没有停止。

然而，一盏灯笼从深处房屋出来，逐渐走近：一盏月白色的鼓形灯笼，有时被树干挡住。提灯笼的是个高个子。由于光线耀眼，我看不清他的脸。他打开铁门，慢条斯理地用中文对我说：

"看来彭熙情意眷眷，不让我寂寞。您准也是想参观花园吧？"

我听出他说的是我们一个领事的姓名，我莫名其妙地接着说：

"花园？"

"小径分岔的花园。"

我心潮起伏，难以理解地肯定说：

"那是我曾祖彭寂的花园。"

"您的曾祖？您德高望重的曾祖？请进，请进。"

潮湿的小径弯弯曲曲，同我儿时的记忆一样。我们来到一间藏着东方和西方书籍的书房。我认出几卷用黄绢装订的手抄本，那是从未付印的明朝第三个皇帝下诏编纂的《永乐大典》的佚卷。留声机上的唱片还在旋转，旁边有一只青铜凤凰。我记得有一只红瓷花瓶，还有一只早几百年的蓝瓷，那是我们的工匠模仿波斯陶器工人的作品……

斯蒂芬·艾伯特微笑着打量着我。我刚才说过，他身材很高，轮廓分明，灰眼睛，灰胡子。他的精神有点像神父，又有点像水手；后来他告诉我，"在想当汉学家之前"，他在天津当过传教士。

我们落了座；我坐在一张低矮的长沙发上，他背朝着窗口和一个落地圆座钟。我估计一小时之内追捕我的理查德·马登到不了这里。我的不可挽回的决定可以等待。

"彭寂的一生真令人惊异，"斯蒂芬·艾伯特说，"他当上家乡省份的总督，精通天文、星占、经典诠诂、棋艺，又是著名的诗人和书法家：他抛弃了这一切，去写书、盖迷宫。他抛弃了炙手可热的官爵地位、娇妻美妾、盛席琼筵，甚至抛弃了治学，在明虚斋闭户不出十三年。他死后，继承人只找到一些杂乱无章的手稿。您也许知道，他家里的人要把手稿烧掉；但是遗嘱执行人——一个道士或和尚——坚持要刊行。"

"彭寂的后人，"我插嘴说，"至今还在责怪那个道士。刊行是毫无道理的。那本书是一堆自相矛盾的草稿的汇编。我看过一次：主人公在第三回里死了，第四回里又活了过来。至于彭寂的另一项工作，那座迷宫……"

"那就是迷宫，"他指着一个高高的漆柜说。

"一个象牙雕刻的迷宫！"我失声喊到。"一座微雕迷宫……"

"一座象征的迷宫，"他纠正我说，"一座时间的无形迷宫。我这个英国蛮子有幸悟出了明显的奥秘。经过一百多年之后,细节已从无查考,但不难猜测当时的情景。彭冣有一次说:我引退后要写一部小说。另一次说:我引退后要盖一座迷宫。人们都以为是两件事;谁都没有想到书和迷宫是一件东西。明虚斋固然建在一个可以说是相当错综的花园的中央;这一事实使人们联想起一座实实在在的迷宫。彭冣死了;在他广阔的地产中间,谁都没有找到迷宫。两个情况使我直截了当地解决了这个问题。一是关于彭冣打算盖一座绝对无边无际的迷宫的奇怪的传说。二是我找到的一封信的片断。"

艾伯特站起来。他打开那个已经泛黑的金色柜子,背朝着我有几秒钟之久。他转身时手里拿着一张有方格的薄纸,原先的大红已经褪成粉红色。彭冣一手好字名不虚传。我热切然而不甚了了地看着我一个先辈用蝇头小楷写的字:我将小径分岔的花园留诸若干后世(并非所有后世)。我默默把那张纸还给艾伯特。他接着说:

"在发现这封信之前,我曾自问:在什么情况下一部书才能成为无限。我认为只有一种情况,那就是循环不已、周而复始。书的最后一页要和第一页雷同,才有可能没完没了地连续下去。我还想起一千零一夜正中间的那一夜,山鲁佐德[1]王后(由于抄写员神秘的疏忽)开始一字不差地叙说一千零一夜的故事,这一来有可能又回到她讲述的那一夜,从而变得无休无止。我又想到口头文学作品,父子口授,代代相传,每一个新的说书人加上新的章回或者虔敬地修改先辈的章节。我潜心琢磨这些假设;但是同彭冣自相矛盾的章回怎么也对不上号。正在我困惑的时候,牛津给我寄来您见到的手稿。很自然,我注意到这句话:我将小径分岔的花园留诸若干后世(并非所有后世)。我几乎当场就恍然大悟;小径分岔的花园就是那部杂乱无章的小说;若干后世(并非所有后世)这句话向我揭示的形象是时间而非空间的分岔。我把那部作品再浏览一遍,证实了这一理论。在所有的虚构小说中,每逢一个人面临几个不同的选择时,总是选择一种可能,排除其他;在彭冣的错综复杂的小说中,主人公却选择了所有的可能性。这一来,就产生了许多不同的后世,许多不同的时间,衍生不已,枝叶纷披,小说的矛盾就由此而起。比如说,方君有个秘密;一个陌生人找上门来,方君决心杀掉他。很自然,有几个可能的结局:方君可能杀死不速之客,可能被他杀死,两人可能都安然无恙,也可能都死,等等。在彭冣的作品里,各种结局都有;每一种结局是另一些分岔的起点。有时候,迷宫的小径汇合了:比如说,您来到这里,但是某一个可能的过去,您是我的敌人,在另一个过去的时期,您又是我的朋友。如果您能忍受我糟糕透顶的发音,咱们不妨念几页。"

在明快的灯光下,他的脸庞无疑是一张老人的脸,但有某种坚定不移的、甚至是不朽的神情。他缓慢而精确地朗读同一章的两种写法。其一,一支军队翻越荒山投入战

① 山鲁佐德:阿拉伯民间故事集《一千零一夜》中讲故事的女子。相传萨桑国国王因痛恨王后与人有私,将其杀死,此后每日娶一少女,翌晨即杀掉。宰相之女山鲁佐德为拯救无辜的女子,自愿嫁给国王,每夜讲故事,引起国王兴趣,免遭杀戮。她的故事讲了一千零一夜。

斗；困苦万状的山地行军使他们不惜生命，因而轻而易举地打了胜仗；其二，同一支军队穿过一座正在欢宴的宫殿，兴高采烈的战斗像是宴会的继续，他们也夺得了胜利。我带着崇敬的心情听着这些古老的故事，更使我惊异的是想出故事的人是我的祖先，为我把故事恢复原状的是一个遥远帝国的人，时间在一场孤注一掷的冒险过程之中，地点是一个西方岛国。我还记得最后的语句，像神秘的戒律一样在每种写法中加以重复：英雄们就这样战斗，可敬的心胸无畏无惧，手中的钢剑凌厉无比，只求杀死对手或者沙场捐躯。

从那一刻开始，我觉得周围和我身体深处有一种看不见的、不可触摸的躁动。不是那些分道扬镳的、并行不悖的、最终汇合的军队的躁动，而是一种更难掌握、更隐秘的、已由那些军队预先展示的激动。斯蒂芬·艾伯特接着说：

"我不信您显赫的祖先会徒劳无益地玩弄不同的写法。我认为他不可能把十三年光阴用于无休无止的修辞实验。在您的国家，小说是次要的文学体裁；那时候被认为不登大雅。彭㝡是个天才的小说家，但也是一个文学家，他绝不会认为自己只是个写小说的。和他同时代的人公认他对玄学和神秘主义的偏爱，他的一生也充分证实了这一点。哲学探讨占据他小说的许多篇幅。我知道，深不可测的时间问题是他最关心、最专注的问题。可是《花园》手稿中唯独没有出现这个问题。甚至连'时间'这个词都没有用过。您对这种故意回避怎么解释呢？"

我提出几种看法；都不足以解答。我们争论不休，斯蒂芬·艾伯特最后说：

"设一个谜底是'棋'的谜语时，谜面唯一不准用的字是什么？"我想一会儿后说：

"'棋'字。"

"一点不错，"艾伯特说，"小径分岔的花园是一个庞大的谜语，或者是寓言故事，谜底是时间；这一隐秘的原因不允许手稿中出现'时间'这个词。自始至终删掉一个词，采用笨拙的隐喻、明显的迂回，也许是挑明谜语的最好办法。彭㝡在他孜孜不倦创作的小说里，每有转折就用迂回的手法。我核对了几百页手稿，勘正了抄写员的疏漏错误，猜出杂乱的用意，恢复或者我认为恢复了原来的顺序，翻译了整个作品；但从未发现有什么地方用过'时间'这个词。显然易见，小径分岔的花园是彭㝡心目中宇宙的不完整然而绝非虚假的形象。您的祖先和牛顿、叔本华不同的地方是他认为时间没有同一性和绝对性。他认为时间有无数系列，背离的、汇合的和平行的时间织成一张不断增长、错综复杂的网。由互相靠拢、分歧、交错，或者永远互不干扰的时间织成的网络包含了所有的可能性。在大部分时间里，我们并不存在；在某些时间，有你而没有我；在另一些时间，有我而没有你；再有一些时间，你我都存在。目前这个时刻，偶然的机会使您光临舍间；在另一个时刻，您穿过花园，发现我已死去；再在另一个时刻，我说着目前所说的话，不过我是个错误，是个幽灵。"

"在所有的时刻，"我微微一震说，"我始终感谢并且钦佩你重新创造了彭㝡的花园。"

"不可能在所有的时刻，"他一笑说，"因为时间永远分岔，通向无数的将来。在将来的某个时刻,我可以成为您的敌人。”

我又感到刚才说过的躁动。我觉得房屋四周潮湿的花园充斥着无数看不见的人。那些人是艾伯特和我,隐蔽在时间的其他维度之中,忙忙碌碌,形形色色。我再抬起眼睛时,那层梦魇似的薄雾消散了。黄黑两色的花园里只有一个人,但是那个人像塑像似的强大,在小径上走来,他就是理查德·马登上尉。

“将来已经是眼前的事实,”我说,“不过我是您的朋友。我能再看看那封信吗?”

艾伯特站起身。他身材高大,打开了那个高高柜子的抽屉;有几秒钟工夫,他背朝着我。我已经握好手枪。我特别小心地扣下扳机:艾伯特当即倒了下去,哼都没有哼一声。我肯定他是立刻丧命的,是猝死。

其余的事情微不足道,仿佛一场梦。马登闯了进来,逮捕了我。我被判绞刑。我很糟糕地取得了胜利:我把那个应该攻击的城市的保密名字通知了柏林。昨天他们进行轰炸;我是在报上看到的。报上还有一条消息说著名汉学家斯蒂芬·艾伯特被一个名叫余准的陌生人暗杀身亡,暗伤动机不明,给英国出了一个谜。柏林的头头破了这个谜。他知道在战火纷飞的时候我难以通报那个叫艾伯特的城市的名称,除了杀一个叫那名字的人之外,找不出别的办法。他不知道(谁都不可能知道)我的无限悔恨和厌倦。

(王永年　译)

马尔克斯

加夫列尔·加西亚·马尔克斯(1927—2014),哥伦比亚魔幻现实主义小说家,生于阿拉卡塔卡,父亲是电报报务员兼医生。1940 年到波哥大读书,1947 年进入波哥大大学攻读法律,随后转入卡塔赫纳大学,并当记者。1954 年任《观察家报》记者。50 年代中期移居巴黎。1959 年任拉丁美洲驻波哥大办事处负责人,1961 年任拉丁美洲社驻纽约分社副主任,后到墨西哥从事电影编剧。1967 年移居西班牙巴塞罗那。获 1982 年诺贝尔文学奖。重要作品有《枯枝败叶》(1955)、《格兰德大妈的葬礼》(短篇集,1962)、《百年孤独》(1967)、《霍乱时期的爱情》(1985)。他的作品表现了拉美的历史变迁和现实生活,揭示了拉美民族的深层心理,表达了对拉美民族和人类命运的思索与关切。善于将现实性与神奇性相结合,运用象征和隐喻手法。

《超越爱情的永恒之死》写于 1970 年,叙述了一个近乎荒诞的故事:生命即将走到尽头的参议员在竞选活动中的一次爱情遭遇。小说表现了一个面临死亡的政客的心灵。末尾的描写意在说明,一个垂死的人仍不放过唾手可得的爱情,但他的愿望最终不能实现,辛辣的讽刺隐含其中。细节描写充满魔幻现实主义的手法,奇特有趣,耐人寻味。作者在这篇小说中延续了他对死亡的思考，富有哲理和深意。

超越爱情的永恒之死

自参议员奥内希莫·桑切斯遇到了他的梦中女郎之后，总共又活了半年零十一天。他是在一个名叫“总督玫瑰园”的小镇上认识她的。这个小镇很不起眼，白日里，面对着一片毫无生气的茫茫大海，好像是沙漠地里隆起的一个最无用的小沙包。相反，到了晚上，它却是停泊各种大型走私船的理想码头。这是个孤零零的小镇。谁都不会想到镇上还有人能改变别人的命运，甚至连小镇的名字似乎也具有讽刺意义，因为在那里看到的唯一的一朵玫瑰花还是由奥内希莫·桑切斯参议员本人带去的。也就是在那天下午，他认识了劳拉·法利那。

在四年一次的竞选活动中，小镇总是人们的必经之地。上午，参议员的行李先到一步。然后，装着从各乡各镇租来参加集会的印第安人的卡车也接踵而至。十一点差几分，在音乐和鞭炮声中，在竞选队伍的前呼后拥之下，开来了一辆与草莓汽水颜色相同的豪华小汽车。奥内希莫·桑切斯参议员坐在装有冷气的轿车里，心情平静，悠然自得。但是当他打开车门时，一股热浪迎面扑来，身上的那件真丝衬衣马上被汗水湿透了。他顿时觉得自己老了许多，比以往任何时候都更加孤独。实际上他刚过四十二岁。他曾以优异成绩毕业于戈廷加大学钢铁工程专业。尽管他对拉丁文只是一知半解，却总是那些译得非常糟糕的拉丁文经典著作的忠实读者。他已结婚，夫人是一位光彩夺目的德国女人，生了五个孩子，全家生活得舒适而融洽。直到三个月前医生宣布他的生命只能维持到下一个圣诞节时，参议员还是家庭成员中最幸福的人。

公众集会的准备工作尚未结束，参议员可以在那间专门为他预订的房间里休息一个小时。上床前，他把那朵穿越沙漠后还不曾凋谢的玫瑰花放进喝水的杯子里，然后打开随身带来的食物，用于午餐，免得再受人邀请，没完没了地去吃那些油炸小羊肉。还没到医生规定的钟点，他就吞下了好几粒止痛丸，这样可以防患于未然。接着，他把电风扇移到靠近吊床的地方，脱光了衣服，在玫瑰花的阴影下躺了十五分钟。他竭力控制自己别去想死的事。除了医生，还没人知道他的生命快要结束了。因为他已经决定生活不变样，不让任何其他人知道这个秘密。这倒不是出自他的高傲，而是因为他感到害羞。

下午三点，当他再度出现在公众面前时，情绪已完全恢复正常，自我感觉良好。他心绪安定，衣着整洁，下身穿着一条亚麻裤，上身是一件花衬衣。他提前吃了止痛丸解除了他的精神负担。然而，死神对他的侵蚀远远超过他自己的估计。当他走向主席台时，突然对那些争先恐后抢着和他握手的人感到一种难以解释的恶心，再也不能像从前那样对光着脚丫子，顶着大太阳，站在那个没有树荫、发烫的小广场上的印第安人生出某种同情心来。他几乎带着怨恨挥了挥手，让人们停止鼓掌，接着便开始讲演。他脸上毫无表情,两眼死盯着散发着热气的大海。他的声音富有节奏、洪亮,仿佛是一泓池水,清澈见底。然而,尽管要说的话他早已背得滚瓜烂熟,并且已经讲过了无数次,但是他知道自己说的并不是实话,而是为了抨击马可·阿乌雷利奥回忆录第四卷中作出的宿命论的结论。

“我们必须战胜大自然,”他言不由衷地说道,“我们再也不愿成为祖国的弃婴,成为没有水喝、没有房住、得不到上帝保护的孤儿,成为自己土地上的流放者。我们要改变自己的命运。女士们,先生们,我们将成为伟大的、幸福的人。”

这些话都是老生常谈了。在他讲话时,助手们一把又一把地往空中扔着用纸折叠成的小鸟。那些小鸟栩栩如生,在用木头搭成的主席台上空飞来飞去,最后跌落到大海里。与此同时,另外几位助手从行李卷中取出几棵可当道具用的树,树叶是用毡子做的,插在人群背后的硝石地里。然后,他们又用硬纸板搭起一幅巨型画,上面画有红砖砌成的住房和带有玻璃的窗户。于是,现实生活中那些破破烂烂的房子都被画面遮住了。

为了让助手们有时间完成这套滑稽可笑的把戏,参议员又多引用了两段拉丁文以延长演说的时间。他保证要向这里的居民提供人工降雨的机器,能饲养家禽的活动养殖场,能让蔬菜在沙砾中生长的幸福之油和能在窗台上生长的成串的三色堇。这时,他看到那个虚幻世界已经建造完毕,便用手指向它。

“女士们,先生们,那就是我们的生活,”他直着嗓子叫道,“看呀,就是那样。”

人们都回过头去。一艘用纸做的涂着颜色的大轮船从房子后面缓缓驶过,它比画中城市里最高的高楼还要高。只有参议员一个人发现,这个纸板做成的城镇,由于跟着他四处转悠,经过多次拆装,风吹日晒,有些地方已经破损了,上面沾满尘土,显得是如此寒酸和破落,与现实中的“总督玫瑰园”小镇毫无不同之处。

十二年来,内森·法利那第一次没有去欢迎参议员。他躺在家里的一张吊床上时睡时醒地听完了他的演说。他的家是一间木头房子,房顶上铺盖了新砍来的树枝,房间里没有粉刷。他原先是个药剂师,因为杀死了第一个妻子不想受法律制裁,从加耶那逃了出来,和一位在巴拉马里博遇到的漂亮、高傲的黑姑娘一起,坐了一艘装载着活泼可爱的赤鹩鸲的船来到了“总督玫瑰园”。他们生了一个女儿。孩子生下不久,母亲就因病去世了。她与法利那前妻的命运大不相同:前妻被剁成几大块埋在了菜园子的地底下,而黑姑娘则被完整地埋葬在镇上的公墓里,墓碑上还刻上了她的荷兰名字。女儿从母亲那里继承了肤色和长相,而她的两只带着惊恐神色的黄眼珠则完全像她父亲。她父亲当然有理由相信他的女儿是世界上最漂亮的姑娘。

从奥内希莫·桑切斯参议员第一次来到小镇上参加竞选,法利那认识他之后,他就一直请他帮助他搞到一张假身份证,以免遭法律的审判。参议员态度和蔼,但是很干脆地拒绝了他的要求。这几年来,内森·法利那很是不甘心,一有机会就会想出新的法子提出他的要求,但总是遭到拒绝。终于他想,反正已经注定要烂在这块海盗丛生之地,所以这一次他干脆躺在床上不去了。当听到人们最后一次鼓掌时,他才抬起头，透过院子里的木栅栏，看见了巨幅画的背面和那些支撑高楼的柱子以及搭起的架子和开大轮船的几位先生。他顿时觉得火冒三丈，吐了口唾沫，说道：“他妈的，都是些玩弄政治的骗子。”①

演说结束之后，参议员像往常一样，在音乐和鞭炮声的伴随下绕着小镇走了一圈，他的四周挤满了要诉苦的人。参议员神色和蔼地倾听他们的诉说，并且总是有办法既给人以安慰又不作出难以实现的承诺。一位妇女和她六个年岁尚小的孩子一起爬到屋顶上，不顾鼎沸的喧闹声和噼啪作响的鞭炮声大喊大叫，终于引起了参议员的注意。

“我的要求不多，参议员，”她说道，“我只要一头毛驴可以帮我把水从阿沃尔加多井那里驮回家。”

参议员注意地看了看六个孱弱干瘦的孩子。

“你丈夫是干什么的？”他问道。

“他到阿鲁巴岛碰运气去了，”妇人开心地回答道，“结果找到了一位外乡的姑娘，就是在牙齿里镶宝石的那种姑娘。”

她的回答使所有在场的人都大笑起来。

“那很好，”参议员说道，“你会有一头毛驴的。”

不多一会，他的一名助手牵着一头能干活的毛驴来到了那位妇人家里。毛驴的背上用油漆写了一条竞选标语，以便让他们永远别忘记这是参议员送的礼物。

在沿街行走的短短的时间里，参议员还做了其他一些不足称道的姿态。有一位病人为了看参议员，连同床一起被搬到门外，参议员给了他一个小勺。在最后一个拐角处，他从院子的栅栏缝中看见内森·法利那躺在吊床上，脸色发灰，神情抑郁，但是他毫不动心，只向他打了个招呼。

“你好吗？”

内森·法利那在吊床上翻了个身，两只充满伤感的眼睛死死盯住参议员。

“我吗，你很清楚，”②他说道。

这时，内森的女儿听到有人说话便来到院子里。她穿了一件平平常常显得很旧的乡下农民穿的睡袍，头上扎满各种颜色的蝴蝶结，脸上厚厚地擦了一层粉。尽管这身打扮邋邋遢遢，但人们仍然有理由称她为天下第一大美人。参议员顿时看呆了。

“他妈的！”惊讶中他叹息道。“上帝还会造出如此漂亮的姑娘来！”

那天晚上，内森·法利那让女儿穿上最漂亮的衣服去见参议员。在参议员休息的房子里两个挎着手枪的警卫热得直晃脑袋，他们吩咐姑娘在门房内唯一的一张椅子上坐下，并让她等一会。

参议员正在隔壁房间和“总督玫瑰园”的头面人物会见。为了把在演说时掩盖的事实告诉他们，参议员约他们来谈谈。这些人与沙漠中的其他小镇上参加类似会见的

---

① 此为法语。

② 此为法语。

人有着极其相似的神态和表情,所以参议员对每天晚上都要召开的同样的会议感到厌倦了。他的衬衣都已被汗水湿透,但他并不想脱下来,而只是让电风扇送来的热风吹吹干。电风扇仿佛一只大苍蝇似的在充满倦意的房间里嗡嗡作响。

"毫无疑义,我们不会吃那些用纸折成的鸟,"他说道。"你们和我们都明白,如果有一天在这个像厕所一样臭气熏人的地方种上了树,养上了花,如果在井里出现了鲱鱼而不是小虫,那么从那天开始我们在这里就无事可干了。这样说行吗?"

没有人回答。参议员说话的时候,从挂历上撕下一张彩纸,然后又用纸做了个蝴蝶。他漫不经心地把纸蝴蝶放在风扇前,于是纸蝴蝶在房间里飞舞起来,然后从半掩半开的房门中飞了出去。参议员心里明白,自己已经活不了多久了,但是他的脸上却没有丝毫的表示,继续接着往下说。

"对我的意思嘛,"他说道,"你们已经完全明白,我也用不着再重复。再选我当参议员是一桩对你们更有利的买卖,因为我只不过今天来一下这块脏水横流、臭气冲天的地方,而你们却需要这里的一切。"

劳拉·法利那看到纸蝴蝶从房间里飞出来。只有她一人看到了纸蝴蝶,因为门厅里的警卫抱着枪在椅子上睡着了。巨大的纸蝴蝶转了几圈之后,张开翅膀撞在墙上,粘住了。劳拉·法利那试着用指甲把它抠下来。这时,一个卫兵被从隔壁房间传来的掌声吵醒了,他发现劳拉的举动。

"不能抠,"他说道,依然睡意蒙眬,"它是画在墙上的。"

劳拉·法利那看到参加会见的人们陆续从房里出来时,便又坐下来。参议员站在房门口,一只手扶住门框,直到门厅里其他人都走完后,他才发现劳拉·法利那。

"你来这里干什么?"

"是爸爸让我来的,"[①]她回答道。

参议员明白了。他看了看睡意蒙眬的卫兵,又看了看劳拉·法利那,她是那么漂亮,使他看后连病痛都忘记了。于是他决定自己来掌握生死。

"请进,"他说道。

劳拉·法利那刚踏进门口,便看见成百上千张钞票在房间里飞来飞去,宛如振翅飞舞的蝴蝶,她觉得真是好玩极了。但是参议员关上了电风扇,没有风吹,钞票纷纷往下掉,落在了房间里各件家具的上面。

"看见了吧,"参议员笑着说,"连臭屎都会飞。"

在一张好像是学生上课坐的椅子上,劳拉·法利那坐了下来。她的皮肤光洁、平滑,颜色像新开采出来的石油,在灯光下熠熠闪亮。她的头发披在肩上,仿佛一匹小母马的鬃毛。她的两只眼睛比光还亮、还明。参议员的目光一直注视着劳拉,最后才发现她拿着一朵沾满尘土的玫瑰花。

"是一朵玫瑰花,"他说道。

---

① 此为法语。

“是的，”她有点惶惑不安地回答道，“我是在里约阿查认识这种花的。”

参议员坐到行军床上，一边说着玫瑰花，一边解开衬衣的纽扣。在他认为心脏所在的那一侧的胸部，刺着一颗像箭似的心。他把湿衬衣往地上一扔，请劳拉·法利那帮忙把靴子脱下来。

她在行军床前跪了下来。参议员若有所思，目光还是停在她的身上。她在解开鞋带时问道：

“这次见面后谁会倒霉？”

“你还是个孩子，”参议员说道。

“你说错了，”她说，“到四月份我就满十九岁了。”这句话顿时引起了参议员的兴趣。

“哪一天？”

“十一号，”她说。

参议员的兴趣更浓了。“我们都是白羊座的，”他说。接着笑了笑，又补充了一句：“这个星座代表孤独。”

劳拉·法利那因为不知道怎么脱靴子，根本就没注意参议员的话。而参议员不知道如何对待劳拉·法利那，因为这突如其来的桃花运使他束手无策，而且他认为寻花问柳是有失尊严的。但是为了考虑周全必须要有时间，于是他用两只膝盖夹紧了劳拉·法利那，然后抱住了她的腰部，仰面躺倒在行军床上。这时他从她身上闻到一股说不清道不明的野兽般的香味，并且知道了她的裙子里面没有穿衣服。她的心吓得怦怦直跳，皮肤上都沁出了冷汗。

“谁都不喜欢我们，”他叹了口气说道。

劳拉·法利那想说些什么，可是紧张得连气都喘不过来。参议员让她躺在自己的身边，熄了灯，整个房间都陷入玫瑰花的阴影之下。在大慈大悲的命运面前，姑娘顺从了它的安排。参议员缓慢地抚摸着她，一只手轻轻地从上往下摸去，但是，到了他认为该停下的地方，忽然碰到了一块铁。

“你那里是什么？”

“一把锁，”她回答说。

“真是荒唐！”参议员火冒三丈。他明知钥匙在哪里，但还是问道：“钥匙在哪儿？”

劳拉·法利那松了口气。

“我爸爸拿着呢！”她回答说。“他让我告诉你找一个合适的人去拿钥匙，并且随身带上一个书面保证，保证帮他改变现在的处境。”

参议员顿时紧张起来。“这个老混蛋，”他气愤地嘟囔了一句。随后闭上眼睛，让全身松弛一下，结果在黑暗中碰到了自己。“请记住，”他提醒自己，“可能是你，也可能是其他什么人，很快就将死去。你们死去之后，便从这个世界上彻底地消失了，连名字都不会留下。”参议员浑身打着冷战，想赶快摆脱恐惧心理。

“我问你，”于是他说道，“你听到人们在说我些什么吗？”

“你真是想听真话吗?”

“当然。”

“那好,”劳拉·法利那壮了壮胆,“他们说你同别人不一样,你更坏。”

参议员听罢并不吃惊,只是闭着眼睛,很长时间不说话。当他睁开眼时,好像刚刚从最深层的自我意识中回到现实世界。

“他妈的,”他说道,“告诉你那个混蛋父亲,他的事我会办好的。”

“如果你同意的话,我去要钥匙,”劳拉·法利那说。参议员阻止了她。

“别提什么钥匙了,”他说道,“和我一起睡一会。一个人孤独的时候有人来陪伴总是件好事。”

于是她让他靠在自己的肩膀上,眼睛注视着玫瑰花。而参议员则紧紧抱住她的腰部,因为害怕把脸藏在她那散发着香味的胳肢窝里。他多么希望就这么死去。半年零十一天后,他与劳拉·法利那艳遇的丑闻将会遭到人们的指责和憎恨。而他本人则将为未能占有劳拉而哭泣。

(王银福　译)

图书在版编目(CIP)数据

外国文学作品选/郑克鲁编选. —3 版. —上海: 复旦大学出版社, 2019.5(2021.8 重印)
(复旦博学. 外国文学系列)
ISBN 978-7-309-14235-8

Ⅰ. ①外… Ⅱ. ①郑… Ⅲ. ①外国文学-作品集-高等学校-教材 Ⅳ. ①I11

中国版本图书馆 CIP 数据核字(2019)第 044742 号

外国文学作品选(第三版)
郑克鲁 编选
责任编辑/曹珍芬

复旦大学出版社有限公司出版发行
上海市国权路 579 号 邮编: 200433
网址: fupnet@fudanpress.com http://www.fudanpress.com
门市零售: 86-21-65102580 团体订购: 86-21-65104505
出版部电话: 86-21-65642845
常熟市华顺印刷有限公司

开本 787×960 1/16 印张 50 字数 984 千
2021 年 8 月第 3 版第 2 次印刷
印数 5 101—8 200

ISBN 978-7-309-14235-8/I · 1143
定价: 98.00 元
